それは、大正期の精神を
色濃く映し出した
貴重な記録である。

ゆ

し

朱欒

座朱欒プロジェクト実行委員会

朱欒 ChelLiN

発刊に寄せて

ごあいさつ

愛媛新聞社　代表取締役社長　土居　英雄

どんな著名人であっても、ライフワークとして関わり続けなければ、いつか遠ざかって、懐かしさという記憶の領域にしまい込んでしまうケースが多いのではないでしょうか。伊丹万作も中村草田男も重松鶴之助も、彼らの青春時代の友人たちもそういう宿命から逃れられずにいるように思います。

しかし、高木貞重久万美術館館長から『朱欒』9巻が寄贈されたという話を伺ったとき、記憶のふたが開きました。当時20歳代前半の愛媛の若者たちが東京で実践していた創作活動を、あらためて多くの人々に知ってほしいという思いがわき上がりました。『朱欒』を翻刻という手法によって、とくに平成の若者のなかに、彼らの生々しい時代感覚の軌跡を復活させたいと考えました。クラウドファンディングという手法も取り入れ、出版費用の一部補填とともに、全国的な情報発信を目指しました。このチャレンジが多くの媒体に取り上げられ全国からご支援や励ましの声をいただくことができました。

『朱欒』9巻の活動期はまさに大正から昭和への移行の直前です。もうすぐ平成の年号が変わることが決まっています。草田男は「降る雪や明治は遠くなりにけり」と詠みましたが、時代がどのように変わろうとも、青春真っただ中の若者たちが自らを見つめる姿勢に多くの共通項が見い出せるはずです。

創刊１４１年の愛媛新聞を発行する愛媛新聞社も、報道分野だけでなく新しい事実の発見や価値の継承、顕彰に関わらせていただくことが愛媛への貢献につながると確信しています。多くの方々に『朱欒』の息遣いを感じていただきたいと願っています。

最後に、出版に至るまでにご協力、ご支援いただいたすべての方々に心から御礼を申し上げます。

ごあいさつ

松山市長　野志　克仁

日増しに秋の深まりを感じる良き時節、翻刻版『朱欒』の出版に当たりまして、御挨拶を申し上げます。

まず、回覧雑誌『朱欒』を長年研究してこられた久万美術館と久万高原町の関係者の皆様、並びに『朱欒』という文化芸術に着目するとともに、愛媛の文化を広く発信していただいている愛媛新聞社の皆様に、厚くお礼を申し上げます。

『朱欒』は、伊丹万作や中村草田男らが、旧制松山中学時代に作品を持ち寄って作成した同人誌が前身といわれています。そして、松山の文学的土壌で生まれ育った万作たちが東京で再会して作成した『朱欒』は、お互いに切磋琢磨した足跡を残すとても貴重な資料です。

このような深いきずなで結ばれ、刺激し合い、「集団としての青春」を世に送り出していた先人たちの活躍は、松山市の文学的土壌の礎となり、「ことば」の持つ魅力を発信する松山ならではの様々な取組につながっています。

本市では、この貴重な資料を文化的資産と捉え、現存する『朱欒』を所蔵する久万美術館と久万高原町、そして愛媛新聞社と連携して地域の文化を守り、振興していきたいと考えています。

今年は、正岡子規と夏目漱石の生誕１５０年の節目の年であることから、本市では、「松山から世界へ、そして未来へ」をテーマに、年間を通して様々な記念の事業を行っています。時を同じくして翻刻される大正期の文化的資産『朱欒』が、現代社会に意義深いメッセージを発することを大いに期待しています。

ごあいさつ

久万高原町長　河野　忠康

町立久万美術館は２０１８年度、開館30周年の節目を迎えます。その間、久万町、あるいは久万高原町が直営して参りました。全国的に貴重なコレクションを継承するだけでなく、町が新たな価値をどれだけ付け加えてきたか。この30年間の歩みを振り返るとき、問われることの一つは、そうした美術館活動の成果でございます。

久万美術館が取り組んできた調査、研究の一つに、地域文化の掘り起こしがあります。『朱欒（しゅらん）』の翻刻出版につながりました二つの自主企画展「よもだの創造力」（２００３年）と「万作と草田男」（２００８年）は、いずれも松山の文化土壌をテーマに映画監督・伊丹万作、俳人・中村草田男、洋画家・重松鶴之助らを顕彰する展覧会でございました。これらの展覧会でご紹介した『朱欒』は当時、中村弓子さま（中村草田男のご三女）が所蔵されておりましたが、２年前、久万美術館に寄贈されました。

大正14、15年、東京で暮らす松山出身の若者によって作られた同人誌が『朱欒』でございます。将来への夢を抱いた若者が、お互いに切磋琢磨した足跡が窺えます。これを現代社会に繋げようと出版いたすことになりました。出版を軸に「座朱欒プロジェクト」と銘打った、多角的な事業を展開して参ります。今秋の企画展「シュらん２０１７」も、その一つでございます。

久万美術館の長年の調査、研究の集大成とも言える今回の事業が、開館30周年を前にして松山市、愛媛新聞社と連携して推進できますことに感謝いたします。とともに、この事業にご協力、ご支援を賜りました多くの方々に心からお礼を申し上げます。

ごあいさつ

町立久万美術館館長　高木　貞重

旧制松山高校の宿直室。その晩も、いつもの仲間が集まっていた。画集に目を輝かせながら、真剣に批評し合う。人生、文学、美術について熱っぽく語る。その果て、ごろ寝してしまい、彼らが解散するのは夜が明けてからであった。集ったのは、旧制松山中学に在学中、同人誌『楽天』を回覧していた仲間たち。１９２２年秋、卒業生の伊丹万作と重松鶴之助が東京から帰ってきたことで、再び、仲間たちが顔をそろえ、中学時代のような交遊が復活した。

二人の帰郷によって、仲間の相貌が一変してしまった、と中村草田男が書き残している。「将来いずれかの方向で第一義的な人物にならなければやまないぞというような決意が等しくみんなの眉宇の間に漂いはじめたのである」。しかし、宿直室での親密な交遊は翌年の12月、万作の上京によって幕を閉じる。それを窺わせる石碑が旧制松山高校の敷地に建つ。「青春、友情、希望―ここに存在せし一切のものの不滅を信ず」。草田男が寄せた言葉である。

『楽天』仲間の集まりは形を変え、場所を移して、その後も続く。池袋の近くに住んでいた万作のもとに、20歳代前半の在京仲間たちが集まってきた。鶴之助、草田男のほかに渡部昌、中村明らがいた。「東京でも、同人誌を出そうよ」。短編小説や詩歌、絵画などを持ち寄って、25年９～10月から26年５月までに、９冊作った。その同人誌のタイトルが『朱欒』。松山出身の若者たちが切磋琢磨した「青春」が綴り込まれている。松山の文化土壌から生まれ、大正期の精神を色濃く反映した記録である。

『朱欒』の翻刻出版に当たり、ご協力、ご助言を賜りました関係機関、ご支援、ご協力をいただきました方々に心より厚くお礼を申し上げます。

朱欒目次

■発刊に寄せて……1

愛媛新聞社　代表取締役社長　土居英雄

松山市長　野志克仁

久万高原町長　河野忠康

町立久万美術館館長　髙木貞重

■目　次……4

■『朱欒』同人略歴……6

町立久万美術館学芸員　中島小巻

■凡　例……8

■創刊号……9

餘白加久ことなし　柴一艶（重松鶴之助）……14

Kの父　渡部昌……15

ある日の訪問（文ちゃんの入學）　渡部昌……20

桃の木（奇蹟）　結城三郎……25

詩　溝角夫……26

車中吟（溝角夫）……30

五月の夜（渡部昌）……31

小説「Kの父」〈批評〉（重松鶴之助）……33

■第二号……35

六月の夜　渡部昌……40

友　渡部昌……44

青年登紅雀　秋（中村明）……47

（小供の対話）坂の下　なかむらせいいちらう……49

随筆　愚美（池内義豊）……56

随筆の続き　愚（池内義豊）……58

ゴーホと関根正二　秋（中村明）……59

手帳から　八束清……62

（雑感）渡部昌……65

署名欄……66

■第三号……67

散文詩　雀の死　愚美（池内義豊）……72

祖母よ、安かに眠れ（池内義豊）……74

恋文　渡部昌……76

菊ばたけ（中村清一郎）……89

或る夢の記録　愚（池内義豊）……98

若い詩人と王姤の恋の話　渡部昌……102

戯曲　女の部屋　一幕（池内義豊）……104

女の部屋脱稿後　愚（池内義豊）……112

随筆　峯の松風　愚老人（池内義豊）……113

観賞雑感　秋良（中村明）……118

雑記　秋良（中村明）……120

雑感　八束清……121

演藝案内・萬案内欄……123

批評及び署名欄……127

■第四号……133

青磁　秋良（中村明）……143

リンゴよ他数篇　八束清……149

詩　渡部昌……150

月夜三態　渡部昌……151

自分が繪描きで無かったら　茱萸（池内義豊）……152

悲劇　茱萸（池内義豊）……154

無だばなし　秋良（中村明）……156

初冬雑筆　爽士（八束清）……158

霜夜　無明（中村明）……161

童話　夕寒い煙突　三蜻（中村清一郎）……162
批評及署名欄……171
編輯日　句会、作句……177

■第五号……179
詩　渡部昌……184
穴　茱萸（池内義豊）……192
批評欄……215
平蕪集　池内茱萸（池内義豊）……186
神仙道俗　無明（中村明）……212
影　無明（中村明）……188
雑　中村清一郎……215

■第六号……221
麥〈他詩数篇〉茱萸（池内義豊）……230
穴　後篇　池内茱萸（池内義豊）……239
咬菜餘譚　茱山人（池内義豊）……273
詩　渡部昌……234
書かずもがなの記　茱（池内義豊）……269
雑記　無明（中村明）……276
詩　冬の小曲　無明（中村明）……235
小品　銀貨　茱萸（池内義豊）……270
批評らん……276
童謡　春日永　茱萸（池内義豊）……238
喫煙餘談　茱萸（池内義豊）……271
童謡　豆腐屋　茱萸（池内義豊）……239
詩　未成年者の烟艸　茱萸（池内義豊）……272

■第七号……279
春晝小景　茱萸（池内義豊）……289
戯曲　弱き者（一幕）　山野胡頽子（池内義豊）……296
観賞雑感　晃（中村明）……315
詩　晃（中村明）……291
復活祭の夜（抒事詩）　晃（中村明）……313
批評らん……316

■第八号……319
斷片　渡部昌……328
俳句　桐の花〈他〉　清（中村清一郎）……331
まんだん　中村清一郎……335
童謡　天の河　清（中村清一郎）……331
新古典派の人々（観賞雑感）　晃（中村明）……332

■第九号……337
やんちゃん登剃刀（中村明）……342
出帆前後　顔餘子（池内義豊）……355
無題　晃（中村明）……353
批評欄……367

■『朱欒』出版にあたって……373
「大正日本求道派の青年群　―『楽天』『朱欒』の同志たち」　芳賀徹
「重松の火」　中村弓子
「回覧雑誌『朱欒』の青春　―大正期の「坂の上の雲」」　神内有理
「朱欒の青春　―中村清一郎から」　小西昭夫
「ままならぬままにいきる　―伊丹万作にとっての絵画と文学」　吉田拓

■謝辞、協賛者・協力者一覧……389

■あとがき……391

『朱欒』同人略歴

町立久万美術館　学芸員　中島　小巻

氏名、生没年、出身地の後には、『朱欒』誌上で用いた筆名を記した。

池内義豊（いけうち・よしとよ）

明治33（1900）年－昭和21（1946）年／松山市生まれ

顔餘子　池内茱萸　茱萸　茱萸山人　茱　茱山人　池内愚美　愚美　愚　愚老人　愚山人　山野胡頽子

後年、映画監督として名を成す伊丹万作である。

大正元（1912）年、旧制松山中学校入学。在学中、文学や美術を愛好し、伊藤大輔（1898－1981）、中村草田男、重松鶴之助らと回覧雑誌『楽天』を編集・発行。同6（1917）年に卒業。独学で洋画を研究しながら、少年少女雑誌に挿絵を描く。同12（1923）年、関東大震災後に上京。池袋近郊、東京府豊島郡長崎村在住の童画家・初山滋（1897－1973）宅に寄寓。草田男、鶴之助らと『楽天』の後継誌『朱欒』を同14（1925）年から翌年まで発行。昭和2（1927）年、旧制松山中学校同窓の映画監督・伊藤の勧めで映画界に入る。シナリオライター兼助監督として、片岡千恵蔵プロダクション入社。その後、知性派の映画監督「伊丹万作」として活躍。

主な監督作に『國士無双』『赤西蠣太』、シナリオに『無法松の一生』『手をつなぐ子等』など。長男は映画監督で俳優の故伊丹十三、作家の大江健三郎は女婿にあたる。

中村清一郎（なかむら・せいいちろう）

明治34（1901）年－昭和58（1983）年／清国福建省厦門生まれ

突怒公開　三蜻　清

俳誌『萬緑』を主宰した人間探求派の俳人・中村草田男である。

外交官であった父・中村修の任地、清国厦門で生まれる。明治37（1904）年、3歳のときに母と帰国、中村家の本籍地・伊予郡松前町に住む。大正3（1914）年、旧制松山中学校入学。先輩に池内義豊、伊藤大輔、後輩に重松鶴之助がいた。気の合った池内を兄とも慕い、同5（1916）年には回覧雑誌『楽天』のメンバーに加わる。1年休学の後、同10（1921）年卒業。旧制松山高等学校を経て、同14（1925）年に東京帝国大学文学部に入学。同年、『楽天』メンバーらとともに、『朱欒』の発行に参加。昭和2（1927）年頃から、俳号「草田男」を用いる。同4（1929）年、高浜虚子（1874－1959）に師事。同年、『ホトトギス』9月号に4句入選、客観写生を学ぶ。同8（1933）年、東京帝国大学を卒業。同16（1941）年には『萬緑』を創刊、主宰。石田波郷、加藤楸邨らとともに「人間探究派」と呼ばれ、戦後の俳句界で主導的な役割を果たした。

妻・直子との間に四女。お茶の水女子大学名誉教授の中村弓子は三女。

重松鶴之助（しげまつ・つるのすけ）

明治36（1903）年－昭和13（1938）年／松山市生まれ

柴一艶　野呂

『朱欒』表紙絵の多くを描いた洋画家である。

11歳頃から水彩画に親しむ。大正5（1916）年、旧制松山中学校入学。回覧雑誌『楽天』に加わる。この頃から岸田劉生（1891－1929）に

正誤表

「朱欒」同人略歴7頁下段　八束清のプロフィール文の一部を左記のように修正いたします。

（誤）父は伊予鉄道株式会社第4代社長・八束喜蔵。画家を志し、パリへの留学を予定していたが、父喜蔵が亡くなり、断念する。

←

（正）画家を志し、パリへの留学を予定していたが、父牛太郎が亡くなり、断念する。

心酔。同9（1920）年、5年生の1学期までで中途退学。同13（1924）年、第2回春陽会展に初入選を果たし、第4回展まで連続入選。同14（1925）年、池内義豊の住む東京府長崎村に中村草田男らと集まり、回覧雑誌『朱欒』を発行する。翌15（1926）年、第5回国画会展に入選、第7回展まで連続入選。同年、東京府美術館での同館開館記念「第1回聖徳太子奉賛美術展」に、代表作となる「閑々亭肖像」を招待出品するなど活躍した。

昭和5（1930）年、松山中学校時代の友人・白川晴一の影響を受け、日本共産党に入党、左翼活動に奔走する。同8（1933）年、大阪で逮捕され、堺市の大阪刑務所に収監される。同13（1938）年、刑期を終え釈放される日の早朝、死亡。自死と伝えられるも詳細は不明。享年35。

現在までに確認されている重松の油彩画は、「自画像」・「立秋の河原」・「閑々亭肖像」・「父重松宗五郎の肖像」など12点。内11点は、愛媛県上浮穴郡久万高原町の町立久万美術館が所蔵。

渡部昌（わたなべ・あきら）

明治36（1903）年－昭和60（1985）年／松山市生まれ

彌子

大正9（1920）年、旧制松山中学校を卒業。重松鶴之助と同期だった。同15（1926）年、東京帝国大学文学部（英文学専攻）を卒業。チャールズ・ディケンズ（Charles Dickens／1812-1870）を中心に研究。明治大学教授を務める。トーマス・ハーディ（Thomas Hardy／1840-1928）やエドガー・アラン・ポー（Edgar Allan Poe／1809-1849）の翻訳本なども出版した。

中村明（なかむら・あきら）

生没年不明／松山市生まれ

秋良　秋　無明　中村晃　晃

大正9（1920）年、旧制松山中学校を卒業。洋画家として活動した。

山内千万太郎（やまうち・ちまたろう）

明治35（1902）年－昭和53（1978）年／松山市生まれ

大正10（1921）年、旧制松山中学校を卒業。後年、「岡本」と改姓。28年、東京帝国大学文学部（国文科国語学専攻）卒業。昭和13（1938）～同14（1939）年、香川県女学校に勤務の後、法政大学文学部教授に就任。著書に、『国語観』『日本語教育と日本語問題』『日本語の批判的考察』など、国語学の教育に勤しんだ。『朱欒』に執筆原稿はなく、「編輯執行委員」として名前のみが記載されている。

八束清（やつづか・きよし）

明治34（1901）年頃－昭和50（1975）年／松山市生まれ

爽士

他の『朱欒』メンバーとは異なり、松山時代は松山商業学校に在籍。父は伊予鉄道株式会社第4代社長・八束喜蔵。画家を志し、パリへの留学を予定していたが、父喜蔵が亡くなり、断念する。まもなく、母・まさが松山市木屋町（現・若草町）の愛媛県師範学校近くに文具屋を開店。『朱欒』メンバーが画材を求めて店を訪れたことで交流が始まったらしい。

上京、画業の研鑽を積んだ後、大阪の出版社「秋田屋」で編集者として活躍。昭和21（1946）年、同社の京都出張所から欧文の学術雑誌を刊行。湯川秀樹（1907‐1981）、今西錦司（1902‐1992）、吉川幸次郎（1904‐1980）、桑原武夫（1904‐1988）ら、京都帝国大学系の俊秀たちを世界に送り出した。

- - - - -

長島操（ながしま・みさお）

生没年不明／松山市出身

結城三郎　溝角夫

「結城三郎」「溝角夫」と署名のある原稿は、筆跡などから同一人物のものと考えられる。この人物は、第三号の消息欄にその名の見える、大正11（1922）年旧制松山中学校卒業の長島操であろう。

- - - - -

この同人略歴執筆にあたり、次の皆様にご協力をいただきました。ここに記して謝意を表します。（敬称略・五十音順）

愛媛県立松山中学・松山東高等学校同窓会　工水戸富士子　渡部葉子

凡例

本書は、回覧雑誌『朱欒』の創刊号から第九号までを合本、翻刻を行ったものである。翻刻は、次の要領で行った。

・誤字・脱字はママとした。ただし、漢字の偏や旁など一部の誤記、あるいは、書きかけと判断された文字については、前後の文意などから存在する文字に置き換えた。
・略字については、最も字形が近い漢字に置き換えた。
・変体仮名は、原則漢字表記としたが、濁点の付されたものは、平仮名表記とした。
・本文中、数多く見受けられた変体仮名の「奈」は「な」、「者」は「は」、「爾」・「尓」は「に」と表記した。
・本文中には、差別語、不快用語とみなされる表現も含まれるが、当時の世相を表す歴史用語と判断、原文のまま掲載した。

❖「朱欒創刊号」表紙、重松鶴之助の手による。

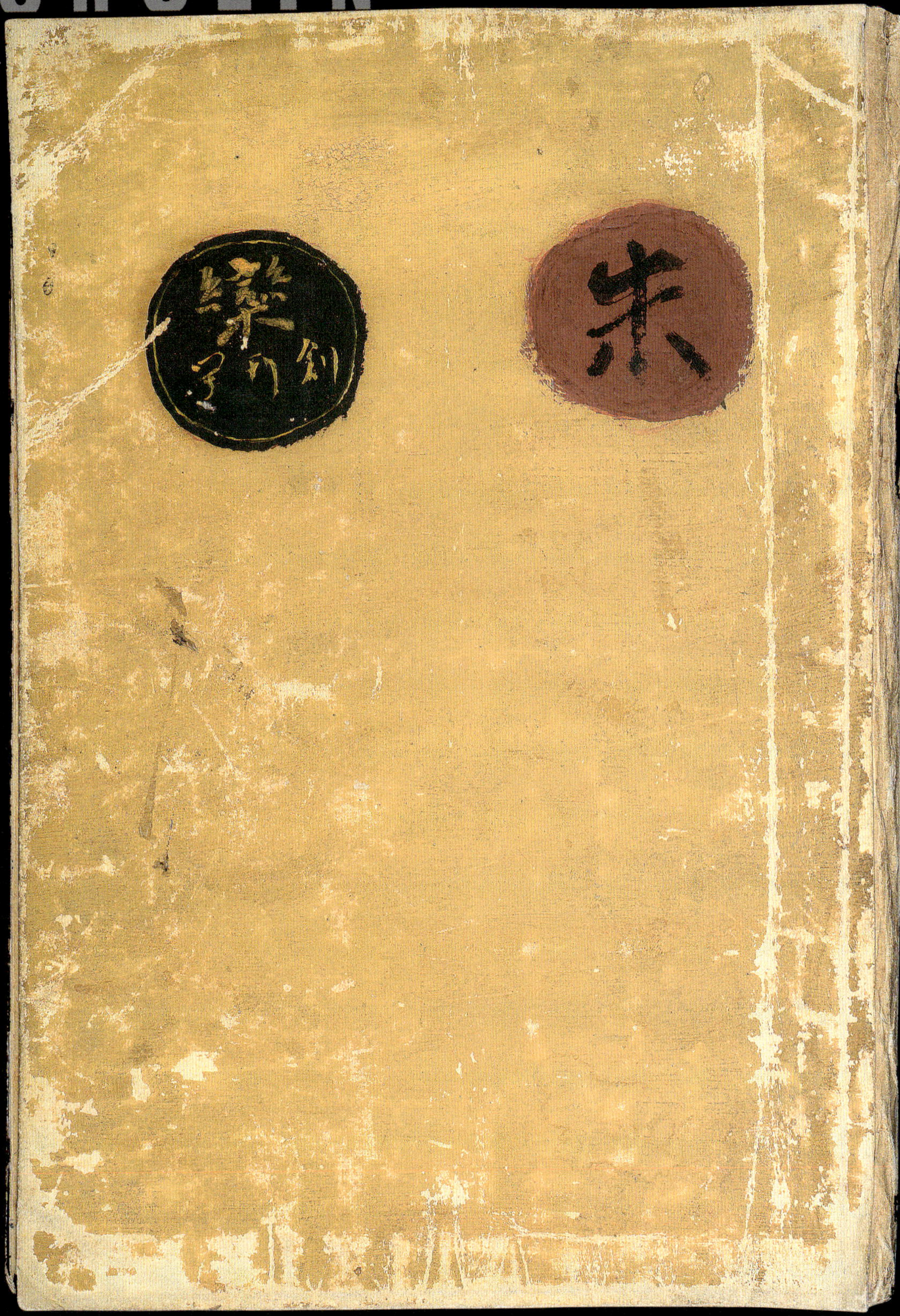

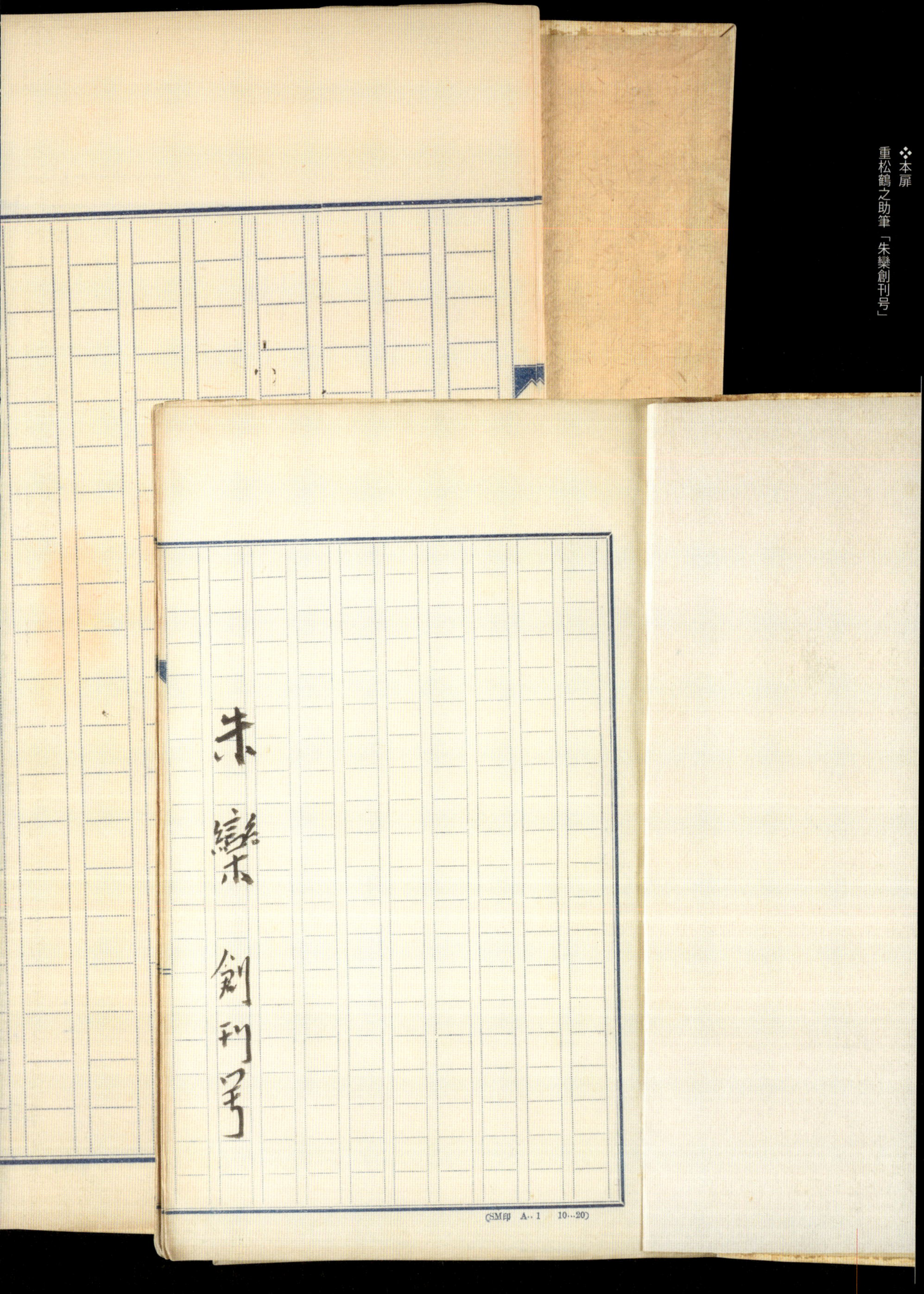

❖本扉
重松鶴之助筆「朱欒創刊号」

廿四孝
勝頼

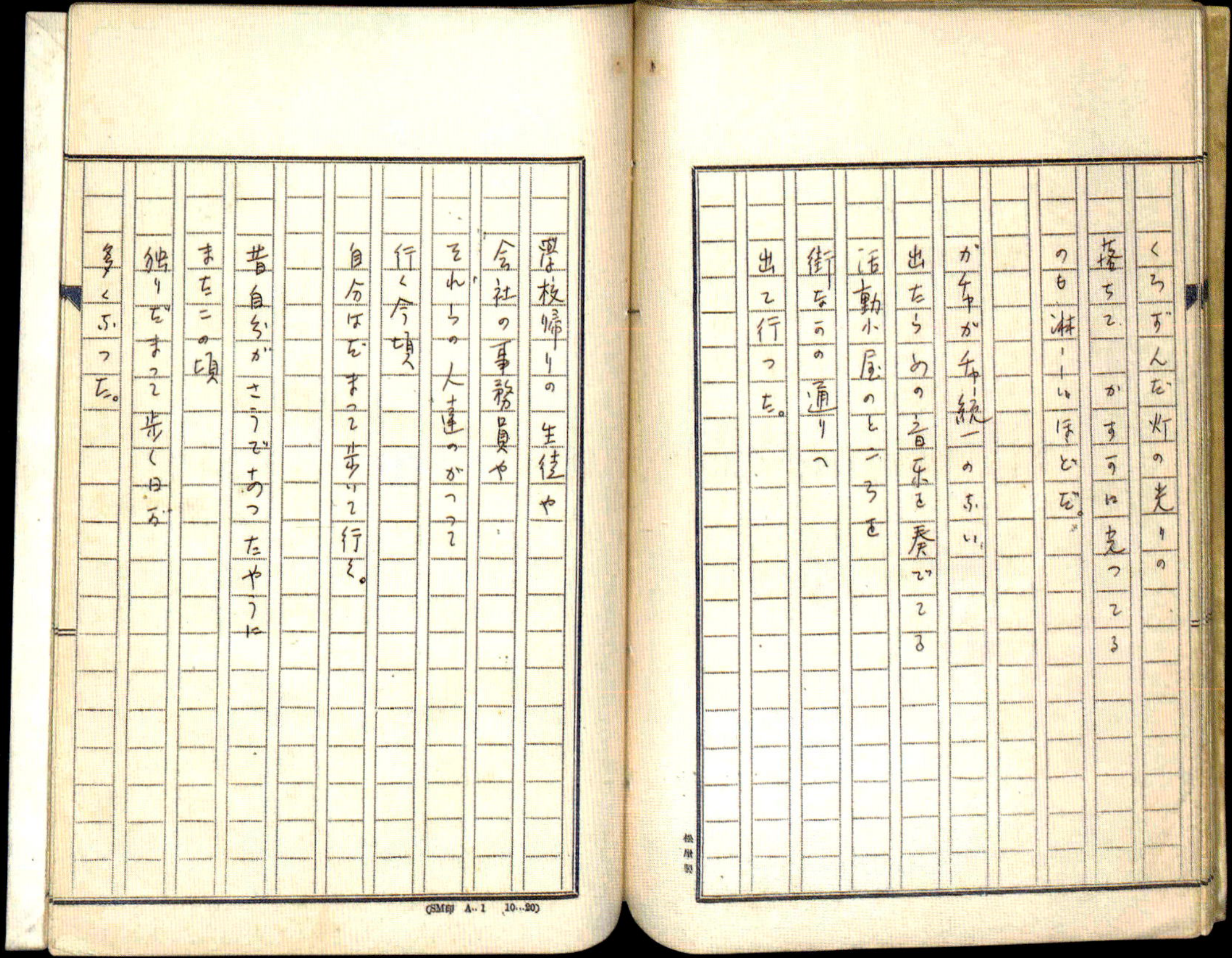
くろずんだ灯の光りの
落ちてかすかに光ってる
のも淋しいほどだ。

ガチャガチャ統一のない
出たらめの音楽を奏でてる
活動小屋のところを
街なかの通りへ
出て行った。

学校帰りの生徒や
会社の事務員や
それらの人達のかつて
行く今頃
自分はだまって歩いて行く。

昔自分がさうであったやうに
またこの頃
独りだまって歩く日が
多くなった。

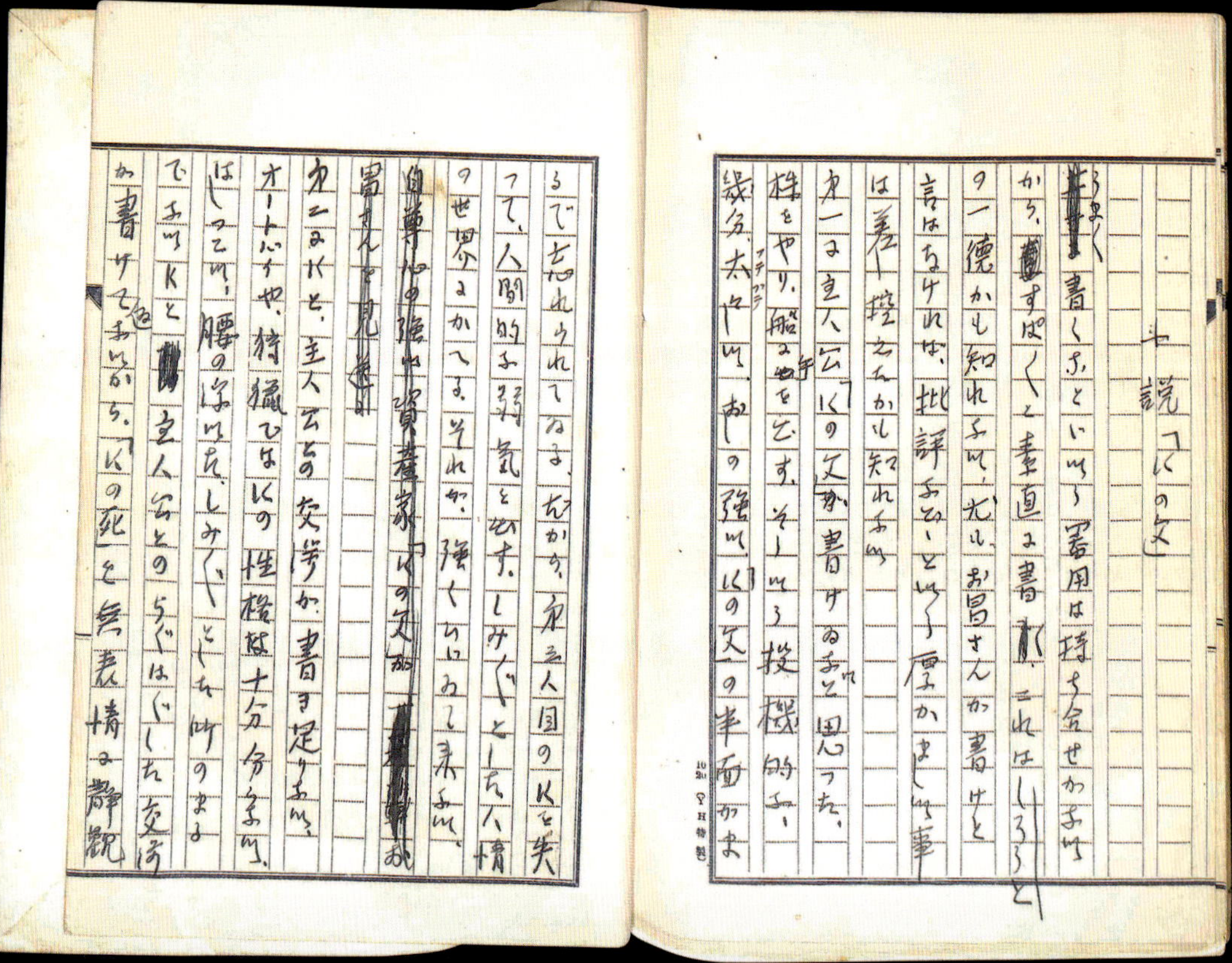
小説「Kの父」

から、すぱく書くふといふ器用は持ち合せかけが
の一徳かも知れないが、それは、お昌さんが書けと
言はなければ、批評をかいといふ原稿かまかし筆
は差控えたかも知れない
第一は主人公Kの父が書けるかと思った。
株をやり、船を出す、そういふ投機的な
残分太々しい、而しの強いKの父の半面がよ
く出てゐた。たとへば、第二人目のKを失
って、人間的な弱気をむきだしにした人情
の世界にかへる。それが、強くなって来るが、
第二のKと、主人公との交渉が、書き足りない。
オートバイや、特徴ではKの性格は十分分かるが、
はじめて、腰の浮いた、しみじみとした所のまず
でいKと主人公とのうらはしした交渉
が書けてないから、「Kの死」を無表情に静観

❖原稿
『小説「Kの父」』（重松鶴之助）
渡部昌著「Kの父」の批評。渡部昌本人の依頼により批評を執筆したとあるが、
これ以降の号で鶴之助が長文を書くことはなかった。

餘白加久ことばし
Kの父
あゝ日の新聞
桃の木。
詩。
街の三月
性欲までの道程
奥さんが屁をたれる
車中吟
○女身の夜
小説「Kの父」

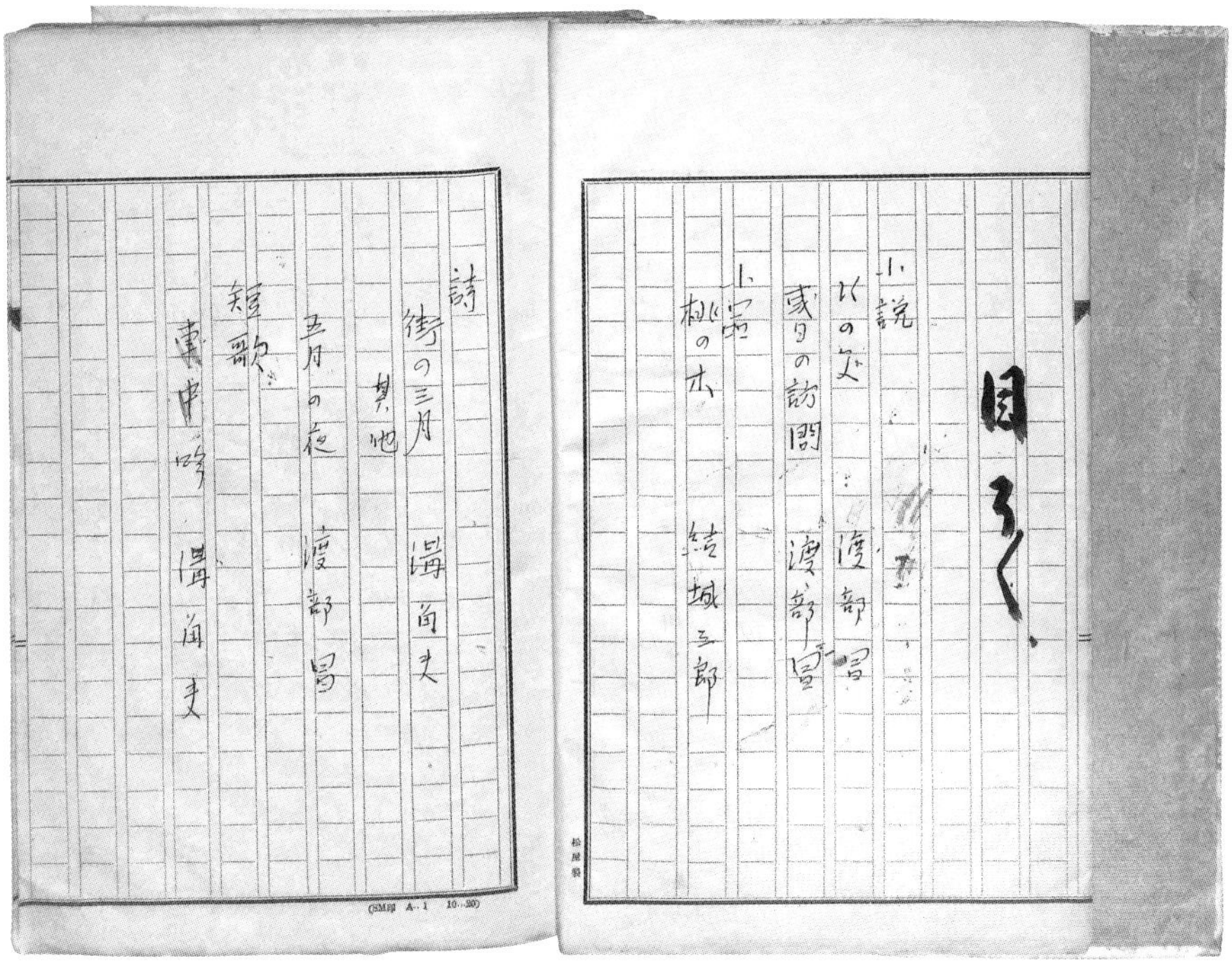

目ろく

餘白加久ことなし　柴一艶（重松鶴之助）

餘白加久ことなし

小生文章か以もく書けず、下らん芝居ゑでかんべんしてもらふ。
まるつきり素描写立た丶ず、色はなく
自分乍ら少々あきれる代物也
責任のかれ、枯木も山のにぎわひの積り。

六月七日

柴一艶

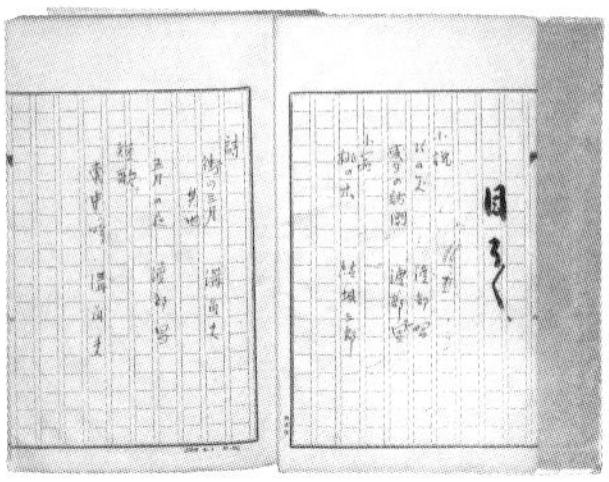

（重松鶴之助筆）

目ろく

小説
Kの父　渡部昌
或日の訪問　渡部昌
小品
桃の木　結城三郎

詩
街の三月　溝角夫
其他
五月の夜　渡部昌
短歌
車中吟　溝角夫

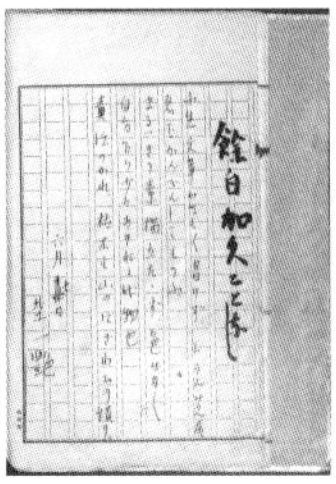

Kの父

渡部昌

それは去年の夏の末——九月の初めで、私が、東京に來る二三日前であつた。八月の半ば頃から、どうも体の調子がよくないと云つて、じつとしてゐるのの嫌ひなKが、いつ行つて見ても、暑いのに敷し流しの蒲團に横つて、講談倶楽部などを読んでゐたのであつたが、

「ちと冷しうなつたし、それに体の具合もえゝけに、田舎の伯父の宅へ行つて一週間ばかり遊んでこうと思ふ。では冬休みまで逢へんだらうから。」

Kは、私が、私の好きなKの妹達や弟達と投球盤をしてゐた部屋の外から、そんな意味の言葉を投げて、裕衣がけで小さいトランク一つ提げて出て行つたのであつた。それから二三日して、私はM市を発つた。

勿論私は、Kは一週間ばかりで旅行から帰つて、京都へ行つたことだと想つてゐた。筆不精な私は、十月の半までKにもKの宅《ウチ》にも何の音信もしなかつた。夏休み中あんなに毎日行つてたのだからとふと思ひ付いてKの宅へ出した葉書に返して、Kの下の次の妹のN子さんから思ひもかけぬKの重態を報じて來た。

旅行から帰つてはさほどでもなかつたのですが、医者の薦《スス》めでゆつくり養生することにして京都行は延ばしてゐたのですが、追々ええので兄も行き度がり、お医者様もかまわないと仰つしやるので、荷物など作つたりして用意してゐましたのに、急に一昨日から三十九度余りの熱を持ち続け、今日赤十字病院へ入院しました。兄を送り出した後、風邪でねてゐるF子（一番下の妹）の枕もとにC子（中の妹）と二人で坐つて、悲しみに掻き暮れてゐます。兄は自分の病気のことなど知り過ぎてゐる故、神経が強くて、傍に居る者が困ります。どうか貴方からも慰めてやつて下さい、と云つた様な意味のことが手紙には書かれてあつた。私は急いでKに見舞を書いた。十日ばかりしてKから代筆で、熱も大分下り食事もいく様になつたから安心してくれ、と簡単な手紙が來た。それで私は一先づ安心した。

夏の中頃、少し体が悪いと云つてた頃から、Kの病気については、Kも私も、その病気を瞭然《ハツキリ》口に出して云ふことを互に恐れてゐた。で止むない時には、「咽喉を痛めて、」とか、「消化器と違つて呼吸器の方は、」とかそんな言葉を使つた。と云ふわけは、其の病気を誰も嫌ふからでもあつたが、それ以外にKの兄は二十才を多く越えずして二人共死んでゐたし、彼の父は若い時からその病気で、色々と療養の限りを盡して、やつと危く六十二の齢を保つてるのであつた。平生元気だつた時でも、その病気の話を、Kは平気で口にすることは出來ないらしかつた。其の調子には何処かこだはつた所があつた。Kの心のどこか隅の方には、こんどは自分の番だなと囁く不安が巣食つてゐた。一方又夫を何そんなことかと打ち消そうとする努力が潜んでゐた。

それで夏Kと別れる時にも、其の時の病状から云へば、そんな考へが浮ぼふ筈もないのに、「もう逢へんかも知れんぞ」そんな気がふとした。でも私は、何でもない事にさえ屡々不吉な豫想に捉はれて、つまらぬことをよく考へるのである。

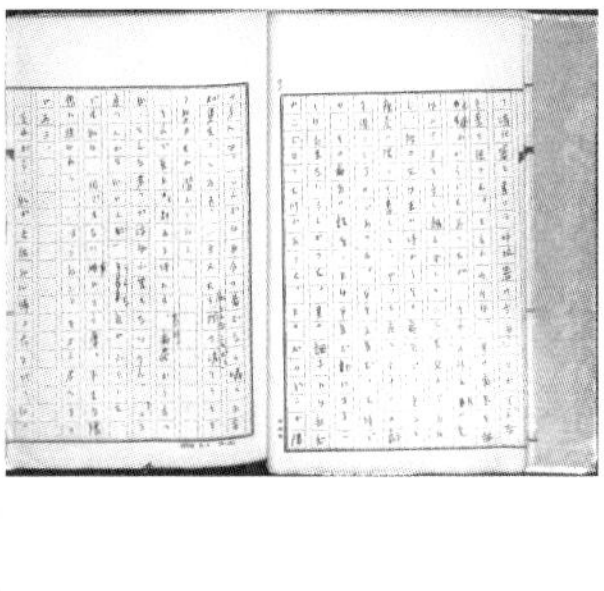
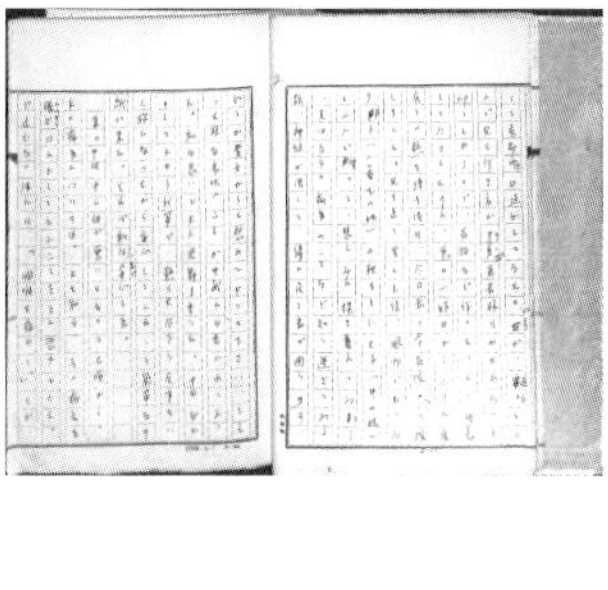
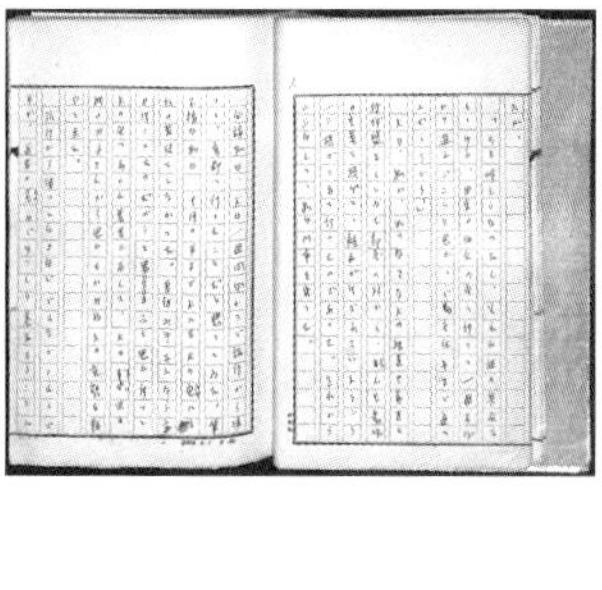
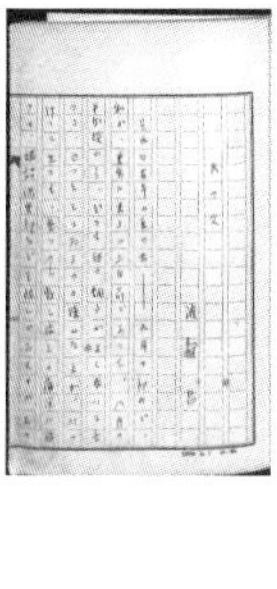

それから、私が冬休みに帰る前まで、何の音信もなかつた。私からも出さなかつた。処が帰る二三日前に母から來た手紙に、Kが復悪くなつて、どうも難かしいらしいと云ふことが書いてあつた。私は驚いて帰つた。

私は十二月の廿三日の九時過ぎにM市の駅に着いた。難かしいと書いてあつたから、一時間も争へない。僅かのことで若し逢へないとと思つて、自宅へは帰らないで直ぐKの宅つた。帰らないでと云つても、Kの宅は私の宅から一丁と距つたはゐなく、且駅からの帰途にあつた。

汽車や船に居る間は、幾分気に懸つてはゐたが、偶然一緒になつた友達と小説の話などをして紛れてゐたのだが、Kの家《ウチ》へ近づくに従つて次才に不安になつて來た。

戸を開けて這入つた時、家の内はしんと静かだつた。Kは病院に居るので皆そちらへ行つてゐるのかな、と思つた。私は変に緊張した気持で、勝手知つた家の中をずつと奥へ這入つた。二三度叫んだら、誰れか二階から下りて來る気配がした。障子を開けたのはN子さんだつた。彼の女は、一言二言云つてゐる内に、

「もう、何にも判りませんので。」

と伏向《ウツム》いて泣いてゐた。

私は取あえず彼女と一緒に二階へ上つた。

八疊の部屋の眞中に、厚い藁《ワラ》蒲團を敷いて、其の上に死に瀕したKが横つてゐた。枕もとの右手に、大きな丸火鉢が置かれ、金盥《ダライ》に湯がたぎつてゐた。Kの母と看護婦とが、疲れ切つた者の様に、つくねんと坐つてゐた。部屋は、締め切つてあるのと温めてあるのとでいきれてゐた。そして明るい電燈の下でげつそりと瘠せたKが、

「ああー、ええー、なんぎいー」

と、抵抗力の失せた体を僅かに身煩えしながら、舌の充分廻らぬ調子で、無意識に慟き続けてゐた。私は息がつまる様で何とも云ひ出せなかつた。

「こんなになつてしまひましたがなむし。折角帰つて來てもらつても、何にもよう判りませんので。」

Kの母は、流れる涙を拭かうともしなかつた。二三度、Kの母やN子さんと、私の名をKの耳の傍で叫んで見たが、何の反影もなく、ただKは「ああーなんぎーえ、」と慟き続けてゐた。

「お父《ヂ》さんは」と私は尋ねた。

Kの父は、よし間に合はないまでもと、博士を迎へに京都へ一昨日発つたと云ふことであつた。私は、不斷の気慨の強そうだつたKの父を思ひ浮べて涙ぐましい様な気になつた。

それから四日目、廿六日の朝九時過ぎ、Kは死んだ。博士は間に合つたが、策の施す術もなかつた。結格が脳に就いたと云ふ診斷であつた。

私は、Kの死ぬる日まで日に一度宛Kの宅へ行つた。逢つても判らないのと、病気が病気なのでKの部屋には行かなかつた。実際、私は行き度くなかつた。死が宣告されてゐて、死に得ないあがきを見るのは堪らないし、自分自身を見せ付けられる様で厭だつた。

Kと私とは、家も近いし、小學校、中學校、高等學校と同一學校の過程を踏んで來てゐたので相当親しく附合つてはゐたが、もともと私はKを夫程好きではなかつた。性質も反対だつた。私の無精で憂欝なのにひきかへ、彼はオートバイを飛ばしたが

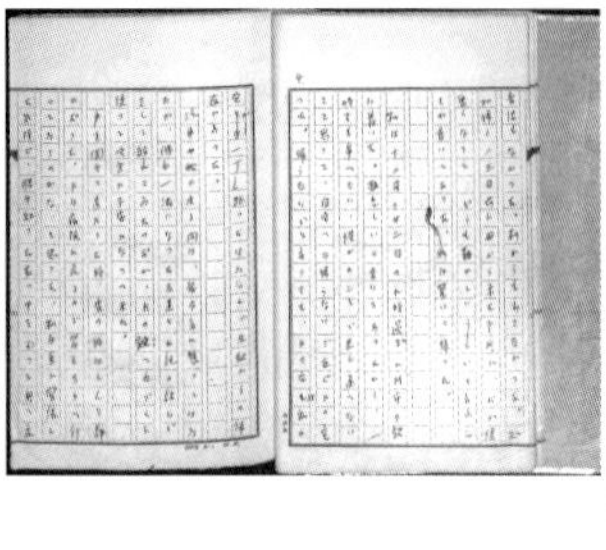

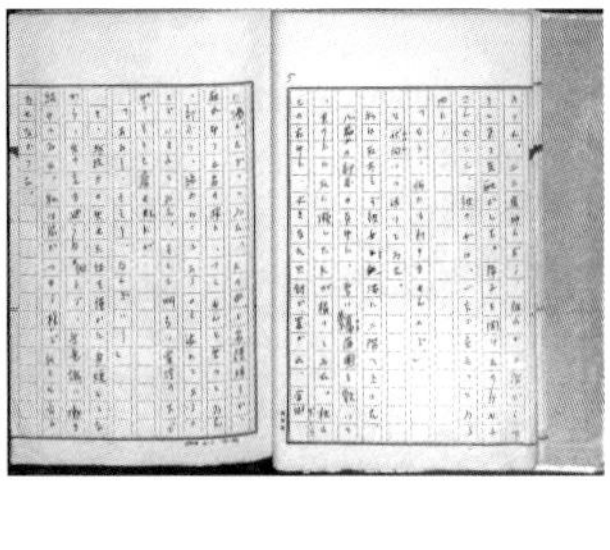

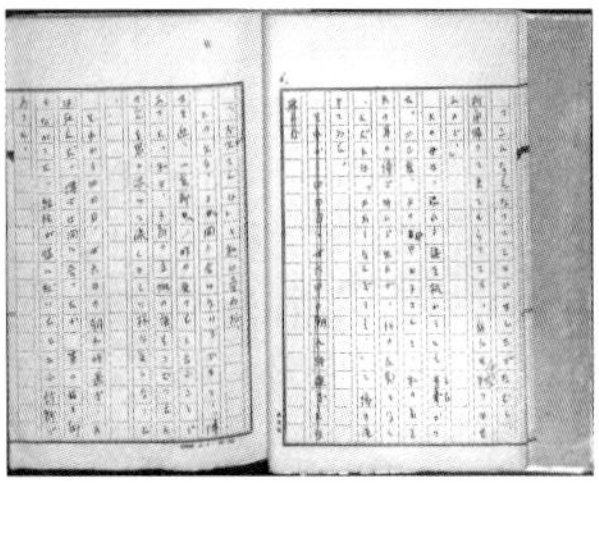

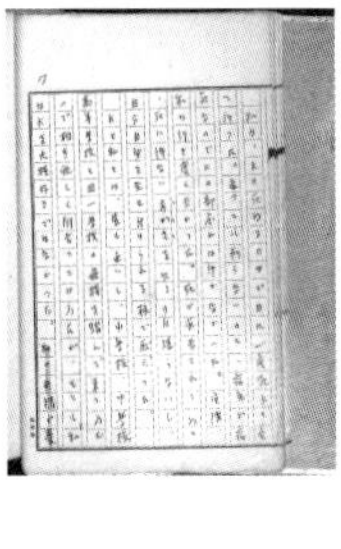

つたり鉄砲をいぢつたりしてゐた。深く親しめない人間だつた。従つて仲のい丶友と云ふものもなかつた。で近頃では、私はKの宅へ行つても大概階下《シタ》でKの妹達と遊んでゐた。昨年の夏など、私は妹達の仲間になつてしまつてゐた。Kも夫を知つて丶丶私が行つて丶も、私には関らないで勝手に行動してゐた。

　私は、帰る前Kはよくなつたことと思つてたので、下宿の冷く味気ない四疊半にくすぼつてゐて、正月にKの妹達と賑かに遊ぶことを想象しては楽しんでゐた。Kとは気質の違ふ内気でおつとりと柔かいN子さんや、無邪気で温いC子さんを、私は好きだつたから。

　でも兄が死にかけてるのである。その妹達と呑気に遊ぶことは出來なかつた。でもKの宅へ行つた時は、先づ彼女達の居る部屋をのぞひてそれから奥へ行つた。Kの臥てゐる部屋の階下の八疊が、Kの父の居間であつた。私は大概そこへ通された。部屋の中央に炬燵が切つてあつた。Kの父は、いつも私が行つた時、炬燵を抱える様に両手を深く突き込んで、頭を殆んど蒲團に接する位まで垂れて考へ込んでゐた。私は何も云へないので、唯Kの父の云ふことに、幾分でも氣慰めになる様な、下手な言ひ廻しの短い答へをするだけだつた。言葉の絶える間には、二階から、Kの慟き声が、途切れ途切れに聞えて來た。

「黙つとつてくれるとえーのですけんど、あ丶云ふて、いつもおらんでゐるので、傍の者もたまらんし、わたしも、ここでこうしておるのが、晝は未だええのですけんど、夜になると周囲が静かになるですけに、よう聞えるので、耳について寝られいで、何様いけません、と云ふていつ死ぬるかも知れんので逃げておるわけにも行かず横生です。」

　Kの父は、如何にもたまらなさそうに、眉に皺を寄せて、頭を左右に軽く動かして云ふのであつた。私は帰つた晩に一度見た、Kのあがく姿を想ひ浮べた。実際に、聞く者の命を縮めるであらう、あの吠き声を、吾が子の声としてじつと聞ゐてゐなければならぬ、Kの父を想つて、私は彼の痩せた顔を、そつと見た。

　その時私には、Kの父の気持が判《は》つきり判る様に思はれた。年頃になつては死になつては死にした二人の兄、そして今死にかけてるK、その死際の慟き声をじつと聞ゐてゐなければならぬ父、夫は何と残酷な悲劇の場面だらうか。

　私は暗い重苦しい此の運命的な雰囲気に辛防出來なくて、三十分位居て此の部屋を辞した。

　Kが死んでからも、私は、Kの父の部屋でさし向つて、三十分か一時間かを過した。彼は、手足を皆もぎ取られた蟹のやうに弱り込んでゐた。希望し意志することすら出來ないらしかつた。

　前にも云つた様に、親しく交際つてはいたが、Kを夫ほど好きではなかつたから、彼の病気、次で死に対する私の態度全部は、Kとの友情から自然に湧いたものではなかつた。

　無論、Kに同情し気の毒に思つた。が然し若し私が、Kの一家（主に妹達）と親しんでゐなかつたら、私は、Kの病状の難しいのを知つた時、却つて帰省の日を遅らして、帰れば近所ではあり竹馬の友と云ふ理由で知らん顔してゐられない義理を、なるべく避けようとしたかも知れない。その位のことは仕兼ねない私である。私は中學高等學校にかけて、随分強く死の恐怖に襲はれてゐた。此の頃では大分慣れつこになつたから、そうした考へが起つても、それほど怖れもせず、暗くもならい。が以前は、木の葉を見て想つたり、若ひ女を見て想つたり、老人を

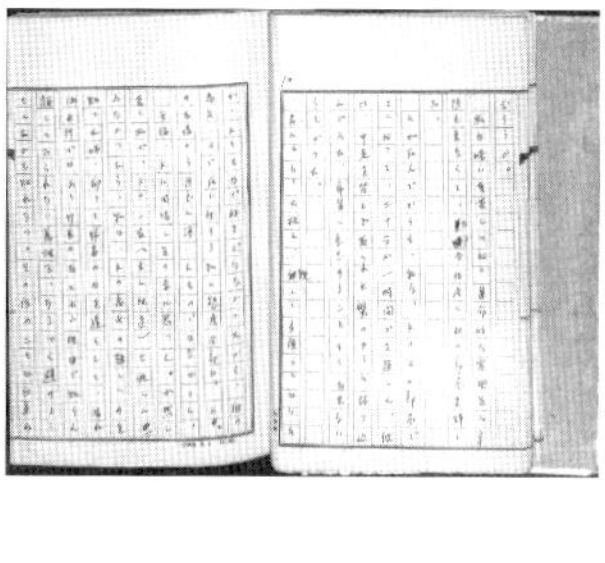
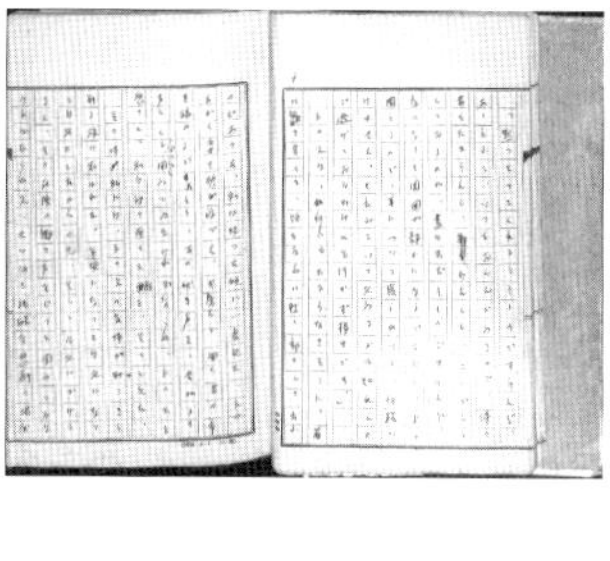
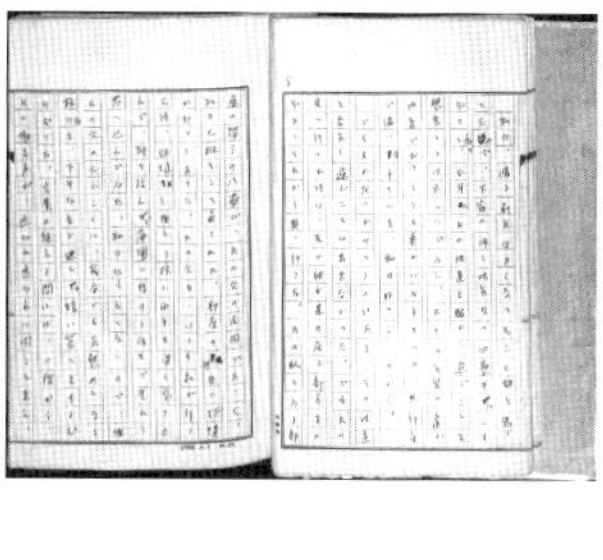
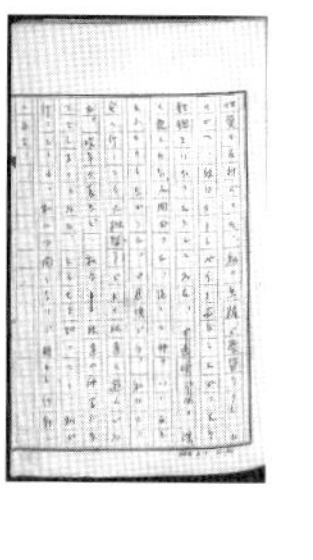

見て想つたり、又夜更けて鏡に映つた自分の顔を見て想つたりした。だから人の死に觸れるのは厭である。

若い者の死、まして親しくして居た者の死に觸れるよりは、下宿に寝ころんで煙草の烟でも、吹かしてる方が、いくらましかも知れない。ましてKが私に逢ひ度がつて、Kの宅からそう云つて來たわけでも何でもないのだから。

で一日に一度Kの宅へ行つたのも、Kの家族との親しさがあつたからであつた。行き度くはなかつた。特にKの死る前はいやだつた。何とも云へない重苦しさが一家に漂つてゐた。死んでから後の一家は、淋しく悲しくはあつたが、洗ひ落された様な気分だつた。Kの妹達はやはり若い者である。悲しんでゐる様でも何となく明るかつた。

「若い娘などは、涙を流してる間だけ悲しいので、涙が乾いてしまへば、感情も消え失せてしまふのだらう」

私は、十七になるC子さんを見て、そんなことを想つたこともあつた。でも、その涙と共に悲み洪笑と共に嬉ぶ少女の、五月の空の様な明るさを、私はどんなに嬉しく想つたことか。で私は、妹達の間では、なるべく明く振つた。妹達と遊んでる時の方が、私の本當の気持だつたかも知れない。でもKの父の傍に坐つてる時の私も、私の以外のものではないと想ふ。人間の心と云ふものは複雑で微妙なものだから。

葬式が濟んでからなど、私は奥へは行かずに玄関の横の妹達の部屋で、長いこと雜談したりトランプしたりしてゐると、下女が、旦那様がゐらつしやいませ、と傳へて來るのである。

Kの父は、Kの病気頃からと云つても私が帰つてからのことだが、誰れにも逢はなかつた。見舞客などは、Kの母が應対してゐた。

Kの父には友達と云つてもない様だつたし、親戚もM市には七十六とかになる彼の兄が居るだけだつた。私が行つてる時に彼の部屋であつたのは、その、もう余程老ぼれてゐる兄と云ふ人と、天理教の坊さんとだつた。それも一囬宛だつた。でつまり私は、軽い意味で、唯一人のKの父の苦痛の被告白になつてゐたわであつた。私は明らさまに、苦痛の告白を受けもしなかつた。私はいつも黙つてゐた。三十分か一時間坐つてる間に僅かの会話、それも極くありふれたつまらない、「今日は少しスープが行つたとか、熱が少し高いとか高等學校の先生の讀んだ弔辞に一番泣かされたとか、寒いとか」そんな言葉を交すだけだつた。然し私は、其の僅かの会話と、殆んど変化のない姿態とから、如何なる名優がやるよりも、より充分にKの父の気持を感ずることが出來た。然し六十二のKの父と、二十三の私である。若し私がもう四十年早く生れてゐる人間だつたら、彼と共に炉燵で茶でも飲みながら、過ぎ去つた六十年の生活記録から、人の世の無常を語り合つて、彼を慰めることも出來たであらうか。

私は一時間すると堪えられなくなつて、その部屋を辞するのであつた。

私はこん度帰るまで、Kの父とはあまり話したことはなかつた。Kの家族の内では一番親しみの少ない人だつた。彼は実業家であつた。又M市では有数の資産家であつた。が資産家として治まつてる人間ではなかつた。

船も持つて見れば、鑛山にも手を出した。定期の株、米にはいつも関係してゐた。彼の云ふ所では、彼の弱い体で六十二の齢を保つてゐるのは、仕事（株米など）の積極的興奮によるの

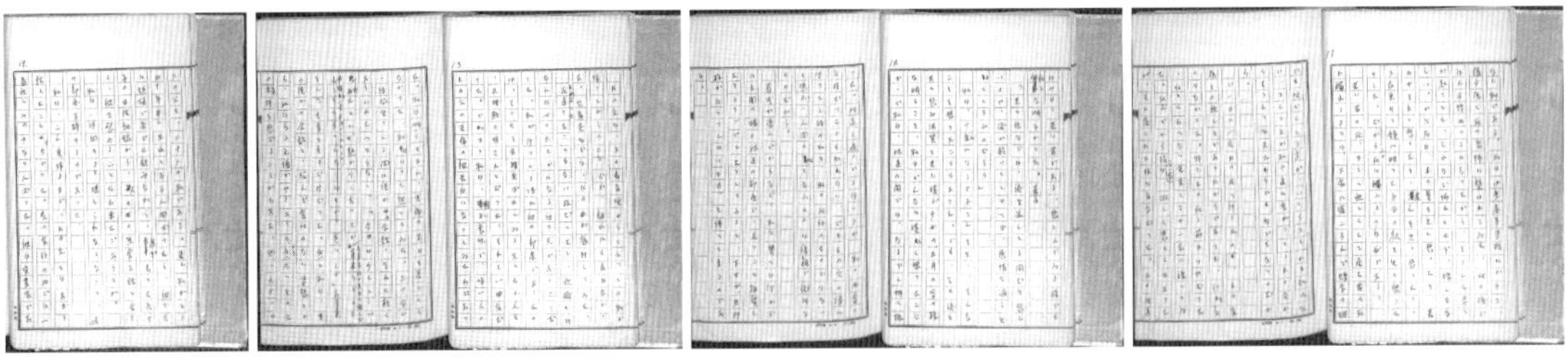

だそうである。それほど覇気のある人である。覇気だけの人と云つてもいゝのである。で私は、こうしたKの父に何等の好意も感じては居なかつたのである。唯友達の父であり、その妹達の父であるに過ぎなかつた。友達の父とか親戚の伯父とかして、人間を眺めた時には、巌めしい、道徳家の、解らすやの半面のみが存在するものである。Kの父も、私に取つてそうであつた。然しKの死に於て、私は六十二の弱々しい老人であるKの父を見た。

以下は、私の耳に印象的に残つてる、Kの父の会話の斷片である。

「あんなに難儀がるのを、聞きよるのが辛いけに、どうせ助からんのなら、早く死んでくれるとよゝのですが、」

×

「でも人間の生命てふ奴は、妙だものですけに、寿命さえあれば、どんな所から持ち直さなとも限らなから………」

×

「親ちふものは慾くなものですけに、どうぞしてと想ひ、ひよつとしたらと想ふて、お母が、お地藏様へお願をかけたり、天理教を拝んで見たりするのですが、何ぼそんなことをしたていかんものはいかんのですが…」

×

「親の体質が弱いのか、やつはり遺傳して病気が付くとどうもいかんのですな、私などが若い折から弱いので、二十八の時に、医者がもういかん云ふたのが、どうやらこうやらようなつて、ひよろ〱しもつて今に生きとるのですが、肺病も一坦固まると持つもんですな、」

「健助（Kの兄）の死んだ時などは、わたしも未だ若かつたけに、何に糞と想つて割合に平気で、傍の人の方が余計に、悲しんだりする位だつたのに、こんどはもうほんとに弱りましたかい、一生でこんど位気抜けのしたことはありません、…………何様、義敏（小學校六年のKの弟）は未だ小供ですし、あとは女ばかりで………」

×

「何ぞ、株か、他の仕事でも、想ひ切り刺戟になる様なことでも、やつて見たらとも想ふんですが、想ふだけで、やらうと云ふ気が起らんので」

「私は、二十才の時に、親父が死んで、それから家を繼いで色んなし度くもな仕事を脊負はされて苦勞をして、年取つてからは子に死なれるし、六十年も生きてゐても、面白い時と云ふものはないもんですな、」

正月には、私は友達と酒を飲んで浮かれてゐた。三ケ日の内では二日の夕方一寸行つて妹達と話して直ぐ帰つて來た。三ケ日がすんで行く処もなくなると、私は又Kの宅へ行つた。家の内は大分平常に復して來て夜遅くまでトラプしたりカルタを取つたりして遊んだ。で此の頃は私は、義務的などではくて、Kの宅へ行つた。行くとやはりKの父に部屋へ呼ばれた。彼は未だ非常に弱り込んでゐた。でも少しは平常を取り返してゐた。

十三日の朝、九時何分の汽車で、私はM市を発つた。前の日、明日発ちますからと暇乞ひはしておいたものの其の朝駅へ行き

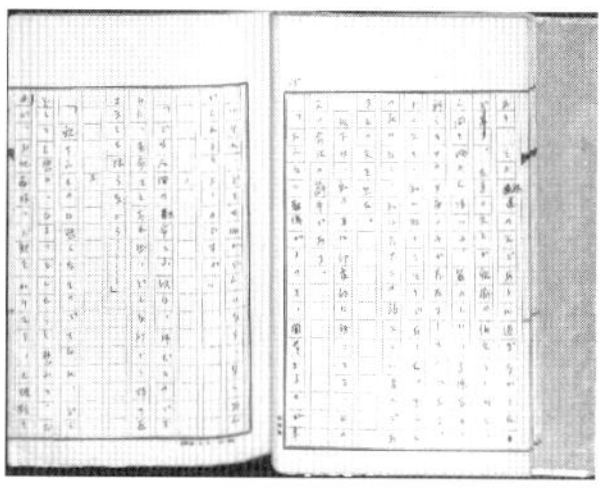
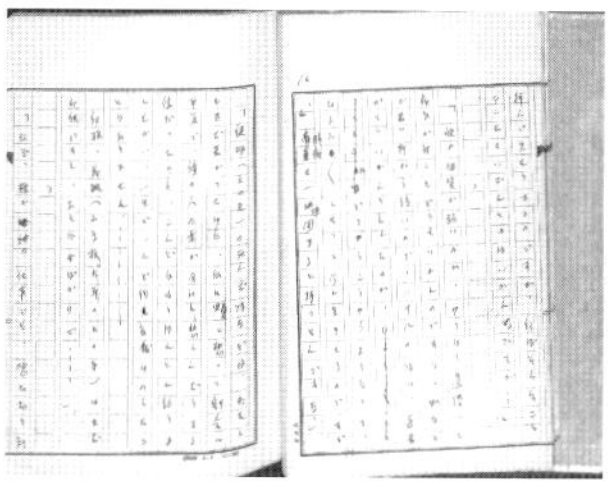
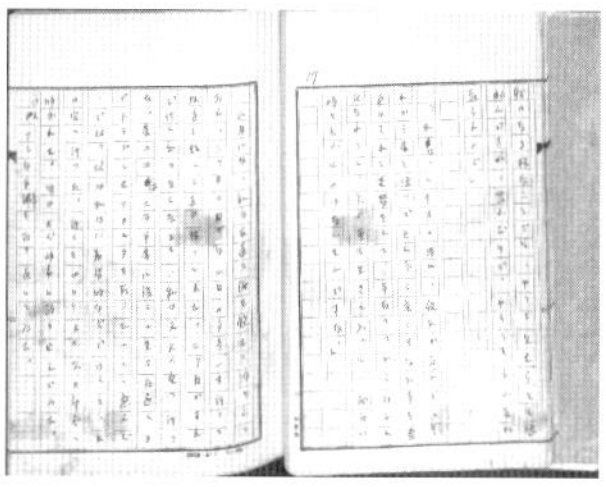

がけにKの家へ寄つた。下の妹や弟は學校に行つて居なかつたが、後の人は皆居た。一寸挨拶して直ぐ表へ出た。Kの母とN子さんとが門まで出て見送つてくれた。私は脊に視線を感じながら一丁ばかり歩いて、振り返つた時、私は、インバと襟包とにくるまつた小柄なKの父が、小刻みな歩調で後から歩いて來るのを見た。私は歩みをゆるめてKの父を待つた。

「若し、僕を送つて下さるのでしたら、寒いですから、どうぞ……」

私は、幾分恐縮して云つた。

「え、、何にも。そこまで行きますけに」

Kの父は同じ歩調で歩き續けた。私も黙つて並んで歩いた。

驛で、一緒にゆく約束をしてゐたYや、その他に二人ばかりやはり上京する友達に逢つた。私達若い者は三四人寄ればすぐ快活に談笑した。私は倚の椅子に居るKの父に気付いて、すまぬ気がした。私たちは皆四人とも大學の正服、正帽であつた。Kの父は、きつとKの同じ姿を想ひ浮べたに違ひなかつた。

Kの父は、ポケツトウイスキーを駅の賣店で買つて、私に呉れた。

発車の豫令がリンリンと鳴り出した時、Kの父は帰つて行つた。

私は列車の窓から、痛々しく、しよんぼりした老人の後姿が、改札口に消えるのを見守つた。

十四年二月、

ある日の訪問　（文ちゃんの入學）　渡部昌

ある日の訪問（文ちゃんの入学）

渡部昌

春の陽が温く照つてゐた。私は青山五丁目で、S子と別れて電車を下りた。

「行つたらどう云つて辯解しようか」

私は南町を清水の宅の方へ歩きながら考へたが、余りい、口実も浮ばないので、ありの儘を云つてしまふと想つた。

年末に帰省する少し前に來た時に、國へ持つて帰つてもらひ度いものがあるから、帰るまでに是非一度來てくれと云はれ、來ますと約束して、とうとう行かずに黙つて帰省してしまつたのだ。それ以來行つてゐない。今までは大概一月に一度か二月に一度は訪ねてゐたし帰省の前後には必ず一應行つたのである。それが此の正月來てから一度も行つてゐない。國から持つて來た土産物も、下宿で友達と食つてしまつた。

私が葉書でも出しておけばよかつたのだが何の音沙多もしなかつたので、清水の方では、來るものと想つているのが來ないから、心配したと云ふわけでもないだらうが、國の私の家へ、東京へ來てゐるのかと問ひ合したのだそうである。夫で私の家から、早速行けと云つて來たのだがちようど試験前だつたので、試験が濟んでと想つたのが、試験がすんでから二十日も経つた今日初めて、清水からの二度目の葉書に促されて出掛けたのである。

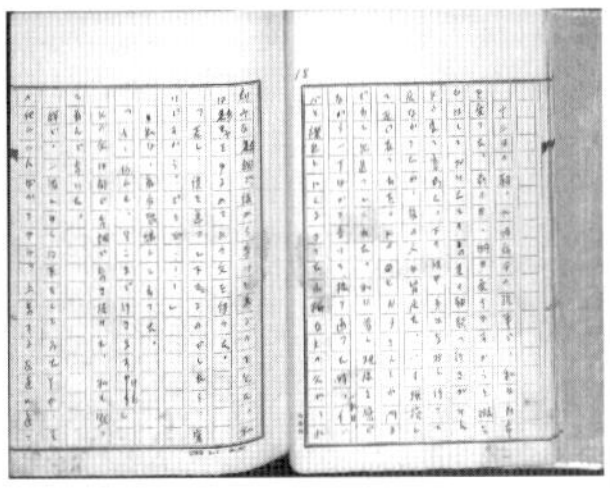
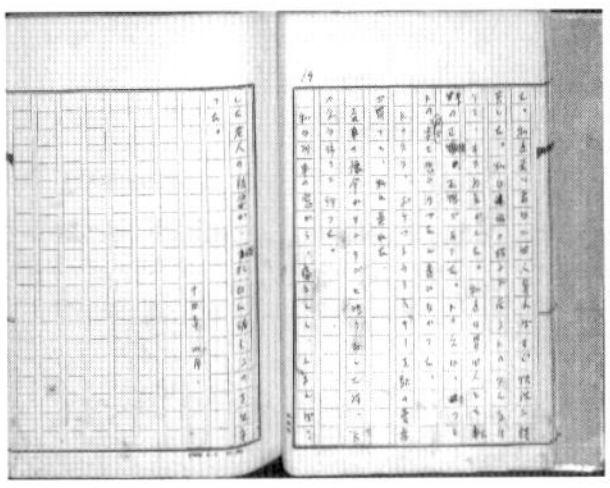
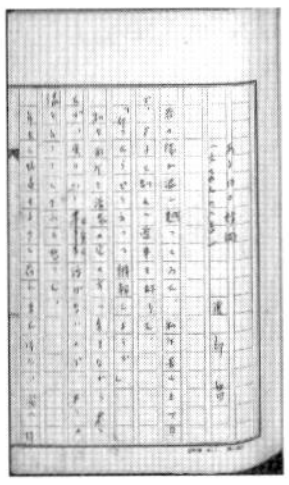
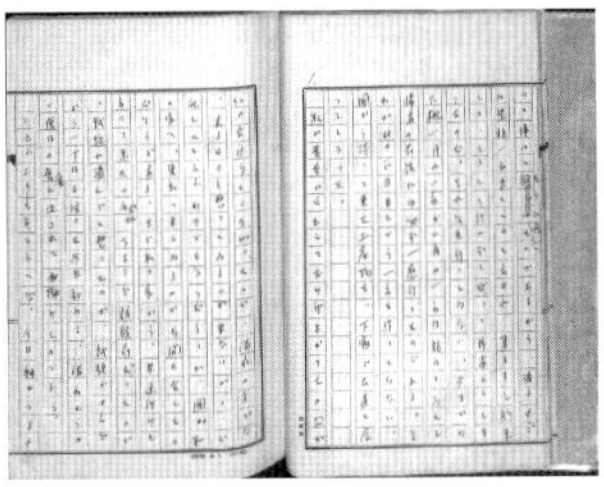

と云ふよりも実を云へば、今日朝からS子が私の下宿に來てゐた。彼女は、今日晝からどうしても、渋谷の親戚に行かねばならぬのだそうで、それなら天気もい丶、電車も一緒だからと、晝食をすませると一緒に出掛けたのである。

「葉書の様子では皆元気ならしいが、文ちゃんの試験はどうだつたか知らん、…………　何にしても、今日は、早く切り上げないと困るぞ。いつもの様に夕飯を食つたり、風呂へ入つたりしてゐてはいけないぞ。四時半までに日比谷まで行くには三時半には、出なければ間に合はない。俺はとかく行くと腰が長いから。」

「四時半にね、日比谷ね。間違えしや厭よ。此の間の様に待たしちやいやよ。」

先刻電車で別れる時にS子が念をおして云つた言葉を想ひ出した。それから私は、逢つてから、何処へ行かうかと四時半以後の行動について計畫しながら歩いてる内に、もう清水の門の前まで來てゐた。

格子戸を明けた時チリンと鈴が鳴つたが、皆裏の方に居るのか、誰も直ぐ出て來そうもなく静まつてゐるので、私は勝手知つ坐敷の廊下を通りぬけておばあさんの部屋に行かうとした。

そこで、私の注意してゐない庭から突然に

「まあ、明ちやん…」と云ふおばさんの声が聞えたのである。

「まあ、どうしてたの、随分御無沙多ね。どこか悪いのじやなかつたのかね。一昨日葉書を出す時叔母さんに、こん度の日曜に見えなかつたら、尋ねて行つてごらんつて云つてたのですよ。明ちやんの呑気やさんにも困りますよ」

「試験が済んだら來うと思つてゐたのが、風邪を引ひて二三日寝たりなんかしてゐましたし、夫に例の呑気性と出無精で、來う來うと想つてる内に日が経つてしまつたんず」

「で風邪はい丶のかい」

「え丶もうずつとい丶のです」

「早く葉書でも呉れればいいのに、何にも音沙多がないもんだから、松山へ聞き合はしたのですよ。でもまあ、大した病気でもなくつてよかつたね。今日は日曜だしお天気がい丶ので皆で上野の吉田へ行つたんですよ。独りで退屈なものだから、文子のお花畑を、作つたばかりでほつておくもんだから、少し掃除してやろうと想つてね。ぼつぼつしてゐるのだけど、少しかがんでゐると腰が痛くなるのでね。」

おばあさんは、持つてた手掃木を椽端に立てかけて、手を洗ふと上つて來た。私は、おばあさんの部屋の障子を一ぱいに明けて坐ると、袂からバットを一本出して火をつけた。

少しの風もない静かな光りの内に、ゆらゆらと紫色の煙が立ちのぼつた。遠くで電車の軋りが物だく聞えて來た。

「文ちゃんの試験はどうでしたか。」

私は、おばあさんの挨拶がすむと云つた。

「え丶、ありがとう。お蔭で才三が出來ましてね。皆大喜びなんですよ。才三がいけなかつたら、近くだから山脇を受けさせようと想つてね、ちゃんと願書が出してあつたのですけど、夫が無駄になつてよかつたわけなんですよ。」

「そら、お目出度う御座います。何しろ、試験て奴は、いくら出來ても運ものですから、一度で出來てよう御座いましたね。失敗すると子供が可愛そうですから。折角、のびのび成長してゐるのが、少しでも屈じけるのは一番いけませんから。それに女

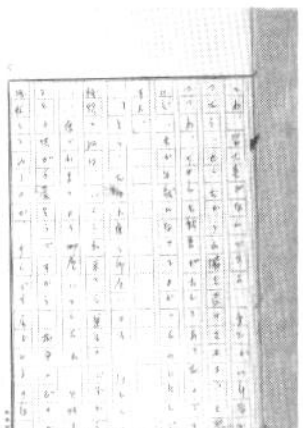
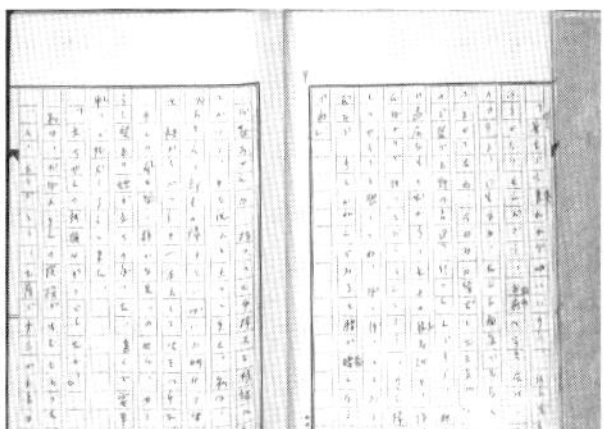
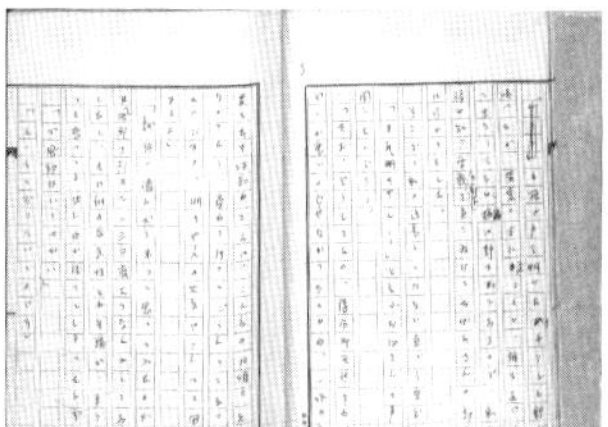
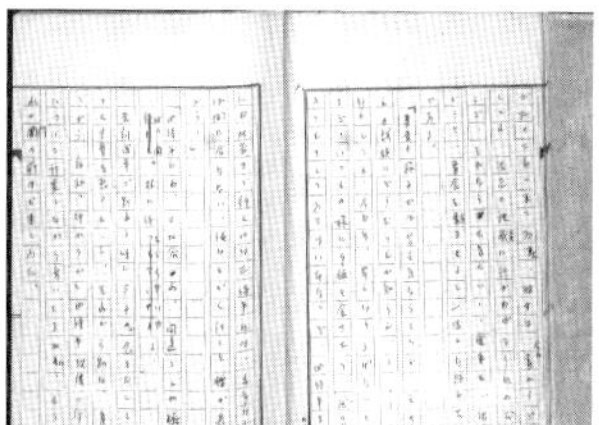

學校でも東京は随分難かしいらしいのに、よく出來ましたね。」

私は、おばあさんの喜びを少しでも大きくし度いと想つて、且は、私の御無沙多から会話が早く離れる様にと想つて、余り云つたことのないお世辞を追け加へた。

おばあさんと私との関係は、日本語でどう云ふのか知らないが、私の祖父とおばあさんとが兄弟なのである。だから親類関係から云へば可成遠いのであるが、交際《ツキアヒ》は親しくしてゐた。私の父や母の兄弟の家と同じ位或はもつと親しかつた。私の家は四國の松山だし、清水は、御維新以來東京に住んでゐるので、普斷そう往き來するわけには行かないが、東京に來た時、或は松山に來た時は、お互の宅に寝泊りした。又そうしなければ却つていけなかつた。私も、今まで二三度東京に一時的に遊びに來た時には、いつも清水に厄介になつた。

清水の一家は、おばあさんと、叔父さんに叔母さんと順に文ちやん芳ちやん久雄ちやん道雄ちやんの四人の子供で都合七人の家族である。おばあさんの夫であるある所のおぢひさんは、もう十年も前に死んだ。然し二階の客間に懸つてる、おぢひさんの肖像は、今もなほ此の一家の生活の中心をなしてゐるのである。と云ふのは、おぢひさんおばあさんには子がなかつた。で女の子を小さい時にもらつて育てた。それが今四人の母である叔母さんである。叔父さんは十八の時とかに、喧嘩か何かして、松山の中學校を退校させられて困つてる所を、おぢひさんにもらはれて清水の人となつたのである。おぢひさんは、舊蕃主久松伯爵の家令を務めてゐた。忠義一徹の、お家の爲めになつた家令だつたそうで、おぢひさんの死んだ時に、殿様がお通夜に來て下さつた時の話を、私はよくおばあさんに聞かされてゐた。叔父さんは、殿様が軍人であると云ふ所から、おぢいさんに強制的に軍人にならされた。今少佐である。毎日無事に、軍隊に通つてる。叔母さんと共に親切な、至つて好人物である。四人の子供は、日に日に成長してゐる。おぢひさんは、世繼ぎの撰擇に於て誤らなかつたわけである。

明治維新になつて、蕃主と共に、東京に移り住む様になつて以來、清水の一家は、平和な幸福な日を繰り返してゐた。其の間に於ける主な出來事と云へば、息子、娘だつた叔父さんと叔母さんとが、表向きに結婚したこと、おぢひさんが死んだこと。それから、文子、芳子久雄道雄と四人の子供が二年置或は三年置きに生れたこと位なものである。

おぢひさんが、維新になつて今住居を定めて以來、明治か四十五年と大正か今年で十四年経つてゐる。五十何囘か花が咲いたり葉が落ちたりしたのである。当時二十才を越したばかりの新妻は、今年八十一のおばあさんなのである。其の頃おぢひさんの両親達が共に生活してゐたかどうかは、未だ夫に関係した話しは、おばあさんからも、夫以外の誰れからも聞かないから、二十幾つの私の知る由もないのである。

「夕方までには皆帰つて來るから、ゆつくりしてゐらつしやいね」おばあさんは、老人の皆する様に、微かに頭を震はせながら、とぎれとぎれの調子で云つた。

私はS子との約束を想ひ起して時計を見た。未だ二時になつてゐない。私は未だ話して、もい丶と想つた。

黙り者で、世間話に興味のない私が、おばあさんと話すことは、芝居のことより外になかつた。私は來るといつもおばあさんの

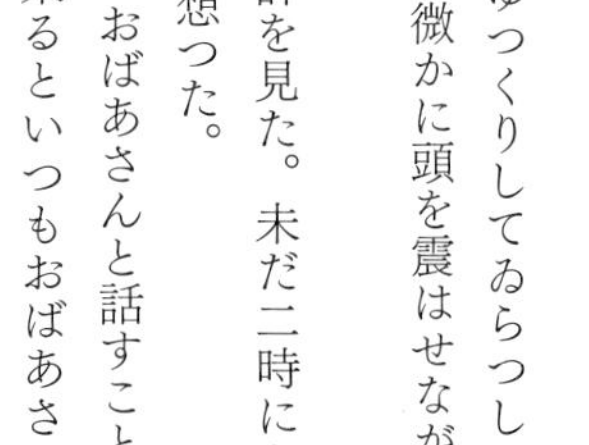
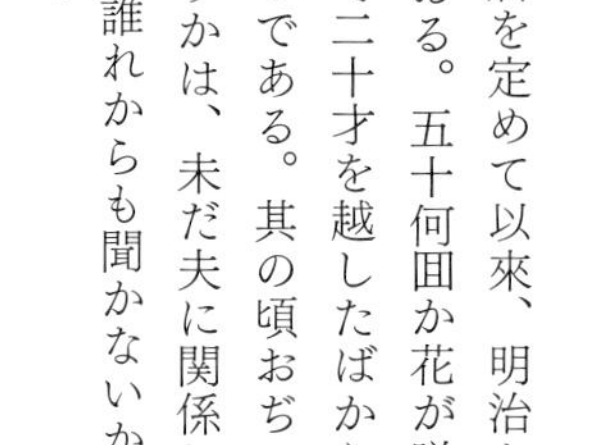
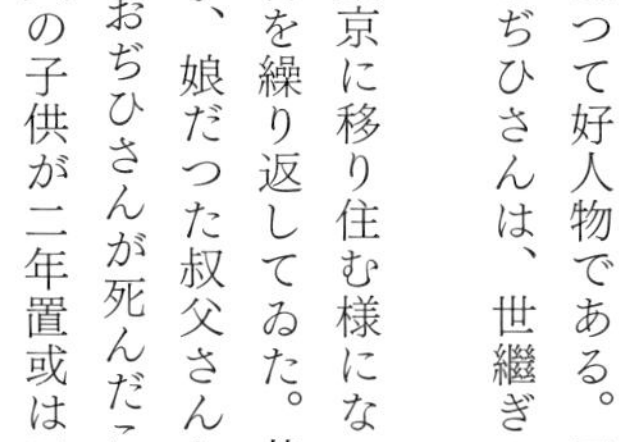
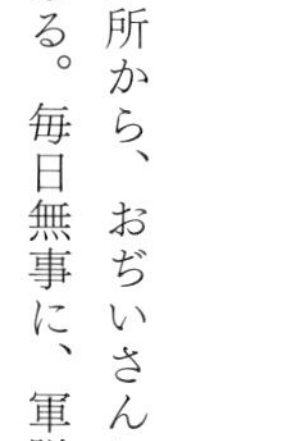

芝居話を聞くのを楽みにしてゐた。おばあさんが若い頃、未だ芝居小屋が浅草に、一丁目二丁目三丁目と並んでゐて、半四郎だの小園次などと云ふ、私達は、唯浮世などで見たことがあるだけの、一昔も二昔も前の俳優達が江戸市中の人気をあふってゐた頃、無論電車も汽車もない青山から浅草まで歩くのには三時間近くもかかるので、朝から初まる芝居を見るのには、暗い内に家を出なければならなかつたことや、田之助が沢山の女を欺して、とうどう足を切つて立てなくなつて死んだ話を、よく聞かされた。

叔父さん叔母さんは共にい丶人ではあるが何の趣味もない人なので、独りでは危なくて行けないおばあさんは、附添を連れて自働車で行くほど富裕ではなし、夫婦たちに遠慮して、此の頃は、あまり芝居見にも出掛けられないので、私の様な聞手を持つことは、嬉しいらしく、

「知つてる人は、大概死んでしまつてね、色んなこと越考へてると、つまらなくなるから、眠れない夜など、昔し見たよかつた芝居のことを想ひ出しては、あれがよかつた、これが巧かつたと想つて、楽しんでるのですよ。」おばあさんは、いつかそんなことを云つてゐた。

「歌舞技座が立派に出來ましたね。」

私は云つた。

「え丶、二月だつたかね、助六の時に吉田のゆきさんに誘はれて行つて見ましたよ。まあ、立派に出來ましたね。」

「二月はよかつたですね。僕は、助六も初めてで面白かつたし夫に梅幸の茨木もよかつたですね。でもおばあさんなどは團十郎のを見てゐらつしやるでせうからね。」

「そらね、團十郎には及ばないけど、羽左衛門もよくやりましたよ。あの煙管の件など團十郎によつくりですよ。」

芝居の話が一時続いて後私は云つた。

「文ちやんの學校は、もう始まつてるのでせうね。」

「もう始つてるのです。此処からは歩いて通へるので何よりでね。未だ初めだものだから、お話しや注意や　ばかりで、眞との授業はないらしいのですよ。

久雄も四月から學校でね、此の間帰つて來て今日は図畫の時間に先生が、何でも好きなものをお描きなさいて云つたから僕天皇陛下を描いたんだよつてね。口鬚などを生やしたやはり天皇陛下らしいものを描いてるので、皆んなで大笑ひしたんですよ。」

「久雄さんがもう學校ですか。そうですかね、――――それにしても天皇陛下は久雄さんらしい想付きですね。」

私もおばあさんと一緒に笑つた。此の前來た時、未だ隣りの女の子の名を「しげ子ちやん」てよう呼ばないで「チネ子ちやん、チネ子ちやん、」と呼んで居たのを想ひ出した。

「文子の入學式の時にね、誰かついて行かねばならないつてお父さんが連れて行つたのですよ。所がね、たみ（叔母さんの名）が教へて戴いた先生が未だ一人居さつてね、外の先生はもう皆変つてしまつて校長先生と、その先生だけなんですよ。その先生が、たみの受持だつたのですが、又文子の級を受持つて下さることになつたんでね、たみ子が卒業してからも、一年に一度宛は、御無沙多探ねに行つてゐたものだから、よく知つて丶下さつてね。文子のこともちやんとよくしてやるつておつしやる

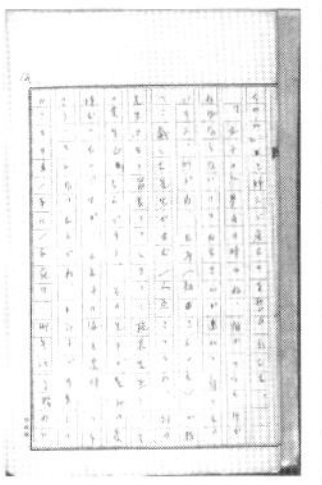
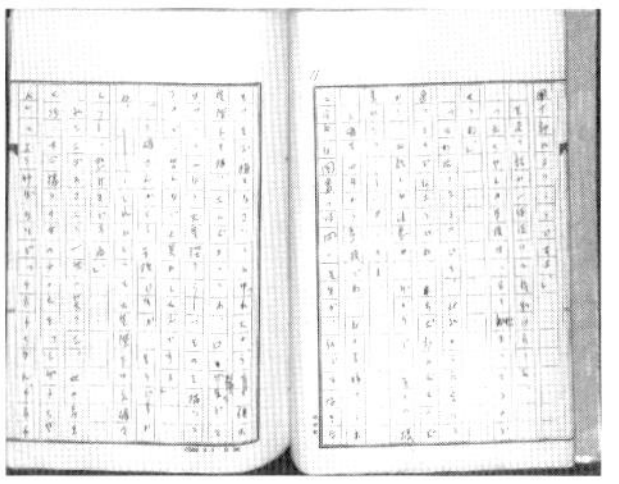
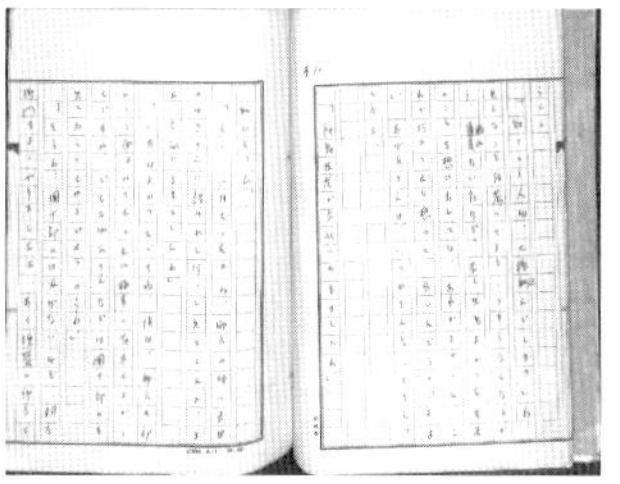
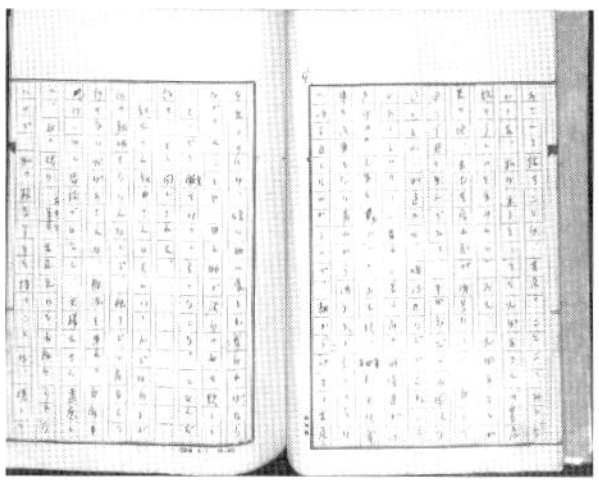

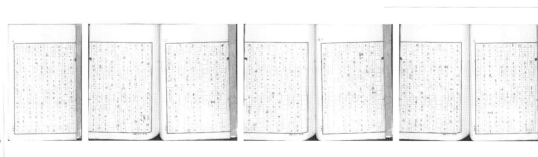

のでね、大変都合がい丶のですよ」

あばあさんはそれがさも大きな幸運の様に話すのであつた。

私はそれを聞ひて一寸面白い気がした。親子が同じ先生に學ぶ、夫はそう珍らしことではないかも知れない。然し清水の叔母さんと文ちゃんとが十五年ほどの間を置いて、同じ女學校で一つ先生に學ぶと云ふことは、如何にも相應《フサ》わしいのである。そしてその相應しいことが私には面白かつた。

文ちゃんは叔母さん似である。叔母さんの若い頃は文ちゃんそつくりだつたらうと想ふ。

「明ちゃんも、もう後一年だわね」

先刻、試験はよかつたのですかときかれて、ええまあ都合よくと、それこそ都合よく逃げたのに、又話が帰つて來たのである。

私は、一年間、じやない今迄二年間、殆んど毎日を下宿でごろごろして暮して、學校にはちつとも行つてゐなかつた。それでも三月末の試験だけは最少限度に於て受けるだけ受けた。でも二年間に取つた單位は、三年間に取らねばならぬ單位の半数にも足りなかつた。でも此の家に來た時は、私は毎日勤勉に通學してゐる善良なる學生になつてゐた。日曜以外の日に、うつかり訪ねようものなら、「今日は學校はと」私の全く豫期しない尋問に合つて、あはてなければならなかつた。

私の生活をありの儘に話しでもしたら、墮落し切つた手の付けられない様な人間の様に想つてしまつて直ぐ愛憎をつかされるであらう。で私は田舎に居る父母と此の一家の人達には、善良なる學生を標望してゐた。それが一番都合万事に都合がよかつたから。私は、一月か二月に一度、別に行き度くはないのだが、來い來いと、行くのを歡迎してくれるし、又國から行け行けと云つて來るので仕方なしに出掛けるのであるが、此の頃はいつも土曜か日曜を撰んで、服装もきちんと正服正帽で出掛けるのであつた。

「え丶もう一年です」

私はかう答へざるを得なかつた。

「早いものね。明ちゃんが初めて仙台から帰りに宅へ來た時には、汽車の中の牛乳が悪かつたつて、お腹を悪くして、宅に居る間中、便の出流で横生しましたよ。その時は病気だつたせいか、瘦せて弱そうでね、おぢひさんとあの子は育てばい丶がつて云つたんですがね」

私は、此の話を二三度聞かされてゐた。それに付け加へて、其の時居てお襁褓《ムツ》を洗つてくれたたきと云ふ下女が、今も元気でゐて、時々訪ねて來ては、私のその時の話をすると云ふことも聞かされてゐた。

話にあきて、私は時計を見た。三時少し廻つてゐる。もうまあぼつぼつ出てもいと想つた。いつも來たら夜まで居るのに、三月振りで來たのに、おばさんを独り残して帰るのは帰りにくかつた。それに私は一度坐ると腰が長いのだつた。でも停留所でぼんやり立つてるであらうS子のことを想ふとそうはしておられなかつた。無精者も女の場合には別である。私は國から來る友達を東京駅に迎へに行かねばならぬからと云つて清水の宅を出た。

表に出るとほつとした。青い杉垣に挾まれた小路は春の午後の物さびれさに蔭付いてゐた。

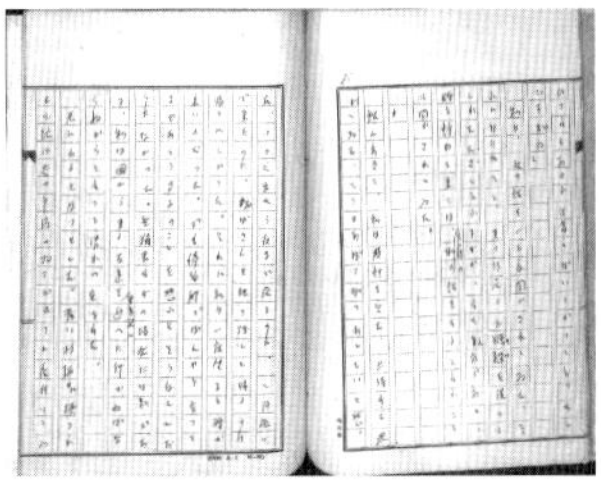
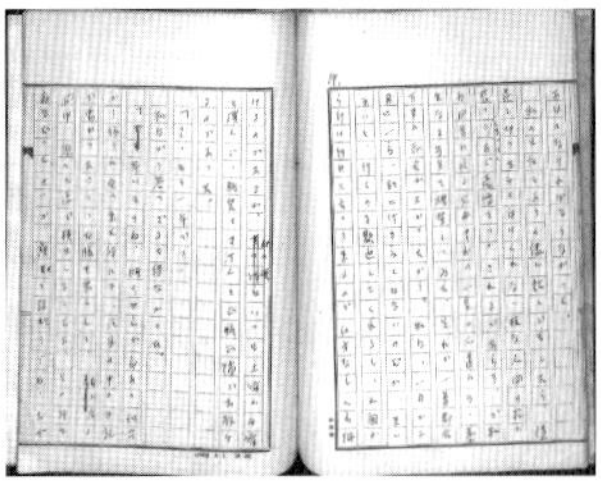
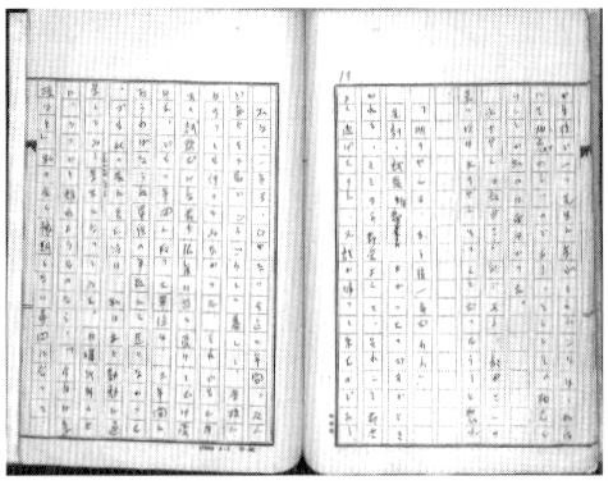
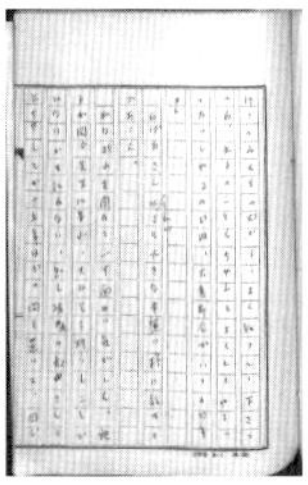

「革命が來うと日米戦争が起らうと、此の墓畔の一家だけには、平和な幸福な日が続くであらう。」
私は小路の中央の踏足の上をコツコツと伏め目勝に、こんなことを想ひながら、電車通りの方へ歩いて行つた。

五月二十五日、

桃の木。（奇蹟）　結城三郎

桃の木。（奇蹟）　結城三郎

女ばかりの中に始めての男の子として生れた赤ん坊に今年五つの光子は一つの奇蹟を発見した。

暖い日ざしの縁側を後にした庭園である。

光子とその隣家の娘との対話。

――不思議な事があるのよ
――なーに
――赤ちやんにね、桃の木が生えてるのよ
――それなら、私の家の赤ちやんにだつて
――でも実がなつてる？
――なつてるわよ
――大きくつて
――これ位
――うちの、赤ちやんのはこれ位
――これ位よ
――もつと大きくつてよ
――だつてこれ位よ
――もつと大きいわよ

ある日の訪問　（文ちゃんの入學）

桃の木（奇蹟）　結城三郎

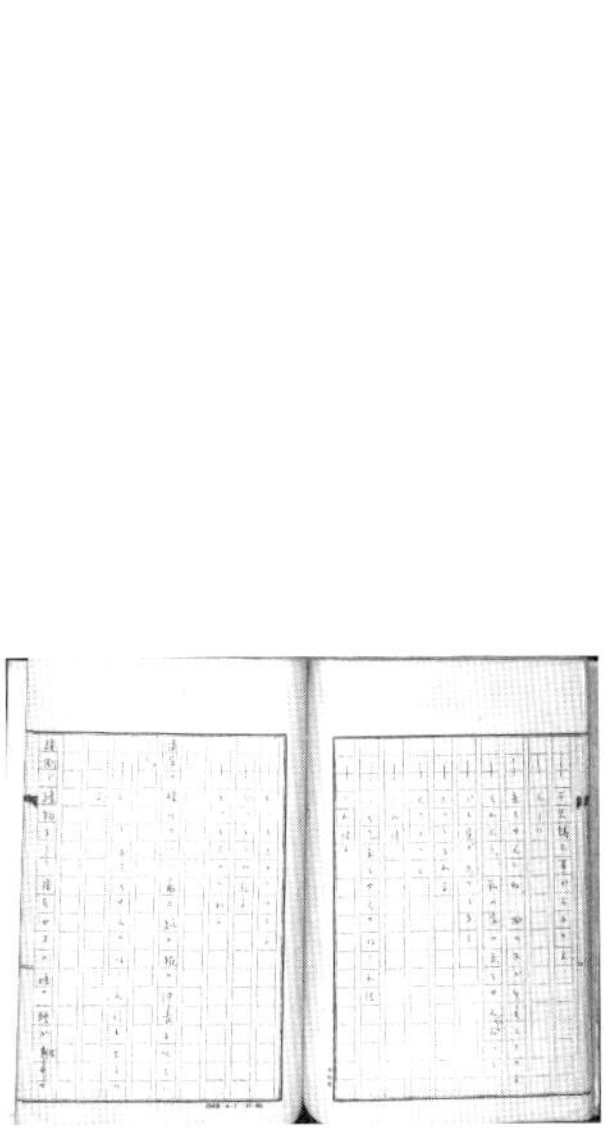
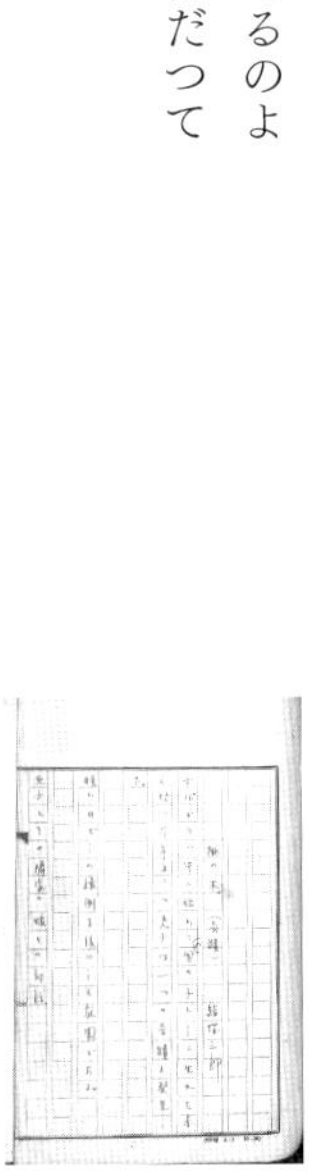
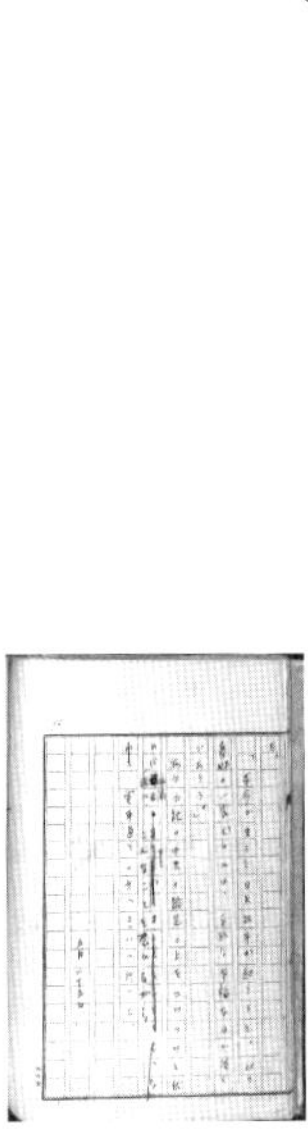

隣家の娘はついに最上級の腕の伸長を以ていつた。
――だつてお父ちゃんのはこれ位もあるのよ。
縁側で縫物をして居た廿才の娘の頬が皮の眞紅の布の中に埋もれた。

詩。　溝角夫

×

蛇の背のやうな
雨晴れの日ぐれ方の地面を
見つめて　だまつて
自分は
歩ひて居た
くろずんだ灯の光りの
落ちて　かす可に光つてる
のも淋しいほどだ。

ガチャガチャ統一のない
出たらめの音楽を奏でてる
活動小屋のところを
街な可の通りへ
出て行つた。

學校帰りの生徒や
会社の事務員や
それらの人達のかへつて

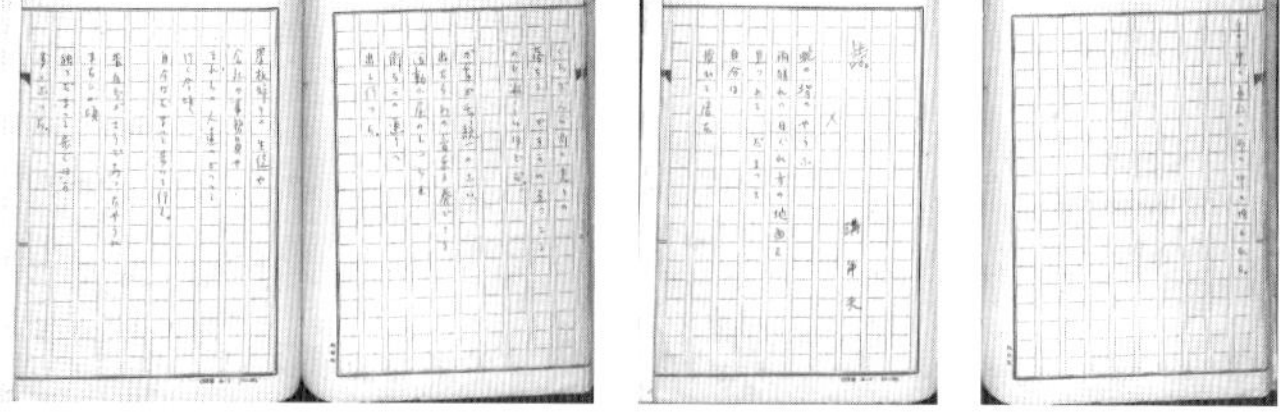

行く今頃
自分はだまつて歩いて行く。
昔自分がさうであつたやうに
またこの頃
独りだまつて歩く日が
多くなつた。

街の三月

街の三月

かぎりなく
夜は
あまずつぱく
どろりとして居る
それが——
街の空に
へらへらとまるで
はためいてゐるやう
か丶る甘美な夜には
三月の宵には
湯屋のけぶりの
なびく　散らばふあたりに
河ぎしの　カーバイト工場
ほのかに
月に濡れてにほふなり
はたいづくとしもなく
心ざしのいみじきに。

樹々の青めきにける
銀座の五層六層の洋飯のにじ色——

詩
街の三月　（溝角夫）

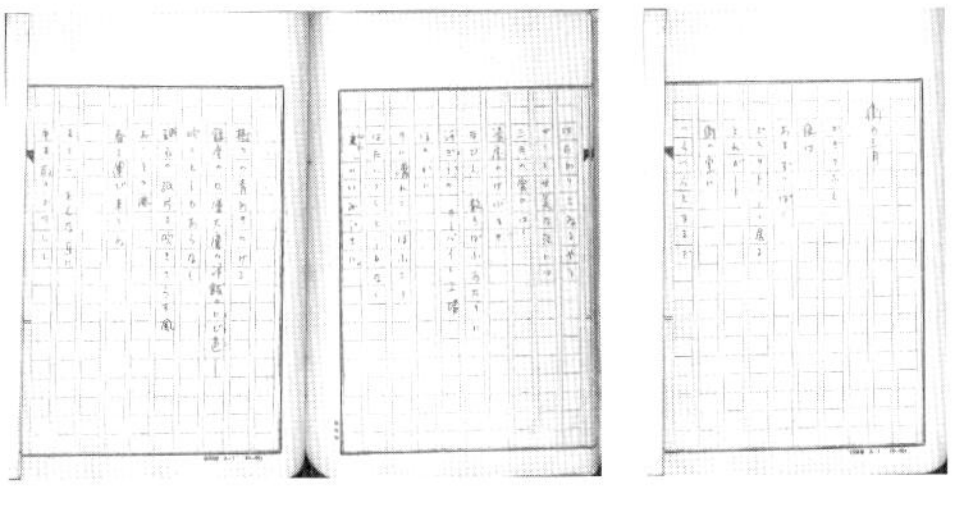

吹くともあらなく
舗石の紙片を吹きさらす風
お、その風
春を運び來りぬ

をとこ、をんな互に
手をとりかはして
新橋の橋の上渡り行きし頃には
街頭の蒼白なプロフィルと
くろぐろと漆の如き
夜空と
悄魂の仁丹の広告燈
點り、また消ゆ

見ゆるもの　なべて
遠きも近きもさへぎるものなく
春の嚠息、夜のいきづき。

数人の酔漢の
カフエのドアを排して
外にいでたり
何歌ふにはあらざるも
口口によろこびと幸福
充ち充ち　あふれたり。

かくて

かくても
街に
春の宵は
そが足をかすめて通れり。

△

五月の夜の顔には
にきびのやうな星が
いつぱいに光つてゐて
山國の街は寒むかつた。

あてどもなく
ゆううつな自分には
さうして
歩くことがいちばん
ふさはしく思へるのだ。

善光寺の鐘の音が
ヒステリーの女の手のやうに
やさしく
夜空に冴えかへつた。

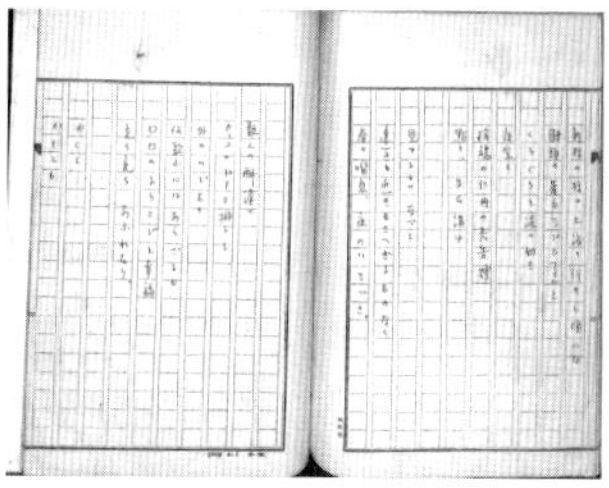

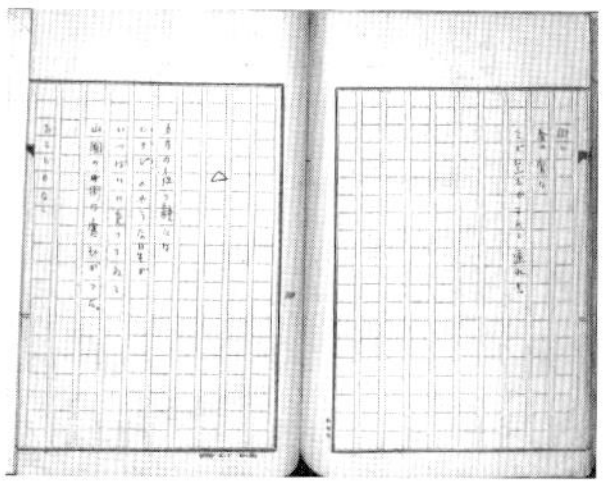

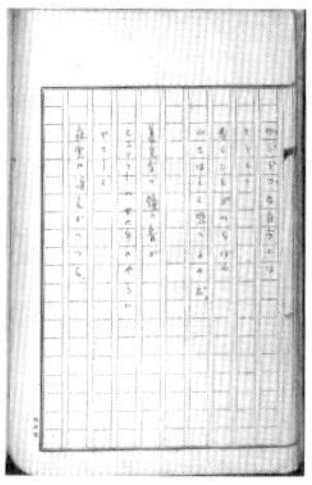

性欲までの道程

室の中のものが何でもみんな
夜の電燈に
光つてる
俺の黄色に　ぐぢやぐぢやに
たゞれあがつた脳髄には
むらさきすみれのやうな
幻影がひつついてはなれない
それはところどころ
無気味な斑点で彩色
されて居る、それは
振るやうなあるリズムを
刻んで、自分の脳ずい深く
つきさゝつて行く。

俺のみうちに
情熱がもえる
限りない
性欲の欲求が
からだ中くまなく
のたうち廻る。

月経を呑め
女のたれた糞を
食つて見ろ
恋愛痴呆症

下宿の窓からは
赤くなつた午後十時の
月が
淫びな局部を
あ可らさまに
まくつてゐる。

暗らきまちの追憶に
何にを嘆くや
おゝ吾が心

暗きまちの追憶は
垣盾に見る
若きひとびとの語らひ。

暗きまちの追憶は

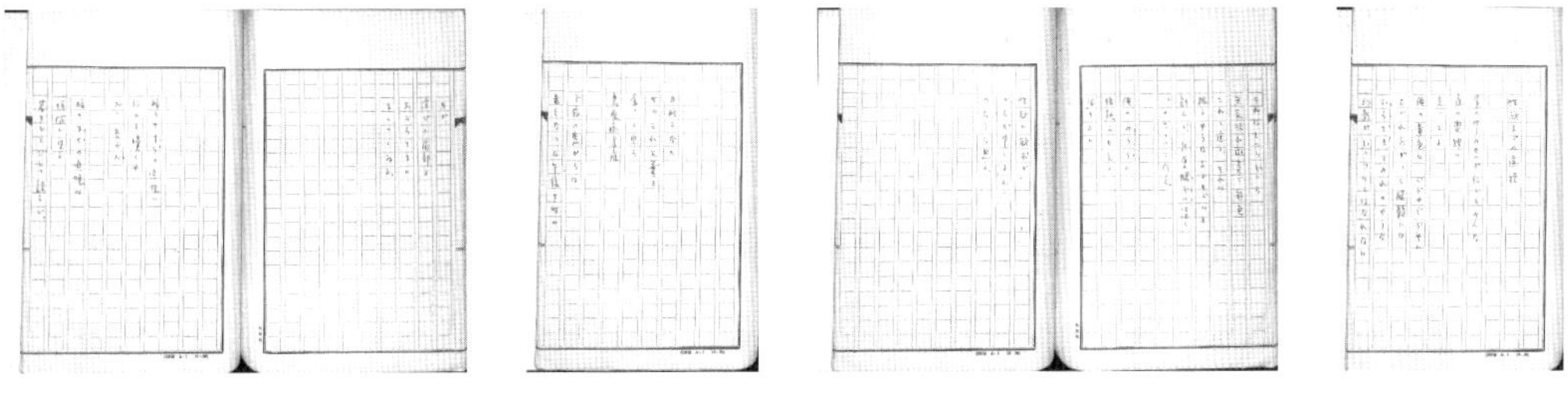

性欲までの道程　（溝角夫）

詩想に労れあぐみし
　吾れ
暗きまちの嘆きぞ
けふの
吾が心。

奥さんが屁をたれる

奥さんが屁をたれる

街の大通りを歩いてゐた
何處可氣品高い
奥さんが
大きな　おうきな
屁をやつたんですよ。

何てまあ愉快ぢやありませんか
誰も居ないかと思つて
あたりをはゞ可つた
奥さんの目が
不幸私を見たのですよ。

その時の奥さんの顔つたら
ありませんでしたよ。
しまいには気の毒に
なりました程ですよ。

さつと赤らめた顔に
お上品が漂よつて
ゐました。

車中吟

車中吟

○青樓に海見て立てる女にぞ
　春まづ去りて夏は來ぬあり

○碓水嶺越え去り來れば信濃なる
　山徂悲し雨けぶるなり

○乘りあはす女の顔もなつ可しや
　吾れ遠く故郷に可へれり

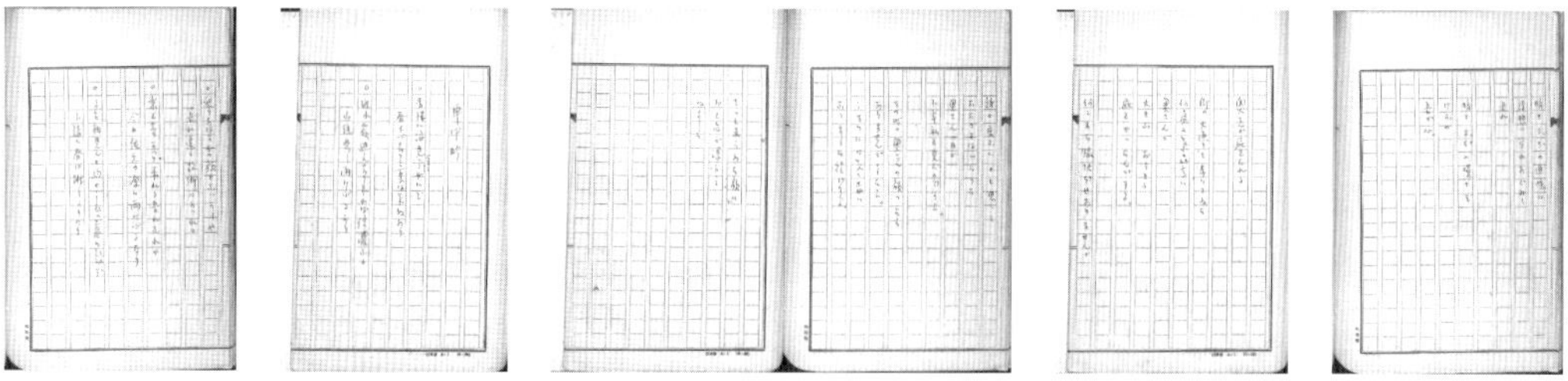

○京を去り可へり來れる吾れなれや
　今日佐久の原に雨けぶるなり
○また相見んと約せし友の墓に訪ず
　小諸の春は淋し可りけり、
○友昌よ、お昌よと口に云ひつ、
　汽車へと去る高原の夕暮

○五月の夜

○五月の夜

二三子さん、
今夜も、先刻から、
貴女のことを想つてるのですよ、
ふと気が付いて時計を見たら、
二時間ばかりも廻つてる。
貴女は、私の一生を
短くしてしまひそうだ。

浮気な私の心にも、
こんどは、ほとに
恋の根が下りたやうだ。
この花が、
一年草でない様に、

とこんな
ありふれた恋の詞を、
書きつけて、
逢へぬ夜の
心やりにするのです。

五月八日

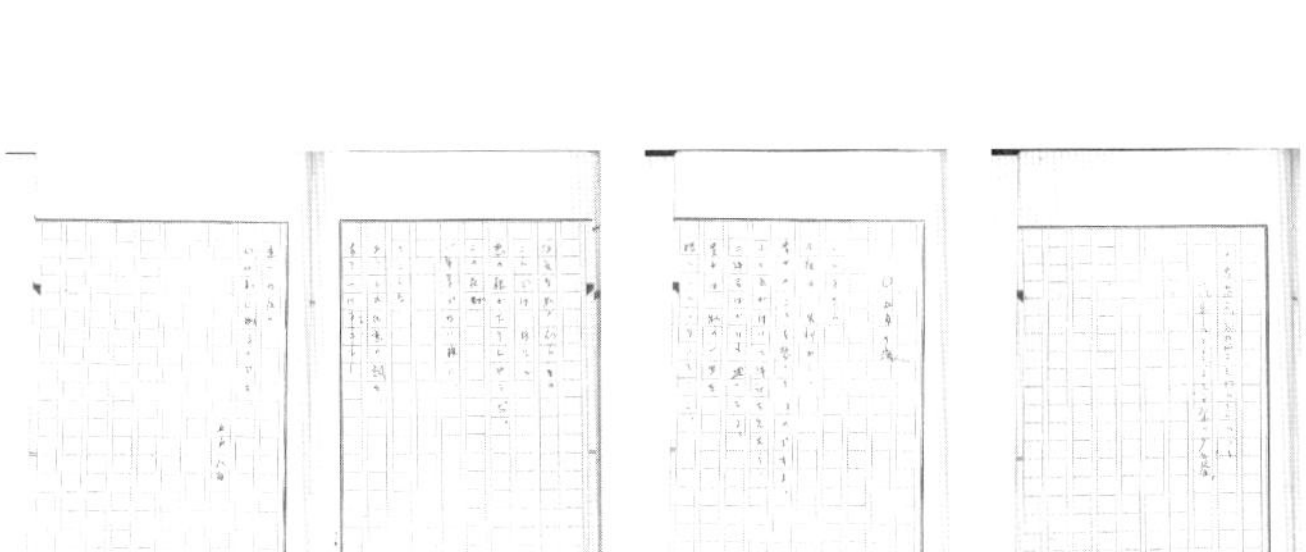

車中吟　五月の夜　（渡部昌）

五月の夜は、
緑の吐息に、酔拂つてる。
間を置いて響いて來る
電車の軋りまで
夢幻への運送車の奏楽のやうだ。

甘い、悩ましい彼女への追慕が、
春の雨の様に
私の感覺を、隅々まで
濡らしてしまふ。

拂つても、拂つても、
そゝぎかかる。
乾そうと想つては見ても、
私の坐つてる部屋は、
電燈の光だけしかない。

逢ひ度い、逢ひ度い、
やる瀬なく、逢ひ度い、
今夜は、なぜ
こうも、逢ひ度いのか
先刻
陽の入る前に
別れだばかりだのに、

かうも
惚れてるつもりでは
なかつたやうだが、

青い麥の輝いたたんぼを歩いてた時
私は云つた、
「でも、藝術の恍惚には及ばない」
森の蔭で　抱擁した時、
彼女は、囁いた
「やはり、藝術には及ばない？」

「やはり、藝術には及ばない？」
私は、彼女の言葉を想ひ出した。
五月の夜は、
緑の吐息に、
酔つてゐる。

五月七日

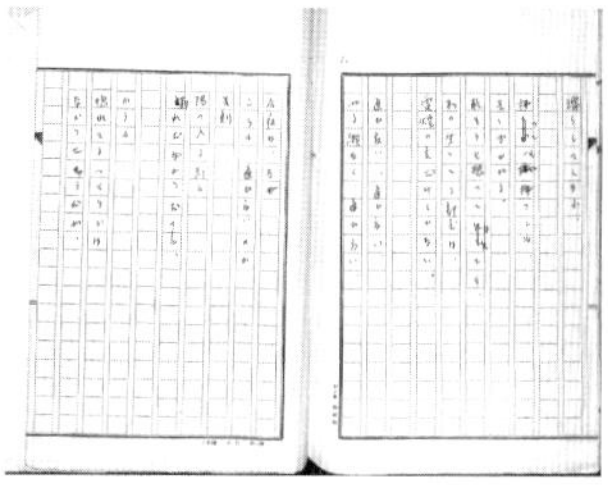

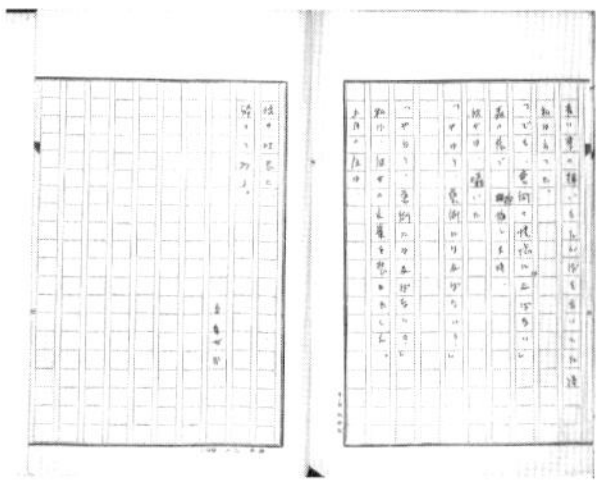

小説「Kの父」

小説「Kの父」

うまく書くなとゞ以う器用は持ち合せがな以から、すぱ〱と素直に書く。これはしろうとの一徳かも知れな以、尤もお昌さんが書けと言はなければ、批評などゝと以う厚かまし以事は差し控えたかも知れな以

才一に主人公「Kの父」が書けゐな以と思った。

株をやり、船に手を出す、そう以う投機的な、幾分、太々《フテブテ》し以、おしの強以、「Kの父」の半面がまるで忘れられてゐる。だから、才三人目のKを失つて、人間的な弱気を出す。しみ〲とした人情の世界にかへる。それが、強くひゞゐて來な以。

才二にKと、主人公との交渉が、書き足りな以。

オートバイや、狩獵ではKの性格は十分分らな以。はしつこ以、腰の浮以た、しみ〲とした所のまるでな以Kと主人公とのちぐはぐした交渉が書けてゐな以から、「Kの死」を無表情に静観してゐる主人公が生きて來な以。

こゝん所説明はあつても実感が迫つて來な以。

才三に「Kの母」を書くと以ゝと思つた。

「Kの母」ばかりでなく、「Kの妹」を書くと以ゝ。

太々し以、不人情な「Kの父」に対して、ふつくらと、あたりの柔か以、人情のこまか以、母や妹を書く事は、一種の色が出て以ゝと思ふ

もつとも、「Kの父」が事件の中心人物ではあるが、こう以う風に人を書かな以で事件を書く。

○

文学でエローチックなことをとりあつかふのは阿へて悪いとは言はないがそれが藝術品として幼稚な場合は全く鼻もちがならない。結城三郎とか溝角夫とかいふシトにこれ丈け忠言を呈して置く。

秋

秋。

小説「Kの父」（重松鶴之助）

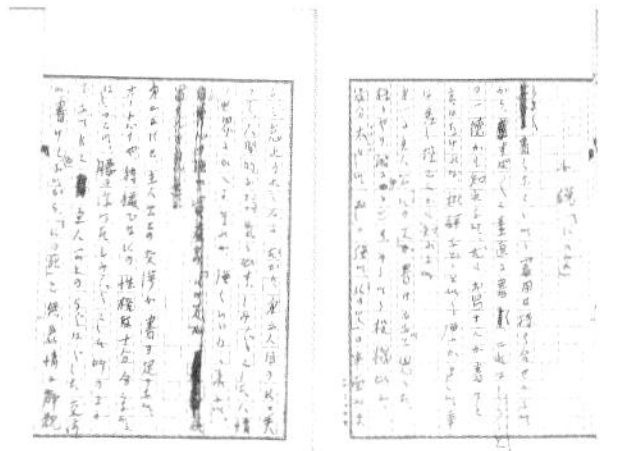

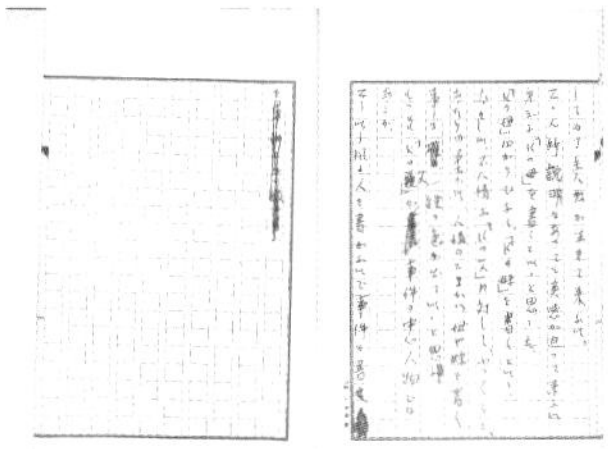

下段、「○」の後の文は「秋」こと中村明による。

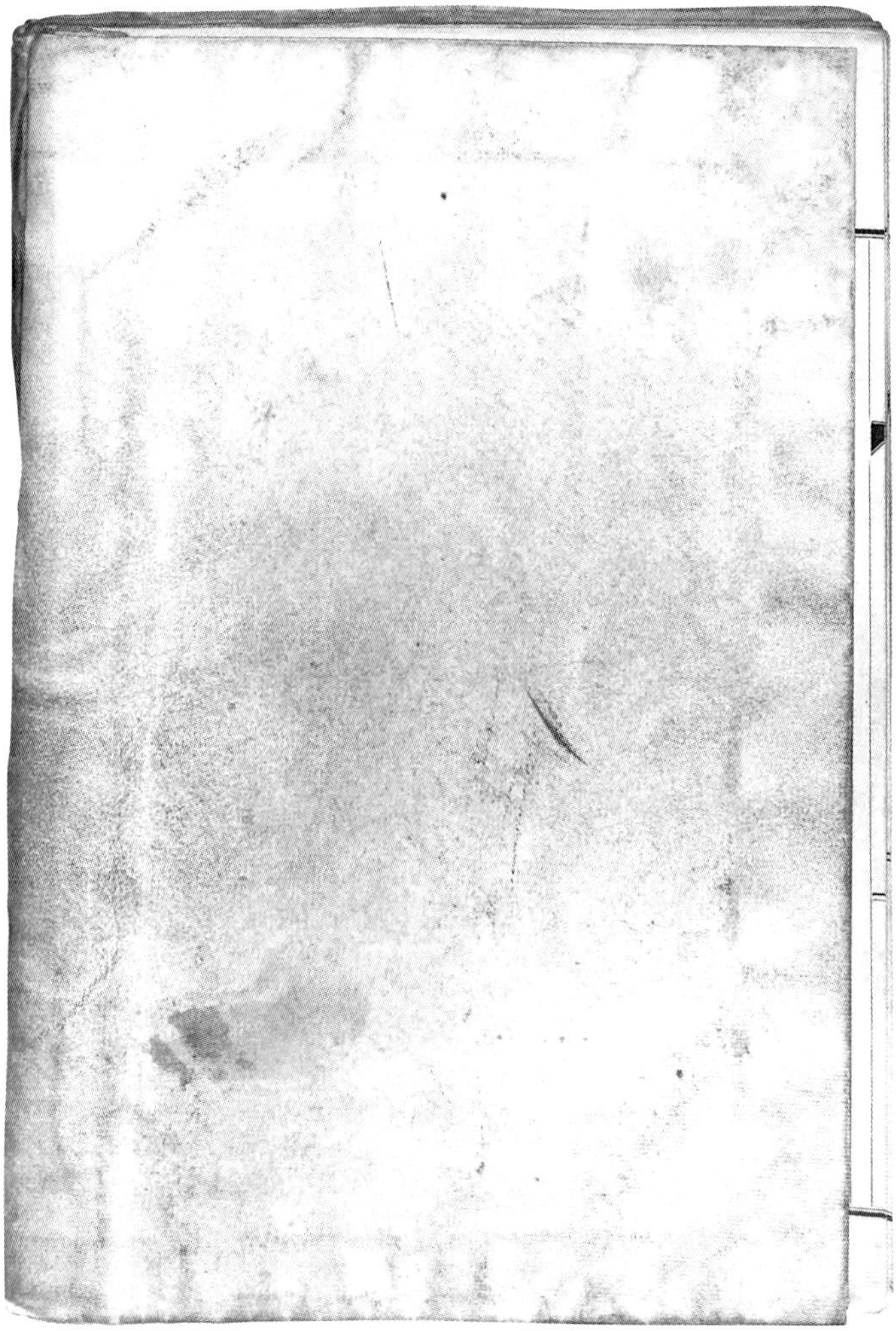

❖「朱らん　第二」墨文字の右下をよく見ると、絵の具をはじく素材、おそらくはオイルパスで「第二」と書かれている。

朱欒 ChELiN

第二号

装丁・中村明

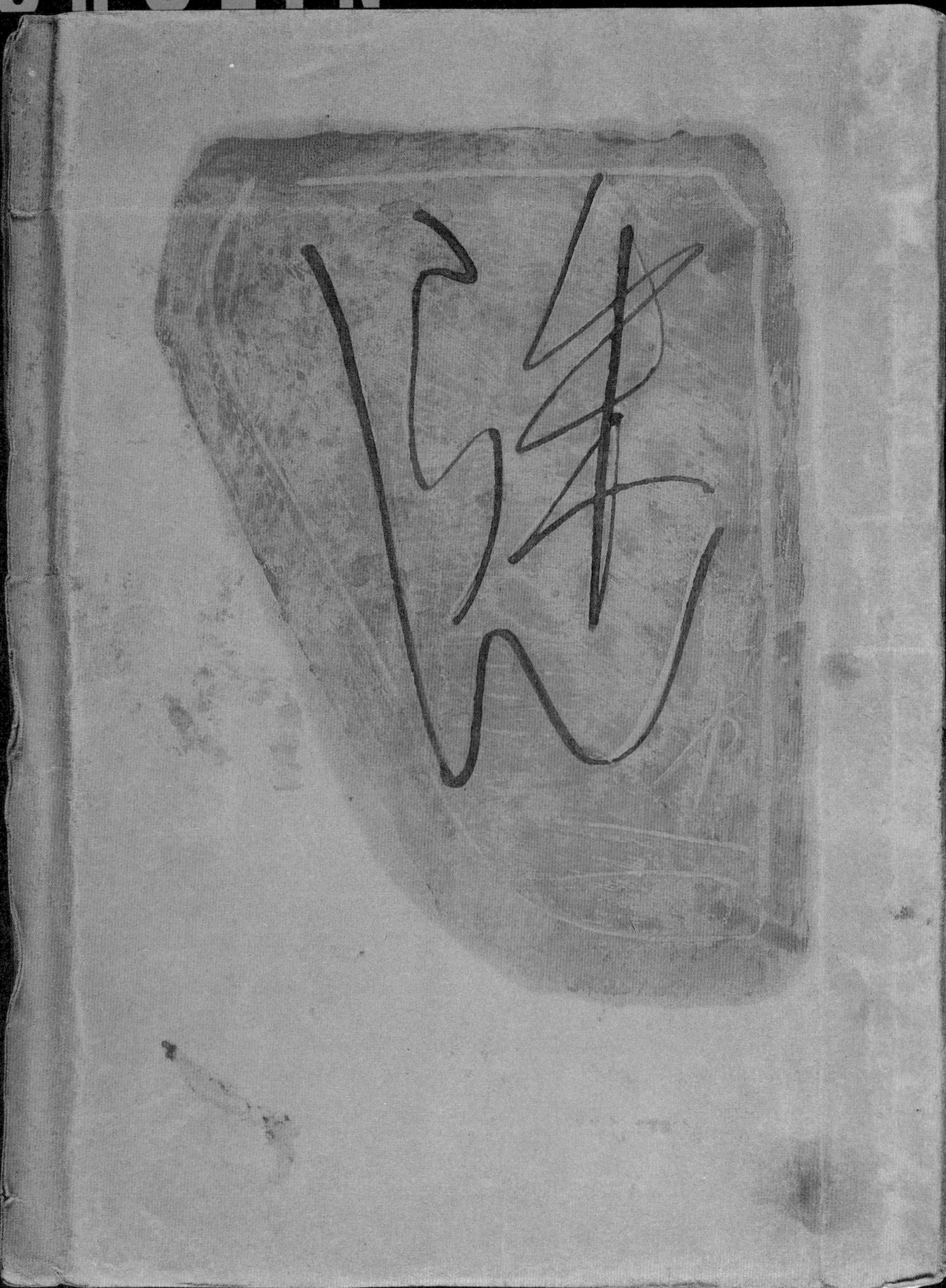

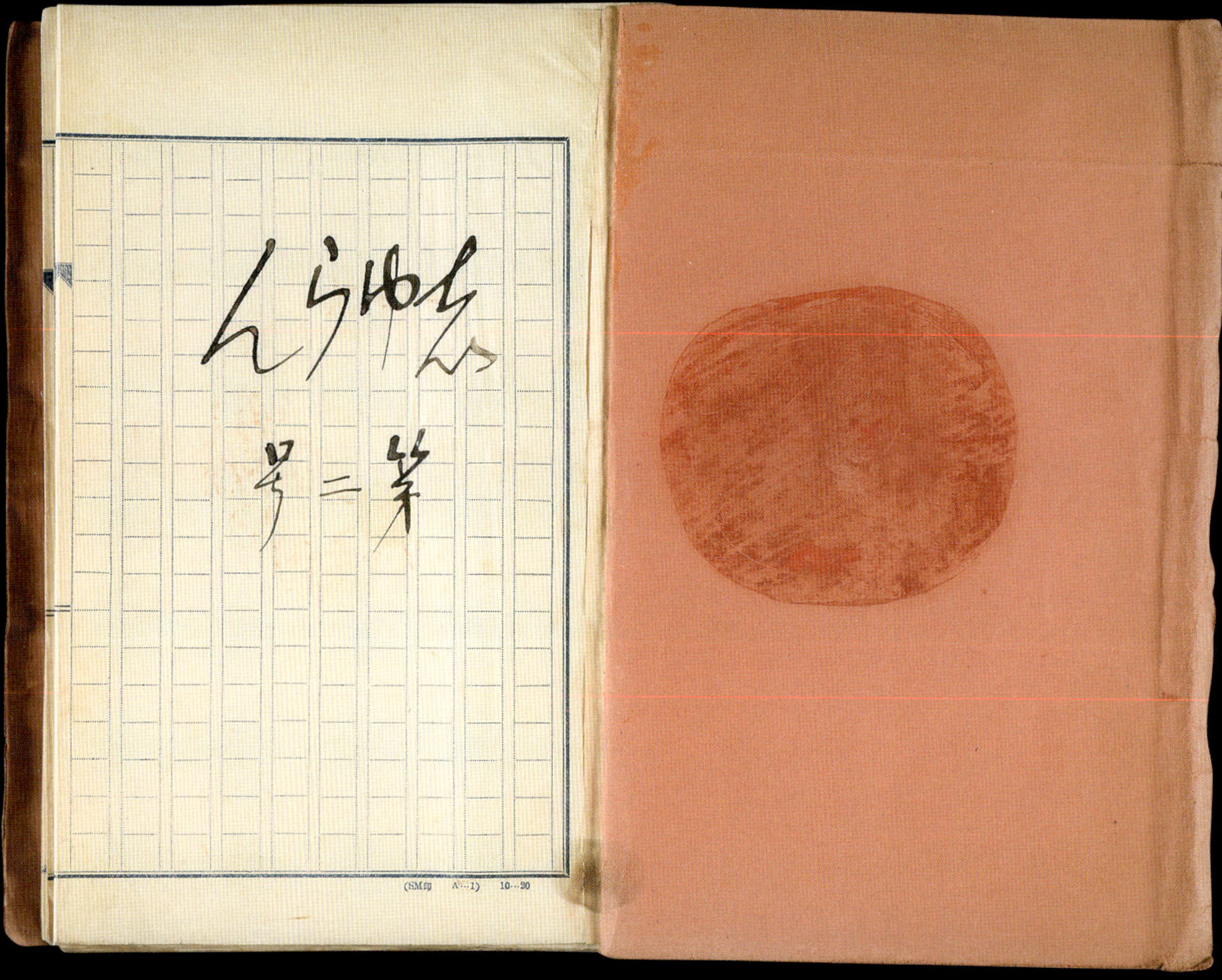

表二・本扉

二（表紙裏）の赤い丸の中には、表紙同様うっすらと、動物や人物が描かれているようにも見える。

扉には中村明筆「志ゆらん　第二号」

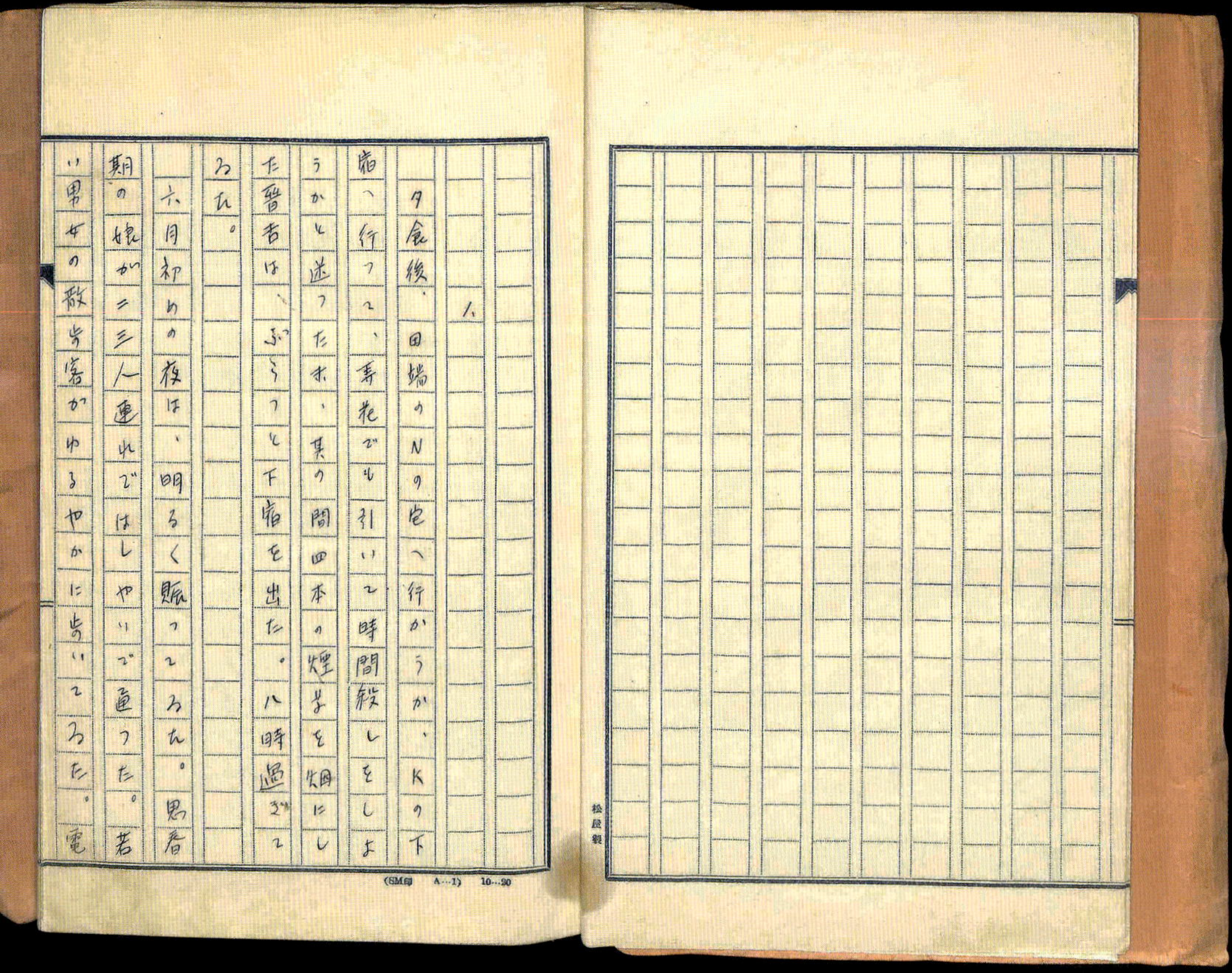

❖原稿

「六月の夜　渡部昌」

登紅雀　秋」（中村明）

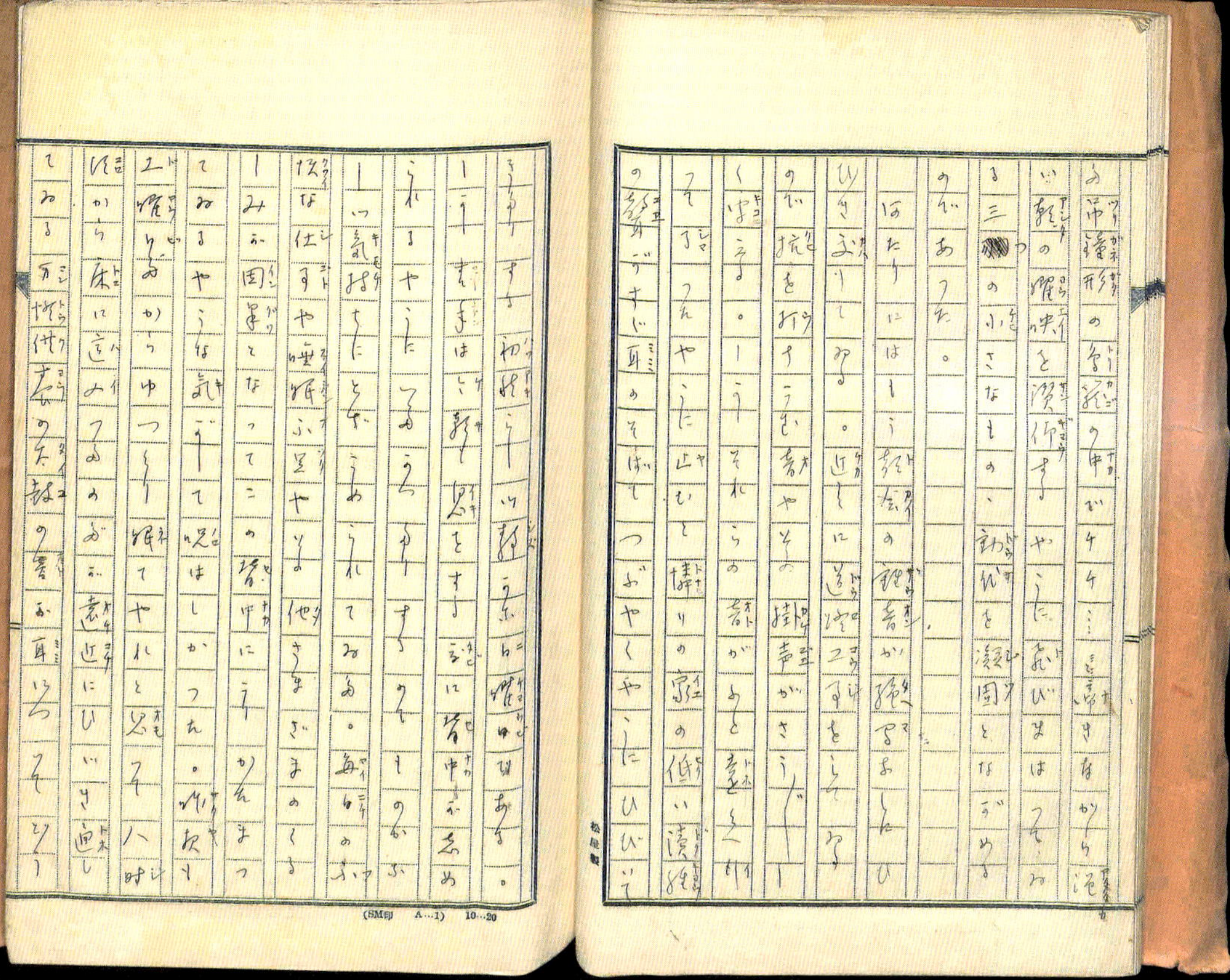

❖原稿
「小供の対話」坂の下　なかむらせいいちらう」（中村清一郎）

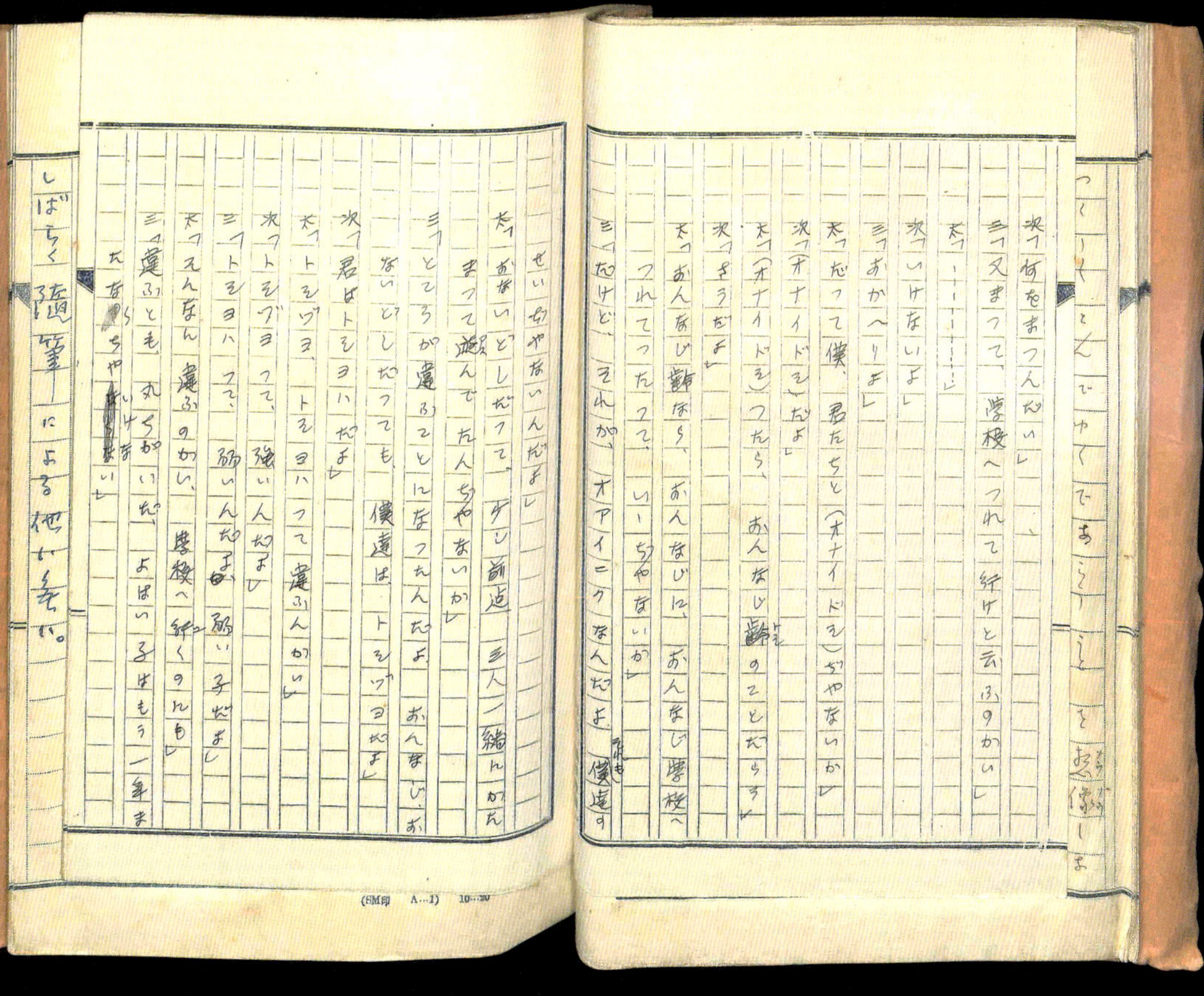
次「何をまつんだい」
三「又まつて、学校へつれて行けと云ふのかい」
太「………」
次「いけないよ」
三「おかへりよ」
太「だつて僕、君たちと（オナイドシ）ぢやないか」
次「（オナイドシ）だよ」
太「（オナイドシ）つたら、おんなじ齢のことだらう」
次「さうだよ」
太「おんなじ齢なら、おんなじに、おんなじ学校へつれてつたつて、いゝぢやないか」
三「だけど、それが、オアイニクなんだよ。僕達す
せいぢやないんだよ」
太「おないどしだつて、少し前迄三人一緒んかたまつて遊んでたんぢやないか」
三「ところが違ふことになつたんだよ。おんなじ、おないどしだつても、僕達は、トヨヅヨだよ」
次「君はトヨヨハだよ」
太「トヨヅヨ、トヨヨハつて違ふんかい」
次「トヨヅヨつて、強いんだよ」
三「トヨヨハつて、弱いんだよ。弱い子だよ」
太「えんなん違ふのかい、学校へ行くのも」
三「違ふとも、丸らかいだ、よはい子はもう一年ま
たなくちやいけないい」
しばらく随筆による他ない。

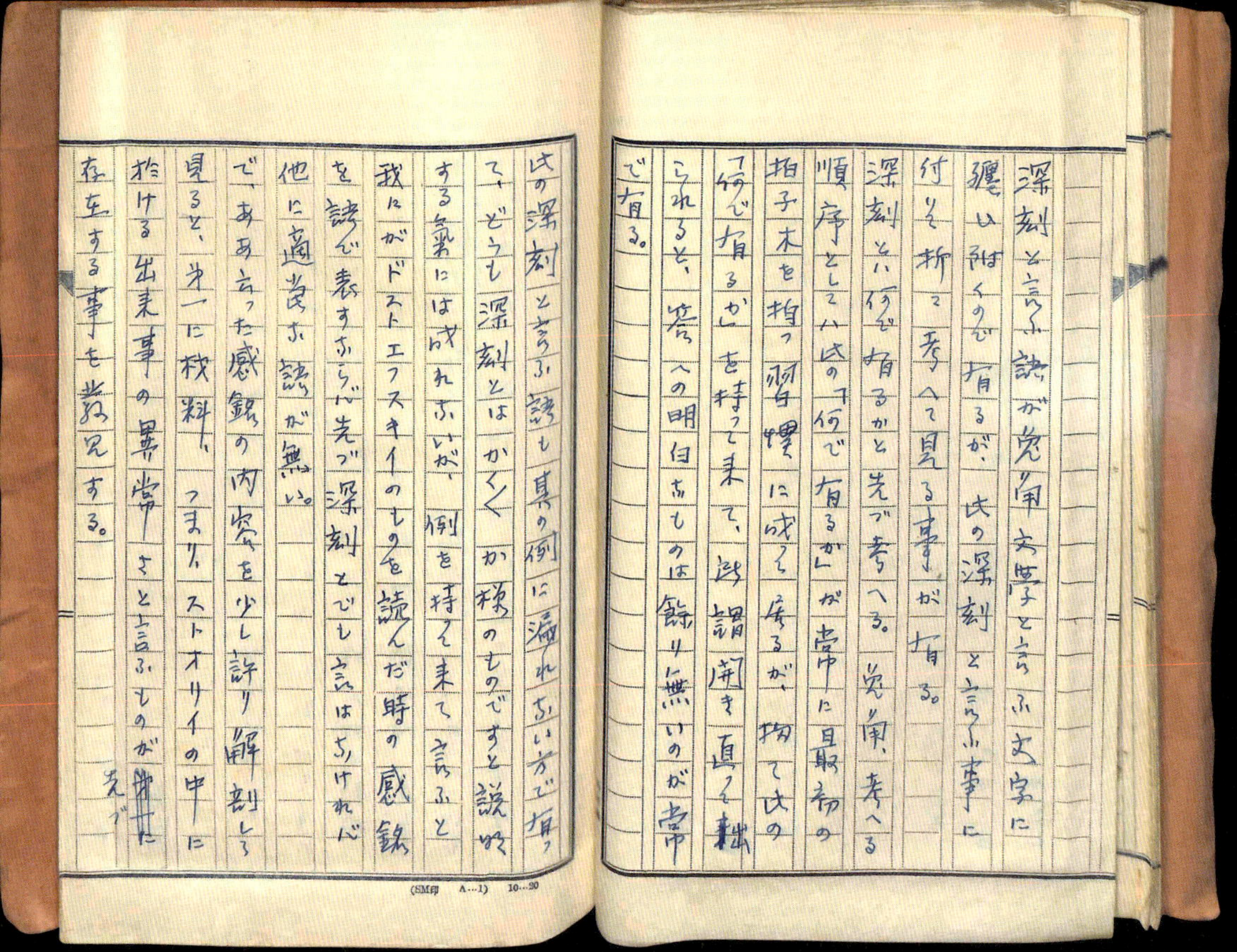

❖表三

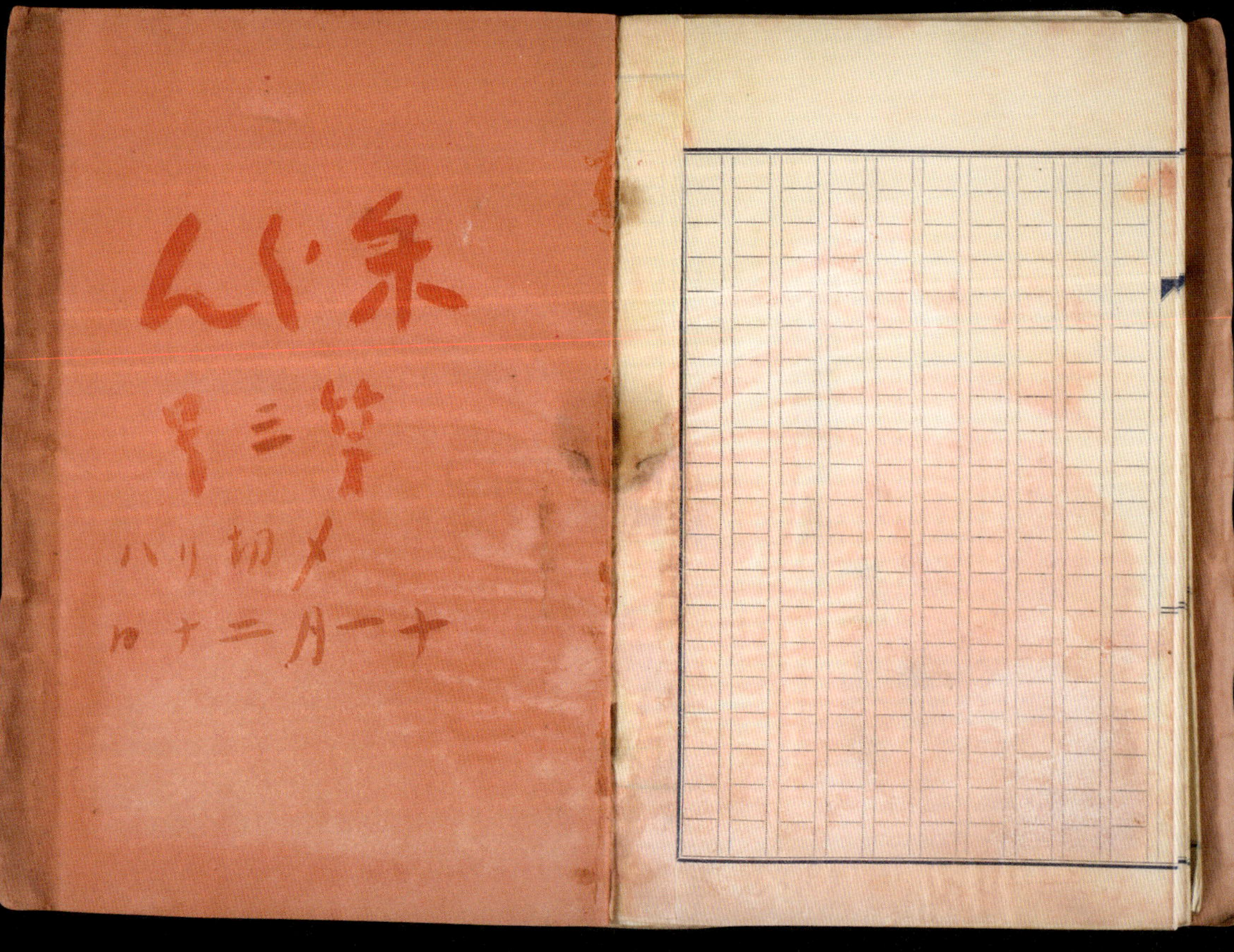

表三（背表紙裏）には「朱らん　第三号　〆切り八　十一月二十日」とある。

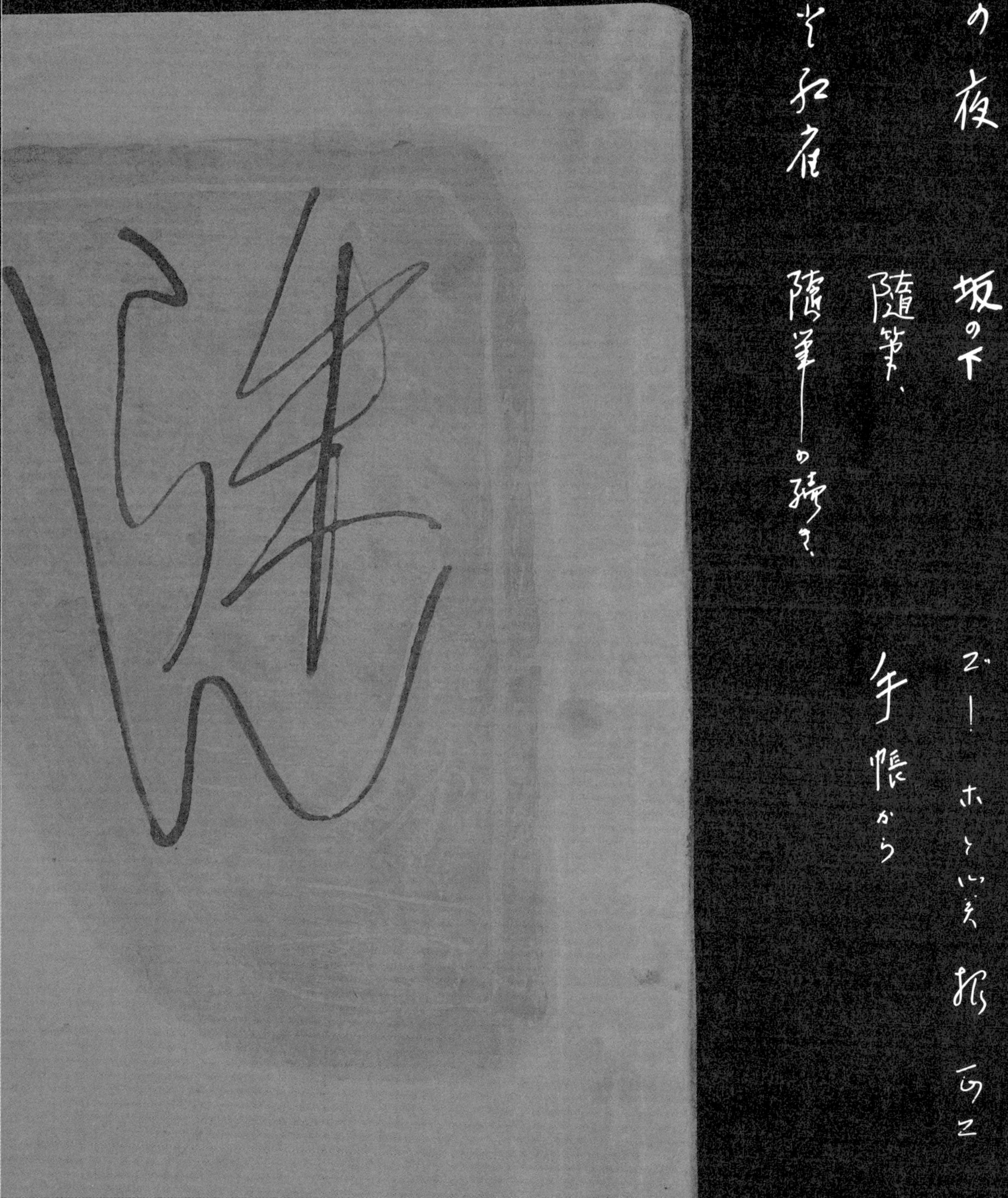

の夜
坂の下
ゴー！ホと心美 振 正ニ
随筆、
手帳から
ぞ和在
随筆の続き、

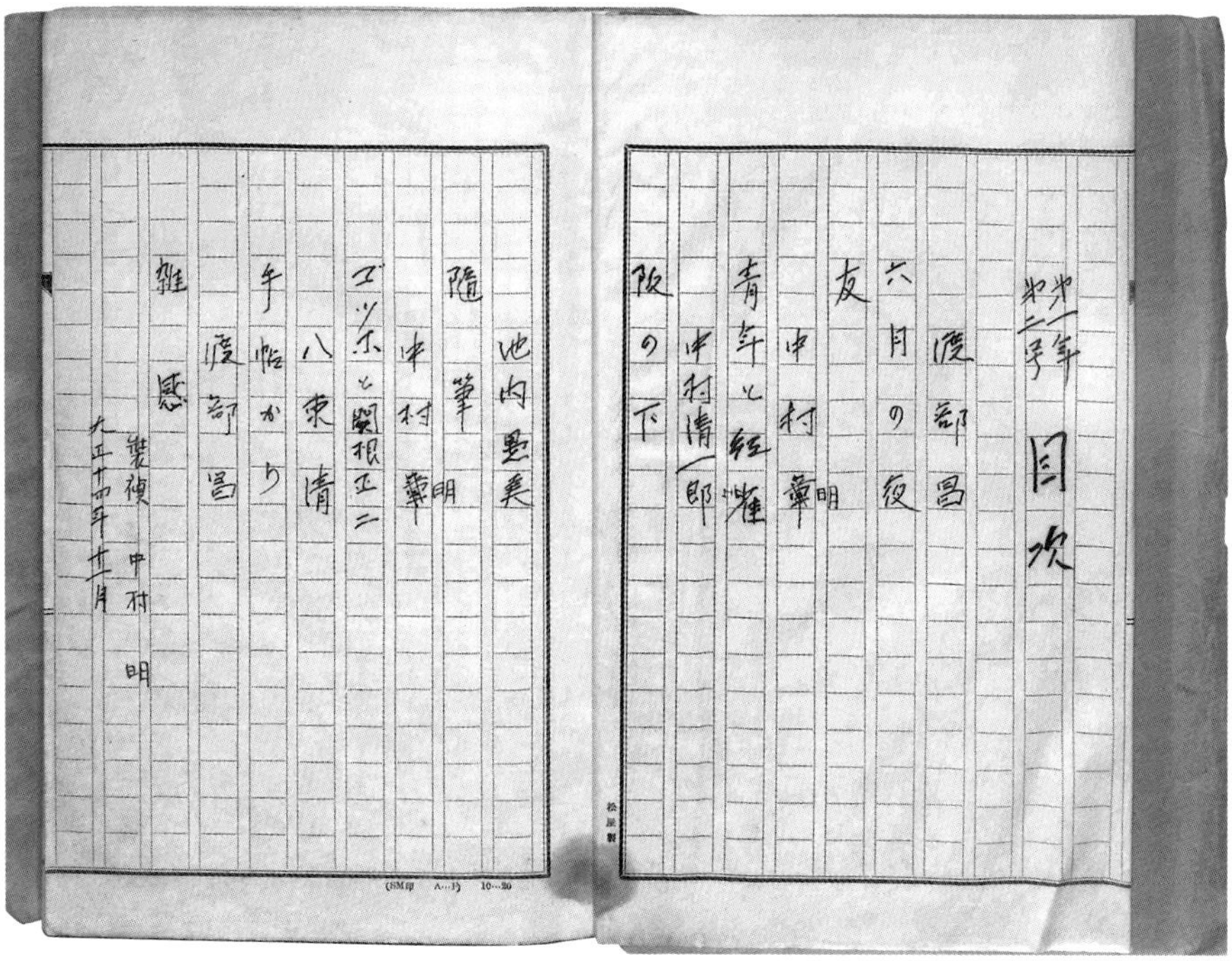

才一年才二号目次

六月の夜　渡部昌

六月の夜　渡部昌

六月の夜

渡部昌

1、

夕食後、田端のNの宅へ行かうか、Kの下宿へ行つて、弄花でも引いて時間殺しをしようかと迷つた末、其の間四本の煙草を烟にした晉吉は、ぶらつと下宿を出た。八時過ぎてゐた。

六月初めの夜は、明るく賑つてゐた。思春期の娘が二三人連れではしやいで通つた。若い男女の散歩客がゆるやかに歩いてゐた。電車の停留所まで來て晉吉は思つた。

「Nの処へは一時間は懸るからもう遅い。Kの下宿には反対の方向に歩いて來てゐる。」

彼の足は電車のレールに添ふて運ばれた。

彼は先刻から陽子のことを考へてた。

「陽子と一緒にならうか。」

色んな考へが浮んだ

「アパートメントハウス、効外生活、落着き、作家生活、性慾、倦怠、青春、恋、…………、等等、…

陽子は結婚を目前に控へた女である。

不忍池の柳が、青い電燈に映えてゆらいでゐた。

仁丹、ブルトーゼ

電気廣告が消えたり黙いたりした。電車がゴーと通つた後で、池の蓮が、ポツポツと音を立て、開いた。

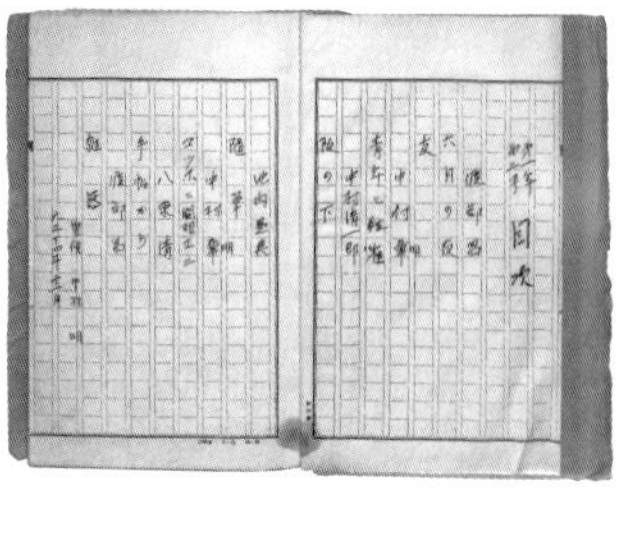

（八束清筆）

才一年
才二号　目次
六月の夜　渡部昌
友　中村明
青年と紅雀　中村清一郎
阪の下　池内愚美
随筆　中村明
ゴツホと関根正三　八束清
手帖から　渡部昌
雑感
装禎　中村明
大正十四年十一月

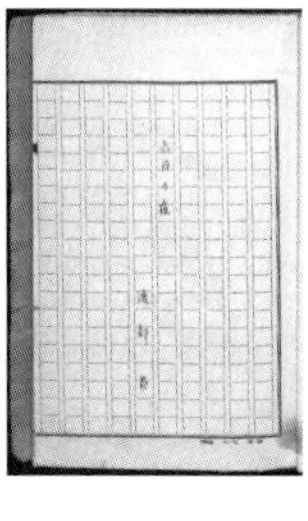

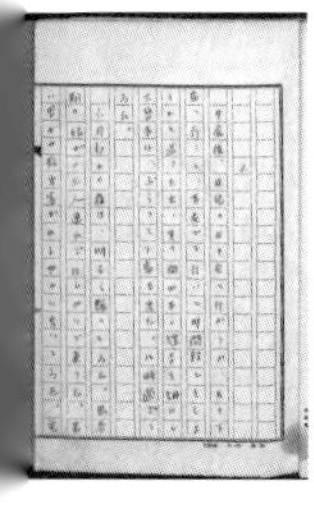

彼はやはり考へてゐた。

「陽子と一緒にならうか、女はパッシブなものだから。」

2、

其の日、三時頃陽子は晋吉を下宿に訪ねた。朝未だ彼が床に居る時陽子から電話が懸つた。

「昨夜故郷《クニ》から急に歸れつて電報が來ました。明日発つ積りです。今日三時頃お伺ひしますから。」

此の報知が、朝寝坊のぼやけた彼の頭をクリーヤーにした。

陽子は、釣整のい、肉体を、緑がかつた裝ひに包んでゐた。長めに描かれた眉毛が軽い耳かくしと調和してゐた。

「蒸し暑いお天気ね。頬照つてしかたがありませんわ。」

「明日とは、急なのですね。一日延ばしてはどうです。」

「でも、直ぐ發てつて云ふ電報なのですもの。」

「明日とは余り用意がなさすぎるじやないですか。」

「用意つて、……………電話お掛けした時未だ寝てゐらしつたんでせう。おおこししや悪いと思つたのですけど、外出ならない内の方がい、と思つて。」

「帰れつて、やはりあの問題ですか。」

「え、、そうでせう。」

「では、東京もおさらばですね。」

「……………」

「明日何時頃の汽車、晩でせう多分。」

「未だ決めてないんですの。芳ちゃん（彼女の従姉妹）も急なのでね。びつくりしてゐるのよ。でね、なる可く遅い汽車にしろつて云ふのです。あ、芳ちゃんがお宜敷くつて。」

「ええ、」

晋吉は、不綺用な手付で、女中の持つて來た茶を入れると、陽子にすすめた。

「どうぞ、お構ひなく。」

「こう云ふことは全く不得手でしてね。」

「ほんとに無格恰でお気の毒ですわね。」

「でも、お客様だから。」

「今日は、ゆつくりして行つてい、んでせう。」

「え、、少し晩くなるかも知れないと云つては置いたのですけど。」

「兎に角出ませうか。何処かで御飯でも食べに。」

3、

「しやもお二人さん。」

注文を聞いた女中が出て行つた後で晋吉は尋ねた。

「結婚の話し確定してるんですか。」

「え、、まあね。確定と云ふほどでもないのですけど。」

「相手の人御存知なの。」

「一度逢つたのですの。此の春、見合ひの時ね。一度位では何にも判らないでせう。好きとも嫌いとも。夫で困つてしまふのよ。」

「困るつても行く積りなんでせう。」

「こん度はもうことわり切れないだらうと想ふのですの。色んなことでね。」

陽子は十九の春、心と身体との處女を持つて初めての結婚をした。其の結婚を彼女から破つて以來五年経つてゐた。

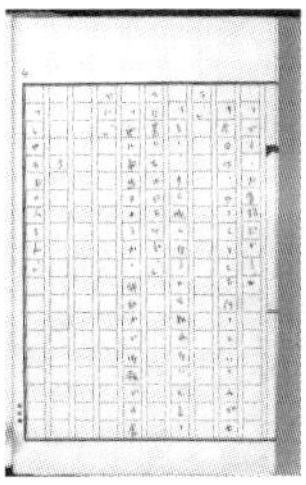
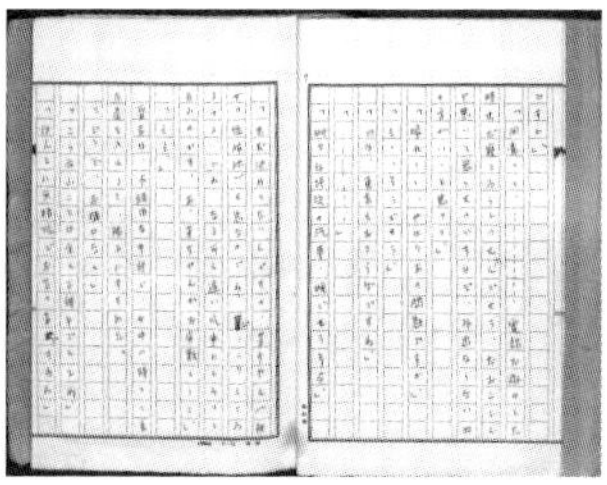
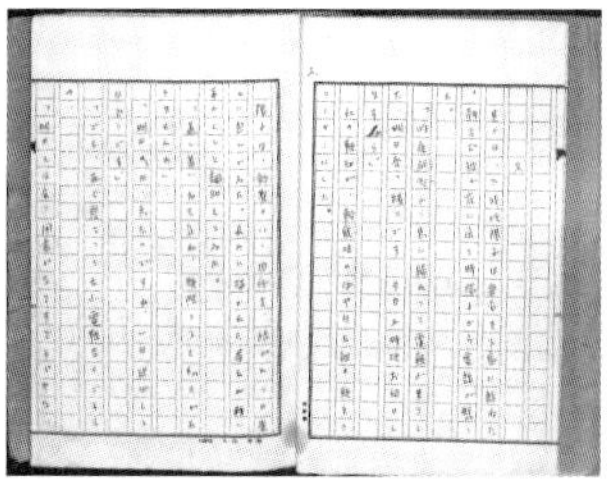
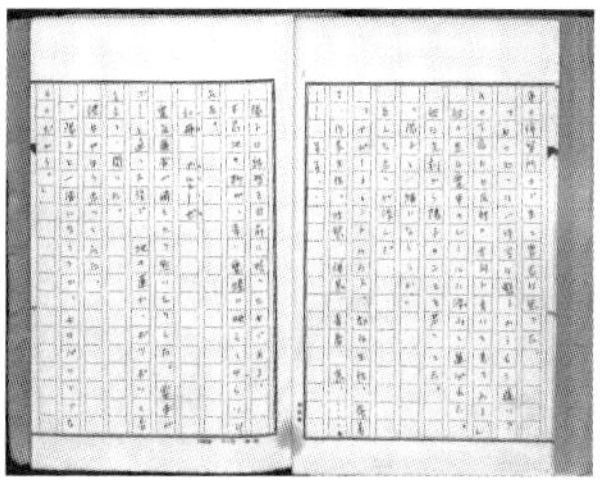

晉吉の頭に、婚期を前に控えた、故郷に居ると云ふ二人の陽子の妹のことがちらと浮んだ。

料理が運ばれた。二人共黙つて食つた。各自別々のことを考へながら。

晉吉は、ついでもらつた茶椀を受取る時、ちらと陽子を見た。彼女の顔は謹ましやかな無表情を示してゐた。

陽子が云つた。

「この間から一度お伺ひして、ゆつくりお話がして見度いと想つてゐたのですの。でも独りで下宿屋には何だかお訪ねし難いでせう。それにこんなに急に帰ろうとは想はなかつたものですから。」

「遠慮しないで早くいらつしやればよかつたのにね。」

「荷物をね、引拂つて持つて帰らうか、どうしよかと想つて迷つてるのよ。皆は引拂へつて云ふのよ。でも四年間も住んだ処なんですもの。」

「もうゐらつしやらないのなら、引拂ふより仕方がないじやありませんか。」

「そりあ、そうですけど、でも自分では未だはつきり決らないんですもの。」

暫く会話がとぎれた。二人は一つの鍋をつついた。

「結婚なんてものは、考へれば考るほど決らないでせうね。どうせ生れて來たことが一つの冒険なんだから、夫以後の冒険はどしどしやるよりほか仕方がないですね。」

「え丶、ほんとにそうよ。そうは想ふのですけど、いざ決めるとなると考へるばかりでちつとも決らないのですの。」

4、

ゆつくり食つて鳥屋を出た。八時過ぎだつた。陽子の提議で二人は公園の中を櫻木町の方へ歩いた。

「もう今夜きりだ。」

晉吉は朝電話を受けた時から起つてる意識を心の底で繰返した。

東照宮前の青葉が葉ずれてゐた。遠くで自働車の警笛が響いた。

「今突然振り向いて抱き締めたつて、彼女は別に驚きはしまい。」

晉吉は並んで歩いてゐる陽子に夫を感じた。

「だが、此の儘別れようか、お互の平和なる幸福のために。」

晉吉の頭には、今までの陽子との交友?、恋愛?、経過が繰り返された。

5、

春の初めであつた。空がどんよりと雨曇りして薄ら寒かつた。三人で行く筈になつてゐたマチネーに、従姉妹の芳子が急に用が出來て行かれなくなつたため、二人だけで行くことになつた。それが二人だけの時間を持つ様になつた初めであつた。観劇なる共通な趣味が、二人の親密さを増すに役立つた。〇〇座へ二度〇〇劇場へ二度、彼女を青山に訪ねたのが三度、これだけが春から晉吉が陽子と共にした行動《交渉》の全部であつた。

晉吉は陽子に惚れてゐたか。惚れてたと云へば惚れてたし、惚れてゐないと云へば惚れてゐなかつた。嫌いではないと云ふのが事実であつた。彼女のレイデイライクな好みは、晉吉の気持にぴつたりしないこともあつたが、大部分の女性がそうである様に、浅薄な見えや、気取りや、勝気やから彼の神經を傷め

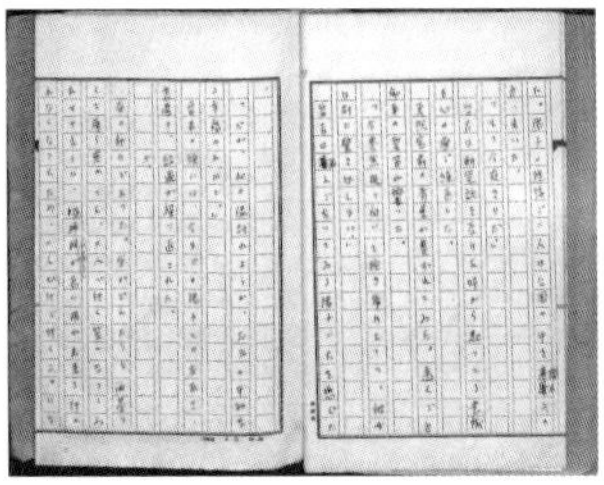
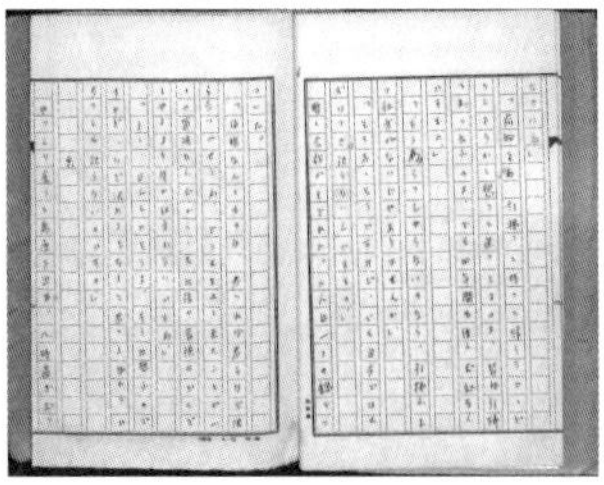
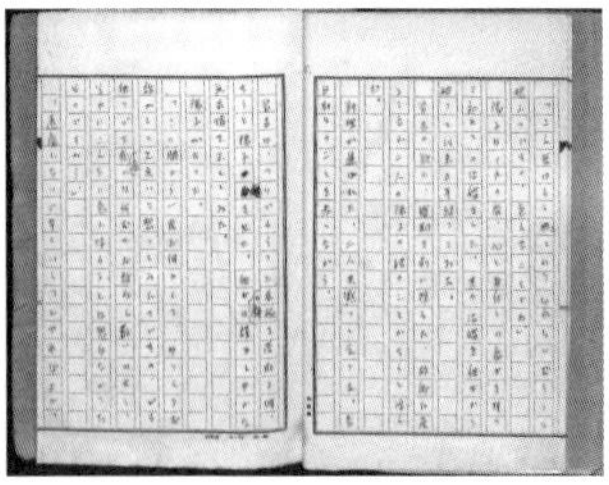
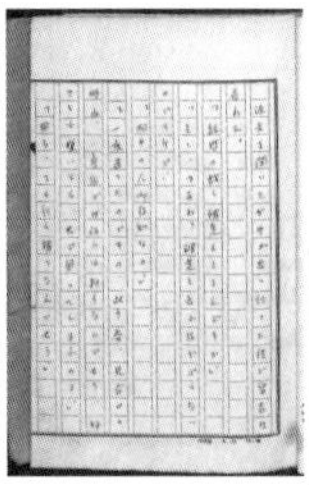

ることはなかつた。

　で独り者の晉吉は陽子の潤を求めた。

　悩ましい晩春の夜など、晉吉は、味気ない下宿の四疊半で、独り陽子を思つた。

「だんだん魅きつけられて、どうにもならなくなつたら結婚してもいゝな。だが、そんなにどうにもならないほど惚れたりするもんだらうか。一緒になるにしても俺は未だ親がかりだ。誰か云つた様に、男つてものは女にスポイルされる。結婚すれば、結婚のために、結婚しなければ、独身のために。恋愛なんて最後のものじやないかも知れないが、夫無しにあ生られないんだ。煙草見たいなもんだ。等、等、……等。」

6、

　黙つて歩いてる内にもう公園をぬけてゐた。

「どうせ人生は一つの冒険だ。」

　晉吉は先刻に陽子に云つた其の言葉を、彼自身に付いて思つた。

　雨がぽつりぽつりと落ちた。

「とうとう降つて來ましたわね。」

「今朝から降りそうな天気だつた。」

「何時位でせう。」

「さあ、九時位でせう。」

「わたし、もう帰つた方がいゝわ。」

　晉吉は自働車で送つて行かうと云つた。陽子は辞退しはしなかつた。

「青山まで」

　自働車は走り出した。雨は僅かながら降り続けてゐた。


　晉吉は、膝に、陽子の肉体の温か味を覺えた。並んで坐つた二人の姿が、前のガラスに薄く撮つてゐた。そして其の虚像は又二人の心に映り返つた。

　自働車が暗がりに入つた時、晉吉は、瞬間の躊躇の後云つた。

「失禮なことしてもいゝ。」

「…………。」

　陽子は、心持ほてつた面ざしで、柔かく微笑んでうなづいた。

　彼は左手を陽子の後に廻すと共に、彼女の唇に、彼の面を伏せた。

　柔かく強い抱擁の幾分間かが続いた。

　自働車は明るみと暗がりとを交互に走つてゐた。

7、

　其の翌日、午後九時二十分東京駅発の急行列車が動きかけた時、見送りの芳子の注意を盗んで、陽子は晉吉に囁いた。

「結婚なんかどうなつてもいゝわ。」

8、

　陽子に別れてから未だ三日しか経つてゐない。が晉吉には十日も前ものことの様に思はれた。

　観月橋の石の欄干が、冷やりした、快い感触を、彼の腕に與へた。薄暗のの中に、幾組もの男女が、六月の夜に酔つてゐた。
・・・・・・・
仁丹、ブルトーゼ、
　電気廣告が消えたりついたりした。
　晉吉の意識も又六月の夜の気にぼやけてゐた。
「俺、二十三の初夏、青い木の葉、陽子、陽子の唇、陽子の二の腕、人生、都会。」

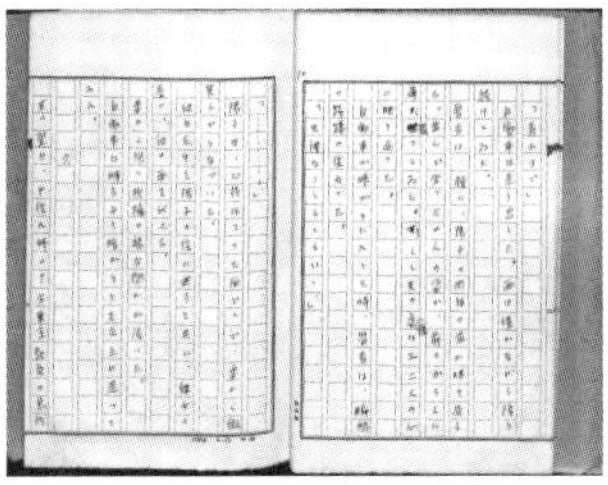
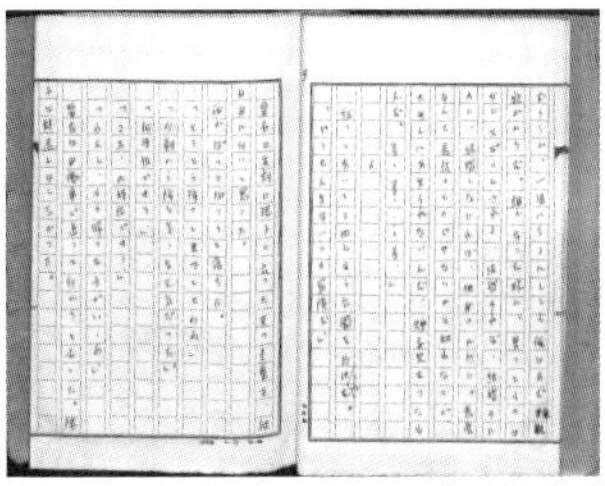
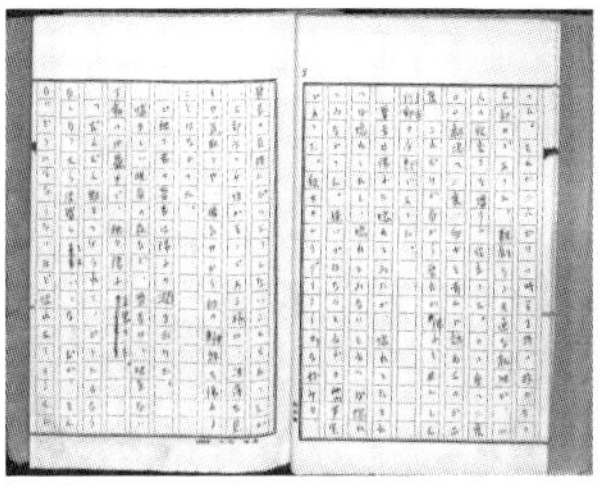

晉吉は袂から煙草を出して吸つた。

「バットの一吸が、もつと俺の思考をまとめて呉れるかも知れない。或はバットの一吹が、俺の頭を一掃してくれるかも知れない。」

彼は、ぶらりぶらりと歩き出した。歩きに最も適した晩だつた。廣小路に出た。此處でも、電燈と女と夜店とが初夏の夜の街を形成してゐた。

晉吉は、無関心な丁寧さで、一つ一つ夜店を覗ひて歩いた。彼は、気紛れにステッキを一本買つた。

歸途池の端で、晉吉は其のステッキをぐるぐると廻した。

「slender and stout」

彼は、両手でステッキの両端を握つて、ぐつと曲げながら、こうつぶやいた。

「これで、明日から毎晩歩ける。」

晉吉は、軽い足どりで、ステッキをもう一度振り廻した。

仁丹、ブルトーゼ、電気廣告が消えたり默《っ》いたりした。

九月十七日、

友、

渡部昌

1、

十一月の晩であつた。四つ角の菓物店には眞紅に熟した林檎が、通行人の眼を樂しましてゐた。ショーウンドウからは青白い電気の光が流れて、散歩客の綺麗に磨かれた靴の尖端に反映してゐた。街路樹が靄に潤つてゐた。彼はよく云つた。

「十一月の銀坐の夜は、都会的な詩を多分に持つてゐる」

私は彼と並んで、毎晩の様に銀坐の鋪道を歩いた。

「我は悲まず。友と歩む日のあれば、
　街《まち》の柳に靄のかかれり。」

四五日ぶりに銀坐を歩いた夜、彼はそんな詩を作つた。私は感心しないと云つた。

私も彼も文學青年であつた。そしてお互に唯一人の文學友達であつた。

「カフェーロシアへ行かうよ。」

私達は裏通りの小さな其のカフェーによく行つた。

彼は其処の十六ばかりの娘に惚れてゐた。尤も彼も私と同様女には惚れつぽかつた。

「下宿などに居ると、どんな女でも好きになるよ」。

そんなことを云つて、私達の好色的《アモーラス》なのを辯解したりした。

「おとなしくて、何処となく新蘚だよ。」

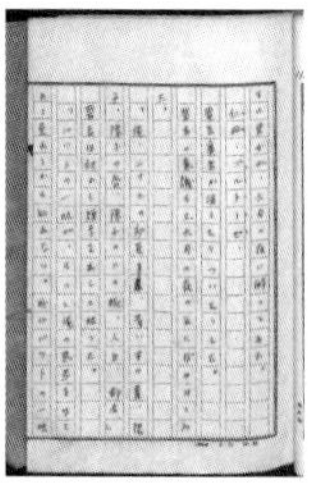
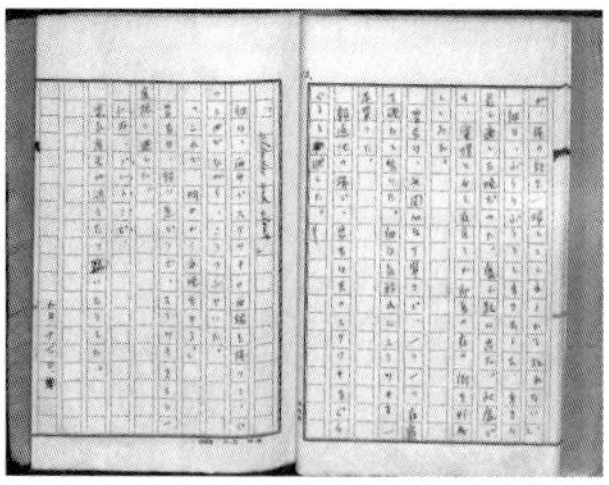
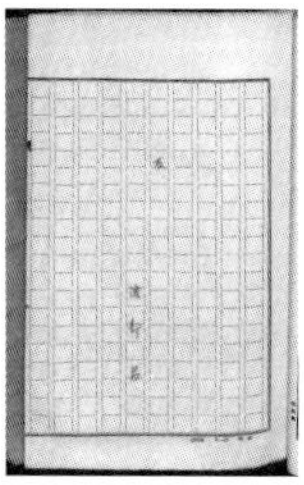
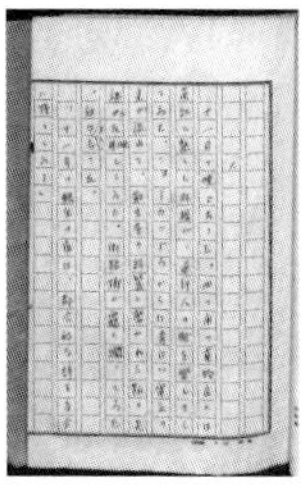
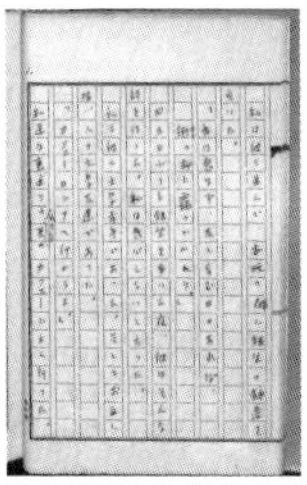

彼は彼女を評してそう云つた。そこで、私達は、一時間も一時間半も默つて坐つてゐた。彼は彼の愛用するバットを燻ゆらせながら、マンハツタンカクテルを飲んだ。私はコーヒーを飲み乾すと云つた。

「今月の原稿は三十日に綴じることにしようね。」

「何時でもいゝよ。俺は書かうと想へば幾らでも書けるのだから。だが碌なものは出來ないがね。」

多感な出鱈目屋である一方彼は眞摯な努力家でもあつた。

私達はそこを出ると、もう一通り前とは反対の側の鋪道を歩いて、各々効外の素人下宿に帰つて行つた。

2、

以上は去年の秋のことであつた。今夜私は銀坐を歩いて歸つて來た。そして今此の小説を書いてゐる。

3、

彼は今年の春まで、中學の四年を終へると早稲田の文科へ入る可く上京して以來、約五年間を文學修業に東京で過した。早稲田の文科、明治の法科、東洋大學の豫科と學籍は轉々としてゐたが、一個の文學青年として彼の生活に変りはなかつた。

それが今年の四月、

「父病気直ぐ帰れ。」

と云ふ電報で故郷信洲に帰つたきり出て來ない。帰つた當時に來た彼の手紙には、

「親父《おやぢ》の病気は大したことはないのだが、家の色んな問題で弱つてる。」

ときり書いてあつた。それに付け加へて、

秋からは必ず東京に行くが、夫までは行けそうにない、と云つて來た。

私も、七月の初めに故郷の松山へ帰つた。夏の二月を、海へ浴《つか》つたり、小供と遊んだりして何もしないでぶらぶらと過した。九月の初めに、陽に焼けた身体と新しい元気とを携へて上京すると、「秋からは必ず行く。」と云つた彼の言葉を信じて待つた。

九月も過ぎて十月になつた。雨あがりの青く澄んだ空に、熱気の失せた大陽の光線が吸ひ込まれてゐた。街のショーウンドウには新しくソフトが飾られた。彼から來た葉書には、こう書いてゐる。

「蝿は疊の上にへたばりついてゐる。私は秋冷の朝に、ほろ苦い煙草の何本かを喫む。つぐんだ赤とんぼが何組も何組も窓の外を飛んで行く。大変逢ひ度い。逢つたら泣けてしまいそうだ。今の自分の事は一寸書けそうにない。」

此の葉書を受取つた私は、此ん度金が來たら信州へ行つて見ようと思つた。

4、

今夜私は独りで銀坐を歩いてゐた。と偶然Kに逢つた。Kは、私が彼を通じて知つた彼の同郷の法科大學生である。

Kは私に答へて行つた。

「健坊はもう來ないだらうよ。店を分けてもらつて親父《おやぢ》と別になつてゐる。近い内に嫁を取るらしい。彼奴はその方がいゝよ。文學なんかやるより。」

「うん、そう、………

「うん、そうだね。」

私は何にも云へなかつた。絶望的な淋しさが私の心を蔽ふた。

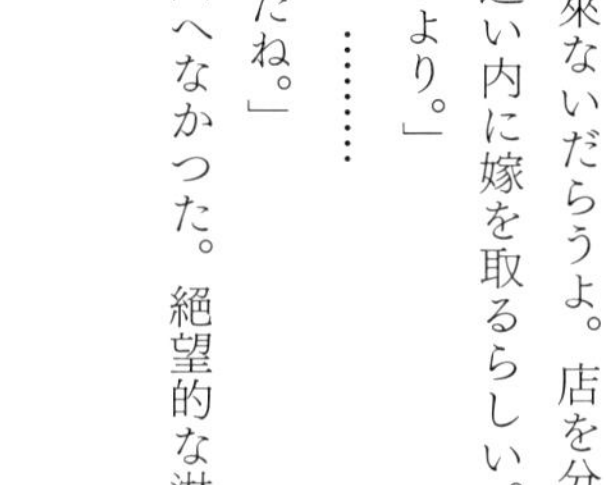
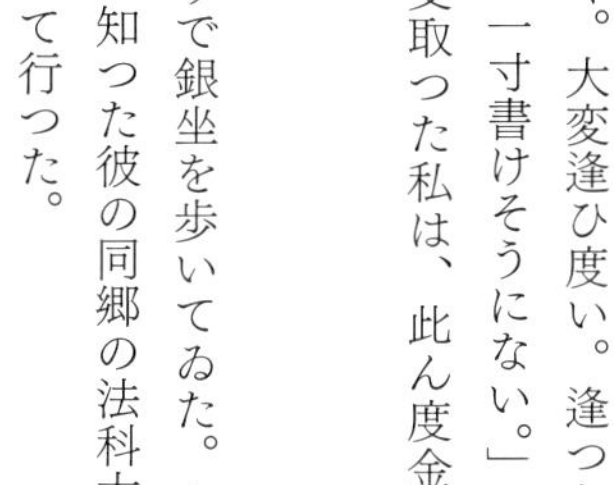
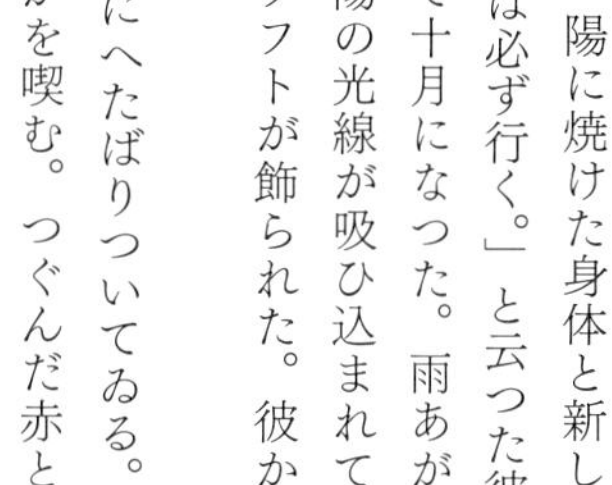
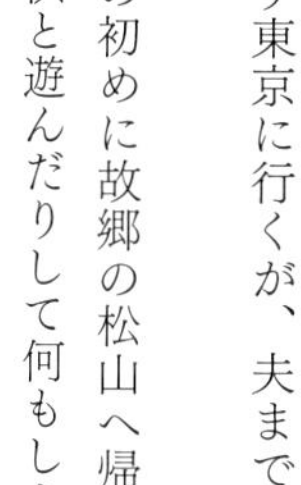

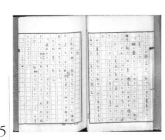

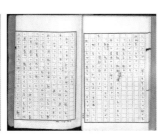

男や女が賑かに通つて行つた。夜店商人の声に交つてラジオが調子外れの清元を放送してゐた。私はKと別れて独り歩いた。何にも考へられなかつた。私はあはぬいて空を見た。

「何処かに星は見えないか知ら。」

ふとそんなことを思つた。一つも見えなかつた。

「銀坐の街上に星が輝いてゐた。」

彼の詩にそんなのがあつた様な気がした。

「カフェーロシア此の横」

そう書いた赤い廣告板がふと眼に入つた。

「そうだ、彼が帰つてから一度も行かつなかつた。ちうどい、」

私はそう思ふと、通りを左に折れた。

私は彼の好きだつた娘が運んで來たコーヒーを飲んだ。娘は暫時見ぬ間に大きくなつてゐた。恰好のい、おさげがやはり恰好のい、耳かくしに変つてゐた。美しくなつてゐた。

「フレッシュなしとやかさ。」

彼の云つた言葉を思ひ出した。彼の形容句は當つてゐる。私は、カウンター台に倚れた彼女の姿態に魅力を感じた。

「冬の朝の少年の頬の様な林檎が出るのも直ぐだ。静かな銀坐の夜に靄の下りるのも直ぐだ。それに、此の娘はこんなに綺麗になつてゐる。彼の好きな此の娘は。」

私はカフェーを出るとこんなことを思ひながら停留所の方へ歩いた。

5、

帰途、電車の中で、私は別のことを考へてゐた。三人の兄弟を失つて唯一人残つてゐる彼、田舎の彼の生活、それから、彼の居ない東京の私の生活のこと。

「逢つたら泣けてしまいそうだ。」

私は、彼が葉書に書いた気持が瞭然《ハツキリ》判る様な気がした。

私は無雑作に決めた信州行きをもう一度考へ直した。私は迷つた。行くとも行かぬとも決しかねた。

「彼の幸福な結婚式の晩に行き合しても困るからな。」

私は自分にそんなことをつぶやいた。

だが私は多分行くだらう。

十月九日、

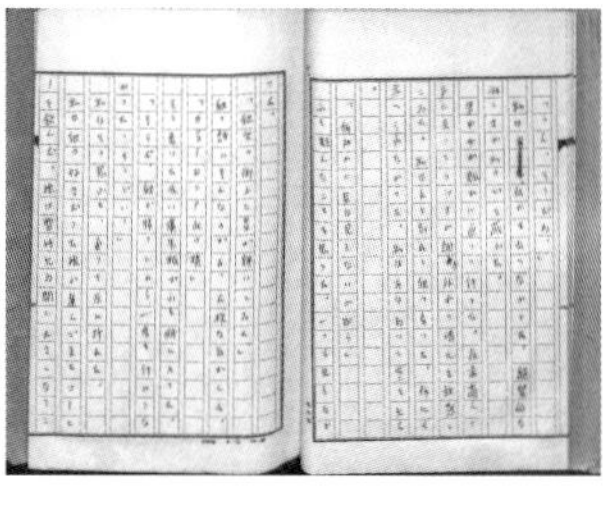

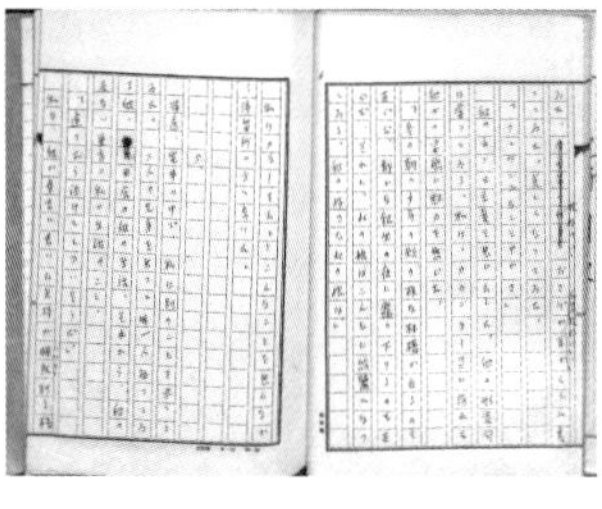

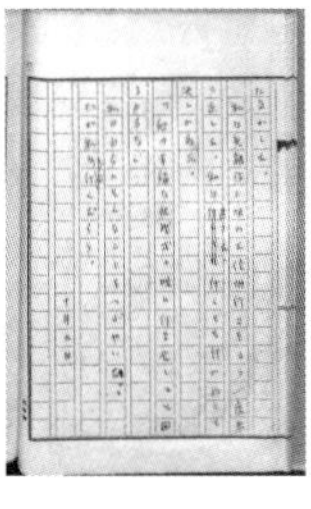

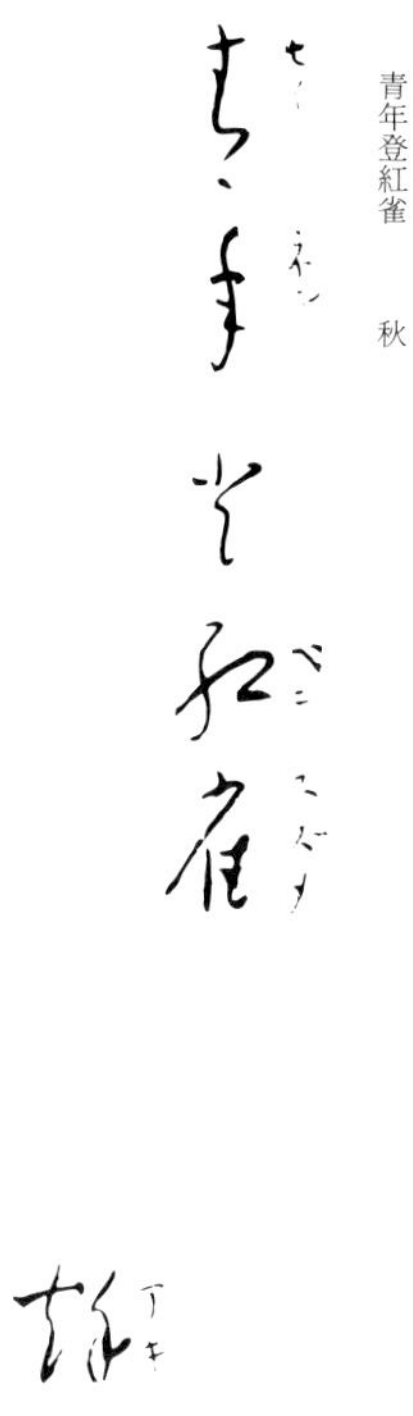

青年《セイネン》が紅雀《ベニスズメ》に餌《エ》をやる多めに椽側《エンガワ》に出《デ》て見《ミ》ると庭《ニワ》にも椽《エン》の上《ウヘ》にもう朝《アサ》の日《ヒ》がしん〱と照《テ》りわ多つてゐるのであつた。庭《ニワ》の茂《シゲ》みの方《ホウ》から冷々《ヒヤヒヤ》とした風《カセ》が吹《フ》いてきて目《メ》の前《マヘ》の枯《カ》れかけ多ダリヤや鶏頭《ケイトウ》の花《ハナ》の紅《ベニ》や黄《キ》がゆら〱ゆれてゐるのをぼんやり感《カン》しながら彼《カレ》は椽側《エンガワ》に置《オ》可れ多釣鐘形《ツリガネガタ》の鳥籠《トリカゴ》の中《ナカ》でチチ……と啼《ナ》きながら温《アタタカ》い朝《アシタ》の曜映《ヨウエイ》を讃仰《サンギヨウ》するやうに飛《ト》びまはつてゐる三つの小《チヒ》さなもの、動作《ドウサ》を凝固《ジツ》とながめるのであつた。

阿たりにはもう都会《トカイ》の雑音《ザウオン》が絶間《タヘマ》なしにひびき交《カハ》わしてゐる。近《チカ》くに道路工事《ドウロコウジ》をしてゐるので杭《クヒ》を打《ウ》ちこむ音《オ》やその掛声《カケゴヱ》がさうぐ〱しく聞《キコ》える。し可しそれらの音《オト》がふと遠《トホ》くへ行《イ》つて了《シマ》つたやうに止《ヤ》むと隣《トナ》りの家《イエ》の低《ヒク》い讀經《ドクキヨウ》の聲《コヱ》がすぐ耳《ミミ》のそばてつぶやくやうにひびいてき多りする初秋《ハツアキ》らし以静《シズ》可な日曜日《ニチヨウビ》である。し可し青年《セイネン》は今朝《ケサ》も息《イキ》をする度《タビ》に背中《セナカ》が志められるやうにい多可つ多りするのでものかなし以気持《キモチ》ちにとぢこめられてゐ多。毎日《マイニチ》の不快《フクワイ》な仕事《シゴト》や睡眠不足《スイミンフソク》やその他《タ》さまざまのくるしみが因《イン》果《グワ》となつてこの背中《セナカ》にこりかたまつてゐるやうな気《キ》がして呪《ノロ》はしかつた。昨夜《サクヤ》も土曜日《ドヤウビ》だからゆつくり眠《ネ》てやれと思《オモ》つて八時《ジ》頃《コロ》から床《トコ》に這入《ハイ》つ多のだが遠近《オチコチ》にひゞき通《トホ》してゐる万燈供養《マントウクヨウ》の太鼓《タイコ》の音《オト》が耳《ミミ》についてどうしても眠《ネム》れないので枕元《マクラモト》にあつたドストエフスキーの小説《シヨウセツ》をよみはじめ多のであつた。ところが十二時過《ジスギ》ぎになつた頃何時《コロイツ》までもひびいてゐる太鼓《タイコ》の音《オト》が彼《カレ》の労《ツカ》れ多脳《ノウ》に変《ヘン》にさはつてきておびやかすやうなリズムをつくつて段々《ダン》に高鳴《タカナ》つてくるやうに感《カン》ぜられてきたのでギヨツとし多彼《カレ》は「ア發作《ホツサ》が…」とあはて、起《オ》き直《ナホ》つてへんないら〱とがつた現《アラハ》れ方《カタ》をして彼《カレ》の眼《メ》に映《エイ》じてきた室内《シツナイ》のものから逃《ニ》げ出《ダ》るやうに心《ココロ》の中《ナカ》はかなしみにゆらめきつ、気《キ》もそぞろに椽側《エンガワ》に出《デ》多のでそこで雨戸《アマド》をくりあけてしばらく夜気《ヤキ》に當《アタ》ると共《トモ》にこの病《ビヤウ》的《テキ》の状態《ジヨウタイ》も波《ナミ》のひくやうに消《キ》え去《サ》つたのだが其時《ソノトキ》青年《セイネン》は鳥籠《トリカゴ》の中《ナカ》で眼《メ》をさまし多鳥《トリ》がビリツと羽根《ハネ》をふるはし多りして電燈《デントウ》の光《ヒカリ》りにきら〱と光《ヒカ》る瞳《ヒトミ》でおど〱と彼《カレ》の動作《ドウサ》を見守《ミマモ》つてゐたのを覚《オボ》えてゐる。

彼《カレ》は鳥《トリ》が昨夜《サクヤ》のことを知《シ》つてゐるやうな気《キ》がし多ので昨夜自《サクヤジ》分《ブン》を見《ミ》てゐたのをどれだつけなど考《カンガ》へながら一つ一つの紅《アカ》い瞳《ヒトミ》を見入《ミイ》つてゐた。

鳥共《トリドモ》はチチしと啼《ナ》きながら巣《ス》から籠《カコ》へ籠《カゴ》からとまり木《ギ》へとしよつちうついついと細《ホソ》いきやしやなからだが飛《ト》びうつつてゐる。かと思《オモ》ふと一寸首《チヨツトクビ》を可しげ多りして彼《カレ》の方《ホウ》を見《ミ》多りする。彼等《カレラ》はさんご樹《ジユ》のやうな紅《アカ》いくちばしをもつてゐる。中《ナカ》で一羽《ハ》は胸《ムナ》毛《ゲ》も頭《カシラ》も眞紅《シンク》で白《シロ》の斑《マダラ》が背《セ》から腹《ハラ》へ可けてはいつてゐるので小《チヒ》さいながら塊麗《クワイレイ》なものであるが他《タ》の二羽《ハ》は胸毛《ムナゲ》は淡黄色《タンコウシヨク》で毛《ケ》の元《モト》が一寸紅《チヨツトアカ》い他《ホカ》は灰色《ハイイロ》でおほはれてゐるのではじめ青年《セイネン》が彼等《カレラ》をもらふときにもお世辞《セジ》に「は、あ阿の紅《アカ》い奴《ヤツ》が雌《メス》なんですね」といつたところが「い、え皆雄《ミナオス》で唯《タダ》ね種類《シユルイ》が異《チガ》ふのださうでがすよ」といふ返事《ヘンジ》であつたがこの一羽《ハ》は単《タン》に羽根《ハネ》が美《ウツク》しい計《バカ》りではなく、他《タ》の二羽《ハ》よりは身体《カラダ》も少《スコ》こし大《オホ》きくと云《イ》つてもせい

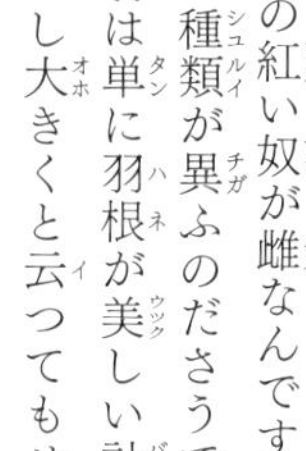

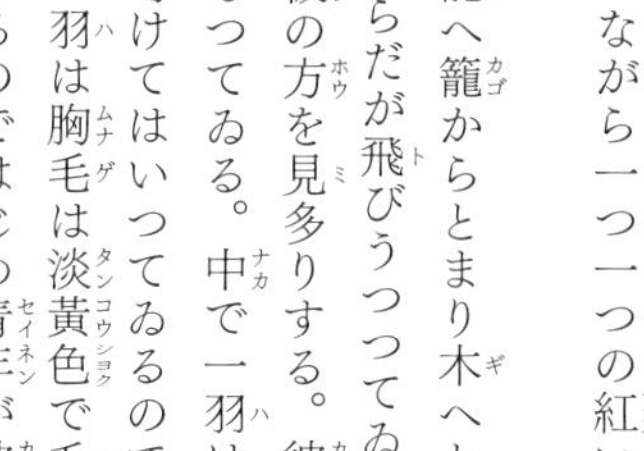

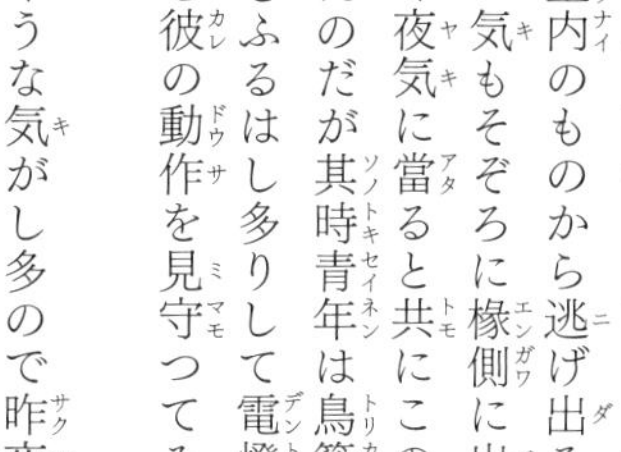

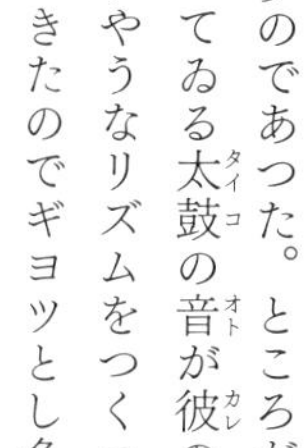

ぜい雀《スヾメ》の半分《ハンブン》くらひしかないが一番《バン》よく囀《サヘヅ》り一番《バン》よくとびまはるのでこれに比《クラ》べると他《タ》の二羽《ハ》は人間《ニンゲン》の気儘《キママ》な眼《メ》にはたゞ影《カケ》のやうにし可映《ウツ》つてゐないのである。

彼《カレ》は昨夜《サクヤ》自分《ジブン》を見《ミ》てゐたのもこれだらうと考《カンカ》へたりしながら時々《トキドキ》小《チヒ》さな音《オト》を立《タ》て、とびまはるこの背中《セナカ》が日《ヒ》の光《ヒカ》りに眞紅《シンク》にひかつたり藍紫色《ランシショク》にひかつたりするのを見《ミ》てゐた。

やがて彼《カレ》は椽側《エンガワ》のすみに置《オ》いてある粟《アハ》を入《イ》れる小《チヒ》さな壷《ツボ》を引《ヒキ》よせて一寸中《チヨツトナカ》をのぞいて見《ミ》多がすぐ舌打《シタウ》ちをしながら元《モト》のところへ戻《モド》すとまたぼんやりと鳥《トリ》をながめるのであつた。

青年《セイネン》にこの鳥《トリ》をくれ多人《ヒト》ももとこの家《イヘ》に間借《マガ》りをしてゐたのである。青年《セイネン》は別《ベツ》に鳥《トリ》を所望《シヨモウ》し多わけではない。唯彼《タダカレ》は時々《トキドキ》この人《ヒト》の話相手《ハナシアイテ》になつたり、二階《カイ》のおばさんと一緒《シヨ》に御自慢《ゴジマン》の宮《ミヤ》本武蔵《モトムサシ》や猫騒動《ネコサウドウ》の講釈《コウシヤク》をきいてやつたりしたためにばかにこの人《ヒト》の尊敬《ソンケイ》をうけてお年《トシ》は若《わか》いが今《イマ》の輕薄《フハク》な世時《ヨトキ》には珍《メヅ》らしいといふことに彼《カレ》はなつたのであるが何《ナン》でも彼《カレ》は此《コ》の男《オトコ》を山師《ヤシ》かもしれないと思《オモ》つてゐたのだが何商売《ナニシヨウバイ》をしてゐるのかさつぱりわからないところのこの人間《ニンゲン》が商用《シヨウヨウ》で伊勢《イセ》の方《ホウ》へ行《イ》つて了《シマ》ふとて強《シヒ》ひて置土産《オキミヤゲ》に置《オ》いて行《ユ》かうと云《イ》ひ出《ダ》し多もので彼《カレ》も他人《ヒト》が折角《セツカク》置《オ》いて行《ユ》かうといふものをことはるのもへんだと思《オモ》つたのでもらふことにし多のである。

然《シカ》しその頃《コロ》も今《イマ》もさうだけれど彼《カレ》は彼《カレ》の生活《セイクワツ》にあくせくしてゐたので鳥等《トリラ》は彼《カレ》の生活《セイクワツ》の一隅《グウ》に追《オ》ひやられて二日《フツカ》に一度《ド》餌《エ》をやるときにしみじみ見《ミ》るくらひであつたのみならず貧乏《ビンボウ》な彼《カレ》はよく一週間《シユウカン》も十日《トホカ》も一銭《セン》も金《カネ》がなくして過《スゴ》すことがあつたがそんなとき相憎鳥《アヒニクトリ》の粟《アハ》が切《キ》れ多りするとへいぜいおさへてゐるかんしやくはここにはけ口《グチ》を見出《ミイダ》してもう〳〵仕事《シゴト》に出《デ》る気《キ》もせずせまい室《シツ》の中《ナカ》にあふむけにふんぞりかへつて椽側《エンガワ》の鳥籠《トリカゴ》の方《ホウ》を仇《カタキ》であるかのやうににらみつけながら「鳥等《トリナド》を飼《カ》ふ身分《ミブン》か考《カンガ》へて見《ミ》ろ」とか「そんな気持《キモチ》ちが心《ココロ》の中《ナカ》にあるうちはだめだぞ」とかいふ何《ナニ》ものかの言葉《コトバ》が彼《カレ》のこの小《チヒ》さな愛情《アイジヨウ》をまるで代《ダイ》なしにふみにじつてゆくのをかんじつゝ、だん〳〵憐《アハレ》むべき自分《ジブン》に対《タイ》するえたいのしれぬ焦心《セウシン》にせめつけられるまゝに目《メ》もくらむばかりになつた彼《カレ》は夢中《ムチウ》で邪《ジヤ》けんに鳥籠《トリカゴ》をゆすぶつたりこぶしでとんとん打《ウ》つたりしてゐると驚《オドロ》い多鳥共《トリドモ》は籠《カゴ》の中《ナカ》でバタバタと脚《アシ》もさだまらず恐《オソ》れおのゝいてゐ多ことでそれを見《ミ》ると自分《ジブン》のやうなものに養《ヤシナ》はれてゐる彼《カレ》らが、急《キウ》に可愛相《カアイソウ》になつてきてやがてのことに立上《タチアガ》ると金策《キンサク》に出《デ》かけ多りしたのであつたがとにかく鳥《トリ》も彼《カレ》と一緒《シヨ》にゐる以上隅《イジヨウスミ》の方《ホウ》に追《オ》ひやられてゐたとはいへ実際《ジツサイ》はこの青年《セイネン》の孤独《コドク》の生活《セイクワツ》にかなりに深《フカ》く交《マヂハ》り合《ア》つてゐたのでこのことは彼《カレ》もうす〳〵感《カン》じてゐてたよりないものながら彼《カレ》の生活《セイクワツ》を慰安《ヰアン》しうつくしてくれるやうに思《オモ》はれる彼《カレ》らを世上《セジヨウ》の話《ハナシ》をすればするほどお互《タガヒ》の意志《イシ》が複雑《フクザツ》に喰《ク》ひちがつてゆく人《ニン》間共《ゲンドモ》との交渉《カウシヨウ》よりはときとしてましだと思《オモ》つたりした。こうして彼《カレ》はともかくも鳥共《トリドモ》を春《ハル》から夏《ナツ》へと養《ヤシナ》つてやつたのであるが鳥《トリ》はやはり鳥《トリ》の世界《セカイ》の生物《イキモノ》で貧乏《ビンボウ》と燃《モ》えるやうな憧憬《ドウケイ》に始終《シジウ》いらいらいら立《ダ》つてゐるこの青年《セイネン》の気持《キモチ》ちでは実際自分《ジツサイジブン》で望《ノゾ》んだのではないにせよ籠《カゴ》の中《ナカ》へ閉《ト》ぢこめて自分《ジブン》が養《ヤシナ》つてやつてゐる鳥《トリ》がどんなに楽《タノ》しさうに囀《サヘツ》つてゐるやうに見《ミ》えたところでそれで以《モツ》て何《ナニ》か恩恵《オンケイ》でもほどこし多やうな気《キ》になつて自分《ジブン》も一緒《シヨ》にうれしがつたりするほどお芽出度《メデタ》くもなれないのでこの小《チヒ》さなものも籠《カゴ》を出《デ》たがつてゐるのではあるまいかといふ風《フウ》に考《カンガ》へてゐた。彼《カレ》らが囀《サヘヅ》つてゐるのも生殖《セイシヨク》の發性《ハツジヨウ》からであつて別《ベツ》に自分《ジブン》

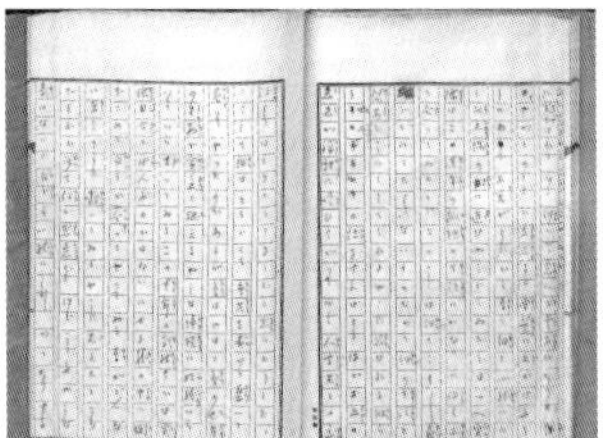
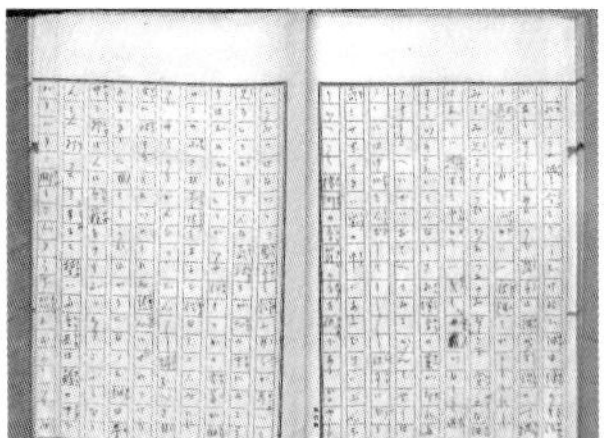
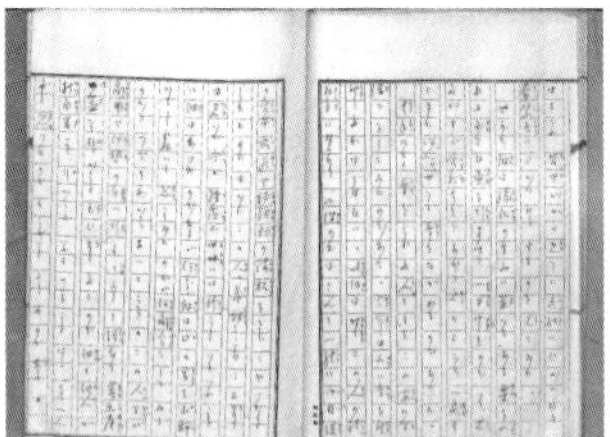

をよろこばせようとしてゐるためではない。それ故《ユヱ》にたとへ彼《カレ》らが人間《ヒト》の愛《アヒ》に養《ヤシナ》はれねば生《イ》きてゆけぬもので自分《ジブン》では餌《ヱ》をさがす能力《ノウリヨク》もなくやがて餓《ウ》え死《シ》ぬか風《カゼ》に吹《フ》きつけられ多り大《オホ》きな鳥《トリ》に襲《オソ》はれたりしてむざんな最後《サイゴ》をとげるとしても自由《ジユウ》の世界《セカイ》であの羽根《ハネ》が動《ウゴ》かなくなりあの小《チヒ》さな脚《アシ》もかたくなつてしまふまで心《ココロ》ゆくまでその囀《サヘヅ》りを囀《サヘヅ》らせてやる方《ホウ》がよからう。

彼《カレ》は今《イマ》もさつきから鳥《トリ》をながめながらこれらのことを考《カンガ》へ多りしてゐた。頂度粟《チヨウドアハ》のなくなつてゐるのを幸《サヒハヒ》に今朝《ケサ》こそ彼《カレ》らを放《ハナ》してやらう。かう心《ココロ》に定めるとともに彼《カレ》の気《キ》持《モチ》ちはしだいにはればれととけてもきて青年《セイネン》は塀《ヘイ》の上《ウヘ》に無限《ムゲン》にひろがつてゐる清澄《セイトウ》なこの秋《アキ》の晴空《ハレソラ》に紅雀《ベニスズメ》らがどんなにうつくしくとんでゆくであらうことを想像《ソウゾウ》しながらそろ〱と籠《カゴ》の扉《トビラ》を開《ア》けてやるのであつた。

(小供の対話)坂の下

(なかむらせいいちらう)

× ××

太郎「次郎さあん、三郎さあん、おまちよう」
次郎「太郎さんかい」
三郎「なんだい」
太「まつておくれよう」
次「何をまつんだい」
三「又まつて、學校へつれて行けと云ふのかい」
太「…………」
次「いけないよ」
三「おかへりよ」
太「だつて僕、君たちと(オナイドシ)ぢやないか」
次「(オナイドシ)だよ」
太「(オナイドシ)つたら、おんなじ齢《トシ》のことだらう」
次「さうだよ」
太「おんなじ齢なら、おんなじに、おんなじ學校へつれてつたつて、い丶ぢやないか」
三「だけど、それが、オアイニクなんだよ、それも僕達のせいぢやないんだよ」
太「おないどしだつて、少し前迠、三人一緒にかたまつて遊《アス》んでたんぢやないか」

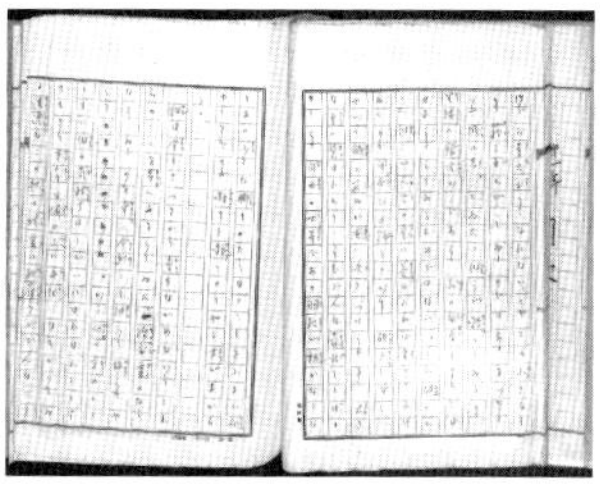

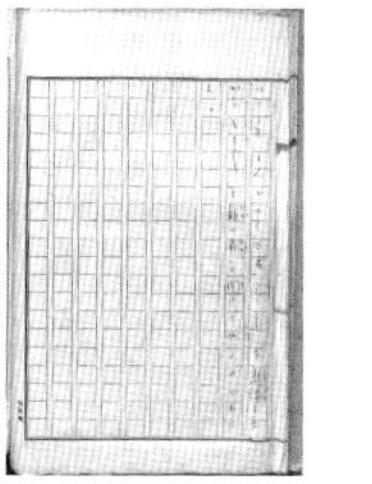

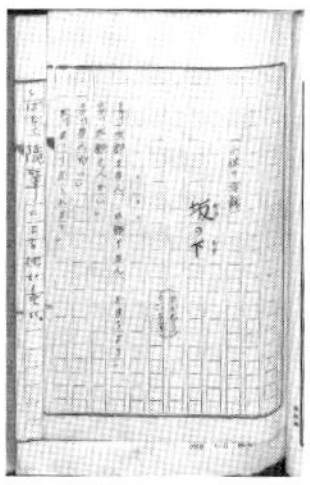

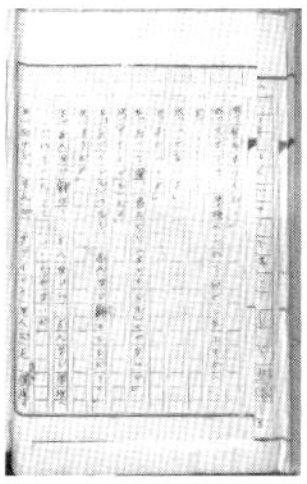

三「ところが違ふことになつたんだよ、おんなじおないどしだつても、僕達は、トシヅヨだよ」
次「君はトシヨハだよ」
太「トシヅヨ、トシヨハつて違ふんかい」
次「トシヅヨつて、強いんだよ」
三「トシヨハつて、弱いんだよ、弱い子だよ」
太「そんなに違ふのかい、學校へ行《ユ》くのにも」
三「違ふとも、丸ちがいだ、よはい子はもう一年またなくちやいけない」
太「一ねん？」
次「もう一ぺんお正月さ」
三「そしたら、区役所から、學校へ行《ユ》けつて云つてくるよ、きつとのこと」
太「どれだけ？　どれだけ寝るとよ？」
三「どれだけつて、三百《サンビャ》くぅ、…くぅ…くぅ…なんとか」
次「チヨツと云へないね」
太「両方の手々では」
次「両方の手々でか、さあ、両方の手々を、検温器はさんでる時の間《マ》ぐらい、出したりひつこめたりした日かず、それ位ねるとだ、ねえ、三郎さん」
三「それの半分の半分位、ちがふ〱、僕にやあ解らない」
次「僕にも解らない」
太「こんぐらがつちまふな、いやだつ！　僕、そんなに待つのいやだつ！」
次「いやだっ！つて、それ一体誰に奴鳴つてるの」
三「アーメハ、フラヌ、アキラメ、アキラメ、アヌガエルッ」
太「ちやくいや、君達や、ちやくいやぁ」
次「なぜ」
太「僕を、三百う……一年またして、そのあひだに二人だけで偉くなるつもりだあ」
次「あ、あの太郎さんのヒガミ家《ヤ》つたら」
太「だつて、だつてさ、うちの母《カア》さんがお父つあんにおつしやつて居たよ、學校って、あんなにまで違ふものですかね、君も……次郎さんも。それから君も……三郎さんも。二三月前とは、みちがへるほど偉くなつたつて、」
次「だつて今、つれてつても、才一、先生が門から這入られませんておつしやらあ」
三「小使さんだつて、門から這入られませんて、おつしや……云はあ」
太「…………」
次「エプロンを掛けた一年生なんて居やしないよ」
三「カバンも、ボウシも、ハカマも、ホンも無いぢやないか」
太「エプロンなんか、今のけらあ、ホンはお父っあんにカンコウ場で、すぐに買つてもらわあ」
三「カンコウ場なんかで、ホンは賣つてゐやしないぜ」
次「いけない〱、ここで、エプロンをのけたりしちやいけない」
三「エプロンをのけたつて、すぐに年ヅヨになれるんぢやないよ」
次「エプロンを掛けたものはね、幼稚園へ行くやうに出來てるんだよ」
太「僕、幼稚園なんかあ、もう、やうちえんなんかあ」

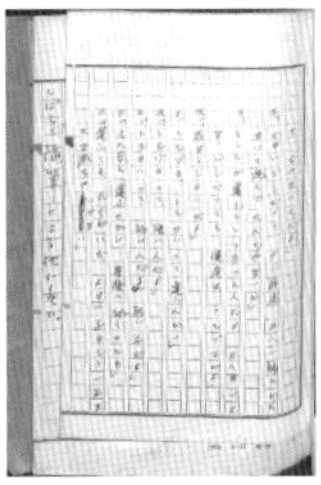
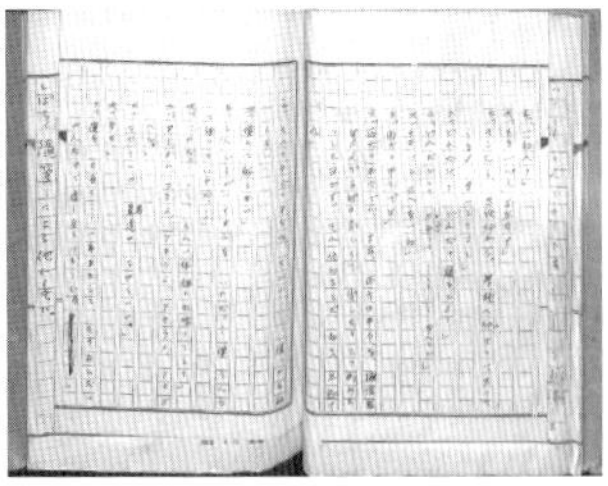
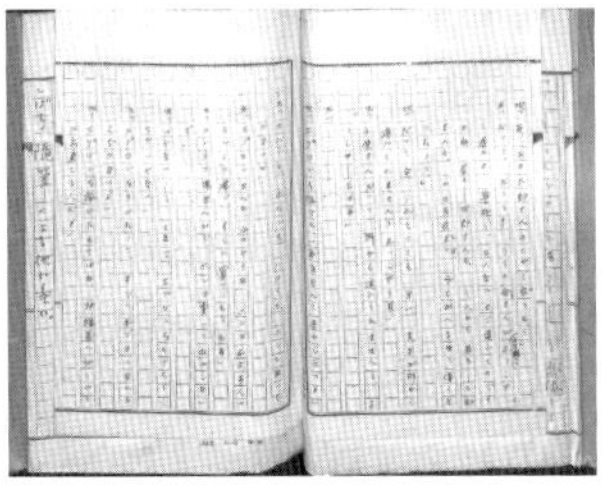

三「やうちえんなんかあ、もう……どうしたんだい」
太「ううん、ううん、幼稚園なんかあ…もぅ……ウンコ、ババッチイだ」
次「こつけいだなあ…太郎さん、どうかしてるよ、だつて…二郎さんや三郎さんが學校へ行つて、僕がいけないのなら、僕を幼稚園へやつてくれ……つて、君、お父っあんにねだつたんぢやないか」
三「そして、…僕も行くんだぜって、わざ〳〵初めの日僕達の所へ云ひに來たぢやないか」
次「君んちのおとっあんが、ぼくんちのおとっあんにおつしやつたつて、太郎は生れた時から、人並はずれて羸《ヨハ》いんだから、それに去年は、なにしろ、ひどい、イン…」
太「インフルエンザかい」
次「あゝ、イン、その、其病氣とね、それからチブスとをしたのだから、急ぐことはない、後一年もゆつくり」
三「幼稚園へとおつしやつたんだらう」
太「後一年なんておつしやつたのかい、なあに、イン、インフルエンザなんかあ」
三「バ、ババッチイかい」
太「トシヨハの弱い子だつて、そんなに、なんにもカズの子にしなくつてつたつていゝぢやないか」
三「しやしないよ。だけど縄とびも出來るし、豆細工も、皆《ミンナ》の中で僕が一番だつて、先《セン》に自慢してたぢやないか」
太「だつて四つ位の、これつぱかりなお尿《シツコ》を落す子供に勝つたつて、つまんねいや」
次「勝つた方がいゝよ」

太「それや、いゝけれどね、毎日々々、豆細工と色紙細工で、それから、懐《フトコロ》からチリ紙出して、先生の、一、二、三、の御號令で、（お鼻チン）の御稽古したりするの、僕もう、イヤなんだよ、ね、ホンコで頼むんだから、つれてつておくれよう」
三「イロハも知らないくせに」
太「知つてらあ、君たちのはなしを聞いてゐて、チヤンと知つてらあ」
三「次郎さん、あのネ、このあひだ太郎さんが、コの字を書いてみせるって、太郎さんのおつかさんに新聞洋紙もらつたんだよ、なんだとおもつてそばで見てゐると、ウンウン云つてロの字をかいて居るんだよ　だから、ヤ、ちがふつていつたら、でも、おとつあんが、（噴火《フンカ》口《コ》）つて読んだ時、新聞みたら、これが書いてあつたなんて、なんだか解らない様な生《ナマ》を云ふんだぜ」
次「そうらネ、太郎さん」
三「あの時、おつかさんが君におつしやつたらう、よくおぼへてゐましたね、けれど、ほら三郎さんが笑つてゐらつしやる方《ホウ》が、ほんとなんだよつてさ」
太「だからさ、だからさ、君がみておかしくない様に、君みたいにイロハが解るやうに、さつきから、一緒に學校へつれてつてくれつて、あんなに頼んでるんぢやないか」
三「わかつてるよ、だけどそれが出來ないんぢやないか」
次「こまらせん坊だなあ、太郎さんは。幼稚園のチッチヤイ子が、つまんなけりやあ、同んなじ位の子供とあすべばいゝぢやないか」

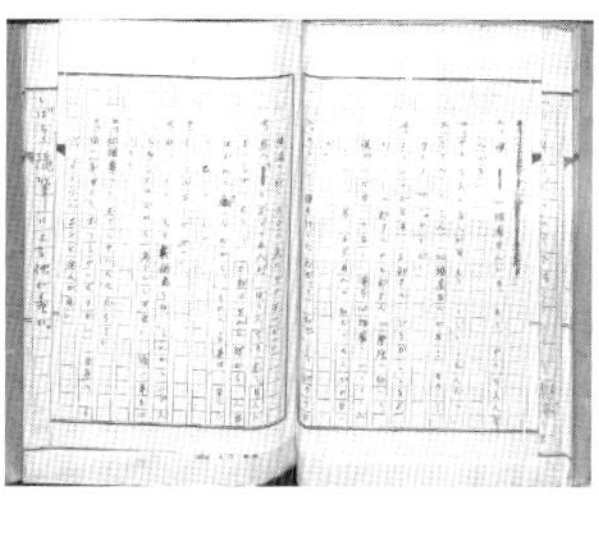
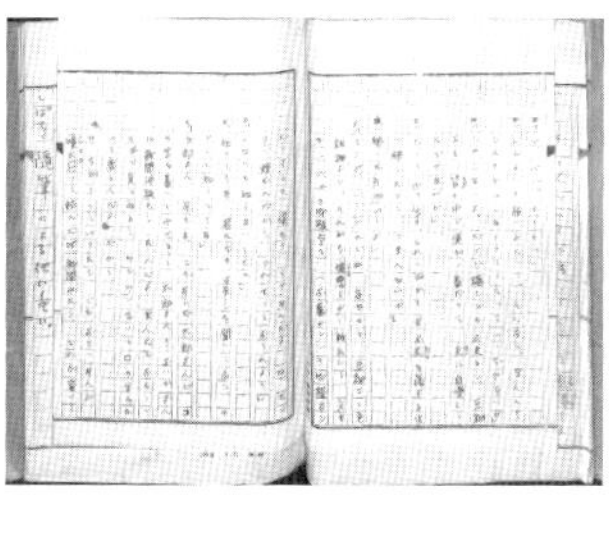
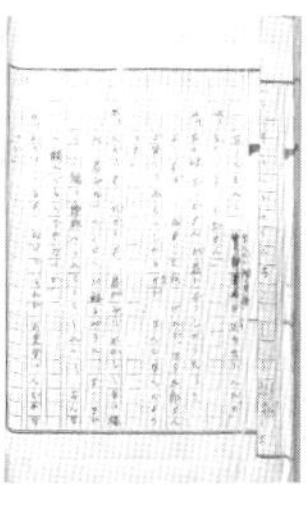

太「同なじ位の子供はネ、皆《ミンナ》、僕達に犬を嗾《ケ》しかけた酒屋の小僧の達公みたいに、イヂがわるいんだよ、ヂツとしてゐるとやつて來て耳へ竹のきれをいれたり、いやだつてもいれたり、そうでなければ僕が字を知つてゐるのがウレシイから、土呂の上へ書いて教へてやると、書く間、黙つてゐて、すむとイキナリ大きな礫《イシ》をぶつけたりするんだよ、夏休がすんでから行つてみても先《セン》と同なじことだから、僕いやで、昨日、おととひも幼稚園やすんでるんだよ」

三「そりやお灸《キュウ》は君だ、君が皆《ミンナ》と遊《アス》ばずに、ジツとなんかしてゐるからいけないんだよ」

次「そうだ、君が字を教へたりなんかするからいけないんだよ、これからでも、君がそんなことすれば、そりやきつと又礫《イシ》をなげられるにきまつてるぜ」

太「どうしてだい」

次「どうしてか知らない、けれど僕達の組にも、兄さんから、カンジつてものを一寸聞いてきてすぐにお喇《シヤベ》りする子が居たけれど、それにも皆《ミンナ》がすぐのこと礫をあびせたよ」

三「やつぱり僕も其子はにくかつたから、其時手つだつてやつた、首《クビ》んこへ」

次「それに幼稚園の小供と肩がくめないものは、學校へ來たつて、御仲間はずれは指切誓文《ユビキリセイモン》だぜ」

太「やつぱり學校にも達公みたいなんが居るんかい」

次「達公はいつでも意地悪ぢやなかつたよ、い、時にはムクロジをくれたりしたらう、僕の横の机の奴なんか自分で自分のヒゴを、ワザ〳〵、ペチ〳〵折つて置いて、先生に次郎さんが折つたなんて呫つつけるんだよ」

三「一番おつかないのは四文で遊戯の時に、いつでも大将になる奴さ、そいつ、いつでも雨ドユをげんこつでコツ〳〵た、いて皮をかたくしてさ、僕たちがイイ物を持つてると、それを献上しろ、せねば此拳骨、横腹へ御見舞申す、これがドンと行くと千年うずきが止《トマ》らぬぞつて云ふ奴だよ」

太「ぢや、一緒に一年生にならなくてもい、や」

次「青蛙かい……あきらめたかい」

太「ううん、ううん、あきらめやしない、一年生はやめても、學校迠いくのだけはやめやしない、つれてつておくれよ、學校迠は先生が門から這入られませんておつしやつたら、門の外から運動場で、オイチニをしてゐるのだけを見て居るから」

三「だつて途中の坂が越せるかい」

太「越せるとも」

三「あの見附の坂が越せるかい」

太「越せるとも」

三「百かぞえるあひだに走つてだぜ」

太「越せるとも」

三「嘘云つてらあ、此小《チツ》ちやいゲン〳〵坂だつて、こないだカタン糸買ひに行く時、苦しいつて途中でしやがんじまつたぢやないか」

太「あの時は、朝からモタレテ居たんだよ」

三「もたれた？」

太「あ、、朝からオナカの具合が悪かつたからだよ、ソロ〳〵

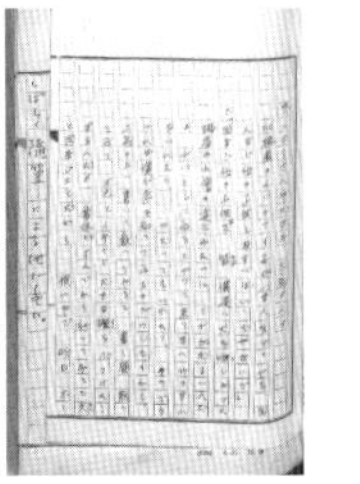

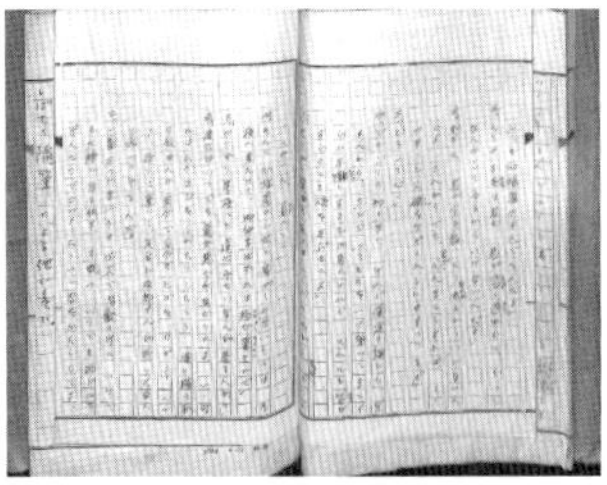

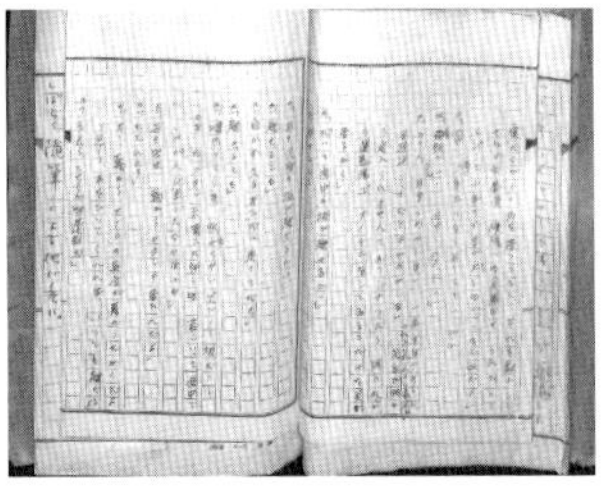

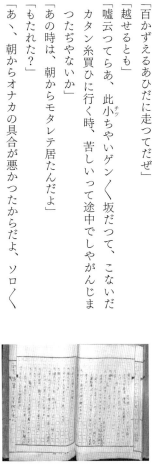

手をひいてくれれば、いつでも越せるよ」
三「そしたら、こちらが御遅刻だ」
次「今朝は、時間を間違へてはやく來てしまつたからい、けれど、いつでもこんなにヒツコクされては、それこそ迷惑すらあ」
三「生徒ぢやない方と道草をくつたりするからお遅刻ですつて、先生にしかられたら、君のせいだぜ、もう君との話は、ハイチヤイにするよ」
太「いやだよ、行くんだよ、先生にめつからない様にかくれて居るから、かへりに又、つれて帰つておくれよ」
三「いやなこつた、又かへりが遅くなつたら、君が遅くしといて、しかも君んちのおつかさんには僕達のせいにされるんだからな」
次「せんの活動の時の様にさ」
三「さうさ、あの時も、つれてつてくれ〳〵つてたうとうついてきて、それから、もうすんぢやつて僕達が立つのに、…看板に兵隊があうむに餌をやつてゐる大きな繪があつたから、まだそんなのが、もう一つある筈だつて、…椅子に噛りついて」
次「そして、仕様がないから、三郎さんのお父っあんが笑ひながら一緒にまつてくださつてさ、又初めの同じ奴がはじめから映りだすのをみせるまではどんなにしても動かなくてさ」
三「その時、新馬鹿大将が、も一ぺん、パンに喰《ク》ひついたので、皆が笑つたらさ、立ちかけた君が又すわつて、…笑つてからこちらを向いた、むかうの端の鳥打帽の黒いのが、…どうしても達公みたいだつて、又ぐず〳〵してさ」
次「いろんなありもしないものが、もつとどこかにある様な氣がしたりさ、死んだ達公が活動に居て、新馬鹿大将を見て笑つたりするのがほんとかもしれないと思つてみたりさ」
三「そんなのを學校へつれて行つたらそれこそだ」
次「そのくせ翌日会つたら、きのふ活動へ行つたので、かへつてからしかられたなんて、イヤな事をいふんだから、引あいもどうもしやしない」
太「あれ、僕、意地悪でいつたんぢやないんだよ、けれどネ、たゞ僕非常にのぼせるんだよ」
次「なんだつて」
太「のぼせるんだよ、活動みたいな人ごみへ行くと、すぐにのぼせるんだよ。耳があつくなつて、そんな時に（穢《キタナ》い人）をみると、スグに嘔吐《ハキ》たくなるんだよ。あの時も帰つてから嘔吐《ハイ》たんだよ。
のぼせるつて、非常に性《タチ》のよくない事だつてね、そうかい」
次「あゝ、（きたない人）つてものは、アツチ、コツチに、一《イツ》杯《パイ》居るんだからね、そんなにヒ弱くちやそれだけで、もういけないネ。
そうら、君んちへ行くお豆腐屋さんが、むかうから來たよ、あれについてお帰りよ」
三「時間がおそくなると実際僕達が困るんだよ」
太「行くんかい、もう、ぢやあ生徒の行くのがよく見へる大通りの見附の坂の下まで、つれてつておくれよ、今日だけネ、だけでい、からつれてつておくれよ、あすこでさ

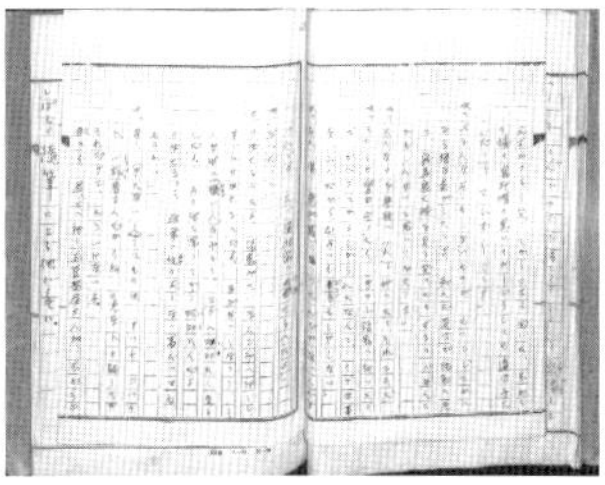
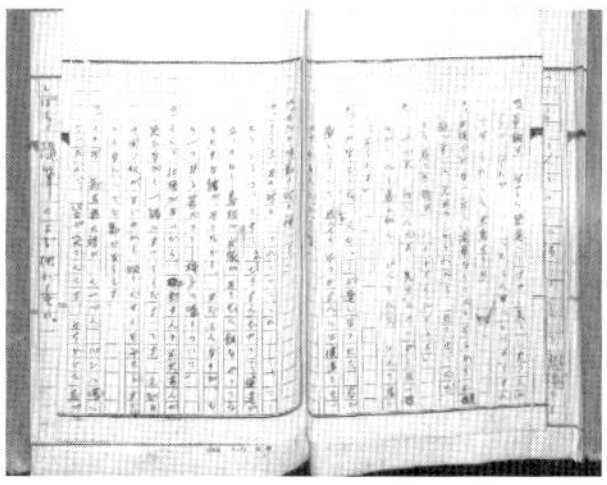

よならをするから」
三「困つたなあ。馬鹿だな君は、知らないのかい、大通りは自動車がいつぱいぢやないか！」
太「あ」
三「そら、おもいだしたらう、」
次「おそろしくないかい」
太「あ」
三「それでもいくかい」
次「ね、だめだらう、ね」
太「あ、、いつでも通るのかい」
三「たへまなしだよ、」
次「両方からだよ」
太「あ、、…自動車は、僕、おつかないなあ、眞黒で、いつも止らずに、あつちからあつちへ、ビユウウと行つちまうね」
次「僕のおぢいさんは、あれにのつて、どこかへ行つちまつたんだよ、そしてたうとう帰らないんだよ」
三「酒屋の達公がさうだ。あいつは乗せられて行つちまうのは、腰がまがつてからの筈だつたんだが、それより先に、無情他《ヒドイホカ》の自動車がやつてきて、あいつを彈《ハ》ねとばしたので、達公は、郵便局の前で、酒瓶をもつたまゝ、グチャ〳〵になつていつまでも物が言へない様になつちまつたんだ」
太「僕、自動車が、大通りからこの坂を、おりてきやしないかと思つて、自家《ウチ》の庭に居ても、あの響《ヒビ》くのがおつかないんだよ」

（急に、元氣よく）
次「だけどね、太郎さん、突切《ツツキ》るんだぜ」
太「え」
次「突切《ツツ》るんだぜ、僕、あれを」
三「そうだよ、僕もつつきるんだぜ」
太「あれをかい」
次「こつち側《カワ》から、むこつ側《カワ》まで、まつすぐにさ」
三「右と左とから來る、その間をねらつて、鞄《カバン》をバタ〳〵しない様に、おつかゝえて、ツツ走《パシ》るんだ」
太「あれをかい」
次「いぜんは途中で脱げた下駄をほつておいて、向側のポストのかげへ、轉げこんだりしたんだよ、今は平氣だ」
三「今はね、行きと帰りに、あしこを突切るのが娯しみなんだよ」
太「娯しみなのかい、かけねなしで」
三「かけ値ぢやあ學校へは行けないよ」
次「あすこが、実際に走れないと、學校へは行けないよ」
太「偉くなつたねえ、二人とも。學校へ行くとそんなになれるのかい」
次「なれるとも、僕だつて、初めは兄さんや姉さんについて行つてもらつたんだ」
三「だからね、幼稚園へお行きよ、太郎さん、そうしたら、からだも足も強くなるぜ、」
太「なるかい」
三「なるとも、一年たてば。強くなつて、年ズヨになつたら一緒にあしこを走らうよ」

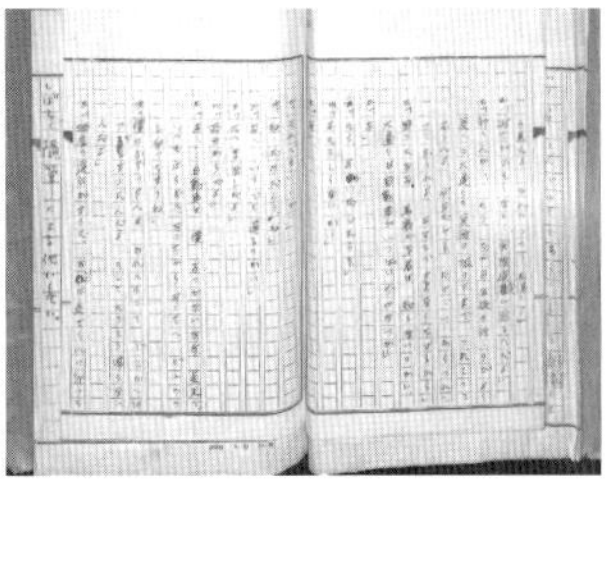

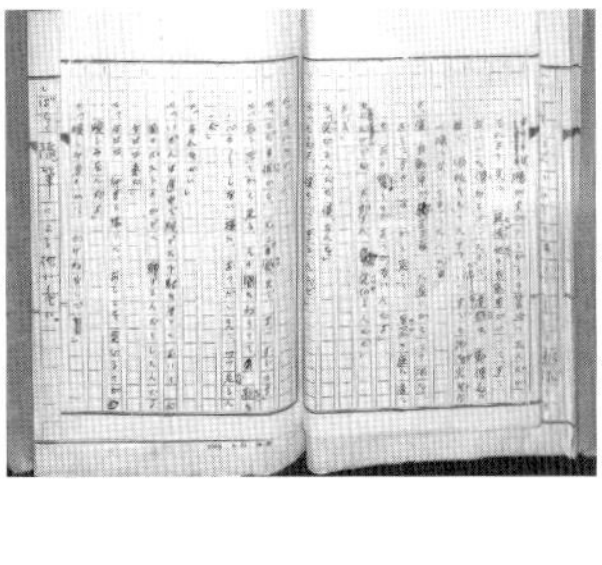

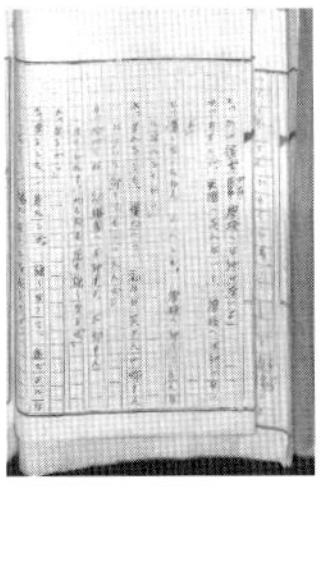

太「さうかい。あ、、ぼくもね、幼稚園へ行かない日は、することが無くてしやうがないんで、庭で蟻と遊《アス》んでるんだからね」
次「蟻と遊《アス》ぶ？」
太「あ、、二寸程離《ハナ》して、土呂へ縦《タテ》に二つ穴をほつてね、その両方の間へ、頭ののいた筆の軸を、鉄管みたいに通して埋るんだよ。そして、片方の穴へ、蟻を澤山つかまへて來て、入れるの」
三「蟻が出ちまうぢやないか」
太「あ、、大丈夫、お父っあんの眼鏡の玉の古いので、もういらないのがあるんだよ、それで両方の穴へ蓋をするの」
次「蟻の呼吸《イキ》は出來るかい」
太「知らない、だけど死にやしない」
次「それだけ？」
太「そしてね、見て居ると、めつたには出てこないけれど、中でりこうな蟻は、しまひには其竹の軸の中を通つて、たうとう　も一つの穴の方へ出てくるんだよ、そいつは感心だから逃してやるの」
三「おもしろいね」
太「でもね、出て来たと思うと、しばらく軸の端で頭を振つてて、又、もとの穴の方へ帰つてしまつたりするのが多いんだよ」
次「かあいさうだね」
太「それよりも、見て居ると歯がゆいよ、歯がゆいけれど僕、することが無いもんだから、きのふもおととひも、それをヂツとみて居たんだよ」

四「次郎さあーん、三郎さあーん、」
三「やあ、四郎さんが來た」
次「もう行くよ、今日は半どんだからすぐにかへらあ」
太「あ、、ぢやね帰つたらすぐに遊《アス》びに來ておくれよ、コの字を知らないなんて云はずに、學校のこと教《オシ》へておくれよ、教へるのがいやなら二人どうしで話してゐてもい、や、そばでだまつて聴いてゐるから」
三「さつきのあれは失敬ね、帰つてからは、やつぱり君と三人が、オナヒドシの三人なんだよ」
太「ほんとかい、」
次「蟻となんか遊《アス》ぶの、もうおやめよ、そしてあしたから僕達が學校へ行くあひだ幼稚園へお行きよ、そして帰つてから一緒に遊ぼうよ」
太「あ、、筆の鉄管は、これからのけらあ」
次「あ、」（ききみみをたてる）
太「なに」
次「そらっ、上の方」
三「どこ」
次「ごらん、銀杏《イテウ》の木を、坂の上へずううとつき出た枝を」
三「あをい空の方へかい」
次「うん、ほらね、あすこに高須さんの鸚鵡がとまつてゐるだらう、いちばんてつぺんに、白ろくねほら」
太「ど、どこ、みへない、ひかつて」
次「もつと、左、此手の方」
太「あ、わかつた、」
四「やあ、わかつた、ぼくも、…居らあ」

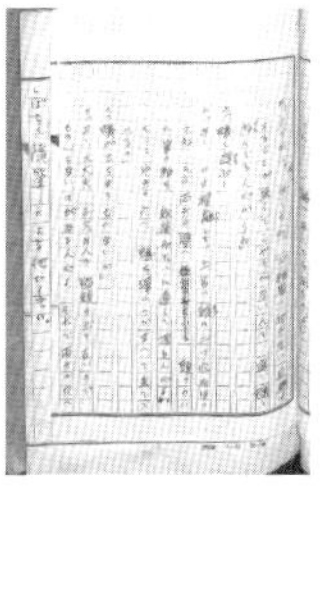
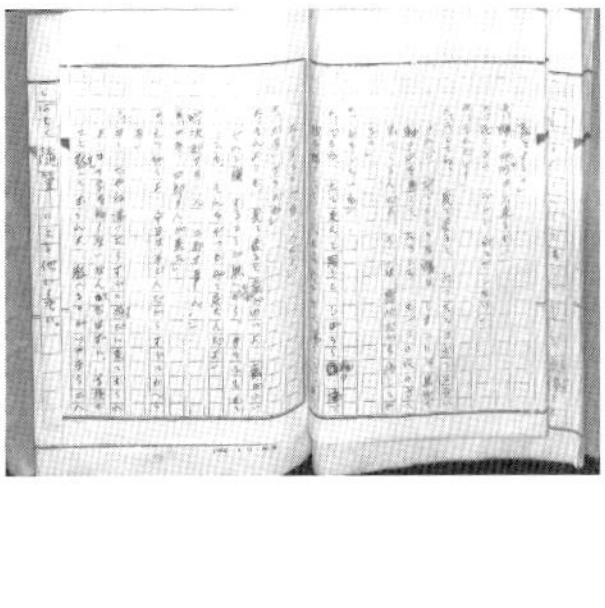
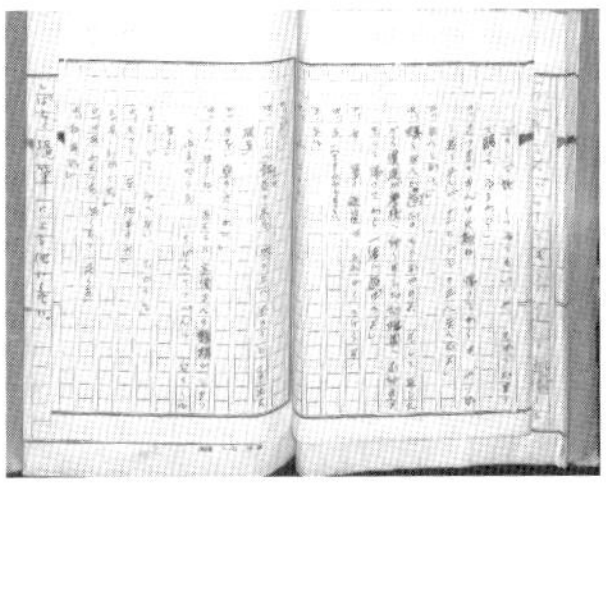

次「ね、あれ、」
四「云つてるぜ、毛角をたて丶さ」
三「テテ、カカ、テテカカ」
次「あれね、知つてるかい、あの鸚鵡が、アメリカに居た時、聞いた英語の演説のまねだつてさ」
三「それを、こ丶で、あんな上《ウヘ》んこの方で、得意さうにやつて居るのかい、おかしいなあ」
四「おかしいなあ」
次「ぢや、太郎さん、しつけい」三「しつけい」四「しつけい」
太「さよ（ならと云ひかけたが嬉しさうに）…しつけえーい」
（生徒等、坂の上へ駈け去る、坂の上の、大銀杏が、秋の朝空に、颯々と突立つている、その梢から、又、鸚鵡の声がする。太郎、坂の下から、はるかにそれを仰ぐ、遠い大通りから自動車のひゞき。）

随筆、　愚美、

自分の様なずぶの素人が随筆等と洒落るのは自轉車に未熟なものが初手から曲乘りを試みる以上に危い話で有るかも知れぬ。けれ共小説にしろ、詩にしろ、歌にしろ、凡そ文藝と名の付くものに總て形式を必要とする。形式をも辨へないものが筆を執らふと言ふのだからしばらく随筆による他ハ無い。

深刻と言ふ語が兎角文學と言ふ文字に纏ひ附くので有るが、此の深刻と言ふ事に付いて折々考へて見る事が有る。

深刻とハ何で有るかと先づ考へる。兎角、考へる順序としてハ此の「何で有るか」が常に最初の拍子木を拍つ習慣に成つて居るが、扨て此の「何で有るか」を持つて來て、所謂開き直つて出られると、答への明白なものは餘り無いのが常で有る。

此の深刻と言ふ語も其の例に漏れない方で有つて、どうも深刻とはかく〳〵か様のものですと説明する氣には成れないが、例を持つて來て言ふと我々がドストエフスキイのものを読んだ時の感銘を語で表すならバ先づ深刻とでも言はなけれバ他に適當な語が無い。

で、ああ云つた感銘の内容を少し許り解剖して見ると、才一に材料、つまり、ストオリイの中に於ける出來事の異常さと言ふものが先づ存在する事を發見する。

尚引き續いて、其の異常なる出來事に伴ふ諸相を何の苦も無く

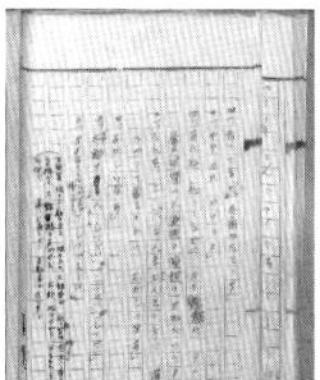

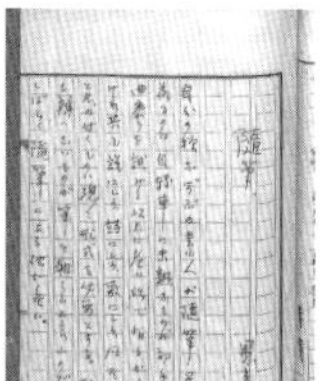

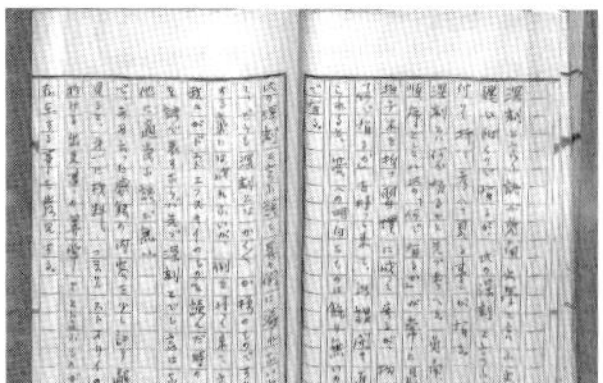

明に展開して行く描寫力と言ふものの深さを感じる。

才二に精神的内容、是ハ取扱はれたる人物の性格と、其に対する作者の批判力とに別けて考へてもよいが、作者の創造である諸人物の性格なるものハ要するに作者の精神的生活乃至ハ其の延長で有ると言ふ見方によって、是ハ一括して作者の有つ精神的内容とした方が便利である。

扨て單に精神的内容とのみ言ったのでは深刻と言ふ語とは未だ生きた関係を生じないが、精神的内容の複雑さとなると是が深刻と言ふ語の意義の大半を占領して仕舞ふ。

扨て、其の複雑さに就いて少し許り考へて見ると、例によってドストエフスキイの作品を念頭に浮べる事で有るが、才一に彼の創造した登場人物の性格と言ふものが實に複雑極るもので有る。我々が悪靈の主人公の救はれない性格と其の罪に対して限り無き憎悪の念と同時に涙ぐましきまでに痛々しい同情の念を呼び起されるのは何故であるか。白痴の主人公に対して吹き出さずには居られない様な滑稽な感じと同時にあっと眼をみはる様な叡智の閃光を發見させられるのハ何故であるか。更に又、フョードル、カラマゾフの性格を見る時は其所に驚く可きものが有る。彼の性格に於て、其の悪は實に天刑の様な恐しい因果めいた感じがある。

現實の悪魔が尻押しをして居る様な根强いしぶとさがある。

何度生れ替って來ても到底救はれない不具者の様な、又、非倫理其の物の様な感じがある。其の彼が或る時は子供に甘い好々爺であり、或時ハ氣の小さい虚榮坊である。其の口を衝いて出る語はむしろセンチメンタルな臭ひを帶びた、善男善女の言ひ相な文句であり、あまつさへ、思はず自分の語に引き入れられて善男善女のこぼす涙と寸分違はぬ涙を他愛も無くこぼすことが出來る男なのである。彼は人を窒息せしめ相な程濃厚な悪の雰囲氣を多量にもって居乍ら自分で自分を悪人と思ひ度く無いのである。寧ろ、一度も自分の悪を自覺した事が無かったかも知れんのである。

とは言へ一度、ドストエフスキイの作品を読んだ人には自分がいかに無駄な文字を羅列して居るに過ぎないかがよく判ることを自分は知って居る。

實さい彼の作品の内容は、善と悪と、神と、獣と、肯定と否定と、救ひと迷ひと、美と醜と、あらゆる両極端を最小微粒子に打ち砕いて混肴融和した吞にも不可思議なる粘体である。

其所に亦彼の裁きの用意周到さが見られる。キリスト以來、汝等裁く勿れと言ふ語が寧ろ無責任に使用されて居るが。自分の考へでは文学に於てハ作者は己の創造したる人物に対して何等かの意味に於て必ず裁きを與へなくてはならない筈のものである。赦すと言ふことも一種の裁き方なのである。

此の意味に於て、ドストエフスキイは立派に裁いて居るものであると信ずる。併し、裁くの裁かないのと言ふ事を彼ハ作者として一度も言ひはしなかった。

主觀を地の文に於てハッキリ出すと言ふ事がいかに創作の價値を瘠せしむるか、其所の骨を彼は十分に知り抜いて居た。彼の作品の深さは一つに其所からも來る。

是で、深刻と言ふ語の考察は一段落と告げた譯であるがドストエフスキイの作品に就いて気附いた事をもう一つ述べさせて貰ふ。

それハ彼の才の一面を証據立てるものであるが彼ハあんなに克

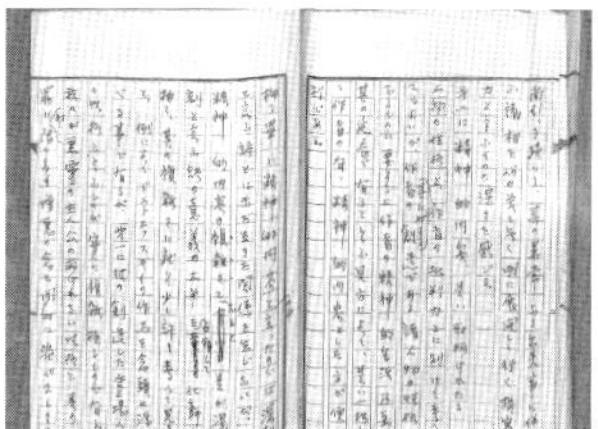

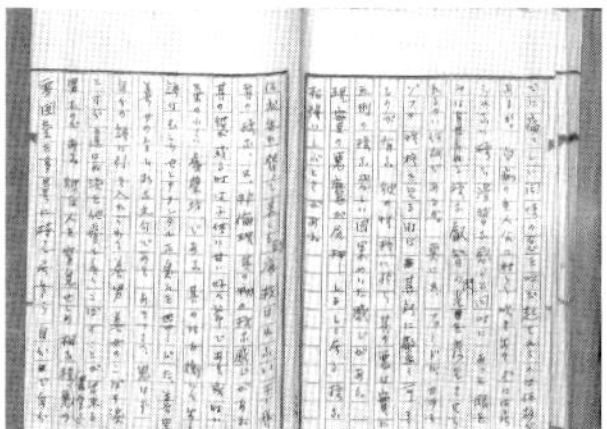

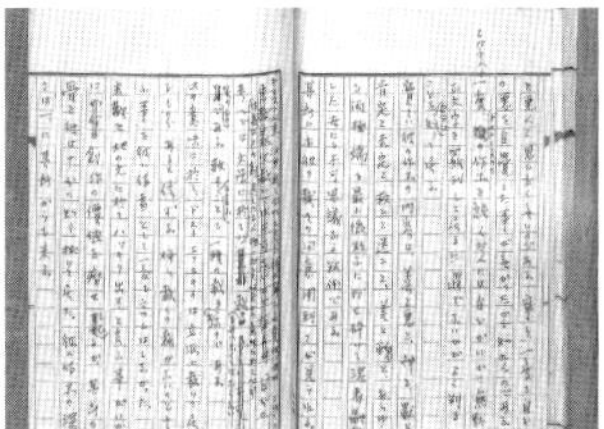

明に極彩色密畫を以て主要人物を我々の眼のあたりに髣髴とさせたにも係らず、所謂ワキ役を描寫するに當ってハケチな程に筆を惜んで居る。之は結果から見ると、效果を重じた事に成って居るが本人も其の心算で多分やった事だらふと想ふ。甚しいのに成ると、或る一つの人格を現すのに、只一つ其の人の下らない癖を促へ來って之を述べる丈けですまし、且つ夫れに成巧して居る場合が屢々ある。而も甚しい誇張を（寧ろ一歩を誤れバ荒塘無稽に陥る位にまで）用ひてぐっと一刀彫りに浮き上らせて居る手際には全く卓を叩いて讃嘆し度くなるのが常で有る。一例を挙げると白痴の中に一寸姿を見せるケルレルと言ふ休職太尉の描寫等がそれである。

扨此處まで來ると、深刻の價値、事實の深刻と、文学上の深刻、及び寫實と誇張等に就いて種々考へて見度くなったが、餘り長くなるから次の機會に讓る。半端な論文めいた物になり、稍々ドストエフスキイの太鼓を叩き過ぎた觀が有るのは豫定のない随筆の然らしむる所と御宥恕願ひ度い。　以上。

随筆の続き、　愚

原稿紙が二枚餘って居るから、事實の深刻と文學の深刻に就いて少し書かせて貰ふ。吾々ハ深刻なる事實にぶつかると、大慨の場合、其の惻々として迫って來る實感の力强さに先づ氣壓され勝ちで有る。其の擧句「奈何に深刻なる文學と雖も事實の十分の一も深刻では無い」と言ふ様な事を兎角口に仕度く成る。夫れ丈けなら未だ格別の事も無いが、只單に夫れ丈けの理由で文學の價値を疑ふ様に成ると始めて問題が起る。で自分は言ひ度い事を少し急いで言ふが、要するに自分が特に主張し度いのは、「文學は必しも深刻をもっとおとする必要は無い」と言ふ事なのである。況んや、文學の與へる感銘が實際の圣驗と比較して非深刻で有らふとも、そんな事ハ決して文學の本質を傷け得る根據とはならないので有る。

勿論深刻と言ふ事も良い文学の最も重要なる素質の一つでは確にある。深刻で無いよりは深刻である方が勝れて居るには違ひ無い。けれ共、一度事實の深刻さと比較すると成ると、之ハ問題が違って來る。事實の深刻さと、文學に於ける深刻さと、成程一應ハ比較出來相に考へ得る。けれ共、よく考へて見ると、兩者ハ全然性質の違ったもので有って比較する事が既に大きな間違ひで有る事に氣附く。

否寧ろ事實の深刻と言ふ語が――是ハ自分が便宜上使用したので

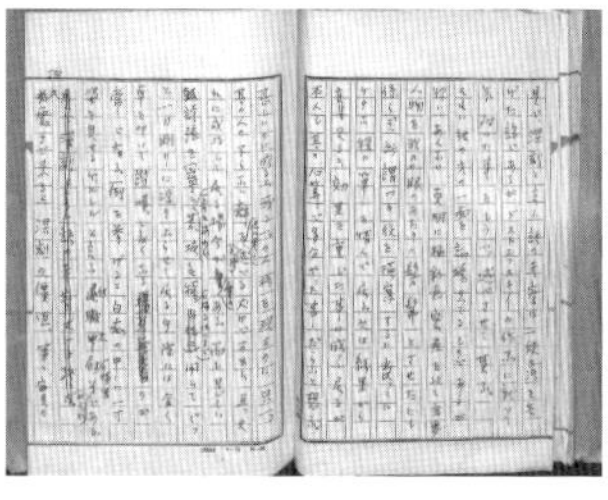

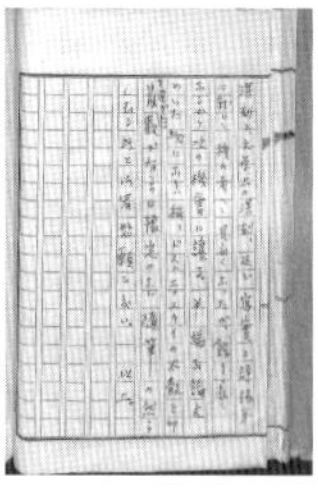

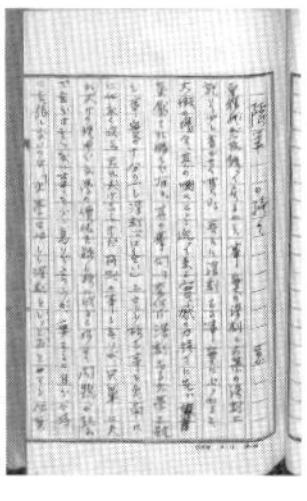

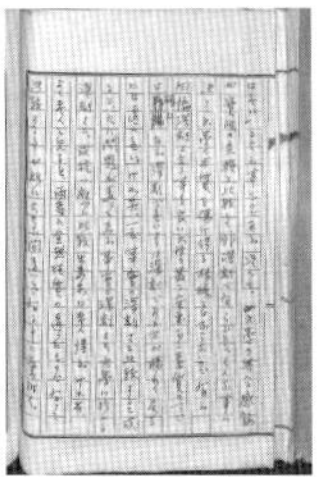

有るが―既におかしい。事實ハ事實であつて、是ハきびしく言へば深刻等と言ふ事ハ全然ないのである。只事實の異常さと言ふ事ハ言ひ得る。或ひは激しい事實と言つても宜からふ。此の異常なる事實が吾人の圣驗の網を潜ると茲に甫めて深刻と言ふ性質を帯びるのである。之等が内容と成り、有る形式を備へて表現せられたものがすなはち、深刻なる文学である。である以上ハ、事實と文学との間には越ゆ可からざる階梯が有る。到底も比較等の沙汰でハ無い。又譬へバAが一つの深刻なる事實を圣驗したとする、一方に於て、Bなる作家がAと同じ様な圣驗をし之を藝術の形に於て發表する。そうしてAが之を見た場合を想像して見る。一方の事實から直接圣驗する場合Aは自分の眼を以て見、耳を以て聴いて居る、許りで無く、嗅覺からも觸覺からも一々ぢかに圣驗して頭の中で統一して居る。にも係らず、Bが發表したものをAが見て間接に圣驗する場合は、單に文字と言ふ符牒によって凡てを想像するに止るのである。以上の簡單な考へ方からしても、圣驗の迫眞と言ふ立場から見る時ハ文学にはどんなに大きなハンデイキヤツプを必要とするかが明白に分るのである。だから實際の圣驗と、文学による圣驗とを比較する事ハ所詮無理である。文學の使命ハそんな所にのみあるのでハ無い。然らバ果して文學の使命ハ何所にあるか、此の答へは自分の様な門外漢の明白にし得る範囲でハ無い。之は只問題として残して置き、諸彦の御考究に俟つ事とする。　終り。

ゴーホと関根正二　秋

ゴツホは後期印象派《コウキインシヨウハ》の人《ヒト》と言《イ》つても別《ベツ》に後期印象派《コウキインシヨウハ》といふものがあつたわけではないがつまりセザンヌやゴーガンより人間的《ニンゲンテキ》な意味《イミ》で偉大《イダイ》なやうに思《オモ》はれる。

セザンヌの画《エ》を見ると我々《ワレワレ》は何《ナニ》よりも美術《ビジユツ》のこと美《ビ》のことを思《オモ》ふのであるがゴーホの絵《エ》は何《ナニ》よりも生活《セイクワツ》のこと思想《シサウ》のことを思《オモ》ふ。セザンヌのりんごは我々《ワレワレ》が味《アヂ》はふのをまつてゐるがゴーホの日《ヒ》まはりはむかふから語《カタ》りかけ考《カンガ》へさす。ゴーホの絵《エ》は享《キヨウ》楽《ラク》することはできぬ。

先頃岸田氏《サキゴロキシダシ》が東洋画《トホヨウグワ》に没頭《ボツトウ》してゴーホの悪口《ワルクチ》を言《イ》つてゐた頃《コロ》自分《ジブン》もゴーホはまだ念頭《ネントウ》になかつたのであるが此頃《コノゴロ》になつてこれ丈《ダケ》けのことでもわかつてきたのはうれしい気《キ》がする。し可し岸田氏《キシダシ》も此頃《コノゴロ》はゴーホを認《ミト》めてゐるといふことでけつこうであるが同氏《ドウシ》がゴーホの絵《エ》が美術《ビジユツ》でないといふのも一面《イチメン》から云《イ》へば讃成出來《サンセイデキ》ることで今私《イマワタクシ》が見《ミ》てゐる日《ヒ》まはりの絵《ヱ》でも異常《イジヨウ》な深味《フカミ》があるにも係《カカハ》らず絵《ヱ》としてまずいところがあるやうに思《オモ》はれる。

しかし絵《ヱ》としてまずくても阿れ丈《ダケ》けの眞劔《シンケン》さがあれば申分《モウシブン》なしで我々《ワレワレ》があの女性的《ジヨセイテキ》といふことは藝術《ゲイジユツ》では何《ナニ》もかまんことよ等《ナド》いふ辨解《ベンカイ》の元《モト》に溺惑《デキワク》したがるアマンヂヤンやモーリスドニのやうな近代《キンダイ》の弱々《ヨワヨワ》しいリリシズムなどよりはもつと人間的《ニンゲンテキ》な深《フカ》いものを教《オシ》へてくれるやうに思《オモ》はれる。

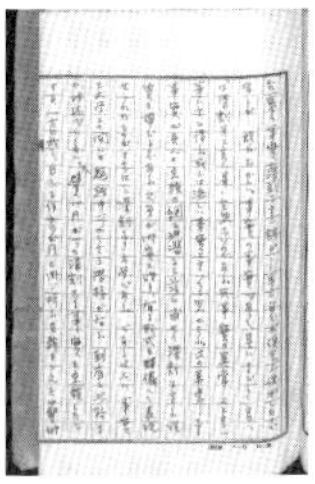
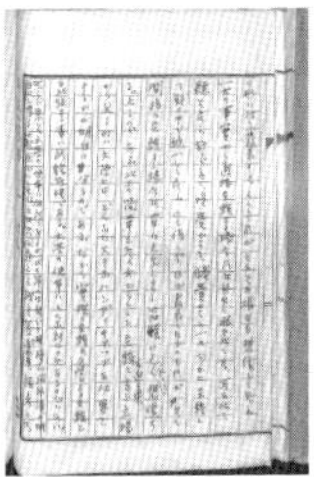
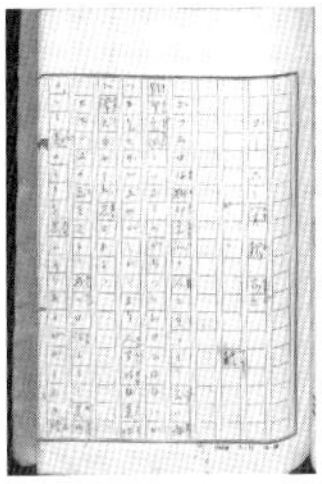
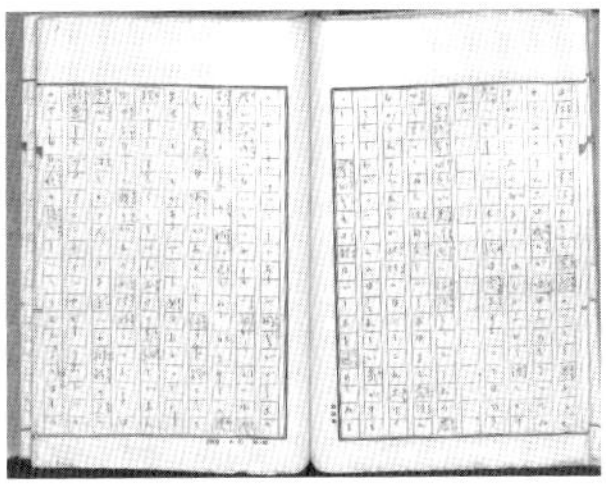

ゴーガンは絵《エ》にもしたかつたし生活《セイクワツ》を語《カタ》りもしたかつたのでこの両者《リヨウシヤ》を綜合《ソウゴウ》しようとしたのであらうけれども彼《カレ》が語《カタ》らうとしたものは汎神的《ボンシンテキ》な思想《シソウ》とエクゾーチックな雰囲気《フンイキ》につゝまれ多ところの単純《タンジユン》な自然生活《シゼンセイクワツ》の讃美《サンビ》でそこにはゴーホのやうな深《シン》刻《コク》さは求《モト》むることは出來《デキ》ない。

　こう云《イ》つたからとて他人《タニン》の言葉《コトバ》を早合奌《ハヤガツテン》したがる人《ヒト》は私《ワタクシ》がゴーガンをけなしてゐるやうにとつてはならぬ。私《ワタクシ》はたゞ阿の若《ワカ》くして死《シ》んだ関根正二《セキネセイジ》の画《エ》がゴーホより絵《エ》になつてゐるしゴーガンよりは眞劔《シンケン》であるやうに思はれることを言《イ》はうとしてゐるのであるにすぎぬのだが。

　しかし関根《セキネ》の絵《エ》といつても私《ワタクシ》はずつと前絵《マヘエ》はがきで一寸見《チヨツトミ》多くらひであるからいづれ彼《カレ》の藝術《ゲイジユツ》についての私《ワタクシ》の感想《カンソウ》はよく見《ミ》なほして後《ノチ》かいても見《ミ》るとしてここにはただ寸感《スンカン》に止《トド》める。しかし彼《カレ》のあのリアルのある深刻《シンコク》さやあの色彩感《シキサイクワン》のつよさは人《ヒト》に讃美《サンビ》よりもむしろ恐怖《キヨウフ》の念《ネン》をさへ起《オコ》させるほどの性質《セイシツ》のものでその意味《イミ》で中世紀《チユウセイキ》のある藝術《ゲイジユツ》に最《モツト》も共通《キヨウツウ》の奌《テン》を持《モ》つてゐるものがあるやうに思《オモ》はれるがそれが果《ハタ》して美術《ビジユツ》としてよいものであるかは疑問《ギモン》でむしろ美術上《ビジユツジヨウ》のデガダニズムではないかと思《オモ》はれもする。

　しかし人間《ニンゲン》は苦《クル》しいなやましい生活《セイクワツ》をしてゐるとあゝした絵《エ》になると見《ミ》える私《ワタクシ》らも時々《トキドキ》やがて関根《セキネ》のやうにでもなるのではないかと思《オモ》つたりもしなければならぬときがある。

　朝鮮人《チヨウセンジン》らが我々《ワレワレ》の名よ《メイヨ》ある東京《トウキヨウ》へ憧憬《ドウケイ》して出《デ》てくるやうにゴーガンをタヒチへ走《ハシ》らせた名よ《メイヨ》ある巴里《パリ》へ洋行《ヨウコウ》させてくれるすばらしいパトロンの出現《シユツゲン》を夢《ユメ》みて勉強《ベンキヨウ》してゐる東京《トウキヨウ》の画学生《グワガクセイ》は憐《アハ》れで阿らねばならぬ。実際《ジツサイ》マヴオだの三科《サンクワ》だのいふ魑魅魍《チミモウ》魎《リヨウ》が出《デ》てくるのも無理《ムリ》はないと同情《ドウジヨウ》せざるを得《エ》ない。

　とはいふもの、
　私《ワタクシ》のこころよ。
久《ヒサ》しき間《アヒダ》おまへは、阿の
静《シズ》かなるいと静《シズ》かなる
うるはしき、明《アカ》るき、はればれしき、すこやかなる、やさしき、
微笑《ビシヨウ》せる
あの、美《ビ》の中《ナカ》の美《ビ》なる、
善《ゼン》の中《ナカ》の善《ゼン》なる
歓楽《クワンラク》の中《ナカ》の歓楽《クワンラク》なる
あのギリシアの夢《ユメ》に引《ヒキ》つけられてゐたのではないか。
何《ナニ》を苦《クル》しみ、何《ナニ》を悩《ナヤ》み、何《ナニ》を嘆《ナゲ》かうといふのか。
苦《クル》しみはつよし
かなしみもふかし。
左れどよろこびは
阿の単純《タンジユン》にしてすこやかなるよろこびは何《ナニ》ものにもこえて
つよくふかしと
よき哲人《テツジン》はうたふたのではなかつたか。
私《ワタクシ》のこころよ。
おまへはくるしんでゐる。
けれどもおまへは
みづからを苦難者《クナンシヤ》のやうに思《オモ》つてはならぬのではないか。
お前《マヘ》はかの
静《シズ》かなる、いと静《シズ》かなる
なにものをも越《コ》えて静《シズ》かなる
かの黄金《オウゴン》の光《ヒカ》りかゞやく

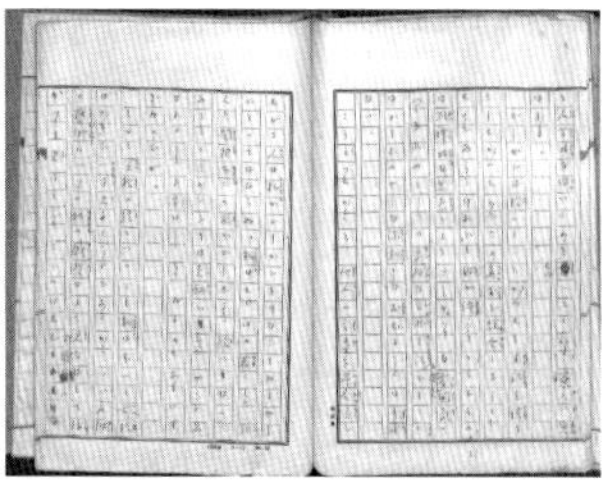
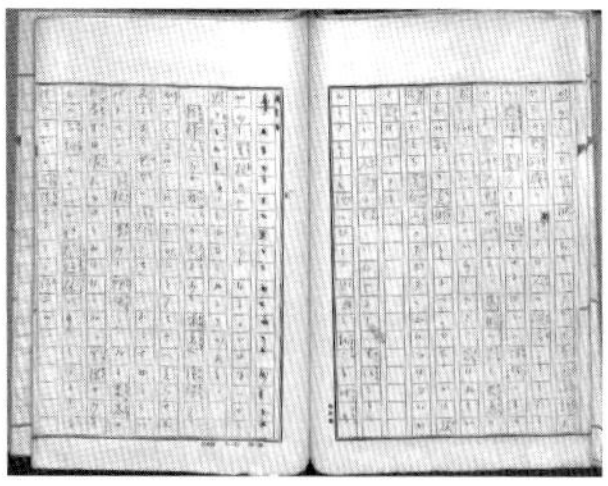
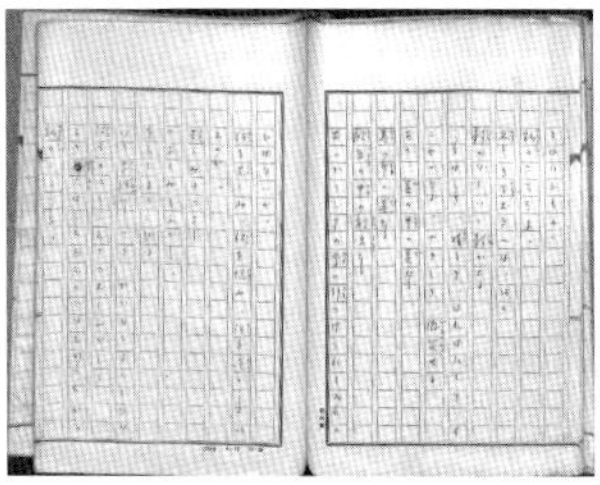
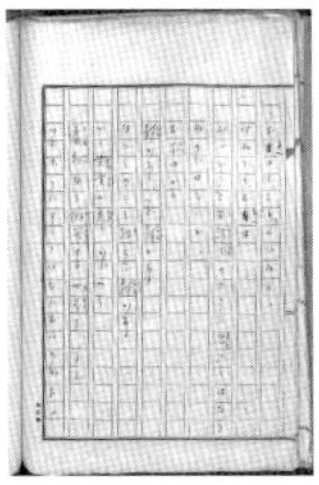

柔和《ニウワ》なる微笑《ビシヨウ》する世界《セカイ》を、まだ
いたずらにすて、はならないのだよ。

苦悩《クノウ》を讃美《サンビ》するこころは世界《セカイ》がそのやうであることをこひねがふてゐる。哀傷《アイシヨウ》を讃美《サンビ》するこころは同《オナ》じく世界《セカイ》がその如《ゴト》くであることをこひねがふ。わいせつなるもの、びろうなるもの、奇怪《キクワイ》なるもの、醜悪《シユウアク》なるものをよろこぶこころも皆《ミナ》すべて人《ヒト》は彼《カレ》が人生《ジンセイ》において意欲《イホツ》するところを藝術《ゲイジユツ》の上《ウヘ》に表現《ヒヨウゲン》することを求《モト》める。云《イ》ひかへると藝術《ゲイジユツ》が藝術《ゲイジユツ》であるためには彼《カレ》が作品《サクヒン》の上《ウヘ》に表現《ヒヨウゲン》するところが彼《カレ》が人生《ジンセイ》において意欲《イホツ》するところであらねばならぬ。美《ビ》とは幸福《コウフク》に対《タイ》する約束《ヤクソク》のしるしであるとスタンダールがいつたやうに藝術家《ゲイジユツカ》が苦悩《クノウ》を哀傷《アイシヨウ》を奇怪《キクワイ》を醜悪《シユウアク》をわいせつをびろうを美《ビ》なりと感《カン》ずるときに彼《カレ》はそれらが彼《カレ》を幸福《コウフク》にしてくれ彼《カレ》を満足《マンゾク》させてくれることを、それらがこの世《ヨ》に存在《ソンザイ》することによつて彼《カレ》がゐかんなく幸福《コウフク》でありうることを思《オモ》ふ。かくして彼《カレ》が彼《カレ》にとつて実在《リアル》だと感《カン》じて記録《キロク》せしとするものは彼自《カレジ》身《シン》の個性《コセイ》の生存理由《セイゾンリユウ》を明《アキラ》かにする。

かくのごとくして中世《チユウセイ》のかのかずかずの苦悩者《クノウシヤ》がこひねごうたところの苦悩《クノウ》の藝術《ゲイジユツ》を思《オモ》ふときにも私《ワタクシ》は彼《カレ》らの存在理由《ソンザイリユウ》を明《アキラ》かにすることができる。

フラアンゼリコが十字架上《ジユウジカジヨウ》のキリストをかいたときにも彼《カレ》にとつては十字架上《ヂユウジカジヨウ》に神《カミ》があるといふ思想《シソウ》が唯一《ユイイツ》の制作《セイサク》の動機《ドウキ》であつた。神《カミ》の子《コ》キリストが十字架上《ジユウジカヂヨウ》から彼《カレ》をながめてゐる幻想《ゲンソウ》が彼《カレ》をうごかしたので十字架上《ヂユウジカヂヨウ》に神《カミ》があるといふ情感《ヂヨウカン》が阿の構《コウ》図《ズ》も色彩《シキサイ》も生《ウ》んでゐるのであるが故《ユヱ》に我々《ワレワレ》はそこから永久《エイキウ》に十《ヂユウ》字架上《ジカヂヨウ》の神《カミ》をながめ思《オモ》つてゐることによつて幸福《コウフク》であり得《エ》た個《コ》性《セイ》の存在《ソンザイ》をしることができるのだが然《シカ》し十字架上《ジウジカヂヨウ》の神《カミ》とは一体《イツタイ》何《ナン》のことであるか。人々《ヒトビト》よそれを思《オモ》つて見《ミ》るがよい。それは世《ヨ》の矛盾《ムヂユン》の中《ナカ》の最大《サイダイ》なる矛盾《ムヂユン》ではないか。フラアンゼリコにとつては世界《セカイ》がかくのことく矛盾《ムヂユン》してゐると思《オモ》ふことが永久《エイキウ》にねがはしかつたのでかくの如《ゴト》き藝術《ゲイジユツ》を生《ウ》んだのである。けれども十字架上《ジユウジカヂヨウ》に神《カミ》をあらしめるといふ思想《シソウ》は人間《ニンゲン》のいだくべきよき思想《シソウ》ではなかつたかもしれない。それ故《ユヱ》にフラアンゼリコが感《カン》じた情感《ヂヨウカン》も決《カナラ》ずしも人間《ニンゲン》の抱《イダ》くべきよき情感《ヂヨウカン》ではなかつたかもしれない。従《シタガ》つてまたそうした情感《ヂヨウカン》から生《ウ》れた彼《カレ》の藝《ゲイ》術《ジユツ》もまことのよき藝術《ゲイジユツ》ではなかつたかもしれない。けれども私《ワタクシ》は私《ワタクシ》の言《イ》ほうとしてゐるところをここには唯《タダ》「かもしれない」で止《トド》めて置《オ》くことにしよう。それはいづれ中世紀《チユウセイキ》の藝術《ゲイヂユツ》としてまとめてかいて見《ミ》たいからであるが今《イマ》ごく暗示的《アンジテキ》なところを考《カンガ》へて見《ミ》るとかの中世紀藝術《チウセイキゲイジユツ》に共通《キヨウツウ》に現《アラ》はれる嚴肅《ゲンシユク》さは、何《ナニ》を意《イ》味《ミ》するかを考《カン》へて見《ミ》るときにゴーホや関根正二《セキネセイジ》の藝術《ゲイジユツ》に現《アラ》はれてゐるところのそしていよ〱高《タカ》くよばれてくるところの嚴肅《ゲンシユク》さに対《タイ》する近代《キンダイ》の趣味《シユミ》が何《ナニ》を意味《イミ》するかといふことも明《アキラ》かになつてくる。

藝術《ゲイジユツ》におけるあのやうな眞劒《シンケン》さ、あのやうな深刻《シンコク》さ、阿のやうな崇高《スウコウ》さ、すべてあ、した嚴肅《ゲンシユク》さは何《ナニ》を意味《イミ》するか。哀傷《アイシヨウ》の世界《セカイ》、悲嘆《ヒタン》の世界《セカイ》、苦悩《クノウ》の世界《セカイ》、恐怖《キヨウフ》の世界《セカイ》それらをか、げ示《シメ》す精神《セイシン》はをそらくそれは大《ダイ》なる包容力《ホウヨウリヨク》の缺亡《ケツボウ》した精神《セイシン》である。もしくは大《オホ》いなる精神《セイシン》が無意識《ムイシキ》に苦《クル》しみ、或《アルヒ》は仮面《カメン》をかぶつてゐるのかもしれぬ。いづれにせよ彼《カレ》があまりよき趣味《シユミ》でないことはたしかである。

汝《ナンヂ》の神《カミ》は
まことに十字架上《ジユウジカヂヨウ》にありや。

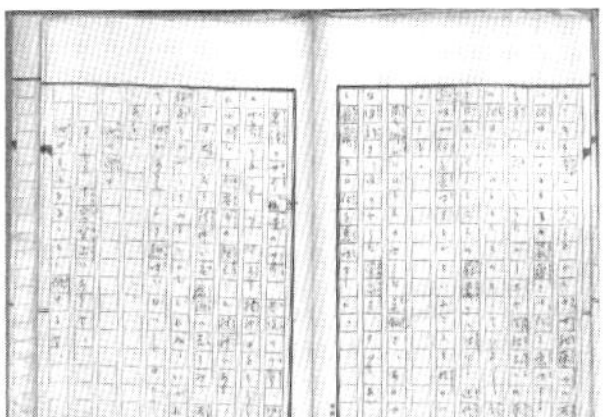
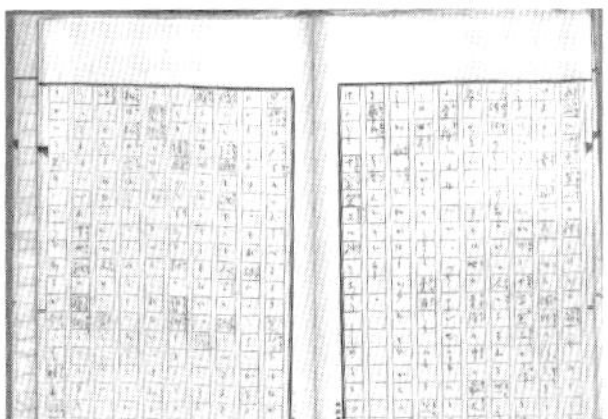
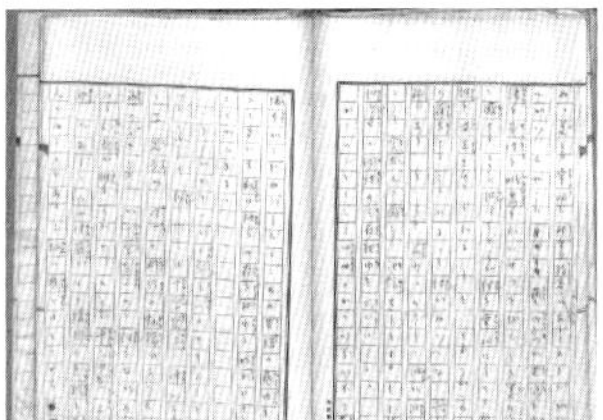
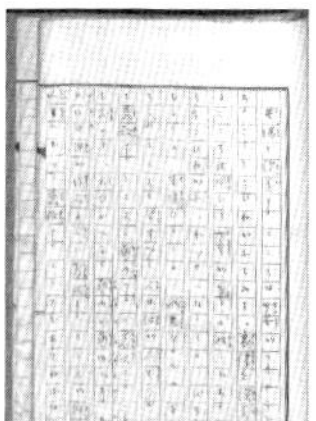

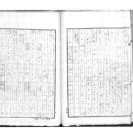

汝《ナンヂ》はそれをまことに欲《ホツ》するや。

苦悩者《クノウシヤ》よ。私《ワタクシ》はお前《マヘ》がはかり知《シ》られざる思《オモヒ》ひに引《ヒキ》ずられながらしば〱私《ワタクシ》のそばを声《コエ》もなくすぎゆくのを見《ミ》る。お前《マヘ》はどこへ行《ユ》かうとするのか。お前《マヘ》のなやましさはさだめて深《フカ》いものであらう。けれども私《ワタクシ》は信《シン》じてゐる。お前《マヘ》はつひにわが光《ヒカ》りかゞやく世界《セカイ》にまでやつて來《コ》ねばならぬであらうではなからうか。もしくはお前《マヘ》は大《オオ》いなるよろこびの殿堂《デンドウ》のたつた一《ヒトツ》の下敷《シタジキ》の石《イシ》になることをこひねがふのであるか。

（〆切日にせまられてかきなぐつたので言ひ足らぬところはいづれ改めてかきます。）

手帳から　八束清

手帳から　八束清

○

お母さんのおたよりは
汚れた私を浄めてくれます
悩み疲れた魂は
清々しく澄みわたり
新鮮な力はみなぎつて
弱らしい五体をひきしめます
希望は輝かしく蘇り
見失つた永遠はくつきりと
再び私の前にひらけます
お母さんのおたよりは
五月の光のやうです

○

おうい　さよなら　さよなら
樂しい友よ
君はまるで　さつき夜店に光つてゐた
リンゴのやうだね
いつしよに初夏の夜をあるいて
涙ぐんでしまつたよ

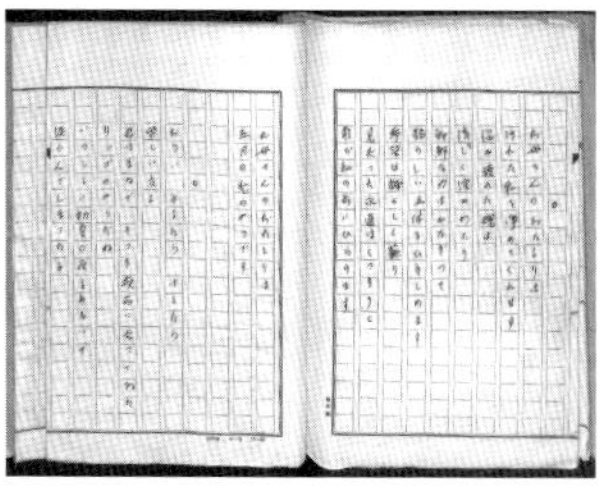
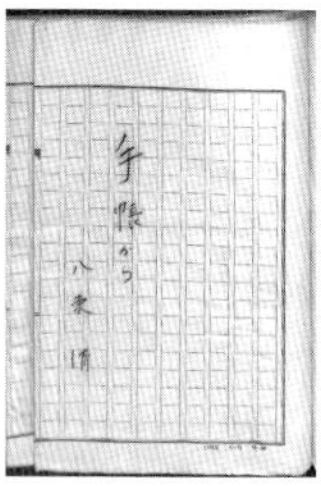
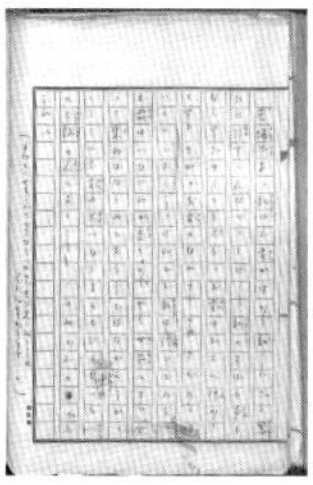

あんまりこの音が清らかなので

〇

おゝ私は絶望するときで無い
私の底には以前にもまして
こんこんと新しい力が泉んでゐるのではないか
仰いでみよ
星の群は滋み深い祝福を
私の身に注きかけてゐる
私の出立はこれからだ

〇

私は絶えず出立する
私の一生は出立だ
私の希望そのものだ

〇

藝術は天の鏡だ
汝は何ものを隠すことも出來ないだらう

〇

わが友よ
私達はこれからだ
私達はまだ出來てゐない
今私達がもつてゐるものは
希望と生命だ
私達は何ものかを摑んでゆく

おゝ
生涯にこんなすばらし時が
又とあるか
この大切な若さを
ぐん〱生かして
私達は天空までも伸びよ

〇

どんなときでも
私は伸びやう
あらゆる苦難も喜悦も誘惑も
絶望も悲哀もそして幸福も
すべては私の成長のために
はるばるとやつてくるのだ

〇

運命よ
汝がたゆみなく人生に
汝の機を織りなしてゆくやうに
私も又　汝の織布の上に
深く美しく生きてゆくことを
忘れない

〇

天なる精霊よ
この小さい私の祈願を

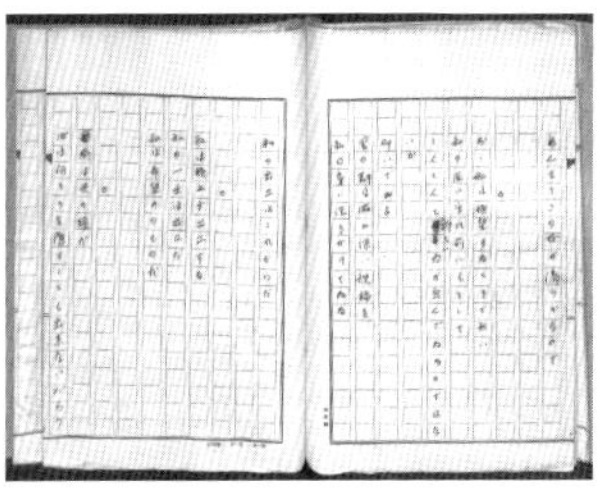

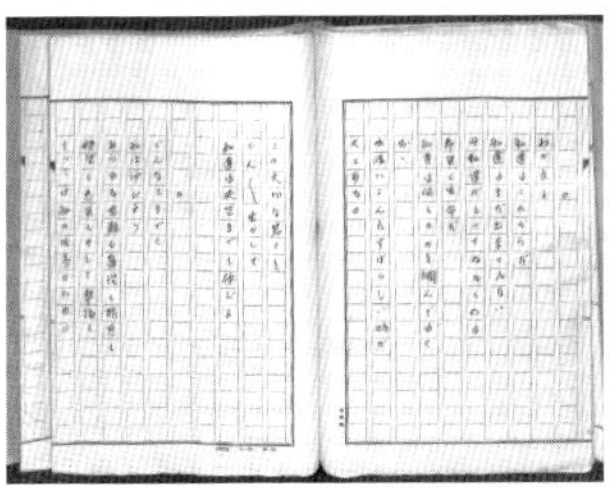

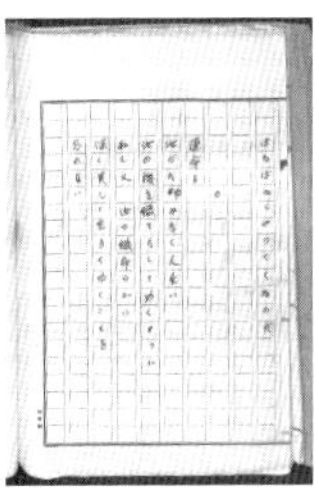

貧弱な私の力を、營みを
どうぞ護つておくれ
私はこれから
どん〳〵花を咲かし
優れた果を鈴なりに
實らさねばならないから

○

希望と悦びは胸の中に
枯れてはくれな
沈欝な涙はひとりでに
私から逃がれてゆけよ
私は自由と幸福が育てたいのだ

○

私は旅をつゞけたらい丶
星は私をみちびいてくれる
私は荒野の彼方を知つてゐる

○

セザンヌ　セザンヌ
私は今セザンヌの水浴をみてゐる
お丶私は今セザンヌの生命にふれてゐる
この小さい画面から
私にむかつてすばらしい勢で
押し迫ってくる

實に莊重な美しい力よ
私は息苦しくなるほどだが
私は心を沈めて落着かせて
この力を私の深いところに
注ぎこまねばならない
この私を導くと尊い力を

○

私は負傷するたびに
動じないものを伸ばしてゐる
一つ一つ築いてゆく私の小さい捷利は
やがて私を永遠にふれしめる塔だ
吾界はつひに私を鍛えずには置かない

○

シヤバンヌよ
私は御身の吾にも崇高な魂に
ふれるとき
私も人間として生れて來たことを
心から感謝するやうになります
それは生きながら
天国をみる眼がひらいたからです
シヤバンヌよ
私は御身の地上に殘された
美しい仕事を偲ぶとき
私も又画家としてこの吾に
勉強してゐる身の上を

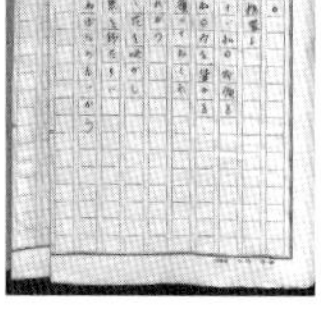

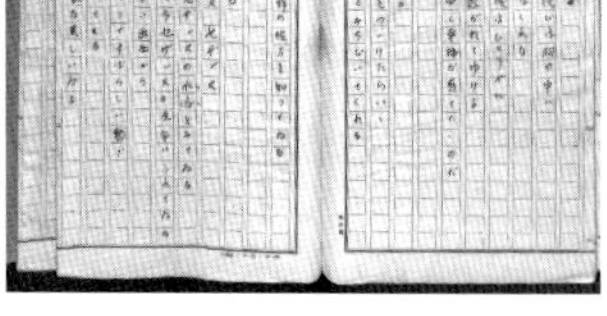

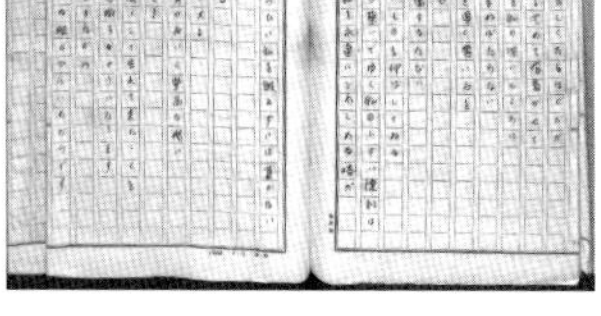

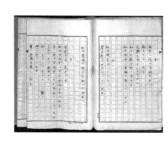

悦ばずにはゐられません
それは私の魂がみたものを
此世に生かしてゆくことを知ったからです

○　渡部昌

渡部昌

○

何よりも先によい仲間と共に朱欒を続けて行くことの出來るのを喜ぶ、重松が東京に居ないことは残念だが、是も仕方がない。

感想、雑文と云つた様なものも文學的作品たる範囲に於て書いて見たい気も多少はあるが、そんなもので息抜きをするよりも、黙つて小説を一生懸命不味いなりにも書く方が、自分には望ましい気がする。でそうする。

自分は、朱欒で生長して行き度いと想つてゐる。

自分の小説に対する批評は、それがどんな酷評でも、どんな見當違ひのものでも、心からの忠言である限り喜んで聞くつもりである。聞いて腹が立つたら夫は仕方がない。

二年間怠けたお蔭で學校のことが急がしいが、でも小説の方は怠けないつもりである。

十月十八日、

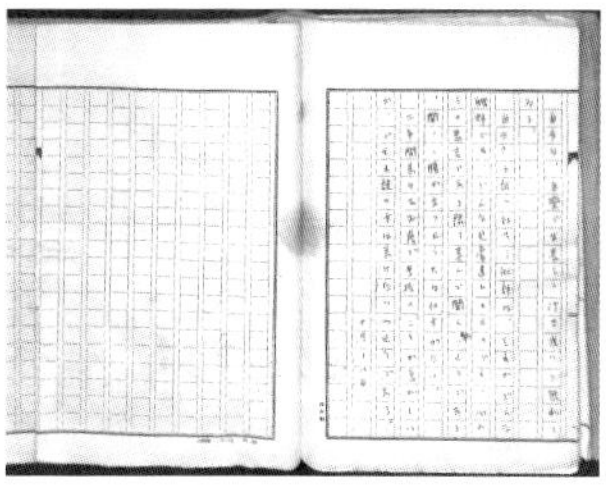

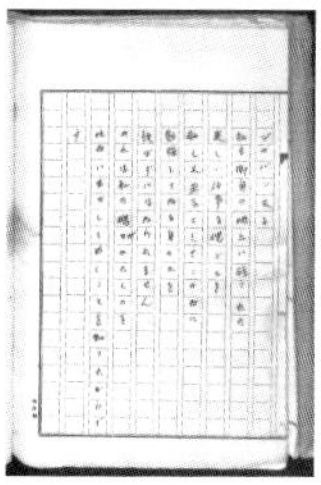

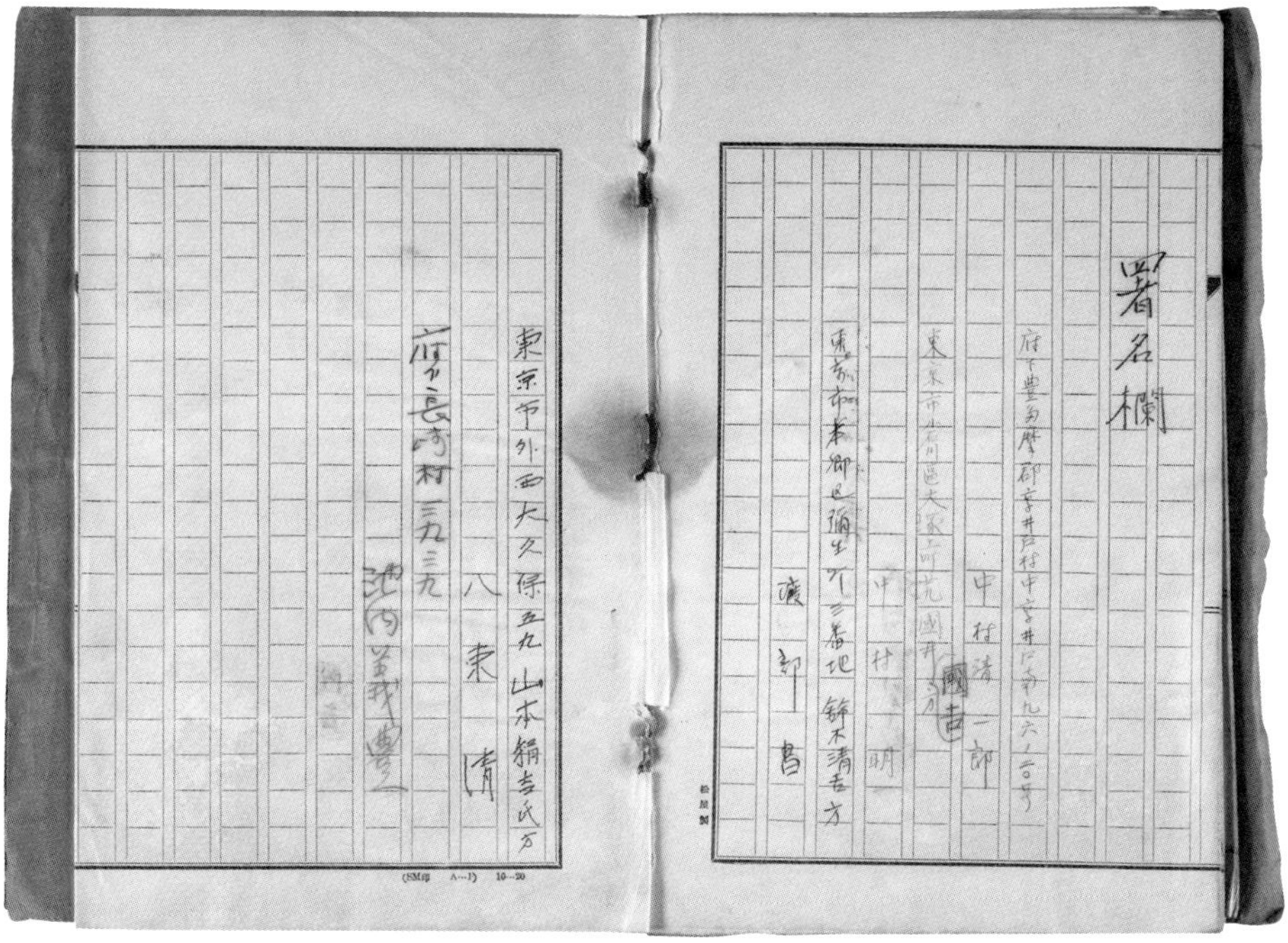

署名欄

府下豊多摩郡高井戸村中高井戸南九六ノ二〇号
中村　清一郎
東京市小石川區大塚上町廿九　國井國吉方
中　村　明
東京市本郷区彌生町三番地鈴木清吉方
渡　部　昌
東京市外西大久保五九山本狷吉氏方
八　束　清
府長崎村三九三九
池内義豊

❖表紙「朱欒　才三号　大正十二年　十一月廿日」　池内義豊の作。

第三号

装丁・池内義豊

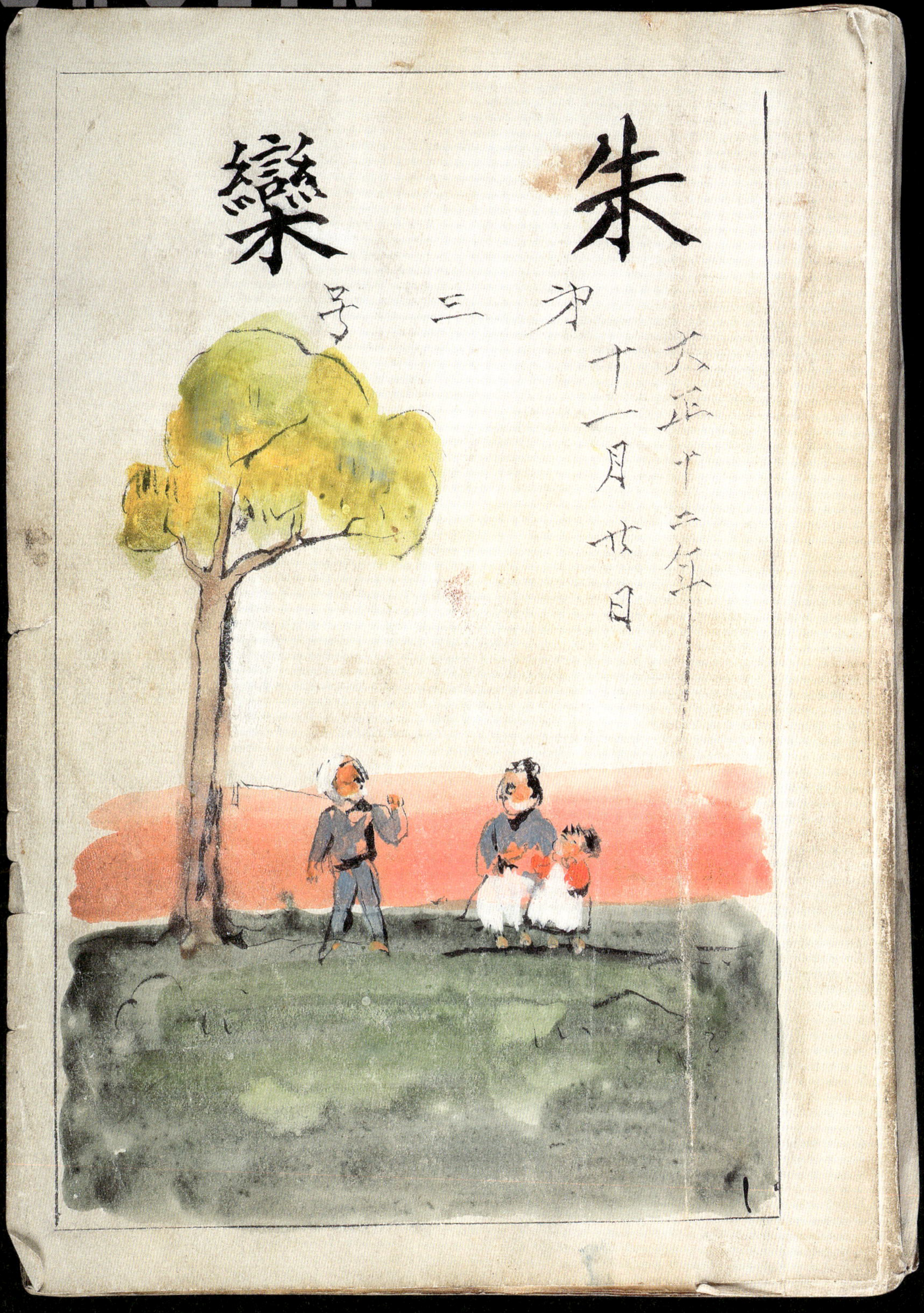

大正十四（1926）年に作られた号であるため、表紙の「大正十二年」は書き間違いの可
能性があるが、三号収録の「祖母よ、安かに眠れ」の祖母の没年と詩作の年が大正十二

朱欒

第三号

…稿
…母よ、安かに眠れ」（池内義豊）
…トル横「大正十二年、十月八日作」、一、二行目に「大正十二年　九月廿伍日夜」

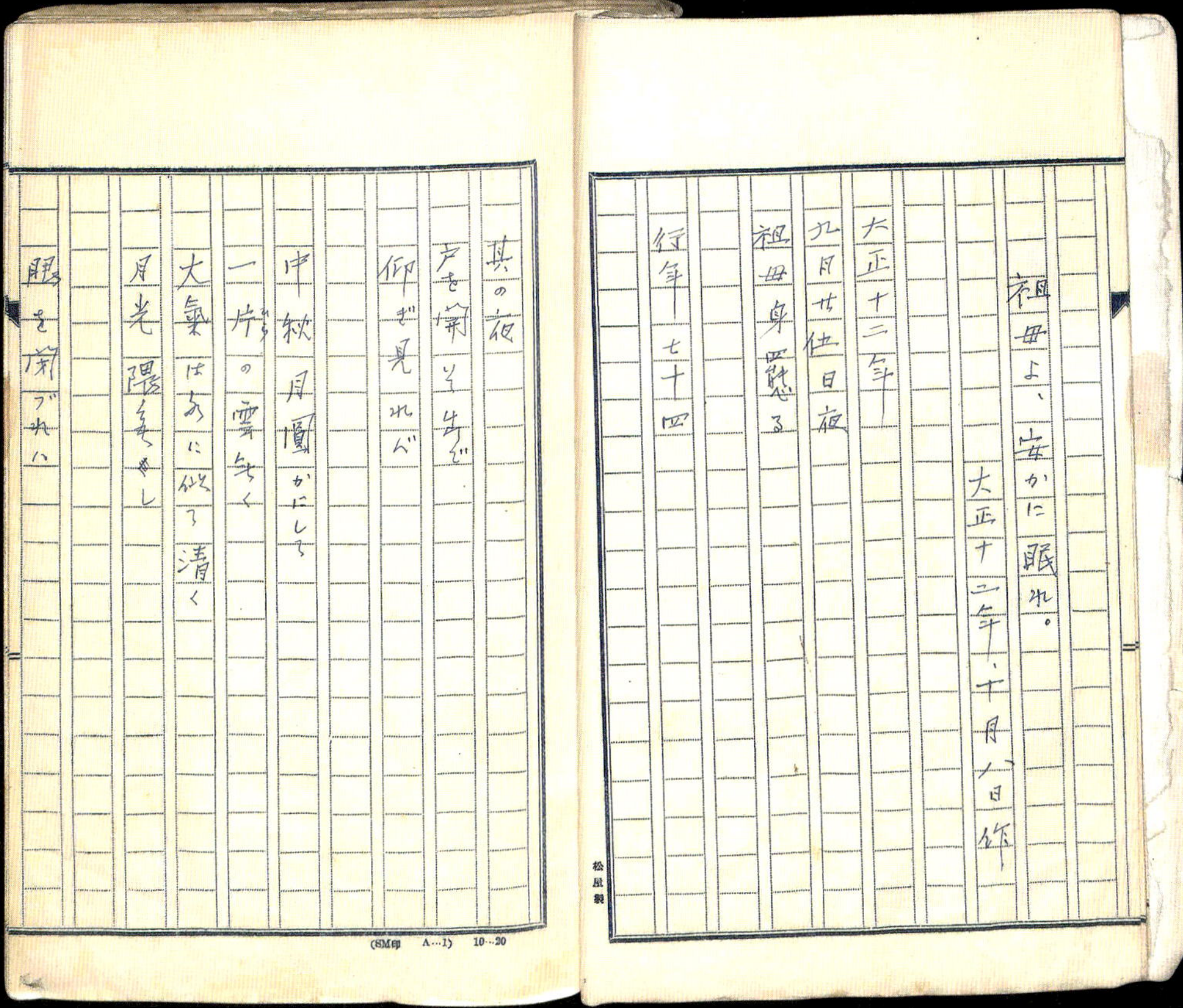
祖母よ、安かに眠れ。
大正十二年、十月八日作

大正十二年
九月廿伍日夜
祖母身罷る
行年七十四

其の夜
戸を開け出で
仰ぎ見れば
中秋月圓かにして
一片《ぺん》の雲無く
大氣は冬に似て清く
月光陽氣なし
眼を閉づれハ

❖原稿
「恋文　渡部昌」

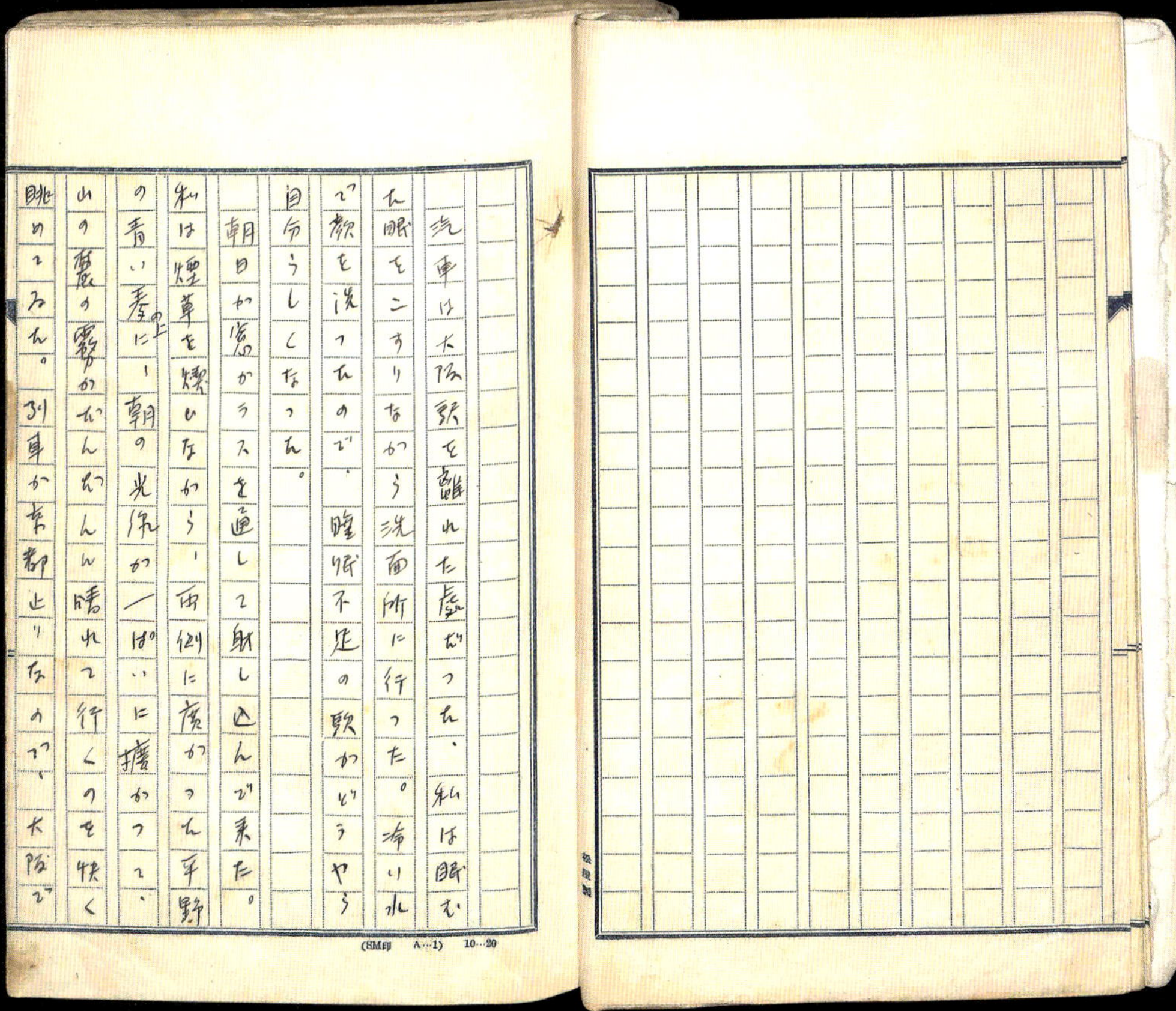
汽車は大阪駅を離れた處だった、私は眠むた眼をこすりながら洗面所に行った。冷り水で顔を洗ったので、睡眠不足の頭がどうやら自分らしくなった。
朝日が窓ガラスを通して射し込んで来た。私は煙草を燻ひながら、両側に廣がった平野の青い麥の上に、朝の光りが一ぱいに擴がって、山の麓の霧がだんだん晴れて行くのを快く眺めてゐた。列車が京都止りなので、大阪で

❖原稿
「菊ばたけ」（中村清一郎）

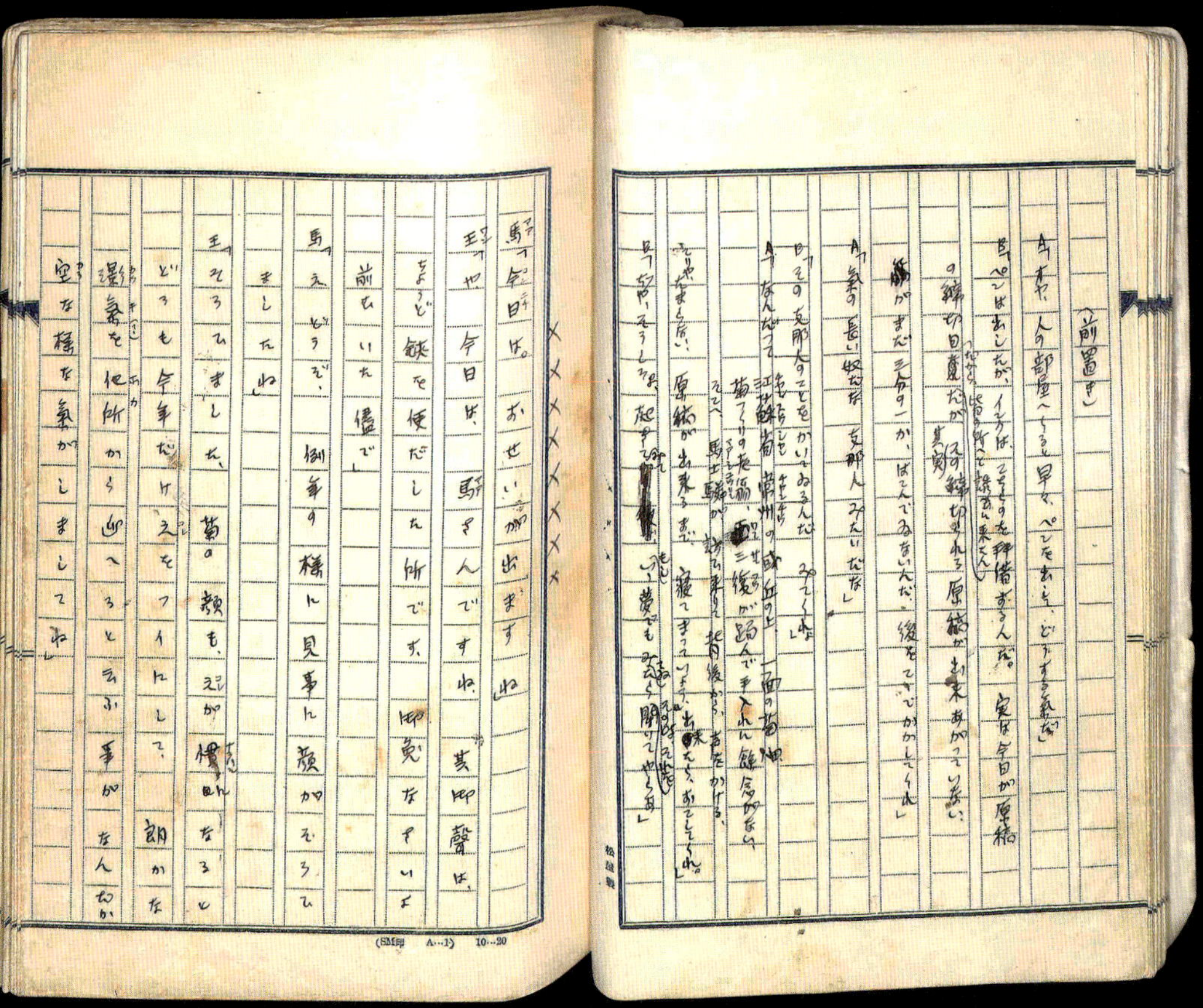

❖原稿
右「菊ばたけ」、左「或る夢の記録　愚」（池内義豊）
「菊ばたけ」最終ページの上には、義豊が「三清」こと中村清一郎に対し、多少アドバイスを入れながらも「自信を持って良からふ」と褒めている。

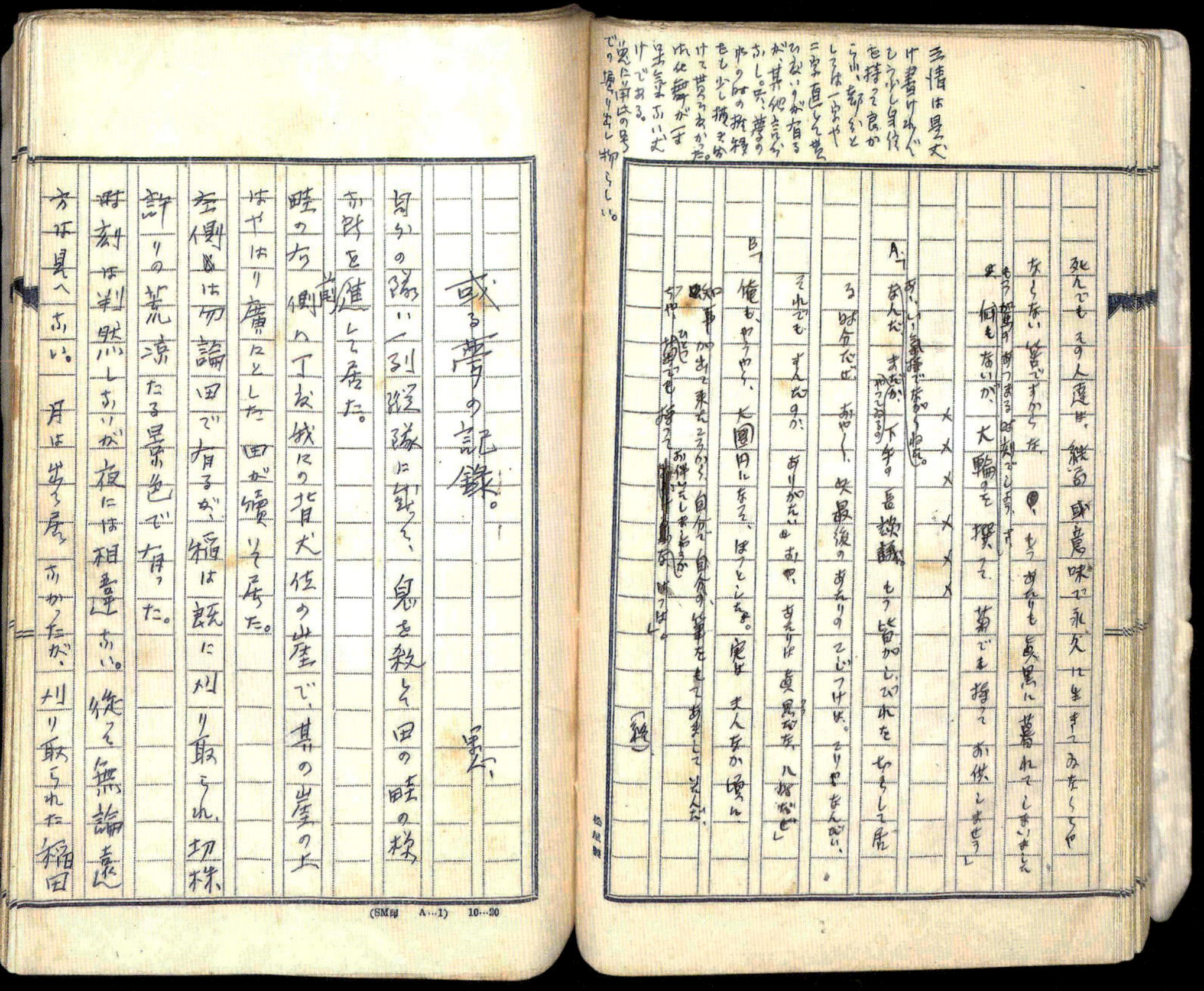

朱欒 ChelIN 第三号

散文詩 雀の死、

祖母よ、安かに眠れ。

恋文

菊ばたけ。

或る夢の記録。

若い詩人と王妃の恋の話

戯曲 女の部屋。一幕。

随筆 峯の松風

観賞雑感

雑記

雑感

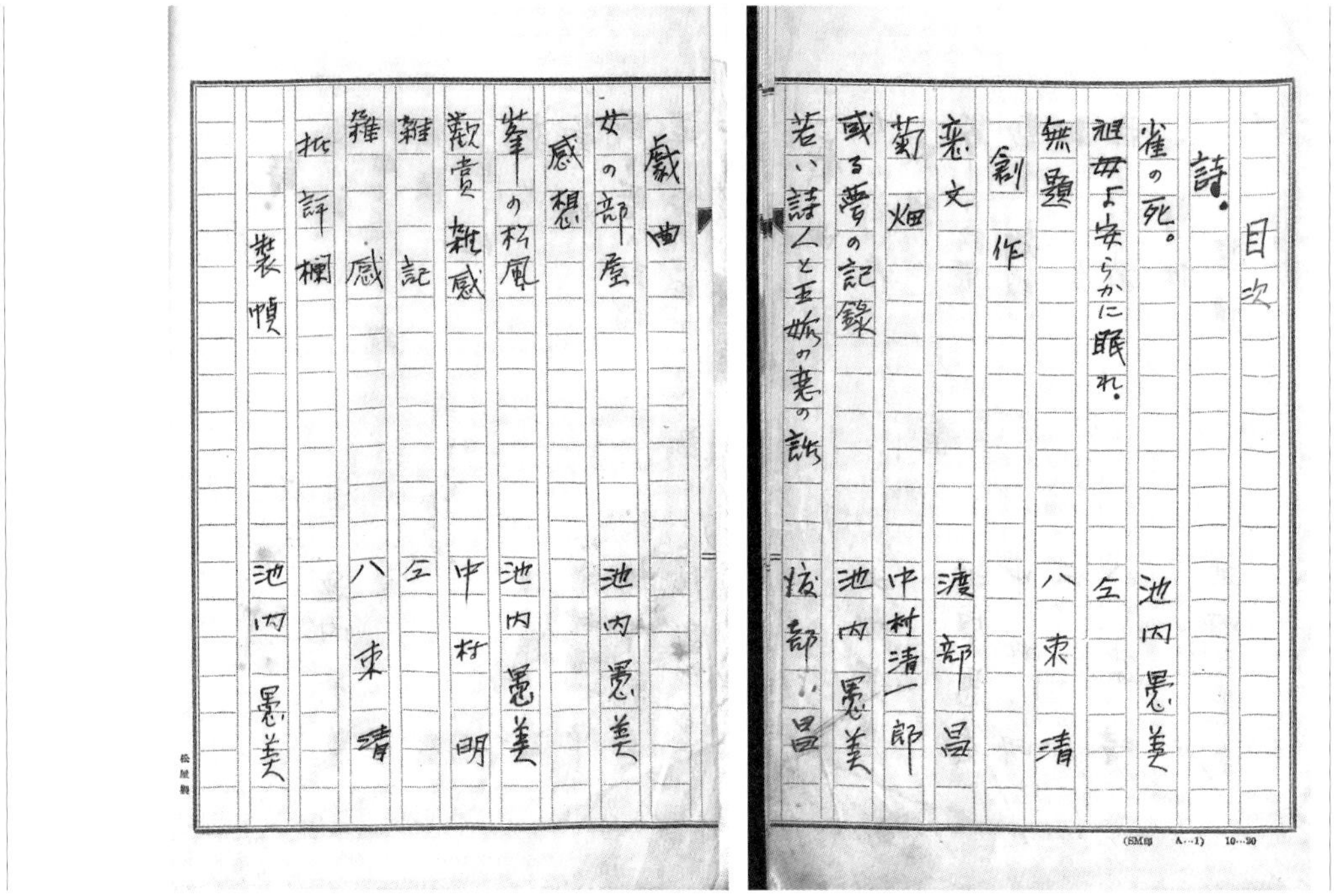
目次
詩。
雀の死。　池内愚美
祖母よ安らかに眠れ。　仝
無題　八束清
創作
恋文　渡部昌
菊畑　中村清一郎
或る夢の記録　池内愚美
若い詩人と王妃の恋の話　校部小昌
戯曲
女の部屋　池内愚美
感想
峯の松風　池内愚美
歡賞雑感　中村明
雑記　仝
雑感　八束清
批評欄
装幀　池内愚美

目次

散文詩　雀の死

愚美（池内義豊）

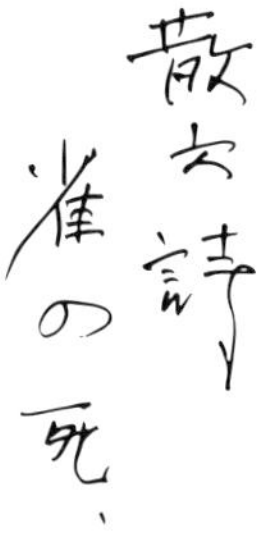

散文詩　雀の死、

愚美

畠の黒い土の上に
一羽の雀が落ちて來た。

秋の陽は畠一杯に照り
木の葉ハたえ間無く散って居た。
遠くで汽車の笛が鳴ったが
其の音は直ぐに忘れられて仕舞った。
やがて何所からとも無く人間の
手が現れて靜に
雀を拾ひ上げた。
雀は既に支へる力を失った頭を
人間の掌に凭せ掛けて
不思議相な眼で人間を見た。
雀の小さい身体は
汗ばんだ人間の掌に
柔い觸覺と

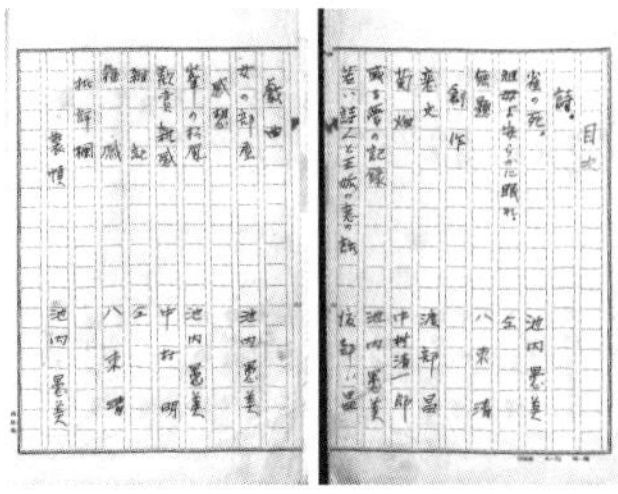

（池内義豊筆）

目　次

詩。
雀の死。　池内　愚美
祖母よ安らかに眠れ。　仝
無　題　八　束　清
創　作
恋　文　渡　部　昌
菊　畑　中村清一郎
或る夢の記録　池内　愚美
若い詩人と王姤の恋の話　渡　部　昌
戯　曲
女の部屋　池内　愚美
感　想
峯の松風　池内　愚美
歡賞　雑感　中　村　明
雑　記　仝
雑　感　八　束　清
批　評　欄
装　幀　池内　愚美

微かな温度とを與へた。

雀はしきりに
またたきをし乍ら
たった今の出來事を
思ひ出さうと努めた。

雀ハ今しがたまで
何所かの枝に留まってゐた。
雀が留まって居ると、
何所からか鉛の小さい礫が
飛んで來て
身体の中に這入った。

其の時俄に身体の自由は
取り去られ
胸毛は透明な赤で染った。

雀はやっと是れ丈けは
思ひ出す事が出來た。

けれども　それが何を意味するのだかは
いくら考へても判らなかった。

雀は今までよりももっと苦しそふに
喘へぎ　始めた。

またたきは
次才に遲く成り、
まぶたの下からは
水色の薄い膜が
せり上って來た。

雀は此の時
もふ一度青い空を
見たいと思ったが
其の願ひは空しかった。
雀はもふ眼を開ける力が無かった。

やがて雀の身体は
人間の掌の中で
次才に冷へて行った。

此の出來事の凡てを
枯れた一枚の
蘆の葉が黙って觀て居た。
—旧作より—

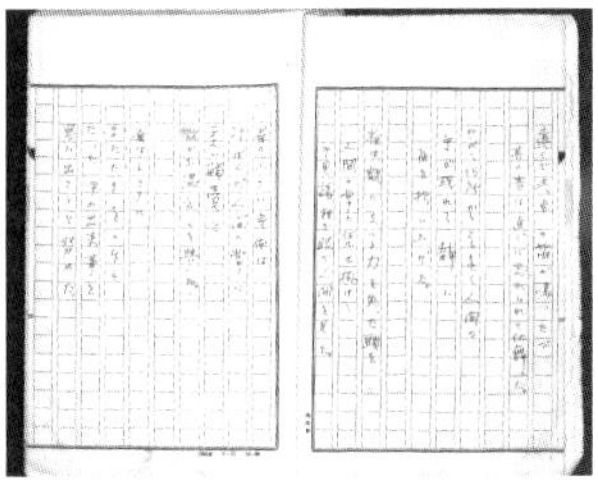

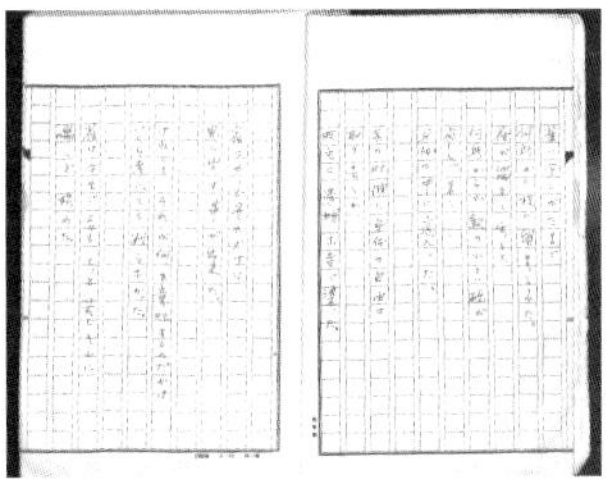

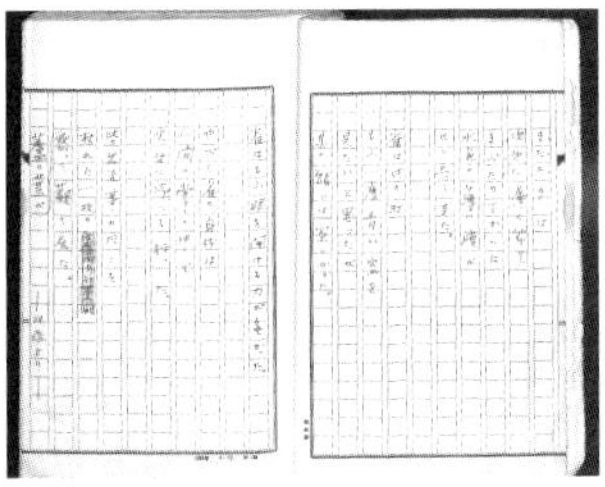

祖母よ、安かに眠れ。　大正十二年、十月八日作

祖母よ、安かに眠れ。　大正十二年、十月八日作

大正十二年
九月廿伍日夜
祖母身罷る

行年七十四

其の夜
戸を開いて出で
仰ぎ見れバ

中秋月圓かにして
一片《ひら》の雲無く
大氣は水に似て清く
月光限無し

眼を閉づれハ
髣髴たり、今、
月明の空を翔翺す祖母の靈
やがて麗しの
月窓殿に入り給へ、

南無遍照金剛
寛徳院寿光妙貞大姉位

祖母うつし世に住ひて
一生働き給ふ
されども冨み給はず
一生不自由し給ふ
われ是を思へバ
白晝まなこ暗し。

祖母うつし世に住ひて
酒を嗜み給ふ、
されど病み給ひて後
我、酒の害を説くを聞き給ひ
此度快くならバ
酒をやめんとのたまひぬ。

祖母酒を断たバ
何を以て楽しまむ、
われ、由無きことを言ひけり
今にして
墓に斗酒を灑ぐも甲斐なし。

祖母うつし世に住ひて、
われを慈しみ給ふ事限りなし。
されどもわれ

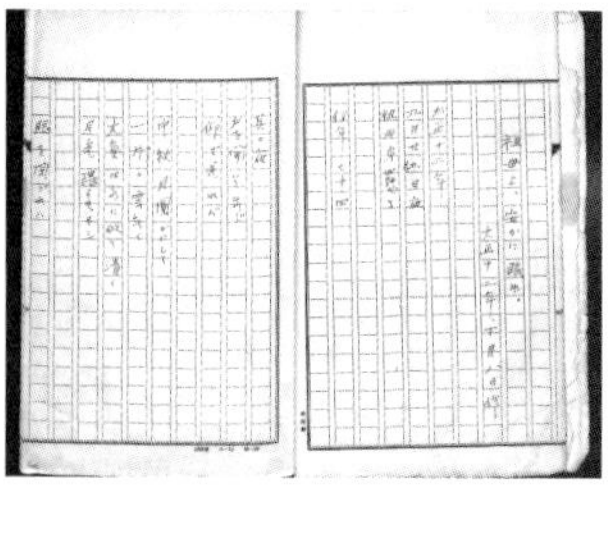

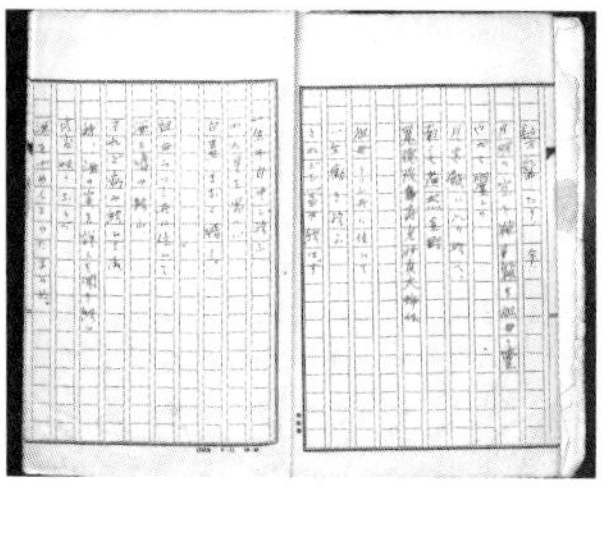

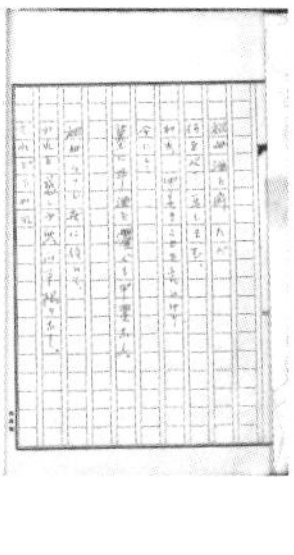

うつくしき
乙女を知りてより
家を外にして
乙女の窻にをもむく、
あはれ祖母
夕暮れんじによりて、
淋しくわれを俟ち給ひし事
幾たびぞ、
あはれそも幾度ぞ、

祖母うつし卋に病み給ひ
病苦身に辛けれバ
はからずも
無理言ひ給ふ。
されバ
みとりに疲れたる吾等
憂たてがりて
悪し様に罵りぬ
われ等罵しれバ
祖母もだし給ふ、
哀しくも祖母もだし給ふ

此宵我
泣きて悔めども
祖母知り給はず、
心無き吾等が仕打ちを

哀しみつ、
祖母逝き給ひけむ、

み佛　吾等が心を
しろしめさば
吾等が悔ひを告げ給へ、
み佛　吾等が
心をしるし召さバ
うつし卋にかくも疲れし
われ等が祖母に
金無垢の眠りを
授け　給へ。」

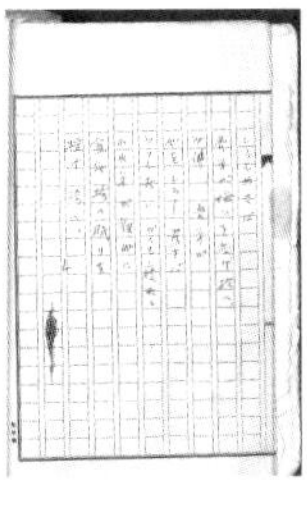
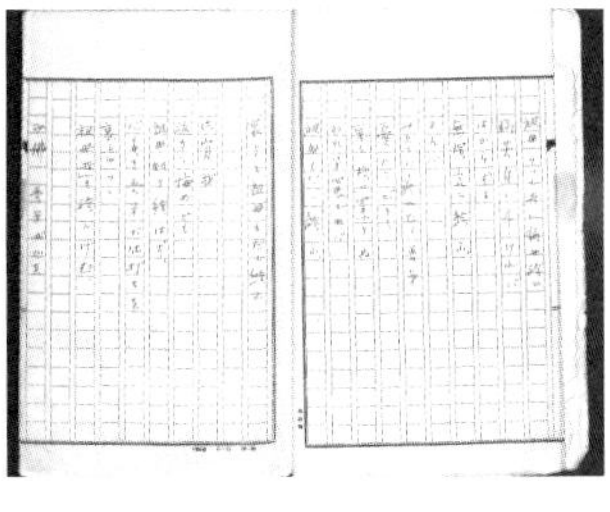

恋文

渡部昌

汽車は大阪駅を離れた處だつた、私は眠むた眼をこすりながら洗面所に行つた。冷い水で顔を洗つたので、睡眠不足の頭がどうやら自分らしくなつた。

朝日が窓ガラスを通して射し込んで來た。私は煙草を喫ひながら、両側に廣がつた平野の青い麥の上に、朝の光線が一ぱいに擴がつて、山の麓の霧がだんだんに晴れて行くのを快く眺めてゐた。列車が京都止りなので、大阪で大部分の人が下りてしまふと、車内はガラッと空《す》いて寛いだ気分が流れてゐた。

「大阪からちようど一時間だ」

私はそう思ふとぼつぼつ下り支度にかかつた、空気枕をたたんで、読みさしの雑誌や、歯ブラッシや手拭などを、小さいトランクに入れると、それで支度は出來上つた。そこで時計を見ると京都着の七時十分迄には未だ四十分ある。私は又煙草に火をつけた。

「こんなに早く起きて、朝日を拝んだりするのは、何月振り、ひよつとすると何年振りかも知れない、朝の気もい、もんだな、もう四十分か、一寸あるな、吉本は俺の様な朝寝坊ではないからきつと迎えに出てゐてくれるだらうな、彼奴《アイツ》はあもとから親切だつた、それにこん度は、あんなに向ふで寄つて行け寄つて行けて云つてゐたんだから、だが頼む事があるつて、しまひに書いてあつたが、何かな、俺みたいな者に頼むことつて云ふのは、そうすると吉本はやつぱり春子さんのことを想つてゐるのかな、あの時からちようど丸二年経つてゐる、…………」

私の思ひがここに至ると、私は二年前彼と別れる時、約束したと云ふほどでもないが、彼に云つた言葉を思ひ出した。

「春子さんは未だ何と云つたつて女學校の四年生だ、若過ぎるよ、だからここ一年か二年待つて見て、君の気持が変らない様だつたら、其の時、春子さんに打明けたらどうだ、春子さんは來年學校がすんだら、東京に行き度いと云つてるそうだから、君が東京に來て直接逢つて話してもいいだらうし、俺が仲介の勞位取つてもい、よ、」

それは今から三年前の秋のことである。南國特有の清澄な青い空が、一片の雲もなく晴れ渡つてゐた。空気は柔かく靜だつた。生気の失せた緑の芝草が運動場一面を蔽ふてゐた。

「タツタラ、ラツラ、

「タツタラ、ラツラ、……

吉本は運動場の隅に寝ころんで、芝草を摘《ムシ》りながら、オルガンの調子に合して口ずさんだ、私は其の傍に腰を下して煙草をふかしてゐた。

運動場の眞ん中にオルガンが一つ持出され、其の周囲を大きな円形に取り巻いて、袴を短かくはいて、靴の爪先を立てながら、女學生達がダンスしてゐるのだつた。私達は最後の物理の時間を逃げて女學生のダンスの練習を見てゐるのだつた、と云ふの

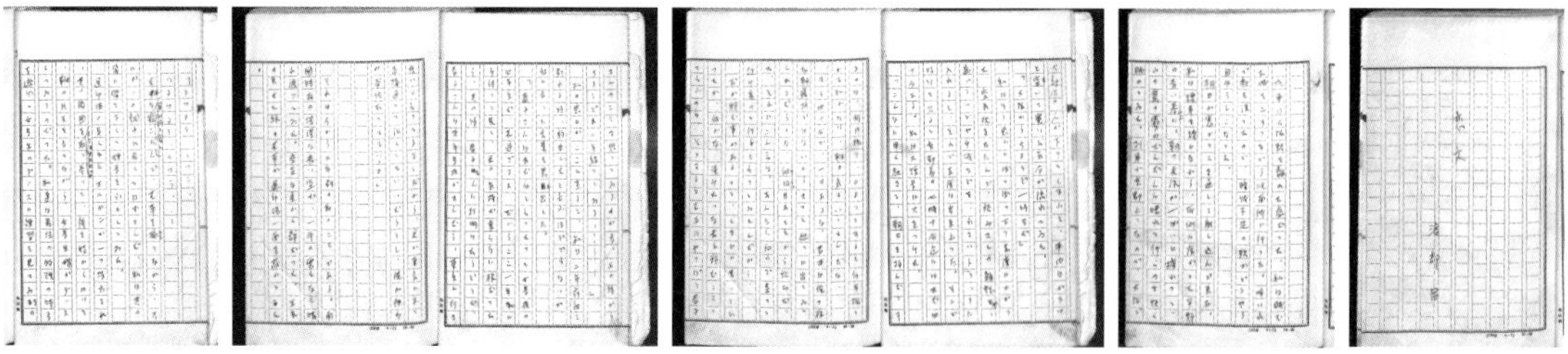

は、此の十月の終りに皇太子殿下がゐらつしやるのである、で其の時にM市の二つの女學校の生徒達の聯合ダンスをお目に掛けるのだそうで、他にい、運動場が無いため、私達の學校の運動場が選ばれたのである、それで此の一週間ばかり前から、毎日午後練習に來てゐるのである。で私達は毎日、午後の授業を一時間か二時間抜けて、グラウンドの隅の高いユーカリの木の下に寢ころびながら、見物するのであつた。

「草になり度や、運動場の草に、」

私はそんな出鱈目を云つて吉本を喜ばせた、

「春子さん見付けたかい、」

「向ふから三番目の列の五人目に居る、」

「やつぱり早いなあ、恋する者は、」

「そらそうや、」

吉本はそう云つて彼の羞みをゴマ化した。

「草になり度やグラウンドの草に、
　踏まれて見度い、可愛い靴で
　思ふ存分踏まれて見度いか」

私は先刻の出鱈目の続きをつけた。

私達は二人共、此のM高等學校の理科の三年生だつた。私は學校の友達の中で彼と一番親しかつた。初めて、吉本は奈良の中學から、私はM市の中學から此の學校に入學した當時から、私達は意気相投合する或物を持つてゐた。が此の意気相投合の或物をよく解剖して見ると夫は、クラスの他の連中が皆糞眞面目で、數學や英語の豫習をよくしてくることとか、クラス会の時に、高等學校式な武骨漢が皆の眞中に飛び出して行つて肩を怒らせ腕を振り口角泡を飛ばしながら、女學生に手紙をやつた者があるとか、活動寫眞館で正服正服の儘娘の尻を追つてたとか、下宿の娘と歩いてゐたとか、そんな例を幾つも上げて校風の頽廃を悲憤慷慨したこと且夫に對してクラスの何れも女に縁の無さそうな連中が盛んに賛同の聲を放つたこと等に對する反感などである、それが二年の時吉本は病気で休學するし、私は怠けて落第するして、全く顔なじみのない外の級に編入せられてから、私達は一層親しくなつた、

「俺は高等學校は好きなことして遊ぼうと思ふ、」彼はそう云つて、カフェーや活動寫眞へもよく行つてはゐたものの、中學時代をずつと一番か二番の成績で通して來ただけあつて、何処となく勉強家らしい処もあつた、が私は根つから學校が厭だつたので、試験前にはいつも彼の世話にならねばならなかつた、だがいつも彼は親切に教へてくれた。彼の性質を私は好きだつた。温順なしくて、気が弱くて、優しくそれで快活でちようど彼が好きでよく彈いてたマンドリンの様な繊細さを持つてゐた、それに、彼も私も同じく坊ちやん気が多分にあつた。

落第して後、私はよく吉本を誘つて厭な時間をサボツては、學校から一丁ばかり距つた處を流れてるI川の堤へ云つた。その堤の芝草の上に寢ころんで青く澄み切つた空を眺めながら、煙草を喫んだり、女の話をしたり、或は、そこに遊びに來てゐる子供達と一緒にボール投げをしたりして時間を過した。初めて吉本が春子さんのことを私に打明けて話したのもその芝生の上であつた。

「君、春子さん知つとるやろ、豊田の妹、」

「うん知つとる、顔だけなら、」

「俺な、此の間恋しとる女《ヒト》がある云ふたやろ、春子さんのこと

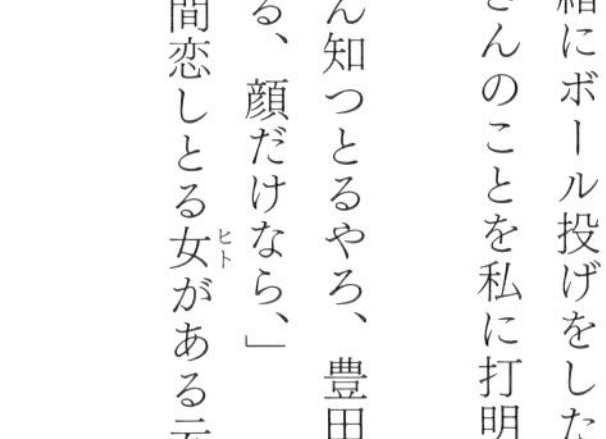
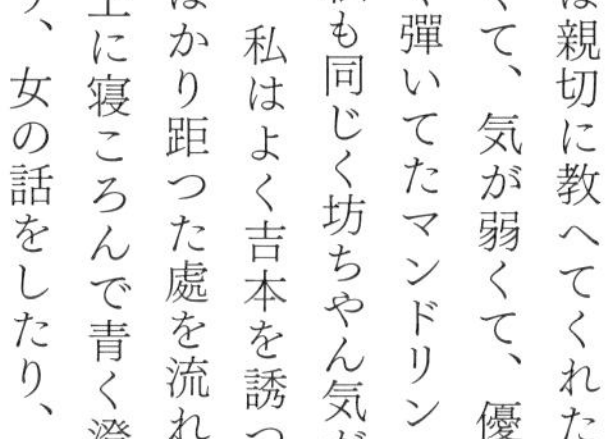
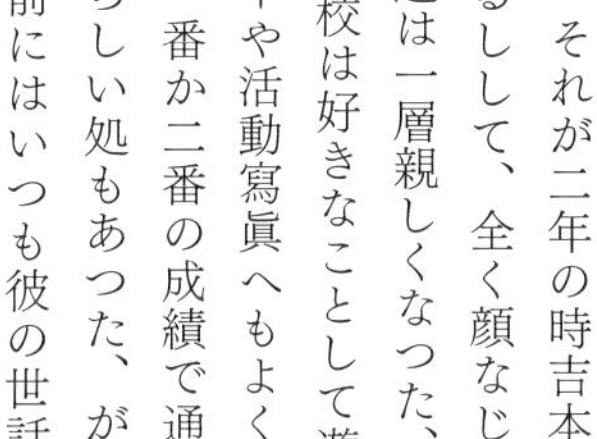
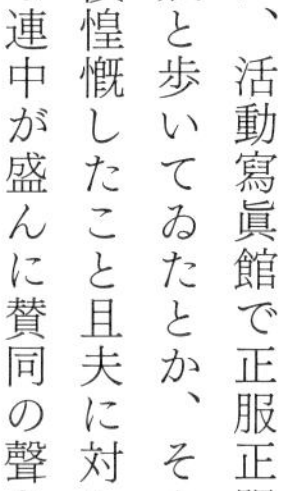

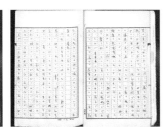

なんや、」

「あ、春子さんか、」

「どう思ふ、君春子さんを、」

「どう思ふて、俺は顔だけは小さい時から知つとるけど、話したことなんかないけん、判らんけど、綺麗のは綺麗な、」

「豊田の妹」夫は私が未だ中學に居た頃から、時々早熟な學生達の会話の間に洩れ聞えた言葉であつた。だが私は、近所で知つてはゐたが、綺麗と思ふ以外の気持を感じたことはなかつた。色の白い細つそりした体の少女らしい少女だつた。

　豊田と云ふのは、今やはりM高等學校の文科に居るのだが、中學時代私より一年下の級に居たし、家が二丁ばかり離れてるだけで一つ町にあつたから自然に知る様になつて、私とは親しい部類の友人関係を持つてゐた。豊田は温和で物解りがよく且立派な体躯の持主であつた。

　吉本はどうして春子さんを知る様になつたか、尚ほ進んで恋する様にまでなつたか、
　吉本は無論豊田を知つてはゐたが學校で顔を合した時、「おい、」「おい、」と聲を掛け合ふだけ位の知り方だつた。吉本が春子さんの家庭に出入りする様になつたのは、豊田の従兄弟の岡田を通してであつた。岡田もやはり高等學校の生徒だつた、彼は私達が初めの二年の時理科に入學して來た。岡田は音楽が甘かつた。バイオリンでも尺八でもピアノでも何でも出來た、學生仲間のアマチュアとしては飛び抜けた技倆を持つてゐた。で學校の音楽部の部員だつた吉本は、岡田が入學すると間もなく知り合ひになつた。一時吉本は、母と二人住居の岡田の家に一緒に居たことがあつた、そんなわけで、可成前から、吉本は岡田と一緒に、春子さんのほかに未だ二人の姉妹のある豊田の宅を訪れる様になつたのであつた。野球の選手などしてゐた豊田と岡田とは性質も合はぬらしく隨つて話も合はなかつた。だから岡田と吉本とが豊田の宅を訪ねても、豊田の書齊である離れの方には行かずに、女達の居る居間の方に行くのが習慣であつた。そこで春子さんや妹達とピアノを弾いたりトランプをしたりして遊んだ、そうした間に吉本の恋は育まれて行つたのであつた。春の野原を逍遙つてゐる様だつた吉本の恋は、突然一足飛びに秋の凩に逢はねばならなかつた。と云ふのは吉本に取つては機会の神其の物とも云つてよかつた岡田がM市を去つたことであつた。初めは「三味線を習ふのだよ、」などと云つてた岡田は、だんだんと藝者遊びに耽つて、とうとう終りには、藝者と別府の温泉に逃げて行つたりした、そのため彼は、一年級を二度失敗《シクジ》つて學校を止めねばならなかつた、そして間もなく彼は彼の唯一人の母と共にM市を引拂つて京都の同志社に這入つた。

　岡田が居なくなつて後も、吉本は春子さんに逢ふべく時々は豊田の宅を訪ねたが以前の様に度々行くことも出來ず、行つても岡田と一緒の時の様に打寛いで遊ぶことは出來なかつた。で吉本は、独り春子さんに対する恋を募らせてゐた。吉本は、童貞の青年の持つ総ての純潔と純情さを捧げて春子さんを恋してゐた。恋する者が誰れでもそうである様に、彼は、彼の恋が募るに隨つて、気の弱さと羞みから、春子さんを訪れることを躊躇する様になつたらしかつた。そこで彼は偶然に（と云つても其の偶然を予定して待ち構へてゐるのだが）彼女の學校の帰りとか、天長節の晩とか、音樂会とか、そうした機会に彼女に逢ふことを熱心に心掛ける様になつた。

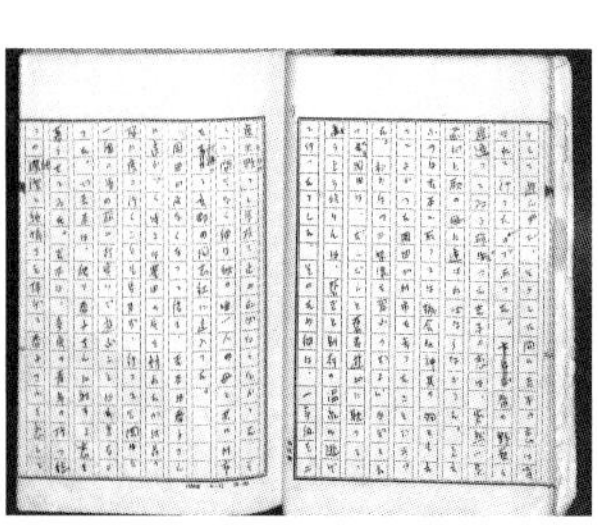
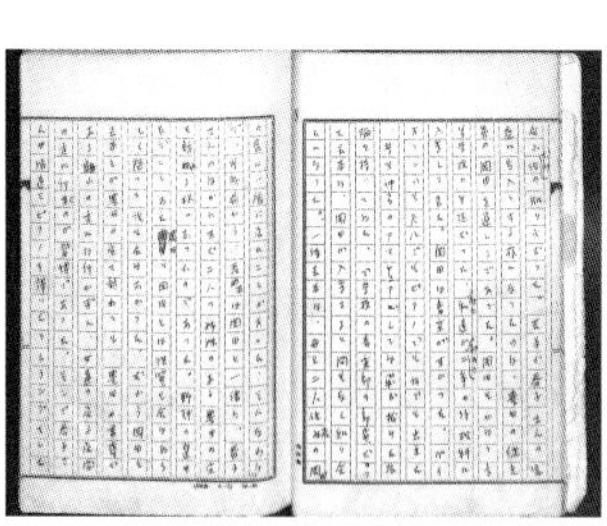
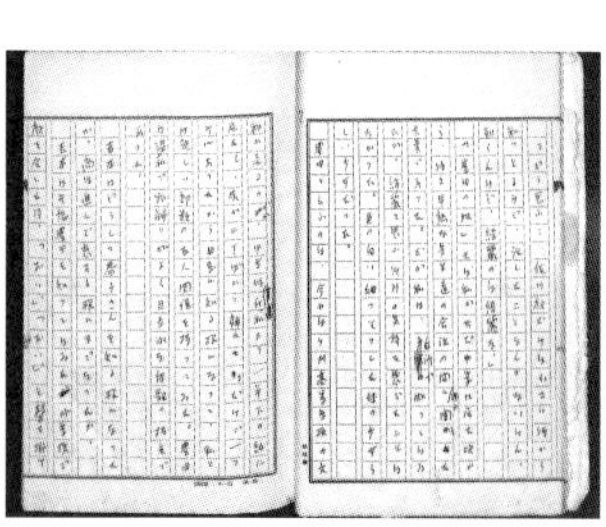

私は彼の純で一生懸命な恋を、若者らしい考へで、非常に美しいものとした。それで心から、彼の恋の成功を祈らずには居られなかつた。彼が彼女に逢ふべく行く音楽会でも、學校の帰りを待ち受ける散歩にでも、彼一人では行きにくいので、いつも私を誘つた。私は彼の乞ふ儘に喜んで一緒に行つた。それに私は、彼女の兄の豊田とは、吉本よりも親しかつたから、豊田を通じて春子さんの様子を聞くことが出來た。私は何か聞くと夫を吉本に知らした。

　こう云ふと私の態度が如何にも親切でむしろ多少犠牲的な傾向さえある様に聞えるかも知れないが、吉本と行動を共にする私には、やはり私としての享楽も幸福もあつたのだ、そのことは吉本に引き較べて私の心を大いに恥じてゐたのだが、吉本は春子さん以外の女には一切振り向きもしなかつたが、私は、美しい女、自分の好きなタイプの娘には、一人と限らず心魅《ひ》かれた。だから若い娘である春子さんの行く様な場所に、私の若い心は大いに行き度かつたのである。私は今享楽と幸福と書いた、で以上の様なのを私の享楽と呼ぶならば、幸福とは何であるか、私は其のことを吉本にも祕してゐた。吉本以外の誰れにも祕してゐたのだつた。私には鞠《マリ》ちゃんと云ふ可愛い名を持つた、春子さんと同じ學校に行つてるが、春子さんよりは二年下の二年生で、十五になつたばかりの好きな少女があつた。黒い房々とした髪の毛をお下げに結つた鞠ちゃんは、輝いた瞳を大きく見張つて物を云ふ癖を持つてゐた。私は、鞠ちゃんが笑つた時の口もとがとても堪らなく好きだつた。

　鞠ちゃんが、私の家の一丁ばかり西の方にある小學校の六年生の時、——私も嘗て其の小學校の生徒だつたが——私は其の小學校の運動場で鞠ちゃん達と遊んだ、運動場の隅にある小さな植物園は六年生の女生徒が世話することになつてゐたので、放課後いつも鞠ちゃんは他の少女達と一緒に草花を弄つてゐた。私は毎日の様に行つて彼女達と遊んだ、私は其の頃から多少鞠ちゃんに対して恋らしいものを感じてゐた、が印象づけたり、変な気持を感じさせたりしてはいけないと思つて、私は出來るだけ無邪気に遊んだ、だが時々、早熟な鞠ちゃんは、私の気持を知つてるのじやないかしらと独り顔の赤くなる様なこともあつた。其の後私は屢々、鞠ちゃんと手を取り合つて遊んで其の日の幸福を思ひ出して堪らない様な懐しさに胸の迫つて來るのを覺えるのである。私の一生の最も楽しかつた日になるのじやないかと思ふ。或る時、やはり一緒に遊んでた時のこと、私の下駄の緒が切れた、鞠ちゃんは彼女のハンカチーフを破つて下駄の緒を立てくれた。鞠ちゃんは忘れてしまつてるだらうが私には一生忘れられない記憶である。

　その小學校の運動場に櫻の咲いた三月、鞠ちゃんが小學校を卒業して以來私は時々道で逢ふより外私の恋に報ひてくれる者はなかつた。だから吉本が春子さんに逢ふべく音楽会に行き、バザーに行き、學校の帰りを待つ気持は、その儘私のものでもあつたのだ、だが何と云つても鞠ちゃんは十五の少女である、私の恋がロマンティクな殿堂の中に閉じ込まれようとするのは當然であつた。こうした憧憬的な恋が私の心の底深く巣食つてはゐたが、私は學生としてはむしろ厭世的なデカタンスだつた。吉本が清廉で純潔なのに引きかへて、私は藝者遊びも知つてゐたし、童貞も失つてゐた。

　さて、こうした私達二人に取つて、此の月末に皇太子殿下の

ゐらつしやると云ふことは何と嬉しい、豫期せざる幸運であつたことだらうか、M市に御滞在の二日間は、市内男女各學校聯合提灯行列とか、色んなお祭騒ぎがあるし、其の間には春子さんにも鞠ちやんにも会ふ機会が少なくとも一度位はあるだらうし、それに聯合ダンスの練習にもう一週間も前から、女學生が毎日學校の運動場に來て踊つてるのである。吉本は毎日、春子さんを見ることが出來る、だがそのダンスは三年生四年生だけなので、鞠ちやんは來なかつた。私はひそかに吉本の幸福をうらやんだりもした。

皇太子殿の歡迎がすみ、女學校の運動会がすみ、天長節がすみ、吉本等の音楽部の秋季大会がすみ、クリスマスがすんで、吉本と私との、大正十一年は暮れたのであつた。

冬休みに吉本は故郷の奈良に帰つた。其の留守正月の三日に、私は、かるたを取るからと云つて豊田の宅へ招かれた。私は初めて一つ部屋の中に、春子さんと面と向つて坐り、口をきき合つた。春子さんが笑うのも、物を食べるのも見た。それまで私は、豊田の宅へ行つてもいつも庭から直接に離れの豊田の書齊に行つてゐたので一度も春子さんと会ふ機会がなかつた、豊田は妹達の來るのをうるさがつたから。

其の夜私は、春子さんの友達や、姉さんの友達や色気の多い晴れやかな部屋の中で有頂天になつて、かるたを取つたりトランプをしたり、此の他色んな遊戯をしたりしてはゐたもの、友達の恋人として春子さんを観察することを忘れはしなかつた。私の外に豊田の同級の友達が二三人來てゐたが、春子さんは全く平気で、夫等の男達と物を云ひかるたを取つてゐた。それは無邪気な素直さとも思はれ、はきはきした快活な性質とも思はれた。私は両方だらうと思つた。外の娘さん達が皆、恥かしがつたり、遠慮したり、色気たつぷりだつたりするのに春子さんだけは、全く虚心で無邪気に、かるたとかトランプとか其の時やつてるゲーム其物に一生懸命になつてゐた。私も實は、男の癖に恥かしくもあり遠慮でもあり大いに色気もありして、出來るだけ平気にならうとしてもどうもなれなかつたので、そうした春子さんの態度に多少厭迫を感じた位だつた。兎に角其の晩は面白く遊んだ、來てた春子さんの友達の中でも春子さんが一番美しいなと思つた。冬休みがすんで吉本が來ると早速私は此の夜のことを話した。彼は大変残念がつて、帰るのじやなかつたと云つた。

正月も過ぎて、吾々の卒業も愈々近づいて來た。吉本の恋は、此の三月でM市とも春子さんともお別れだと思ふと、一層募つた。私は或る夜、春子さんが吉本をどう思つてるかを尋くべく、豊田を訪ねた。それは吉本が私に頼んだからと云ふわけでもなく、私が進んでしようと云ひ出したのでもない、が吉本は卒業を前にして夫を望んでゐたし、私も厭ではなかつた。吉本の恋に同情してゐたのは勿論だが、春子さんの性質に多少興味を覺えてゐたのも事実であつた。それにもう一つは、豊田が物の解つた男で私に割合好意を持つててくれるので、ありのまゝに打明けて話してくれるだらうと云ふことを信じてゐたからであつた。

私が吉本が春子さんを思つてると話しかけた時、豊田は知つてると云つた。

「春子も、姉さんも、親父《オヤジ》の外は皆知つとる、」

私は話が進め易かつた、で私は直ぐに話しの要点に這入つた、

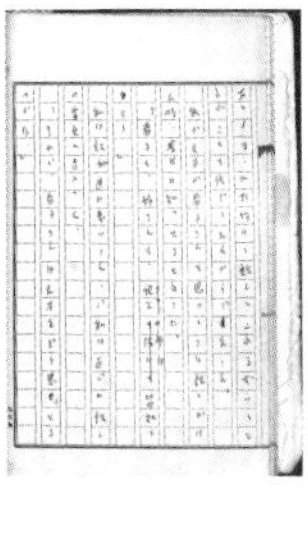
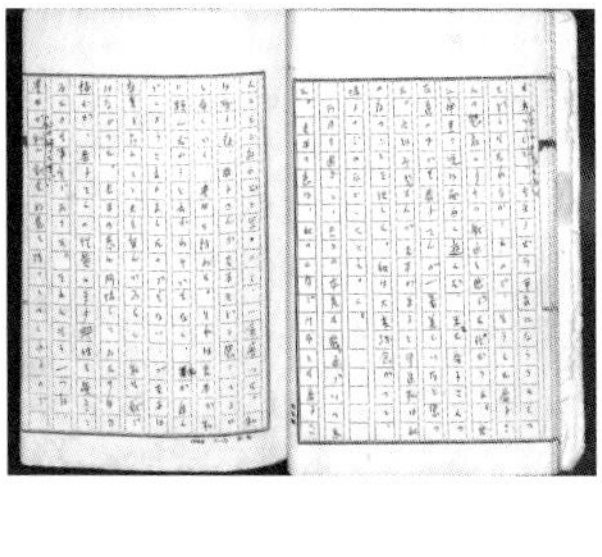
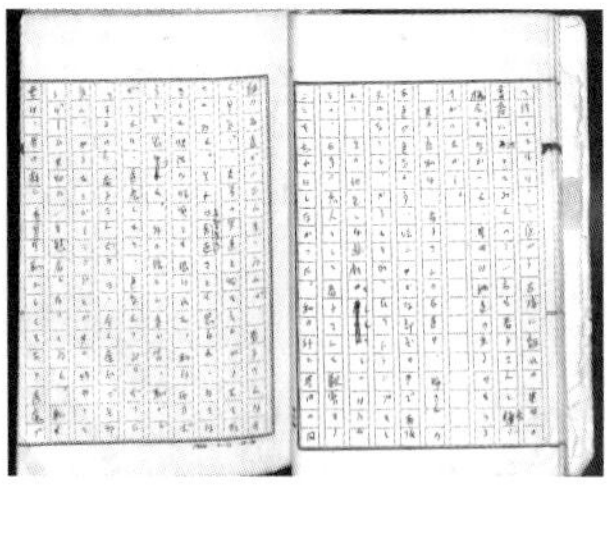
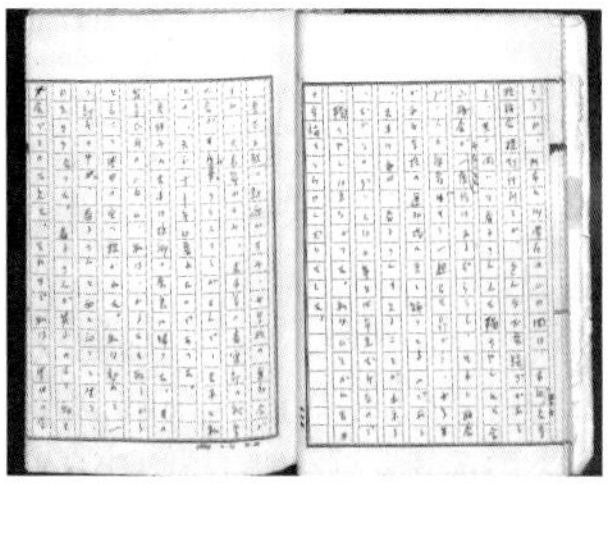

「それで、春子さんは吉本をどう思ふとるのかな、」

「吉本が春子を好きなと云ふことは自分でも知つとるのじけんど、さあそれで、どう思ふとるかのか知らんが、何とも思ふとらん様な處もあるが、でも、吉本を、そう好きでたまらんと云ふ様なこともないらしいな、未だ何と云つても子供だから、判つきりしたことは解らんが、——」

と豊田は、兄らしい無干渉さで、彼の思つてる儘らしくそう云つた。それに附け加へて、彼女は、よく鋭い皮肉を云つて親父を苦笑させるとか、兄弟中で一番よく勉強するとか、若い男なんか何とも思つてない様な處があるとか、然し気は小さくて正直だとか、要するに未だ恋なんてはつきり感じたことがないのじやないかと思ふとか、かと云つて恋愛に興味を持つてるらしい所は多分にあるとか、學校を出たら東京に行き度がつて親父も承知してゐるとか、色々詳しく話してくれた。それらの中で最も私の興味を引いた事柄と云ふのは、彼女に最近無名のラブレターが來たと云ふことであつた。そして夫を受取つた彼女は、一応自分で読んだ後こんなものが來たと平気で豊田や姉さんやに見せたと云ふのである、其の中に這入つてた樂譜とかだけは、此の楽譜欲しかつたのでちようどい丶と云つて机の引出しに大事に藏つてるそうである。豊田が読んだ処によると、夫は気紛れや不良少年式のものではなくて、誰れか彼の友達か、何かそんな部類の人間で、ほんとに一生懸命彼女を思つてるらしと云ふのである。其の中に楽譜の這入つてたことや、字が吉本に似た処があると云ふことと、外に是と云つて夫らしい心當りがないので、これまで吉本の態度から姉さんなどには多少感づかれてゐた処だつたので、其のラブレターは、吉本が出したものと推定されてしまつてると云ふことだつた。私はそんなことちつとも吉本から聞いてはゐなかつたので、気の弱い吉本が、そんな手紙を出したと云ふことは全く意外であつた。その上今夜豊田の宅へ私が來て豊田に総てを話すことを知つてゐながら、そんなことを私に祕してゐるのはおかしいと思つた。私は一寸出し抜かれた様な気もした、が直ぐ次の瞬間には、彼女についてのことは何もかも打明けてる吉本が、夫を云はなかつたのは、其の行爲を恥ぢてのためだつたのだらうか、いやいや恋する者には其の位の祕密は許されてもいい、恋人との間には幾ら親しい友にも知られない数多のことがあつてい丶ことなんだと思つた。が豊田一家の人と同じく、條件が余り符合してゐるので、其の手紙が吉本のだらうと云ふことは私も疑はなかつた。春子さんの話しの後、吉本は京都の工科の機械科に行くとか、私は東京の文科に行くとか、君も來年と云つももう直ぐだが東京に來ないかとか、卒業前の學生らしい話題について話した。豊田は私に東京へ行つたら是非芝居を見る様にと勸めてくれた。彼は小さい時から祖母さんに連れられたりして、歌舞技の味を知つてゐた。

私は翌日吉本に会ふと聞いた通りを告げた、手紙のことをきくと、絶対に自分じやないと否定した。春子さんや此の内の人が吉本だと思つてることを残念がつた。で私に是非行つて釋明してくれと云つた。だが考へて見ると、間違つて吉本と信じられてゐることは、一面非常に好都合だつた。兎に角春子さんが、吉本が彼女を恋してると云ふことを知つてくれるのだから、そしてその手紙は眞面目で眞剣なものだと云ふから、それに今行つて、夫が吉本のじやないと云ふことは、吉本は春子さんを恋

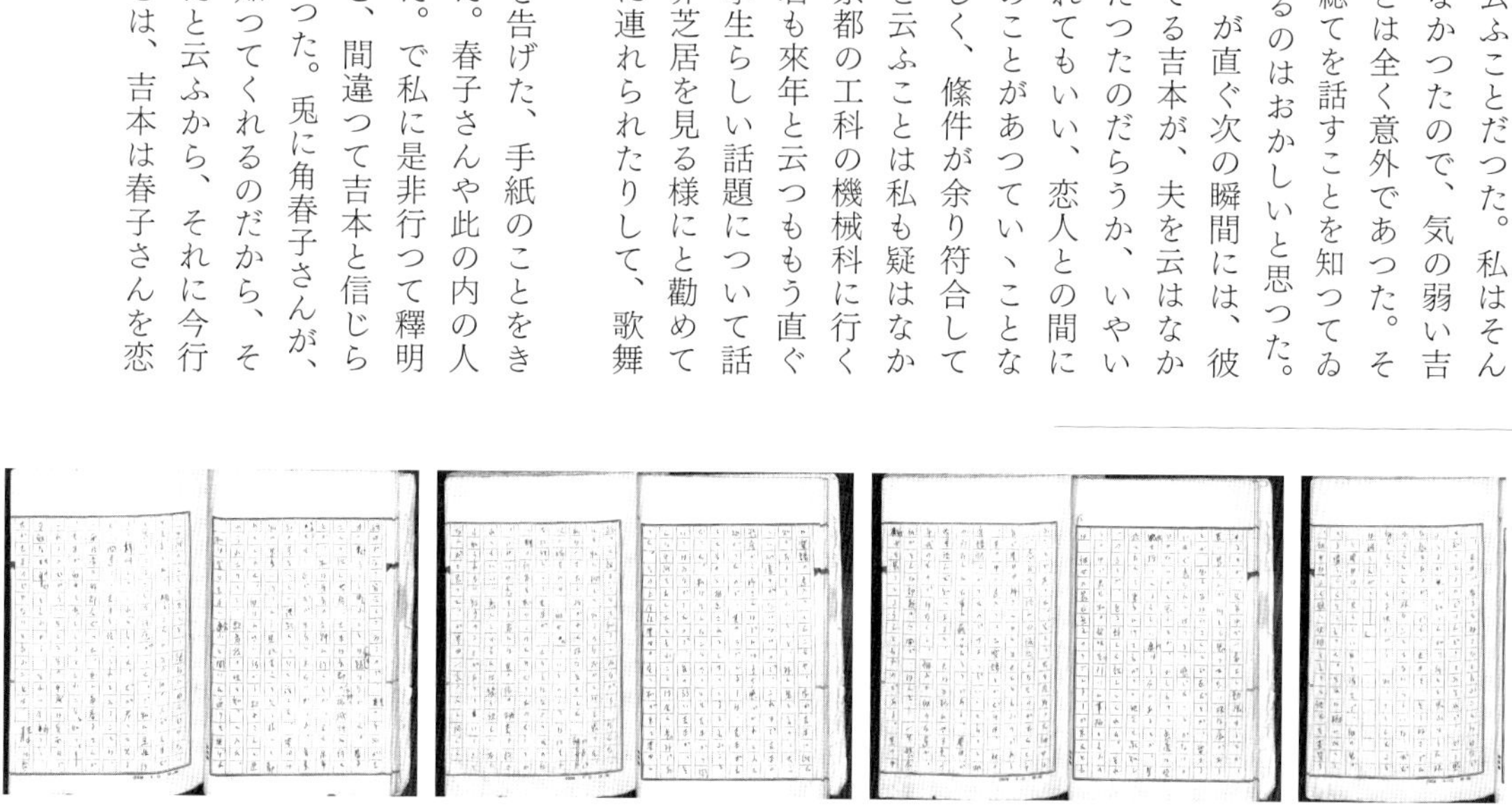

してはおらんと云ふ様に解釋せられるかも知れない怖れがあつた。でそのことは豊田にまで云つて置いて夫以上は豊田の意志に委せることにした。

でつまり、春子さんが吉本に対する気持、且恋を打ち明けられた時の態度と云ふものは、其の無記名のラブレターの場合で、可成まで伺がはれるのであつた。そこで時機尚早論が明確とされて、吉本はM市を去つたのであつた。そしてその時、私が彼に約するともなく約した言葉があつた。それは、

「一年二年経つても君の気持が変らない様だつたら、其の時打ち明けたらどうだ、彼女も少しは年を取つてるし、東京に来るそうだから色んな機会もあるだらう、僕も東京に居るのだから少し位の勞はとつてもいい………」

と云ふ意味であつた。

吉本が去つて間もなく、私も東京に発つた、當時二十一才の私は、M市を去るについて感慨無量であつた。二十年間朝夕親しんで來た山や川や、そして其の柔かな空気の内に呼吸してゐる鞠ちやん。私は出発の前夜自分の部屋で色んなことを考へてたら堪らなくなつて、二時過ぎてゐたのに、こつそり家を出て、鞠ちやんの家の表へ行つた、そして其の内に安らかに眠つてるだらう鞠ちやんに、幸福と素直な成長とを祈つて別れを告げたのであつた。

が一方夫等にも増して大きな喜びが、私の心を一ぱいにしてゐた。それは総ての羈絆から脱れて全く自由な独りの生活に入ることが出來ると云ふことであつた。寝たい時に寝て起き度い時に起き、嫌な化學や数學に苦しめられることなく、父母の小言を聞くこともなく好きな小説を読むことが出來ると云ふことであつた。

「もう少し辛防すれば、呑気に東京で独りの生活をすることが出來る、」

そう思つては此の一年間全く厭々ながら學校に通つたのであつた。

で私は上京すると本郷の下宿屋に入つて、住所など誰れにも知らさないで、憧れてた様な生活を始めたのであつた。大學に籍を置いてはゐたが殆んど名のみであつた。其の頃の私の生活のモットーは殉情と云ふことであつた。そうした生活の内に、私は鞠ちやんを恋ひ文學を漁つた。間も無く私は偶然の機会から、大岡と云ふ一人の新しい友達を得た。大岡はもう四年も東京に生活してゐた、彼は私に新しい世界を教へてくれた。カフェー、文壇、浅草、江戸、淫賣、文學青年、支那ソバ、質屋、等、東京に下宿生活して文學をやらうとする青年の當然親しむ世界に私も親しんで行つた。

そうして二年間経つた、吉本の記憶などは私から消え去つてしまつてゐた。

が春子さんには、夏休みや冬休みに帰つた時、時々会つてゐた。処が此の正月上京する時、M市の停車場で偶然一緒になつた。彼女は、文子さんと云ふ彼女と同じ學校に行つてる友達と二人連れだつた。姉さんや妹達が見送りに來てゐた。姉さんに頼まれて私は一緒に行くことになつた。私は若い女連れなどを持つことの出來る幸福を喜んで受けた。尤もそのためには、倍の賃金を拂つて乗り度くもない二等に乗らねばならなかつたが。此の同行が吾々を近づける動機となつた。正月から此の三月私が帰郷するまで、二三度彼女は私の下宿を訪ねて來た。その内一

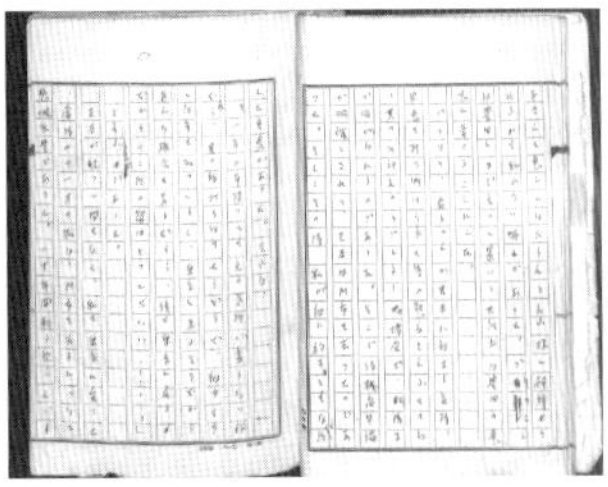

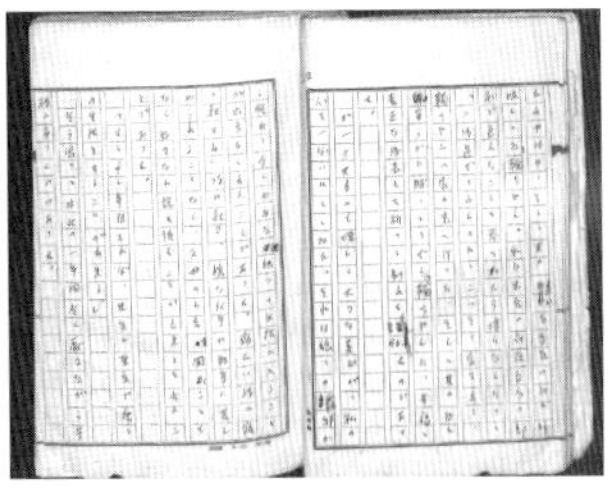

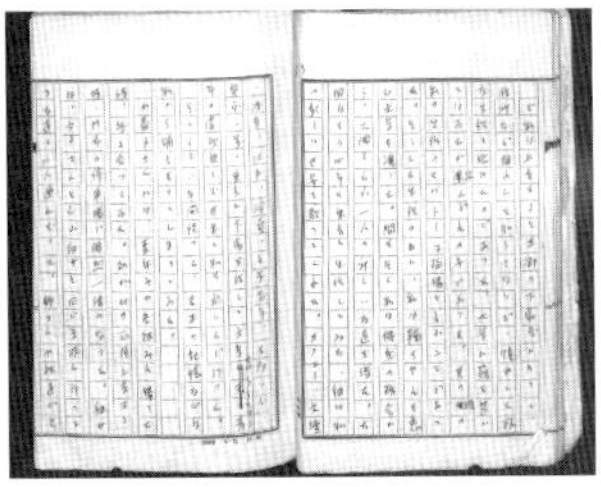

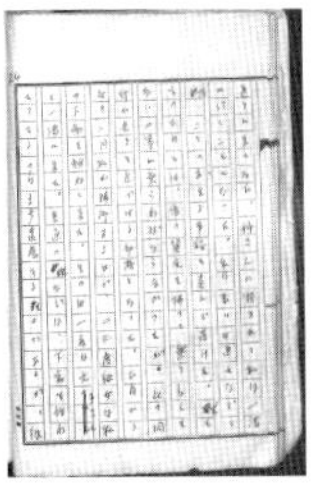

度は文子さんと一緒に來た。普通の娘などは、下宿を訪ねたりするのは多少遠慮するものであるが、彼女は其の奌全く虚心であつた。彼女は、若い娘らしく、文學にも相当興味を持つてゐた。

故郷の話、文學の話、恋愛の話、學校の話、そんな話を一時間か二時間して、さつさと帰つて行つた。私は彼女の性質をそう好きにはなれなかつたが、てきはきして快活ではあるが素直でつつましやかな処を失はない彼女に厭な處と云つてはちつともなかつた。で下宿住ひの私は、唯一つの色彩である彼女の來訪を大いに歡迎したのである。

「女の友達などと云ふものは、つきつめた處では存在しないかも知れないが、彼女などは女の友達になり得る代表的な女性かも知れない、」

私の心の奥には、やはり色の浅黒い、髪の毛の豊かな鞠ちゃんがあつたし、性慾的には職業女があつたので、女の友達として以上に春子さんに求めはしなかつた。

處が、此の春故郷に帰つてる時、全く忘れてしまつてゐた吉本から手紙が來た。で云ふには、上京の折寄つて遊んで行かないか、頼み度いこともあるから是非寄て慾しいと云ふのであつた。四國の瀬戸内海南岸のM市から東京までは船や汽車やで丸一晝夜かかるので、其のちようど中間である京都に下りることは、吾々三等旅行者に取つてまことに好都合なことであつた。それに平安の都、京の春もい、だらうと思つて、立寄る宣《ムネ》を返事したのだつた、そして、昨夜汽車に乗る時電報を打つて置いたのである。


汽車が京都駅に着いて出札口に角帽を冠つた吉本を見た時は、嬉しい懐かしい気で一ぱいだつた。出札口を出ると、「よう」と云つて私は手を出した、彼も嬉しそうに私の手を握つた。京都の街はやつと覺めかけてる所だつた。街の隅々には霧が掃き残された塵埃の様に残つてゐた。吾々は一先づ吉本の下宿に行くことにした。彼は髙等學校時代の同級生でやはり工科に居る長田と一緒にタバコ店の二階を借りてゐた。きれいな八疊の部屋の窓の側に、机が二つ向ひ合つて並べてあつた。外國の活動女優らしい寫眞が、小さい金縁の額に入れて、緑色の机掛けの上に置かれてあつた。床の上に、マンドリンとマンドラとが並んでゐた。隣りの六疊には、着物や洋服などが掛けてあつた。長田は學校に行つたとかで留守だつた。

「學校は近いのかい、」

「あ、、そこ直ぐや、」

「今何時位、」

「さあ未だ八時位なもんやろ、あんた汽車で疲れてるやろ、寝たらどうやね、」

「寝てもえ、けど、眠れまいけん横になるだけなろかな、」

「じや晝まで休んで、晝から何処かへ行くことにするか、」

「その方がえ、、」

私は吉本の出してくれた枕と毛布で横になつた。

東京はどうだとか、文科は面白いだらうが工科なんてつまらんとか、昨夜汽車が混んでて弱つたとか云つた後、吉本は尋ねた、

「豊田のうち皆元気やろな、」

「うん、皆元気らしい、」

「東京で春子さんに会ふか、」

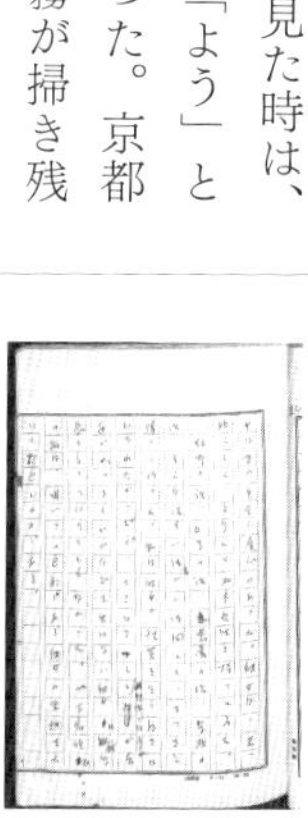

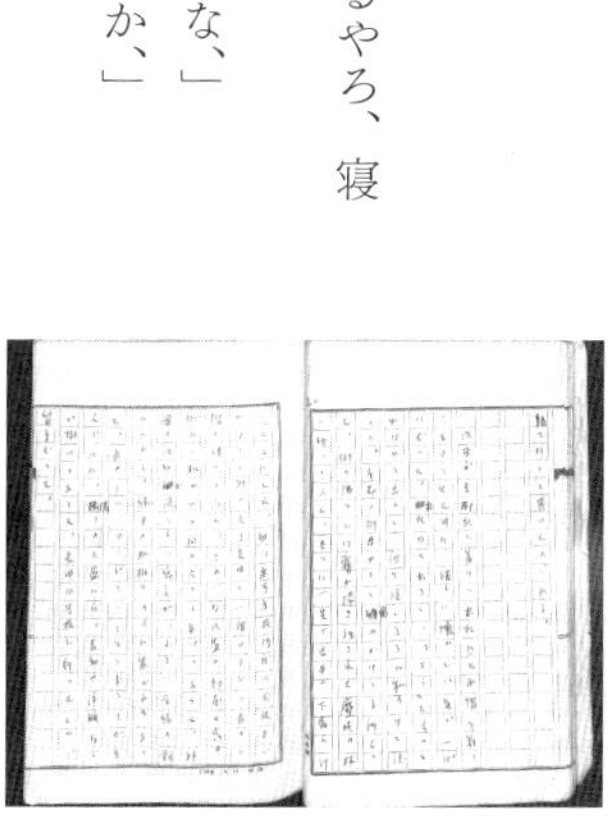
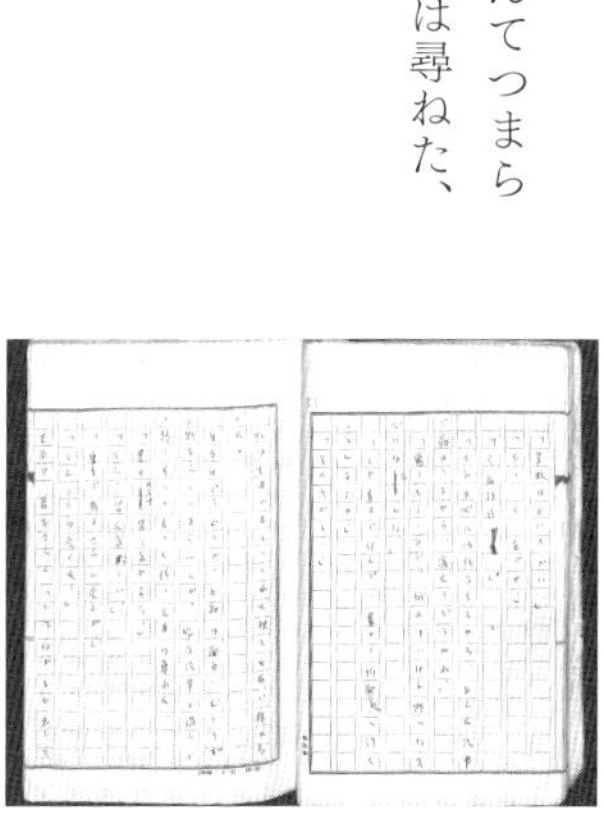

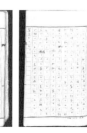

「うん二三度会ふた、」

吉本は、春子さんについて何か云ひ出しそうにして止めた。私も夫以上何も云はなかつた。彼の恋人であつた、やつぱり今もそうであるかも知れない春子さんが、下宿に訪ねて來たと云ふのは、遠慮された。彼が云つた。

「豊田、九州の医科へ行つたんやつたな、時々会ふか、」

「うん、此の正月に会つた、此春は山登りするとかで帰らなんだようだ、」

「あんたは、理科から文科へ行つたし、豊田は文科から医科へ行つたりして面白いな、

でも文科から医科へ行つたりしたんは苦しいやろな、物理や化學やつとらんから、」

「始めの間弱つたと云よつたよ、」

「今南座何をやつとるかな、」 私は先刻、電車が四條を走つてた時にちらと見た看板を思ひ出して尋《キ》いた

「さあ何をやつとるやろな、芝居の方は一向知らんのやが、前の月か知らん雁次郎が來る云よつたが、」

私は、好きでない者と一緒に行つても、気まずいと思つたので、夫以上きかなかつた。

午後から嵐山に出掛けた。天気は良し、春のことではあり、嵐山行の電車は一ぱいだつた。山々は紫色に霞んで、空気は眠つてる様だつた。嵐山は私は初めてだつたが、いい處だつた。山麓の岩の根を、青い水を一ぱい堪えて川が流れてゐた。筏が上から幾つも幾つも流れて來た。三つか四つの筏に一人の舟人が居た。私達はボートを借りて漕ぎ廻つたりした。其の晩は、長田も一緒に新京極や四條を歩いた、カフェーでビールを少し飲んだりして帰つて寝た。

翌朝眼が覺めたのは十時過ぎだつた。吉本も長田も居ないので、私は、シヤツの上に吉本のたんぜんを引つかけて蒲團の上でそこにあつた新聞を廣げてる處へ吉本が帰つて來た。

「割合早いやないか、汽車で疲れてたやらうに、」 彼は本立にノートを入れながら云つた。

「そうだな、早いと云ふと早いが、」

「今日はどうする、奈良へ行くか、前奈良へ行つて見たい云つてたやろ、未だ二三日はゆつくりしてゐてええやろう、」

「奈良へ行つては見たいが、僕は今夜発とうと思ふ、」

「今夜て、もうちいとゆつくりしたらええやないか、用があるのやつたら仕方ないけれど、」

「別に用がある訳じやないけんど、早ふ行た方がええことはええんじや、學校ももう始まつとるけに、」 私はそんな口実を云つた。

二三日でも夫以上でも面白ければ遊んで行つてもいいと思つてはゐたのだが、駅で初めて顔を見た時の感激などは一言二言と話してる内にだんだん失せてしまつて、次才に社会的に教養された人間になりつゝある吉本と、だんだら非社会的になつて行く私との間には、越ゆることの出來ない虚溝の出來てゐることをどうすることも出來なかつた。

昨日一日一緒に行動しただけでも、あの折、此の折にふれてそぐはない気持を味はねばならなかつた。昨夜三人で並んで寝た時蒲團の襟に頭を埋めて、私は思つた。

「とにかく二年経つてゐるのだから。人が舊友を懐しむ気持は、此の友が懐かしいのじやなくて、昔しの自分が懐しいんじや、

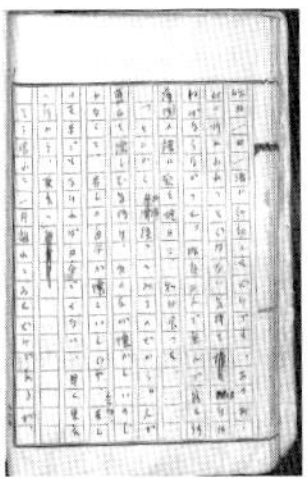
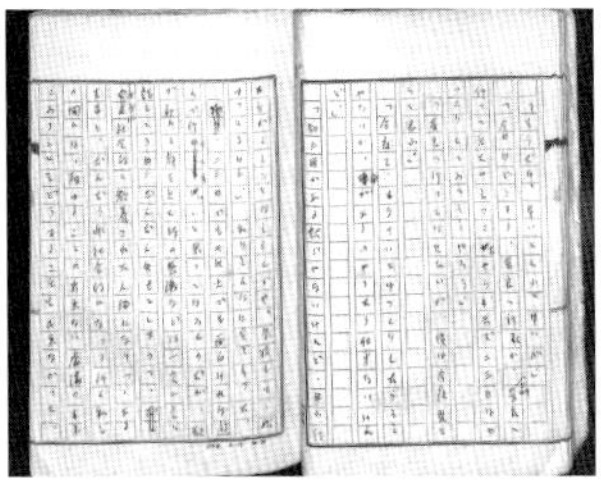
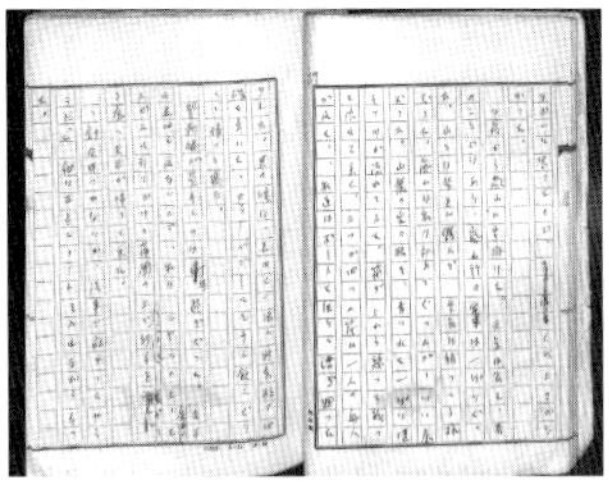
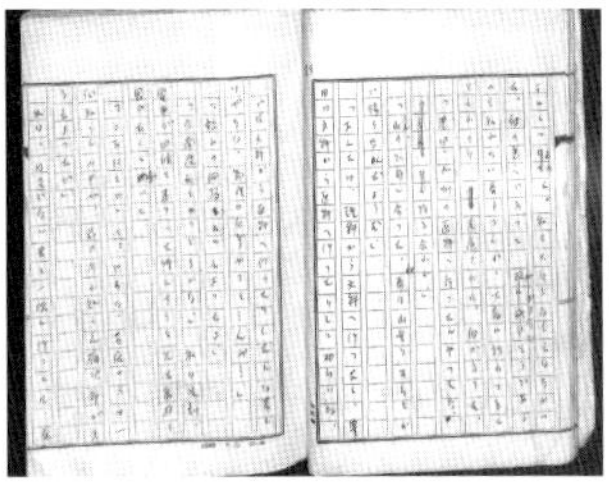

今は、昔しの吉本でもなければ自分でもない。早く東京へ行かう、東京へ、」

　そう思ふと一月離れてゐただけであるが、東京には何かいい事が、変つたことが、すばらしいことが自分を待ってゐそうな気がした。

「明日の晩発たう、」そう心に決めながらいつしか眠つたのであつた。

「それじや無理に止めても悪いやろけど、折角來てくれたのにつまらんですまんな、」

　そう云つた吉本も、やはり私と同じ気持を感じてるのじやないか知らと思つた。

「それじや今云つといた方がええやろが、一寸手紙にも書いて置いたんやが、頼み度いことがあるんでな、」

「俺に出來ることか知らんが、」私は昨日春子さんの噂が一寸出た時、吉本が何んだかこだはつてゐた様だつたので春子さんのことじやないかとは思つたが、何気なくこう云つた。

「春子さんのことなんやが、春子さんはもう東京へ出つたやろな、」

「學校が始まつとる筈じやけんもう行つとるだろ、」

「俺、やつぱりあれからずつと春子さんのこと思ひ切れんのでな、それで打ち明けて見よう思ふんやがどうやろ、」彼は多少羞みながらそう云つた。私は答へて、

「うん、もうええだらうな、時々会ふて話したりしてもなかなかしつかりしとる。もう昔しの様にラブレターを兄弟に見せたりもしまい。」

「春子さんは今何処におるのか知らん、」

「學校の寄宿舎に居る。」

　彼は机の引出しから可成厚みのある封筒を取り出しながら、

「是を持っててもろはうと思ふんやが、訪ねて行て渡してもらい度いのやが、気の毒なんやけど、」

「訪ねて行て渡してもええよ、俺一度行つたことがあるけん、」

「是未だ封がしてないのやが、あんたが一度読んで封をしてくれないか、」

「俺なんか読まいでもええよ、」

「でも一度読んどいてもろうた方が都合がええんや、あとで色んなことが起つてもいかんし、これからのためにもええけに、」

「あ、そうだな、それでは読まふか、」

　私が直ぐ読みかけたので、彼は面前で読まれるのが幾分バツが悪そうに、

「今じやのうてもええ、汽車の中ででも読んでくれ、」

「そうしようか、」私はそう云つて、夫をトランクの中に藏つた。

　色々話した後、「じや確かに春子さんに渡すけん、」そう云って、私はその話を打ち切た。

　晩の十一時の急行に乗ることにして、吉本は何処かへ行かうと瀬りにすすめたが、私は名所見物には興味はなし、それに京都の街にも一日で倦きてゐた。と云ふのは、私の故里のM市は、山近く水近くて山紫水明を誇る京都を南國の明るさの内に置いた様な町で、そののんびりさに於ては京都以上だつた。私は故郷の一日に充分倦屈してゐた。で私は前から一度見たいと思つてゐた文楽へ行き度かつた、そのことを吉本に云ふと、彼は一緒に行かうと云つた。だが芝居なら未だい、が、人形芝居なん

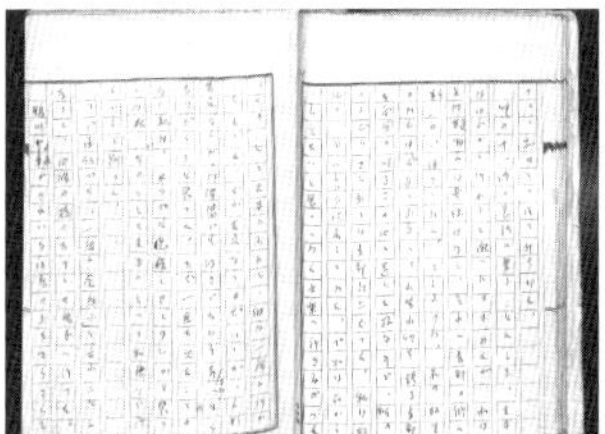
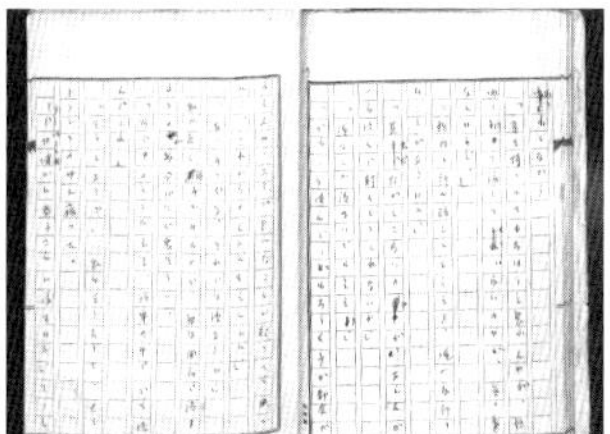
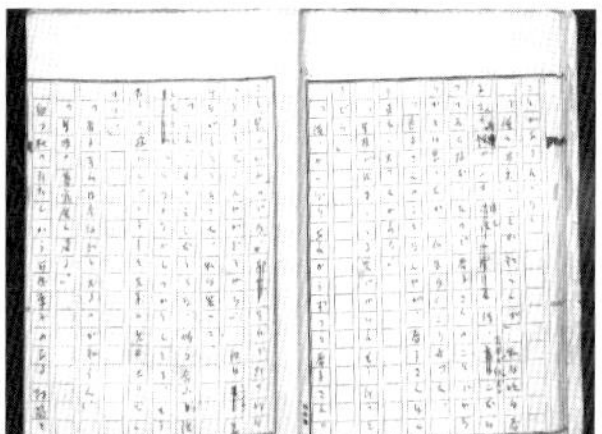

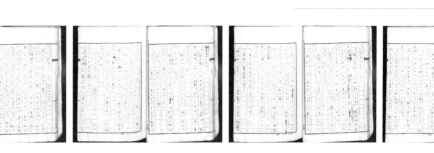

か、浄瑠璃でも好きでなけりあよけいつまらないだらうと思つた。未だ一度も見たことのない私は、自分でも怠屈しやしまいかと思つてゐた、でそのことを吉本に云つて私独りで行くからと斷つた。

「では飯でも、一緒に食ほふ」と云ふことになつて、四條の橋のたまとの鳥屋へ行つた。

鴨川の水がきれいな河原の上をさらさらと流れてゐた。おとなしそうで割合に別品の仲居が來て、京都辨で、色んな二人の問に答へて喋つた。どす、どす、と云ふ京都辨をそう好きではなかつたが、當りの柔かな京都の女のよさがわかるやうな気がした。もつと居たい気もあつたが、遅くなるといけないと思つて食つてしまふとそこを出た。京都駅まで見送つてくれた吉本と別れて、私は独り大阪行の列車に乗つた。独りになると何だか身が軽くなつた様に感じた。

文樂では忠臣藏を八段目まで通してやつてゐた。狂言もよかつたせいだらうが非常に面白かつた。入りの少ないのには驚いた。興行物は入りがなければその日から立ち行かないものだから、こうしたいい藝術もいつかは滅びるのだらうと思ふと、たまらなく淋しい気がした。活動寫眞などばかりが流行る今の世の中が浅ましい気がした。

十時何分の急行にやつと間に合つた。もうこれで一寝入りすれば東京だと思ふと何となく希望に似た嬉しさを覚えた。文楽の忠臣蔵のことや、大岡はもう來てゐるだらうかなどと眠つけないままに、四時頃まで煙草ばかりふかしてゐたが、名古屋岡崎を過ぎていつか眠つた。

何処か駅へ着いたらしく乗客がどやどやと這入つて來たので眼が醒めた。沼津だつた。静岡沼津の辨当はうまいと聞いてたので、辨当とお茶を買つた。腹が減つてゐたので、顔も洗はないで直ぐに食つた。東京までは相当あるな、そう思ふと同時に、「汽車の中ででも読んでくれ、」と云つた吉本の言葉を思ひ出した。私はトラクから手紙を出して読み始めた。

高等學校時代のことから書き始めて、最近までの気持が詳しく書かれてあつた。相手の心を動かそうとか、身を投げ出して哀願するとか云ふ様な調子は少しもなくて彼の如何にもプラトニックな恋が素直に正直に書かれてあつた。私は読んで行くにつれてだんだん引き入れられた。だか高等學校時代のことが書いてある所を読んでる内に、此の時代の思出が私の心にまざまざと蘇つて來た。私は手紙を中途で読むのを止めて、頭に浮んで來た鞠ちやんのことを思つた。

「俺も思ひ切つて鞠ちやんに手紙を出すかな、もう此の春で鞠ちやんも五年生になつた筈だから、」私はいつも帰省する時には、鞠ちやんに逢へるかも知れないと一縷の望みを抱いて帰るのであつたが、神様はなんと意地の悪いことなのだらう、初めての夏休みに帰つた時に一度逢つたきりで逢はないのである。狭い街のことであるから、私は時々鞠ちやんについて、琴が上手だとか、お母さんが亡くなつたとか、そんな評を聞くことは出來るのである。がその度に私の心は痛むのであるが、どうすることも出來ないのである。此の春帰つてる時も、私は二度ばかり、學校帰りの鞠ちやんを待つたのであつたが、學校から鞠ちやんの家へは三通りも四通りも道があるので、一つの道を一度位歩いても一向に逢へないのであつた。三度や四度逢へる機会があつ

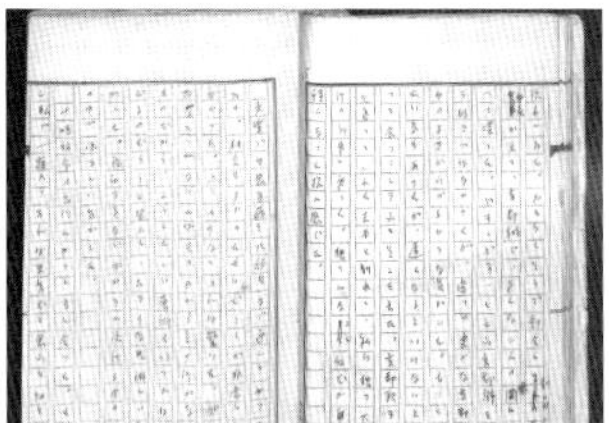

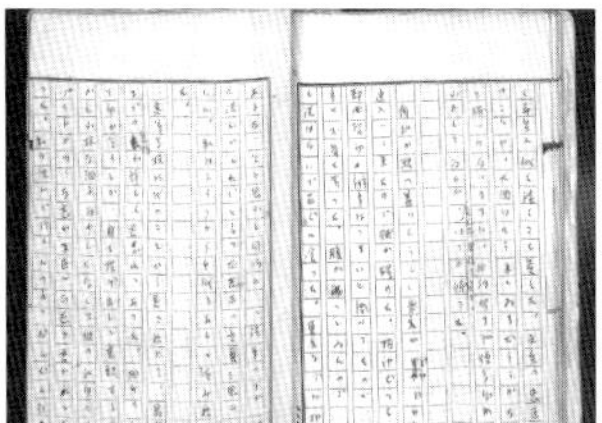

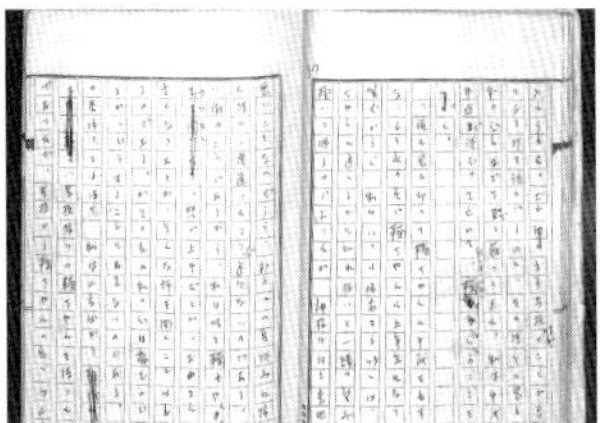

たにしても、お互の時間が五分程相互したために其の総ての機会を逸すこともあるだらう、運命が幸せねば仕方がない、私はそう思つて諦るのであつた。

「だが手紙を出したりするには、鞠ちゃんは余りに私の心の奥にあり過ぎる、」私はそんなことを思ひながら鞠ちゃんについて色んな空想を楽しんでゐた。汽車が何処かの駅へ止つて、私の横に坐つてた商人風の男が下りたので、私はいつもする様に、トランクを肱掛けにもたせて横になつた。そして又読みかけてた手紙を読み続けた。だが終りの処になつて、

「若しあなたが、私の恋を容れて下さるのでしたら、私は卒業を待たなくとも結婚…………」と云ふ処に行つて急に厭になつた、で私は、みつちりと書かれた二十枚ばかりもあるレターペーパーを順々に重ねて封筒に入れて封をした。で寝た儘で皺にならない様にと思つて窓側の隅の所に置いて、ポケツトから煙草を出して吸ひながら、

「恋する者が結婚のことを考へるのは当然だ、夫を厭だつたりするのは自分の方が悪いのかも知れない、でも始めての恋文にそこまで書かなくともよさそうだ、」と思つたりした。それから此の手紙がもたらすだらう結果について春子さんや吉本の色んなことを考へてる内に、昨夜二三時間位しか寝てゐないので横になつたものだから眠けを催して、足をかがめた儘いい気持で眠つてしまつた。でふと気が付いた時には、汽車はもう東京駅のプラツトフォームに入りかけてゐた、私は狼狽ててトランクをしまつたりレインコートを着たりして急いで下りた。

東京駅を出ると直ぐ眼に入る修繕中の丸ビルも懐しかつた、直ぐ電車で本郷の下宿へ行つた。下宿の部屋に這入ると、自分の世界だと云ふ様な一種の心安さと落付きとを感じた、机の上に置かれた一枚の葉書が眼に入つた、見ると夫は春子さんから來たものだつた、近い内、日曜日にお訪ねし度いと思ふがいいか、天気がよかつたら何処か郊外へでも行きませう、文子さんも誘つて行くかも知れません、お着きになつたらお知らせ下さい、と云ふ意味だつた。

「春の効外散歩か、いいな、きれいな女學生と一緒だつたりするのは、少し甘くてくすぐつたい様な気もせんでもないが、」

一方には、机の上にある葉書を見た時から、吉本にとつては神よりも貴い恋人である所の春子さんが、大學生で、それに小説など書かうとしてゐるのに多少の興味を覚えただけなのだらうが、と云ふよりも、彼女の知つてる唯一人の東京在住の若い男の友達と云ふ偶然を、たまたま私が持ち合したに過ぎないのだらうが、そんな事は兎に角として、私の下宿を訪ねて來たり、一緒に効外を歩いたりするのは、幾分吉本に対してすまない様な気もするのであつた。そのために散歩を止そうなどとは思ひはしなかつたが、持つて來た手紙のことが思ひ出された。

書飯を運んで來た女中が、大岡が二三度來て、未だか、未だか、と云つてゐたと云つた、私は大岡に会ひ度かつたので、飯がすむと、直ぐ出掛けようとして、故郷《クニ》から持つて來た名物の羊羹を出そうと思つてトランクを開けた、小さいトランクは羊羹の箱を出すと、あとは空気枕や歯ミガキや雑誌や位しか入つてゐないので直ぐ底が見えた。そして私の気付いたのは、吉本の手紙が見えないことである。外の物を皆出して見たがない、蓋の側についてる袋の中にもない。こいつあ困つたぞと思ひながら、

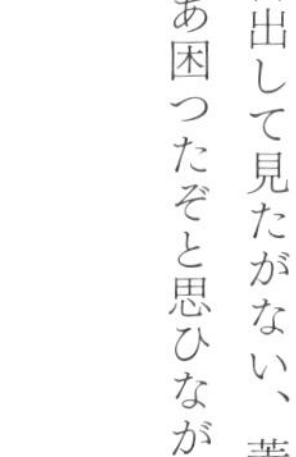
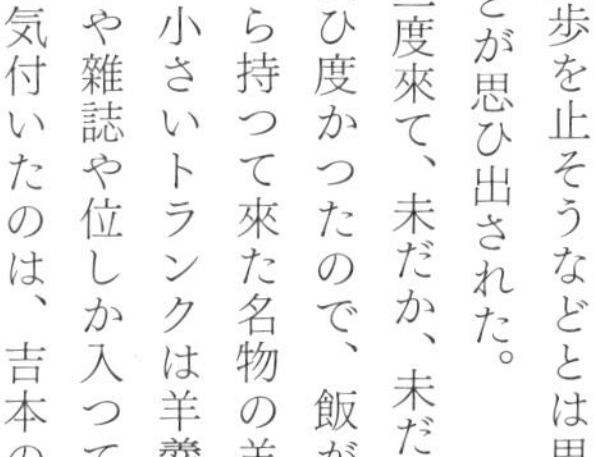
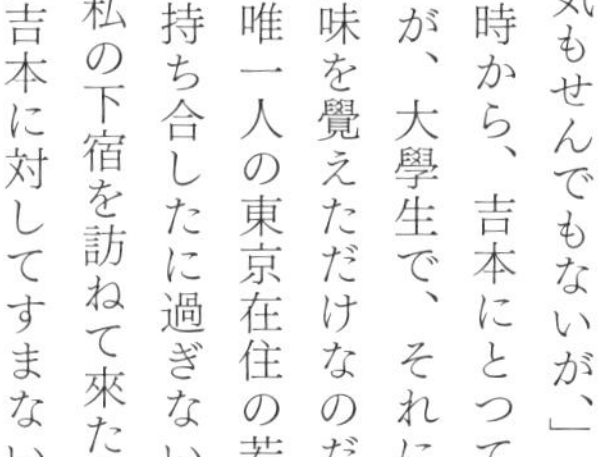
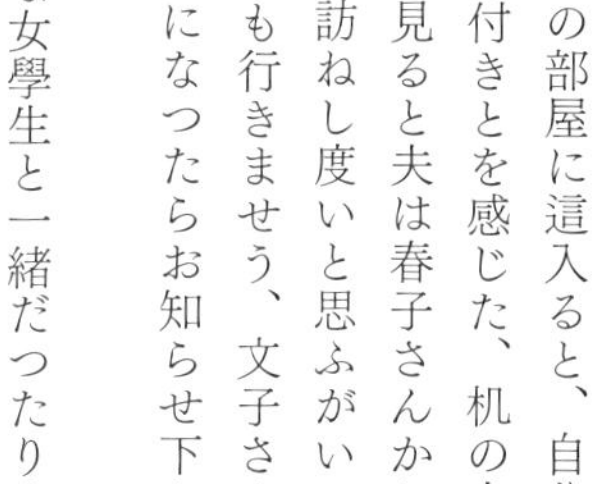

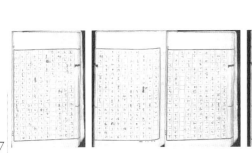

若しやと思つて、洋服やレインコートのポケットを探したがない、東京駅で狼狽てて下りたことを思ひ出して、忘れたのだと思つた。だが坐つてたあとには新聞しきあ残つてゐなかつた様に思つたが、そうすると新聞の下になつてゐたに違ひない、とんだものを忘れたもんだと思つた。考へて見ると、何にも狼狽てて下りる必要なんかなかつたんだ、途中の駅なら急がねばならないが、東京駅なら終点だ、幾らゆつくりしてもいいのに、俺は小さい時からそそつかしくていけない、是から取りに行くにしても面倒だし、行つて若しなかつたら、恋文をもう一度書けとは云へないし、そう思ふと差当つての面倒臭さから、忘れた自分がいまいましかつた。私は性來の面倒がりやで、不精物で縦の物を横にするのもうるさくて、葉書一本も書き度い時の外は書けなかつた。で私は兎に角羊羹を持つて、代々木の大岡の下宿を訪ねることにした。

往きの電車の中では、「大岡が居たら、一緒に出て東京駅へ行つて見ようと思つた。が大岡に会つて色んな話しの後、その事を云ふと、大岡が云ふには、

「列車が着いて客が下りたら直ぐ掃除するだらうから、その時ボーイが気が付いて取つといてくれたらあるだらうが、まあ大概新聞と一緒に掃いてしまつただらうね、取つてあるなら無理に今日行かなくてもあるよ、」それに付け加へて

「だがそんな、友達のラブレターなんか持つて來るなんて君もよつぽど気が利かないね、」

そう云はれて見ると如何にも自分が気が利かない気がした。それに夫を置き忘れるなんて、

そして間もなく夕方になつた。ちようど月末で大岡は替爲が來た処だつたし、私も着いた処で多少金を持つてたので、大岡の提議で私達は、それまで二三度行つたことのある澁谷の待合に出掛けたのである。そしてその晩は酔つてそこに泊つた。翌朝一旦大岡の下宿まで引き上げたのだが、晝の間は近所の球屋で球を撞いて暮し、電気の點くのを待つて、又澁谷に出掛けて其の晩も泊つてしまつた。

三日目の夕方私は私の下宿に帰つて來た。酒を飲んだり藝者の三味線を聞いたりしてゐた時にも、時々忘れた手紙のことを思ひ出さないでもなかつたが、下宿の部屋に這入つて開けたまゝになつてゐるトランクを見ると、あの日直ぐ東京駅へ行つて見ればよかつたのにと思つた。がそうかと云つて是から直ぐ行つて見る気はなかつた。私はぼんやり机の前に坐つて両切煙草をぷかりぷかりふかせながら、

「あの手紙を春子さんに渡した処で、春子さんはもともと吉本を好いてはゐないんだから、同じことかも知れない、それに彼女はあんな性質だから、男を振る位平気だらう…

だが女なんてものは、案外な吾々には解らない処のあるもんだから、あの吉本の三年越しの熱心さに同情したりなんかしはしないだらうか、」

そんなことを思つてると、心から吉本の恋の成功を祈つた二年前の自分の心に較べて、今の自分の心が余りにも冷淡で且はエゴイステツクなのに多少不愉快な気がした。

「俺もやつぱり識域下では春子さんに求めてるものがあるのかな、…………たが、考へて見ると総ての男は一人の女の撰擇にまで各々をさらけ出してる様なもんだな、兄弟でも、親友でも、競争者なんかあたりまえかも知れないか、………

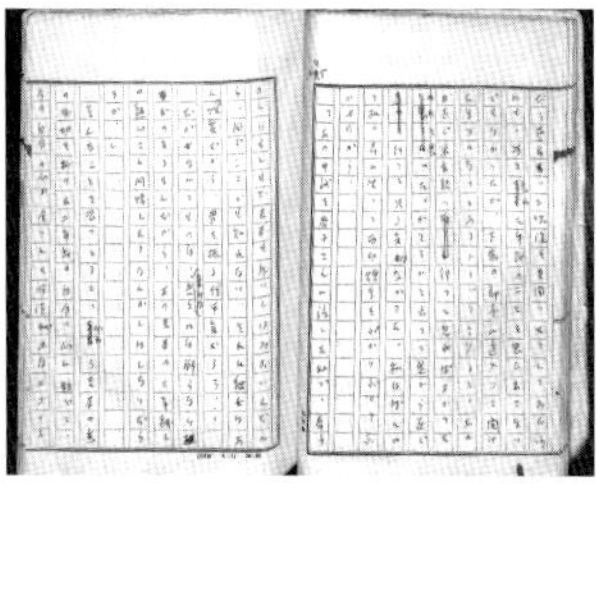
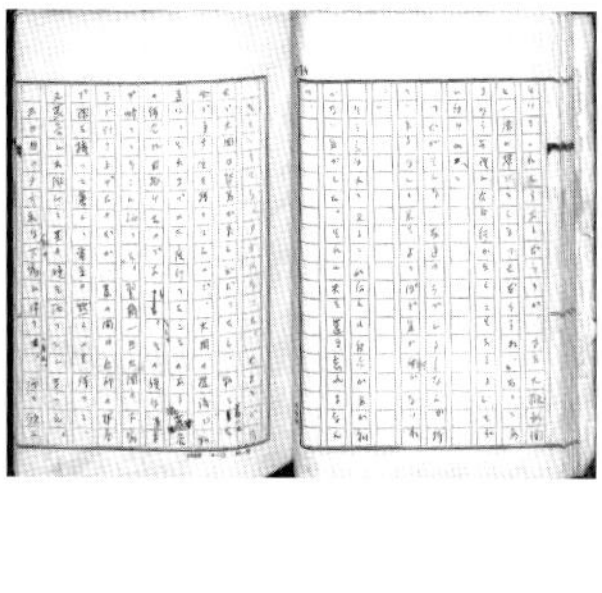
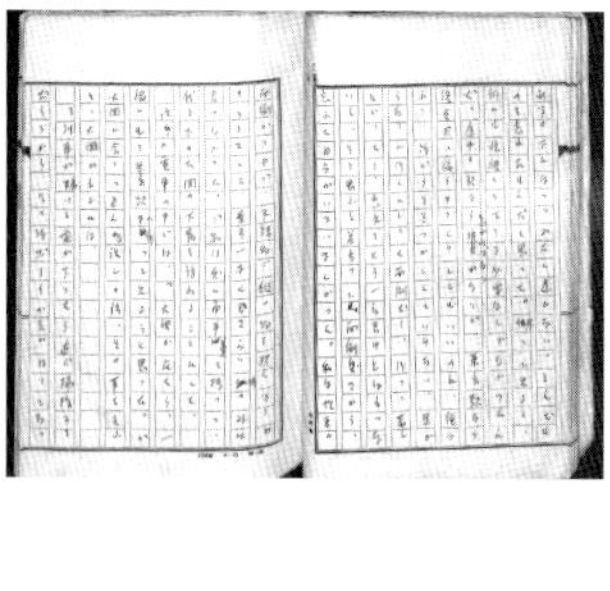
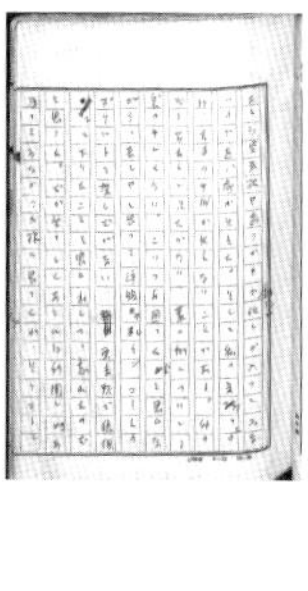

明日でも東京駅へ行つて見ようか、でも多分ないだらうが。忘れると云ふのも運命だな、吉本が春子さんに惚れるのも運命だ、俺が鞠ちゃんに逢へないのも。

　そうだ運命はいゝな、運命は、何もかも神様の思召しだ、そう思や何したて腹も立たないか、が兎に角こんなことでくよくよしても始まらないな、春子さんに逢つた時、吉本の気持を俺が知つてる通り話してもいいじやないか、」

　私はそう思ふと机の引出しから二枚の葉書を出して二三行づつ書いた。一枚は吉本に宛てて、手紙は確かに春子さんに渡したから、と、もう一枚は春子さんに宛てて、二十九日に來ました、と。

　私は女中に投函を頼むと気が軽くなるのを覺えた。煙草を一本烟にした後で、未だ少し金が残つてたのを思ひ出したので、「銀坐でも歩いてこうかな、」とそう思つてソフトをかぶつて、ぶらつと下宿を出た。（完）

十一月十八日、

菊ばたけ。

菊ばたけ。

（前書き）

A「オヤ、人の部屋へくると早々、ペンを出して、どうする氣だ」
B「ペンは出したが、インクは、こちらのを拝借するんだ。実は今日が原稿の締切日だから、皆の所へと誘ひに來たんだが、其実その締切られる原稿が出來あがつていない、筋がまだ三分の一か、はこんでゐないんだ、後をこゝでかかしてくれ」
A「氣の長い奴だな、支那人みたいだな」
B「その支那人のことをかいてゐるんだ　みてくれよ」
A「なんだつて、江蘇省常州《チャンスウシャンチャンチウ》の或丘の上、一面の菊畑、
　菊つくりの老翁、王三復《ワンサンフウ》が踞んで手入れに餘念がない、
　そこへ、馬士驎《マアシュウリン》が訪ひ來りて背後から、声をかける、
　こりや、たまらない、原稿が出來るまで、寝てまつていよう、出來たら、おこしてくれ。」
B「ぢや、そうしろよ、起きてみて、もしい、夢でもみてゐたらその時、それを聞いてやらあ」

××××××

馬《マア》「今日《コンニチ》は。おせいが出ますね」

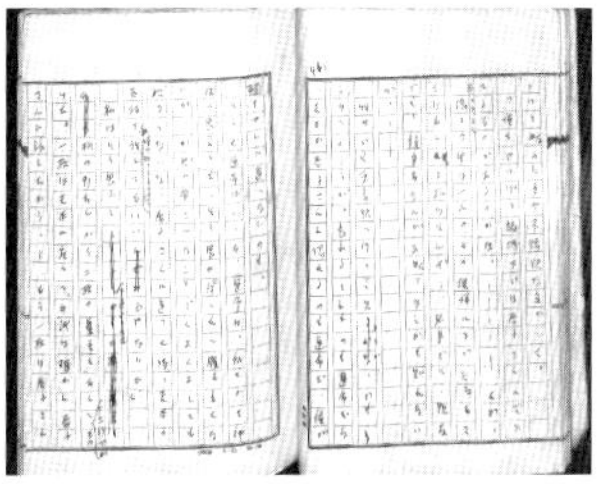
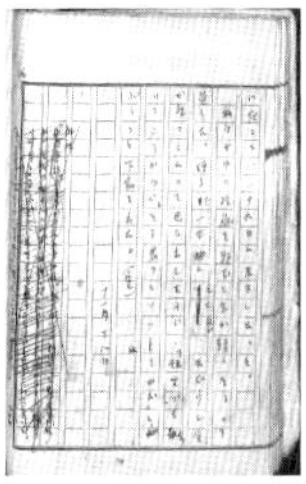
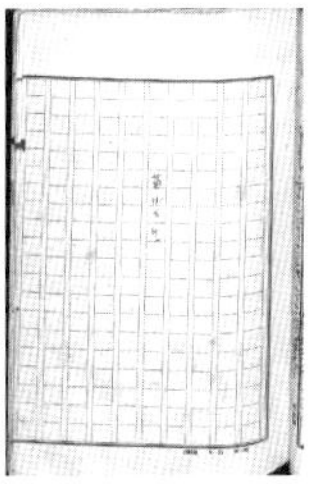
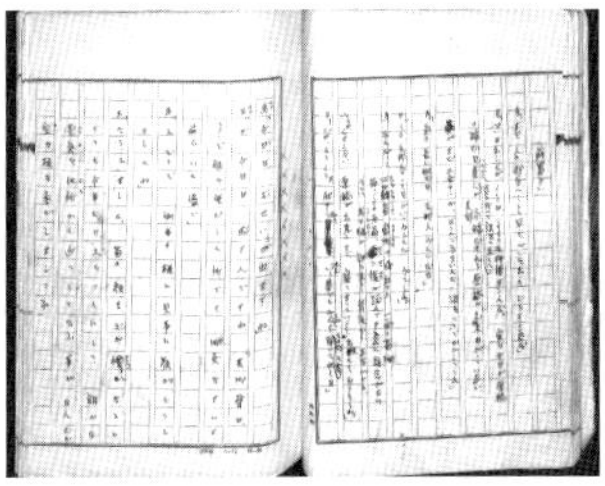

王《ワン》「や、今日は、馬《マア》さんですね、其御聲は、ちようど鋏を使だした所です、御免なさいよ前むいた儘で」
馬「え、どうぞ、例年の様に見事に顔がそろひましたね」
王「そろひました、菊の顔も、之《コレ》が慣《ナラハシ》になるとどうも今年だけ之《コレ》をフイにして、朗かな灝氣《カウキ(?)》を他所《ホカ》から迎へると云ふ事がなんだか空《カラ》な様な氣がしましてね」
馬「さうでしやうとも、なんださうですね、此丘の下の谷へ水汲みに來る酒造者《サケツクリ》の男は、此丘の菊にちなんで、新に醸《カモ》した酒に「黄煌花」つて銘を貴君から貰つたさうぢやありませんか」
王「幸、背を向けて居るので、忸怩《ハヂ》たい顔を見られずにすみましたね、だが南陽縣のキク水ぢやないが、此崖下の流はほんとに美しい水ですね……こう踞んで居ると菊の方が、せが高い、明るい中で虻の翅鳴きを耳にして居る、青い莖から青い蜘蛛を遂つて、鋏を鳴らして居る、あの酒造者が水汲みながらの詩を風がのせて送つて來る、其時ですね、渾沌蒼古から輪廻《リンネ》の中に、私は不熄《ツネ》に菊作りだつたのだなと云ふ氣がするのは」
馬「又、そろ〳〵、先日の御説の様だと、魂魄陰府陽界巡歴《コンハクオンフヤウカイヘメグリ》とでもなりさうですね」
王「又と云へば又、さう云つて老人を舌端《シタ》で刺して一途《イチズ》に笑はれるのも貴君の御瑾でしやうよ、どれ一先、これだけにして其口悪の御客人を御迎へしやうか、……おう、今日は殊に御快心のていに御見受するが、はて、城隍神《ヂヨウコウシン》の分冊に変異でもがありましたかな」
馬「御推察のとほり。で、諸方へは、さしづめ　使者を派しておいて、其等客人の駕の螺集《アツマ》る夕刻までを、暫く自家の混雑をのがれ、兼て連日の疲勞を拔くべく一眠を御所望したいと存じまして、御迷惑でしやうが、貴君の所へは斯く自ら御知らせにあがつた次才です」
王「そりやどうも、か丶る陋居でおいといなくば、ぞんぶんに御使用ください…して？」
馬「陽《ヒ》の目《メ》をみたは、此口わる奴が二代目と云ふことになります」
王「ほう、そりや実に万慶、御嫡子の御出生とは、御祝詞を泰山東嶽の高きにつむべきです、…無理もない、色つやが悪い、さ、御遠慮なく椅子に」
馬「ありがたう、では、かけさしていたゞきます」
王「どうか、こちらへ、こちらの方が、掛け具合が柔い、御壯健でしやうな、御母子共に」
馬「御陰さまで。それに就て茲にひとつ、菊では無いが、これだけは、いかに残念でも確かに貴君の畑だと云ふ様なことがあるんですがね」
王「ひやかしちや困ります」
馬「いえ、今申しあげた其二代目がです、此父親に似ずにです、…人もあらうに…となると大変ですが実は七代以前の父祖の画像に生うつしときたのです」
王「それは何も」
馬「…（それは何も不思議はない、七代以前の父祖の魂魄が、又、あなたの御宅へ帰つて來たに過ぎぬ）…と貴君が、先日の調子だと御速答なさるんぢやないかと想像してみましてね、実は、來るみち〳〵も人しれず笑を漏してきたのです」
王「はつ丶、さう先廻りをされては、ちよつと返答《イラヘ》の機会《キッカケ》を失

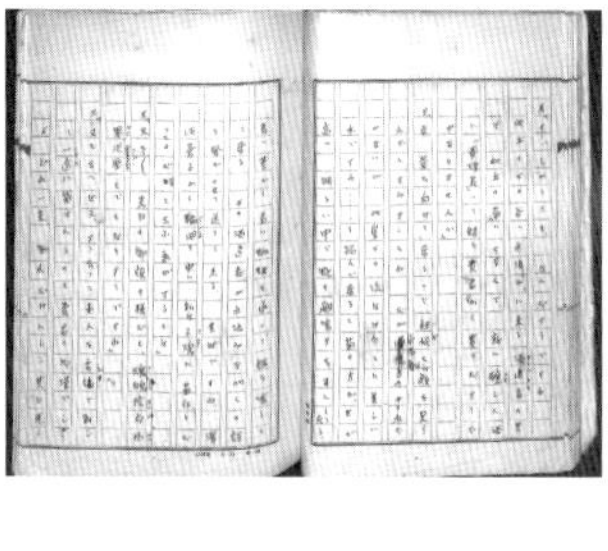
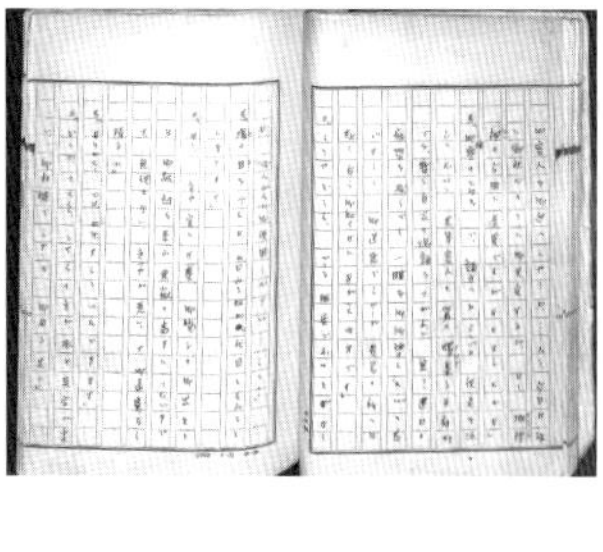
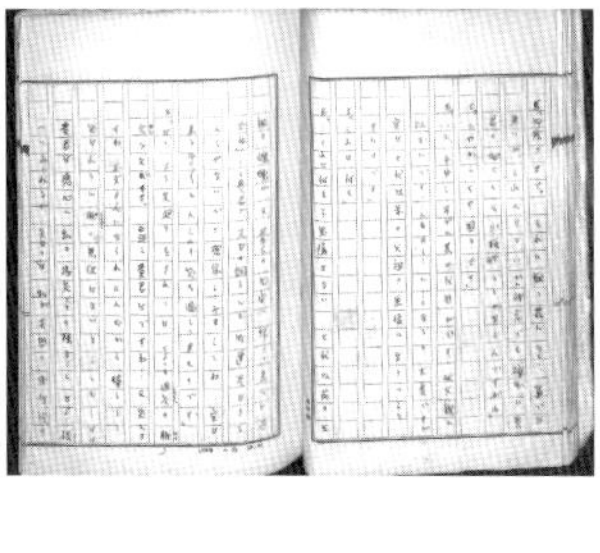

います。併し貴君はですね…又笑ひますね、お父さんになられたんだから嬉しくて笑はれるに聊《イササカ》の無理はないとしても…はつは、貴君は感心に私の揚足とりの様なことはよく憶へてゐられるが、…先日のは、私が去間の或儒說の事を云ひかけたのを、貴君が片端だけか聞かれなかつたからですよ、…貴君は過霊—通り魔と云ふ言葉を知つてゐるでしやう」

馬「(通り魔)ですか、…たしか、小供の時、耳にした記憶だけはありますね」

王「貴君は餘程御疲労れとみへて、頻繁《シキリト》、パチ〳〵目ばたきをしてゐられるが、其目ばたきをされる各瞬間は錐の先の様な時間だが、とにかく其度毎に、ちよつと眼先《メサキ》が暗くなり眼先の事が見へなくなるでしやう」

馬「たしかに」

王「その…私達の知らない…暗い…瞬間の杳界をパツと横切つて通る何かが居る…それが」

馬「それが…その通り魔ですか、こいつあ飽く迠微妙だ」

王「父祖其他、あらゆる一度死んだもの、魂魄が通り魔になつてやつて來て、私達の家へ還る機会を、又來る機会を窺つて居るんだ…と云ふ様なことを云ふんですよ」

馬「愕きいりましたね、そんなに澤山の魂と魄とが、あれだけの間にですか」

王「私達の時間でこそ、(あれだけの間)ですが、私達の知ることを得ないそれ等の杳界では、解るものですか、あれだけの間に何が起るか…それこそ、それ、…花は花咲き花を閉し、花は梢を離れ、果は果を結び、果は…はつは、こりや我ながら餘りに月子国の何かじみて居ますね」

馬「いや、結構です、伸張《ノンビリ》して、」

王「ノンビリして、御疲労を忘れていただければ、私もそれで結構といふもの…たゞね、誤解しちやいけませんが、此傳說もある意味では笑殺してしまへぬ所もあると申しただけなんですよ。さう〳〵い、物があつた、どうです一献《イツコン》之をおほしになりませんか、御祝心に」

馬「こりや実にい、色ですね、菊の様に澄んだ黄色だ」

王「其筈です、之が先程噂された黄煌花なんです、命名の紀念だとか云つて、酒造者《サカヤ》さん、一甑をもたらして來て、何と云つても持つて帰りません、い、舌ざわりですよ」

馬「おつと、こぼれます、芳醇ですね、まるで舌の根が抱きかかへられる様ですね、疲れた五体の節々へ沁み渡ります、…さて、今の傳說に、ある意味では…と云はれたのは」

王「いえ、格別のことでもありませんけれど、…たゞ平凡な瞬間の事実をですね、たゞそれだけの瞬間の事実としてだけで濟《スマ》してしまはずに、…少くとも貴君の様な藝能の士は…それを永遠を背景としてみる、そして永遠の氣息《イキ》をするものにまで話してやると云ふことは、勿論必要なことにちがいないと思つただけなんです」

馬「永遠の祭壇に紙銭《シセン》を焚く…つてことになるんですか」

王「焚かうが焚くまいが…と云ふと膝詰談判だが…げんに今のでも、事はありふれた(目ばたき)だ、…だが、それが古人と云ふ藝能の士の手にか、ると今いつた様な実に奇妙な話になつて了ひます、…が、一見、奇妙でありながら其奇妙な所が、実に永遠にそんな物があると云ふ氣を私達に起さすから不思議ですよ、古人が、永遠の眼で見て信じて居

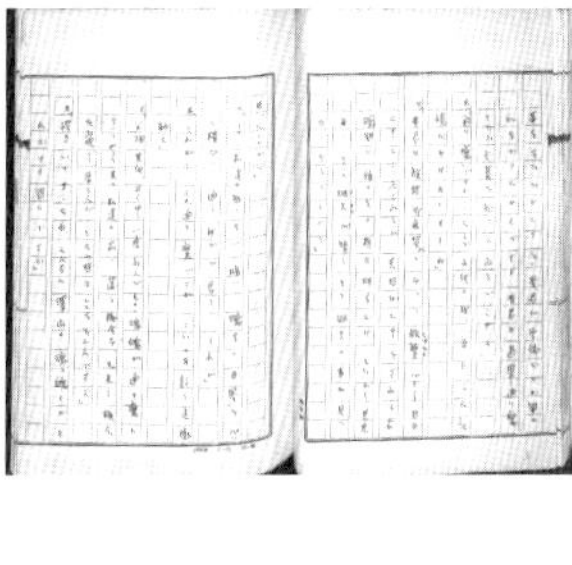

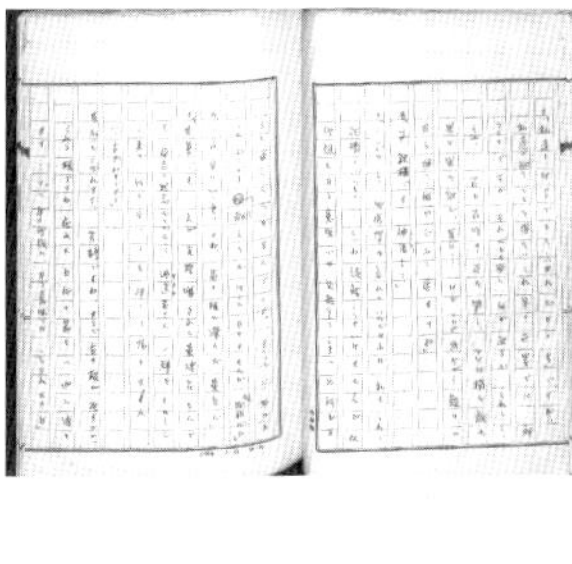

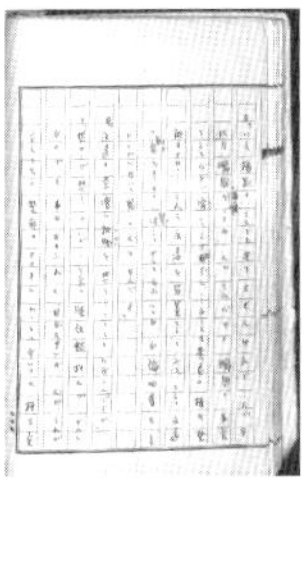

たからですね、」
馬「そんなものでしやうか」
王「そんなものでしやうかつて、御自分のことですよ、ひとつ貴君が貴君のい、夢を生むとしたら…私と、私の平凡な菊畑は」
馬「よくもないが、二代目はたしかに今朝生みましたよ」
王「いや、話が妙にパッとしてしまつて、御氣の毒でした、どうです、其酒が御氣に召したら、こちらの鏡の前の寝椅子へいらしつて楽になさつて、皆ほしていたゞきましやう」
馬「では、催眠濟《ネムリグスリ》とでも云ふつもりで、ひとつ思切つた勝手をふるまはさしていたゞきますかな、オツト、たわいもない、はや、足が蹣跚《ヒヨロツキ》氣味です」
王「お手をとりませう、うむ、童兒の様に生々とした指かたちですね」
馬「御老人に手をとられて、若いものが寝椅子の上へ、くずおれつちまいましたね、…て、これは、又、奇古ない、鏡ぢやありませんか」
王「古鏡《コキヨウ》です、易と神仙術とに凝つた曽祖父が手に入れたものでしてね、…何でも陰府の三代鏡にかたどつたとか云つて…もう止め〳〵（若者の笑はツブテよりも繁し）」
馬「又笑つちまいましたかね、だが実に麗しい朗々として曇りのない面《オモテ》だ」
王「では、御ゆつくり、私も、も少し菊の手入れを續けますから」
（鋏の音、しばらく續く）
馬「この香だけでも酔が増して行きさうです」
王「杯の中のものからですか」
馬「いや、これも名は同じですが、このぐるりの眞《ホント》の黄い花から出るむせる様なかほりです」
王「ねずよいものですね」
馬「酔が廻つて來ると、身のまわりは漠濛《ボンヤリ》として、朝霧の様に遙曳《ユラメ》く、反射《ヒカツ》て居るのは此鏡があるのではなくて、此處にちやんと一つ窓があるのだとより他、想像《オモヘ》ない」
王「おや〳〵、さうですか」
馬「鏡に物が映つて居るのだともおもへない、どうしても窓から彼方《ムカウ》が見へるのだ」
王「こりやあ、どうも、貴君の方が御談話《ハナシ》がノンビリして來ましたね…この菊め、一番元氣さうにしてゐたと思へばもう髄には蟲が喰入つて居る」
馬「おう、誰だらう、窓のむかうから、こちらをジツトみつめて居るのは、だれ、私、だれだらう。や、更に此人の眼の玉の奥にも、いや、窓かな、窓の奥にも一人誰か居て、その人の、その人の眼ではない、眼の、いや窓の奥の、塔かな、暗いな、奥の奥の一番の果端《ハテ》に、明るい〳〵小さな〳〵窓が一つあるな」
王「どうか、なさつたんですか、妙な事を仰言るが」
馬「……」
王「馬さん、こちら、こちら向いてごらんなさい」
馬「あ、たうとう此おしまいの小さな窓の所まで來た、むかうは、おつ開《ピラ》いて、青ざめた空に小高い丘がつき出て居るな、丘の上は一面に菊が咲いて居るな」
王「なあんだ、擔いだんですか、その筈ですよ、此庭の此菊達が映るんでしやうから」

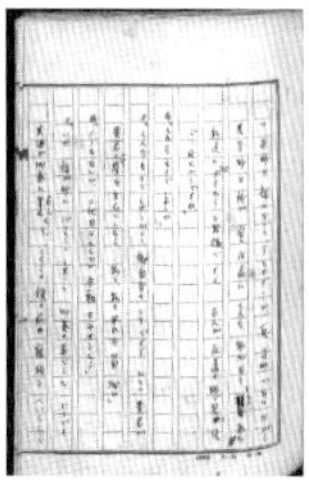
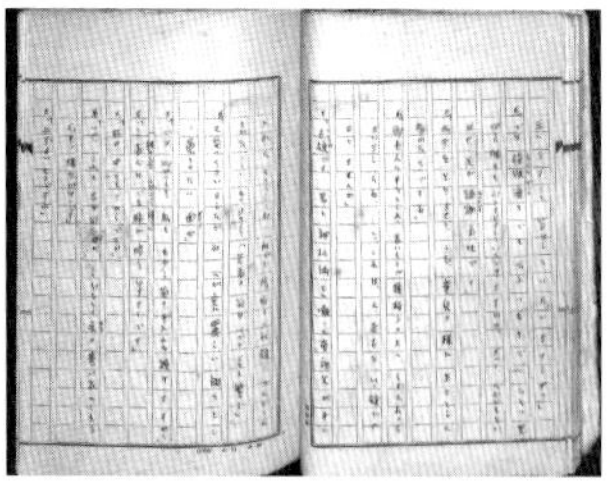
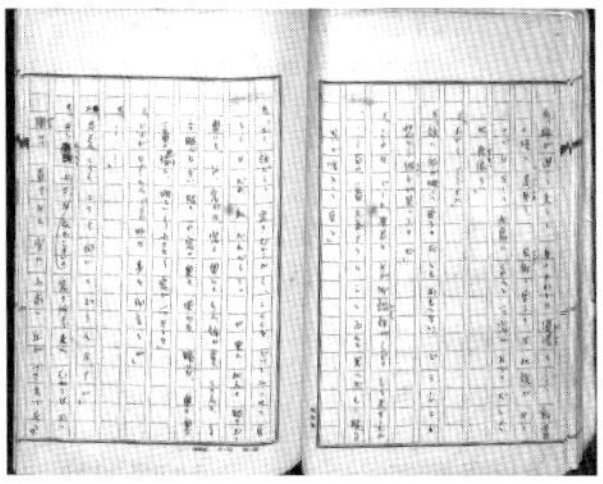

馬「夜あけだな。その丘の上に一人の老翁がゐて、しきりと丹青に菊の手入れをしてゐるな、名は何と云ふんだらう」
王「相変らずですね、はつは、王《ワン》位な所でしようよ」
馬「王《ワン》、王《ワン》、さう王《ワン》さんと云ふんだらう、そして此一番奥の小さな窓から向ふを眺めて居る私は誰なんだらう」
王「いけませんねえ、私は誰なんだらうかなんて、悪戯《ヂヨウダン》もきりがないと。馬《マア》さんと申しちやいけませんのですか」
馬「馬《マア》さん、さう僕馬さんだな、僕、お父様の二階の北側の部屋の、此窓際で、いつでも朝からかうして勉強して居るんだな」
王「さすがの才子、疲労の後の美酒には己を失ひましたね、さ、其儘じつとしてゐらつしやい、枕をかつてあげますから」
馬「媼《バアヤ》、ばあや、お前はばあやかい」
王「困りましたね…さ、これでい丶、ぐつすり一ねいりなさい」

××××

「今日わあ」
王「おお、二荷の清水を背負つて、これは酒造者《サカヤ》さんですね、あがつていらつしやい、どうか。先日はどうも結構なものを多量《タンマリ》とありがたう。今あれをこれなる客人にふるまつた所です、あがつていらつしやい」。

××××

馬「ばあや、ばあや」
「大丈夫、静かに、静かに」
馬「媼つてのに、あれ、僕が、さつきから見てゐる此小さい窓へ來て、お前も外を見てごらん、そら、丘の下から二荷の清水を擔いだ男がやつて來たよ、あれがよく詩をうたう酒《サ》造者《カヤ》さんだらう、あ、桶をかついだ儘、づか〳〵と小山の上に登つて行くよ、手助ふつもりだな、でも　あんなに菊の花が、桶にさわつて、崩れ散るのもかまわずによう」
「静かに、静かに」
馬「そら、王の老翁《オヂイサン》が坂の中途まで降りて來て、怒つて居るよう」
「静かに」
「酒造者《サカヤ》さんがニヤ〳〵笑つて、おじぎした、又、桶が菊にさわつた、菊が折れた、桶を片寄せようとした、他の菊が折れた、王《ワン》さんが怒つた、ちよつと胸を突いた、あ、悪いや、坂は雨の後の滑り易い泥濘《ヌカルミ》だ、勾配が急だ、身体の平衡がとれない、足がついと滑つて、石に躓いた　あ、媼や〳〵、酒造者《サカヤ》さんが崖の下へ轉り落ちたよう」
「静かに」
馬「王さんが意外の結果《ナリユキ》に喫驚《ビツクリ》した、續いてすぐに坂を駆けおりた、酒造者さんの首に手をかけて、引ずり起した、身体を調べてみている」
「静かに」
馬「折悪しく、さかやさんの胸の上へ、擔いで居た桶の一つが、直ぐ後から一緒に轉落ちて來て、ひどく衝突つて、壓しつけたものだから、一たまりもない、血反吐をはいた、あ、もう駄目だ、足をぐうんとつん伸して死んでしまつた」
馬「王さんが、あたりを見廻した、曉《アケガタ》だ　誰も見て居る人はない、胸中に一思案した、聲をも出さずに酒造者さんの屍《シガイ》をひつぱつて行く」
「……」
「足で木戸の戸を蹴あけた、屍《シガイ》を下の流れへ轉し込んだ、桶をまた、丁度、胸の上へ置いた、又見廻した、こつそり自

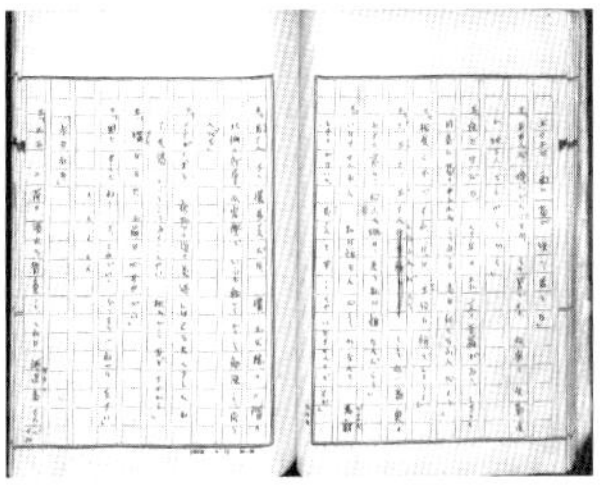
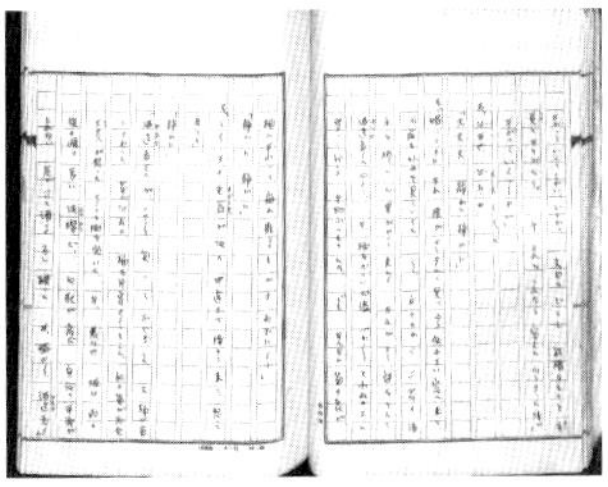
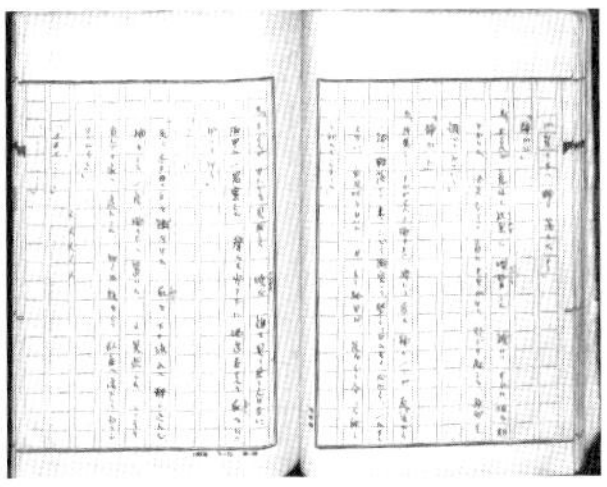

分の家へ這入つた、知らぬ顔をして臥床へ這入つてねてし
まつたらしい」
××××
「オオオ……イ」
「…………」
「オオオ……イ」
「ナンダア……」
「大変だああ、酒屋さんが、谷の水の中へ轉り落ちて死んで
ゐるうう」
「ほんとかああ、間違ないかあ、手をつけるなあ、縣の役所へ、
事件を訴へてくるからあ……」
「ようし、たのんだぞう……オオオ……イ、はやくいけよう
う……」
「オオオ……イ、役所への近道は、石切場の坂だつたなあ
……合點だあ…今、行つてるんだあ……」
××××
「日があがつた」「銅羅が鳴るぞ」「牙旆《ハイ(?)》が見へる」「縣知事
のおいでだ」「駒の蹄にかゝるな」「おつきだ、おつきだ」「そ
らあれが知事だ」「もう俺たちは、一言も物を云つちやいけ
ない」「そら村長も」「しつ」
「さがれえーつ」
「御大儀にも、ようこそおはこびくださいました」
「屍体と申すのは、これがさうか」
「さようで御座います」
「醫師、綿密にあらためてみろ」
「はゝ」
「どうぢや」
「はゝ」
「どうぢやな」
「はゝ、どこにもこれと申す、他人に傷けられたらしい傷口
は皆無《ミアタリ》ません」
「見あたらぬか」
「はい、恐れげもなく推断を申しあげましやうには、酒の水
を汲みに谷ぎわへまいり、物のひようしに、過つて足踏み
はずし、自らの身を墮し、とたんについで落ち來つた、お
のれの水桶に胸挫がれたもので御座りましやう」
「おそらく、それに相違はあるまい。はつは、或は自家醸造
の酒の醉を含み居たものと察せられぬでもないな、近隣の
者どもを呼べ」
「はゝ」
「汝等の中に、此男の死因を、又は死因ではないかと思ひあ
たる事柄をでも存じ居るものは、さつそく言上せい、かく
しだては相ならぬぞ」
「知りません」「存じません」
「恐れながら、餘りに早朝にて、あの丘の附近に未だ出立《イデタツ》つ
て居た者はなかつたさうで御座います」
「女達、そちらは耳敏いものぢや、平常と異つた人の声でも
耳にしたものは居らぬか」
「ありません」「御座いません」
「恐れながら、現場隈なく取調べましたが、他殺らしい証據は、
いつさい御座いません」
「さうか、では村長、ごくらう、檢死の手續は終つた、屍を

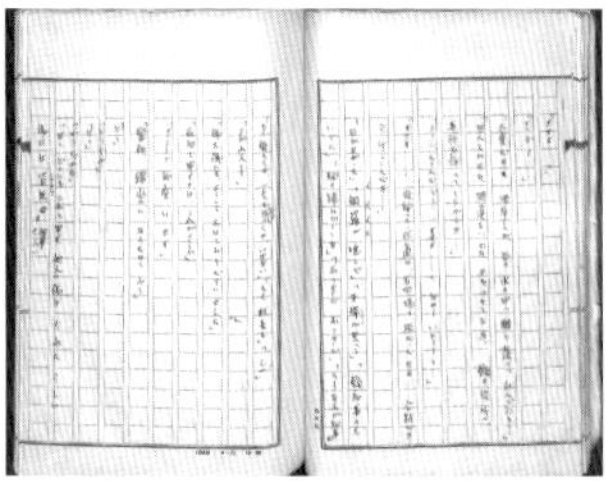
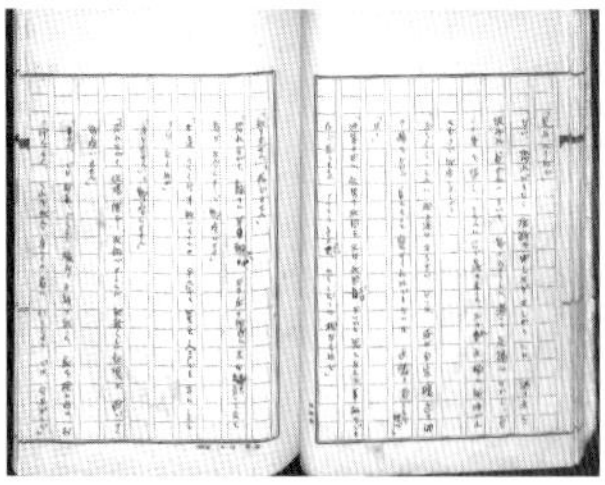

棺に収め、封の印をうち、それを死人の身うちの者に、引とらせろ、では、引あげるぞ」

「村の境まで御伴をいたしましょう、さ、ものども、銅羅をうちならせ」

×××××

馬「行つて了つた、銅羅の音が消へて、しまつた。今迠此窓から、遙かに僕が見てゐた事は、人の生命にか、わる大切な事件だ、酒造者《サカヤ》さんの死因を知つて居るのは僕だけなんだ、これは誰に話してもいけない、僕ひとりで默つて居よう、」

×××××

「オオオ……イ」

馬「あゝ、秋の朝あけ、秋葉風吹ケバ黃颯々、晴雲日照セバ白鱗々、朝湯からあがつた病人が、つんで飛ばした爪の端《キレ》の様な、月がのこつてかかつてゐる、地の上は、菊が、一所、クワッと光つてゐるので、却つて、あちらこちらに、濃い影があるやうだ、快よいと云へば快よい、憂欝だと云へば憂欝だ、遠くで人を呼んで居る聲がするな、あれを聞いてゐるとフイと忘れてしまつてゐた昔のことが思出せる様な氣がする、私も、此北側の二階の窓で、勉強するのは、この九年間、変りがないが、いつの間にか齢の方は、もう二十一にもなつて、朝はやくから郷試の国家試驗の準備をするやうになつたんだからな…」

「オオ……イ、馬《マア》さん」

「私を呼んでゐるんだな、誰だらう、……おや、聲がしたのとは反対の側から、すぐそこへ天秤棒で清水を二桶かついで、トボ〳〵と落葉をふんでこちらへ來る人があるな、近よつて來た、うつむいてゐるので眉だけより見へぬ、おや、今、潦にチラリとうつつた顔は、さうだ、まぎれもない、私が子供の時分、此窓から殺されるのをちやんと見てゐたあの酒屋さんだ。こりやあ、いけない。すぐ跡をつけていかう、あの男の亡魂かどうかは知らぬが、あんなみへる者が出て來た以上、王老翁にい、ことをしないにはきまつている、これは、つけていつて、防げるものならば出來るだけ、ふせいでやらなければいけない」

「オオ……イ、馬《マア》さん、こんな朝はやくからどこへ行くんですう、御返事をなさいよ、さつきから御傳へしたいことがあるので、お二階をむいて、あんなに呼んでゐるのに、オオ……イ」

馬「あ、丘の上の菊の中から、王老翁がしきりと呼んでゐる、すると、王《ワン》さんにはあの水桶を擔いだ男が見えないのだな、不思議だ、水桶をかついだ男も、あれだけ王老翁の高い聲がするのに振向うともしない。むかうから來た驢馬追ひは、又、あの男と擦れちがいながら、擦れちがつたのに氣づかない。

あ、あの男は、王さんの木戸口を通りすぎてしまつた、さうすると王さんへの害心はないのか、な。あ、どうしたんだらう、とう〳〵四五軒さきの金持の李《リイ》さんのうちの裏口から、ことわりもなしに、フイとはいつてしまつた、又飛び出して來た、いや、今度は李《リイ》家の下男だあ、もし〳〵、」

「おや、馬先生で、ございますか、今ね、御邸《ウチ》の奥様が、急に御産氣づきで、大騒ぎの所ですよ、私がこれから産婆さんを迎へに行く所なのです」

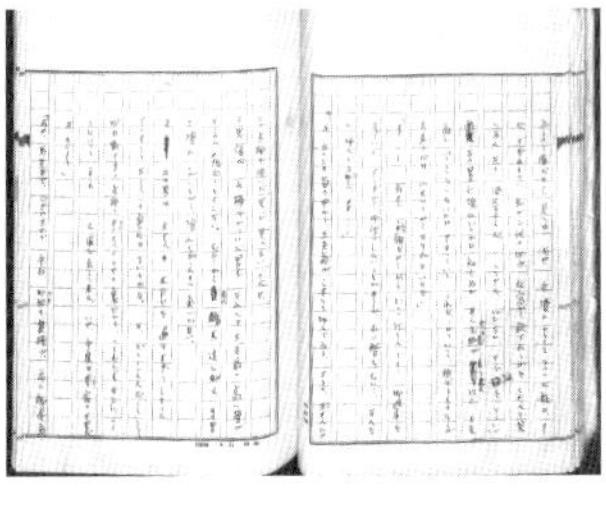

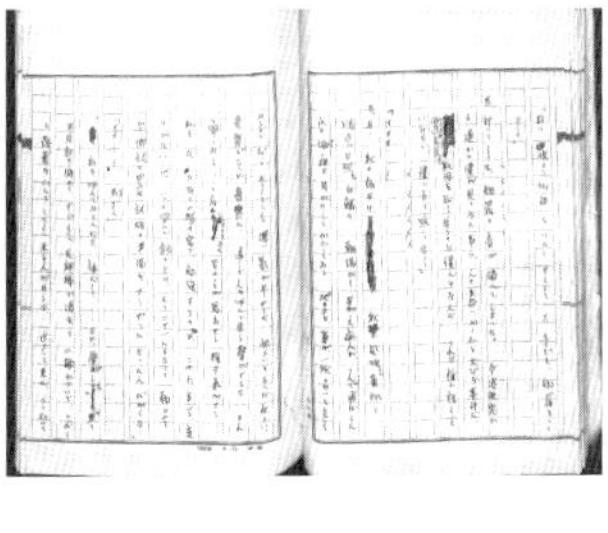

馬「今まで、御懐胎を、誰もお氣づきにならなかつたのですか」

「え丶、そう云つては、卋間へ面目がないから、かねてから判つて居たことによそほつてくれつて、実は云ひ渡されましたのです、」

馬「今ね、お宅へ水桶を擔いだ男が這入つて行つた筈ですが、会ひませんでしたか」

「い丶え」

馬「もうあれからだと、丁度、母屋へついて居る時分ですがね、道は一すぢだし、ふしぎですね、そら、お女中が追つかけて來られましたよ」

「馬先生、失禮いたします、お前さん〳〵、もう産婆さんなんか御迎へに行かなくつたつてい丶んだよ、もう小供は御産れになつたんだよ、官人《ボツチヤン》ですよ」

馬「官人ですか、なるほど御屋敷内で、しきりと爆竹が響きだしましたね」

「あ、馬先生、こちらに居らつしやいましたか、私は此李家《リイ》のおかかえの繪師でございます、只今、御主人のおほせに依り、早速御嫡子の御姿をうつしてさしあげましたところ、よく似て居るとことの外御よろこびで、ならうなら、ひとつ、貴君の所へ行つて、この上に壽の讃をいたゞいてこいとのことでございましてな」

馬「ほ、これが、おぼつちやんですか、どれ、拜見、……あ、こりやあ、水桶を擔いではいつた今の男だ」

「え、なんですつて」

「いえ、おりつぱな、にほふ様なかんばせですね、……あの男は、何の因緣で此家を撰んで生れてきたのだらう、わからない」

「さ、下男も女中もぐず〳〵せずに、近隣のかたを早く御呼びしろとのことだつたぞ、さ、これより打續いて、今晩は大宴です、先、門前ですが皮切りに一献、そして、どうかすぐに屋敷内へ」

「お丶、美しい眞黄な酒ですね、まるで菊の様な色だ」

「オオオ……イ」

「まだ王老人が丘の上から、呼んでゐるな、オオイ、御慶事ですよ、おりていらつしやい」

×××××

「オオオ……イ」

「お丶、若々しい聲がするな、あれは李《リイ》さんの御子息か、そら、自分で自分に意勢をつける声をたてながら、鳩の籠を手に持つて、塔の階段をはせあがつて行く、又、降りて、もう一籠もつて行く、一散ばしりだ、何か悦しいことが近づいたと云ふ形だ。此早朝に。あれを見ていると、可成り自分も齢の車の轆轤と進んだことを悟るな、さうだ自分も此郷に教杖をとつてゐるうちにもう、三十路をとうに越してしまつたんだからな。齢と云へば、王老翁《ダイサン》は、いつまでも元氣のよいことだ、もう今から、さつさと菊の手入れに、丘の方へとやつて行く、王さん、王さん、おせいが出ますね」

王「あ丶、馬さんですか、秋は夜が、しめつた燈惢の燃《タ》つのと同じに、じりじり〳〵と長いのには閉口しますな、もう鶏鳴をまちかねです」

馬「あけがたの濕《シメ》りに、あなたの丘から菊の香りが漂つて來ます、香りは一擧にして、其香りの卋界へ人をつれて行く、……

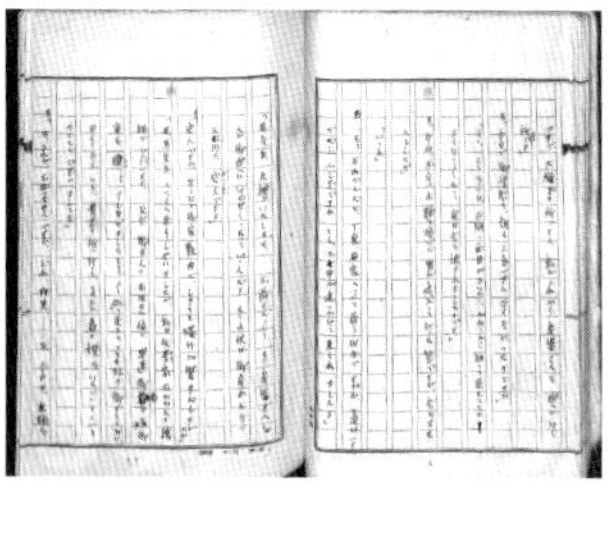

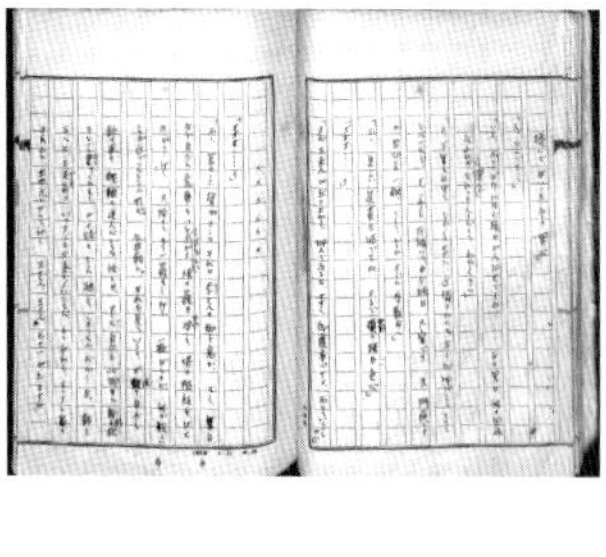

底深いおそれに似た氣持が、私には、今しきりとしています」

「オオ……イ」

王「誰です、あの声は」

馬「李《リイ》さんの息子さんです、塔の二階の窓から、今、十數羽の鳩を放してゐるんですよ」

王「あの、御子息は、成長されても學問嫌いで、鳥ばかり飼つて居ると云ふ噂ですね、どんな容貌《ミテクレ》です」

馬「御存知ぢやないんですか」

王「え丶、あの子が生れた時、あの子の門前に立つて居る貴君をしきりと呼んでゐたら、急に寒氣がしてねていて、誕生の宴に行けなかつてからと云ふものは、このかた不思議に顔をあはす機会がないんでしてね、それに、こちらの眼もうすいんだから、途中で会つても知らずに居るのかもしれませんよ、」

馬「放《ハナ》した、あ丶鳩はヒラ〳〵と飛び出して來て、みんな貴君の丘の菊花壇の朱塗りの欄干へとまりました、」

「オオ……イ、オオ……イ」

馬「李さんの息子さんは、鳩が遠くへ飛んで行くのを心配して二度も三度も、鳩を呼んで居ますね」

王「どれ、あちらへ行つて手を叩いて、遂《オ》つてやりませうか、ほうい〳〵、」

馬「逃げませんねえ、」

王「ほうい〳〵」

馬「李さんの息子さん、到頭小石を拾つて來て、塔の上からなげて鳩をた丶す氣らしい、あぶない、李《リイ》さん、なげちやいけない、」

王「あ」

馬「王さんにあたつた、王さんが、ハツとうしろを振向いた、とたんにあ、滑かな道に足すべらした、……こりやあ、大変、…王さんが崖から下へ轉げおちた、あ、もういけない、両脚がぴんとつんばつてしまつた、

李さんの息子さんは、遠くから様子をみて驚いたらしいが、聲もたてずに、だまつて窓をしめてかくれてしまつた」

××××

「オオ……イ」

馬「誰です、私の腕をゆするのは、あ、知事閣下ですか、なんですつて、王老翁は、自分の過失で悲業の最後をとげたのだから、誰にもけん疑はかからない…と仰言るんですか、……え、何ですつて、私は生きてゐるんだから其筈だつて、おや、貴君は、王老翁ぢやありませんか」

王「さうですよ、私ですよ、貴君の夢の音界では、たとへ幾人の人が死んでもその人達は、結局或意味で永久に生きてゐなくちやならない筈ですからな、もうあたりも眞黒に暮れてしまいました、もう駕の集まる時刻でしよう、さ、何もないが、大輪のを撰つて、菊でも持つてお供しませう」

×××××

A「あ丶、い丶、氣持でながくねた。なんだ、まだやつてゐるのか、下手の長談議。もう皆がしびれを切らして居る時分だぜ、おや〳〵、此最後のあたりのこじつけは、こりやなんだい、それでもすんだのか、ありがたい　おや、あたりは眞黒《クラ》だな、八時だぜ」

B「俺も、やうやく、大團円になつて、ほつとしたよ。実はまんなか頃に、知事が出て來たころから、自分で自分の、筆

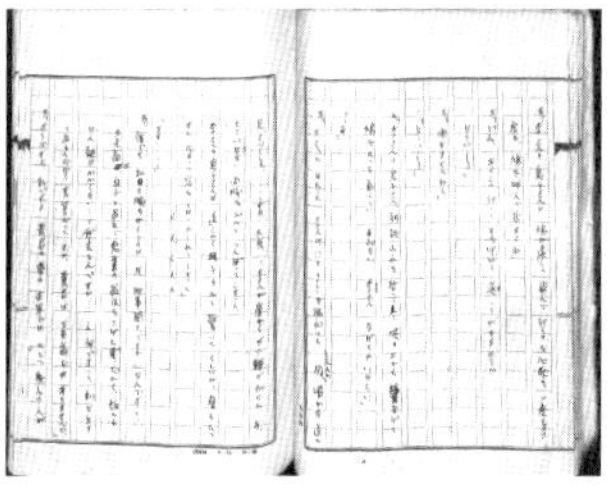

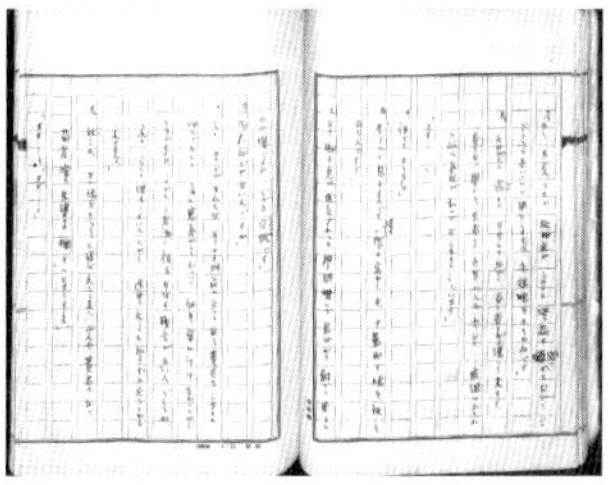

をもてあましていたんだ、ぢや、ひとつ菊でも持つてお伴いたしましやうかな、はつは」。

（終）

三清は是丈け書けれバもう少し自信を持つて良からふ、部分としては一字や二字直して貰ひ度いのが有るが、其他言分なし。只、夢の中の時の推移をも少し描き分けて貰ひ度かった。御仕舞が一寸呆氣ない丈けである。兎に角此の号での掘り出し物らしい。

或る夢の記錄。　愚、

或る夢の記錄。

愚

自分の隊ハ一列縦隊に成って、息を殺して田の畦の様な所を前進して居た。

畦の右側ハ丁度我々の背丈位の崖で、其の崖の上はやはり廣々とした田が續いて居た。

左側は勿論田で有るが、稲は既に刈り取られ、切株許りの荒涼たる景色で有った。

時刻は判然しないが夜には相違ない。從って無論遠方は見へない。月は出て居なかったが、刈り取られた稲田の景色が朧氣乍ら印象に残って居る所から考へて星明り位は有ったものらしい。

自分の屬して居る隊は歩兵で有った。

景色の模様は日本内地の様でも有るが、我々は紛れも無く戰場の眞中に居た。

命掛けの眞劍さから來る一種の寒氣が自分の心臓を凍らして居た。

我々は劍を先にはめ込んだ銃を右手に掲げ、少し身体を屈め氣味にし乍ら黙々として前進を續けて居た。

突然。我々の前面左手の田の面に三人の騎手が現れた。不思議な事に此の騎手達ハ揃ひも揃って眞黒な覆面をし、剩さへ全身を黒装束で包んで居るのだ。

自分は彼等の姿を發見すると同時に、一種異様な氣味悪さを感

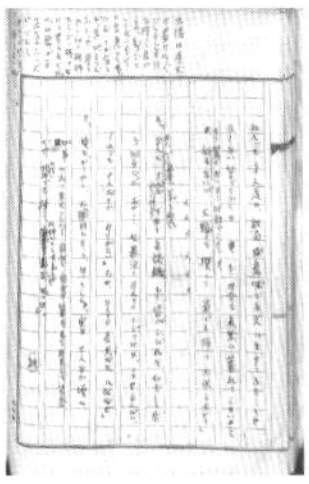

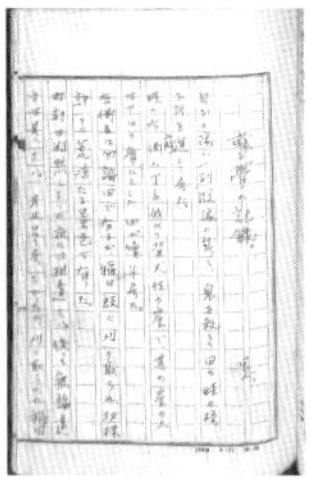

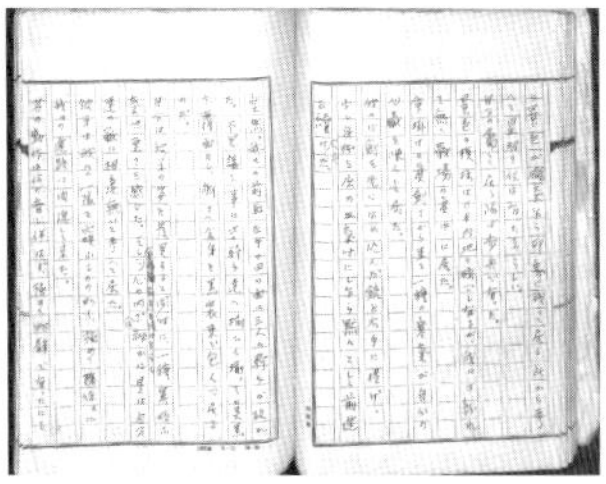

上段、□内の文は、原稿欄外の池内義豊による書き込み。

じた。そして前進を續け乍らも心の内では祕かに是は自分達の敵に相違無いと考へて居た。

彼等は我々の一隊を窺ふものの如く、極めて徐々に我々の進路に肉迫して來た。

其の動作は何の音も伴はず、極めて物靜で有ったにも関らず、其の身のこなしの内に侮る可からざる敏捷さと、閃光の様な素早い変化とを隠して居るものの様に思はれた。

只、此の場合何より奇妙に思はれた事ハ、大勢の隊伍の内、誰一人彼等を誰何しよふとするものの居ない事で、誰何しない迄も、此様な思ひ掛けない異様の風態をした怪漢が三人迄も現れたと言ふ事實丈けでも、場合が場合だから尚更の事、我々の隊伍の間に一種の動搖を惹き起すに十分の原因と成り得る譯であるのに、事實は自分の豫想を裏切って何の反應も無い。我々の一隊は咳一つ立てないで不相変粛々として進んで居る許りである。

夫れ許りなら良いが自分の前方の列を形造って居る兵士の大部分は、既に、音無しく、一人一人此の怪しい騎手達の前を通過して行った。

かふして居る内にも次才に順番が近づいて行て、いづれは自分も彼等の前を通過しなければならないで有る。

而も夫れは疑ひも無き事實で有って、且つ極めて近い將來に迫って來て居るので有る。殆ど現在とすれ〳〵位に手近に差し迫って來て居るのである。

氣味悪い悪寒が自分の背筋を掻きむしって走った。

どうも遣り過して置いてずはりとやられるのでは無いかと言ふ恐しい豫感が頻りに在る。


而も彼等は眼にも停まらぬ早業を心得て居るに相違ないのだ。やられたら最後、後で自分の戰友達がいくら騒ぎ出しても俺に取ってはもふ無駄な事だ。

彼等が時に敵対行爲を示して、例へば前方の戰友達を撫で斬りにでもして居ると言ふのなら、夫れハ夫れでまた幾らか始末がいい。叶はぬ迄も命を的に突掛って行く勢も出ると言ふものだ。

が、何しろあの通り、旗幟甚だ不鮮明なのだから、一層薄氣味が悪い。而も殊に依ったら、無事に通り抜けられるかも知れないものを、藪をつついて蛇を出す様な事をするのも馬鹿氣て居るし。順を追って書いて居ると長く成るが、事實はそんなに長くは無かった。色々な考へが頭の中でぐるぐると一時に渦を巻いたと思ふと自分はもふ彼等の直ぐ前へ出て居た。

成る可く、一寸でも彼等との距離を多くする爲め、崖よりの方へ縮こまりつつ、通り抜ける算段で有ったが、ええ、どうせ一度は死ぬる命だと言ふ捨てばちな考へが偶然自分を支配した。

そして足早に通り過ぎた瞬間、是は、どうやら無事に濟んだ様だぞと言ふ意識がホッと胸に芽ぐんだ。

同時に自分は彼等の方を振り返へつて見た。

其時の自分の心持でハ彼等はもふ自分の後に成って居る筈で有った。此の位の角度に振り返へって見れバ丁度彼等の姿が完全に自分の視埜に這入るだらふと思って見當を附けて振り向いて見たのだ。

所が驚いた事には自分の見當をつけた場所に彼等は居なかった。

彼等は未だ自分の直ぐ横に居たのだ。自分は完全に彼等の前を通り過ぎた心算で居たのが、實際は通り過ぎては居なかったものらしい。

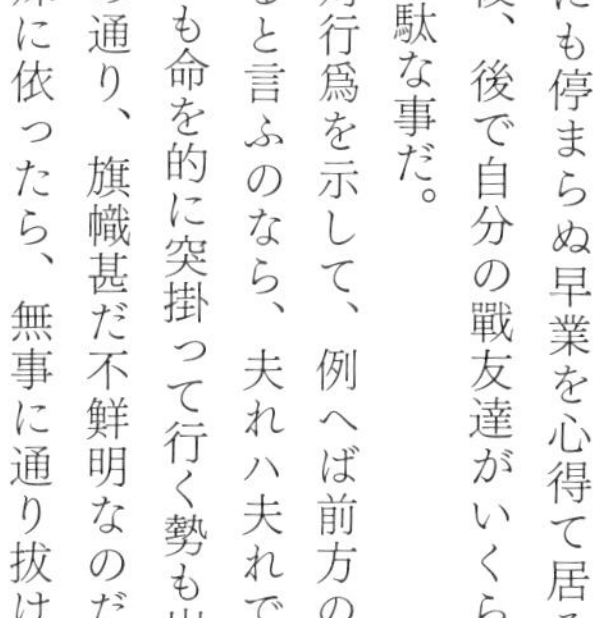

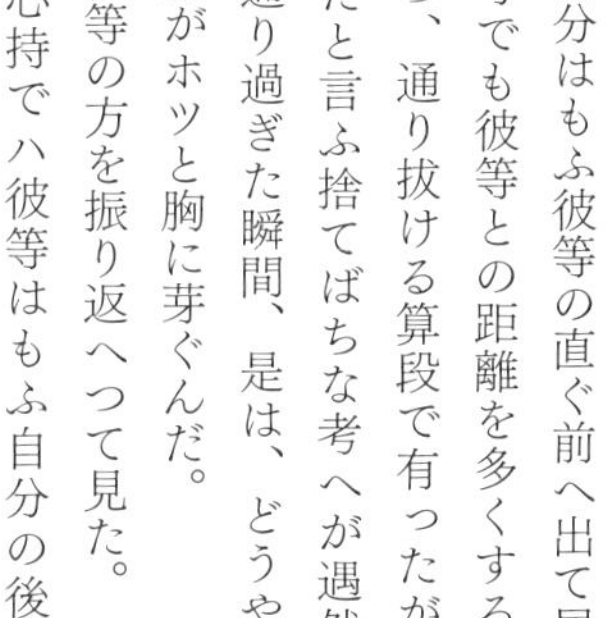

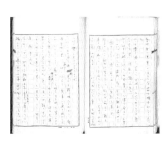

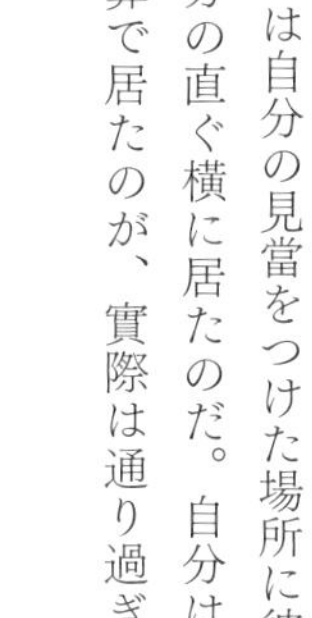

自分の眼がうろたへ乍らやっとの思ひで彼等の姿を掴まへた時、彼等は明に自分を殺害仕様とする意志を現して居た。

瞬間、自分は事實を確め様とする餘裕等は毛頭無く、身を挺して彼等にぶつかって行た。非常に大きな絶望的な叫聲を發し乍ら——。此の叫び聲の半面には味方の者に自分の危險を報らせて救援を乞はふとする意志も勿論混って居た。

が、夫れと同時に、彼等の手の辺りから白い煙がパッパッと湧き出るのを見た。彼等は拳銃を持って居たのだ。


自分は心臓のあたりをやられたらしい。

苦痛は少しも感じなかった。

夫れでも、是は多分致命傷に相違無いと言ふ自覺は確に在った。

幾時間か、自分はじっと地面に横はった儘で居た。

不圖誰か二三人の者が自分の側にやって來た。

そして、「是は未だ大丈夫だ」とか何とか言って居る。

自分の側に倒れて居た奴を彼等が運び去って居るのを知ると、自分は殊によると自分も助かるのかも知れないと考へた。暫くすると、自分の助けられる番が來た。


其の次に自分は病院に居たが、夫れハ、野戰病院でも何でも無く、普通都會で觀る立派な病院で、患者達も普通の病人で有った。

只自分の外に一人丈けやはり戰争でひどく怪俄をした奴が手術台に載って居る所を見たが、其の人は確か片方の腕が根元から千断れて、斬口が汚く露出して居た。

其れ切りで他には戰地から送られた者は見なかった。

次に述べる事は、折角今迄、筋道が立って來た此の話をぶち壞す様な事實で有るかも知れないが、夢の話だからどうも仕方が無い。

と言ふのは他でも無いが、病院の小使部屋見たいな所に、友人重松鰭之助の父君が座り込んで居た事である。

但し、小使部屋に居たからと言って、必しも小使と定った譯のものでも無し、又實際、小使ひでは無かったので有るから此の奌は誤解の無い様、友人重松鰭之助の名譽の爲め、特に断って置く。

と言って遇然來合はせたと言ふ風でも無い。

自分の姿を見ると、ニコ〳〵し乍ら、「まあ御上りなさいませ」と言って煙管を使って悠々と煙艸を喫んで居る所ハ平素の通りで有る。

あの落ち付き工合では自分の家の心算だらふ。

自分は入院して居る間度々小使部屋見たいな此の部屋へ、重松鰭之助の父君を訪問した事で有るが、扨て、奈如なる話題が我々の間に持ち出された事で有ったか、夫れ等は忘れて仕舞って居る。

只此の部屋ハ可成り暗い部屋で自分の病室が二階或ヒは三階で有ったに反し、此の部屋は一階の土間続きか若しくは地下室であったに相違なく、自分の部屋よりは遙かに下の方に位して居た。


自分の病室に就いての記憶は極めて取り止めの無いもので格別話しに成る様な事も無い。多分同室者は居なかっただらふ。それから次に自分は用を足す時に限って一々其度毎に、大勢の寢台の並んで居る、廣い部やへ連れて行かれた事を憶へて居る。

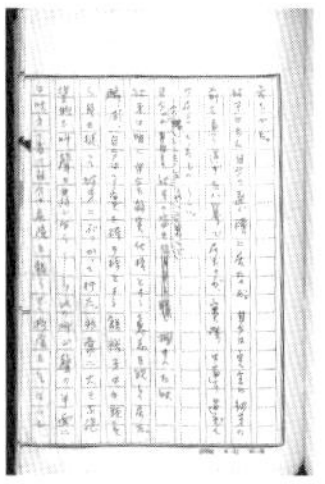
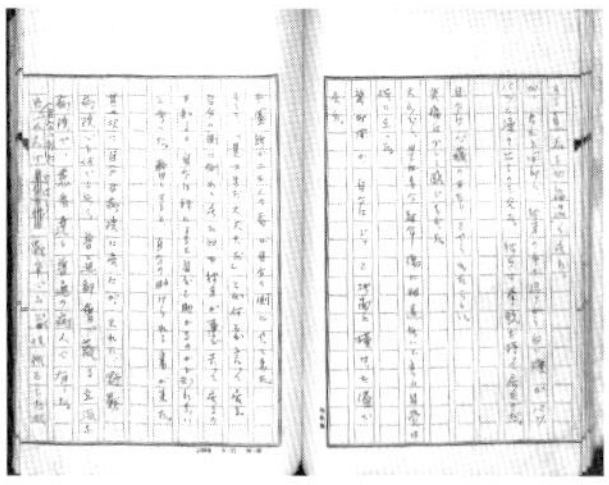
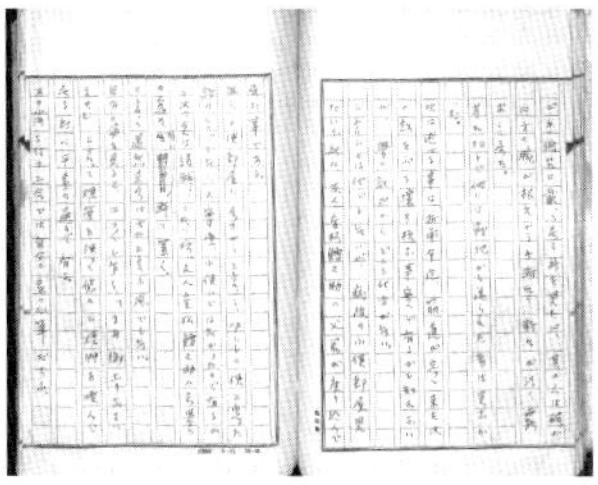

毎日用を足すには實に厭な思ひをしなければ成らなかった。また、そんな厭な思ひをした爲め一層明瞭に記憶して居るのだらふと思ふが、何しろ其の便所と言ふのが飛んでも無い話で、大勢人が居る部屋の眞中に在るのだから、衆人環視の中で、何ともはや、体裁の悪い話である。

自分には看穫婦が一名附いて居たが、是は無論便所の卋話から何から一切やって呉れたので有るが一度も厭な顔等は仕無かった。

確か便所の時は何かカンバスを張った様なもので自分の姿を隠蔽して呉れた。

そして他の看穫婦達に向って、「彼方へ行ってゐらっしゃい」等と言ったりした。

が、彼の女自身に対してハ自分は身体の何れの点に於ても祕密を持たなかったし、勿論羞恥をも感じなかった。

此様な特異な圣驗を自分は此の夢の中で始めて嘗めたので有って、實際に於ては、自分は病院生活と言ふものを全くやった覺へはない。

扨て、兎に角、自分は体の始末を看穫婦任せにして居た位だから、可成り重態で有った筈である。

夫れならば何故、他の室まで用を達す爲めに引っぱって行かれたのか、今と成って考へて見れバ尠からず腑に落ちないのであるが、夢の中の不平は扨て是を何所へと言って持って行く場所も無い。

此の看穫婦の人物に就いて少々書く事を赦して貰ひ度い。左様しないと、例の皮下脂肪に冨んだ一種の典型的な看穫婦を此の話にあてはめて想像されると、彼の尊敬す可き自分の看護婦が大いに迷惑する事になるからで有る。

かふ言へばもふ彼の女がどんなタイプの人間で有ったか、少く共彼女がどんなに適當に瘠せて居たと自分が言ひ度がって居るかと言ふ事に就いては十分御察しが附いて居る事と思ふから、改めて述べる必要もないが、例へば其の皮膚にしても一体に薄手な感じを與へるたちで、殊にまぶたなんかは雁皮紙に例へてもいい位な厚味しか無かった。

眼の上の肉はほんの心持落ちて、優しいどちらかと言へば弱々しい感じを含んで居た。一寸ソプラノの歌ひ女ガリクリッチあたりの眼の感じで、今少し日本的に切れ長で尻上りであった。

皮膚の色は対して白くは無かったが眉毛や生へ際は馬鹿に美しかった。

鼻もこっちりと高く、一体に整頓のいい顔であったが強ひてあらを探せばない事もない。例へバ歯が稍々出て居るのと、頬骨が心持ち高い事であるが、是も決して醜い感銘を與へる程度にでは無かった。

で結論は大した美人とも言へないが自分の好みには会った顔で、與へられる印象は一体にいいと言ふ位な事にして置かう。

今考へるとあの看護婦は本當に懐しい感じがするが夢の中でハ格別好きとも嫌とも感じ無かった。

彼女はいい氣立ての女であった。

病人の自分は母親に対する様な多少甘へた氣持ちで任せ切って居た。

やゝ貧しく、相當浮卋の苦労も知って居るらしい此の看護婦ハ折々は自分を叱ったりし乍ら、非常に愛を持って功果的に自分

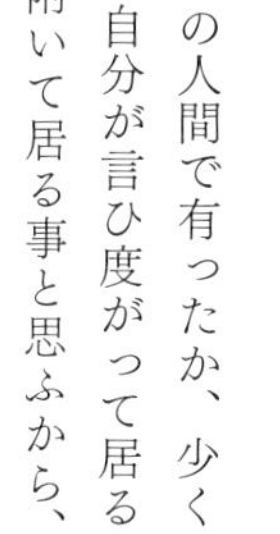

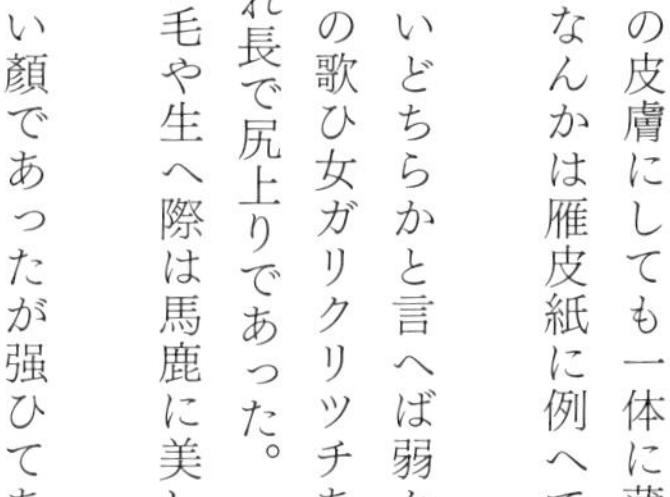

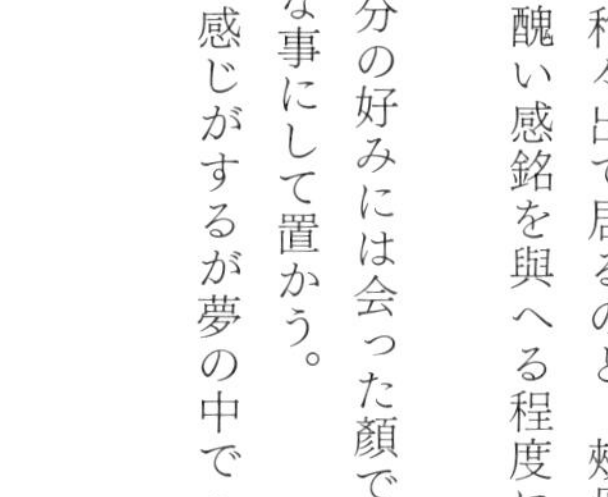

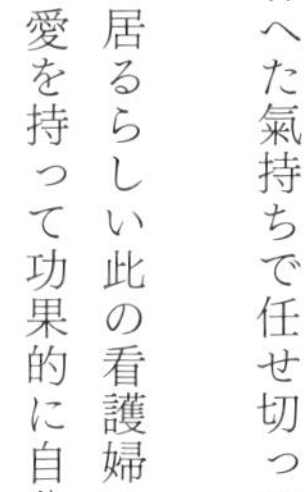

を看病して呉れた。

此の女がもし、恋をするならバ、其れハ先づ才一に實際的な味を持つに相違ない。彼女は相當呑間苦と言ふ奴を知って居る。夫れ丈け物質的な慾望のどんなものかと言ふ事も辨へて居る。しかし夫の慾望も自分の望みを掛けた男の爲めには犠牲にする術を心得て居る。

概念的に、「物質よりも愛」云々と無暗に暗誦する方のたちで無いからいざと成ったら手鍋を掲げる方の口だ。現實の呑界には恋の出來る女は餘り居ないが夢の中には案外居る樣だ。

自分は夫れからやがて退院する事を得た。

退院後、一度此の女を訪ねて病院へ行った。

其の時も重松鰭の助の父君には会った。

併し、受付の白粉をつけた女が才一氣に喰はない所へ、何とかかとか面倒臭い事を言ったのが癪に觸ったものだから強ひて会はふと思へば遇へたものを、其所が例の若氣の至りと言ふ奴で「うーむ、じやあ、いいよ」と言ふ樣な事でぷんとして帰へって仕舞ったのは夢も暁近くで有ったのだから返へす〱も残念な思ひがする。

了。


此の夢は戰爭以前から始まって居るし、此所に書いてない事でずいぶん面白い圣驗も有ったのだが、記憶が薄弱でとても物にならないから畧した。取り扱はれた圣過時日の長い事に於て自分の見た夢の才一位に位するから、記念の爲書記す事如件、

(尚此の一品は旧作で所々文句は訂正したが、事實は夢の通りで少しも調色を施さなかった。)大正十二年九月二十三日夢の実朝記。

若い詩人と王姤の恋の話　渡部昌

若い詩人と王姤の恋の話

渡部昌

春の暖かい大陽が、滑かに起伏してゐる、中部ヨーロッパの、とある平原を照らしてゐた。夫等の、女の脇腹の様にふくらんだ丘の一つにある森の中に一人の若い詩人が住んでゐた。彼は全く此の大自然の子であつた。彼は、彼が時々行つて其の上に寢轉ぶ所の、丘の上の草の葉の一片にさえ、

「おいお前さん、お日様と露とのお蔭で、だんだん大きくなるね、お互に秋がやつて來るまでは、樂しく暮そうね、」

と話しかける程の親しさを持つて居た。彼は嵐の夜の騒ぎを、其の翌朝の綺麗に拭はれた大空の静けさと同じ様に愛した。ちようど夫は、人が、彼の友が不幸な時でも、幸福な時でも同じ様に、其の友を好きである様なものであつた。

若い詩人は、彼の住んでゐる森や丘や、其の近くを流れてゐる小川や、朝一方の地平線から現はれて、夕方反対の側の地平線に沈でゆく大陽や、其の大陽を、毎日、勝手に通らせて黙つて横つてる青い空や、より以上に美しいものを知らなかつた。

そこで彼は、樅の木について唱ひ、すみれの花について唱ひ、晴れやかな空気について唱つた。恰も夫等が、彼の歌を聞いて喜んでゐるかの様な熱心さで以て。

空が綺麗に晴れ渡つて、少しも霞や霧のない時には、丘の遙か彼方に、此の國の城廓が薄く、小さく浮んで見えた。そして

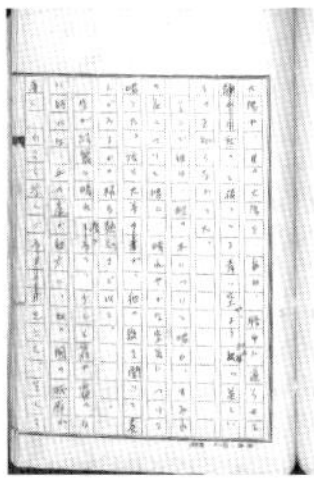
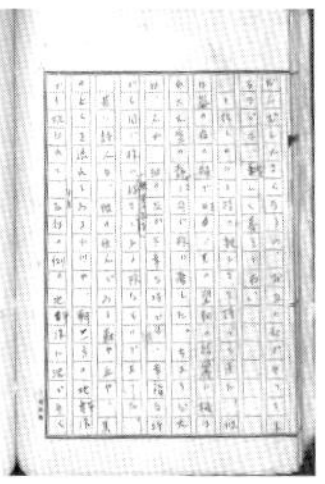
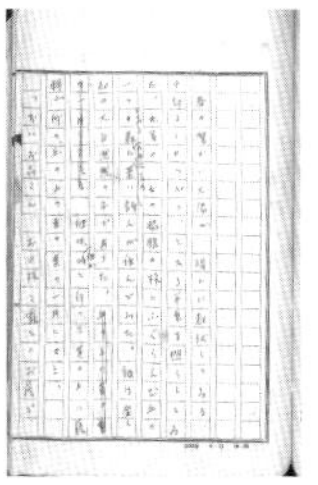
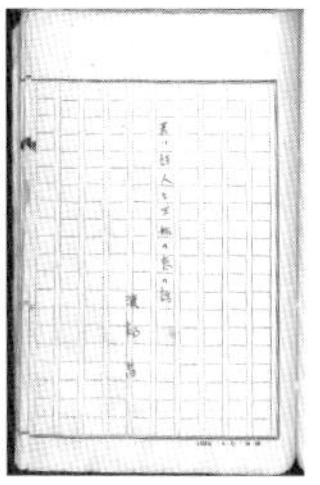
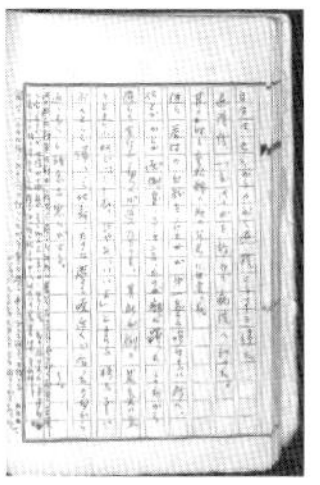
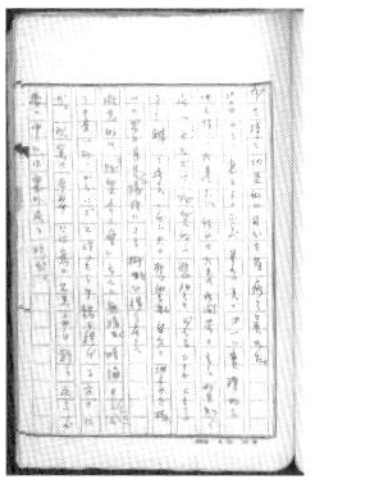

夫は、この單調な、が然し汲み切れない美と情趣とを含んだ景物に、唯一つの異彩であり又同時に斑《キズ》であつた。

　短かい晝と、長い夜とが、交る交るやつて來た。若い詩人に取つて其のことは永遠に続いたであらうか。


　或る日、美しい王姤は、天気のいゝ春の日の遊山を、此の森の近くに催した。

　ものだるい陽気に疲れた王姤は、附添の女官達を離れて泉の辺りに下りて來た。そこで彼女は、彼女の白臭の様な手で泉の青い水を掬んで渇を癒そうとした。ちようど其の時、水桶を下げてやつて來た若い詩人は、岸にかがんで水を掬まうとしてゐる美しい王姤を見た。と同時に王姤は、鏡の様に澄んだ泉に映つた若い詩人の姿を見た。

　若い詩人と美しい王姤は、嘗て今までにもなく且つこれからも永久にないだらう様な、純眞な熱情で戀し合つた。

　詩人は、今まであれほど美しいものと思つてゐた自然をつまらなく思ひ始めた。彼は、彼女の金色の髪について唱ひ、輝いた瞳について唱ひ、紅い唇について唱つた。

　城と森とはそんなに遠かつた。

　そこで彼等は、其の中程の処にある一本古い樫の木のもとで逢ふことにした。

　或日のこと、草刈りが、樫の木の下で相擁してゐる恋人達を見た。草刈りは、そのことを王に告げた。

　王は、嫉妬と憤怒に燃えた。彼は恋人達に対して最も残酷なる復讎をしようと考へた。

　或日、王は狩獵に行くと云つて單身城を出た。が彼は弓矢の代りに柄の長い槍を馬上に抱えてゐた。そして臣下に王姤を城の外に出さない様に命じた。

　王は、草刈りの告げた樫の木の処にやつて來た。そこには、若い詩人が彼の戀人を待ち焦がれてゐた。

　王は、背後から疾駆して行つて、長い槍で詩人を一突きにした。其の國の習慣に從つて王は詩人の首と膽とを持つて帰つた。

　王と、若い美しい王姤とは、狩獵の後の夕餐の食卓についた。

　王姤が一皿の料理を食べ終るのを見て取つた王は除ろに云つた。

「今、そなたの食べたのは、そなたのいとしい戀人の膽じや、さぞ、うまかつたであらうなあ、」

「なに戀人の膽、」

「驚くことはないわ、あの向ふの森に住んでるとか云ふ若い詩人の膽じや、」

　美しい王姤の面は蒼白に変つて薄い唇がわなわなと震えた。彼女は危く後ろに倒れようとしたが、彼女の胃袋に這入つてる恋人の膽と云ふ意識が彼女を引き返した。

　彼女は、其の膽を噛み砕いた彼女の齒を呪つた。今夫を消化しようとしてゐる彼女の胃袋を呪つた。そして吐き出すことも、取り出すこともどうすることも出來ないのを、いらいらともどかしく思つた。

　が次の瞬間、彼女の心は「いとしい戀人の膽を、我が身体の中に持つてる」と云ふ平靜な満足を感じ初めてゐた。

　王姤が靜かに云つた。

「私は、私のいとしい戀人とほんとに同身になることが出來たのを、あなたに感謝しとう御座いますわ、」

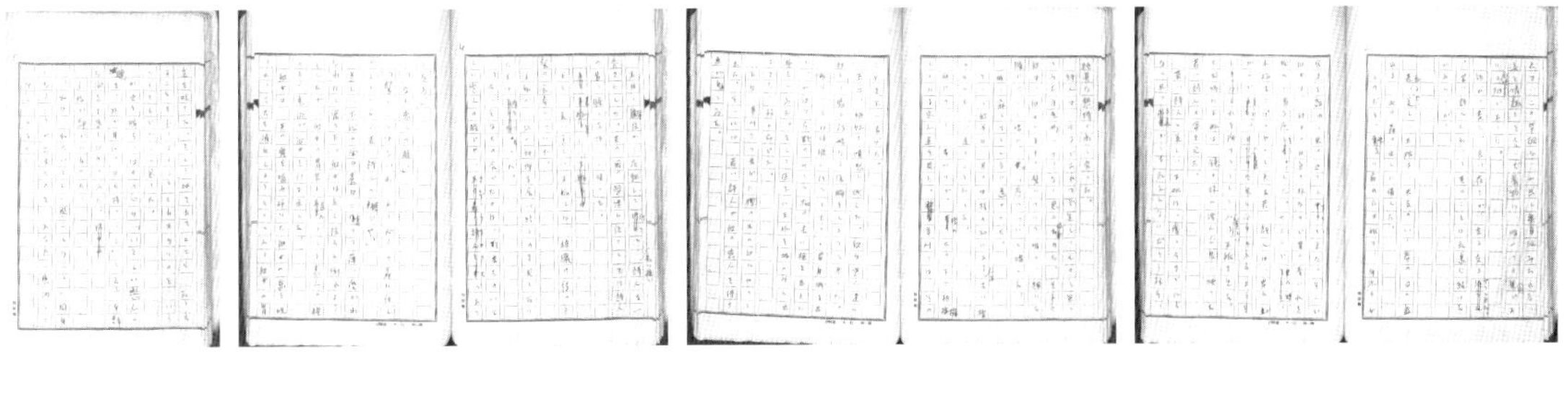

是を聞いた王は怒つて劔を抜いて王后を殺そうとした。

「わたくしの体には今二つの魂が宿つております。あなたの汚れた剣で切られ度くは御座いません」

天使の様な気高さを持つてそう云ひ終るや否や、王姤は窓から身をおどらせて死んだ、窓は、何百尺もある石壘の上にあつたから。

將に沈まうとした夕陽が、その窓から射し込んで、振り上げた王の劔にきらきらと光つた。（完）

十月二十五日

戯曲　女の部屋。一幕。

戯曲 女の部屋。一幕。

時、大正年代、或夏の午後、

場所、或小都市の近郊、

人物、

長谷川　喬、二十五才、青年園藝家、

藤崎　あや子、二十一才、其の愛人、未婚の處女。

舞台、

旧家らしい造作の家、それが舞台の半バより上手を占める、下手よりに茶の木の生桓、一部杜断れた個所が入口、別に門柱等ハ無し。

生桓と建物との間ハ庭、植込み、捨石等、

立樹ハ梅、杏、柿、無花果の内適宜数株、

背景は閑寂な田園、

劇中、使用する部やは觀客席に最も近く手前及び向って左は大きな窻、突當りは納戸、其の納戸の向ふが直ぐ玄関に隣れる心算にて、向って右ハ他の部やと襖を以て接する。即觀客ハ、部やの中の出來事を窻の外から見るに過ぎない。

部屋内部の小道工、

小型の文机、オルガン、鏡台、女の衣服を無雑作に掛

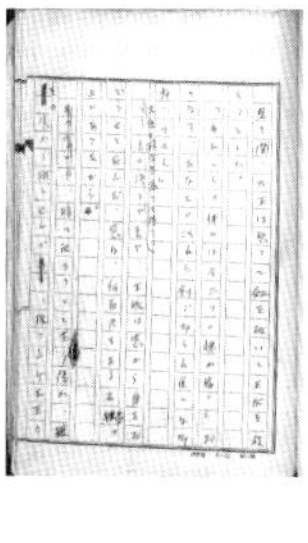

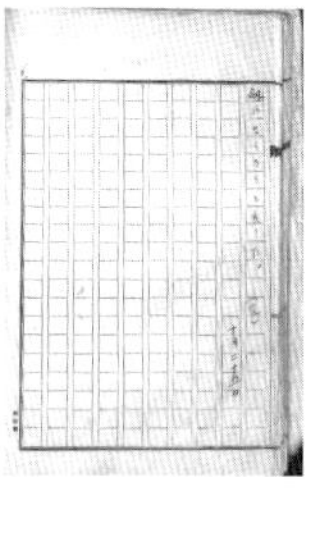

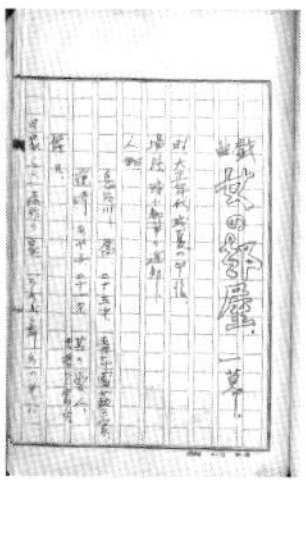

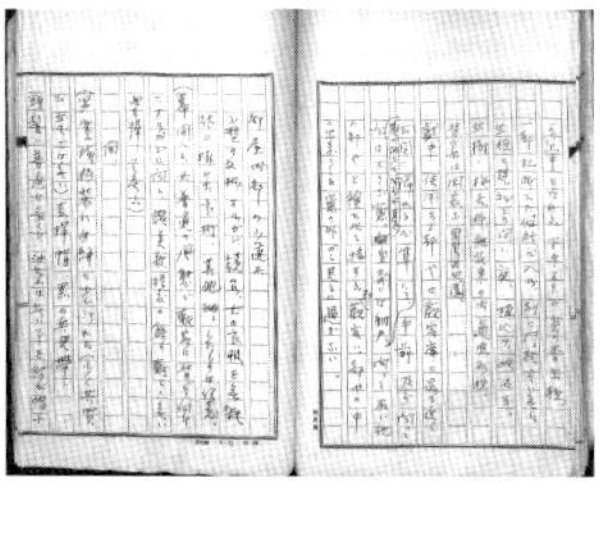

けた衣桁、其他細々したものは任意。
（幕開くと、女普通の風態で觀客に背を向けてオルガンに向ひ、讃美歌程度の餘り難しく無い曲を彈いて居る。）
間、
（男登場。服装ハ白絣に少し汚れた（少く共買ひ立てでは無い）麦桿帽、黒の兵児帯、頭髪ハ普通に長くし、油氣は無い事を彼が帽子を脱いだ場合に觀客は發見する。女の部屋の前（即向って左手）に立ち停り、格子窻から内部を窺き暫くじっとして居る。それから帽子を脱り、其の固い椽を格子に軽くあてて音を立てる。女音に振り返る。其の顔は沈んで居る。が男の姿を見て微な明るさが漂ふ。女窻へ近附く。）
あや子「御上りなさいな。外はずいぶん暑かったでせう。」
喬「うん、いや、今日は上るのはよさふ。」
あや子「まあ、何故、それじやああたし困るわ。」
喬「實は、あれから御ふくろがずっと悪くってね、今日なんかも手が離せない所を少し無理して出て來たもんだから、それに僕は、君の決心を早く聞き度いんだ。」
（女無言、）
あや子（稍あって、）「じやあどうしても今日は上って下さらないのね。」
喬「どふしてもとは言はないけれど、左様言ふ譯だから、餘り何時もの様に悠長にもして居られないし、それに、今日の用件ハ何も上らなくも、此所に立って居たって十分要領を得る事が出來るじやあないか。」
あや子「そりやあ、そうだけど、でもあたし・・・。それじやあ一寸丈けでいいから、御上りなさいな。ね、一寸丈け。ああ、そうそう。いいものが有ったんだわ。」
（女部屋の中より葡萄を一房取り出し、格子の間より外に出し、ぶら〱させる。）
喬（二三果口に入れ乍ら、）「うむ、葡萄もいいが併し、」
あや子（抑へて、）「兎も角も一寸御上りなさいな。」
喬「叶はないなあ。」
（男舞台を奥へ進み、玄関の格子を開けると、姿が隠れる。女鏡台の前に一寸座り、素早く後れ毛等を掻き上げ、座蒲團を取り出し、團扇等用意す。其所へ男觀客に見へざる一二の部屋を通過して、上手の襖を開けて女の部屋に現れる。）
喬「今日は誰もゐらっしやらない様だな。みんな御不在《るす》？」
あや子「ええ」
喬「所でと、さあ、上って來ましたよ、一体どう言ふ事になるのかなあ、無理に人を上げたりなんかして、」
あや子「葡萄いかが」
喬「此方は葡萄所の騒ぎじやあないんだがなあ」（言ひ乍らまた、二三果喰ふ。）
あや子「あのね、御怒りに成ってはいやよ、」
喬「何さ、出し抜けに、」
あや子「だから是から言ふ所なのよ、」
喬「うむ」
あや子「あのね、實はね、到々。あたし、何だか怒られ相で言ひ

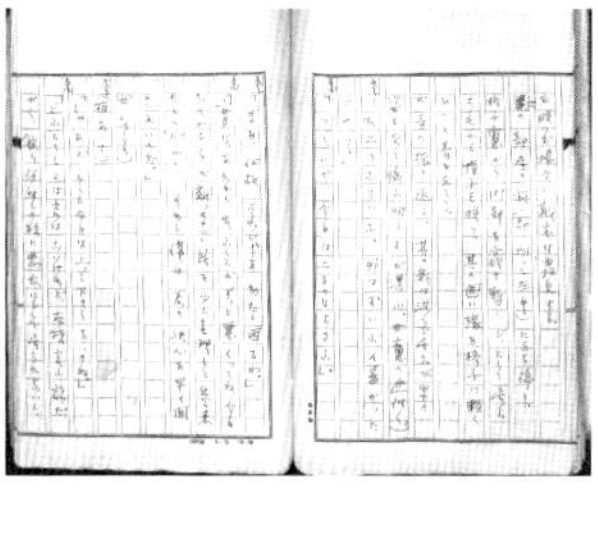

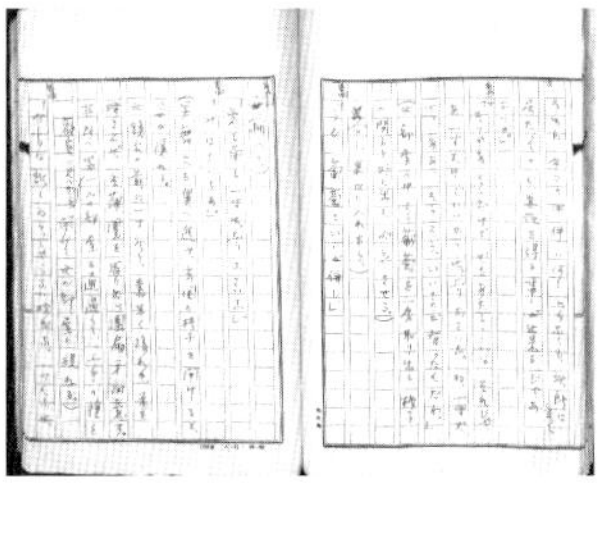

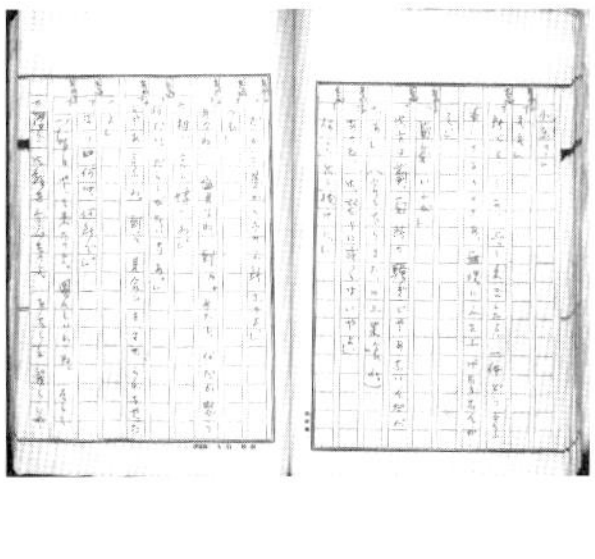

憎いわ。」

喬「何だい。だらしが無いなあ。」

あや子「じやあ言ふわ。到々見合ひをさせられちやったのよ」

喬「ほう何時、何所で。」

あや子「一昨日やって來たのよ。圖々しいわね。そして二階で御飯を食べたのよ。あたしが幾らいやだと言っても皆で二階へ追ひ上げる様にするんでせう。あたし癪に觸ったから窻の所へ寄っかかって外許り見て居たわ。そうしたら、御飯の御給仕をして呉れなんて言ひ出すんでせう。いくら何だってそんな事が出來るものですか、いやだって断ってやったら、仕方無く、一人でよそって食べてたわ。それから、ずいぶんうるさく、いろんな事を聞いたわ。何が好きだとか、何所が好きだとか、もう、めんどうくさくって忘れちやったけれど、そりやあ、うるさいってない事よ。あたしは腹が立って仕様が無いから御仕舞まで、ふくれっ面をして、私の出來る限り無愛想な返事をしてやったのよ。それでもいい氣に成って、ピアノをやるといいですなあとか、是非佛語を覺へなくちやいけませんとか、まるで私がもう行く事に決ってる様な言ひ分なんでせう。ずいぶん失敬だわ。そして御仕舞に何て言ふかと思ふと、もしあなたが約束を違へられると僕は精神的にも非常に困ります、ですって。何て氣障なんでせう。だからあたし左様言ってやったのよ、約束って何もあたしあなたと未だ約束した覺へは有りませんって、本當に、本當に、あんな口惜しい事ったら有りやしなかったわ。」

喬「ふーむ、一体その相手はどふ言ふ人なんだい。」

あや子「どふ言ふ人って、さあ、ね、一寸言へないけれど、要するに、縁なき衆生って感じだわ、」

喬「何をする人だらふ」

あや子「何だか知らないけれど、近頃外国から帰った許りなんですって、二言目にはあちらではあ、だかうだって言ふのよ、鼻について厭なの。」

喬「洋行帰りか、勿論學士だらふな。娘の親としてハ涎の出るのも無理ハ無いね。併しそいつの話しっぷりじゃあ、何だか知らないけど餘程確實に話が出來て居相だな。殊に依ると、何か物質的の条件が搦み附いて居るかもしれないぞ。」

あや子「ええ、そうなのよ、あたしにもよくは判らないけれど、どうもうす〳〵それらしく感じられる所があるのよ。」

喬「君は松田の義兄さんと言ふひとを未だ信用してるね。」

あや子「ええ、なあぜ。だって、ずいぶんあたしの爲を思って卋話をして呉れる事よ。」

喬「そりやあ、普通の意味での深切はあるだらふさ、併し結果を御覧、現に、君と僕との仲を割く様な事に成ってるじやないか。」

あや子「そりやあ、そうだけど。」

喬「君は僕と別れて幸福かい。と言ふよりも僕と別れるよりももっと不幸な事が有るかい。」

あや子「そりやあ、御答へする迄も無いわ。」

喬「そうだらふ。それじやああの人が幾ら君の爲めを思って

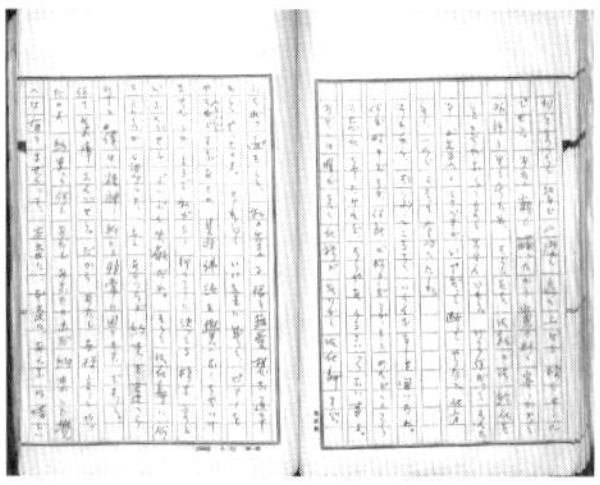

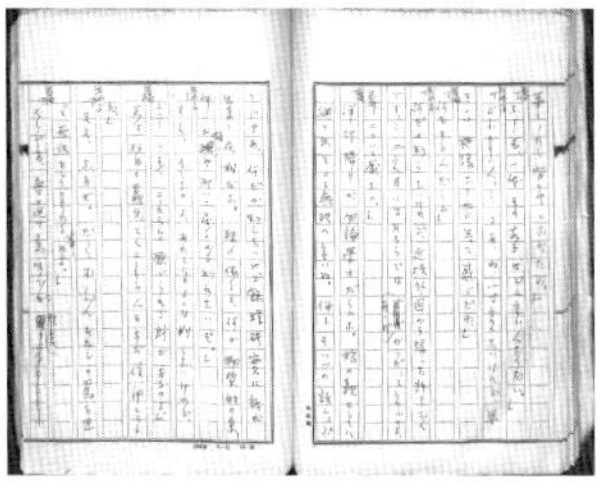

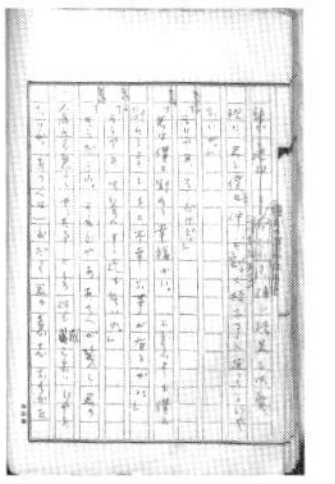

やった事にしろ何も成らないじやあないか。あの人は一度だって君の意志なんかを認めた事は無かったよ。
意志を認め無いと言ふ事は人間としての生活を認めないのと同じ事だ。そんな愛し方が君は許さる可きだと思ふかい。君はあの人の眼から見れバ出來の良い人形に過ぎ無いのだよ。
なる可くいい御客を掴へて値善く買はせようとしてる許りじやあないか。僕はあの男、君には氣の毒だが心からあの男のやり口を憎むよ。」

あや子「そうおっしやれバ、そうに違ひ無いわ、理論から言へバ、そう考へるのが正しいのでせうけれど、やつぱり小さい時から、好意を受けもし、感じても來たし、そんな印象が強くくっついてるもんだから、憎むと言ふ様な激しい感情を持つ事はあたしには出來ませんわ。」

喬「そうかなあ。」

間、

喬「あや子さん。」

あや子「はい。」

喬「僕は今日を最後の日としてもふ一度此の問ひを出すがね、」

あや子「はい。」

喬「此の家を出る氣には成れないかい。」

(無言。両人長く沈黙の後、)

あや子「だって、急にはあたし・・・・」

喬「いや、急な事は無いだらふ。せんに君と遇ってから、もふ十日圣って居る。其の前に遇って始めて、君に此の問ひを出してから二十日圣って居る。
考へる時間は十分有った筈だ。」

あや子「どうか、左様強く仰有らないでね、あたしずいぶん苦しいんですから。」

喬「そりやあ、恐らく君は、僕の想像以上に苦しんで居るだらふと思ふ。けれ共、かふ、形勢が差し迫って來てハ、そんな事を考へて居られなくなった。
今は御互を殺すも生かすも君の決心一つにつながって居る。他にはすがる可き藁の一本さへ無い。」

あや子「だけど、今はそんなにせっぱつまった時でせうか。私が家を出るより他に、本當に何も方法がないんでせうか。」

喬「そりあ恐らく無いだらふよ。」

あや子「一度松田の義兄を説いて見て下さらない。」

喬「そいつあ駄目だらふ。見込みの有る事ならバやって見てもいいが、今と成ってはもふ晩いもの。
そんな生ぬるい手術ではもふ利かない位破綻が大きく成って居る。」

あや子「でも無駄だと思って・・・・」

喬「そりやあ、いざと言ふ時、君が家を飛び出る位の決心が有れバ叶はぬ迄も、最後の一戰を試みる氣にも成れるが、こちらがあやふやじやあ僕にしたって腰が決らないじやないか。」

あや子「じやあ、やつぱりあたしが出るより他に道はないのか知ら。そりやあ、あたしだって此の場合自分がどふするのが本當だと言ふ事は判って居るんだけれ共、」

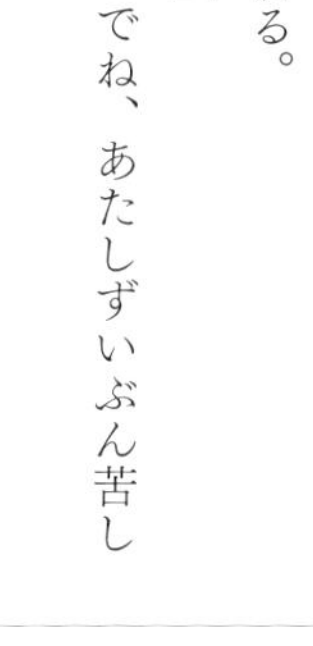

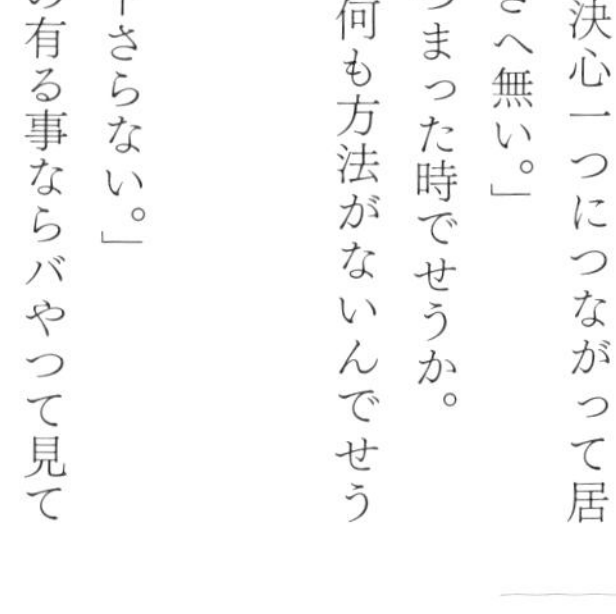

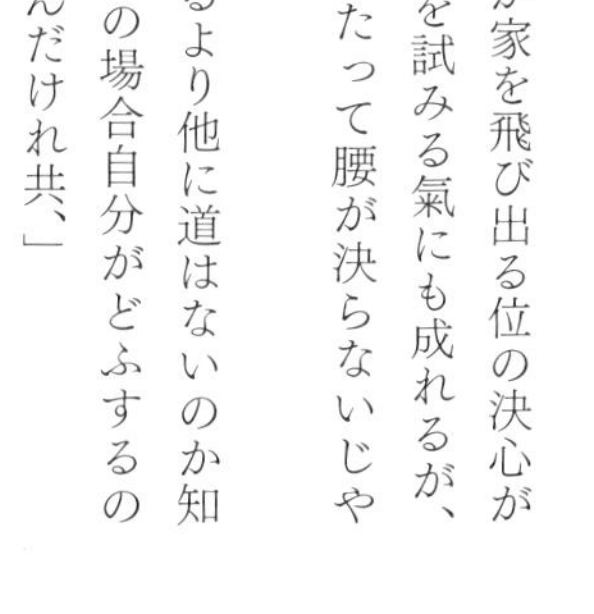

喬「夫れが本當に判って居るんならもふ考へる餘地は無い筈だ。僕と一緒に逃げて下さい。頼む。」

あや子「私は今まで、義理だとか人情だとか言ふ語を本の上などで見ても丸っ切り、型に入れて作った菓子かなんぞを見る様に概念的な感じしか受けはしなかったし、寧ろ中味のない馬鹿々々しい氣持が起る許りだったけれど、今更自分の身に掛って來ると、そんなに馬鹿々々しく思った、浮卋の義理だとか何とか言ふものが想像も仕無かった程不可抗的な力でぐる〳〵とあたしの身体を金縛りにして居るのに驚かされるわ。恐しい程實感となって苦しめられるわ。」

喬「浮卋の義理を考へるより先きに、僕との約束を考へて呉れ給へ。我々は毎日〳〵飽きもせず、何囬となく、死を以って神の名に依って、誓ひ合った事だらふ。どんなに心の底から誓ひ合った事だらふ。此の誓ひを破る事の恐しさを感じて呉れ給へ。」

あや子「若し、私が家を出るとしたならば、後はどふ成るんでせう。きっと、めちゃ〳〵だわ。私それを考へると一等堪らないわ。両親が可哀想で、可哀想で、本當に家を出ないですめばどんなにいいでせう。ね、どうかして出ないですむ譯には行かないんでせうか。」

喬「それはもふ最前も言った通り、今と成っては逃げるより他に一つも道は無い。もし君がどうしても両親に対する愛著を殺す勇氣を出す事ができないとすれバ、もふ、今日が我々の最後の日に成る許りだ。」

あや子「最後ですって、ああ、いやな語だわ、たまらない語だわ。だけど、だけど、私はどふしても今日が最後だなんて思ふ事は出來ませんわ。たとへやむを得ない事情で、私達の間が引き離されたとしても、其の儘で一生すむ譯は有りませんわ、本當に私達は心の底から誓ひ合ひました。私は心から神様が二人を結び付けて下すったのだと信じて居るのよ。此の儘永久に別れて仕舞ふなんて事がどうふして想像が出來ませふ。何時かは、何時かは必ず、また御一緒に成れる時が有りますわ。どんな運命が來ようとも、あなたにさし上げてある、・・私の心丈けはたとへ神様の力でも自由になさる事は出來ませんもの。」

喬「だけど、僕は君の心許りじやあ、とても満足は出來ない。全部か然らずんば零だ。下さるのなら全部を慾しい。で無きや僕は何も要らない。」

あや子「あなたがいらないと仰有っても、もふ私の心は差し上げてあるんですから御返へしに成る事は出來ませんわ。だけど、本當にもふ少し強く成りたいわ。そふすれば全部をあなたに差し上げる事が出來るんだけれど、」

喬「本當に強く成って貰ひ度いなあ、ね、もうふ少し強く〳〵」

あや子「あたしは駄目だわ、あたしは駄目な女よ、」

喬「どふしても駄目かい。僕と逃げる勇氣は出ないのかい。ああ。」

あや子「あたしはあなたに信用され過ぎて居たかも知れないわ。やっぱりあたしはあなたに價しない女だわ。」

喬「そんな馬鹿な、大切な時だ。あや子さん、本當によく考

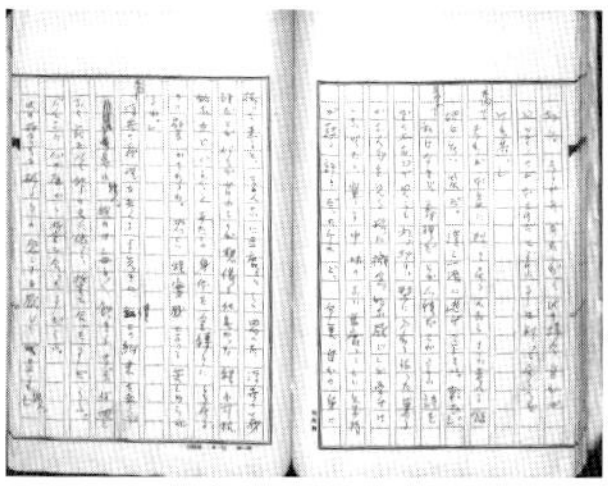

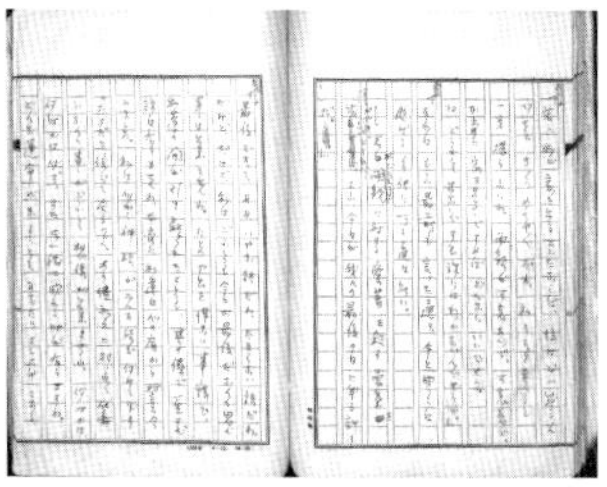

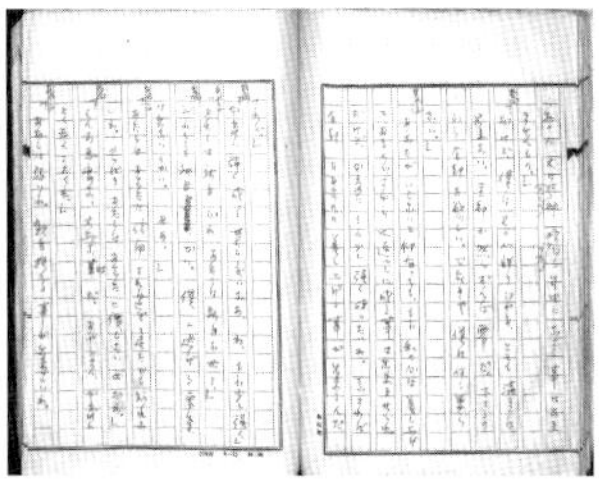

へておくれ。」

あや子「あたしは弱いわ。親を捨てる事が出來ないわ。

やっぱり駄目な女だわ。」

喬　「此所で強く成れないとすれバ全く君は駄目だ。

いや、君許りでは無く、女と言ふものが總体に駄目なのかも知れない。

勿論僕は最初から、女と言ふものに対してそんなに多くを望んでは居なかつた。

どうせ女なんて言ふものは、少し金の掛る御勝手道工か或ヒは男とは一オクタアブも二オクタアブも調子の違ふ音しか出せない貧弱な楽器だと思って居たのだ。怒ってはいけないよ。なぜならば、君を知ってからは、僕は女に対する自分の哲學をすっかり訂正して仕舞はなけれバならなくなったのだ。

仲にどうふして女と言ふものは素晴しい物だと思ふ様に成って來たからだ。

殊によると俺は女の爲めにならば死ねるかと知れないとさへ思ふ様に成って來た。

君の純粋な熱情は、僕の杳間を生噛りにした爲めひねこびて悪がしこく成った頭をほごして呉れた。そして、子供の生一本に立ち帰って單純な力強さで対象に打ち込む事を教へて呉れた。

君は僕なしでは生きて居られないと言った。僕も君無しでは生きて居られないと思った。

君は僕が死ねば必ず後に残って生きては居られないとまで言って呉れた。

是が君以外の女の言った語だったら、僕は單に皮肉な微笑を以て答へるより他に仕方が無かっただらふ。けれ共君の口から聞いた時は勿体ない氣がした。例へバ、期限の切れた切符の様に語夫れ自身には価價の無い文句でも、改めて君の口から聞かされる時には僕には豫言者の語の様に有難く響いた。

僕は自らの心臓の辨の開くのを感じ乍ら君の語を胸の奥深くに疊み込んだ。そふしてまっしぐらに今日まで進んで來たのだ。

それに、それに、今更、君は僕と逃げる勇氣がないなんて、本當にがっかりしちまふよ。

僕の爲めには死ぬるとまで言った君が僅か此れしきの問題に行き詰って僕を捨てるなんて事實とは思はれない。

僕は事實とは思へないよ。」

あや子「本當に、あたし、どふしたらいいだらふ。ああ、どふしたらいいだらふ。あなた、ずいぶんあたしの事憎いでせうね。」

喬　「なあに、憎いとも何とも思ひはしないがね。ただもふ齒痒くってたまらないよ、君の様に頭のいい人にどうふして是が判らないのかと思ふとね。

今此所で、決心がつかなけれバ、君は否でも応でもその洋行帰りの令夫人と成ってピアノを弾いてフランス語を習はなくちゃならないんだよ。

そふすれば君は是から何十年の永い年月を一体どふ言ふ氣持ちで暮して行くんだい。」

あや子「ああ、たまらない。あたし、きっと、あなたの事を思ひ

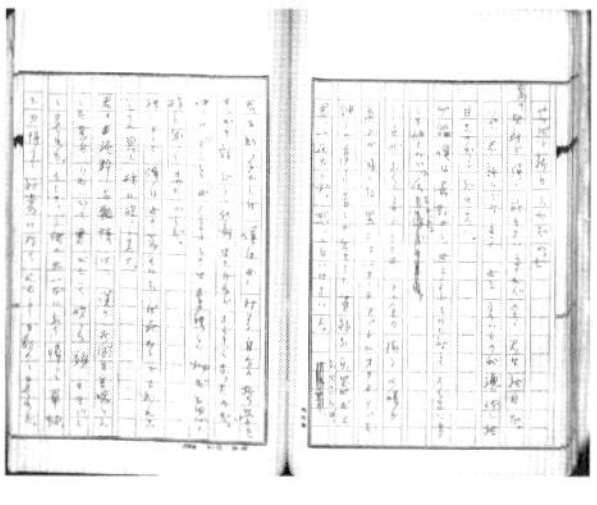

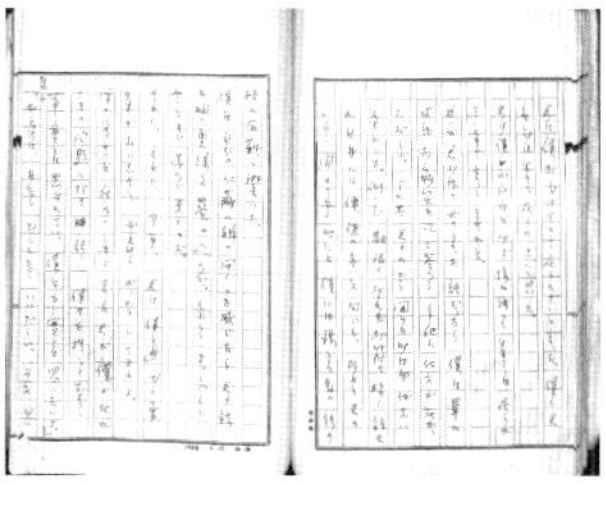

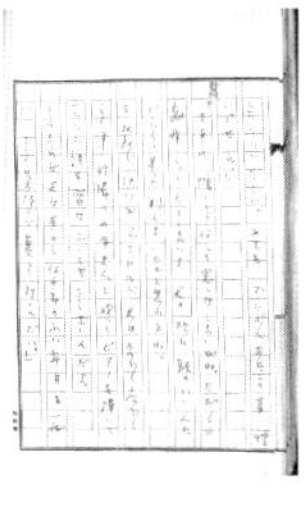

出しては、毎日〳〵泣いて許り居るでせう。」

喬　「御好意は辱いけれど、あや子さん、よく考へて御覧。そんなのはもふ今時はやらないよ。昔ロシヤの女學生が景色がいい許りに或る崖から飛び降りて死んで仕舞ったと言ふ話が有るが、まるで君の考へてる事は其の女學生見たいじやあないか。としてもローマンチックで、日本で言へば花袋以前だよ。」

あや子「まあ、ずいぶん酷いわ。そりや、何と言はれてもあたしの様なものは仕方が無いけれ共、私の場合では崖の景色だつてちっとも良い事は有りませんわ。それに才一、飛び降りるも降りないもない。まあ、突き落される様なものじやありませんか。」

喬　「君は突き落さふとする奴が後へ來て居るのにちっとも抵抗し様としないんじやないか。」

あや子「だって到底も叶ひ相に無いんですもの」

喬　「君の夢が本物ならバ、叶はない事はない譯だ。」

（間。）

喬　「要するにそれじやああや子さん、僕がこんなに頼んでも駄目なんだね。」

あや子「・・・・」

喬　「ええ、駄目かい。」

あや子「・・・・・」

喬　「何とか言って呉れ給へ。」

あや子「・・・・・」

（間、）

喬　「そうか、（嘆息）此の上いくら僕が何と言っても駄目だらふ。」（立ち掛ける。）

あや子「どうかもふ少し御帰りに成らないで・・。」

喬　「だって此の上居たって仕様が無い。」

あや子「此の儘御別れしてハ、あたしとても堪りませんわ。」

喬　「君は堪りませんわ位ですむかも知れないが、あゝあ、僕は是からどふして生きて行くかなあ。僕達の恋がこんな呆氣ない場面で終らふとは思はなかった。」

あや子「どうか私を赦して下さい。御願ですから赦して下さい。」

喬　「僕は何も格別君を悪いとも思って居ないし、憎んでも居ない。此の様な場合にも怒ると言ふ事が出來ないのは僕の性格の缺カンかも知れないが、どうも仕方が無い。憎まうと思っても自分の心が憎んで居ないものを憎む譯にも行かない。君に対する氣持ちハずっと以前からの連続と、餘り変りは無い。要するに僕は君と言ふ人間を愛して來たので、君の行爲を愛して來たのでは無いのだらふ。で、今更、赦して呉れと言はれても僕は返事に困る。何を赦すのだかさっぱり判らない。僕は今、是から先きどふして生きて行かふかと言ふ心配で餘りに心が一ぱいに成って居るから、人の事を赦すの、赦さないのとそんな事はめんどう臭くってとても考へて居られないよ。」

あや子「それからもふ一つ是丈けは申し上げて置き度いと思ふのよ、私、たとえ何所にやられても決して其の人の自由になんか成りませんわ。そして、何時までもあなたの事

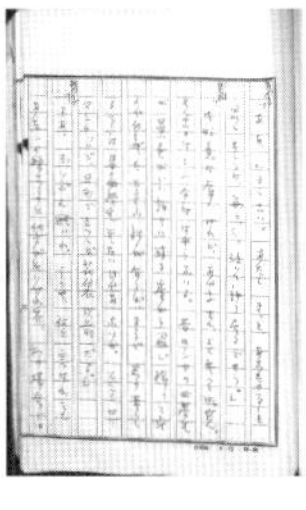

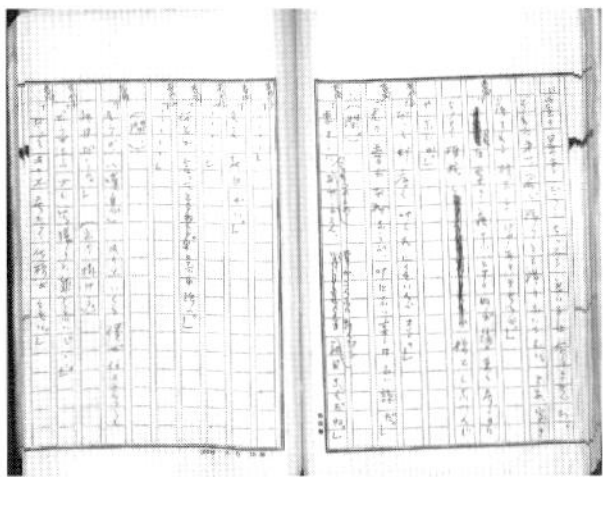

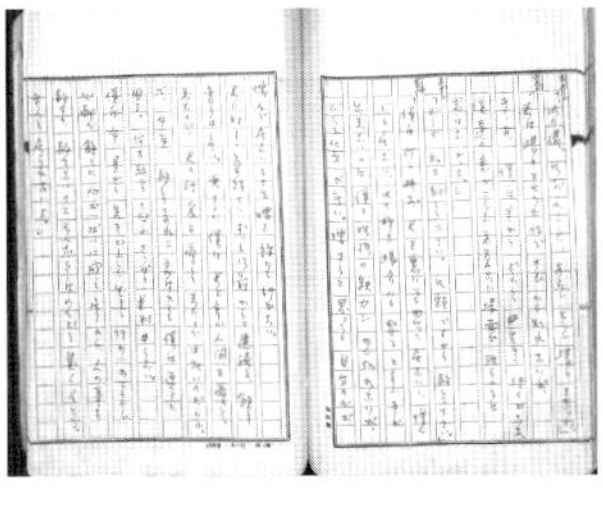

を思って居る事だけは是非赦して頂かなくてはなりません。」

喬「そんな事が出來たら僕の常識では奇績だが、その奇績が事實に現れたとしても、僕に取ってはどちらでもいい事だ。僕の事を思ふのは君の勝手だ。僕にしたって君の事を忘れ樣と思ったって忘れる事は出來ないのだから。」

あや子「私が他所へ行けバ、あなたは奥さんを御貰ひに成る？」

喬「そうカンタンに片附くものなら、何もこんなに頭を痛めはしないさ。だけどその質問は本當を言へば君は提出の權利が無い譯だね。」

あや子「そうを、そんなら・・・・。」

喬「と言って何も・・・。一体どふ言ふ心算なのさ、そんなことを聞いて、」

あや子「でも、あたし、どふしても是で御仕舞になるなんて、とても考へられないんですもの、喬さん、到々帰へって來てよ！　なんて、言った時、あなたの側に何所かの美しい方が居られたなんて言ふ事になると、あたしひっこみがつかないじやありませんか。」

喬「その心配はいらないだらふ。僕にとっては君は最初の女でも有り、同時に最後の女なんだから。」

（言ひ乍ら男部屋を出る。
やがて、玄関から植込の間を通って部屋の前へ現れる。
暫く二人沈黙の儘、彼等の恋愛の舞台であった其所らの風物や、空を眺めて回想に映って居る。）

喬「ねえ。」

あや子「・・・・・・」（黙って顔を見る。）

喬「ねえ、あや子さん、」

あや子「なあに。」

喬「くどい様だが、も一度だけ考へ直して呉れないか。」
とに角も少しこちらへおいでよ。」

（女寄る。男の其の手首をきつく掴む。）

喬「僕は、もふ駄目だとあきらめて居るよ。いくら言っても同し事だと思って居るよ。けれ共御願だからも一度丈け考へ直して呉れ給へ。
僕は、今帰らふと思って此所まで出て來たが、恐しくて、恐しくて一歩も蹈み出せなく成って仕舞った。
我々が、殆ど命掛けで、今まで築き上げて來た美しい殿堂なるものがだね。こんなにもろく壊されて仕舞っていいものだらふか。
それよりも、是からさきの永い〱月日一秒一刻死の堪え難い寂蓼と苦痛が今僕には實感として胸に來て居る。
君にも恐らく判るだらふ。いくら後悔しても齒噛みしても足ずりしても追附かない惨苦に満ちた生活が一足先まで僕たちを俟って居るのだよ。
本當に御願だから、よく、よく、考えて見ておくれ。
僕達が此所で離れて仕舞へば、僕はどふして生きて行くのだい。また、君はどふして生きて行くのだい。
君の空想する様な事はちつとも頼りに成る事じやない。
それよりも現在をもつともよくしなければならない。
あや子さん、どうか僕を助けておくれ、そして君自身をも救って呉れ給へ、僕は、僕は頼むよ、頼むから、よう。」

あや子「・・・・・・」

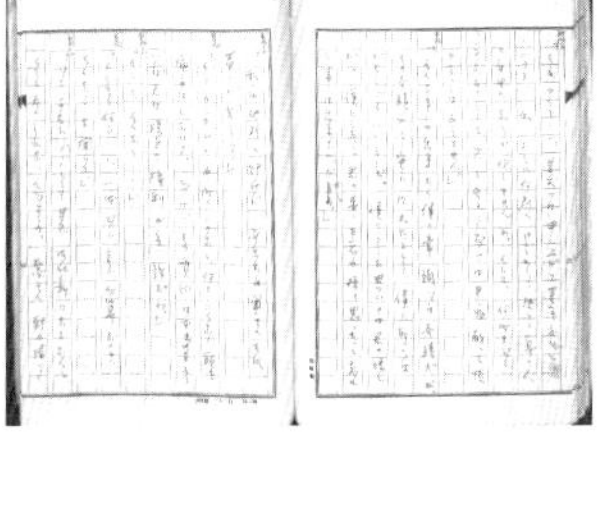
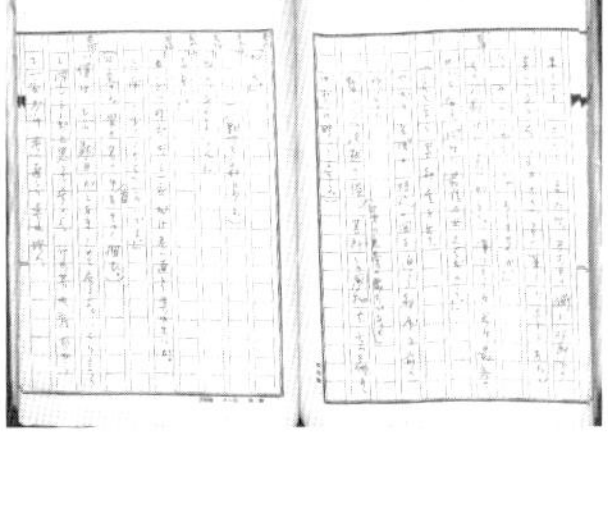
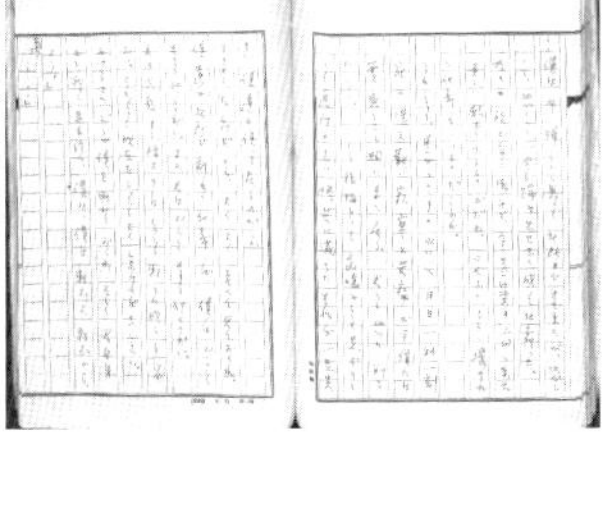

喬「やっぱり駄目か。此の通り僕は君の腕をしつかり握って居る。そふして我々は御互に愛し合って居る。

君の心は僕の心も同し事だと今まで思って居た。

それに、それに、僕は君のたった一つの決心をすら自由には出來ないのだ。何と言ふ自烈たい事だらふ。

僕がいくらもがいても、いくらじたばたしても、君の心は飽くまでも君の心だ。決して僕の心とは成らないのだ。

君はさい前、心を呉れたと言ったが、あれは嘘だ。

人間の心は決してやったり貰ったり出來るものじやない。

君と僕との間でさへ此んなに超ゆ可からざる城壁があるのだ。どうにもならない事實だ。恐ろしい事實だ。

ああ。人間はやっぱり獨り獨りだ。

何と言ふ淋しさだらふ。何と言ふ恐しさだ。ああ。

頭が痛い。もふよさふ。無駄な事だ。

無駄な事だ。帰らふ。それでは御きげんよう。」

あや子「喬さん！」
（喬振り返らずに行く、）
あや子「喬さん！」
あや子「喬さん！」
喬（立ち止る。女の方を向いて）
「決心は同しでせふ。」
（女うなだれる。
男去る。
女うつぶせに成って聲を立てて泣く。）

—（幕）—

大正十四年十月二十四日　起
大正十四年十一月十七日　了

女の部屋脱稿後

愚、

女の部屋脱稿後。　愚、

女の部屋は自分に取っては始めての戯曲で、小さな習作では有るが可成り力を入れて書いた。

所が最初から勝手が判らないのでずいぶん面喰った。

勿論こんなものを實さい舞台に上せたら客は怒って帰って仕舞ふだらふが、夫れにしても読み辛くない程度には支度いと思って骨を折って見たが到々あんなものが出來上って仕舞った。自分乍ら書けないのに驚いてゐる。

恐らく専門家が見たら噴飯物だらふし、戯曲が聞いて呆れる代物には違ひないが、夫れにしても戯曲としてハかく〱の所が間違って居るとか、こふ言ふ所がてんで駄目だとか言ふ事を氣が附いたら知らして貰ひ度いと思ふ。そして、自分は實感の心算で書いた間投詞等が読んで見ると芝劇であったりする恐れが非常に有って困るし、酷いのに成ると全体が芝劇だなんて言ふ事に成るかも知れないが、その様な感銘がもし有ったら知らして貰ひ度い。全体として少し語が概念的過ぎるのと東京語の使用のまづいのには氣が附いて居るが、兎に角色々な點批評して貰ひ度いと思ふ。

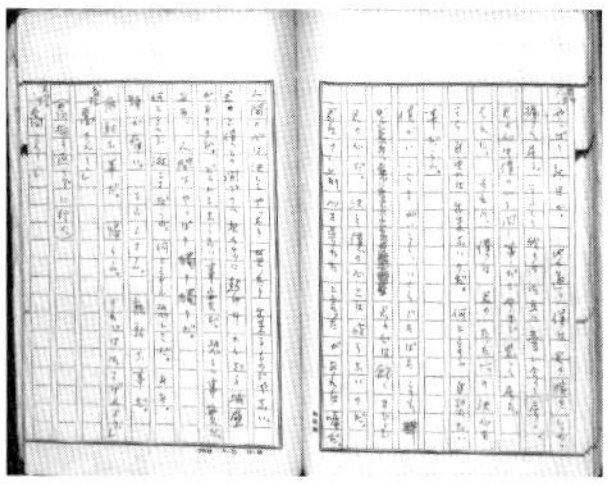
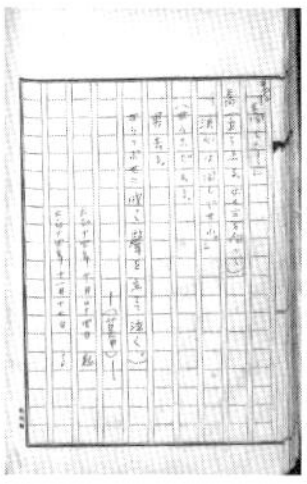
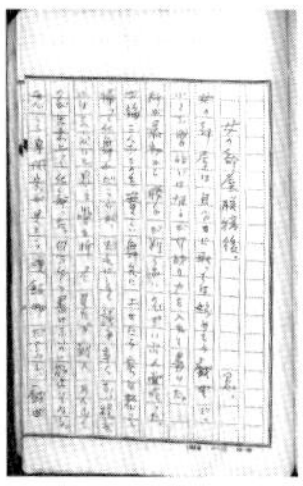
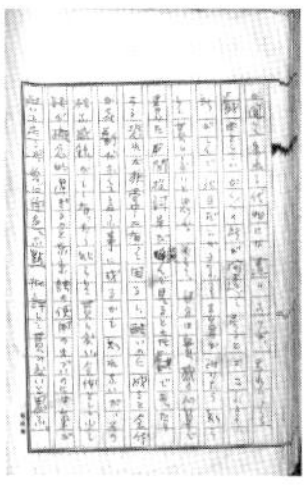

随筆　峯の松風　　愚老人、

随筆　峯の松風

愚老人、

題して峯の松風と言ふが是ハ決して菓子の名前でも無けれバ、又、新案髪の結ひ方でも無い。

峯の松風とハ即峯の松風の事である。

其所で一体此の峯の松風と言ふ語ハ柳ニ話人が發明した語で有って、何如なる順序で自分の耳に慣らされたので有るか、其の辺の消息ハ皆目判らないが、兎も角も最近自分ハ此の語が非常に好きに成って居る。

好きと言った切りでハ此の語に対する自分の氣持ちが適確に現されて居ないかも知れない。

強ひて言へバ尊敬に近い心持で、丁度實際人が峯の一本松を仰ぎ観る様な心持ちで自分ハ暇々に此の言葉を仰ぎ見る習慣に成って居るのである。

だから峯の松風と言ふ語ハ、自分の生活の中で、もふ其の時ハ語でも文字でも無く、一つの精神と成って、ともし火の様に高い所で光って居るのである。

或ひは其の場所ハ自分の生活の玉座かも知れないと思ふ。

扨て再び語に即して少々考へて見るが前述の如く、自分が如何にして此の語に親む様に成ったか、何所で自分ハ此の語と出喰ハしたか其の圣路ハ一切不明で有る。

いかにも　ものの本にでも、有り相な此の語で有るが、扨て其のものの本と言ふのが自分に取ってハ謎の語で、或る感じ丈けハ判るが、頗る漠然とした意味を有った無制限な日本固有の語らしい。グラモホンと言ふ様な語とハ同し様な語呂でも來る感じが全る切り違ふ。

鋸と朝露との違ひよりももっと甚しい。

餘計な事を言って居る様だが、意味の差を比べて居るのでハ無い。語のもつ、品位、空氣、背景に在る生活等を全部含めて比較して居るのである。

其所で本筋に帰って、此のものの本と言ふ語の意味が漠然として居るのは丁度幸、此の場合寧ろいい。

で、峯の松風と言ふ語ハ、ものの本に有ったと言ふ事にして置かふ。

どうせものの本に有ったとすれバ、文章の一部分に相違ない。

文章の一部分である以上、峯の松風・・・・、其れに續く言葉も無くてハ叶ハぬ。自分は知らないから是ハ忘れたものとして置かふ。

或ひは心して吹けとか、またハ、音計りとか言ふのかも知れぬが、どちらにしても餘り感心は出來ぬ。寧ろ無い方がずっと良い。

峯の松風、四字で澤山である、何も無い方が良い。

で、自分は思ふのに（じあなあ）、ものの本などを見れバ此の言葉は案外使ひ古されて居るのかも知れない。其の爲のクラシズムが確立されて傳統を誘導して、何某女考案の結髪の題を聯想し、或ひハ盆景の題材に有り相に思はれると言ふ様な事にも成るのかも知れないが、しばらく末葉に拘泥するをやめ始めて、眞に始めて、峯の松風と詠ひ出でた人の心境に思ひを馳せると自分はただ有難い氣がする許りである。

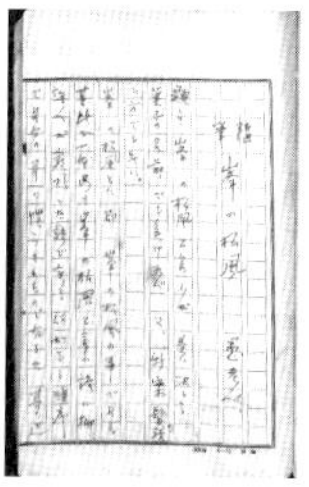

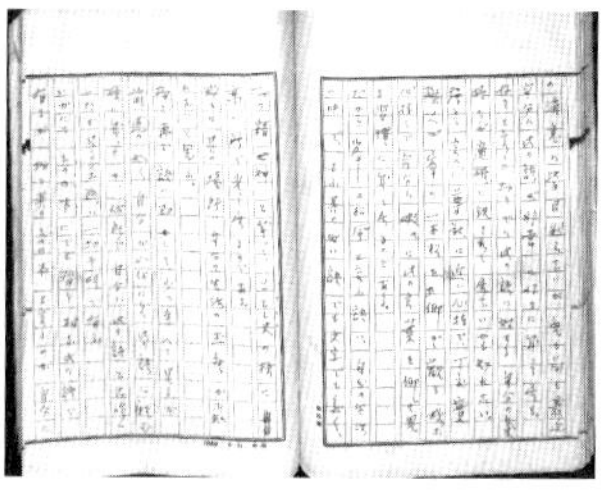

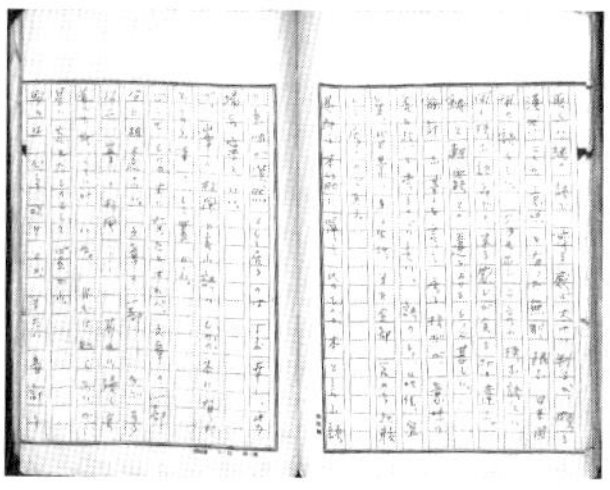

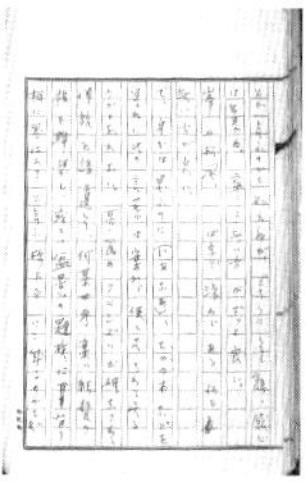

随筆　峯の松風

愚老人（池内義豊）

是はたくんだ言葉でハ決して無い。恐らく、流れる様に、口をついて我知らず詠ひ出でた事で有らふ。我知らず詠ひ出でた直後、うむ是だ、と思ハず獨語した事で有らふ。

かふ言ふ言ひ方が、許されるならバ其れハ其の人が自力で詠ったとは言へないかも知れぬ、而らバ神の力か。人に依ってハ神と言ふ語へ持って行き度がるで有らふ、而し、此の場合神を認めるとしたならバ、神ハ峯の松風以外の物で有ってハならない。峯の松風と詠った刹那、其の人ハ完全に対稱の卋界に入り浸った事で有らふ。

或ヒハ入り浸るト同時に此の句が浮んだのかも知れない。其れは孰れでも差支へ無い。

とも角も、自分の假定する其の人ハ此の句によって救はれたと信ずる。

峯の松風と口吟み乍ら、假空の人物が雀躍し乍ら、自然の懐に飛び込む光景を想像すると、悟道と言ふ事が朧氣乍ら判る様な氣がする。芭蕉が古池の句に心眼を開いた氣持ちも畧々見當が附く。茶道の精神も、歌道の眞隨も此の峯の松風で有らふ。

山腹に、一軒のロー屋が有る。とぼそ落ちてハ月常住の燈をかかげたりする。すすきが生茂って乱れた穂が花の様に明い。

石を寄せ集めて疊んだ粗末な井戸ハ眼に沁みるような青苔、澄んだ水ハ手桶を以て掬す可く、水面には色紙を剪って撒いた様な落葉の朱。北窻、浄机に倚って一人の閑人が漠然として山頂の松を觀て居る。

松までハ可成りの距離が有って風に動く枝の身振りハ極めて微にしか判らない。

松吹く風の音が僅に聞へたと思ふと続いて附近のかや原が一せいにがさ〳〵と騒ぐ。赤い草の實がはら〳〵とこぼれる。

時には山雲去來して松をさへぎる事も有るが今日は松の頂きを遙かに去った髙空を雲は悠々と流れて居る。

何所かで甲高い鳥の聲がけたたましく寂寞を破ったかと思ふと、遠くの谷へこだましてやがてもとの寂寞に帰る。

山中暦日無く、下界の四時かと思はれる頃、日は谷一つへだてた向ふの山にかくれて山腹は俄に蔭った。

山頂の松は夕日を受けて愈々鮮に、枯艸は火の色に燃へる。遙かの山なみは一せいにえんじ色にそまって、深い谷の空色の影の中から炭焼きの烟が仄白く立ち上って居る。

峯の松風と詠った人の生活を客観的に想像すると此の様なものでも有らふか、とてもローマンティックで八束清氏等が「うちやそんなんが好きなんぜおまい」等と直ちに賛成し相である。

が然し、實を言ふと、うっかり賛成すると取り返へしの附かぬ事に成る。と言ふのは、此の生活様式ハ殆ど絶対的に逃避主義で有るからである。

自分は思ふのに、生活様式ハ、逃避主義と抵抗主義の二つしか無い。其の餘は全部ごま化しで有ると、而も現卋に於て、ごま化さないで生活して居る人間が何人有るだらふか。恥し乍らかく申すそれがし等もごまかしの方でハ錚々たるもので、敢て包みかくしはせぬ。

で抵抗主義とか逃避主義とか言ふ語は自分が便宜上勝手につけた名前で、卋の中で通用しなくても責任は持たぬが、爾來外国では抵抗主義が發達し、東洋殊に日本でハ逃避主義的傾向が多く見られる。是ハ政治殊に、古來から現代を抱括する例へバ日

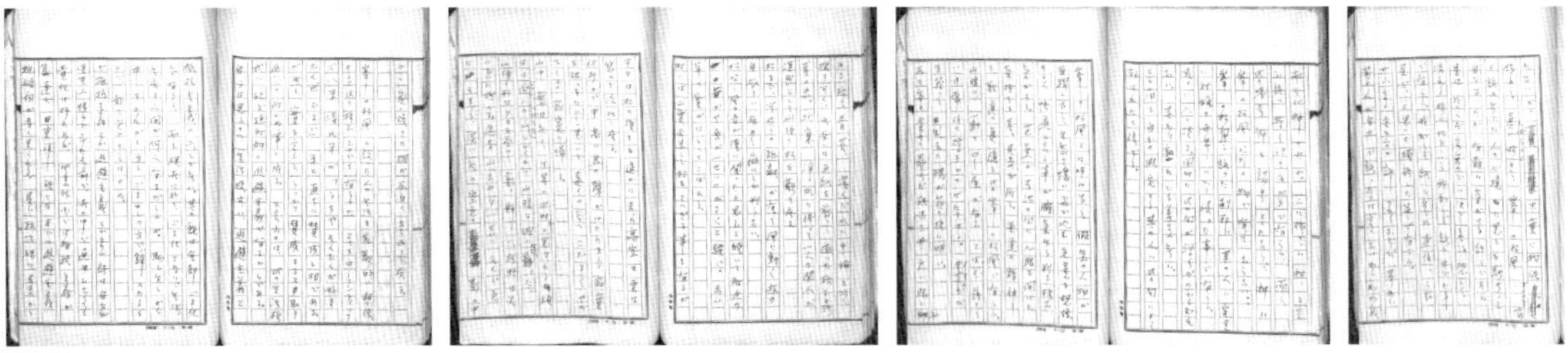

本独特の階級制度の様なものの影響が案外大きいのでハ無からふかとも思ふが問題が外れるから畧する。

で逃避主義と言ふのは何如言ふものかと言ふと、一言にして言へバ、是も英譯出來ない語だと思ふが三昧の境地と言ふものが日本でハ古來尊バれて來た、此の三昧の理想境に入る爲めにハ、吾々の普通の生活様式、即ち、社会人的存在ハ極めて不適當であるとなした。

其の爲めに、あらゆる、けいるい、き絆から脱して悟道に向って精進するので有る。

抵抗主義と言ふのは、人間ハ運命的にも社会的にも常に種々な方面から、大小幾多の手を以て壓迫せられて居るものである、壓迫を被る者ハ幸福でハ無い。吾人ハ吾人が幸福と信ずる所のものを攫得せんが爲めには何物を犠牲にしても差支へない。闘へ、吾人の究極の目的ハ幸福である、と言つた調子の頗る景氣の良い主義である。が此所に言ふ幸福の意味は頗る意味深長であって毫も快楽的意味を帯びない嚴肅なる物である事ハ勿論である。

で自分の思ふ所でハ、是等はイズムである事ハ勿論であるが、日本語の主義と言ふ字には必しも合致しないかも知れない。けれ共、東西の言論の精神的活動、宗教にしろ藝術にしろ哲學にしろ、自分の浅薄な智識を以て概括的に當って見るとそれ等を生み出す生活様式にしろそれ等自身の色彩にしろどふしても二つの傾向に分れて居る事を感ぜずには居られないし、其の傾向の特色を考へて便宜上、自分の心覺へ迄にある名前を附して置くと言ふ事ハ强ち無理でも無いと考へた結果、抵抗主義と、逃避主義との二つの名前が生じた譯であって、決して、此様な主義が事實を離れて独立して居る譯でも何でも無いのである。

其所で事實に附いて愚見を申述べると、先づ繪畫、是ハ自分も現在やって居るから最も例に取り易いのであるが、此の繪畫に就いても抵抗主義的傾向と逃避主義的傾向との作品を發見する事が出來る。

所で自分は始めに當って、逃避主義と、抵抗主義は共に生活の様式であると述べた。

にも関らず、此度ハ繪畫の作品までも生活様式で量って行かうと言ふのかと不審を抱かれる懼れも無いでハ無いが、都合のいい事には、やはり生活様式と其の産生所の作品とは殆ど、同傾向を現す事に一致して居るらしく見へる。

抵抗的生活様式の本に生れた西洋美術ハ抵抗的傾向を有し、逃避的生活様式のうんだ東洋美術ハ逃避的に出來上って居るのである。

自分の信ずる所でハ西洋の美術ハ寫實的である。而して日本の否東洋の美術ハ象徴的である。此所で優劣等を論じ様とする業心は毛頭無い。只何々的であると言ふに止る。

近頃東洋の美術こそ、眞の寫實で有ると言ふ論者も出たが、それハ言葉の使用法を誤って居るので、東洋には昔から寫生と言ふ言葉がある。此の寫生と言ふ語は近頃はスケッチの意味に使ハれて居るが、本來は決してスケッチ所の騒ぎでハ無いので生を寫す、即ち、物の生ける神を寫すの意味でなければならない。艸木、鳥獸ハ元より生きて居るが、東洋畫でハ石を畫いても其の生ける心を現さなければやまない。

西洋には寫生と言ふ語はない。其の代り、寫實と言ふ語ハ有る。所謂リヤリズムである。

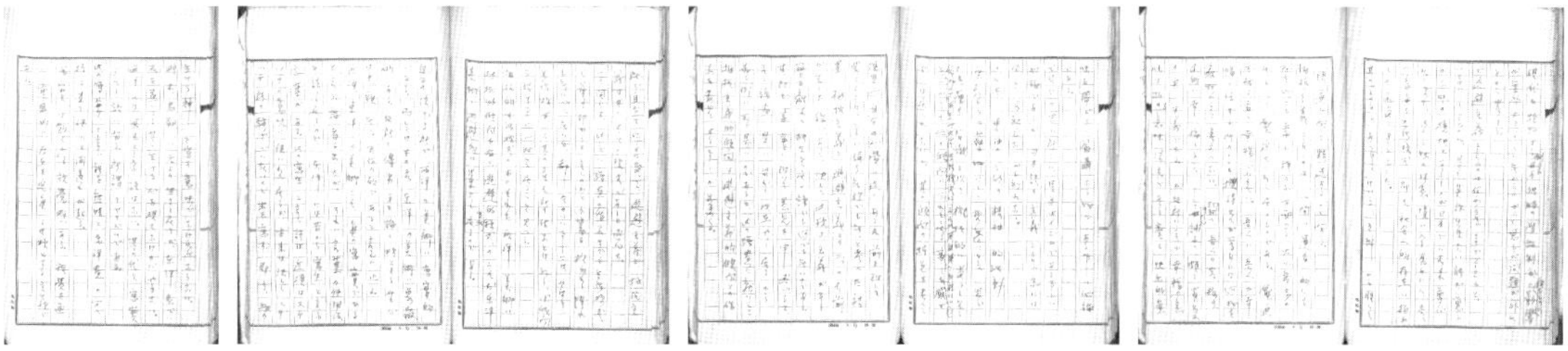

此の寫實と言ふ語を無暗と東洋畫の方へ持って來て使ふと間違ひが起る。

寫實は飽く迄も視覺的である。視覺を通じて實感的に、存在を迫眞させ様とする主義である。

翻って東洋畫に於ける所を觀るに、全然反対である。

夫れ等の優れたる作品に於てハ我々はとも角も、西洋美術に於けると等しく、或ヒハ、より効果的に迫眞の感銘、生々しい實感を強ひられる場合がある。けれ共一度研究的態度を以て見る時に於てハ夫等ハ決して視覺的事實の上に立って正當なる表現が行はれて居るのではない。(勿論夫れを以て美術的價値を云々するのでは無い。)極めて非寫實的である。

非寫實的なる作品が奈如にして觀者に迫眞の感銘を與へ得るかと言ふに。夫れハ、極めて効果的に自然を象徴して居るからである。

例へバ、簡單なる線、單純なる色彩の中へ複雑多様なる自然を巧妙に生かして居る。支那古代の花鳥畫にしても實に描法は單純である。白紙の上へ持って行って行き成り物の輪廓を畫く、輪廓の内部へ平たく或る色を置く。花には花の色、葉には葉の色。鳥獸ならば毛描きをする。それで御仕舞で有る。而も我々は此れ等の作品を觀て、善しと觀ずる。到れり盡せりと思ふ。何故であるのか、夫等の作者ハ本當に深く自然を知って居るからである。自然の内から最も必要なる一線一劃を抽出し來って是を咀嚼し、或ヒは鼓張し、或ヒは潤色し、渾然たる美術品にまで錬へ上げて我々の前に持ち出して呉れて居るからで有る。

彼等の対象とした所のものは自然のほんの一部で有るが最も重要なる一部である。彼等は之の重要なる一部を研鑽する事によって自然の全部を会得し様とした。

言ひ易へれバ、一部を深く掘り下げる事によって全部を表現し様とした。即ち表現主義であり、一種の象徴主義である。

其所で自分は少し冗長に成り過ぎた此の文の結末を急ぐ爲めに、フイルムの廻轉を少し早める必要が有るが、要するに、西洋の美術は寫實的であり、東洋の美術ハ寫生的、即ち象徴的、でつまり非寫實的で有ると言ふ自分の想定を此の足らぬ説明を以て一先づ認定して貰へた事とする。

扨て寫實主義と象徴主義に付いて、孰れがより多く、挑戰的であり、抵抗的であり、征服的であるかを考へて見ると、勿論それは寫實主義に決って居る。象徴主義は無論逃避的である。

然らば征服的な寫實主義を生むだ西洋の美術家の生活態度ハ何如と言ふに、我等の知れる限りでは彼等は比較的對吉間的であり挑戰的であった。東洋の美術家達は概ね逃避的隱遁的であった。既に、作畫の材料から言っても両者の間には劃然たる区別があった。

紙本と水墨ハ、山間癖地に於て峯の松風を聞き乍ら、苦茗を喫する底の心境を語るに十分でなければバならぬ。

併し乍ら、朝に五候と席を連ね、夕に宴を重ねて美姫の間に住す、かの泰西の畫工に紙本と水墨を與へても是を奈如ともする能は無かったは勿論で有らふ。

我等は畫學生の身分として、哲學、文藝、宗教にまで言及する資格を持ち合はせて居ない事を遺憾とするが、極概括的に繪畫に於て考察した程度の差異ならバ是を認める事が出來る。

就中、文藝及、音楽に於てハ殊に著しき特徴あるを認める。

乍然餘り内容の無い文句を並べるのも些か氣が引けるから、是

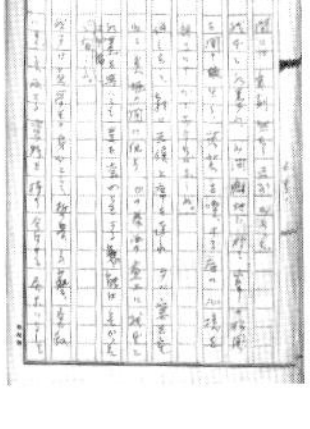

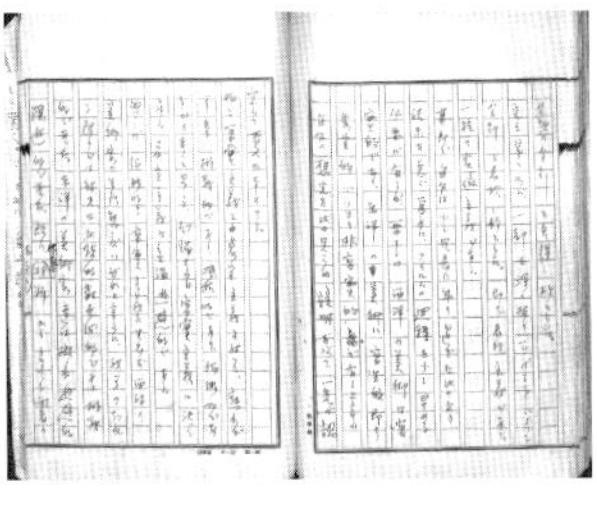

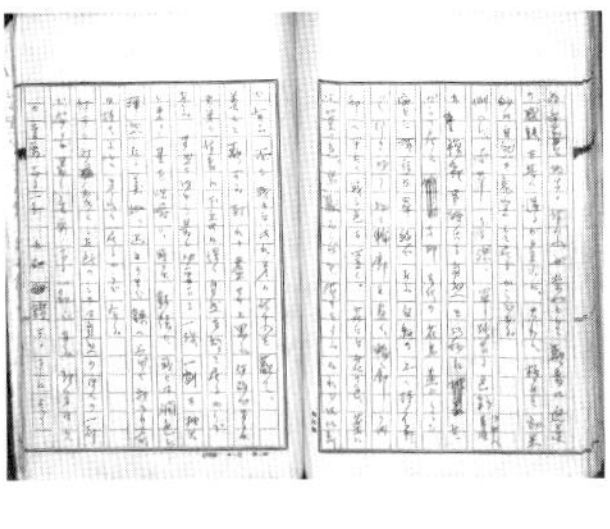

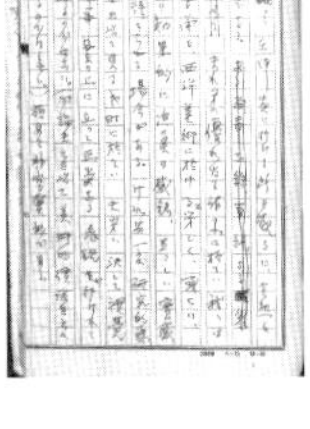

らは、もふ少し研究して後改めて機会を俟つ事にする。

で、不行届乍ら、自分の所謂逃避主義なるものの説明は是で打ち切る。

で、我々は卋間を知らない以前は勿論、卋間を知ってからでも屢々逃避主義の理想化された生活を夢見る癖を持って居る。

一種のロマンチシズムである。

近頃の女學生等も、大低は燈台守に成り度いとか、山の一軒屋でいもを作っていも許り食って居たいてな事を言ふので有る。

是はロマンチシズムの一種の現れで少し変態であるが厭人主義の萠芽である。

厭人主義は近代人の特有の様に言ふ人もあるがなに、昔から有る。

昔の人にしろ現代人にしろ感受性に於て、大した差異の有るものでハ無い。只刺戟物が増加したため感受性の内容が多少分化されて複雑に成ったに過ぎぬ。

がそれはとも角も自分は女學生の厭人主義を一概に笑殺する氣には成れないのである。

只彼等の笑ふ可き㸃は理想が餘りに現實離れがして居て、其の癖實行力が全然無いと言ふ㸃に在るので有るが、其の慾望して居る境界は大いに同感す可き㸃が有るからである。

然し乍ら、殊によると、彼等は、燈台守を一日やらせたら参って仕舞ふし、山へ一日置いても泣き出して仕舞ふのかも知れないが、そふなると、扨て何所へ同感してよいか一寸判らない事に成って仕舞ふが、恐らく、間違ひの無い所ハ其の考へを生み出す出發㸃、即ち、対卋間的のいざこざに対して愛想を盡かし、うるさい社会の厭迫から逃れ様とする氣持ちで有らふ。


そして逃避主義と彼等との間に横はる最も大きな差異は何かと言ふと、
逃避主義には目的が有るが彼等には目的も何も無く、單に漠然とした憧憬がある許りだと言ふ㸃で有る。

逃避主義に於て最も肝腎なのは其の道程であるが、彼等の憧憬の中心㸃は、山の景色であり、沖を群れ飛ぶ鴎であり、白く泡立つ波頭である。

従って、山へ行って籔蚊に喰はれる事も、蝮に襲はれる事も、醫者が遠い事も、病氣の時の心細さも、買物に不自由な事も、雨の日の徒然の辛さも、嵐の恐しさもてんで勘定に入れてハ居ないのである。

逃避主義を實行して山に入るまでには、何人も計り知れない大きな苦悶を卆業しなければならない。少く共、妻子を捨てて、旅に出た西行の苦悩を味った後で無ければならぬ。

山に入ってから、(勿論山と言ふのは一つの象徴の語であるが)峯の松風までがまた大変である。

いよ〳〵峯の松風まで漕ぎ附けたならバ其の後は悠々自適以上で最早や、境遇の力は其の人に及ばない。現卋の幸不幸を超越した永遠の卋界に入ったもので我々血の氣の多い人間から見れバ死んで居るのか生きて居るのか一寸判らない。

然し乍ら逃避主義の眞の目的は、要するに、人生朝露の如しに徹底するに在るので、朝露の如き現卋の諸相に幸不幸の標準を置く間は、人間は何時まで圣っても安心の出來るものでハ無い。

我々が安心する爲めには幸不幸の標準を朝三暮四の人卋の諸相より引っこ抜いて來て、永劫不易の天地の眞只中へ植つけるより他はないのである。

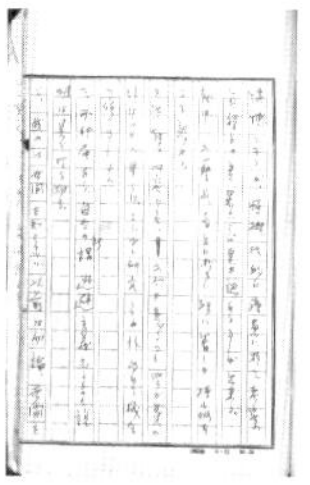
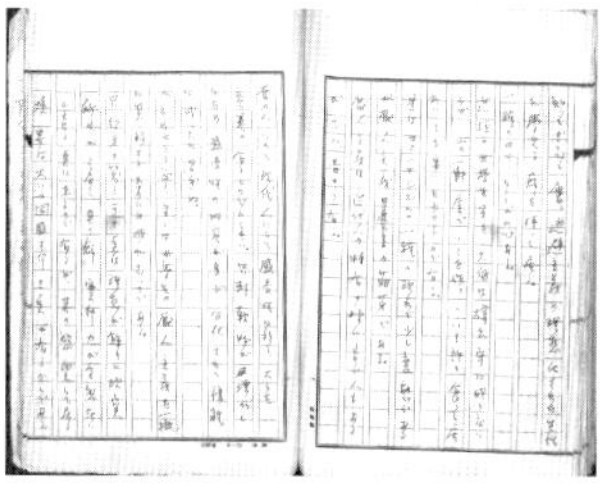
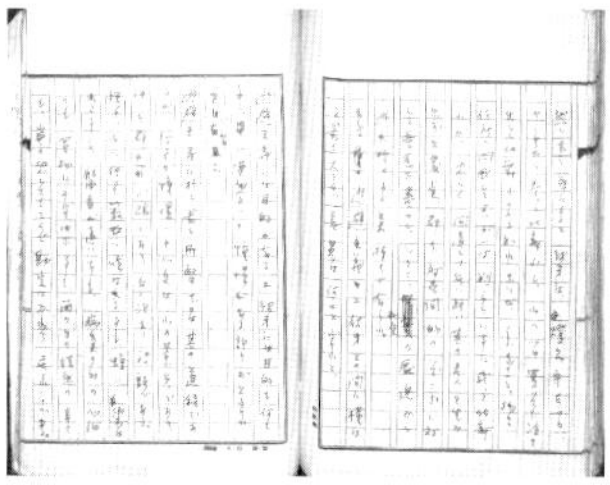
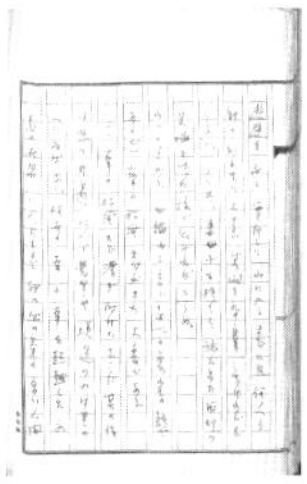

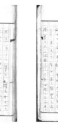

自然の存続する限り、春來復すれバ花は必ず開き鳥は歌ふに決って居る。一葉落ちて天下の秋を知れバ、百舌は鳴き、木犀の花は香ふに決って居る。萬代不易の自然の諸相へ禍福の定規を置けば、此年ハ春が來ないと言って失望する心配も無ければ、此年の雪は黒いと言って嘆く虞ひも先ず無い。其所まで行った人は地球が滅亡する時は滅亡の状態を観察して楽しんで居るので有らふ。

先づ其所まで行く覺悟が無ければ燈台守に成ったり、山の畠で芋を作る事は止した方が利功で有る。

かるが故に自分は清万が最前大いに讃成した時にあはてて止めた。（清万曰ク、うちやなあにも讃成しやせんげ。あれ自分が勝手に讃成した事にしてしもたんじえ。）

扨て自分は理想としては大いに峯の松風に心を寄すものである。けれ共、先づ當分の所自分には此の實行は不可能である。恐らく永遠に不可能で有らふ。

萬一、實行が出來たとしても人間で有る以上、全然社会と没交渉に生きられる譯のものでもなし、また、全然丕議を無視して生きて行けるものでも無い。人の㐂捨によって生活するまでの修行が出來れば又格別であるが繪を描くものが人の㐂捨で生活出來るものでも無いし、才一その生活は自分の趣味に合わない。して見ると逃避的生活も案外金が掛るし、殊に現代に於ては不可能事らしく見へる。出來もしない事に心を寄する自分は要するに一個のロマンチストか。

呵呵。　御退崫様。　以上。

観賞雑感　秋良

観賞雑感

秋良

二枚のエハガキより

（東福寺蔵呉道士筆釋迦三尊図と
仁和寺蔵聖徳太子像）

此の間見た博物館の佛教関係東洋古美術展覧會は近來でよい展覧會で東洋藝術の精華に接し志み志み名作に接することの徳を感じました。東京へ來てからも御承知のやうな生活で展覧會もおほむね見のかして了ふのでこの展覧會も有島邸の展覧會もやはり見すに了ふ處でしたが見てよかつたと思ひます。

實際名作に接する徳は複製や何かで見るときと異つてこれがその本物だと思ふと一種感激の情がわき起ります。實物を見れはよいところもわるいところも本當にわかるといふこともある、といふやうなわけでこれからもなるべくよいものは見るやうにしたいと思つてゐます。

志かし残念なことに時間がなかつたり場所が悪かつたりするために展覧會で見るといふことは落ついて充分味ふことができないのでいいかげんな観方をしてゐることを後にさとることもあります。實際美術品は幾度も見んことには本當のことは言へないもので、最初の印象は後に裏切られることが屢々ですから、此度の博物館の出品なとでも中で呉道士のものが才一の名作のやうに感してゐたものが後に買つて帰つたエハガキを見てゐる

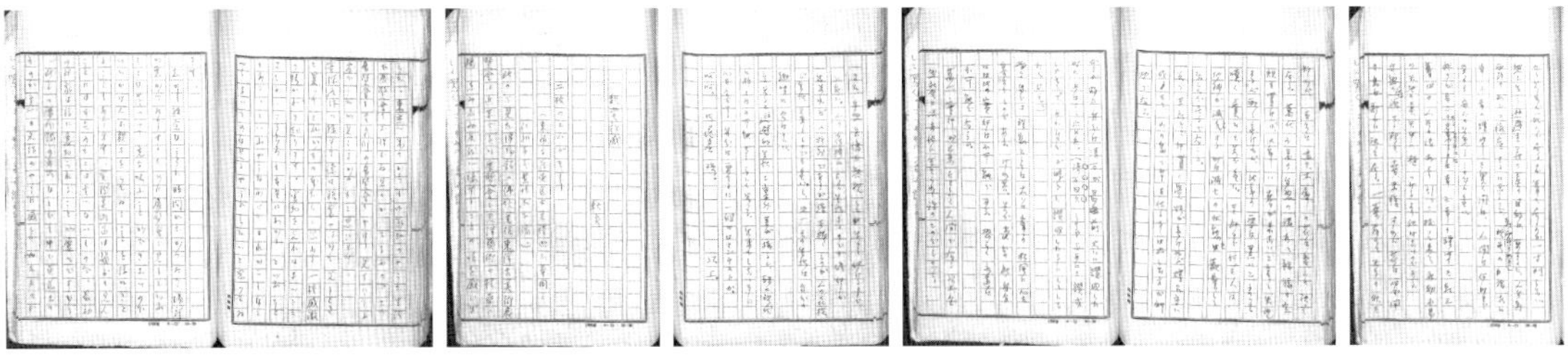

とあの時いいかげんに見過して了つた仁和寺藏の聖徳太子像の方がもつとずつとすぐれた神品であつたやうな気がします。よく見なかつたので色彩の記憶がないのは残念ですが。

今その絵葉書を見ながら私が何故さう感じるかといふことをかいて見ます。

比べて見るといつても一枚は肖像画で他は理想画であるから同じ描かれた人物画として比べるのは間違つてゐるかもしれないけれども、才一に構図を見ても聖徳太子の方はそのポーズといひバツクの空間のうずめ方でも遠近の見方でも玄妙なもので、その装飾的な深さは實際教へられます。これに比べて釋迦像の方はたとへ佛様をかくにはあのやうに画面一ぱいにシンメトリカルに畫くのが佛といふ観念を表はすに最もかしこいやり方であり又宗教画の方則であるとしても、それが大して美の方則にかなつた美術的な注意深さにあつかはれてゐないやうに思ひました。次に素描を見ますと聖徳太子の方はあの堅いハリガネのやうな線が見てゐると手や衣服のやはらかさをうつくしくかんじさせるのに釋迦の衣服等は何だか岩石のやうで注意して見るとそれらの線はあいまいでねらいがはずれて大体全體として衣服の形になつてはゐるがちつともうつくしくなく、節々があつたりしていかにも力がこもつてゐるやうに見えるが実はコチ〳〵でそのまゝ死んでゐる。聖徳太子の方のやうな微妙な生きた力はかんじられないやうに思はれる。立體も聖徳太子の方はあの不思議な遠近法と構図と線の力によつてそこには實に悠久なのび〳〵した空間が表はされてゐるのに、釋迦の方は皮想の寫實であつて俗臭プン〳〵としてゐて、見れば見るほどあひまひでバラ〳〵でもうむちやくちやである。

いくら後に背光があるからといつても、いくら佛様の風をしてゐるからといつても、いくら呉道士の筆だからといつてもそれは連想からくる観念であつて、作品の繪畫としての要素からくる美ではないのに私はこれらの缺点を観察するのをわすれて徒らにぼんやり有難がつたりした事をうらめしく思ひましたと共に、あの時中村清一郎氏の言はれたことを感服せずにはゐられませんでした。

背光もなければこけおどしもない聖徳太子の像の方は只一人の貴人が香爐を持つて立つてゐる計りであるけれども見れば見るほどそれは立派におごそかに見えてきます。それは東洋民族の持つ最もよい趣味の結晶です。あの法衣のやうな、静かにたれ下つた上衣の細部の装飾の美しさは何といふ高貴さでせう。定めし色はうつくしいでせう。この繪の美を味ひながら釋迦三尊能図の方を見ますとまるでタワシか輕石で神巠をゴシ〳〵こすられるやうな氣がします。

佛教美術の本質について佛教の内容と連関してへいぜい思つてゐることで書いて見度いことはいろ〳〵ありますが、ここにはこれで止めます。只此度出てゐたもの、中でも「來迎図」「ねはん図」其他二三の密教美術はこれらの考察によい材料であつたと思ひます。

この「観賞雑感」は折にふれて感じたことをつづとこれからつづけてかいて見度いと思つてゐます。まとまつた評論ではありません。ほとんど覚え書きのやうなものですから興味のない人や御氣に召さぬ人は御讀みにならぬ方がよろしうございます。其内絵をかけるやうになつた

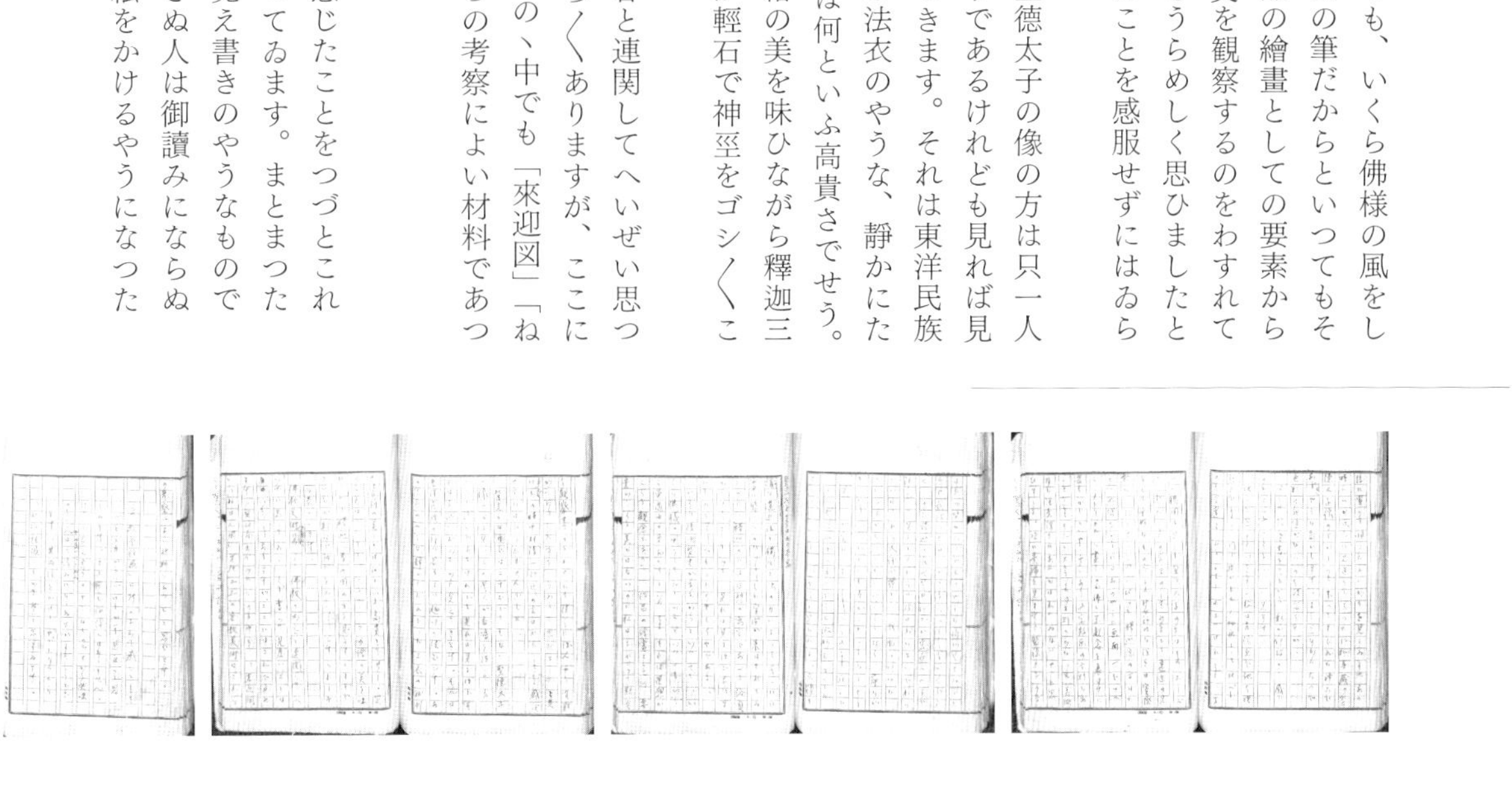

ら「制作雑感」もかき度いと思つてゐます。

雑記

秋良

私は絵もかき度いし、小説も戯曲もつくり度いし、詩もひねくり度い、彫刻もこしらへて見度いのです。しかし底の底の底を考へて見ると繪を畫く欲望がどうも中で一番つよいらしい。尤もこの、彫刻にも音楽にも、詩にも、文学にも見出せない只繪に丈け見出される純粋に繪畫的なものの力は此の頃のやうな生活ではほとんどかき消されてゐる。それは妙なる香水の香が屁で消されてゐるやうなもので残念千万であるが、屁よりも香水の方が上であるのに屁と香水を共に放つと屁の方が勝をためるのは丗の常でまことに困つたことです。

しかし私はどうしても俗事に煩はされずに画三昧の生活がしたいのです。此頃私は特に造形の微妙な美しさに対して眼が開いてゆくやうに思ふのでこれを見つめ生長させて行く静かな平和な充足した生活が持ち度くてならないのです。私は岸田さんや梅原さんの境遇をつく〴〵うらやましく思ひます。あの人等の藝術はさしてうらやまないけれども。

セザンヌがすべての俗事をきらうたことは尤もで、俗事には何らかの馬鹿々々しさがつきまとひそれが自分の良心をとがめる。金をもうけるといふことがらは何等自分の良心をとがめないけれども金をもうけるためには何等かの馬鹿々々しいことをせねばならぬ。このせねばならぬことの馬鹿馬鹿しさ加減が金

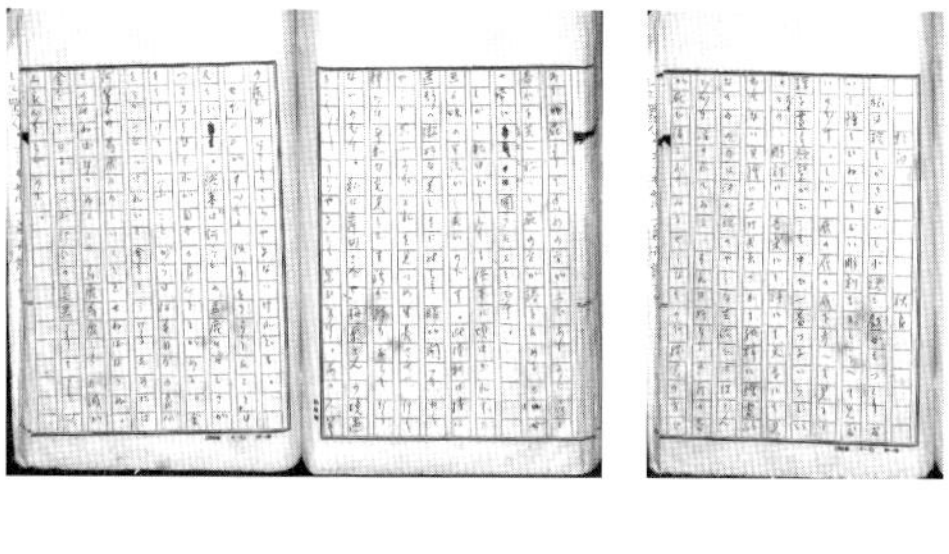

をもうけるといふ行ひの善悪よりもより以上良心をとがめる。

けれども私もいよ〳〵独立して生活せねばならぬことになりましたので、心を鬼にして、この馬鹿々々しいことをこれからやつて見るつもりです。そのため朱欒とも御無沙汰するかもしれない。が何か少しでもきつとかきます。

私の目的は郊外生活にあるのです。自炊、そして少なくとも一日に一度は絵筆に親しめる事。散歩。等―

あゝ私は夏以來からもう筆をとらないので自分が果して画家であらうとしてゐるのかすらうたがはしく思はれるほどです。けれども満天下の朱欒諸兄よ。ねがはくは私が上京以來生活にあくせくしてゐるばかりで何ものにもならずであることをとがめ玉はぬ事を。

私のやらうとしてゐることは非常にむづかしいのです。私になにかできるのでせうか。

しかし私は多分此の年の内に自家で仕事のできるやうにするつもりで、さうなればもうしめたものです。

雑感　八束清

雑感

八束清

○

若い者は若い者で結構だらうじやないか
若い者は若い者であることだ
いゝ若者こそいゝ老人になることも出來やうというものだ

○

我々は若々を生かしてゆくことだ
眞直ぐに伸びてゆくことだ

○

いびつな老成振なんか灰といつしよに飛んでしまへ
若い者には若い者の修業があらう

○

新物をふるめかしくみせる法があるさうだがそんなことは骨董屋に委して置け

○

寂びのつくときには寂びがつく
苔はむすところにむさづには居るまい
二十やそこらで三昧に入れたらわけは無い

○

「勉強が足りない」と謂われることも損ではない
勉強だけはいくらやつても切りが無い

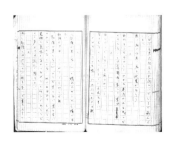

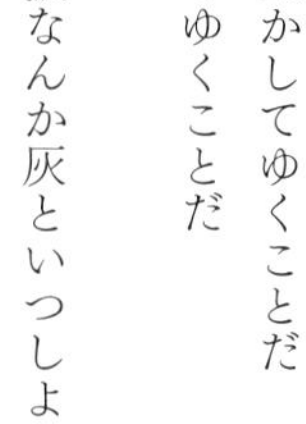

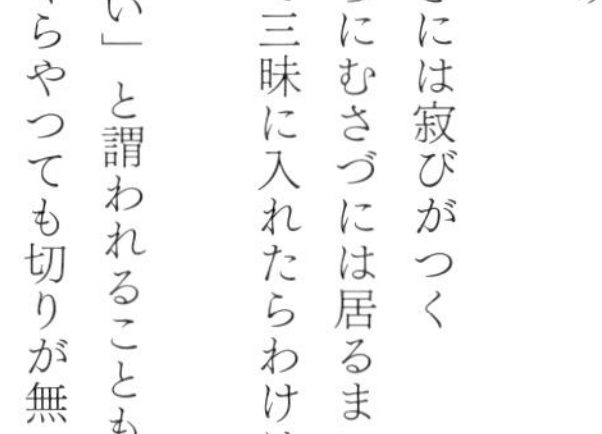

「勉強が足りない」さうだ足りない足りない
それはどんな下らない奴に云はれても、たとへ罵倒の意味が含
れてゐやうと何うであらうと
その声だけは悦んで聞きたい

○

但し勉強とはやたらに眼をむいで塗りたくつて行くことではな
い
一枚一枚が何かの廣告の文句では無いが血となり肉となつてゆ
くことだ

○

理屈を云はねば分らぬ奴は仕方が無い
といつたら
理屈を云つても分らぬ奴は仕方が無いと云つた

○

ほんとの仕事のあるところにはほんとの理解が泉んでゐる

○

理屈でこしらえたら藝術が抜けてアほう
「内なるもの」丈がほんとの言葉を吐きだすのだ
何でも理屈は後から〱

○

うぬぼれもよからう
いゝ氣なのもよからう
虫のいゝのもよからう
只御当人の「もの」によりけりだが

○

自身に恥ぢなけりやならぬやうなことは
爲たり云つたりしない方がいゝに定つてる
だが恥がわからないでは
手のつけやうも無いわけだ

○

身の程を知らないのは他でみてゐる方が冷汗ものだ
何でも分を知つてからやるので無ければ
身につくまい

○

賣られた喧嘩なら買う術も知つてゐるだらうが大安賣の友情は
どんなにして買うものかな

○

云うことだけは何とでも云へやう
が税金がかゝつてゐないとタカをくゝつてゐると大間違ひだ

○

何もかも
自分が一番よく知つてゐる。自身のことは。
神様の次に

○

今年も終りに近づいた
何にも出來まいと思つてやつて來たら
遂々何にも出來なかつた
たまらない氣もするが満更ら棒にふつてしまつたわけでも無い
自分に好意や期待をもつてくれてゐる人々には
まあ先をみてゐて貰ひたいと思つてゐる
がそんな人があるか　どうか（十一月二十日、記す）

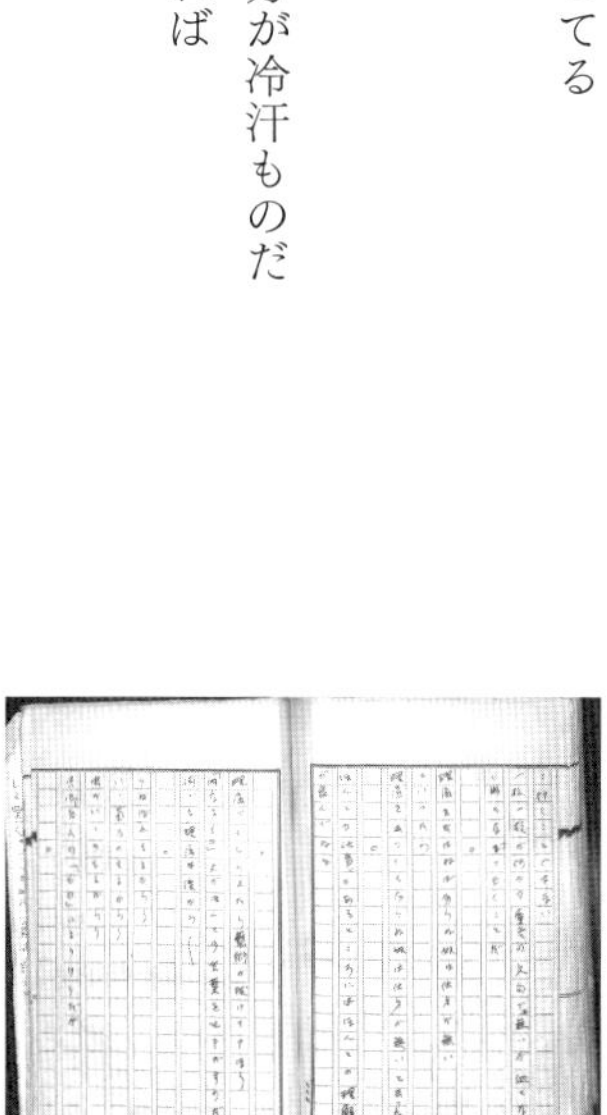

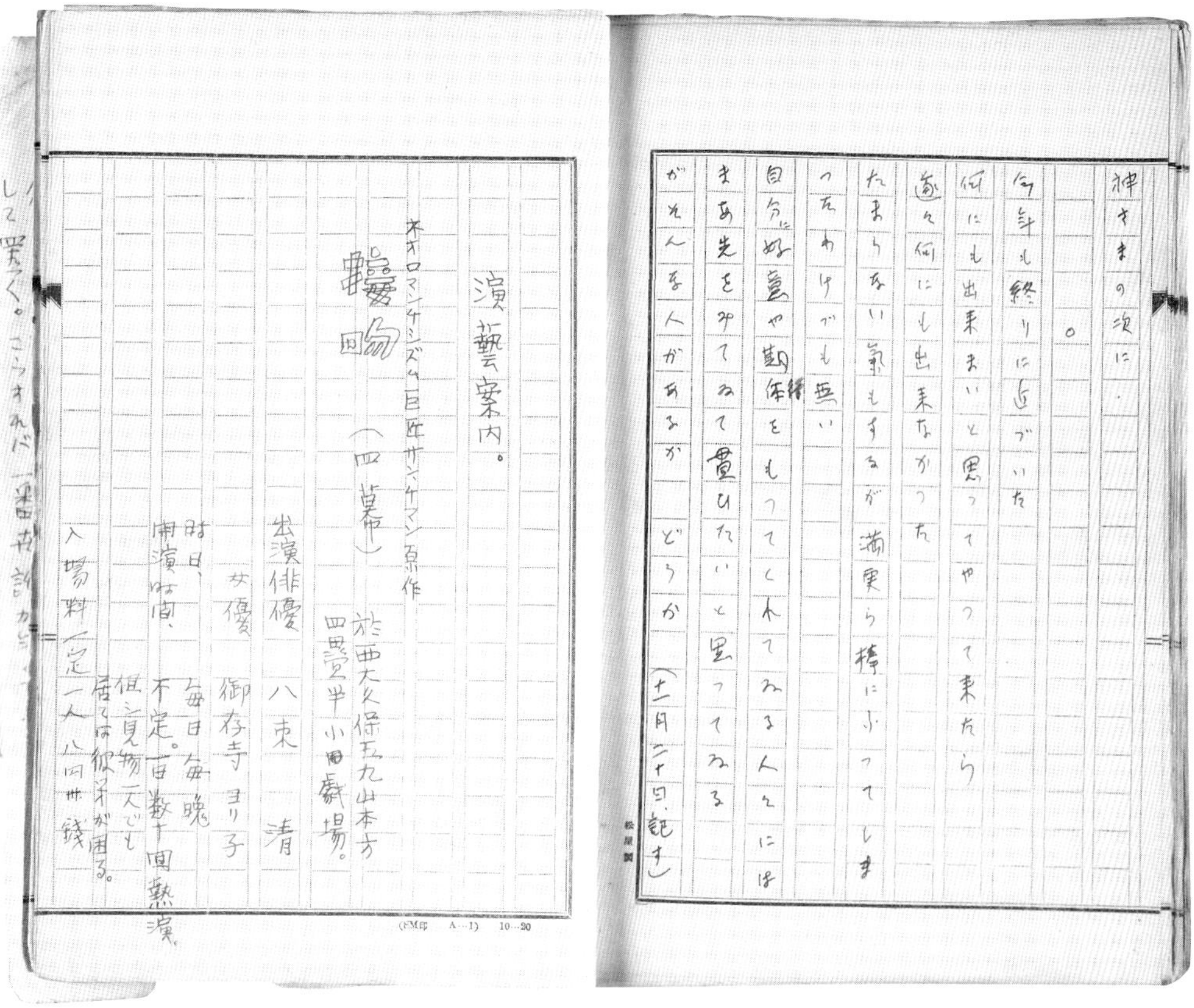

神さまの淡に。
今年も終りに近づいた
何にも出来まいと思つてやつて来たら
益々何にも出来なかつた
たまらない氣もするが満更ら棒にふつてしま
つたわけでも無い
自分に好意や勘体をもつてくれてゐる人々には
まあ先をみてゐて貰ひたいと思つてゐる
がそんな人があるかどうか
（十一月二十日記す）
演藝案内。
ネオロマンチシズムの巨匠サンケマン原作
轆轤（四幕）
於西大久保五九山本方
四畳半小田劇場。
出演俳優 八束 清
女優 御存寺ヨリ子
時日、毎日毎晩
開演時間、不定。百数十回熱演。
但し見物一人でも居ては役者が困る。
入場料一定一人八円卅銭

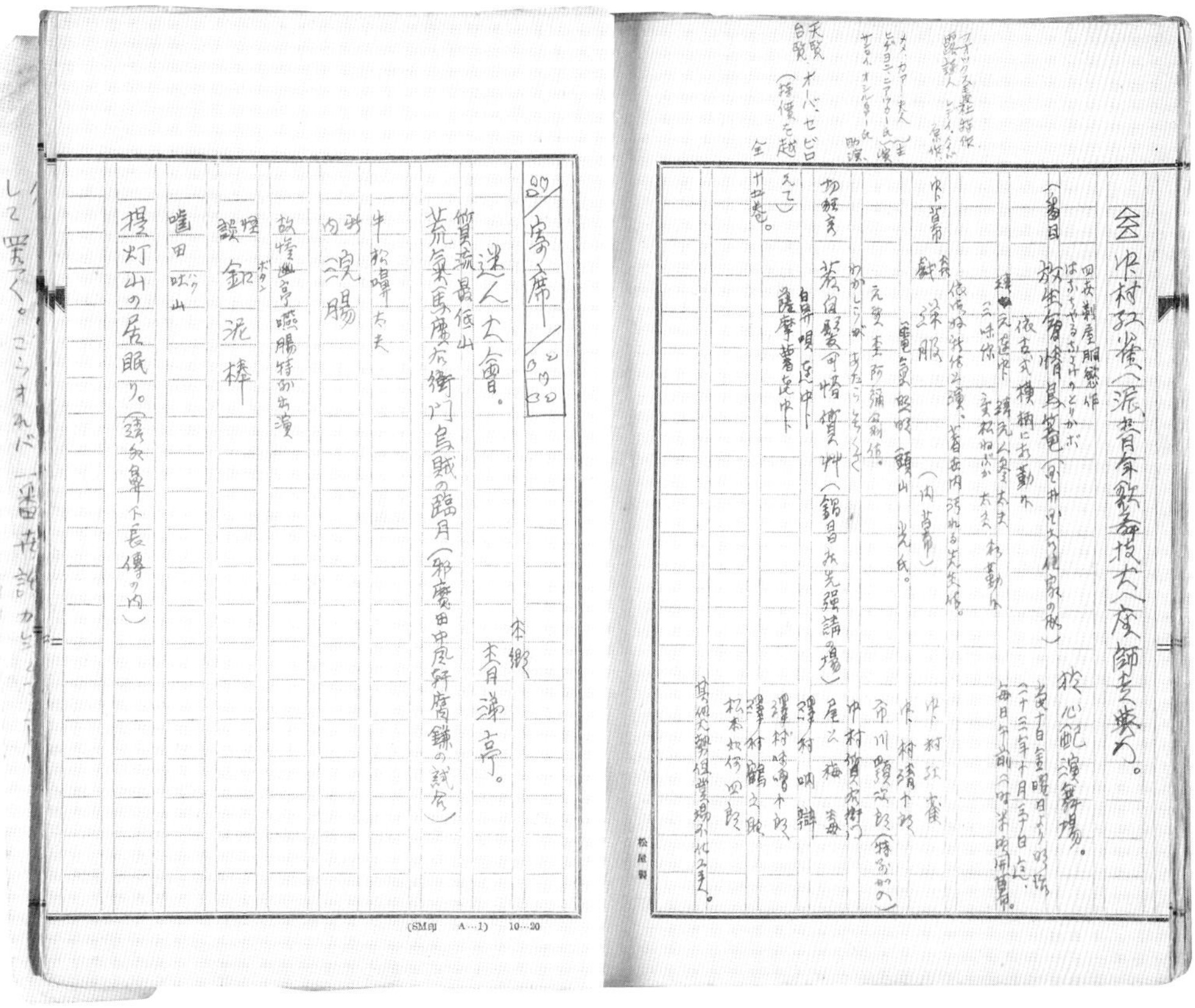

中村狂雀一派音曲歌舞伎大（度師走興行）。
於心配演舞場。
発十日金曜日より（二十三年十月三十日迄）
毎日午前八時半時開幕。
（番目）
四安 剃屋朋惣作
放埒賀情見笛竜（玉井甚太夫の化家の段）
依古式積柄にお勤め
三味線 無道 玄逆作 清元人蓑太夫
変松ねぶか太夫 お勤め
依時好新作出演、荷安内汚れる先生作
（中幕）
新作 猿臉（電気踊）頭山光氏。（内幕）
元寇 垂防弾の剣作
わかしこりがあたらをくさ
切狂言
蒼白鬘可惜讃竹（鋼昌み光強請の場）
白狒唄居中下
薩摩蓄足中下
天覧台覧 オーバーセピロ（採價を越えて）
全十卅巻。
中村狂雀
中村猪十郎
市川頓次郎（特別出演）
中村猪久衛門
屋久海 安海
澤村明辯
澤村味噌十郎
澤村鶴之助
松本奴侍四郎
其他大勢但当場不仕マス。
寄席
迷人大會。
本郷 青海亭。
賀流最低山
荒氣（馬鹿右衛門烏賊の臨月（邪魔田中風軒腐鎌の試合））
中松嘯太夫
内新 浣腸
故憧幽亭噺腸特別出演
怪談 釦《ボタン》泥棒
嗤田吐《ハク》山
提灯山の居眠り。（鋳矢鼻下長傳の内）

演藝案内

右の内故人情與亭燃腸ん此案内の如く確に故人の志遂を之りへ共
此回に限り特に押え出演仕りどもお成、是こそ七具の迷人とも
申す可く此点に大慶至極に存する同人首尾よく出現仕る暁には
お史此手拍子此喝采の程絶対にお断申上候　亭主敬白。

◎迷人揃成共限此回の場料特に値下げせず。
入場料此へ（各様僅に二銭五厘、軍人学生様
は特に勉強仕り倍額申請く。但し銭を携帯出入。
他に下足代として金六円五十銭見申請ける共、
是は今時露西亜に飢饉有之り節義捐金と成す可
く偏に保管致置くもの也。　恐惶謹言。

萬案内欄。

無念荒演會。　於當田錫代物教青年快感。

一、無茶荒寺立腹氏。
A、馬鹿ラシキ村ト其ノ氣焔事業ニ就イテ。
B、達磨ノ悪愛問答。（自作自演）

二、長嫁前漏氏、
A、生長スル面胞ノ群ト小數ノ一人。（詩弄読）
B、乞食《ホイト》マンヨ、此前ハビタミンMヲ要ンダカ（同前）

三、犬牙陰険
A、余ノ最得意トスル深窓ノ處女ノ描寫ニ就テ。

して置く。こうすれば一番安心話が早くて良い

B、政治家ノ家庭ニ置ケル藝術意識。

四、獅田獸性氏。
A、雑誌不義ノ装幀其他。
B、初期浮世繪ニ現レタル近眼ノ朦朧味ト近代ニ缺乏セル
不潔美ノ研究並ビニ汚穢美ノ探索的興味ヲ論ズ。

以上、

時日、毎日今頃ヨリ、翌日正午頃迄。
會費、無料、但シ入場者ニ限ラズ会場ノ前ヲ
通過シタルモノハ人類大明神ヘ此賽銭トシ
テ各人月收入ノ約百分ノ一以上ヲ喜捨スルコ。
注意、鶏官ノ片鱗現レテ荒演中止ヲ命ジ
タル場合、此等民衆ハ直チニ協力一致シテ
鶏官ヲ引裂キ、可成ケチンカツニシテ喰
フ可シ、併セテ天皇陛下ノ萬歳ヲ三唱シ、
次ニ雑誌不義ノ快楽ヲ歎スベシ、各夢々疑
フ事勿レ、自分達ハ本氣ニ此ノ氣持ヲ君
達ニ解ツテ慾シイト思フノダ。以上。

デッサン頒布會ノ事。

長島ら。のデッサンを頒布する會が出来た。

長島らのデッサンの妙味は独特のもので識者の間には頗

して置く。こうすれば一番安心話が早くて良い

(SM印　A—1)　10—20

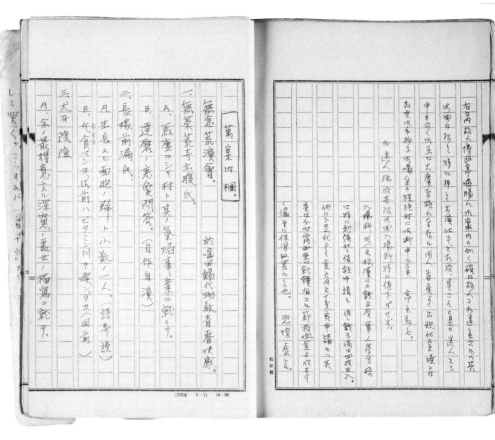

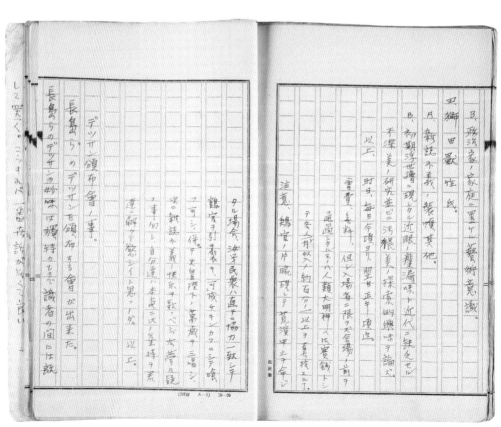

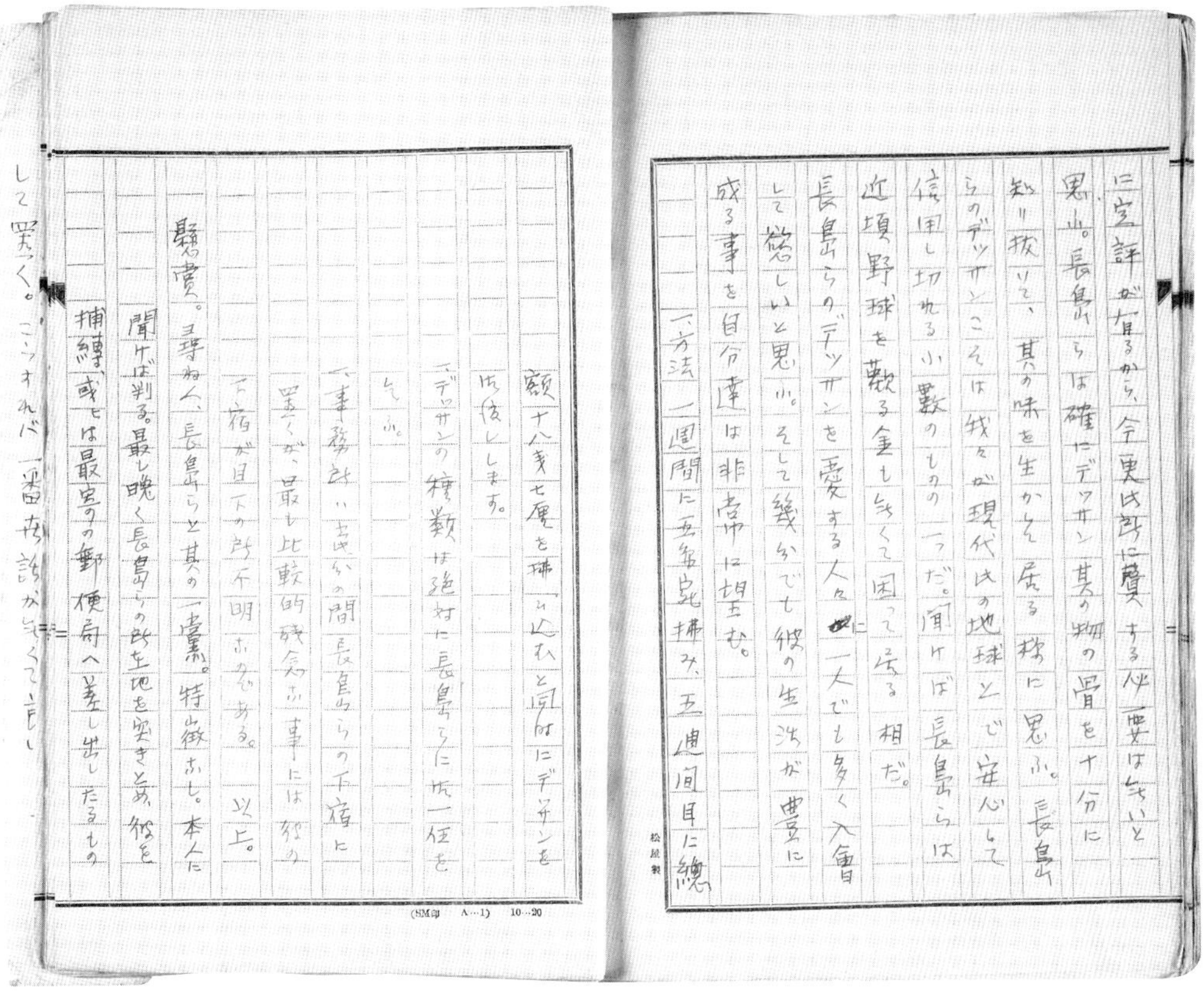

に定評が有るから、今更此所に贅へする必要は無いと思ふ。長島らは確にデッサン其の物の骨を十分に知り抜いて、其の味を生かして居る様に思ふ。長島らのデッサンこそは我々が現代の地球上で安心して信用し切れる小數のものの一つだ。聞けば長島らは近頃野球を觀る金も無くて困って居る相だ。長島らのデッサンを愛する人々に一人でも多く入會して欲しいと思ふ。そして幾分でも彼の生活が豊に成る事を自分達は非常に望む。

一方法 一週間に五枚宛描み、五週間目に總額十八錢七厘を振り込むと同時にデッサンをお渡しします。

一、デッサンの種類は絶対に長島らに一任を乞ふ。

一、事務所は当分の間長島らの下宿に置くが、最も比較的確実な事には彼の下宿が目下の所不明なのである。 以上。

懸賞。尋ね人、長島らと其の一黨。特徴なし。本人に聞けば判る。最も晩く長島らの生地を突きとめ、彼を捕縛、或ひは最寄の郵便局へ差し出したるものして置く。こうすれば一番話が早くて宜しい

(SM印 A…1) 10…20

松屋製

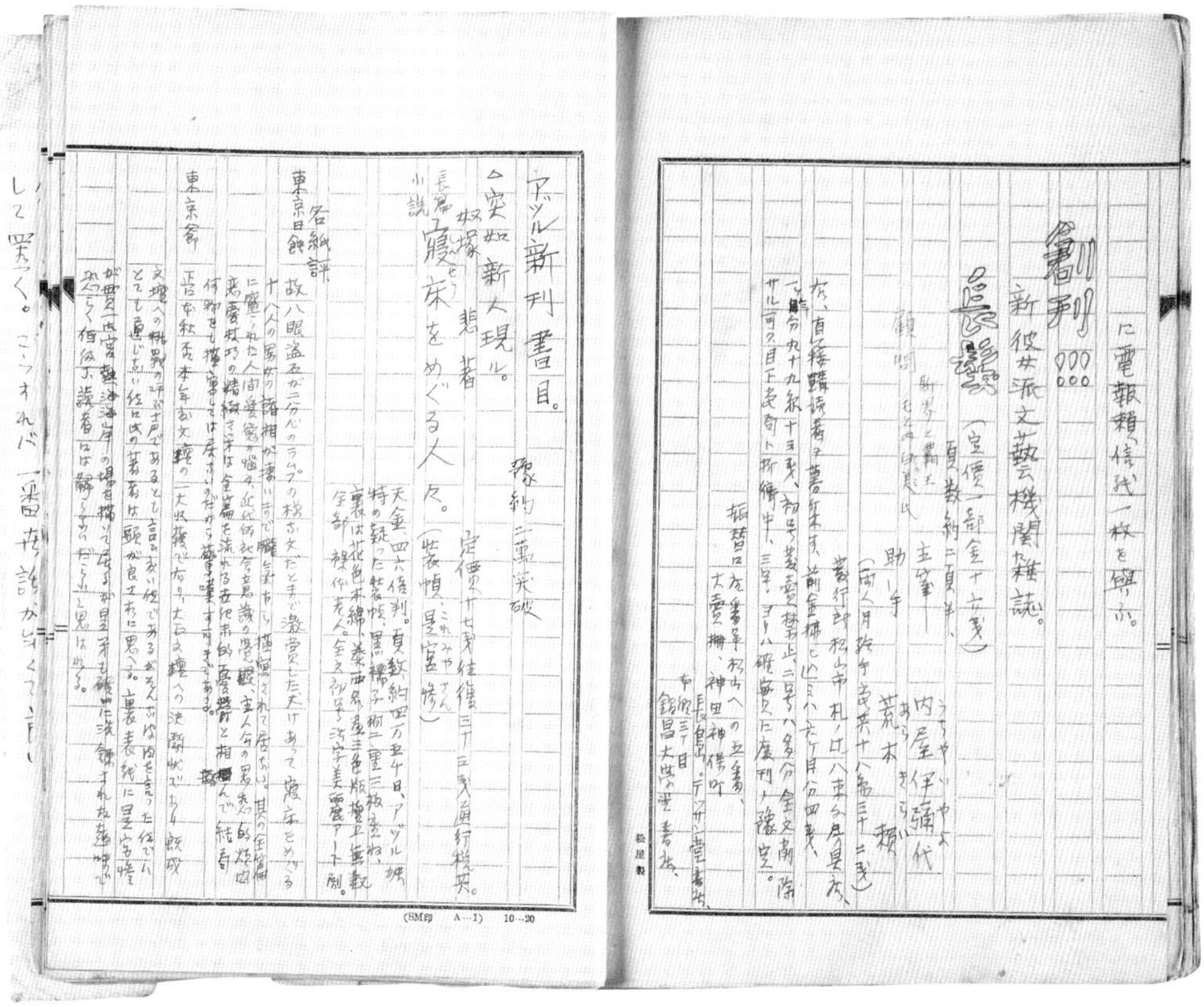

に電報類（信紙一枚を與ふ。

創刊。。。。。。

新彼女派文藝機關雑誌。

長髪（定價一部金十五錢）頁数約二頁半、

顧問 斯界之覇王 もぐらの塚退氏

主筆 ― 内屋伊稲代《うちやいやよ》

助手 荒木穎《あらきえい》

（両人月給各金貮十八錢三十二錢）

發行所 松山市札ノ辻八丁目番外

右、直接購読者ヲ募集ス、前金拂ヒ込ミ八ヶ月分四錢、一ヶ年分九十九錢十五錢、初號發賣禁止、二號ハ多分全文削除サル可ク、目下表紙ト折衝中、三號ヨリハ確實ニ廢刊ノ豫定。

振替口座 番号 松山への五番、

大賣捌 神田神保町 長島デッサン堂書林、本郷三丁目 錦昌大學堂書林、

松屋製

アヅル新刊書目。 豫約二萬突破

△突如新人現ル。 定價十七錢 往復三十三錢 通行税共。

奴塚悲著

長篇小説 寢床《しんせう》をめぐる人々。（装幀、是宮《これみや》さん修）

天金、四六倍判。頁数約四万五千頁、アヅル特有の凝った装幀、黒襦子製二重三枚重ね、裏表は花色木綿、挿画三色版挿入無数 全部裸体美人。全文印字活字美麗アート刷。

各紙評

東京日日 故八眼盗五が二分心のラムプの様な文だとまで激賞した丈けあって寢床をめぐる十八人の男女の諸相が凄い迄で躍如として描寫されて居る。其の全篇に盛られた人間愛慾の悩み、近代的社会意識の覺醒、主人公の男女の性的煩悶焦燥技巧の精緻さ等は全篇を流れる古典的匂と相俟って結局何物も推薦しては居らぬのだから讃嘆すべき書である。

東京[illegible] 正日秋香本年度文壇の一大收穫であり大正文壇への決闘状である。文壇への挑戦の叫び声であるとも言へない位であるがそんな内容を言った位では到底此の著者は頭が良すぎに思へる。裏表紙に至る迄も誰の手に淡々……恐らく何故に読者にはわからないだらうと思はれる。

して置く。こうすれば一番話が早くて宜しい

(SM印 A…1) 10…20

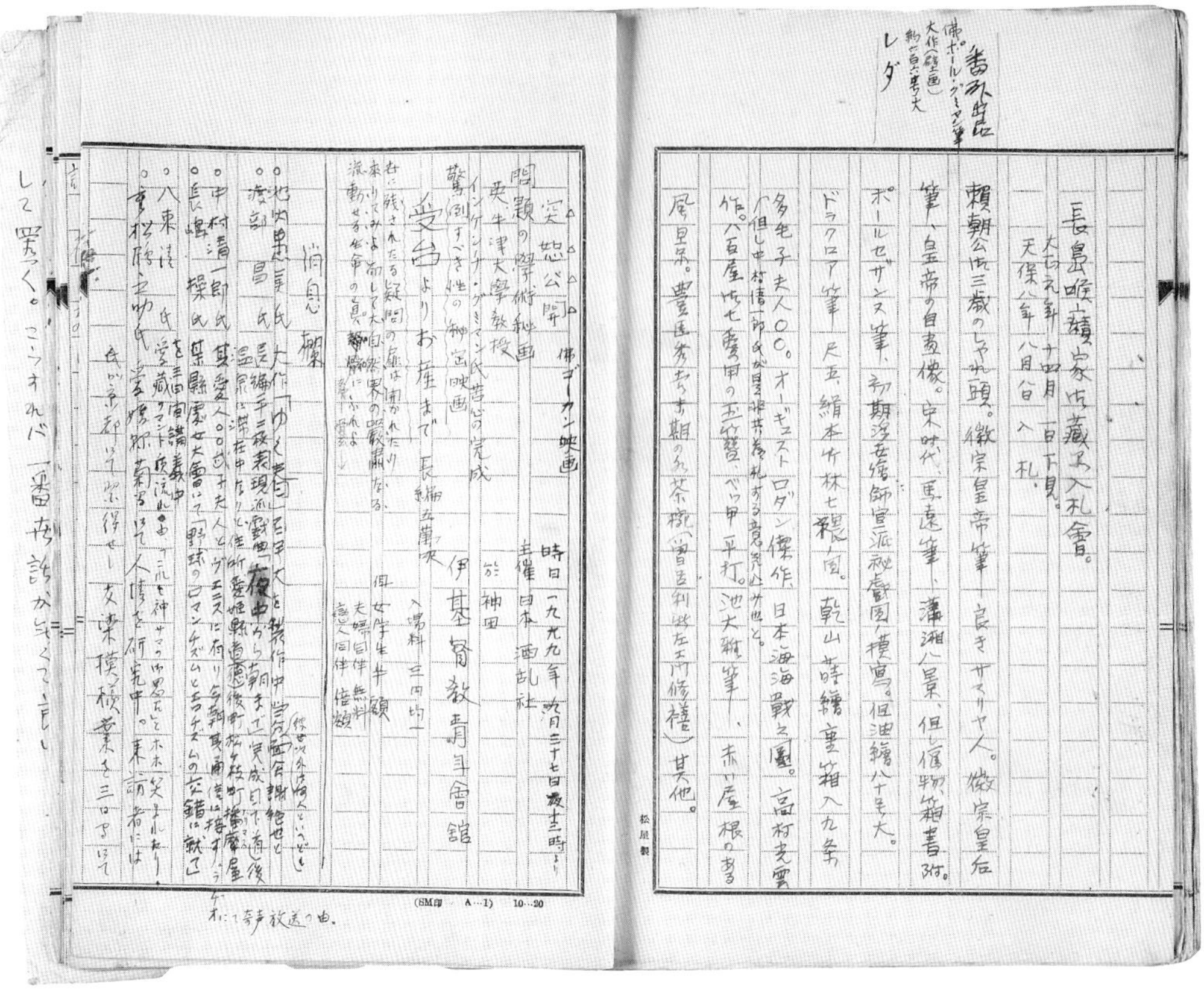
番外出品 佛ポール・ゴーギャン筆 大作（壁画）約六百六十号大 レダ

長島喉積家所蔵品入札會。

大正元年十四月一日下見。

天保八年八月六日入札。

頼朝公十三歳のしゃれ頭。徽宗皇帝筆良きサマリヤ人。徽宗皇后筆、皇帝の自画像。宋時代馬遠筆、瀟湘八景、但し偽物、箱書附。

ポールセザンヌ筆、初期浮世絵師宮派秘戯図ノ模写。但油絵八十号大。

ドラクロア筆 尺五絹本竹林七賢ノ図。乾山蒔絵重箱入九条多毛子夫人〇〇。オーギュスト・ロダン傑作、日本海海戦之図。高村光雲（但し中村清一郎氏が目下非井茶礼する意見ありみ也と。）作。八百屋お七愛用の玉簪、べつ甲平打。池大雅筆、赤い屋根のある風呂桶。豊臣秀吉末期の名茶碗（曾呂利新左衛門修繕）其他。

△△△△ 佛ゴーカン映画
突然公開
問題の學術秘画
英、牛津大學教授
インゲンソナ・グミマン氏苦心の完成
驚倒すべき性の神密映画
受胎よりお産まで 長編五萬呎
時日 一九九九年九月二十七日夜十二時より
主催 日本酒乱社
於 神田
伊基督教青年會館
入場料 三円均一
但 女學生半額 夫婦同伴無料 恋人同伴倍額
右に残されたる疑問の扉は開かれたり 来りてみよ而して大自然界の厳粛なる流動せる生命の真ノ神秘にふれよ

消息欄
〇北内愚痴氏 大作「ゆくえ」百年を製作中（傑世以外は何人といえども）面会謝絶と
〇渡部昌氏 長編千三段表現派戯曲「夜中から朝まで」完成目下推敲後温泉に滞在中なり
〇中村清一郎氏 其愛人〇〇式子夫人とヴェニスに有り
〇長嶋操氏 某縣處女大會にて「野球のロマンチズムとエロチズムの交錯に就て」ラジオにて寄声放送の由。
〇八束清氏 愛蔵のマント病流れの由、これを神サマの御思召と木々笑まれたり。
〇東松勝之助氏 嬉野菊男と人情を研究中。
氏が京都にて豪遊せし友染模様の繪葉書三日ばかりて
して哭く。ここスオれバ一番お話が多くて宜し

(SM印 A…1) 10…20

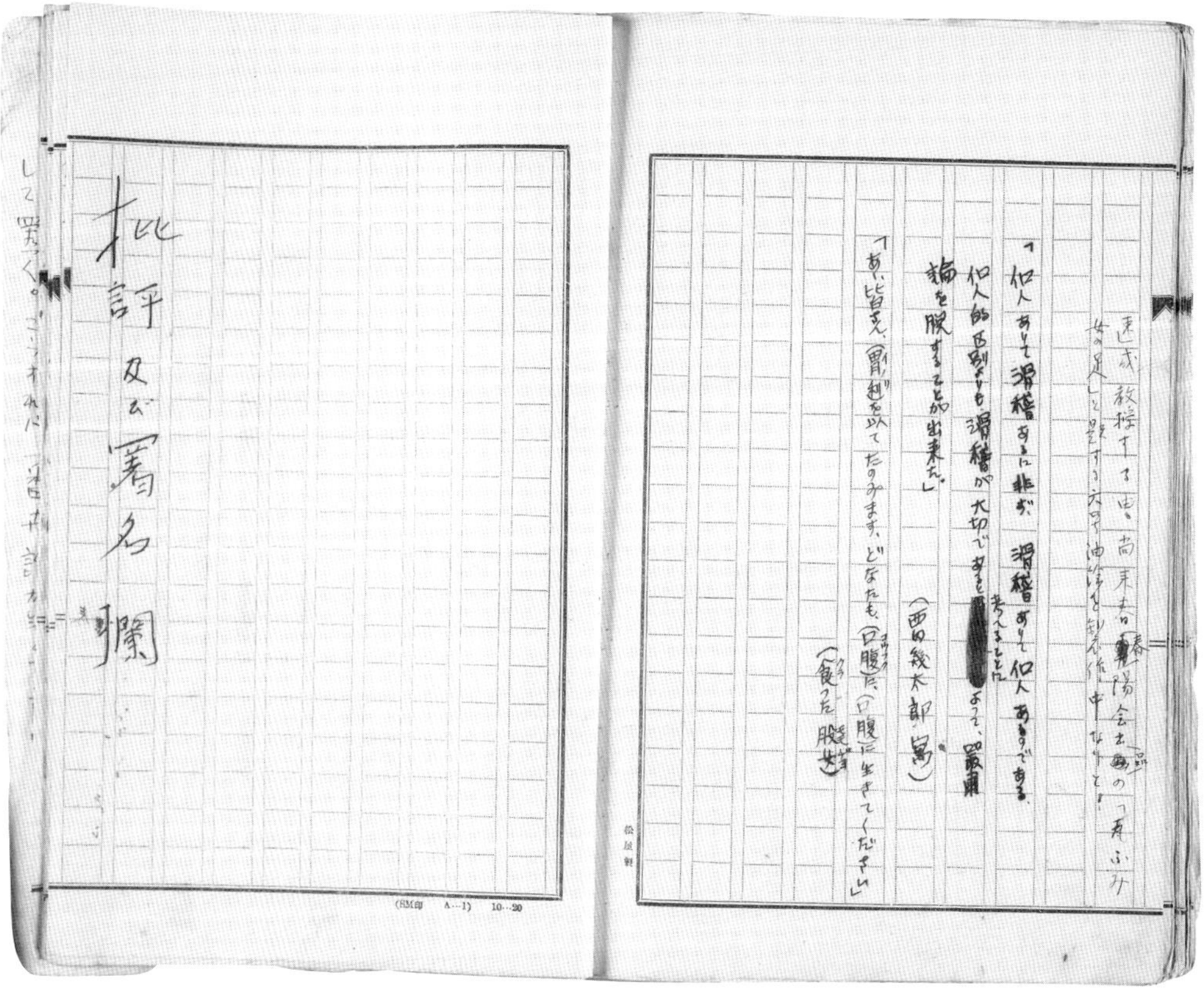
批評及び署名欄

速成教授する由。尚来る春陽会出品の「舟ふみ女の足」と題する六百号油絵を製作中なりと。

「仙人ありて滑稽あるに非ず、滑稽ありて仙人あるのである。仙人的区別よりも滑稽が大切であると[redacted]考えることによって、厳粛論を脱することが出来た。」

（西田幾太郎寫）

「あい皆さん、胃剣を以てたのみます、どなたも口腹に、口腹に生きてください」

（食った股女）

(SM印 A…1) 10…20

批評及び署名欄

批評及び署名欄

東京市外西大久保五九山本氏方　八束清

東京市外西大久保五九山本氏方　八束清

何か書かせてもらうつもりでかうして筆をとつてからもう一時間ほど経つけれど何にも書くことが無いことになつてしまつたどうせぼくなど批評のできる柄でもないし此頃と來たらてんで書きものがむつかしくなつて葉書一枚にも身魂を悩ますのですそのくせ出來上つたものをみると取柄の無い実に下らないものしか出來てゐません。よほどの用事でないと葉書さえもできないのですから他によい書きもの、出來るはづもありません。今のぼくは何にも出來ないぼくです

ねしなに一息で讀むつもりで始めたところが仲々、とう〳〵三晩もかゝった程今度は集つてゐます、毎月このくらひのものにはしたいと思ひます、来月は僕が装禎の番でしたから出來るだけ立派な奴をとねんがけてゐますが本文とは縁が無いかも知れませんから其節はハリマサないでこらえて下さい、

十二月二十五日讀了

東京市小石川区大塚上町廿九國井國吉方　中村明

東京市小石川区大塚上町廿九國井國吉方　中村明

此度の編輯は私の家で致しました。池内兄がイの一番に御いで下さいましたので有難うございました。朱欒の盛大なる正に驚くべきものでして、このむきだと行く末が思ひやられますな。ついては以下人種別に批評の責を果たす。

池内愚美老様。

表紙も扉も気に入り候。

詩、「雀の死。」これはどうやら長崎村の出來事らしうございます。誰ぞ。罪もない雀をバラ丸で打つたりした奴は。コレ蘆の葉。お前その男の風体に見おぼえがあるかい。ナニ白いジヤケツを着て居つたつて。それから、ふむ、その男の面目を語る唯一の特長といへはかりに顔の長さを八寸とすればアゴはたしかにその三寸はかりの長さをためてゐたと。フーム、それならば拙少々思ひ當るところもなきにしもあらずじやがそれにしても悪い奴じやのう。

ところでこの「雀の死」であるがそのよささたるや正に女學世界行きのセンチメンタリズムで何なら我が幼女の友の童謡にほしいと思ふくらひである。これを聞いて作者怒ることあるべし。

(木村荘八)

戯曲。は失敗の御作だと思ひます。戯曲としての面白味がないから二人の對話文にした方がよからうと思ひました。それから

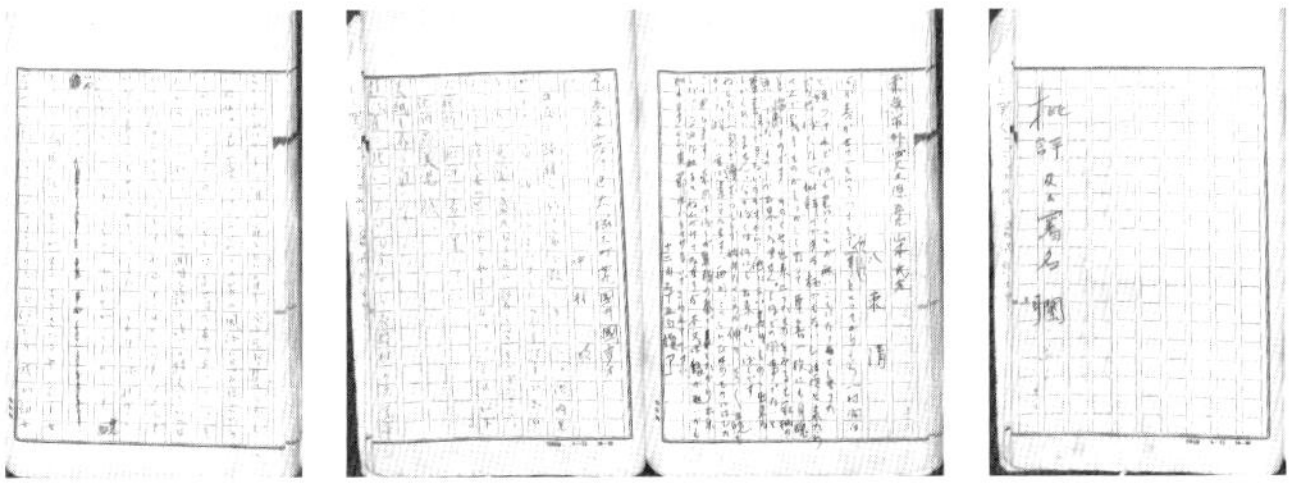

男の口では聰明だの何だのかいてあるところの女の方がどんな風に聰明なのかわからないです。ことに最後にたとへ事實はさうであつたにせよ男がおらんだり女がヨヨと泣伏しておしまひであつたりするのも甚だこつけいで新派悲劇を見たをやうで驚くべきセンチメンタリズムがちようりようばつこしてゐる。日本でいへは金色夜叉以前である。

あまり悪口をいふと罪なけんここらでやめる。

「或る夢の記錄」夢の心理が巧な筆でか、れてある。うまいと思ふ。

「峯の松風」この文を批評しようと思ふと一句一句反駁したり疑問を呈したりせんならんのでめんどくさいのでやめやうかと思ひましたがそれは決していいことではないので一應私の感じた通りをかきますと、池内兄の言はれている逃避主義と抵抗主義といふものの内容が自分にはどんなものを指してゐられるのかわからないのが第一で、それが人間の二樣の生活対度で其他はごまかしであるといふのが才二にわからない。しかし漠然とわかつたと思ふところをいふとつまり逃避主義とは広い意味における虚無主義《ニヒリズム》の意であり抵抗主義とは広い意味における主我主義を指してゐられるのかと思ふ。しかしこれは決して池内兄も言はれてゐるやうに主義ではない。傾向である。それ故にイズムの名を付けてよふことは誤解を招く元であるから私がここに広い意味における虚無主義、広い意味における主我主義といつた言葉も一應この内容を明かにして置かねば誤解をまねくかもしれないから説明すると、一言にしていへば前者には我々の現実生活、即ち本態的、自然的、社會的生活に對する厭悪乃至否定があり、甚だしきは生そのものに對する否定があるといふことである。尤も生の否定にまで行けば自殺するまでであるが、逃僻主義は如何なる意味においても全然否定してゐるのではないので、厭悪しながらも執着する場合と、全然諦める場合と二つある。この場合前者は非常に殉情的《ロマンチツク》でセンチメンタルで悲壯《ヒソウ》で月夜《ヨ》のやうにそれはうつくしいがそのうつくしさは彼自身で彼の傷をかきむしるのであり、それは女性的で神徑質でついたらこけさうなのである。フワフワとさまよひ歩いてゐる。これに反して諦觀《アキラメ》といふものは理性的で現実的なるものに對する自己の執着をすつかり断つたかはりにその没意欲なる自己を此世に生存させようとすることに意志を向けるので彼の生存の目的はやはり生存にあるのだが彼の生存の意義は生の意義を否定することにあるので「人生は朝露の如くはかなし。すべては無に帰す。すべては去る滅ぶ。無のみ。無のみ。無。無。無。」といふことを見思ひ信じ言ひ書くことに唯一の慰安を唯一の安心を見出す。何故安心するかといへば彼の生存の目的が達せられたからである。この生存の敗者の生に對する無意識の復しうが諦観といふ形式でなされるのである。

私の意味する虚無的な意味での逃避主義に對する解釋は右の二種である。尤も中にはあの西行のやうにこの二つの、即諦めんとして諦め得ずされぱといつて全然殉情的にもなり得ず、中ぶらりんの間をさまよひ歩いた精神もあると思はれるからそれらも数へると、根城は諦觀の方に持つて居りながら時々折にふれて詠嘆の世界に遊びに出る者と、平ぜいは詠嘆の世界にさまよひながら時に應じて諦観に逃げこむ者と都合せて四種類の逃僻的生活の対度があるわけであるが、まだこの四種のどれにもあてはまらないところの逃避的生活対度が一つある。それは後

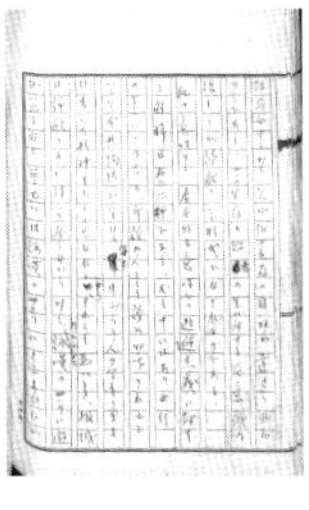
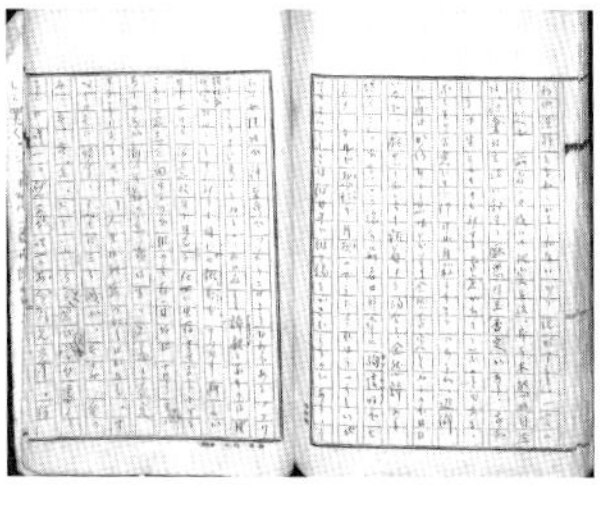
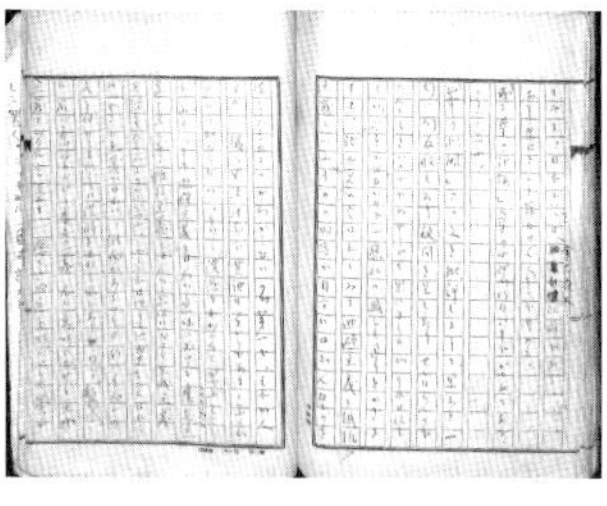
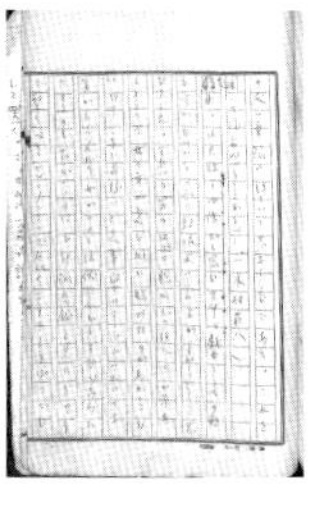

でのべます。

　さてこの四種の逃僻的対度が藝術を生む場合もその内容が詠嘆、感傷、諦観、虚無等であることはいふまでもない。東洋殊に日本にはか丶る内容を有するところの藝術が多くあるやうに思はれる。たとへば西行はこれらの間をさまよひ歩いたものであり、バセウは主として諦観の上に落着いて虚無の中に没入せんと試みた人であるかもしれないが何も東洋にばかりかぎつたわけではなく西洋の文藝美術にもずいふん逃避主義はある。ゲーテの若きエルテルはセンチメンタルな厭世家のオーソリーテイでつひに絶対の逃避であるところの自殺に終局をつげたのである。けれどもゲーテその人はエルテルで終り或は諦観者で終るにはあまりに偉大な人であつたのでやがてすぐにこの虚無的な意味の逃避者たるに甘んじないで何人も知る如くあのファウストの最後において見らる丶やうな、生活の手段《シュダン》としては逃避的であれあくまでも自己意志を捨てることができないので虚無的な逃避者が鹿瓜らしくすがりついた安つぽい悟道や安心立命は死ぬまで出來なかつたのである。それを兎に角東洋は逃避的對度が發達し西洋は抵抗的對度が發達してゐるといふことをみとめるとしてもそのために西洋の畫が寫實的で東洋畫は象徴的でそしてその象徴的といふことは寫生的といふことでそれが又寫実的と違ふのであつたりする区別はとこから出てくるのかさつぱりわからない。一体こんな様式上の区別をする必要があるのかしら。もし視覚的といふことを寫実的といつてゐられるのならそれは只油絵具と水墨の相違ではないかしら。一体象徴でない藝術があるのかしら。しかし大体池内兄の意味する處はわかるとしても、支那の古の純粋の写生畫をかいた人例へばキソウ皇帝の様な人の逃避的対度と芭蕉や西行の逃避的対度を形式が逃避的だといふ理由で生活の内容までをむざうさに同一視することはちとどうかと思はれます。西行のやうな乞食坊主は他人が見てゐると思ふと、「志ばしとてこそ立止りけれ。」じやの思はせ振りなことをいつて人の弱氣に訴へるやうなことばかり歌つて自らなぐさめてゐるのである。これを万葉集あたりの本格の歌調と比較するときはじめてその小ささがわかる。私は西行のやうな境地を以て歌道の邪道であると思つてゐる。けれども歌のことはこれで止める。絵の方でも、たとへキソウ皇帝が逃避生活をしたとしてもそれは手段としてで、彼は現実的なもの、本能的なもの、自然的なもの物質的なもの、此の世のもの、から逃げやうとしたのではないので事實は反對で、彼はそれらの最もよいもの最も上等のものをよりによつて御ちそうでもたべるやうに嬉しくて幸福でたまらんといふ気持ちをぢつとおさへて描かうとしてのためである。在野の南画家のやうに現實から逃避して山を描いて山を描かず水を描いて水を描かざるもぬけのからとはちがふ。

　池内兄は幸不幸を超越して現世を解脱して永遠不易の世界にはいるといつてゐられるが、人間は死なないかぎり現世を解脱したり幸不幸を超越したりできるかしら。悟道といひ三昧といふのもつまり彼の到達した幸福な現世ではないかしら。

逃避も一種の抵抗的対度ではないかしら。彼等は無関心だの虔虚の性だのいつてゐるが、それは最も消極的な抵抗的対度である。自然は我々に対して盲目的な意志を持つてゐ、我々もこれに抵抗して我々の意志を働かさねば生きて行くことはできぬのでたとへこの我々の意志が或人には自然の意志と主張され、あ

る人には神の意志と解釋され、或人には自己の自由意志と考へられようがられまいが現實に處する我々の實踐的対度であるにかはりはないので、どんな生活様式も抵抗主義といはねばならぬ。けれども抵抗主義が抵抗主義といはれるためには意志が一つの目的に向つて働らいてゐて何ものかの有を建設し創造しようと努力するところにあるといはねばならぬとすると虚無的な逃避主義は抵抗主義とはいへないかもしれない。何故なれば彼等はたとへ目的を持つて目的のために建設し創造しようとしてゐるとはいへその目的は「無」であつて彼らはいづれも皆生の否定への道程を意識的に或は無意識的にたどつてゐるにすぎぬのだから。けれども彼らはその虚無を意欲するといふところに一種の宗教感を持つてゐるので鬼の首でも取つたやうな気でゐるがけつきよく彼らは生命である何ものをも創造しないであらう。がしかし客観的な眼で見れば彼らは矢張り抵抗をしてゐるといはねばならぬ。

——この間一日経過す——

ヤレ〳〵。下手の長談議をいたしました。

要するに私は生活や藝術の様式のことを問題にするのは愚だと思つてゐるからやめる。ある藝術が寫実的であらうが寫生的であらうが外光派であらうがポストネオクラであらうが今の私には一向問題ではない。問題は内容である。先づ内容があつて様式が生れる。

　ここには只私は池内兄が東洋人の精神活動の精華が虚無的な逃避主義にあるやうに云つてゐられることに疑問を呈し、日本の歌道の精神や東洋の寫生畫の内容までかゝる虚無観で説明しようとしてゐられる独断を指摘し、東洋にはもつと積極的な、生命への讃美此の世なる美しくよきものに対する胸一ぱいのよろこびの法悦の境地があることを注意し、そうした円満な精神にまで我々が生長せねば本当のよい藝術は生めないであらうこと、ここに至つてはすでに東洋西洋の別を越えてゐること。を言へば足りるのである。

　私の言ふことが賛成出來ねば今一度キソウ皇帝の鳩でもよく〳〵御らんなさい。そしてキソウがこの作品をつくるまでにどんなに苦しんだとしても出來上つた作品は何ものをも越えたる大なるよろこびを象徴してゐるばかり厭世も見えねば淋しさの片影も見えない。すでにこの境地になれば東西を越えてギリシヤ人の境地とも手をつないでゐる。それは次のやうに言つてゐる。「人生はこの鳩のように永遠に存在す。すべてはこの鳩に歸す。すべてはめぐり回帰す。鳩のみ。鳩。鳩。鳩。」これをかの虚無主義者らの描き歌うたところの「人生は朝露の如くはかなし。すべては無に帰す。すべては去り滅ぶ。無のみ。無。無。無。」と比べて御らんなさい。決して混同は出來ぬと思ひます。一体中川一政や野口米次郎や吉田弦次郎あたりが茶道や俳道やの虚無的な逃避主義を以て西洋人にはわからん東洋独得の…じやのいつもいひ度がるが、あたり前で茶道や俳道はどんなにしても平民的才二義的といふことをまぬがれぬので骨やすめにはよいが、日本人でも多少豊かな精神内容を持つてゐる人間なら大して立派な高貴な理想的な境地とは思はれない。生きた中味がないのだからあき足らぬのである。私とても決して理想的とは思はない。けれども私も逃避気分を多分に持つてゐる人間だからおしまひには身の程を知つて仕方なしに逃げて行くかもしれないけれども、その時も理想的だなどは言ひ度くない。もし世の

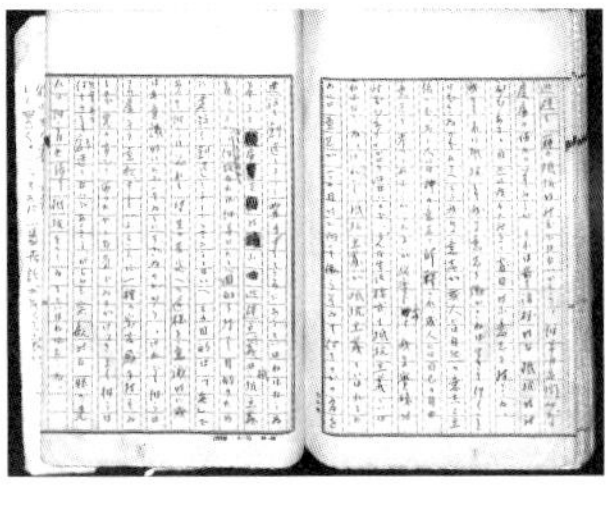

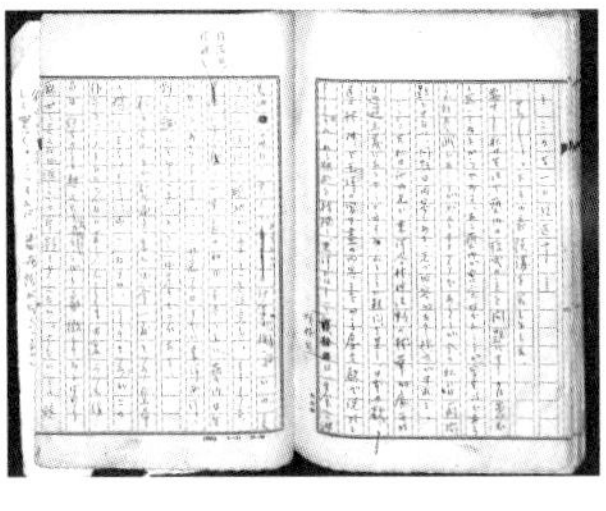

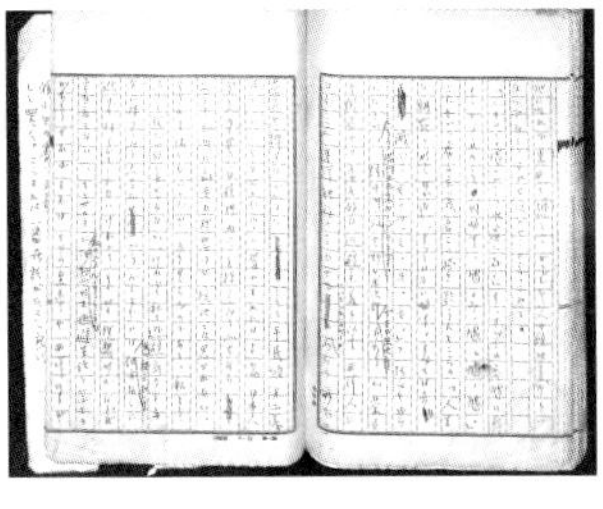

中に私の空想するやうな理想的な逃避生活といふものがあると
すればそれはキソウ皇帝や西洋にもギリシアの昔からあつたや
うな超道徳的享楽生活である。といへば他人は直ちに不道徳的
快楽生活のやうに思ふかもしれないがこれについては別に説明
をしようとて思はない。只この意味の逃避生活なら一向東洋の
特産物でもないことを附言して置くに止める。
昌さんと清さんの小説についても批評をせねば責任上相すまぬ
筈のところあまり下手の長談議に残数を費しすぎたので以上で
はりまさないでこらへてつかはさい。書き出すとどうせ後二枚
では足りませんから來月にでもかく。

十一月廿九日　批評をはり。

とは書いたが手短に批評丈けはして置きます。
渡邊昌様。
「恋文。」人生をありのま丶にうけ入れる素直な対度をよろこび
ます。将來の文壇は此のやうな人の堅實な現實的対度によつて
概念的の幽靈共が一刻も早く追出されることをのぞみます。只
文が小説としてすこしダラ〱と長すぎはしないかと思ひます。
中村清一郎様。
「菊ばたけ。」幽妙な哲理を含む香高い藝術。幾度もくりかへし
よみました。兄の名文家たる僕つとににらむ處。いづれ末は大
したものですな。(註、此の男の晩年には謡をやつたりする筈な
り)

東京府下豊多摩郡高井戸村字中高井戸南九六ノ二〇号　中村清一郎

東京府下豊多摩郡高井戸村字中高井戸南九六ノ二〇号
中村清一郎

明氏が、此欄に長尻をしたので、あし等は、「雪いんずめ」。背
水の陣でもしかんといかぬことになつた。明氏は原稿の少量だ
つた責を此處ではたしたつもりださうだからいたしかたがない。
(明氏は更に云ふ。批評かきたい人は、裏表紙をはずして原稿用
紙をこの後更に添附してくれゝばよいのであると)
批評、とくに豊さんの「女の部屋」については、云ふことが可
成りある。お昌さんの「恋文」についても、もう一度読みかへ
すつもりだから、云ふことがいろ〱出來てくるだらう。
面談の下手なこと定評あるも、いたし方ない。此場合、二人に
は会つた時、ポツ〱とそれを口で傳へるつもり。四日、(今朝も、
独逸語の時間に、おくれて行かんとしつ丶、)

告
中村明
右之者本欄を無断にて独占したる段不届仕極依て三日間睡眠
をとり上げ且罰金二円五銭也を徴発する者也
1年白、
本部

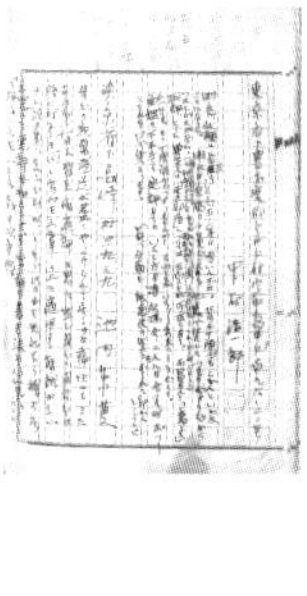
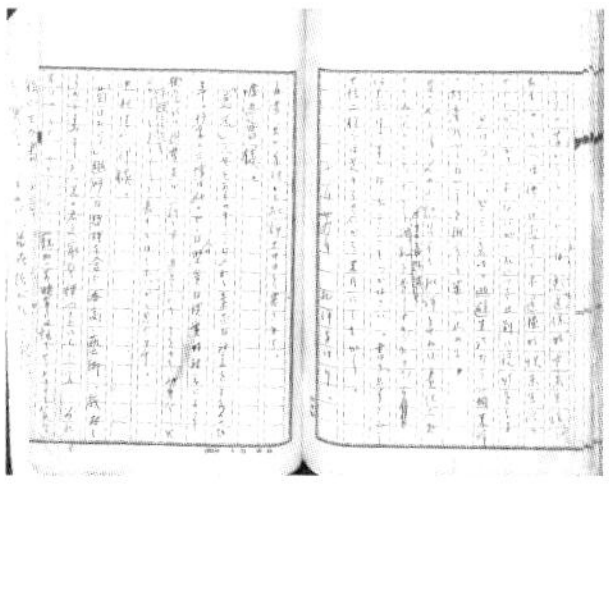

下段、□内の文は、原稿欄外の書き込み。八束清筆とみられる。

東京府下長崎村三九三九　池内茱萸

東京府下長崎村三九三九　池内茱萸

自分の粗製濫造が盡くやっつけられて居るのは痛快にもまたあはれで有る。皆至極適評と思ふ。然し當分の間自分は繪に対すると同じ良心を文章の上に適用する餘識がない。

少し頭の悪い言ひ分だが、それで此の本を失礼乍ら稽古台と思って悪評を物ともせず勇敢に書き流す心算、で有ることを一言致す次才也。

次に中明氏に注意し度いのは一人で批評欄をあんなに占領するのハ確に横暴と言ふ物也。

寧ろあの一文を独立させて次の号へ發表する方が策の得たる物であると思ふ。小生のものに付き長文を煩した事ハ感謝の至りで有るが、他の人の迷惑も考へねはならぬ、以上、

あの文中、西洋を抵抗主義、東洋を逃避主義と小生独断したるが誤りならバ、それは取消してもよい、さして重要な事でもないから、只そんな氣がした丈けである。

そして抵抗主義と逃避主義等と言ふものをやかましく言ふのがうるさいとあれバ是も撤回しても差支へない。あれも只そんな ものが有る様に感じた丈けである。それからついでだから是から後小生が書く文章のうち間違った所ハ全部豫め取消して置く。

こうすれバ一番吉話が無くて良い。

第四号 装丁・八束清

❖表紙「朱欒　第四輯」八束清作か。

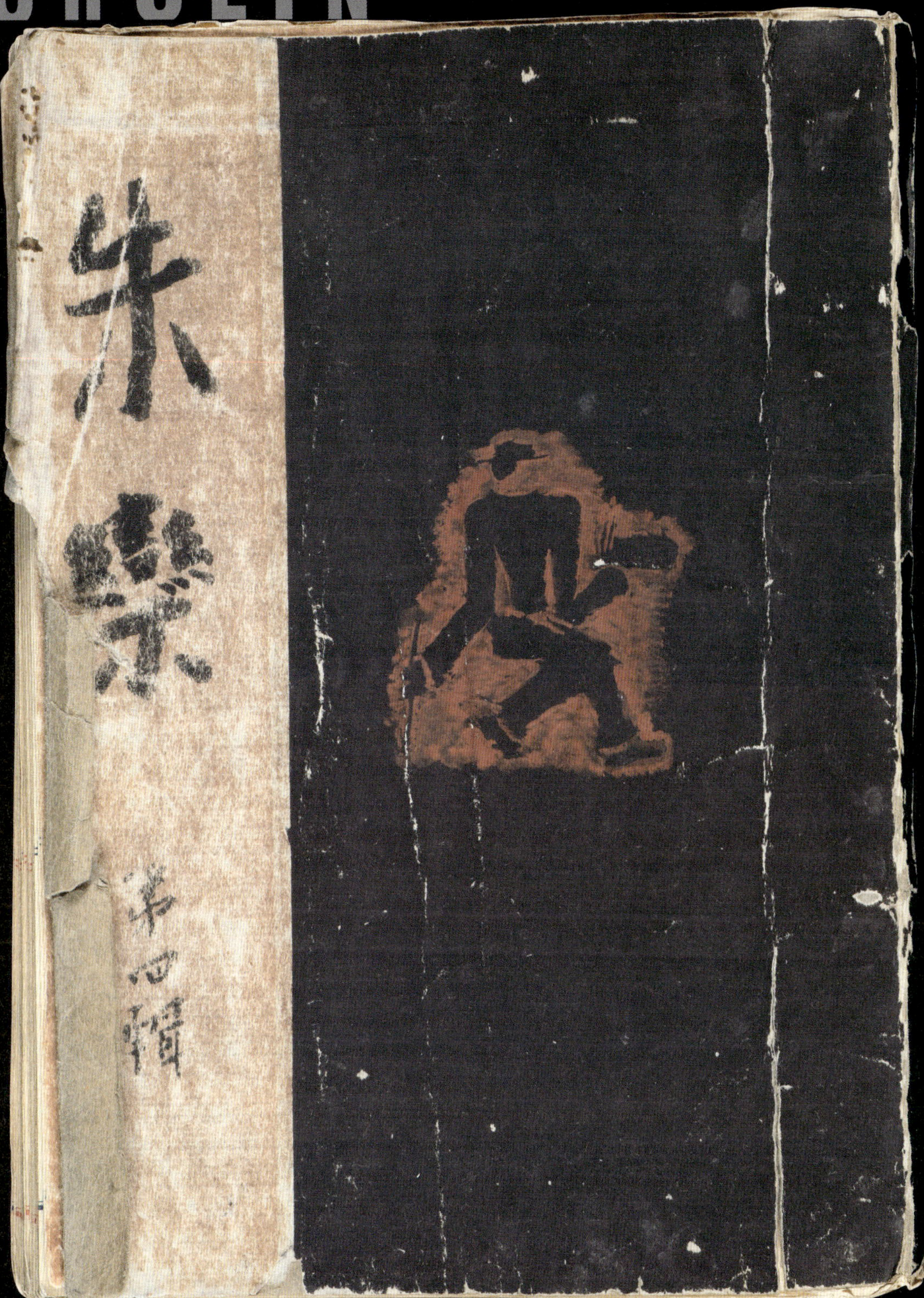

❖本扉
「朱欒 ォ四頭一八束青作か。

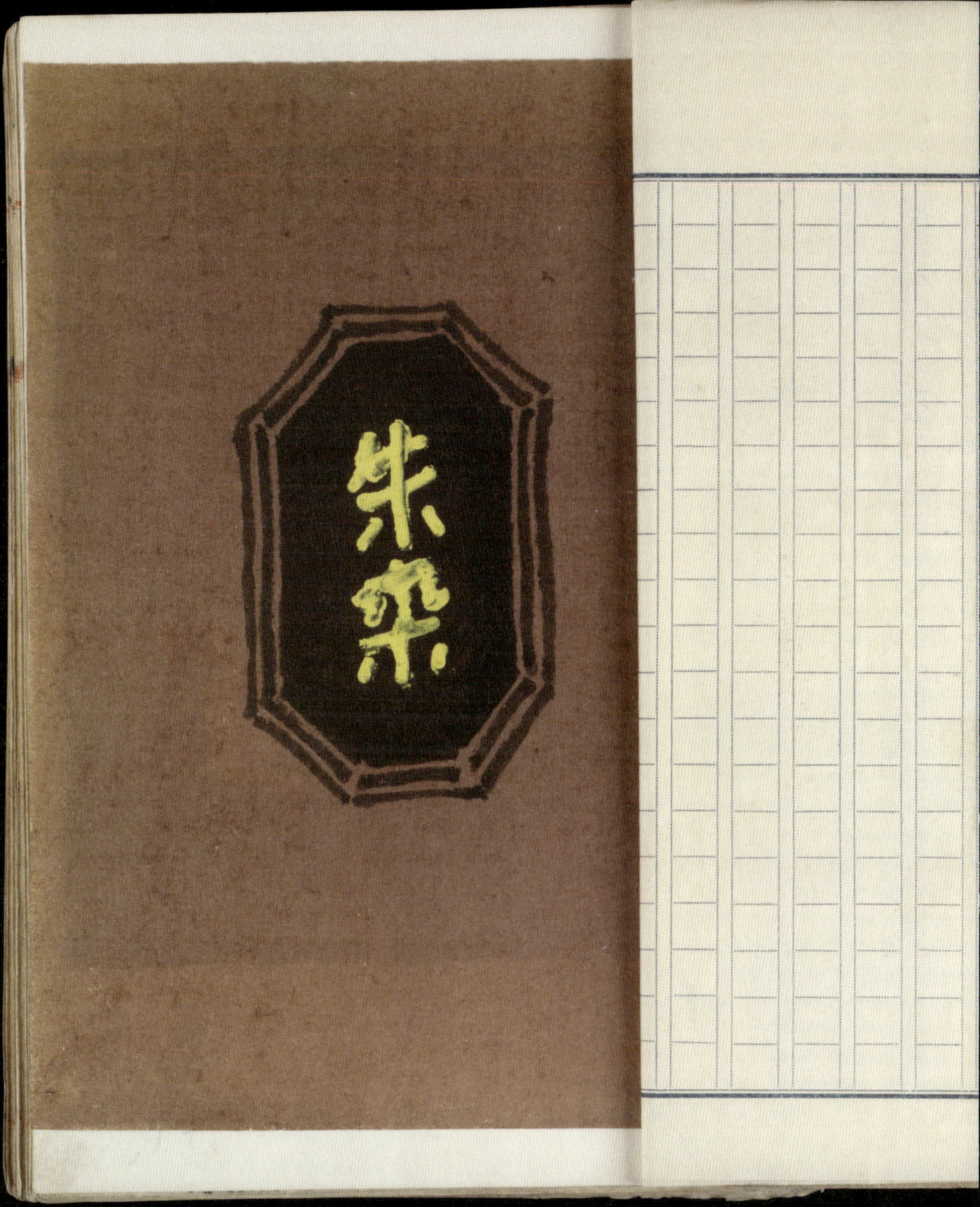
朱欒

口絵
内義豊画「猫之圖　大正十四年十一月廿二日　於長崎村　愚老人畫」
下隅には「禁萬年筆使用」とある。中村清一郎が四号巻末でこの絵について批評を述べている。

豊画「日本歌舞技圖　倣日本大畫之筆意　愚山人戯畫　藝題者　髪結新三也」
ー四年　十一月廿六日」歌舞伎演目「髪結新三」の一場面を描いたもの。

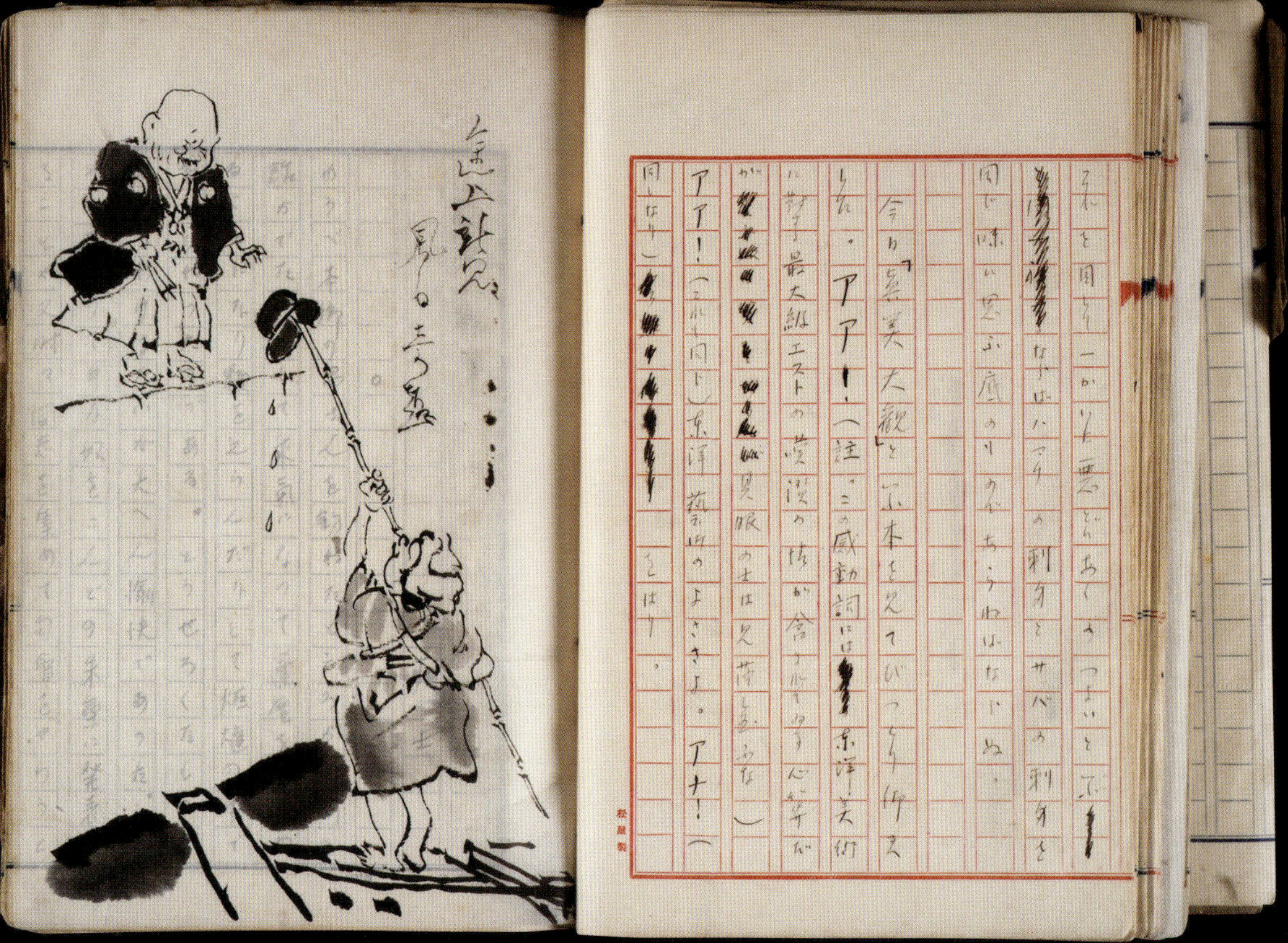

絵
義豊画「途上所思　風日奇趣」

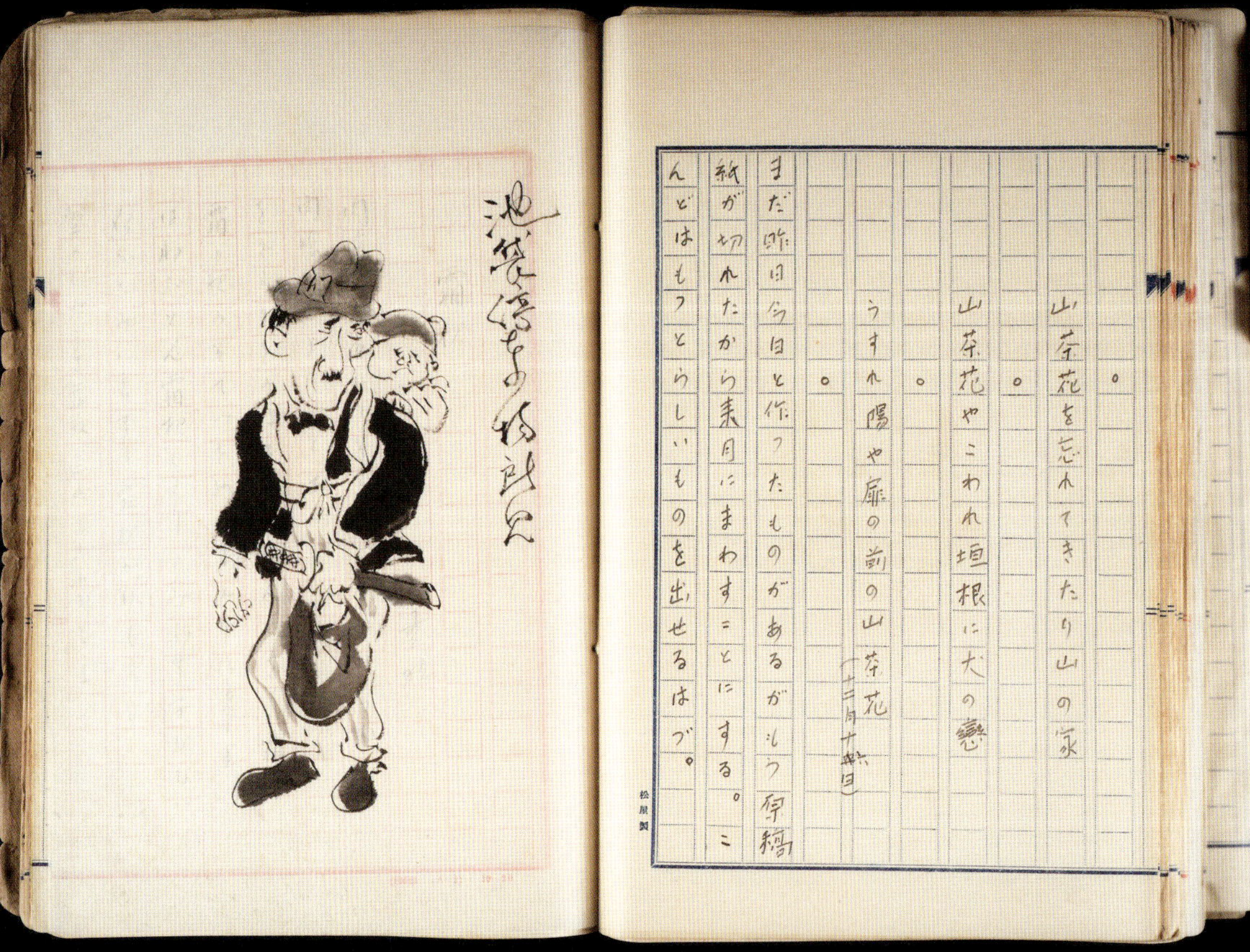
山茶花を忘れてきたり山の家
山茶花やこわれ垣根に犬の戀
うすれ陽や扉の前の山茶花
まだ昨日今日と作ったものがあるがもう原稿紙が切れたから来月にまわすことにする。こんどはもつとらしいものを出せるはづ。

❖挿絵
義豊画「池袋停車場所思」

諸君よ
我々は常に
一應は厭世家であるが
それでとかいつて生きて居るのだ、
そこで諸君よ、此の人生に於て
何が一番魅力があるかといへば、
我々は悲劇も嫌ひではないか、
そして此の美しい女の為めに
盃を上げようではないか。　一　一、　二、　四　一

無邪気な児
涙をながして居る児と
それを嗤つてくれる小僧

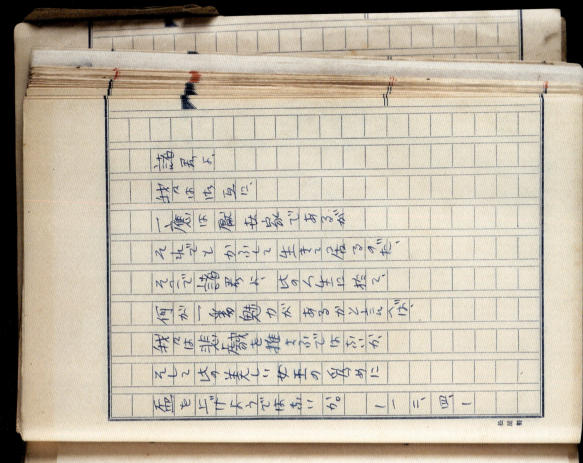

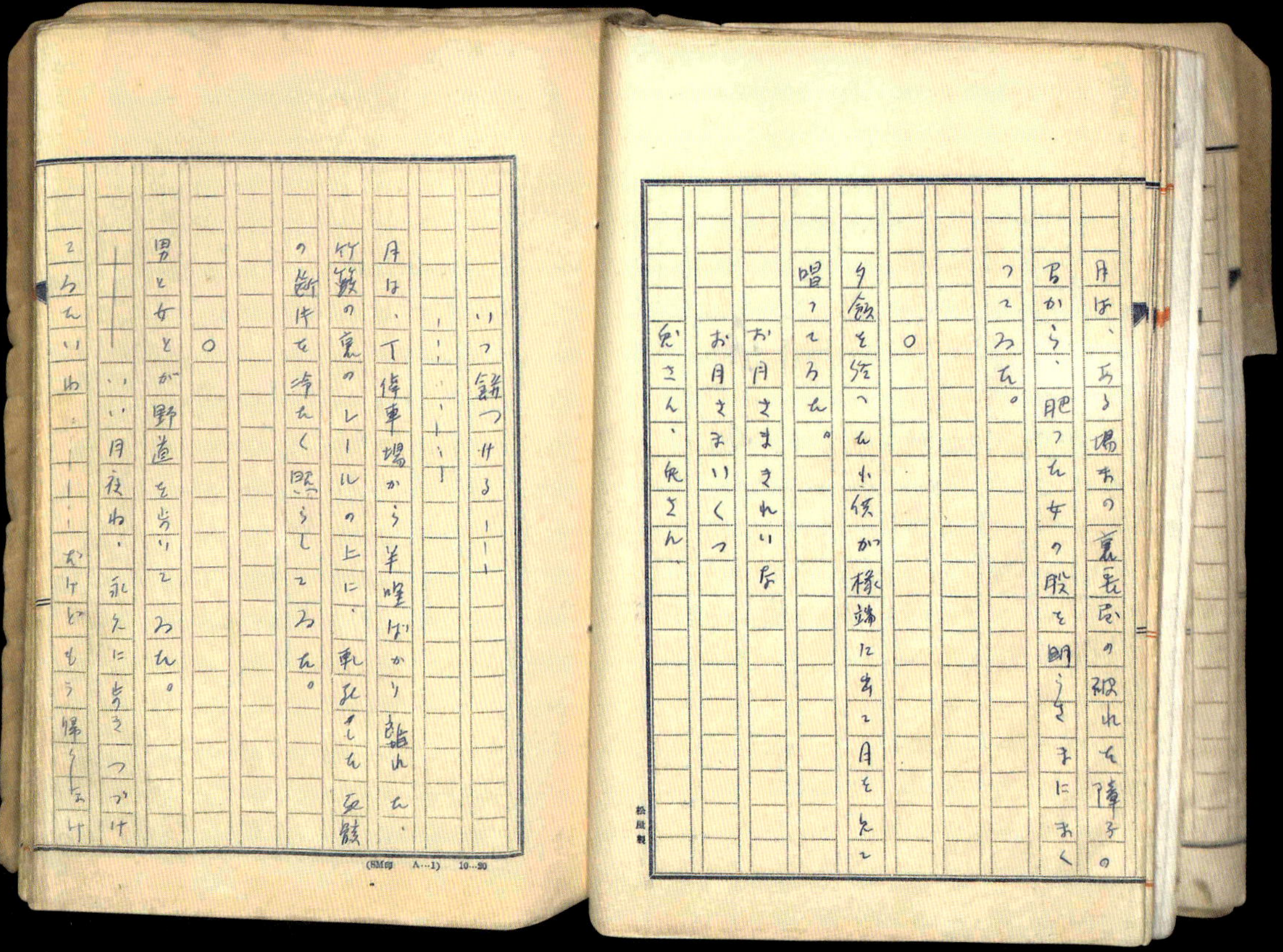

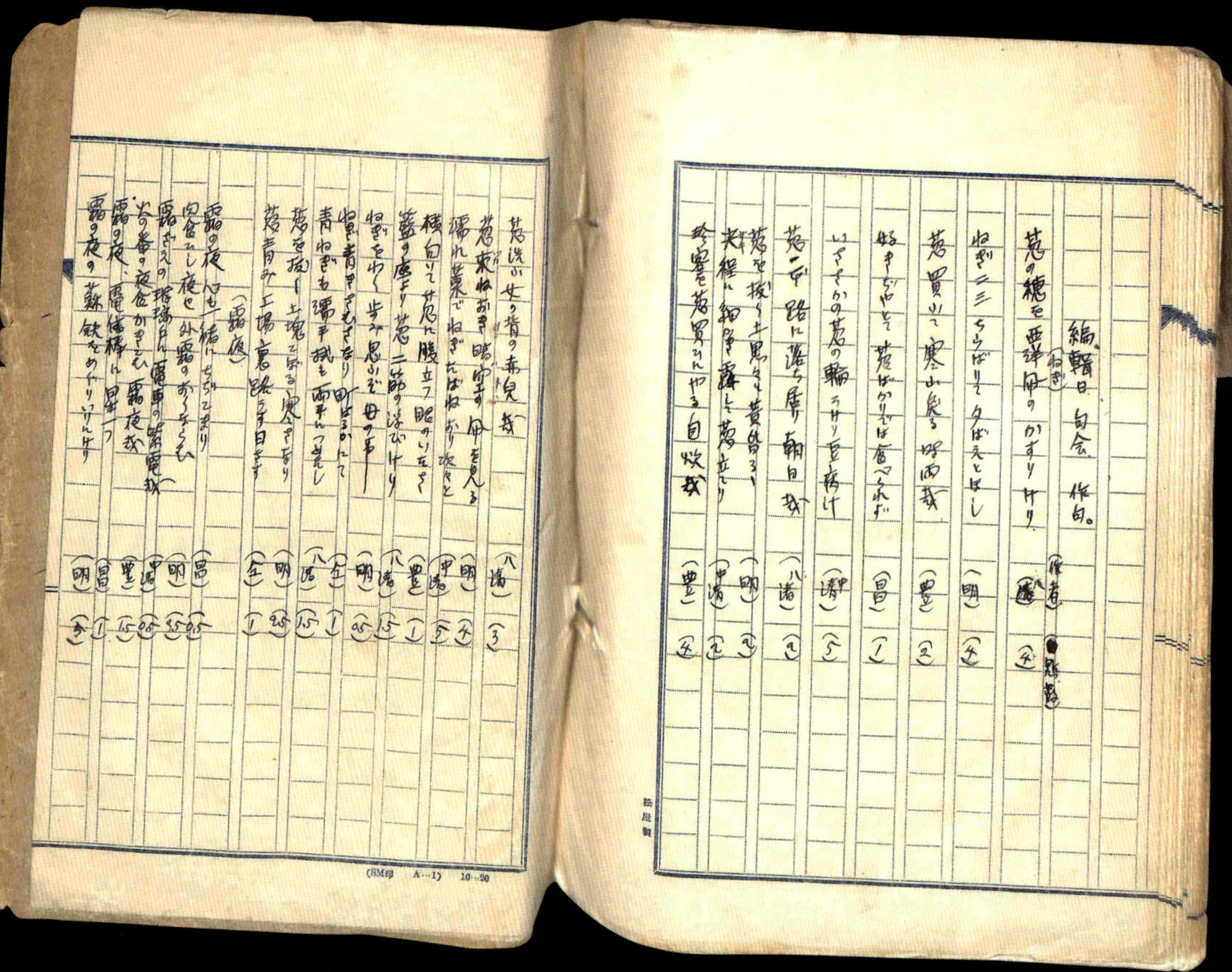

❖原稿
中村清一郎筆「編輯日　句会、作句」参加者は、八清（八束清）、明（中村明）、豊（池内義豊）、昌（渡部昌）、中清（中村清一郎）の5名。

朱欒 ChELiN

第四号

青磁

リンゴよ他数篇

詩

月夜三態

自分が強健で無かったら、

悲戯。

まゐばらー

初冬雑筆

霜枯

ねぎ

童話　夕寒い煙突。

編輯日　句会、作句。

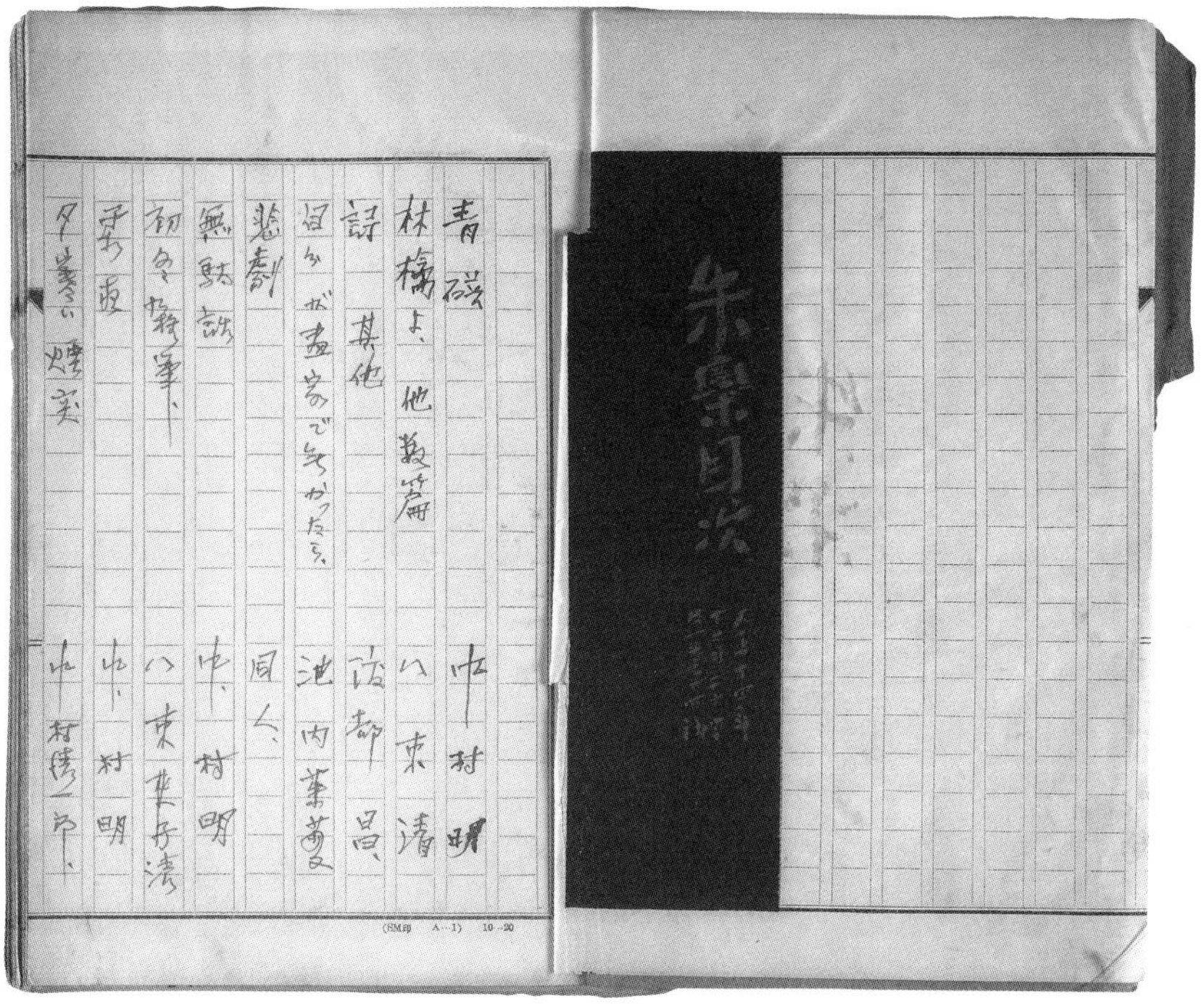

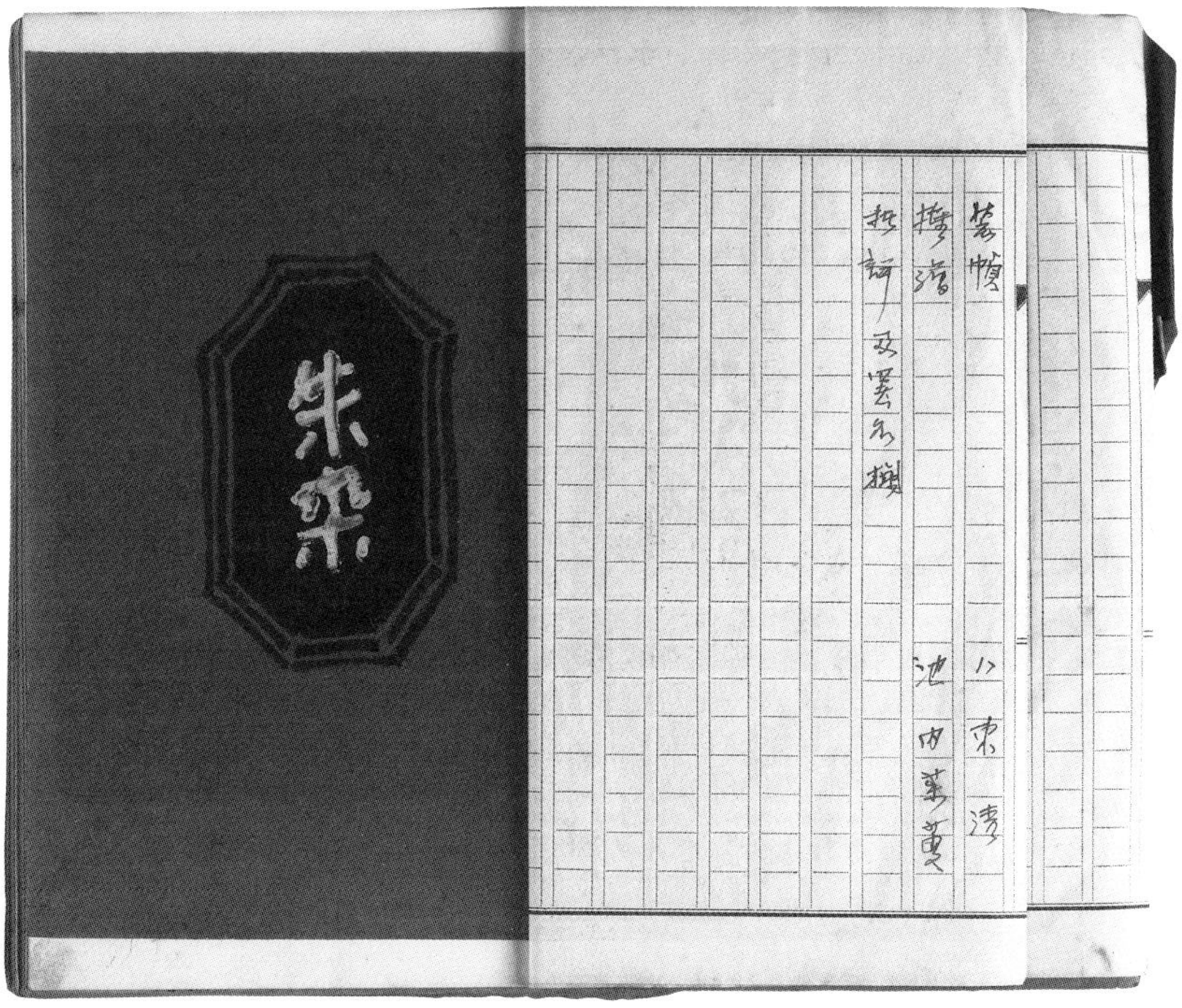

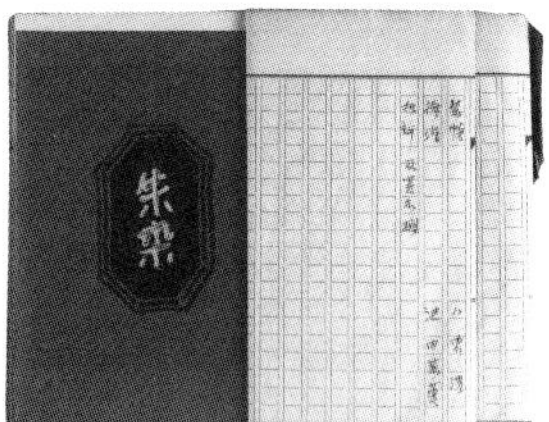

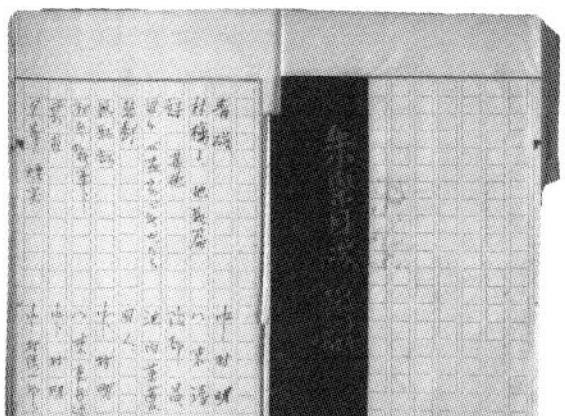

（デザイン部分／八束清作と推測
目次文字／池内義豊筆）

朱欒目次　大正十四年
十二月二十日
才一年之才四輯

青　磁　中村　明
林檎よ、他数篇　八束　清
詩　其他　渡　部　昌、
自分が畫家で無かったら、　池内茱萸
悲劇　同人、
無駄話　中　村　明
初冬雑筆、　八　束　清
霜夜　中　村　明
夕寒い煙突　中村清一郎、
装幀　八　束　清
挿繪　池内茱萸
批評及署名欄

青磁

秋良

あの愛嬌者の狸の焼物が二階の露台の上から四隣をへいげいしてゐるので遠くから見ても湯淺の家はすぐわかるがあのあたりは雑貨店だの洋品店だの呉服屋だのいふ老鋪が軒を並べてゐる賑かな大通りで表にはどこの陶器屋でもがさうであるやうに大きな青や白の火鉢や飴色のつぼやがうず高くつみ重ねられてあるし奥深い店の中と言へば各種の陶器類が一ぱいに飾り立ててあるので帖場に座つてゐる人等は外からは見えないのである。然し私はまだ店の方からは湯淺を訪れたことはない。店の右手に通用門があつて、そこをはいると店の横の玄関があるそこから上ると二階の梯子段が湯淺の部屋に通ずる。

今湯淺の室の中から表通りにむいた硝子戸の外を見ると例の狸の後姿が頭にすりばちをかむつてゐるのですりばちの尻がこちらをむいてゐるのが見える。その横にしゆろ竹を植えた植木鉢なとが並べてあるが月も星もない師走の暗い夜がいちめんにひろがつてゐる。

街には人がぞろ〳〵通つてゐる。歳末大賣出しの飾付けにいそがしいありさまで花電燈の光りが夜が更けるに従つて霧が立こめてきたと見え虹霓のやうな暈影となつて硝子戸にキラキラキラと點綴してゐる。電車道をこして向ひの何とか商會といふ大きな西洋建築は夜は戸を閉ざすと見え黙々と立つてゐるのがかすかに見える、その左はたしか喫茶店でその窓に人の姿が動いてゐるのも見える。

主人公の湯淺はひつか〻つたやうなかつこうで机によりか〻つて片手は火鉢の上にのばしてゐるが片手は机にひぢをついたま〻さつきからうごかない。彼はなにをかんがへてゐるのであらう。今夜私は彼に金を少し借りにきてゐるのだがそれについてはまだ何も言はないのに夜が更けてきて裏通りの方では撃拆の音が早やきこえてきてゐる。何といふ淋しいものがなしいひびきであらう。この後の窓を開けると御寺の苔むした屋根の甍が眉にせまつて一面に視野をさへぎつてゐるがそれは何とか院といふ浄土宗の御寺の本堂で表にはさびた朱の門がある。あのまへのまつくらな通りを夜番は今通つてゐるのにちがひない・・・・

うつむいた湯淺の頭のみじかく奇麗にわけた黒い髪が電燈にひかつてゐる。後の床の上には立派な花瓶があるのだがそれは彼の温袍《ドテラ》の影になつて見えないので花瓶に活けられた南天の枝は彼のあのずんぐりした背中から生えてゐるやうである。床には円い朱のふちの額がか〻つてゐて面白い書体で

三級波《サンキウナミ》　高《タカウシテ》　魚化龍《ウヲリヨウトクワス》　癡人《チヂン》猶《ナホ》戽《クム》夜《ヤ》塘水《トウトミヅ》

といふ文句のか〻れた色紙が入れてあるがこれは当の主人公がかいたものかもしれぬ。

私のつかれた眼は胸の中を瀲波《レンパ》のやうにゆらめくもののかげのうごくま〻に盆槍《ボンヤリ》とこれらのものをながめながら金のことをとう切り出さうかと考へたりしてゐるのであつた。

・・・先刻宵に門をはいらうとするときに壷がたくさん白い八手の花がさいてゐる玄関のまへの空地の敷石の上に並べてあつて、その壷には消えのこる夕べの光りがかすかにうつろう

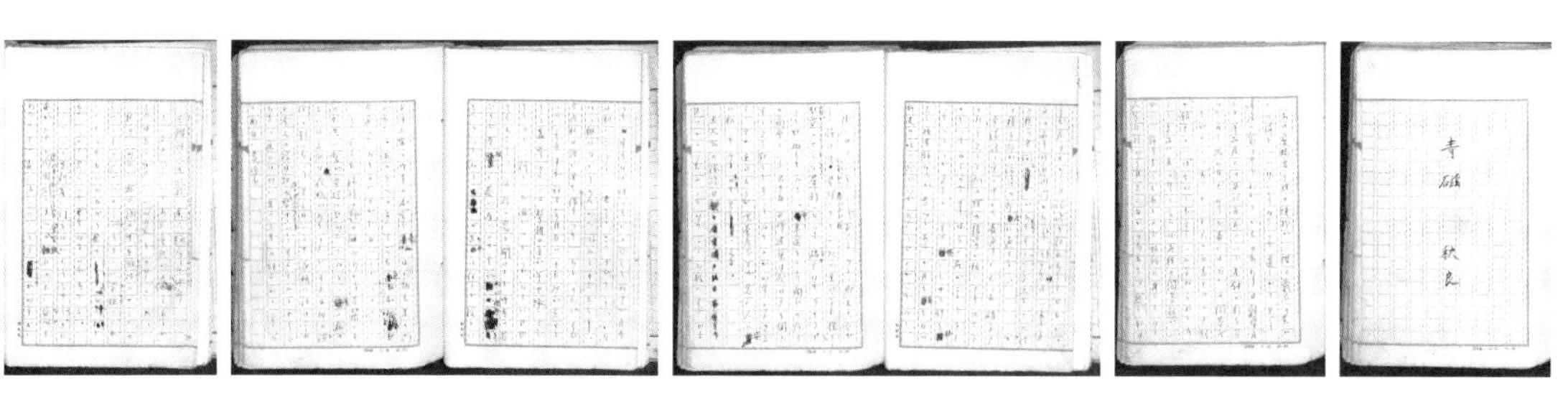

てゐた。ふと見ると軒の間からあの不二の形した御寺の屋根が黒く突兀とそびえてゐるのがみえて喧囂の巷の内とも思はれぬ異様なしじまがそこにあつた・・・・・・

湯淺の象のやうな瞳はゆる〳〵そこらあたりをゆききしてゐる。後は絨氈の模様をながめてゐるのだらうか。それとも食べちらした盆の上の蜜柑などを見てゐるのだらうか。或はその横に出しならべられた青磁の壷やいろいろな茶碗を見てゐるのだらうか。それともそのむこうの紫檀まがひの台の上に置かれた璃《ハリ》の鉢の中に凍つたやうに動かぬ金魚の紅点を見つめてゐるのであらうか。

「妾《ワタシ》いやですわ。・・・・わたし・・・」

だしぬけに階段の下あたりで少女の声がはつきりしたと思ふと湯淺の濃い眉がヒクリと動いた。彼はさつきから階下の人の聲に耳を澄してゐたのらしい。太い男の聲がきこえる・・・・あの階段の下のところには細長い鏡がかけてあるので上りしなに私の顔がうつつたが・・・・・・・・

誰かゞ階段をしずかに上つてくる。途中で止つた。と思ふと私の後の襖の外で

「お義兄《ニイ》さま」

といふ声がする。湯淺が面を上げて私を見てそれから襖の方を見る。

「富美ちやんかい。御はいりよ」

と彼が言ふ。やがて襖がスル〳〵と明いたので私が一寸ふりかへつて見ると襖の外にはうつくしい人がかがんでゐて私に會釋をするのであつた。

「何時きたの」

と彼。

「妾、先刻《サツキ》。・・・・あなたの御母様の御見舞にきたのよ」

「左様《サウ》かい」

と彼がいふ。眼は彼女から離れて金魚鉢の方を見てゐるがやがて手だけがガサ〳〵と机の上の煙草を探し出した。

「まあ火鉢へおあたりな」

「御父様が・・・・よんでゐらつしやるわよ」

と少女がいふ。私は彼の顔をじつと見た。

「ふん、左様《サウ》かい」

・・・・・・・・・・・・・

湯淺《コチラ》は悠々と煙草をやり出したが眼は相かはらず呪々とした光を帯びて金魚鉢の方を見てゐる。と少女ははいつてきて白足袋が絨氈の上をチラ〳〵とうごいてその鉢の方へ行くのである。

その下品にさへも見えるところのつよい黄色のはいつた縦縞がふわとそこにかゞんで桃割れに結つたましろの横顔のほのかに血の氣がさして黒えりに少しうずもつてゐるさまに鉢をのぞいてゐるのを私はしばらく見ることができたがそれにはおかまひなしに湯淺は先刻の話のつづきを始めだした。

「元來あの一燈園という男は」

と彼がいふのである。

「生れは近江でね、所謂近江商人といふやつなのさ。近江商人といふのはつまり猶太人のやうなところがあるのださうだが先天的の商人根生ださうだがね。尤も一燈園そのものがたとへ近江商人であつたにせよそのために決すしも近江商人根生の所有者であつたとはいはんけれども、若い時分にはずいぶん山師的な功名心に燃えていろ〳〵のことに手を出したのだといふから

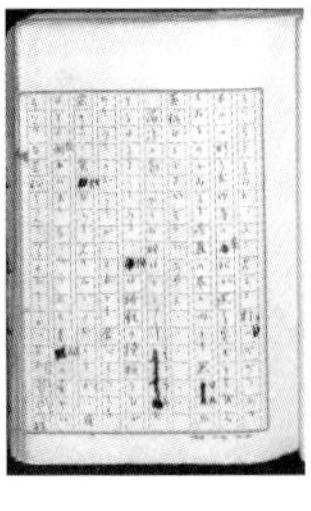
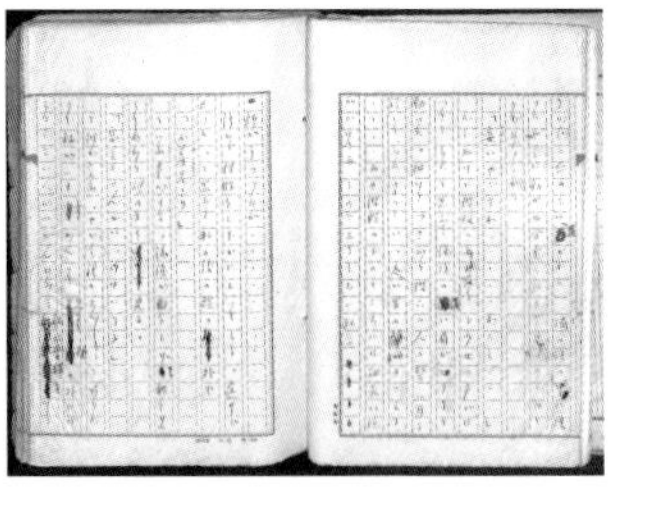
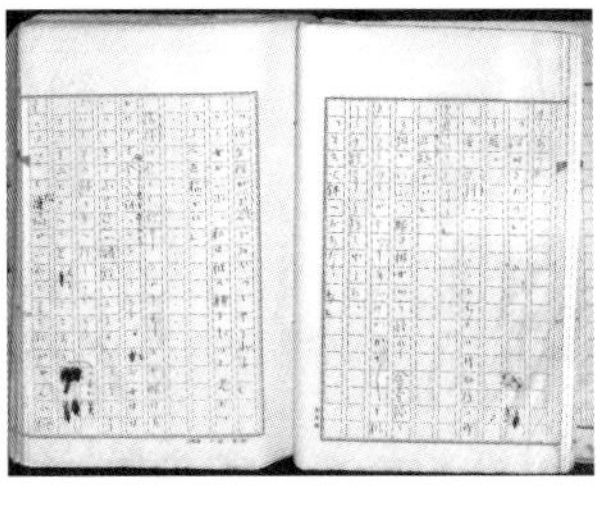
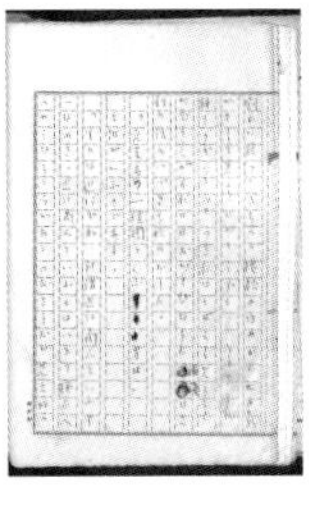

矢張り生れは争へないものさ。一體人間といふものがどんなに宗教的靈験によつて生れかはつたといつてもそれはさぎが烏になるやうなかはり方は決してないと思ふよ、表面的にはさう見えてもさ、人格の向上とか轉身とかいふことも人間が生れつきより向上したりちがつたものになつたりすることを意味するとしたらおかしい話さ。人は一生自分の内でお堂めぐりをしてゐるのじやないかね。全體としてね。でなければ自己僞瞞だよ。さうした自己僞瞞も応々にしてお堂めぐりの手水なのさ」

・・・彼女のかほはまるで何の表情をもしめしてゐないやうにみえるが・・・・

「近江商人が宗教家になつたといふ場合もだね。詳しいことは知らないが何でも事業が失敗して、一時は御定まりの紅燈綠酒の巷に入りびたつてゐたのだが持つて生れた煩悩の欲心医やすべくもなくさ、我富者たり得ずんは貧乏の底を行かんと打つて出たのさ。この動機のどこに頭の下るところがあるのかね、もし強ひて何かゞあるとすれば只それが切實だといふことだけじやないか。単に切實な丈けならある人間が貧困の果て泥棒をするといふのとちつともかはらないや。けれども彼のやつたことはどんな泥棒よりももつとだらくしてゐるかもしれないよ。無一文を満天下に標ぼうする、といふところにもあくまでも金のことが頭をはなれないのが商人根生の致す處さ。それにあいつ今では君大金持ちなんだぜ。しかしそんなことはどうでもよい、大切なのはもし思想界や文壇といふものが今日のやうに馬鹿者で埋つてさへゐなかつたならあの愚劣な本も決してあんなにもね多くの青年士女を毒しはしなかつたであらうといふことことさ。尤し君のいふその人はどういふ風に一燈園を感心してゐるといふのかしらないけれども」

彼女がうごく。彼女のあまり高くない細い鼻は湯淺の弟さんの久君に似てゐないでもないけれども顔のりんくわくはあんなに円くはなくて少し面長の所謂瓜實顔である。

「どういふ風といつてもつまり彼の人間の感心するのは單に西田天香許りじやない。天香熱こそ今では冷めてしまつたかもしれないがその宗教的靈感いやつまりソノ宗教的気分さ。犠牲者たることの法悦とでもいふかな。さういつた氣持ちのともなふものなら何でも御座れで有難がるのさ。この場合無論批判などいふことははじめからしてはいけないといふのだからまあ批判力がないといつてもいいようなものだが、しかし僕は一がいに悪く言ふ気もしないのさ。と言ふのは当人にとつてそれが非常につまり今言つた切實さがだねかんぜられるとすればそれでいいのかもしれないからね」

「うん」

彼女は金臭をみてゐるのかしら。それとも私達の話をきいてゐるのかしら、それとも、ふむ・・・・・・・・・・・・

階下が何だかさはがしいようだな。

「しかし単にそれ丈けなら問題はないのだが、それが一つの自己主張となるのだからね」

「宗教的人物のおち入りがちの頑迷性《イントレランス》といふやつはしかたのないものさ。信念といふものは宿命的なものだからね、要するに御堂めぐりだよ。僕もさういつた人を一人知つてるが・・・」

「御義兄《ニイ》様御父様が・・よんでらつしやつてよ」

「さうかい」

湯淺は面を上げて凝然とまともに見つめてゐるその豊潤な瞳

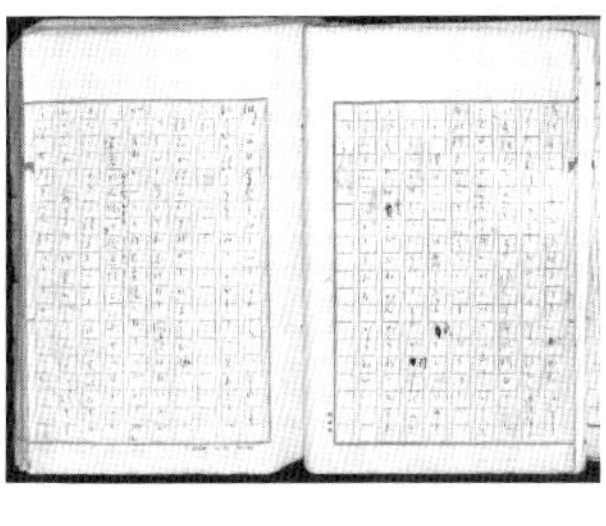
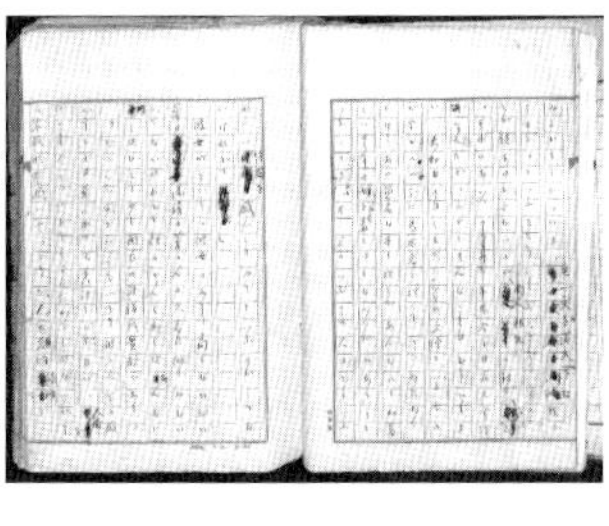
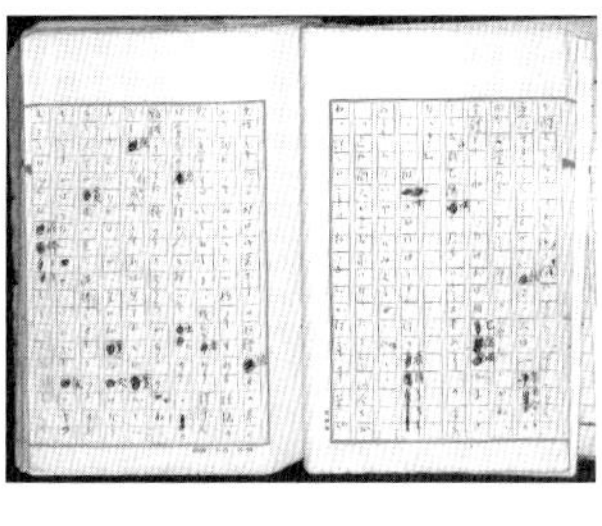
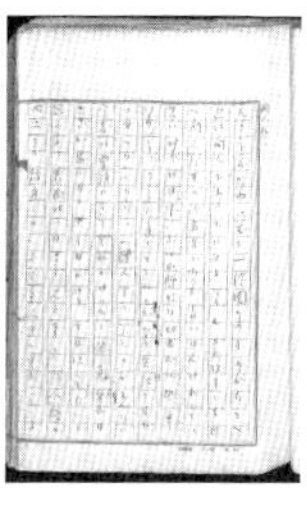

を見上げたがもうだまつて了つて煙草の灰を落してゐる。と、縦縞はユラリと立つて少女は私に一寸会釈をすると襖の方へスルスルと行くのであつたが湯淺はまたしずかに眼を上げて襖を明ける後姿を見てゐる。このとき静まり返つてゐた隣室の襖が金魚鉢のところで明いて久君の坊主頭が顔を出した。

・・・・・・・・・・・

「富美ちゃん・・・・もう帰るのかい?」

少年の明るい顔　爾《ニコニコ》としてゐる。

「え、かへるのよ」

と小さいこえで答へた人はこちらに背を見せてゐるのでその顔はびんにかくれてわからないがすこしかたむいて、そのまゝに襖の蔭にはいらうとする。たもとの緋がチラとみえた・・・・

「泊つておいきよ」

「有難う。でも妾《ワタシ》、いやよ・・・」

といふ聲のうちにもう姿は消えて襖はスルスルとしまる。階段をふむ音がしめやかに下りてゆく。

・・・・・・・・・・・

久君はその間にはいつてきて私に頭を下げると火鉢に手を出したがむきあつた兄弟《フタリ》はそのまゝしばらくだまつて面を見合せてゐるのであつた。少年は紺がすりの着物をきてゐる。

「お父《トツ》つあんが帰つて來たのだね。兄さん」

「うん」

「又御酒を飲んでゐるのだらう」

「お前行つてごらんね」

「いやだ」

それから二人は眼を伏せて兄が火箸をうごかしてゐるのを弟は見てゐる。

撃柝のかすかなひびきがまたきこえてくる。風がでてきた。私はもう帰らうと思ふと寒い夜道や朝からしきながしてある下宿のつめた以床のことなどがチラ〳〵と頭にうかんできたがその時梯子段をまた重い男の足音がトントントンと上つてくるのである。

「湯淺君、僕もう失禮します」

「まあいいじやないか」

「つかれてゐるから」

「もう幾時かしら」

これらの言葉の内に後の襖が明いて太い男の声が

「玄さん、一寸下りておくんなせえや」

といふのが聞えたが湯淺が立つて上り口でひそひそ話し出したのを私が見ると頂度湯淺よ里もまだずんぐりしたところの四十がらみのかんじようなその人の人の好さそうな眼が私を見てゐて私が振返つたのを見ると悪いことでもしたように

「御免なせいまし!」

と大きな武骨な声を出したのははじめて浅春《アサハル》の候此家を訪ねたときに帖場にすはつてゐた、湯淺の叔父さんにちがひないと思はれたので礼をかへすと湯浅もこちらをむいていふのである。

「じあ僕一寸階下へ行つてきますから御随意に。久。お前富美が帰るとしていふのならそこまで送つてやつたらどう。春木さんも御一緒にね。・・・ア、それからこの青磁の壷は御気に入つたらば御持帰りになつて御描きになつていいですよ。今空いてますから。では失礼」

かれは降りてしまつた・・・・・・・・

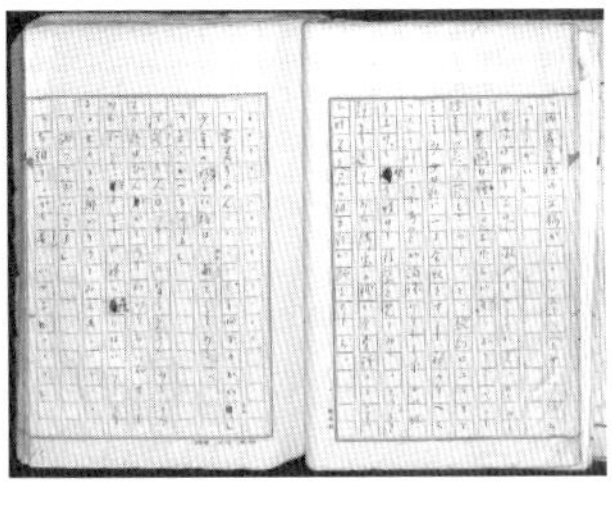

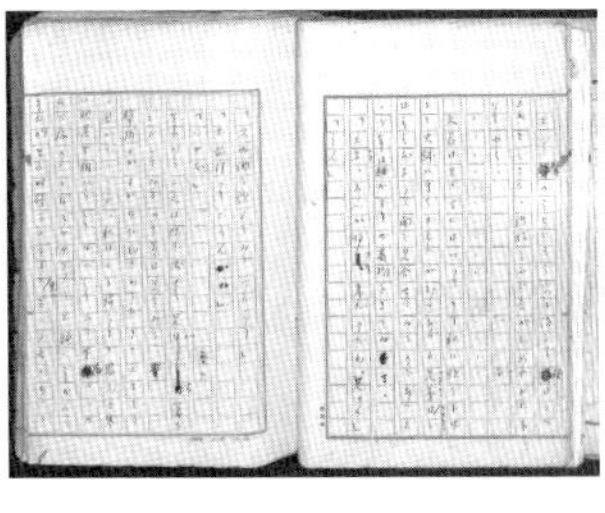

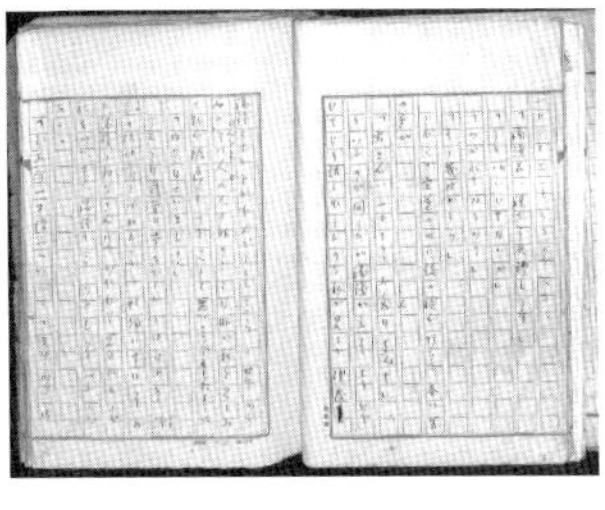

「それを御描きになるのですか」

「えヽ」

「この模様もいちいち御描きになるの」

「あヽ模様もいちいち細かくね」

「いい色だなあ」

「いい色ですね。借してごらん・・・・・はるの艸のやうな色」
・・・・・・・・・・・・・・
私は湯淺に返す本を包んできた茜色《アカネ》の風呂敷をパッとひろげた。

「お母さんはよつぽと御悪いんですか？」

「いいえ、けれども昨日、ね・・・」

答が断れて階下に耳をすます。
・・・此のまへきたときはおすもじをもつて上つてきていろいろ話相手をした神巠質な細々としたからだの、この人によく似たまなさしをしたお母さん、なんとなくいたいたしいかんじがしたが・・・・・・・・
「今上つていらした人ね、君の叔父さんでせう」

「えヽ」

「あの人は君の家に一緒にいらつしやるのね」

私の胸のあたりを見ながら小さい聲で
「えヽ」

「それで君の御父さんはいつもどこに行つていらつしやるの」

「・・・・・・・・・・」

少年のなごやかなほヽがぱつと紅くなつたので私ははつとした。悪いことを言つたと思つた。私はあやまらうかと思った。
・・・・・・・・・・・・・

「あれはなんでせう？」

と突然うつむいた。頭が上つてその明眸《メイボウ》が私を見る。なるほど陰々とした太鼓の音にまじつて潺緩《センクワン》とむせび泣くやうな歌の声がかすかにするので
「サア安來節の流しでせう」

「寒行は」

「寒行は一月だからね・・・・・・・」

少年の面に朗々たるかげがさす・・・・

「・・・ア、もうすぐ雪が降りますね」

「えヽ。・・・去年は正月、ふつたでせう。ここの表をあるいてるとその夜に雪がつもつてさ。ハハ。君が小僧さんと表で雪をかいてゐたでせう」

「へえ、さうだつたつけ・・・・・・・・お正月にいらつしやい春木さん、ね。富美もきつとくるでせう。けれど、くるかしらん、」

といひながら私の顔をのぞきこんで
「さつき彼女《アレ》が出てゆくときにもう來ないつて言やしなかつたかしら、ねえ春木さん。言やしなかつた？」

「いいえ、言やしませんよ。君。彼女《アノヒト》はそんなことは言やしませんとも、えヽ、しませんとも」

「ふん。僕なんだか・・・」

けれども、これらの会話はこの時階段の下あたりでしたドシンといふ音と次のやうな男の酒気を帯びただみ声によつて中絶されたのである。

「ひさし！おい、久坊はもうねたのかい」

少年はびくりとして返事をしようとしたが急に泣きさうな顔でじつと息を止めた。

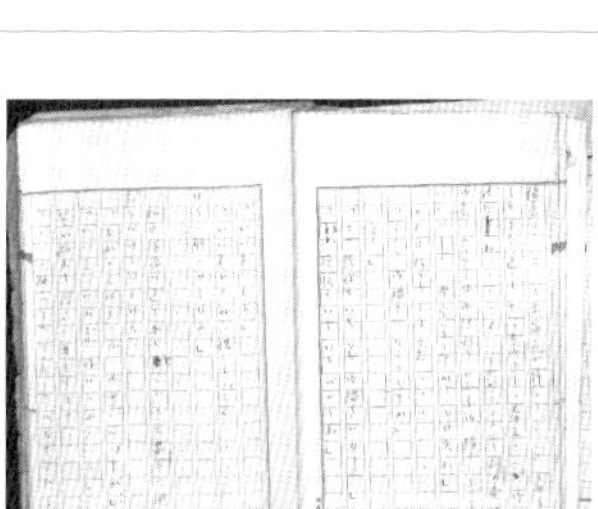
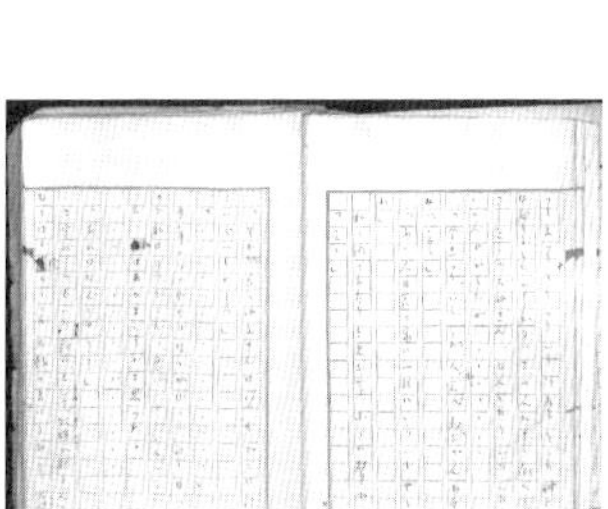
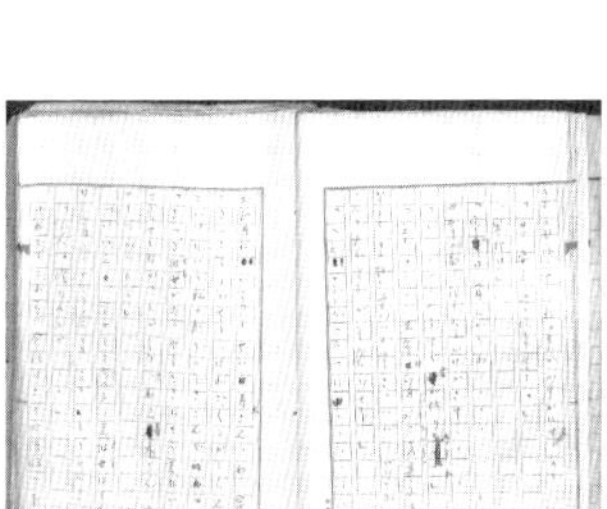

「お父つあんは帰るぞ。うん、お前のお母が、イヤ。ナニ。ふん。・・・オイ久坊、御ちさうがあるぞ、下りてきな。お前の顔がお父つあんはな・・・・・」

「もうねたのですよ」

といふのは湯淺の聲らしい。

「さうかな、本当かな。ふん。よしよし。明日起きて見な、お父つあんのな・・富美や、お父つあんの帽子をな、その・・・アイアイ」

　このとき急に立上つた少年は襖をガラリと明けはなすとトントンと降りて行くのである。

「うん久坊起きてゐたんだな。お父つあんはおまへに」

「お父つあん！帰つちやいけないよ」

「・・・ナニうん」

「帰つちやいけないよ、帰つちや」

「ハハ心配するな。お母さんは大したことはないぞ。うん。おまへ、まだねなかつたんだな。ねまきじやないな。ふん、玄の奴。ハハハ。う。よしよし、お父つあんはな・・・」

　これらの声がまた奥へはいつたのをききすまして私はこの間にぬけ出さうとてばやく壷をつつみ終るとそれをかゝえてしのび足に階段を下りかけたのだが、そこの帽子が一つころがつてゐるほのぐらい下までくると寒拆のうつやうに戛然となりひびくうちに私は正面《マヘ》の鏡の中にうつつた私の蒼白の苦悶の面を見出したのであつた。

（三部小説の第一部）

附記。三部小説といふより三部小曲とでもいふべきものなので小説としては家庭の各人のややこしい血肉関係や湯淺と春木の友人関係のいきさつなとがはつきりかいてないのでものたりぬでせうがある程度までそれらの説明を入れた方がよかつたと思ひます。たとへば湯淺が叔父と湯淺の母との間の子らしいといふことなど…（九日夜）

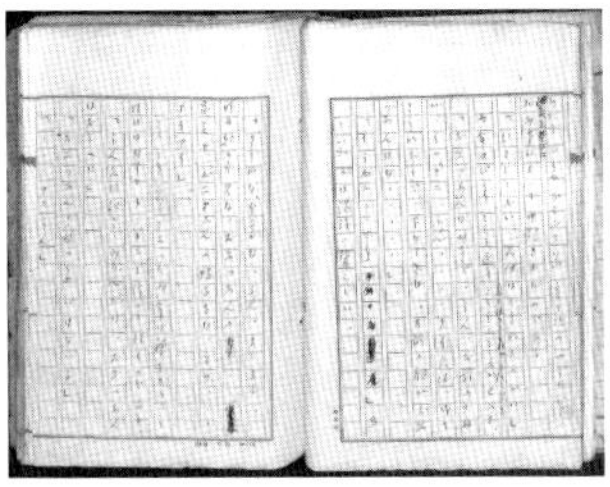

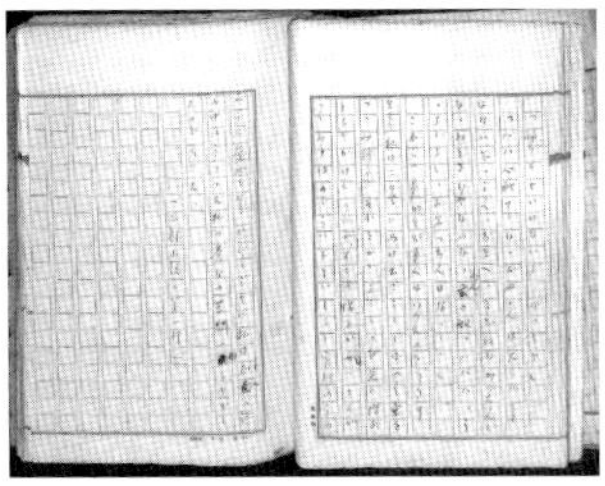

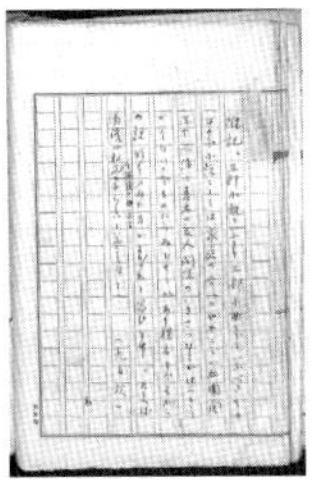

リンゴよ他数篇　八束清

リンゴよ他数篇

八束清

○
リンゴよ
そこに冷く光り
轉りたる一つのリンゴよ
汝はよき彫刻の如し
美しく力こもりて
靜かなるかな
眞実の塊ならめ

○
ふとくらひ横町へまがると
オリオン星座をとりまいた
星の群の
荘重なる輝きにでくわして
悩みつかれた私の心は
たちまち、すがすがしく
いさみたつ

○
おゝ言葉の不可思議
生命の息がふきかゝると
おまえはこつねんとして蘇り
あをぞらの虹のやうに美しく生きてきて
畑の野菜のやうに水々しい力を持つ
だが生命を忘れた言葉のはかなさよ
それは努めても努めても
指のあひだからすり落ちてしまう砂のやうだ。

○
ぼくが家へかえつていつたら
お母さんや妹や弟は
よろこんで泣くかもしれない
ぼくもよろこんで泣くかもしれない
あゝみんなのことを思うと
みんなの待つてゐてくれる心が
まわりにひしひしとせまつてきて
迷ひ子のやうに、なきたくなるよ
びんぼうで父もない家から
みんなのせつない心が
じ・・・と
はるかにぼくの魂につたわつてくるとき
ふるへる胸に強く〲
腕をくみしめるぼくの心も
又さびしい

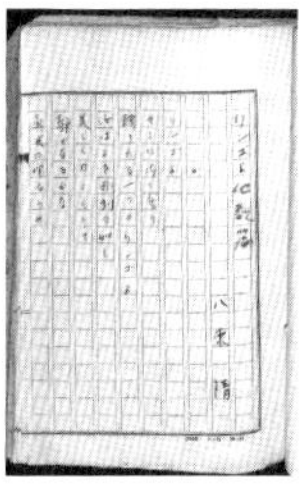

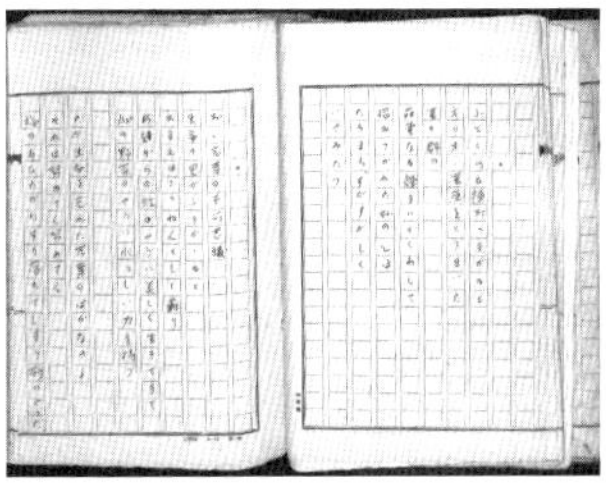

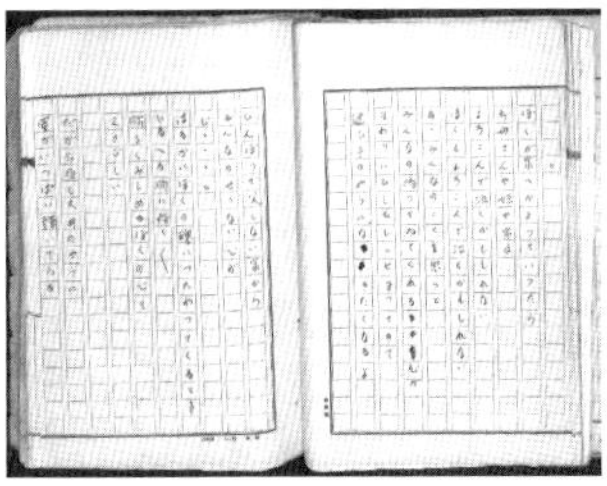

だが今夜も又あのやうに
星がいつぱい輝いてゐる
ぼくはみんなの晴れやかな
笑顔ばりをおもひ出さう

詩 渡部昌

詩 渡部昌

○

あの女の涙が
私の手の甲にポツタリ落ちた時には
私は何ともなかつたんだが
あの女が電車に乗る後姿を見送つた時、
私は泣けてしまつたんだ

○

下宿の女中さんよ
明日からはもう新聞は持つて來なくても
いいんだよ、
つまらないからね
その代りに
昨日の新聞を、それから一昨日の新聞を
眠つてる俺の顔の上
ソーツト置いといてくれないか、

（十二月）

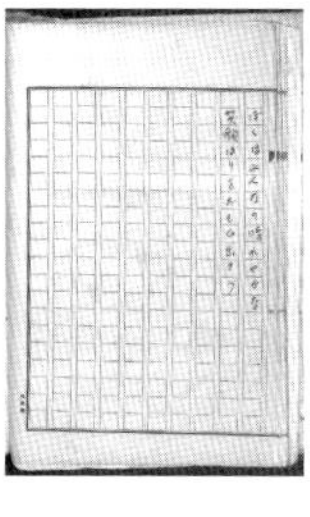
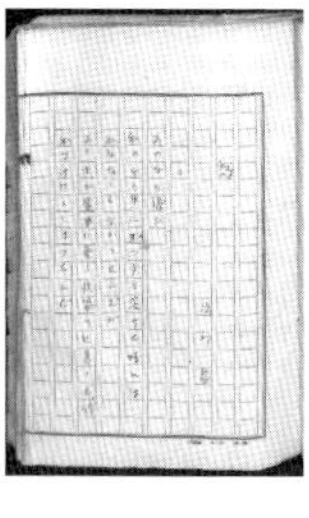
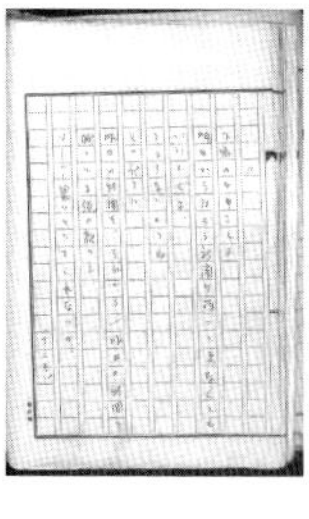

月夜三態

渡部昌

○

月の美しい晩である。

詩人は月を眺めて恋人のことを想つた。

——細い面に、眉に、唇に、黒い髪に、青白い月光を浴びて立つてる美しい恋人を、——

月は、ある場末の裏長屋の破れた障子の間から、肥つた女の股を明らさまにまくつてゐた。

○

夕飯を終へた小供が椽端に出て月を見て唱つてゐた。

お月さまきれいな
お月さまいくつ
兎さん、兎さん、
いつ餅つける……

…………

月は、T停車場から半哩ばかり離れた、竹籔の裏のレールの上に、轢死した死骸の斷片を冷たく照らしてゐた。

○

男と女とが野道を歩いてゐた。

——いい月夜ね、永久に歩きつづけてゐたいわ…………だけどもう帰らなければならないわ——

ふたりは立止つて抱擁した。

近くの川べりで一人の臭釣りが糸を垂れてゐた。

——こう明るくつては、さつぱり臭がよらない、夕方には曇りかけてゐたのに、——

彼は、先刻からちつとも手應《コタ》えの無い竿を持ち疲れて怠屈そうにつぶやいた。

十四年、六月、

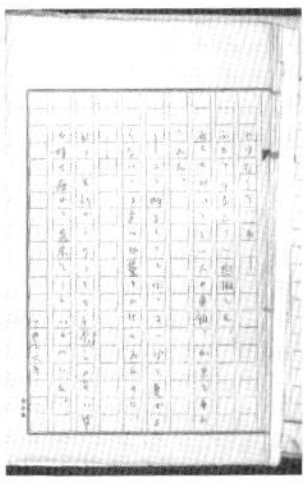
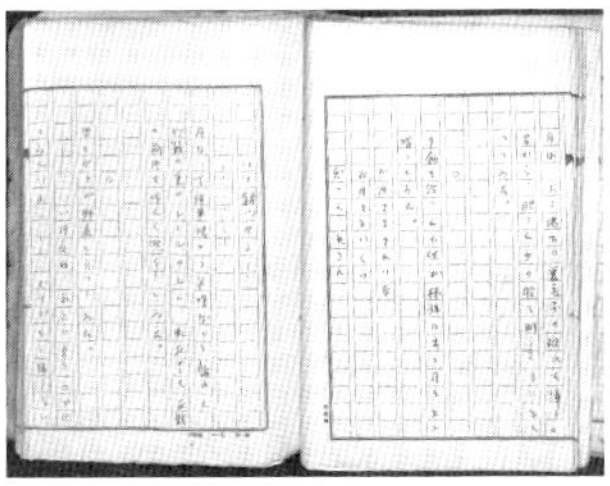
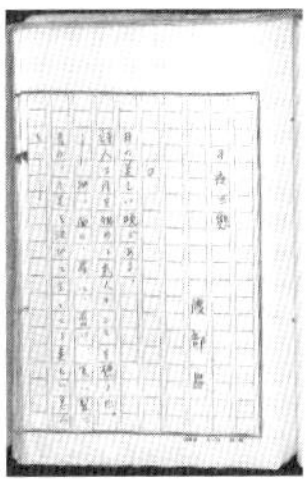

自分が繪描きで無かったら、　茱萸、

もしも自分が繪描きで無かったら、
自分は先づ
神が人間に與へた、あの、眞紅の
瑤らな菓肉に、ざくりと、
齒を立てるで有らふ、
おう、自分は夫れを狼の様に
食らふで有らふ。
自分は其の甘い汁に酔ひしれ、
菓肉のかすが、
齒の間で醗酵し、
酵母箘が齒隨に浸透し、
自分の齒はぼろ〳〵と抜け落ちるで有らふ。

もしも自分が繪描きで無かったら、
自分は先づ
神が人間に與へた、あの、まぶしい
黄金の小人共に呪文で呼び掛け、
　大勢の小人共を集めて廻るであらふ。
大勢の小人共を集めるには、
自分の生命の半分は費され、
体内の血は青黒く濁り、
額はねぢれて鉛の様になるだらふ。
けれ共小人共の持つ素晴しい
魔力と比較べては何でもないのだ。
おう、
小人共の持つ素晴しい魔力よ、
自分は小人共を自由に操って、
バグダッドの市場にも曽って現れなかった
妖精の様な女奴れいを買ふのだ。
そろもんの王様が夢にも見なかった様な
もろ〳〵の幸福を買ふのだ。
黄金の小人共は自分の命令を聞いて
桃林のあぶの様に飛び廻るであらふ、
彼等はもろ〳〵の幸福を凡て、
数字にほんやくして
ちやんと心得て居るのだ、
おう是は昔の噺ではないのだ、
此の魔物たちは現在の
地球上に滿ちあふれて、
其の小さい体で
まめ〳〵しく飛び廻ってハ、
人類を笑はせたり、
悲しませたり、走らせたり、
わなにかけたり、踊らせたりして居るのだ、
人々よ、此の魔物達は
現代に残されたる唯一の

自分が繪描きで無かったら

茱萸（池内義豊）

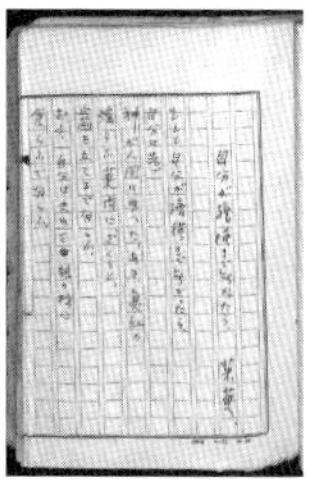

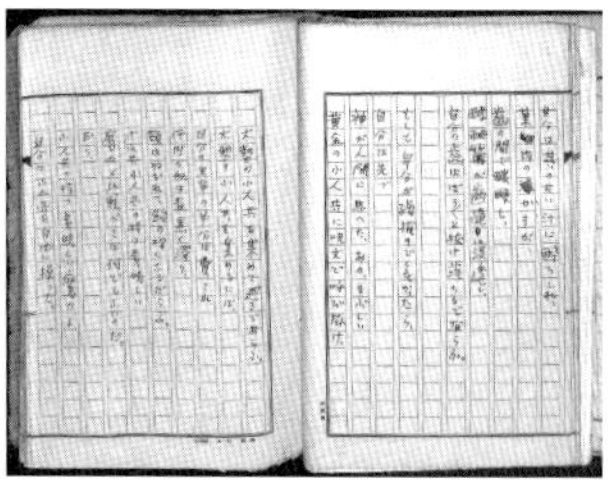

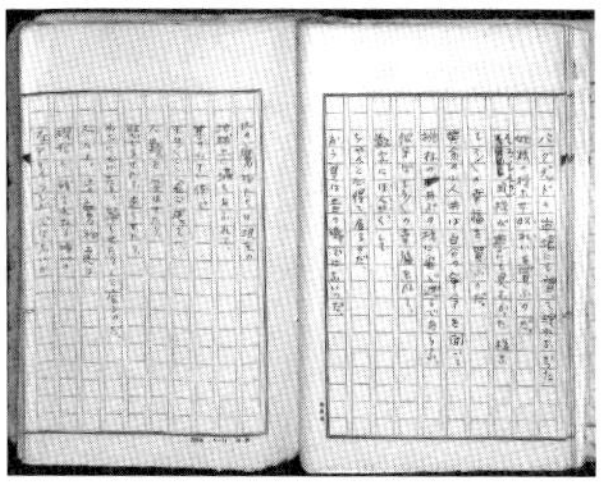

フェアリィランドではないか、
もしも自分が繪描きでなかったら、
自分は先づ、
過激なる思想の
先駆者となるであらふ。
今の卋の中から、
まじめなる藝術家と、
まじめなる主義者を除けバ、
あとに何が残るであらふ。
そこには、
自働車と、彌次馬と、
応接室と葉巻と、待合と、
丸びると、ボーナスと、
アメリカ型最新流行背廣三揃、
それから泥鰌髯とサアベルと
奉祝アーチ位なものではないか。
かかる中にあって、
眞に人の爲めに泣く事を知って居るのは、
まじめなる過激思想家許りである。
彼等はそれ許りでなく、
英雄の様に昂然として居る。
強い信念を持つからだ。
彼等は勘定高い現代にあって、
只後卋の爲にのみ生きて居るのだ。
人々よ、彼等を珍重せよ、

彼等こそは誠に現代離れのした
存在である。
現卋に於ける唯一のヒロイズムである。
彼等が高等御下宿と同時に現代に
存在すると言ふことは、
既に一つの奇蹟ではないか。

自分がもしも繪描きでなかったら、
自分は兎も角も、
人の爲めに働くで有らふ。
おう、自分は他人の喜ぶ顔が見たいのだ。
藝術の喜びを除いて、
此の卋の中に是以上の楽しみがあるか。
人間の可愛さよ、
彼等は單純でお人好しである。
彼等は自分の爲めに働いて呉れる人があれバ、
直ちにニコニコとえびす顔をする。
自分の小さい慾望を殺して、
人の爲めに働けば
人の喜ぶ顔が見られるのだ、
人の爲めに成る事の幸福さは
自分の慾望を満す幸福さよりは
ずっと魅力に富む、
ああ、もしもじぶんが繪描きで無かったら、
自分は人の爲に働いて〳〵死ぬるで有らふ。
—一二、四、—

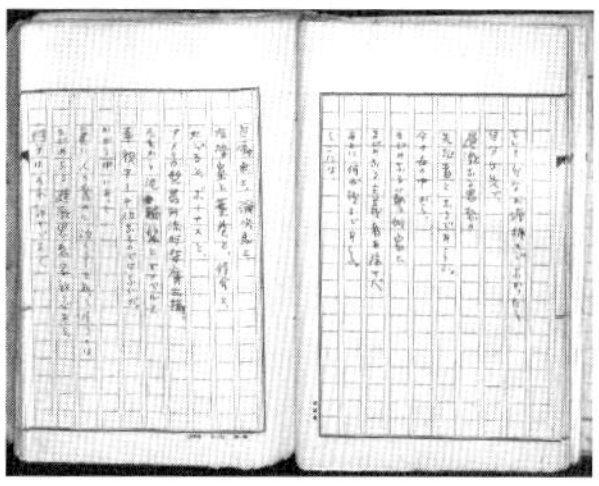
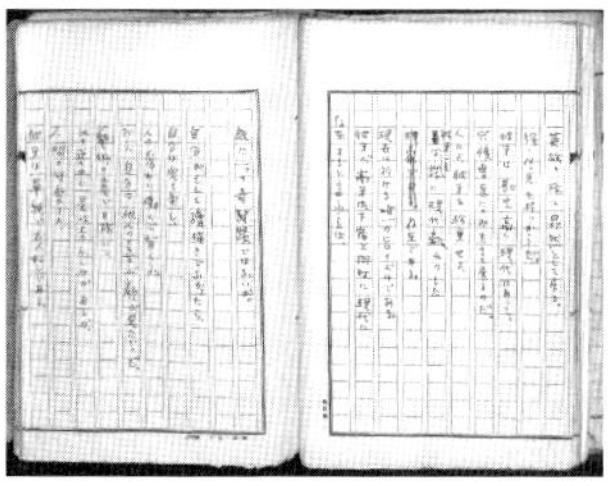
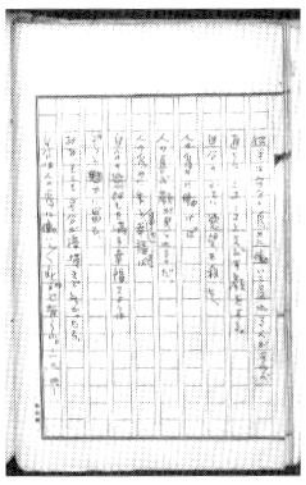

悲劇。　茱萸、

諸君よ、
悲劇の無い人生を
考へて見た事が有るか、

諸君よ、
悲劇の無い人生よりも
もっと悲しい物を想像出來るか、

諸君よ、
悲劇の無い人生は
全体として一つの悲劇ではないか。

諸君よ、
悲劇の無い人生に就いて、
しバらく私と一緒に
空想を試みようでハないか。

其所でハ、
先づ才一に、
人間の根底に横る、
不埒な慾望共は
みんな一様に満足して居る。

何故ならバ
悲劇とは
或る場合
満されざる慾望であるからだ。

悲劇の無い吿界でハ
空腹とか、
女日旱とか、
貧乏とか、
或ひはまた、
死とか別離とか
其の他一切
我々の吿界に於て、
人に好かれぬもろもろの不運は
探しても有りはしないのだ。

死ぬる事なき生命、
別れる事なき會合、
散らざる花、
毀れざる器が其所にはある。

肉体は永遠に、
底知れぬ快感の淵を

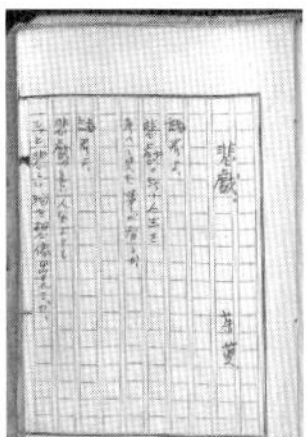
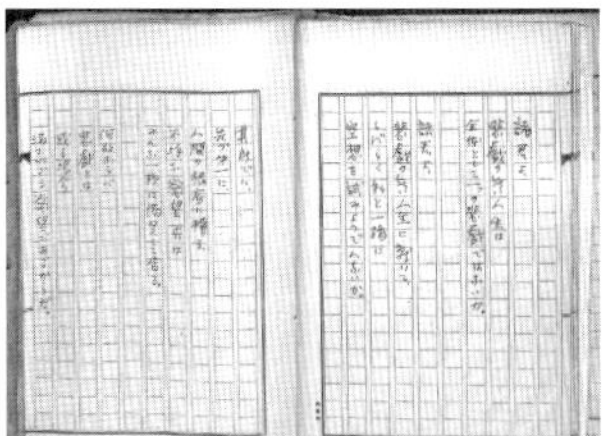
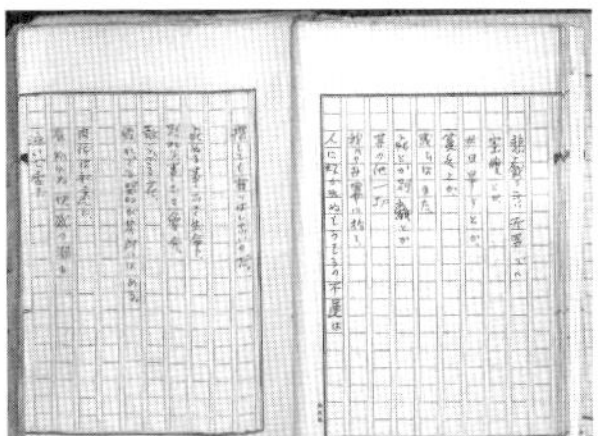

泳いで居り、
飽く事なき
安逸の床に横って居るのだ。

腹は常に一ぱいであり、
美食は常に
卓の上に山の如く
備へられて居る。

娯楽は常に新しく繰り拡げられ、
人々は考へる暇はない、
考へる事は悲劇だからである。

永遠の快楽、
永劫の平和、
固定しる幸福、
凝結したる運命、
無限に亘る
微笑の連続、

諸君よ、
考へた丈けでも
氣が遠くなりはしないか、

諸君よ、
かかる動かざる、

かかる氣味悪き卋界に、
三日辛抱が出來ると思ふか。

諸君よ、
人間は絶えず、
自分の生活の中から
悲劇を除去しようと
一生懸命工夫して居る。

けれ共諸君よ、
悲劇は永遠に絶えはしないのだ。

けれ共諸君よ、
是丈けは確な事なのだ、それは、
もしも悲劇が絶えて仕舞ったならば、
人間は困って、また悲劇を作り出すと言ふ事だ。

諸君よ、
人間は悲劇を厭ひ乍らも、
悲劇なしには生きて行けないのだ。

諸君よ、
人間は悲劇を厭った風をして
其の實は、ぞっこん、
あいつに參って居るのではないだらふか。
諸君よ、

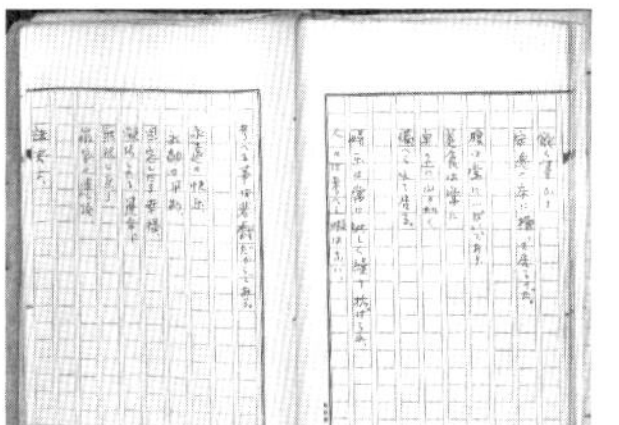

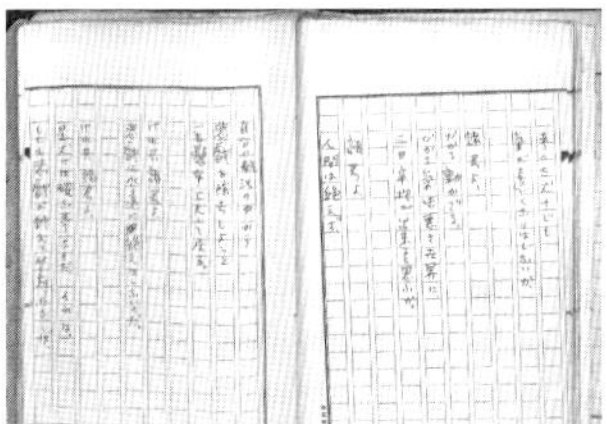

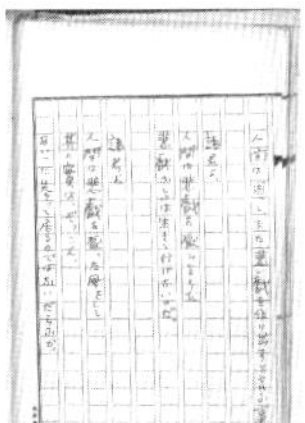

こふ言ふ考へ方は赦されないだらふか、
それは、
自殺する人間が
一番悲劇に惚れ込んで居ると言ふのだ。

諸君よ、
考へれば考へる程、
此の我々の人生はなんとまあ
巧妙に作られてある事だらふ。

諸君よ、
我々は御互に、
一應は厭吝家であるが
それでもかふして生きて居るのだ、
そこで諸君よ、此の人生に於て、
何が一番魅力があるかと言へば、
我々は悲劇を推さふではないか、
そして此の美しい女王の爲めに
盃を上げようではないか。　―一二、四、―

無だばなし

秋良

三藏聞いて又問ふて曰はく列位老壽幾句ぞや。此時孤直公が言
我壽今經千歳古。撑レ天葉茂四時春。
香枝鬱々龍蛇形。碎影重々霜雪身。
自《ヨリ》レ幼堅剛能堪レ老。從レ今正直喜二修眞一。
烏棲鳳宿非二凡輩一。落々森々遠二俗塵一。
凌空子笑つて道《イフ》
吾年千載傲二風霜一。高幹靈枝力自剛。
夜靜有レ聲如二雨滴一。秋晴陰影似二雲張一。
盤根己得長生訣。受命尤宜不老方。
留レ鶴化レ龍非俗輩。蒼々爽々近仙鄕。
拂雲叟笑つて道
歳寒虛度有二千秋。老景瀟然淸更幽。
不レ襍《マジハラ》二囂塵一終冷淡。飽徑二霜雪一自風流。
七賢作侶同談詠。六逸爲レ朋共唱酬。
戞玉敲金非二瑣々一。天然情性與仙レ遊。
勁節十八公笑つて道
我亦千年約有餘。蒼然貞秀自如々。
堪レ憐雨露生成力。借得乾坤造化機。
萬壑《ガク》風烟惟我盛。四時洒落讓二吾踈一。
蓋張翠影留二仙客一。博奕調琴講一道書二。

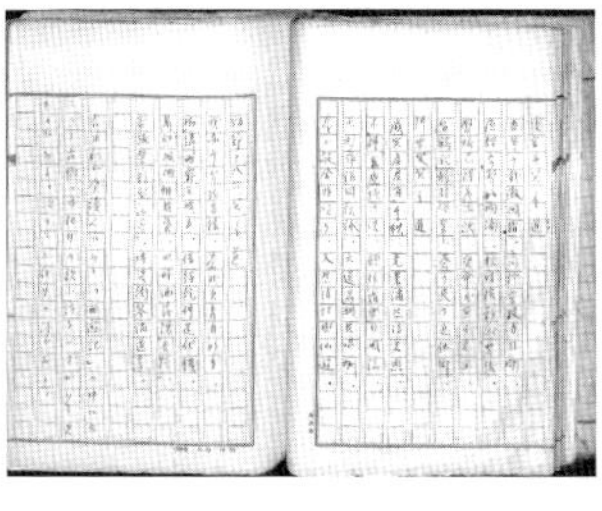
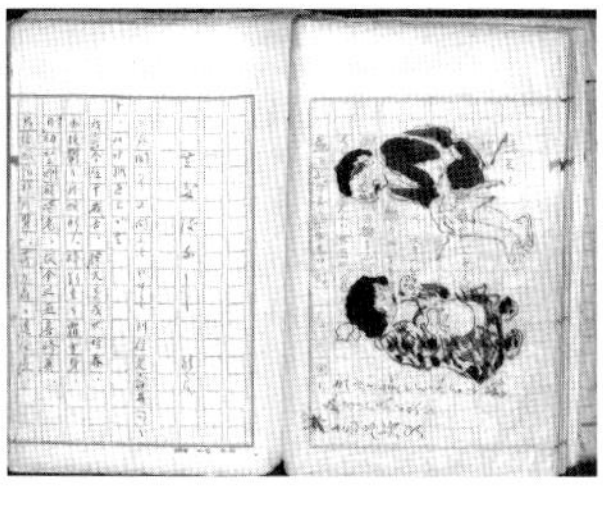
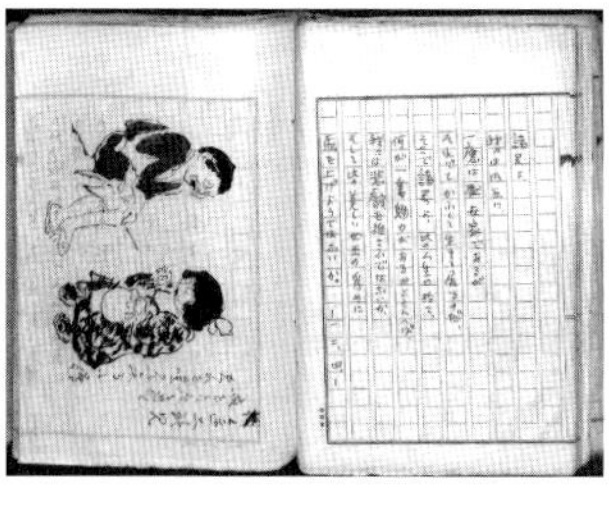
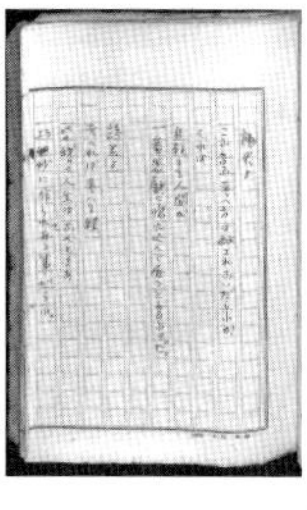

右は私が今讀んでゐる「西遊記」の中に出てくる古樹の御化けの歌ふ詩を一寸かいて見たのである。次のもお化けの詩である。

上苑各高衆卉王。泗濱壇拈《テン》共稱揚。
菫心偏愛春林陰。孫楚會吟寒食香。
雨潤二紅姿一嬌且艶。煙蒸二翠色一顯還藏。
自憐過熟微酸意。搖落年々伴二麥場一。

お化けが悠々と詩を歌ふたりするのからが珍であるが出てくる御化けがどれも皆間が抜けられし抜けて滑けいで奇想天外で人がよいじやない御化けがよいのは實に面白以。こんな愉快な本は世界でも珍らしい方である。アラビアンナイトも仲々奇想天外でおもしろいが、「西遊記」の方が恐らくまだ間が抜けてゐておもしろい。諸彦も御承知のやうに「西遊記」といふのは玄奘三蔵といふ唐の坊さんが天竺に御経をもとめに孫悟空其他二人の弟子をつれて行く途中色々かんなんに出合ふお語りで、御釈迦様も出てくれば観音様も老子も出てきたりする、其他御化けに至つてはありとあらゆる奴が出てくるが、その御化けたるや日本の御化けのようにこせ〳〵してゐないし、四谷怪談や猫騒動の御化のやうなデガダニズムがなくて実に景気がよくておもしろい。

支那の小説にはまだいろ〳〵おもしろいものがあるだらうと思はれるが、幼ない頃よんだ「水コ傳」なともおもしろいものでも一度讀み度いと思つてゐる。私の兄の愛讀書で私の家にも昔あつたが伊勢野が持つてかへつてしまつた。

次に見度いのは支那の芝居であるがそれはまだ一つも見たことがないから何もいふことはできぬ。只非常にやかましいのださうだがやかましいくらひでかまんから誰か見せてくれるやうにとここに申こみをなしおく次才なりけり。

一体支那趣味といふものでも自分はやはり造形的な部分が一番よくわかる。小さい時にマツチのレツテルを集めてよろこんでゐたことがあるがあれらもレツテルの支那模様などが面白かつたかららしい。

それからもつと小さい頃こんなことを偶然覚えてゐるがそれは多分三月の御節句だつたと思ふが朱欒諸兄の内では御承知でもあらう母につれられてあの園部の昔の家へ遊びに行つてゐたものであるが一體あの園部の家といふのが表をはいると、そてつがあつたりしてくらいいんきな間どりである上に、こんなことをかいたらおこるかもしれんけんど茂さんのお父さんといふのが支那趣味書畫骨トウのこりかたまりで御茶を立てたり花を活けたり御經をうつしたり、晩年には毎日道後の湯に入湯かたがた道後公園に御べんとうを食べに行くといふ風流人でちやんと自分の行く亭まで定めてあつたのださうなが、お正月や御法事に私の家へきてもソレ園部のおぢいさんがきたと私等がキア〳〵笑ひながらものかげから見てゐると独逸の毒瓦斯が地球上にひろがつて流行性感冒の原因となつたのじやとアシヤ思ふがのじやのいふ奇論をはきながら骸骨にほつすをつけたやうな顔からして實に骨とう品に出來てゐるところの其顔を話しの度に右へむけたり左へむけたりするのでほつすが風になびいたりするのだが御ちそうを食べて了ふとかならず入歯をはずして茶

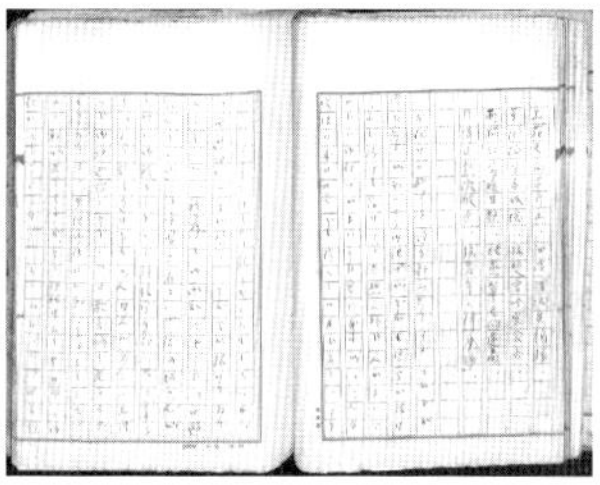

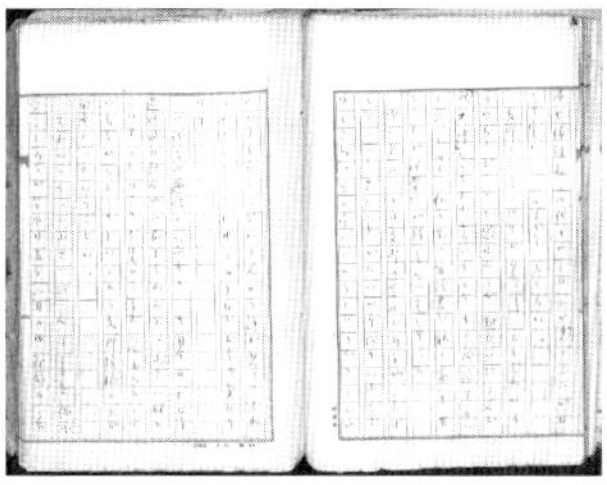

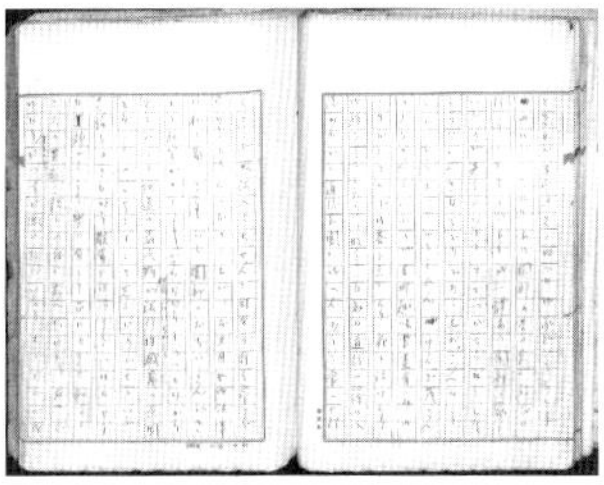

碗の中で洗ひその茶をば他人の見てゐる前でゴクリとばかり飲んでしまふので有名なのであるが、茂さんの兄さんといふのがこれ又骨とうずきときてゐるからあの家へ行くともうあちらに額があつたりこちらに置物があつたりどこもかもこつとう品で満ち〳〵てゐたものである。それはとにかく私が覚えてゐる其頃はまだ園部のおばさんも若かつたものだらうが、さうした明治時代の空気のみなぎつてゐる室で障子のそとはまだ明るかつたが室の中は大きなぼんぼりをともして母と二人でげつきんをひくと私がおとけ踊りをおどつた。

ジヤンジヤコチエ　コーガンスイジヤンチ
エコジヤンスイホ・・・・・・・

こんな歌をその時から覚えてゐるが、あのげつきんといふ楽器は面白いものである。

さて支那趣味の中で自分が感心するのはあの濃艶華麗な芳醻な味であるが、これを目して一かいに悪どいあくのつよいといふならばハマチの刺身とサバの刺身を同じ味に思ふ底のものであらねばならぬ。

今日「眞美大観」といふ本を見てびつくり仰天した。アア！（註。この感動詞には東洋美術に對する最大級エストの嘆讃の情が含まれてゐる心算だが具眼の士は見落し玉ふな）
アア！（これも同じ）東洋藝術のよささよ。アナ！（同しなり）
をはり。

初冬雜筆

爽士

初冬雜筆　爽士

○

ゆうべ本郷の昌さんを訪ねたところが俳句の話がでた。そして乗氣になつて運座をはじめることになり題をえらんだりして炬燵の中で首をひねつたのである。どうせろくなものが出來るわけはないが大へん愉快であつた。
そしてその下手な奴をこんどの朱欒に発表することや又時々同志を集めて句會をやらうと約束して別れたのであつた。

○

するとはからずも今回長崎村住人から飛報が來た。文面によると二十日の編輯日には新しい試みとして句会をやるからというのである
そして課題として　葱・霜夜

○

実はぼくもこんどの集会には運座を持出さうと心ひそかにたくらんでゐたのでおやおやと思った。

○

この頃子規全集が手近にあるので折々ひもどいてみて感心してゐる。
子規にも感心し俳句にも感心してゐる。
子規及び俳句については書いてみたいことが一杯ある

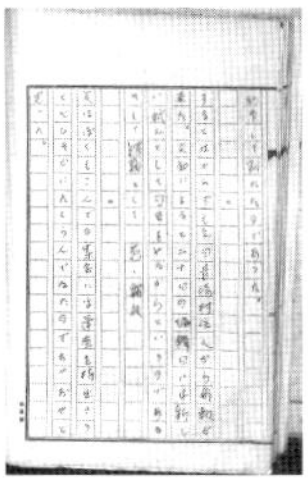
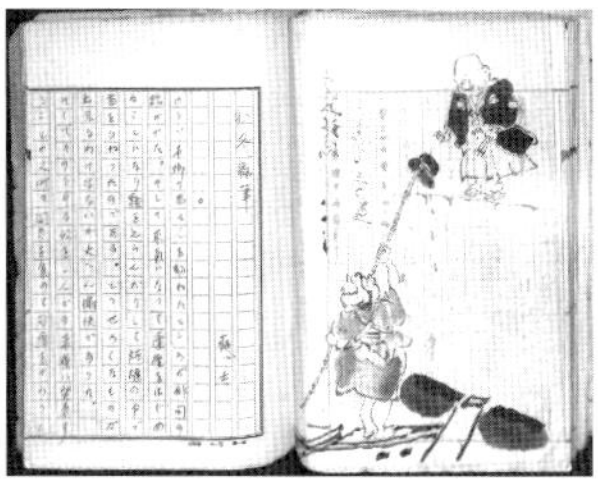
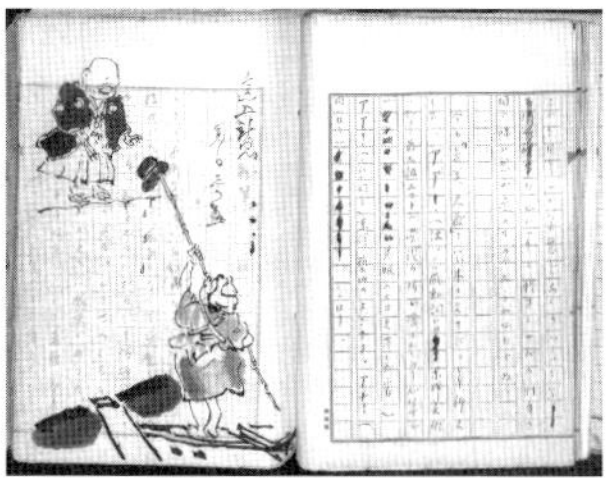
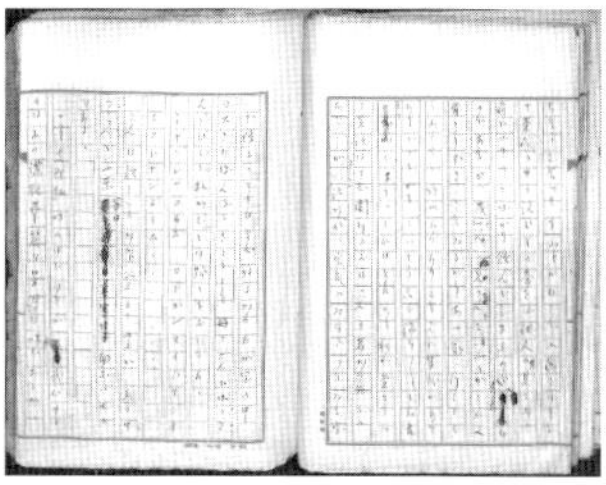

○さてこれから書くのがゆうべの初陣?のえものである。題は靄・秋の暮　五句づゝ、彌子というのは昌さん、彌生町住居よりものしたのである。爽士即ちぼくの名キヨシから捻出したのである
注意（大きな声では申されないがこの二人のうぬぼれものは二人ながら、もう一かどの俳人のつもりでゐるらしいから、我と思はん勇士の方は一つしんらつにやっつけて貫ひたいものである）

○靄

○夕靄の原に火を焚く五六人　爽士
○夕靄に車の音の殘りけり　仝
○靄丈けと取殘された一時すぎ　彌子
○靄の街青物市の賑はへり　仝
○夕靄に男と女あるきけり　仝
○夕靄の墓地猫を抱く女あり　爽士
○鐘の音や一段下りて靄の町　仝
○谷あひの靄をぬけたる夜汽車かな　仝
○行きすぎの女の顔や靄の街　彌子
○たゝづみてラヂオ聞く夜の靄の街　仝

○秋の暮

○蹌踉と身は闇にあり暮の秋　爽士
○自働車や道行く人や秋の暮　彌子
○小春日も今日で終りか秋の暮　仝
○酒でもと思うてみたり秋の暮　仝
○ふるさとの鳥をおもへり秋の暮　爽士
○餅つきの話も出たり秋の暮　仝
○上野まであるいてみたり秋の暮　彌子
○村芝居の小屋こぼちをり秋の暮　爽士
○トロツコの蔭に人あり秋の暮　仝

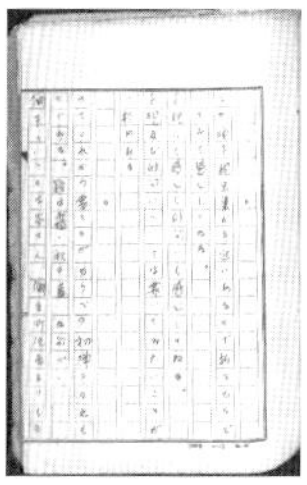
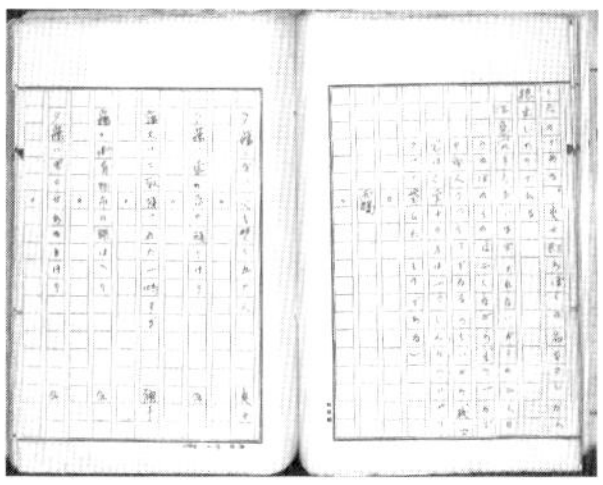
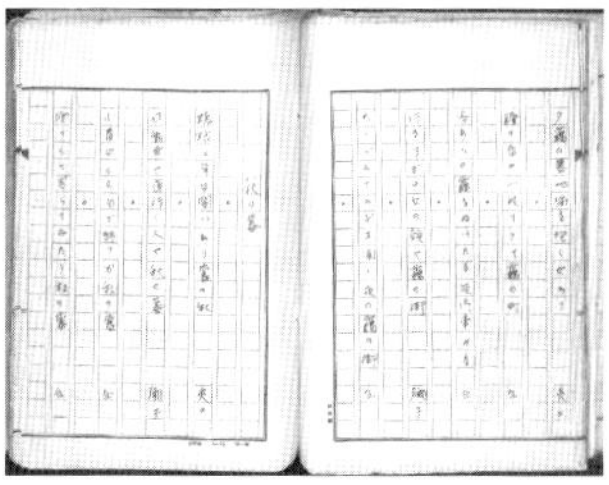
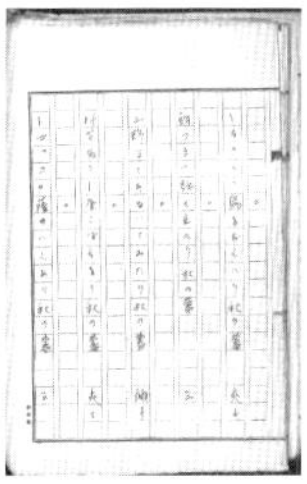

獨り々となぐり書きする秋の暮　彌子

（十二月十五日）

○

十二月十七日

中村清一郎がねごみを襲つてきた、彼に不覺をとることこれで三度目である。何時か仇をと思はぬこともないが彼の居城は西荻窪の遠きにあるので一寸手がとゞかない。

少し寒いが天氣がいゝから外へ出る。戸山ヶ原を横断つて早稲田、護国寺と出て雜司ヶ谷の墓地をあるき上富士前から林町、根津さんの中をぬけて彌子を訪れた。実はこゝまでくる間に相談がきまり今夜は三人で運座をやることにして來たのだが彌子は合憎とるすであつた。そこで茱萸亭主人の傳言を置いて又ブラブラとお茶の水から神保町とあるき倒したのである。この寒い日を午《ひる》すぎから今まであの長道を一体何んな話をしてあるいてきたのだらうと考へてみるとまるで俳句のことばかりである。清《せい》さんは俳句をつくるのはまだ下手らしいが俳句のことは仲々くわしい。それに俳句のわかる人だ。今までつくつてみたことは無いらしいがやつたらものになるであらう。

これから俳句の道に心がけやうとしてゐるぼくには期せづして周圍に俳運の動いてきたことがうれしいのである。そして友人達がみんなよい俳句をつくるやうになつたらどんなによからうと思うのである。――――そのやうなことを書くつもりで筆をとつたが思うやうにまわれない今夜はこのくらひで止して置かう。

終りにぼくの初ての俳句からありたけ全部お目にかけることにするいろ〳〵おしえて載けたら幸である

○

名月　名月や鼻緒切らしてあるきけり

○

名月や犬も來てみる橋の上

○

虫の音　虫の音も弱り果てたる河原かな

○

星月夜　口笛が阪を下りぬ星月夜

○

夜寒　焼芋の使ひに走る夜寒かな

○

裏の湯に桶の音せる夜寒かな

（以上十一月中旬）

○

茶レ山花　引越しの日は山茶花も咲きにけり

○

山茶花は主《あるじ》も無うて散りにけり

○

山茶花を忘れてきたり山の家

○

山茶花やこわれ垣根に犬の戀

○

うすれ陽や扉の前の山茶花

（十二月十六日）

○

まだ昨日今日と作つたものがあるがもう原稿紙が切れたから來月にまわすことにする。こんどはもつとらしいものを出せるはづ。

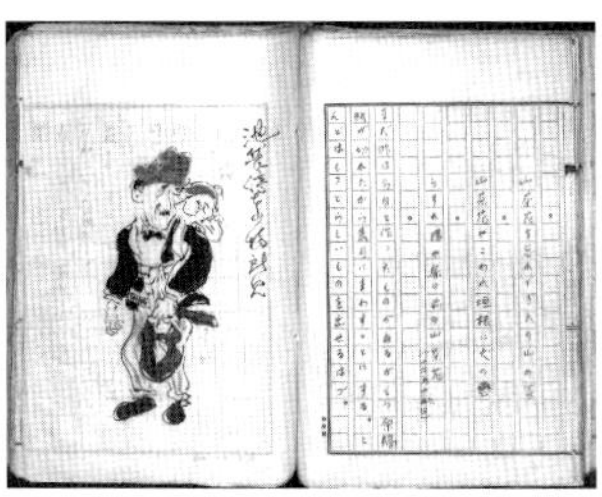
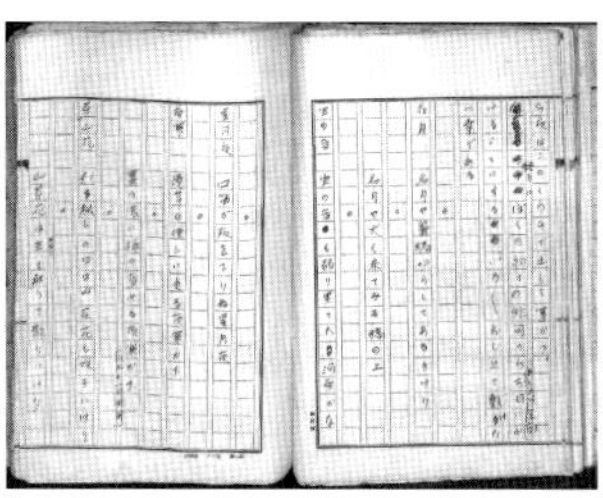
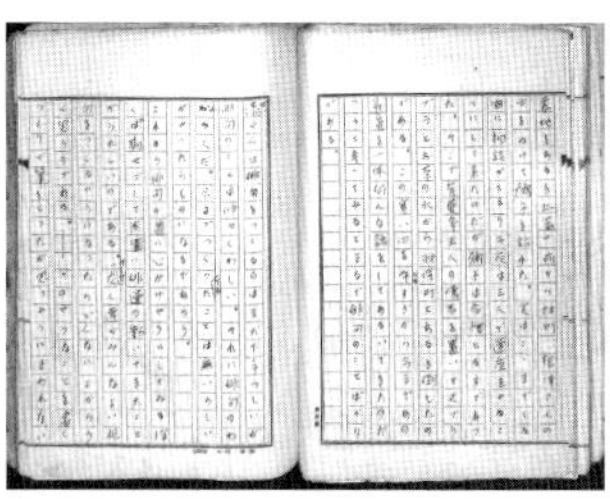
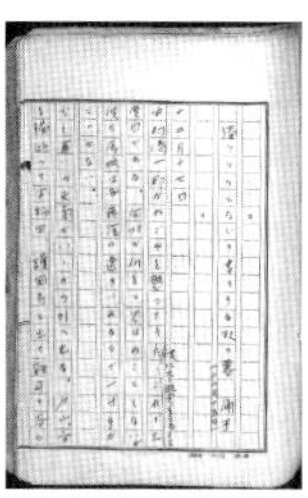

霜夜　無明

肉喰ひし夜なりそと霜のをくならむ
肉喰ひしよるそとありくしもしろく
をぐらきをのぼるいしだんにをく霜ぞ
霜の夜のそてつをめぐり入りに希里
はねぶとん霜夜くすりのみふす子かな
石だたみに音する霜夜かげくろし
壁のしみうき霜夜這ふあぶらむしよ
ヨハのほしのほてれるぞよき霜夜かな
炭火つぐ霜夜はり戸のうるみかな

ねぎ

ねぎ二三ちらばりて夕ばえとほし
ねぎ青きさむさな里ま知はるかにて

ねぎ青み工場うらみちうすひさす
やまかげのいへねぎ青きさむさかな
ねぎをぬく土くろぐろとたそがるゝ
ねぎをぬく土くれこぼる左む左な里
ねぎをわくあゆみおもふぞはゝのこと
ねぎつがねをきはれそらの凧を見る

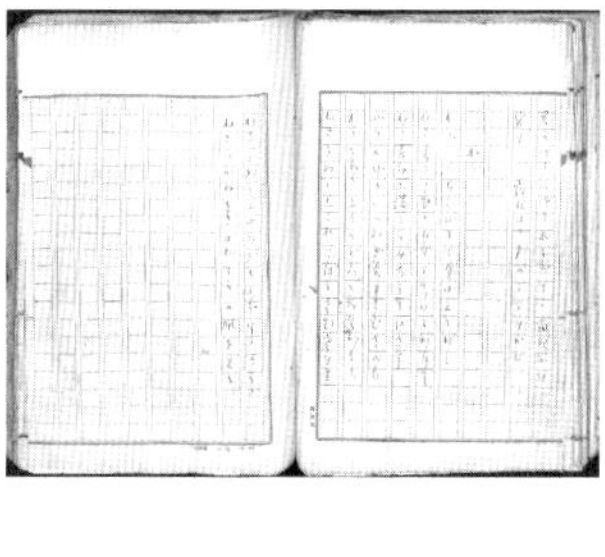

童話　夕寒い煙突。　三蒔

童話　夕寒い煙突。

三蒔

居間から元関へ出るのに、平ちゃんは又ワザ〳〵お座敷を抜けました、

居間と元関との間には、ちゃんと三疊の小間があるのですが、そこは家主《オホヤ》さんに喧しく云つて、近頃天窓をつけてはもらひましたが、それの具合が矢張悪くて随分薄暗く、昼でも疊が、ヒヤリと足の裏を舐めるのです。

今の様な夕方其處を抜けると、隅つこの方にまで一杯に詰込まれて居るゴタ〳〵した衣布《キレ》や道具やの中で、きまつて何かの金具がジッと意地悪く光つて、光らぬ暗い所に居る何かと相談して居たり、簞笥の鐶が平ちゃんがあるく間ぢゆう、カチ〳〵と其歩數を計へたりするのが、平ちゃんには随分氣味が悪かつたのです。

お座敷へ出た平ちゃんは、庭からの光が、物の栓が抜けた様に障子一杯にしたたかに明くて、庭の下の方に低く枯れ残つてゐる筈のダリヤの影が、思はぬ上の方へまで大きくせりあがつて來て、丁度向ひあつて立つた程の所に、一つ首の様な奴がしきりとフラ〳〵して居るのに衝突《ブッカ》つて、オヤと思はず立佇りました。

風が又、しばらく無いので、もう夫は動かうとはしません。オヤと思つた氣持の消へ残りが、平ちゃんに自分の掌の方をみさしました。そこにはチヤンと五銭白銅が乗つかつて居ました。眞中の丸い大きな菊が判然《ハッキリ》と目にうつりました。

『かあさん、かいろばい、ねえ、かいろばいなの？』わざと普通よりも大きな声を出しました、

けれども台所からは何の返事もありません、しかし無いなりで其處に俯いて居る母さんの恰好と、黙つて居る横顔の薄くなつた眉の具合とはつきりと思はれます。返事がないのは、それでよいと云ふことなのです、こんな時、もう一度訊ねればキン〳〵した聲で叱られるに決《キマ》つて居ることも、そんなに叱るのは、母さんが此頃どこかが悪いからだと云ふことも、平ちゃんにはよく解つて居ました。

首をうしろ向けて、一足だけ前へあるきかけてとまつて居る、置物の様な自分の恰好に氣がついたので、返事してもらへぬために曇りかけた小さな胸の中から（なあーんだ）と笑つて、平ちゃんは元関へ出ました。すると今、自分が開はなした後《ウシロ》の襖から射し出て來た夕日かげの中に、一枚の葉書が投込まれてゐるのが見つかりました。

葉書は文句の方が上になつて居ました。

又、風が吹いたと見へて、庭の木のこまかい枝のかげが、いくつもの不恰好な光の團子を生んで、それを其上で躍《オド》らしてゐました。

拾ひあげやうとして、顔を近づけた時、不思議なことには、夫が大人の字でではありましたが、全部普通の平仮名で書いてあることが解りました。

『なんだ、平假名か』と思ふと、読んでもい丶と云ふ様な氣もして、『だが、読みにくい平假名だな』と二三行眼が走ると、（ひ

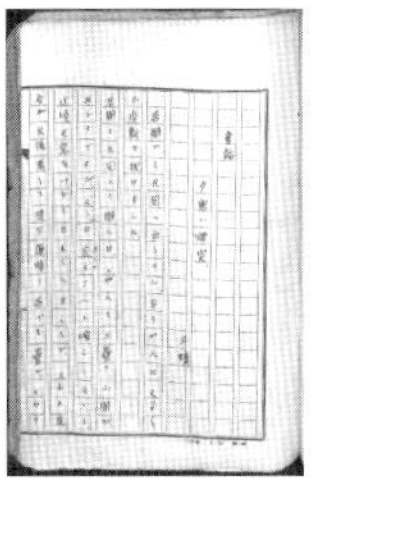

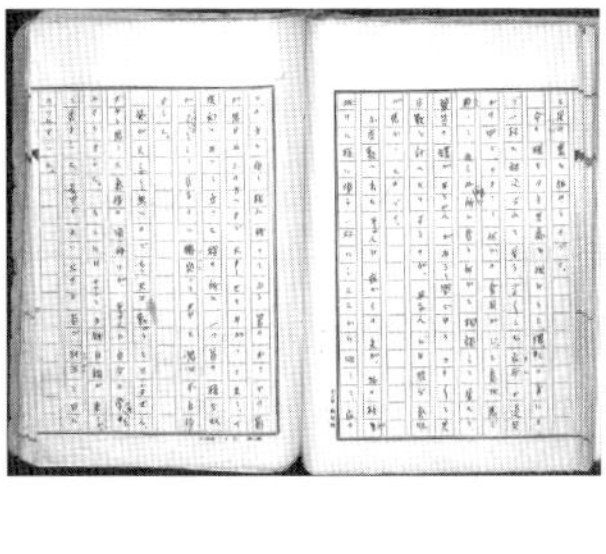

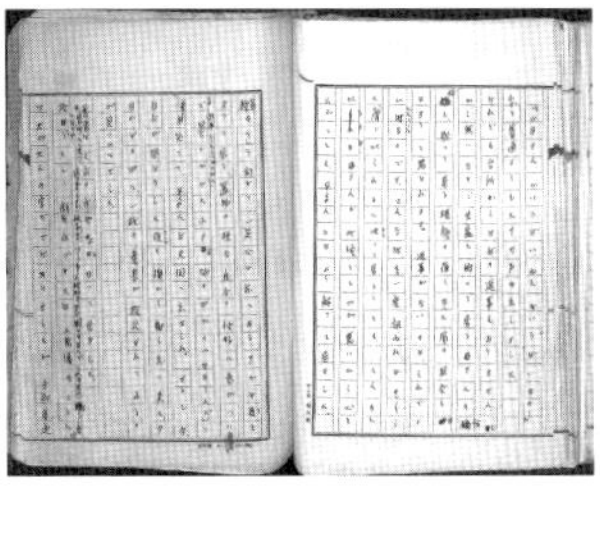

どく寒くなつた）とかなんとか書いた後へ、（うけたまはれは、ちかきうちにいよいよおめてたとのこと、）とあつて其後は、三つ四つ読めません。

『あ、へんたい假名だな』と思つて目をあげて猿戸の方をみながら『おめでた？　おめでた？』なんだらうと、ゆつくり〱瞬をして考へこんで居る時、ちようどその戸の外を、お隣の小《オ》母《バ》さんが通り抜けに、チラ〱チラと五六度に見へた其顔が、こちらを向いて笑つて居た様でした。『あ、ぢやあ、赤ちやんが出來るんだ』と、それが何を教へたともなく、その時ヒラリと氣がつくと、『これは山梨けんのお祖母さんからの葉書だな』『それで平假名なんだな』『だから母さんが、かいろばいでお腹を暖《アツタ》めるんだな』と、づる〱と、編みかけの毛絲をほぐす様に、みんなわかりました。『さうか』と最後に、――今までの心配がこれで庭の木の葉の様にみんな落ち散つてしまつた様な氣がしたり又、『どうせ山梨のお祖母さんなんかから葉書が來たりするんだから、ろくな事はないんだらう』と云ふ様な氣もしたりして、此二つが怎う云ふ風に、こんぐらがつたのかわかりませんが、馬鹿にしたやうな笑が一つ出て來ました。我知らず笑つてしまうと平ちやんは、急に濟《ス》まない氣がして狼狽てて、も一度、葉書をとりあげやうとしました。が、『元関で時間をながくとつてしまつたから、今持つて行つたら之《コレ》を読んだと思はれるな』と氣がついたので、またソツと其儘にして、元関の端へ腰かけて、両手をうしろへついて、それから腰をずらす様にして、ずつと向ふの下駄の方へ足をのばしました。「寒いな」さう腿のあたりに感じました。音のしない様に、掌《タナゴコ》に力をいれて、引あげる様にして猿戸をあけて、ソツと外へ出ました。

その時ガチ〱と鉽力鑵《ブリキ》のうちあたる音が、ずつと向ふの右の方でしました。本字の「月」と云ふ字の形をした（と平ちやんはすぐ思ひました）梯子を擔いだ瓦斯燈屋さんが、此家並の入口の石段の下を、チラリと横切つて行くのが見へました。

油泥の様な、かたまりかたをした石段へ迫の道は、俯いてあるいて居ると、ボコ〱と響いて、疎に残つた杉草がふるへて居ました。石段の降口の、八手《ヤツデ》の傍へ來た時、フト、夜更けた時の風呂場のことが平ちやんの頭にひらめき、そして、裸のことをすぐに思つたのでもないでしやうが、同時に、ゾツと寒氣の様なものを感じたのでした。

フト見ると沈んだ色の手の形の広葉ごしに、濛々と湯氣があがつて居て、水の細柱の先端《サキ》が、他の水の面でたてる音が下の方でして居ます。『あ、、此水のにほひだな、今、お湯屋みたいな氣が一寸したのは』。　三段まで降りた石段の上から平ちやんはお馴染の土管の頭を見おろしました。それの先端《サキ》からは、白髪昆布の様な沈澱物が一寸程、たれさがつて、それを傳つて、此上の並家で流すいろんな種類の下水が、表通の溝へしたゝり落て居るのでした。『寒い筈ですよ、坊ちやん、此湯氣を御覧なさい』と、今、その水が、ひゞきながらそう云つてゐます。

其湯氣が、ちよつと低くなつたと思ふと、今までの落水《オチミズ》の條は急に細まつて、細つたと同時に、ザアーツと眞白な水が吐出されて來ました。

『あ、、母さんがお米をといで居るな』。平ちやんは両足を揃へた儘で、パタンと下の土地へ跳《トビ》おりると、大急ぎであるきだしました。

そして、平ちやんが、町角へ來た時には、瓦斯燈屋さんは、も

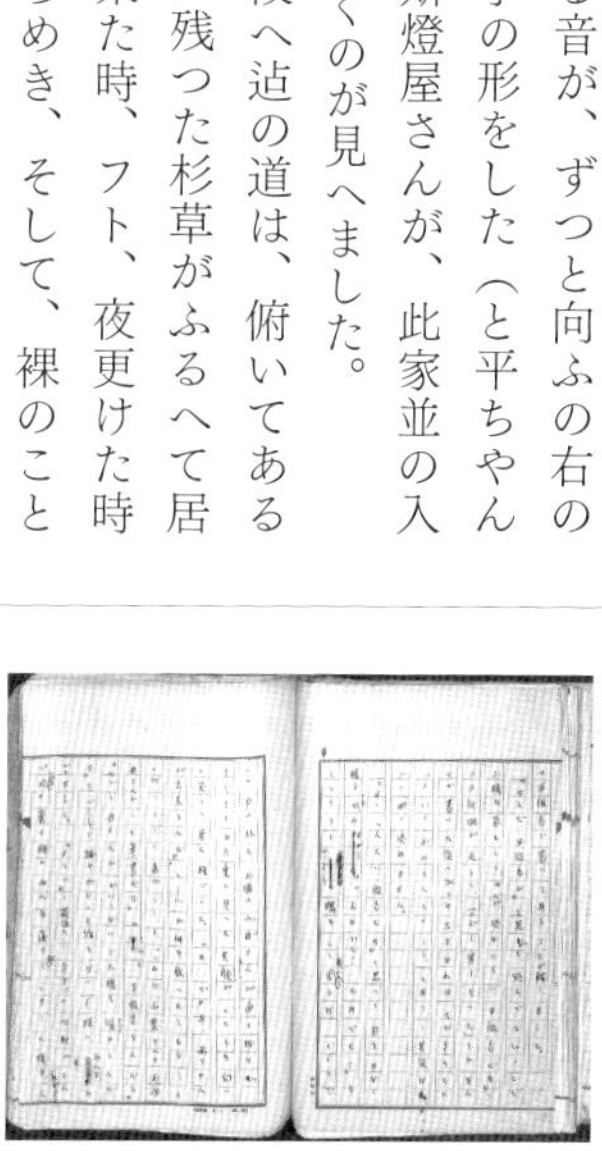
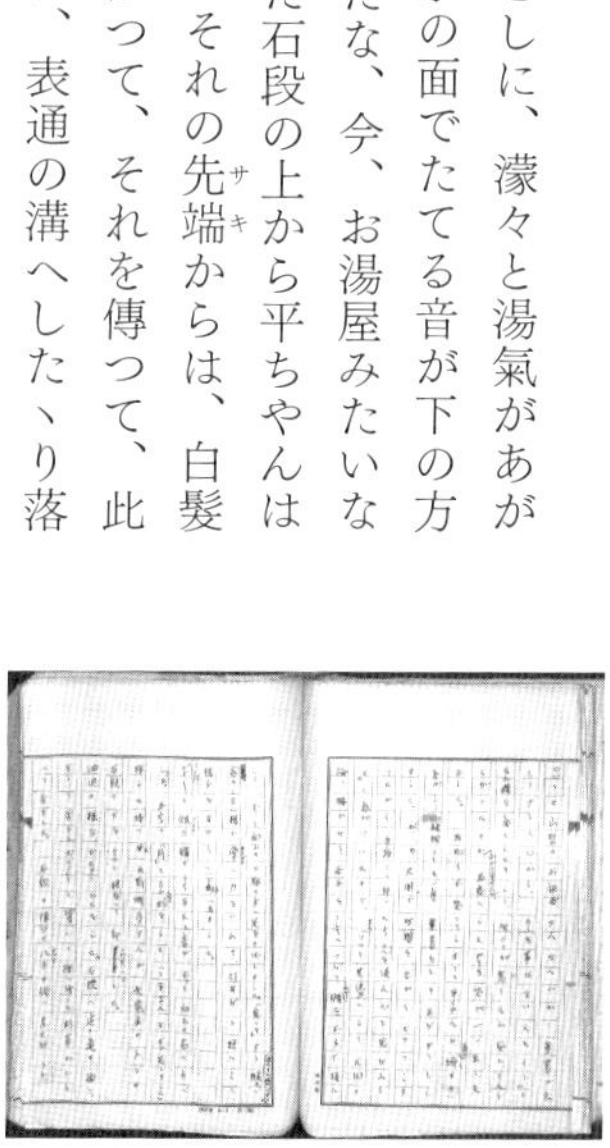
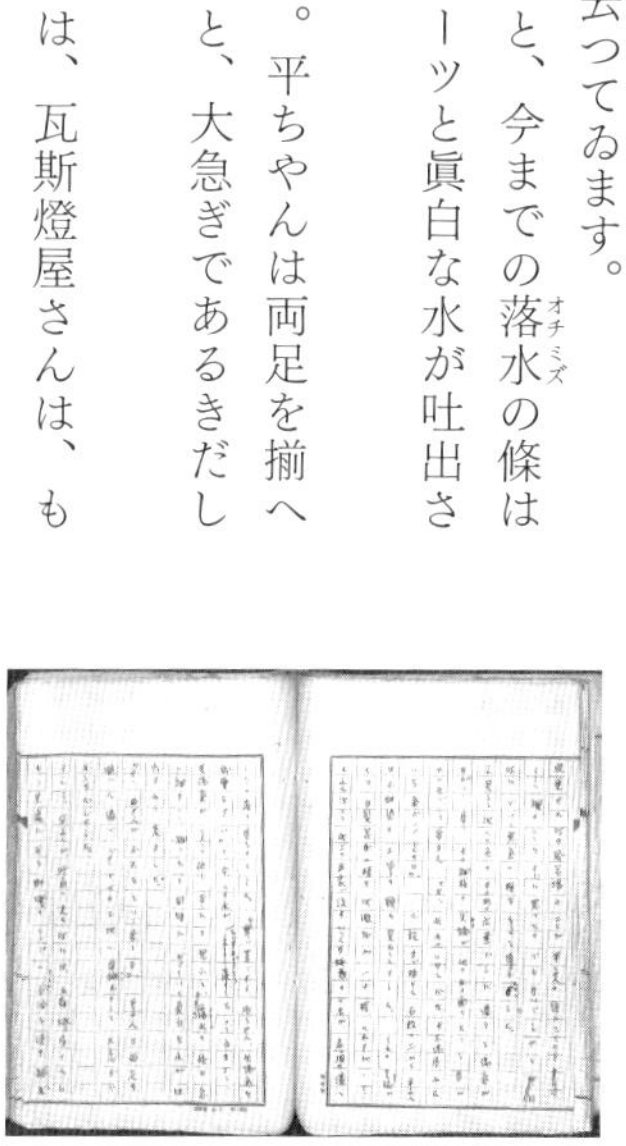

う其處にある軒燈のランプへ、とつくに石油を澆ぎ終へてしまつて、『いつし、いつし、いつしつし』と云ふ様なことを云ひながら、器用な手つきで周圍《グルリ》のこぼれを拭とつて、今、ちよつと惢の出具合を試してゐるところでした。

すぐ前にランプを翳した爲めに、大きい鼻の影が斜に上へ走つた瓦斯燈屋さんの荒ぶつた顔をチラと横目にみて、その白い眼が、こちらへ向かない間にと、平ちやんは大股にそばを通つて角をまがりました。

空の下で灯をともしたので、明るいと云ふよりも、赤かつた瓦斯燈屋さんの顔を見た時には、ちよつと「晩」と云ふ氣もしましたが、東西に抜けて居る此通りへ出てみると、埃つぽい道の上は、まだ〳〵、あか〳〵として居ます。

澄み切つたベルの音をさして自轉車が、二つ三つとほりました。角から四五軒目の荒物屋さん、其店先の土間へ、ガタンと溝板の音をさして平ちやんは勢よくとびこみました。　奥の間で、まだ、ランプも點けずに朱塗りの膳に向つて居たおかみさんは、あわて、立あがりました。『たつた五銭だのに氣の毒だ』と思つた平ちやんは、大急ぎで、それをこちらから迎へ撃ちと云ふ調子で、間違へない様にと氣をつけながら『かいろばい、かいろばいがありますか』と大きい聲を出しました。そのはずみに、途中まで腰に力をいれた恰好で出て來て居た、おかみさんは、『あ』と顔もからだも柔げて『かいろばいが、おあいにくなんでした』。　それでも平ちやんが夫を見て居る白足袋は、ヒラ〳〵と三足に出て來て、『あの、お母さまので御座いましやう、では、お急ぎでも無いんでしやうから、こう仰言つてください。明日の晩迠には必ず御調えしておきますつて』もとは官吏の奥さんだつたと云ふ其おかみさんは、鋭い目をしてゐました、がやさしい口ぶりでさう云ひました、

『さうですか、ぢやあ、どうか、お願いたします』と平ちやんはつとめて快活に云つて其店を出ました。平ちやんはこんな風に大人振つた口がきけるのと、こんな口振りをすると、自分もちやんと一人の存在《ワケマヘ》を認められた様な氣がするのとで、御使に出るのが割合に好きだつたのでした。

『どうも御苦勞さんでした、お兄さんですね』うしろでおかみさんが、平ちやんの出た後へ思ついた雨戸を繰りながら朗かに云ひました。最後にしめ切つた雨戸の音が、平ちやんを「ひる」から手もちぶさたな「夜」に追立てました。

『お兄さんだつて?……このおかみさんも、近いうちにおめでたと知つて居るんだな』、平ちやんは此時、又、共通《オタガイ》に、物事をちやんと知りあつてゐる大人と云ふものと、自分との巨離《ヘダタリ》をパッと感じました。

平ちやんが、こう云ふ事を感じるのは、いつでも、今の様な、夕方から夜へかけての時に限られて居ました。

庭の面から、暗くソロ〳〵と這ひよつてくる「夜」が、次才に、平ちやんから、平ちやんだけの居る所、遊ぶ所を奪つて行きます、そして最後には、たつた一つの洋燈の下で、食卓にした時のこぼれを、「布帛《フキン》」で拭《ヌ》ぐつた机を中心にして、お父つあんや、かあさんと向あつてすわらなければならないことになります。その時には、平ちやんにはする事が、たつた二つか、三つ位よりか、残されては居りません。お父つあんと、母さんとは、すぐ前で二人だけで、ヒソ〳〵と話しては、何か心配さうに黙つて居て、又、ヒソ〳〵と話がつゞきます、二つ三つの爲《ス》る事にはすぐに

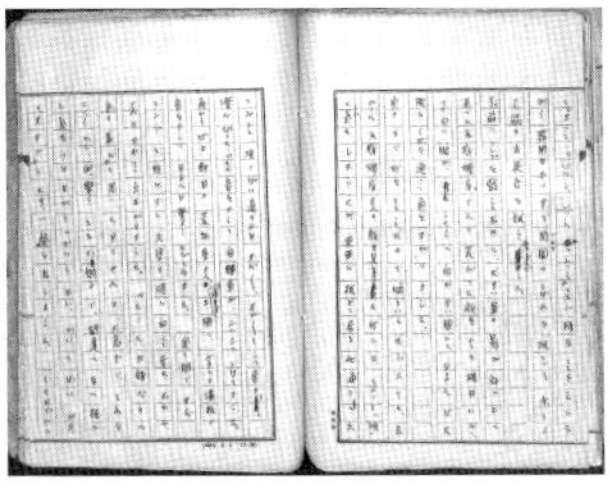

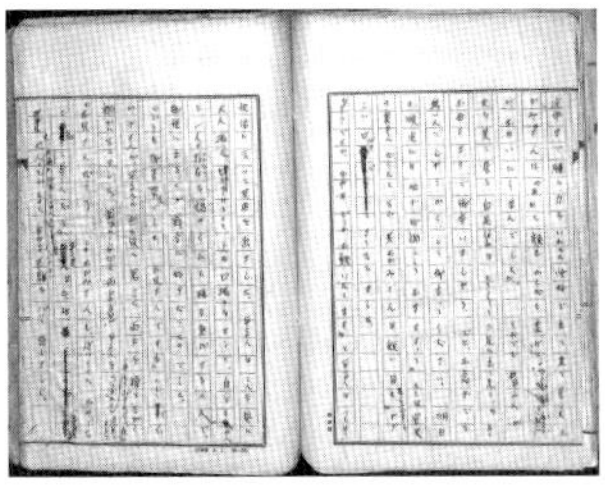

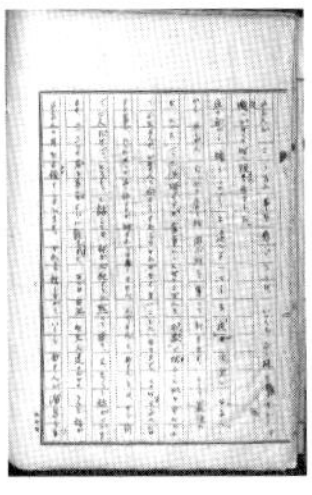

飽きてきます、あとは自然、此大人達だけの、そんな話が平ちやんの耳を占領《トッ》てしまひます。けれども話しながら、いくら母さんが溜息をつかれても、平ちやんには、その今云つて居られる言葉の奥に、暗くすわつて居るものが何であるかは、サツパリ解らないのです。　話して居られるお父つあんと母さんの影が壁の上で、一つに溶けあつた様になつて居ることがあります、けれども二人とも、それには氣をつけてみようともしられません、大人の人達は、ちやんと自分の影のことを知つて了つて居るので平氣で居られるのでしやう、又、それとも、其影のことを話しあつて居られるのかも知れません。が、こちらの壁の上に、ポツツリと一つある、平ちやんの影は、平ちやんにとつては、いつでも、わけの解らぬ氣味のわるいものなのです。

「今は、僕には話しかけないが、此僕の影が、僕が大きくなつたら、あの大人達の影と仲間入をして、溶けあつて、大人達の共通《オタガヒ》に知りあつて居ることをみてきて、その時には、それを、コツソリ僕に教へてくれるのではないんだらうか」そんな事を、平ちやんは以前、ある夕方思つたことがありました。

今も、平ちやんは、『そうお急ぎでもないんでしやうから』と云つたおかみさんの言葉を耳に新らしく思出しながら、これから御飯迠のやつと残つて居る『昼』のしばらくを、どうして遊ぼうかなと、一寸の間、当惑して道の上に立どまつて居りました。

雀が一羽夕方の、慌しい含み聲をしながら、平ちやんが立つてゐるすぐ上の軒じたへ、蜂の様に二三度ぶつかつてから、やうやく見つかつた巣へ、あわてヽ姿をかくしました。しばらくして、とがつた脚の先でたてる金属性のかすかな音を、二三度雨どゆの中でさしましたが、又、そのまヽ静になりました。


其時でした。大勢の聲がひとつになつた、輕い快よい『鬨の声』と云ふ氣持のする響が、いくつもの屋根の厚さを越した向ふの町の、ある一所から、冷たい空につき出た先だけあかるい電柱を次才に傳つて來たやうにして、とつぜん平ちやんのところへ落ちかかつて來ました。

「あ、、あれを忘れてゐた」

「あ、、あれか又」、そんな二つの氣持が、平ちやんには同時にしました。

その「あれ」と云ふのは、今声のしたあたりにある、大きな原《ハラ》場《ツパ》のことなのです。そこには、他所《ホカ》よりもながく日の光が残つて居ましたから、雨でもが降らなければ、殆ど毎日、夕方になると、子供たちは可成り遠方からでもそこへ集つて來て、名は知らなくても、平ちやんと同様に、「ひる」から「夜」にはいるのをいやがる同じ年齢《トシゴロ》の子供たちは、自然と、一つにかたまつて、いつまでも走つたり、唱つたりしてあそぶのでした。子供ばかりではありません、四方の町からの、いろんな夕方のせはしい響や音は、いつまでも、そこへ、慕ひよつて來て、このひらいた場所から、はじめて一緒になつて、空へとまひあがつて行きました。雑誌かなんかで讀んで憶へて居て、今まで綴方に何度も使つた美しい文句、それを今日の綴方にも、うまく、そのまヽ、コツポリと使へることを見出した時の様に、

「あ、、あれを忘れてゐた」と云ふ氣と、

「あ、、又、あれか」と云ふ氣とが、平ちやんの頭の中でしばらくまいまいこんでをしてゐました。又、先のと同じ笑ひ聲が、さらにハツキリとして、冷い空氣を縫つてやつて來ました。

角をまがつて、こまかい竹垣のつヾいた一町ほどの巷路《コミチ》、平ち

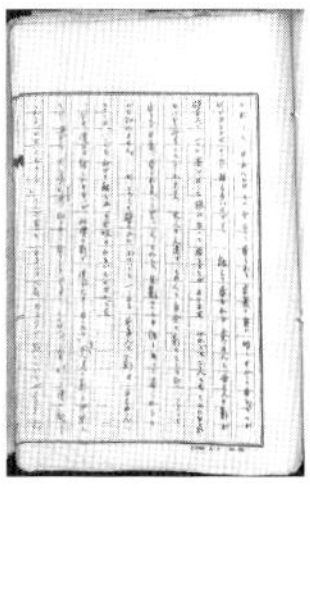

やんの足は、もう、知らぬ間に、そこを、原場《ハラツパ》の方へと進んで居りました。ある家では、門の横の、戸のこわれた牛乳箱に、今もつてきたばかりらしい牛乳の瓶《ビン》が、ちやんと入れてあつて、上の方に立つた泡が、一つ、一つ、消へて行つていました。その明るい球面に、おくれてかへる、高い空の上の烏の黒い影が、チラリと映つてとほつたのを、平ちやんは、ハツキリと見たのでした。

仰いだ空がひろ〴〵として、平ちやんは、車馬どめの棒が、眞中に立つて居る、其原場の入口へ、もう來て居りました。

××××

宴会場に、おくれて來た人が、手を拡げて、入口の幔幕《マンマク》をもてあそびながら、うちの様子を、しばらくすかし見てゐると云つた風で平ちやんは、「刺《トゲ》がたちはしないかな」と云ふ注意を鋭く指の先にあつめて、車馬止めの棒を上下に擦りながら、その原場に動く、多くの人かげを眼でつぎ〴〵とおつて行きました。

此原場の右と左とは、同じ様なかたちをして並んだ、住宅地の裏手にあたつて居るので、共同井戸やもの干し棒や、鶏舎《ケイシャ》や、そのほか、ごた〴〵したものが、くろずんで雜然とかたまつて居ました。一度、ずつと以前に、此等の一つの家の、物置らしい、トタン屋根に、絲瓜の白い色の花が、うす闇の中でも、妙にベツトリと、しほれて居るらしく見へたので、近よつて行つて、すかしてみてゐた平ちやんは、人氣《ヒトケ》のない庭の隅、ちようど、絲瓜の蔓が生へて居る根本あたりに、青い瓶がおいてあるらしくて、それに時を置いて落ちる小さい、澄んだ水滴の音がしてゐるのを、はつきりと聞いたことがありました。

むかうの、つきあては、(洋燈《ランプ》のホヤ)などがよくそんな鞘にさしてあることがある、あの細かい波状にうねらしたボール紙、あれの様なトタン塀が、たゞ單調に走つてゐて、その奥が、すぐに、立ちはたかつた様なけわしい裸の赤土の丘で、さらに其上には、四五年前まで何かしてゐたらしい赤煉瓦の工場が一つ、どつしりと、のつかつて居りました。工場の向つて右側には、ずば抜けて背の高い、色だけはクラリネツトの様に眞黒な煙突が、ひとりで空の部分を占めて立つて居りました。それがあまりにも高いので、「煙突の右の町へ」「煙突の一つおいたこちらの町へ」などと、それだけ云へば、こゝいらでの誂物などは、ちやんと解つて持つてこられるぐらいでした。平ちやんは、この煙突を見る度に、なんだか、其高い先に、赤い旗でもが飜つて居ないのが、不思議な様な、物足りない様な氣がするのでした。

「あの狭い丘の上から、あの高い煙突が倒れて來た日にやあ、下にならんだ家並やあ、皆やられつちまうね」

職人が、ある夕方、平ちやん等が遊んで居る傍を通りすぎに、そんな事を話しあつてゐたこともありました。成程、この丘と、この丘の上の工場と煙突とが、下に低く、ごた〴〵と並んだ家を前にして、こんな風にして、立つて居る有様には、どこか無氣味な所がありました。その爲でしやうか、平ちやん等は、(もとより原場の丘に近い方は日かげになつてくらかつたからでもありますが)、意地の悪いゴムまりが、そちらの方へ飛んで行つてしまつた時ででもなければ、めつたには、そちらへ近よつては行きませんでした。

夕日は、今ちようど、其煙突の根元の所に居て、波紋の様に拡がる金色《コンジキ》の輪を、たへず四方へ放しながら、自分は其輪の眞中へ、次才々々と、赤く、小さく、深く、なつてゐるやうに思はれました。

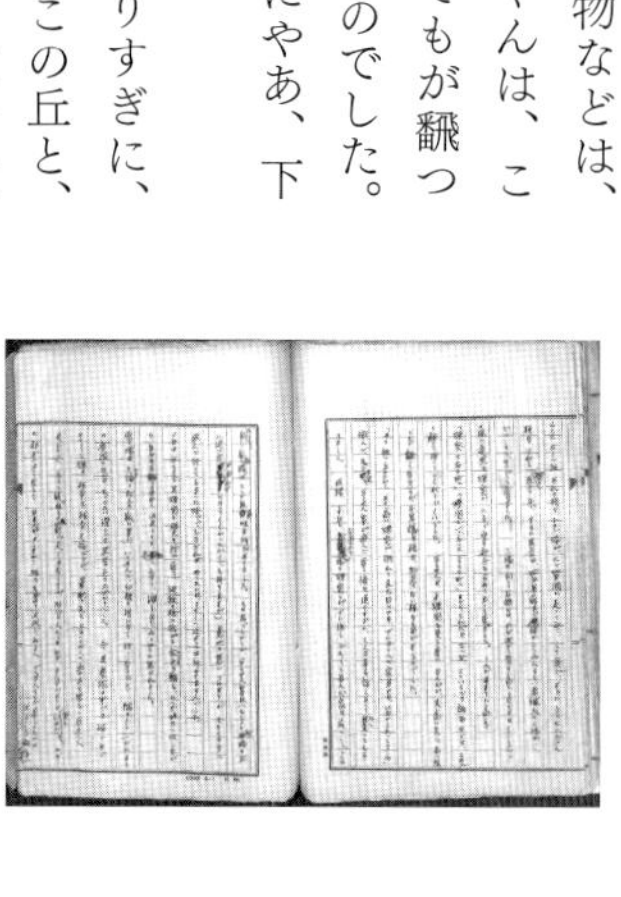

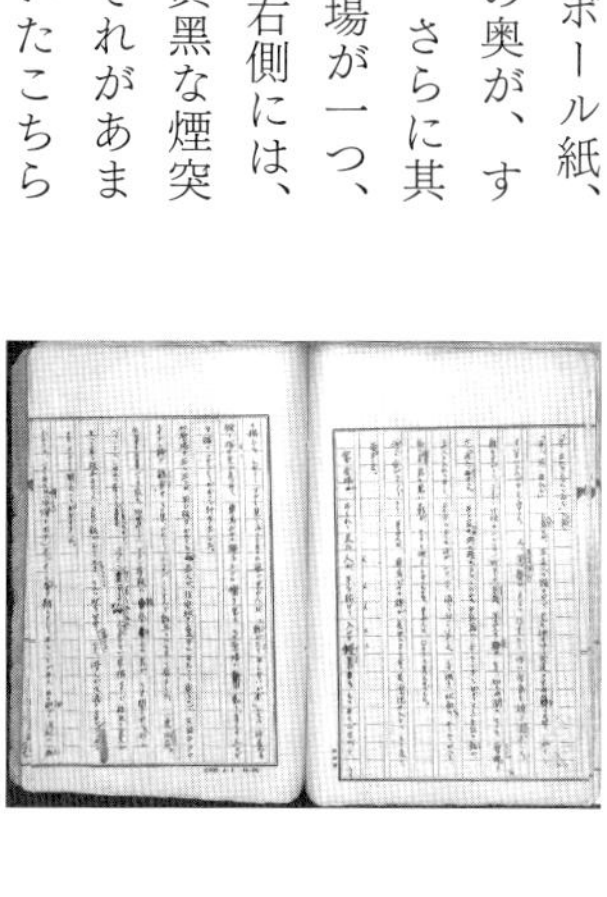

原つ場は、先端《サキ》の枯れた靭い草が、いちめんに、切株の様になつて残つて居るだけで、隅の方の一かたまりの塵塚のほかは、たゞかたい滑らかな黒紫色の土ばかりでした。今、其塵塚の中では、硝子等がキラ〳〵と輝き、枯草は、枯れた先端だけが、暈狀に光り、土はいちめんの血の色を帶びて居ました。

其土の上に、長々と幾つもの影が走つては居ますが、肝心の人たちは、皆、まんなかよりは、向ふへ奥のかげつた部分に立つて居るので、平ちやんが、さつきから、眼をそばめて注視してゐるのに、どんな人たちが居るのだかははつきりとは解らないのです。

どうも、だれもがいつもの様に走りも唱ひもせず、たゞみんなで一と所にかたまつてゐるらしくは思はれました。

一匹の白い大きな犬――それが今宵の、此場所の興味の中心になつてゐました。

馬の様に、しやんと首をたてゝ、(むさゝび)の様に、四肢を揃へてのばし、動悸の様に、激しくつよく身をしやくりながら、枯草の株を、跳びこへ、はね越えて、其犬は、一さんに人の群から、かけさります。そして、適当なだけの所へくると、キヨトンと又、靜かな以前の犬の姿になつて、とんでもない方向をぢつとながめて居ます。すると、人の群の中から、だれかゞ口笛をたかく吹きます、と、又、犬の耳がピンと動いて、尾をたてゝ、身をしやくつて、以前の動作にうつるのです。罪のない笑聲は、その度に人の群からするのでした、けれども、眼で人かげを今まで熱心に、てんけんして居た平ちやんは、此筒太い笑聲を耳にすると同時に、『やつぱり、書生さんばつかりだ』と失望の独言を漏しました。『かへらうかな』すぐさう思ひましたが、『お米をとぎおへて、表戸をしめに出た母さんが、あの葉書をもう見てしまつたにさういない、へんたい假名のあとを読まなかつたからよくわからないけれど、山梨のお祖母さんからのだから、あの後に又、母さんの氣でも悪くすることが、ひよつとして書いてあつたとしたら、今ごろは……」右手に葉書を持つて、其手首を左手でつかんで、前にたらしたまゝ、椽に出て、ボンヤリと明るい空の方をいつまでも見て居る、失神《キノヌケ》た様な母さんが……空を見て居るんだから、僕と同んなじに、こつちを向いて居るんだな……と…平ちやんは、又広場の方へ、眼をあげようとしました。

その、とたん、ワツと云ふ人聲がしました。

黒い人の群が、バタ〳〵と、急に原場を、とたんべいの方へと駈出したのでした。又、動悸の様な波をからだにうたして、白い犬がいつさんに其後をおつかけてゐます。トタン塀の、どこかから、皆、赤土の丘の中へ這入らうとしてゐるらしいことが、すぐわかります。

此時の、ワツと云ふ聲の調子が、火事場とか何とか、さう云つた所へ駈けつける時の人の聲の調子、だれでもが、すぐに一緒に加つて、走つて行かうと云ふ氣になる聲の調子であつたのと、今まで恐ろしいものにして居た、トタン塀の中へ這入ることが出來、今なら大勢と一緒でそこへ行けるのが解つたのと、それに又、その一番おしまいに、さつきには見へなかつたのに、自分よりも、もう少し小さい男の子のかげが、今、コト〳〵とついて走つて行くのが見つかつたので、急に迷つていた氣持の吐口のみつかつた平ちやんは、また、勢こんですぐ、その方へとかけだしました。　かけるに従つて、丘の影が、空へあがつて

行き、夕日はその向側へかくれて行くことになります。原つ場の眞中へ來た時、光がパッと消へ、平ちやんは、丘の陰のさむい所へはいつて居ました。其時もう人の群は、トタン塀のところへついて居て、そこにある裂口から内部へと消へて行きました。陰の所へ來てからは、土がドロ〳〵ぬれて居り、枯草の株がつまづきさうなので、トタンの裂口をちやんと見守りながら走る平ちやんは、たうとう息が切れてしまいさうになりました。それで、少し、歩調をゆるめて、塀のきわに残つまゝになつて居る霜柱をザク〳〵ふんで、裂口の所へ來て、足をきらぬ様に注意して跨いでやつと、内側へはいることの出來た平ちやんは、『皆が、居てくれたかな』とすぐに、キヨロ〳〵とあたりを見廻しました。赤土の丘と、塀との間にはさまれて、そこはもう殆ど夜のくらさになつて居りました。「なあーんだ、こんなことだつたのか」次の瞬間、かなり失望して平ちやんは、しかたなしに、ソロ〳〵と皆の方へ近ずきました。と云ふのは其處は、此丘の根元を、すこし平地にして、一面に砂がしいてある場所であつて、以前、此上の工場で機械が運轉されて居た當時、職工でもが、昼休かなんかに降りてきて、こゝで興じたものとみへて、古くなつた機械体操の鉄棒が一架、其眞中にたつて居りました。そして今まで、遠方のくろい群だつた十人近い書生さん達が、やはりくろくかたまつて、今、つぎ〳〵と「おツ」とか「よツ」とか掛聲をして、しきりとそれに飛びついて居る所でありました。「おゝ、つめたい、」鉄棒に両手で身体をブラさげた時、きまつて、どの人もが、二三度搖れながらそう云ひました。飛びおりた時、パッと散つてくる砂が、平ちやんの足にも、ヒヤ〳〵としました。

「自分のくる所ぢやなかつた」と少し、忸怩《ハニカン》だ様な氣持で、平ちやんは、少し横の方へよけて、しやがんで砂に白銅をうめて、小石で其上を打つては、出てくると又、其上へ砂をかける單調な動作をくりかへしはじめました。薄ぐらい中でも、フツと眼光をさへぎられたのは又、それだけのくらさに解ります。サラ〳〵と平ちやんの前で、やはり砂をいぢり出したものがあつたのです。黒い小さな坊主頭。――さつきの小供だな、コト〳〵と一番あとから走つていたさつきの子供だな――砂をいぢつて動いて居るから先、眼に入つて來た其子の手のあたりから、くらい顔の方へとソロ〳〵見あげようとした時、とつぜん、「平ちやん」――こつそりとあたりをはゞかる様な声で、しかも依然《ヤツパリ》、うつむいたまゝでその子が、さう呼びかけました。

「うん」、砂にかくれた白銅を、砂と一緒にざくりとつめたく掴んで、平ちやんが――と云ふよりも、平ちやんの聲があわてゝ答へました。その時までソロ〳〵とあがりかけて居た眼が、ヒラリと飜つて、其子の顔をみました。けれども丘を背にした丸い黒い坊主頭――まばたきのけはひだけより、眼鼻の形はわかりません。

「うん」…さう平ちやんに返事をしてもらつただけで、もう嬉しくて堪らないと云ふ風に、其子は、ゾロ〳〵と口へたまつて來るらしい涎の音と、鼻汁の音を、かすかにさしながら、やはり、サラ〳〵、砂をいぢりつゞけて居ます。

「だれだらう」

横町の家主《オホヤ》さんの所で、幻燈会があつた時、小供が澤山集つたが、あの時、この子も、なかに混つて居たのかな――訊ねてみやうとした平ちやんは、不思議にも、自分が又、急に嬉しくてたま

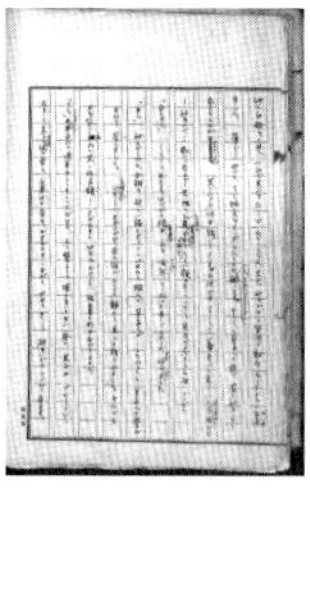

らぬ様になつて居るのに氣がついたので、だまつて、其子の動く手だけをみつめて居りました。

片手を、平つたくして、砂の中に突込み、そのま、上へあげて、指の股をひらくと、砂は、指の間をはしり落ちてしまつて、たゞ指の（つけ根）と（つけ根）との間に張つた、うすい（水かき）の様な皮の上だけへ、少しづ、、のこつて、のつて居ります、其子は、それを、掌をひるがへして、ふるひおとして、又、指と指とを密着《ヒッツケ》て、片手全体を平つたくして、砂のかたまりの中へ突込むのでした。掌をひるがへす度に、手の甲にある、指の根の深い、（エクボ）が、くらい中ででも、はつきりとわかるのでした。

其子のいつまでもくりかへすさういふ動作は、「私の年は、こうれだけ」とでも云ふ風に何か、こう「5」と云ふ數を教へて居るかの様に、平ちゃんには思はれ初めました。

「5?、5?、さう、さう、もう五年にもなるんだなあ」

その五年前、平ちゃんが、六つの時に、山梨縣のおばあさん―母さんの母さん――が、ちようど其時大病にとりつかれて居られた平ちゃんのお父つあんの御見舞かたぐ〵東京へ出て來られたのでした。平ちゃんは其時、おばあさんに、初めて会ひました。東京での、親子だけの單調《カハリノナイ》ひ生活《クラシ》にならされて居た平ちやんは、おばあさんの出現《オイデ》を雀躍《オドリアガツ》て迎へました。一週間ほどの間、お祖母さんの腰巾着の様になって、まとひつきました。そして生れて初めてお伽噺――しかも西洋のお伽噺――の本を買つてもらつて、それをソロ〵と読んでもらつた時、平ちゃんの歡喜《ヨロコビ》は最頂奌《コノウエモナイモノ》に達して居りました。――が、其翌晩、おばあさんを新橋驛へおくつてかへつた晩、お父つあんと母さんとが、食後の、ヒソ〵話しに、「おばあさんは、お父つあんの大病を機会《シホ》に、お父つあんと平ちゃんから、母さんをつれて帰つてしまほうとして來たのだつた」ことを知つた時、平ちやんは、たゞ妙な、おそれと、悪寒とに急激におそはれて、その後、ベツタリとねついてしまった程でありました。「あ、、あれからも、もう五年になるんだなあ」。

ハツと、平ちゃんは、たちあがりました。

ワツと又書生さんたちが、突然たかい声をたて、、下駄の音をバタ〵とのこして、皆、かたまつて我がちにと赤土の丘を、上の工場の方へと駈けあがつてしまつたのです。小さな男の子の姿は、もうあたりには見へません。

平ちゃんは、中途で、プツリと切られた考への糸を、此瞬間、つなぎに持つて行くものを撰ぶだけの餘裕がなくたゞ、皆の群から離れては大変だと云ふことだけを感じて、あたりのくらいおそれから、とびあがると、まろぶやうに後を追ひました。

鉄棒の横を、砂をけちらして抜けると、正面に二三段、赤土のすそを石でたたんである所が白く目にはいりました。

それをかけあがると、後はもう、たゞヌル〵する赤土の上に、僅かに窪みになつた一條が、うねりながら、――それも、うすぼんやりとかわからぬ程度に――上へ走つてゐるだけです、平ちやんは急に、（オエツ）がこみあげて來ました。あせつた足が滑つて、した、か膝をついた時、「皆にはぐれたな」と急に、冷たい汗がにぢみ出るのをおぼへました、が、其時はもう丘を半ぶんから登つてしまつてゐました、皆の姿はもう見へません、が、後へひつくりかへす勇氣はありません、下はくらい――上の方は、たゞ空だけでも明るい――原つ場から遠く眺めた時には、全部裸の赤土だけの様に見へましたが、今、前かがみになつて

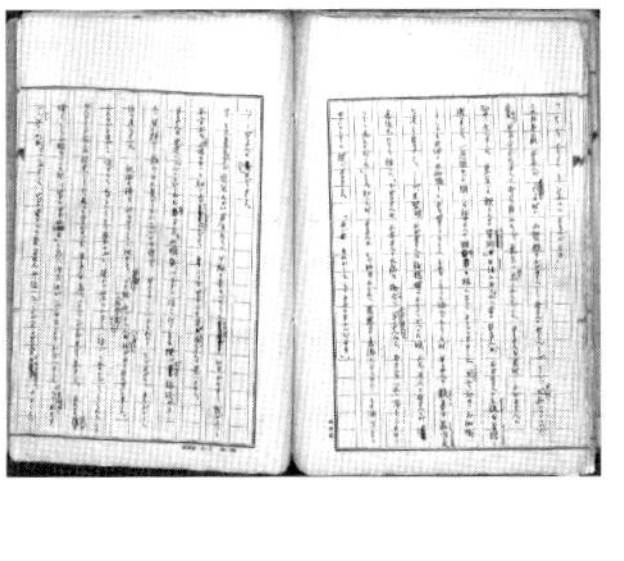

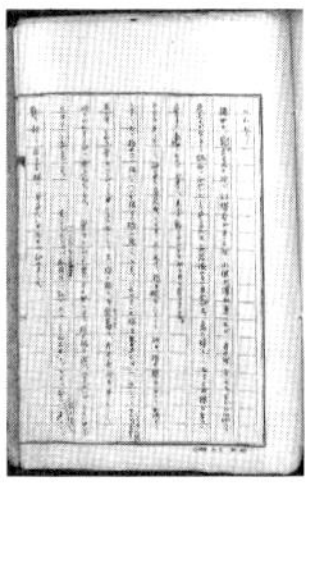

駈けあがつて居ると、工場にする時に乱雜に伐倒したらしい杉の切株があちらこちらに頭を出し、それを埋めて、熊笹がしげつて居ります、丘の上へ出た平ちやんは、西から吹いて來た黒い風に、とつぜん息がつまりさうになりましたのでくるりと背をむけて、頭から羽織をかぶつて、其風にもたれる様にしながら、後足に二三歩すゝみました。

果して、あたりには誰も居ません。丘の頂は工場の建物をかこんで、ごくせまい平面で、其西の方は、赤土を掘取られたあとが、波頭の様に高まつて縁《フチ》になつて居て、その向ふがわにすぐ、空がありました。

ブランコに乗つて、高くゆりあげられた時の様に、股のあたりから、ゾーンと、不快な恐怖の情がこみあげて來、足の裏は、なえた様になつて、下駄がぬげさうになりました。西がわの赤土の縁《へり》の所まで行つて、向側をのぞいてみようなどと云ふ氣にもなりません、風をよけて、大きなボイラーの傍をすりぬけて、平ちやんは、すぐに工場のかげへと避《ヨ》けてみました。足の下で、コークスのからが、啐けてピチ〱となりました。フト見ると朱で傘の繪がかいてある小供のかけ茶碗が其コークスの上に落ちて居ます。「あゝ、あのさつきの小さい子供はどうしたかなあ」寒さに、羽織をかぶつたまゝ小さくカタ〱ふるへながら、それでも、もう一度、すぐに、此おそろしい工場に背をむけて、坂道をかけおりて行く勇氣もなく、まるで、何かのはずみで虎の背に乗つてしまつた人が、少しでもそこをはなれまいと必死で、しがみついて居る様に、平ちやんは、工場の外壁に、出來るだけ小さくなつて、からだをヒツケて居りました。

「今にみんなかへつてくるだらう」――心まちした數刻がすぎさりました。せめて明るかつた空も次才ににごつて來ました。

（未成）

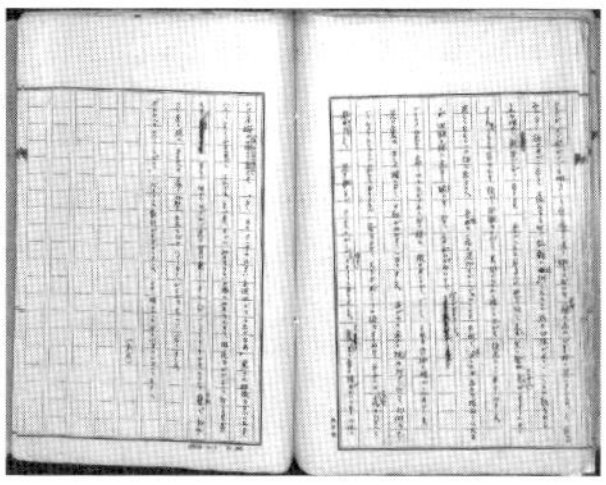

批評及署名欄、

東京府下豊多摩郡高井戸村中高井戸南九六ノ二〇号　中村清一郎。

私は今度は、編輯の日に未成稿を持參せねばならぬことになつたりして、最初から、不謹愼、に陷つたことを、恥ぢて居ります。そして、どうかして、そのとりかへしに、初め八頁程かいておいた殘りを、ひととほり読めるものに書きあげたいとは心がけたのですが、悪い健康狀態もてつだつて、其後はどうしても、文字が全然紙から浮いてしまい、フアンタツシイの糸が切れ、其結果、一字一字書くたびに自らの嘲魔に弄ばれながら、不整形な煉瓦をつなぎ合して積むやうな器械的な仕事を、つゞけて行くのが堪らなくなつてしまいました。

それで、私の原稿は諸兄の御めいわくは察しますが、中途で断つてしまふことにしました。どうせ書けぬものと決つた以上、其方が雑誌を見た上での感じから云つても、廻覧の日數の上から云つても、又私自身として、次にひよつとしたら湧いてくるかもしれぬ他の感興の阻害にならぬ点から云つても、どうしても得策だと思つたからです。

で、私の原稿は、文字もきたないし、尻切れ蜻蛉では面白味のあらう筈もないから、御読みにならぬ様に。

どうも、此擧は、無責任であり且、卑怯であることは明白です。それを深く慚愧します。面接の時、面責してください。

××××

自分の原稿さへ出來ぬくせに、他人の作品の批評をする等とは無恥すぎるかもしれぬが、そんなことを何時まで云つていても際げんがないから兎に角、ひととほり読後の感想だけは述べることにする。

○表紙、扉等。遺憾ながら、この、むつこい色は私はきらいである。静かに絵家らしい撰たくをしてくれて出來あがつたもの——としては三葉のものの統一も不乃足である。ありはわせの色紙を利用して出來たものと云ふやうな氣がしてしやうがないのである。

○豊さんの漫画、——題材としては、「咳をして居る子と……」の図が面白い。

單に絵画だけとしてみると、どれも皆、あまりすきではない。

○豊さんの猫の画——上半身（即左半分）に対して下半身（即右半分）が愛着が足りぬ様に思ふ。——殊に広い面積を占めて居る尻の茶色の部分が。上半身に於ても、鼻のあたりが不分明だし、眼の上の白い長い毛も利いて居ない様である。但、此絵は全体としてすきである。

○明氏の小説（青磁）、明澄である。燈花の下の蜜柑の様である。けれどが餘程、頭が悪いからなのかもしれぬが、殆ど全部の終り頃まで、私はたゞ「きれいな」と思つたまゝ読みつゞけ

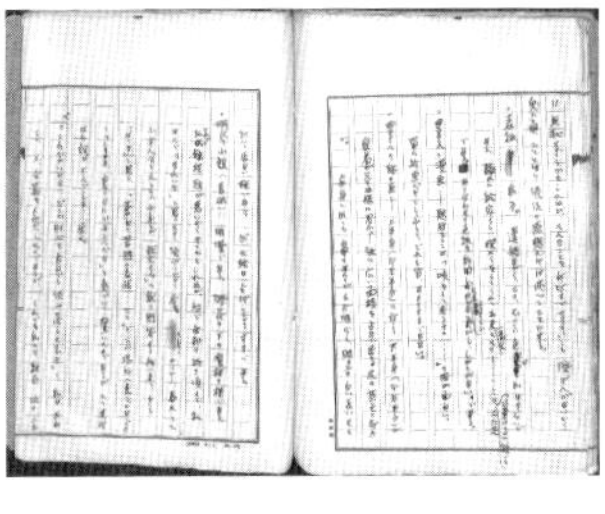

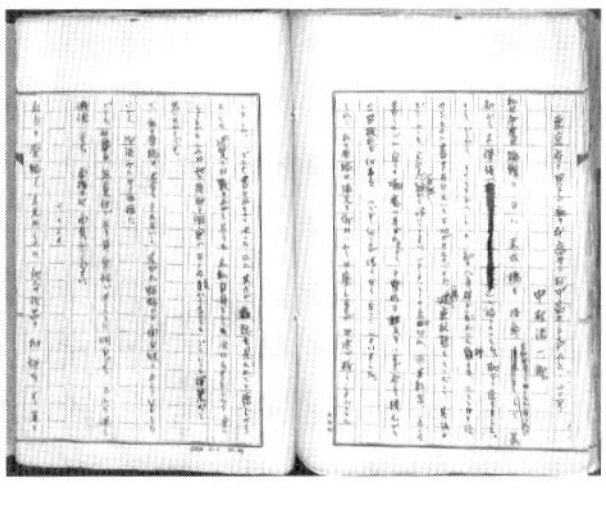

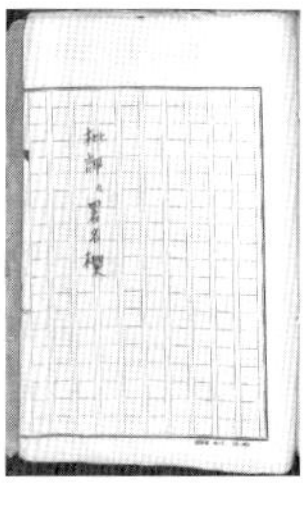

て居た。そして、やうやく、春木と云ふ主人公と久と云ふ少年とが、「叔父さん」に就て問答する所へ來て、少し「はてな」と思ひ、「蒼白の苦悶の表情…云々」と云ふ場所へ來て、はじめて、「こりやあ、裏になにかあるんだな」と氣づいて驚いたのであるが、もう其時は小説はすんでしまつて居た。

で、「これぢやいけない、どこか肝心な文句でも読み落したのかな」と、私はあわてゝ、又、全篇をよみかへしたのであるが、それでも私には結局、次の二三の点だけが明瞭になつただけで、全体の結構と云ふものは、依然としてXである。

○九頁目の中頃に、富美子が初めて部屋へはいつてくる其時、湯淺と云ふ人物を「お義兄《ニイ》さま」と呼んでゐる。で、二人は義理の兄妹らしい。

○十頁目に、同じ人物が、同じ人物に、「あなたのお母さんの御見舞にあがつた」と云つて居る。すると、二人は、異母兄妹であるらしい。

○二十二頁目に、久と云ふ少年と、湯淺との「お父つさんが帰つて來たのだね、兄さん、」云々の会話がある、——これと、終りごろ、久少年が、梯子段の下へ呼び下されてから、しきりに起る、「おとうさん」の言葉の含まれた会話とを引くらべて考へると、湯淺と久とは、とにかく父を同じくする兄弟ではあるらしい。

○これだけで、三人（湯淺、久、富美）が父を同じくし、其中、湯淺と富美とが、母を異にしてゐるらしいことがわかる。又、ふだんは父と富美とが（一緒の場所に居るかどうかは解らぬが）、とにかく湯淺、久と同一の家に住居してゐないことだけは解る。

○二十四頁目に、叔父さんなる人物が、二階へ顔をのぞかして、「玄さん」と湯淺を下へ呼ぶ。其時の其人の言葉使ひや、春木にあひさつしたんだから、其傍に居た久も其人の眼に這入つたにちがひないことやを考へると、この叔父は、後の方で聲だけする「父」とは別人であることが解る。此人は湯淺や久と同居して居るらしい。

○扨て、これだけの事実を基礎として、二十八頁目の、春木と、久の会話、最後の頁の、最後の行の「蒼白の苦悶云々」を読んで、「はあてな」と当惑しない人があるだろうか。

此處で思出すのは、

(Claudius robbed his(king's) and her(queen's) bed.)

と云ふ、ハムレットの中の行文を指して「his and her だから bed でなくて、beds ぢやないんですか」と夏目漱石に食つてかかつて、「馬鹿、bed は、一つなのか、二つなのか」とやられた生徒の話である。今の場合、私のして居る鑿穿は、此種類に這入るべきものだらうか。けれども、三部作と雖も一部、々々が、それだけで纏つて、意味の通じるものとして読者の前に提供さるべきものと考へるのも敢て無理ではあるまい。

○清《キヨ》さんの詩（林檎よ其他）——純眞なとは思ふ、けれども餘りに贏《ヨハ》々しいと思ふ。林檎の存在に対しての驚異、オリオンの光芒からの慰籍、——それもこれだけの程度ならもう幾人でもが、唱ひふるして居るやうに思ふ。今までにどんなに偉い人が、どんなに、「林檎の存在」に対して驚異したことがあるにしろ、だからと云つて、我々が驚かなければならない理由はない。若し自分が驚けば、それは「自分の驚き」でなけ

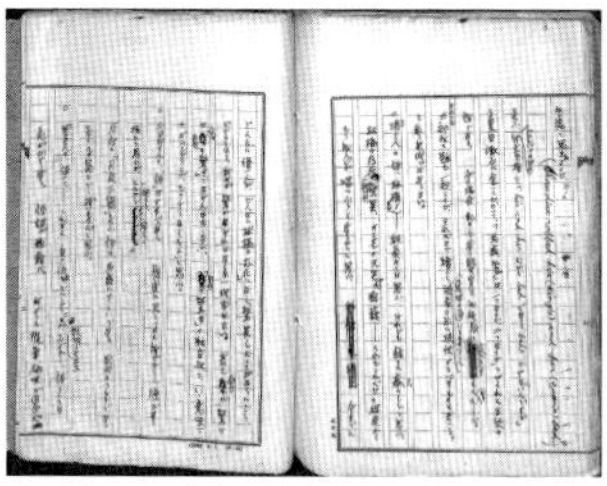

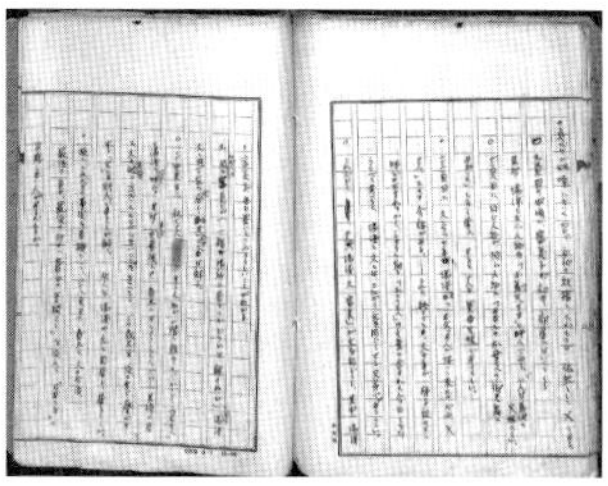

ればならない。「自分の驚き」の独自性と、い、意味での、ガムシヤラとが、もう少しあつてもよいと思ふ。
○お昌さんの、「詩」はすきである。態度に思ひつめた所が少くて、隙がある様にも思ふが、とにかく詩としてよいと思ふ。反対に、「月夜三態」と云ふ詩は、馬鹿にきらいである。皮肉のつもりであるのなら、その皮肉もごく淺いものだと思ふ。
○豊さんの、詩二つ、——これは又、自己流な、ガムシヤラな說明の言葉が、多すぎて、詩としては美がかけて居る。詩語が粗雑だ。何よりも随筆趣味が過分だから、これが、火鉢を中にしての談話であるのなら、たいがい「ほうよ」と思ふのだが、「詩」となつて出てこられると、ちよつとこまるのである。
○以上、日暮れの、短い時間なので、氣にいつたり、すきだつたりした方面は、面談の時にゆずつて、先、少しでも不服だつた点だけを、はつきりさすことが肝心だとおもつて、かくの如くに書きならべたのである。

東京小石川區大塚上町廿九國井方　中村明

東京小石川區大塚上町廿九國井方
中村明

外には嵐が吹き荒れてゐます。冬の淋しさがひしひしかんぜられます。昨夜中村君が雑誌を持つてきて下さいました。左に少し批評を致します。その前に一寸ことはりたいのは批評といふことはかなり面倒い事なので、ある場合はある作をだまつて批評しない場合も、諸君は決すしも黙殺されたととられてはなりません。私は元來清《キヨ》さんの言のやうに批評欄といふもの、存在にあまり賛成できないものですが有る以上活用するほかなくその為めに只特に書き度い問題丈けをか、して頂くことにきめましたから。偖て今月に出てゐるものの中で一寸言ひ度いのは池内君の「悲劇《ゲキ》」といふ詩?について。

これは詩であるかどうかわかりかねますから詩としては批評するのではなく只言はれてあることの内容について、いひますと尤ものやうであるが一番大切なことがぬけてゐると思ひます。それは「悲劇乃至悲劇的事実といふものが置まるべき場所はそれが悲劇であるからではなくてそれが人生の大問題を含んでゐるからである」といふことです。淺薄な悲劇例へば廊下に釘が出てゐて足にそれがたつて血が出たといふやうなことは悲劇には相違ないけれども一向魅力あるものとして推さるべきことでもありません。といふのはそこに何等の人生の大問題がふくまれてゐないからです。

　悲劇の價値はその含んでゐる内容によつて言々されるべきでせう。淺薄な悲劇をかつぎたがるのは他目にはこつけいで体のよいものではありません。ではどんな悲劇が悲劇として高尚かといふことについては問題が別だからここに述べません。それは池内君が将棋をしたりして自分をごまかしてゐらつしやる時間を割いてとつくり御研究なさる事をまじめに御すすめする外ありません。それからついでにいふと、池内君の用語はすこし

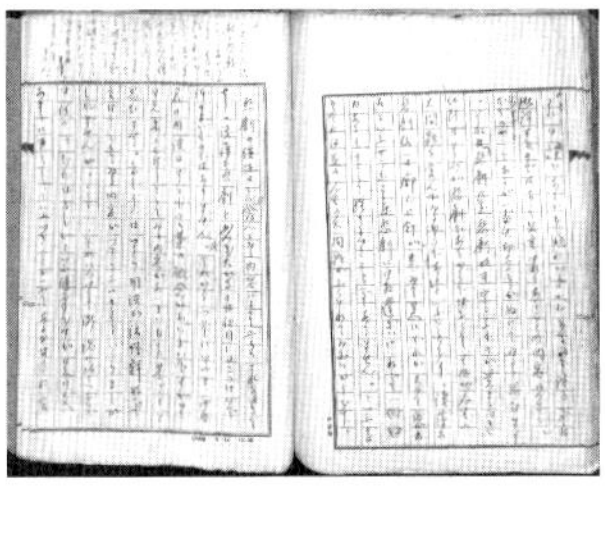
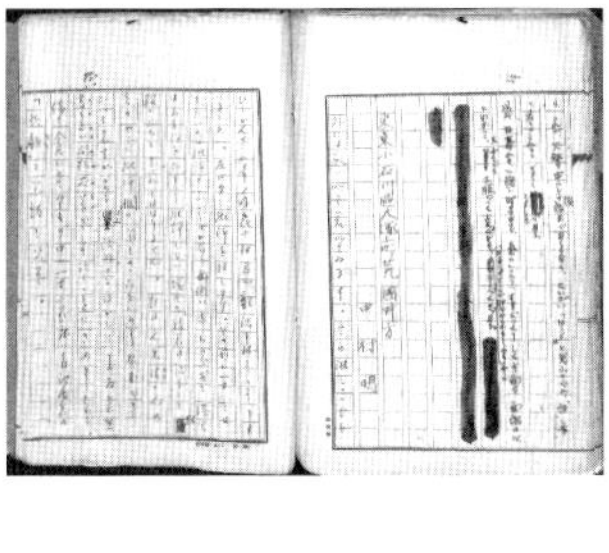

言葉の概念があいまいですが是は元來言はうとしてゐる内容があいまいなのに基づくと思ひます。しかしそれはいくら用語が流暢鮮明でも言はうとしてゐる内容がつまらないのよりいくらましかしれませんが。・・・・それにつけても慚愧に堪えないのは僕の「むだばなし」といふ随筆ですが是は又あまりにすら〳〵といふべきことがいふてあるかはりに言ふてゐることがつまらない。つかーしい。自己をいつはつてゐる。にげてゐる。全く「無駄話」です。御恥かしく思ひます。しかし僕は此頃は、これをかいた頃よりはもつと自己をはつきりと見つめさされてゐます。であの随筆における僕を諸君はあまり問題とされないように。

実際雑誌といふものをまじめに考へれは考へるほど僕はこれをかりそめにも無駄話などにつひやし度くないたとへ原稿は少なくてもいい一頁でもいいから僕の真面目をかたるものをのみ御目に掛けるつもりでゐますから。そのかはり他人の作品を批評する場合も絶対に自己に忠實に感じたまゝをいひます。お昌さんにもやかましくこのことは言はれましたが実際僕は決してジャーナリストであり度くはないのです。

しかしお昌さんにしてもしあの小説の批評の対度を難ぜられるならば私も君の作の対度を難じてもよいものを持ってゐます。

終りに作句のことにつき此の前の編輯の日に点をつけたりすることをして何であんな仲間入りをしたのかと思ひ出しても気持がわるく後悔してゐる。

誰が言ひ出したのかしらんがあんなことはじようだんにもやり度くないからここに御ことはり申し置く次才。それから自分は字がきたないので失禮な気がする。それで批評を了ります。

をはり。

府下長崎前三九三九　池内義豊

此度は餘り批評慾が無いので、全然書くまいかとも思ったが矢張一寸氣附いた事を書く事にした。

中村清一郎、

此の人の批評の態度には何時も感心して居る。

いいもの、悪いものを見判ける眼力が實に冴へて居る。

そして思った通り正直に述べるのも快い。下らない皮肉等を言はない所が身上で有らふ。

そして、丁寧によく読むで居る。自分等其の点批評者として資格が無いと言っていい。

此の人の眼をゴマ化す事は一寸容易で無い。

將來批評家として立っても成功するだらふと思ふ。

此度の童話は未完であるから何とも言へないが、自分の考へでは是は寧ろ童話と名付けない方が良いと思ふ。

之の一篇の特質は子供の卋界の分解であって、子供の卋界への同化ではない。子供に聞かせる話でない事は作者も承知の上の

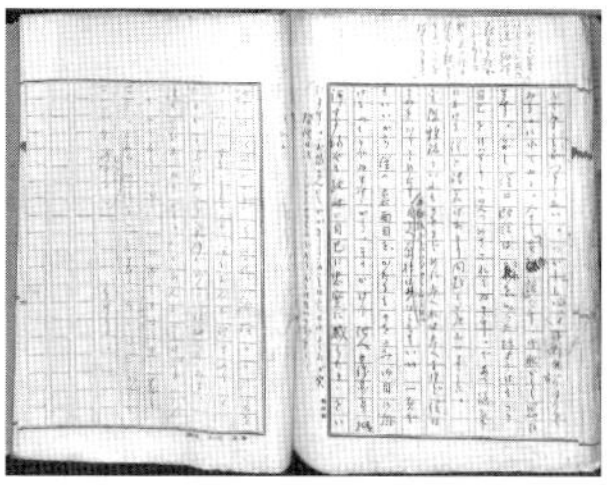

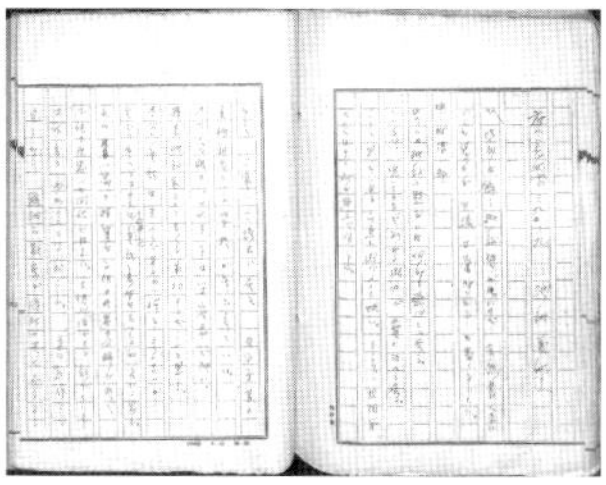

事だらふ。単に創作として見る時ハ、繊細な觀察が随所に光って居る事に氣が附くが、まだ其の全部が有機的に働いて居るとは言へない様に思ふ。何を書かうとしたのかと言ふ事はまだ是丈けでは判らぬ。従って、其以上の批評は出來ぬ。

中村明、

此の人の文に対する批評は三清がすでにやったのと畧同様、だが、三清程僕は共鳴はして居らぬ、是等は一種の心境小説と言ふのだらふが、自分の素質が、どうも心境小説を理解する上に於て、鈍感なのか、直ぐには判らぬ、

自分の頭は非常に説明的な為め、詩を作ってもあんな殺風景なものしか出來ないのであるが、此の小説は反対に説明的要素が不足して居るので有らふ。描寫的要素は十分備って居乍ら。

八東、鍋昌、池老三氏は此目は振はない。いづれも多忙其他の事情だらふと其奌十分御察しする。

中村明氏が小生の詩に就いて書いて居る事は未だ十分に判らぬ。殊にあの詩の文句の中、何所を探しても「悲劇は人生の大問題を含むが故に貴い。」と言ふ語が見當らないと言ふ理由の元にあの詩が攻撃される譯が自分には解らない。（勿論攻撃されて居るのはあの詩ではなくて、あの詩の内容なのだ相だが。）断って置くが、あの詩は僕が勝手に作った詩である。決して中明君の御注文に応じて作ったわけでは無いのだ。だから例へば小生の足袋が君の足の文数に合はないと言って叱られる様な叱られ方は少し困るのである。

つまり、君自身が悲劇と言ふ語を作る場合には必ず「それは人生の大問題を含むが故に貴い」と言ふ金言を才一に御入れになるに違ひないのだらふが、小生の場合にも左様せねばならぬとは言へない譯ではないか知らん。又特別にそれを言はなかったからと言って、必しも小生が「悲劇は足に釘がささる様な淺薄な事件程尊い」と考へて居る証據にも成りはしない様に思はれる。

こう考へ来ると中村君のあの「御注意」は全く残念乍ら的を外れて居るとしか思へない事に成るが、中村君程の人物が、まさかそんなそれ彈をうたれる譯もないから事によると是はやはり、あの批評文に対する小生の理解力が不足な爲めに生じた結果かも知れない。成る可く左様で有って貰ひ度いものである。

次に、悲劇の内容的價値判断に就いて、小生の勉强が足らぬ事を、将棋等を引き合ひに出して縷々御説教をして居られる様で有るが、是は単に御苦勞と申上げる他は無い。殊にこんな所でうらみ重なる將棋に一太刀酬ひたりするのは悪趣味で野暮だから御止しなさいと申上げ度い。

此の人の批評を読んで感じる事を述べると、恐らく此の人は批評を書いて居る内次才に興奮發熱して來て、譯も無く罵倒し度く成って來る癖が有るのではないかと思はれる、而も作品を離れるのは未だよいとしても、仕舞には作品に盛られた内容を離れ、作者の精神的生活及び日常の私事に到る迄を盡く一括して之を指頭に飜弄輕侮し、完膚無き迄にいやみと皮肉の槍玉に上げ、なけれバ承知が出來なく成って來るらしい。そして単に夫れ丈けならば、一種の熱病に類する物であって、寧ろ病者としての同情にすら價するので有るが、此の人は一種の本心を持ってそれをやる、つまり、相手をこき降す事によって、祕かに自己の優越感を楽しむ慾望を持って居る事がまざ〳〵と現れて居る。極端に言へば批評は単に手段に過ぎないので有って、目的

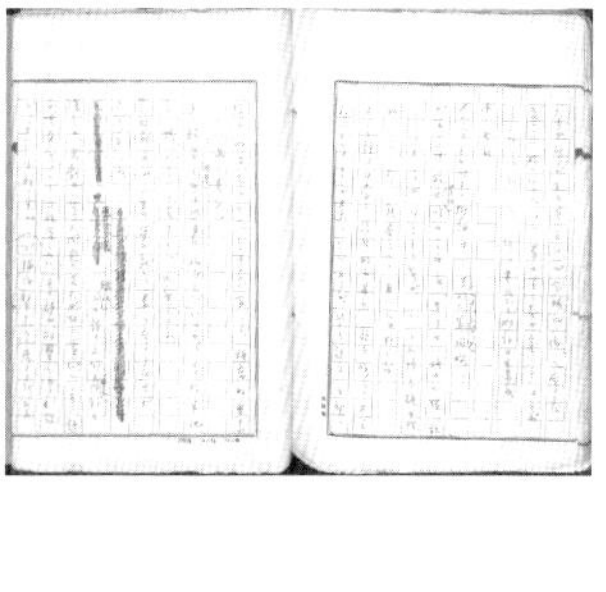

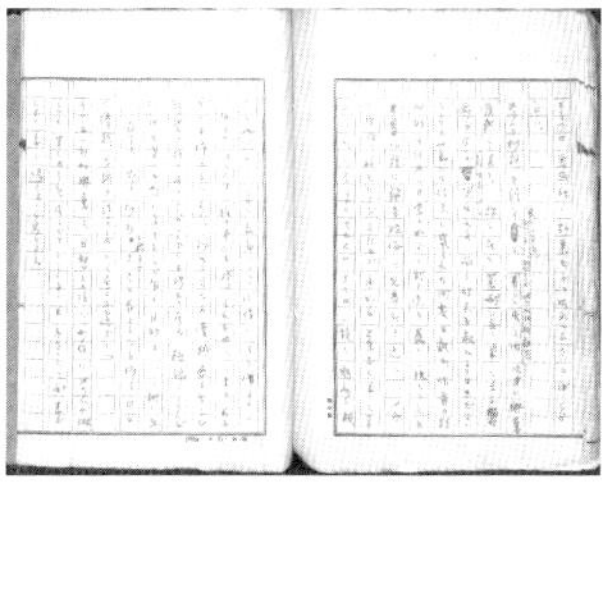

は一つに他に在りて存する、即ち、批評と稱する文字を弄する事に依って自分の優越、多識を誇り度がって居るに過ぎない。そふした一時的興奮と、自慰との後で如何に此の人が淋しさに苦しめられて居るかと言ふ事を考へると一面甚だ氣の毒で堪らない氣もする。

小生は此の人が決して自己の優越を誇るのに全然不適當な人物だとは思はない。大いに誇っても差支へない点を持って居るに相違無いのである。けれ共、もっと本當に優越せる人物ならば批評の態度も今少し違って來る筈だと申上度い。

餘り長く成るから是で止す、　以上。

渡部昌、

渡部昌、

○中村明氏の青磁

すらすらと綺麗に書けてゐる。細まやかな描寫もよく効果を揚げてゐる。是等明氏の傑れてゐる処で、何人も認める所であらう。私は、此の一文悪くないと思ふ。此の一文は場面的な描寫として成功してゐるので是だけとしては小説ではない。と云つてもその場面的描寫は小説的内容をぼやけて暗示的に含んではゐる。だからある小説のほんの序曲として見た時此の一文は最もいい意味を持つ。附記にある様に三部小曲の一曲である。だが私は此の小曲に暗示されてゐる小説内容をそう好きではなさそうだ。だがあと二部を待つて物を云ほふ。

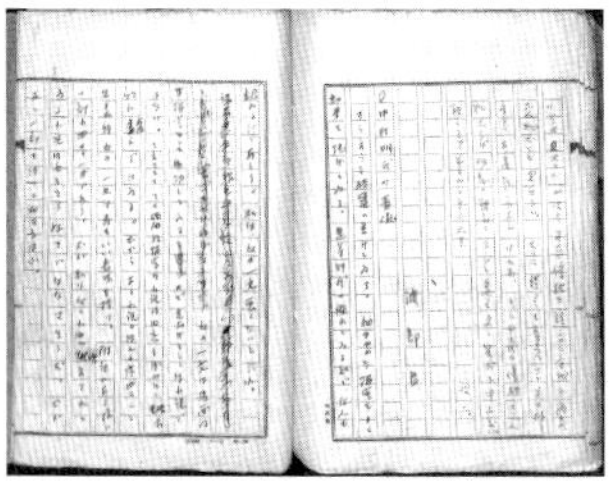

編輯日　句会、作句。

編輯日　句会、作句。

（ねぎ）

	（作者）	（點數）
葱の穂を西洋凧のかすりけり	（八清）	（4）
ねぎ二三ちらばりて夕ばえとほし	（明）	（4）
葱買ふて寒山戻る時雨哉	（豊）	（2）
好きぢやとて葱ばかりでは食べられず	（昌）	（1）
いささかの葱の輪うけり豆腐汁	（中清）	（5）
葱一本路に落ち居り朝日哉	（八清）	（a）
葱を抜く土黒々と黄昏る、	（明）	（a）
尖《サキ》程ハ細かき露して葱立てり	（中清）	（2）
珍客を葱買ひにやる自炊哉	（豊）	（4）
葱洗ふ女の背の赤児哉	（八清）	（3）
葱束《ツカ》ねおき晴空の凧を見る	（明）	（4）
濡れ藁でねぎたばねおり次々と	（中清）	（5）
横向いて葱に腹立つ眼のいたさ	（豊）	（1）
籃の底より葱二筋の浮びけり	（八清）	（1.5）
ねぎをわく歩み思ふぞ母の事	（明）	（0.5）
ねぎ青きさむさなり町はるかにて	（仝）	（1）
青ねぎも濡手拭も両手につめたし	（八清）	（1.5）
葱を抜く土塊こぼる寒さなり	（明）	（2.5）
葱青み工場裏路うす日さす	（仝）	（1）

（霜夜）

霜の夜心も一緒にちぢこまり	（昌）	（0.5）
肉食ひし夜也外霜のおくならむ	（明）	（3.5）
霜ざえの波璃戸に電車の紫電哉	（中清）	（0.5）
霜の夜電信棒に星一つ	（昌）	（1）
霜の夜の蘇鉄をめぐりいりにけり	（明）	（5）
爪先にはきつめし足袋や夜の霜	（中清）	（3）
遠方の火事に又寝る霜夜哉	（豊）	（2.5）
羽ぶとん霜夜薬飲み臥す子哉	（明）	（3）
原の角灯ありて霜浮くひとところ	（中清）	（1）
炭許りつついて更ける霜の夜	（昌）	（1.5）
浅草の小屋皆はねて霜夜哉	（豊）	（0）
炭火つぐ霜夜はり戸のうるみ哉	（明）	（a）
山欅《ブナ》根ごと霜夜の街をはこぶなり	（中清）	（4）
行く人もわき目をふらぬ霜夜哉	（昌）	（0.5）
小暗きをのぼる石段に置く霜ぞ	（明）	（3）
霜の夜電車の音の寒氣也	（昌）	（0.5）
肉食ひし夜外ありく霜白く	（明）	（1.5）
石たゝみに音する霜夜かげくろし	（仝）	（1）
停車場の電燈寒し女連れ	（八清）	（3）

（以上）

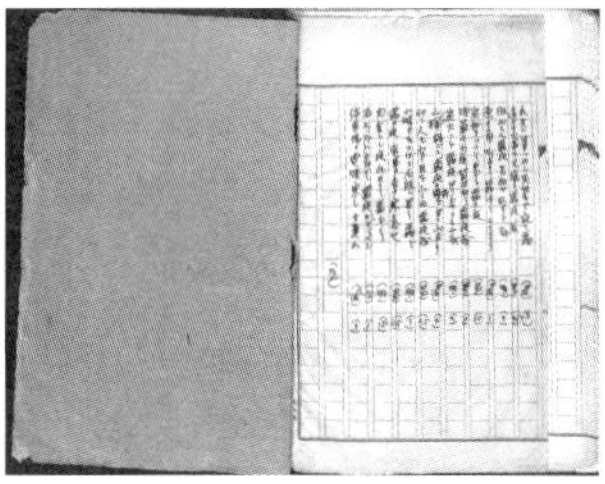

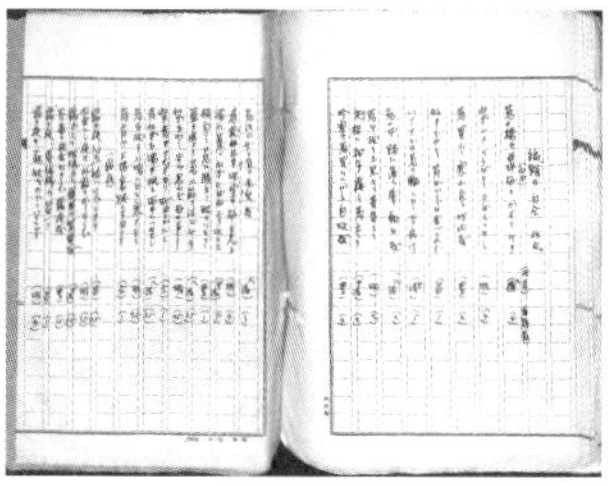

❖表紙　重松鶴之助作「五号　し由はん　正月」「新年の表紙をしゆもこし色でのみの一コ足ゑがく」

朱欒 CheLiN

第五号

装丁・重松鶴之助

雪の振
和田社初春組之

ほしきへて　しまらく　そらき　みてありぬ
ましろき　しやつき　あすよりは　きむ、
いたつらに　ねむれぬ　夜ふり　はらすけば
いもひとつ　ありしを　とりいでて　はむ、
よもあした　ふゆも　くうきに　ほのしろく
ねこも　いきするを　ふと　みいでたり、

あはれなり
ねこも　くちもと　みて　しあれは
ほのかにしろく　いきはけるはも、

蔵末、近藤上京してみが庵に投ず、即ち戯歌
数首を物らて打興じける。

みちのくも
これのりあそん　のぼりきぬ

御断り。
これは以前書いてゐたが此の前出した
「末子の死」と云ふ小説のつゞきと見て
よんでもらへん。

私が湯浅に初めて會ったのはH寄宿舎でのことである。

その時私の心の表では捨て去った筈の過去に対する追想と、怯懦のやうな未来に対する心づかひとがかけるかける意識の表面にあらはれてはわけのわからぬ形をとってうず巻いてゐた。自分では過去と云ふものを現在から切り離され心算でゐたが　何か考へてゐるなとふと気付くと私は同じことを只一つの念想をくりかへしくりかへし心の表でおしつけ

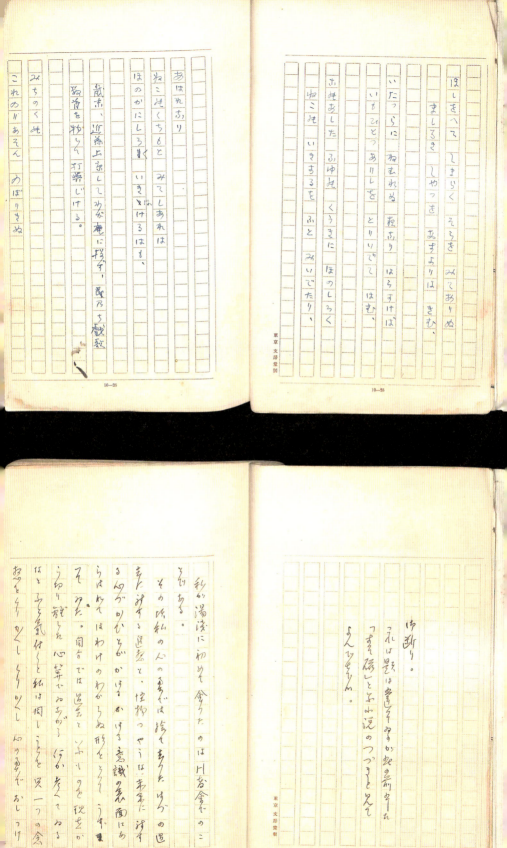

朱欒 ChelIN

第五号

詩　影　升仙道俗

平塞集　冗雜

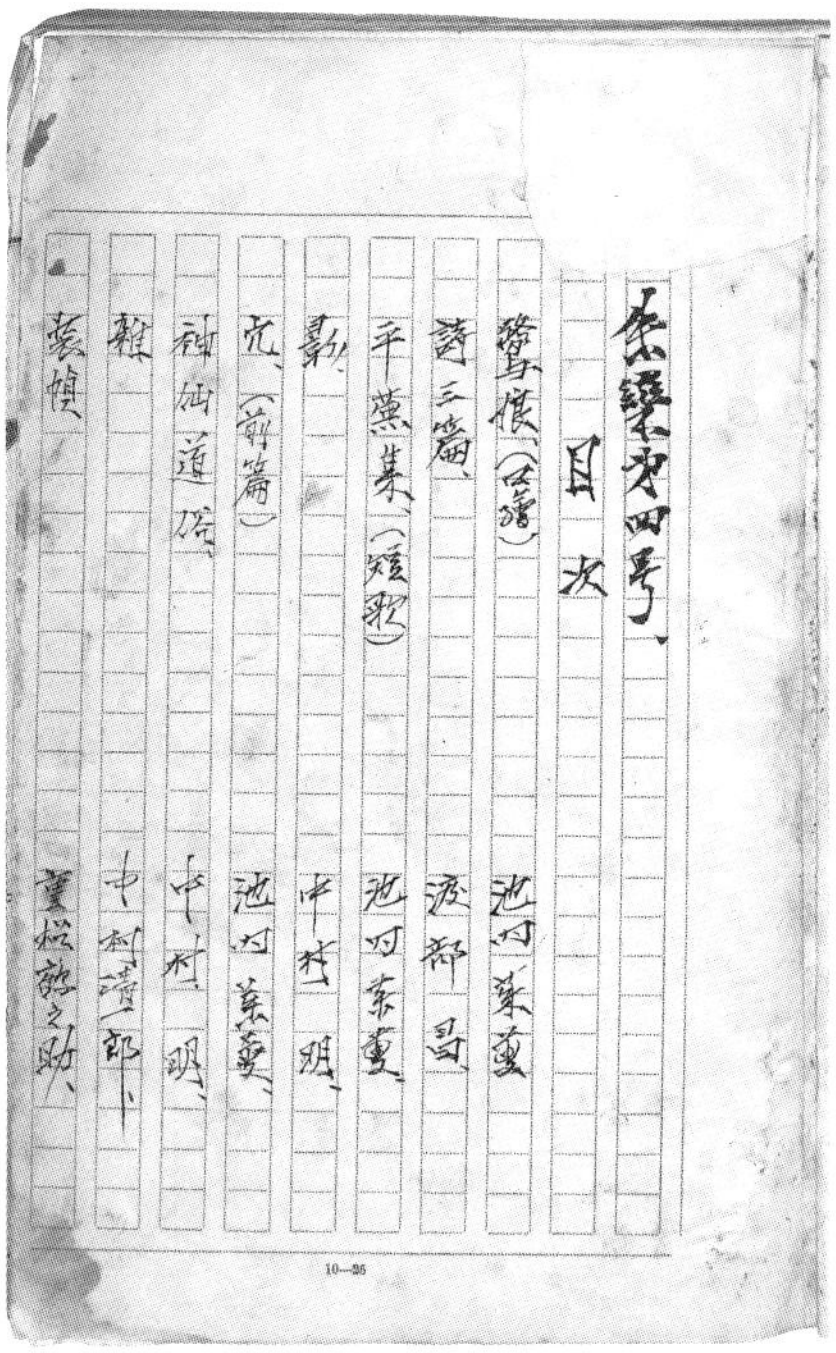

詩　渡部昌

詩

○
もうさつきから四五本も
煙草を続けさまに灰にしたんだが、
やりどころのないつまらなさを
どうしようもないんだ、

赤貝のすしが食ひ度い、
いい碁盤で碁が打つて見たい、
これだけが
煙草を吸ふあひまあひまの
俺の思ひの全部なんだ、

友よ、笑ふなよ、
赤貝と碁とが
俺ののぞみで全部であることを、
いや、笑つたつていいよ、
笑つたつてね、

その君の笑ひ声も
俺の耳には空虚にしか

渡部昌

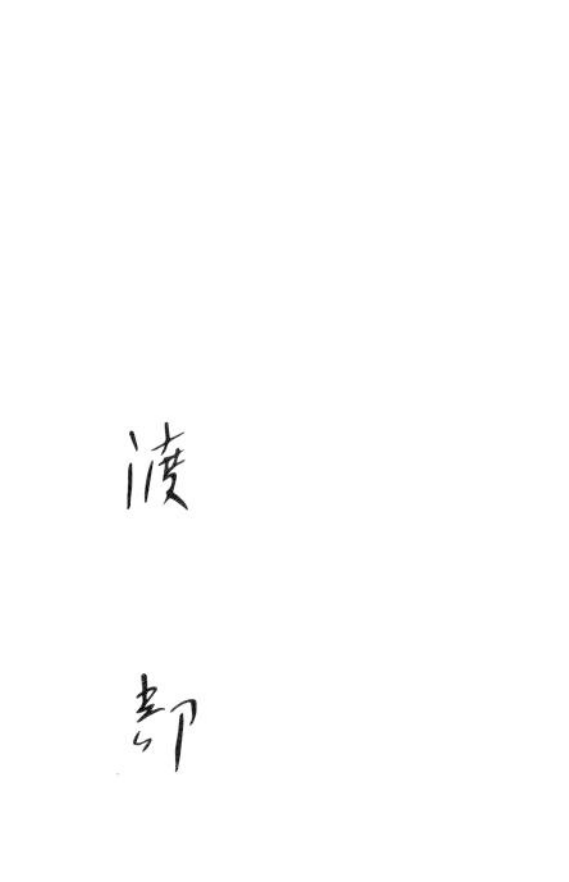

（池内義豊筆）
朱欒才四号、（実際は五号）
目　次
鷺娘、（口絵）　池内茱萸
詩三篇、　渡部　昌、
平蕪集、（短歌）　池内茱萸、
影、　中村　明、
穴、（前篇）　池内茱萸、
神仙道俗、　中村　明、
雑　中村清一郎、
装幀　重松鶴之助、

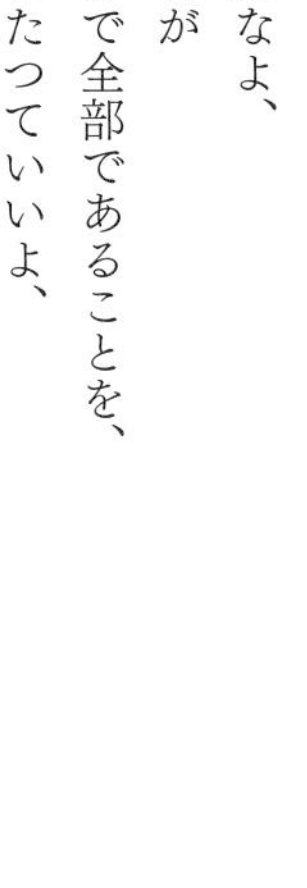

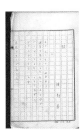

響かないだらうが、
だが俺はその笑ひ声を
俺ののぞみの一つに
加へてもいいようだ。

十二月廿日夜、

○

一月末の都会の
うすら寒い下宿屋で
夕食後の物さびしさから、
故里である南の國の
やさしい娘のことを想ふのは
ほんとに楽しいことだ

夏と冬とに帰つて行く時
いつも、俺の心は
その娘のことで一ぱいなのだ
それだけではない
その娘の思ひは
私の部屋の
唯一つの瀞であつた、

ところが、
いつかは來るだらうと思つてゐた
悲しみが、

とうとうやつて來たのだ、
何にも知らない故里の
母の手紙には
こう書いてあつた…
「おみよさんも近いうち
お嫁にゆくとのことで、」

うすら寒い下宿屋の四疊半で
夕食後の物さびしさから
南の國の
「お嫁にゆく」娘のことを思ふのは
人の世の数多い悲しみの
唯その一つに過ぎないのであらうか

一月十七日

○

十六の少女の笑ひは
五月の朝のように
晴れやかだが、
二十四の男の笑ひは
出來の悪い硝子越しに見る
景色の様に
いびつで
冬の海のくらげのように
淋しく　冷たいんだ、

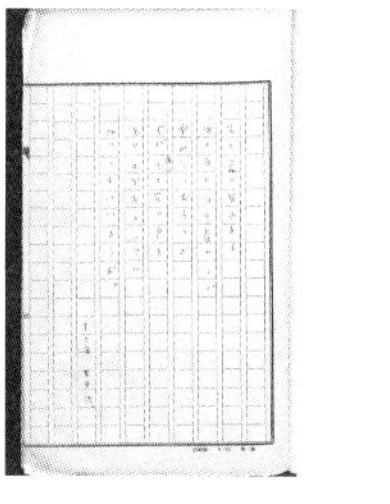

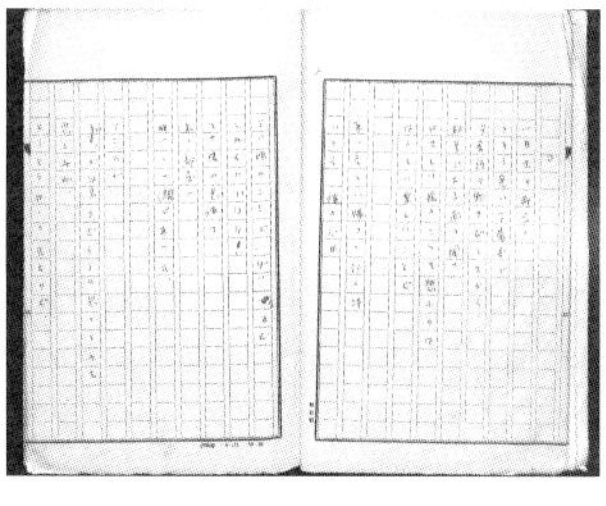

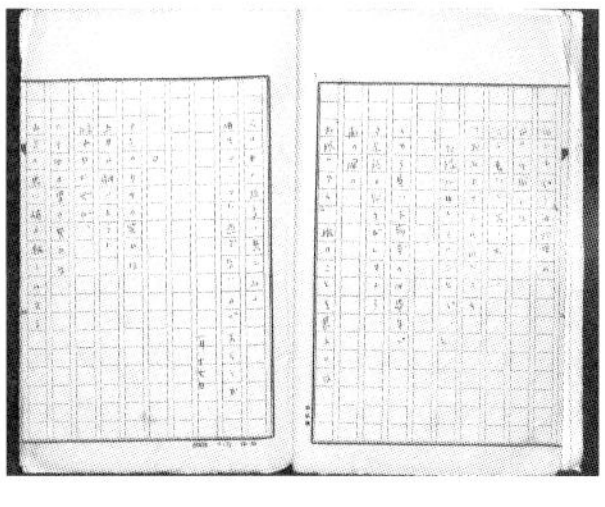

少女よ
お前の笑声を
その男の頭から
浴せかけてやつてくれ。

一月十七日

平蕪集　池内茉萸、

ふゆびより　ひ能てるところに　たらひをきて
　古古ろ　あかるく　せんたくをせむ、

志やぼんつけて　ひたすらもめば　はだきぬ能
　よごれしいろは　うせゆけるかも、

ほしをへて　しまらく　そらを　みてありぬ
　ましろき　しやつを　あすよりは　きむ、

いたつらに　ねむれぬ　夜なり　はらすけば
いもひとつありしを　とりいでて　はむ、

古能あした　ふゆ能　くうきに　ほのしろく
　ねこ能　いきするを　ふと　みいでたり、

あはれなり
ねこ能くちもと　みてしあれは
ほのかにしろく　いきはけるはも、

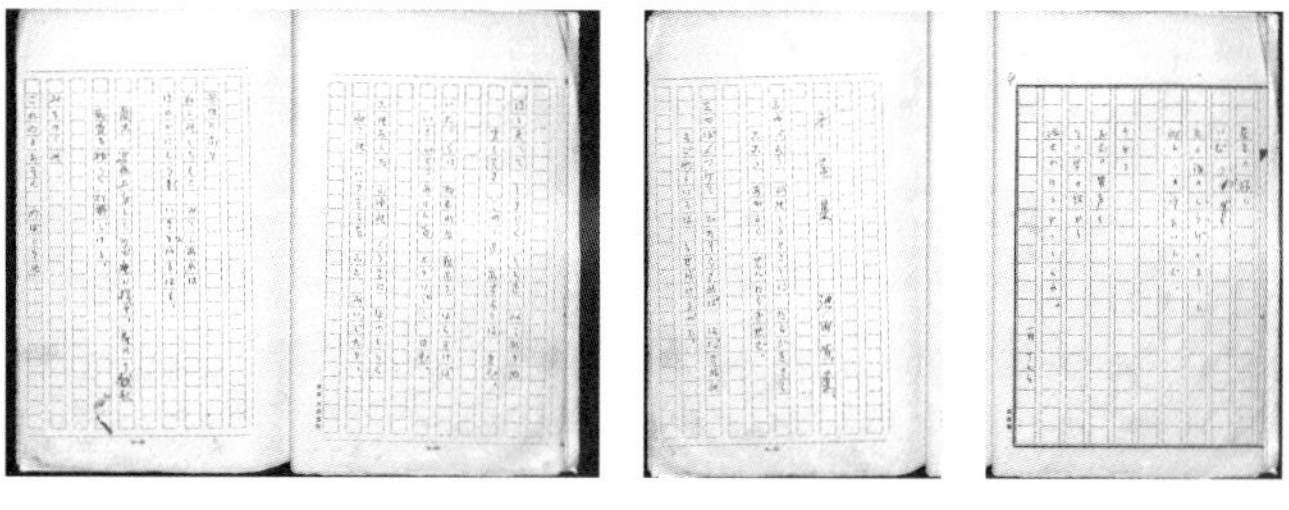

歳末、近藤上京してわが庵に投ず、乃ち戯歌
数首を抄して打興じける。

みちのく能
これのりあそん　のぼりきぬ
みたれて　けさは　わが　いほにふす、

中村清一郎儼君の命を案じて余が庵といへとも
泊る事なし。

もみあげ能
かみ能やはげの　せいいちろは
とまれとてしが　よらで　いにけり、

ちち能みの
ちち能　みことを　かしこみて
なは　うちたへて　とまるとふことなし、

中村明この頃借金に上達せるをよめる。

あきはらの
なかむら　きたり　わがやどに
ことに　とぼしきを　もちさりてしか、

八束清泊る時は話題女の事に偏るを詠める。

ほそながの
やつつかきよし　とまる夜は
いもがことなど　かたりあかすなり、

ほそながの
やつつかきよし　とまる夜ハ
しとねうちかづき　しようぎさすなり、

重松鶴之助さる女を恋すと聞く。

古のひごろ
けうとくなりぬ　つるまんも
いもをこひすと　ひとつてにきく、

眞如堂
夜となりぬれば　あしまげの
つるまんいでて　あるき　ゆきゆく、

あも　われも
み楚じをちかみ　いたつらに
ひけのをやじと　なりにけるかな
つぶらめのけむびのおとどにまいらす、

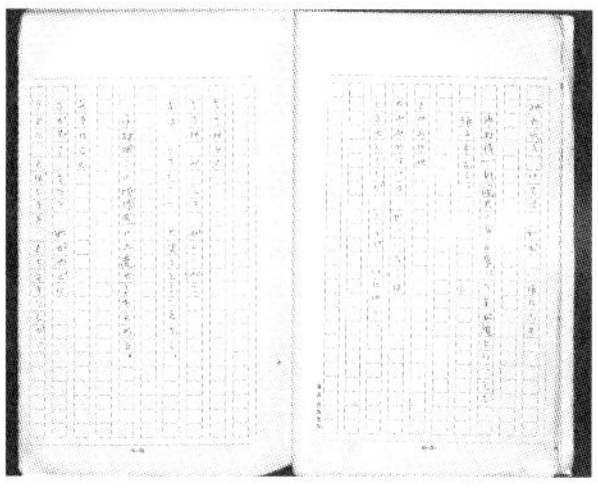

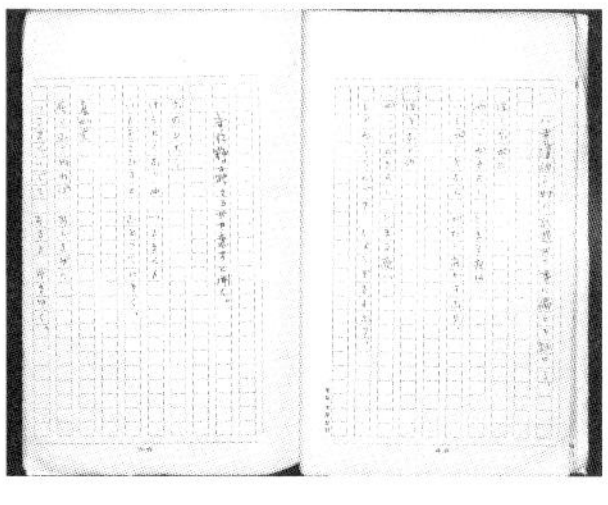

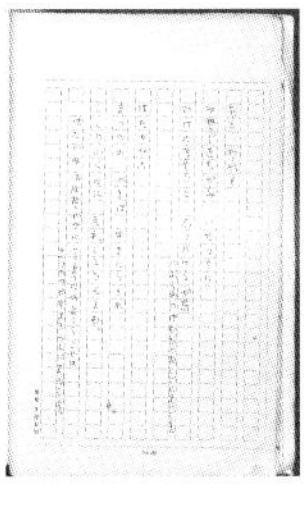

はたかみの
まつのの　がきは　申きにうもれ
こしのふくゐに　えれ久とうんよむ、
　はたかみははた、かみにしてまつののまくらことば、
　まつののやすまろうしにまゐらす。

いたつらにねむれぬ夜なり
はらすけハ
いも一つありしをとりいで、はむ、

このねこは
ものし　えいはねと　いきをはやみ
しかられしときは　かなしめるなり、

このねこは
かなしめるなり　わがかたへに
いきをはやみをり　むねもせつなに、

あなや　凧の
ひたかたぶきに　かたぶきて
をちむとせしか　またあがりけり、

小わらべが
をもちや能つつもて　いぬのしりを
はたと　いっぱつ　うちにけるかな、

影　無明

影《カゲ》　無明《ムミヤウ》

御断り。
これは題は違つてゐるが此の前出した「青磁」といふ小説のつづきと見てよんで本し以。

私が湯浅に初めて會つたのはH教會でのことである。
その頃私の心の奥では捨て去つたはづの過去に對する追想と、怪物のやうな未來に對する心づかひとがかはるかはる意識の表面にあらはれてはわけのわからぬ形をとつてうずまいてゐた。自分では過去といふものを現在から切り離した心算でゐながら何か考へてゐるなとふと氣付くと私は同しことを只一つの念想をくりかへしくりかへし心の奥でおしつけたり引ぱつたりしてゐるのを発見するのであつたが、その念想といふのは何であるかといふと要するに私自身の過去といふものが歩いてきた内験のすべてが漠とした思想の形をなしてまとまつて來ようとするその自ら解し得ざる影であるに外ならなかつた。私には時としてそれがそこ知れぬ噴火口の穴のやうな氣がするのであつた——一人の憐れな男がその穴の縁に立つてゐる。それは私である。何故かしらないが彼はこの穴の深い暗黒をじつと見詰めるやうに運命づけられてゐるのでもし彼が恐怖の餘り遠くへの

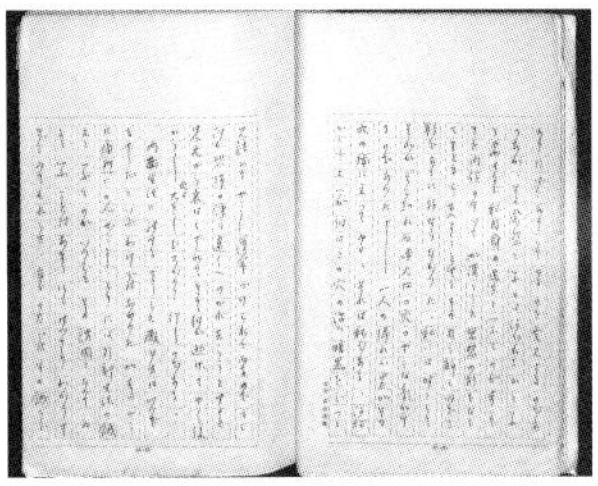
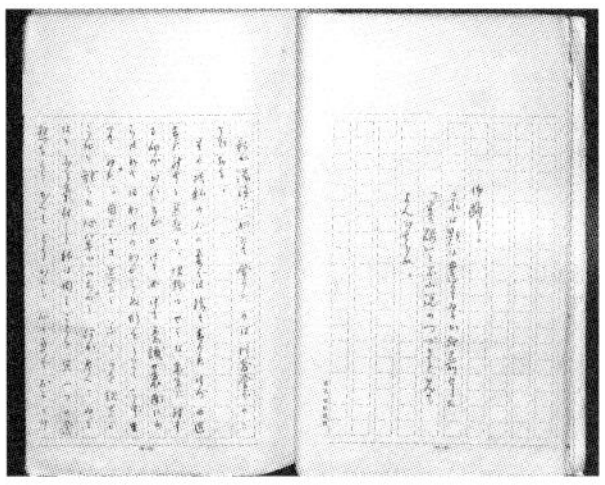
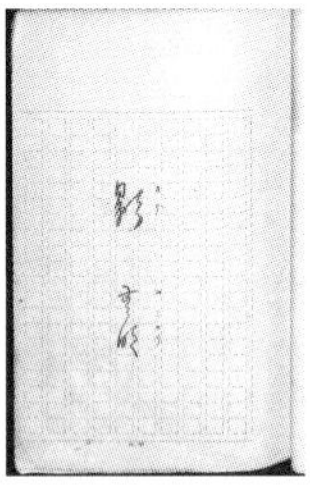
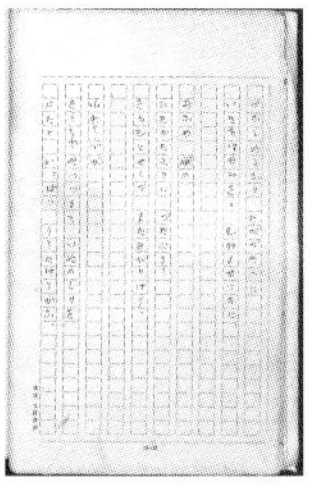
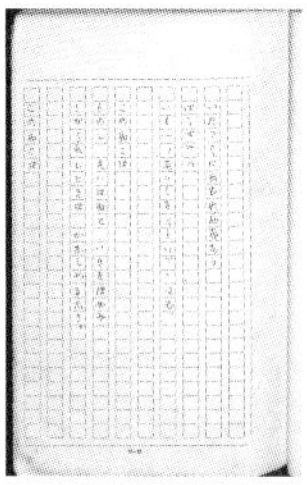

がれ去らうとすると足元から岩はくずれてきて彼が逃げてゆく後から〳〵穴は大きくひろがつて行くのである。

　内面生活に対するそうした感じ方はいつもさうだといふわけではなかつたがそのやうに痛烈にかんぜらるゝときには外部生活の餓えといふものがいつでもその誘因となつてゐるといふことはあまりにもはつきりわかりすぎてゐてそれと共に自分の力ではその餓をどうすることも出來ないといふこともわかりすぎるほとかんぜらるゝが故に只黙々として荒寥たる思ひに支配されてゐる外なかつたのだが全体として自分の生が何故にこのやうな過程をたどりつゝあらねばならぬのであるかといふことについてはどうしてもわからなかつた。何故に?何故に?・・・何のためだらう?私にとつて最も貴重であらねはならぬ自分の生がこうした言ひ知れぬ暗い影を引ずつてそのために苦しんでゐる。何のためだらう。誰のためだらう。この何のためといふことを考え出すと共に私はやがて自分自身の影を推したりひつぱつたりしてゐる自分に氣が付くのであつた。時にはその理由を父なる神が私を試煉する愛であるといふ風に考へて見ることもあつたが此の思想はたとへそれが理念として妥当であるにせよそこには私を刺戟し私を勇ましき生活へ鼓舞する丈けの實感がかげてゐたから一すじに輕々しくさう思つて見たとてそれで私は自分の精神が調和を感ずるといふことは思へなかつた。むしろ私は自分が何も考へないで何故もなく神もなく只生の無味無臭の味ひかほりをかんじてゐるときに自分の精神は水の様に澄みわたつているのをかんずるのであつた。そうして私は多くのとき人から離れて孤りゐることを好んだ。

　その孤独なる清澄な感情の中では追想も水すましのやうに只細い哀愁の筋を搖曳し憧憬も睡蓮の花のやうに淡いその美を開いてゐるのである。もとよりこうした調和の世界は決して私が生涯の最期にのぞんで感ぜらるべき荘厳なる大調和であるとはいへないきはめて消極的な論安の世界であるかもしれぬといふことは自分にもわかつてゐたけれども、その頃の私が外部の餓えに対抗してさしあたり私自身の精神を保持して行くには止むを得ぬそしてそれより外どうすることもできぬ傾向であつたのでさうして私は養て孤独になつてゐつたのであつた。

　キリスト教徒でもない私が教會のやうなところに出入りするといふことは可笑しいことであるかもしれぬ。しかし私はH教會の瀬尾といふ牧師と個人的に親し可つたし且つあの教會の靜寂といふものがひとり黯々とものを考へたりいや考へないでゐられるためのかなり適当のかくれ場所であつたから私は晦のときには半日くらひあのうす暗い禮拝堂のかたへで画集を見たりカトリツクの臭味のある五十坪ばかりの庭を歩いたりして過すことがあつた。無論私は一度でも祈つたことはなかつた。だから私は日曜日に行つたことはなかつた。といふのは日曜日に行くと禮拝堂の中は人が一ぱいでそれらの人と共に御説教をきいたり讃美歌をうたつたり心にもない於祈りをしたりせねばならぬからである。

　牧師は絵がすきであつた。彼は背の高い指の長い鼻のとがつた人で頬は恐ろしくこけてゐる。たへず眼ばたきをするくせがあつたが其眼は羊のやうに柔和でといふより屈従的で女性的な光を帯び眼じりにしわがよつてゐるために彼がどんなに一生懸命のときでもそれは笑つてゐるやうな感じを起させる。聞くところによると彼は若い時代には或るときには画家になる心算で

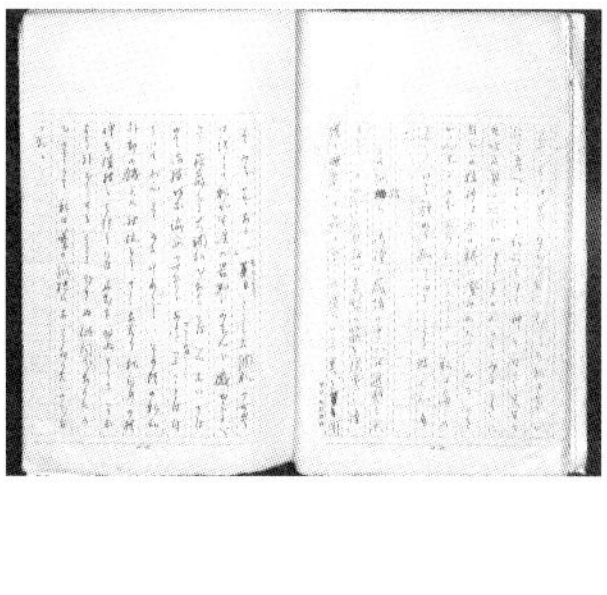
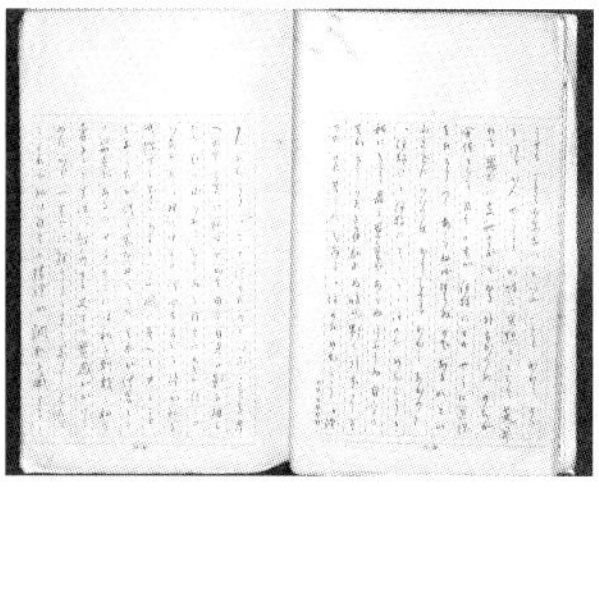

あつたこともあるのださうである。私は此の人の若い頃かいたといふゴッホばりの畫を見たことがある。彼は西洋の多くの畫家の名前を知つてゐたがそこにはまたいろ〳〵の畫集や版画があつて私はそこでそれらを見せてもらつてまだ見たこともない西洋の名畫に對する知識を多く得ることが出來たのだ。さうしたとき私はこの人のよい牧師が私が画学生であるといふ理由で非常に好感を以てこれらの大美術家らのなした仕事の話をするのをききながら私も藝術家の卵らしい感激に胸をおどらせたことであつたが話はまた人生問題にも及びお互の内部生活の上における問題についても語り合ふことがあるやうになつたが此の奌になつて來ると私は矢張り此の人と私との間に横はる大きなみぞを感ぜずにはゐられないのであつた。であるが故に私は此の人の白樺一派の人道主義就中柳宗悦氏や倉田百三氏に對する或はあの西田天香氏やセントフランシスに對する極度の讃辞についても注意深き沈黙を守つてゐたし此の人が私にのべたところの人生観それによると元來此の人は前の奥さんがあつたのだが二人の愛児と共に流行病のために三人一度に失つたことそれから現在の奥さんとは子供が出來ないことそれらのことから信仰生活に入つて現にいたるまでの心的変化現在における謝恩奉仕の氣持それらは一年少去に對して話すにはあまりにまじめでありすぎるほどつつましい対度で語られたそれらについてもひかへめの沈黙を守つてゐたのであつたが・・・・・・・・・・・

　あの教會の礼拝堂に附属したそまつな応接室兼図書室の部屋の壁には中世紀の作である聖母像の浮彫の直徑一尺五寸ばかりの円盤ブロンズの複製彫刻やフラアンゼリコの「受胎申告」の之もなか〳〵見事な色刷りの複製の額に入れたものやと共に私の知つてゐる社会主義畫家のかいた二三の油絵や中村つねしのトルストイの横顔をかいたスケツチ板大の油絵があつたが、さうだあの絵をあの晩のことそれはその年の夏も終りの頃、この教會に関係ある画家や宗教家の或るさゝやかな会合があつて其頃二十人計りの人が集まつて藝術宗教に関する談話を打とけて交換するといふので私はこの飯高といふ私の知つてゐた社会主義画家にともなはれて話をききに始めてこの教會の門をくぐつたので頂度私のこしかけてゐた横から外の廊下へ出たときに戸外はうつくしいお月夜でしらしらと露にぬれた芝生に一列にならんだサイプレスの樹の影がはつきりうつつてゐたがその廊下にくつついてゐる応接室の入口が明いてゐて中は電燈がつきこのトルストイの横顔が正面に見えたから一寸這入つて近よつて暫らくあのたんねんな筆触を観賞してゐたところがその隣室の方からひそやかな話声が洩れてゐたのが急に高くなつておしつけたやうな重苦しい青年の次のやうな詠嘆の声がきこえたのである。

「・・・・・・・しかし何故ですか。何で特に私が・・・・・ねえ先生、何で私がそれを負はねばならんのですか。何で私が、たのみもしないのに他人の犯した罪を負ふために選はれねばならんのですか？　誰のために？私にはそれがわかりません」

・・・・・・・・・・・・

この何故当いふ言葉がきこえたときに私は白いカーテンがゆらゆらと風にゆれるのを見ながらふと耳を傾けると籐の椅子のギイときしる音がして外の低い声がこれに答へるのであつた。

「それはね。みんな君のためですよ。ね。よく考へて見給へ。君は他人の犯した罪といはれるけれども、君自身だつて自ら省み

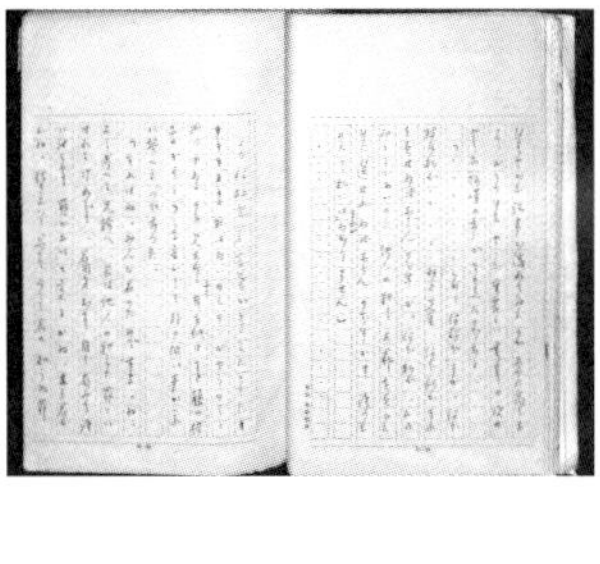
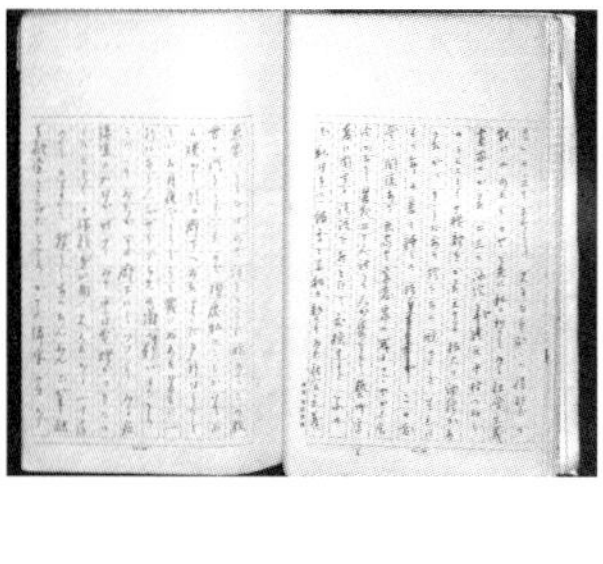
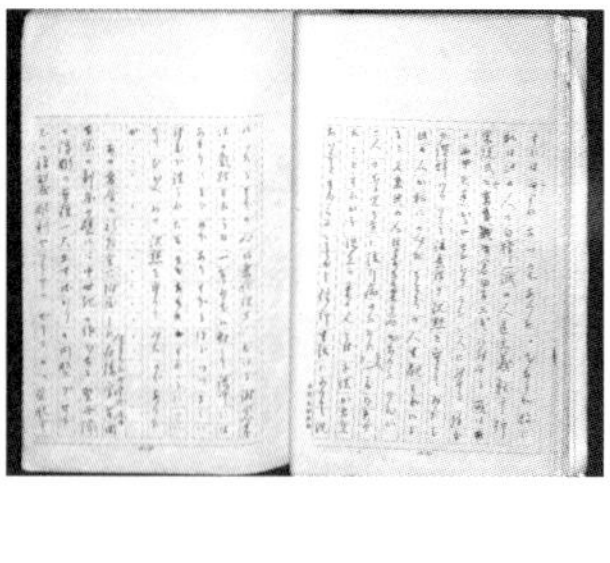
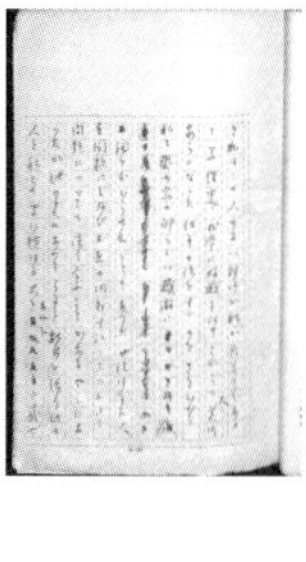

て誰に対しても罪がないと言へるかね。よし君がだね、犯さないと思つてゐても君の知らぬ罪を犯してゐるかもしれない。・・・・またたとへ君が犯さないとしても君自身の生といふものが君の御話しの如くならば君は罪の子といふべきですよ。いや僕のいふことを悪くとつちやいけない。ね。何もかも父なる神さまの御思召ですよ。君がさうして自分の週囲をながめて罪やけがれやに満ちてゐるといふこと、そして君自身の生そのものまでもが、そう、君自身にとつてはかけがへのないいとしい自分の生までもがさ、たのみもしないのにそうした罪やけがれのとりことなつてゐて、何も知らぬのにけがされ、おもちやにされ、うまい汁をすはれ、ふみ台にされ、ふみにじられた運命の二人に置かれている、それらを知つたときの君自身の心は私は深く同情します。しかしね。さうした罪やけがれを知つてこそいや高く清き世界への眼が開いてくるのですからね。私は君を祝福します。そして君がもつと〳〵大きな御心で苦しみ、苦悩によつて浄化されたハンブルな御心にならるゝ事を祈ります」

「しかし先生、私には力がないのです。そんな先生その・・・祝福は欲しくないです。いやそれをうける資格がないです。私は知つてます。私は只幸福がほしい俗物です。なに私は快楽も何ものぞみません。どんなに貧乏してもよろしう御座います。私は只あの、『お父さん』と堂々とよぶことのできる幸福がほしいのです。両親が私の生を祝福して私の生長を誇つてくれる運命がほしいのです。そして彼女《アレ》に對しましてたつた一言でよろしう御座います、公然とその、その・・・わかつて下さいますかしら私のこころが」

「御同情しますよ。しかしね、そこが」

「いゝえ私にもつと言はせて下さい先生。しかし、もう何をいふことがあるのでせう。私にはもう何もかもわかつてゐます。何をいつてもとうすることもできません。今となつては私はこうして堕落してゆくのです。さうです、何もかももう・・・」

「では堕落するだけして御らんなさい」

「はあ?!」

「堕落する力ならあるのでせう」

・・・・・・・・・・・・・・・・・・

病的な不氣味な沈黙がそこに起つた。

私は立聞きしてゐる自分に氣が付いてこつそりここで足を引返したのだが席に還つて見るとそこでは飯高が立つてべれん〳〵とした調子で演説をしてゐるところでめづらしく着物に袴といふ和装であるこの着物は先づ無難としても袴はよれ〳〵でじゆばんのえりも汗によごれてゐることは洋服の場合とちつともかはらないが當人は平氣で廣いグロテスクな額に乱れかゝるオールバックをうるさそうにしかしいくらかしかつめらしく手でなで上げながらこんなことをいつてゐる。

（つゞく）

（改訂）

前号に此の小説の主人公が湯淺の宅を初めて訪れたのを「淺春の頃」とかきまし多が都合により「初秋の頃」と改めます。時間がないので落ちついてかけぬので残念です。

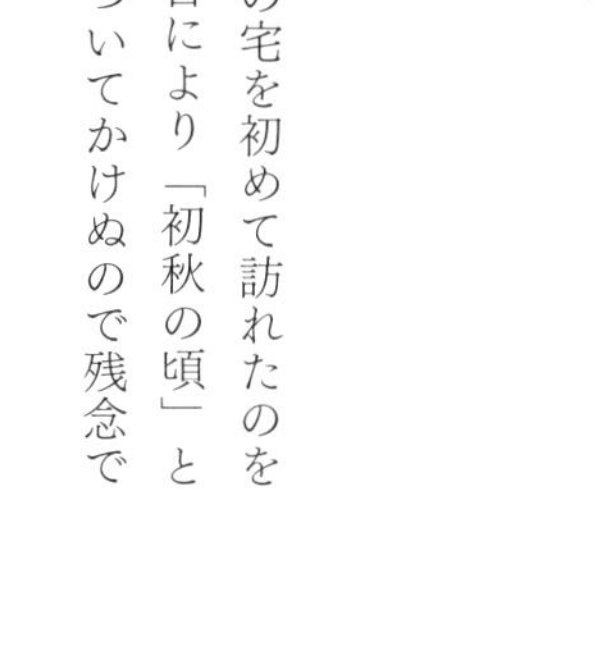
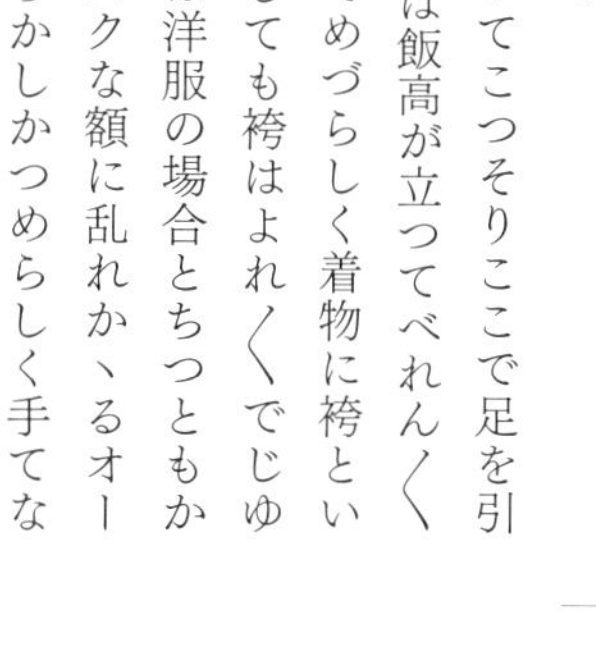
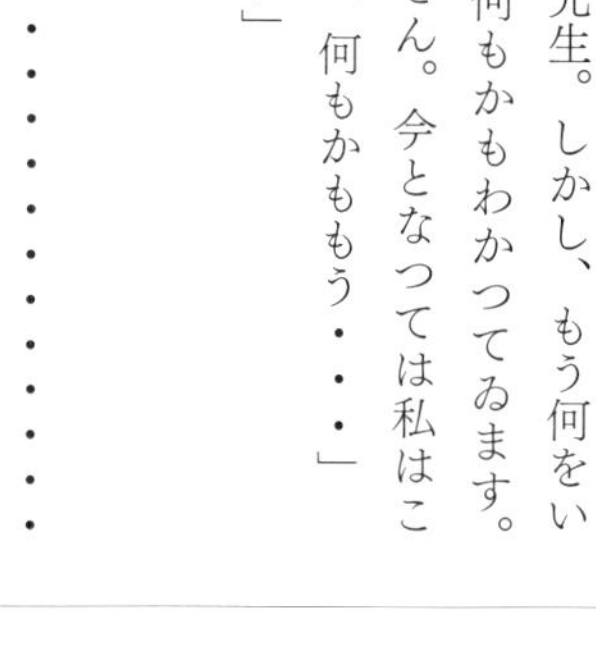

穴　茱萸

穴

茱萸

「私もあなたを愛して居ます。けれども・・・・・・・・。」

斯ふ言つて彼女は泣いて仕舞ったのです。

諸君よ。此の場私は此のけれどもを何如に取り扱ふ可きでしょうか。勿論我々の日常に於てかかる語は多くの場合格別の穿鑿を必要としない程度の重要さに於て用ひられて居る。それは全くです。もっともっと激しい意味を持った語。例へば「僕は君を殺すよ。」こんな恐しい文句でさへも、親しい友人同志の平和なる場面に於ては、偶々出て來ても何の危険性も帯びて居ない許りか、寧ろユーモラスな味を伴ふた愉快な響きをすら與へます。

これとは丁度反対に、人生に於ける或る意味深い場面に於ては、極めて單純な語の内に、我々は難解な謎を探らなければならない場合が有ります。

今だから申しますが、彼女が此のけれどもを口にした刹那から私の生涯の不幸は始まったのです。いや。本當を言へばそれよりももっと以前に既に私の運命は決定されて居たのでせう。けれども少くとも次の様なことは言ひ得るのです。つまり運命が何人かの口を借りて私に最初の警告を發したとすれば、それは恐らく此の瞬間であったらふと言ふことです。

併し多くの若い者がそふで有る様に私も将来の幸福には敏感で有った代りに将来の不幸には極めて鈍感でした。

まさかこんな簡單な語の中に自分の運命に対する警告が含まれて居様などとは思ひもよらないことでした。

そんなら、此の語が全く氣に掛らなかったかと言ふに、決してそうではないのです。何故と言って其の日はいかに私が努力しても、それっ切り次の語を彼女の口からひつぱり出す事は不可能でしたから。

彼女は宛もぜんまいの切れた時計の様でした。

どんなに私が振ってもゆすぶっても一言も發しません。

强ひて何か言へば泣く許りです。

「けれども・・・・。けれどもどふしたと言ふんです。え、そのあとを一口仰有て下さい。でなければ・・・・。」

夕方でした。植込みの多い庭はすっかり蔭って建仁寺垣をへだてた向ふの家の二階家の締め切った障子に西日があかあかとさして居ました。

はらりと八つ口の緋をこぼして痛々しく疊の上につっぷした彼女の肩が痙攣的に小刻みな波を打って居ます。

「・・・・でなければ・・・・。それとも何か譯が有るのですか、有るのですか。え。何しろ此のままじや、なま殺しです。僕は・・・・。もっとも僕の事は才二としても何か苦しい譯が有るのなら聞かせて下さい。其の方から先きへ考へ様じやありませんか。」

夕方の空には羽蟲が無数に忙しく飛び廻って居ました。

表の路次では子供等が口々に喧しくしやべり乍ら遊んで居るのが手に取る様に聞こへて來ます。

私の胸の中では其の時徐々に或る変化が起りつつありました。

いらだたしい不平に似た感情、歯痒ゆさ、堪え難い焦燥が不思議になごみ掛けて來ました。

そうしてそれらが溶け合って一つの流れに変じて次才に心の外へ消へて行きますと、眼の前にむせび泣いて居るいじらしい彼女の細い肩のふるへが哀訴する様に私の胸の中の鼓膜の様な部分へ反響して参りました。

すると今までの私の態度が馬鹿にしつこく邪險であり過ぎた様に感じられて來ました。で、私は今日は此の問題をつつき廻す事は思ひ切らふと決心しました。それと同時に「もふどうでもいい。いっそ・・・・」彼女の熱い涙の中へ自分の身体を溶かして仕舞ひ度い様な説明し難い一種のセンチメントに襲はれました。

そして暫らくすると羽虫の飛び交ふ夕空の一卓をぼんやりと見つめて、豆腐屋の微かなラッパの音を聞くともなしに聞き乍ら故知らぬ涙を一ぱい眼にためて居る自分を發見しました。

「私もあなたを愛して居ます。けれども・・・・・。」

此の語は彼女と別れて帰ってからも生々《いき》と私の耳の底に残って容易に消へませんでした。

身の周りの事に紛れて暫らくは忘れて居ても、どうかした拍子に聲音までもそっくり其の侭にはっきりと蘇って來ては何氣なく浮み掛った氣持ちに蓋をして仕舞ひます。

「私もあなたを愛してゐます・・・。愛して居るのならそれでいいわけじやないか。それが全部だ。少く共俺の場合では愛すると言ふ事は一切だ。もふ問題はない。けれどもとは一体どふ言ふことなのだ。愛してゐます。けれども形の上に運んで行く事は出來ないと言ふのか。出來ないとすれば何か特別な事情が有るのか。併し彼の女は説明をしない。彼女が一人娘だと言ふのか。それならば俺が次男だと言ふ事が解決して居るではないか。他に何が有るのだ。婚約者などは有りはしない。もし有れば相當長く出入りして居る俺に判らない筈はない。

それとも・・・・。

それともことに依ると全く何でも無い事を幼稚な、吝間見ずな心から過大に信じ過ぎて居るのではないだらふか。或ヒはそんな所かも知れない。孰れにせよ、遠からず此の眞相を突き止め得る時は來るだらふ。

萬一彼女が・・・・。いや併しこんな事は想像する丈けでも消へ入り度く成る。併し、万一處女でないとしても、おう、俺がいかに寛大に彼女を赦し得るかを証明し度い。が多分後に成って俺は彼女に就いてこんな良くない想像をした事を恥ぢなければならない様な場合があるに違ひない。

とも角もどちらにしてもそれこそは俺にとって大した問題ではない。

もしもそんな事で彼女が自身の價値を否定して居るのだったら問題は簡單だ。笑い乍ら背中を一つどやしてやればいいのだ。何しろ女は・・・・。」

それからと言ふものは翌日も其の翌日も私の考へは同し所をぐるぐる廻り續けて居ました。

此の事をそふひどく悪い方へ取り度くもなし、またそふ大した不幸を想像するには是と言ふ理由も有りませんでしたから、結局は明い方へ期待をつないで置いて、未だ〱空想の造り出す小さな幾場面かを楽しむ餘裕をさへ持って居た位です。

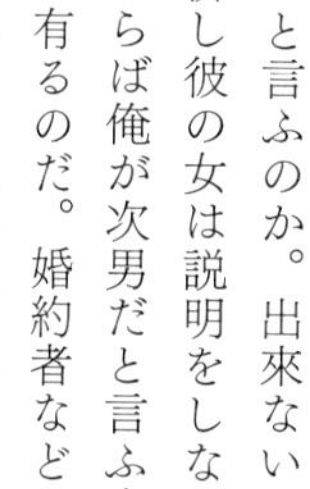

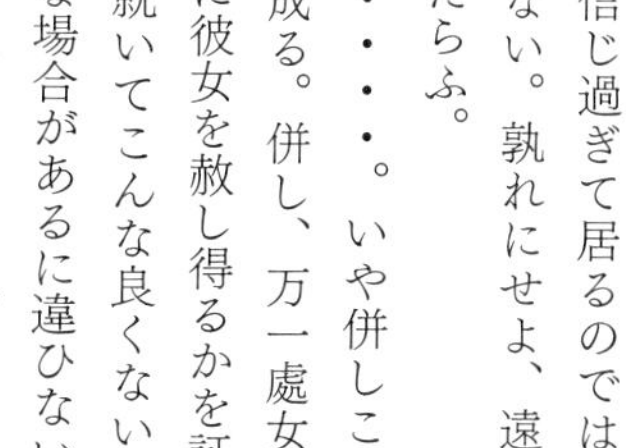

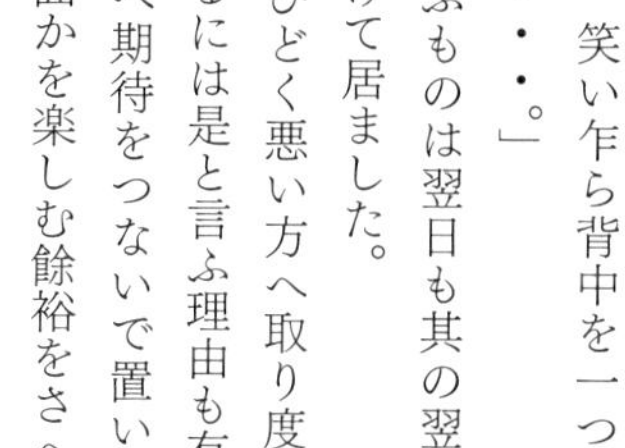

すると十日許り圣った或日のこと私の勤め先きへ彼女から電話が掛って來ました。

（勤め先きと言ふのは麹町永田町の△△公爵家で、私は其所で史料編纂係の一員を勤めて居たのです。）

電話室は車寄せから見透しなって居る廣い廊下の中程に三つ並んで有りました。

電話を取り次いで呉れた御茂さんと言ふ美しい眉を持った背のすんなりとした小間使は此所まで一緒に来ると、電話器の方と私の顔とを一寸見比べる様にして何か言ひ度氣な面持ちでニコニコと笑ひ乍ら深い影にみちた様な奥の一棟の方へ廊下傳ひに去って行きました。

戸の半ば開いて居る電話室を、これだなと思ひ乍ら、つと這入ると果して電話機の上に黒い受話機が倒さに突立って居ました。手に取って聲を掛けると

「あの杉さんでゐらっしゃいますか」と紛れもない彼女の聲です。其の瞬間御茂さんの今しがたの笑ひが此度は意味を持ってチラと私の頭の中に浮び上りました。

「ええそうです、先日は失禮しました。何か御用。」

「ええ、今日ね、又出掛けましたの。それで・・・・。」

「ああ、釣りに、そうですか。じやあ・・・・。」

「ゐらっしゃいます?」

「勿論。」

「直ぐ?」

「て譯にも行きませんが。　そうね、まづ、そちらへ一時過ぎの見當で・・・。」

「では御まちして居ますわ。では、のちほど・・・・。　ああ、もしもし、」

「はいはい。」

「ああ佳かった。御切りに成ったかと思った。だけど、あのう・・・私、一つだけ御願があるんだけど・・・・。」

「何です、甘納豆ですか。」

「まあ、いやですわ。そんなのでなく、いつかの事ね、ほら、このあひだの・・・。」

「ええ」

「御判りになって、あの事を今日は言ひっこなし。」

「それは困ります。何故って・・・。」

「いえいえ、どうか御願ですから。ね、後生よ。そして今日は遊びませう、ただおもしろく、ただおもしろく。」

「ただおもしろくなんてつまらないじやありませんか。一体・・・。」

「いえいえ、どふしても是はきいて頂かなくては私困りますの。本當に御願ですから、そうかと言って、ゐらして下さらないと尚更困るんですから、ね、是非よ。ずいぶんわがままな御願ですけれど。」

「弱ったなあ。あれも困る、これも困るじやあ。まあ、とにかく伺ひます。では　それ丈けですね、もふ切りますよ。」

「ええ、今の事、きっとよ。ではさようなら。」

「さようなら。」

何と言ふ事だ。

彼女は一体まじめなんだらふか。どふ言ふつもりなんだらふ。

是では生長は有りやしない。

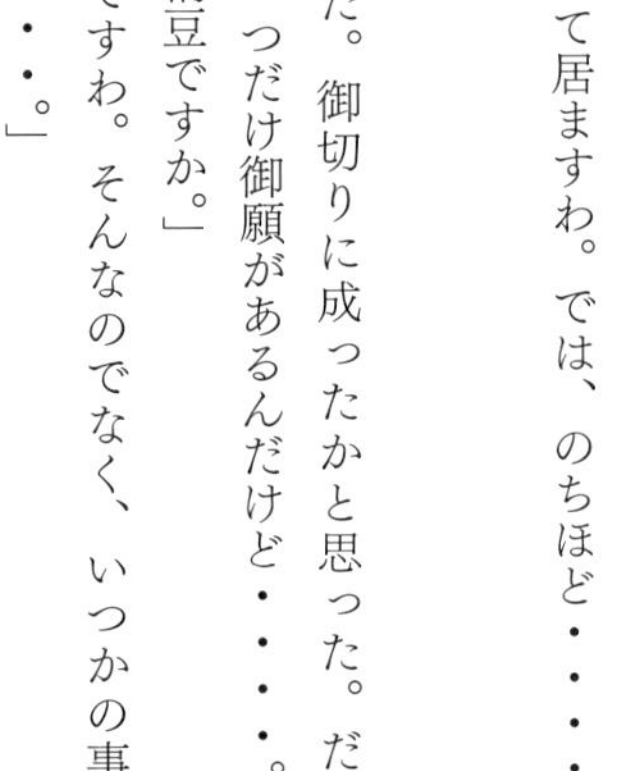

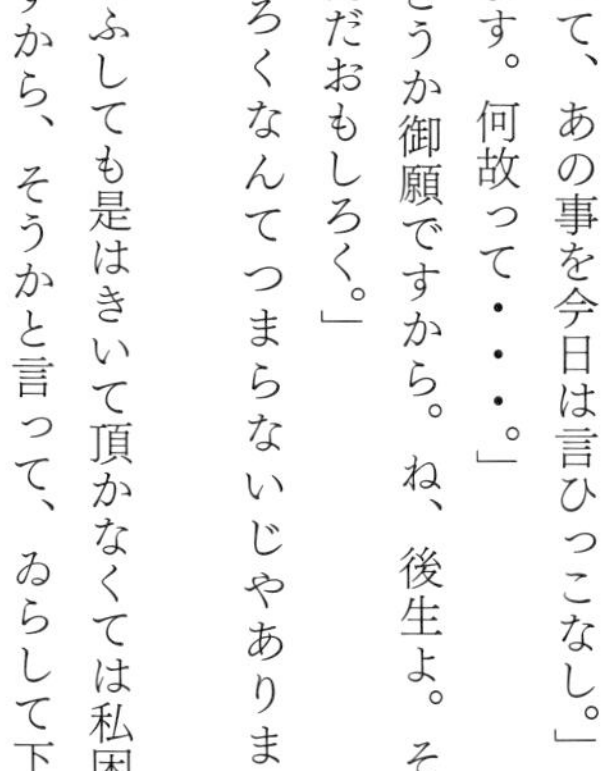

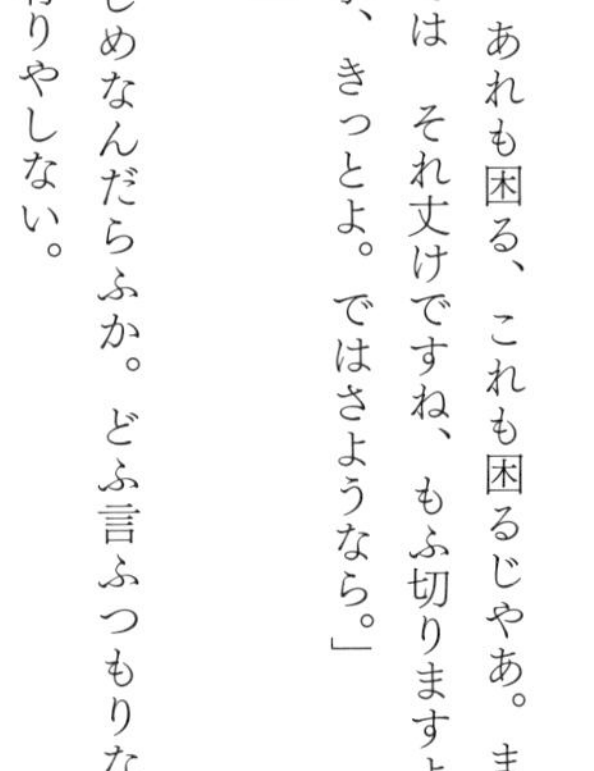

私は電話を口實に其の日の午後ハ早引をして兎も角も彼女の家へ急ぎました。

彼女の家は大久保に有りました。

新大久保の駅を降りて其所の大通りを市内の方向へ進むと、同し様な紛はしい路次が同し位な間隔を置て幾つも幾つも並行して居る、其の内の一つを右に折れて家数にして十軒許り、右側のとある門構へに左貫寓とあるのが彼女の家です。　彼女は其所に彼女の父と二人切りで住まって居ました。

赤坂見附まで歩いた私は、折から其所へ來合はせた渋谷行きの市街自働車の中へ身体を押し込むと、反動の荒い其の座席へ辛ふじて腰を落ち付けました。

初夏の午下りの光線は明け放たれた窻から、まぶしく車の中へ照り返へして、稍上気した私の頬を絶え間ない風の流れがいい工合に冷やして居て呉れました。

次次へと移り変る各瞬間に於ける街の数限りもない情景　はそれ等に向って只うつろに開かれて居る私の眼の前を、私の氣持とは何の交渉も無く、極めて遠い昔界の出來事の様に空しい姿であはただしく過ぎ去って居ました。

私は眼になじんで居る彼女の家の内部を心に畫き乍ら、彼女は今そこで何をして居るだらふかと考へ、想像し得る最も自然な状態に彼女を置て其の姿を畫き出さふと努めましたが、私の作り掛けた彼の女の幻影は姿がまとまり掛るそばから他愛もなくするりと想像の網を抜け落ちて仕舞ふのです。それは丁度匙でとろろをすくひ上げ様とするあの無駄な繰り返へしに何所か似通って居ました。

車の動揺は時々悪意を抱いて居る様なわざとらしさで私の身体を突き上げたり、捻じ倒さふと試みたりします。

そふした中にも私の心はやはり彼女の家のあたりを徘徊して居るのです。

其の内何時しか私は記憶の中から此の舞台に於て私の演じて來た幾場面かを拾ひ出して來ては、それを心の畫布へ一々新しく書き出しては、それを眺め始めました。

　此の舞台への私の最初の登場は、去年の、左様、丁度それは人々がセルを着初める頃でした。

暮れて間も無い空は暗いけれども透明な青さで西の果てには未だそこはかとなくひる間の光りの名残りが漂ひ、輝きそめてまもない星の群は今やっといたについたと言ったこなしで、そのまたたきは未だ何となくをもはゆ氣でした。　門燈のない暗い門口に寄り添った私は表札に鼻を押しつける様にして、左貫寓の三字をうす暗りの中に確めました。　そして稍しばらくの躊躇の後、がらりと戸を引くと、思ひ切って中へ這入りました。

門を這入ると右手に八つ手、左には四つ目桓を背にして南天燭の植込み、其の後は奥庭に続いて居ます。

突きあたりは一間の格子窻で、其の中が彼女の書齋に成って居るのですが其夜はもふ戸が閉って居ました。

石疊を斜に右へ数歩で玄関ですが、始めての私は呼鈴を其所で探した事を覺へて居ます。呼鈴は門の外に在ったのです。格子戸を引きあけ暗いたたきに立って案内を乞ふ私の声に應じたのは低い女の聲でした。

間もなく、スヰツチを捻る音がして、私の周囲がぽうと明るく

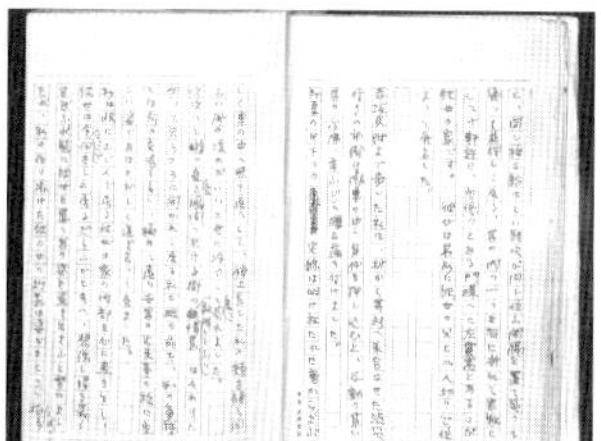

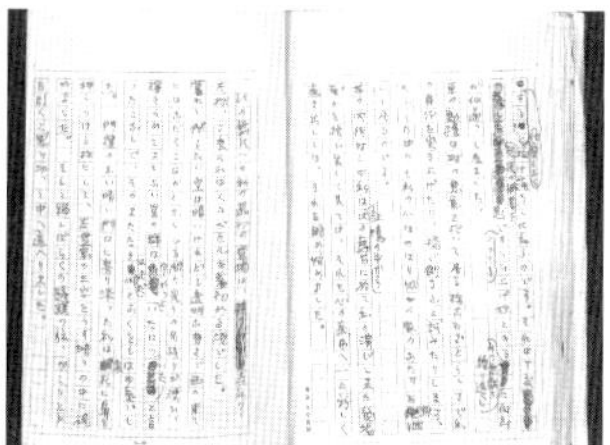

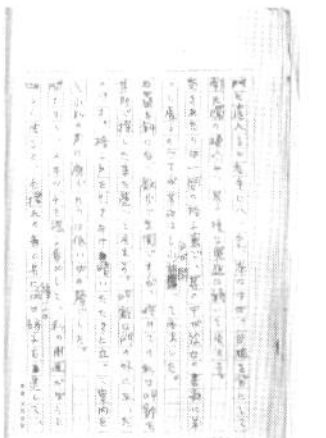

穴

成ると、衣摺れの音と共に障子のはめ硝子を透して、華かな色彩がチラと私の眼を射ました。

と思ふと障子がすうと開いて美しい十八九の娘が日本式なつつましやかさで私の前へ行儀よく膝を折って居ました。是が私と言ふ人間の生涯の繪巻の中へ始めて彼女が現れた時の姿でした。

其の時私はひどく狼狽しました。

私の視覺は思ひ掛けない美しいものの突然の出現によって驚かされ、心の平靜はもろくも打ち破られて騒ぎ波立って居ました。何しろ初めて私の眼の前に現れた時の彼女の美しさは並外れたもので、其の最初の印象に私はすっかり壓到されて仕舞った形でした。

私は打ち壊された平靜を取り戻さふと努力し乍らやっと最初の語を口にする事が出來ました。

「先生は御在宅でせうか。」

「はい・・・・・・。あなたさまは・・・・。」

彼女は私の手から名刺を受取ると直ぐ奥へ姿を消しました。

「美人だ！文句のつけ様もない。

あの先生にはあんな美しい娘さんが有ったのか・・・。」

後に取り残された私が、ぼんやりそんな事を考へて居る内彼女はまた引き返へして來て、

「どうぞ、御上りくださいませ、」と言ひました。

玄関の疊を蹈んだ私の直ぐ後に廻って其所へ無雑作に投げて有った私の帽子を帽子掛けに直すと彼女は先生の部屋へ私を案内しました。

私が先生と言ふ代名詞を以て呼んで居る人、即ち正確に言ふと左貫勇三氏は紅殼色の一閑張の机に頬杖を突いて私を迎へました。

何故此の人の事を私が先生と呼ぶかと言ふと、私は大学の最初の一年間、當時講師として我々の教室に出て居られた此の人の講議を聴いた譯なのです。

そして、それは亦、先生が講師としての最後の一年でもありました。で、自然、それからずっと、大学を終へて暫く圣った其の日迄私は先生に御目に掛る機会を持たなかった譯です。

先生は私が會釋を終へると直ぐ、机の前の座蒲團を指し示されましたから、私は机を挾んで先生と向き合って座につきました。

先生の肩越しには一間の床の間にサラリと掛け流された美事な筆蹟の軸物が見へるのですが、私に讀める字は三字に一字位しか有りません。

床の間に続いて、違ひ棚、袋戸棚等尋常で、絨緞の敷かれた八疊の本座敷です。

竹のずんどうには躑躅か何かが投げ入れて有った様に覺へて居ます。

書籍のギッシリつまった書棚は床の間と向ひ合って、丁度私の背後に位して居ました。

庭に面した椽側の雨戸は未だ引いて有りません。手前の障子も左右へ開かれ、只滑車の附いた硝子戸丈けが我々を夜の外気からさへぎって居ました。

外が暗い爲め、硝子戸の廣い面には我々の居る室内の光景が、極めて大掴みの明暗となって映って居ます。

其の映像の或る部分は硝子面の不均整から、馬鹿々々しい素描の狂ひを見せて居ます。

私はぼつぼつと要件を述べ始めました。

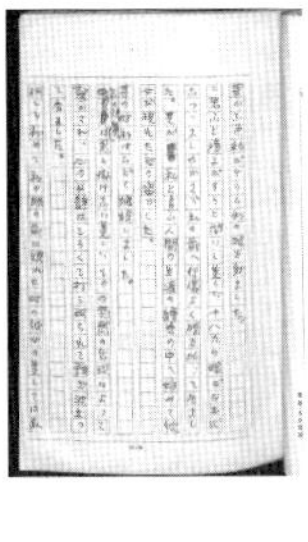
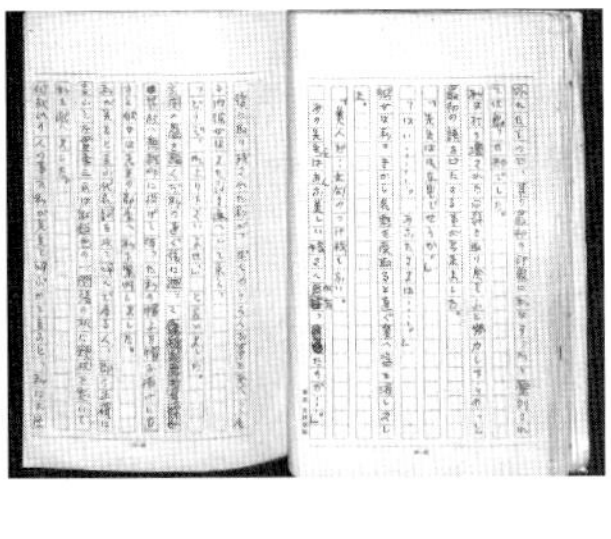
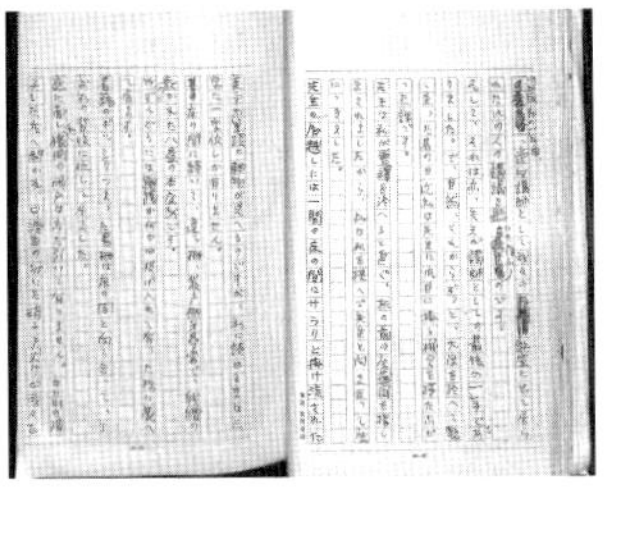
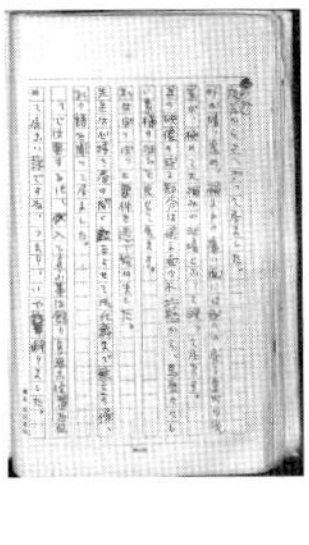

六

先生は心持ち眉の間に皺をよせて御仕舞まで無言の侭、私の語を聞いて居ました。

「では要するに、収入と言ふ事は餘り重要な位置を占めて居ない譯ですね、つまり、いや解りました。

多分何とか成るだらふ・・・。卆業は？　ああ、そう、此の春だったのですね。じやあ無論未だ、職業の圣驗はない譯だ。成蹟はどふなんです、」

「成蹟はそふ悪く有りません。」

此の時襖が静にあいて彼女が御茶を出す爲めこ這入って來ました。

そしてほん僅の間惱ましい女の香をそこらあたりに漂せると、また静に引き下りました。

彼の女が膝で立って、襖をあけたてする姿を私は硝子戸の映像の中に見て居ました。彼女の姿が襖の向ふに消へ去ると硝子戸の中はまた元の動かない姿にかへりました。

「なあに、成蹟がどふかふと言ふ程の事でもないんだがね、一つ心當りが有るから。　どふします、も一度來て見ますか。

それとも、いや僕の方から手紙を上げる事に仕よふ」

私は一寸考へた後、

「それでは御手数ですから、私が上ります。」と言ふと気のせいか先生の顔が一寸曇りました。

「うん、いやどちらでもいいがね、それじやあ、そうしたまへ。」

「何時頃がよろしゆうございますか。」

「此度の土曜日あたりでいいでしよう。それから、その前に履歴書を一通明日でも送っといて呉れ給へ、あ！　持って來たって、其所に。是は恐しく手廻しのいい・・・。じやあ出したまへ。貰っとこう。なあに形式だがね。」

それから私は少し改まって、

「實は何の御縁故もない先生に、こんな一身上の問題を御願しに出るのは少し圖々しい様に感ぜられて、大いに煩悶致しました。」と言ふと、

「そうですか、つまり君は先輩知己と言ふ様な相談相手が他に無いのだらふ。」

「はあ、御察しの通りです。それでやむなく、御迷惑を顧みないで・・・・。　どうか失禮をゆるして頂き度いと思ひます。」

「いや・・・」

先生は暫く眉に皺をよせて黙ってうつむいて居ましたが
「なあに、失禮も何もありやしない。

ただ、僕と言ふ人間は此後と雖も成る可く卋間との交渉を少く仕様と努めて居る者だと言ふ事を記憶して居て貰へると非常にいい。その理由は・・・・。

其の理由は明にす可き範囲ではないが、是は僕の我儘からでは決して無いのです。」

先生の悲劇的な容貌の上へ、其の時一層深い影が襲ひ掛って居る様に見へました。

私はただ何とも正体の知れないものにコトンと突きあたった様な氣がしました。

けれども今の場合そんなものは只黙って避けて通る他ありません。

それから一週間許り圣って約束の日の晷前と同し時刻に私はまた先生の門を潜りました。

案内を乞ふと直ぐ彼女が出て來ましたが私の顔を見ると向ふか

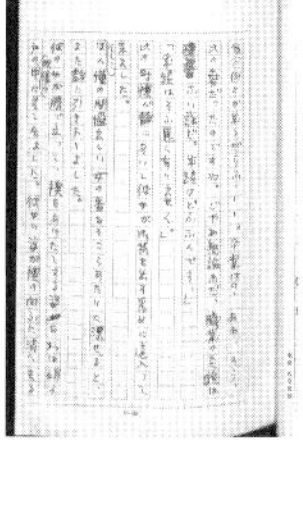
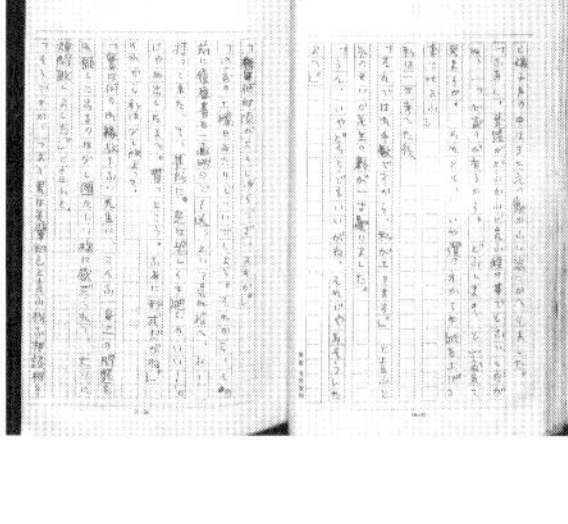
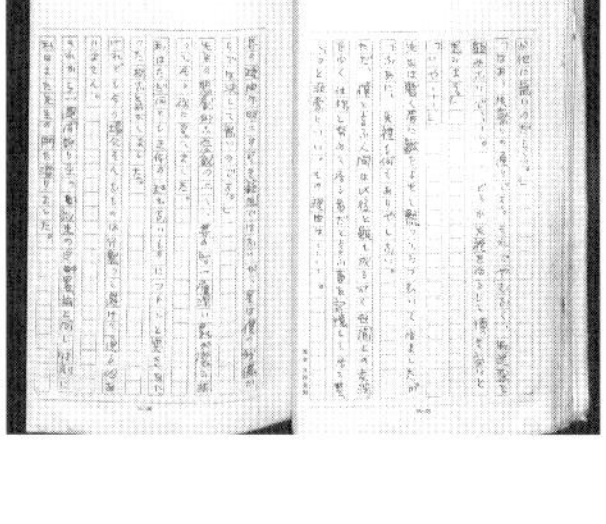

ら聲を掛けて
「あの杉さんでございますか」と訊ねました。

左様ですと言ひますと、

「只今一寸風呂へ参りましたが、あなたが御見へに成ったら御通しする様に申し置いて行きました。」

「それでは失禮して俟たして頂きませふ。」

「どうぞ。」

座敷へ通された私は暫らく手持無沙汰に煙艸をふかして居ました。

其所へ彼女は茶を持って這入って來ましたが、其の時丁度襖のあいたとたんに眞黒な小猫が一匹チヨコチヨコと走り込みました。

彼女が御茶を私の前に置いて頭を下げた時、小猫は遠慮無く私の膝に上って來て喉をゴロゴロ言はせ始めました。　彼女は猫の無作法をそれで償はふとするか様に好意に滿ちた微笑を私に向けました。

「まあ、くろや、いけません。はやくをりてゐらっしゃい。だめじやありませんか、おきやくさまの　おひざになんか　あがって、　さあ　はやくおりてゐらっしゃい。」

しかし小猫はそんな語には耳を借かないで、首を折り曲げて驚く可き熱心さで自分の背中をなめて毛並みを揃へて居るのです。

「さあ、はやく、くろや、これ。」

こう言ひ乍ら彼女はだんだん私の近くへにじり寄って來ました。そしてうっかり私のひざへ手を出し相にしましたが「まあ」と言った表情で自分をたしなめる気持ちをポーツと頬の色に見せました。それと同時に顔のすみっこの方からコボレル様に笑って眼を伏せました。

「僕はちっともかまひませんよ。だけど、あんなに呼んでゐらっしゃるんだから、御前　御母様の所へ行った方がいいね。」言ひ乍らそっと下してやりました。

泣かない猫です。默ったまま、思ひ切り前足を前へふんばっていい氣持相に背伸びを始めたきつかけを情なく抱き上げられて仕舞ひました。

よだれ掛けの縮緬の赤がねぢれてチヨコナンと首の後でおっ立って居ます。その黒いのが葱の根の様に白い腕に抱き締められて不平相な金色《きんいろ》の眼玉をキヨロッかせ乍ら向ふの間へ吸ひ込まれると、後は荒涼たる秋艸の襖に成りました。

先生は未だ帰りません。私はまた一本煙艸をつけました。不意にあひの襖がまたスツとあいて、半身を及び腰に乗り出した彼女の細いしなやかな手が夕刊と手頃の雑誌をそこの畳に残すと直ぐに引込みました。

夕刊に一通り眼を通して、此度は雑誌を標題丈け拾つて、ハラハラと繰って居る内玄関の開く音がして先生が帰って來ました。

「いやこれは御俟たせしてすまなかった。」

やがて座敷へ這入って來た先生はそふ言ひ乍ら座につきました。湯上りの上に多分此宵床屋へも行たのでせう。先生の顔は見違へる程若々しく綺麗に見へました。

剃り立ての艶々しい顎のあたり、長い毛の密生した眉、其の影にやや凹んで見へる二重まぶた等には何所か未だ水々しい青年時代が残って居ました。

「どうか楽にし給へ。大分俟ちましたか。ああ、そう。ええと、由紀子・・・。」

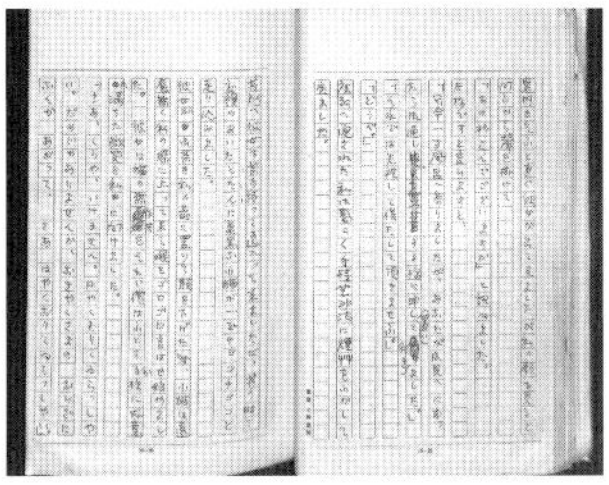

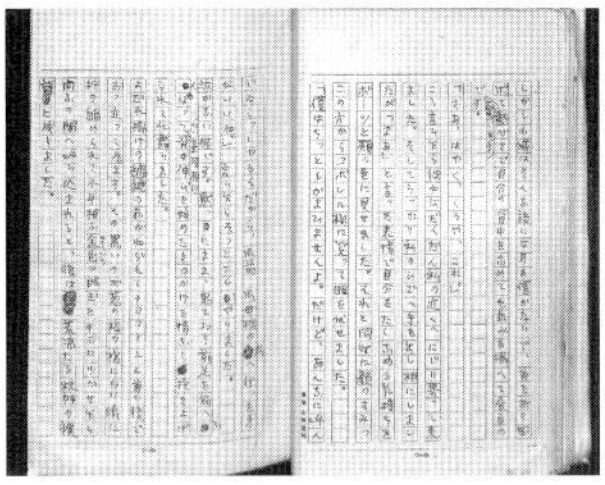

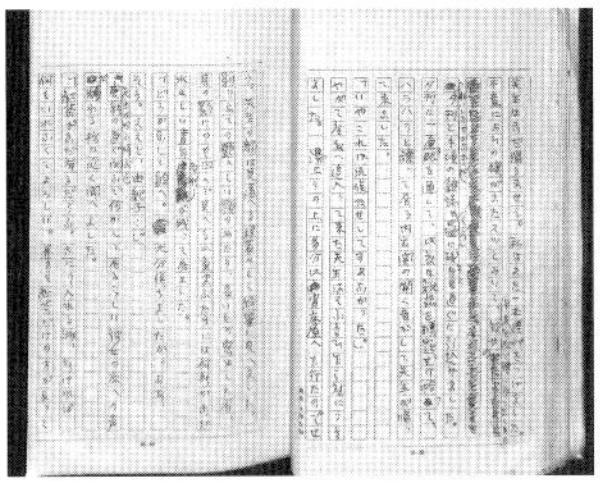

先生がかふ呼ぶと唐紙の直ぐ向ふで何かして居るらしい彼女の応への声が觸れる様に近く聞へました。

「紅茶が未だ有るだらふ。なに？入れる物、無ければ　何もいれなくてよろしい。紅茶だけの方が反っていい位だ。ね君。それから何か御菓子は無いか。なに、これんぽっちでも何でもいいから持って來なさい。」

「先生、私でしたら　おかまひ下さいません様に。」

「えゝ、えゝ、そこでと、では早速本題に入ってと・・。仕事と言ふのはつまり一種の編輯の様な事なんだ。
△△公爵家のつまり家系史だな。僕も實は監修と言った格で一寸関係してるんだが、で、現在直接その家系史の編纂に従事して居る者は三人許り居る事は居る。
丁度君の見へる少し以前にもう一人位人数を増してもいいと言ふ様な口吻だったから、早速話しして見たが無論向ふじやあ、歡迎してる模様だった。で、給料だが、　八十円と言ふのだがどふです。無論仕事が一時的のものである性質上昇給と言ふ様な事は殆ど望まれない。

が併し、仕事が呑氣で比較的時間の餘裕のある事、自分の勉强を続ける上に於て大した妨害とならないと言ふ桌から見れば恐らく君の希望に適って居る様に思はれる。」

彼女が紅茶と菓子を運んで來ました。

「で、どうします。もっとも直ぐと言っても・・・。」

「いえ、先生、私はもう決めました。殆ど理想的だと思ひます。」

「どうも少し決め方が輕々しいな。君は未だ勤務時間等に付て詳しい事を聞きもしない内から。」

「でも先生が今・・・」

六

「いやそれは要するに僕自身の解釋だ。ははは・・。

未だ何と言っても君は學生の儘だね。併しともかくも是から實生活に這入って行かなければならないんだから、一応注意までに申上るが、例へば今の様な場合にしても、もっと抜け目なく考へてからでなくては右とも左とも言ってはいけない。尤も此の問題ではどちらにしても大した間違ひは無いだらふが、此の後の多くの場合に於てはです。

中々吾の中の事は簡單には行かない様に出來て居る。

複雑なものです。と言って複雑なと言ふ事が何も髙尚な深い意味を持つと言ふのでは無く、寧ろ吾の中に於ては複雑で面倒な事程、馬鹿々々しさの程度も大きい様な事が多いが、それも事實だから仕方がない。ただ此の間に處して生きて行かなければ成らない我々は、或る程度まで其所の呼吸を承知して、うまく体を交はして行かなければならないと言ふ丈けの事です。」

言はれて見れば成程と思へないでも有りません。

で結局私はかふ言ふ次オで先生の御吝話によって、△△公爵家の史料編纂事務に掌はる事に成りました。

と同時に、左貫由紀子と言ふ名前が其の當時から、だんだん私の生活の中に浸み込んで來る様に成りました。
△△家へ通ふ様に成ってから暫くすると私は心許りの御禮の心算に、一寸したのしのついた果物の籠を携へてまた先生の宅を訪問しました。
これで暫くは由紀子を見る機会も有るまいと思って居ますと、また半月許りして公爵家から一寸した用事を事づかって先生の宅へ顔を出す機会を得ました。

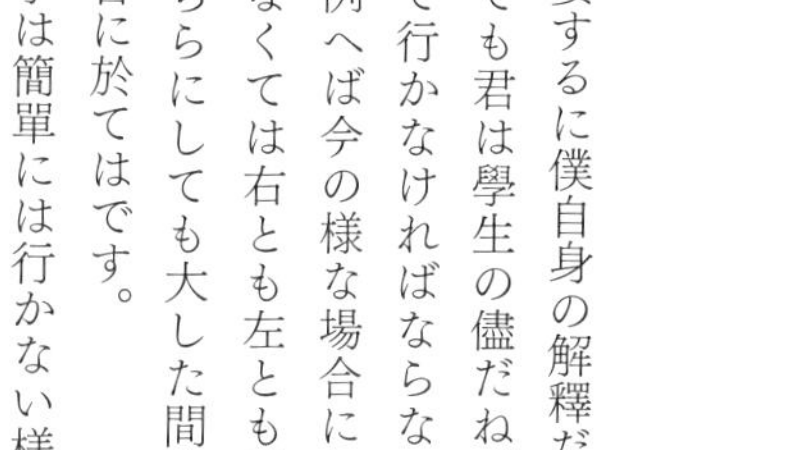

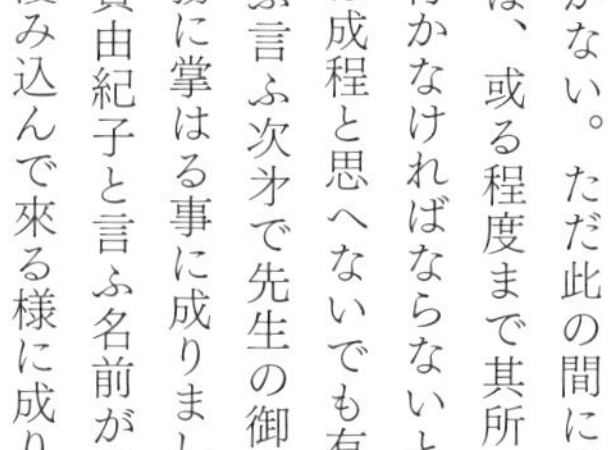

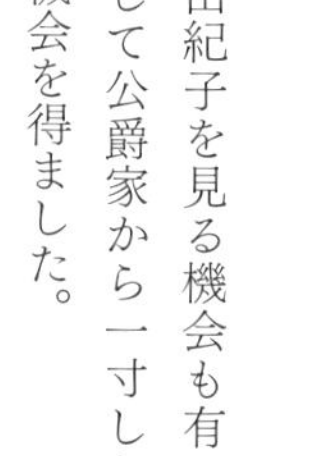

それでまた當分上れないと思って居ますと、幸な事には仕事の性質上、どふしても先生の智ヱを拝借しなければならない事や、或ヒは史料や古文獻に関する判断や、監定を先生に仰ぐ必要が次次と生じて來て、少くとも月に二三度は此の家の門を潛る機会を持つ様に成って來ました。

私と言ふ人間がかふしてだん〳〵と彼等の家庭の内部へ溶け込んで行たと言ふ事實が果して彼等の眼にどふ映じたか、今は未だ其れ等に関して明白に述べることを差し控へて置く可き場合です。勿論其の當時の私には何事も解らふ筈が有りません。もしも彼等の或る迷惑を豫想することが有ったとしても、私は神圣質な忖度を故意に殺して居たでせう。もっと殺風景な言ひ方で言へば「圖々しく」と言ふ事を私はモツトウとする様に成って居たのです。それは一面臆病すぎる私の持ち前に対する一種の嫌厭から來た反動で有ったとも見られます。

しかし一番眞實に近い事を言へば、私はそふするより他仕方がなかったのです。つまりそふしてでも飽く迄彼女に近づいて行かなければならない様に或る力が私の上へ加へられて居たのです。

かふして居る内、私と彼女とは素晴しい速度で、異性の友人間に望み得る最後の親密さに迄ガタガタと駆け降りて仕舞ひました。そして其所で一旦立ち止ると、我々は厭でも一つの扉の前に立たされます。

我々は茲で互に相手の顔色を窺ひ合ったり、自分に勇氣をつけたりし乍ら代る代る其の扉に手を掛けて極めて僅か宛それを開いて行て其の奥の違った杳界へ踏み込まねばならないのですが、それには可成りの時間が掛ります。

私にとってはもふ先生の顔色等を窺って居る場合ではありませんでした。

或る時は先生の前で、其の表情には強ひて眼をつぶって彼女を芝居に誘ひ出しました。

又或る時は多摩川へ遠足に・・・・。

出來る丈け自分の性格を單純化して、餘り細かく神圣の働かない・・・・悪氣は無いが、人の思惑には構はないでずんずん平氣で事を行ふ・・・・つまりそふした人物に自分を見せ掛ける様な方法を私は押し通しました。

かふして一年の月日が過ぎ去ったのです。

そふして其の間には未だ未だ、彼女と私との間を譬へ僅か宛でも、次才に解けにくく結び合はして行く幾つか場面が介在して居るのですが、それ等が次次と私の頭の中へ浮び上っては消へて行きました。

そしてその最後の場面が「私もあなたを愛して居ます、けれ共」と言ふあれなのですが、囬想の絲をたぐって茲まで來ると、追憶の甘い樂しさは洗った様に無くなって仕舞って、現實のいらだたしさが重苦しく蘇って來ました。　私は無意識にためいきを一つつくと我に返ってあたりを見廻しました。

車は終点近くの坂に掛って、両側の煤けた家並が傾いたま丶後へ走って居ました。

其の日の彼女は快活でした。

何故こんな事を私が、さも重大そうに最初に書くかと言ふと、彼女はいつもそのテムペラメントの激しい変化で私を驚かしました。これは性格でなかったら境遇ですが、父親と二人切りで

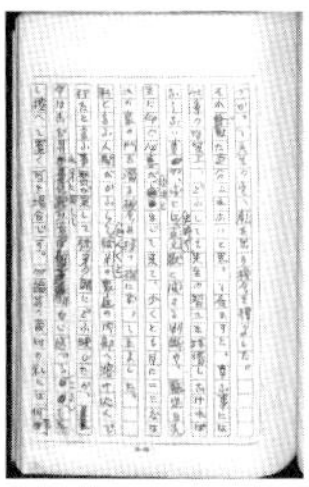

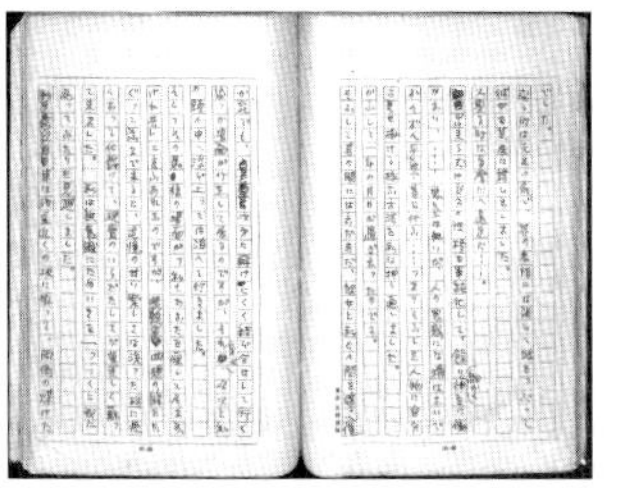
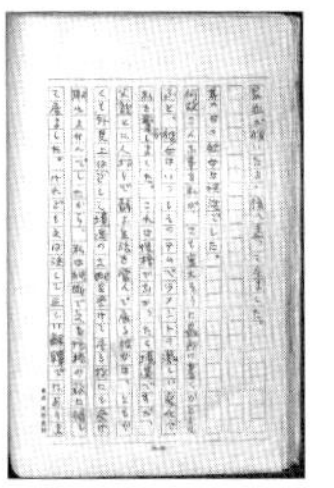

静な生活を営んで居る彼女は、ともかくも外見上は、さして境遇の支配を受けて居る様にも受け取れませんでしたから、私は独断で之を性格の故に帰して居ました。けれども之は決して正しい解釋ではありませんでした。そのわけは之の物語りの仕舞ひの方を読む事によって読者は自づと合点せられるでせう。

が併し、それは孰れにせよ、彼女の快活な顔を見ることは私にとって只譯もなく幸福でした。もっとも心のすみっこの方を探ぐれば例の「けれども」がしつこくこびりついて其所だけは暗い影が巣喰って居るのをどふすることも出來ませんでしたが──。

私は途中でもとめて來た苺を彼女に渡すと彼女はそれに乳をかけ皿に盛って風通しのいい座敷の椽側に持ち出しました。

青葉の香りに滿ちた前栽に六月の陽はもやもやと照り込んで、青い苔をつけた庭の土からは水蒸氣が立ちのぼって居ます。

未だ梅雨のあけ切らない空は薄いまわたの様な雲が座り合って、よく見ると青空と思った所も本當の冴へた色でない事に氣附きます。

影の濃いい柿の青葉が重く垂れて、その葉末は濡れた様に艶々しく光りを反射し、諸々方方に淡緑の實の一團が窺いて居ます。

柿の木から眼を移すと感じもずっと薄手な葉櫻の蔭から暗紅色の櫻ん坊が、これは亦其の形から朱塗の長柄びしやくを思はせられるほほえましい姿です。

梅の實はこれこそ横撫でにした鼻汁が袖に光って居よふと言ふ小僧も剃り立ての小僧、名前の下には必ず「珍」を付けて和尚からせはしく呼び立てられる代物です。

其の他、香ひ檜葉、泰山木、モチの木、躑躅等所狭き中に一ヶ所、花壇と言へば花壇、芍薬の時候は過ぎて鳳仙花、河原撫子、松葉牡丹の類がいささか優しい色を見せて居るのは由紀子のいたづらです。

私の好きと言へば雨さへ降らなければ一年中で先づ此の季節ですが、その雨も、もふいい加減にさっぱりとしないものかなと空を見ながら匙の背で苺を一粒づつじわりと押しつぶして居ました。

直ぐ脚の傍には無地の夏座蒲團、卵色のけんちゅうで縫ったのを敷いて、彼女が、これも話のあひ間あひ間に匙を口へ運び乍ら、折々かちりと皿に金屬の觸れる冷い音を立てて居ました。

話題は言葉の末から末を縫って、取り止めもない瓢逸と荒塘の果てを遠く走り続けて居ました。

殊に彼女は何時になくよくしやべりました。

そして自分達の話の他愛もないおかしさに刺戟されては声を立てて笑ひました。

併し間もなく、私は今日の彼女の快活さの中には、何所か並々ならぬものが藏されて居ることに、氣が附きました。

それは激しい熱病に取り憑かれた人が強ひて平静を粧ふて居る様な何とも言へぬ不安な感じでした。

そふ思って見るせいか、彼女の瞳の中には燃へ上る青い焔の様な不気味な熱情が隠され、その語の調子には渇いた様な妙に上づった音色が伴ひ、きやしやな其の手足は強い重みの壓迫に堪えて居る人の様に小刻みに痙攣して居る様にさへ思はれました。

そふして、絶え間なき饒舌や、笑ひを続ける事によって今にも溢れ出様とする、ある不安な正体の奔逸を辛ふじて堰き止め様として居る様に見へました。

「何だか、さっきから顔色が悪い様に思ふんだけど、何ともあ

六

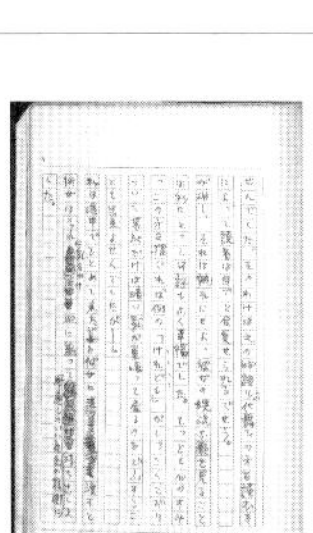

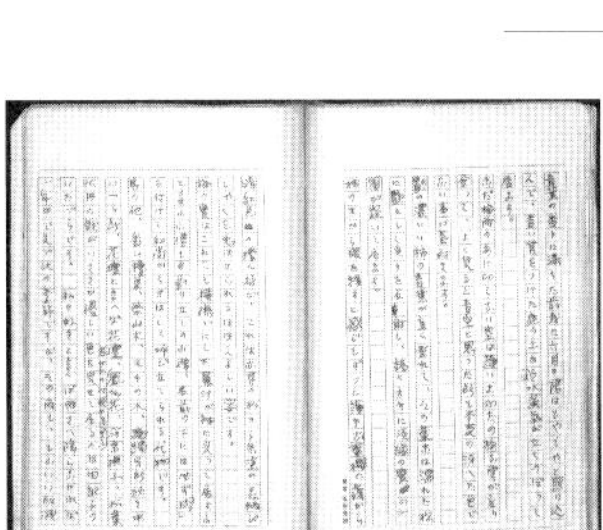

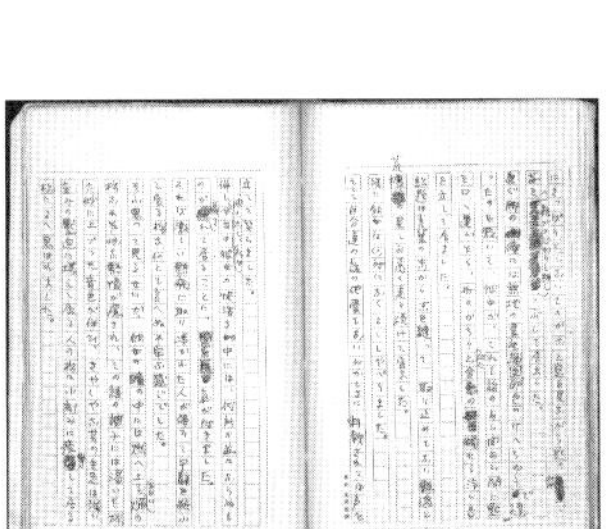

りませんか。」

「いいえ、格別何ともありませんわ、だって此所に居ると青葉の光りで誰でも青く見へるのよ、ほら、あなただって・・・。」

「そうか知らん。本當に何とも無い？　何だか僕は。」

「大丈夫ですってば。それより、何か面白いお話しを聞かせて下さらない？」

「面白い話って、　さあ、だけど　どうも氣になるなあ、此の前のことを控へた今日だし・・・。本當に君は・・」

「あたし、もう　いや。もう、もうそんな話はいや。だってあんなに御願してあるのに、むりにそんな方へ持てゐらしっちや、折角今日は・・・」

「面白くでせう。判りました。判りました。いいじやありませんか、もう止しちやったから。何です、涙なんぞためて、柿の實が笑ってますよ。」

「だって・・。」

「一体、あの柿は甘柿ですか、それとも渋柿、」

「あら、あなたまだ御存ぢないの、だって去年、御自分で召し上ってゐらっしやる癖に。」

「え、僕が、そいつあ冤罪じやないかな。」

「でも、立派な証人が居ますわ。むいて差し上げたんですもの。」

「なるほど、そふきけば、御馳走になった様な記憶がないでもないが、そうですか。あれは家の柿だったんですか。じやあ、此年は遠慮しないでうんと御馳走にならふ。早く赤くならないかなあ。」

「まあ、あなたは蟹ね。」

「はてな。人をつかまへて蟹とは・・。」

「蟹よ、猿蟹合戰の・・・。」

「ああ左様か、じやあ蟹でもいいから、柿さん、柿さん、どうか早く赤く成って御呉れな。」

「あの柿が赤くなるのを、あたし見られるか知ら。」

「冗談じやない。失禮乍ら、御幾つでゐらっしやいます。」

「存じません。ひどいわ。だって何だか本當にそんな氣がするんですもの。」

「止して下さいよ。縁起でも無い。少しは人の氣も察して貰ひ度いものだなあ。」

「察しればどふして・・。」

「どふったって。そんなことを想像しちや、僕は一日だって生きてられやしない。」

　不圖見ると彼女は妙にさしぐむで、横ねぢりにしたからだを片方の手で椽に支へて、感じのいい襟足を見せて居ます。可愛い耳たぼに明るい反射光線が當って水金色のうぶ毛が夢の様に仄かです。

苺の紅がミルクに融けた牡丹色の中へ時々ポタリと何か落ちて居ます。私は、おやと思ひました。

　籐椅子からするりと滑って彼女の肩にそっと手を置くとメリンスの單衣を透してホノカな体温が感じられました。

「どふしたんです。」稍のぞき込み乍ら低い声できいて見ました。彼女は微に身をねぢって、遊ばして居た片方の手に袂をあてがふと其の時ややそむけた顔に持って行きました。

「いえ、何でも無いの」と言ふ素振りで二三度首を振ると暫くは言葉も無く、薄肉の肩に激しく波を打たせて居ます。

「本當にどふしたんです。」

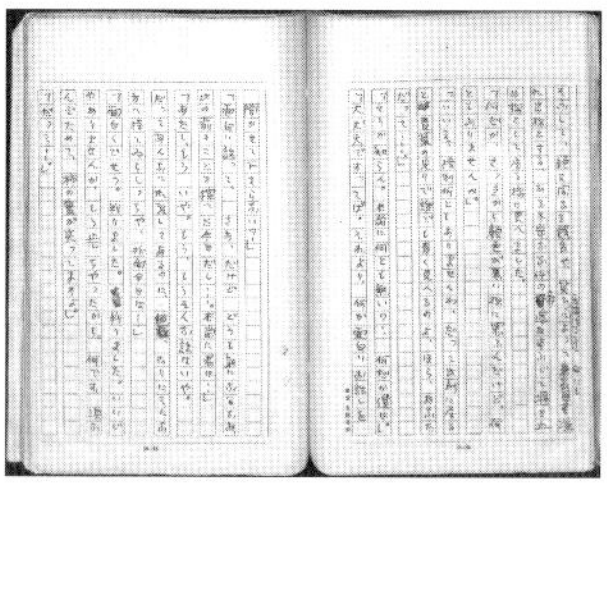

もっとも始めての事では決して無いのです。

彼女は斯ふ言った風な女でした。

どふかしたとたんに譯もなく――と其の當時の私には思へたのですが――激しい悲しみに襲はれてはよく泣きました。

扨て私は玆で物語りの叙述の筆をほんの僅の間休めて置いて諸君にきいて頂き度い事があるのですが、一体女と言ふものは愛して居ない男の前ででも「悲しみに泣き濡れる」と言ふ様な態を示すものでせうか。それとも示さないものでせうか。

諸君は此の事を奈如様に解釋されるか知りませんが、現在の私ならば次の様に断定します。

つまり女と言ふものは愛しても居ない男の前では決して「悲しみに泣き濡れ」たりなどはしないものなのです。

從って、或る女が諸君の内の誰かと差し向ひの場に於て、もしもさめざめと泣いたとしたならば、君は最早其の女の口から何事も訊く必要はありません。其の女は君のものです。

其の場合に君の爲す可き事は、出來る丈け優しくいたはり、なぐさめてやる――それ丈けです。そして、それはまた同時に女の望みでもあるのです。

これは女に對する極めて重要な定理の一つなのです。

ああ、此の定理を其の當時の私が心得て居たら。

今に成って考へると、當時の自分が女と言ふものに對して餘りにも無智であったことが沁み〴〵と悔まれます。

悲しみに泣き濡れて居た彼女に對して、私は何をしたでせうか。

「療養相叶はず」と言った調子で、此の苦手の病人に對して、徒に匙を投げ、腕を拱して茫然として居た私は正にはやらない漢法醫の態でした。


全く苦手でした。またかと言った渋面が氣持の何所かにひそんで居ました。肩に優しく手を掛けてわけを訊くのも半分は御義理、半分は苦し紛れでした。

「何でもないの・・・。本當に何でもないの。

どうかうっちやっといて下さい・・・・。

あたしが・・・・あたしが自分勝手に、いけないんですから。

どうか・・・・どうかうっちやっといて・・・・。

あなたの御存じのことじやないんですもの・・・・。」

かふ言はれると折角肩に置いた手も思はず重くなる様な感じです。

「じやあ、僕の心配なぞは餘計ものですか。」

「いえ、いえ、そふじやあなく・・・・・。もったいないんですの。

あたしなんぞは・・・・あたしなんぞは、
あなたに　しむぱいしていただけるよふな、そんな、そんな、
ねうちのある　人間ではありません、もう、もう・・・・・。」

「つまらないことは言っこなしにしませう。人間はみんな同し様につまらないものです。そして同時に誰も一様に尊いのです。

君みたいに、そんな・・・。」

「いえ、いえ、あなたは何も御存知ないのです。

何も御存知ないのです。ああ、あたし・・・・・。

どうか、どうか、もふ此の上、私をくるしめないで下さい。」

「僕はあなたを苦しめ様などとは思ひません。しかしもし・・・・・。」

「そうじやあないの。あなたが深切にして下されば、下さる程、私は苦しくなりますの。」

「そんなことが！　だけど、それじやあ困るじやありませんか、どふ言ふ譯です。」

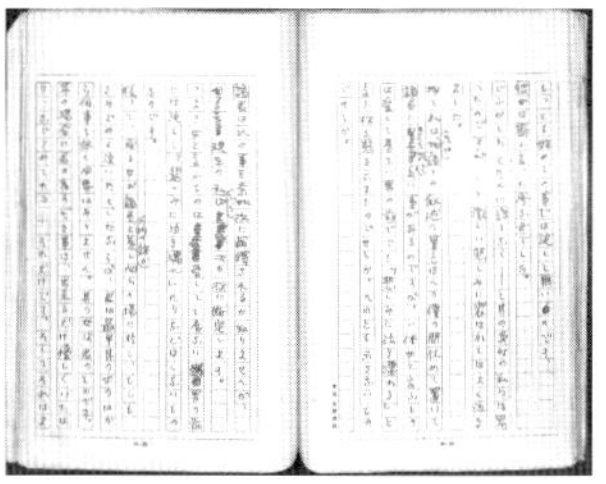
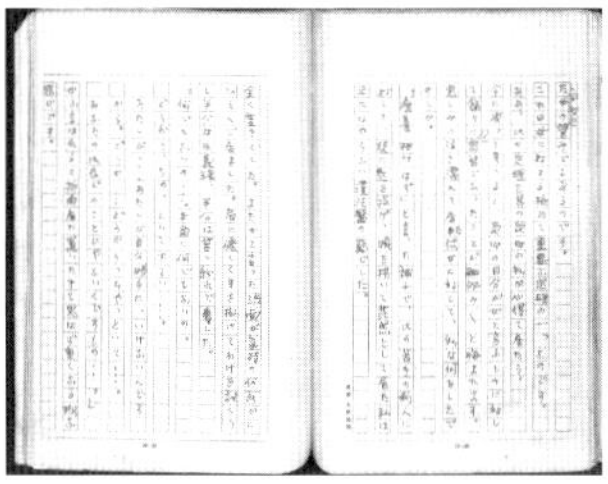
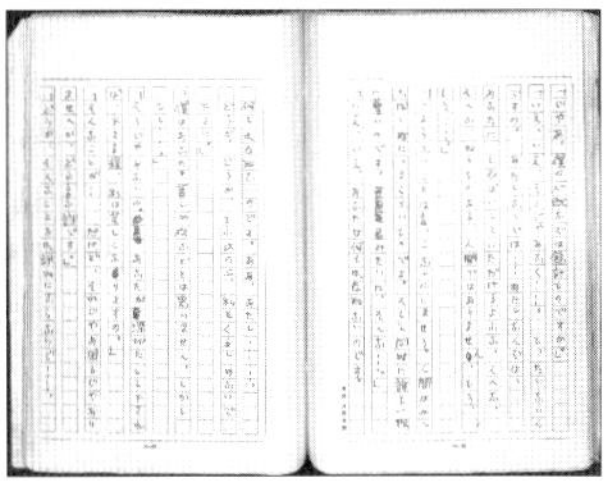

「どうか、そんなことを御訊ねにならないで・・・・。

私は死ななければなりません。

御願ですから、どうか、此のままで・・・。　此のままでいつまでも　御友達でゐて下さい。」

「いやです。そんなことが出來るものですか。何故そんな女学生の考へ相な事を仰有るんです。じやあ、あなたは僕を、本當に、あれしては居ないんですか。」

「まあ、それは、あんまりですわ。あんまりですわ。」

「それじやあ僕には仰有ることが解らない。

われわれの様な二人が何故いつまでもただの友達でゐなければならないのですか。」

「ですから、私、困るんですわ。いっそ死んで仕舞ひたいと思ひます。どうか赦して下さい。御願です、
赦して下さい。」

「何を赦すんですか。　何を赦すんですか。

そして赦さなかったらどふなるんですか。」

「ああ、赦して下らなかったら、　赦して下さらなかったら・・・・。」

斯ふ言ふと彼女は蒼白の顔に絶望的な色を浮べて充血した眼で稍暫く訴へる様に私の眼の中をじっと見入りましたが、力が盡きた様にぐたぐたと身体を崩すと、椽側の板に額を押しつける様にして激しくおえつにむせび始めました。

私の心の中では解き難い謎に対する焦燥と、彼女に対する堪い難い憐愍の情とが互に相闘ひ、私の理性は名状し難い混乱に陥って仕舞ひました。

黒いリボンを震はせて歎いて居る彼女のからだは　髪や香油や香料や魅惑的な体臭等の混淆した不可思議な甘い香ひを發散して、私の官能を陶酔に陥らせ様として居ました。

手洗鉢に近い椽側の一部には、何時這ひ上ったか、一匹のなめくぢが　知覺に困難な速力で旅行を続けて居り、ねばねばした銀色の液で例の参らせ径を書て居ました。

彼女の嘘唏は未だ続いて居ます。

私は自分の体から次才に或る力が抜けて行く様な氣がました。

そして彼女から少し離れた或る位置へ端然と自分の身を保ち、持ち應へて居た其の力が或る瞬間にすっかり抜け落ちて仕舞ふのを感じました。

其の次の瞬間には私の腕は彼女の上半身の重みを感じて居ました。

「どうか赦して下さい。」　を彼女はおえつの間に杜ぎれとぎれに繰り返へして居ました。

「赦します。赦します。だから、もう泣かないで下さい。君に泣かれるのはどんなに辛いか・・・・。」

「いつまでも、御友達で居て下さいます　?」

「居ます、居ます、少くとも、君の考へが変るのを俟ちます。だから、もふ今日は、泣かないで、快活な顔を見せて下さい。」

「え、もう、やめますわ。」　そふ言って、しやくり上げ乍ら彼女は涙にぬれた眼で淋しく笑って見せました。

そして不圖氣が附いた面持ちで身を堅くすると、ちぢこまり乍ら、私の腕を脱けました。

其の眉の間には何か怖しい物を見た時の様な恐れの色が漂ふて居ました。が、それに構はず手を執って引き戻してやりました。

彼女は尚も「いけません」と言ふ身のこなしでかぶりを振るの

です。

暫く私達の間には綾取りの様な暗闘が続きました。

語は有りませんでした。何か言へば　それっ切りに成って仕舞ふ朝の夢を醒まさないで、取り止めて置かうとするあの氣持ちで執固く黙ったままでした。

つと放した手を殊勝氣にも其儘膝に置くと私は自然と落した眼に自分の胸が大きい波を打って居るのを見ました。

彼女の頑固さが少し腹立たしくも有りました。

淋しさと口惜しさが一緒に成って涙の凝固した様なものが胸元にまで押し上って來たのを、じっとこらへると、狭くなった喉の間から杜断れ相なためいきが不覺に洩れて出ました。

其の時、うつむいた私の眉の向ふで彼女の輪廓がゆらゆらと動いたと思ふと、顔を挙げる間も無く、もふ其の身体はしどけなく私の膝に崩れ落ちて居ました。

其のまま、しばらくは声が洩れ様とするのを辛ふじて押しこたへ乍らはげしく咽《むせ》び続けました。

その一しきりの後、涙のひまひまに、とぎれ勝ちな言葉で次の様なことを呟いて居ました。

「あたしの方がつらいのよ・・・。　ずっと、ずっと。
ああ、わたし・・・。　ほんとうは　もったいないんです。
そして、そして、もったいなくをもへばなほさら、
あなたから、にげださなくてはならないのですわ・・・・。
それに・・。それに、ああ、もふあたしはだめよ。
力がありませんわ、それに・・・・。」

私はどふすればいいのでせう。

彼女が何事か深く思ひ悩んで居ることは、最早疑ふべくもありません。

そして、それに深く探りを入れることは其の口吻から推すに彼女にとっては傷口をいじくられる様に堪へ難いことなのです。

彼女と同じ苦しみを分け合い度い私の切なる希望にも係らず、私は只漠然と、その何物とも正体の知れない　不可思議なるものと睨み合ったままで空しく手を束ねて居るより他ありません。

が、その正体がいかなるものにもせよ。

もだへ悲しんで居る彼女の姿は、底知れぬ愛著の淵深くへと、尚更私を引ずり込んで行きました。

そして、彼女の悲しみと、涙多い此場の状景とは或るゆるやな而も脱れ難い力を以て私を押し包み、その咏嘆的な空氣の中へ私の身も心も溶し込んで仕舞はずには置きません。そして私は此の堪へ難いいぢらしさの情をそっくりその儘彼女に傳へる方法を尋ねあぐんでゐたのです。が既に昂った感情に支配されて仕舞った私は、よしそんな方法が何所かに在ったとしても、もふそれを尋ね出す餘裕を持って居ませんでした。

私は身体中の血がことごとく頭へ上って仕舞った様に感じました。そして不思ギな悪寒に似た感じに包まれた躯幹は脳中（スウ）の支配を離れてがたがたと戦へて居ました。

矢庭に彼女の上半身を自分の膝から拾ひ上げると、押しつぶそふとする様な激しい抱擁の中に、私は彼女の自由を奪ひ取って仕舞ひました。

彼女は力が抜けた様に、首をがくりとさせると、涙にぬれた眼を私の肩に押しあてました。

一つに成った胸のあたりではどちらとも区別のつかない心臓の鼓動が入り混って急しく打ち続けて居ます。

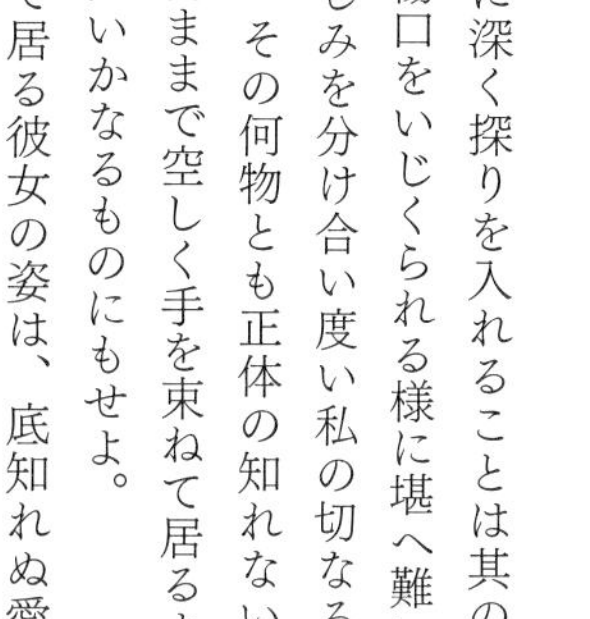

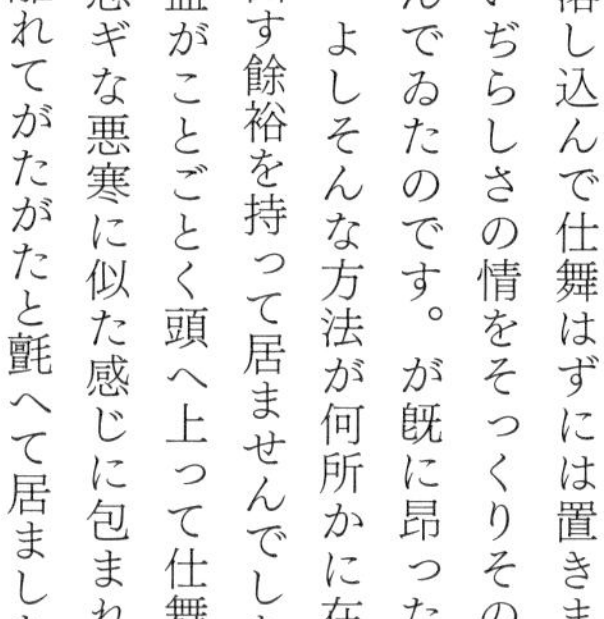

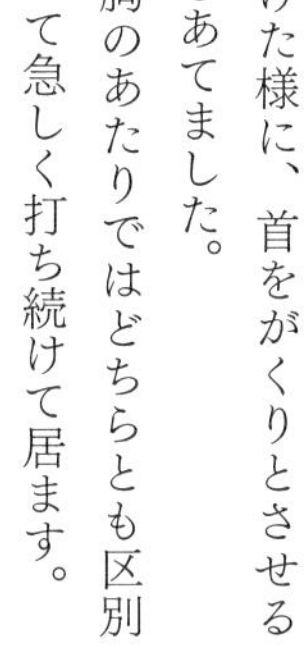

その音は一々脳に響き返へして來て、何か非常に大きな物音の様に感じられます。

黒く房々とした香はしい彼女の髪の中へ顔を押し込んだまま、私は暫く何も考へずに、眼をつぶって心臓の鼓動を聞いて居ました。


　其の日から私はまた一層沈欝に成った自分を見出さねばなりませんでした。

問題は解き難い謎に在るのです。

勿論之の謎を明にすることは左迄困難な事とは考へられませんでした。併し、それをするには是非とも彼女を苦しめなければなりません。のみならず、一方、私はまた此の謎を知る事に対して、彼女が恐れて居る以上に、自分も亦底知れぬ不安を抱いて居ることを感じて居ました。

そふしたいろいろの憶病から、暫くの間私は此の問題に觸れる事を一日延しに延して居ました。

もっとも二人切りで思ふ存分に話し合ふ機会も、そふ度々は有りませんでした。例へば此の前の様に先生が釣に出掛けた留守と言ふ様なうまい機会は滅多には有りません。

で、我々の間にも特別に記さなければならない様な場面の展開もなしに季節は眞夏を迎へました。

其の夏を彼女は父と二人で房州の△△に過しました。

丁度幸なことには△△と言ふ所には私の同郷の友人で早川と言ふ書家が住んで居るのです。

で私は彼等が△△へ行くと言ふ計畫を聞いた時、其の友人の名を挙げて、是非一度泳ぎに行くからと言ふことを前々申し出て置きました。

先生はそれを聞くと苦笑し乍ら
「どうも執念深いなあ。房州くんだりまで追駆けて來るんじゃあ。」と冗談半分に言ひました。

「だが一体、君は泳げるのかい。土瓶は房州じゃあ、はばが利かないよ。」

「所が、先生、そいつが大なる御めがね違ひですよ。是でも小さい時には河童と言ふ渾名を。」

「どうだかね。由紀子はあれで少々やるんだよ。学校のプールか何かで多少手ほどき位なことは有ったらしいから。」

「そう仰有る先生は一体どふなんです。」

「僕か。はははは、痛いね、いささか。」

とんねるの多い線で、△△についた時は鼻をかむと煤が混って出ました。

改札口を出ると早川が眞黒な顔をして迎ひに來て居ました。彼と久濶を交し乍ら不圖見ると、少し離れた所に白い絹傘をさした由紀子が、友達の手前一寸遠慮したと言ふ恰好でこちらを見て居ます。

私は簡單に二人を紹介すると、三人で連れ立って駅を出ました。

夏の日は停車場の前の廣い砂利道にギラ〳〵と痛い様に照りつけて、彼女のさした絹傘がまともに見られない位まぶしく光って居ました。

何所か濕気をふくんだ潮風が轟々と松林を脱けて來て、其所此所に店に張った氷屋の旗を荒々しくひっぱたいて居ました。

停車場から少し離れると急に人通りが少く成って、何もないせ

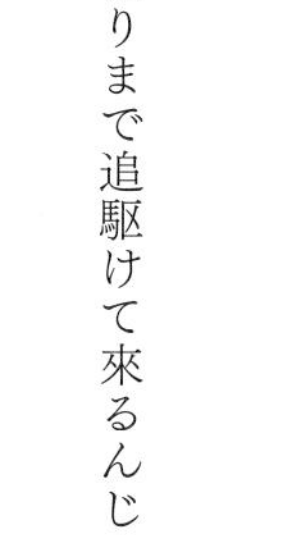

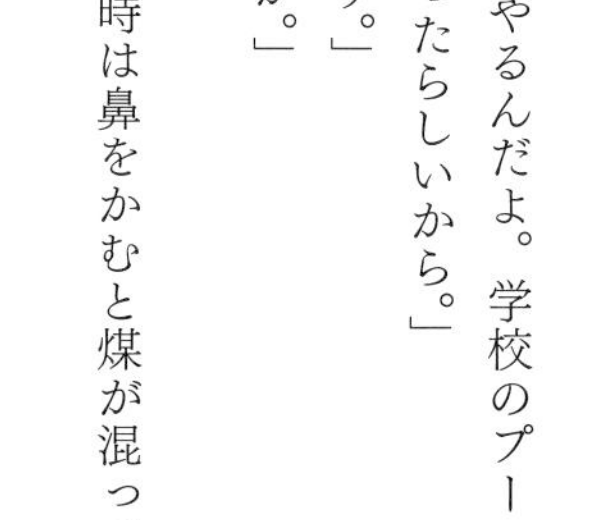

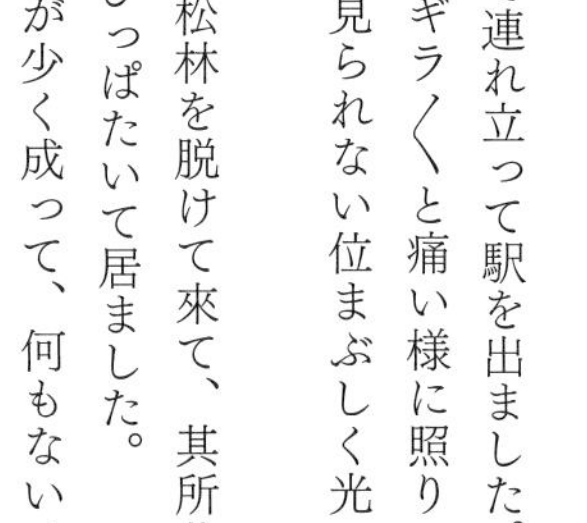

いか馬鹿に廣く見へる田舎の町筋の両側には、昔から眠り続けて居る様な古びた軒並が続いて居ました。

その中にどふかすると呉服屋等がたまに有って、赤いきれ等を店先にぶら下げて居るのが何となく物詫しく感じられます。

そふした朽ち傾いた家続きの中に所々大きな屋敷風の家が有って、水々しい植込みの奥から高楼がへいげいして居るのですが、門口を通り乍ら見るとペンキ塗りの看板を掲げて、海水御旅館何何等と書いて有ります。

私はとある雑貨店に立寄ると其處の店先に山の様に積み上げられ居たつば廣の巠木の海水帽を一つ求めました。

「あの、さきに私のうちへゐらっしゃいます？」

　とある角で彼女がかふ言って訊きました。

「え、そうします。君いいだらふ。」と振り返った私に早川が合奌をするのを見ると彼女は其の角を曲りました。

先生の借りて居る家は此の町の謂はば郊外で、前の空地には背の高い夏艸がぼうぼうと生へて居ました。

避暑客を宛て込んだ中古るの平家で、何の風情もない前の庭には型許りの竹桓が荒く結はれ、其れに沿ふて檜の苗がよたよたと並んで植って居ました。

開け放たれた障子の中には、團扇を使ひ乍ら、粗末な机により掛って、何か読んで居る裕衣掛けの先生の姿が、つい手前の家角を曲ると直ぐに見へました。

私達の話聲が門に近づくと先生は、眼鏡を外し乍ら椽側へ立って來ました。

　私は其の儘椽側へ廻ると、バスケットを開けて二品許りの土産物を取り出しました。


「私は、直ぐ是から一たん友達の家へ行きます。

また後程出直して來ます。此の包は罐詰です。こちらは由紀子さんに！！不二屋のチヨコレートです。」

「何時も御心配を掛けてすまないなあ。暑かっただらふ。

その友人の方も一緒に少し休んで、風を入れて行たらいいだらふ。そふし玉へ。」

と言ふのを辞退して、其の足で早川の家へ同道しました。

「少し見ないうちに腕前を上げたね。」

彼女の家が見へなく成ると早川はそんなことを言ひました。

「何だい、そりやあ。」

「とぼけるなよ。シヤンじやあないか。とても素晴しいよ。

今日は洋食は確だな、こりやあ。」

「早々からやくなよ。男らしくもない。まあ落ちついてから話すがね。」

「さんざん見せつけられた上にのろけられちゃあ・・・・。こりや洋食丈けではすまされないや。ビール付きだ。」

「そりやあ、次才によっちや、ビールでも何でも付けるがね、話を聞いて落膽するな。」

早川の住ひまで我々の足で十五分とは掛らなかった様に覺へて居ます。

彼はやはり此の町続きのとある百姓やとも何ともつかない家のはなれの一間を借りて居ました。

其の裏は稲田に成って、青々とした其面を風が絶えず吹いて居ました。

早川は自分の家の椽側まで來ると、いきなり着て居たブルーズを脱いで、猿股一つに成ったかと思ふと、そのブルーズで其所

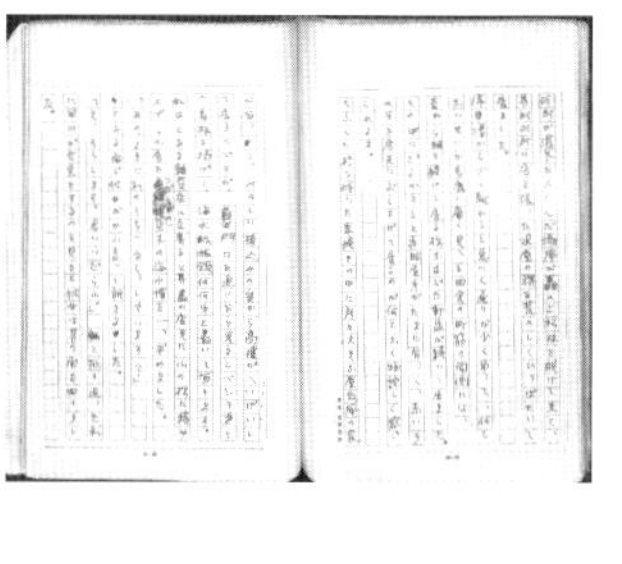
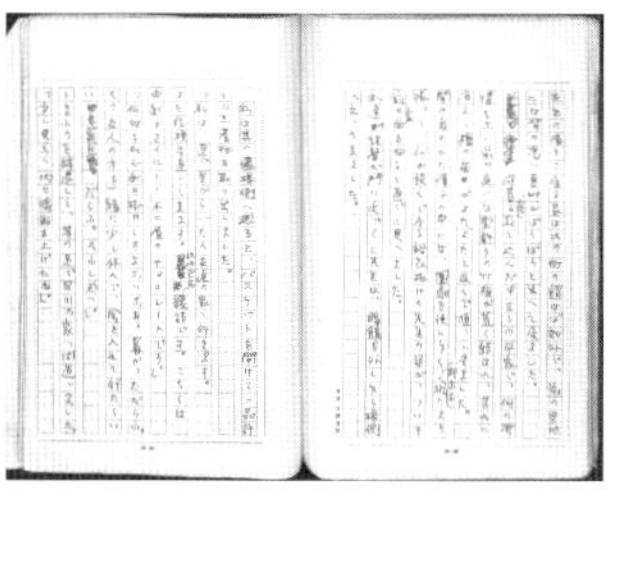
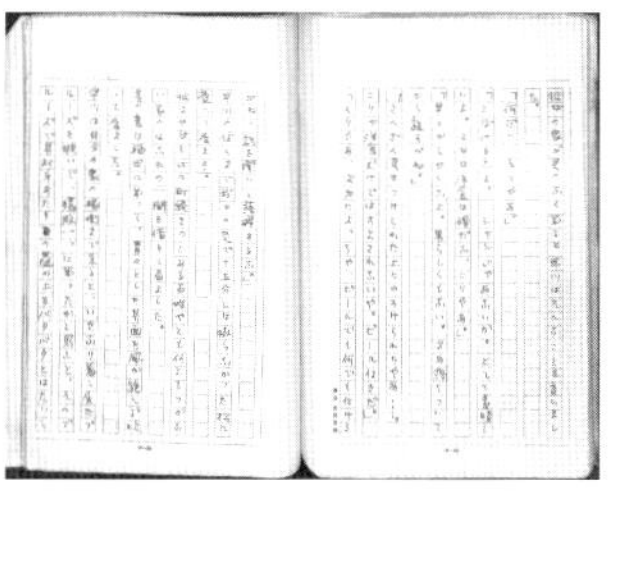

等あたりの畳の上をバタバタとはたいて

「さあ上り給へ」と言ひました。

掃除などはもふ絶えて久しくしないと見へて、其の部屋の汚い事は御話に成らない位でした。

諸君の中にもし繪描きを友人に持って居られる方が有ったとしたら、其の人は私の説明を俟つ迄も無く、容易に此の部屋の汚さが想像されるに相違ないのですが、どうも私の知って居る範囲では絵描きと言ふ人種は沓にも稀なる無精者が揃って居る様にしか考へられません。

筆や、筆洗や夥しい繪具皿や、絹を張った枠の堆積や、ほこりにまみれた寫生道工、カンバス、乱雑に巻かれた日本紙や西洋紙の山、さては食ひ餘しの這入った器や皿、其他土瓶から湯呑みに到るまで、蹈み込む場所もない程に申し分なく取り散らかされてある其の部屋を眺めて私は暫らく茫然として居ました。

で、かふしてとも角も早川の家に落ちついた私は、それから再び先生の家を訪ねたり、浜に出て此年の最初の潮に浸ったりして居る内、あはただしく夕方を迎へました。

夕飯時に成ると、無精な筈の早川が生れ変った様にまめまめしく働いて夕飯の支度を始めました。

此所に於て私は繪描きも食ふ事に於ては必しも無精でないと言ふ事實を發見した譯ですが、併し是は早川にして見れば、珍客を歡待する意味から、特別に自分の無精を犠牲にしたのかも判りません。

時々台所を窺き乍ら手傳ひたがる私を邪魔者扱ひにして彼は一人でせっせと何か造って居ました。

其の夜夕飯がすむと直ぐ我々は蚊帳の中に這入りました。雨戸を締めない宵の中の事ですから稲田を渡って來た涼しい風が時々蚊帳を吹き返へして居ました。

おうむけにねそべって話しを交へ乍ら蚊帳越しに見るともなく見て居ると庭の楠の大木の枝にはさまつて星がキラキラと輝いて居ました。

海岸の松に風が渡って遠く地鳴りの様な音を立てて居るのを聞くと流石に海邊の感じが身に迫って來ました。

「だが、君も案外馬鹿だよ。」

一通り私の報告がすむと彼は突然左様言ひました。

「何故。」

「そうじゃあないか。其所まで行たら、もふ何時まで娘を口説いて居ないで、何故おやじに直接ぶつからないんだ。」

「うむ。」

「そりゃ、あの娘にどふ言ふ祕密が潛んで居るか知らないが、君も其所まで思ひ込んで居るものなら、たとへ其の祕密が、どの様な種類のもので有らふとも、其の正体を見た場合にだね。後へ退かない丈けの決心は無論有るだらふ。また、それが當然だ。」

「うむ。」

「それならば、何も無理にあの娘の口から夫れを訊かなくても、つまり、驚かない覺悟が有ればだね、どうだい貰っちやったら。」

「うむ。」

「何だか、さっきにから煮え切らない返事許りしてるなあ。何なら俺が談判に行てやらふか。」

「まづ、そいつは、一寸見合せて呉れ。其の姿で出て來られち

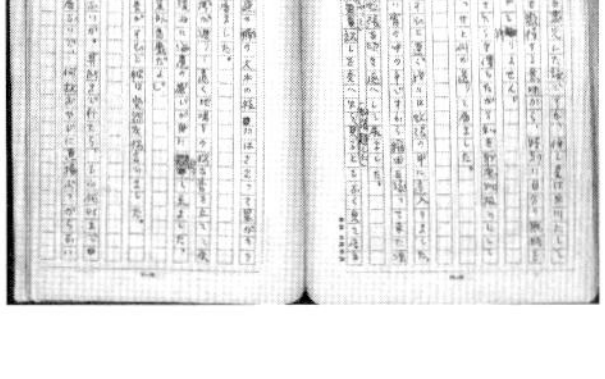

やあ、ぶち壊しだ。」

「蓄生。」

「それは冗談だが、心配しなくても談判は俺、自分でするよ。」

「うむ、やれ。早速やって見ろ。此所に居る内に片附けちやえよ。」

「そふ急なことを言ったって・・・。とにかく早いかをそいか、やるよ。」

「よし、それで先づ大体片が付いた。いよいよこれは・・・。おい、こいつはビール付きの價値は裕に有るぜ。」

△△に於ける数日は瞬く間に過ぎ去りました。早川を加へた我々の三人はよく遊び、よくしやべり、よく泳ぎました。
その間に於ける私と由紀子は、よそめには、ともかくも、幸福な一対と見られたに相違ありません。

夢の様に休暇の日数を使ひ果して、此夜東京へ帰ると言ふ日、午後の数時間を私は先生の家で過しました。

何時になく、其の日の空は影の濃い雲に満ちて、氣味悪い熱風が所定めず、やけに吹き捲くって居ました。

何となく、嵐の來相な豫感を抱かせられる様な、不吉な影が空氣中に漂ふて居ました。

彼女は何か買物に出掛けて部屋には私と先生が二人切りで向ひ合って居ました。

私はいよいよ、以前から考へて居た事を切り出さふと決心して、その緒口を見出さふと腐心して居るのです。

話題は先刻から山に關したこと柄の中を往來して、ちっとも外に出ません。いくら俟っても、うまいきっかけが見付り相にも有りません。其の内不圖話の杜断れた隙間を見出すと私はいよいよ今だと心の中で叫びました。そして思ひ切ってばさりと幕を切り落しました。

六

「先生、御願が有るんです。」

「うむ。」

此の時先生は夏草の向ふに聳へて居る町外れの山の方を漠然と眺めて居ました。そして私が自分に取っては頗る重大な問題を切り出した心算のこの最初の語を、さあらぬ態で山を眺め乍ら受けました。

「先生。由紀子さんを私に下さいませんか。」

先生の表情には何の動きも有りませんでした。

相変らず、じつと山の方角に眼をつけた儘の姿勢で、私の語が耳に這入ったのか、這入らなかったのか、

「あ、君、あの山の頂きに人が動いてるよ、ほら、あの松の一寸とぎれた右の方に。」

何と言ふことだと私は思ひました。此の場合、あの山の頂きに人が居よふが居まいが、そんなことに、どれ丈けの意味があるのだ。併し、私は仕方なく先生の視線に合はせて山の方を一寸見ました。併し、人影等は眼に這入りませんでした。

「其の問題について、君は直接由紀子の相談したことがあるだらふ。」

もう一度同し事を私が繰り返へそふと思って危く口を開き掛けた所を不意に先生が逆襲して來ました。

「そ、それは有ります。」

「で、由紀子はどふ言ふ返事をした?」

「由紀子さんは私を愛しておいでに成る想です。が其の後へつけ加へて、けれどもと仰有るのです。」

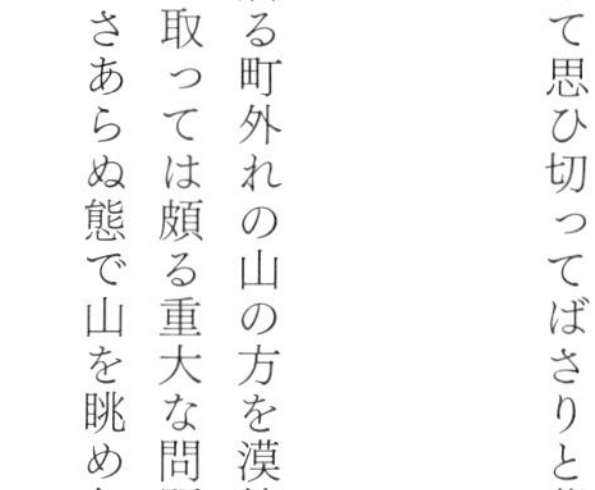
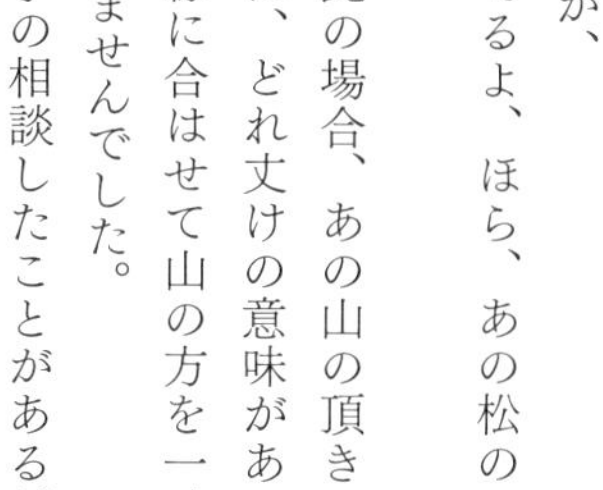
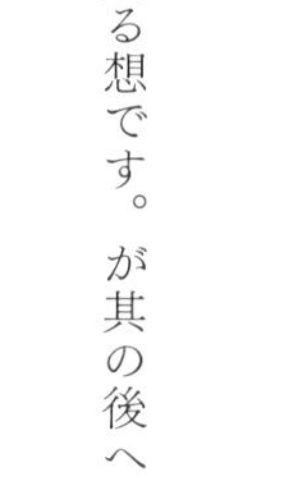

「けれども。　けれどもどふしたと言ふんです。」

「それが判らないんです。私の考へでは、何か或ることを非常に重大な祕密だと思ひ込んでゐらっしやるらしいのです。」

「ふむ、で、もし、祕密があるとすれば君はそれを奈如言ふ種類のことだと思ひますか。」

「てんで判りません。」

「もしも其の祕密が暴露した場合に君は、あれを赦せると思ひますか。」

「思ひます。」

「本當に思ひますか。譬へ人間として赦せない様な場合でも、君は赦せますか。」

「必ず赦します。」

「ふむ。」

「先生はそれを御存知なのじや、ありませんか・・・・。」

「いや、知らない。・・・・或ヒは知って居るかも判らない。けれども僕の口からは何も言へない。」

「先生は由紀子さんを私に下すってもいいと御考へになりますか。」

「それも今は何とも言へない。もう少し俟って呉れ給へ。何時も言ふ通り吾の中の事は仲々簡單に行かない。

面倒なものです。今直ぐ返事を求められることは困る。」

「いや事實としてでなくです。單に御考へ丈けを承り度いのです。私を不適當だと御認めになりますか、それとも・・・。」

「いや。相手の問題ではないのだ。それでは、是丈けの事を言って置かう。つまり、もしも由紀子が誰かと結婚する氣になれば、私は一切あれの意志に任せる。」


由紀子が私以外の者と結婚し様筈は有りません。此の意味に於て私は非常に有利な言質を得た譯なのですが、つまり問題は依前として未解決の儘です。

其の日由紀子も、早川も私を停車場まで送って來ました。避暑客もふ盛に帰りかける頃で、停車場は混雑して居ました。上りの汽車が來る頃に成ると早川は氣を利かして先きへ帰って仕舞ひました。

彼女は恐しくに口数が少くなって、私が何を言っても微な声で短い受け応へをするに止って居ました。

其の内汽車が來ましたので私は忘れ物をした様な、物足りない氣持ちであはただしくそれに乗りました。

私が汽車に乗ると彼女は一たん停車場の屋根を出て、出口の方へ廻ると、其所の黒い柵の所に立って私の方をみて居ました。

汽車が動き出したとたんに私が一寸會釋をすると、彼女はそれに答へて頭を下げましたが、稍暫く其の儘じっとうつむいて居ました。

汽車は盛に黒い煙を吐き出し乍ら、容赦なく二人の間の距離を益して行きます。

避暑客の大部分を占めた、少年や學生達は、賑に打ち興じ乍ら汽車の窻から帽子やタオルを打ち振って彼等の見送人達と別れて行きました。

向ふでも、それに應じて、愉快相に帽子等を振って居るのが白くチラ〱と見えました。

彼女の姿はそれ等の賑ふ、罪のない光景の中に、只一人しょんぼりと淋しく見へました。

そふして、何時までも見失ふまいとする私の努力にも関らず、

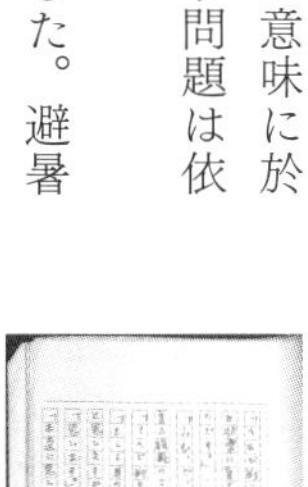
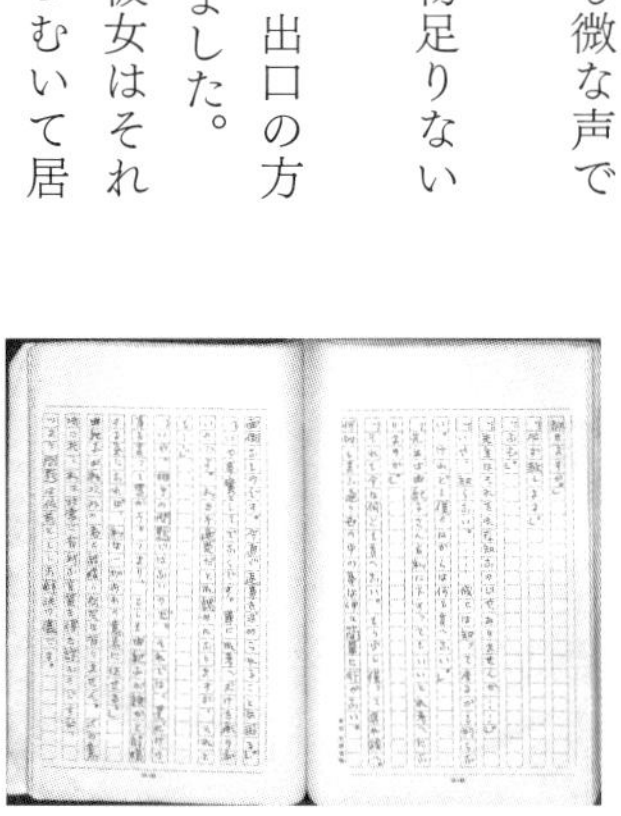
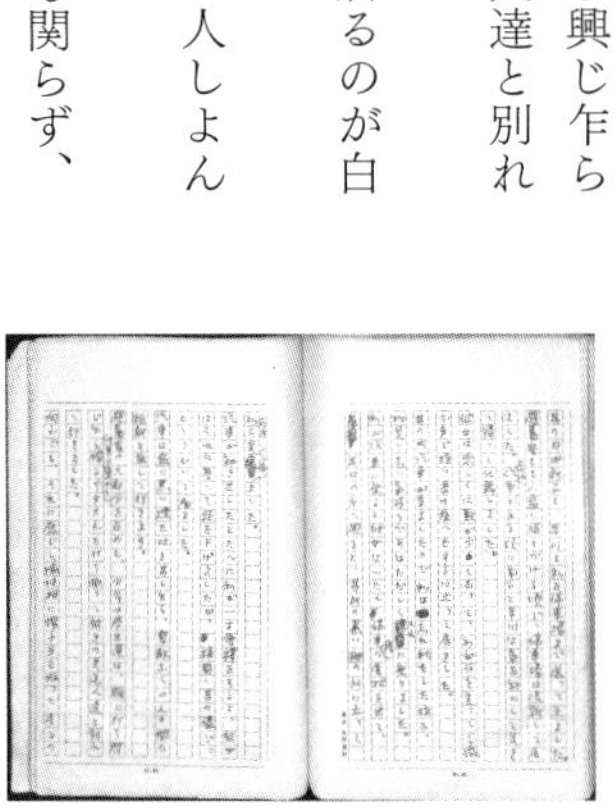

彼女の顔の輪廓は柵の傍で風にゆられて居た早咲きのコスモスの群に紛れて何時しか見へなく成って居ました。


それから一ヶ月以上圣ちました。

それにも関らず彼等は避暑地から引上げて來ない許りでなく、私の度々の通信に対して何の返事も有りませんでした。

私はだんだん氣が氣で無くなりました。

仕事も手に就かず、毎日いらいらした不愉快な時間を過して居ました。

到々辛抱し切れず成って、兎も角もふ一度△△へ行って見様と決心しました。そうして明日の朝一番でと心に定めて、早くから床に着いた晩の事でした。

下宿の女中が、私の部屋の障子を開けると
「まあ、驚いた、今からおやすみ?」と言ひ乍ら一つの郵便物を枕元に置いて立去りました。

それは小包郵便でした。差出人の名前はありません。床から半身を乗り出して机の上からナイフを探り取ると、私はバラバラと包みの絲を切り放ちました。中からは新聞紙にくるまれた、一束の原稿紙が現れました。

その分厚い原稿紙の束の最初の紙に
　遺書。　　左貫勇三、
として有るのが眼に觸れると、私は激しく脳天を殴られて氣が遠く成った人の様に暫く我を忘れて仕舞ひました。そしてそれと同時に頭の奥の方で會体の知れない「ジ――――ン」と言ふ音が始まりました。しばらくうつろな眼にその文字を眺て居るうち、私の耳の傍で「落ち着け、落ち着け、」と唖いて居る聲が聞へ始めました。

やっと我に返った私は床の上に座り込んだまま、其の全文を読みに掛りました。

此の後にその遺書の全文を掲げますが、是を読んで仕舞った後の私がどふなったかと言ふことは諸君の御想像に任せます。が、ともかくも未だ私は生きて丈けは居ます。

しかし、生きて居ると言っても、それは名許りです。

こんな生き方に生きて居ることの價値を認める事が出來るかどうふか、それは私にも判りません、或ヒは死ぬるのが本當かも判りません。いや殊によると私はもふ死んで居るのかも知りません。が、それはそれとして、私は一刻も早く此の全文を諸君の御眼に掛けなければなりません。（以下次号、

　　一篇私の物語　終
　　次号ハ二篇、遺書の内容、）

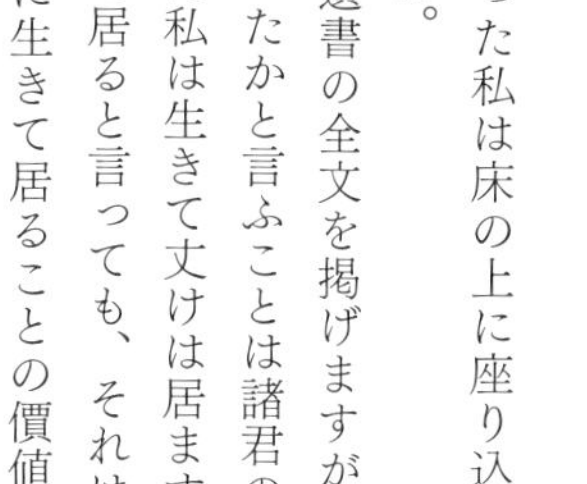

神仙道俗　無明

　支那画が南北にわ可れ多のを何時頃のことかしりませんが南北両派が各その特質を明かにしてゐるのを見るのは仲々面白く思はれます。しかし私は支那の南北画について本當に系統的に知らないのでして自信のあることは言へませんが左に少しこの南北両派について及び其他これに連関して西洋のものなどに対する管見をのべて見ます。支那の方はまだはつきりした事が言へないので他日の研究にまつとして支那の南北画の流をうけた大雅堂と雪舟の作について主に考へます。しかし彼等は南北両派の正風を代表する画家ではないかもしれない。傳によると雪舟は牧溪の影響をうけたといふことだし大雅堂にしても決すも南画の天地にのみ終始してゐたわけではないやうであるけれどもしかしそれはこの文では大したことではない。雪舟は何といつても北画の大道を堂々と歩いてゐるし大雅堂は何といつても南画の世界を悠々潤歩してゐる。で此の両者の心境を比較して見るといふことはとりも直さず南北画の本質の比較に近いものが得られはせぬかと思ふので。しかし寫眞を出して具体的に説明するといふことは出來ぬからここには只自分の感想をのべるに止まるですが大雅堂の描かうとした心境は言葉でいふと潤とか朴とか閑とかいふ言葉が当てはまるやうな氣がします。老《ロウ》子の「無為自然」の境一言につづめると道教の「道」の世界とでも言ふべきこれらは南画の持ち味であつて牧溪でも日本現代の鐵齋でも皆この世界の住人であるやうな氣がします。

　蕪村はどうかといふと朴が一番勝つてゐるが他に飄逸といふやうな気持がある。峯に松が一本あつたりするのも瓢の世界である。それが一歩墮落すると俳画の筆先のマンネリズムとなります。

　次に雪舟を見ます。

　雪舟においては「禪《ゼン》」或は「仙」といふ気持が最も多分である。これは一種崇高明哲な気韻でこの気持ちは南画の境地などよりはづつと超絶的で高尚なものである。もつと説明的の言葉でいふと清淨とか清閑とか明徹とか高遠とか靈嚴とかいふ言葉が当てはまるやうであるがとれもあてはまりません。それらを一つに團子となしヤツと空中はるかに投上げて一ぺんまはつて首尾よく受けとめたものが一寸これに似てゐるが之を手にとつてつらつら吟味して見るのにシンと澄み切つてゐること驚く計りで寒気がしてくる。人間味や人情味などいふものからまるで超脱してゐるやうに見えます。

　雪舟の或る繪を見ますと疊々と重なる堅い岩石がしつかりした線で画面の上へ〳〵或は奥へ重なりそびえてゐるのがか丶れてあつてはるか下に江があり漁舟が見える。或はそれらの山に白雪が峨々とつもつて凍つて満目蕭條江も凍り澄んでゐるあたりに古びた橋があつて一人の隱者がトボ〳〵と庵をさして帰つて行く。あのシンとした世界は何といふ崇高な世界だらう。それは全く「仙」といふ言葉で形容するより外言葉がない高邁な心境で人一度その靈氣に触る丶や俗的のあらゆるものははるかにひくくいとはしくかんぜられてきます。

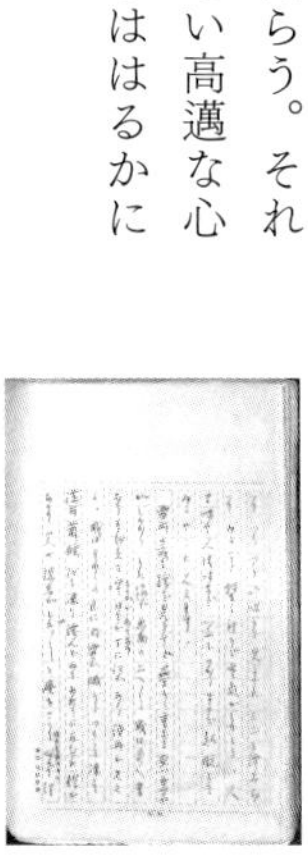
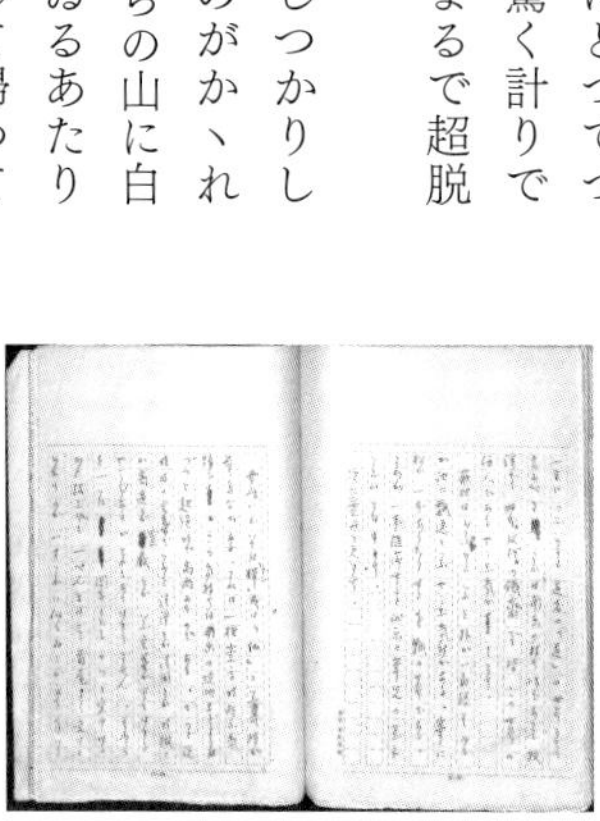
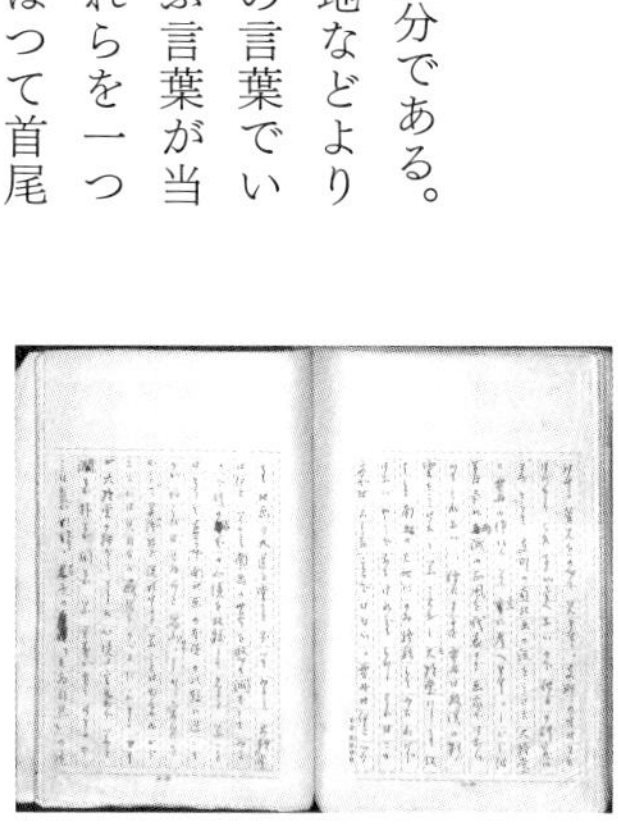
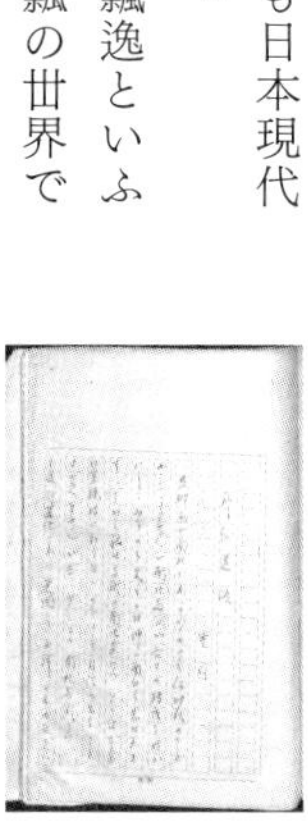

たとへばここに浮世絵を持つてきて之と比較しませう。浮世絵の求むる美は賎や稚拙から始まつて華、麗、艶、粋といろ〱あるだらうけれどもとれも我々の精神をぐつと高く高めるといふやうなものではない。もとより岸田氏等があの難澁な名文で以ていやといふほと教へてくれたところのびろう美などにいたつては全く救はれぬ氣がする。稚拙等といふものも要するに稚にして拙なるものであつて精神的に高貴なものではない。あんなものしかわからぬのは全く情ない話であんな先生は飴でもねぶらして置くより外仕方がありません。

　さて西洋の画家でこの北画の「仙」といふ氣持ちに最も近いものを持つてゐる画家があるかといふとドイツのデューラーがゐる。

　尤もデューラーは人間味も多分にはいつてゐて決して北画の画家の様に仙化し切つてもゐないやうですけれとも仙骨を帯びてゐることにおいて他の画家よりただしいものがある。兎に角あのエクセントリツクな世界には引つけられます。私はある時代に非常にデューラーがすきでした。今でもあの「メランコリー」や其他版画の肖像などを見るときは画家の深い生活にかんしんします。それからボチチエリーの清浄美も仲々仙氣のあるもので甘いなど丶いつて了ふことはできぬ。あの水を打つた様なシンとした清朗な世界は是又高貴の人格でなければ到りがたい。このボチチエリーも私は深くかんしんした画家でした。かれらの美については改めて嘆賞の文をかきます。

　十九世紀ではセガンチニーのアルプス畫がかなり仙氣を帯びてゐるやうに思はれます。

　西洋では一体レオナルドデユーラー等は例外として眞の風景が注意されはじめたのは近代のことらしいですがこれに比べると風景の眞の姿といふものの描寫は東洋の方がことに支那が最も早く發達したらしい。しかし仙的な境地を描くにはあながち風景に限つたことではないやうで個性の要求する處であるからセザンヌの様な人はセガンチニーのやうにアルプスに住み高地の峻烈清澄な空氣を呼吸してゐなくてもつまらぬ靜物をかいてあのやうに仙氣のある画をかきます。私がセザンヌが本当にわかり出したやうな氣がして好きになり出したのは近頃のことですがセザンヌの前身であるところのエルグレコのあの崇高美といふものは早くから私を動かすところでした。私は考へます。あのセザンヌのやうな高邁な境地も我々の生命の深い奥にかくされてゐるのだがあまり高尚であるためめつたにかんせられないのでセザンヌのやうな天才がでてきて見せてくれるとはじめてそれに目が開くのです。藝術の有難さを思ひます。

　陰氣な草土社の影響をうけてゐた頃にはセザンヌの清朗な美なとは少しもわかりませんでした。あの草土社頃の気持で死んたりしたら救はれなかつたらうと思ひます。笑ひごとしやない。危い哉!

　さてここに私の「仙」なる気持ちに對する憧憬のけいれきをのべさせて頂きます。

　私達はあの四國アルプスを毎日眺めて生長した人間ですから多少にかゝはらず誰でもあれから感化をうけてゐられるだらうと思はれます。私も小さいときから淋し以自然の草や木の中に慰安を求むることを知つたときに遠く雪をいただいたまさをの峯の雲に隠見するのを眺めてしば〱山巓の仙境といふものを空想したものでしたがこのやうなあこがれは中学生のローマン

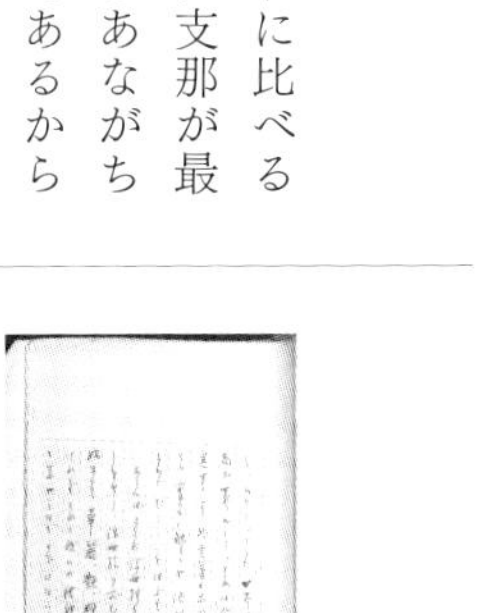
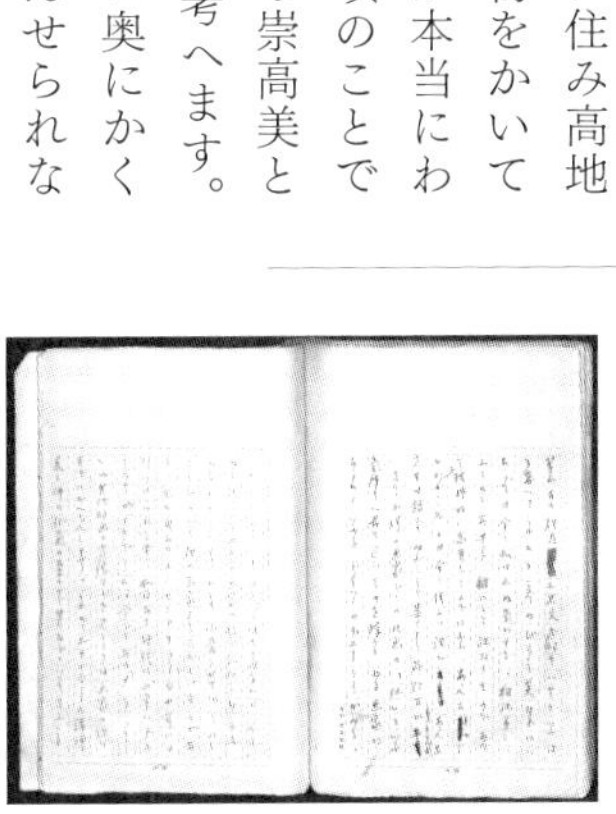
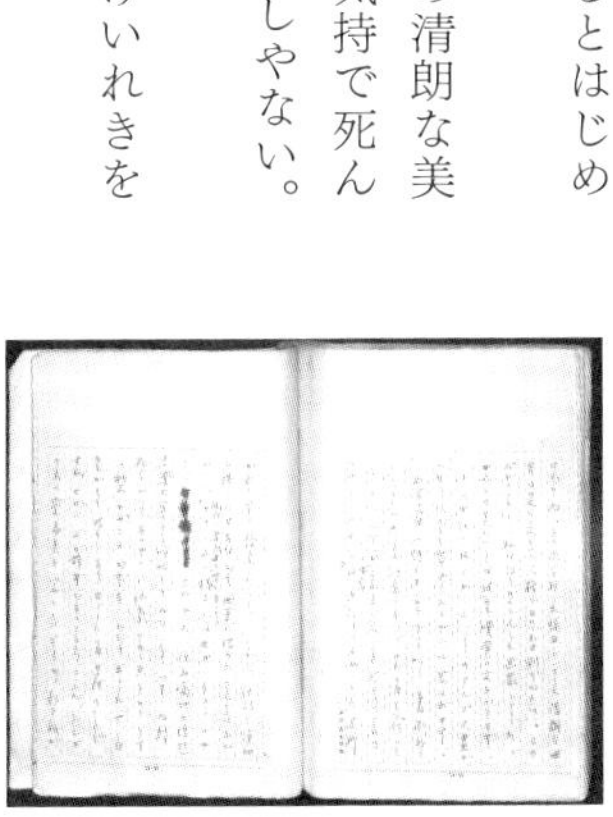
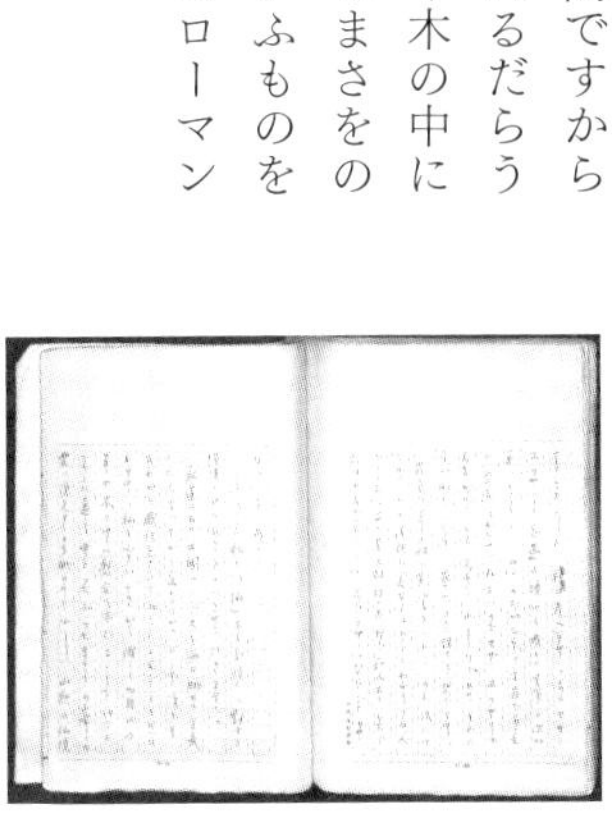

チシズムとして一笑に付し去るべきものかといふと今でも毫も笑ふべきものであるとも思へないので夢の様なあこがれは次第に積重つて人格の内部にはいりこみ凝然とこりかたまつてゐるのでその後も暗い思ひにとざされていきつまるやうな懐疑の霧に一杯になつてゐるときにはよくこの人界をはるかにはなれた超絶世界の白い雪をいただいた峯が澄切つた蒼空に嚴乎とそそり立つてゐるのをうしろにひかへたなだらかなスロープの、うるはしい御花畠も見えるところの光景がまるでスクリーンに現はれた映画のやうにだん〳〵あさやかに映し出されて自分の心の悶々はスツと消えもう今すぐにてもそこへ行つて了ひ度いやうな憧憬で一ぱいにさへなるのでした。

まことにこのやうな超絶的な気持は高くのほればのほるほどかつて通つてきた麓の森林帯のあたりで蟬がじり〳〵啼いてゐたことや、もつと裾野のとある古池に蛙がとぶんと飛込んでゐたことなどは今や目の前に巖として近くそびえ立つ頂上の此の世ならぬ崇高な姿の魅力やふむ足もとの清浄な白雪、乱れ咲く高山の花の魂もとぶかのやうなかほりの中では問題ではありません。しかしながら山嶽の超絶主義いかに高しといへど太陽や星や月を有する天空の無限の美を知ればみじめなものとしか見えなくなりました。

この世界こそは「神」と名づけらる丶べき神韻へうべうたる大調和の世界で逃避もなく境界もなくここでは世界は大いなる歓楽にひたつてゐる。しかしその歓楽も単なる小自己のはかない肉の歓楽ではないのですべての人にささけることをこひねがふ精神的なよろこびであるのです。

しかしこれらの天上的な美について今の私が拙文で以て喋々しこの美に泥をぬる必要がありませうか。をそらくありますまい。

私はむしろた丶この範疇に入るべきものとして古代ギリシア、シヤヅンヌ、レオナルド、ラフアエル、セザンヌ（セサンヌあたりは仙的のもの方が多分にあれと）などの藝術を上げて後は沈黙するに若くはないでせう。（東洋のものはまだ澤山見ぬのではつきりわからぬ可ら上げぬ）し可しここに少しばかりギリシアの藝術について言はれてゐるある種の誤解について言ふを許されるならば或人はギリシア藝術を以て肉の藝術としてゐるけれども私には只うるはしき靈がもつとも完全に肉のかたちをかりて現はれたものであるとかんせらる丶のです。所謂「肉が靈を完全につつんでゐる姿」であります。そこにはおどろくべき非常な理想化が靈化がなされてゐます。

しかしそうした考察はこうした通俗的な座談では言ひつくせぬからこれで止めます。

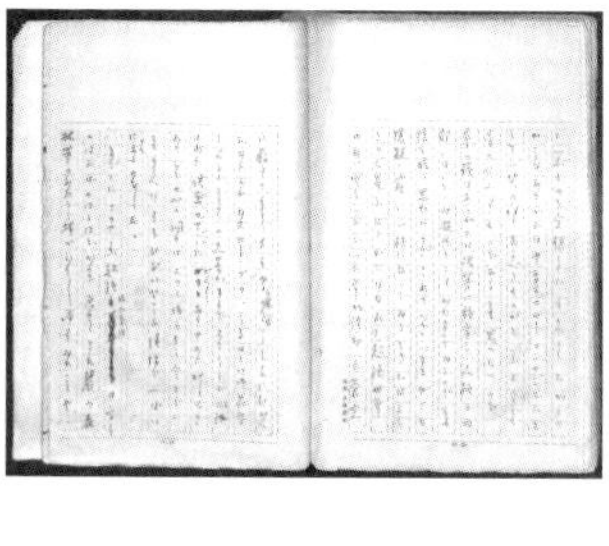

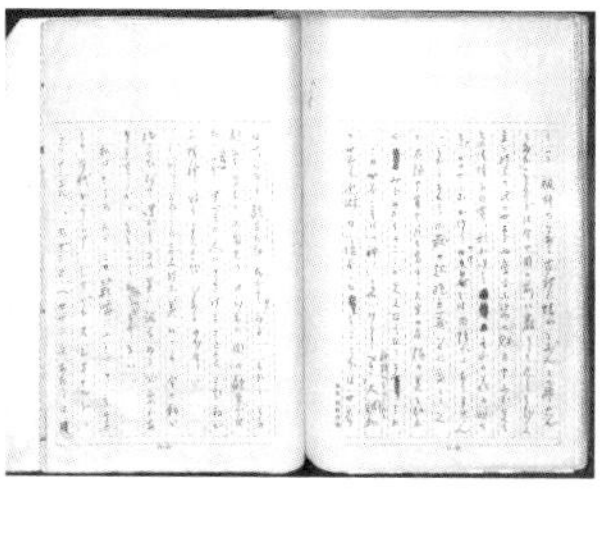

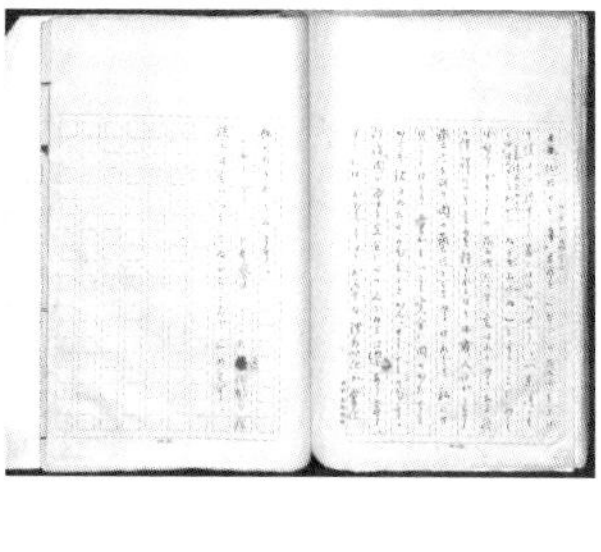

雜。　中村清一郎。

今月は原稿が出來ませんでした。

決して、怠けたわけではありません——現在の種々のコンディションが、思切つて悪いからです。原稿を書くのに苦痛だけより感じない程です。今日、「ホイツテイングトンの猫」と云ふ題で、原稿の出來ない、今の氣持を暗示的、と云ふより比喩的に書きかけてみましたが、「イヤ味」な物になりましたので、又それを書いて居る時の実感で、「い、かげんな物を書くよりも、一層やめた方が快い」と思ひましたので、思切つてペンを擱きました。

先月の、あ、した後ですから、実にすまなく思ます。からだを早くよくして、張り切つた氣持になりたいと、しんから思つて居ます。

自分の原稿のない今月をつまらなく思ひます。

批評欄　渡部昌

○明氏の「影」

未完作である。前号の青磁はとにかく一文をなしてゐたが、今度のは唯湯浅なる男の説明の一部分に過ぎない内容的にに比較的大切な役目を持つてゐるものかも知れないが、で批評らしいものも云ひにくい、

だが今月のを讀んで少し奇異に思つたのは前号の「青磁」が大体から云つて描写的な筆致であるのに今度のは全く説明的調子である。とにかくこれだけでは何とも云へないが、感想的或は追憶的に多少流れてゐる様な気もする。作中の人物其の物がそうだからと云つても少し思想的な説明なり解培なりが勝ち過ぎはしないかと思ふ。

部分的な処では、火山の噴火口の比喩などは面白くてうがつてゐる。完結を待つて改めてかく。

○茱萸氏の「穴」

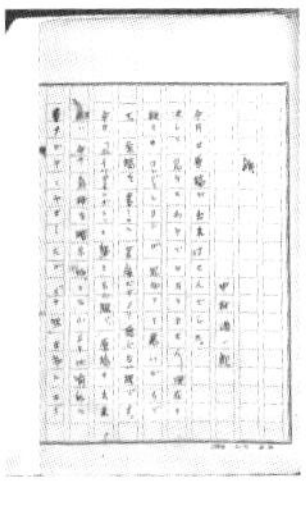

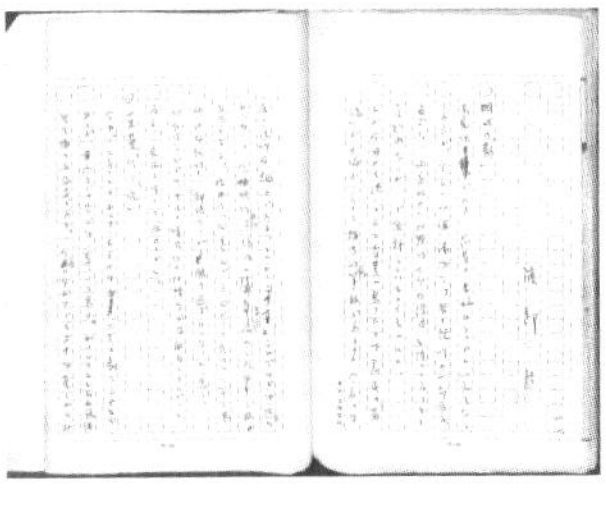

雑　中村清一郎　批評欄

今までと云つてもまとまつたものは二号の劇とこれとであるが、今までのものでは一番いいと思ふ。がつしりとした小説体系を備へた作品である。今度の分だけでも五十何頁しかもみつちり實の入つたもの全く勉強に感心する。全体としてうまく書けてゐる。告白体にしたのも成功である。「私」と「彼女」との恋はよくかけてゐる。特に先生の釣に行つた留守の二人の場面などはよく書けてゐる。且別々に云つても「私」も「彼女」もよく出てゐる。特にそうした身分、境遇の「彼女」はよく出てゐる。が「先生」なる人物は全く出てゐない。会話も先生の会話は皆変である。と云ふよりも此の「私の物語」では、先生が余り書いてない。全く「私」と云ふ人間の変人であるところの「彼女」の父として以上に或は何々家史料編纂《サン》系に世話してくれた「先生」以上に書いてない。ところが最後へ行つて「先生」が急に活躍してゐる。未だ「遺書」を読まないから瞭然りとは云へないが兎に角可成重要な役目を努めるらしい。「先生」の過去が「彼女」のけれどもに緊密な関係を持つてゐらしい。そうとするともう少し「先生」なる人物に読者をして興味を持たすように書いた方が小説としてよくはないかと思ふ。が私が此の小説を読み終つて感じた事は、よくは書けてゐるが、あまりに通俗的ではないかと云ふことであつた。そう思つて観ると題材其物と云つて「遺書」を見ないのだから瞭然りは云へないが、題材其物から通俗的である。此の小説の創作的モテーブは何であらうかと私は考へて見た。が私には判らない。冠頭の彼女の言葉「私はあなたを愛します、・・・けれども」が此の小説のモテーブだらうか、それは小説の表面的なものだ。そのもう一つ奥の作者のモテーブは何か、私には判らない。私はこう書いてゐる内にフト気付いたのであるが、此の小説はあまり恋愛ばかりを書いて恋する人たちの生活なり性格なりが書いてないことだ。恋はよく書けてゐる恋人らとしてはよく書けてゐるが一人の男として或は一人の女として書けてゐない。つまり人物が個性も持つてゐないから類型である。それが読者に通俗的な感じを持たせるのである。そう云へば此の前の戯曲でもそうである。材料も同じものらしいが。が恋愛小説としても此の前の戯曲よりはずつといいと思ふ。それは小説として成功してゐるから。

國井國吉旅館第四号　中村明

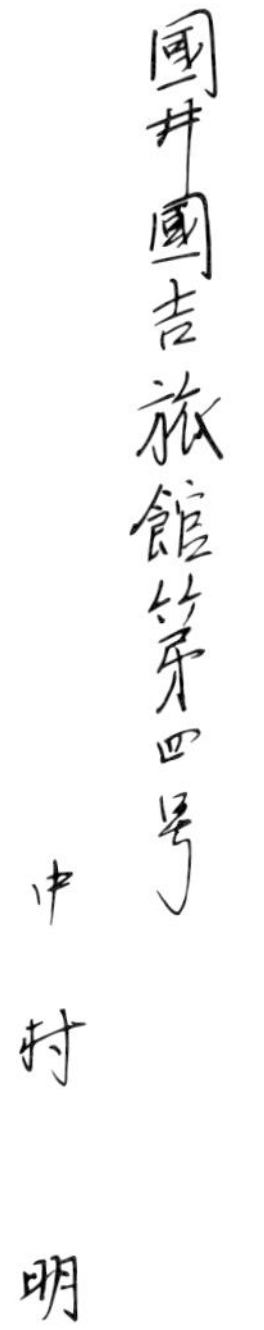

今月は批評が出來ませんでした。決して怠けたわけではありません—現在の種々のコンデイシヨンが思ひ切つて悪いからです。批評を書くのに苦痛だけより感じないほどです。今日「ホイツテイングトンの犬」といふ題で批評の出來ない今の氣持ちを暗示的にといふより比喩的にといふよりその諷刺的にですな、書きかけて見ましたがいいかげんの御あいさつをするより一層止めた方が快いと思ひましたので思ひ切つて止めました。

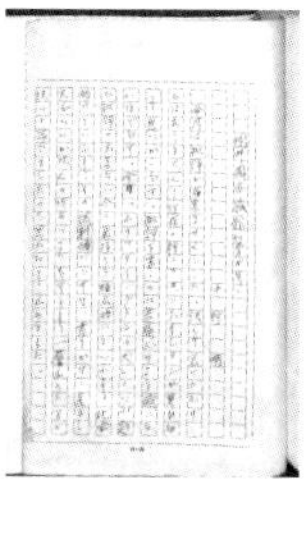

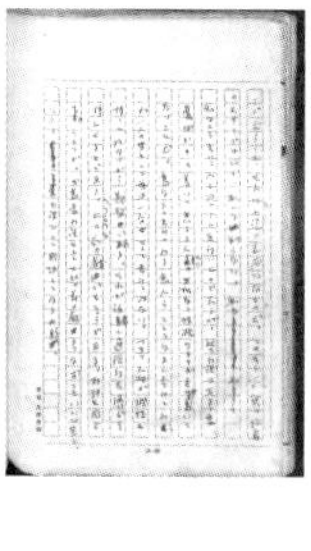

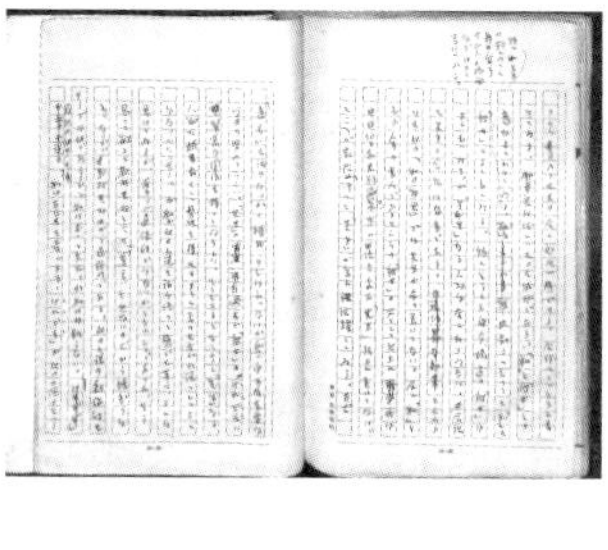

批評の出來ない自分を淋しく思ひます。

×

鶴さんの表紙をつけて見たのでそれらについて一寸かいて置く。

鶴さんの画はこういふ行き方としては全く堂に入つてゐると思ふ。木村荘八やなんか脚下にも及ばん、ひよつとすると岸田よりも手に入つてゐると思ふ。彼の生活が全く活きてゐる。自分らは鶴さんとは立場が異ふのでこうしたことは出來ないが決して理解と嘆賞を持たないものではない。いつも感心する。

偖て此の作について感じたまゝを言ふと表紙の方は人物は面白いが提灯の彩色が堅くなつて素人くさい。全体の効果をこはしてゐる。提灯のフチのリンカクも不用だと思ふ。裏表紙の提灯はぼかしやにじみがあつて灯のついてる感じがでてゐる。元来水彩が泥繪具などより高尚なわけは材料として泥絵具にはないところのにじみやぼかしの自由がきくからでそれらを生かさねば折角の美が死んでしまう。顔料や紙の性質を無視するほど素人藝になることを忘れてはならぬ。

それらの御研究をのぞみます。

×

池内君の小説についても、細かく批評すべきところ其の勇氣を持たないので止めます。只これは批評ではありませんが私が思ふには池内君は仲々あゝした才筆を持つてゐらつしやる。通俗的としても少くとも奥野他見男などより人を引つける處がある。もしこの原稿に池内君一流の挿繪を添えて講談社か或はさういつた有力な新聞雑誌社に呈出したならひよつとすると意外に歓迎されるかもしれないと思ふのであります。そしてその場合ニヒリズムの宣傳といふ作者のいといみじきモテーブが満足するであらうことも疑を入れないです。はい。

×

今月は清《キヨ》さんの原稿がありません。此の間編輯前に端書をもらつたので返事をかき原稿の御願ひもかいて出したつもりでゐたところ階下のおばさんが抜出して状差しへさしてゐるのです。そんなわけで清《キヨ》さんも僕から原稿を願はれずに居られます。何卒不悪。

松山の冬は定めしいいことでせう。はるかに君を想つてゐます。お互に何か書く約束をしましたが僕は相かはらず生活に追はれてゐます。

府下豊多摩郡高井戸村字中高井戸南九六ノ二〇号　中村清一郎

⦿鶴さんの表紙——中村君が細かく批評した後なので、絵画の門外漢が、絵画としての立ちいつての是々非々を口にするのはさしひかへる。たゞ男の子と女の子とは、呵呍《アウン》（?）の対象をなしてゐるのだから、当然、向ひあつた様な位置におかれて然るべきだらうと思ふ。その方が表紙と裏表紙として、ピッチリと韻があふだらうと思ふ。女の子の、袂は下へ出すぎてゐるし、又其出方が、これでは、提灯を中にして、上体

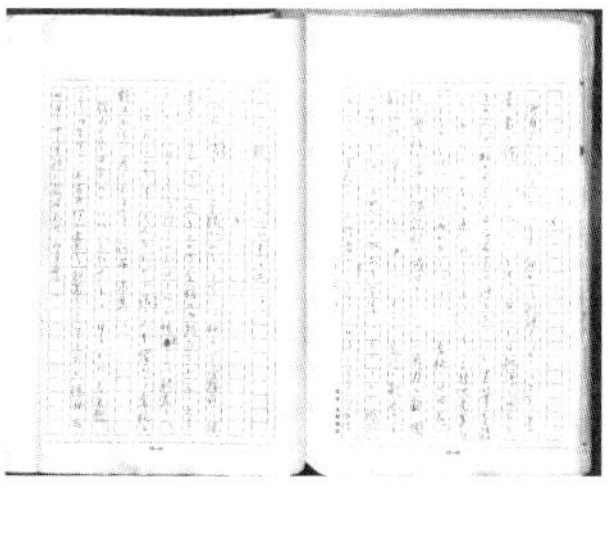

と下体とを別個の部分にしてしまつて居る様である。ふわりと裾にひらいたかんじが、袂で削《ソガ》れてゐる。

⊙豊さんの「鷺娘」――構圖に中心がない様である。背後の雪樹のかきわりの、位置が絵として、はつきりしない。筆觸にも、無雑作すぎるものと、臆病すぎるものとが、まぢりあつてゐるやうだ。全体の感じは、「おとなしい」絵である。

⊙お昌さんの「詩」三篇――最初の一篇を、君の所で、ノートのまゝ読ましてもらつた時、僕はこれを褒めた、その時は、君の「すなほさ」がうれしかつたのと、それに「赤貝の鮨と、いゝ、碁盤」とが、静物的な感興をあたへたのであつた――と記憶してゐる。

(茲で、偶然、思出したから、一言しておくが、先々月の、此雑誌の、「若い詩人と王妬の恋の話」と云ふ君の散文詩の中で、丘の起伏の形容として、確かに君は「女の脇腹の様な……云々」と云ふ文字を用ひて居たかとおもう。あれが、僕に、どうも、佐藤春夫の「田園の憂鬱」の同じく丘の形容に用ひられてゐた、彼のすぐれた行文を想起さしてしかたがないのである。が、これは邪推である様にと祈る。我々は潔癖でなければならぬ。)

残りの二篇の詩、これは、同じすなほさでも、いゝものではない、君はこんなに云はれることを嫌ふであらうが、これだけでは「微苦笑」などと云ふ苷界と、ほど遠からぬと云ひたい様な氣がする。あまりにも氣輕く、語られて(唱はれずに)ゐるからである。(もつとも、このことは第一篇の詩にも、程度の差をもつては共通なのである)

それに、先月の初めの詩の、「下宿の女中さんよ……」以下、今度の才一篇の「友よ、笑ふな」以下、才二篇の「うすら寒い下宿の四疊半で、夕食後の……」以下、才三篇の「少女よ…」以下の一連は、感興も、技巧も、殆ど同一軌轍をとつてゐることに氣がつく。もとより、漢詩に於ても、五言絶句、(?)などでは、起、承、轉、結などの定つた形式はある、けれども僕が、今、問題にしてゐるのは、内容的に、あまりに同一類型だと云ふことなのである。

⊙中村君の小説「影」――(之について、自分の考を述べる前に、君の、今月の批評の態度を、どうしても、ちよつとはたゞしておきたい。君がユーモアのつもりで書いたのが、僕にはユーモアとして響いてこないのかもしれないが、どうも少し「心なき」と云ふ度に過ぎるやうである。現に、「穴」の作者が、編輯の日に、自ら「通俗的」であるとはつきりと云つて居ることを知つてゐる以上、通俗的な所が氣にさわつたとしてももう少し、しんみに、是非を批評すべきであらうと思ふ。奥野他見男などを、擔ぎだしてくるのは、擔ぎだしてくる方の恥であらう。自から播かれた種である。自から刈つてみてくれたまへ。)

お昌さんが、云つて居る様に、僕も、此小説の批評を「此小説の完結を待つて」から、かかうと思ふ。

それは、前號だけでは、疑問のうちにあつた、湯淺と云ふ人物とか、その人物と、なんとか云ふ若い女の人との関係とかでも、號を追ふにしたがつて次才に鮮明さを増してくるらしい(けはひ)であるし、こんな調子で進んで行くのならば、其一篇々々としては、不當に長い部分(例へば、前篇での、湯淺が、西田天香に就て語る箇所、此篇での私なる人物の述懐的自己解剖の箇所なども、全体――纏めあげられた後での全体――

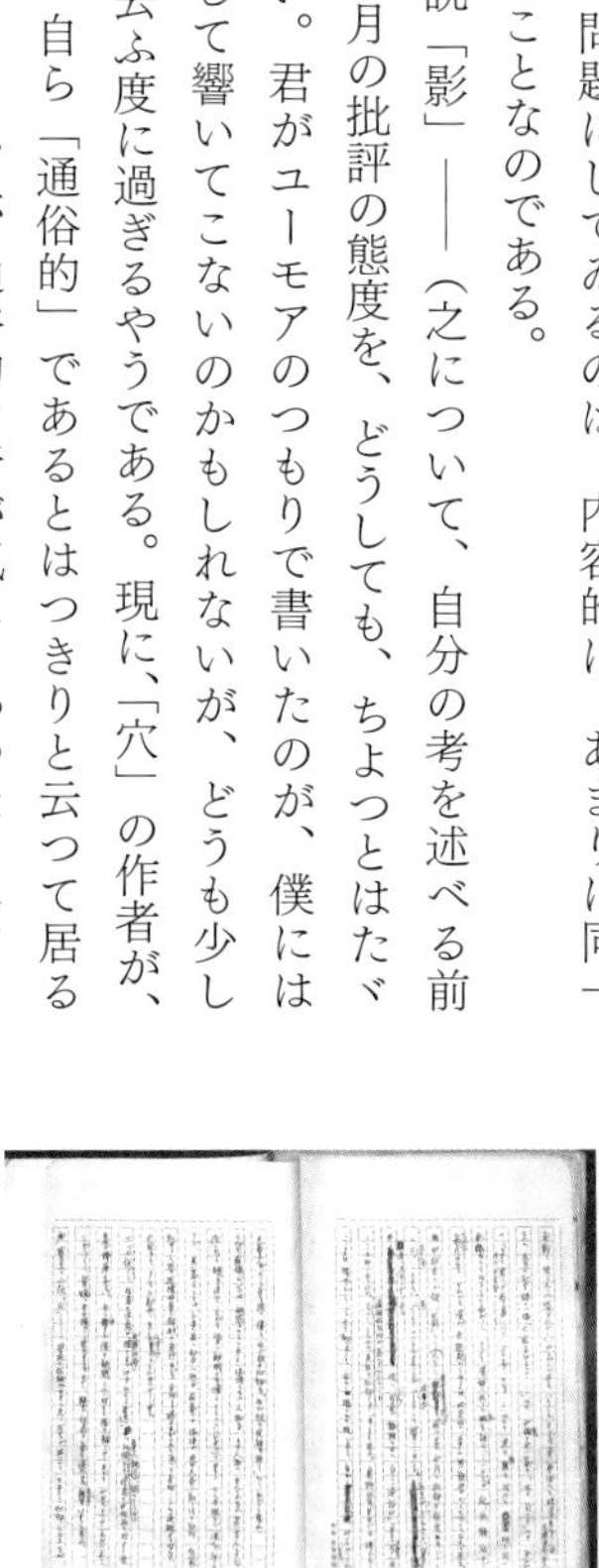

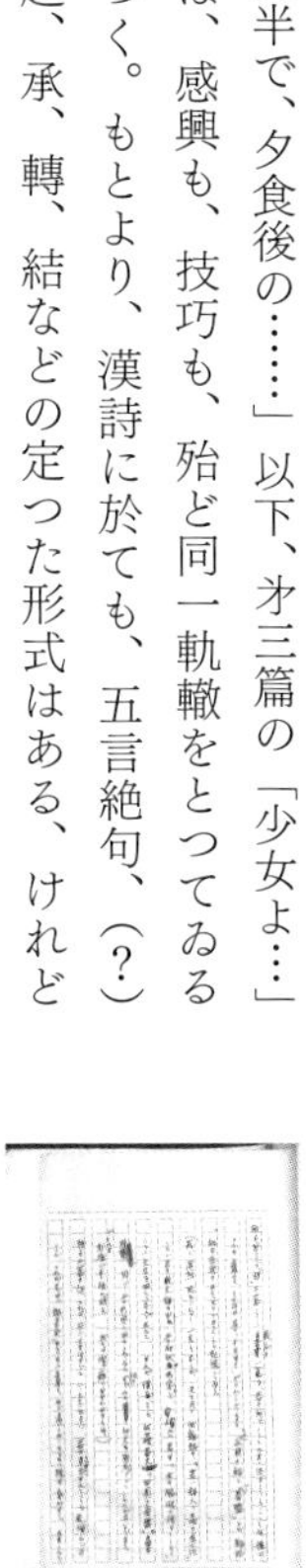

を通観する時には、内容として、さして不都合でないものになるのかもしれないからである。

で、「小説として、作者の注意が、兎角作品の隅々まで行きわたつて居ないこと」「あまりに、叙述が、淡々としてゐて小説としては、作者の、作品に対する愛着が稀薄すぎること」等に関する僕の疑問、それに対する僕の解しやくなども、やはり、もう少しひかへておいて、一くぎり〳〵で、五月蠅い手を横から突出すことをせずに、静かに作者の筆の進むのをながめていようと思ふ。

⊙豊さんの小説「穴」――、學校の試験がせまつて來て、時間が無いから、こまかく批評してゐることが出来ぬ、漏れた所、云ひ足らぬ所は、作者へは、直接、口で傳へようと思ふ。

此小説に、「通俗的」な所があることが、問題にされてゐるやうだから、そのことから感想を述べてみる。お昌さんは『つまり人物に個性が欠けてゐる、だから類型である、それが読者に通俗的な感じを持たすのである』と云つてゐるが、（そしてそれは確かに同感であるが、）僕は、此一篇の小説の根ぽんの病所――そこから通俗的な感じも出て來てゐる――は、寧ろたしかに、お昌さんが、『告白体にしたのも成功である』と、褒めてゐるところの、告白体其物にあるのだらうと思ふ。一人の人間の長所のある所に、その人間の短所が巣くつてゐることが呑間通常の例であるやうに、『こう云つたものは告白体にしたのは成功である』――『こう云つたものは、告白体であらはすのが適当である』――『こう云つたものは、告白体で表現するのが、一番安易である』、つまり、此（適当）だけを充分に利用すればよかつたのであるが、ついうか〳〵と、此（安易）の方へ、溺れてしまつたのではなからうかと思ふのである。告白体――（才一人稱的叙述法）は、飽く迄表現の為めの一つの便宜的手段であつて、決して本質的態度ではないこと、この考へが、此小説が作られる時、たへず此作者の念頭に、嚴として存在していたかどうか、……そこが問題である。（手段の遊戯に流れてしまつた）――これが（通俗的）な感じを伴つてくる、そも〳〵の原因ではなからうかと思ふ。

府下長崎村三九三九　池内義豊

府下長崎村三九三九　池内義豊

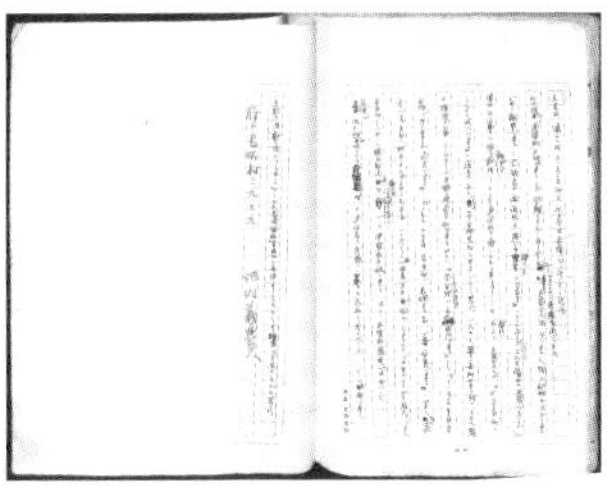

朱欒

❖「朱らん　六」「無明　ゑ可く」木に止まる鳥をモチーフとした中村明による表紙絵。紺色紙に朱の線画、文字。

第六号

装丁・中村明

稿　冬の小曲　無明」（中村明）

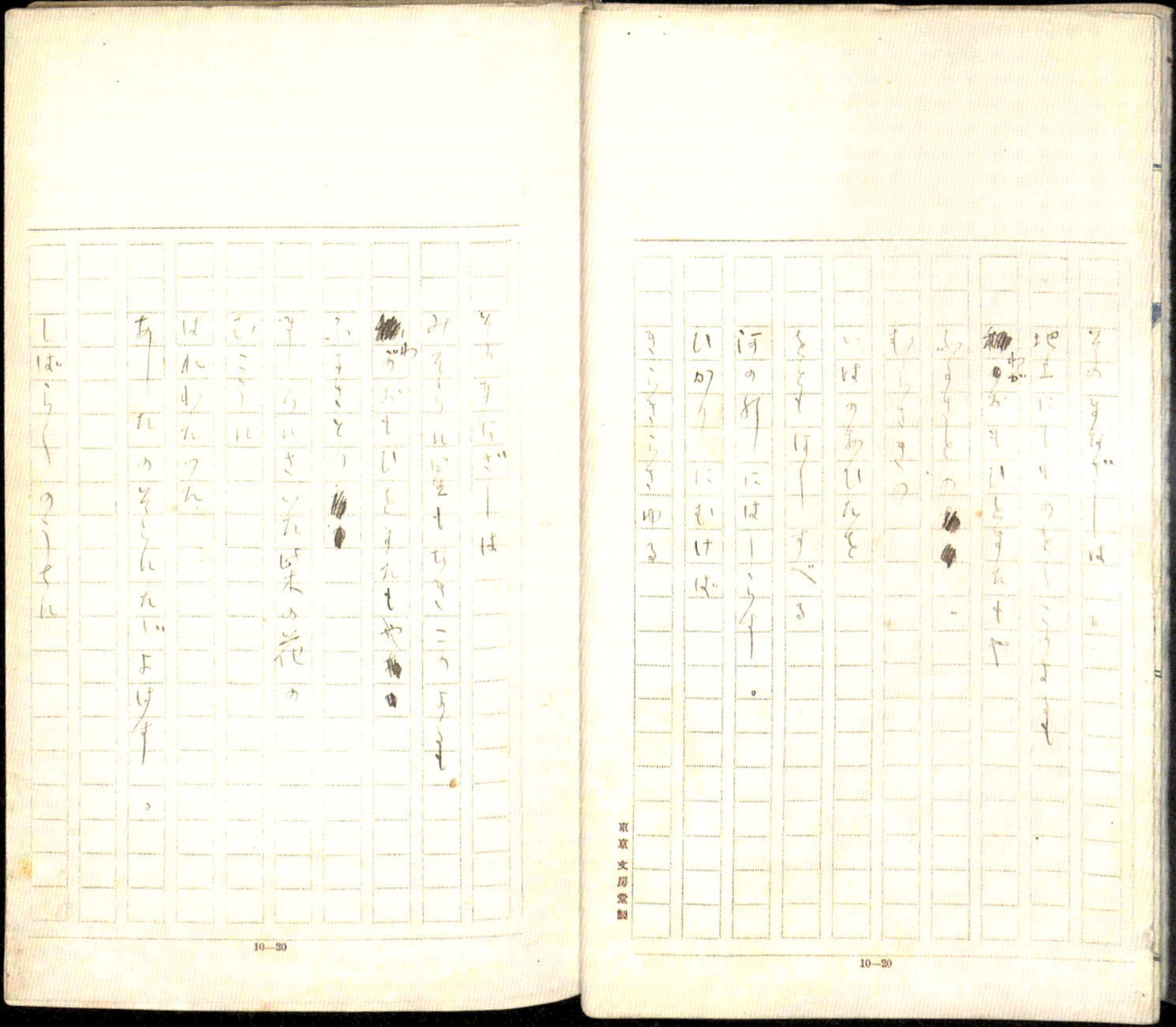

❖原稿「六　後篇　池内茱萸」（池内義豊）

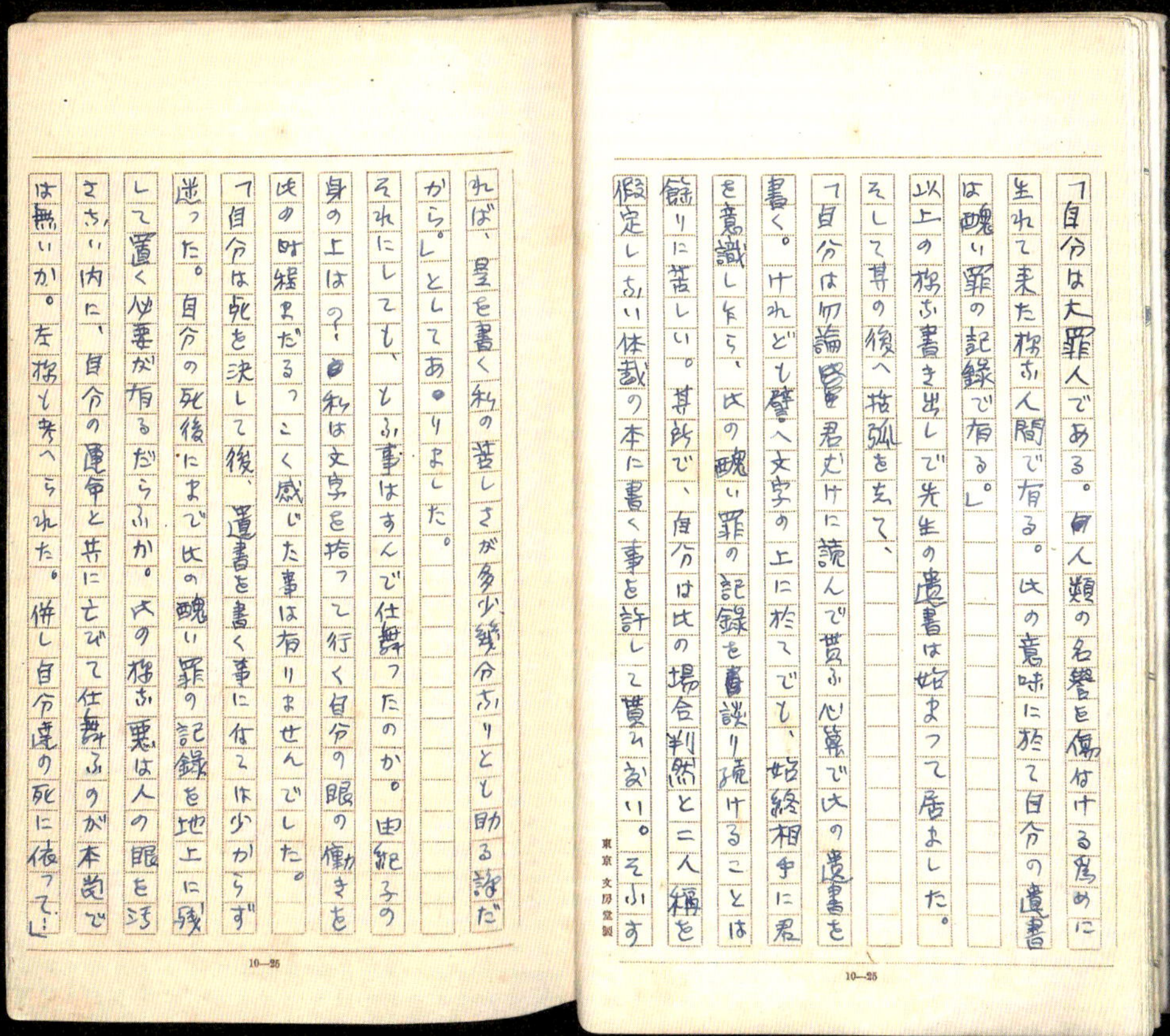

「自分は大罪人である。人類の名誉を傷付ける為めに生れて来た様な人間で有る。此の意味に於て自分の遺書は醜い罪の記録で有る。」

以上の様な書き出しで先生の遺書は始まって居ました。そして其の後へ括弧を去て、

「自分は勿論君丈けに読んで貰ふ心算で此の遺書を書く。けれども譬へ文字の上に於てでも、始終相手に君を意識しながら、此の醜い罪の記録を書き綴り続けることは餘りに苦しい。其所で、自分は此の場合判然と二人称を假定しない体裁の本に書く事を許して貰ひたい。そふすれば、是を書く私の苦しさが多少幾分なりとも助かる訳だから。」としてありました。

それにしても、と云ふ事はすんで仕舞ったのか。由紀子の身の上は？私は文字を拾って行く自分の眼の働きを此の時程まだるっこく感じた事は有りませんでした。

「自分は死を決して後、遺書を書く事に依ては少からず迷った。自分の死後にまで此の醜い罪の記録を地上に残して置く必要が有るだらふか。此の様な悪は人の眼を汚さない内に、自分の運命と共に亡びて仕舞ふのが本当では無いか。左様も考へられた。併し自分達の死に依って…

詩　池内義星

咬菜餘譚　池内義星

雑記　中村・吟

口絵　池内緑星

蕗嘆　中村明

編輯執行委員　山内千百太郎

豊画「梅花一枝　松山　野呂山人ニ　献上　於長崎村」「茱萸山人畫」

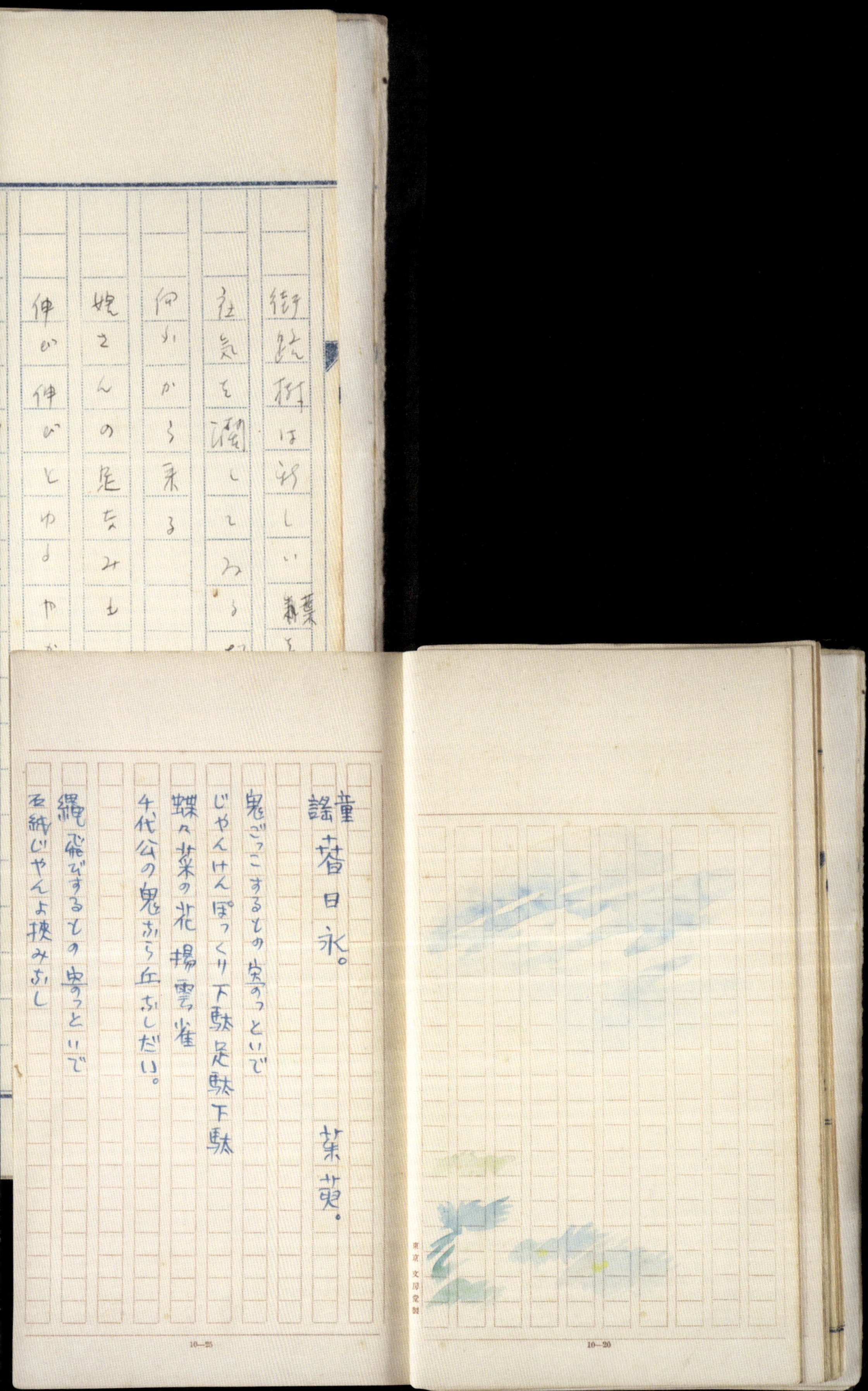

❖挿絵・原稿
右は「冬の小曲」の最終ページ、扉と対になる中村明の水彩画。
原稿は「童謡　春日永　茱萸」（池内義豊）

・扉
は「詩　渡部昌」
詩　冬の小曲　無明」、中村明作の扉絵。詩題の「水仙」を描いた水彩画。

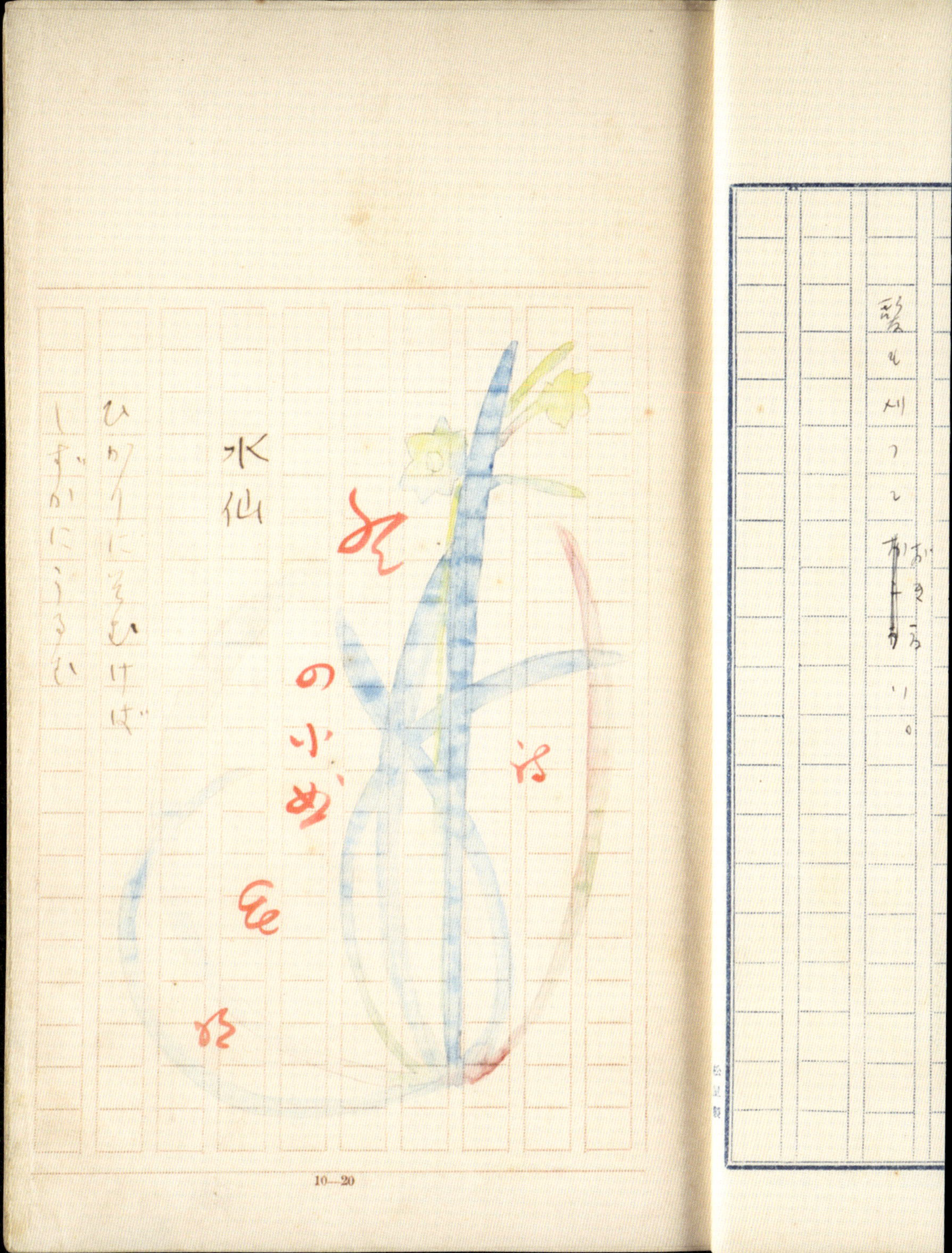

水仙
ひかりにそむけば
しずかにうるむ
10—20

❖背表紙
デザイン文字にて「朱欒」、中村明作。

朱欒 CheLiN

第六号

麦。
詩 は その小曲 冬の草ま。
童謡 萅日永。
童謡 豆腐屋。
穴、後篇
書かずもがなの記、
小品 銀貨
喫煙餘談。
咬菜餘譚。
雑記

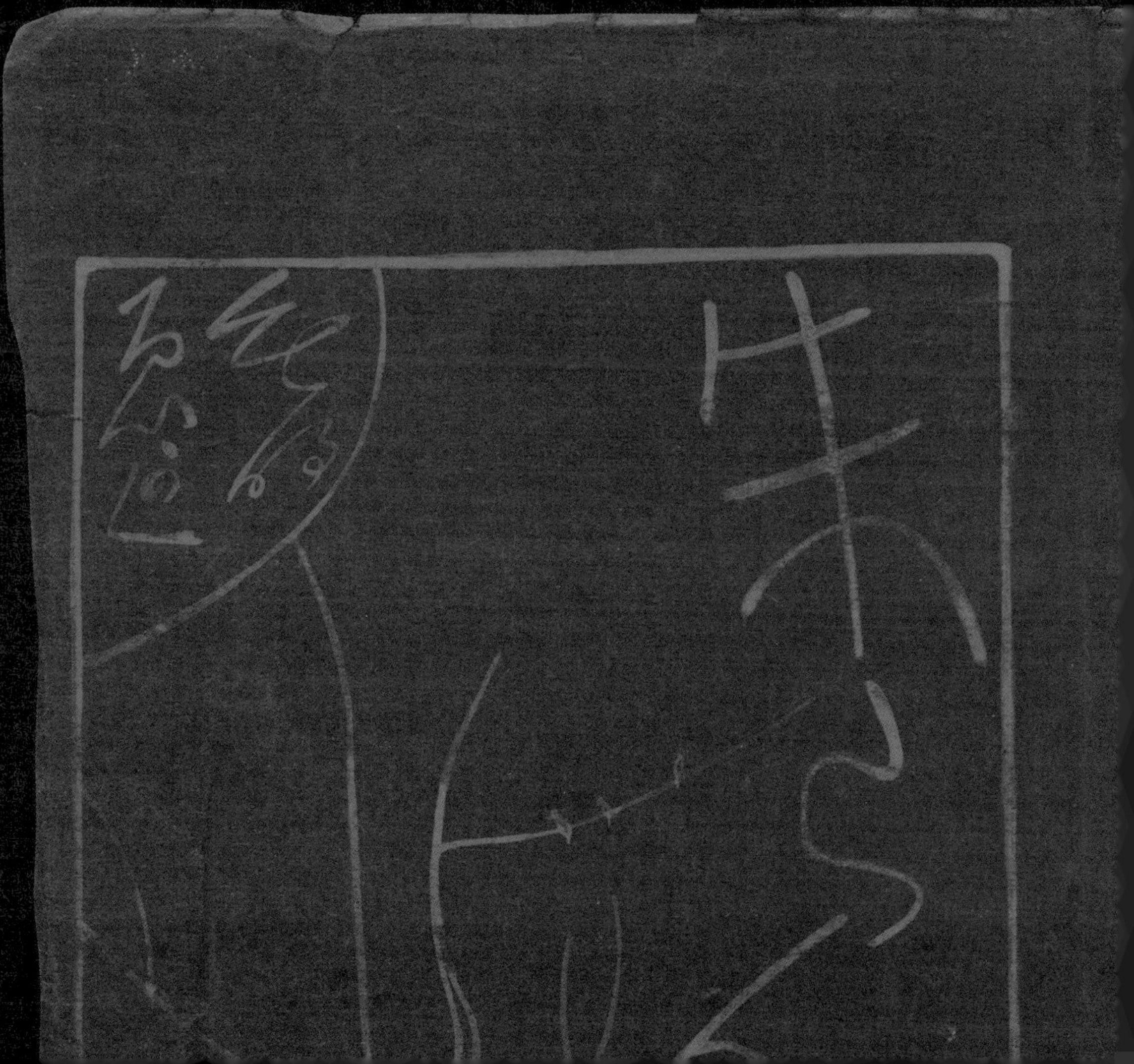

（目次）

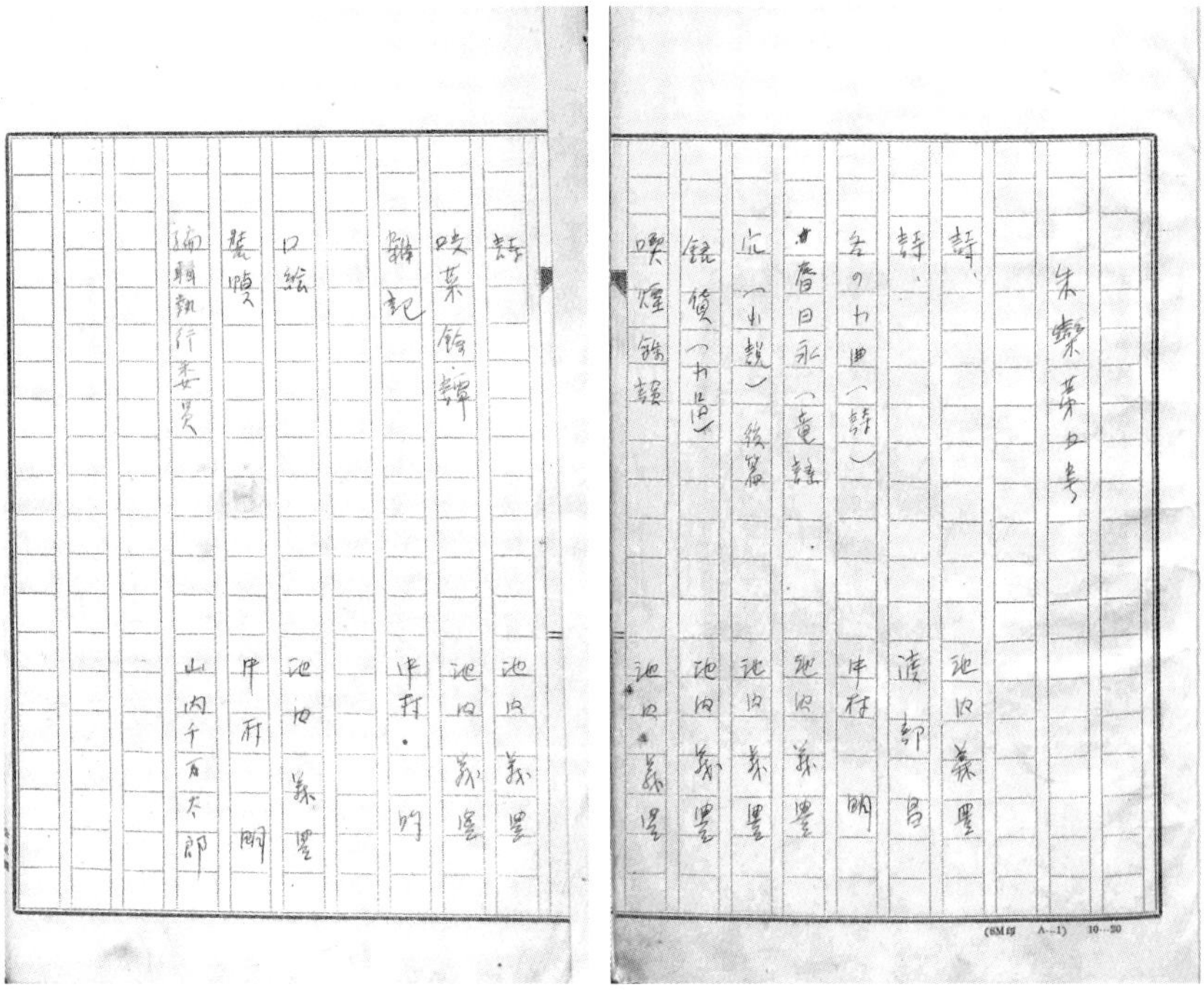

麦　茱萸（池内義豊）

麥。　茱萸、

麥。

ひさしく雨がふらないので
畠の土は乾いて仕まった

青い麥の子供たちは
火山灰の中に坐ってゐる様な気持ちだらふ

午後から風が出て
野は砂漠の様な砂煙だ

青い麦の子供たちは
頭から砂を浴びていやな氣持だらふ

日はあかるく照って居るが
其の熱は風が奪って行てしまふ

青い麥の子供たちは
ひそひそと呟き乍ら互にからだを
暖め合って居る様だ。

一五、二、五、

茱萸、

朱欒第五号（実際は六号）（渡部昌筆）

詩、　池内　義豊
詩、　渡部　昌
冬の小曲（詩）　中村　明
春日永（童謡）　池内　義豊
穴（小説）後篇　池内　義豊
銀貨（小品）　池内　義豊
喫煙餘談　池内　義豊
詩　池内　義豊
咬菜餘譚　池内　義豊
雑記　中村　明
口絵　池内　義豊
装幀　中村　明
編輯執行委員　山内千万太郎

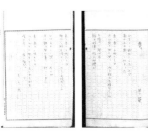

少年は笑った。　茱萸。

少年は笑った。

誰も居ない竹屋の庭だ。

まるまっちい綿入れの背中に
冬の日を浴び乍ら
少年が竹馬に乗って居た、

倉の扉口には
蓋のとれ掛ったバスケットの中から
やっと眼のあいた斑の仔犬が
まじまじとそこらを見廻して居た。

少年の竹馬がぴたと止った。

両方の竹を左手に預けると
右の手が敬礼をした。
霜焼で紅梅色をした其の手が
立派に敬礼をした。

少年は花が咲いた様に笑った。

茱萸。

彼はコロムブスよりも得意なのだ。

おお　自分は
少年を抱いて
差し上げてやり度く思った。

竹馬は　また庭の中を
コトリコトリと歩きつづけた。

誰も居ない竹屋の庭だ。

一五、二、五、

牛乳、　茱萸。

牛乳、

寒い。
昨夜は　零下　十三度　だった。
今朝も洗面器　の中へ
湯気の立つ熱湯をつぎ込んだ。

茱萸。

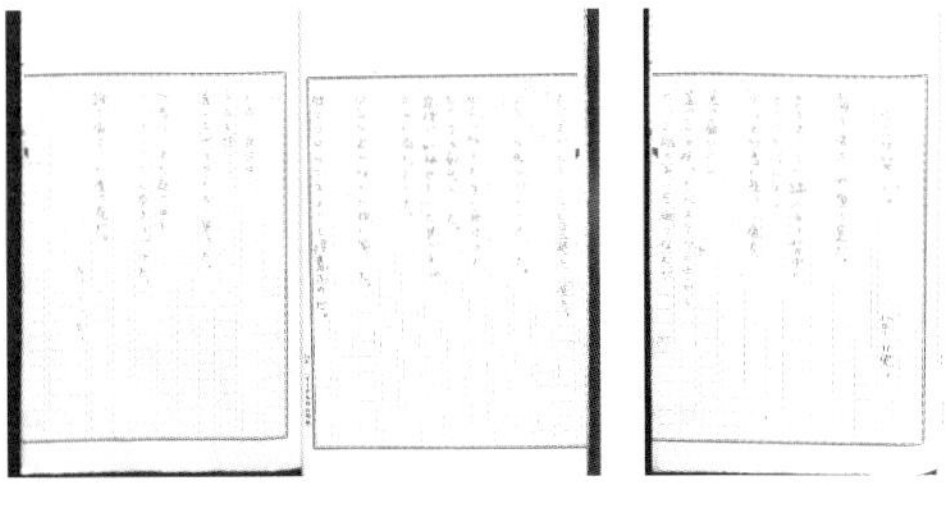

少年は笑った　茱萸（池内義豊）

牛乳　茱萸（池内義豊）

まてよ！
其の中へ牛乳を少し・・・。
おお、何と自分はローマの貴族であることよ、
所が、
猫の奴がそれを飲み度がった。

自分はまた猫の皿へも
少し落してやった。

そして残りを自分は飲んだのだが
それは舌と歯の間に吸ひとられて
喉までは行かなかった。

一五、二、五、

飯。

飯。

時計は
時計は　コツチン　コツチンと
やがて12に到着　する所だ。

自分は猫の顔を見た。
猫も自分の顔を見た。
判ってるよ。
自分は新聞を置いて立ち上った。

一五、二、五、

生活。　茱萸。

生活。

家賃が二つ三つたまった。
今のまゝで行くと後一月ばかりで
自分は食へなくなるのだ。
食へなくなれば
死ななければならない。
自分は朝になると
電車に乗って東京へ行た。

茱萸。

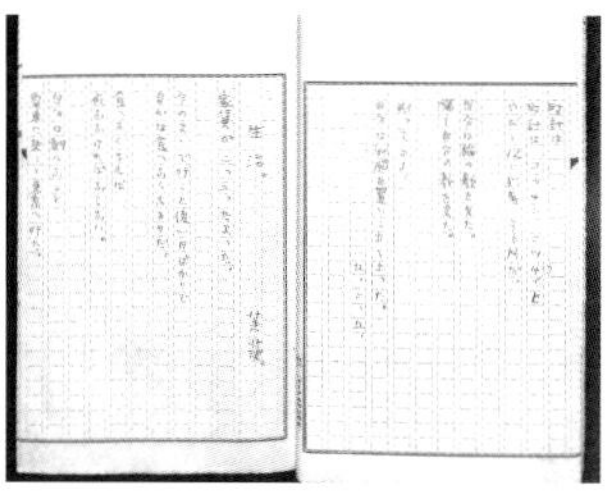

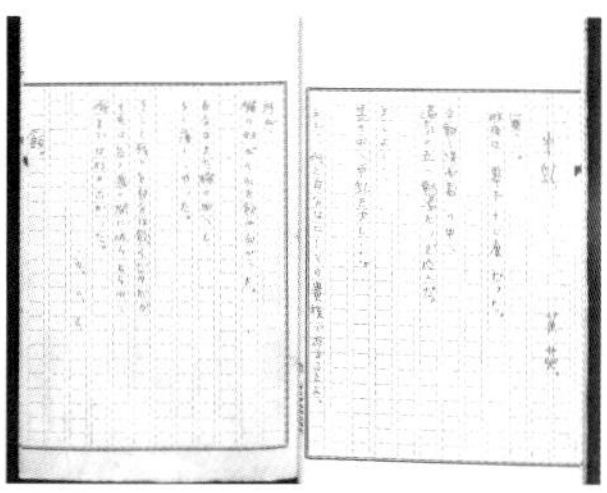

そして埃ぽい　方々の編輯室の
受付けに立った。

人が出て來た。
自分はおじぎをした。

夜、汚い自分の家に帰って來ると
投げ込まれた夕刊が自分を待って居た。

猫は何所へ遊びに行ったことか。

今日の一日
自分は何をしたのだ。
名刺が二三枚減った丈けか。

足袋を脱ぐと
それは埃でまっ白になって居た。

明日もまた
同じ事をやるのだ。

何？
藝術！
うん、
おまへはしばらく
押入れの中へでも這入って
晝寝をして居ろ。

繪の具箱には埃が積った。
おお
自分の眼よ！
そちらを見るんじゃない。
そちらを見るんじゃない。

一五、二、五、

詩

詩　渡部昌

渡部昌

○

春になつたら
淡い狐色の
軽い帽子を買ほふ。
今ある黒いのは
重苦しくつていけない。
それまでに
下駄を履きならしておこう

日のうららかな午後には、
細い野道を
フッフッと調子よく
口笛を吹きながら
どこまでも歩いて行かう

○

風のない宵には、
やはり明るい街――銀坐がいいな、
そのとき夜店で
ステツキを………
……そんなのも悪くないな、
俺は今まで
ステツキと云ふものを
持つたことがないんだが、

そう云ふ宵には
街路樹は新しい葉をつけて、
夜気を潤してゐるだらうし、
向ふから來る
娘さんの足なみも
伸び伸びとゆるやかだらう。
それまでには
このむさぐるしい
髪も刈つておき度い。

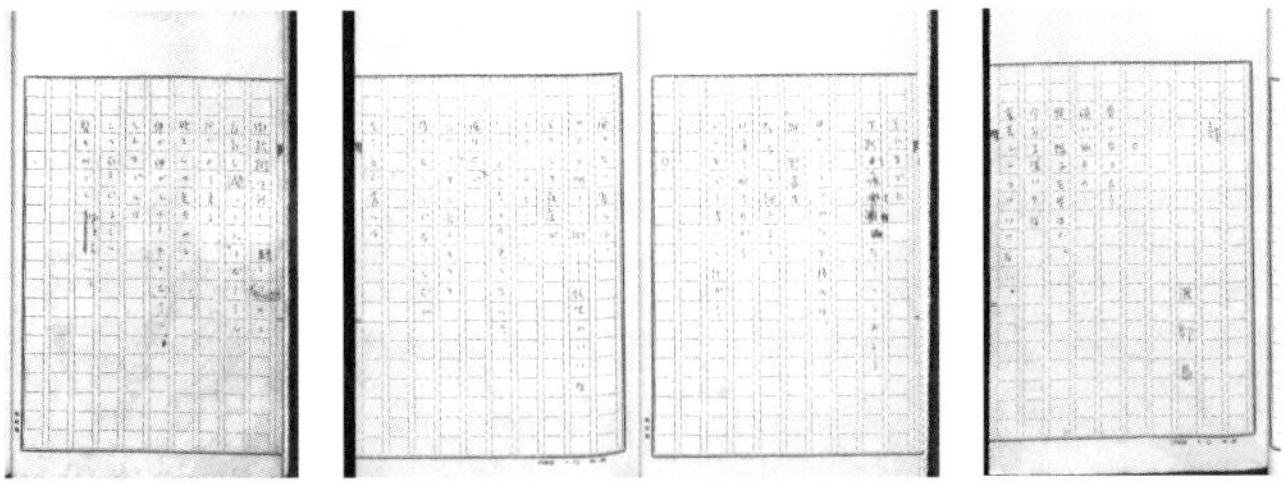

詩　冬の小曲　無明

水仙

ひかりにそむけば
しずかにうるむ
そのまなざしは
地上にしものをくこのよるも
わがおもひをまたもや
ふるさとの
むらさきの
いはのあひたを
をともなくすべる
河の水にはしらす。
ひかりにむけば
きらきらさゆる
そのまなざしは
みそらに星もなきこのよるも
わがおもひをまたもや
ふるさとの
ましろにさいた柴の花の
むこうに
はれわたつた
あしたのそらにたゞよはす。

しばらくのうちに
のびのびと
のびてきたやうにもおもはれる
はちうえの
すいせんの花の
くびうなだる丶かたへに
たちよりて
きまぐれに
香をかいでゐる
き　み　の・・・・

冬の草に。

ものをおもひしずみ
みをゆれば
かはいたかぜに
左らされて

詩　冬の小曲　無明（中村明）

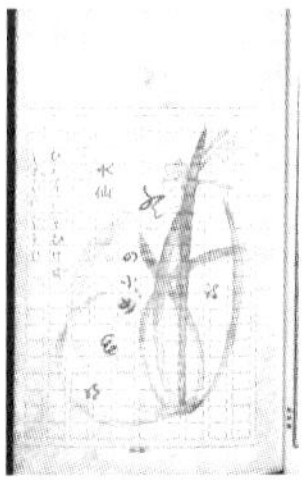

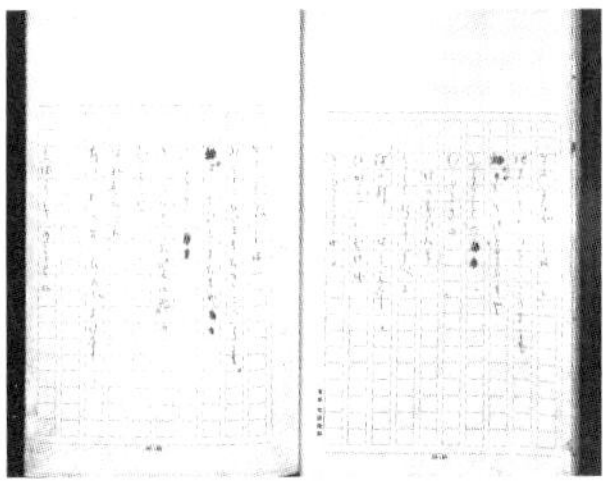

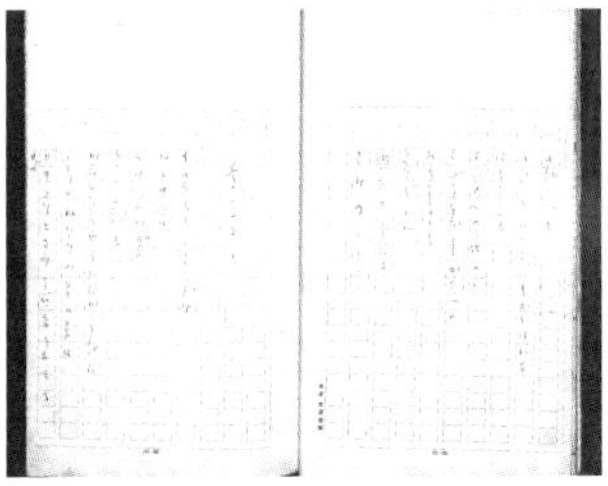

かみきれのやうにひからびた
しろかねいろの冬の草は
カサコソとさみしい音をたてる
オヽ冬の草よ。おまへはやがて
おまへの下から青い若草が
もえてでるときには
温い雨にしめつて
土の下へ朽ちてゆくのだけれど
いまはまだおまへは
老人《としより》の髯のやうに
ふゆの土をかざつてゐる。

上を越えてむこうのほりの
凍つた水のきはまでひろがつてゐるおまへの
広い床によりかゝり
さむいおほそらをながめると
蒼白い今日の太陽が見える
ゆううつな冬のひるときだ。
埋れてゐるかなし以おもひが
よみ可へる。
けれどもさつきからそらをながめてゐると
今ひとつのくものきれがかすかに
うごいてゆくのが見えたときに
やがて
春のくるのが思はれた。
ほんとにおまへの下から
むらさきのすみれや
きんいろのたんぽゝが
花をひらくのもまもないであらう。
オオ冬の草よ冬の枯草よ
それ故に
せめていまおまへの
淋しいカサコソの音をきかせよ。
せめておまへのその
なつかし以冬のことばをきかせよ。
まもなく朽ちゆくおまへの・・・

風景一

風景　一

うすひをうけたこずえの
かれえだのさきが
きんいろにひかつてゐる。
ひかりをふくんだ雲のうへに
あをそらが見えてゐる。

風景二

風景　二

かれくさのうへに
かげろうがたちのぼり
ぎらぎらひかる午後の

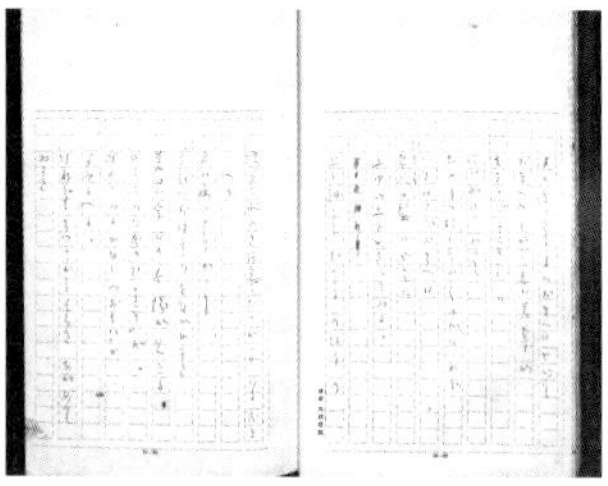

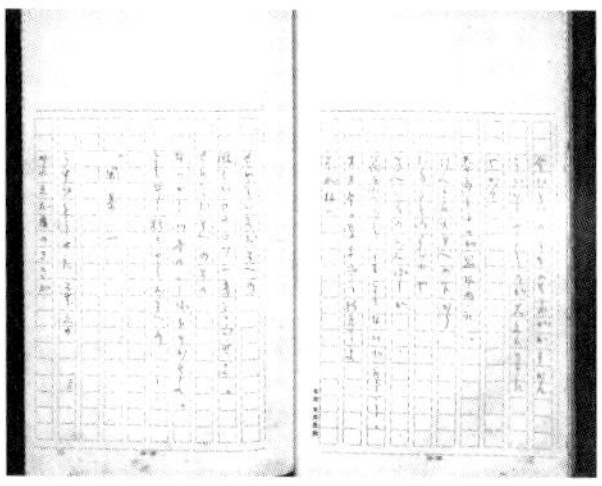

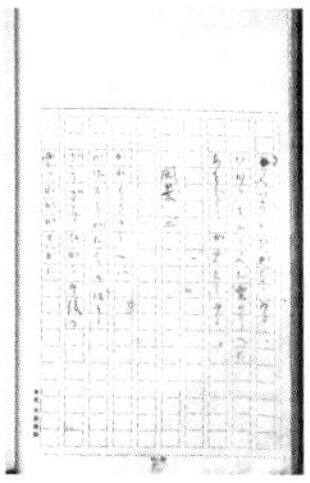

雪の山がかすかに
ゆれて
うごいてゐる。

風景三

風景　三

白牛が
枯草をはむ音が春る。
くものまだらのかけがうつつてゐる。
川づらを
たき火がひくくほうてゆく。

風景四

風景　四

川ぞひ能つつみのはての
水白くさへたあたりに
日はくらくかげりゆきて
ざらざらとかぜの手は
枯笹をかき乱春。

風景五

風景　五

よふけのほし可ぎらぎらと
ひとみをひからせてゐる。
杉のこずえのむこうには
ほのしろ以くものかたまりが
とびながらちつてゆく。

風景六

風景　六

あかつきのほしのふたつみつ
あをざむいそらにかすかに
ふるへつつきえゆけば
しげりたつあかい杉は
身をゆすりつゝ眼ざめてゆく。

風景七

風景　七

黒い堤の土から
若草がもえてゐる。
ふかふかとつめたいがあどの蔭が
白馬と人をはき出した
はるのやうなけさのそらだ。

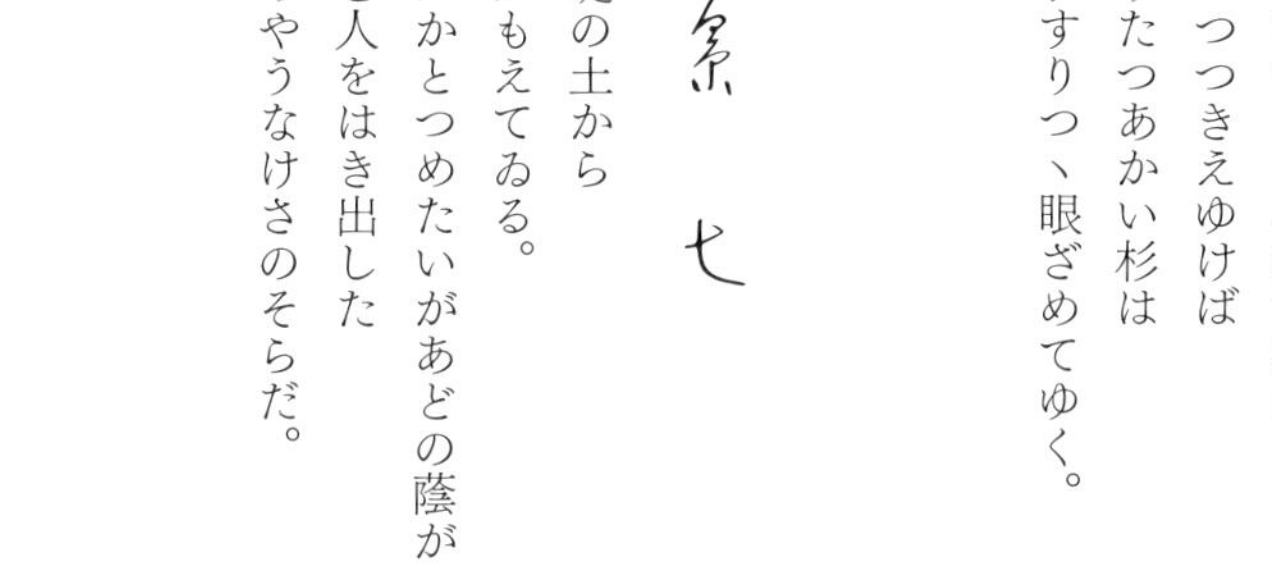

風景八

風景　八

草原に日がてり
かき乱れた枯草の中から
若草のみとりがちら〱見える
あかつちの崖も
ぽかほかとてりかへしてゐる。

詩　冬の小曲
童謡　春日永
茱萸（池内義豊）

童謡　春日永。　茱萸。

童謡
春日永。

鬼ごっこするもの寄っといで
じやんけんぽっくり下駄足駄下駄
蝶々菜の花揚雲雀
千代公の鬼なら丘なしだい。

縄飛びするもの寄っといで
石紙じやんよ挾みなし
そっとこほっとこ沈丁花
挾はないのに何故出した。

石蹴りするもの寄っといで
ぐうちよきぱあで御蹴り初め、
櫻ちらちら澤の水
一貫貸して日が暮れた。

茱萸。

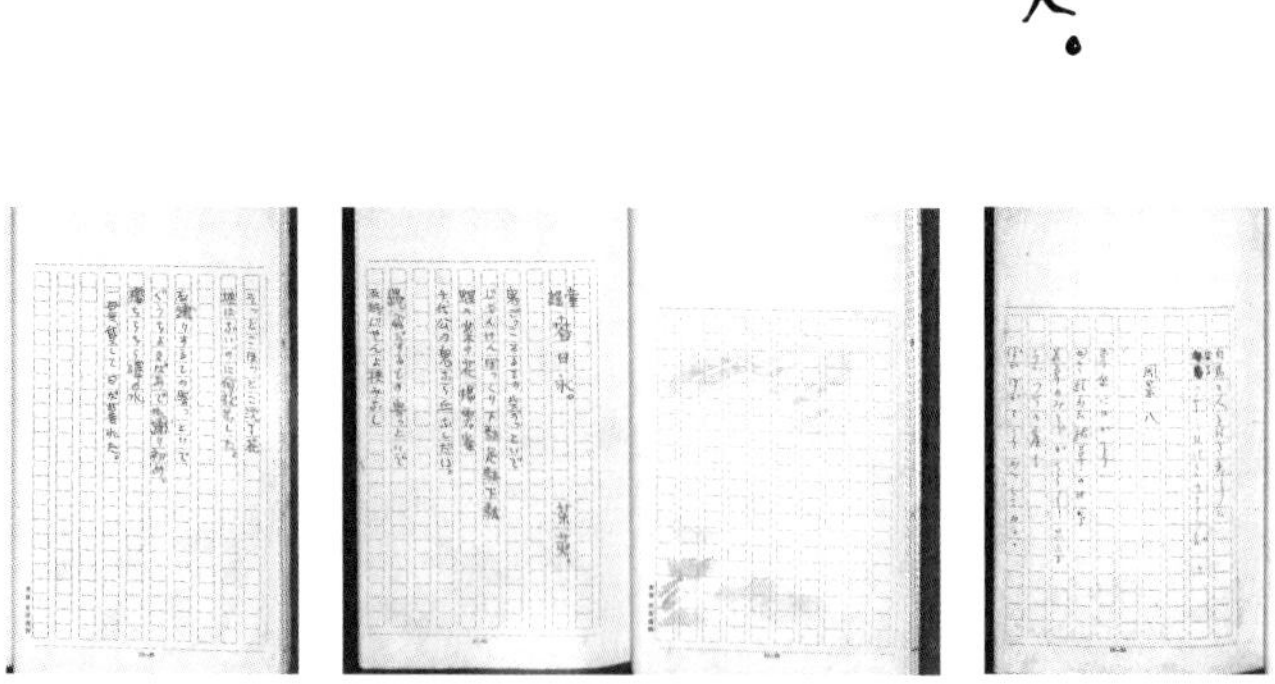

童謡　豆腐屋。　茱萸。

童謡　豆腐屋。　茱萸。

ええ　ふい―　とこすたこらさ、
とてれけてれすけとてれけて
なま揚げがんもどき焼豆腐。

花が咲かうと咲くまいと
こちやなま揚げ焼き豆腐。

根っから　菜っから神田っ児、
こんちくしようのぺっぺらぽん
あらがんもどきに焼豆腐

花が散らふと散るまいと
こちやなま揚げ焼豆腐。

穴、後篇　池内茱萸、

穴、後篇　池内茱萸、

「自分は大罪人である。人類の名誉を傷付ける爲めに生れて來た様な人間で有る。此の意味に於て自分の遺書は醜い罪の記録で有る。」

以上の様な書き出しで先生の遺書は始まって居ました。

そして其の後へ括弧を充て、

「自分は勿論君丈けに読んで貰ふ心算で此の遺書を書く。けれども譬へ文字の上に於てでも、始終相手に君を意識し乍ら、此の醜い罪の記録を談り続けることは餘りに苦しい。其所で、自分は此の場合判然と二人稱を假定しない体裁の本に書く事を許して貰ひ度い。そふすれば、是を書く私の苦しさが多少、幾分なりとも助る譯だから。」としてありました。

それにしても、もふ事はすんで仕舞ったのか。由紀子の身の上は？私は文字を拾って行く自分の眼の働きを此の時程まだるっこく感じた事は有りませんでした。

「自分は死を決して後、遺書を書く事に付ては少からず迷った。自分の死後にまで此の醜い罪の記録を地上に残して置く必要が有るだらふか。此の様な悪は人の眼を汚さない内に、自分の運命と共に亡びて仕舞ふのが本當では無いか。左様も考へられた。併し自分達の死に依って・・」

此の自分達と言ふ文字が蜘蛛の絲よりも細い私の一縷の望みを

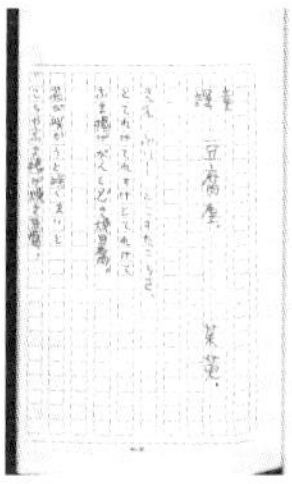

童謡　豆腐屋　茱萸（池内義豊）

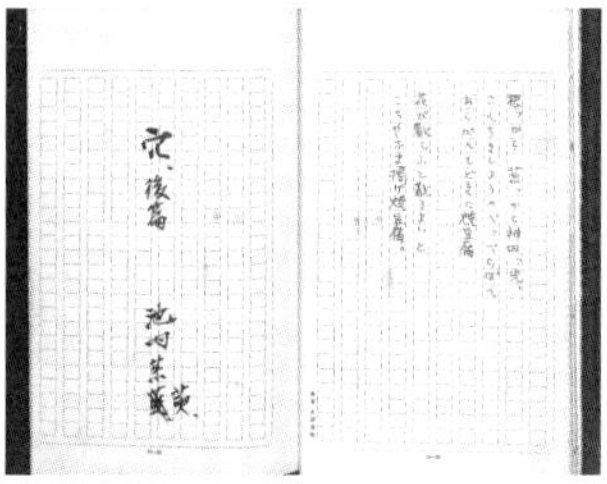

穴　後篇　池内茱萸（池内義豊）

全く断ち切って、眼のくらむ様な絶望のどん底へ私を落して仕舞ひました。

「自分達の死によって、最も極端な影響を受けるで有らふ所の一人の青年のことを思ふと、どふしても書き残さない譯には行かなかった。此の一切の告白を読んだ結果が其の人に執って少しでもいいとは考へられないが、併し、どうせ同し不幸に陥るものならば、因果の眞相をはっきり掴んで居る方が、まだしも幾らか救はれて居ると思ふ。

併しまた別な考へ方をすれば、それ等は畢竟、生前の自分に就き纏ふ一つの執着であって、要するに生きて居る人間の煩悩に過ぎない。

自分の生命が、肉体を離れる瞬間に於て、認識せられる一切の存在は挙げて空に帰して仕舞ふのである。

最早や其所には自分もなければ人もない。天も地も、過去も未来も、神も悪魔も、無と謂ひ有と稱する觀念すらも無い。無論一人の青年の存在を認める餘地は無い。

夫れは地上のあらゆる想像と、凡ての語と、また譬へ神の智慧を以てしても現す事の出來ない不可思議なる空虚である。

此の絶対の空虚を信じて死に就くものが、どふして些の生前の因縁に曳かれる理由が有らふ。

かう考へて來れば遺書の必要は全然ないことに成る。

けれども自分は今一度考へ直した。

遺書の存在理由は譬へ死後に在っても、夫れを書く時は生前で有る。

夫れを書く時に於て、いかに自分の死が確實で有り、切迫して居ると言っても、死は其の時の自分に執っては明に未來の出来事である。

譬へば、自分が拳銃の口を自分のこめかみの皮膚に壓し附けて、引金に掛けた指に力を加へた瞬間に於ても、自分が生きて居る以上、死は自分に執って想像以外の何物でも有り得ないのだ。

此所まで來て自分はやっとうなづく事が出來た。

遺書と言ふものは要するに生前の自分の爲めに書くものである。

今、此の遺書を書き始めた時、自分の生命は餘す所、僅か数日を出ない。

そして此の遺書はそれ等の時間に於ける自分の生活の全部である。逆に言へば、自分は此の遺書を書く爲めに、後数日を生活する。

つまり自分の死後に於て、自分の死とは関りもなく存続する卋界を想像し得る現在の自分の爲めに、此の遺書を書くので有る。

自分は今ならば、未だ此の遺書を讀む、或る人の姿を想像する事が出來る。

けれとも、こんな風な想像を爲し得るのはもふ僅な日時である。

そして其の最後の瞬間には、もう其の想像は出來ない。また想像せらる可き何物も存在しない。

自分は夫れを信じて居る。

自分の死後に於ては、自分が存在しないと同様に、遺書を讀む人も存在しなければ、また此の遺書自身も存在しない。

然らば、何故存在しないものの爲めに、存在しないものを書くか。

それは、現在の自分がそれ等の存在を想像し得るからで有る。

だが、併し、此の遺書は本來ならば由紀子が筆を執る可きかも知れない。(少く共、君はそう思ふに相違ない。)

けれ共、事の眞相はとても由紀子等には任せ切れない程複雑で

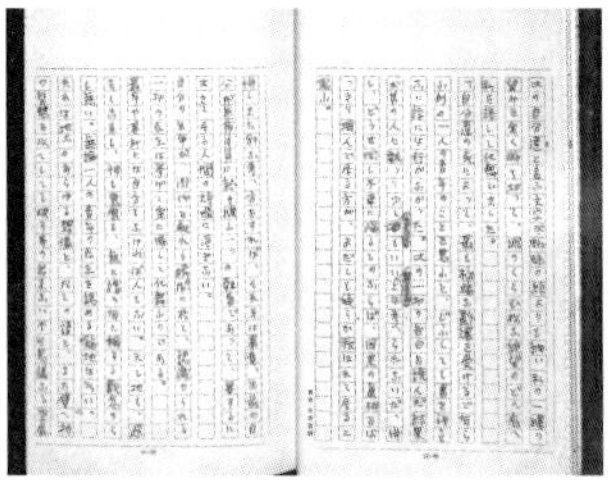

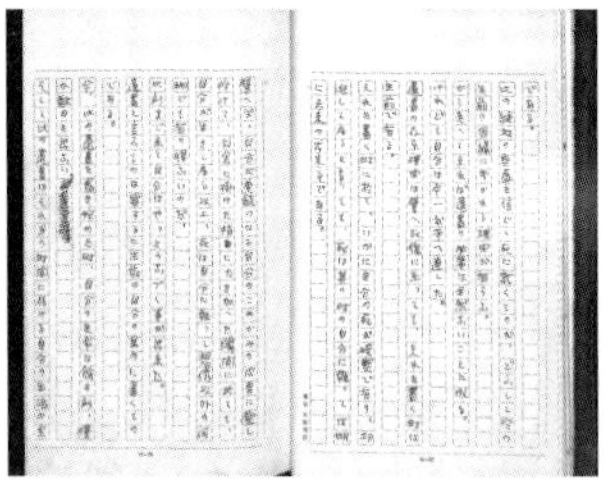

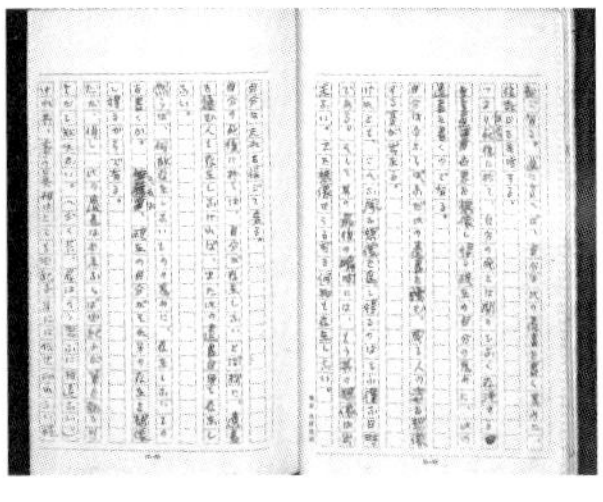

且つ醜悪なのである。たとへ彼女に、それをすっかり描寫する丈けの能力は有っても、自ら進んで、筆を執る勇氣を持ち得ない事は餘りに明白な事實である。

而も、凡ての事件の中心は實に自分なのである。

從って、自分の位置は凡ての出來事を隅々まで見究めるのに極めて都合のいい場所を占めて居ると言はなければならない。

以上の意味から、此の遺書、つまり自分を中心として起った凡ての悲劇的波紋の記録者は自分を措いて他に適任者は全然ないのである。

で、自分の筆は、いよいよ、最初の一鍬を打ち込まなければならない所まで來た譯であるが、扨て愈々となると何所から始めてよいか、一寸見當が附かない。

と言ふのは、例へば、自分の少年時代に於ける、極めて微細な出來事、環境よりの或る特殊な刺戟だとか、其他一寸普通には誰も氣が附かない様な無数の因子を餘す所なく研究して、それ等が成長後の自分に及して居る所の影響や感化を知悉して、其の系統の絲目を、もつれから解きほぐして整理する事も或る程度まで必要な事なのである。そふすれば勿論、自分の性格、性癖、思想的傾向、情操の陰影等が立体的に浮んで來て、後に於ける罪科や、一見不可解としか見へない異常な行動等に対する比較的首肯され易い説明とも成り得るのであらふが、其所まで遡らなければならないとすれば、此の報告は目下の自分に執っては餘りに大事業となってしまふ。とても其の負擔には今の自分は堪えられ相にもないし、又それには非常な日数と新しい努力とを必要とする。

で左様した潛在的な、一切の因果の分子は悉く省畧して特に必要な場面々々を追つて、それを中心として報告を重ねて行く事にしたい。

自分は物心つくと同時に孤児で在った。

そして、少年時代の或る一頁を孤児院の生活でふさいだことも有る。

が、それは長い事でハ無かった。

直ぐに自分は順潮な位置にもどされた。

自分の両親と多少の緣故の有る人が、自分を探し出して呉れたのである。

そして、ずっと大學を出るまで、其の人の世話に成ったが、まづ、自分は幸福だったと言へ様。

今でも、自分は其の家庭の人達に対して中心からの感謝の念を抱いて居る。（もっとも其の人達は今は此の世の人ではないが、）

併し乍ら、いかに自分が幸福を口にしたからと言って、それを其の儘極めて明るい意味に執って貰っては少し困るのである。幸福と言っても、それは孤児院生活をづっと續けなければならない場合と比較しての話で、子供の時代から人の手で育てられて來た自分の慘めさは、あらゆる意味で、とても両親の揃った人達には想像も及ばぬものが有った。

が、かふ言ったからと言って、何も自分は恩人達の仕打ちに対して毫も不服を抱いて居る譯でもなく、また多少でも虐待を受けたと言ふ譯では決して無い。そんなら、十分幸福で有った筈じゃないかと言はれると自分は全く説明に窮する。あの當時の自分の状態をどふ言ふ風に説明す可きであるか、全く以て、自分には判らない。

少年。そうだ、特に少年と言ふものに付いての深い理解がない

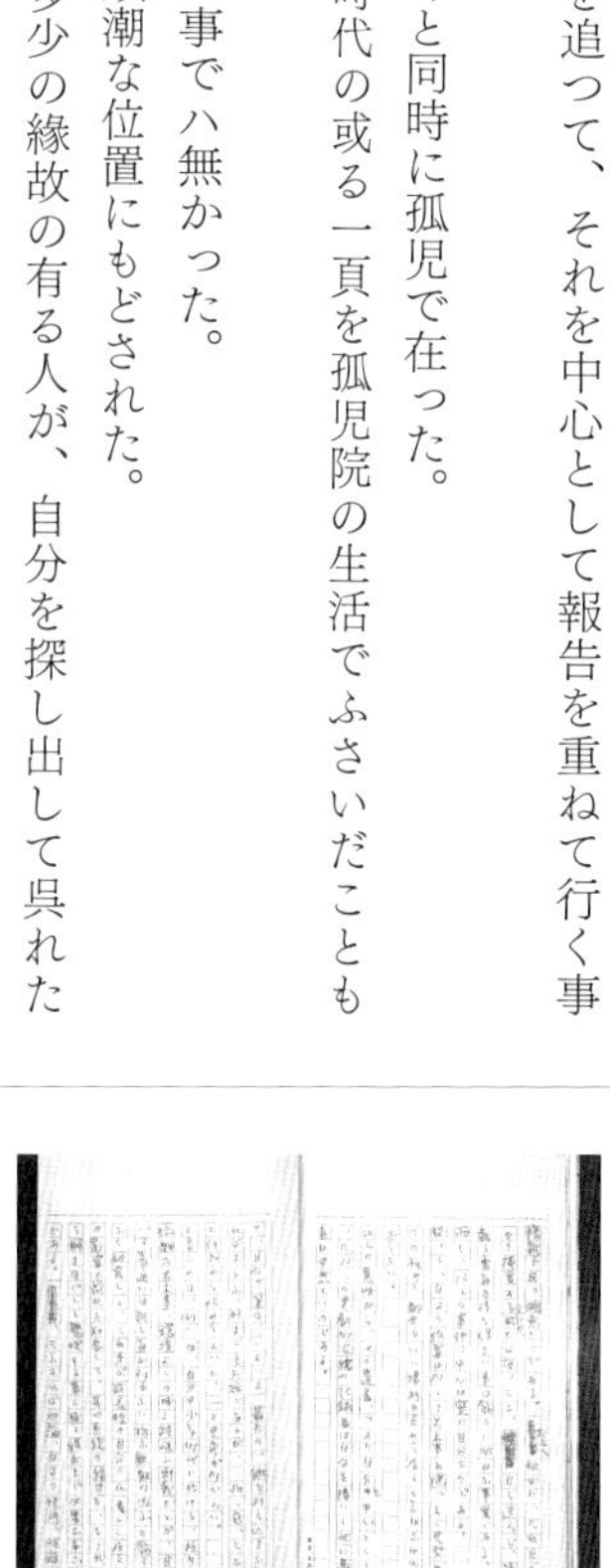

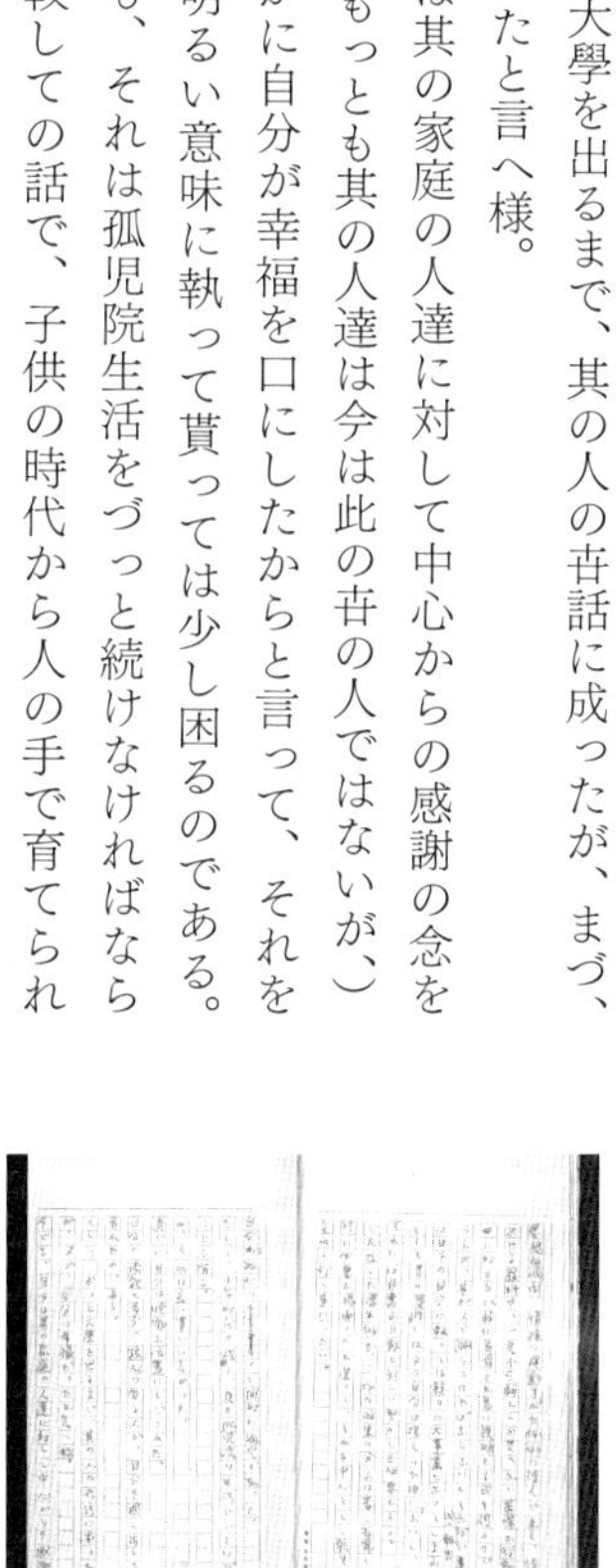

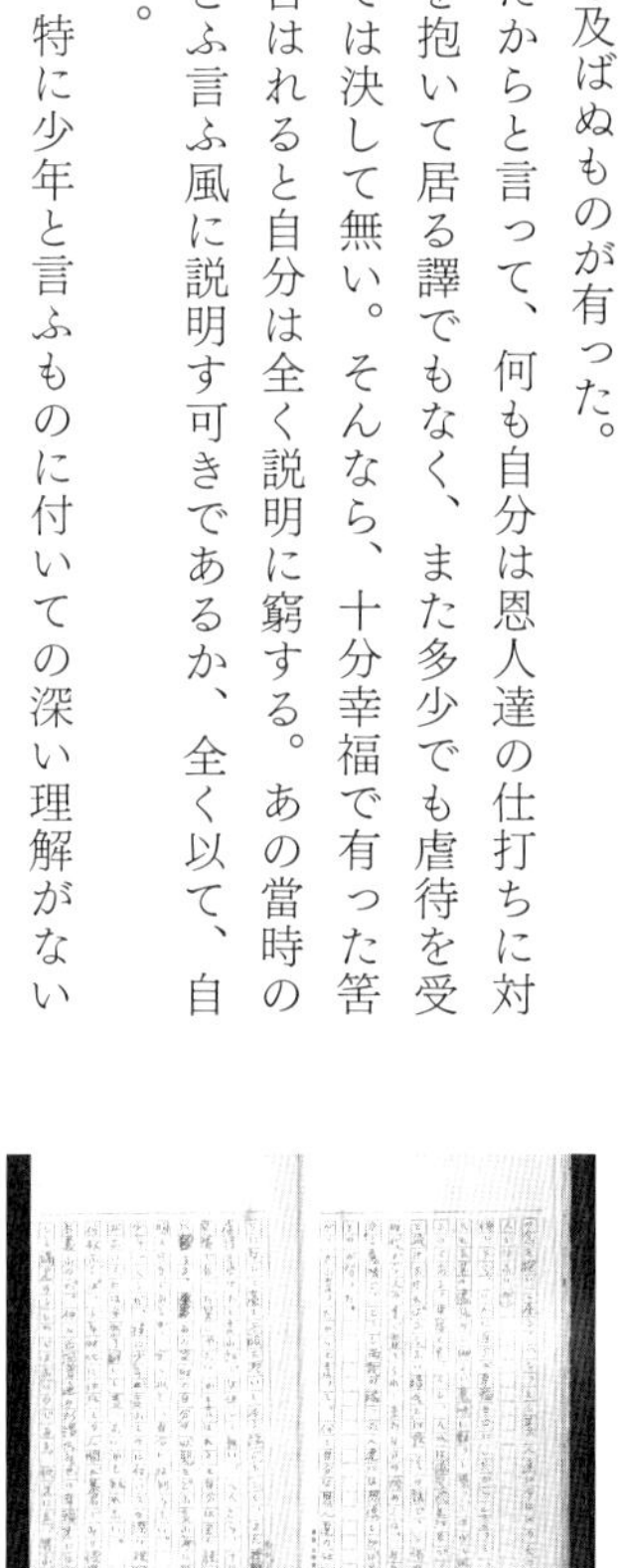

人には全然了解して貰へないかも知れない。

何故ならば、少年時代には凡ての人間が暴君であり侵畧主義なのだ。仲々吝間普通の所謂御座也の幸福等には決して満足するものではないのである。彼等に五つ與ふべきものを五つ與へたのでは決して満足をかち得る譯には行かないのである。五つ與ふ可きものは七つも八つも與へなければならない。生みの親は、望みに任せて、十もそれ以上も與へて格別不思議に思はない。然るに、いかに深切であり教養ある人々でも、自分に子供を持たない人には此の氣持ちは到底判らない。

彼等は五つ與ふ可きものを五つ與へたから、是で自分は子供に対する責めを果したと思ひ込むのである。

で、子供がそれで満足すればよし、もしも不服を稱へ等仕様ものなら、直ちに子供を罸したり、子供の質を悪く評價したりするのである。

そして、自分達は決して間違って居ないと信じ込んで居るのであるが、是が最重大なあやまちなのである。

それは子供の本質を知らずして、單に大人の常識でもって凡てを形付け様とする所から生ずる誤差である。

實に、子供は五つのもは十も與へられなければ満足しない。

そして、吝間の子供達は大慨、其の十を與へられるのである。

もしも、彼等が大人の常識に支配され、つまり、所謂親馬鹿なる語の恩恵に浴する事が出來ずして、五つのものを五つしか與へられなかったならば、それは實に言語同断の惨めさを現出するのである。それは大人が五つのものを一つしか與へられなかった場合よりも、もっと酷いものである。

つまり、親身の養育と、他人の養育との間に幸、不幸の別れる臭は實に玆に在る。

だが是は決して、自分が恩人達の無情を攻撃する理由とはならぬ。彼等は實にいい人なのである。情あひの深い、教養に冨んだ尊敬す可き人達であったのだ。只彼等は少年を理解する頭が缺けて居た爲め、五つ與ふ可きものを五つしか與へなかった丈けでなのである。

自分は是以上の説明はわざと避けて置く。

自分が其の家へ引取られたのは、自分が八つの年であった。其所で自分は彼等を「父母」と呼ぶ様に教へられ、學校へ通はされた。

そして十三の時に自分には妹が出來た。

つまり自分の義母が、其の妹の子供を引き取ったからである。

其の子供は前から始終家へも遊びに來て、自分とはもふすっかり順染みに成って居た。

愛子と言ふ眼の大きい利發相な顔をした子で、自分は此の子が好きであった。

「愛子ちゃんは、今日から家の人に成ったんですよ。

おまへは可愛い妹が出來た譯ですから、仲良くしてやらなければいけませんよ。」

或日學校から帰ると、私達はかふ言っておとな達の前で改めて引き合はされた。

私は學校袴を穿いたまま、堅くなってお叩頭をした。

愛子も大きい眼をくりくりさせ乍ら大人しくお叩頭をした。

併し愛子は引き取られて來てから、何となく淋し相に見へ以前の様な不断の快活さを示さなく成った。

自分は子供乍ら、それを非常に氣の毒に感じた。

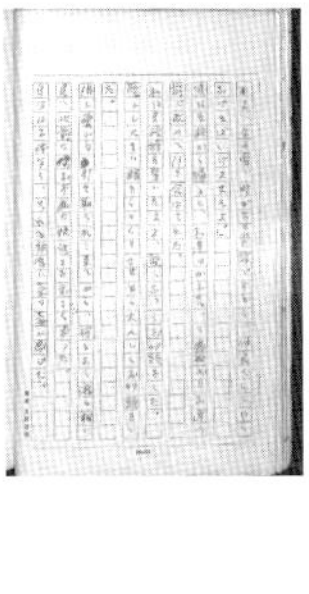

そして、何とかして愛子を楽しませてやらふと心の中では考へて居たので有るが、どうも　其の氣持ちを素直に行爲に移すことは何となくやり憎かった。

と言ふのが、此の妹が自分に執って奈如言う意味の妹であるかと言ふ事を自分は知って居たからで、また向ふにしても、もふ其時十才に成って居たから、うすうす氣が附いて居るに相違ないのである。

それに自分たちは子供の時に変な自尊心を持って居て、女の子等に深切にしてやる事は非常に自分の衿持を傷けられる様な氣がしてならないので、自然女の子に対しては何時も男性的な強さと、超然とした英雄的な風格を示して居なくてはならないのである。

そして其ふした態度が果して自分の心持に並行したまっ正直なやり方であるかどうふか、そんな事は問題ではないので、態度や行爲の外型丈けが全部なのである。

無論、御話に成らない小さい子供の呇界に於ては、實際そふした態度は全く彼等の本心の姿であって、其所に僞りの分子は無いので有るが、少年期から青年期に移りかける過渡時代に於ては、我々は自分の内心に対する一種の透視力を得て來ると同時に、其の内容の変化にも氣附かずには居られなくなって來る。

そして、おやと思った時は、もふすでに自分の心は自分の今まで守り立てて來た雄々しくも英雄的なる態度を裏切って悲しくも崩懷を始めて居るのである。

そこで呇の幾多の少年達の胸の中では人知れず、悩しき戰争が續けられる譯であるが、遂には彼等の英雄主義が見るも無惨な形骸を曝して、彼等をしてしみじみ幻滅の悲哀を感ぜしめる事に成る。

丁度、そふした少年期の結末に近い時期に、美しい眼の大きい、おさげの妹——それも普通と違った或る意味を持った妹を與へられた自分は、此の妹に対する一擧一動に盡く何等かの拘泥を感ぜしめられた。

従って、當時の我々に小さい二人の関係は實に一種異様なもので有った。

我々は或る程度以上に親しくする事は、何か特別な罪悪であるかの様に感じて居た。

我々は二人切りの場所に於ても始終誰かに見張られ居る様なおそれと、変な遠慮が有った。

青年期に入ってからでも、其の頃の習慣と影響は大部分残って居た。

我々は両親達の前では殆ど餘り口を利かなかった。

それにも係らず、二人切りの時でも、御互に心にふれる様な話題は成る可く避け合って居た。

我々は、青年期が熟するに連れて、次才に異性としての愛慕の念を深めて行たにも係らず、口先きでは相手を辱しめる様な語を投げ合って居た。

我々は只何となく底へ觸れ合ふのが恐しかったのである。

それは實に漠然とした恐れに相違ないのであるが、我々は其の正体を見究める事をすら避けて居た。併し其所には形容の出來ない不可思議な魅力がじっと声をひそめて居る様な氣配が確に在った。

それ丈けに我々は餘計　恐れを激しく持ったのである。

一たん其所へ觸れて仕舞へば、もふ我々は今までの様にかふし

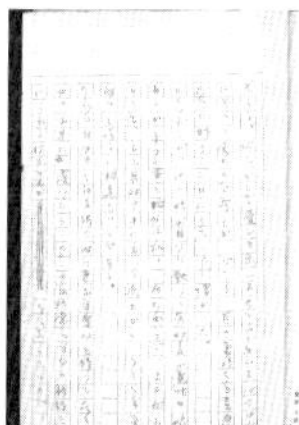

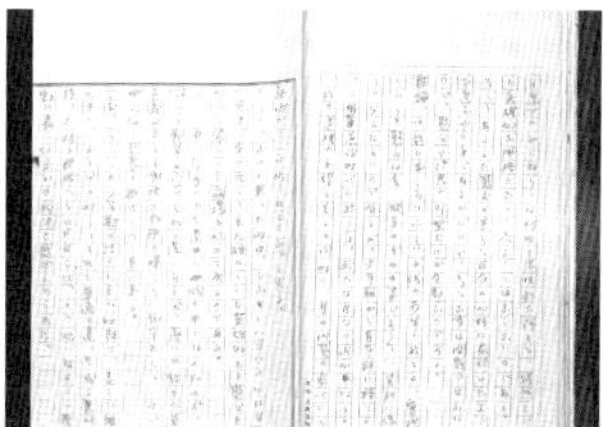

てちゃんとして立って居られなくなる——何か、かふ大切な形が崩れて仕舞ふ様な、そふ言った不安が常に我々を警戒して居た。

だから、我々の会話の中に偶然、ある意味深い心、乃至は事實を暗示する様な語が飛び出して來ると、我々は大いにあはてて話題を変へたり、時とすると、急に相手を譯もなく、おとしめたり、罵ったりする事によって急場を救つた。

我々は互に、そふした場合の罵りや、屈辱には慣れて居たし、寧ろ其の荒々しい語の皮を一つめくって、其の奥に隠れて居る眷恋の情を酌む事さへ出來たのであるが、其の事實をまた互に相手には祕し合って居た。

だから、我々には表面は蕪雑な語を眞に受けてあたかも感情を害して居るかの如くに装ふ必要があったし、それを重ねて行かねばならなかったから、自然我々の間柄は外面的には益々荒み遠ざかって行た。

そふして、其の當然の結果として、空な語の遊戯だと明に知って居ながらも、つい、其の語の意味に吊り込まれて本當に感情を動かして仕舞ふ様な危險も時に無いでは無かった。

自分はその事のもたらす悪い結果をも深く恐れて居た。

極めて小さい、意味もない語のやり取りから、双方の感情がちぐはぐに成って仕舞って、終には奈如にしても、ほごす術の無い程にもつれて仕舞ひはせぬか。

事實また、其様な事も、廣い人生に於ては例の多い事に思へる。

で、自分は何時か、我々の絲のもつれが餘り嵩じない内にちやんと揃へて置く必要が有ると思って居た。

丁度、自分が大學の一年の時に母がなくなった。

母は腎臓を病って死期を早めたのであるが、死ぬる二三日前に我々を枕元に呼んで、

「今更言ふまでもなく、おまへさん達は夫婦に成るんだから・・」

と突然言ひ出した。

其の時自分は二十二才、愛子は十九であった。

實際其の年まで　我々は両親の口から改まって其の話を切り出されたことは無かったのである。

勿論自分は愛子を妻として見ることに不服はない許りでなく、今まででも確に恋人に対する感情を持つことが出來たし、愛子にしても、自分に対して普通の兄以上の愛情を感じて居るに相違ないのである。

併し我々の間柄は前に述べた通りで、此の様な實際問題に直接したことは曾て無かった。

我々の恐れ、且つ空想して居た一つの夢が、餘りに無雑作に、謂はば丸切り違った形で味氣なく其所に投げ出されたのである。

母が其の時、どんな事を説き聞かせたか、今は殆ど記憶が無いが、要するに家庭の女らしい、月並な細々した事で、是と言ふまとまったことも無かったと思ふ。

いづれ、ぶつかる問題では有るが、未だ自分はそーっとして置き度かった。

卋帯擦れのした調子で、母親にいきなり切り出された時は全く、剃刀を荒砥に掛けられる様な思ひであった。

それから、続いて母の死で家中がごたごたしたので、落ち着いて愛子一人を促へる事が出來たのは初七日過ぎての事であった。

「實は僕から一度はつきりと訊いて置き度いと思って居たんだが、此の間あんな風に御母さんに言はれて仕舞った———、で、

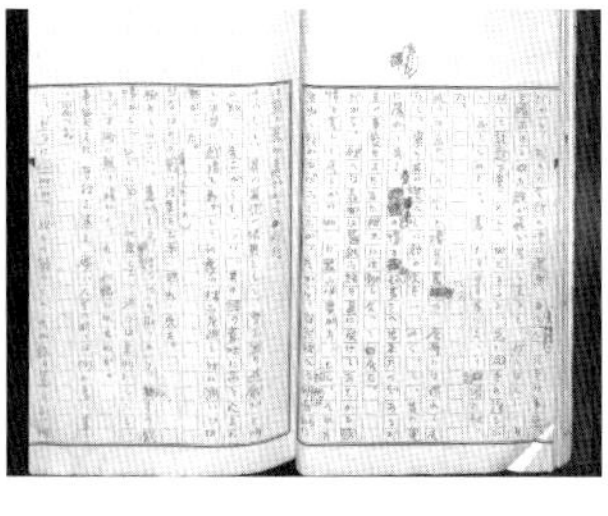

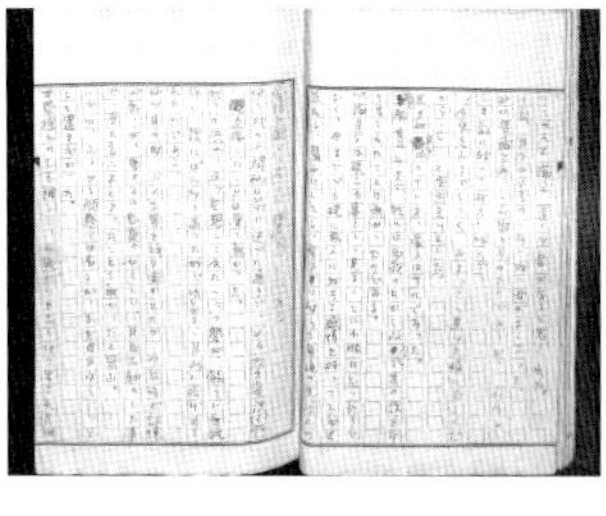

要するに愛ちゃん、おまへの本當の氣持ちを――少しも遠慮しないで、言って見て呉れないか。

無論、我々の様に、他の人の他の意志と目的の本に定められたる結婚――まあ、そふ言った結婚を前提として養はれて來たと言ふ事は少く共何か間違った所が有る様な氣がするが、要するに本人同志で愛を感じてれば、どちみち問題はなくなるわけだ。併し、どちらか片方にしろ、譬へ少しでも氣に入らぬ所が有れば、決して妥協する必要はない。ばかりか、そんな妥協は事によると、非常な不幸の原因となるかも知れないんだから、そこん所をよく考へて言って見て呉れないか。何しろ未だ事實結婚には間も有ることだし、今の内なら、未だ何とでも成る。養つて貰った恩は恩さ。それは別物だからね。その事の爲めに自分を殺したり詳ったりしてはいけないよ。　つまり、あらゆる、伏線や条件を取り除いて我々がすっかりはだかに成って考へるんだ。そうして其の時に我々が本當に愛し合って居ると思ったら、結婚しなければならない。――」

「そう　?　じやあ、御にい様は本當に未だ、どうにでも成ると思ってゐらっしやるのね。」

「どうにでも成るって?」

「つまり、あたしが、いやと言へばそれでもいいのね。」

「それでもいいなんて、いやあしないじやないか。　ただ愛ちやんの氣持ちを訊いた丈けだよ。」

「だって、結婚には間があるし、今の内なら未だ何とでも成るって、いまさっき仰有ったじやありませんか。」

「そりや、そふ言ったさ。」

「それごらんなさい。だからあたし――。だから、こふなんでしよ。もしも、あたしが、譬へですわ、これは。もしも、あたしが、御にい様をいやと言って仕舞へば。それでも御兄様は平氣なの。」

「そんな風にとられては困るね。僕はただ、愛ちゃんの立場を説明したんだよ。未だ、おまへ自身に選擇の自由は有るんだと言ふことをね。自分はいやでも應でも此の人と結婚しなければならないんだと、思ひ込んでいやしないかと、只夫れを心配したんだよ。未だ、僕の氣持ちがどふとか言ふ所まで問題は進んで居ないんだよ。」

「だけど、それにしても、御兄様の氣持には何だか餘裕が有るわね。何故、御母様が仰有った様に僕と結婚して呉れ――と、いきなり仰有らないの。あたし・・・」

「でも、それは乱暴じやないか。つまり両方が。」

「あたしが男ならば、そふするわ。だって男の愛て言ふのはそふ言ふ風なものじやなくって、」

「だけど、それは一概に言へまい。寧ろ性格だらふな。僕なんかは、向ふはどうでも、こちらさへ愛して居ればと言ふ風なやり方は出來ない。やはり両方の愛がうまく結び付くのを一番に考へる。」

「そうお、でも、何だか、あたし、どっちの愛が強いかとそれを思ふわ。寧ろ相手を考へる餘裕のない様な愛が――。」

「じやあ、愛ちゃんの理想の人はそふ言った性格の男なんだらふ。じやあ、僕なんかは落才だな。」

「あら、御兄様、ずいぶんね。　あたしなにも、そんなつもりで言ったんじやないことよ。」

「そんなつもりで言ったんじやないにしても、語の意味から考へるとそふとしきや受取れないじやないか。つまり僕の持ってる

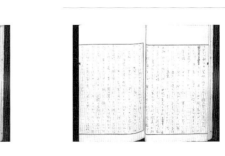

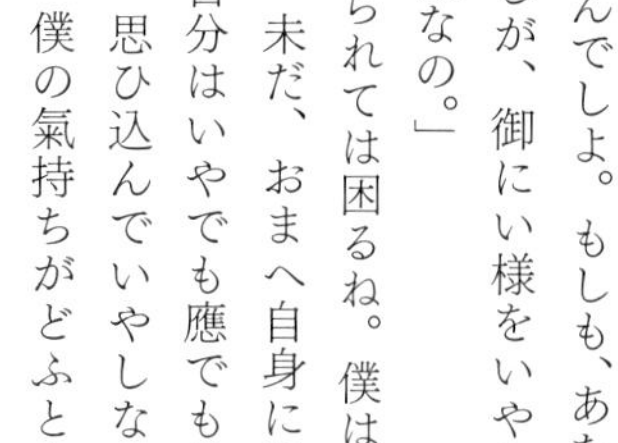

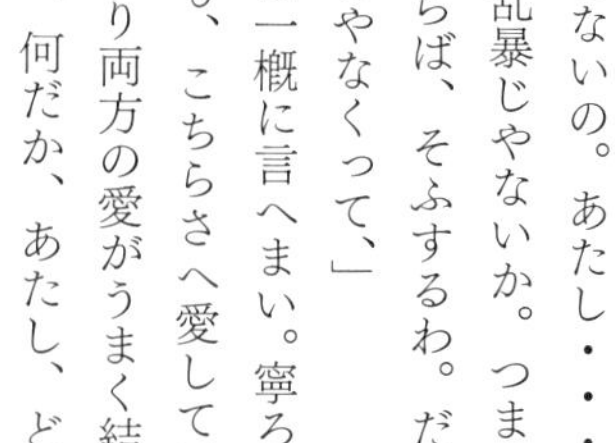

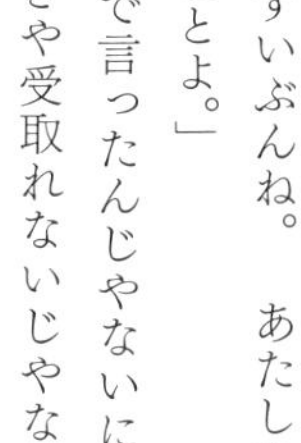

様な質の愛は氣に入らないとすれば――。」

「氣に入らないなんて、そんな、そんなことを何時あたしが言って、御兄様は大好きなんだけど、御兄様がどっちかと言へば冷淡よ。あたしの思ってる半分も思って下さらいと思ふわ。」

「本當にそふ思ふかい。僕が冷淡だとね。」

「ええ、思ふわ。あたし、」

「そうかなあ。ずいぶん、これで愛ちゃんの事は思ってるつもりなんだが。」

「だって、今更あんな風にあたしに訊くなんて、それからして才一あたし不平よ。一体御兄様は少し用心深い過ぎるのよ。もっと男らしく構はないで、ピシピシおやりなればいいのに。」

「うむ、それはやや肯綮に當ってるよ。自分でもそふ思ふことがある。だけど、また一面僕はいよいよと成るとどんな事をするか判らない様な所もあるんだ。そんな事はあっては困るが。」

大体こんな風な会話だったと思ふ。

格別の事件もなく大學を出ると、父親は早速我々に結婚を迫ったが、自分は只何の譯もなく、未だ少し早いと思った。そして、此所の所で、勉强ついでに、一年丈け欧羅巴へ遊學させて呉れないかと頼んで見た。

父親は其の時餘程自分の態度が意外だったと見へて、しきりに愛子を掴へて、自分に嫌はれて居る様な心當りはないか等と訊ねた相である。が結局遊學の願は聞き届けられた。

そして自分は學校を出ると間も無く遊學の途に上った譯であるが、當時非常な理想家であった自分は、結婚前の愛子に対して最後のものは決して求めなかった。

が、是はいい事であったか、悪い事であったか今に判りはしない。

しかし、外遊の爲めに結婚を永引かせた事は明に自分の失錯であった。

外遊中のセンチメンタリズムとホームシックは愛子に対する自分の感情に油を注いで、いやが上にも眷恋の情を募らせた。自分の生涯で愛子に対する恋が一等熾に燃へ上ったのは實に外遊中の一年間だと言へる。

自分は居ても立っても堪らぬ位に彼女の幻影に焦れて居た。そして一年の期間が終へるのを俟ち詫びて帰って來ると、其所には何が自分を俟って居たらふ。

彼女は意外にも妊娠して居たのである。

自分は何を言ひ得たらふ。

また、何如に激し得たらふ。

否々、ただ力のない笑ひを漏し得たのみであった。

何と、何と、人生は皮肉に出來上って居ることよ、と。

長い夢は引き裂かれ、凡ては終った。

自分は誰を憎むよりも先きに自分自身の頓馬さに腹が立った。

其の御人の好さを笑ひ辱しめてやり度かった。

自分は何も考へず、何も見ず、何も聞かなくなってしまった。

ただ、焔の消へたローソクの様に暗い吾界にしよんぼりと佇立して居るのみであった。

帰ってから愛子には會はなかった。

私は彼女の姿を自分の家に見出す事は出來なかった。

彼女の部屋は取片附けられて何もない冷たい疊に古いインキのしみが只一つ残って居る許りであった。

是が人生の本當の姿かも知れないと自分はぼんやりと其のインキのしみを見入った。

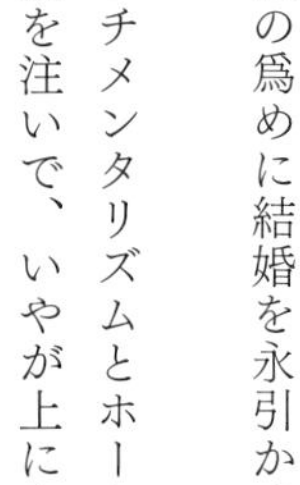
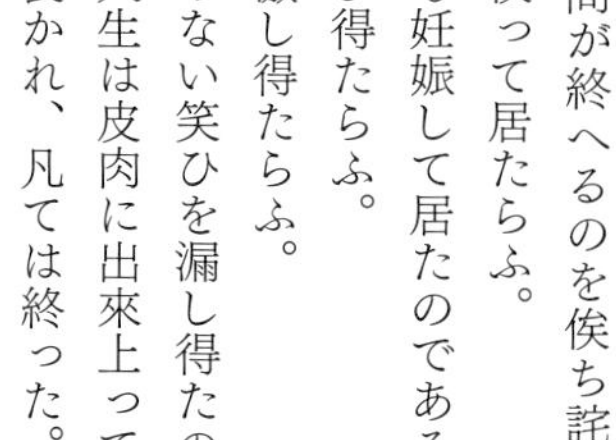
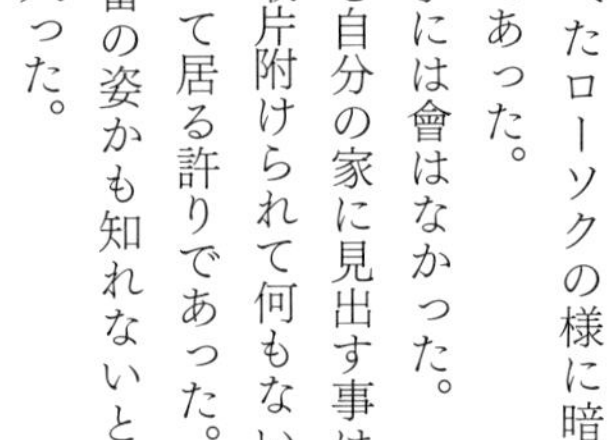

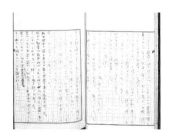

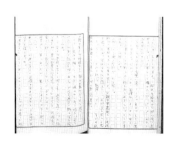

まことに明日のことを誰が知らふ。

此の部屋で彼女は御下げの時分から暮して來たのだ。

其の長い年月の折々の姿が、未だ餘りに鮮に自分の腦裡に活きて居た。

そして頭の中に在る活き活きとした幻影が既に自分にとっては生命のない過去であり、此のうそ寒い疊の面が象徴する果敢ない現在こそは、眞實に自分が身を置かねばならない吾界だとはどふしても信じ難い事實であった。

自分は力なく其の疊に身体を落したまま何時までも襟に首をうづめてとりとめもない感慨に耽って居た。

障子には昔のままの日があかるく照って居た。

自分はまた疊の上に規則正しい四つの凹みを發見した。

それは愛子の机の脚の位置であった。

ああ、まことに明日のことを誰が知らふ。

けれ共、深く考へて見れば明日の事を知る能力を持たなければこそ、人間は、明日のことを思ひ煩ふのではあるまいか。實際、人間は何物か新しい物を攫得した日から、夫れを失ふまいとする氣遣ひをも同時に持たねばならない。そして其の不斷の不安と心遣ひは意識すると否とに関らず、常に人間の心の何所かに巣喰ってちびりちびりと主人公の神圣を食ひへらして行くのだ。

考へて見れば、自分にしても洋行中に於て、かかる慘めな結果を正確な数字に計算、することは出來なかった迄も、或る程度の不安はしよっ中感じ続けて居たのではなかったか。 譬へ夫れが意識の表面に浮び上って、はっきりした波紋を刻みはしなかったとしても、直ぐ其の表面から一枚のうすい皮をめくれば、そこには夥しい不安と焦燥の群が赤い口を開いて叫び続けて居たのでは無かったか。

さればこそ、此の慘澹たる結末に面した刹那、例へ様の無い意外と驚愕の裏に、「やっぱり自分の案じて居た通りだ。俺はこれを知って居たぞ、知って居たぞ。」と心の奥の方でつぶやいて居る聲を聞いたのであらふ。

それ位氣が廻って居たにも関らず、
横浜で父独りに迎へられた時、何故自分は凡ての断面を見て仕舞はなかったのだらふ。

「どふしたんです、愛子は、」と何氣なく裝って訊いて見たが父は語を濁してあいまいな答へをしたではなかったか。

其の時の父親の顔色を何故、もふ少し見究め様とはしなかったのだ。

未だ未だ、其の以前、自分があちらに居た頃から、疑へばいくらでも疑へる理由は有ったのだ。

愛子からの手紙の上から抽象的な悩みだとか破滅だとか言ふ様な文字を拾って行って謎を解かふとしたならば惑ヒは、意外に明かに本体を見透す事が出來たかも知れなかったのだ。其の上、帰国以前の数ヶ月は殆ど全く音信がなかったと言ふ事實も、今にして思へば並々ならぬ深い影を投じて居るではないか。

何と自分は鈍感な御人好しであったことか。

いや、必しも鈍感ではないにしても少く共、憶病者か、ごま化し屋で有ったに相違ない。

自分は例によって、痛い所へ觸れることを恐れる、あの憶病な氣持ちに支配されて居たのだ。

疑ひや不安が意識の膜を破って浮び上らふとするのを强ひて押へて居たのではなかったか。

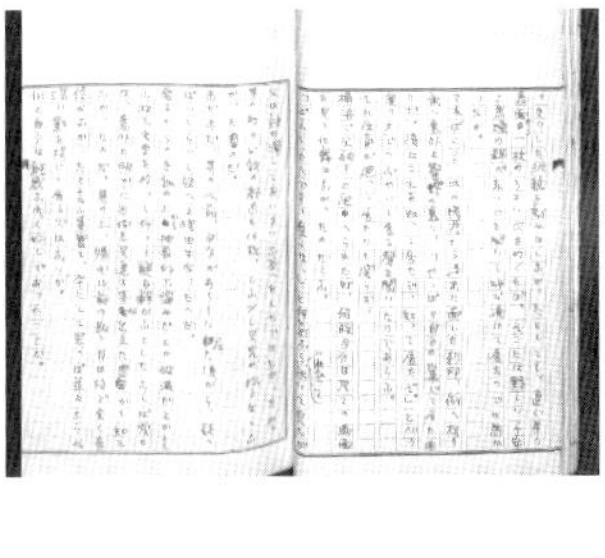

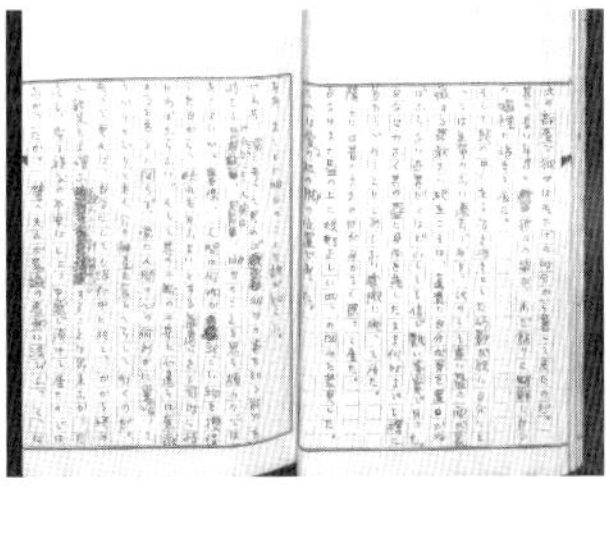

「そふ言ふ風に考へてはいけない。」とか「そんなことに氣を取られてはならない。」とか「これをそふ取るのは悪いことだ。」とか、無論それは愛子に対する信頼から來る心立てであったとは言へ、將來の不幸を豫想することの不快を忌避する刹那主義的なやり繰りでなかったと言へ様か。

「おまへには、實に何と言って詫びていいか解らないが、何とも、はや飛んだ事が持ち上って居るのだ。どふか驚かない様に、十分覺悟をして聞いて貰ひ度いのだが。」

こんな風に父が沈痛な面持ちで事件の眞相を自分に物語り始めたのは自分が日本の土を蹈んだ其の夜の事である。

自分は想像力の及び得る最も極端な場合を思ひ浮べる事を、父の語からの打撃を受けとめる盾としながら観念して父の語を受け取った。

「飛んだ事と言ふのは他でもないが、實は愛子は妊娠して居るのだ。いや、是に就ては勿論わしも重々悪い。

監督者と言ふ立場に在る以上、何と言っても罪の半分はし負はねばならぬが、それはそれとして、わしからおまいに頭を下げて重々詫びるから、是非一つ赦して貰ひ度いのだが、その事の次才と言ふのはかふなのだ。」

父の語る所によると相手の男と言ふのは藤田想風と言ふ一寸有名な若い詩人で、愛子が何時此の男と往來する様に成ったかは、父も全然氣が附かなかった相である。

で、兎も角も何時となく彼等の間には往來が始まって居たらしい。　と、かふ父は言ふのであるが、事實は誠に変な工合で、此の藤田想風は全く自分の友人なのである。　平素餘り往來をしたことは無かったが、何時か散歩の序に、其の詩人の棲んで居る郊外の一軒家を訪ねた事が有り、其の時に自分が愛子を彼に紹介したのが始りで、それから後二三度、彼の方から自分を訪ねたことも有ったので、愛子とは無論其の時分から顔なじみでは有ったのだ。併し父に彼を引き合はせた覺へはないから、或ヒは父は全く彼とは顔を合はして居ないかも知れぬし未だに自分の友人だと言ふことは氣が附かないで居るのである。

愛子も最初は別に考へも無く、只ほんの少しの興味から彼に近附いて行たものらしい。

そして彼の性格的な一寸した魅力。實さい彼はほんの僅ではあるが、ちょっとした所のものを持って居た。

そしてそれらが彼の持つ一種の容貌、つまり影の多い、エギゾチックな感じの容貌や、美しいすき透った聲音や、生活や殊に女性に対する勇敢さ等と結び付いて、時には或る種の崇高さを感ぜしめ、また時には女性の心を完全に縛り上げて仕舞ふ位な程度に英雄的な雰囲氣を持つて居た。

そして近附いて見れば案外つまらないかも知れない彼の内容も、或る距離を置いて眺める時は、一寸近附き難い様な威容と魅力を示しさへした。

此の威容と魅力が、實に肝腎な点で、それ等を先づ儼然と高く掲げて置いた後、彼は馬鹿に如才のない打ちとけた態度を示す様なトリックを心得て居た。そして其れは必ず効果的で、且つ之れが彼の人心をひきつける唯一の手段であった。

恐らく、愛子も彼のそふした点、悪く言へば一種のわなへ知らず識らず引き込まれて行たので有らふ。

そして、何の氣なしに少し宛、彼に接近して居る時、彼は美しい衣裝を矢庭にかなぐり捨てて、男性的な狂暴さと無耻の笞を

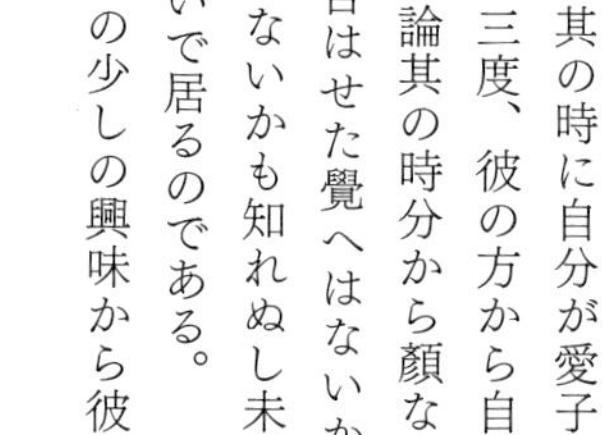
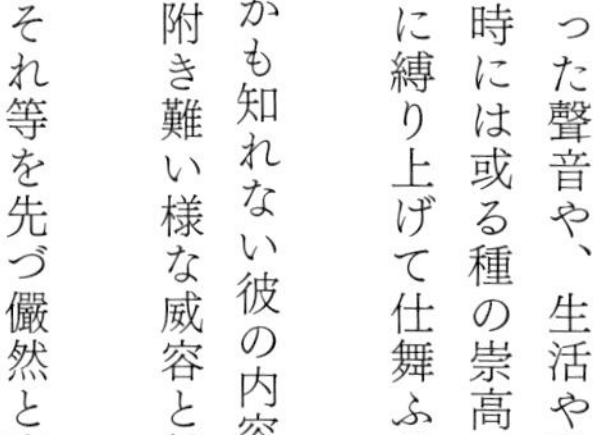
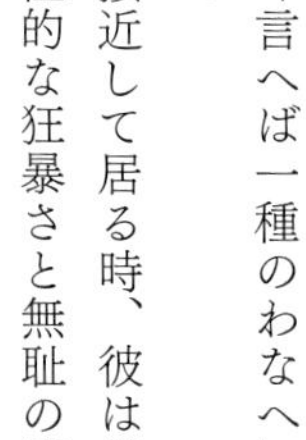

振り上げて彼女を膝下に押へて仕舞ったものらしい。

そして、愛子は無惨にも蹈みにじられたのである。

併し其の後に何が俟って居たか。

彼女の女性としての天賦と弱点とは、もふ再び、此の痛苦に満ちた笞刑の快感から、被虐待者としての、醜い傷口をいぢられる様な　うづ痒い魅惑的な觸感から逃れ去ることを出來なくして仕舞ったのである。

自分は父の物語る所を自分の想像で補ひ乍ら、いやでも以上の様な事實を認定しないわけには行かなかった。

「そして愛子は今、一体何所に居るのです。」

「實家に預けてある。何しろわしはあれの顔を見るのが辛いからな。實におまへの立場を考へると、わしはあれが憎くてたまらん。どうしてやらふかと身体が思はずふるへる位なのだ。併しまた、あれ一人の身として考へると、おまへには申譯けがないが、わしはやっぱり可哀想なのだ。どちらも、自分の子と変りはないのだ。そこで是から後の問題に成るのだが、實を言ふとわしも此の問題には匙を投げて居る。どふにも仕様がないのだ。今更無理におまへと結婚させて見た所で面白くはないだらふし、やつぱり、結局は藤田に呉れてやる他はないだらふ。」

「それは愛子の氣持ち一つでせう。」

「いくら、愛子の気持ち――――と言った所で、何しろ、やがて藤田の子が生れ様と言ふんだからな。」

「僕も、場合によっては愛子を赦せる様な氣がしますが、今の所では、藤田の子まで引き受ける氣にはなれません。また愛子の氣持ちによっては、藤田の子でも誰の子でも卋話する氣にも成れ相です。とも角も今は何事も僕には判りません。頭の中がめちやめちやに混乱してゐますから。ともかくも、是から少し頭を休めてから考へ直すとしませう。それに、是非一度愛子に会って見たいと思ひます。」

それから、何日かたって、自分は愛子を家へ呼んで貰った。

彼女は俥の幌に身を隠して來た。そして忍びやかに自分の家へ久し振りの姿を現した。

出産の日の近い彼女はめっきり面やつれがして、苦し相に肩で息をして居た。そして言ひ譯け許りに襟足に見せた刷毛のあとにうるさく後れ毛が掛って、かへって痛ましさを添へた。

自分は其の日愛子が來たのを知って居たがわざと玄関へは出ず、部屋で俟って居た。

彼女はややしばらく、襖の外でためらってゐた様子であったが、思ひ切って部屋へはいると、涙の盛り上った眼でちらと自分を見た切り其のまま襖のきはへ小さくへたばって泣いて居た。

そして、しまひに自分が立ち上って行て、手を執る様にしなければ彼女を動かす事が出來なかった。

そして、可成り長く泣き続けて居たが、やっと泣きやむと、僅に面を上げて、きっと自分の心を鼓舞する様に顔を緊張させると、「どうか、御兄さま、あたしを思ふ存分にして下さいまし。」と言った。

「思ふ存分にしたければ、請求される迄もなく自分が勝手にやるよ。しかし、そんな事をして見たって、それが何の償ひに成るのだ。

僕が今日、おまへに会ひ度く思ったのは、過去の事を繰り返へす為めではない。將來の事に付いて相談がして見たく思ったからだ。おまへは、もう、僕を愛しては居ないだらふね。」

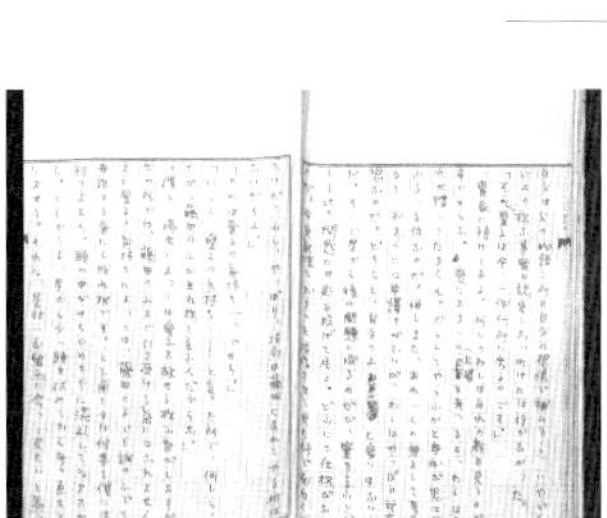

愛子は容易に返答をしなかった。勿論半分は泣き続けて居た。

「わたしは――――

　わたしは御兄さまにすまなく思ってゐます。

　どんなにすまなく思って居るか――――。」

「すむ、すまないを言ってる場合じゃないんだ。

　愛して居るか、居ないか、それを訊いてゐるんだ。」

「もふ、御兄さまを愛するも愛さないも、私はそんな事をのめのめと言へるからだじゃありません。」

「言へるからだで有らふが無からふが、僕は強ひて訊く必要が有るんだ。」

「もし愛して居たらどふなさる御考へなの。」

「結婚して貰ひ度い。僕と。」

「いーえ、それは駄目です。駄目です。私は、もふ御兄さまとは結婚は出來ません。そんな事はまるっ切り――まるっきり御話になりません。」

「何故御話にならない。何故結婚して悪い。愛して居るものが結婚することが何故間違って居る。」

「それは一般的な場合です。私のは違ひます。私のは。」

「御なかの子供のことを考へてるんだらふ。」

「ええ、それ許りでなく私はもふめちゃめちゃにくづれて仕舞った女です。どうぞ、もふ、私見たいなもののことは忘れて仕舞って下さい。どうか。御願です。」

「そふ何でも自由に忘れて仕舞へるものなら、僕は全く忘れて見たい。本當に忘れて仕舞ひ度いよ。けれ共これが、こんなに僕の生活を支配して來た肝腎なことが、忘れられるものかどうか考へてごらん。」

「それはそうでせうが、何でもかんでも忘れて下さい。こんな罪を抱いて、罪の子供を持って居る私が、いくら赦して頂けても、甘んじて其の御赦しが受けられますものか。ですから、どうか――――どうか。」

「愛ちゃん。おまへはうそをついてるだらふ。子供や罪を盾に執って僕との結婚を拒否するのは、實は藤田を思ひ切れないからだらふ。」

「だって、それは――それは――」

「いいよ、いいよ。何も其の故に御前を責めはしない。思ひ切れないなら思ひ切れないで、之れは事實だから仕方がないのだ。思ひ切れないものを、思ひ切れとは言はない。ただおまへの氣持ちを出來る丈け明かに知って置き度いのだ。我々は岐路に立って居るのだから、私は右へ行きます。或ヒは左なら左とはっきり言って呉れなければ、僕の進退も定まらない譯だ。おまへが煮へ切らなければ僕は何時までも此の岐路に立ってまご〱して居なければならない。」

「私は本當に、本當にどふ言っていいか解りません。どふして御兄様は私をなぐりつけて、手も足もばら〱にして下さらないのです。今の様な場合にでも昔と同し様な優しい調子で私に仰有るのは惨酷です。私にはそれよりも苦しいゴー問はありません。私は御兄さまにすまない氣持ちで窒息し相です。ああ、私は、やっぱり――――　やっぱり御兄様を愛してゐます――――」

「うむ、そうかい。

　――――そうかい。　そして、藤田もやっぱり愛して居るんだらふな。」

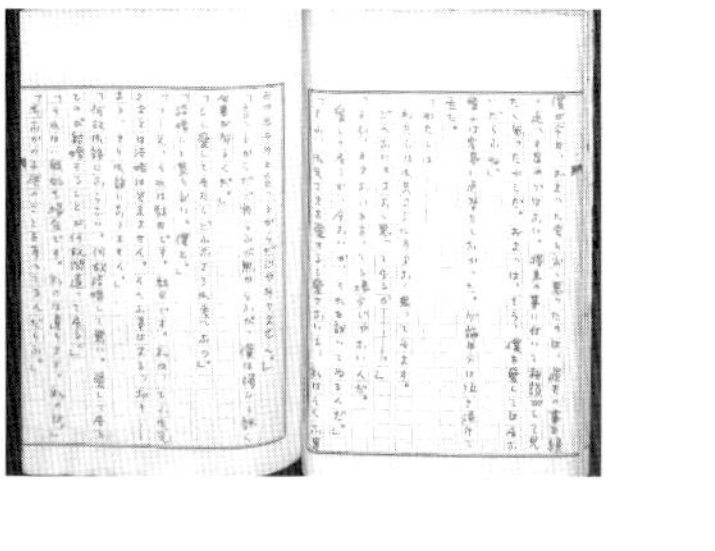

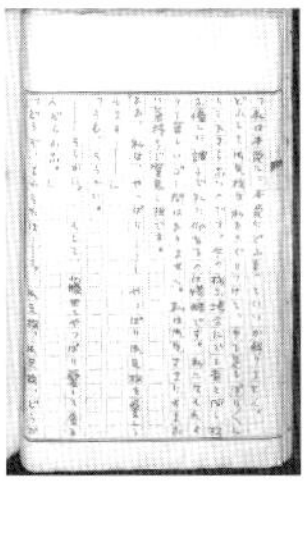

「どうぞ、もふそれは――。御兄様、御兄様、どうか赦して下さい。ねえ、御兄様、私は本當に自分の心が自分の自由に成らないのですから、どうか、どうか赦して下さい――」

愛子は茲までは、どうやらからふじて自分との語のやり取りを続けて來たが、それから激しい嗚咽にむせんで仕舞った。

愛子の氣持ちは、要する今の会話に現れた様なもので、自分に対する愛も感じては居るが、藤田を思ひ切る事も出來ないと言ふ困った状態に在った。

實際彼女自身でも、どふともする事が出來ない其の心を誰が動し得よふ。

私はあきらめる他はないと思った。

あきらめられるかどうかは考へる餘地が無かった。

あきらめる他はない場合にはどふ考へてもあきらめなければならない。

私は、また、それから数日立って後、ふらふらと藤田の家の前へ足を運んで來た自分を見出した。

藤田は自分の姿を見ると極めて愛想よく自分を迎へた。

「さあ、どうぞ、どうぞ御上り下さい。

この通り、もふ何時も取りちらかして居まして――。御帰りに成った事は承知してゐましたので。是非一度御伺ひして、あちらの御話し等も承り度い等と思って居たのですが、ついどうも――。」

等と言ひ乍ら、其所らを片附け乍ら自分を招じ入れた。

「どうか、構はないで下さい。其のままで結構ですから。」

「いや、もふ、ちっとやそっと片附けて見た所で、御覧の通り紙屑や見たいな商賣ですから、はははは。」

自分もそれに吊り込まれてつい笑ひ掛けたが、顔の筋肉がこばって解けなかった。

「しかし、あなたなんぞは良ござんすね、學校は立派な成蹟で御出になるし、早速洋行はなさるし、何しろ御家の方がしっかりしてゐらっしゃるんだから。

此の間も何ですよ、仲間でもって、あなたの噂が出たんですがね。まづあなたの同期の出身の仲じゃあ、何と言っても、あなたが最初の博士だらふなんて、もっぱら評判だって言ふじゃありませんか。」

「なあに、そりや、何かの間違ひですよ。僕はてんで、そんな柄じゃありませんから。」

「いやいや、どふして、決してそんなことは有りません。時に何か、あちらの方で変った御話しでもございませんでしたか。何か、面白い御土産話を聞かして下さいませんか。」

「さあ、どうも、格別面白い話と言って――有りませんでしたね。」

「しかし、何ですよ、とにかく、あなたの様な身分の方は羨ましいですよ。僕なんぞは一生の中にお隣りの支那へだって行って見る機会はないでせうからね。」

「そうですかね。僕は併し、洋行なんぞしたって、ちっとも有難くありませんでしたよ。むしろ今ではあなたこそ羨む可きです。」

「いやあ、どうして、どうして。僕の何所に羨む可き点がありませう。もふ、血の汗を流して、あらゆる侮辱と迫害を忍んで、やっと其の日の糧に有りついて居る丈けなのですからね。今じゃあ、もふ、若い時の様な純粋な、あこがれだとか、神聖な詠嘆だとか言ふ様なものはちっとも有りませんよ。ひまが無いのです。

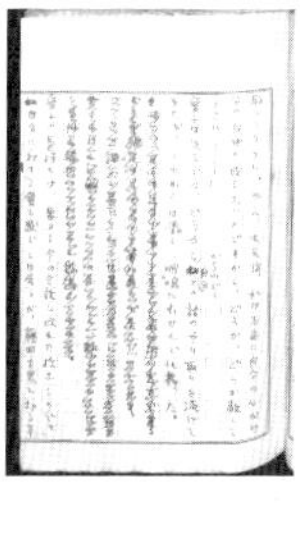

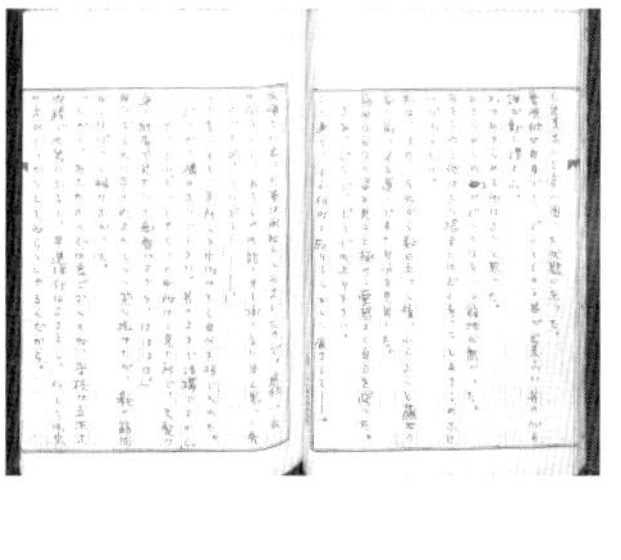

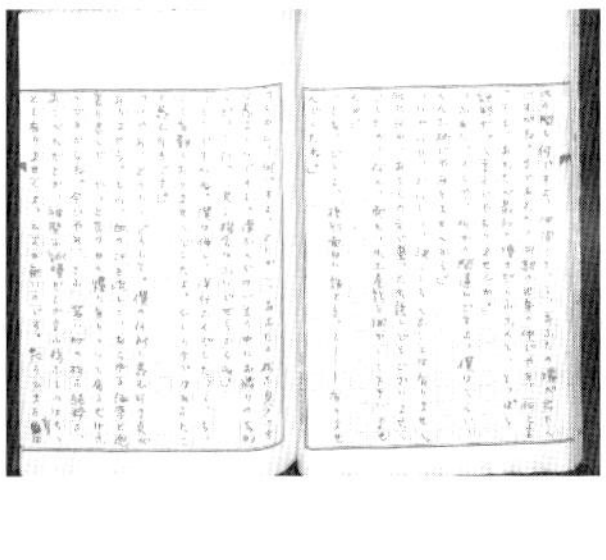

凡そひまを奪はれた詩人位みぢめなものは有りませんよ。人生にひまが無かった日には詩は存在しません。ひまこそは貴い詩の母胎ですからね。」

「それはそうかも知れませんが、僕の考へじやあ、ひまは時間の中に有るのでなくて、實は心の中にあるのじやないかと思ひますね。つまり一日中何か忙しい事務にたづさはって居ても、心の中へひまを作り出せる人ならば詩を持って居るだらふと思ふのです。また一日中遊び暮して居る人でも、其の意味に於ては全然ひまを持って居ないかも知れません。が門外漢の説ですから、どうですかね。」

「いや、面白い。少く共非常にひまと言ふ語を理解した觀察です。併し、事實に於ては、此の實生活からの壓迫は、ともすると貴い心のひまにまでなだれ込んで來るんですな。そこが我々の最も辛い所なんですよ。」

「併し、ともかくもたとへどの様な實生活かは知りませんが心のひまがふさがれる程充實して居ることは、僕に取っては羨む可きことです。詩人と言ふ立場から見れば忌む可きことかも知れませんが、とも角も人間としては張りのある生活じやないでせうか。殊に現在の僕の様にどちらを見ても空っぽの箱の中におしつめられて居るものには——。」

「冗談でせう。あなたなんぞは、實に希望に滿ちた境遇にゐらっしやるじやありませんか。輝しい未來が直ぐ傍まで來て手招きして居ると言っても過言じや有りませんね。」

「だけど、本當にそんな風に御考へですか。」

「え、何をです。」

「つまり僕の未來をです。」

「だってそふじやありませんか。あらゆる㸃に於て——。」

「勿論、あらゆる㸃に於ては實に申し分ないのですが、只一つ一番肝腎なものを失って仕舞ひましたからね。」

「と申しますと、——つまりその何ですな、僕は深くあなたの内生活に立ち入ることは御遠慮しますが、何か最近に於て、或る種の信念とか、つまり生活上の指針に相當する様なものをなくされたと見へますね。だがそれならば御心配なさらなくても、——」

「いや、僕の失ったのはそんな風なものじやありません。つまり僕の純粋な感情の対象です。早く言へば僕自身の影です。そして今では、あなたの影になって居る所のあれです。」

「つまり、ああそふですか。しかし、まさか、あなたは今日——。」

「無論、我々に覆ひ被さって居る現在の境遇と言ふものは最早人間の手で、どふ変化を與へるすべもないものです。それはよく承知して居ます。」

「それならば——、いや、ただ、此の場合かふ言ふことを申し上げて置いた方がよくは無いかと思ふに過ぎないのですが、つまり、其の事については誰も僕に対して何ものをも求めることは出來ないし、且つ何物をも示す必要はないと言ふことですね。しかし誤解されては恐縮しますが、無論僕は性格上、終始個人主義的立場を離れる事の出來ない人間ではあるのです、が併し、そうかと言って必ずしもデリケイトな心遣ひを全然持たない人間ではないのです。つまり此の問題に於いても當初からしてずっと我々の一線上の他の端に在る所の人格の存在を念頭に置かなかった譯ではなく、寧ろ非常なる尊敬の念と感謝の心持ちを失ったことは有りませんでした。尚此の㸃に就てはまた、いづれか

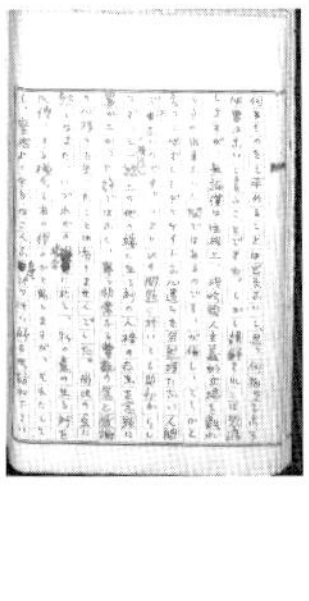

の場合に於て、私の意の在る所を御傳へする機会も有り得るかと思ひますが、それにしても、實際よく今日はこんな邊ぴの汚い所を御訪ね下さいましたね。僕は全く嬉しく思ってゐますよ。ですが、此の通りの有様で、まるっ切りお構ひが出來なかったことが非常に残念です。」

「僕はまた、あなたの御仕事の邪魔に成りはしなかったかと其の桌を心配して居ます。ですから、成る可くならばあなたから、追ひ立ての謎を掛けられてない先きに失禮し様と思って居たのですが、しかし、只一つ帰る前にあの影をあなたがどの程度まで愛してゐらっしやるか其れを知り度く思って居ます。」

「ああ、そうでしたか、所が残念な事に我々は、そふ言ふこまごました事柄は成る可く人様の前へ發表しない主義になって居ますので、どふか悪しからず。」

「僕は、あなたが其の一流の調子でもって、ねちねちとあれをいぢめ抜かれる所が今から眼に見へる様です。

それよりも一層、今のうちに僕に御返へしになった方がよくは無いでせうか。」

「どうも、僕は或る程度以上の無作法に対しては遠慮をしない習慣に成って居るのですが。」

「無論今のは冗談です。どうか御安心なさい。あれはもふすっかり、あなたの英雄的風格と魅力とに酔っぱらって仕舞ってゐますから。」

かふ言ひ終ると、自分はくらくらと眩暉のし相な頭をやっと支へ乍ら表に飛び出した。

そして其日は夜に成るまで宛もなくさまよい歩いた。

其の日自分は何所をどふ歩いたか記憶して居ない。

ただもふ全身憎悪と屈辱の念に焼け爛れる思ひで、瞬時も休まず、足に任せて歩き廻った。

そふでもして激しく身体を動かし疲労を買はねば、とても惑乱して居る心焔との均衡《こう》が保たれなかったのである。

全く自分の内部では、彼に対する怒りと呪ひの焔が激しく燃へ上って居た。

それは自分の平時の感情の量では計算のつかない様な大袈裟なものであった。

生涯に於ける凡ての隱忍と自重とが堰を破って范濫した様に譯もなく自分の理性を渦巻く濁流の中へ埋没させて仕舞った。

殊に今日の會見を想ひ浮かべると、それらの記憶は唾棄す可き嫌厭の情と共に自分の脳味噌を引っ掻き廻した。

あんな奴、あんな奴、と自分は生つばを道ばたへたたきつけ乍ら罵り続けた。あんな奴の所へ愛子をやらねばならぬのか、畜生！　畜生！　愛子も愛子だ。

糞。どうにでもなれ。自業自得だ。行てさんざん切りさいなまれるがいいのだ。馬鹿な奴め。

自分は熱にうかされた様に何度となく復讎を誓ひ、殺人を想像した。

何気ない顔をして又彼を訪問する。

半ば不審氣な面持ちであいつが生っ白い顔を出す。

自分はニコニコ笑ひ乍ら、またやって來ましたよと言ふ。

あいつの事だから、例の調子でわざと如才なく、

「さあ、どうぞ御上り下さい。」等と言ふだらふ。

そこをずばりと――――。まっ晝まの明い光線の中でなくてはいけない。血の色の眞赤な所を見るんだ。

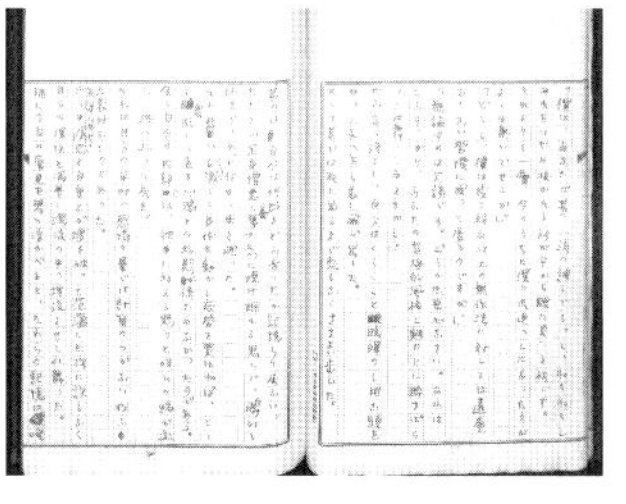
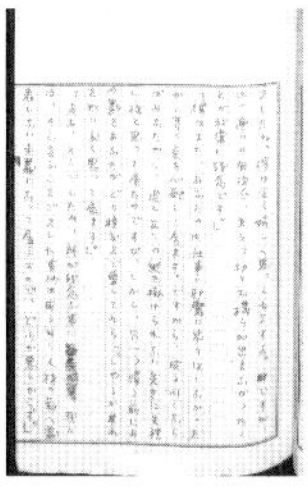

あいつは物を言ふひまもなく、眼を白黒させてどぶどろの様な血の中へ、へたばってびくしやくと痙攣する。

痛快だらふな、ぶすりっと――。


其の翌日は正午が來ても起きる氣がしなかった。父が心配して験温器を宛てて見ると八度近くの熱があった。

それから二三日自分は床を離れなかった。


やがて、愛子は女の子を分娩し、藤田の所に行た。


それから苦しい最初の一年を自分は徹頭徹尾書物の頁の中へうづめて仕舞った。

其の次の年も金文字や革表紙の上を過ぎた。

自分は此の調子ならば、どうにか俺は生きて行けるなと思った。

併し三年目からは自分の生活の調子に狂ひが來た。

自分を支持して行く張りつめた精進の氣力が抜け始めた。

解け掛った帯がずる〳〵と地に曳く様に、一旦結び目がゆるみ始めると、後は造作もなく生活の底に沈麺してしまった。何の救ひもない無氣力な暗澹たる気持ちで自分は堕落の淵を泳ぎあえいだ。

いろいろの変った沓界や、濃厚な色彩や、すへた様な肉の香や、醜い感覺や技巧の市。そふしたものが眼まぐるしく自分のもうらふたる眼の先きに現れては消へた。

そして、其れらの强烈な刺戟が最初の一瞬だけは自分を病的な興奮に導き、悩しい陶酔の眠りを與へるのであったが、直ちにまざまざとした醜い残骸を曝露しては片端から自分に飽きられて行た。

自分は環境の変化に依って苦痛と空虚を終らせる事の不可能な事を痛い程味はされる許りであった。

此の頃から自分はあの怖しい放心状態に陥る癖を持ち始めた。

それは説明し難い恐怖の時間であった。

こんな風な不可思議な精神状態を他人も持つものか、どふか自分には判断がつかないのであるが、極殺風景に言へば或ひは神圣衰弱の一種であるかも知れぬ。

此の異常な心理的破綻はいつも自分独りの場合に限って起る。

其の徴効を述べると、先づ自分の頭の機械を組み立ててつなぎ合はして居る無数の止鋲がゆるんで、次才に抜け落ちる。そしてそれがばらばらになって何所か遠方へ飛んで行て仕舞ふ。

自分はそれを一つでも喰ひ止め様としてあらゆる努力を惜まぬのであるが、そふした努力は一切効を奏せない。

止鋲が飛んで行て仕舞ふと、此度は機械が今までの固定した位置から自由に成って周囲に散ばって仕舞ふ。

もふ、左様なると自分で自分の意識を統一する事が出來なく成って仕舞ふ。一種の放心状態に似て、而もそれよりは遙に暗澹として居る。其の心理的色彩はと言ふと、先づ極度の心労か、激しい恐怖の連續に類して居て、而も其所に何等の動機も原因もない。

我々は深い悲みや強い恐怖に促はれる事は有っても、必ず其所に何等かの原因を見出す事が出來る。

原因を見出し得ればこそ、意識の中心桌も定り、同時にそれが注意と思考の的となって緊張せる精神にも有る調和を見出す事が出來る譯であるが、此の自分の病氣には中心となる可き要素

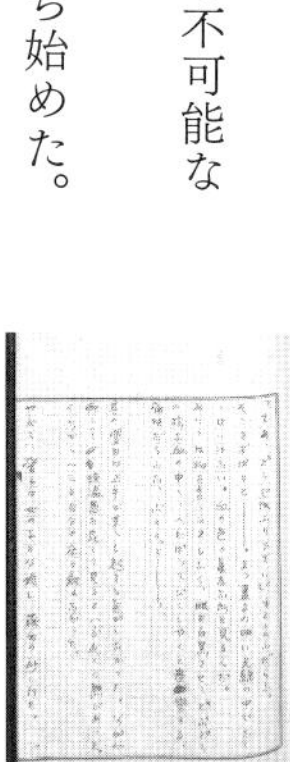

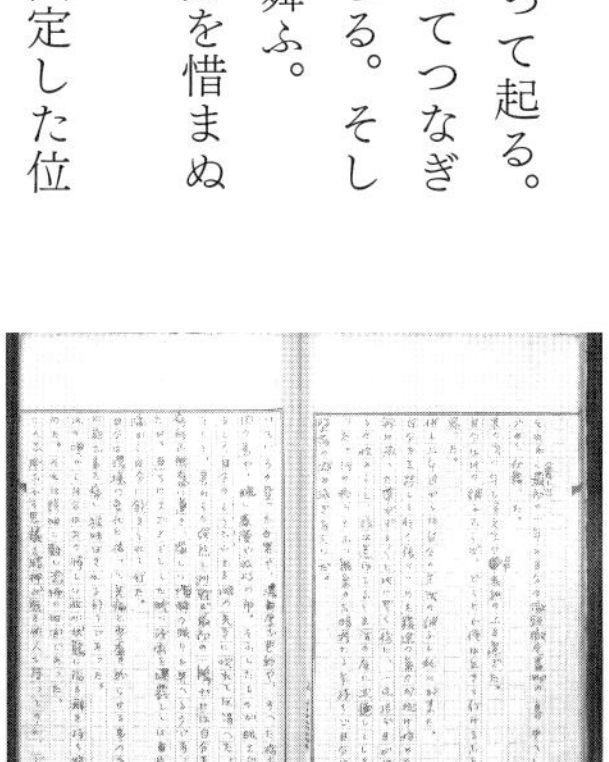

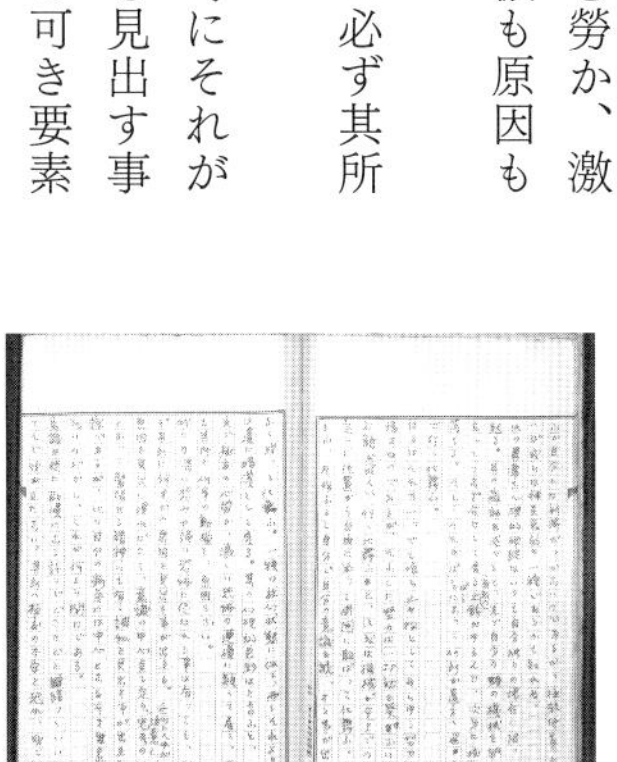

が無いのだから、それが何より閉口である。意識は徒に散漫になる許りでどこをどふ繕っていいかてんで順が立たない。其所へ極度の不安と恐れ、或ヒは極度の心配に似た氣持ちが何の原因もなくまっ黒く頭の中を流れる。譬へば自分の肉身の者達が敵兵の虐殺に遇ふ光景を前にして、其の時の心理状態を其の儘残して、記憶力丈けを失った人間が有ると假定する。

丁度自分の病気の状態はそれに類して居る。

そして其の病氣に陥った時の自分の最も深く感ずる不安は、どうも是は發狂の前兆ではないかと言ふ虞れである。

自分の想像する所では發狂者と否との区別は例の頭の機械の各部分の位置が固定して居ると居ないとによって定る様に思へる。

而も自分の其の時の状態は確に機械が固定して居ないで散漫になる感じである。從ってこの状態が長く續けば、どふしたって普通でなくなって來るに相違ないのである。

そして、ああ、自分はかかる状態の時間内に於て恐しい罪を犯して仕舞ったのである。

が、決して、それが故に自分の罪を輕く評價される様望んで居る譯では決してない。

まことに其の時間内に於ては自分の思想の流れは搔き乱され停滞しては居るけれども、自分は自分の認識力や思考力や判断力が無くなって居るとは認めて居ない。

殊に外界からの刺戟を受け入れる作用は、平素と比較して毫も劣って居るとは思へないのである。

自分は、年月が圣つに連れて、愛子に対する自分の愛がいかに根強く、運命的なもので有るかと言ふ事をだんだんはっきり知る様に成って來た。

どんな手段を弄しても是丈けはどふにも成らない宿吾の業だと言ふ気がして來た。

而も今と成っては最早や、彼女を取り戻す方法もなければ、残された僅かの光明もない丈けに、その自覺は強まれバ強まる丈け、自分の絶望の穴は深まり、苦痛の量は増して行た。

どんなにしても、譬へ命に掛けてもあの時に手離す可きでは無かったと言悔恨の情は日毎に自分の腸を搔きむしるのであった。

そして振り返って現在の自分の悪生活を眺める時は其所は醜悪に滿ちた牢獄の様であり、未來につながる希望とては一すじも無かった。

かくて、自分の厭吝觀は次才に實感となってだんだん自分の身の周りに石垣を形造って行きつつあった。

丁度其の時分に愛子から受取った一通の手紙は、自分の感情を煽って益々左傾せしめる事に役立った。

その中には、現在の彼女の不幸が縷々として語られてあったが、其の主なる原因は、藤田の執念深く、且つ恐暴なる性格に在る様であった。そして、彼女は今となっては祕々此の結婚の不幸を思ひ知ると同時に、自分に対する萬謝の念の爲め身を裂かれる様な思ひをして居る。而も、萬一、思ひ切って、彼と別れるとしても、彼の性格上、決して、自分の籍を返へしては呉れないだらふから、私はもふあきらめて、一生を彼の元で過す決心をして居る、これも凡て自業自得で、今更、當然の罸と、思ふ他はないとそんな風な事が書かれて在った。

此の手紙を受け取った後、自分は、自分の体内の血が騒ぎ立つ

のを感じた。

そして、何時かの、憎悪、あの激しい極端な憎悪が再びめら〳〵と燃へ上って來るのを身内に覺へた。

そして例に依って、何度となく、彼に対する殺意が、遠慮もなく自分の空想の眞中に躍り出た。

併し、此度はそれは単に空想許りに止って居なかった。

自分は智慧の有っ丈けを絞って、精密なる殺人の計畫を建てては、それを解いたりほぐしたりし乍ら、数日間をすごす事が有った。

其の頃、自分は、大抵の我儘は聞き届けられて居たので何とか口實を設けて、父の家を飛び出して居たのである。

自分が遊蕩三昧に日を送った或る期間等は無駄に酒色に費した金額は決して少くないもので有ったが、父親は大低何とも言はずに拂って呉れて居た。

それと言ふのが、愛子の一件以來、彼の心の中には、何とかして、自分の心の傷手を慰めてやり度いと言ふ切なる願望が棲み込んで居たからで、其の一途な善良な心遣ひを考へると、今でも自分は涙なしには居られないのである。

自分は、そふして、馬鹿々々しい殺人の計畫に餘念が無かったのであるが、其の計畫ハ決して成功しなかった。

自分は夜になると、何度藤田の家の附近へ出掛けて行て實地蹈査をやったか知れなかった。

それ程熱心に考へ拔いたにも関らず、完全無缺な殺人のプロセスを案出することは遂に出來なかったのである。

其の癖、拳銃はちゃんと、父の簞笥から盗み出して何時も手元に持って居た。自分は父が年に一度か二度しか、そんなものをひっぱりだして見ない事を承知して居たから、父に氣附かれるプロバビリティは極めて僅少であった。

かふして、自分は實際に殺人の計畫を立てたり破したりした圣驗は持って居るが、それは、計畫其のものに興味を持って居たのだと考へれば考へられぬことはないのである。して見れば是もやはり空想の産物である。

よしんば一見した所、當然實行を前提とするかの様に精密を極めて居たとは言へ、決して其れは自分の明かなる殺意を証明するよすがとは成り得ないのである。

實際自分は、其當時の心理圣過のどの部分を窺いて見ても殺人の決行に関する最後の断案を發見することが出來ない。

また、所謂實地蹈査に出掛ける時も大慨自分の懐には、拳銃が忍んで居たもので有るが、是とても、必ずしも自分の殺意を決定的に証據立てはしないので、只單に、此の精巧にして且つ恐る可き威力のこもった新時代的武器に対する不可思議なる憧憬、及びそれを所有する事の快い満足、それらが才一、次に人生に於ける最も急傾斜の場面にのみ極まれに使用される此の殺人の道具を携帯することの自覺は極めて芳烈な刺戟でさへあった。

此の携帯の自覺は自分を悲劇の主人公になし了せる事にいかばかり役立ったことぞ。それは断へず、自分自身に向って吾にも悲劇的なる自分の位置を指し示す磁石であった許りでなく、自分の悲壮なる没落の姿見でもあったのだ。

また、事實に於て、是等の極めて鋭利なる武器と言ふものは何か特別に人間の心を誘惑する不思議な募圍氣を持って居る。

自分は此の黒光りのする小さい魔物の愛撫に時間を消すことを好んだ。

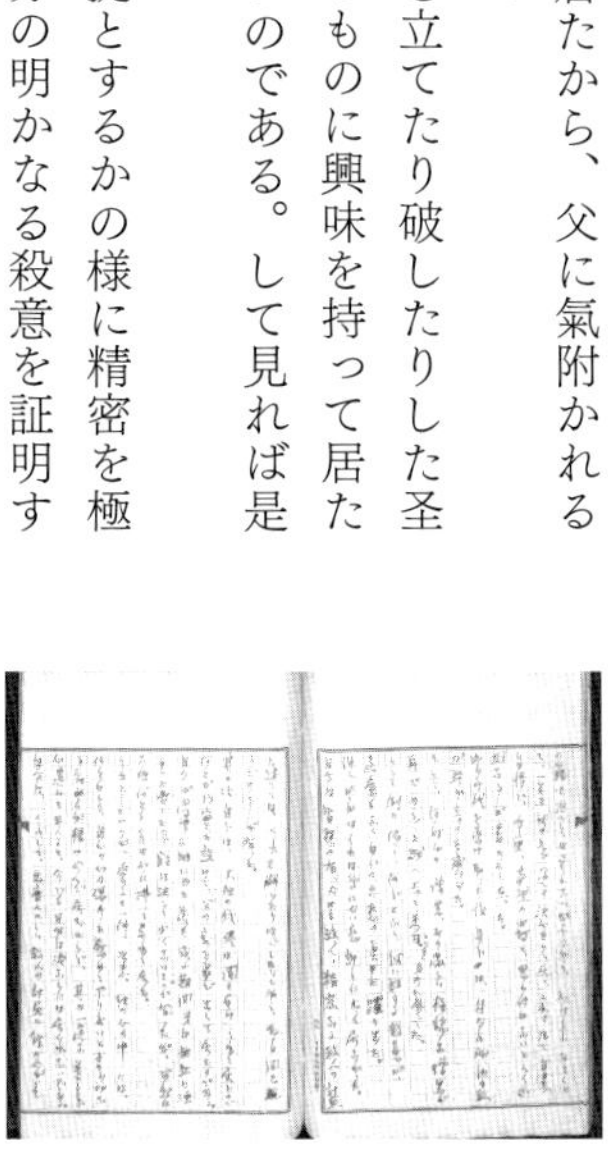

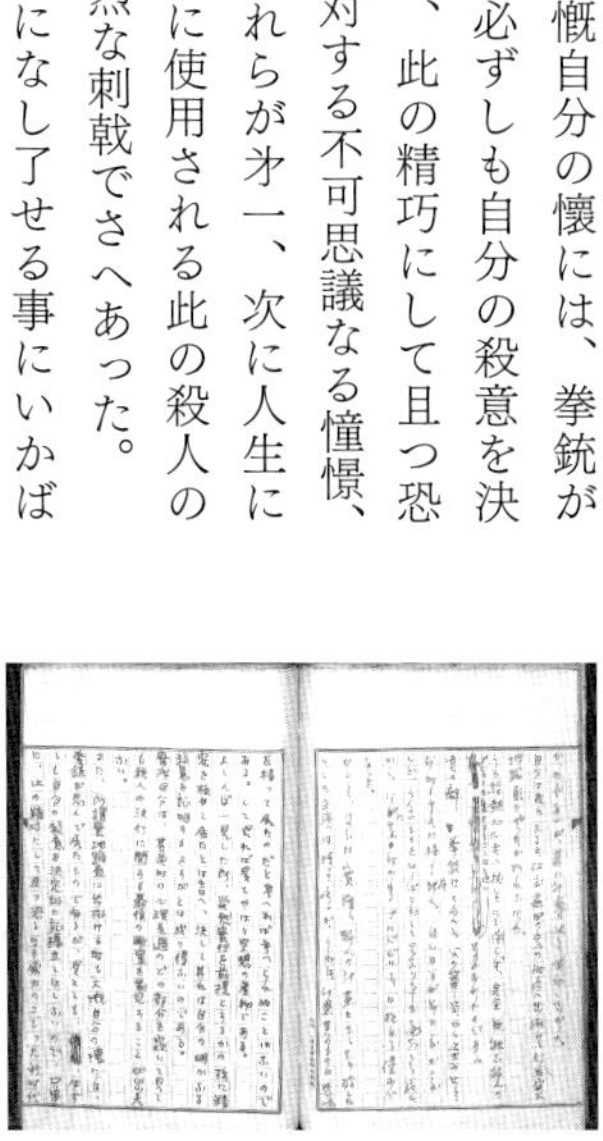

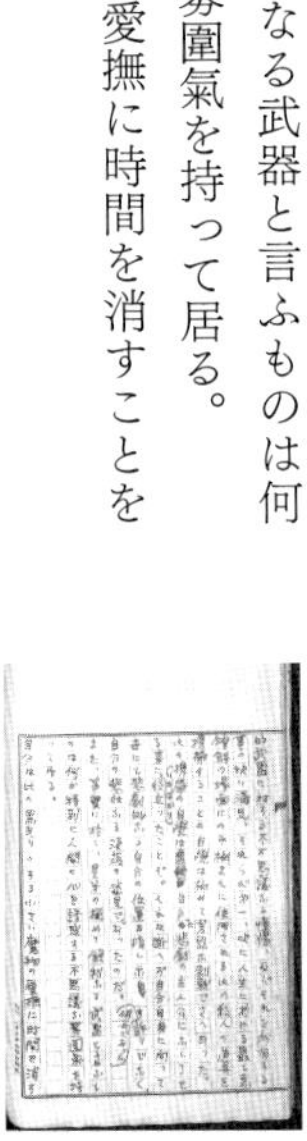

必要もないのに、何度となくばらばらに解体しては小さなすみ〲まで丁寧に油拭きをした。

解体せられた武器は、最早何の能力をも持たない、只の鉄片や螺旋となって冷たく轉がり、馬鹿々々しい程單純な数個の破片に過ぎなかった。

併し再び元の通りに組み立てられると、たちまち蘇って精悍な甲蟲に似た生き物の感じを備へて來るのであった。自分は其の狂ひの無い直線や、角度や、いい觸感を與へる稜や、くっきりと激しくえぐられた溝や、確實な円筒や、急激な曲線や、それらの交錯した立体的な構成を飽かず眺めたり、しっとりと油の乘ったその表面のひえびえした觸感を楽しんだりし乍ら多くの時間を消すのであった。

そして彈丸を拔いて置いては、幾度となく空の引金を引いて射撃の練習をした。

引金を引く毎に、此の小さい生物は自分の掌の中で極めて快活に音を立ててはづんだ。

勿論自分が今まで述べた様な行爲は、法律的解釋によれば明かに殺人豫備行爲と見做す可きであらふ。

然るにも係らず、自分は依前として殺人行爲に対する決意の不十分を力説しなければならないのである。

無論之は困難なる証明に相違ない。

しかも事實に於てそれを決行しなかったのなら、未だしも、だが、後に到って自分は實さい計畫を履行したのであるから尚更説明がつき憎い。

併し自分は事實は飽く迄も事實として報告する必要を認めるから、厭でもそこの處を明にして置かなければならないのであるが、一体所謂法律上の解釋等と言ふものは極めて概念的なものであって、人生の眞相に深く觸れるまでには未だ可成りの距離があると考へられる。

無論自分の行爲は一般の概念から押せば、既に疑ふ餘地のない殺人豫備行爲に相違ないのである。

只夫れが自分の解釋と相違する根本の理由は、飽く迄も外面に表れた行爲を根據として居る㸃に在る。所が自分の執って標準とする所は要するに心理的圣驗の事實である。だから此の場合自分の執った行爲が殺人豫備で有っても無くてもそれは自分に執っては問題でないのである。

要は只、自分の内的圣驗の記録の上に殺人の決意が刻されて居るか居ないかに在る。

自分は既に前文に於て其れを否定した。

併し乍ら。一見それは極めて識別し難いあいまいなことの様にも考へられる。譬へ現在の自分の心理ですら、はっきりと見極める事は可成り困難なことゝされて居る。

然も、事は古い過去に屬して居る以上、人間の記憶の不正確と言ふ不利なる条件が輪に輪を掛けて眞相を暈して仕舞ふ。

解り易い例をあげるならば夢の場合等もそふであるが、単なる心理的圣驗を体験せられたる一つの事實として誤った記憶を保持して居ること等は我々の屢々發見する錯誤である。

是は我々の持つ吝界が想像的存在と認識的實在との錯綜した微妙なる構成物である以上やむを得ないことであって、而もどちらかと言へば人間は儼密な意味では大部分を想像的領域に於て

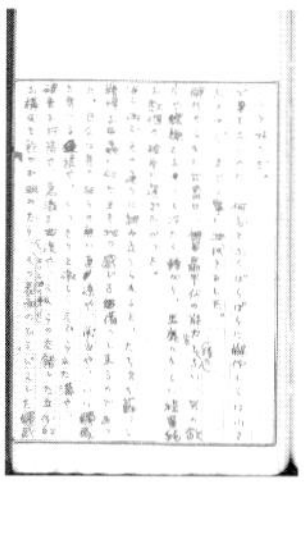
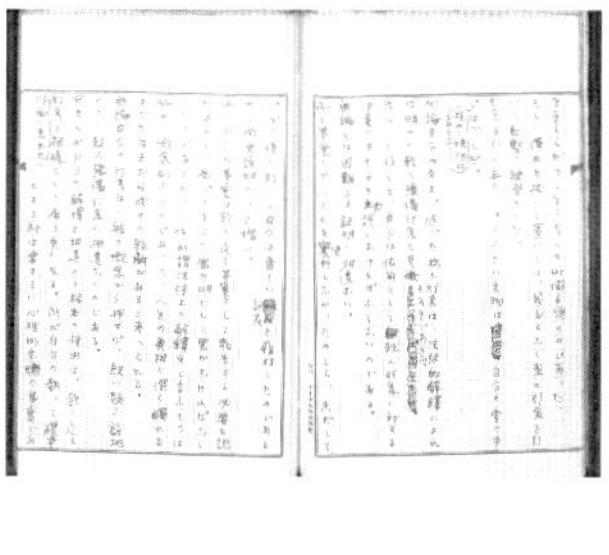
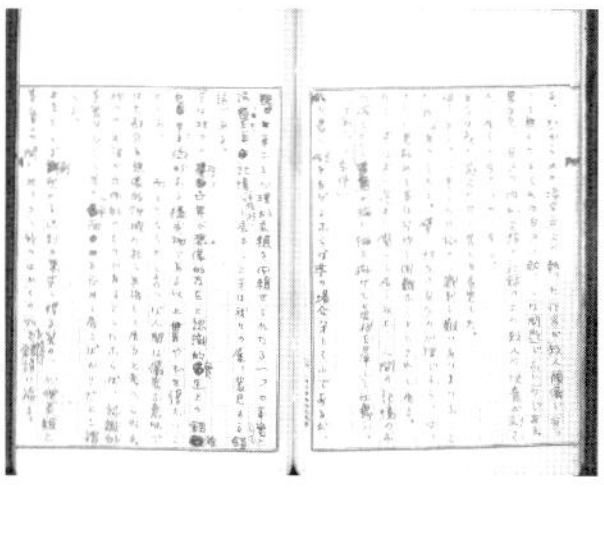

生活して居ると考へられる。

我々の生活が立体的のものであるとしたならば、認識的事實は、むしろ其の一平面を占めて居るばかりだとも謂へる。本来ならば劃然たる区別を要求し得る筈の、心理圣驗と事實との間に於てさへ我々はかくの如き記憶の錯誤に陥る。況や性質を同くする数多い心理圣驗相互の間に在っては混淆錯綜の蓋然性も亦自然多くなるのはまぬかれ難い。而も決定的な殺人の断案と、單なる發意との間に果してどれだけの圣程が有ったであらふ。

我々は過ぎ去った或る期間に於ける自己の心理状態を検査するには通常、其の動機及結果乃至は反映である所の事件、或は行爲的要素を拾って、其所から記憶の蓋をめくって行く手段を執る。

もしも自分が其の當時の自分の心理を独立して記憶して居なかったならば、結果的行爲である殺人から推しても、反映的現象である殺人豫備行爲から案じても、疑ひなく決定的な殺意を認定して仕舞ったに相違ない。

併し、幸なことにはそふした間接的な手段によらずとも自分は當時の心理圣路を思ひ浮べることが出來る。

けれども、いかに自分がその當時の記憶に就て力説しても、先に述べた様に決定的な殺意と　單なる發意との差別が困難であるとすれば　それは或は無駄なことかも知れぬ。

併し、自分の信ずる所では、それら両者の間には一見した所著しい差違は認められない様であり乍ら、實は其の間に超へ難い溝が横って居るのだ。

人間の放縱なる空想の沓界に於ては殺人等は實に何でもない日常茶飯事にしか過ぎないのだ。

我々は自分の生活に対して多少不利な影響を與へる人物が現れて來た場合に、あまりにも容易く其の人間の死を期待することが出來はしないか。

まして宿命的に利害の相容れない人間が出て來た場合には、例へ無意識にしろ其の人の死を希望しないものは或ひは案外まれであるかもしれない。

もしも我々が一度でも自分の想像を掠めた殺人の意識を躊躇なく直ちに實行に移し得るものであったと假定するならば、人類はいくら殖へても多すぎはしないで有らふ。

けれ共、それらの恐しき想像は遂に徒に想像であるに止って曽て實行されはしなかったのだ。

而も此の種の想像力は人類が詩人である事を証明はしても、必しも其の爲めに彼等の盡くが悪人だと言ふ断定を促しはしない。

扨て、彼等悪の讃美者である所の（と假にそふ考へる）詩人達の多くは、何故其の詩を實行しなかったか。

自分が説くまでもなく、無論あらゆる意味に於ける實行の困難が其所にあった。彼等の眼は豫めすべての意味に於ける裁きを餘りにもはっきりと見て取る事が出來た。

それが、彼等を駆って極度の憶病にまで追ひやった。

それのみならず、道徳が始まって以來、あらゆる倫理觀に於ける其れらの價値標準は今まで幾多の変遷を見て來たにも関らず、生命に対する侵害は其の理由の奈如を問はず、常に人類の有するあらゆる罪悪行爲の最左翼の位置を指定されて來た。而もかかる位置に関する解釋妥當性は幾千年の歴史の陰影と共に實に深く深く人類の頭の中にこびり附いて仕舞って、我々の頭腦の

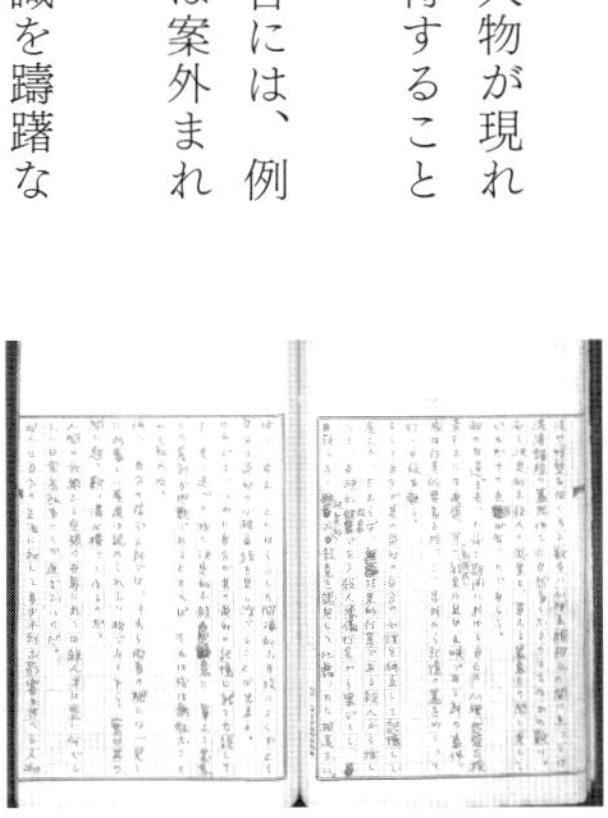

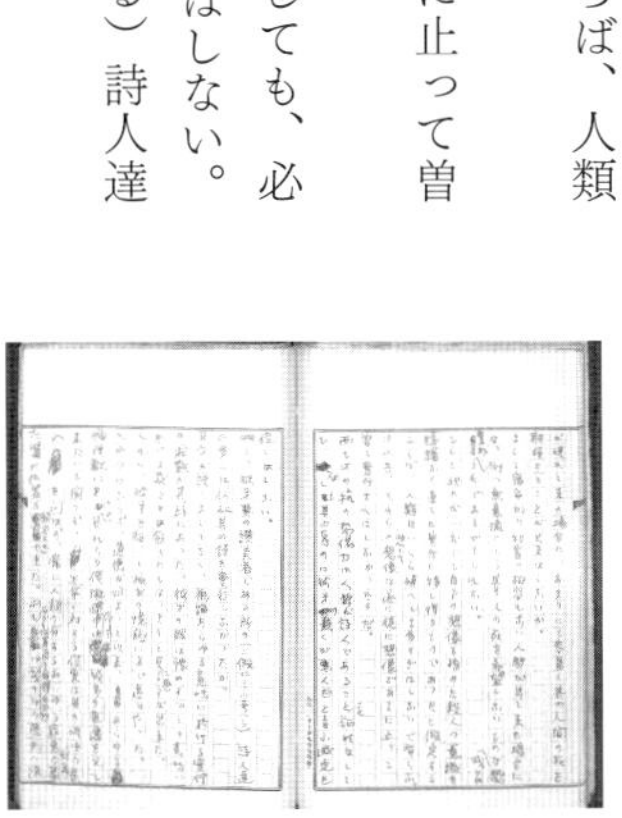

中にはもはや、此の問題に関してのみは毫も考察の餘地を認め得ないのみならず、實に我々は此の不可抗的な威力を供へた決定的な掟にむかっては絶対服從の態度を以て唯々として其の高風を仰いで居るに止る。我々は此の餘りにも眞なる道德的定理に関しては、ほんのちよいとでも疑て見樣等とは決して思はないのである。たとへいかに骨を折って考察を試みたとしても、其所に僅かなりとも新しい見解が生れ樣などとは想像も出來ないのである。從って我々は此の事に関してのみは實さいに於て何等の考察を與へない先に、もふ疑って見ることの馬鹿々々しさを信じ込んで仕舞ふ。

實に我々の倫理的良心は「殺人が果して最も悪い行爲か。」等と言ふ餘りに常識を離れ過ぎた馬鹿々々しい考へ方を黙過し得る程寛大で有り得ない。

我々は其の事に関しては、もはや教へられ過ぎる程教へられ、示され過ぎる程示されて來て居るのである。

運命も境遇も事情も場合も問題にはならぬ。

例へ「殺人を必然とする責に於ても」人間は他の人間の生命を奪ってはいけないことにされて居るのである。

それは敬虔なる宗教的訓誡と結び付いて人類の飽く迄蹈襲しなければならない才一義的根本服務規定なのである。

そして、生命に関して餘りに潔癖？であり過ぎた人類は、之等の聖訓の副産物として自殺罪悪説を生み出し、之また現代に於ては何人もじゅむぽうすべき逆定理の如き位置を占め來ったのである。

が之等の凡てに対して今自分はその見解を述べ樣とは思はぬ。

只、殺人行爲に関しては、其の實行の困難や單なる裁きの恐しさ以外に、いかに根強き因襲的倫理觀が我々の頭の中に巣喰って超ゆ可からざる埒を構へて居るかと言ふ事を想像して貰ひ度い爲にのみ以上の文字を並べた。

實に超ゆ可からざる埒が其所に在る。

單なる殺人の空想と、最後の決心との間には、かくて殆ど無限に近い距離が發見されるのである。

當時の自分が其のぼう大な距離を超へ得たとは思はぬ。

併し乍ら、最も重要なことは當時の自分が希望を持たなかったと言ふ点に在る。

人生から光明が去れば、其の後の空隙をうづめるものは自暴自棄と、無氣力と無責任である。

其の上、尚悪いことに、自分はあらゆるものに興味を失ひ掛けて居た許りでなく、實生活の安易さが、其の方面に対する努力や緊張から全く自分を解放して仕舞って居た。是れは一面非常にいけないことなのだ。

人間は自己の生命に対する迫害が強まれば強まる程、反動的にその存續に対する執着の度も高まり、厭はしい現在の底に隱されて居る會体の知れない魅力に殊更強く曳かれる樣な場合が多い。　此の樣な場合に於ては、人間は只管生き樣とする。生きて行きさへすればいいのだ。

生きる事それ自身が目的の全部なのだ。

かかる生活にいかなる價値を發見し得るか自分は知らない。けれ共、生きる事以外に何物をも包容する餘裕を持たない程緊張し、飽和し切った生活に対して他から何を言ひ得よふ。それはそれで完全ですらある。

例へばライオンの檻に投げ込まれた奴隷に対して、誰が彼の口

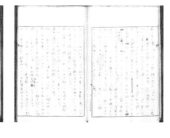

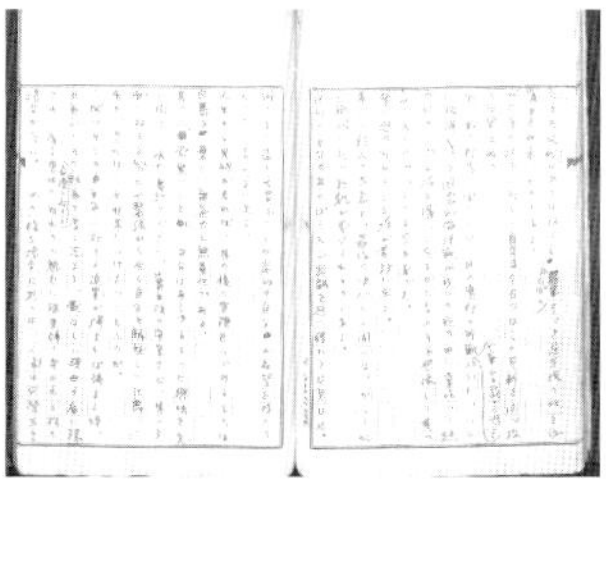

から一くさりの心意氣を所望し得るものぞ。

自分の場合は丁度其の正反対であった。

餘りに放縱に餘りに安易な生活は其の内容を恐る可き寂寥と苦悶に滿しはしたが、痲痺した生存慾に關する一切の自覺と反省の機会を與へなかった。

自分の杳界は妄想の迷路から迷路に深く迷ひ込んだ怪奇な殿堂に似て居た。　其所には實にありとあらゆるものがあった。此の杳界に於て見出し得ない様な奇怪な形や不思議なる變化を發見することも出來た。併し、只一つ缺けたものがあった。それは我々が光明と呼ぶ所のものである。自分はかくの如き杳界の中に一日の大部分を暮して居たのだ。我々が通例本當に本當の杳界であると考へて居る所の、此の我々の足を載せて居る地上は自分に執っては最早や遙かに遠い影の様な存在であった。

それがまれに自分の眼の前に現れた場合には、あまりにもはっきりした輪廓と鮮明なる調子を備へて居る丈けに、馬鹿々々しい様な、妙にそぐはない感じを自分に與へた。

或日自分は珍しく日の照る街上を歩いて居た。

自分の頭の中では、やはり愛子を中心とした急激な渦が巻いて居た。

「要するに自分は幸福を求めて居るのだ」

「がしかし、結果の幸、不幸は問題ではない。そんな未來迄も計量する餘裕を持たない程當面の要求が激しいからだ。で、目前に差し迫った問題は、此の要求を奈如に所理するかと言ふことだ。そこまでは幾度考へても同し事だ。判り過ぎて居る事實だ。

いかにして彼の手から愛子を奪ふか。

問題の出發奌を其所に置かなくてはいけない。

しかしそれ以上問題を進め得る可能性があるか。

無論ないのだ。

彼女を奪ふ。　それが何より不可能なことだ。

不可能だからと言って奪はないで居られるものなら、問題はない。自分は奪はないで居られるか。断じて居られない。

居られないとすれば、たとへ不可能なことでもしなければならない。不可能の根本的原因は何だ。それは彼が居るからだ。ああ、彼さへ――彼さへ存在しなければいいのだ。

そこでまた結局何時もの所へ落ちて來たわけか。

無論不可能の根本原因を除きさへすればいい。

併し其の後はどふなるのだ。法律の制裁は自分の一生を棒に振って仕舞ふ可く餘義なくする。

つまり求めたものは何時までたっても得られはしない譯だ。とすれば、やはり此の儘で生きて行くより道はないのか。そして、それは堪へ得可きことか。

とても堪へられない。とても。それよりは死んだ方がいい。

それではどふすればいいのだ――――。」

自分は歩き乍らぼんやりあたりを見廻した。

極めて平凡で雜駁な街の状景が永遠に同し様な繰り返へしを拡げて見せて居た。

電車は音を立てて往來して居た。あの中では帽子をややあみだに被った車掌が十年一日の如く乘換切符に穴をあけて居るのだ。「次は〇〇」等と言ふ機械の様な聲が、風の工合で、電車を洩れて、はっきりと自分の耳に飛び込んで來たりした。

店員達は急し相に自轉車で飛び交ひ、舗道では大勢の子供が、往來の人には全く無関心な態度で熱心に遊びに耽って居た。彼

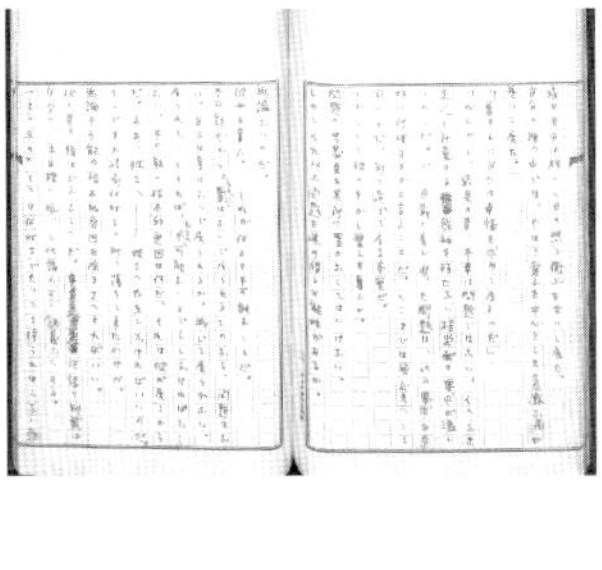

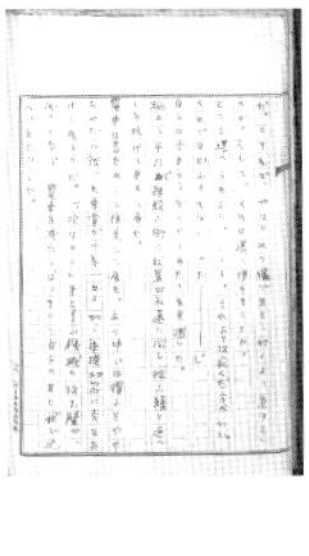

來が成人して前掛をしめて帳場に坐り込む様になれば、また彼等の子供が舗道に出て同し事を繰り返へすのだ。凡ては何時見ても同し退屈な状景なのだ。また、自分の横の車道には一台の荷馬車が自分と並行して進んで居た。

帽子も被って居ない其の馬車曳きは果てもない無人の野を何年となく馬車を曳いて歩き続けて來た様な姿をして居た。そして此の先き、何所まで馬車を曳いて行けばいいのか彼自身にも見當がついて居ない様に見へた。

其の日に焼けた顔は彼の後から黙々とついて來る馬の様に無表情であった。

彼等は永遠に車体から解放せられる事もなく歩き続けて居る様にしか見へなかった。

凡てが、餘りに平凡に、餘りに生氣のない光景ばかりであった。それらがいくら激しく動いても音を立てても、要するに自分には何のかかはりもない空虚な雑鬧に過ぎなかった。錆び付いた様な家並が埃ぽい家根を雑多な廣告や繪看板の上から窺かせて居た。

其の平調な無神圣な連続が自分を苛立たせた。

何故それ等が三角になったり、形をゆがめたりして自分の眼の前で踊って見せないのであらふ。

また消へたり現れたり飛び上ったりして自分の機嫌を取っては呉れないのだらふ。　餘りに明りょうに餘りに正確に餘りに常態であり過ぎる。

自分は、とある町角を曲った。

そこは、また一層落ち着いた懐の様な感じの町で、
置き離しになった車や、ごみ箱や、軒下に立て掛けられた張物板の類に到るまで、ちゃんとある可き所に置かれた様に静に安楮して居た。

俥屋の表では頭を下品に光らせて口髭を立てた車夫がジャケツを着て水を撒いて居た。

そしてその向ひ側の亜鉛板の塀の所には、とまり木が立てられて、其の上に一匹の猿が両手で何か食物を掴んでよそ見をし乍ら齒丈け熱心に動かして居た。

そのあるがままの状態が自分に不思ギなもどかしさと、はがゆさを感ぜしめた。

あまりに自分の沓界に遠い是等の出來事が、何故こんなにまでハツキリと自分の眼の前に現れなければならないのか。例へば車夫が水を撒く爲めに身体を動かせるにつれて屋根から斜めに地上に降りて居る影の境界線が灰色のジャケツの肩のあたりを上ったり下ったりする。

また自分とは何のかかはりもない此の車夫の剃刀まけのした顎の皮膚が毛をむしられた鶏の様な異常な青白さと気味悪い觸感を以て迫って來る。

凡ては馬鹿しく退屈な状景だ。

むしろあの車夫の手からばけつを奪ひとって、ジャケツの襟から水を流し込んで、驚く顔を見たら、少しは面白いかも知れないのだ。

或ひは栗色の毛の密生した猿の首へ、いきなり両手を掛けて、ぎゅっと一息に締め殺して仕舞ったならば、
そして、その様な種類の想像の何所に不自然な所が有るだらふ。

むしろ、此のあるがままの退屈で無神圣な事實の方がよっぽど不自然だ。少く共自分にとっては。

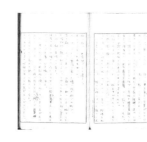

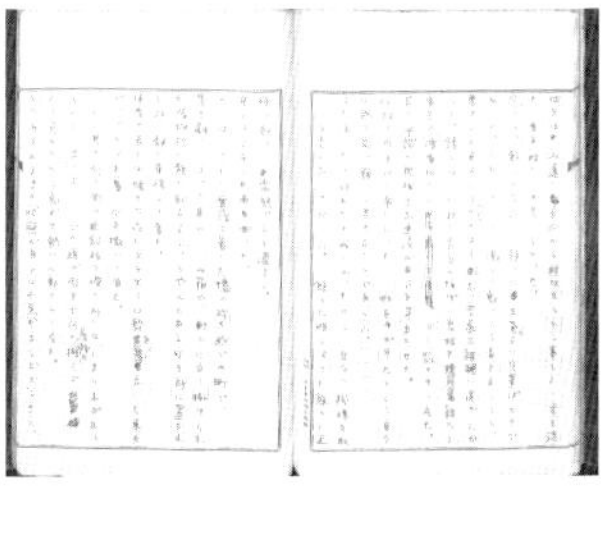
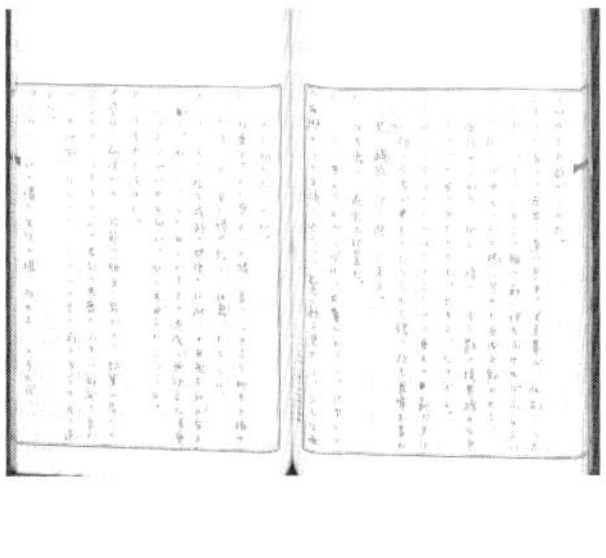

自分は尚歩き続けた。

建築中の病院だの、遊藝の師匠の家だの、駄菓子屋だの炭屋だの、何をする人か表札の馬鹿に大きい邸風の家だの、其他数へ切れないいろいろの家の前を自分は通り過ぎた。

「しかし、此の儘の生活が堪へ切れないとすれば、

そして、此の儘の生活から逃れ得る方法が一つもないとすれば

――――。

自殺！　うむ、それも、今の氣持ちにそぐはない事ではない。

だが、馬鹿な。

未だ自殺はしないぞ。それは悪い事だ。いや悪い事ではないかも知れぬ。だが、そんな倫理などは自分には要もない屁理屈に過ぎない。どうせ倫理などは根本のものではない。最後まで人間に働き掛けるものは、そんな、そんな、とにかくそんな風なものではないのだ。

だが、自殺をしないとすれば――――。

自殺をしないとすれば自分はいやでも生きて行かなくてはならないのだが、生きて行くには是非共あれを奪はなくてはいけない。所が、それは不可能だ。ああ、何べん同し所を廻って居るのだ。

もふ他に道はないのか。

ない事もない氣がするな。それはあれに代る可き希望を何とかして作り出すことだ。そんなものが有り得るだらふか。

有り得る。ダンテが神曲を作り出したのはそれだ。

成程。だが、自分は神曲は作れ相もない。才一、此の自分の何所に、そんな気力と精神の餘剩がある。

それに、ダンテ自身に執って、百の神曲が何に成らふか。

只一人のペアトリチェに及びはしないではないか。

彼の求めあへいだものは實に一人のペアトリチェでしかなかったのだ。神曲は謂はばその苦しまぎれのうめきの聲であり、遇然の副産物に過ぎない。

もしも、そふで無かったとしたならば、最初から彼は自分の人間を二つに割いて、半分をペアトリチェに捧げ半分は藝術家としてそっくり其のまま残して置いたとしか考へられない。

それならばそれでもいい。

自分の何所に残された半分があるのだ。」

そふして結局は暗澹たる絶望の淵をのたうち廻って居る自分の姿を不甲斐なく見守って居るより仕方がなかった。

「どうせ、どちらにしても救はれないとすれば、あいつをやっつけて仕舞はふか。　馬鹿々々。そんな譯の判らない理由で人を殺す奴があるものか。だけど自分は何となく、あいつを殺さずにはをけない様な氣が何所かで絶えずして居るのを感じる。自分は才一あいつを憎んで居る。不快な堪へ難い憎悪で自分の心臓は何時も重苦しく壓迫されて居る。此の壓迫に堪へ兼ねて心臓が跳ね返へる様な時が何時かは來る様な氣がする。その時が來れば、もふ凡ては御仕舞だ。だけど彼女が彼から釋放される丈けでも少しはいいのだ。」

自分は其の時いよいよ、ある一つの方法を實行す可き時が來たと思った。それは、以前から考へて居なかった譯ではなかったけれど、餘りに無駄な其の効果の豫想が自分を實行へ近附けなかったのであるが、つまり、其れは直接彼に遇って歎願して見る事で、歎願がいけなければ恐嚇しても構はない。つまり何とでもして彼に納得を迫る方法を盡して見る事で、今となっては、實際、そんな事でもしなければ、他にどふも仕様がない。餘り

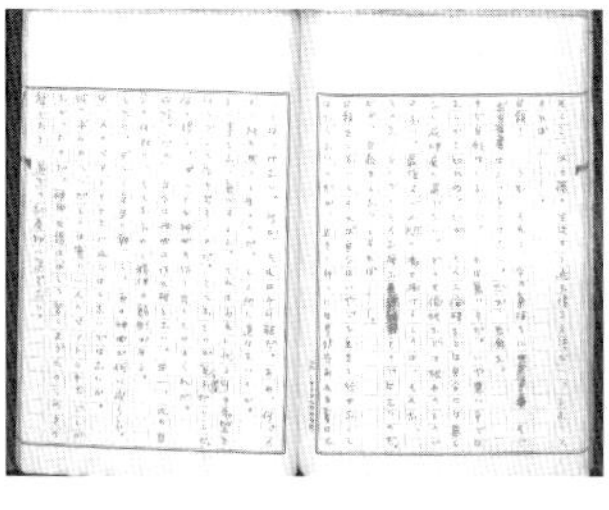

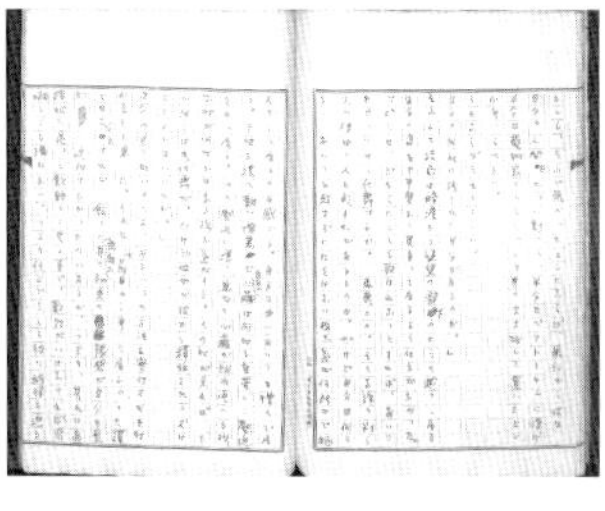

に先の見へないやり方だと言ふ誹難は當然自分が負はなければならないのだが、それにしても全然やらないよりはやれる丈けの事をやっておいた方が少しはいい譯だ。

溺れた者が藁を掴む様な無駄な勞力でも費さなくてはならない。

自分は其の日、遂に意を決して彼の家の方角へ足を向けた。が途中で不圖拳銃を持って居ない事に氣が附いたので自分が其當時ごろ〱して居た下宿へそれを取りに帰った。もし萬一の場合！　とそふ考へたのである。

その萬一の場合と言ふのが、果してどんな形であるかは實の所自分にも想像が付かなかった。


自分が彼の家に着いた時は、もふ夕方近くであった。

平野の果てに傾いた太陽の光線は次才に赤さを加へ始めて、其所此所の濕地では時たま蛙が鳴いて居た。

「どうせ無駄な事は知れて居る――。」

自分は何度途中で其のま丶引き返へそふと思ったか知れなかった。

「馬鹿々々、御前はいま命掛けではないのか、何故ちゆうちよ無く、やれる丈けの事をやらふとはしないのだ。

やって見てからで無くては本當の結果は現れはしない。

どうせ無駄だ、などと言ふ考へは、自分自身に対する一種の口實に過ぎない。そんな口實をまうけてまでも、御前は此の計畫を廻避しよふとするのか、おまへはそんな意氣地なしか。」

こんな風な自分自身に対する叱責の声が、とうどう自分を彼の家までひっぱって行た。

自分は有りっ丈けのひきを吸ひ込んだ。


そして満身の力をこめて自分の血と感情を皮膚の外壁へ押しつけて動きのとれない様にした。

取次に出た愛子の激しい驚愕ハ述べる迄も無いことで、彼女の顔の面には言ひ難い多種多様の表情が一時に駆け込んで來た。

自分は强ひてそれを見ない様にし乍ら
「藤田君がゐらっしやるなら、ちよいと御眼に掛り度い。」

と言った。

彼女はどきまぎし乍ら、

「あのう、ええ、居りますけど、――。」

「じやあ、ちよいと取次いで貰ひ度い。」

「だけど、あのう――。」

「いいから取り次いで呉れ給へ。」

彼女は是非に及ばぬと言った面持ちで奥へ去った。

暫らく向ふで何か話声がして居たが、やがて彼女が出て來た後の襖越しに藤田の顔が見へた。

「どうぞ御上りください。」

そふ言ふ藤田の後に次いで自分は彼の書斎に這入った。

部やの中ハ不相変、書き直しの原稿紙や、雑誌や書籍でちらかって居た。

坐に着いてから、見るともなく見ると藤田は酷く憔衰して、只さへ影の多いその顔がよけいとげとげしく、色艶も大変悪く感じられた。

自分は、どふ言ふ風に切り出して、どふ言ふ風に話を持って行たものかと、頻りにそれに頭を痛めて居た。

「どふです夕飯は、何もありませんけれど。」

「いや、道でちよいと一ぱいやって來ました。未だでしたら、ど

うぞ構はないで召上って下さい。」

事實一ぱいやって來たのである。彼は何度も念を押したが、仕舞には「それでは一寸中座します。」と言って茶の間へ去った。ひっそりした茶の間から、時々子供が廻らぬ舌で、何か声高くしやべるのが聞へて來た。

それに混って御鉢の蓋を執る音だの食器の觸れ合ふ音だのが聞える。彼等夫婦は黙りこくって飯を食って居るらしい。

「一体、あいつは俺がやって來たことをどふ考へてるだらふ。」

自分はそんな風に想像を廻して居た。

「俺が何をしに來たかは無論察しがつくまい。しかし口先では御座なりの事を言って居たって、腹の中でハ御互に、憎悪の念が反射し合って居るのだ。彼奴の事だから、俺の切り出し相な用向きを種々に想像してハ、夫れに対する切れ味のいい返答を今考へ最中だらふ。こいつはしくじると二の矢がつげなくなるから要心しなくてはいけない。それに彼奴を怒らせて仕舞っては御仕舞だ。」

「いや、失禮しました。」

しばらくすると、夕刊を手にした彼が、そふ言ひ乍ら這入って來た。

そして夕刊は机の上に置いた切り彼は仕舞までそれに手をふれなかった。

我々の間には他意の無さ相な沓間話が始められた。

無論我々の頭の中でハ話とは関係のない憶測や、忖度や、が電光の様な速さで閃き、相手の顔色をぬすみ見たり、あはただしく眼を外らしたりする微妙な動作が、十番に一番の兼合ひをやって居た。

互に口先では談笑し乍ら、ふと見合はした相手の眼の内に冷たい刃物の様な光りを發見し合ったりした。

併し、自分は此の日の対談をすっかり省畧することにした。と言ふのは、事件の本筋とは餘り生きた関係を持たないからである。つまり、意外にも自分は、とうとう其の日は最後まで問題に觸れないで仕舞ったのである。

それは自分の憶病からで有ったかも知れない。

併し、人間は最期まで憶病で有り得るものだらふか。

憶病とは安全を希ふ氣持ちではないか。どちらを見ても安全な路が盡く塞がれて仕舞って居る場合、人間は最早、憶病であり得る餘祐を持たぬ。とすれば、此の日の自分が實際は憶病で無かったか。或ひは自分は未だ最後まで行て居なかったか、孰れかでなければならぬ。

自分は其の日の事を考へて見るのに、自分が少しも憶病で無かったと断言することは出來ない。

けれ共、また一方憶病とは両立し相にない一種の優越感を彼に対して抱いて居たことを思ひ出す。

それは果して字義通り優越感であるか乃至は負惜しみであったか判りはしないが、

「なに、俺は、もふどたん場まで來て仕舞って居るのだ。

俺がほんの一寸決心をすれば、いや、決心でなくてもいい、ほんの僅か感情を動かせば、此の男の生涯は御仕舞に成るのだ。

またそれは自分にとってほんの一擧手の労にしか過ぎないのだ。」かふ考へることが非常に自分の氣分を安らかにした。いそぐことはないのだ。何時でも、思ひの儘になるのだ。譬へ此の

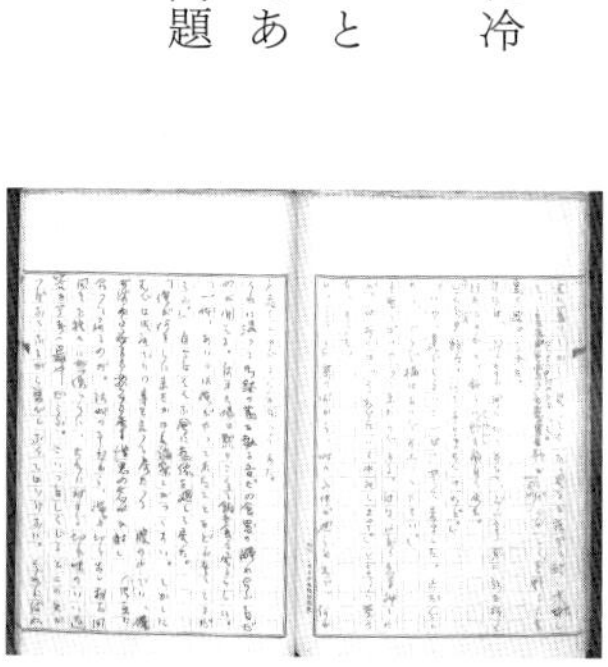

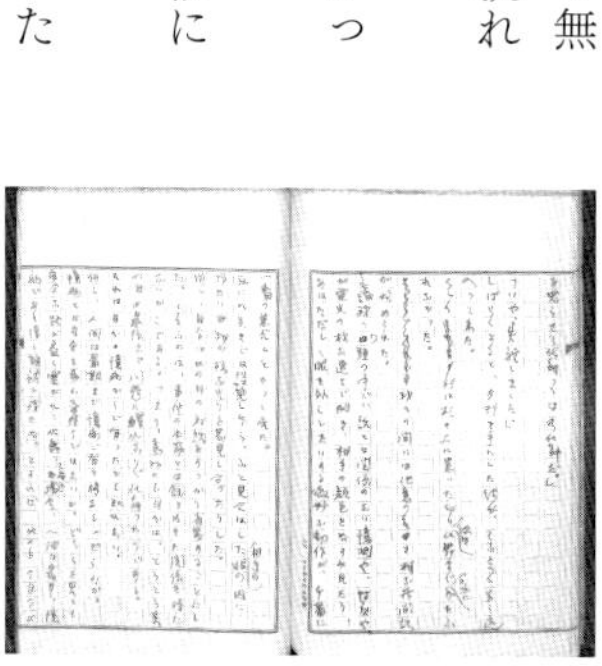

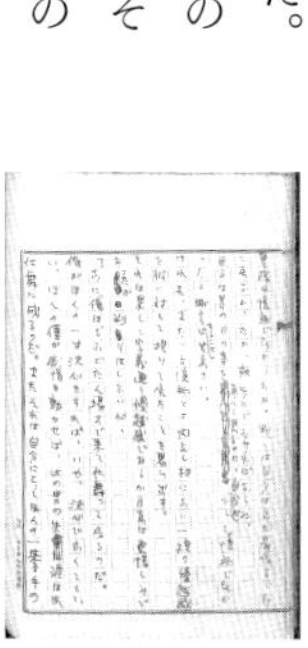

男が表面的にはいかに優秀や威厭を自分に示したとしても、意するにそれらは自分に一本の指の力をも加へはしない。

そふ思って見ると彼の姿はあはれにも力の無いものに見へた。

自分は半ば悠々たる氣持ちで彼の全身を見降すことが出來た。

しかし、ともかくも此の家の敷居を跨ぐまでハ自分の目的は只一つであった筈だ。

此の目的を切り出さないで其の儘帰って行く自分を想像する事などは出來もしなかったし、また想像の餘地も無かった筈だ。

其の決定的な自分の意圖が何所らあたりで、くづれて仕舞ったのか、はっきり判らない。

が、何しろ、是を切り出す事の結果には可成りの危險が伴ふて居ることは疑ふ可くも無かった。其れ許りでなく、自分は此の家に於て最初愛子の姿を見た瞬間から、今まで感じたことの無い、或る執着を感じて來た。

それは愛子其の物に対する執着だと言って仕舞へばそれ丈けだが、そこにはもっと深い意味が有った。

つまり愛子の姿に掴みついた、現世なるものへの漠然とした執着であった。勿論自分は拔き差しのならぬ所まで來て仕舞っては居るのだが、併し、そこまで來る道程と言ふものは、譬へそれが凄しい恐怖の谷々を数知れず渉って來て居るとは言へ、要するに、あの下宿のうす暗い部やに於ける青白い卋界からは一歩も出ては居ないのである。その卋界に於てしよっ中自分は愛子の姿を眼のあたり見続けて來たにも係らず、此所で、其の本人を實在の空氣の中に認めた時に感じた様な、特別に強い、實感的な愛著を感じたことはない様に思ふ。

此の愛著は本當に煩惱と言ふ文字にしっくり宛てはまる様な、不思議ななま〳〵しさを持って居た。

そしてそれは、自分に、此の現卋の奥深い所で脈々と動いて居る、誘惑的な、きはめて灰汁の強いある牽引力にぴりっと觸れさせて呉れた様に思ふ。

自分は、「此の卋の中には未だ何か有ったのか」と言った様な説明し難い一種の未練に促はれた。

此の未練が自分を憶病にしたと言へば言へる。

が、結局それ等はつまらない事なのだ。皆嘘なのだ。此の卋の中に何が有らふ。此の卋の中は夜汽車の窻の様に外から見れば宝石を聯想する様な魅惑的な華かさを持って居るが、中へ這入って見れば汚い婆がよだれを流し乍ら居眠りをして居る丈けなのだ。

自分はまたそふ言ふ風に考へ直した。

ともかくも自分が此所まで來て仕舞ふには、もふ他にどふしよふもない程考へ抜いての事なのだ。

もふ是以上どんな小さな發見だってありはしない筈だ。そんな見落しがある様な杜撰な考へ方を、あの長い月日の間続けて來たなんて言ふ事がどふして考へられよふ。そふも思ふのだが、併し、頭の中で行はれた考察は、いかに實際的であっても、要するに事實ではないのだ。其所に何か知らん拔けた感じのものがある。

彼女に対する此の不気味な執着は確に何物かを暗示して居る。

まづ、もふ少し待て、何か有るかも知れない。

本當にほんの僅なものでも残って居るかも知れない。

だが、どんな言ひ廻しをしても、つまる所、それは自分の生存慾の意地きたないもの惜みの気持を辯護するに過ぎない。憶病

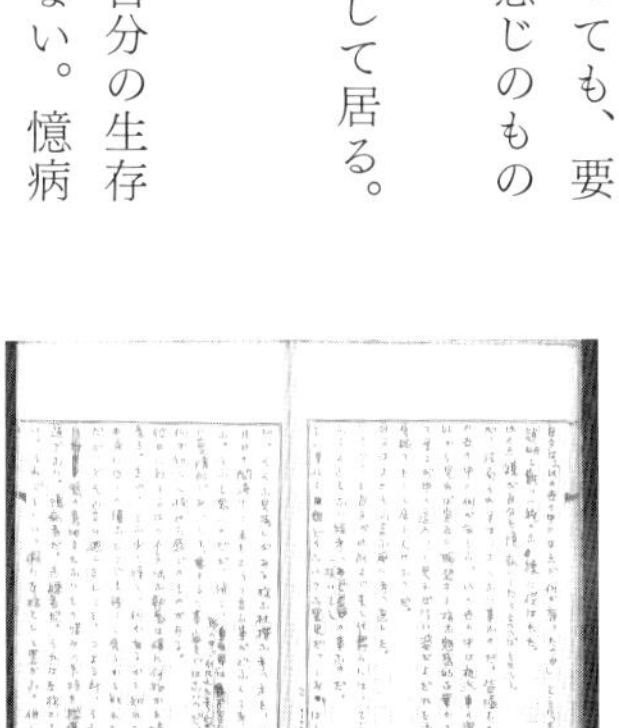

者だ。未練者だ。それは左様かも知れない。それでもいい。假に左様として置かふ。併し、捨身に成るのは、何時でも成れるのだ。一たん石を轉して仕舞へば、もふ後へ戻すことは出來ないのだ。

かふした心の中の暗闘の結果が、とうどう、自分の身を無事に彼の家から運び出して仕舞った。

自分を送り出した藤田の表情の中には、當惑した様な、けげんな様な、實に珍妙なものが現れて居た。

無論彼は自分の來訪に依って、實に解き難き謎を背負はされたと言はなければなるまい。自分と別れる時に彼の顔に表れて居たあの表情は、彼の顔からは去っても心から去る時はないであらふ。自分は聲を立てて笑ひ度い様な衝動にをそはれた。

が、其の後から、直ぐ何も言はずに別れて來たことに対する後悔の念によって苦しめられなければならなかった。

勿論、それに対抗して、自分の行爲を是認しよふと努める傾向もあった。

そしてそれらは其の後可成り長くの間交互に現れて來た。

自分は下宿に帰ると其の儘じつと考へ込んだ。

自分の体は疊の上に靜座して居たが、心は激しい流れと戰って居る船の様に落ち着かなかった。

「一体どふ仕様と言ふのだ。俺は何故帰って來たのだ。

帰って是から何をするのだ。そして帰るとはどふ言ふ意味だ。

一体何所に自分の帰る所があるのだ。此の下宿へ帰ると言ふ事が自分に何の意味を持って居るのだらふ。」

自分は此の沓の中に自分の身を落ちつける所が全くなくなって仕舞って居るのを今更の様に感じさせられた。

翌日は頭が痛んだ。身体を動す度に頭の中の骸子の様なものがゆれて頭骸骨の壁にコトンコトンとぶつかって、それがたまらない苦痛をひびかせた。

むし歯も同時に痛み出した。自分は起き上る勇氣を失った儘終日床の中に居た。

其の日の太陽は自分の眼に觸れないで西の方へ廻った。

四時頃であったかと思ふ。

下の小母さんが珍しく梯子段を蹈むで上って來た。

「左貫さん御客様ですよ」と言ふ。

自分は滅多に客に見舞れた事が無いので少々面喰った。

「何と言ふ人です。」

「藤田さんとか仰有いました。」

「男ですか、女でせうか。」

「御婦人の方です。」

「通して下さい。」

到々來たか！　うん、やっぱり自分は俟って居たのだ。

それにしても此の驚き方は。

よく我々はおどろかされる事を承知して、いざとなるとひどく驚く事を圣驗する。丁度あの時の気持ちに相當する。

彼女は激しい感情の分子がばらばらに動き廻るのを喰ひ止める努力で顔面の筋肉を緊張させ乍ら自分の眼の前に現れた。

「今日は用にかこつけて出て參りましたの。」聲は强ひて平靜な調子に押し沈めて居たが、かくし切れぬ興奮が乾燥した様な不調和音を混入して居た。

「子供は。」

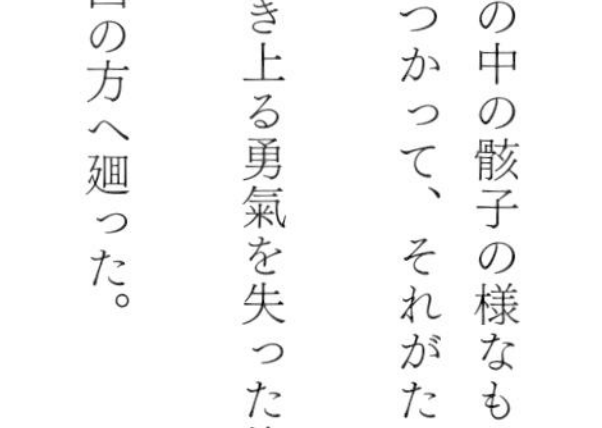

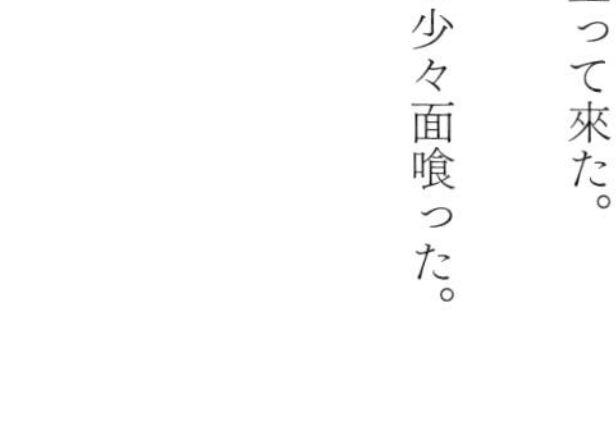

「實家へ預けて來ました。」

自分達の間には暫く重苦しい沈黙がこはばった姿を横へて居た。

「どうも此の儘では仕様がない。」

自分は誰に言ふとなく、吐き出す様に左様言ふと、苦いためいきを洩した。

「私、以前から一度御兄様に遇って、心から御詫びしなければならないと、しょっ中考へて居ましたの。

私本當に・・・。」

「ああ、それならもういいさ。いいさ。仕様がないじゃないか。

實際今更そんな事を言ったって。」

「でも、私、そふしなければ気がすみませんもの。私、なぜ死んで仕舞はなかったんでせう。子供が可愛いばかりに今まで生きて來たことがうらめしい。御兄様、私は本當に自分自身が憎くってたまらないのですわ。私の爲めに御兄様まで台無しにして仕舞って・・・。」此所までやっと言葉が続いて來たが、彼女は其の時何かを過って取り落した様に急に泣き始めた。

「昨夜・・・・・ゆふべ、御兄様の御顔を見た時、私は自分の犯した罪を、あんまりまざまざと見せつけられた様な氣がしました。怖しくて・・・、自分の罪が怖しくてたまらなくなりました。

何故私はあんなに馬鹿だったのでせう。

今では、とてもあの頃の自分が解りません。考へて見る勇気も有りません。どうぞ、どうぞ、本當に赦して下さい。ねえ、御兄様。私は間違って居たのです。やっと此頃に成って、それが本當にしっかりと解って來ました。

私は御兄様から、絶対に離れてはいけなかったのですわ。

私達こそ本當に前の吉から決められて居たのです。それに・・・それに私が馬鹿だったために・・・。本當に赦して下さいましね。

御赦しを乞ふ資格さへも今はない位です。

憎らしい。憎らしい。自分が憎らしくてたまらない。」

自分は彼女がもだへ泣くさまをじっと見て居た。

それはいかにも彼女自身の魂をさいなみ虐げ様とするかの様に見へた。それが自分の心を重苦しい感じに押し込めた。どうも仕方がないのだ。

今更どふにも成りはしない。

併し、前夜のあの生々しい執着は再び自分の胸の中でどろどろと熱い汁をたらし始めた。

自分の心はだんだん愛子の語によって軟げられ暖められて來た。

無論自分は愛子を何物にも変へ難く思って居た。

けれ共それは昔から自分の心に棲み込んで居る愛子であって、藤田と結婚した愛子に対しては限り無い怨恨といきどほりを感じて居た。そして、事實彼女を眼前に置いた場合には、自分の胸に火の様に燃えて居る愛とは少し特質の違った、あの煩悩の方を色濃く感じた。そこには生きた人間同志のしつこい官能や甘い陶酔感があった。

「ねえ、御兄様、赦して下さいまし、ねえ、御兄様。」

彼女はしきりに訴へる様な眼に熱い光りを宿し乍ら、自分を窺き込んだ。

自分の胸は、理由なく鼓動を早めて來た。何とか言はなければならないと思ったが、語が掴めなかった。

自分の感情は限りない怨みと、深い悲しみと、動きのとれない焦燥とで掻き廻されて居た。どふすればいいのだ。

自分が赦すと言ったら、それが何になるのだ。

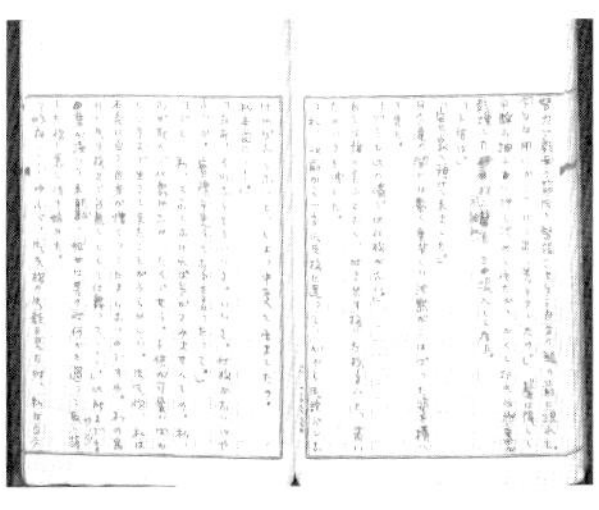

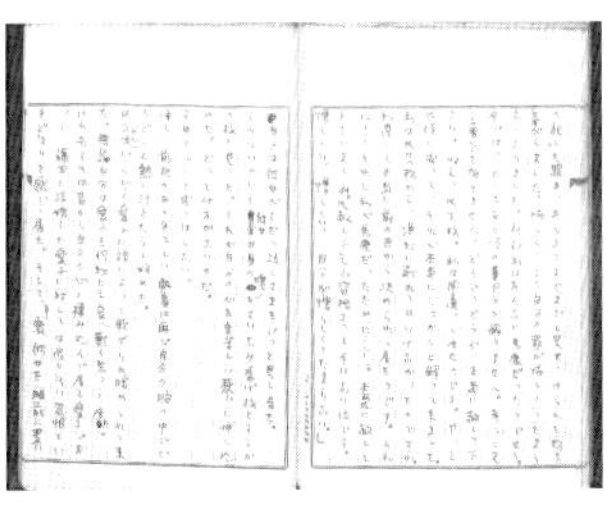

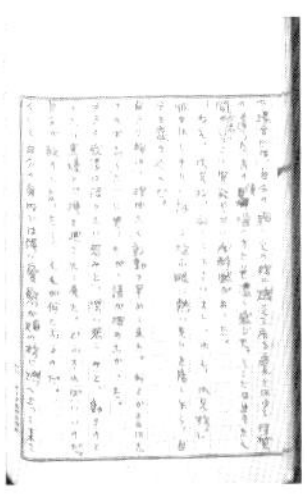

そして、自分の身内では強い愛慾が焔の様に燃へ上って來て居るにも関らず、それをどふする事も出來ない苦しさが堪へられない重味となって、自分を押へつけた。

そして、自分は床の中で齒を喰ひしばってもだへて居た。

やがて、自分の心の全てに濕りを帶びた悲しみが行き渡り、いつとなく、自分は泣いて居たのだ。

彼女が、自分の涙を發見した。そしてその故に一層はげしく泣き乍ら口の中で「すみません、すみません、」と何時までも繰り返へした。

自分は黙って手を差し述べた。そして彼女の身体を靜に引き寄せて苦しい抱擁をした。

固く押しつけた頬の間では止め度もなく落ちる熱い涙がねばついて居た。

何時か夜が來て居た。忘却と泥酔に似た惱しい興奮の時間が過ぎると我々は苦しい熱情と熱い涙の中を泳ぎ乍ら、ずるずると引き込まれる様に、また一つ新しい罪を犯して仕舞って居る自分達を發見せねばならなかった。そこにはどふすることも出來ない因果の網に我々は十重二十重に掴められて居る物凄さがあった。

彼女は其の夜、殆ど泣き乍ら帰って行た。

「私はもふ、自分で自分が判らなくなって仕舞ひました。何と言ふ、無節操な、めちやくちやな女でせふ、だけど、もふ私は今日の事を後悔などはしません、始めの出發点が間違ったのです。こふなるより他仕方が無かったのだわ。仕方がなかったのだわ。御兄様、あなたも、どふか後悔しないで下さい。後悔しないで。宿命ですわ。人間の力ではどふにもならないことですわ。」

こんな事も言った様に思ふ。

自分は批判も冷眼もあったものではなかった。

只極端な疲労と無気力とにをそはれて、深い深い忘却の睡りへともぐり込んで行た。


（以下次号）

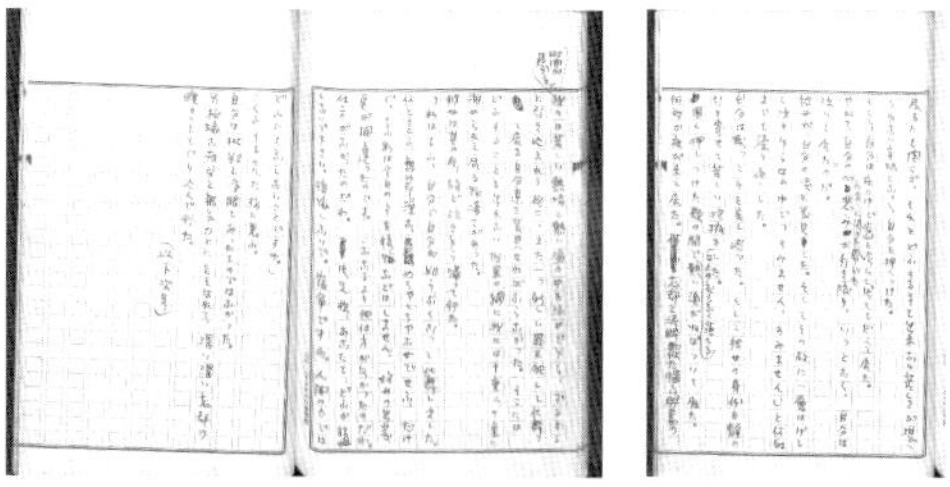

書かずもがなの記、　茉

此度のこそは恥づ可きである。前のが奥野他見男なら此度は虹児位で有らふ。それにあんな所で切っては、仕様がないのであるが締切日が來て仕舞った。

此度はおまけに生活がめちやくちやなので一層ひどいものに成って仕舞った。此の一ヶ月自分は殆ど毎日東京の町を歩いて暮して仕舞った。こんな生活は生れて始めてである。しかしそふするより他仕方が無かった。

と言ふと、そんな生活でなかったとしたならば、もっといいものが出來たのだが――と言ふ意味に取れる。

事實そふに違ひないのだが、併し孰れにしても大した違ひはないと言へば、それもその通りである。

何故自分の態度がかくまで卑屈であるかと言ふと、それは要するに自分の作品に何の権威も認めることが出來ないからである。こふした自分の告白は自信の強い人達には全く理解されないかも知れない。否、自信の強い人達には反ってより深く理解されるかも知れない。

ともかくも自分は此の二三ヶ月雑誌を厚くするベーキングパウダアの様な役目を努めて來た。來月からは解放される豫定である。が此の小説は続け得るかどふか解らない。つまらなくても終結まで書き度いとは思って居るが。

ともかくも少し辛いが此度のも出す丈けは出して置かふ。只一つ、いくらつまらない自分のものでも批評以外の揶揄は拒絶し度いと思ふ。

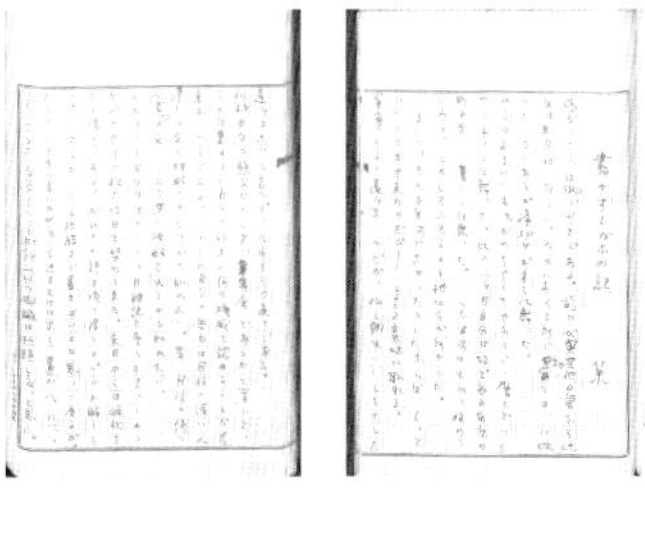

小品　銀貨　　茱萸、

小品 銀貨

茱萸

「落さない様、氣を附けてゐらっしゃい。」

戸口の敷居を跨ぐ時、流元で洗元で洗ひ分けをして居た姉のお幸《ゆき》が追駆ける様にそふ言った声がまだ耳元に残って居た。

氣を附けて居なかった譯では無かったのだが。

駆け出してからも、一度立止って掌の底をすかして見た。

銀貨は夕闇に仄白く光って、ぎっちりと汗だった。

「あの時未だ有ったのだ――。」

心の中で、そふ呟き乍ら、三吉はまた思ひ出した様にしゃくり上げた。

「それから・・・。」それからがいけなかった。

尾を振って、いそいそと随《つ》いて來た家《うち》の黒が、不圖身構へて、吃と成ると、喉の奥の方で唸り始めた。

向ふを見るとブルの掛った獰猛な奴だ。

稍暫らく呼吸《いき》をはかり合った末が、例のガブガブと言ふ組んず、ほぐれつの大活劇で、それからは此方も、もう夢中だった。

やっと吾れに帰った時は、上げの縫目が綻びて泥の附いた裾がだらりと前下りだった。

黒も痛々しく傷《て》を負って、息もせはしく舌を吐いて居た。

とたんに、はっと思って探して見たが銀貨は其所いらに無かった。

三吉はもう一度激しくしやくり上げた。

何時の間にか、自分の家の前まで足を運んで居たが、這入る気も無く、其所の格子窻に獅噛み附いた儘だった。

空はもふ暮れて仕舞って、僅に残された西の薄明りの中に、前の工業學校の建物が黒々と聳へて居た。

泣いて居る姿をさりげなく眺めて、何人《いくたり》ひとが行き過ぎたか、三吉には長い時間だった。

頬ぺたを涙の傳ふたあとが乾いて、なめくぢの這った様な厭な気持ちである。

折柄、溝板《どぶ》の不揃ひなのを蹈むで、奥から御幸《おゆき》が埃《ごみ》を棄てに出て來た。

「おや、そこにゐるのは・・・。」

塵取りを埃箱に突込んだ儘近附いて來て、やはらかく肩に手が掛ると、

「どふしたの、一体。」

と、窺き込まれたので、また譯も無く泣けて仕舞った。

涙乍らの物語り――――と言へば大層だが、

「黒が・・・・　黒がまけちやったんだい。そして、おあしが何《ど》所《つ》かへ行っちやったんだい。」と、先づ此の調子で一通り話の筋が呑み込めると、

「いいわ、いいわよ、今日は、あたしが内所で出しといて上げるから、だから、もふ泣くのは御止しなさい。ね。見っともないから。」と、人さし指のさきを前垂れの隅で括《くる》んで涙を拭って呉れた。

朱い塩瀬の紙入れを胸のあたりに探って、また新しい銀貨を握らせて呉れた時は、叱られる豫想が確實だつた丈けに、眼を見

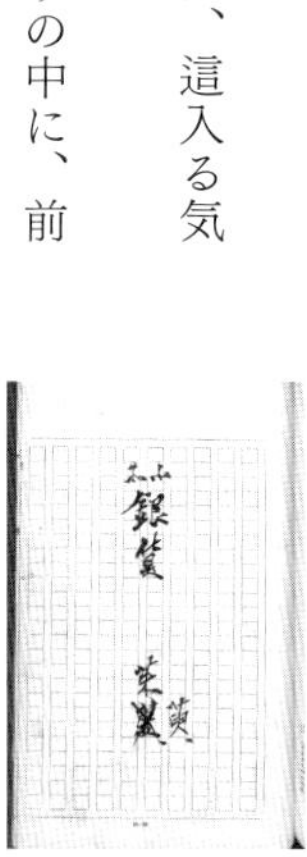

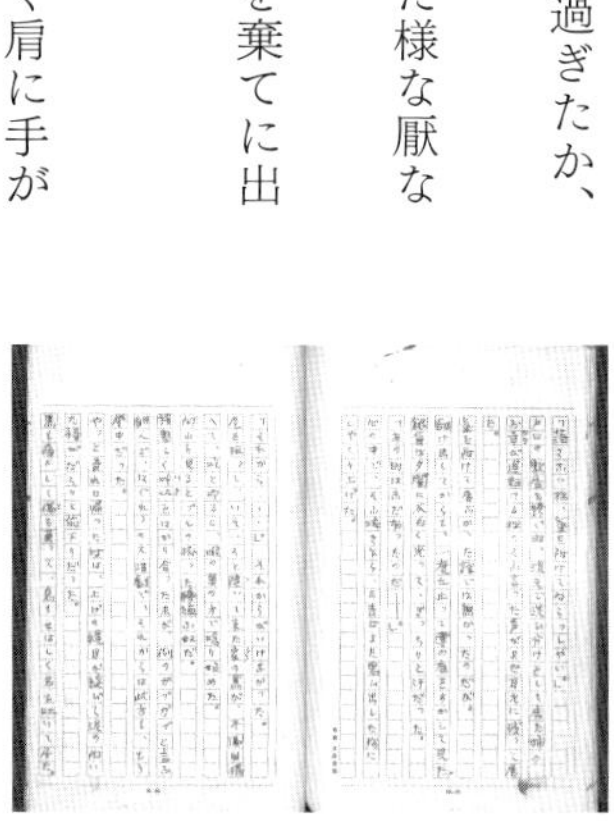

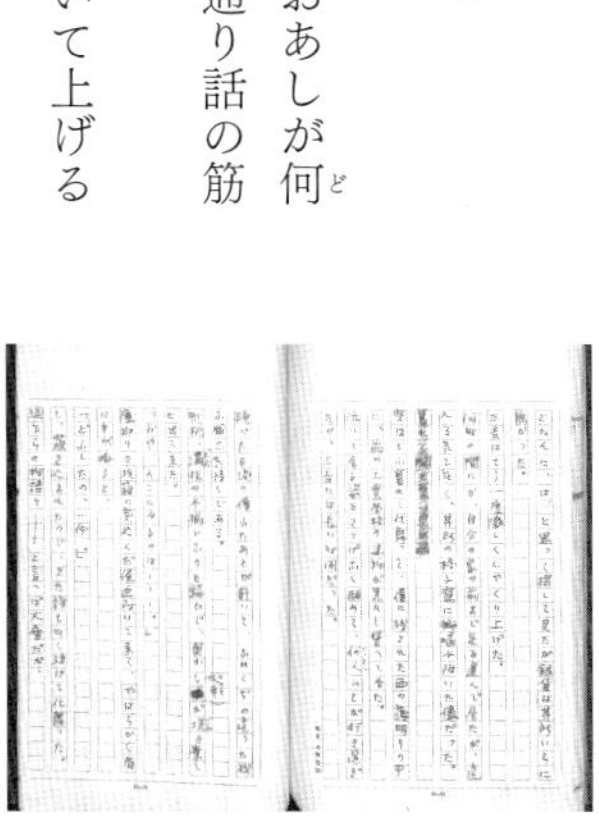

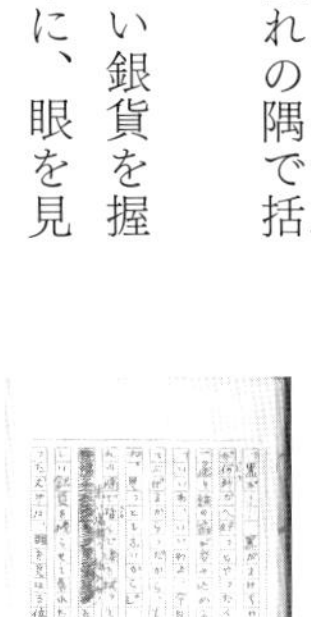

はる位の嬉しさだった。
姉の手を、つと執って、其のたなごころをパチパチと二三度叩くと、三吉は矢庭に身を飜へして、ジヤツキイ・クウガンを観る可く全速力で駆け出した。
そふする事が彼の最大級の感謝の表現だったので——。

終。

喫煙餘談。　茱萸、

喫煙餘談。

茱萸、

武者小路實篤氏に就て、（此の人は當代に於て、自分の最尊敬する一人だ）

氏は人生を作り上げて仕舞ふ。極端に言へば自分の都合のいい様に人生を改作する人だ。我々は氏の作品に、我々の住む人生を發見する事は出來ない。其所に現れた人生は氏の思想を物語るクワイライの様な数人の登場人物が踊る舞台に過ぎない。

氏が自分の思想を文藝の中で物語らふとする意圖には格別異議をさしはさまない。けれども、幾ら其の目的に叶って居るからと言って、人生をあんな簡單な奥行のない物に変へて仕舞ふ事は賛成が出來ない。もしも氏が、我々の住む、この立体的な光りと影に滿ちた、また矛盾と調和の錯綜した、味氣ない中に魅力を持った人生を先づ最初に表現し、其の中で何喰はぬ顔をして、氏の思想を登場人物達に物語らして呉れたら、我々はもう少し氏の藝術を尊重し、同時に其の思想にも、もっと頭を下げる事が出來ただらふに。

——一五、二、二一、——

里見弴氏に就て。（此の人も當代に於て、自分の最尊敬する一人だ。）

文章の絢爛巧緻、當代絶えて比疇を見ぬ。

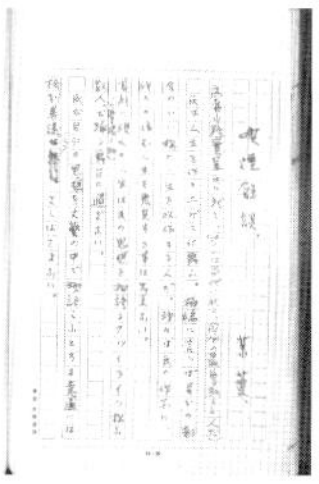
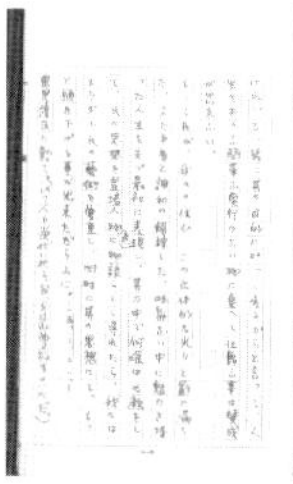

遠くは西鶴、近くは鏡花が衣鉢を傳へた、江戸文學の傳統を大正の㕝に美事に咲かせ様と丹青怠り無き有様である。人情の機微を穿つ技巧の冴へ、一句も忽にせぬ鏤骨砕心、雑誌屋の廣告の文句が其の儘當る。

一筆正に萬象を貫き、行間、奇智縦横、軽妙洒脱、抑揚自在、行文流麗、才氣横溢、精彩喚發、奔放不羈、緩急如意、凡そ支那人の發明し相な御㕝辞の文句は一つとして此の人に當てはまらぬは無い。事それ程名文家で此の人は有る。殊に會話のいきに到ってハ、其の妙、洋の東西をひよつとすると虚しくせんでも無い。

彫琢に彫琢を重ねて磨きを掛けた緻密な大理石の様な此の人の文章は例へ一字でも無駄と言ふはなく、何所を押して見ても貧乏揺ぎもすることではない。

それで居て中味はと言ふとなんにもない。

思想は徳川時代である。

いくら感心しても、思想的には何等の脈薄をも感じない。

歌舞技座の大向ふが「ナリコマヤー」と聲を掛ける程度以上の感激は來ない。恐らく此の人の文章に向ってそんな文句を言ふのは、野暮の骨頂で、花街《さと》には初心《うぶ》でありんすかめりんすかは知らぬが、籠釣瓶がいくら佳く斬れるからと言って、狂人の手で吉原の屋根の上を振り廻されて居たのでは所詮詰らぬ。此人の爲めに惜む所以である。（一五、二、二一、）

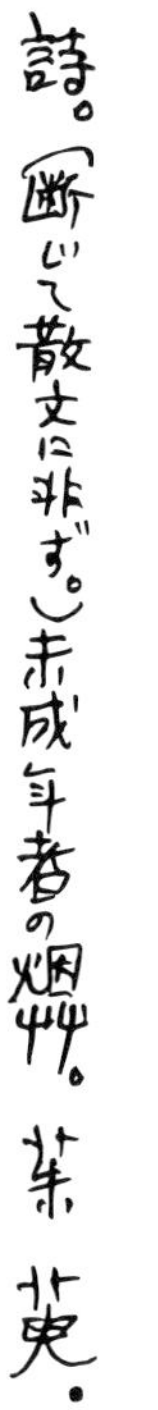

詩。（断じて散文に非ず。）未成年者の烟艸。　茱萸。

部屋の中では　接吻が行はれた
春の午後で
障子にはランランランと陽が差して居た。
萬象は耳に遠く
虻《あぶ》の翅音のみが彼の意識圏内の中心近い一奌を
占めて居た。
此の記録す可き稀有なる出來事に
彼は異常なる尊敬を以て直面した。
おお相手は美しい金持の御嬢さんです。
そして、おお何と彼女の白蠟のひたいは
しっとりと汗ばんで居たことよ。
しかしその思ひ出の鮮明さが何にならふ。
御嬢さんは彼ではない所の青年と結婚せり。
そこで彼はどふなったか。
諸君よ。
まさかと思ったが彼は死んで仕舞ったのです。
嗚呼！
㕝にはかかる莫迦げた事もあるのだ。
諸君よ！
大宮人が香《かう》を嗅ぎわけた術が復活しなければならない。

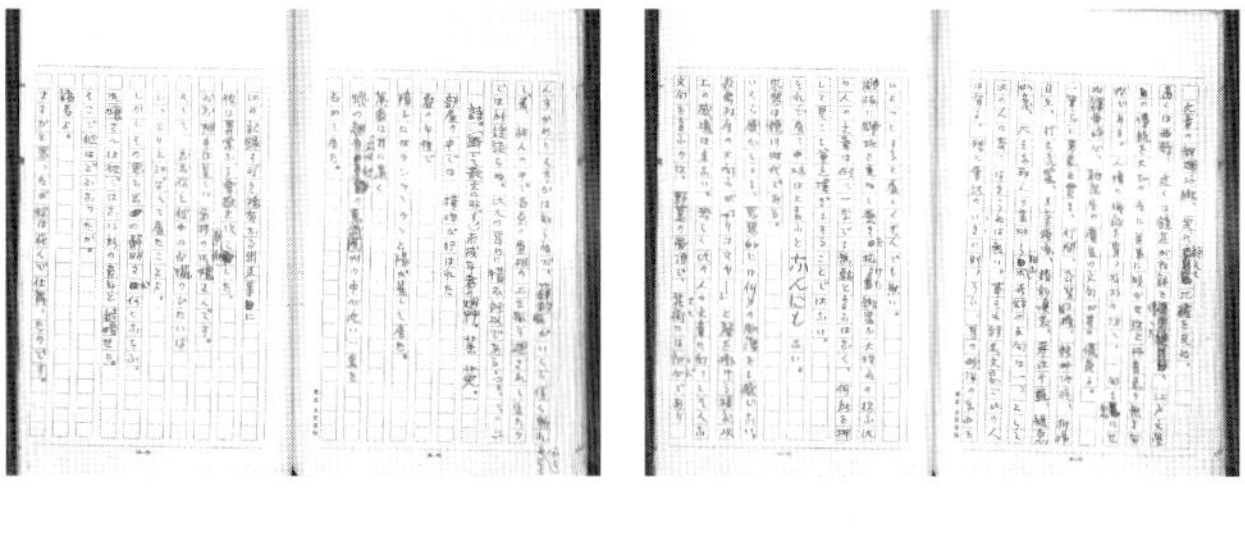

現代の青年は接吻を嗅ぎ分ける才能を持つんですな。
必要なのは接吻の選擇である。
殊に或る金持ちの御孃さんは
何の気なしに接吻します。
左様！
最も手近な所でな。
未成年者が烟艸を喫ふ気持ちさ。
烟艸は自殺しない。
諸君も自殺してはなりません。
諸君の唇を痲痺せしめよ。
喫はれたら烟に成れ。
金持ちの御孃さん達は
それがバットであるから喫ったのではない。
只一寸烟が出して見度かったに過ぎない。
ただそれ丈けだ。
諸君よ。
金持ちの御孃さんが
諸君に接吻をもとめたならば、
諸君は先づ才一に
諸君の唇にサックをはめなければならぬ。

さて、自分の言ったことは間違って居るか。
金持の御孃さん達よ、
もし自分にあやまらせ度いならば、
あなたが最初に接吻した人と
結婚して御らんなさい。

以上。

咬菜餘譚。　茱山人。

咬菜餘譚。

茱山人。

大根を喰む。何の変哲もないが、其の味は今更に驚く可きものが有る。余思ふに大根は恐らく野菜中の大王ならむか。余、寓居練馬在に近く大根は本場、春信美人の足の如き奴を食ふなり。大根は漬けて食へば、澤庵もよろし、浅漬もよろし、生食して、おろしによく、塩もみ亦可也。就中、火食をもって最となす。大根を煮る、醬油の加減一つに在り。凡そ料理に於ては、簡なるは即ち難し。其の代り、手加減ぴたと的を射れば、いかに複雑なる料理と雖も及ばず。大根の煮たるは熱きを食ふもよし、翌日になりて揚げの油、どろりと浮きたるを執り出し、歯にくいる様なる冷たさを味ふも亦格別なり。
自分は其の枯淡な中にしみじみとした暖さあり、また昔話じみた味を好む。歯に於ける觸覺は豊かなる肉感を臓す。余は亦大根を咬めば必ず大雅の繪を想ふ。大雅のヱを觀れば亦必ず大根の味を想ふ。實に一味共通せるものがある。
大雅に関する書に近く未醒のアルス本がある。
余貧窮にして身せばまる思ひなれども、遂にやみ難くして一本を購ふ。
専ら十便圖を歎賞飽くを知らず。

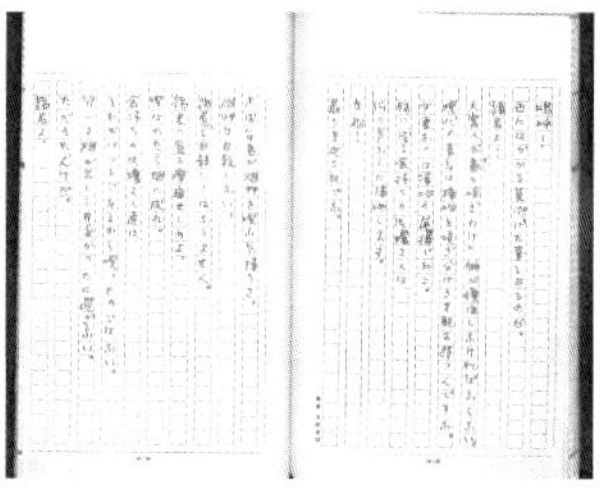
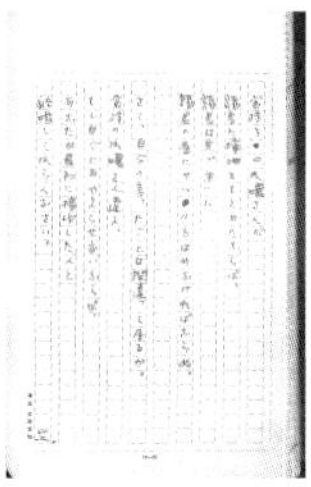
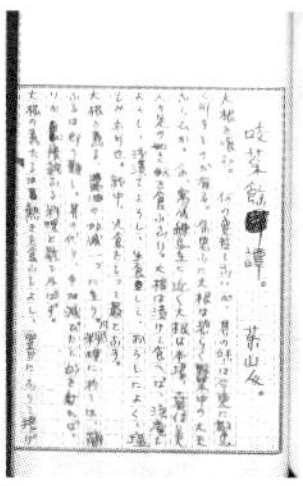
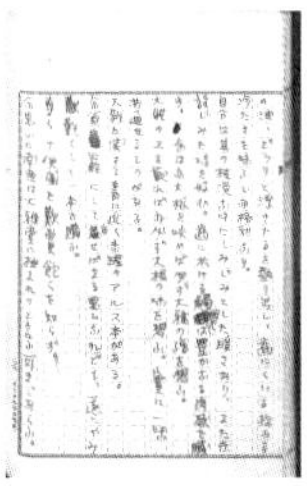

余思ふに南畫は大雅堂に極まれりと言ふ可きであらふ。

支那に興った南畫は日本大雅堂に於て完成されたりと見るを妨げない。余は支那の南畫に就いて餘り多くを知らぬ、然乍ら、余の知れる範囲に於ては支那本国に於ても大雅を凌ぐ程の名手は餘り見當らぬ。

自分の一個の私見に過ぎざるも、余は雪舟を好まぬ。大雅は是に引き替へ懐しき限りである。目下の所、山水を畫きては日の本に此の人一人と思ふ。無論大雅の作品の中に於ても徒に奇景絶勝を畫きしものは好まぬ、坦々たる平蕪の一角、土壌の一遇、数株の樹木、悠々たる流水、かくの如きものを無雑作に畫き流して彼は杏界に絶品を残した。就中、味ひて盡くる事なき思ひを宿すのは、其の線であり墨色である。

自分の独断に庶からん事を慮るのであるが北畫の山水は完成されなかったのでは無いか。

日本に於て、その最高の標準を雪舟に求めなければならぬとすれば、自分は杏評の如く、是を大雅堂の上位に君臨せしむるに異議を唱へざるを得ない。

大雅は生きて暖かく話し掛くれど、雪舟は冷く取りすまして居る。近き難いものが必しも崇高、幽妙であるとは定め難い。また崇高、幽妙なる性質を帶ぶるものが藝術價値に於て勝れたりと断言は出來ぬ。

余が雪舟にあきたらず思ふは、技法の固定から來るまんねりずむにもっとも多く負ふ。

もふ、一寸桁を外して呉れたならばと其の点惜しく思ふが常である。餘りにまとまり過ぎて居る。

少しも捌けた所が無い。頑固一徹に繪とはかふ畫くものであると主張する。何れを觀ても畫手本の様に堅苦しい。只一つ所謂枯れた味を出し切った点に於ては海内比を見ずと思ふ。此の一点に於ては或ヒは大雅も彼に一歩を譲らねばなるまい。

鉄齊曾て大雅を評して、學識乏しきが故に氣韻高からず、と言って、寧ろ、彼は竹田の方を高く買って居た相である。是を聽いて、余は鉄齊と言ふ男がいやに成った。其の維新當時の志士氣取りのゴーマン面が憎いのである。鉄齊いかに學識に富むと虽も繪を比較すれバ大雅の脚下を掠むるのみ。

大雅をセザンヌとすれば竹田はルノアールである。

異質にして並行すと雖もルノアールをセザンヌの上位に置く事は畫家として愼む可きである。

余の如き白面の書生が南北両宋の比較は潜越であるが、東洋の山水畫なるものは其の本來の性質上南畫を生み出すは當然であり、また必ず其所に落ち着く可きものには非るか。

南畫は北畫に較ぶれば、より多く線の面白さを弄び、墨色の快感を楽しんで居る。

是は一種の先入見よりして、吾人に或る卑む可き感銘を與へるが、再考すれば、その故なきを悟る。

北畫は未だ、自然に即し、自然に促るるを觀るが南畫に於ては全く、自然は一つの借物に過ぎない。

畫家は自然を寫せども、要は自然其のものに非ずして、天地を流るる靈氣を描かんとするに在る。

南畫、岩を畫いて岩を成さず、水を描いて水を寫さずと罵るものあれど、靈氣だに掴み得れば形骸は捨て去って差支へない。

些々たる末輩は謂はず。大雅の如きは正に成功して居る。南畫は勇敢に捨て得可きものを盡く捨て去って、どうにもならない

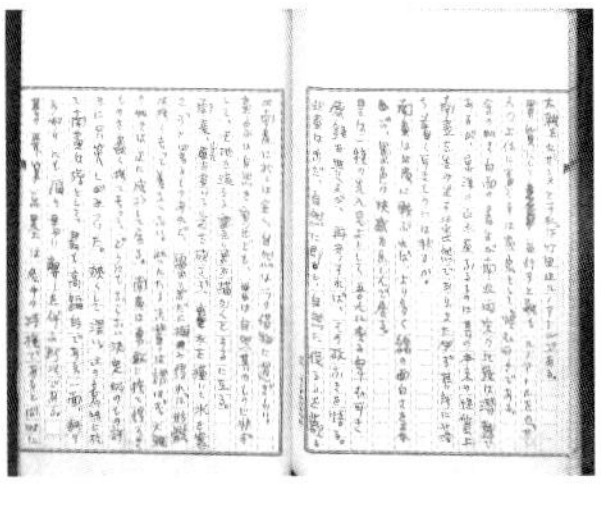

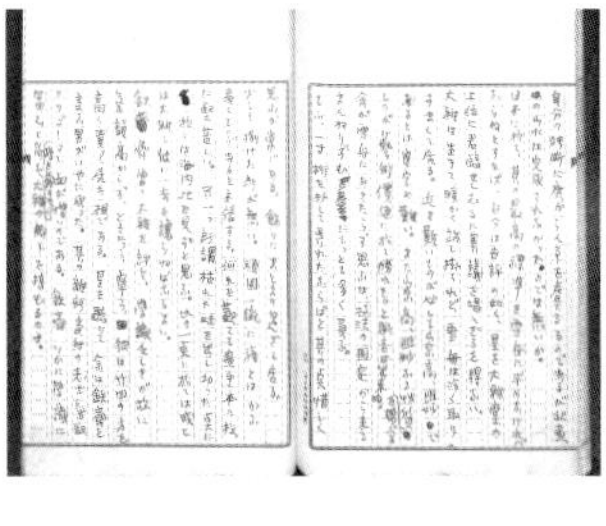

決定的のもの許りに只管しがみついた。狭くして深い。此の意味に於て南畫は繪として、最も高蹈的であり、一面、独りよがりにも陥り易い弊を伴ふ所以である。

其の弄策楽墨は名手の特権であると同時に亜流者輩にとっては致命傷ともなる。

併し乍ら、藝術の本質より論ずれば弄策楽墨の快に耽る事必しも妨げない。原始的美術に於てはかかる現象は發見せられないが進みたる美意識を満足せしむるには或程度まで必要なりと考へ得る。

吁、余も遂に日本人なり。日毎に水墨の誘惑の深きを覚ゆるは是非なし。


畫論に就いて、畫家の畫論を爲さむとするや眞劒ならざるべからず。創作家の筆を執ると異る所なし。紙上弄文の快をむさぼるは咎めず、行間、時有って諧謔を交ふる、亦妨げず。只徒に興に走りて空疎なる文字を行ふは愼むべきである。

畫家に進歩あれば、畫論にも亦変化あるは當然である。併乍ら、朝三暮四、応接に遑なく、其の間節操一貫せざるが如きは畫家として恥づ可きである。

又、濫りに異を樹つるは無益のわざである。

内に特質あらば努めずとも持論おのずから備る筈である。　他人の所説に異を樹つるを以て快となし、喧々ゴーゴーたるは政治家の爲す所であって畫家は執らず。

特色ある畫家は諸家の各説に黙従する能はざるは自明の理である。されど、かかる先入見を以て諸家の説に対し、先づ異説を案出せんと試るが如きは最も邪道である。


先輩の説に異を樹てんとするや、畫家は三考するを要する。無反省なる異説は愼む可きものの才一である。

以上。

編輯前日、日を間違へて鍋昌氏の下宿に到る、夜半まで原稿を続け、紙餘りたれば　利用して此の一文を作す。

大正十五年二月十九日夜二時半。

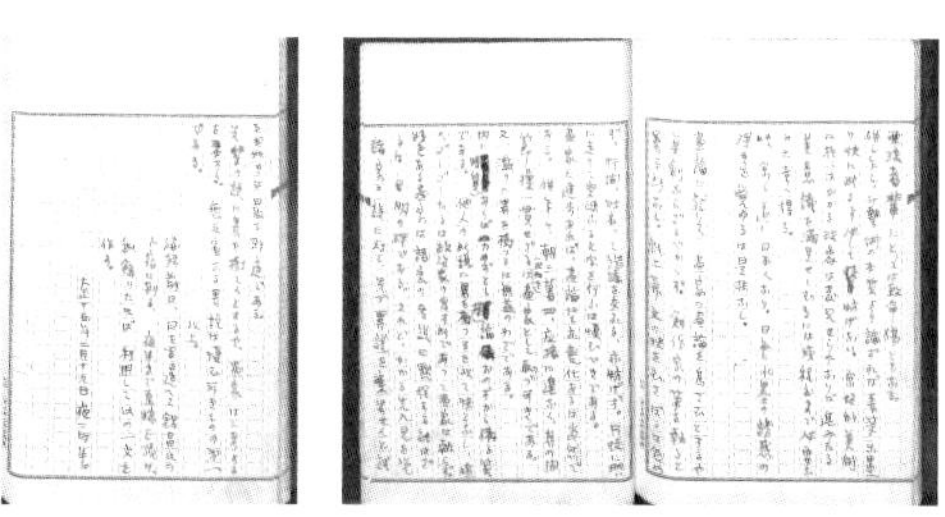

雑記　無明

雑記

無明

僕の愚小説は材料は一寸面白いのでなるべくつづけてかいて見度いと思つてゐますが、面白いといつても僕にも解決の出來ぬやうな問題なので面倒くさくなつて止めるかもしれません。実際かかうとすることを頭の中で順序を立てて字にしてゆくのは面倒くさくて止めて了へといふ気になります。一つのよい作品つくらるゝまてにはどんなに大きな愛が必要であるのかといふことをつく〳〵しります。

あの小説は今度はいそがしくて休みまし多ので深切によんで下る人に目次の復案をここにかきます。（但しあてにならず）

第一部。青磁。影。青葉の頃。凋落（湯淺の話）。

第二部。愛する妹へ（画家の手紙）

第三部。死の床。その他未定。

朱欒がかく人が少くて淋しいと何だかお足らぬ気可します。この小さなものが増し充実してゆくのを希望します。

（二十日夕）

批評らん

批評らん

小石川区第六天町十九　常盤方　中村明

批評をかきかけて見ましたがどうも面白くないので悪いことと知りつゝ、批評らんの頁を二三頁切りとりました。何卒御とがめなき様願ひます。

コンデイシヨンがよくないのです。

自分の詩も今よんで見ても少しも自分をなぐさめてはくれない。まして他人の御作は私の今の内面生活にはあまりに縁遠いものが多いのです。

池内君能画論は僕に対して御かきになつたのかもしれないですが直接名指してないので、いち〳〵具体的に御こたへする煩はさけたく思ひます。あの小杉未醒風の文體を拝見した丈けでも僕の今の氣持にどんなにそぐはないかを思ふばかりなのです。

それに僕らは雪舟なり大雅堂なりどちらがよかつたとしても水墨をやらねはならぬといふ理由はまだ充分わからないのでまだ油に大分執着があるのです。で画家としても池内君と僕の行

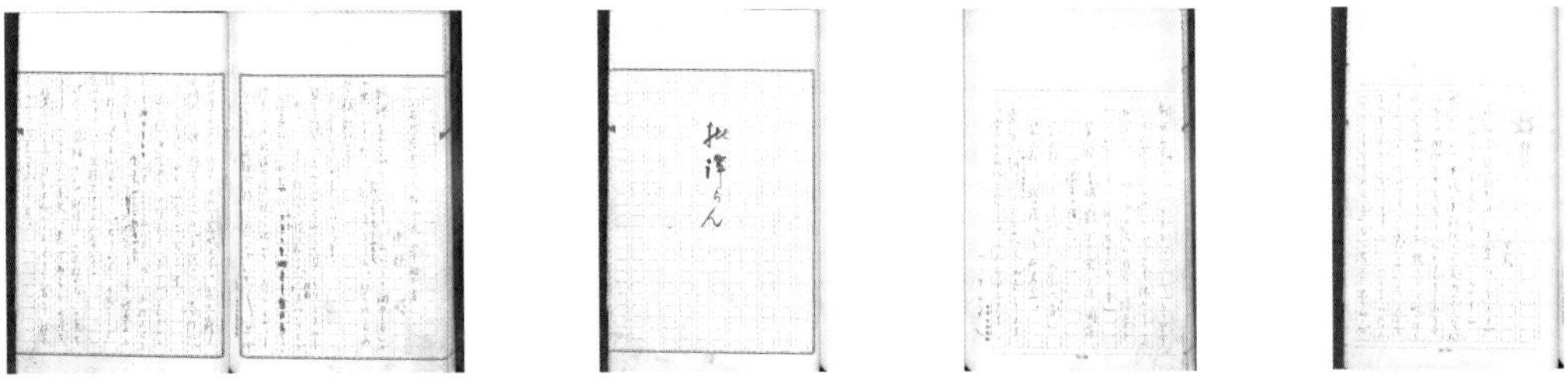

くべき方向はかなりへだたりがあるのだらうと思はれます。で只拝見するに止めます。

　此のまへ編輯日に中村清さんの原稿がないのをや可ましくいひましたが不悪、書けぬときはかけないで仕方ないことで力を養つてよいものを書いて認下ることをのぞむへきでした。

「朱欒」の人々がいろ〳〵いそがしかつたり不幸であつたりして、雑誌までが星も見えない夜の空のやうであるのは淋しい。しかし仕方がない。時機を待つとする。

　僕のいろ〳〵のコンデイシヨンは充分堪えられないものとなつてゐる。それでも毎朝そらをながめては理性の糸が細いのに丈夫なのを感心してゐた。

　し可し此の状態にも堪えられなくなつてきました。泥足でのさ〳〵とのさばりあるいた村山槐多がうらやましくもさへ思はれたりする。し可し私はあのやうな人間ではない。槐多よ。おまへの泥足に氣を付けるがよい。これは今日一寸槐多の文をよんだのでかいたのである。

　ちなみに槐多らは回らん雑誌を三四号出して止めたさうだ。諸君よ。これを忘れないでくれ。


淋しいのです。

　わたくしは淋しいのです。

　　わたくしは淋しいのです。

　　　わたくしは今夜も淋しいのです。

　　　　わたくしは今夜頃も淋しいのですよ。

　　　　　わたくしは今夜も淋しくてたまらぬのです。

こんなに今夜も淋しくてたまらぬのです。

　　こんなに淋しくてたまらんのです。
　　こんなにたまらんのです。私は
　たまらんのですよ。こんなに
　こんなにですよ。こんなにですよ。
淋しいのですよ。こんなにこんなにこんなにこんなにですよ。
よ！
・・・・・・・・・・・・・・・・・・・・・・
・・・・・・・これほどいふても私はやつはり淋しいのです。
・・・・・・・・私はやつぱりまだ淋しいのです。
・・・・・・・まだ淋しいのです。淋しいのです。
・・・・・まだ淋しいのです。
・・・・まだ淋しいのです。
・・・まだ私は淋しいのです。淋しいのです。淋しいのです。
（これは詩にあらず）


　壁にかけたアンゼリコの絵を見る。あの桃色はうつくしい。何といふ淋しい美だらう。何といふ深刻な桃色だらう。あんな深い桃色もあるのかと思ふ。

　池内君の此度のもの、中で小説「穴」や詩の「未成年者の喫煙」のやうなものは僕はその制作動機がきらひです。生活は生活して初めて貴い味が出てくるのでそこから生きた藝術も生れる筈。悪口許りいふやうなれど頭の中で考へた因果応報の事件を何のニユアンスもなく露骨に示されるには閉口せざるを得ぬです。書く人も愉快ではないでせう。しかし注意して拝見してゐます。

　もし僕のまへにいつた事が気にさはつたなら不悪許して頂きたいですが、し可し批評の対度よりは創作の対度の方が大切で

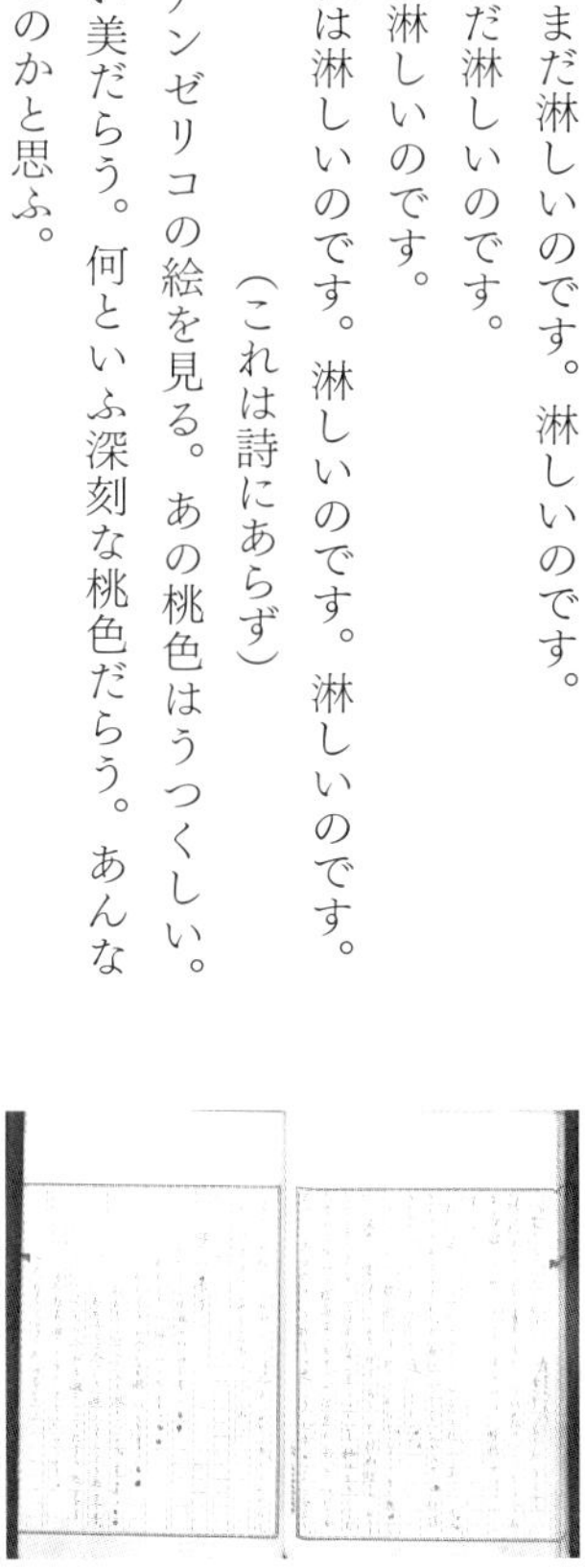

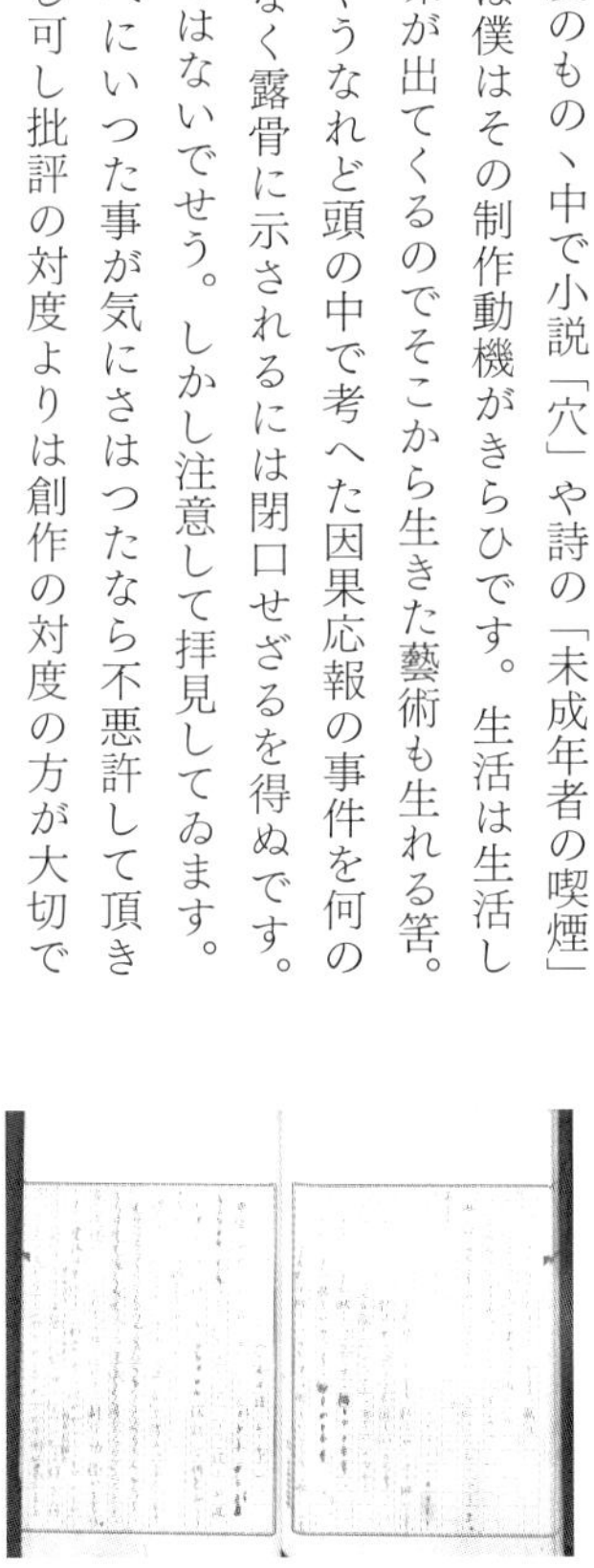

すから僕のものなどは誰でもどんなことでもいつて下さい。道はどこにひらけてゐるかわからぬのですから妥協的な御ついせう以外のことばならとんな言ひ方でもうけつけます。

兎に角「未成年者の喫煙」などいふ詩は決して「間違つて」はゐないかもしれない。しかしあんなことは大きな声でいふ價値のないことですよ。少くとも「現代の青年」のまへでは。恐らくあなたが「あやまる」人はないでせう。

府下長崎村三九三九　池内義豊

此度ハいくら俟っても雑誌が來ない。御昌さんの部屋へ不在中に這入って無断持ち出して來た次才であるが、一月も雑誌が廻って來ないのは怪しからん、わたしや怒るよ本當に。お昌さんの詩は取り立て言ふ程のものでハ無いが、春を待つ心――一寸甘い楽しさが出て居る、下駄を穿き慣らしておくと言ふ様な、おとなしい、いい享楽は自分は好きだ。

中村君の詩では、風景、二、四、七、がいい。

始めの長いのに反へっていいのが無くて、短いのにいいのが有る。自分の好みから言ふと「み空」などと言ふ語は一寸御嬢さんが琴を弾いて居る様で、あまり親しめない。中村君の批評にて、穴と未成年者の煙艸を束にして片附けられるのは少し辛いが、併し、あの批評には一寸肯綮に當って居るものが有る。

中村君が閉口するのは問題ではないが、兎に角少し考へて見様。併し、目下の自分の傾向から言へば生活を直ぐに出す事は餘り好まない。どうしても或る意味で「こしらへ」て掛るやり方でなければ出來ない。こしらへた話の中へ自分の生活や圣驗をにじませて行くのが理想なのであるが、勿論今までのは失敗して居るのだ。

自分の作を離れての話であるが、あの批評の中の自分で生活した事實でなければ書く價値がないと言ふ様な事は一般論としては決して成り立たないから、考へ直して貰ひ度い。我々の様な未熟なものに於ては左様言う事も言へるかも知れぬが、それにしても、自分は餘り生々しいのは書けない。また、あの小説の制作動機も未だ人に解る筈が無いのだが、どうしたものか。とにかく、単に事件を並べる目的でない丈けは言って置く。が、要するに凡て、どうでもいい事だ。

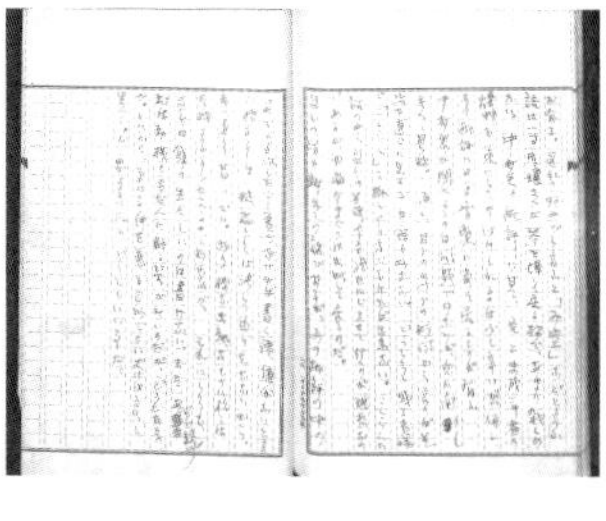

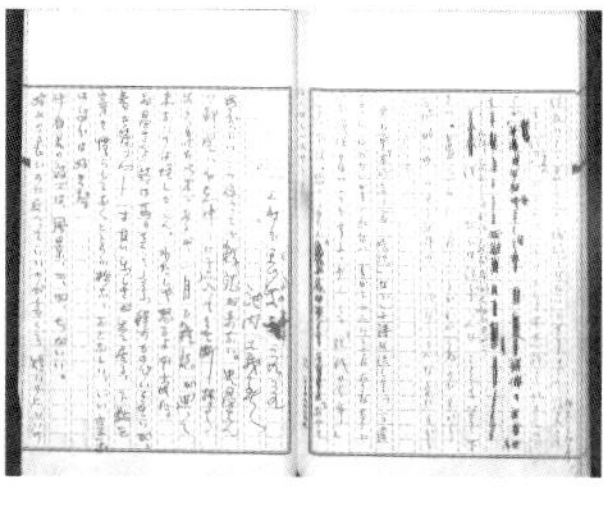

❖表紙 「朱欒三月号」重松鶴之助の手による表紙。装丁者の明記はないが、「批評らん」から中村明と考えられる。

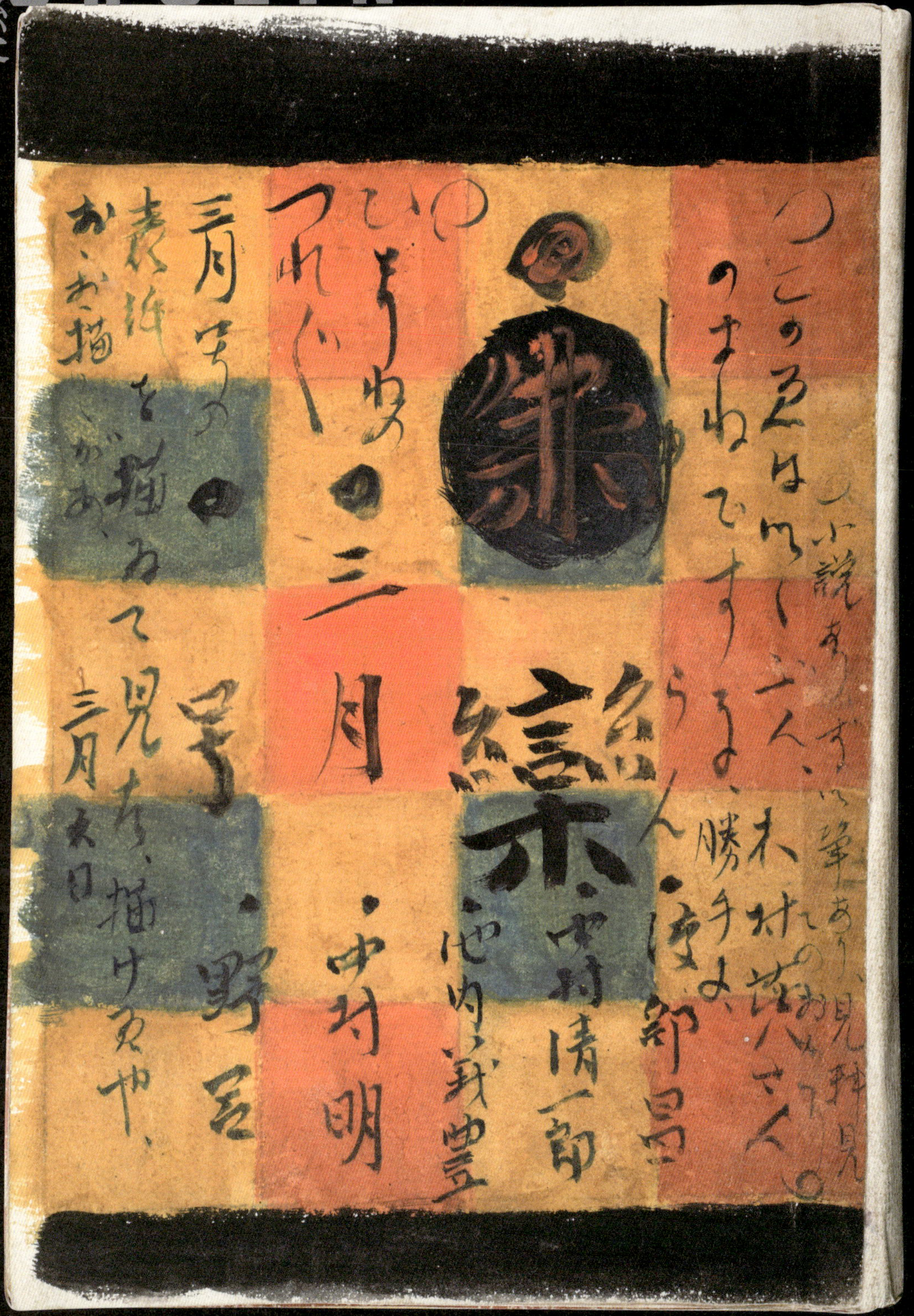

「小説あり、ず以筆あり、見料見てのおたのしみ」
「この紊は以くぶん、木村荘八さんのまねですな、勝手に、」
「ひまわのつれ〜三月号の表紙を描ゐて見た、描け紊や、お丶お丶描くがあ、」「三月六日」
「・渡部昌・中村清一郎・池内義豊・中村明・野呂」

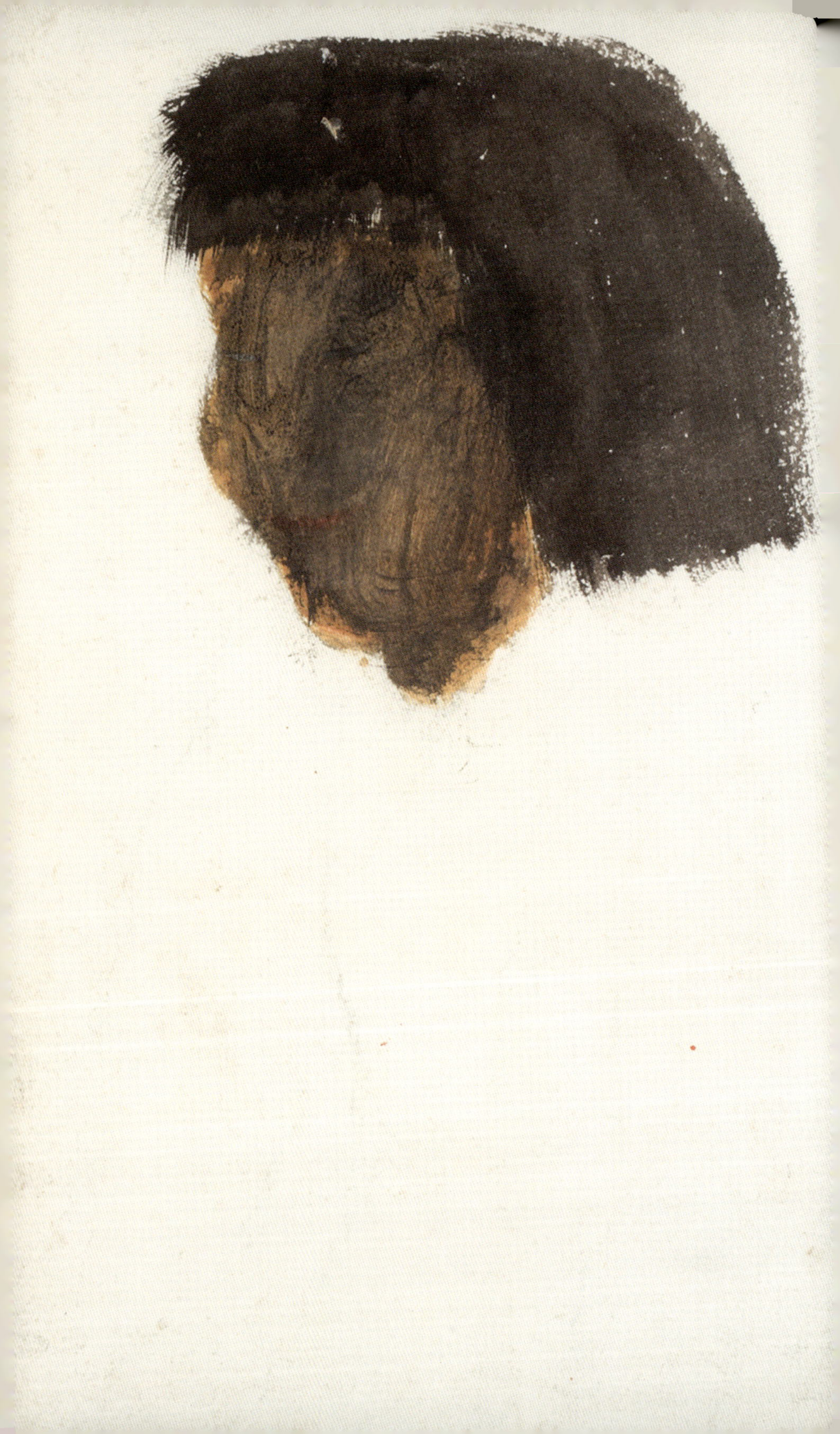

豊画「朱欒三月号」。
で中村明が、義豊の「裏表紙との御注文」を
幀の氣持ちから扉にしました」という経緯を説明している。

東京 文房堂製

❖口絵

池内義豊画「喧嘩圖　畫稿」

「大正拾五年　三月廿四日　壱　茱萸筆」

内義豊画「お早やうの圖　畫稿　但二度目」
正拾五年　三月廿四日壱　茱萸筆」

表三
表紙裏の絵、中村明画。

朱欒 ChELiN

第七号

文ぶん

春畫小景。

詩都会の蝶

花ぐにぞ

はまめぜ

まちえ

若草

もひとき

ふーぢなま木

約の足

あんなた

ゆうべ・

戯曲 弱き者。（一幕）

復活祭の歌（行事詩）

叙景詩 ポンペイの壁画

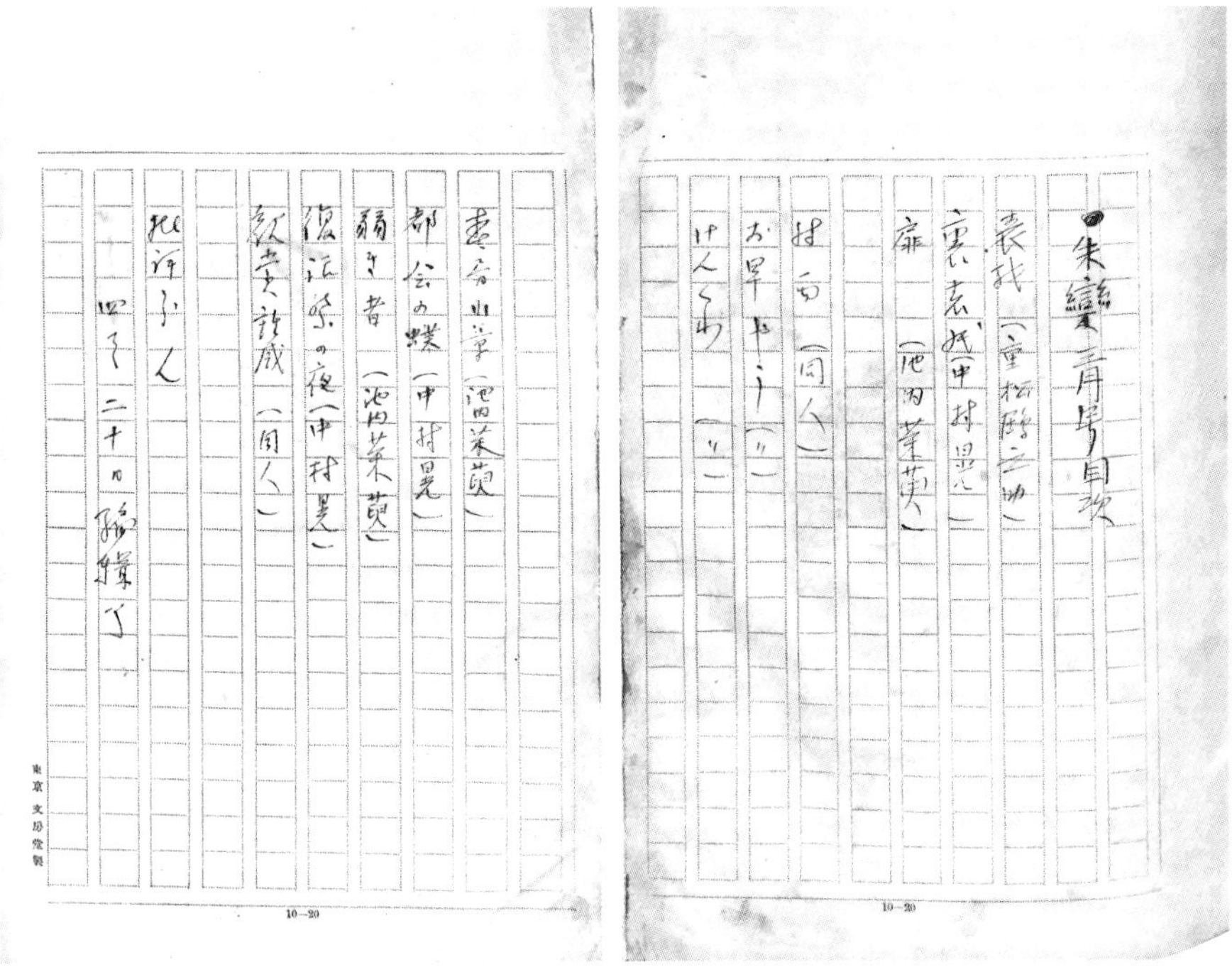

朱欒三月号目次

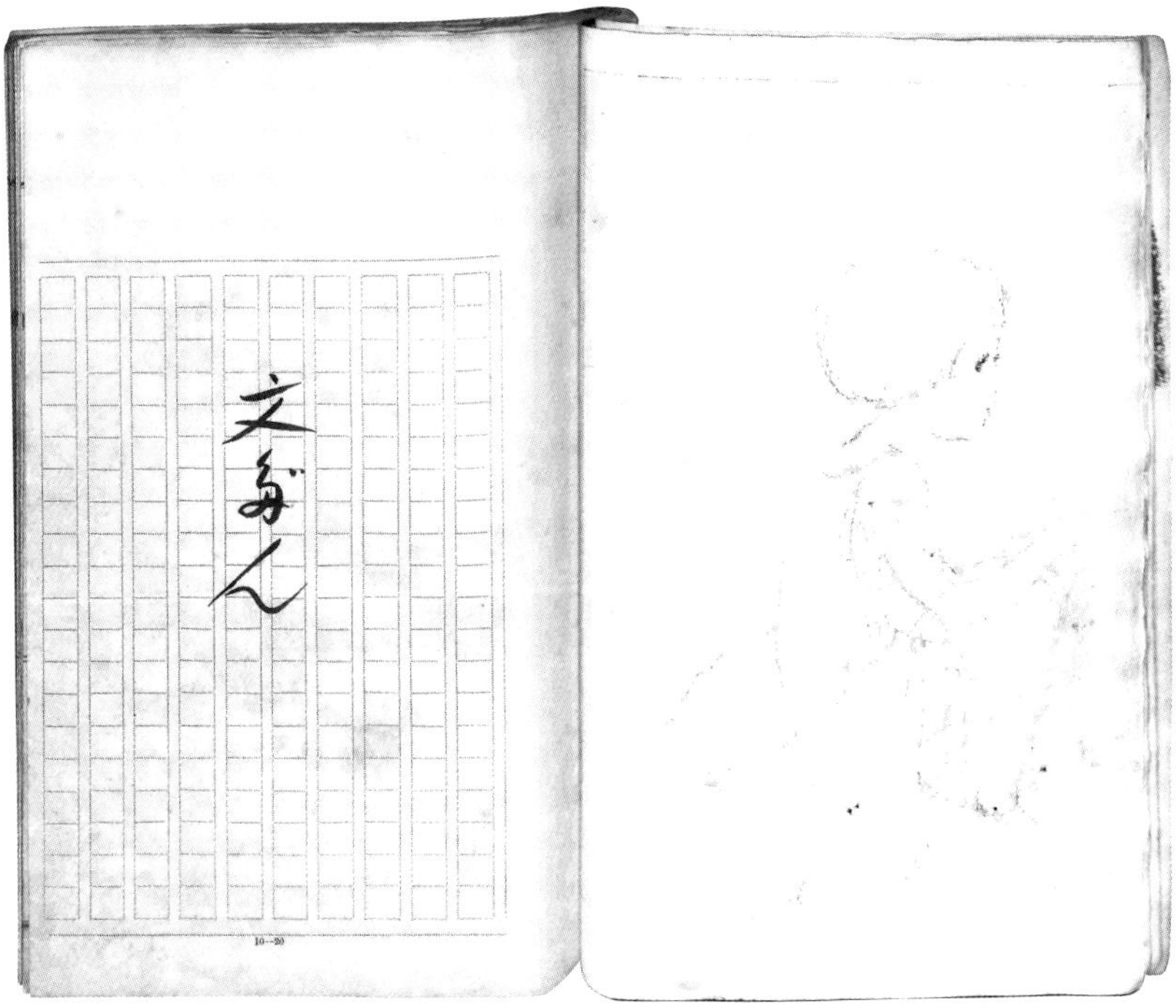

文だん

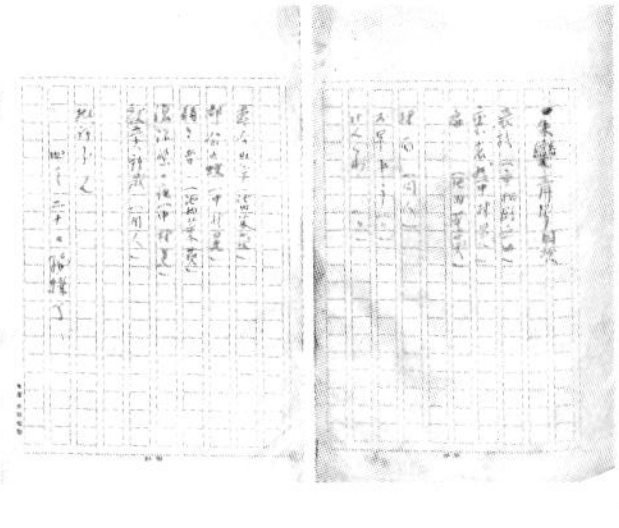

（中村明筆）

朱欒三月号目次（七号）

表紙（重松鶴之助）
裏表紙（中村晃）
扉（池内茱萸）

村雨（同人）
お早やう（〃）
けんくわ（〃）

春昼小景（池内茱萸）
都会の蝶（中村晃）
弱き者（池内茱萸）
復活祭の夜（中村晃）
観賞雑感（同人）

批評らん
　四月二十日編輯了

春晝小景。　茱萸

春晝小景。

茱萸。

牧場。

牧場。

柵の中に
軍艦の様な牛が並んだ。
牛の背中に陽が当って
黒襦子の様に光って居る。
仔牛達は
驚いた様に親牛の間を駆け廻る。
親牛は　遠くへ呼び掛ける様に
啼き乍ら
尾で蠅を追って居る。
牛糞の層からは
盛に陽炎が立って居る。
夕方までには
カラカラに乾くだらふ。

仔牛。

仔牛。

仔牛の眼ぐらひ
不思議なものはない。
どんよりとして居るのに
澄み切って居る。
仔牛は何を考へて居るのだらふ。
何時も不可解な表情をして居るが
何も知り度くはないのであらふか。
仔牛の鼻先位
綺麗なものはない。
それは水飴の様に透明で
セルロイドの様につや〳〵して居る。
仔牛はよく見れば見るほど
可愛いものだ。
神様は凡ての　おさなきものに
限りない美を與へて居る。

七面鳥。

七面鳥。

キラキラと
新しい金網が光って居る。
七面鳥の　をす　は

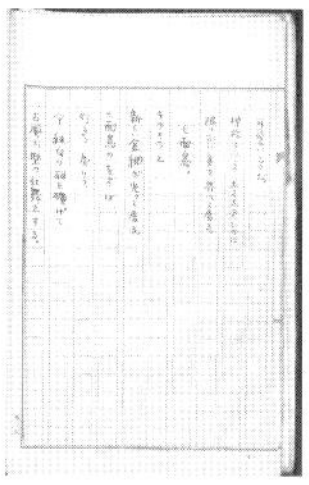
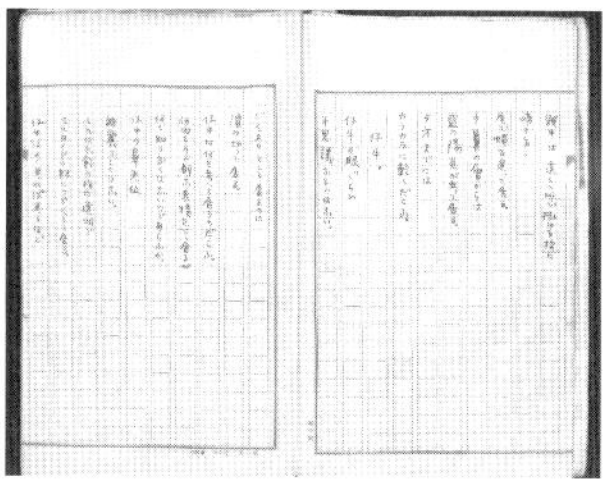
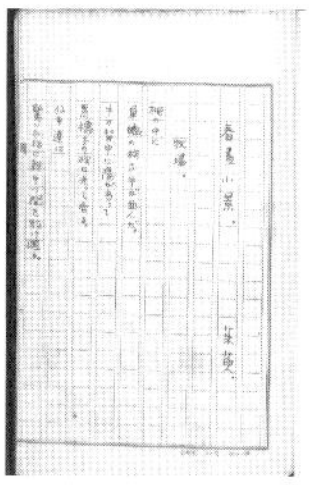

行きつ　戻りつ、
今　純白の羽を擴げて
古風な型の仕舞をする。
腺病質の　めすは
日だまりに　じっと　動かず
眼をほそくして
夫の仕舞を見てゐる。

牛舎。

牛舎。

牛は皆
散歩に出て
牛舎の中は空っぽだ。
外の板圍に日が當って
青白いペンキが
ガスマントルの様にまぶしい。
コンクリイトの土間は
ヒタヒタと水で洗はれて
向ふ側の木立や空を映して居る。
腰のあたりへ厚い布をつけた人が
牛舎の隅で何かして居る。
牛舎の前には
沈丁花が一ぱい花をつけて居る。
折々七面鳥の啼聲が聞へる。

女の兒。

女の兒。

ゆでたまごの様な
春の太陽が照ってゐる。
今日の様な日には
子供はみんな外へ出て
家には母親が一人
針仕事をして居るのであらふ。
麻の葉模様の着物を着た
女の子が一人、タオルで蒸した様な、
暖い地べたにしやがんで遊んで居る。
お河童の髪が
うつむいた顔をかくし
開いた両脚が
鰕《えび》の肉の様に白く
着物から出て
生菓子の様に美しい
おちんちが見へる。
麻の葉の背中は日を吸って
手を當ててみたら暑い位で有らふ。

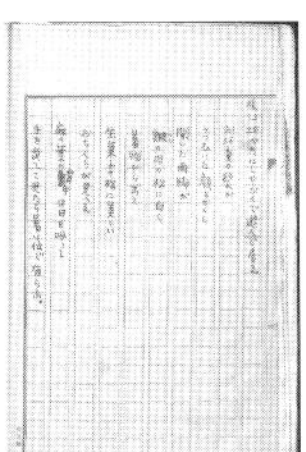
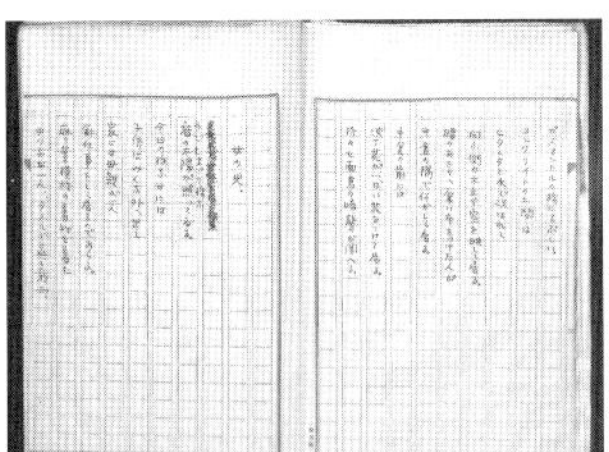
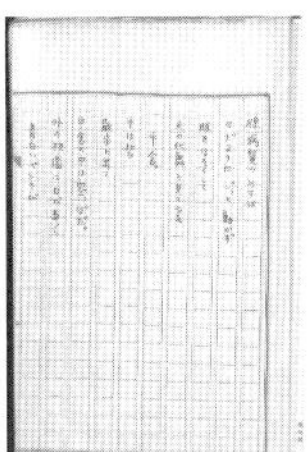

詩　都会の蝶　晃

詩　都会《カワイ》の蝶《テフ》

ほこりまみれの
桜《サクラ》の花がいちめんに
咲いてゐる河岸《カハギシ》で
小石をひらつて
灰色《ハイイロ》の水に
投げてゐると
ひらひらひらと
白い蝶が
とんできて
ななめに水に落ち
またとび上り
すぐまた落ちて
橋《ハシ》の下に
流れてゆく。

曇り　日の午後《ゴゴ》。

晃

花屋にて

花屋《ハナヤ》にて

巡査が一人
花屋のおばさんと話してゐる。
「ふん、高價《タケ》いもんじやな」
と彼がいふ。
巡査がうごくと
腰のサーベルが台にあたつて
ガチヤガチヤと大げさな音を立てたので
巡査を見てゐた花屋の女の子が
びつくりして逃げた。

花は憂欝《ユウウツ》ないきをしてゐる。

キラ〳〵とひかるきものが
鉢棚《ハチ》のうしろからでてきて
温室の方へかくれた。

春の曇り日の午後。

はるかぜ　一

新芽の出た栁の枝は
ひどい風にふきまくられて
くるしさうにもがいてゐる
砂ほこりがいちめんにふき上つて
風は
灰色の中そらを
ごう〳〵とあばれてゐる。

春光

そらは晴れわたつてゐる
風はつよく木々をゆすり
さくらの花も青草もほこりにまみれてゐる
けれどもふと
風が止んできて
靜かになると
あたりはかげろうが立ちのぼり
生長《ソダ》つものゝけはひがしみしみとする。
枯木からふたばが出て
つや〳〵とひかつているのがみえる。
かあいいふたばよ！
みどりの草原は
びろうどの床のやうだ。
そこにひざをついて
かきりなきそらのふかみをあふげは
ぽろ〳〵と涙が頬をつたふ。

若草

若草はむら〳〵と
みどりのびろうどのやうに
ひろがつてゐる。
この上にころころ
寢ころんで
接吻《クチツケ》して
むしつて
空にとばしても
また頭の上に
おちてくる。
なんてきれいな
そらだらう
じつと見てゐると

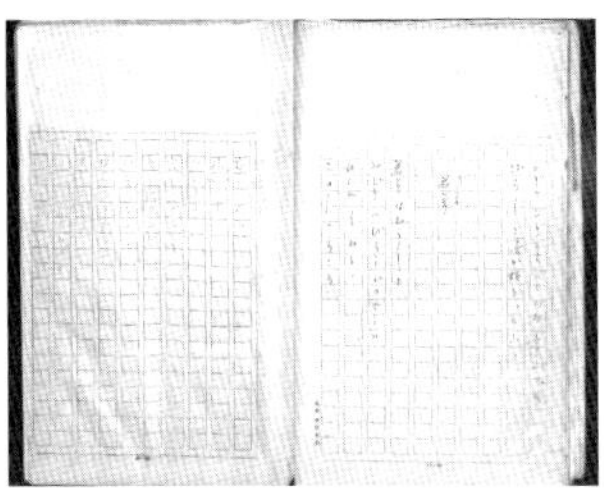

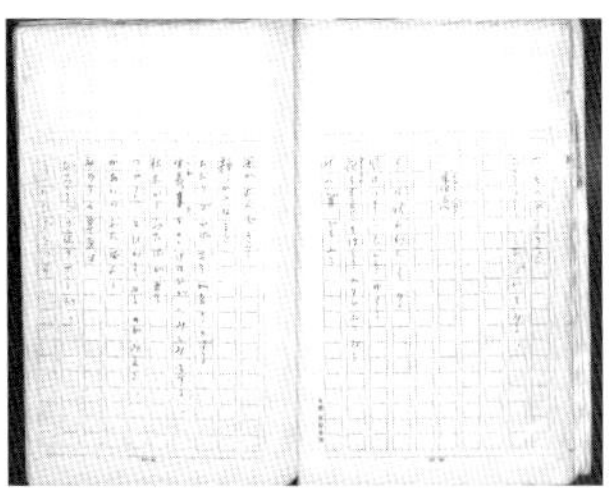

むずむずしてきて
また草をむしつてなげると
ひらひらととびちつて
落ちてくる。

(以上抒情詩)

香なき

桜草《サクラサウ》よ!

たかたかと花茎《ハナクキ》をもたげて
はればれと笑つてゐるのに
なぜおまへは
かをりをもたないのか。

ふしぎなる木

そのひともとの木は埜辺《ノベ》に立つてゐる
ときはなるその葉は

風吹けばさはさはと葉と葉とすれ合ひ
ぎんいろのなみをふりこぼし
風止めばひそかにしすもりて
ふかきのかげをやどす。

幻の足

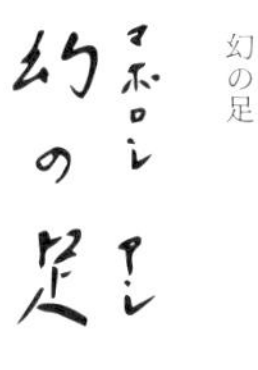

おしげもなくふみにじり
邪念《ワルギ》なく蹴飛ばしてゆく
水をけちらし
泥をかきさがし
白い石にとび上つて泥をつけ
みどりの草をふみにじり
花をおしたふし
木の枝ををり
虫けらをふみつぶし
あまつさへ
青空にまでおどり上らうと
愉快げにピヨンピヨンと
風を切つてはねてゐる。

うるはしきあしよ!
うるはしきあしよ!

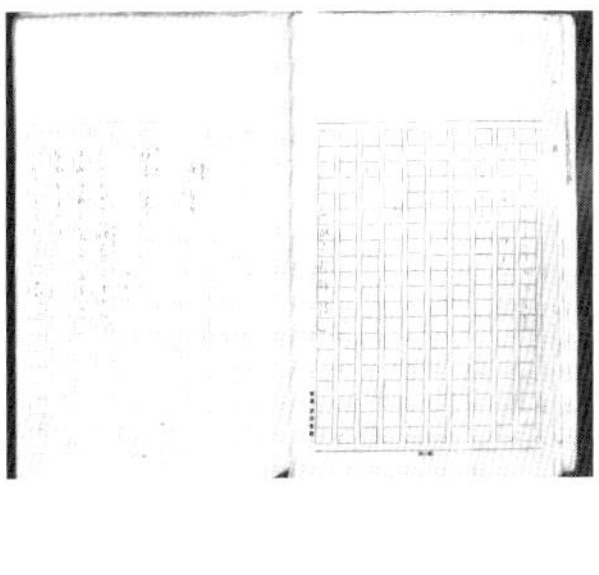

あんなに《あんなに》

あんなにためらひがちのものごしで
あんなにしずかに
私のまはりをうごきながら
たれにいふともなく
たあいもないことを
あなたが話し出すとき
あの流れの水のひびきのやうなひびきは
私の頭《アタマ》をぼつとしてしまひ
あの流れの水のいろのやうないろは
私のこころをひきつけてしもうのです。
そして
・・・・・・・・・・・・

あしたのひかりがきらきらと
森の中にさしこむところの
みどりのかほりふかきかの知られさる峡《ハザマ》の
清らかなながれがみえます。
あなたと私と
何もしらない我々は
生れながらのたましひで
ふたたびあそこにお互を見出すでせう。
そのとき
あたりはしんとして
葭はそよぎを止め
山の雲はくれなひとむらさきに
いろどられゆきて
ながれゆく水の
斑紋のてりかへしは
ゆらゆらと
水にぬれたあなたの
からだ一ぱいにうつらうて
青蛙かなんぞのやうに
あなたのからだが
しぶきをとばしながら
水の上を歩きまはるのを見るときに
そのとき
あなたの高笑に合せて私は
私の低いうたをうたひはじめるでせう。
そのとき私は
よろこばしき暁《アカツキ》のうたを!
おゝそのとき私は
よろこばしき暁のうたを!

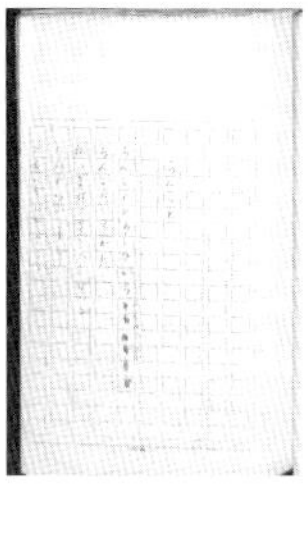
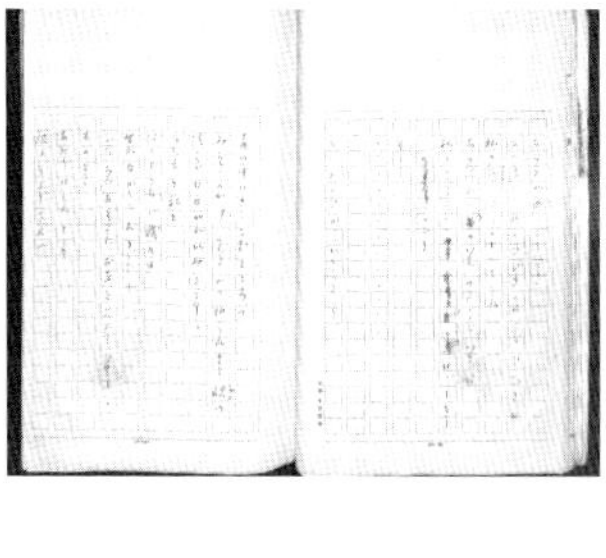
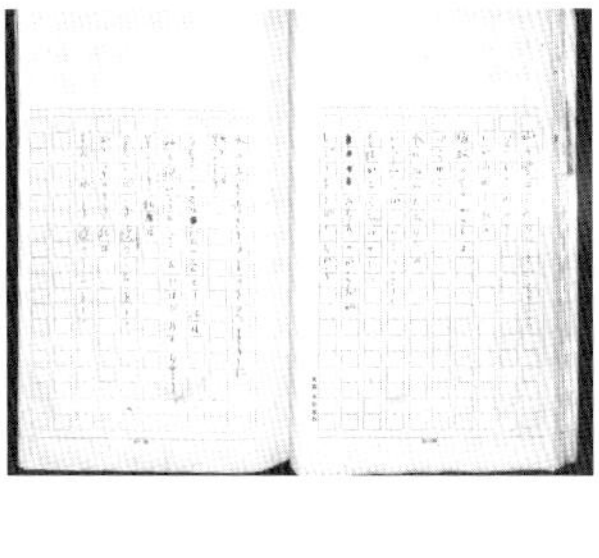

ゆうべ《ゆうべ》

ゆうべあれの
きれいなうでが
若葉の間をとびまはる鳥のやうに
うごきまはるのをみながら
なぜそれを私は
愛するものがするやうに
おしみなく胸《ムネ》の上《ウヘ》に
引よせなかつたのだらう。

なぜなれば
そんなことをするときつと
あれはびつくりするんだもの。
そしてあれは私を
きらひになるでせう。

それよりも私はたゞ
あれが楽しさうに
私のまはりを歩きながら
おどけたことをいつたりするのを
見てゐたんだ。

あれのうでなどは
とらへるにはあまりに
いぢらしすぎる。
ほんとに
あんなに苦労して
あんなにのびのびといつも
あかるい眼をしてゐる
かあいさうな小さなたましひよ。

戯曲　弱き者。（一幕）

山野胡頽子

戯曲　弱き者。（一幕）

山野胡頽子

或る地方の都市の出來事。
暑中休暇前の一日。
人物。

添田寛行。　四十代、縣警察部長。
岡村半七。　五十代、株式商人。
細川常子。　三十代、大佐未亡人。
来客。　　有閑階級の若い連中、三名。
お袖。　二十才。　女中。
新聞記者。

洋風の小綺麗な應接間。
中央丸テエブル。椅子四五脚。下手にドア。
上手、壁に沿ふて大きな長椅子。
正面窓。オールドローズ色絹カアテン。
書棚。西洋花を盛った花瓶。（花瓶は成る可く大砲の彈丸を用ふること）
よき所に軍服を着た故人の肖像。

（幕開くと、常子來客と卓を囲むで弄花をやって居る。時刻は早朝。弄花は昨夜より持ち越した心得。食べ物の器など乱雑に配置するも佳し。窓は無論、カアテンも締めてある。作者弄花を知らず。開幕當初の擧措、科白等は演出者の工夫に一任す。やがて最後の勝負を終へ、一同掛金を計算す。以上の仕草は五分乃至十分以内。）

常子（疲れた面持ちにて）「ああ、ああ、とうとう雛を討ち損った。駄目ね。」

甲。「始めの景氣ったら無かったがなあ。あの調子で押された日にゃ、とても、こっちは叶ひっこなしだが、其所はうまくしたものでね、天は自ら助くるものを助くさ。」

常子「まあ（笑ふ）そんな所へ使はれては格言が役不足を申しますよ。それにしても今日の負けはすっかりあなたのせいだから、あたし、覺へてゐらっしゃい。」

甲「こいつあ、驚いた。戰場の儀は亦格別と覺されよってな。それから何だっけな。ええと、雛と呼ばるる身柄に非ずか。御會得有りしか千早姫だらふ。」

乙。「間の抜けた大森彦七だな。」

常子（欠伸をする）「千早姫が此の御婆さんじゃ収まりませんね。」

柄「何故女の人は自分の事を婆さんにしたがるんだらふ。奥さんなんかも未だ若い癖に。」

乙「それあ君、解り切った話じゃないか。つまり……（常子の方を見乍ら）まあ止しとかう。叱られると損だから。」

常子「氣持ちが悪いじゃ有りませんか。言ひ掛けたら止したりなんぞなさらないで、男らしくおっしゃいな。」

丙「天機洩らすべからずです。滅多な事を口走って出入差止めなんてことになると問題だからなあ。」

常子「大丈夫ですってばさ。どんなことを仰有っても決して氣

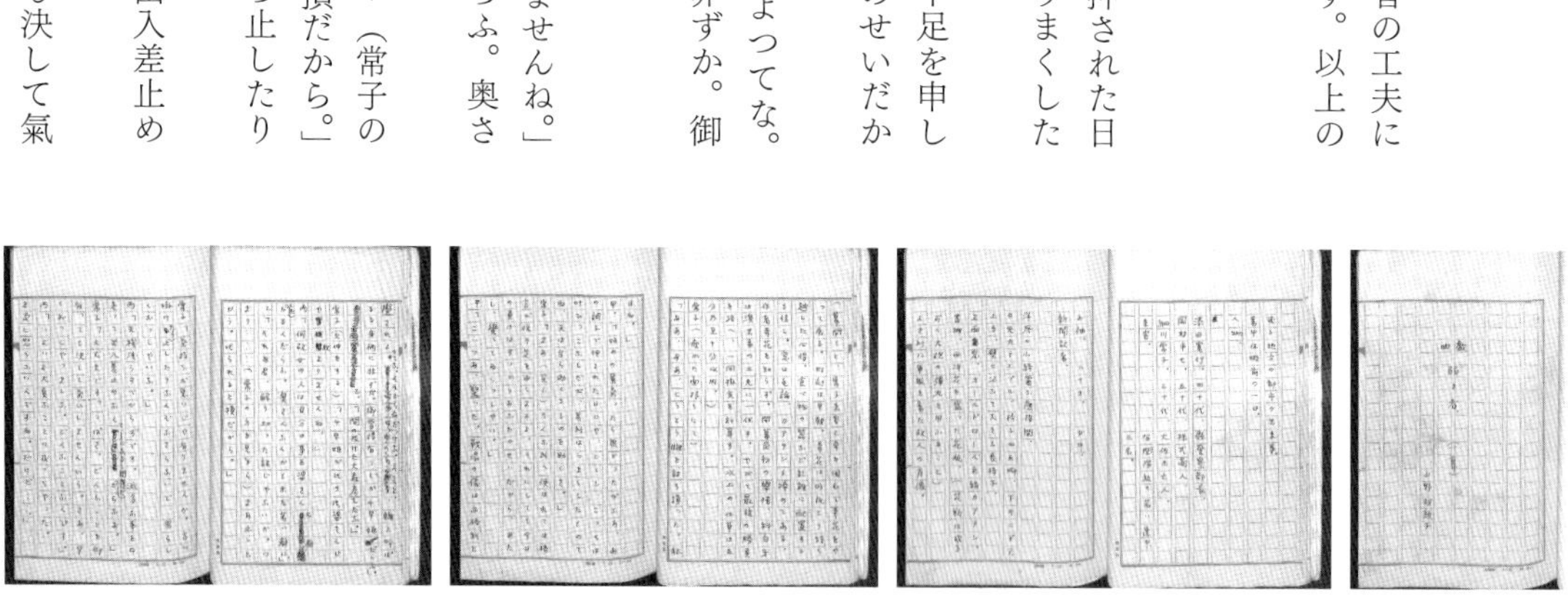

にしませんから。さあ。早くおっしやっましな。どんなことなんです。」

丙「いよいよ大変なことに成っちやった。本當に怒らないんですね。だけど……。」

常子「まあ、此の坊ちやんは案外意氣地なしよ。ねえ、みなさま。」

丙「うむ、然らば是非に及ばぬ。だが豫め断って置きますが、是は僕の慨念論に過ぎないので、何も奥さんがそんなことを意識してゐらっしやるとは言はないのですから。」

常子「ええ、よございますよ。それで？」

丙「なあに、何でも無いんですよ。つまりね、女の人が何故自分から婆さん婆さんと呼び度がるかと言ふと、それは、つまり、他人から左様呼ばれ度くないからだと僕は思ふ。一種の免疫注射の役目をつとめてるんだよ。どふです奥さん當ってませんか。」

常子。「まあ、それは邪推よ。あたしたちの様な頭の單純なものの言葉に、一々そんな仕掛けが有ってたまるもんですか。」

丙。「だけど、少くとも無意識的には、左様した氣持ちも、いくらか働いてるんですよ。きっと。」

乙。「うむ、そりや左様かも知れないね。もっとも、それに類した事は他にも、澤山ある様だ。」

常子。「まあ、あなたまで。　だけど、本當に、あたし、自分で婆さんだと思ってるから左様言ったまでなの。だって年から言ったってそうじやあありませんか。」

甲。「だけど、そんな年じやないでせう。一体……、おっと、女の方に年を開いちや、いけないんだっけ。」

常子。「私が言ふまでもありませんよ。何しろ、もふ秀雄が廿才になるんですからね。」

甲。「秀雄さんも、もふ帰って來相なものだが。」

常子。「何をして居るんですか。もふ旅費も送ってあるんですけれど。」

乙。「秀雄君は確に天才的な所があるね。ありや確にいい意味で変ってるよ。實に鋭利な刃物の様な語を吐くからね。」

丙。「僕は秀雄君のそばに居ると、あの人の頭の中のゼンマイの音が聞へる様な氣がするよ。」

常子。「さあ、いい方へ向へばいいと思ひますが。いい意味だか悪い意味だか判りませんけれど、とにかく変って居ることは事實ですの。私には、どうも、あの子の性質がすっかり判らないんですよ。それにあの子は何だか長生きしない様な氣がしましてね……。」

甲。「まさか、そんな事もないでせうよ。だが、秀雄君の眼は、あんまり断へ切って居て反って凄い様な時が有るな。とにかく、あの年輩にしちやあ、凡てが解り過ぎてるよ。も少し馬鹿に成って、運動でもするといいんだが。」

常子。「本當に左様なんですよ。亡くなった父親とは、まるっ切り反対なんですからね。

あの子は小さい時から疳の強い子だったのですが、本當に思ひつめると何を仕出來すか判らない様な所がありましてね。私はそれが、何より心配なんですけれど……。それに、また近頃は無暗矢鱈と本許り読んで居る様子ですから……。」

甲。「此度帰って來たら、うんと一つ我々で以て仕込んで上げるんだな。」

乙。「オイオイ。冗談じやないぜ。君達に仕込まれた日にはどんな物が出來上るか知れたものじやない。奥さん、こふ言ふ危險

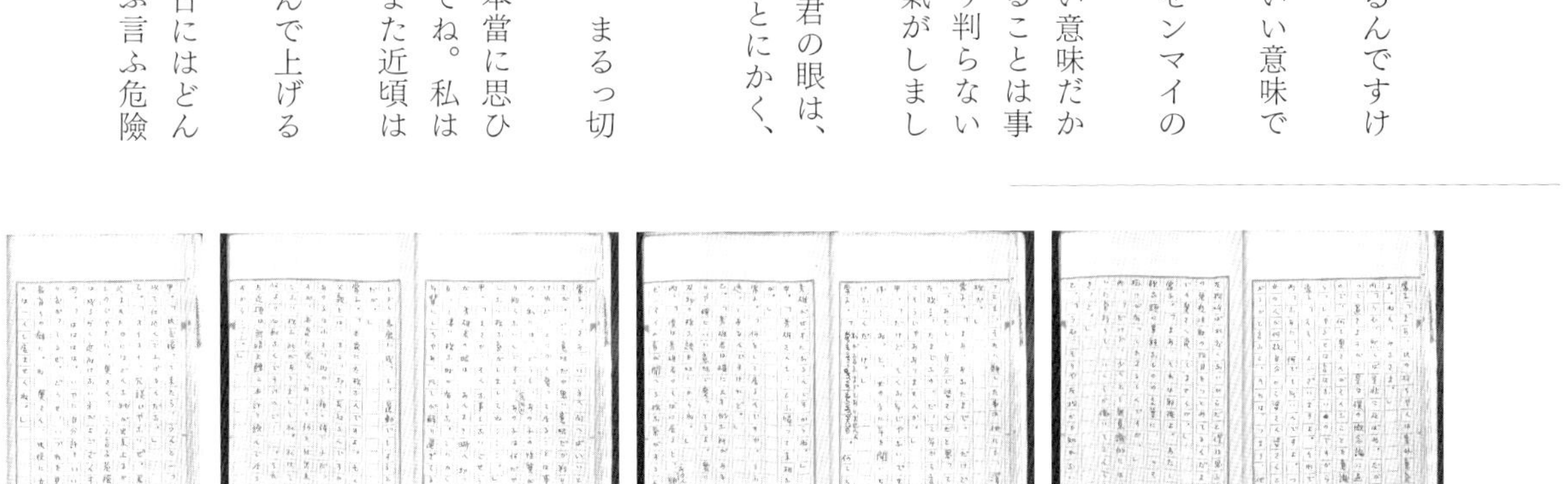

な奴には成る可く近附けない方がよござんすよ。」

丙。「はははは。いやに自分許りいい子に成り度がってるぜ。どうせ、いづれを見ても山家育ちの癖に。ね、奥さん、御役に立ち相なのは一人も居ませんね。」

常子。「さあ、どうですか。（ふと客の様子を見て、）あら、煙草が空ですのね。今、左様言ひますわ。未だあちらに有った筈ですから・・・・。」

丙。「いや結構です、結構です。表へ出れば何所にだってありますから。どうだい――――早速だが、もふぼつぼつ何しよふじやないか。」

常子（立ってドアの所に行き乍ら）「まだ、よござんすよ。お袖さん、煙艸を三つ持って來て頂戴。確か未だ有った筈だから。ええ、奥の何時もの所に。（もとに帰り乍ら）今ね、出來ますから序に朝のを上ってゐらっしやい。何も有りませんけれど。」

乙「だけど、あんまりずるずるになるから、ここらで失禮しませふ。」

常子「いいじやありませんか。どうせ、もふ同しことですもの。」

乙「いや、いや、左に非ずです。また、此の次寄せて頂きます。」

甲「どうも御邪魔しました。」

丙「じやあ、失禮します。」

常子「本當？　上ってゐらっしやればいいのに。別に御構ひしないんですから。じやあ、どうぞ、またゐらして下さいましね。本當に御待ちしてゐますから。（此の時女中の手から煙艸を受け取る。）あの、是をどうぞ御持ち下さいな。どなたも。」

一同（舞台裏にて）「いやあ。澤山です。澤山です。」

常子（追駆けて舞台裏に這入る。）

「本當に、御持ち下さいな。どうせ家じやあ・・・・・・。」

常子（暫らく間を置て独り登場）

「ああ・・・・。頭がぼんやりして、何も解りやしない。（欠伸）また、下らない事に御錢を使っちやって・・・・。本當に仕様のないあたしだこと。（肖像をちよいと見て直ぐ眼をそらす。）どうもすみません。あなたの見てゐらっしやる前で、私は、なんて馬鹿の限りをして來たのでせふ。いけない・・いけない・・全く・・・・。御袖さん。」

（舞台裏で應への聲）

常子「朝刊が來てたから持っておいで。」

（常子ぼつぼつ室内を片附け始める。
女中朝刊を二三種持って登場。）

常子（受け取り乍ら）「今日は直ぐ御風呂に掛って頂戴。あたし、一寝入りしてから、這入るから。御飯は何もしなくていいのよ。御茶漬けで澤山。だから、直ぐに風呂の方へ掛って頂戴。」

（女中去る。後で、新聞を卓上に置き、窓を開き室内を片附け乍ら）

常子「あなたは、始終其所から、あたしのする事を見て居て、知らん振りをしてゐらっしやるわね。私はあなたの寫眞の力をもっと強いものだと思って居ましたの。所が、本當は何にもなりはしなかった。あなたの見てゐらっしやる眼を私は背中に感じ乍ら、いろいろないけないことをして参りました。

わたしはどうしても、それらに捷つことが出來ませんでした。そして、もふ今ではとても抜け出す事の出來ない穽に掛って仕舞ってるのです。未だ是から先き、あなたの見てゐらっしやる前で、あたしはたくさんの罪を重ねて行かなければなりません。ああ、どうせ逃れることが出來ないのだから・・・・。左様だ。あ

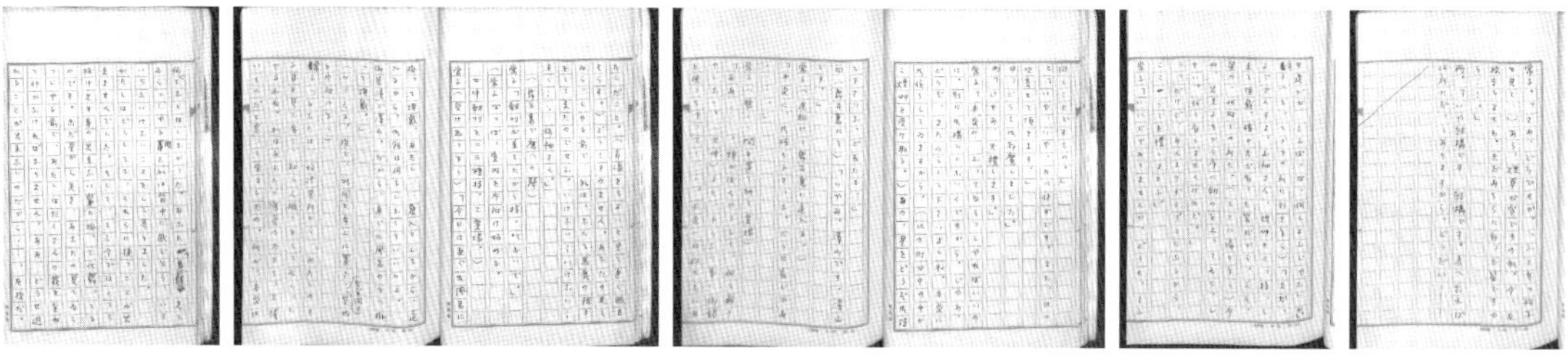

たしは、あの寫眞を何所か他の部屋へ掛け更へよふ。（一たん退場、ローラアを持って來て、カアペットの上を轉す。）それに、あの秀雄はまたどふしたと言ふのだらふ。以前は筆まめにちよいちよい手紙を呉れたものだが、近頃のあの子と來たら、暑中休暇が迫って居るのに何時帰るとも帰らないとも、まるで音沙汰なしだ。此の頃に成ってどふかすると折々あの子の悪い夢を見る。

氣のせいだらふとは思ふが。もしや、何か悪い事が持ち上って居るのではないか知ら。ああいやだ、いやだ。そんな風な悪い想像は止めよふ。此度帰って來ら、ちやんと様子を確めなくっちや。」

常子（ローラアを仕舞ひ、台所へ下げる食器類を抱へ乍ら）「こんなものも、さっき、ついでに下げればいいのに、氣の附かない女中には全く閉口だ。まるでこちらが使はれてる様なものだ。」

（常子退場。舞台暫らく空虚。

程至て女中の案内に依て添田寛行。私服にて登場。）

袖「奥様は只今ゐらっしやいますから、少々御待ちを願ひます。」

添田（碌に女中を見もせず、一寸うなづく。女中退場）

添田（卓の新聞を取り上げ、ひっくりかへし乍ら、眼を通す。

常子やがて登場。）

常子「どうも、失禮致しました。あんまり取り乱して居ましたものでございますから。」

添田。「いや、いや、どうも、早朝から御邪魔をして恐縮千万です。ええ、日頃は御無沙汰ばかり。何ともはや。」

常子。「恐れ入りましてございます。手前共こそ、申譯もない御無沙汰をいたして居ります。奥様は御変りもございませんか。」

添田。「いや。残念な事には、何時までも壮健で、もふ呆れた次才です。」

常子（笑ひ乍ら）「まあ御口の悪い。何よりではございませぬか。もしも御身弱で居て御覧じ遊ばせ、旦那様の御心労は並大抵のことではございませんから。」

添田「勿論です。勿論です。いやなに、その御身弱と言ふ奴は感心しませんがね。寧ろいい加減にころりと参って呉れる事を切に希望して居ますよ。あははは。」

常子「御冗談許り。おほほほ。」

添田「時に奥さんは、何時までも御若いですな。一体‥‥‥六ですか、それとも‥‥‥」

常子「八でございますよ。もふすっかり御婆さんに成って仕舞ひました。」

添田「何を仰有る。へえ、八ですか。成程、そうだ、其の譯だ。しかし、どうも驚きましたね。精々三十だな、かう見た所。惜しいものだ。此の盛りを後家で通すなどは。」

常子「困りましたわねえ。もふ澤山でございますわ。」

添田「いや御吉辞ではありません。美しいものだ。未だ水が滴れる様だ。全く惜しいものですね。」

（女中茶を持て登場、直ちに去る。）

常子。「いけませんわ。そんなに御からかひに成りますと、奥様に申上げますよ。」

添田。「どうか、左様願ひ度いです。そして喧嘩が起きてあの火吹き竹が出て行た暁には奥さん、何分宜敷く御願申しますよ。」

常子。「存じませんわ。不相変御冗談ばっかり。」

添田「いや。冗談じやありません。全くあんなのを一生の不作

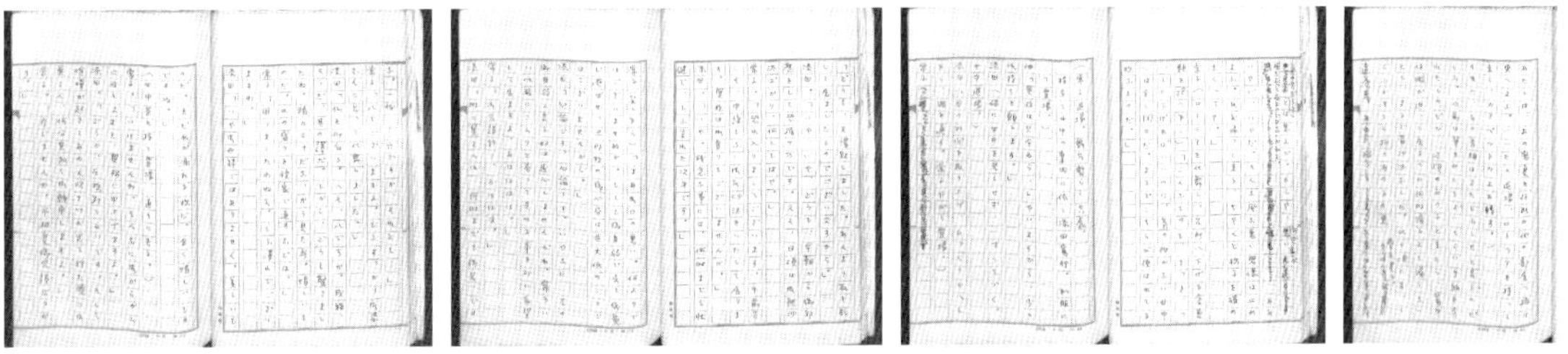

と言ふ可きで。　僕はつくづく後悔して居ますよ。それにしても奥さんは全く惜しいなあ。實際あんな火吹き竹さへ居なかったら、僕は喉から手が出て居るんだが。」

常子「私、いやでございますわ。どこか穴が有れば這入り度い位でございます。

あの、それはそふと、何か今日は御用がございましたのですか知ら。」

添田。「いや、そのちよいと御耳に入れて置き度い事が有りましてね。今ぼつぼつ、その伺しますが、先づ何より先きにですな、僕は單にあなたの御良人―　つまり亡くなられた細川大佐の友人としては勿論だが、今假に其の立場を離れて、一個の添田寛行としても、何らの私心なき、純粋なる同情をあなたに捧げて居るものである事を御承知願ひ度いのです。で、是は、つまり偽りなき所の僕の衷情を申上げたのですから、何卆其所のところをよく御了解願ひ度い。で、今日は、いろいろ話も有りますが、要するに、根本は、あなた御自身の幸福と言ふ一㸃に在る。また、あなたの幸福を望む㸃に於ては僕は敢て人後に落ちない丈けの自信はある。ようござんすか、だからつまり所謂親身の氣持ちで以て僕は、あなたと御話しを致し度い。また、あなたに於かれても、此の僕の純粋なるまごころを御信頼下すってですな、願くは、御互に、飾り氣のない所を吐露し合って、話を交へ度い――」

常子「はい。もふ、それは勿体ない位に存じて居ります。どふ言ふ御話かは存じませんが、無論私とても心にも無い様なことは決して申し上げませんでございます。」

添田。「いや、よく解りました。實は一つ茲に問題が持ち上って居るのですが、それよりも先きに、奥さん。常子さん。」

常子。「はい……。何でございます？」

添田。「いや、こんな事を申上げる心算で参上したのでは決して無いのですが、亡くなられた細川さんは、僕の爲めには友人でも有ったが、同時にまた仇でしたよ。」

常子。（やや表情を動かせて）「まあ……。」

添田。「つまり、才一に碁敵。その次には恋の敵でしたね。」

常子。（少し狼狽する。）「あら。もう、そんなことを仰有ってはいけません。」

添田。（苦笑する。）「いや、勿論承知して居ます。此様な事は今更申し上ぐる可き筋のものではないでせう。併し、今日は、何故か、かふして、あなたの顔を見て居る内に、つい、黙って居られなく成って仕舞った。僕の身体の中に流れて居る血が少し今日は若返へって來て居る様な氣がします。あなたは御存知なかったかも知れないが、僕は學生時代に随分、あなたのことを夢見て居たものだ。御互に其の頃から語を交はす機会は持って居たが、一度も、打ち明けることは無くてすんで仕舞った。其の内、あなたは結婚なさる。まだ其の頃僕は學生でしたな。

それっ切りに成って仕舞った譯だが不思議に我々はかふして生れた土地へ戻って來た。

だが、一時は僕も、あなた方二人を恨んだものだ。勿論、かくの如き自分の心底が不埒千万だと言ふ事ハ重々承知はして居ましたがね。

それにも係らず、やはりあなた方の幸福が呪しいものに見へて何とも致し方がなかった。

が、結局、自分自身に打ち捷って、もはや此の問題には卆業が

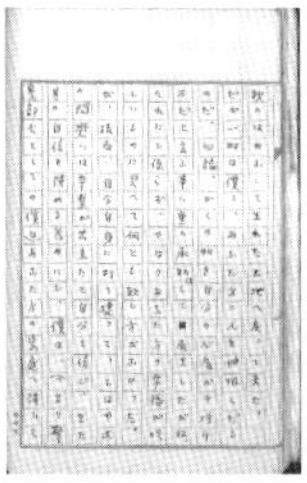
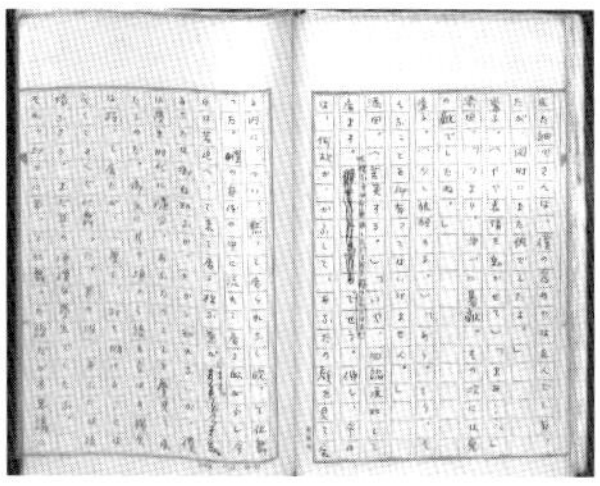
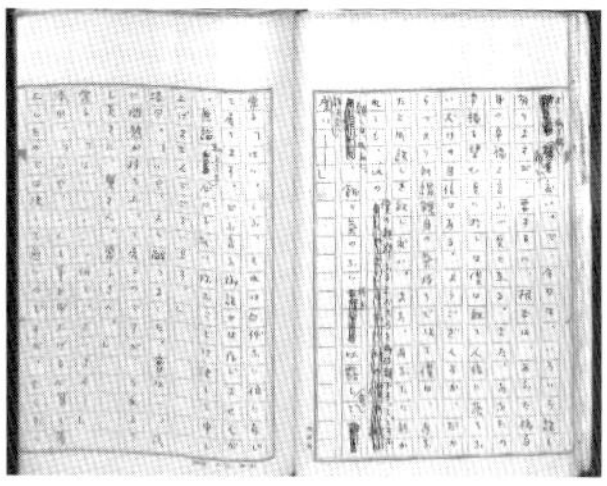
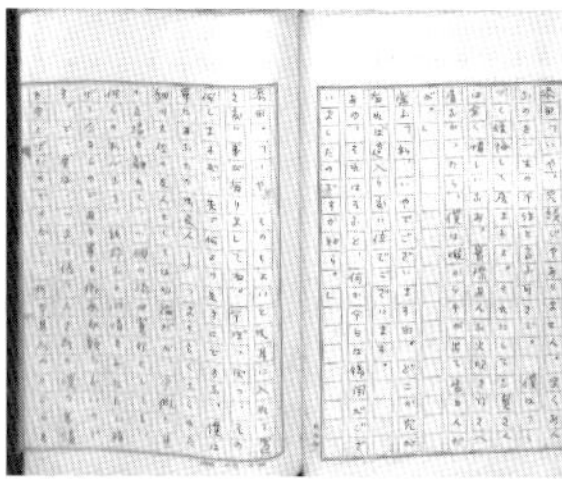

出來たと自分も信じ、また其の自信を強める爲めにも、僕は、（つまり警察部長としての僕は）あなた方の家庭へ强ひて接觸した次才だった。所が、其の自信は實際に於てもろくも打ち破られて仕舞った。僕は實は、常子さん苦しみ通しでしたよ。「いや今日は、奥さん」てな事を言って何時も涼しい顔をして居なければならないのだから辛い話だ。そんな工合で今日に到ったのだが、あなたに對する僕の心持と言ふものは學生時代も今も更に変りが無いと申し上げる他はない。いや寧ろ今日の方があの當時にも増して餘計痛切かも知れんです。」

常子（惱まし氣に）「もう、もう、どうぞ、其の御話しは・・・・。おぼし召しは本當に勿体ないのです。けれど、けれど困ります。私、困りますのですから、どうぞ、もふそれは御忘れになって下さいませ。」

添田。「いや、左様言ふ風に、御迷惑を御與へするは決して本意ではないのです。けれ共僕は、ただ、遂に此の氣持ちを御傳へしない譯には行かなかったまでです。僕の衷情です。偽りのない本心を披攊したまでです。」

常子。「本當に何とも申し上げ様がございません。勿体なく思ひます。けれ共、あなたも私も、もはや、そふした御話の出來る身柄ではございませんから、どふか其の御話は、もふ御勘辯下さいませ。それに、あの、肝腎の御話を早く承らして頂きます。」

添田。「成程、成程。それでは今の話は預りと致しまして、扨て茲に、ちょいと困った問題が持ち上って參ったのですが、近頃何か御令息の事で御聞きに成った事はありませんかな。」

常子（やや動搖す。）「ちっとも存じませんが、もしや不品行な事でも・・・・。」

添田。「いやいや。　ああそうですか。無論未だ御存知の筈も無い譯だが、實に容易ならん事件でしてね。」

常子。（激しく顔色を変える。）「あのう、秀雄の身の上に何か起りましたのでせうか。」

添田（落ち着き拂って）「いや。現に起らんとしつつ有るのです。未だ、もっとも、表面には浮んで居ませんがね。ただ、それを喰ひ止める方法と言ふのが、甚だ困難なことでして、あなたの御覚悟の次才によっては萬が一にもむづかしいかも判らんので。」

常子。「どうか詳しく御聞かせ下さいませんでせうか。御願でございます。私は、あれの不幸を救ふ爲めには、此の命を投げ出しても惜しくはないのでございますから。」

添田。「いや、御尤もです。人の親として、さも有る可きことです。併し多分命まで御投げ出しになるにも及ばないだらふと思ひますがね。で、その話と言ふのは、實はかふなんですよ。秀雄君は、此の光輝ある帝国臣民であり、而も學生の身であり乍ら、實に怪しからん、最も悪む可き行動を執られたのです。

と言ふのは、つまり、或る最も危險なる思想を代表する一つの祕密結社へ加盟されたのです。それ丈けでも、既に困った問題である。所へ持って來て、是は最近解った事なのですが、其の結社の或る一部のものは、最も怖る可く、且つ憎む可き、不逞の計畫、つまり、帝国の臣民として倶に天を戴かざる底の陰謀を企てて居たのです。未だ幸にして、事件ハ公表されて居りませんが、一旦社会の表面に現れたならば、やがて、才何囬かの大逆事件として十分杏間の耳目を聳動させる丈けの實質を備へて居ます。兎も角、目下、當局へ陸續として証據が擧りつつ有

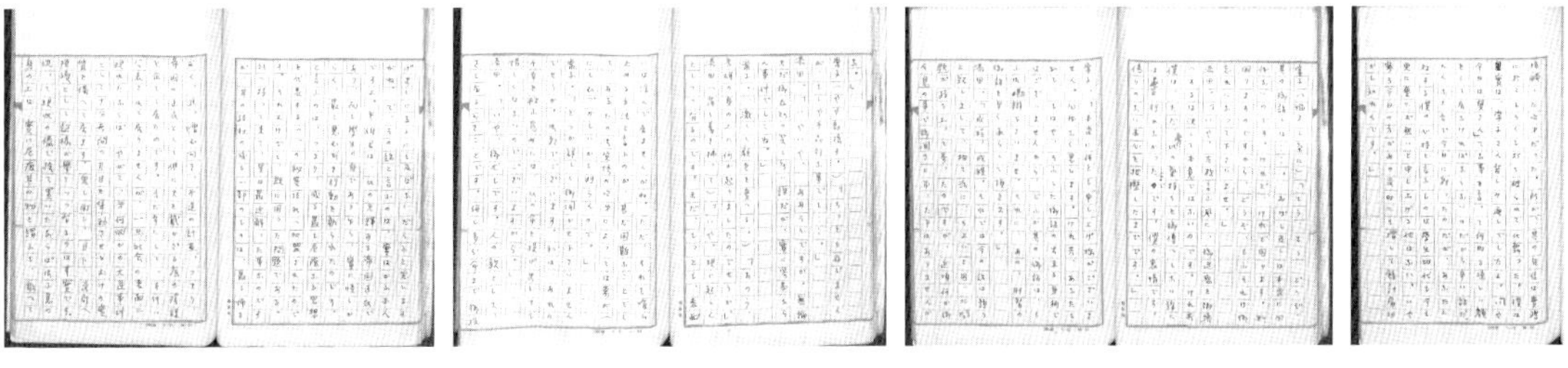

るのは事實です。從って現状の儘で捨て置いたならば御子息の身の上は、實に危險其の物と謂ふも、敢へて過言では有りますまい。もっとも、今の内に身を隱せば、どふにか成らない事もないと思ひます。一体彼等の間には實に頑強な、一種迷信的な義理立てと團結力が有って、譬へ擧げられた連中を幾ら訊問したって、縄に洩れた仲間のことは一語だってしやべりはしませんから、其の点は先づ安全です。

所が只一つ茲に悪い事が有るのは、是は當地に於ける出來事ですが、秀雄君の手紙が一通或る者の手に上って仕舞ったのです。是はその内容から言っても秀雄君にとっては致命的の物であるし、是が公表された暁には、最早や、萬事窮するの他は無いのです。」

常子。「一寸御俟ち下さいまし。何とかして其の手紙を手に入れる方法は無いものでございましようか。勿論、あれの悪い思想に付きましては、今、始めて承はった様な次才ですが、言語同断で、殊に名誉ある軍人の遺族として、此の私が、才一卋間へ申し譯が、ございませんし、本人はまた、母親としましても憎みて餘りある不届千万なことでございますが、其の点は、私、責任を持って、誓って善道に立ち返へる様、取り計ひますから、萬一、何とか方法が立つものでございましたら是非御示しを願ひ度いのでございますが。

また、あなたの御力の及ぶ範囲でございましたら、どふか助けると覺召して御盡力下さいませんでせふか。其の御禮には、もふ私の命でも差し上げますから。どふか御願でございます。」

添田。「いや、良く解りました。全然御もっともです。で、才一、焦眉の急を告げて居る事はむ論、手紙の囬収に在るのですが、是は幸にして私の力の及ばない範囲ではないのです。否、寧ろ、商賣柄、是を囬収し得る能力が在るのは、當地に於ては不肖添田一人と申しても妨げ無いのです。ただ、併し、是には最も大なる危險が伴ひますな。それは或る場合の假想に過ぎないと言へば、それ迠ですが、併し、起り得可き場合は凡て勘定に入れなければ御話に成りません。そして、もしも其の場合に立ち到ったならば、僕は個人としても亦公人としても、全く、社会から葬り去られなければなりません。よござんすか。是は最も重要な点の一つです。で、僕は實際、かかる危險を冒しても、あなたの爲めに献身的の努力を捧ぐ可きで有るか、どうか、即ち此の分岐点に立って昨今大いに考慮を費して居る次才です。何しろ、罷り間違へば、僕自身の破滅を觀なければならないことであるし、仲々おいそれと言ふ工合には參らない。それに妻子の有る僕としては、孰れかと申せば、無論安穏な半生を希望しない譯には參りませんからね。それに、普通一般の卋間人であれば、かふした場合には、考へる迄も無く、かかる危險な場所ハ避けて通るのが人情で、また、そふした態度は人間として何等誹難す可き理由もないのです。で有るからは、僕としても、是が單に卋上一般の御交際ならば、申す迠も無く、知って知らん振りをして居る所です。にも関らず、かふして頼まれもしないのに、のこのこ出て來たと言ふのは、取りも直さず、出來る丈けは、あなたの御役に立ち度い。及ばず乍ら御力になって上げ度いと言ふ微意の存する所です。また、僕の偽らざる、眞情を申すならば、譬へいかなる危險を冒しても、此の問題に對する不安から、あなたを奪ひ返へして上げ度いとは思って居るのですがね……。」

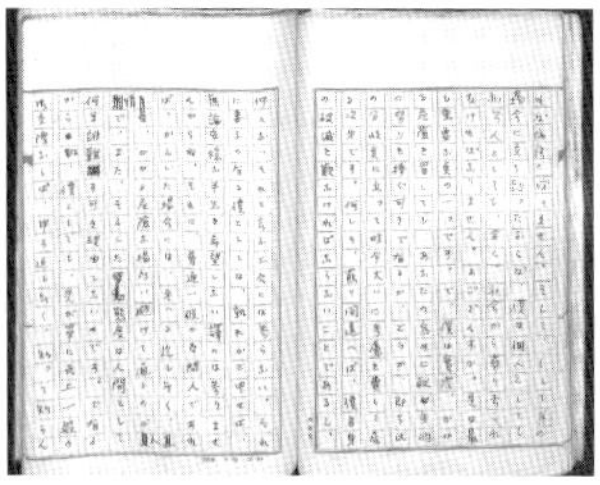
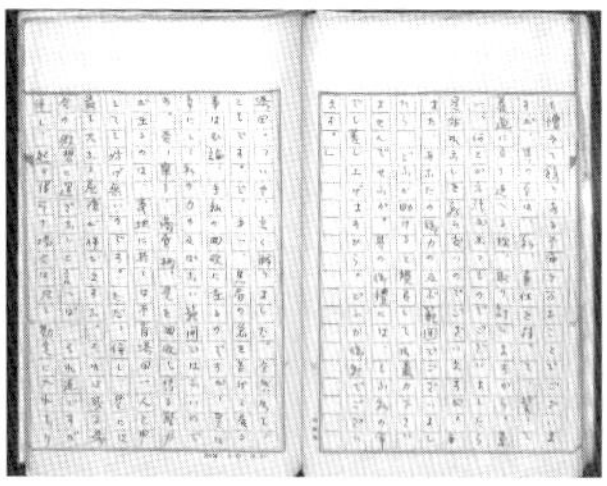
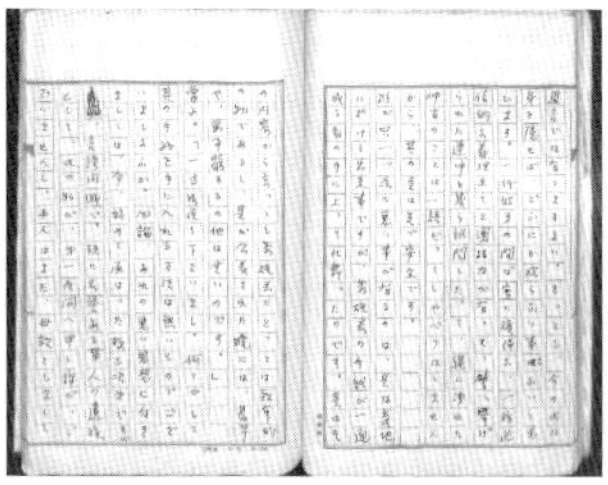

常子。（こらへ切れずに）「どうか、御願でございます。どうか、我々親子を御救ひ下さいませ。もふ、もふ私は御遠慮を申し上げる力がございません。無理な御願だと言ふ事は解り過ぎて居るのでございます。御言葉の様な危険が伴ふものとしますれば、とても御願ひ出來る筈はございませんけれど、そうかと言って此の儘では、手を束ねて死滅を俟つのと変りはありません。餘り恐しいことでございます。どうか、無力な私をあはれと思召されましたら、どうか御力を御貸し下さいませんでせうか。」

添田。「無論、それは、今申し上げた通り、僕自身も、出來る事ならば、どふかして御助け申し度いとは切に思って居る所なんですが、何しろ、非常なる決心を必要としますからね。」

常子。「御もっともでございます。くれぐれも無理な御願だとは存じますが、ああ、私は他に、どふ仕様もございません。只、もふ、あなたに御縋《すが》り申し上げる外はございませんのですから。その代り御恩は一生忘れは致しません。身に叶ふ限り、どの様な御禮でも致します。」

添田。「だが、併し、かふ申しては失禮だが、忌憚ない所を言ふならば、例へどの様な御禮をして頂いても、此の危険を冒す困難を償ひ得るものでは有りません。また、僕は、たとへ是を決行するにしても、あなたに対して御禮を望みなどは致さない心算です。僕は交換条件を持ち出して、自分の純粋な犠牲的美擧に瑾をつけるなどは絶対にいやですからね。」

常子。「どふか御赦し下さいませ。そんな心算で申し上げたのでは決してございませんのですから。とは申しましても、もしも、あなたが、そふした危険を冒してまでも、私達を御救ひ下さいますならば、私としましては、例へ御労力に相當しないまでも、何らかの形で御礼のしるしだけでもさせて頂かない譯には参りません。先程、申しました通り、私は秀雄を助けて頂きますならば、例へ自分の命を差し上げましても惜しいとは思ひませんのですから。」

添田。「そうですか、それ程までにあなたは思ひ込んでゐらっしゃるのですか。じゃあ、常子さん、無論是は假定に過ぎないのですが、もしも此の僕が、是を遂行する代りに、あなの命を下さいと、言ったとしたら、本當にあなたは下さる御心算ですか。」

常子。「差し上げますとも。」

添田。「本當ですね。」

常子。「決して僞りは申しません。」

添田。「うむ、なる程、いやよく解りました。それ丈けの御決心が有るとすれバ、僕も一つ思ひ切って、やって見ませふ。」

常子（興奮の絶頂に達する）「え！　あの、あの、やって下さいますか、あの……。どうふも有り難ふございます。御禮の言葉がございません。ただもふ……。」

添田。「其の代り、あなたは、今の言葉を忘れはなさらないでしよふな。」

常子。「今の？　と申しますと。」

添田。「あなたは命でもやると仰有った。」

常子。「ええ、それはもふ。」

添田。「無論僕はあなたの命を望み等はしません。が、併し、ずい分命にも必敵する位のものを望むかも知れません。が、併し、

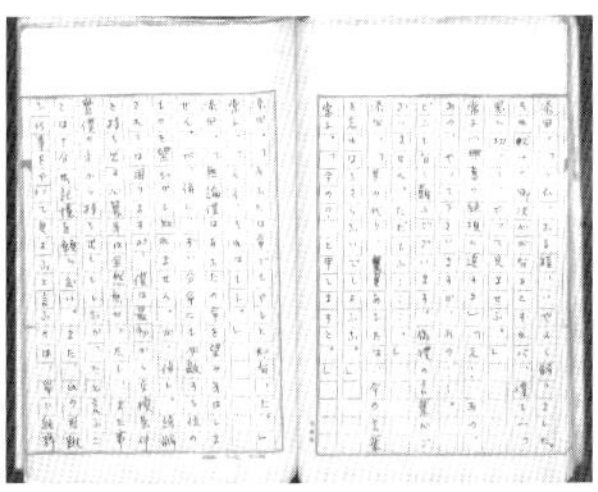
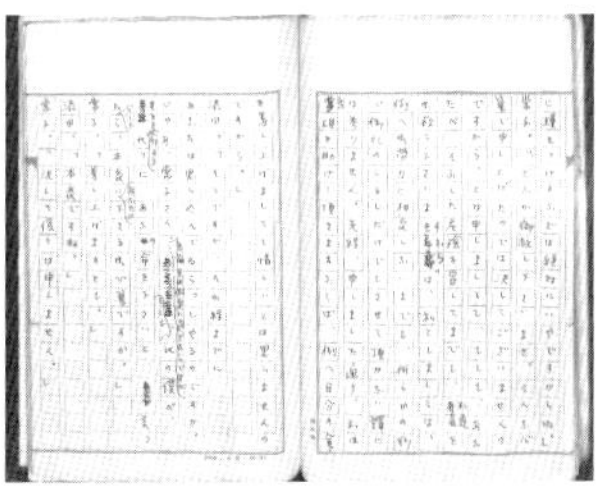
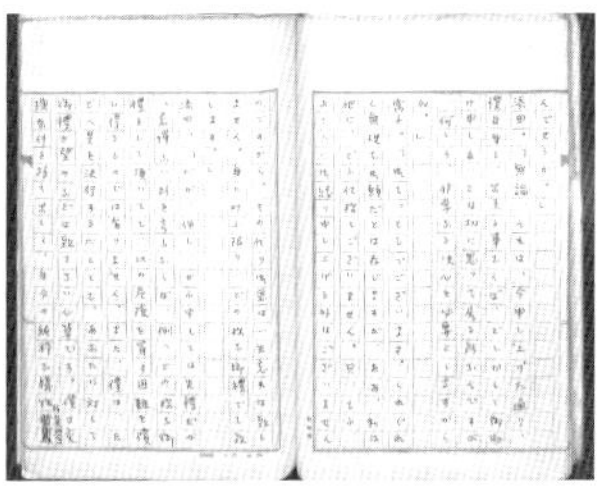
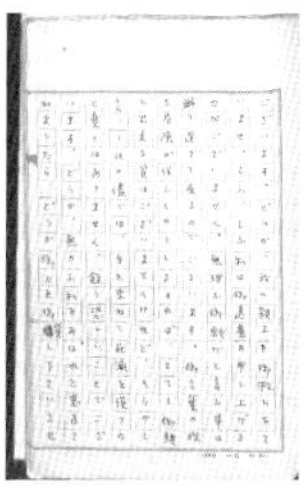

誤解されては困りますが、僕は最初から交換条件を持ち出す心算等は全然無かったし、また事實僕の方から持ち出しもしなかったと言ふことは十分御記憶を願ひ度い。また、此の困難な仕事をやって見よふと言ふのは、單に純粋なる眞情の現れであって、其所に何等餘念はないのです。實際、僕はあなたの爲めには、虎の尾を蹈む様な危険をも敢て辞せない。

僕のあなたに対する眞心は、か程までに痛切なものです。（常子の手を執る。常子否むを得ず。）くどい様だが、僕は此の仕事に対する報酬は絶対に受けない心算です。併し乍ら私の此の切實なる愛情は、何の報酬も受けないで、何時までも浮び上る時もなくして、朽ち果てて仕舞はねばならないものでせふか。」

常子。（深くさしうつむいたまま）「……。」

添田。「あなたは、さき程、命でも投げ出すと断言をなさった。それに比べれば、僕の愛に酬ひて下さる位は何でもない筈だ。僕は強ひて報酬を望みはしない。けれ共、さき程のあなたの御言葉に甘へる事を許して頂けるならば、此の様な危険を冒してまでも、あなたの爲めに盡したがって居る此の熱烈なる愛情に（常子の身体を抱へる）どふか酬ひて下さい。どふか。」

常子。（少し身をもがき乍ら。）「どふか、それ丈けは、どうか。ああ、他のことならば何でも、どんなことでも……。」

添田。「いけませんか。いやなのですか。では強ひてと申す譯にも参りません。（常子を離す。）だけども、實さい考へて見るのに是すらも酬ひられないとすれば、勢、僕の勇氣もくぢけざるを得ない譯だ。此の様な犠牲を拂って、自分の心を傾け盡して、あなたの爲めに盡しても、此の愛が遂に酬ひられないものとすればですな。一体何所から仕事を決行する様な勇氣が湧いて來るでせふ。何しろ、自分の破滅を豫想しなければやれない仕事だからな。まって下さい。僕はことによると少し輕卆だったかも知れないぞ。」

常子。（思案に餘った形にて相手の前に身を投げ出す。）「もふ、もふ、何も申しません。私にはもはや自分の身体を自由にする力が、ありません。今となっては、もふ、あなたの意志に、何もかもおまかせする他は有りません。その代り、どふか、秀雄のことは御願申します。どうか、どうか助けてやって下さいませ。」

添田。「引き受けますとも、引き受けますとも。」

添田。（激しく常子を抱擁した後立って扉の所に行き鍵穴を指し乍ら。）「是は何所に有ります。」

常子。（卓につっぷした儘袂より鍵を取り出し、當てずっぽうに添田の方角へ投げる。）

舞台暗黒に成る。其れに続いて時間の圣過を示す假幕を下す。暫らくして幕開く。添田は退場して、舞台には常子が独り、長椅子に半身を投げ出して死んだ様に成って居る。

舞台面には些の変化も與へない様、注意した方がよい。

常子暫くして徐々に身を起す。身を起して後も暫く袂を顔に當てて居る。）

「構やしない。構やしない……。

私は何故泣くのだらふ。

泣いたって何にもなりやしない。

そりゃ悪いことには決って居る。

私はもふずっと以前から、一番卑しい稼業の女と同し様なものだ。

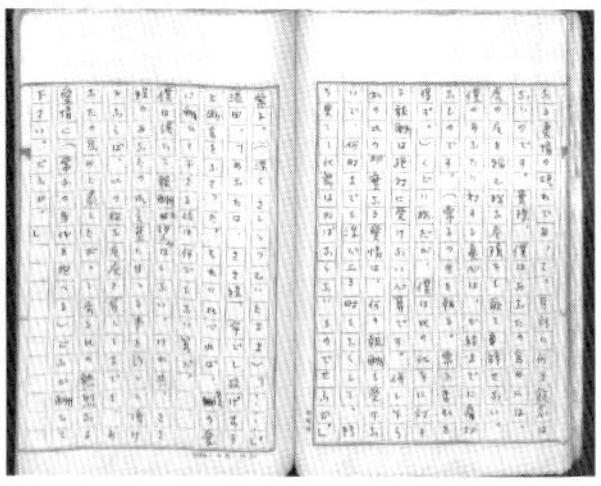

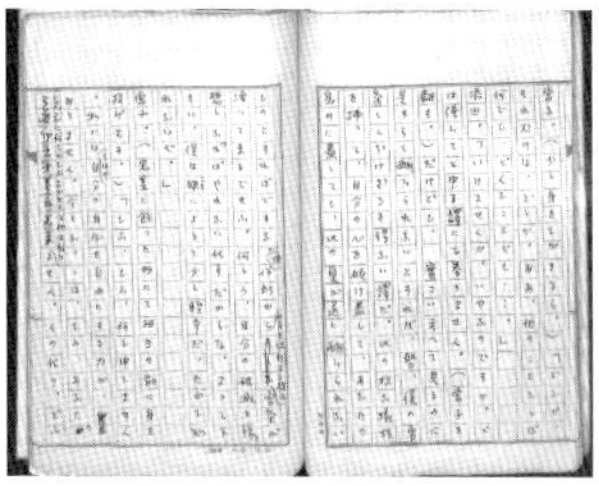

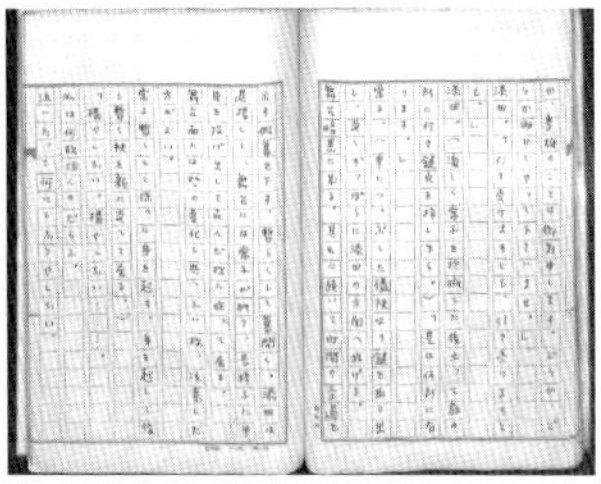

だからどうふしたと言ふのだらふ。

誰でも、私を辱しめ度いものは寄ってたかって、打つなり、蹴るなり、唾をするなり、好きな様にするが良いのだ。

全く私はそれに相當して居る。

ああ！（髪をむしる。）自分でも、自分の身が厭はしくて仕様が無い。

だけど、知って居乍ら、かふ成るより他、仕方がなかった。そりや、自分が弱いから、いけないに決って居る。けれ共、それも生れ変って來なけれあ、どふにも成らないことだ。

どふにもならないことだわ。おお秀雄！

私はあの子の幸福が何より慾しいのだ。

おまへの爲めに私は前からいけない事をして來た。今日もおまへを破滅させ度くない許りに、また悪い事を重ねて仕舞った。

他の人なら、もっと他にやり方があったのかも知れない。けれども、私は、かふでもするより他に仕様が無かったのだ。他の方法を考へ出す事が出來なかった。

ああ、私は死骸だ。

そして、私を死骸にして仕舞ったのは自分の希望なのだ。そしてその希望こそは自分の子供なのだ。

しかし、吁！　現在の私の姿は、何と言ふ暗い惨めさだらふ。何と言ふ惨さ！（泣く。）

泥棒、詐欺師、卋間の男達は、みんな、それだ。あいつらは私の死骸をつつく爲めに烏の様に集って來る。そして腐った肉の一塊でも口にしなければ帰らないのだ。

そして、あの烏達はカアカアと鳴く代りに、しきりに愛、愛と言ふのだ。


オホホホホ、何ておかしいのだらふ。

ああ。頭が痛い。もふ眼もくらみ相だ。

どうにでも成れ。ああ、あ、どうにでも成れ。」

お袖。（登場。）「奥様、御風呂が、もふ、よろしい様でございますが。」

常子。（力無く。）「左様かえ、風呂に這入るのさへ大儀に成って仕舞った。じやあ、ちよいと這入ると仕様。」

（欠呻をし乍ら女中と共に退場。）

（舞台暫く空虚。やや有って、岡村半七女中に伴はれて登場。）

お袖。「少々、御待ちを願ひます。奥様は只今、一寸御風呂を召してゐらっしやいますから。」

岡村。「ああ左様。どうぞ御ゆっくり。」

（岡村、卓上の新聞を手に執り、性急相にあちこちひっくり返へして視る。株式市況丈け丁寧に見るが、直ぐ投り出して仕舞ふ。女中茶を持って登場。）

お袖。「どふぞ‥‥。ずい分よく照りますことで‥‥‥。」

岡村。「やあ。どうも少し表を歩くと、暑くって叶はない。是、此の通り汗だ。ときに御袖さん、あんたは、いくつだったかなあ。」

お袖。「私。（笑ふ。）あの丁度でございます。」

岡村。「丁度。ふむ、いい頃だなあ。どふだね。もふ、そろそろ、御嫁に行っては。何所かへ卋話をし様かね。」

お袖。「まあ、存じません。」

岡村。「なに。存じませぬ。怪しからんねえ、どうも。何でも存じて居る奴に限って存じませんだ。はっはあ。どうだね。大いに存じて居るだらふ。まあ、いいから、其所へ掛けなさい。」

お袖。「私、御風呂を見なければ‥‥。」

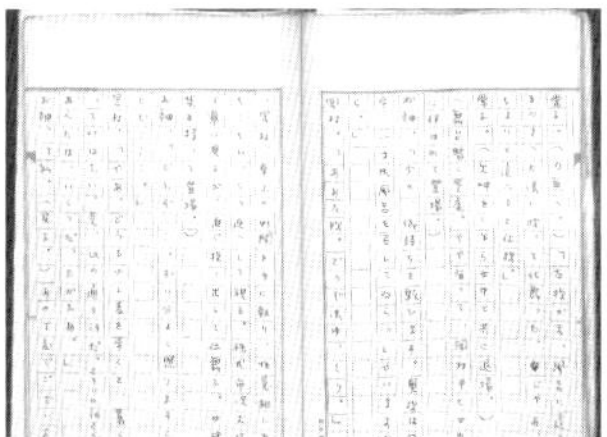
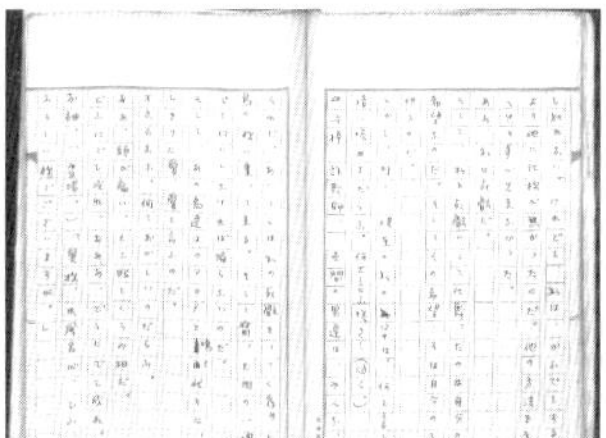
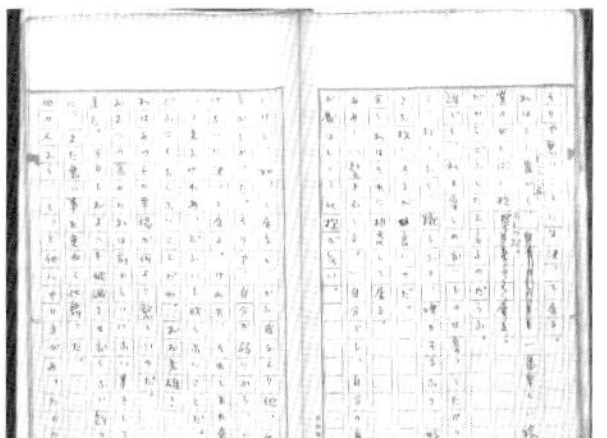

岡村。「いいじゃないか。風呂の湯と言ふ奴は湯呑みについだ御茶と違って、そふ急にさめるものではないさ。だが、本當に行く氣は無いかね。女も二十の聲を聞けば、もふ何所へ出しても一人前だし、それに、うっかり盛りを過ぎて賣れ行きが悪く成った日には始末の悪いものだ。才一、おまへさん、もふ、そろそろ、あれだらふ。独りで寢るのは淋しいだらふ。」

お袖。「まあ、いやでございますわ。御冗談ばっかり。私、そんな御話は大嫌でございます。」

岡村。「虚言を言ひなさい。女として、かふ言ふ話が嫌ひで有る可き道理がない。左様言ふ事を言っても年寄りは仲々乗らない。だが、併し、これは冗談では無い。無いとも、大眞面目だよ。おまへかう見た所、看板も上等なら、肉付きも立派なものだ。おまへさんの様な娘さんを独りで置くなんぞは、不圣濟な話だ。丗の中には明けても暮れても、女が慾しくてたまらん連中が捨てる程ある。そふ言ふ連中を一人でも濟度してやると言ふことは女の、是は務めだ。な、だからして、おまへさんももふ結婚せにやいかん。どうだ。いやかえ。」

お袖。「未だ、私考へて居りません。」

岡村。「また虚言だ。おまへさんの年輩で、結婚の事を考へて居ない女が一人でも有ったら御眼に掛らない。そふ言ふ出鱈目を言って年寄りをごまかせると思って居るから可愛いよ。察する所、何だな。おまへさんは此所の坊ちゃんに未練が有ると見へるねえ。だが、併し、あれは良くないよ。何だか、うはさに依ると、あれは、何所かにいい人があって捨てられたとか振られたとか言ふ話じやないか。」

お袖。「まあ　思ひも寄らないことばっかし。御身分が違ひますから、そんな事は一度も考へたことはございませんわ。」

岡村。「いや、それなら、いいがな。何か、ちょいと位有ったのだらふとわたしはにらんで居たのだが、思ひ過しならば、それに越したことは無いさ。だが、是から後も有る事だから、たとへ、いたづらをするにしても、やはり、身分に合った奴といたづらをする方がよい。身分に適った者同志のいたづらは本物に成れるが、身分が違ふと、それ何所までもいたづらですんで仕舞ふ。はははは。是は下らない御説教に成った。そんな眞面目な顔をして居ないで、ちょいと此所へおいで。わしがその内所でな……。」

（岡村、お袖の手を執らふとするに、お袖驚き、あれと言ひ乍ら、眞赤に成って逃げ出す。岡村大きく笑ふ。）

岡村。「いやどうも、頭がはげ掛って來ては人間お仕舞だな。是でも若い時には鶯。と、までは行かないが、目白や頬白位は啼かせたものだが、今じや、ちょいと手を出しても、向ふで、あきれて逃げて仕舞ふ。是で、向ふが商賣人なら、頭がはげて居やふが、鼻が半分缺けて居やうが、金さへ見せれば抱き付いて來るが、（此の時、常子、そっと姿を現はす。岡村氣が附かず。）若い娘は左様はいかぬて、そこが彼等の身上だ。だが、何しろ、初心な娘と言ふものは、例へ顔は二の町でも、何所か知らん、かふ、たまらない所が有るな。」

常子。「大変御氣に召した様ね。何なら御世話致しませふか。」

岡村。（驚き狼狽する。）「いや、これは、大変、早かったですな。」

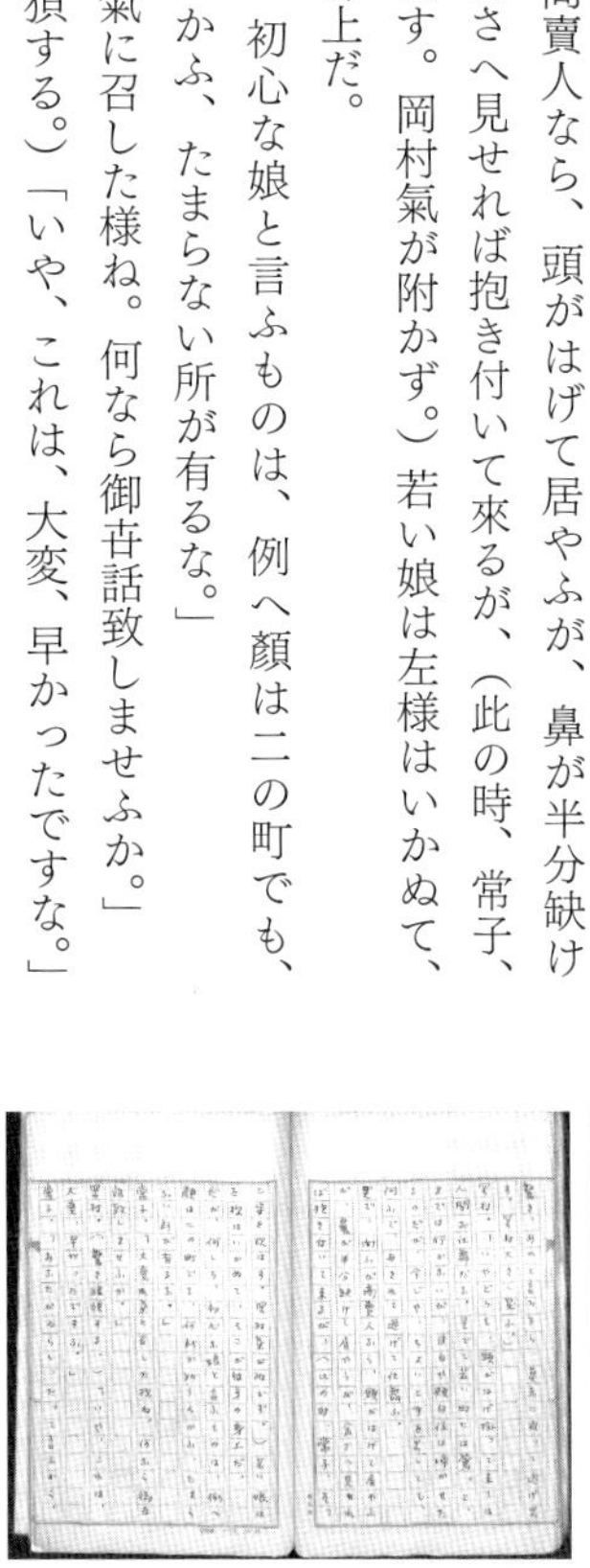
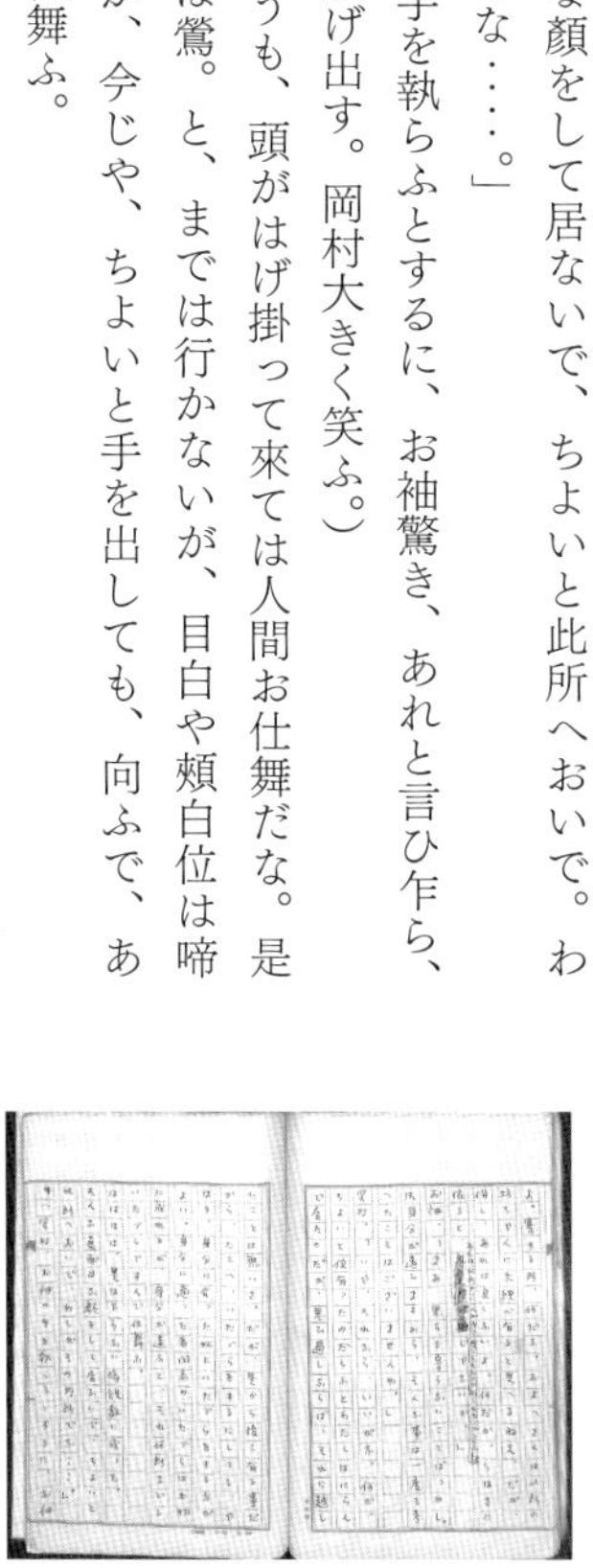
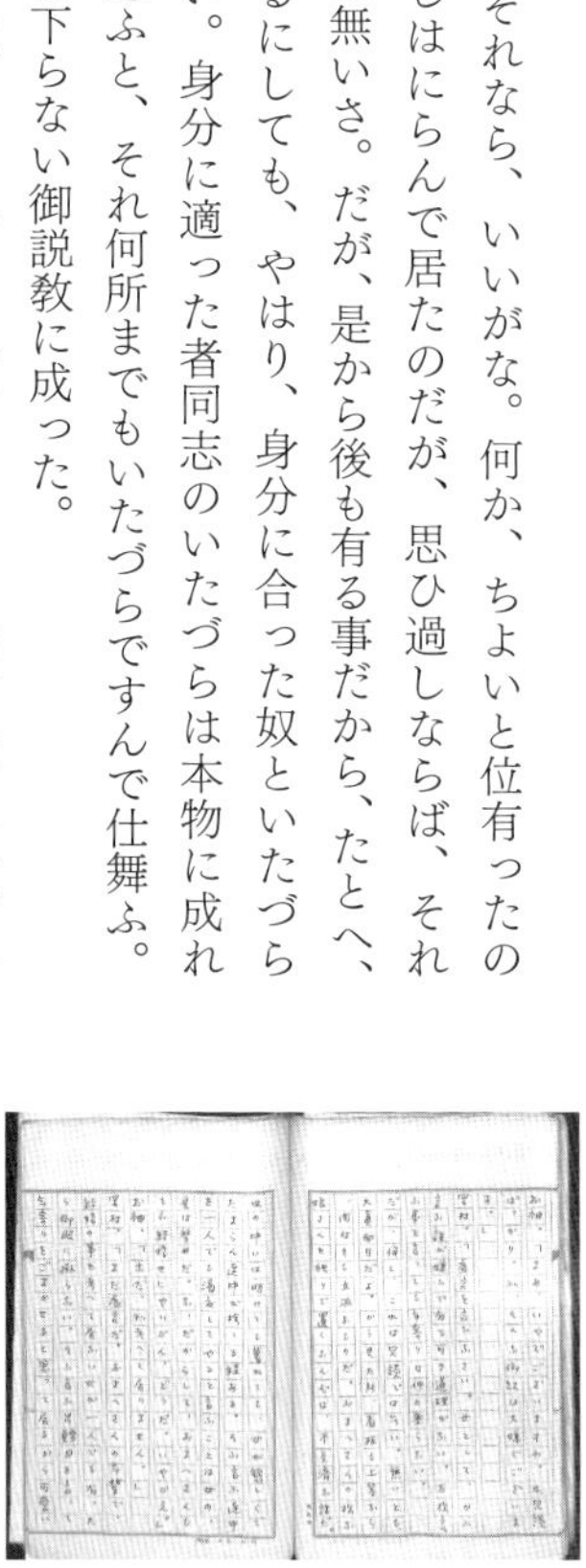

常子。「あなたがゐらしったって言ふから、途中で、上って來ましたわ。それよりも、今のは、あれ、なあに。」

岡村。「いや、あれは。あれは、ただの、その、たとへ話し、たとへ話ですよ。」

常子。「まあ、変な譬へ話ですこと。」

岡村。「いや全く譬へ話に過ぎんので。つまりその……。」

常子。「澤山ですわ。何て言ふんでしたっけ。も一度、やって御覧あそばせ。」

岡村。「何を下らん。もふ、そんな……。」

常子。「では、私、やって見ませふか。そふそふ。うぶなむすめといふものは……。」

岡村。「弱ったな。」

常子。「たとへ、かほは、二のまちでも、どこかしらん……、」

岡村。「どふか、止して貰ひ度い。」

常子。「どこかしらん、かふ、たまらないところが、あるな。」

岡村。「いやはや。實に……。」

常子。「あなたこそ、いやはや實によ。いい年をして。」

岡村。「やれ、情ない。てんで、成って居ない。」

常子。「成ってませんとも。あなたは本當にだらしのない方ね。」

岡村。「だから、全くもって、重々悪ふがしたよ。かりそめにも、」

常子。「何がかりそめですか。

ああ、口惜しい。もふ今日は帰って下さい。

あなたと口を利くのは、いやですから。」

岡村。「大変な御挨拶だな。どふしたと言ふんだねえ、一体全体。何も、そんな……。」


常子。「だから、あなたは無神圣だって言ふの。考へてごらんなさいな。私は、私は、子供が可愛い許りに、ついあなたと、こんなことに成っちまったんだけれど、あなたは、そこらあたりの女中達をからかふのと同し氣持ちで、私をなぐさんでゐらっしやるんでせふ。

命の次に大切な誇りを、あなたの自由にさせたと言ふことが、私に執って、どんなに重大な問題で有ったか、と言ふことを、あなたは考へて見て下すったことも無いのです。

人から指一本、指された事の無かった私が、最後のほこりを、あなたの前に投げ出した時の氣持ちを、少しは思って見て下さい。」

岡村。「解った。解った。あやまりますよ。」

常子。「仕舞ひまで、御聴きなさい。それも、あなたが、自分の力で、どふすることも出來ない程、私を思って居ると仰有ったからではありませんか。よしんば、それが事實であるとして、また、それが子供の爲めで、あったとしても、私のしたことは本當に悪い事なのです。それを知って居乍ら、そふするより他仕様のなかった、私の胸の中を、少しは察して下さい。而も、今と成っては、あんなにまで愛して居ると仰有った、あなたの言葉も疑はずには居られません。あれは單に口から出任せのからっぽな御吞辞だったのですか。あなたは、單にいやしい好色から、私を弄んで仕舞ったのですか。あなたの眼から、見れば、私も、女中達も、同し様な肉の塊りにしか見へないのだわ。ああ、私は馬鹿だった。馬鹿だった。口惜しい！」

岡村。「お常さん。それは少し酷過ぎる様だねえ。少しは後さきを考へて口を利いて貰ひ度い。あんたに惚れて居ればこそ、わ

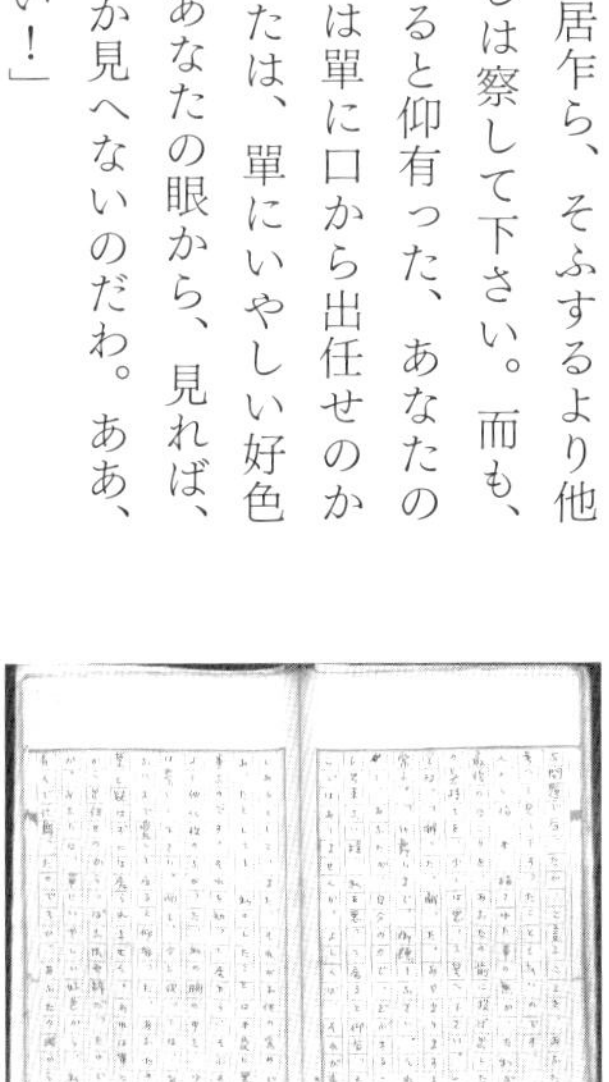
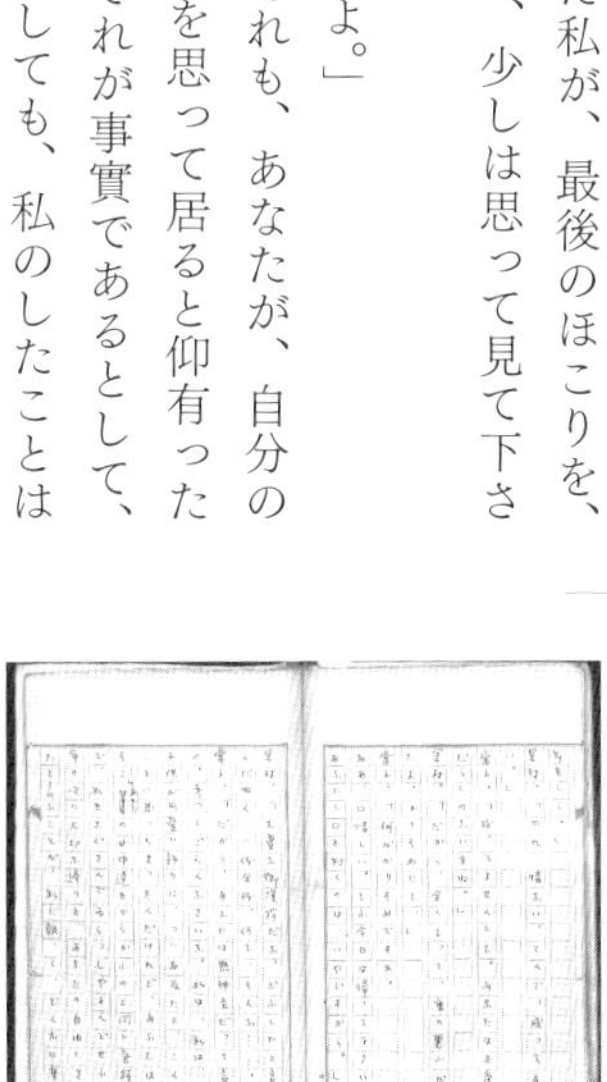
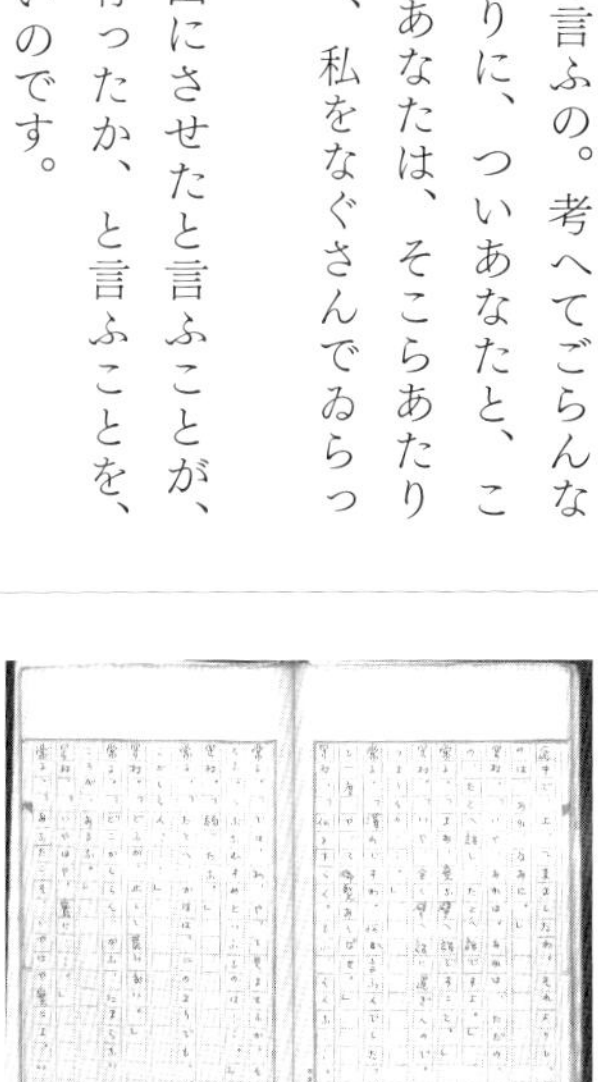

たしは一たん抵當にまで這入った此の家も、あなたの手に戻して上げたのだ。それ許りで無く、勿論、こんな事は言ひ度くはないのだが、是まで、あなたの爲めに費した金額も、決して少いものではない。かう言へば」

常子。「ええ、ええ、頂きましたわ。頂きましたとも。ずいぶん頂きましたよ。どふか、たんと仰有い。」

岡村。「だからさ。直ぐそれだから話が出來ない。金の事を言ふと、あんたは直ぐにいやな顔をして人を軽蔑するのだ。併し、其所ハ一つ考へて見て貰ひ度い。そふ言ふあんたが金によらないで生きて居るかと言ふに決して左様ではない。天人でない限りは誰しも金を離れて生活する譯には行かぬのだ。

而も、あんたの當時の状態は、どふだったかと言ふに、わたしが金を出して始末をつけなければ、どふにも仕様のないことに成って居た。それは何と言っても、あんたの落度だ。」

常子。「でも、それは、私が女一人だと思って、皆が寄って、たかって取って仕舞ったんじゃ有りませんか。」

岡村。「そりや、考へ様に依っては、どふにでも理窟はつく。金と言ふものは、一寸でも見張りを怠れば、忽ちに飛んで行て仕舞ふものだ。なくすると言ふのは何所かに隙が有ったからだ。それは、ともかくとして、あなたの眼から見れば金よりも貴いものは、そりや、いくらでも有るだらふ。併し現にわたしの金の恩恵を受けて居乍ら、私が金と言へば直ぐにも唾を引掛相な顔をするのは、少し當るまいぜ。そりや、無論、わたしは見た通り無學で下等な人間だ。それでも、卋の中には金よりも貴いものが幾らも有ると言ふことは知って居る。知っては居るが、無學の悲しさで、どうも良くは判らない。また、實際に於て、むつかしい事は餘り役にも立たない。

で、一番手取り早く、價値も解り、役にも立つのは金だ。大概の場合に於て、わたしに執って一番貴いものは金だ。それには理由が有る。わたしは金を儲ける爲めに、實に何十年と言ふ長い間、今でも左様だが、あらゆる智えと精力と、あらゆる神圣を使ひ通しだった。

全く自分の骨をけづる思ひをして儲けて來た金なのだ。他人が寝てる間も、伸び々々と休みはしなかった位だ。他人の眼から見れば、我々の商賣は濡手に泡の譬への通りかも知れんが、一旦此の商賣で立って行かふと成ると、中々そんな生易しいものではない。こんなことは他人に口を酷くして話したって解ることでは無いかも知れん。が、兎も角も、わたしに言はせれば、岡半の持って居る金には、たとへ一錢銅貨でも岡半の血の汗が滲んで居るのだ。仇やおろかにはピタ銭一文も手離せるものでは無い。

これ程自分に執っては貴く、また執着の強い私の金なのだ。その金をだねえ、お常さん。あんたの前には、惜しいと言ふ氣も無く投げ出すことが出來ると言ふのだから、こいつは不思議と言はにやなるまい。だが、是は一体、何故だらふ。此所らは些か察して貰はなくちや、な。奥さん。是でも、未だ岡半の心底が見へませんかねえ。」

常子。「それ程、わたしの事を思ってゐて下さるのなら、何故さっきの様なことを。」

岡村「さあ、さあ、だから、それは、ほんの気紛れに過ぎんと言ふのさ。あんただって若い、見惚れる様な男を観れば、まん更悪い氣もしないだらふ。少くも、わたしの爺面を見るよりは

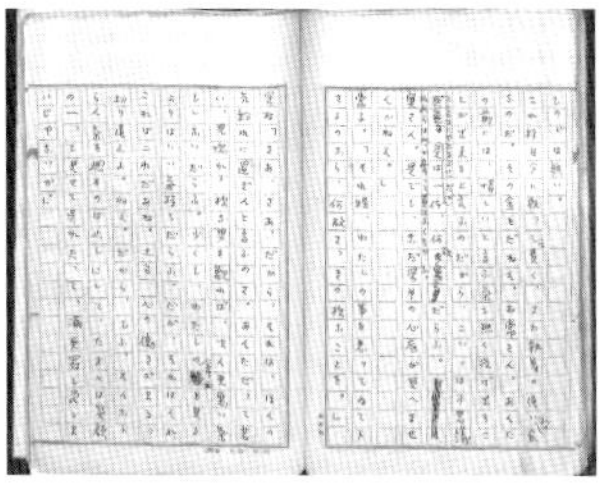
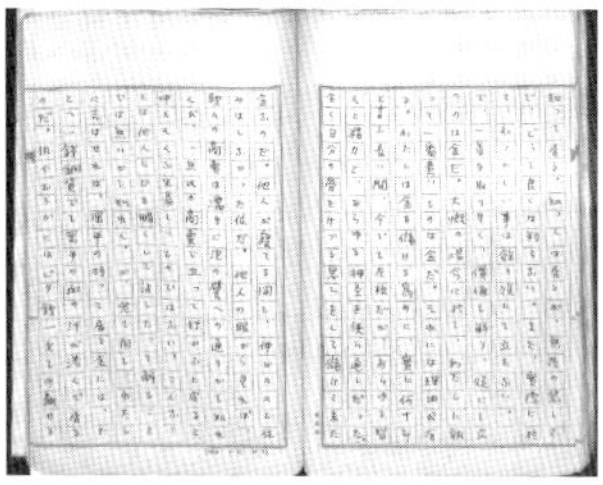
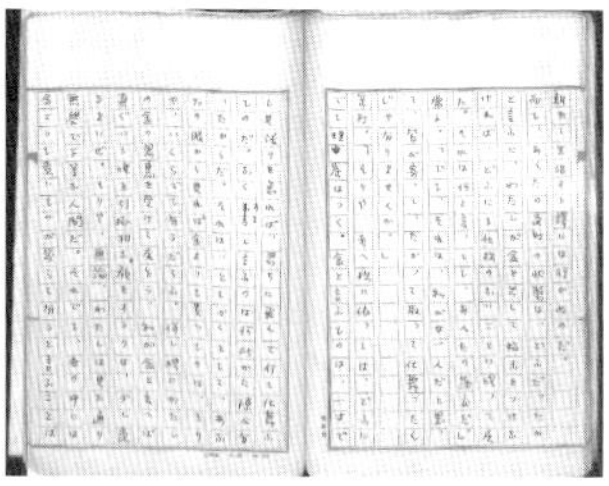
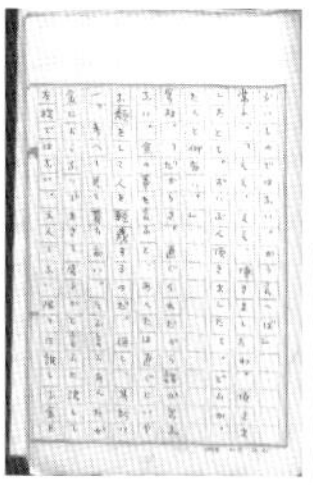

いい氣持ちだらふ。だが、それはそれ、これはこれだあね。土台、心の働きがまるっ切り違ふよ。ねえ。だから、もふ、そんな下らん氣を廻すのは止しにして、たまには笑顔の一つも見せて呉れたって、滿更罸も當るまいじやないか。」

常子。（岡村にちよいと頰をつつかれて、思はず笑ひ出し相に成る。）「ああ、あなたの口のうまいのに掛っちや、全く叶はない。どふでも、こうでも、言ひくるめて、人をまるめ込んで仕舞はなきや、おかないんだから。」

岡村。「外聞の悪い事を言ひっこなしにしませうぜ。いい役を、何時でも独りでしよっちやうんだから、こっちは御難だ。何だか、あんたの言ふ事を聞いてると、こっちばかりが悪者の様だが、蟲も殺さない様な顔をして居て、いざ御娯しみと言ふ段になると、あれで、ずい分氣を入れて來るんだから、御笑ひ草だ。」

常子。「御黙り！　それは、そふと何か今日は別に用事が有って。」

岡村。「いや、なに、ちよいといい地所が、賣物に出たから。あんたが、もしも買う氣が有れば、見る丈けでも見ておいたら、どふかと思って。」

常子。「今日は眠くって、とても駄目。昨夜は、また例ので徹夜でせふ。もふ、ふらふらよ。それよりも地所を買ふ様な御金が、一体何所に有るんでせふ。」

岡村。「それはまた、どふにでも成るさ。だけど、此の話は、今日に限った事でもない。

何所かで一日、ゆつくり遊び度いと思ったんだが、ふらふらには困ったねえ。」

（岡村、常子を引寄せる。）

常子。「何ですねえ。まっぴる間。女中の眼にでも觸れたら、どふなさる。

岡村。「大丈夫だよ。」

常子。「いけません。およしなさいったら、見っともない。」

（岡村断念して離す。其の後へ女中登場。）

お袖。「あの、かう言ふ方が御見へになりました。」

常子。「どれどれ。（名刺を受け取る。）まあ新聞記者ね。一体、何の用事だらふ。（岡村の方を見て。）どふ致しませふ。通しましても差し支へございませんか知ら。」

岡村。「いや、手前はちっとも構ひません。」

常子。「それではね。構はないから、此所へ御通しして御呉れ。」

（女中退場。入れ替りに新聞記者登場。）

記者。「手前は△△新聞社のものでございますが、どうも、不躾けに御邪魔に上りまして甚だ恐縮です。」

常子。「いいえ、どうぞ御掛け下さいませ。

私が主人の常子でございます。」

記者。「早速でございますが、此の度は、どうも、飛んだ事で。」

常子。「ええ？　何でございますか。」

記者。「此の度は、どうも、御令息が、飛んだことに成られまして。」

常子。「あのちよいと御俟ち下さいませ。どうも御話しが、よく解りませんが、私共の子供が何か致したのでございますか。」

記者。「それでは御宅様では未だ御存知ないのでございますな。」

常子。「はい。一向に。どふ言ふ事でございますか。」

記者。「ははあ。左様ですか。是はどうも。

實は詳しい事を御伺致し度いと思って参上致しましたのですが、それでは、反対に手前共の方から御耳に入れなければならない事に成って仕舞ひました。」

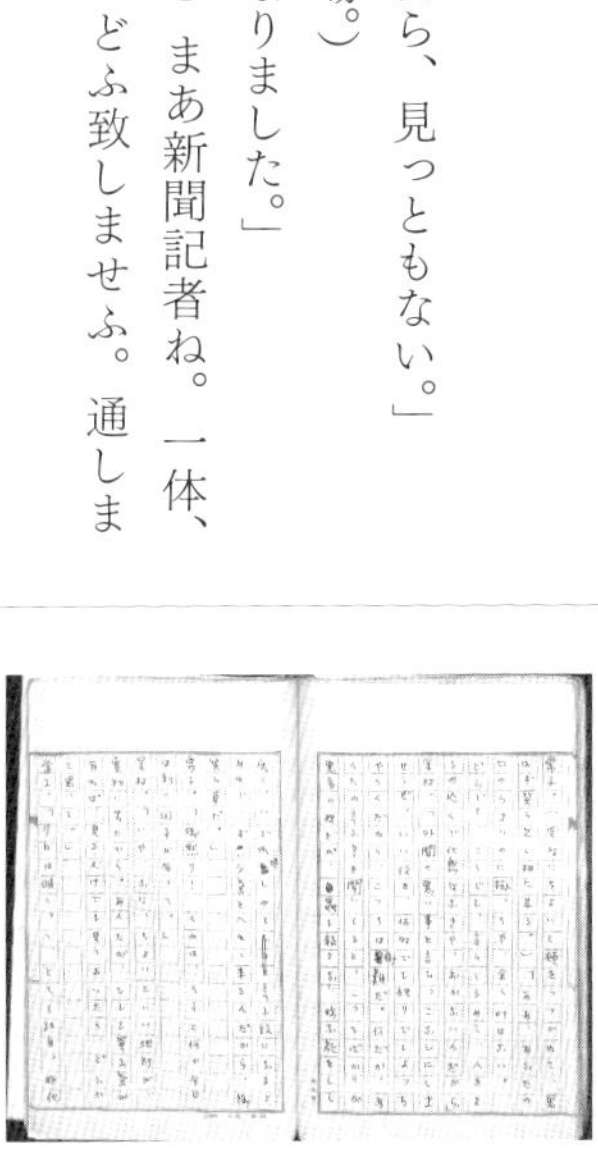

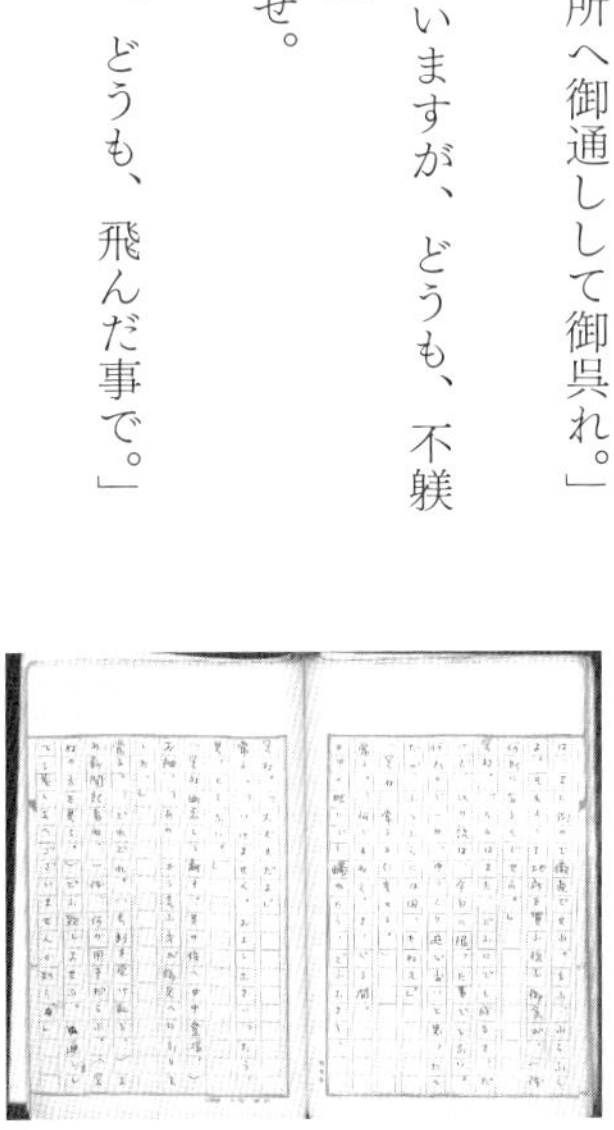

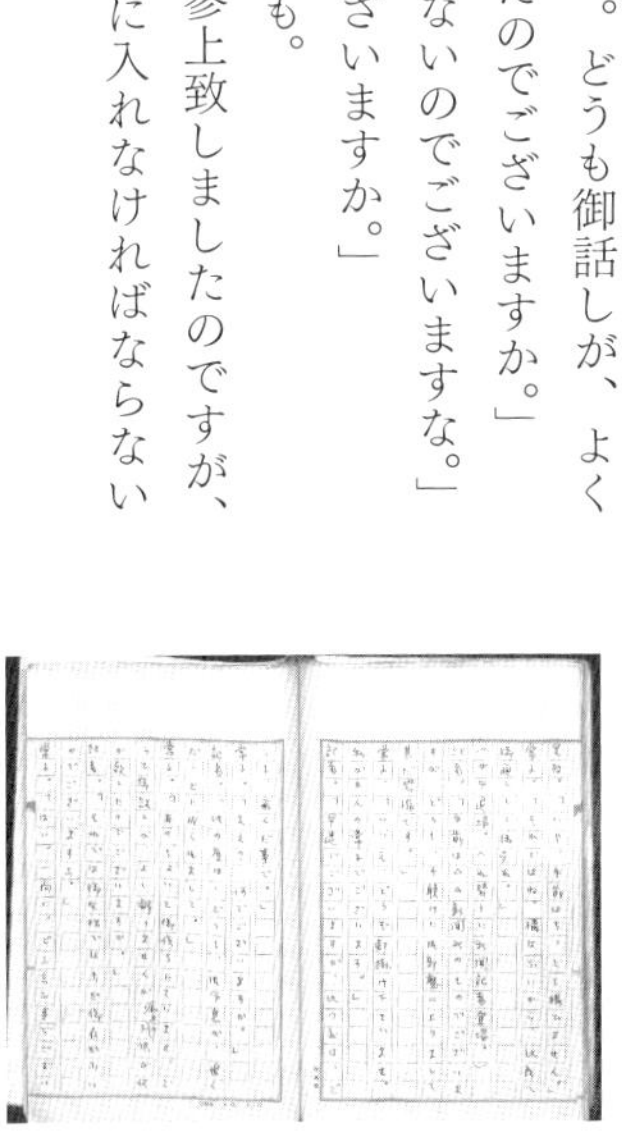

常子。「どふか御聞かせ下さいませ。」

記者。「奥様、どふか御驚きなさいません様に。實は御令息は今暁四時頃跳子の△△旅館の一室で、自殺をなさいました。」

常子。(思はず立ち上る。)「あの、自殺を………あの、自殺を。

何と言ふ馬鹿なことを………。

私はどふなるのだらふ。

そして、それは確かですか。もしや間違ひではありませんか。

そして、死んで仕舞ひましたか。」

記者。「確報です。残念乍ら、手當の甲斐が無かった相です。」

常子。「秀雄の馬鹿。馬鹿。馬鹿。御母様の苦労を、みんな水の泡にして仕舞った！」

(常子取乱し、遂に卆倒す。記者あはてて抱き止める。岡村と二人で長椅子へ常子を運ぶ。)

岡村。「お袖さん！　お袖さん！」

お袖。(登場。)「はい。」

岡村。「葡萄酒か、ウイスキイを持って來て御呉れ。奥様が、今、急になにしたのだ。」

お袖。「まあ。」(退場。直ちに壜を持って登場。一同介抱する。)

岡村。「醫者を呼んだ方が良いだらふ。お袖さん、一走り行て呉れないかね。」

お常。(低聲にて。)「いえ、それには及びません。どうか、此の儘で、少し寝かしといて下さいまし。」

岡村。「本當に大丈夫ですか。少しは楽に成りましたか。」

お常。「ええ、よほど楽になりました。」

岡村。「じやあ、お袖さん、いいだらふ。」

お袖。「はい。」

記者。「どうも是は、飛んだどうも。いづれ後程、御見舞に上りますが、それでは、一先づ失禮致します。どうぞ、御大切に。」

岡村。「いや。御苦労様で。ちっとも御構ひしませんでした。」

お袖。「では私も退っておりますから、御用がございましたら、どうか。」

岡村。「よろしい。こちらは引き受けました。」

(記者、女中退場。)

常子。(激しく泣く。)

岡村。「此所が、我慢の仕所だ。何事も、運命。そふ思ってあきらめる他はない。

十分御察しする。ねえ。もふ泣くのは御よし。

今更泣いたとて、どふなるものでもない。

それよりも、一番、勇氣をふるひ起して、是から後の事を考へなけりやいかん。」

常子。「是から後ですって。ああ、後も前も有ったものではない。もふもふ、すっかり御仕舞ひになって仕舞ったのです。あらゆる犠牲を拂って、今まで苦しみもがき乍ら生きて來たことがすっかり無意味になつて仕舞った。私のたった一つ切りののぞみがとう〳〵奪はれて仕舞ったのです。私は命をうしなって仕舞ったのです。ああ、ああ、もふ、本當に、何もかも御仕舞だ、御仕舞だ。」

岡村。「左様言ふ風に考へるからいかんと言ふのだ。今までのあんたのからだは、あんた自身のものでは無かったのだ。つまる所秀雄さんの附屬品に過ぎなかったのさ。所が今日からは、あんたのからだは本當にあんた自身に還って來たのだ。久し振りで自分自身の生活が始まるのだと思へば勇氣も出る筈だ。な、

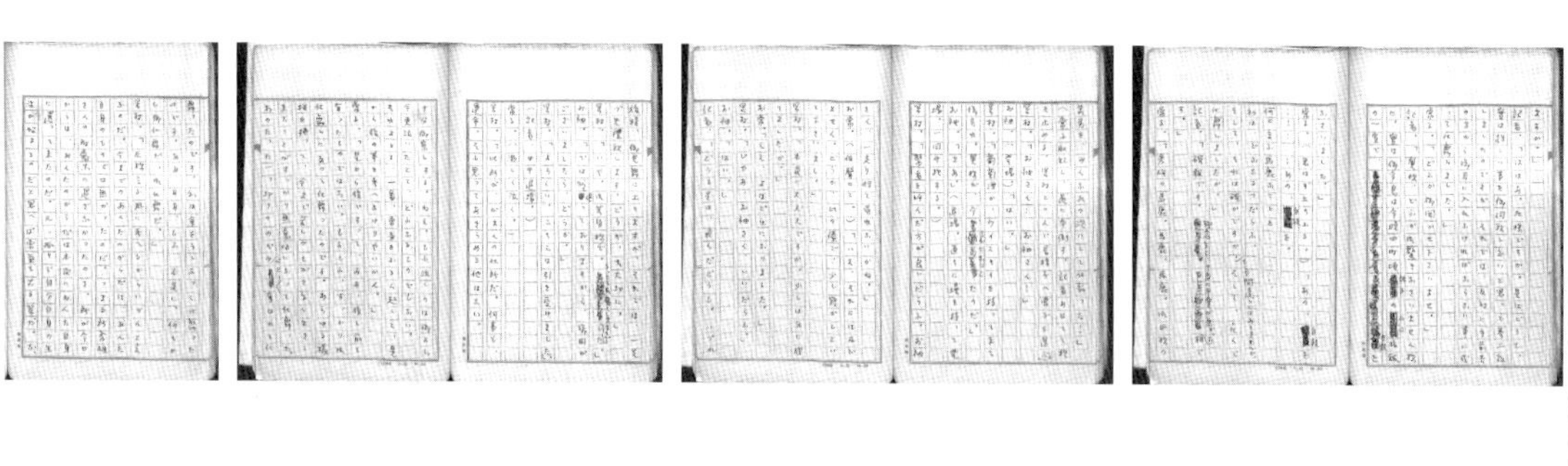

左様思って、ここの所は、いやでも一つ元氣を出さなきやいかん。」

常子。「駄目。駄目。駄目なことだわ。今と成って、自分の生活が有ったものですか。

秀雄の居なくなった事は私の滅亡です。もふわたしには、なんにも有りやしない。なんにも有りやしない。」

岡村。「困ったなあ。そふ一慨に落膽して仕舞っては・・・・。だが、併し無理も無いわな。

左様言はれて見ると、わたしも實は慰め様に困る。が、兎も角も、今、餘り興奮することは、よくないよ。また落ち着けば、何所か知らんから元氣が湧いて來るものだ。」

御袖。（登場）「あの電報が参りました。」

岡村。（受け取る。御袖退場。）「ふむ。」

常子。「それ、一寸拜見。ああ、やっぱり、本當だった。もふ、いよいよ御仕舞だ。ああ。是を觀るまでは、いくらあきらめたと自分で思っても、未だ何所かに、萬一と言ふ、はかないたよりが、こびり付いて居たけれど・・・。いよいよ、本當に御仕舞になっちやった。

（間。）

でも、それでも未だ私は本當と思へませんわ。何だか嘘の様ですわ。いえ。だけど。本當に違ひないことは、ちやんと判ってるんだけど。ああ。何が何だか、自分の言ってることが、ちっとも判らない。」

岡村。「まあ、氣を沈めてさ。是は東京の下宿が打って來たのだな。つまり二重手間に成った譯だ。それにしても新聞やの奴は流石に早いな。だが、どちみち、誰か引き取りに行かなくてはならないが、その調子じやあ、とても、あんた自分じやあ行けないだらふ。適當な人は無いかな。かうっと。何なら、店の、しっかりした奴をやってもいいが。」

常子。「いくらなんでも、そんなに仕て頂いてはすみません。それに、もふ、あなたとの・・・・・・。」

岡村。「あなたとの？　それじやあ、何かね。あんたは、是切り、わたしとも切れやう心底なんだね。」

常子。「すみません。おしまひまで我儘ばかり言って。だけど、もともとあの子の爲めと思って、した事なんですから。あの子の亡い今から先きは、此の儘で居ることは、何となく氣が咎《とが》めますから。」

岡村。「成程。左様言ふなら、私も岡半だ。今更未練がましい事は言はずに、綺麗に別れやう。だけども、まあ、それはそれとして、是は別だ。後始末の事は、わたしが引き受け様じやないか。何も急に、切れたからって遠慮する事は無いわさ。是から後も、色氣は拔きとして、及ばず乍ら何かと相談相手には成って上げ様から、遠慮はしないがいいよ。

其所でと・・・・。また後に來るけど、ちよいと帰るよ、わたしや。あんた、もふ大丈夫だらふね。（常子返事なし。）え。大丈夫かね。（わづかにうなづく。）じやあ、失禮する。

駄目だよ、その、氣を引き立てて、ちやんと、してなくちや。じやあ、帰るよ。いいね。」

常子。（岡村が扉の所まで行た頃。）

「岡村さん。」

岡村。「何だい。（しばらく立ち止って居る。）

何だい。何でも無きや、帰るよ。とにかく、またすぐ、やって

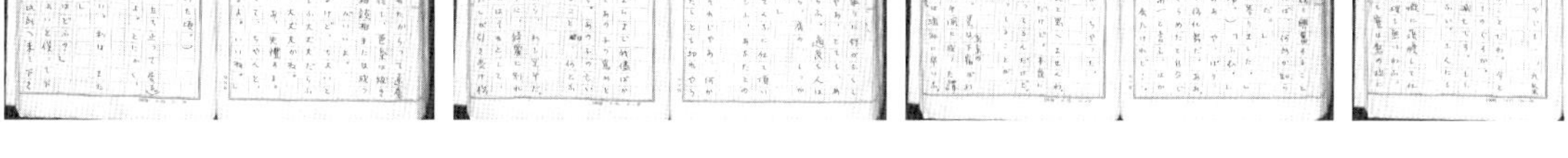

來るよ。」

常子。「ちよいと俟って下さい。私は、また考へが変って來た様ですの。」

岡村。「変った？　変ったとはどふ？」

常子。「まあ、とにかく、ちよいと俟って下さいな。そして、もふ一度、此所へ來て下さい。」

岡村。（無言の儘、常子のそばに腰を下す。）

常子。「私は、やっぱり……、やっぱり‥。」

岡村。「うむ、やっぱり。それから。」

常子。「やっぱり駄目。あなたと別れて仕舞ふ勇氣がないの。」

岡村。「うむ。其の方が本當かも知れんよ。」

常子。「今まで通りに‥。どふぞ今まで通りに‥。私は弱いのです。どふか私の力になって下さい。力に。」

岡村。「なあに。弱いのは、あんた許りではないさ。」

常子。「女は結局、附屬品なのか知ら。」

岡村。「そりや、左様かも知れん。」

常子。「それとも私が弱いのか知ら。」

岡村。「人間と言ふ奴が、そもそも弱いものだよ。どんなガムシヤラ强氣一点張りの奴でも、何所かに泣き所が有るからな。神や佛の眼から見れば、みんな同じ様な、ちっぽけなものさ。」

常子。（岡村の膝に伏し乍ら）「私は心細いのです。消へ入り相なのです。（泣く）。」

岡村。（常子の身体を支へ乍ら。）

「いいさ。いいさ。解ってるよ。解ってるよ。」

岡村、子供を寝かしつける様に、常子の背を柔かく叩き乍ら、

—幕。—

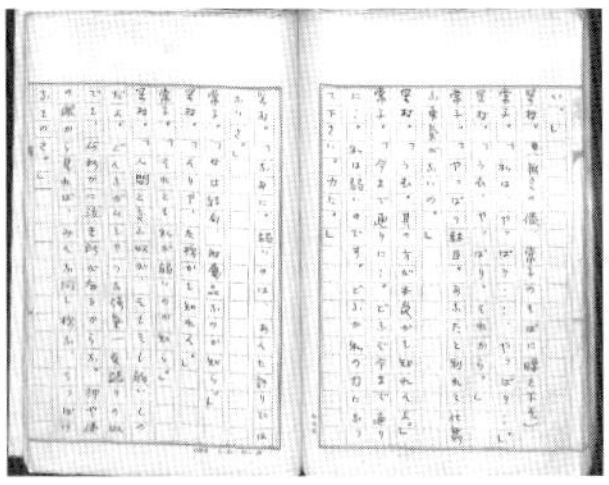
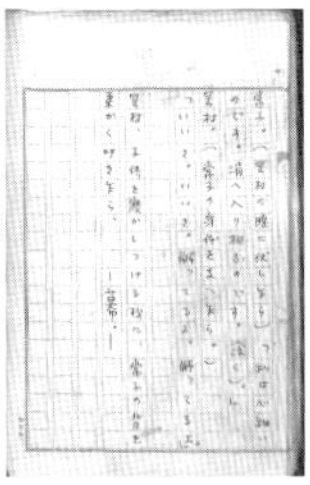

復活祭の夜（抒事詩）　晃

われ此程きりすと教に帰依せんと
思ひ牛込ホーリーネス教会及び大
日本救世軍本部等の門をくぐる事
数度にしてつひに信仰を帰す。
よりて詠める。
但し詩になつてるかどうかしらん。

「我々キリストの戦士《ナイト》は・・・」
と彼がいふたことであつた。
その「キリストの戦士《ナイト》」は
ロシアの兵隊《ヘイタイ》さんのやうな
赤い帽子をかむつてゐて
あまりに善良《ヒトノヨ》すぎる眼がきよとんと
その下に輝《カガヤ》いてゐた。
「私は何もしりません。
私は只一個の労働者《ハタラキビト》であります。
けれども私は神の愛《イトシミ》をしつてから
神のみむねに抱かれるものとなつてから
はじめてほんとのことをしり
こうして安らかな念《オモヒ》ひに生きてゐます。

今や私は
私のまへに
あのまつしろな一つの道《ミチ》が
その永遠《トハ》の路《ミチ》が
その神へかへりゆく路が
その輝《カガヤ》いたまつしろなみちが
づづとひろがつてゐるのがみえます。
さうして私は
苦しい日々《ヒビ》の労働《ハタラキ》をつづけながら
只《タダ》神をおもひ
きりすとをおもひ
きりすとのみてによりて
神にかへりゆく私をおもひつづけ
静かな清いおもひにみちみちて
日日を生きてゐるのです。
あゝ私が神を知らないまへは
私の心は不安《タヨリナ》くいらいらし
きたないのぞみにわくわくし
あさましい日日《ヒビ》を送つてゐたのであります。
どうぞ皆様《ケウダイ》よ！
心に悩《ナヤミ》を御持ちの方は
たつた今《イマ》
きりすとの大いなる御力《ミチカラ》に御すがりして
すつかり救《スク》はれた心《ココロ》になつて
よみがへりのよろこひをけいけんされることをいのります。
私は何もいふことはできません。

復活祭の夜（抒事詩）　晃（中村明）

私は只私の実感《マゴコロ》からこれらのことを
申し上げます。
・・・・・・・・・・・・
だが私はたとへ
あの裁判所《サイバンショ》みたいないんさんな
聖壇《セイダン》の下で
泣いたりわめいたり
拍手《カシハデ》をうつたり
狂《キチガヒ》じみたうめき声で
ざんげといのりをおらびさがす
あの勇敢なるきりすとの戦士《ナイト》に
なり下ることができなかつたために

懐《ナツ》可しいあれを
忘れ去ることができなかつたにせよ
私は五十箋の銀貨をあの
あまりに口だけでしやべりすぎる
神によひつぶれた
きりすとの戦士《ナイト》の袋の中に
投入れたことを
ちつとも後悔《クイ》はしない。
おまけに讃美歌《サンビカ》をうたつてやつたことも。

なぜなれは
あれがみたら笑ふだらうが
私はあの喜劇《キゲキ》の見料としては
安いくらいだと思ふんだ。
私までがやつたんだもの。

戸外《ソト》に出るとその夜は
星のきれいな
夜空《ヨルソラ》であつた。

さくらのしろく見える
或の坂の上までくると
横町からよいどれの一群《ヒトムレ》が
出てきたりして
勝手にいひ度いことをいひ
おき度いやうなおき方をして
ふら〱坂を下りてゆくのをやりすごして
ついてゆきなから思ひ出してゐた。
・・・・・・・・・・・・
ほんとにあのきりすとの戦士《ナイト》が
私を聖壇のまへにつれて行つて
「神さまの御名によつて
あなたの悩をききませう」と
いつたときに私は
あの虚無によひつぶれたあはれな男と
私との間にはさまつて
バタバタうごいてゐる
口馬が見えたんだ・・・・・

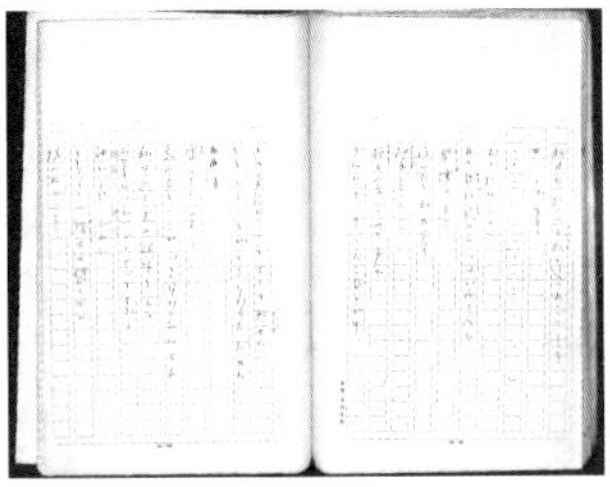

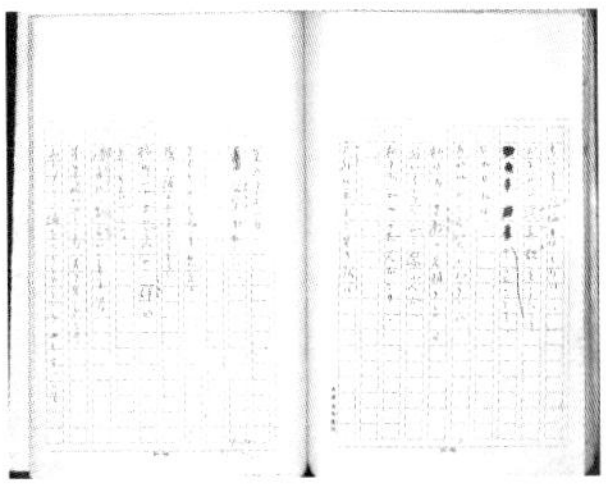

そして
たあいもないくせに
私を知つてゐる
あれを思つたときに
坂を下りながら私は
このきれいな星空《ホシゾラ》を
あれのところへとんでゆきたかつた。

観賞雑感　晃

ポンペイの壁画

観賞雑感　晃　ポンペイの壁画

色ずりの数枚はいつてゐる足立源一郎氏編のポンペイ壁画傑作集を見たが此頃見たもの、中でも價値ある本であつた。

自分は此頃多くの有名な人の絵を見ても不快になつたり末恐ろしくなつたりする事が多いので展覧会などもほとんど見ずにゐるのだが尤もこれは雑事に急かしくもあるのだがこんな状態の中でもよいものはやはり自分の眼に自然に触れてくるやうな機会があるので嬉しいと思ふ。

そうしたうれしさの一つの事として此の本を見た印象を一寸かいて置き度いと思ふのであるが一体ポンペイの壁画のよい復製を見たいといふことはまへから思つてゐたので金があればあれは是非買ひ度いと思つてゐるから買つたらいつれくはしい感想を改めて書いて見やう、ここにかくのは只その寸感である。

あの本のものを見て何よりも驚くのはあの物のつかみ方の大きさ根づよさである。あれは実に大きな悠久な世界である。そこには細末は賢明に省略され永遠なるすがたがあらはれてゐる。（そのくせ非常にデリケートでもあるのたが）全体が簡素な要素的な構成をなしてゐる。

才二にはあの明るさである。彼等は決して新印象派が発見した色彩の理法を知つてゐたわけではなからうがしかしそれを本

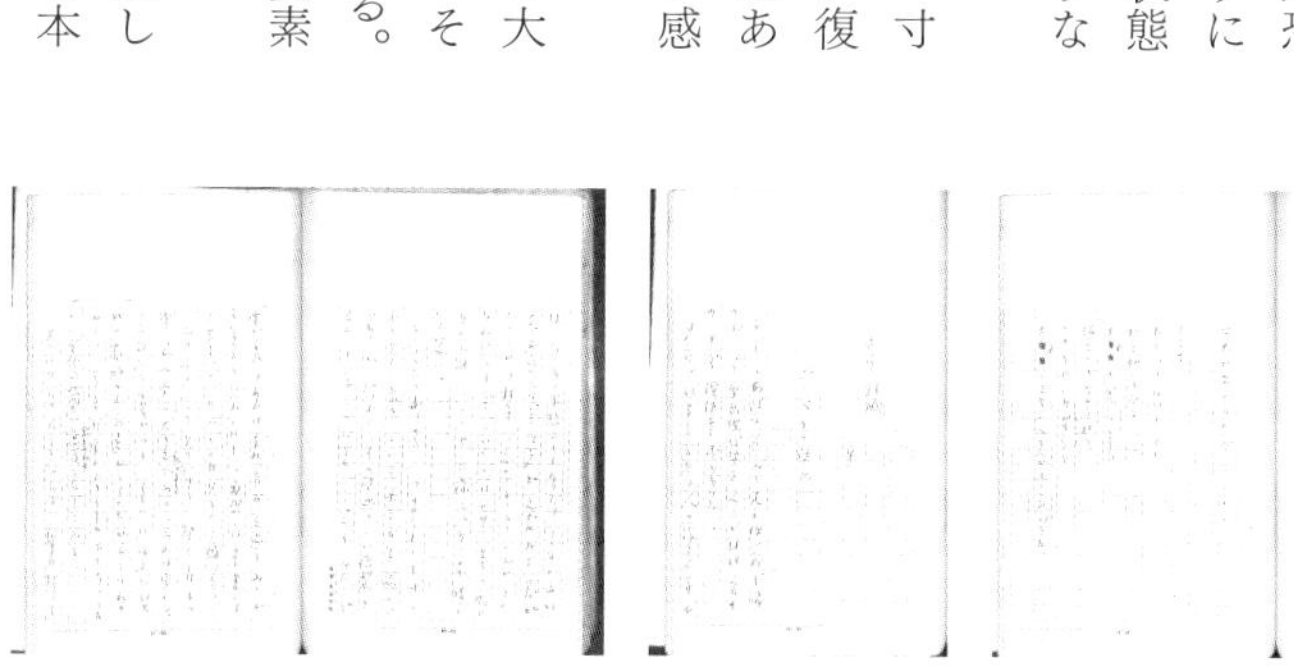

能的に知つてゐた。あの光の富満な画面は新印象派よりも光りか、やく色調の明るさをもつてゐる。それはよろこびといふものがどんなに貴きものであるかといふことを教示される氣がするほどそんなに明るいよろこびに満ちあふれた色である。

　才三にはあの完全円満な自然さである。あのやうな自然さはどこからくるか、あれはあの時代の精神からくるのである。あの誇高き精神からくるのである。

（ここらで止めて置く）


—— 四月二十日　夜 ——

批評らん

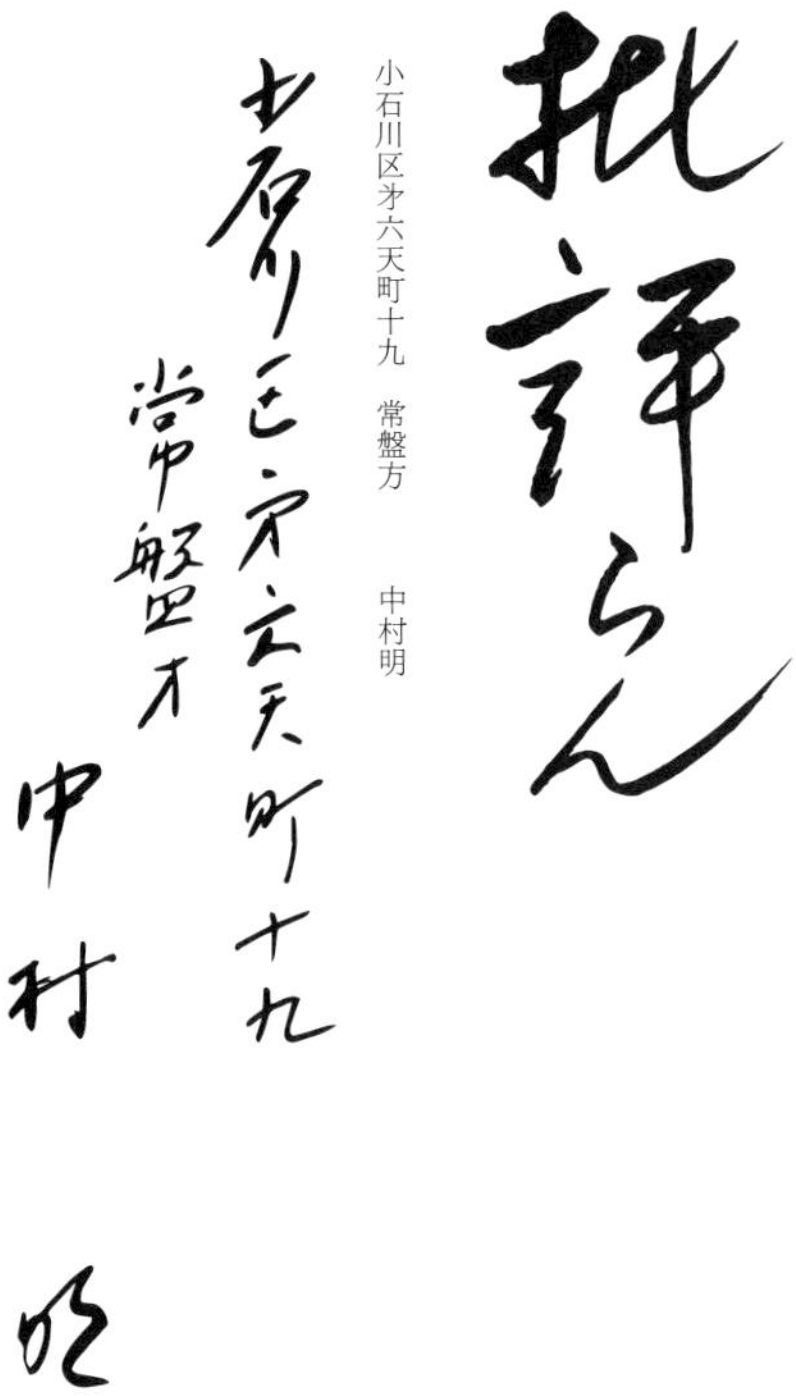

小石川区才六天町十九　常盤方

中村明

鶴さんの表紙は色が面白い。木村荘八さんの絵の色よりすきである。青が殊によい。黄はきたない。

　但し週囲にべた〳〵と文句をかいたのは木村荘八さんの頭の悪い影響としてあまり感心しない。そのために折角の大づかみの装飾美がこはされた。

　池内君の猫は裏表紙との御注文であつたが僕の装幀の氣持から扉にしました。別に異存はなからうと思ひますが能へす。

　この猫は猫そのものはとにかく（前肢の間に黒線を入れたりするまづさなど云へばいくらでもあるが）バックで殺してしまつたと思ふ。

　このバックの色の強さは猫の背中の美しい黄金色を殺してゐるしアウトラインの塗り方が馬鹿に堅くなつて猫の標本画みたいになつてしまつた。よしバックを銀灰色か淡黄色か何かでやはらかく筆意を見せてやつたら猫は生きてきたであらうかと思

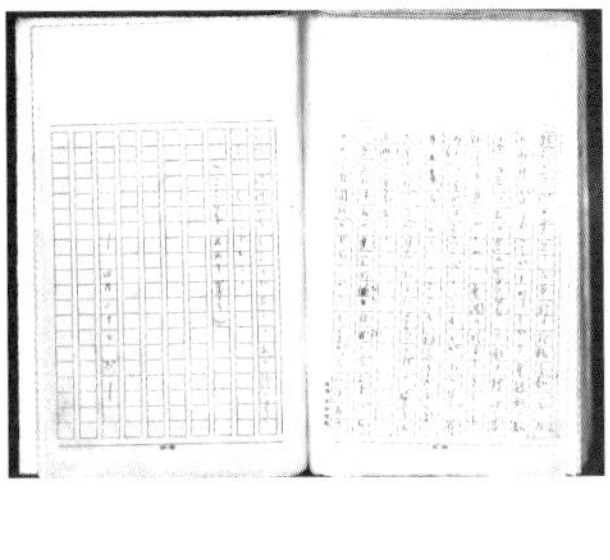
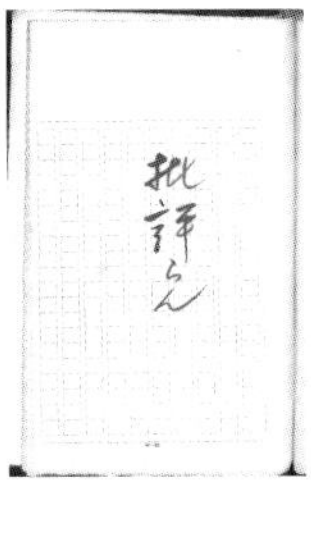

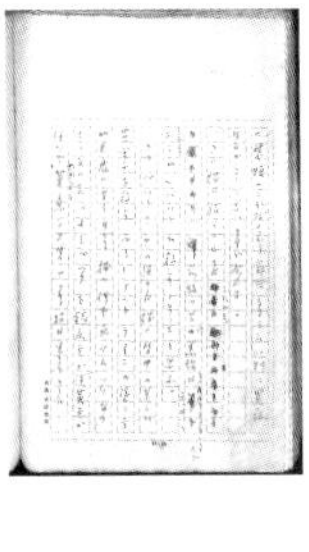

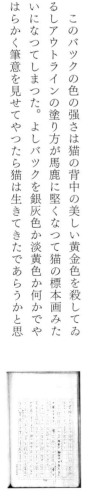

はれるがこれでは絵になつてゐない。

次に「御早やう」「けんくわ」の二圖も個々の人物とバックとの関係がしつくりしてゐないやうに思はれる。しかしここには只色についてかいて見ると「御早やう」の御嬢さんの被布の色はすきだが其他は好きではない。つるさんの絵もさうだと思ふが個々の色は仲々凝りに凝つてゐるのに画面全体としての色調《ニユアンス》のうすぎたなさは何ともかんとも言へぬところがある。日本画の悪影響だらうが太陽のある世界の人間がかいたとは思へない。

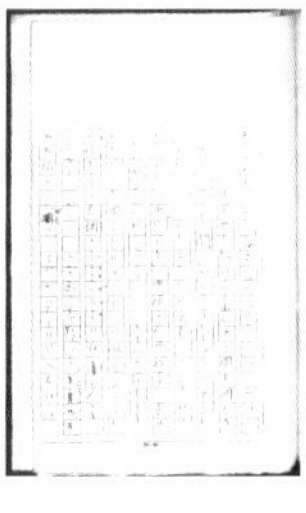

❖表紙「朱らん　四月号　一九二六　あきらゑ可く」装丁担当者の名が目次にないが、表紙は「あきら」とあるように中村明作。

朱欒 ChelIN

第八号

❖本扉
重松鶴之助作「朱欒四月号」

絵
明画、右ページに「画稿　晃」

東京 文房堂製

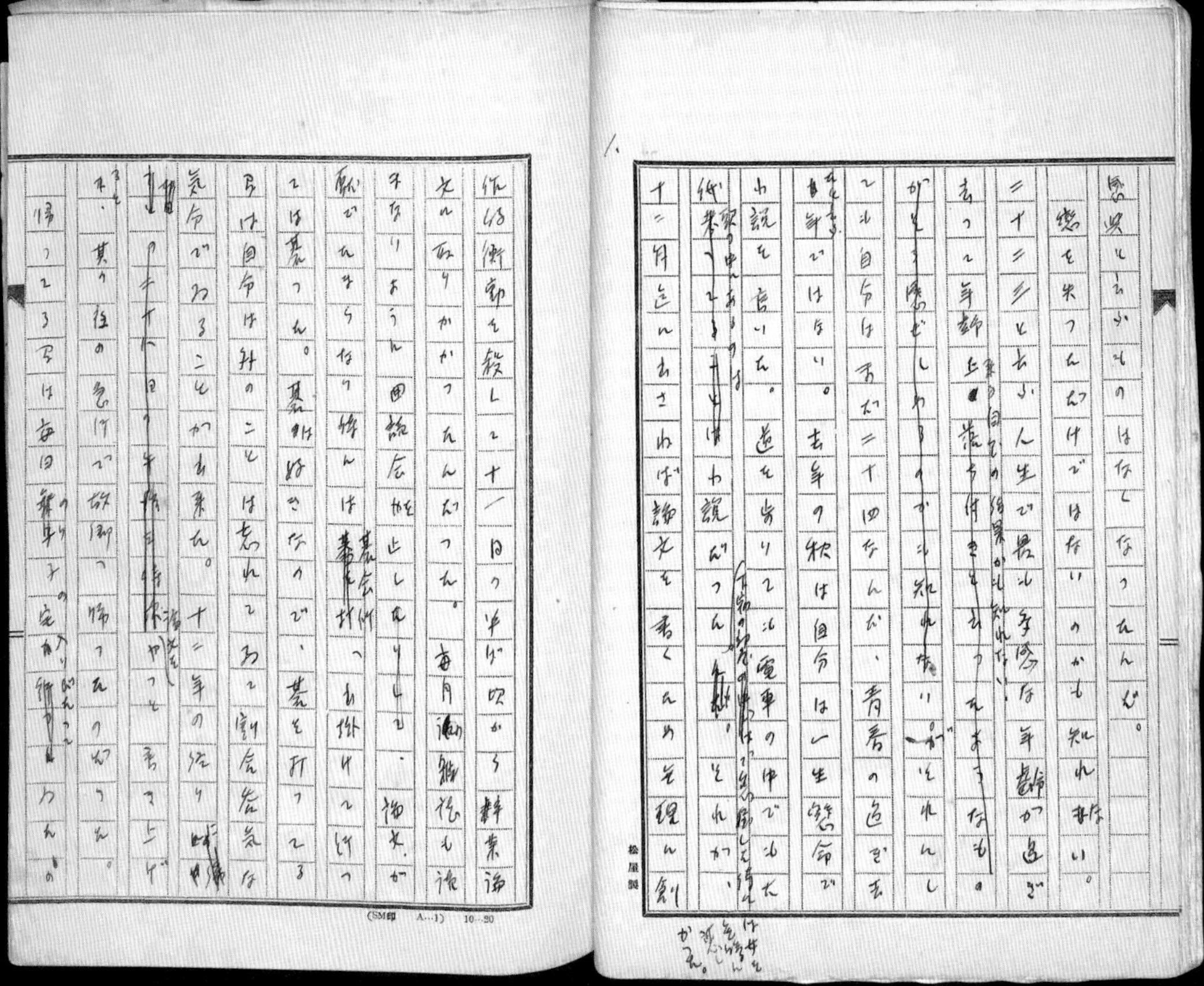

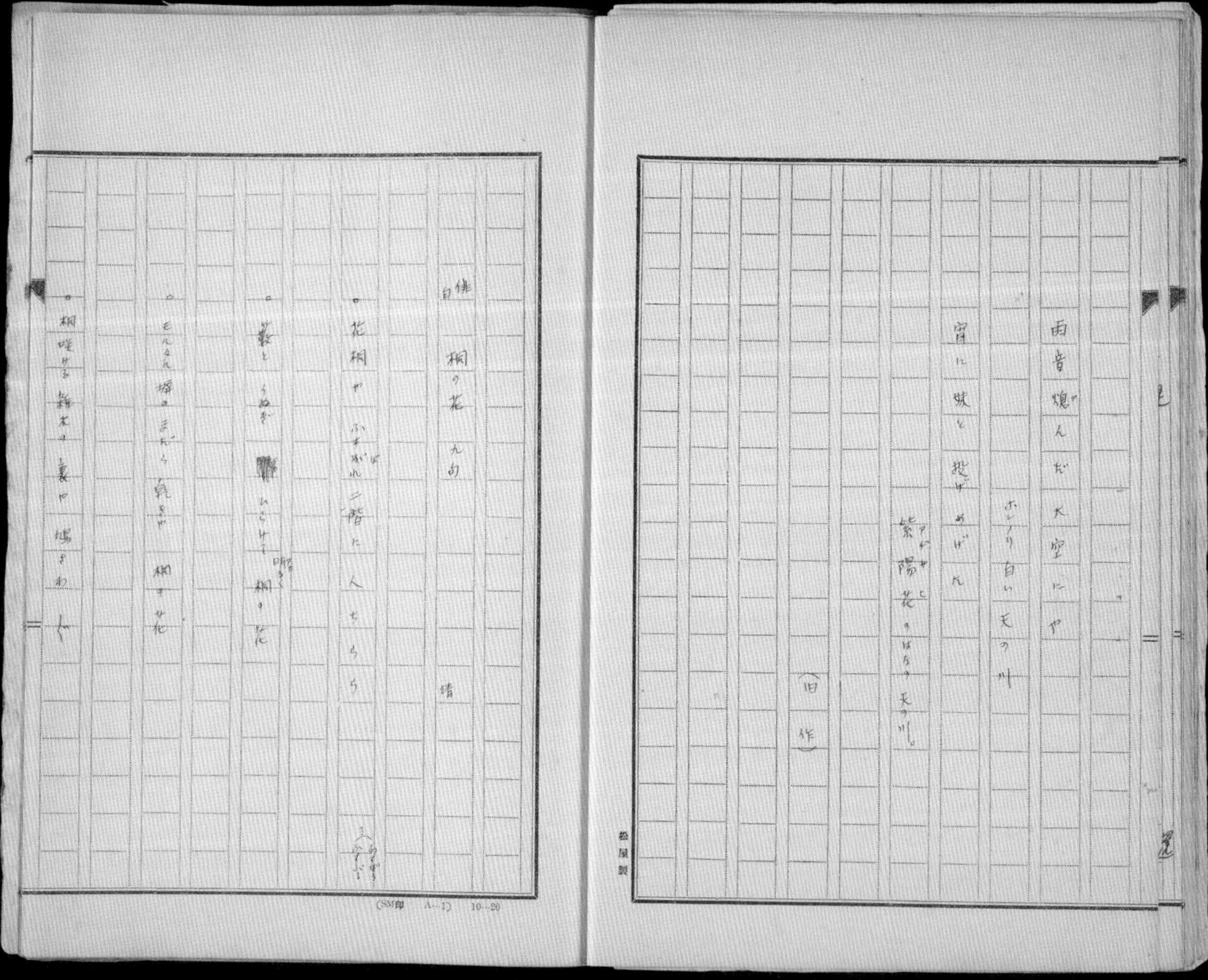

❖原稿
右「童謡　天の河　清」、左「俳句　桐の花　九句　清」(中村清一郎)

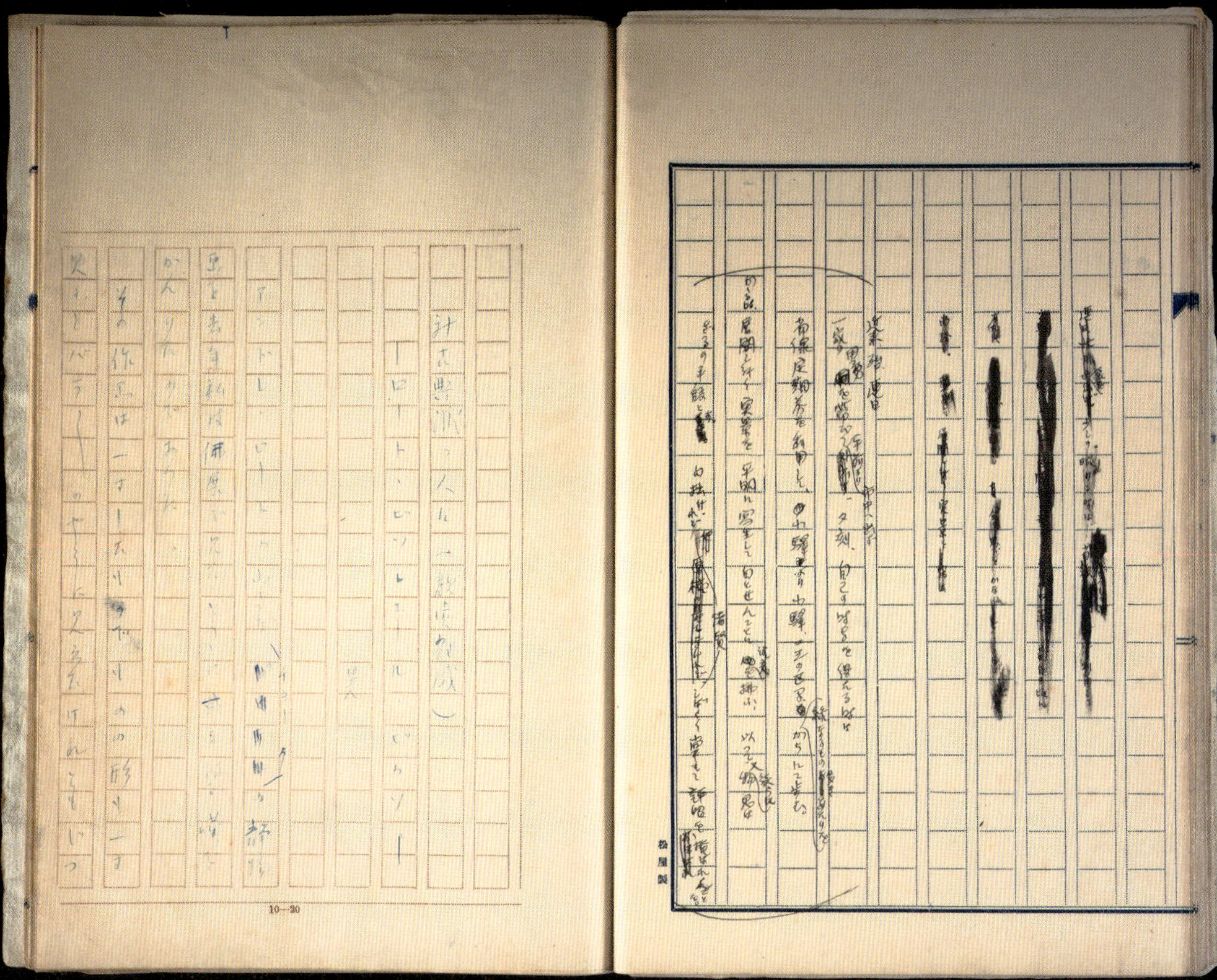

❖原稿
右「俳句」掲載直後、中村清一郎による説明書き。
文中「展開し行く実景を平明に寫生して句とせんことに注意を拂ふ」とある。

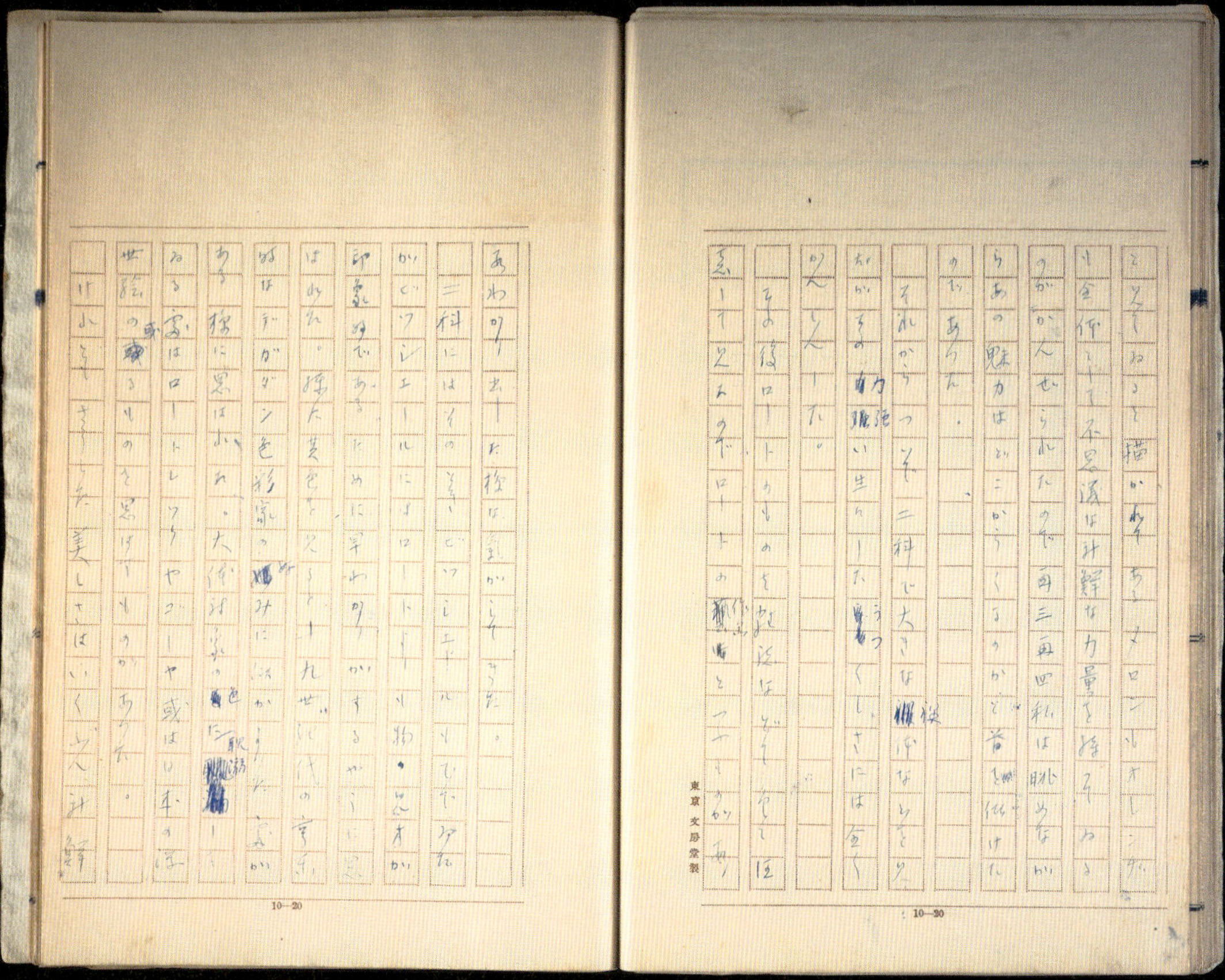

❖原稿
「新古典派の人々（観賞雑感）―ロート・ビツシエール・ピカソ― 晃」（中村明）

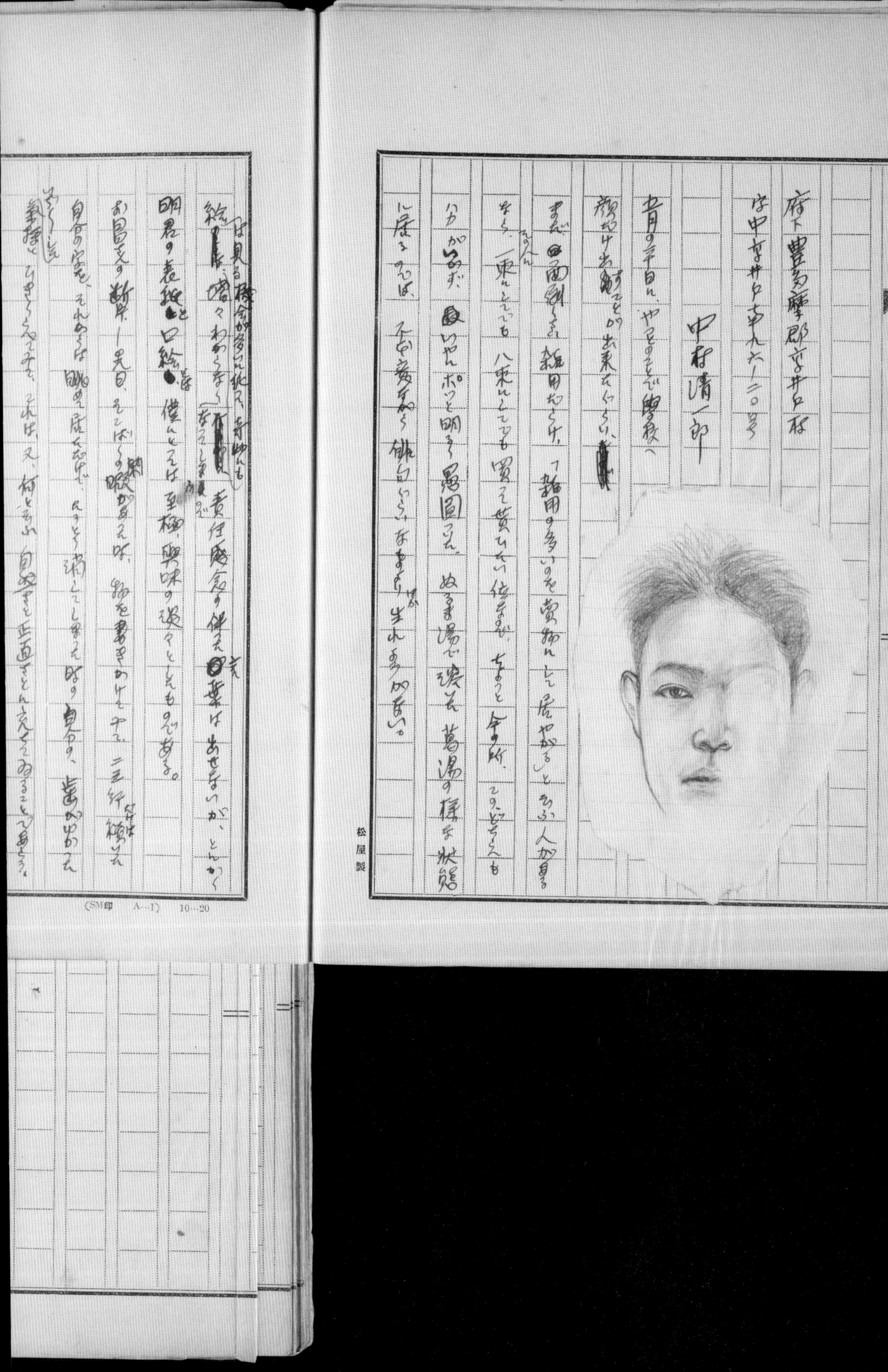

❖原稿・挿絵
「まんだん 中村清一郎」
署名下に描かれているのは清一郎の自画像。

❖表三
背表紙裏の原稿用紙を貼り付けて隠している絵は、朱欒第十六号・表三の中村明の絵の失敗作だろう。

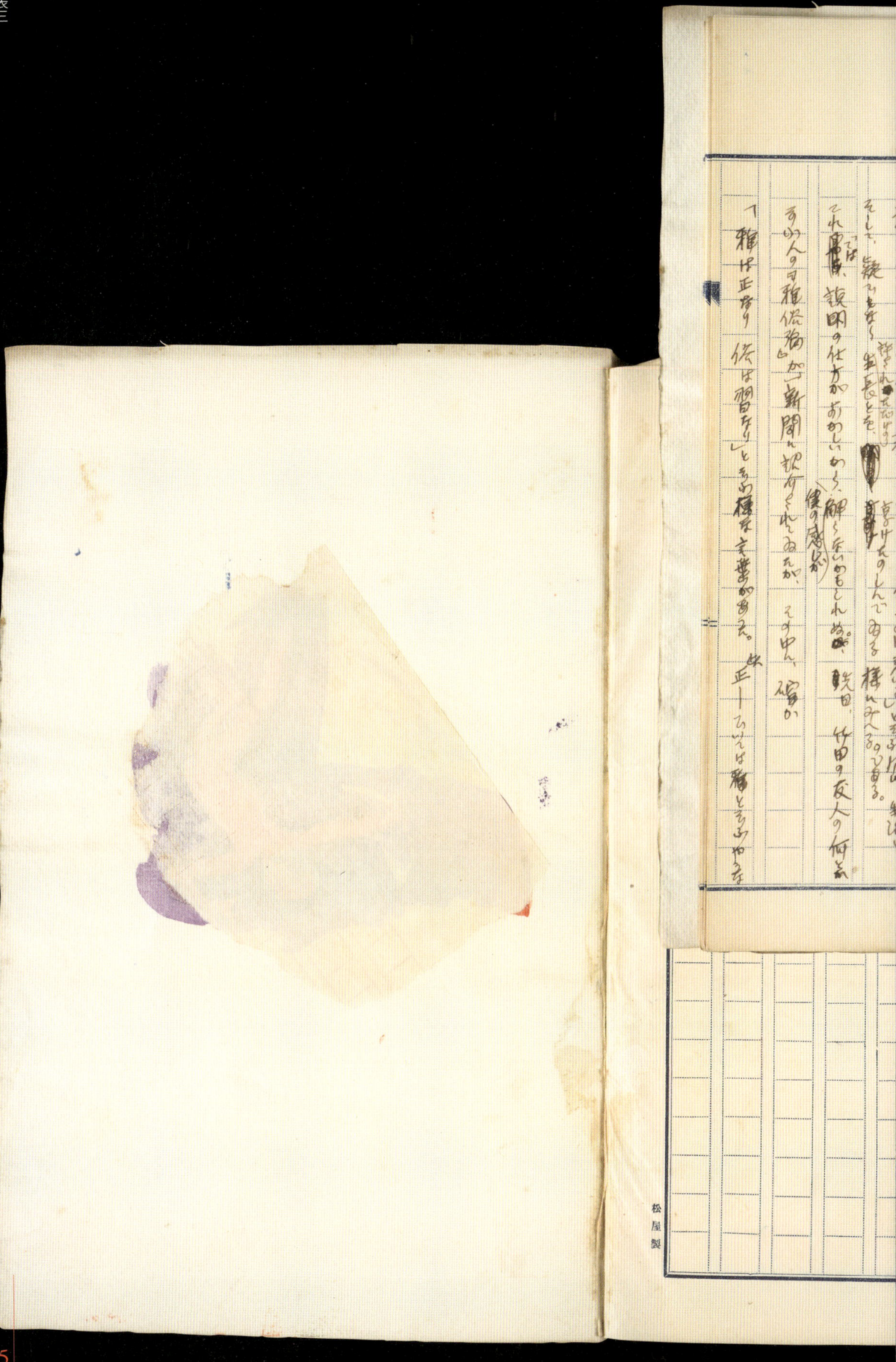

ChELiN

第八号

斷片

童謡 天の河

俳句 桐の花 九句

雜 五句

新古典派の人々（讀者雑感）

ーロート、ビツフエール、ピカソー

まんだん

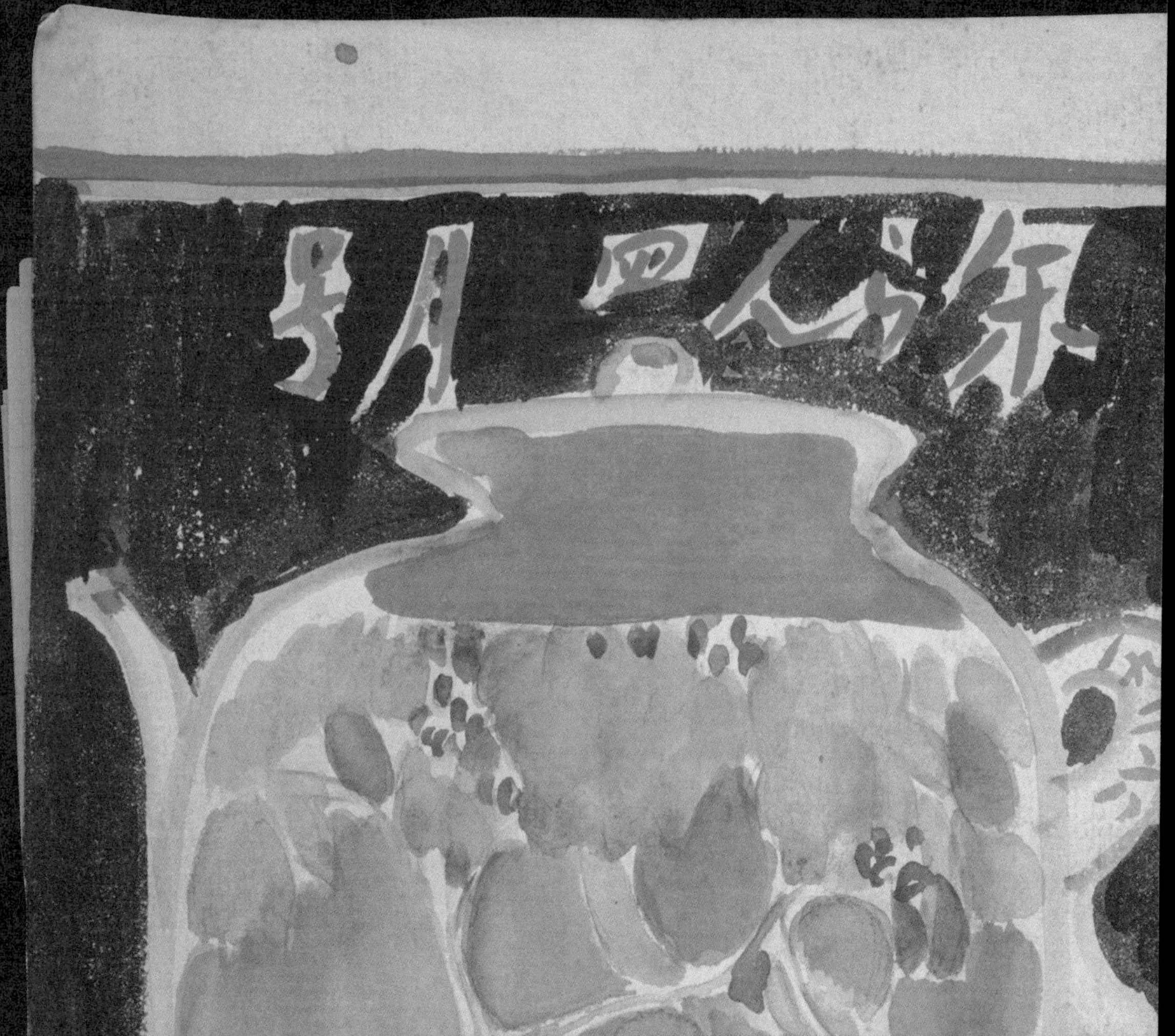

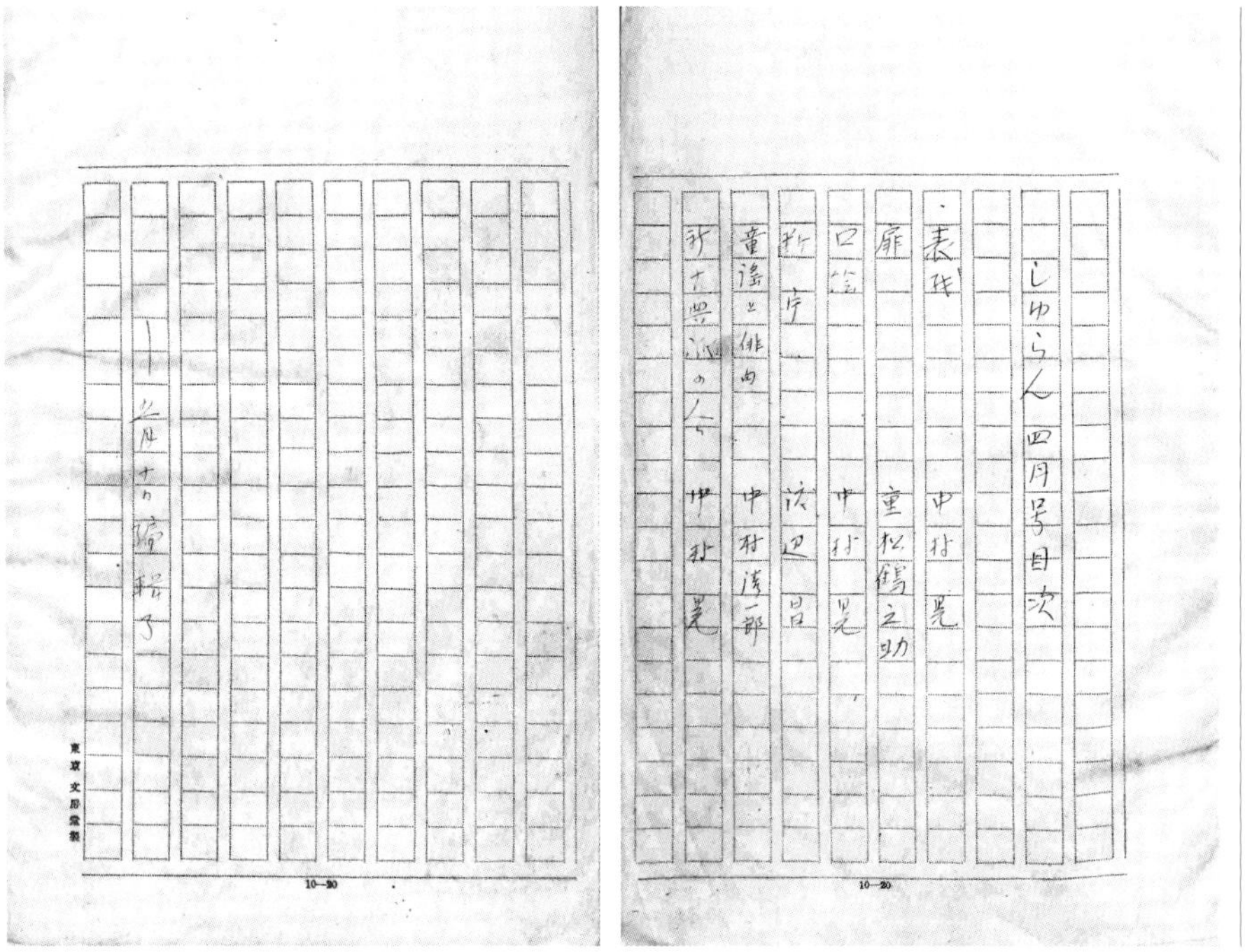
しゆらん四月号目次
表紙　中村晃
扉　重松鶴之助
口絵　中村晃
断片　渡辺昌
童謡と俳句　中村清一郎
新古典派の人々　中村晃
五月十日編輯了
東京文房堂製

断片　渡部昌

断片

渡部昌

これがやはり一種の失恋状態なのだかろうか。夫ぼと惚れてゐたとも思はないのだが。何事につけても張り合ひがなくなつたんだ。

例へば小説を読んでも芝居を見ても、身はじめじめした二月が逝つて桜の花が開いても、そして花もいつか散つて自分の最も好きな五月の緑の世界が還り來ても、私には一年前二年前のような、発ラツとしてそれでしとやかな感興と云ふものはなくなつたんだ。

戀を失つただけではないのかも知れない。二十二三と云ふ人生で最も多感な年齢が過ぎ去つて年齢上来る自然の結果かも知れない。がそれにしても自分は未だ二十四なんだ、青春の過ぎ去たと云ふ年ではない。去年の秋は自分は一生懸命で小説を書いた。道を歩いても電車の中でも大抵頭の中にあるのは小説だつた。下宿の部屋で怠屈した時には女を無暗に恋しがつた。それが、十二月迄に出さねば論文を書くため無理に創作的衝動を殺して十一月の半ば頃から卒業論文に取りかかつたんだつた。毎月雑誌も読まない回読会を止し、論文、が厭でたまらない時には碁会所へ出掛けて行つては碁つた。碁は好きなので、碁を打つてる間は自分は外のことは忘れてゐて割合呑気な気分でゐることが出來た。十二年の終りに論文をやつと書き上げると、其

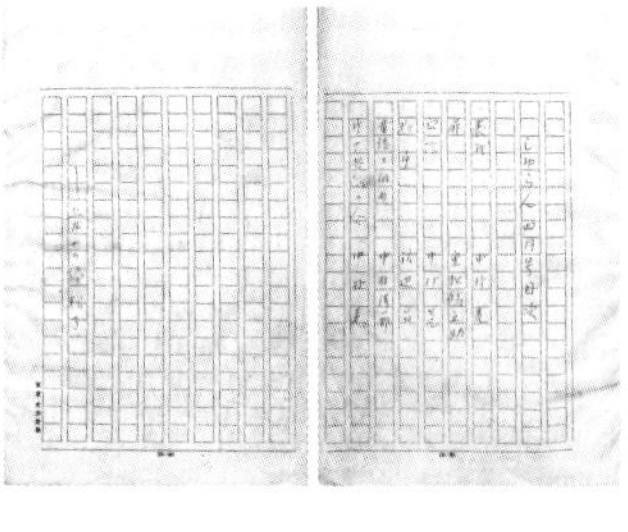

（中村明筆）

しゆらん　四月号目次　（八号）

表紙　中村　晃
扉　重松鶴之助
口絵　中村　晃
断　片　渡辺　昌
童謡と俳句　中村清一郎
新古典派の人々　中村　晃

——五月十日編輯了

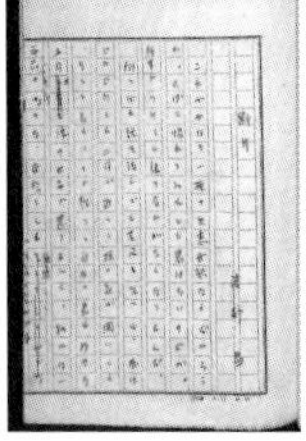

の夜の急行で故郷へ帰つたのだつた。

　帰つてる間は毎日のり子の宅入りびたつてゐたのだつた。私は正午頃に起きると、朝飯兼晝飯を食つて直ぐのり子の処に出掛けた。乘子は微笑んで私を迎へてくれた。彼女は余り上手でない三味線を彈いて私に春雨を教へてくれたりした。何時も休暇で帰る時には、あの小説を書き上げようとか何々の本を読まふとか色んな計畫を立てて國へ帰るのであつたが、いざ國へ帰ると何一つ出來ないのであつた。故郷の還境がのんびり仕過ぎてゐて心が緩んで何をする気も起らないような気分になつてしまふのではあつたが、よしそうでないとしてものり子の宅で殆んど毎日の大部分を過す私には何にも出來ないのが当然だつた。夫にのり子の宅ではのり子だけではない直ぐ下の此の春女學校を卒業した千代ちゃんも好きだつた。のり子の控目でしとやかなのに反して千代子は明るく快活で無邪気だつた。

「千代ちゃんはどんな人のお嫁さんになり度い?」、私は冗談半分にそんなことを尋いた。彼女は、そう云ふことに関しては今迄少しも考へたことがないような卒直な調子で

「さあ、どんな人がええか知らん。色んな人のになつて見度い、」

「色んな人のて、どんな」

「芝居の好きな人もええし活動の好きな人もええし、お菓子の好きな人やなんか、」

　と今年女學校を出た娘とはとても思へないような答へをした。そう云ふのが彼女にはちつともおかしくも厭味にもなく全く自然なんだつた。一寸見た処でも彼女今年見た処も十代の娘とは見へず年よりはずつと、小供小供してゐた。千代子の下の二人弟も私は好きだ、そうだから帰省中の毎日は、夏だと姉弟達と一緒海水浴に行つたり、投球盤をしたり、お伽話を読んで聞かせりするし、冬だとかるたも取つたりして、私は楽しくその日その日過したのだつた。だが何と云つても私の幸福の八部迄はのり子にあつたと云はねばなるまい。

　そんなにして二た月余りの去年と一昨年の夏休みを過したのだつた。今年の正月は卒業試験が迫つてゐて今迄三年間學校のことはほつといたので幾ら勉強したて追つつかない位することはあるんだが、そんなものは後廻しで兎に角一旦帰つて來ようと思つて帰つたんだ。十日ばかりの休みはまたたく間にすんだ、東京（発つ朝、道順なのでトランクを持つてのり子の家へ寄つた。下の妹弟達は學校に行つてゐてのり子の母とのり子とが居た。十五分ばかり私は長火鉢の傍に坐つて話した。

「そいじゃ行つて來ますから、」

そう云つて庭に立つた私が二人に挨拶して

心持下げた頭を上げた時私の眼はのり子の視線にぶつつかつた、のり子は仄かに微笑んで静かに眼を伏せた、その瞬間彼女の瞳に宿つてた涙を私は見逃しはしなかつた。

　私は今其の時の場面を思ひ起して考へるのであるが、その時もうのり子の結婚話は持ち上つてゐたのかも知れない。私は彼女とのことについては改めて詳しく書き度いのであるが、要するに、二月の末彼女はある若い高等學校教授の奥さんになつてしまつたんだ。

　上京した私は厭だと思ひながも卒業試験の勉強に忙殺された、尤も自分ではせいぜい勉強した積りだが、全体から見て煙草をふかしたり、碁を打つたりしてゐた時間の方が長かつたかも知れない。が私としては勤勉に努めたのだつた。で多分卒業出來

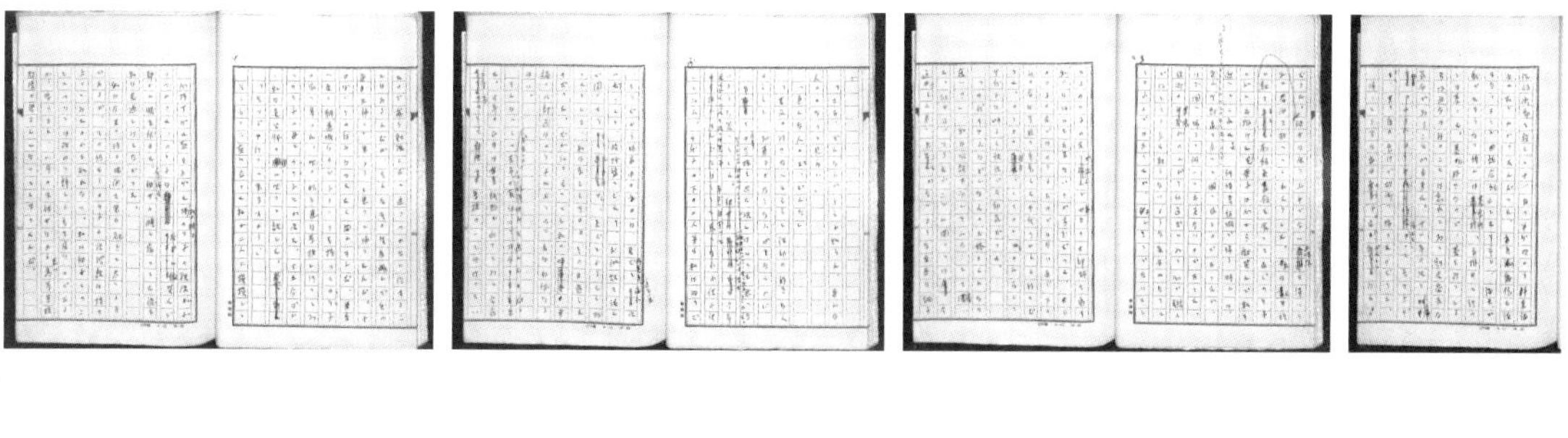

ただらうと思つてゐたのに論文が不合格だつたんだ、その論文の発表と相前後して妹の千代子からの「姉さんもお嫁にゆきました」と云ふ手紙を受けとつたんだ。

「不幸は單独では來ない」西洋の格言にそんなのがあつたように思ふが、全くそうだ、

「もう此の四月からはフリーな気持で創作に沒頭出來る」そう思つて去年の暮からの厭な思ひも辛防したんだ、もう一年學校へ行かねばならぬと思ふと私は全くうんざりした。帰ってものり子はもうゐないんだと思ふと、私は何だか評子抜けがしたような気がするのであつた。一人子である私は、學校を止すなどと云ふことはどんなことはあつとても國の両親が承知しないに極つてる。

國へ卒業出來ないつてことを知らすと國から兎に角一先づ帰れと云つて替爲を送って來た。私はその金を持つてその在信州の友達の処へ出掛けたのであつた。故郷が四国なのでそれまで私は東京の外は関西だけしか知らなかつたので信州の山は新蘇な気持を私に与へてくれた。すつきりして何処か犯し難い靜けが流れてゐた。私はその自然に幾分慰められた。十日ばかりゐた、終りの頃には久し振りでペンを取つて原稿用紙に向つたりした。がふとしたことで或夜私はその行つてた家の友達と衝突して、その夜の二時何分の汽車で東京に帰つて來たんだ。

東京へ帰ると又いけないんだ、私はうつかりだまつて下宿を出たもんだから國から電報が來たり青山の親類の叔母が心配して訪ねて來たりした。

「気持を持直そう」と思つて私は四月の末に下宿を替つたのであつた。

私の好きな五月になつた。空は綺麗に晴れて、明るい大陽が若葉を透して輝いてゐる。

だが私には是まで感じたような喜びは還つて來ないんだ。私は下宿の二階から唯物憂げに前の墓場の墓石をぼんやんと眺めてゐるのであつた。

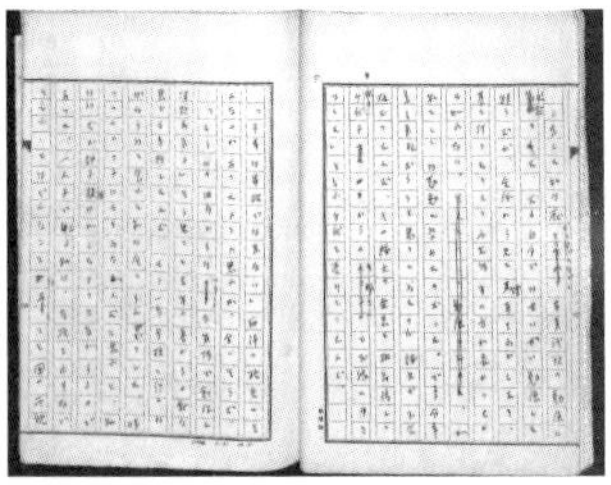

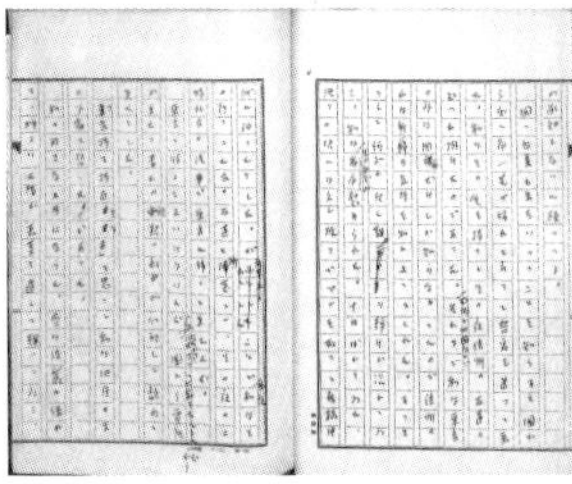

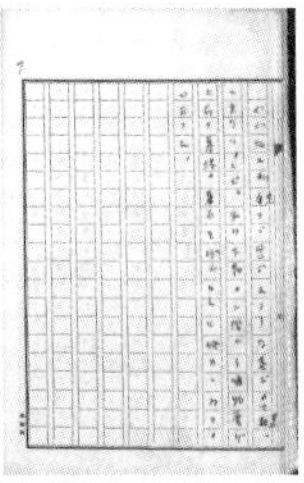

童謡　天の河　清

童謡　天の河　清

夕餉《ゲ》の後の、おだんまり
窓の近くの、おだんまり

父《トウ》さん新聞で、おだんまり
母《カア》さんお針で、おだんまり

妹がひとりで泣いて居る
妹がお菓子で泣いて居る

雨音熄《ヤ》んだ大空にや
　ホンノリ白い天の川
宵に妹と投げあげた
　紫陽花《アヂサヒ》のはなの天の川。

（旧作）

俳句　桐の花　九句　清

俳句　桐の花　九句　清

○花桐やふすぼれ二階に人ちらら　?（ふすぼる／ふすぶる）

○藪とくぬぎひらけて明《アカ》るく桐の花

○モルタル塀のまだら乾きや桐の花

○桐咲ける雑木の裏や鳩さわぐ

○袋花一枝秀でて桐古木

○暮れがてや屋根の間《マ》に見ゆ桐の花

○早き灯點々夕月最上《マウヘ》に桐の花

○落ちぎわの日射して微雨や桐の花

○雨空の煙乳色《ケムチ、イロ》や桐の花

童謡　天の河　清（中村清一郎）

俳句　桐の花　九句　清（中村清一郎）

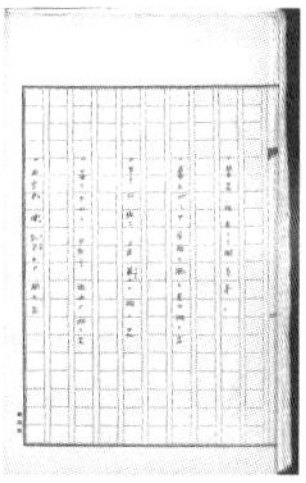
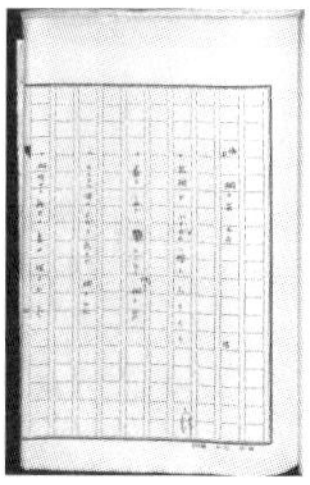
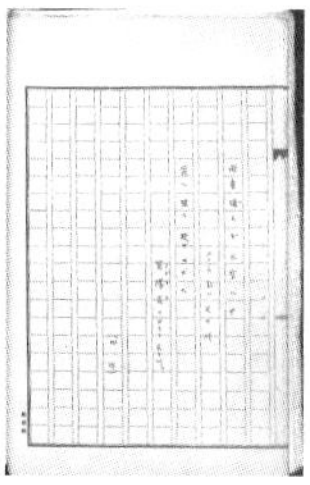
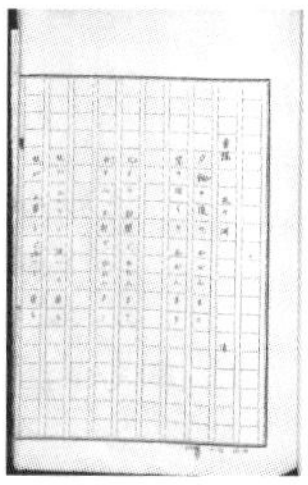

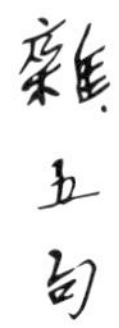

雑、五句

○こちへ氣もつけしけはひぞ花野來る
○砂利つきて春泥に踏み入る下駄棋歯《ホヽバ(?)》
○五彩散る自動車の油や春の泥
○巷路段々のぼれば見附《ミツケ》の春の泥
○鏡中《キヨウチユウ》へ春泥の人に会《エ》しやくせり　（髪床）

近來、殆、連日
一家の用務を帯びて午前より市中へ出ず、夕刻、自己の時間を得たる時は
省線定期券を利用して、小驛より小驛、二三の区間、緑なるもの多きあたりをかちにて歩む。かゝる時、展開し行く実景を平明に寫生して句とせんことに注意を拂ふ、以つて又徒らに物思はざるの手段とす。句拙けれど諸賢しばらく掌もて評眼を掩はれんことを。

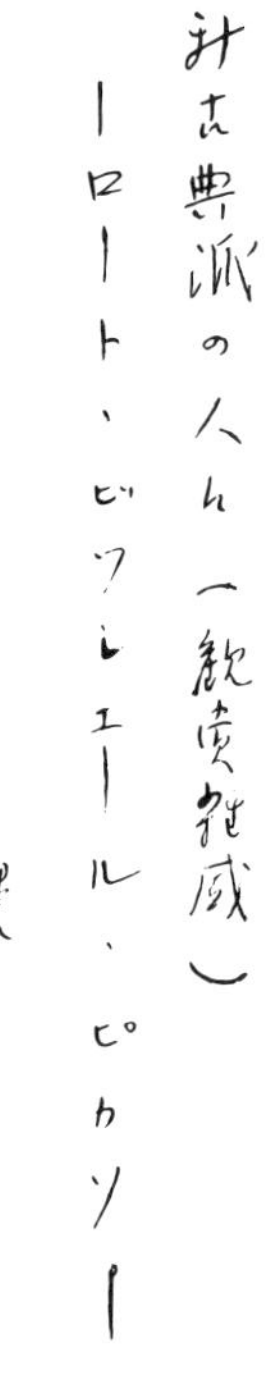

新古典派の人々（観賞雑感）
—ロート・ビッシエール・ピカソ—

晃

アンドレ・ロートの小さなチョークの静物画を去年私は佛展で見たときに或る驚嘆をかんしたのであつた。

その作品は一寸したものでものの形も一寸見るとバラ〳〵のやうに見えたけれどもじつと見てゐると描かれてあるメロンもオレンヂも全体として不思議な新鮮な力量を持つてゐるのがかんぜられたので再三再四私は眺めながらあの魅力はどこからくるのかと首を傾けたのであつた。

それからついで二科で大きな裸体なとを見たがその力強い生々したうつくしさには全くかんしんした。

その後ロートのものを雑誌などて色々注意して見たのでロートの作品といふものが段段わかり出した様な氣がしてきた。

二科にはそのときビッシエールもでてゐたがビッシエールにはロートよりも物の見方が印象的であるために早わかりがするやうに思はれた。殊に其色を見ると十九世紀代の享楽的なデガダン色彩家の好みに似かよつた處がある様に思はれた。大体対象の色に耽溺してゐる處はロートレックやゴーヤ或は日本の浮世絵の或るものを思はすものがあつた。

けれともさうした美しさはいくぶん新鮮な生の力から一歩ひ

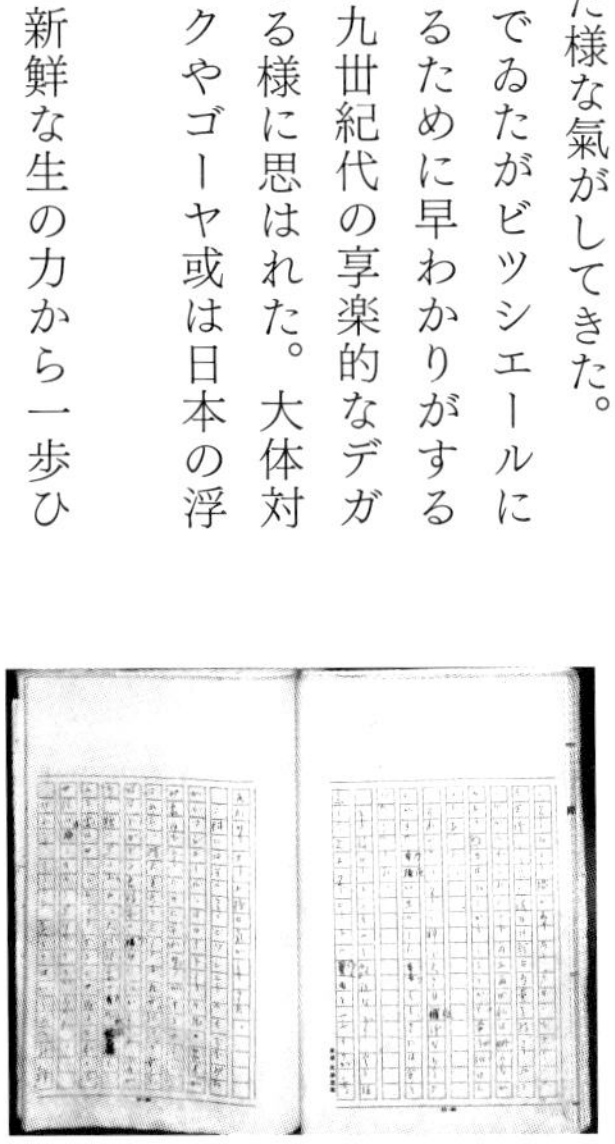

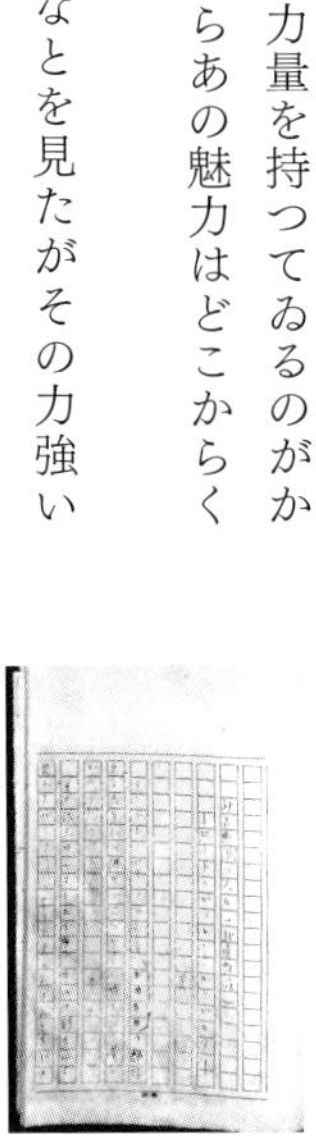

くい頽廢的のものでたとへばクリーム色の傍に濃厚なチョコレート色を置き或はうみつぶれたやうなうすむらさきいろの肉体と赤黒い衣をくすんだみどりの木蔭にならべる様なことをする。

かくの如きグロテスクな色彩感はロートにおいてはむしろ見出すことのできないものでロートの色彩は常に明快でそこには生きて血の交つてゐるオレンヂと桃色の肉体、つやつやしたみどりの葉の色、放縱な海の青い色などを暗示するやうなものがある。

デッサンにおいてもロートは印象的な東洋風のタッチを有するビッシエールよりもより根づよく思索的で、かゝることからすべてデガダン的嬰退的な日本人にロートよりビッシエールが歡迎される故もうなづかれた。

次にピカソであるがピカソは決すしも所謂新古典派《ネオクラシズム》の画家でないかもしれないのだけれどもピカソのいろ〳〵の対度の制作の中で新古典派的ならざる作品はあひにく私にはよくわからないものが多いのである。

私は此頃彼の画集をいろ〳〵見たが新古典派的の綜合的技法の作品はともかくもあの息つまるような自然の深味にくひこんだ（それには長い間の立体の研究がうらがきされてあるのだが）根づよいリアリズムにおどろかされる。一片のデッサンを見てもこのリアルの力は観者を打つつ。

あの明快直截なロートとこれを比較するときに我々がかんずることは同じ力強さでも甚だしき個性の相違で彼はどこまでも貴族的なパリジアンであるけれどもかれは野性まるだしの野蛮人であることである。

ピカソはボヘミア人のような世界の漂泊者をしばしばかいてゐるが彼自身もボヘミアンのやうに東西古今の美術史の上をさすらひあるき漂泊者が立止るやうにネグロの藝術とかポンペイの壁画或は中世紀のモザイクのやうなもので、可まへに立止つたときにあれらの作品は出來たのであらう。

けれども彼は人のいふやうに没個性的な漂泊の画家であるかといふとその作品にはいづれにも共通するそしてどうかしてはつきりものをいほうと苦しんでゐる個性的なものが認められる。私はその苦難のあとを見ると痛々しい氣がする。じつさいこの虚飾はとりすました文明世界のまつ唯中であの大森林の奥の大木の幹か人も通はぬ荒磯の波とぶつかつてゐる岩ででもある様なあんなにも大づかみなあの野生まるだしの個性を生かさうとするためにばどんなにこの藝術家は無意識にも意識的にも苦しまねばならぬであらう。

けれども彼は尚未來を持つてゐる事であらう。より深く彼の現實に立還り近代的な野蛮人として文明的な原始人としての彼自身のまことの独創に進んでゆかねばならぬ彼は。

まことに此の個性とロートの個性との対立は新古典派における興味あるもので新古典派が新古典派といふやうな名で以てて總称することの無意味左を示してゐる。

私はこの二人の作品をもつと見たいと思つてゐる。

△

我々は今や美術史の終りの方に立たされてゐる（人類に美術史がある様に個人の經驗もこの美術史の上を不可抗的に旅をす

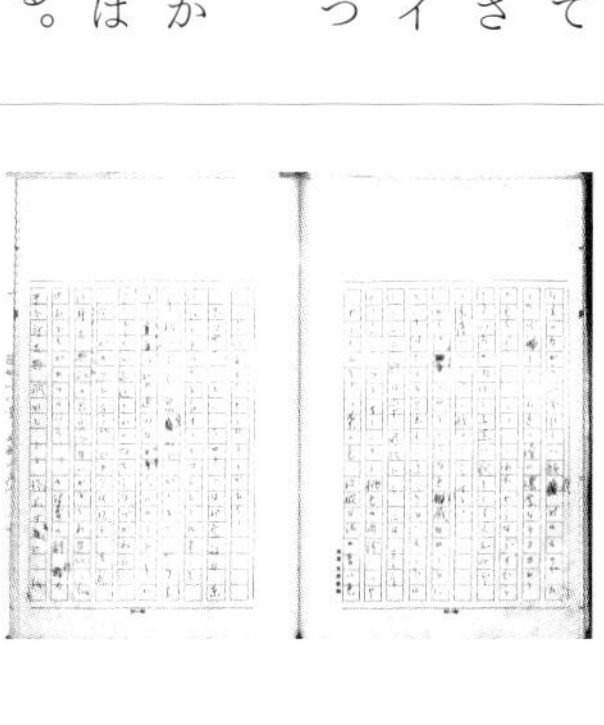

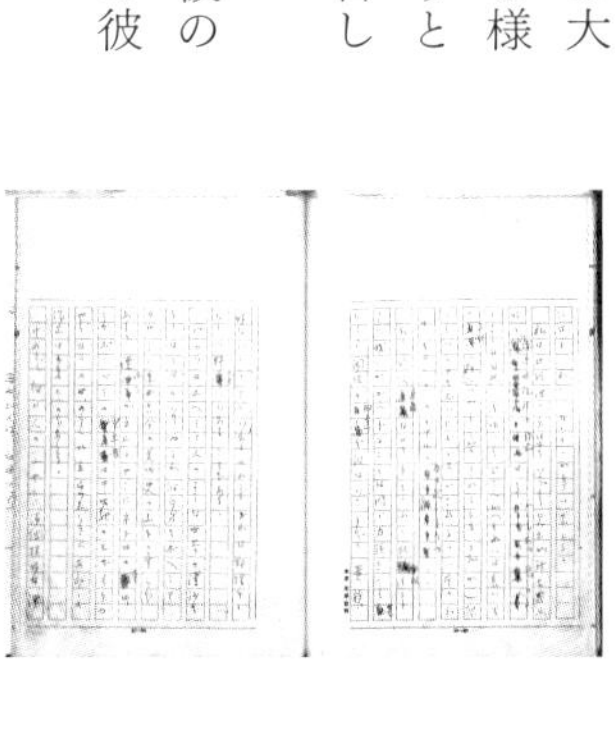

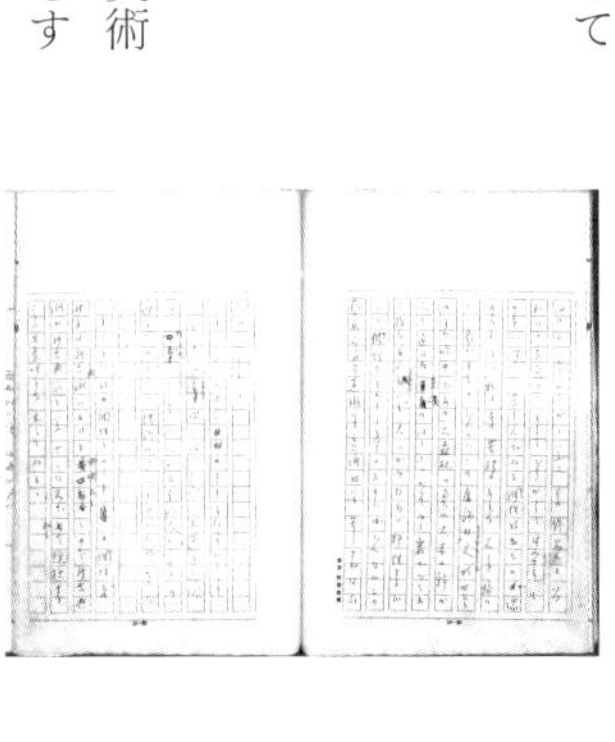

るのである。）

我々は今我々が通つてきた長い旅行をかへりみてゐる。（如何にその進行がちちとしてゐたことぞ！）

我々は今やすでに過去の藝術が技法において我々の眼を満足せしめないのを知つてゐる。

我々は過去の藝術から内容における超時代的なものを感ずると同時に形式における時代的なものを感ずる。それ故にたとへその様式を模倣してもそれは記憶再現の才に対する満足を得る以上に満足はできないのである。かゝる才能は趣味から出るので真の藝術家としての創造の意志ではないことを私は知つてゐる。我々はさうした藝術の蒸し返しに嚆着されるにはあまりによく知りすぎてゐる。

さうした生活意識からの逃僻や残敗者のみじめな自慰の墓場であるやうな藝術――それが藝術といへるかどうかわからぬが――御藝術のまへに立つて私が嘲笑すべく餘義なくされたのはそれが画家の天性の無邪氣さをかんじさせたためではなかつた。如何に彼等が抜目なく卑屈で虚偽であるかのためであつた。

然り、私は、私こそは画家の卑屈さをあまりによく、最もよく知つてゐる。画家の弱さを「力無さ」をあまりによく知つてゐる。

画家が画家となるために人間として恥すべき生活意識を「画家である」といふ名で以てかみころしてゐるやうな生活から生れた作品を見るとき私はだまつて御じきしてそこから立去るであらうほど彼等の同情すべき卑屈さを知りぬいてゐる。私自身のうちに知りぬいてゐるのである。

私はあゝした作品を生まねば画家になれないのであればそんな「画家」にならうとは思はない。むしろ純一生活の人に立還ることを潔しと思ふてゐる。

私の観賞雑感は一先づこれで終りとして置きます。

――五月八日夜

まんだん

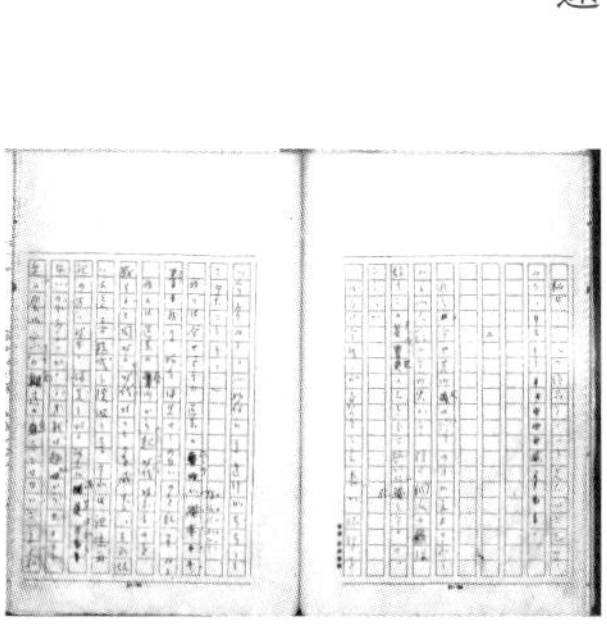

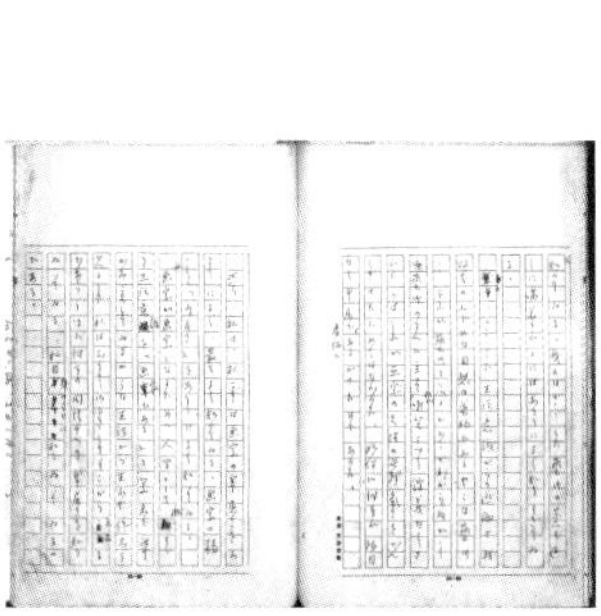

まんだん

府下豊多摩郡高井戸村字中高井戸南九六ノ二〇号
中村清一郎

府下豊多摩郡高井戸村
字中高井戸南九六ノ二〇号
中村清一郎

五月の二十日に、やつとのことで學校へ顔だけ出すことが出來たぐらい、まだ、面倒くさい雑用だらけ。「雑用の多いのを賣物にして居やがる」と云ふ人があるなら、その人に一束にしてでも八束にしてでも買つて貰ひたい位なので、ちよつと今の所、この、どちらへもハカがいかず、いやにポツと明るく愚圖ついた、ぬるま湯で溶いた葛湯の様な狀態に居るのでは、不本意ながら俳句ぐらいなものよりほか生れようがない。

絵は見る機会が多いに從つて奇妙にも増々わからなくなつてしまふので責任感念の伴つた言葉は出せないが、とにかく明君の表紙と口絵とは、僕にとつては至極、興味の淡々としたものである。

お昌さんのの断片、——先日、そこばくの閑暇があつた時、物を書きかけてみて、二三行だけは續いた自分の字を、それからは眺めて居ただけで、たうとう消してしまつた時の自分の、歯がゆかつたいぢ〳〵した氣持とひきくらべてみて、これは、又、何と云ふ自然さと正直さとに充ちてゐることであらう。單なる断片である。けれども「本性」とでも云ふべきものが、そこでは、やす〳〵と、鬚をそつたり、弄花をひいたり、碁をうつたりしつゝ、も「來るものは來いよ」と云ふ風に、生活と、そして、疑ひもなく許されただけの生長とを、享けたのしんでゐる様にみへるのである。

これでは、説明の仕方がおかしいから、僕の感じが解らないかもしれぬ。先日、竹田の友人の何とか云ふ人の『雅俗論』が一新聞に紹介されてゐたが、その中に、確か
「雅は正なり俗は習なり」と云ふ様な言葉があつた。此正——ひいては雅と云ふやうなものが、お昌さんの書くものの中にあるのぢやないかと云ふ氣がしたのである。

勿論、『如何様なる実質と内容とを持てる雅なるやとか、習は、これ藝從《アプレンティス》の経過すべき一段階に過ぎざるに非や』とか云ひ出す人があつたら、今の私は、さつそく今日、才二外国語のスイフト先生の時間を逃げた時の口上を、そのまゝ再用して、同様のことをやらねばなるまい。“アイ　ハブ　ノー　タイム。”

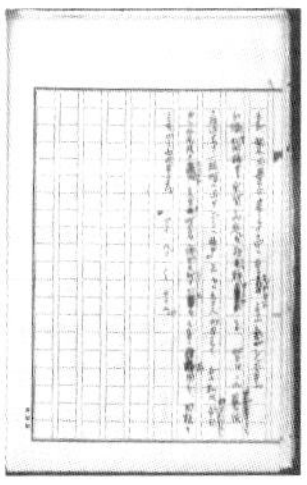
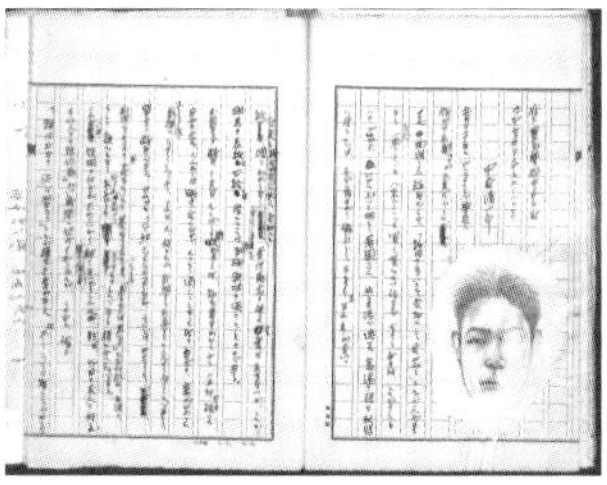

❖表紙 「五月 朱欒 九号 たんごのせつく」「日本之畫工野呂大人筆」、重松鶴之助作。

五月号

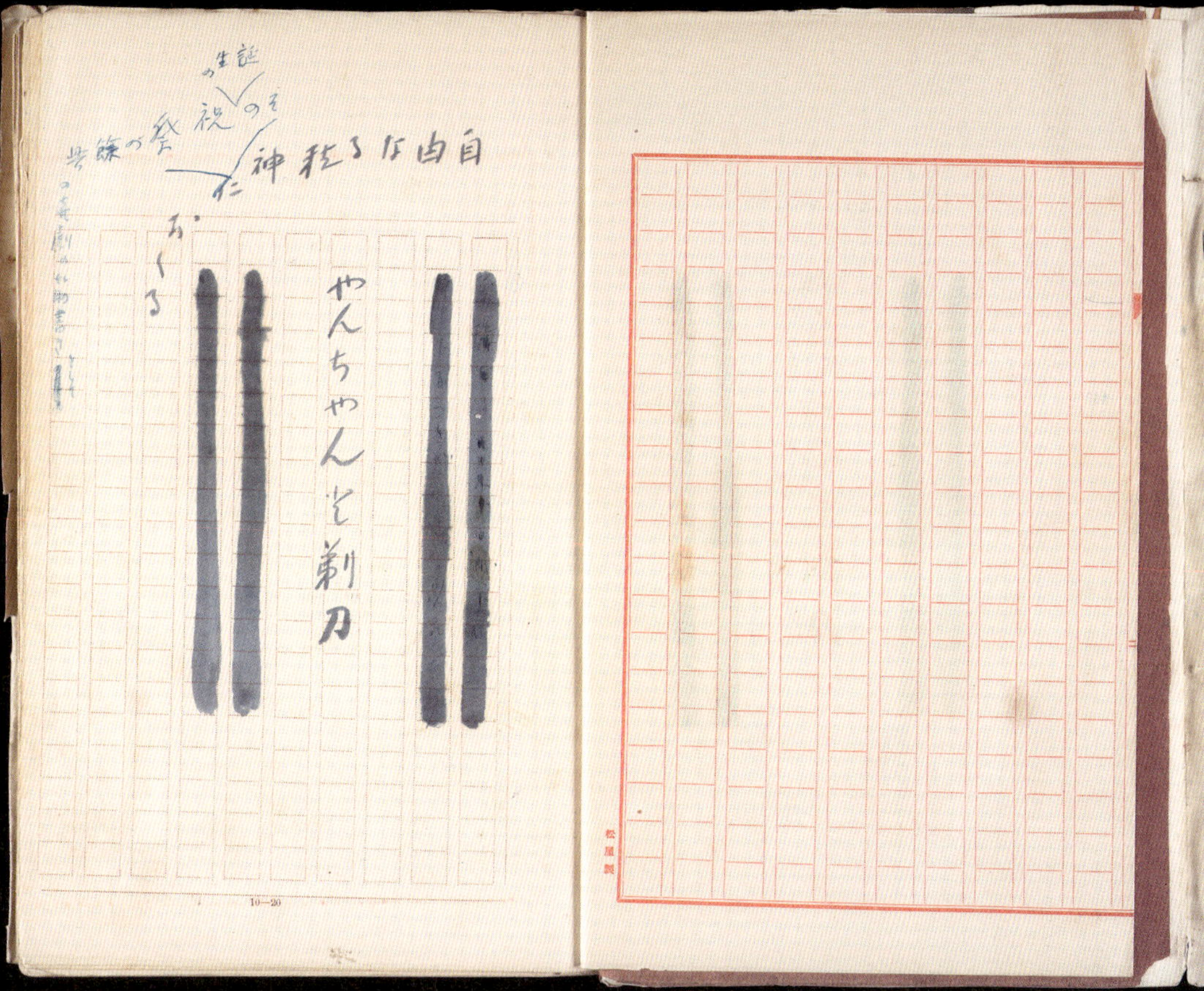

❖扉
「やんちゃん登剃刀」
「自由なる精神にその誕生の祝祭の餘興の喜劇の筋書きとしておくる」

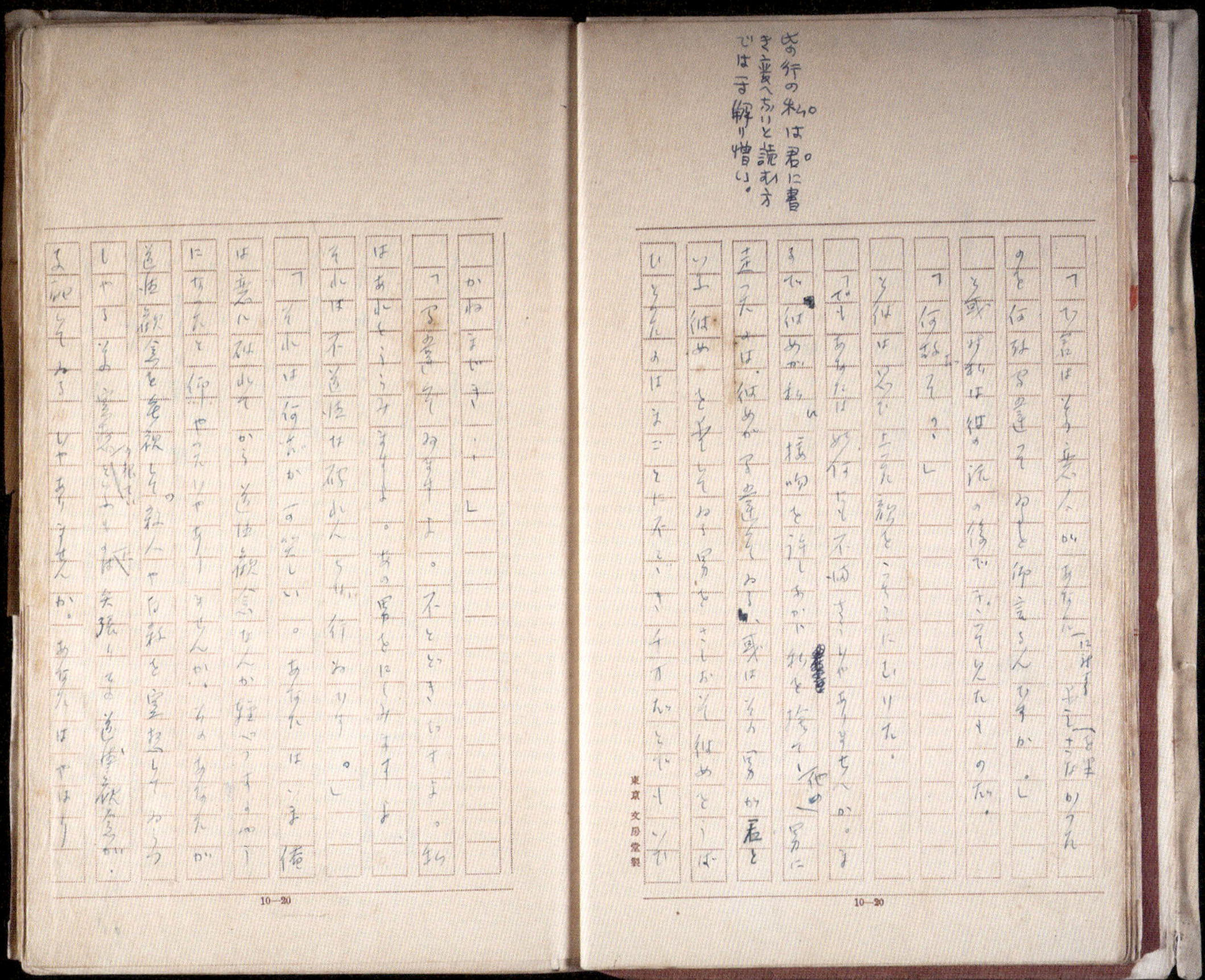

❖原稿
「やんちゃん登剃刀」（中村明）
欄外の書き込みは池内義豊による。

大正拾五年五月廿日午後九时論輯
論輯撰者茱萸山房主人顔餘子
池野題字通稱題簽長者
右立會人兼傍観者兼助太刀兼後援者
兼押へ手兼助手安藝原乃那珂群
不許複製禁無断脚色興行並遺作展覧會

廿六分十一秒／下

は私の名が出ぬところで黄子も作記憶の子
だせうが（これだけかいても私の言はんとするものがはわかりにくかれば黄子はいよく

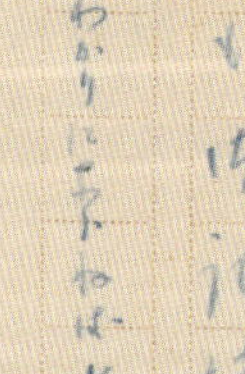

東京 文房堂製

朱欒 ChELiN

第九号

やんちゃんと剃刀

長野

出帆前後

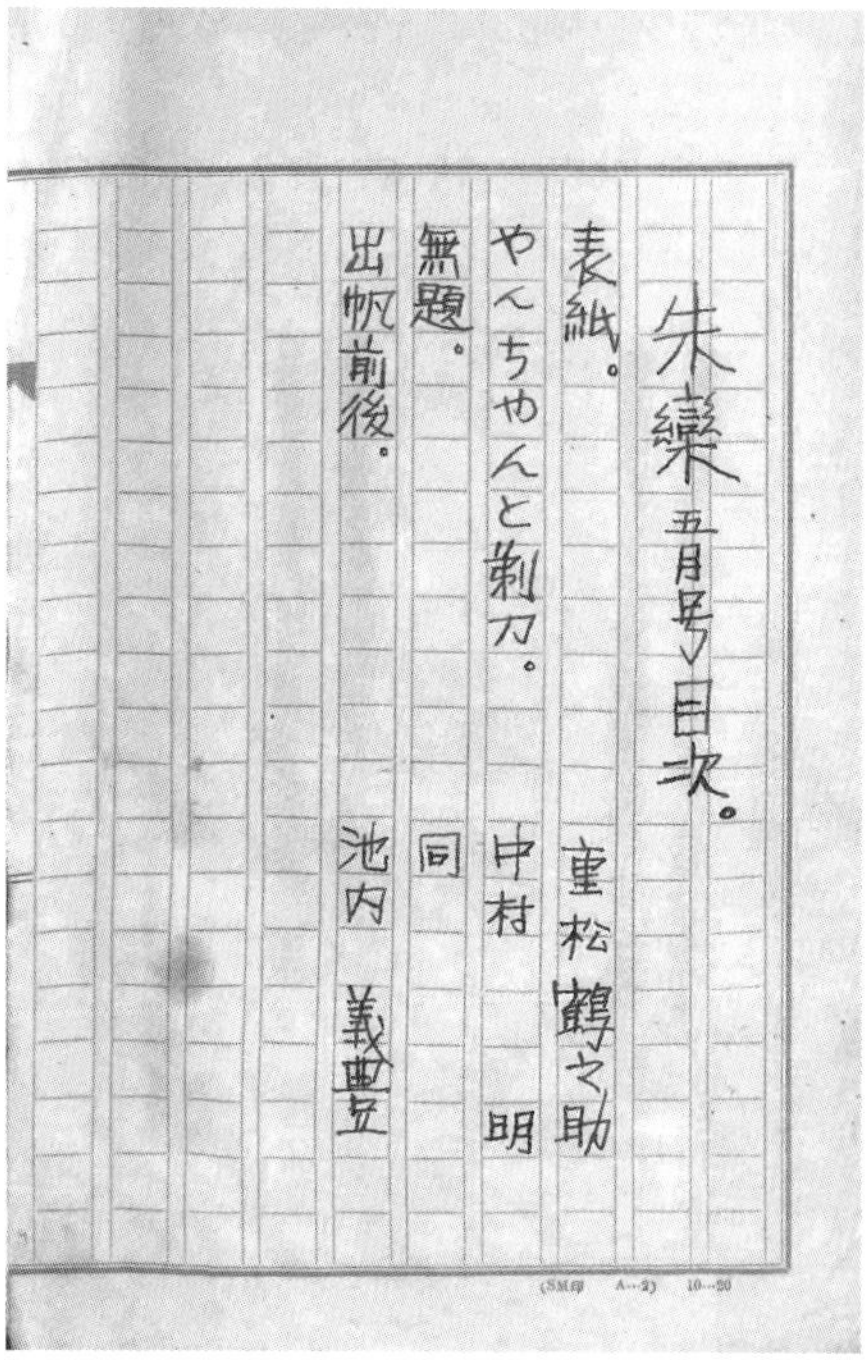
朱欒五月号目次。
表紙。　重松鶴之助
やんちゃんと剃刀。　中村　明
無題。　同
出帆前後。　池内　義豊

やんちゃん登剃刀

やんちゃんと剃刀

自由なる精神にその誕生の祝祭の餘興の喜劇の筋書きとしておくる

ネオしんらつ派の宣言

我々は我々自由なる精神はかのよき医者が患者に対する或はモルモットに対する或は試験管の中のバイ菌に対する様な愛で以て我々のメスを振ふときに我々の薬を調合するときに尚我々の良心を信じてゐる。我々の血と涙を知つてゐる。

あの氣の毒な男がかみそりで動脈を切つて死んでゐた部屋は相かはらずとりちらしたままであつた。

壁にはダンテとベエトベンの肖像画がほこりにまみれてかゝつてゐたし書棚の上には青銅のキリストの十字架像が青黒くピカ〱ひかつてゐるのが見えた。光線の悪い部屋で一寸穴ぐらの様なかんじがするがそれもあの男はすきであるらしかつた。それにあの庭のあたりはへんに淋しい墓場の様な虚無的な雰囲気が漂ふてゐるのが私の心にびいてきたものだがその庭の壁には朝日があか〱さして流石にここも初夏らしく一木の青木は

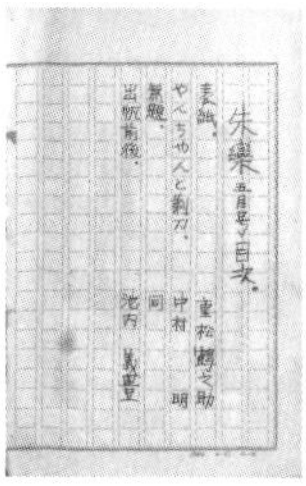

朱欒五月号目次。（九号）
表紙。　重松鶴之助
やんちゃんと剃刀。　中村　明
無題。　同
出帆前後。　池内　義豊

（池内義豊筆）

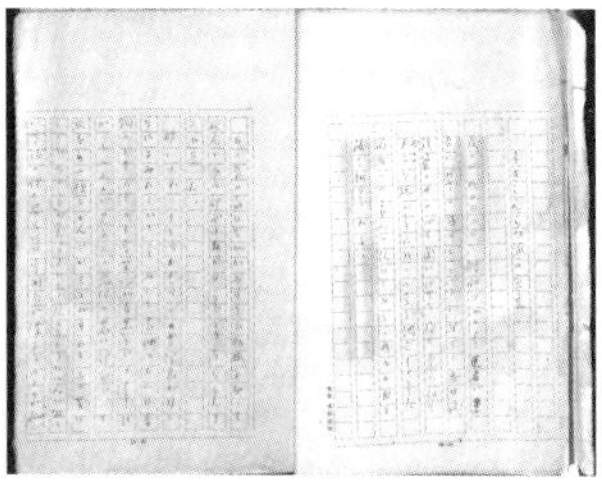

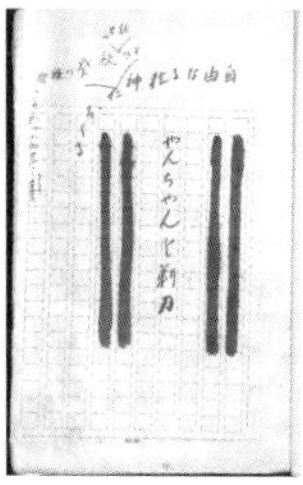

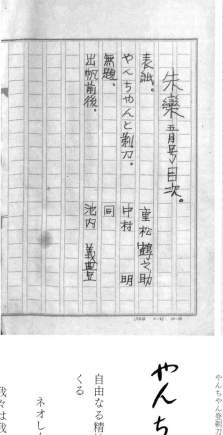

生々としたわかみどりの葉を茂らせてゐるのであつた。
私が表からのぞくと大ぜいの人の中に大屋さんのかゞんた背中が見えたところ頂度そこへ巡査がはいつてきてやかましいことをいひはじめたので郡集とともに私は戸外へおし出されてしまつたのだ。

けつきよく死體は見えなかつた。実は見たくもなかつたので・・・・・

しかし人の話を綜合して見ると彼が私の賣りつけたかみそりで自殺したらしいことはどうも確からしい。一体彼はよくそれまでに死に度い死に度いと私にむかつてもいつたものだが私も彼がそんなことをいふときにも別段それを笑ふほどの氣もしなかつたのでいいかげんにあしらつてゐたのだ。がききながら少々わびしい氣もしたし此の人間の人間としての信しがたきたよりなさよわさがかんぜられもした。相手はまた相手で

「今すばらしい彼女でもありやさつさと心中するんだが・・・」

などいふやうなことを憶面もなくいひながら楽器を引よせたりあるひは庭の壁の方をじつと見たりした。だが私にはわからなかつた。といふのは此の男はこの男の話によると失恋で「今の様な有様に」なり下つたのださうながそれにもかゝはらず何故その恋の相手より他の女と心中をしたい氣になつたりするのかしら。かりにこの憐れなみすぼらしい男のためにすばらしい彼女なるものが光りかゞやきつゝやつてきて一緒に死んでやるといつたと仮定してもである（そんなことはありさうもないことだが）。尤もこんなことはどうでもよいが可笑しいのはこうした話をしてゐるときの彼の対度できいてる私のやつれたほゝに苦笑ひの影でも動かうものならたいへんきげんがわるいのであつた。そして私のかほをうかゝふやうに神巠的に見たかと思ふとやがて軽べつした様な恐ろしく尊大な対度で横をむいてしまつたりした。あたかもそれは

「お前は私をわらつてるのだな、お前は私の様な受難者の気持ちはわからぬだらう、私はおまへらに私の話をしてきかせてやつたのを後悔する。おまへは私をわらつてるが俺はちやーんと自殺する能力だつてあるんだぞ！私が自殺もせすおまへらの様な人間共の仲間になつてやつてゐる事すらすでに奇蹟的なんだぞ！」

とでもいふてゐる趣があつてときには此の先生本当に遠からず自殺するかもしれないなどゝ私は思つた事もあつたくらひだがそれでもとにかく此の男がこんな風に意氣地なさを私のまへでさらけ出してゐるのは私としてもわびしくまた不快なので——こうした礼儀しらずは私の今まで接触した經験では基督教徒的人格の類型なのだが——この男の自殺する方法やらその状態などを残忍な氣持ちで色々想像しても見たことだ。しかし私が見るところではあのばかばかしい基督教徒であるには少し頭がよすぎる此の男はじつさい宗教的安定を得てゐるやうにも見えなかつたし、靈感に動かされてゐるやうに見えてもそれは大敵に対する蜘蛛の仮死のやうに運命の手に対して仮面をかふつた弱々しさ或は火を近づけた虫がにげるつよさのやうな反動的な強さのいたすところでいはば他を虐壓する力がない故に自分自身を虐壓するやうな御立派な「良心」の発明の元に思はせぶりにふるへたり反逆的につつかかつたりするやうなそんな靈感であることがすぐ見すかせるのであるが神の観念が此の男の意識に上つてくるときもそれはつねに此の男の人間的な弱さを許

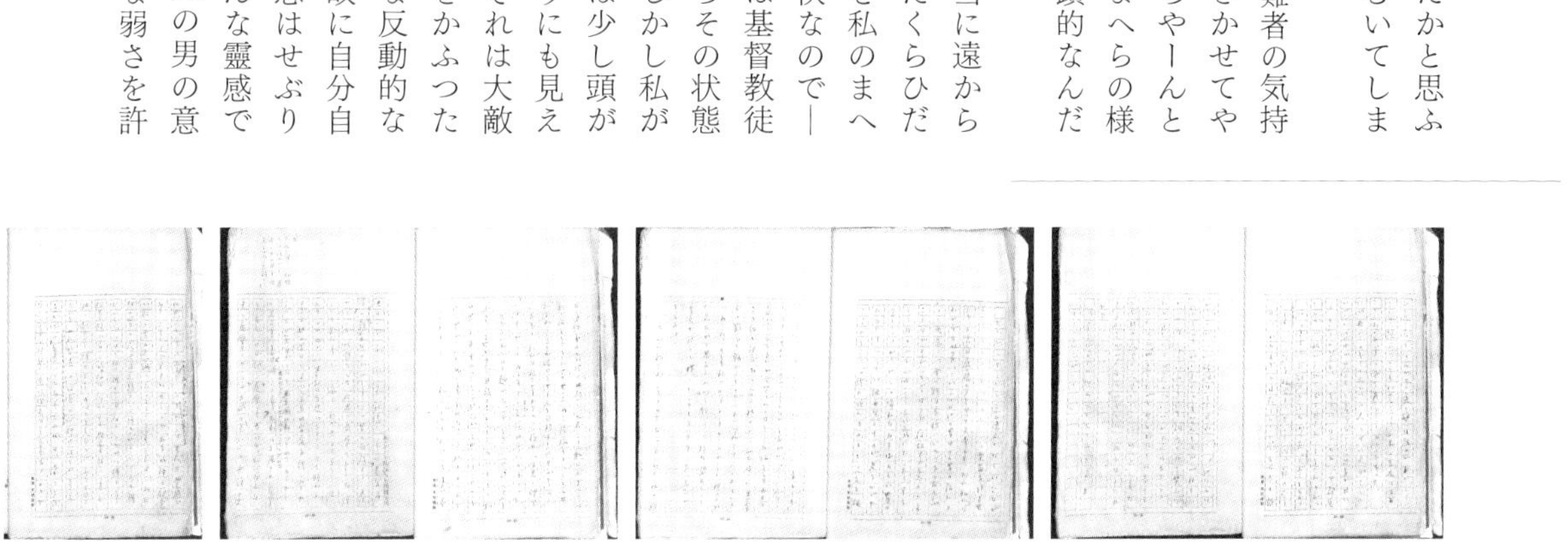

されるところの願ひからでいはゞ彼の神さまは彼のつつかい棒であり松葉杖であるが故に彼がこの松葉杖のような神の観念を得々としてのべつまくなしにふりまはしなからやれ聖書の何頁の何行に何とかいてあるがだのかびのはえてしなびたジャーナルな言葉を聖書にさへあいてあればはじめから立派な言葉で神聖な意味深長な言葉であるかのやうに後では何をいつたか何を宣言したか何を約束したか皆忘れて了ふくせに、厳粛な思ひ入つた眼のすはつた鹿爪らしいペタンチックなおしつけかましいしかし臆病ののぞいてゐる対度で卑屈な心情の見えすくやうな比論を例の貧乏ぶるひを盛にやりながらならべ立てることで私はそれをききなから室内の物品が彼の貧乏ゆるぎのためにかすかにうごくのをみながら私のまへにすはつてゐるこの男の弱さからでてくるところの賢明さをてらふ卑屈なきざな高慢なみにくさをじつと見つめながらその性格の不正直さをにくんだり憐んだりするのだつた。

「で君はその恋人があなたに対する愛を果さなかつたのを何故間違つてゐると仰言るんですか。」

と或時私は彼の話の後できいて見たものだ。

「何故だつて?」

と彼は思ひ上つた顔をこちらにむけた。

「でもあなたは如何にも不満さうじやありませんか。まるで『彼女が私に接吻を許しなから私を捨てゝ他の男に走つたのは、彼女が間違つてゐる』、或はその男が君といふ彼女を愛してゐる男をさしおいて彼女をうばひとつたのはまことに不とゞき千万だとでもいひかねまじき・・」

「間違つてゐますよ。不とどきですよ。私はあれをうらみますよ。あの男をにくみますよ、それは不道徳な破れんちな行為です。」

「それは何だか可笑しい。あなたはいま俺は恋に破れてから道徳観念なんか軽べつするやうになつたと仰やつたじやありませんか、そのあなたが道徳観念を無視しての殺人や自殺を空想してゐらつしやるその空想の根ていといふものには矢張りその道徳観念が支配してゐるんじやありませんか。あなたはやはりその善悪観念に執着してそれで以て恋人なり恋仇なりの行為を裁いてゐるじやありませんか。」

「それは僕も神さまじやないから・・・」

「・・・どう致しまして私はあなたが他人を裁くのをいけないなど思つてはゐません。私はそんな無理な事を他人にも自分にも強ひはしません。けれどもあなたの御考へはですねえ。一体あなたの恋人があなたより性的に優越した男を選択するのは自然の理法ではないかと思はれますがそれがどこが間違つてゐるんですか。それをあなたが物々しいその思入れで立派な道徳的理由をくつつけてさ。あまつさへ宗教の松葉杖の助けをかりて神聖なバイブルの何頁かしらんがそこを明けなさつてそこには赤鉛筆で二重のアンダラインがしてあつてそのかたはらに『おゝ主よ、多謝して!』とかき入れてある、でせう。そこを御よみになつてそれからこんどは讃美歌のりでさ太鼓のどんどん、タンバリンのガチヤ〱それであなた自身を正しと考へようとしてゐらつしやるそうした裁き方は有り体にいへば最もいんけんに利己的なひきやうみれんに利己的な男らしい復讐でなしに最も力のないものがするところの自分自身に対する自分自身の人間性に対する、自分自身の本能に対する、はては生命に対す

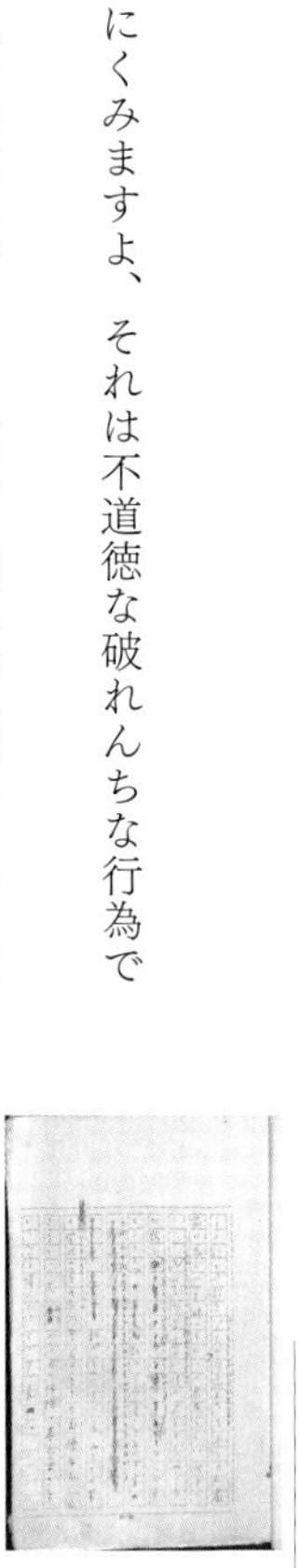
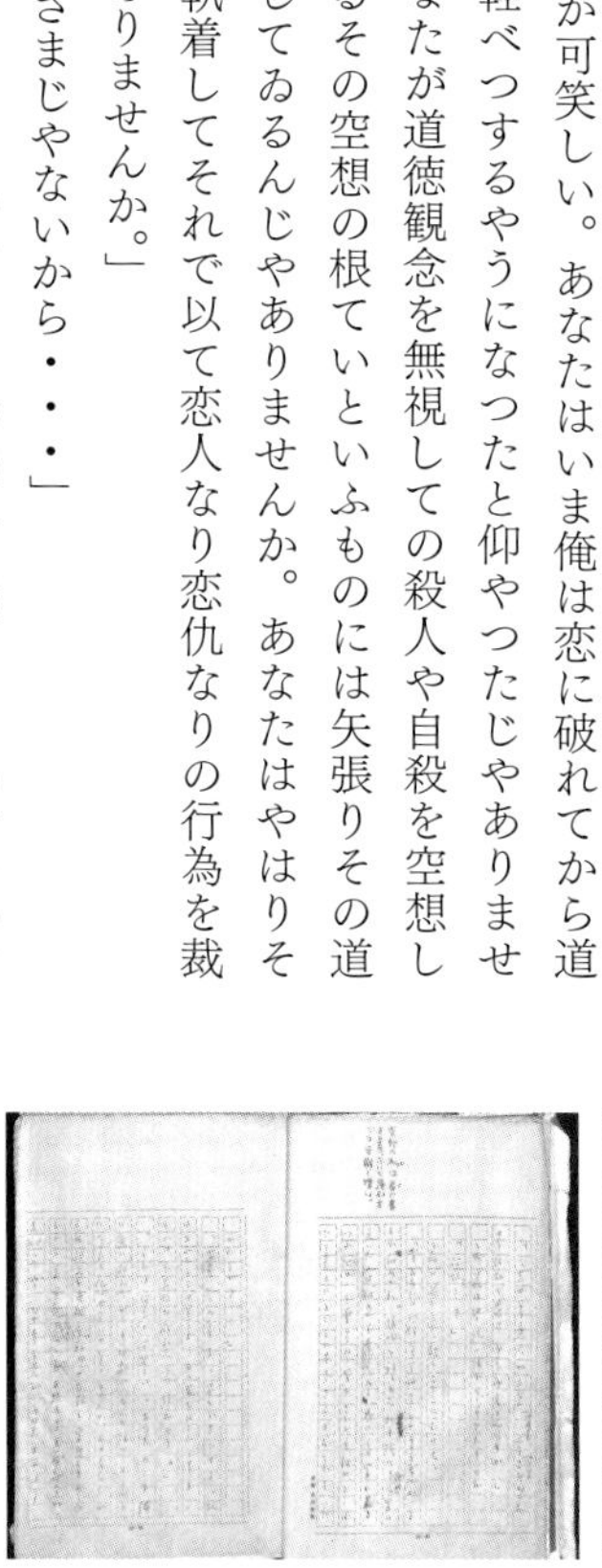

上部欄外、池内義豊の書き込み。

此の行の私は君に書き変へないと読む方では一寸解り憎い。

※「此の行」とは『彼女が私に接吻を許しなから私を捨てゝ他の男に走つたのは、彼女が間違つてゐる』のこと。『』も義豊の加筆。

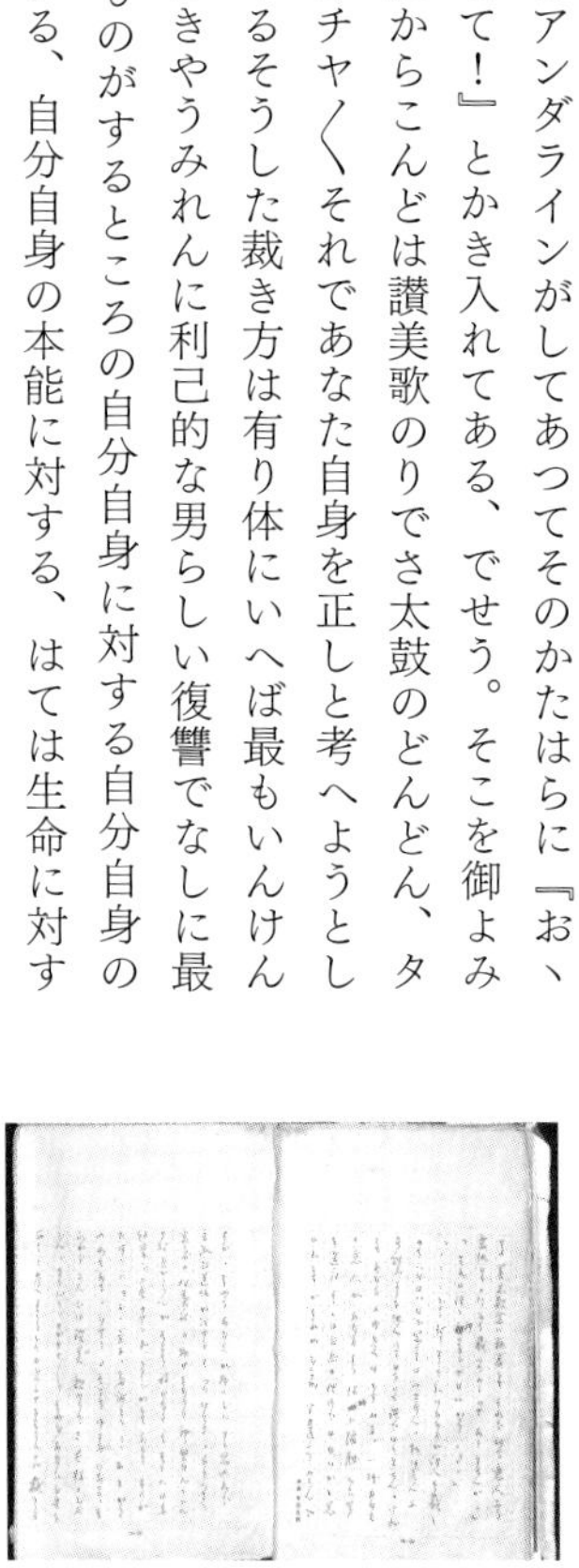

る・・・・」

・・・・・・・がそのとき私は

「いつれにしてもどうでもいいよ。君には俺の気持ちはわからんでせうよ！。」

と神經的につつかゝるやうな言ひ方をして又例の横をむいて了つた彼の変にゆかんだ横顔を見てだまつてしまつた。

彼がいら〳〵立腹してゐる事はすぐみとめられた、

「君にはキリストが『女を見て淫心を起すものはこれ女を姦淫せるなり』といつたやうな沈痛な氣持ちなんか到てい御わかりになりますまいよ。」

横をむいたまゝ、こんなことをいふのであつた。

「え、相憎他人の性慾に法律をもうけるほどしつと深くは生れつきませんでしたのでね。」

と私がこたへるとギヨツとしてこちらを見た。その顔はカツとしてゐた。

「何で君はそんなに他人の心の中をようじでほじくるやうにつつきさがす必要があるのです。一体君は・・・ふむ。いらん御せはですよ。何の必要があるのです。」

私はその顔を見ながらあなたがそれは偽善者だからですよといひたかつたがだまつてゐた。この会話の馬鹿々しさがだん〳〵かんぜられてきたので。

「必要不必要はともかくあなたがほじくられるやうな苦痛をかんじてもそれはあながち僕の罪ではないですよ。」

それ切り話は切れてしまつたのだがそれは私だつてこのまへあのかみそりをうりつけたときひよつとしたら此の男これでやりはしないかなどいふ考へがチラとうかばなかつたでもないが私も一本でも片づく事に異義はなかつたので彼にうりつけたのだけれど此の男は別にかき置きといふべきものをしなかつたので何故死んだのか誰もまだわからないらしいがこのまへのときのよそ〳〵しいうはすべりの調子では確かにあの頃から何か起りつゝあつたにちがひないんだ。しかしあの時頃はまだあれで自殺をする心算でなかつたと思はれることは私が剃刀をおしつけたときに

「剃刀どころではないんだが・・・・」

といつた言葉からも推察されるからその後に事件が自殺をせねばならぬやうに変動したのだらうがその事件は彼の所謂失恋事件と関係あるかどうかしらないけれどいやしくもそれが失恋事件であるかぎり私はちやんとあのとき彼があのかみそりを一つ一つ手にとつて長い指先で刃をためしすかしてゐるその刃のピカリピカリ光つたりするのをそばでのぞきながらこれらの刃物の元の所有者であつたところの夜店商人やんちやんこと山村源吉の失恋話をきかせてやつたんだから賣手としての責任はつくしたつもりである。私はこう言つてやつたんだ。

「で此の子はとう〳〵田舎へかへつてしまつたけれど自殺をしたいともいはねばしもしなかつた。」

つて。それからつけ加へて一体人間が失恋の結果自殺したなんてうそだ。失恋がある人間の自殺の動機になつたとしてもその人間の自殺の真の源因はたいてい他の所にある。

まあたとへば個人的源因としてはその人間の意志の薄弱さとか身体の虚弱とか容姿のみにくさとか教養の不足とかある迷停的傾向とか貧とか、更に社會的源因としては社會一般の制度の不完全とか彼をめぐる環境のいろいろの病的状態とか、更に全

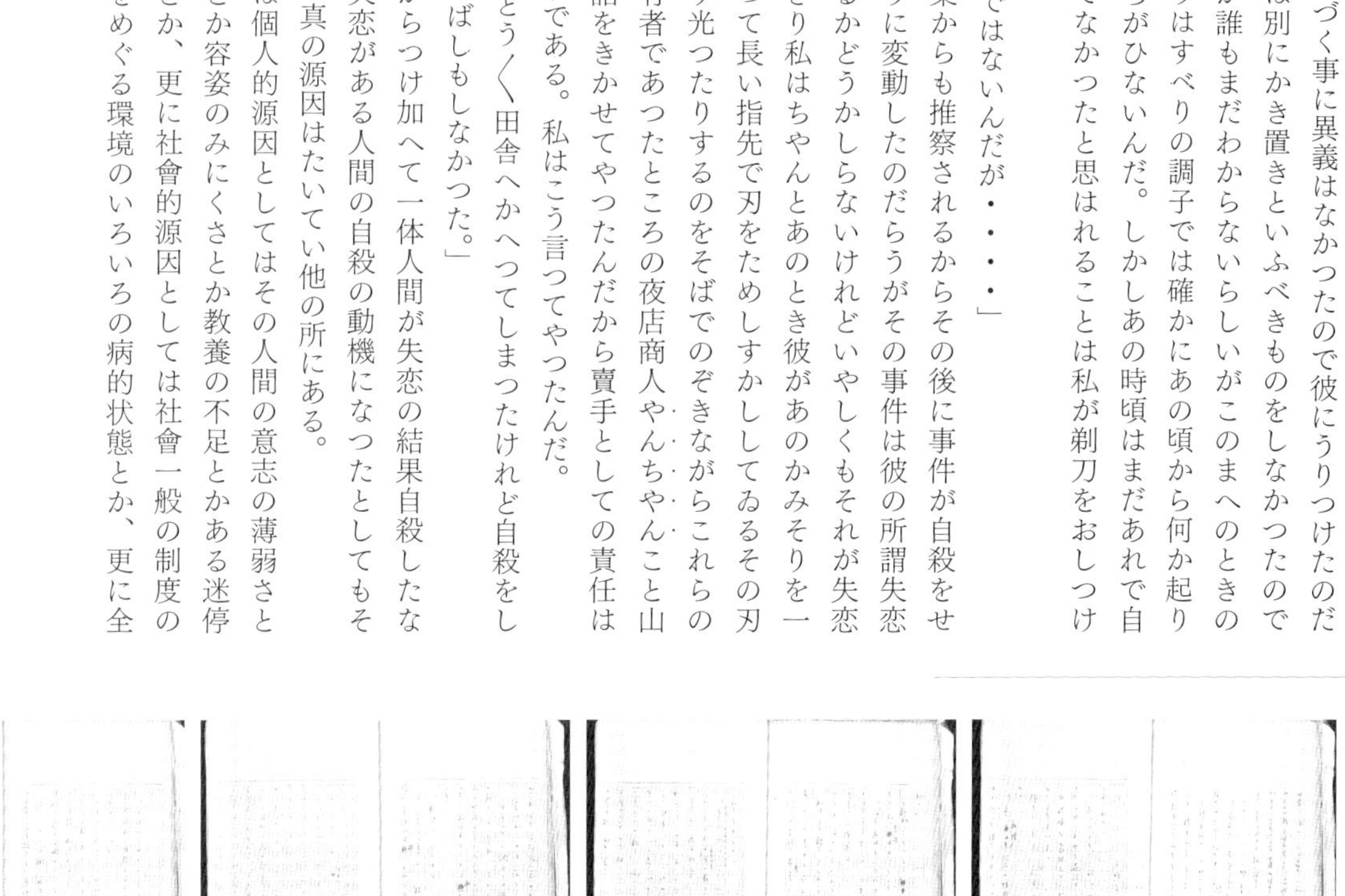

人類的源因としては人類の本質的不平等とか、更に全宇宙的源因としてはただ彼といふ生物の手元に偶然かみそりのようなものがあつた為めとか何とかかんとか何とでも言へる。

だがそれならば私があの男とやんちやんを単に失恋者といふ点で同一視したのも間違つてゐるかもしれぬ。やんちやんが失恋で自殺しなかつたとしてもそのために此の男が失恋で自殺をしてはならぬといふことにはならないかもしれぬ。

實際やんちやんのやうな性格とあの厭世詩人とを同一視するのは間違つてゐるかもしれぬ。やんちやんの自殺などいふことは考へた丈けでもこつけいである。でもあの話は確かに彼をよろこばせたらしかつた。あの男は失恋の話をききさへすればよろこんでるのだ。しかし私といふ人間もよくこれで他人から失恋話をきかされる人間ではある事よだが何故だらう。あのやんちやんにしてもが私があの話をうん〳〵といつてきいてやつたのですつかりなだめられて満足したことだ。けつきよく人は自分の苦しみをはきだせる人がほしいらしいと私は思ふんだ。

私はあの時のことを覚えてゐるがそれは此の二月頃のまだ寒いある夜のことである。

頂度其の頃化学工業に関する博らん会が上埜であるといふので私は葉山印刷社の画工部の人にたのまれて葉山の出品の飾付けを手傳ひに行つてゐたんだが夜九時頃になつて大分片付いて來たので一休みしようと他の飾付けを鑑賞しながらブラブラ会場の中をぶらついてゐたところやはりどこかの手傳ひにきたのだらう、オーバーセーターの上にきたないブルーズをつけたやんちやんが泥絵具のバケツをさげてやつてくるのにばつたり出会つたんだ。

やんちやんは私を見るとなつかしさうにいそいでそばへやつてきて一緒に歩きながら色色話をしたが、やがて話がやんちやんの葉山を解雇された條に及ぶと恐ろしいいきほひで葉山の主人をこき下しだした。

「あのたんば栗（といふのは葉山の口さがない女中共がつけた主人のあだ名であるが）の成上り奴。あんな奴郎は人間ではない。あんな奴は犬にでも喰はれて死んで了ふがよい。ふん、犬だつて喰やしないや・・・・・」

だがここまでいふと急にいんきなかほになつてだまつてしまつた。彼はそのとき御嬢さんの事を思ひ出したのであらう。

ところで其時私が聞いたところでは彼があの印刷所の画工部の見習ひとして通ひながら葉山の私宅に書生のやうな身分になつて起居してゐる間に彼はあすこの十三才ばかりになる御嬢さんに惚れたのだがその御嬢さんといふのは私もあの印刷所に少し関係してから葉山の私宅に訪ねて行つたりしたときに小さな弟さんと一緒に出てきたりした事があつて覚えてゐるが御かつぱの非常に魅力のある眼をもつたからだの釣合ひの高貴なかんじのする御嬢さんなのだ。でもまだまるで子供で私が應接間で待つてゐる間その小さな弟さん（やんちやんといふのはこの小さな坊ちやんが山村につけたのだが）の持つてきたおもちやの鐵砲を指さしながら

「ねえ、おぢさん、この人はね。けふね、この鐵砲を持つてね、横浜のおぢさんの所へ行くんだつてね。汽車の中から雀を打つてそれをおみやにするんですつてホホホ、そんなことは出來ないわねえ。だつて汽車ははしつてゐるんじやありませんか。」

といへば一方も負けぬ氣で

「出來るよーだ。姉さんなんかしらないくせにだまつてゐなさい。」

とばかりいばりながら

「ねえおぢちゃん。僕出來るでせう。」

といふので私もわらひながら

「出來ますとも。雀だつてそりゃ時にはじようだんに汽車をめがけて横にツーと落ちてくれるかもしれないでさね。」

とこたへながらそこにあつた紙とハサミで以て魚や章魚の形を切つてやるとそれを姉さんはまた自分でほしがつて到頭弟さんを泣かせたりしたものだが、そこへあのヤンキーズムの代表みたいな、高商の制服をきた、女性の凡庸なる「永遠の良人」たるべく生れてきた代物のやうなあの青年が顔を出してうさんさうに私におじぎをし

「みつちゃんもけんちゃんもおいでよ。いまカルメラをこしらへてるんだぜ。」

といふと二人共バタ〳〵出て行つた事だつた。

さてやんちゃんは彼の言ふところでは此の御孃さんの顔もからだのつり合ひも・・・・・つまり一言でいふと何もかもすつかり惚れこんだのださうだが、さうしてこの廿二才にもなる青年がどんなをりだかしらないがこの御孃さんをつかまへてあの應接室の長椅子の上で御孃さんの唇を接吻したとか何かしたのが女中の口から姉さんの口から奥様にわかりそれから葉山の主人に知れて了つて（つげ口は此の家の家風なのだ）今後の事もあるからと解雇をいひわたされたのださうである。

やんちゃんに言はすと

「いや、それは俺かてあまり正直すぎたのやけど（彼はまだ関西辯がときどき出てきた）俺はあの人にした事をしないなんて言ひたくないやで正直にいつたんだ。ね、それを、男が眞自目に罪をわびるのになんだ。けれどどうでもいいや。俺はもうみんなわすれちまふつもりなんだ。」

といひながらそばに落ちてゐた棒切れをひろつてバケツの中にそれをつつこんで其の先についた泥絵具で會場の安つぽい青壁にいたづらがきをはじめた。あるグロテスクな大蜘蛛のような器械のちんれつされたうすぎたない片隅であつた。

「ねえ東さん！　御らんなさい。俺はさつきからも考へてゐたんだ、此の、ここらの大げさなばか〳〵しい飾付けやなにかは博らん會がすめばどうせみなあとかたもなくこはされちやうんだが、こんな下らない仕事に自分の若い精力を浪費してゐるのはたまらないことだねえ。俺はまだはつきりわからないけれど人間の世界といふものは今僕らが經驗してゐるやうなこんなつまらない下らないやるせない胸苦しいはづかしいはじさらしのものではないあつてはならないと思ふんだ。廣い世界には男子として誇るべきどんな偉大な生活が營まれてゐるかしれないんだ。たましひのそこから誇りでゆりうごかされるやうなね。そんな强烈な、そんな目もくらむやうな生活がさ。それとも理想的なことは小説や芝居や絵丈けで味ふことを許されるのかしらん。それじやつまらないじやないか。それじや何だか間違つてゐると思ふ。まづ生活で体驗しないやうな理想がなんだい。生活で味へないやうな美がなんだい。俺はこんな下らない二重生活はたまらなくなつた。俺は先づ生活からやり直さうと思ふ。ね、俺はさつきあの高い足場の上で青い泥絵具を一面にぬりながら夏の事を思ひ出してゐたんだよ。此の夏までこんな生活をして

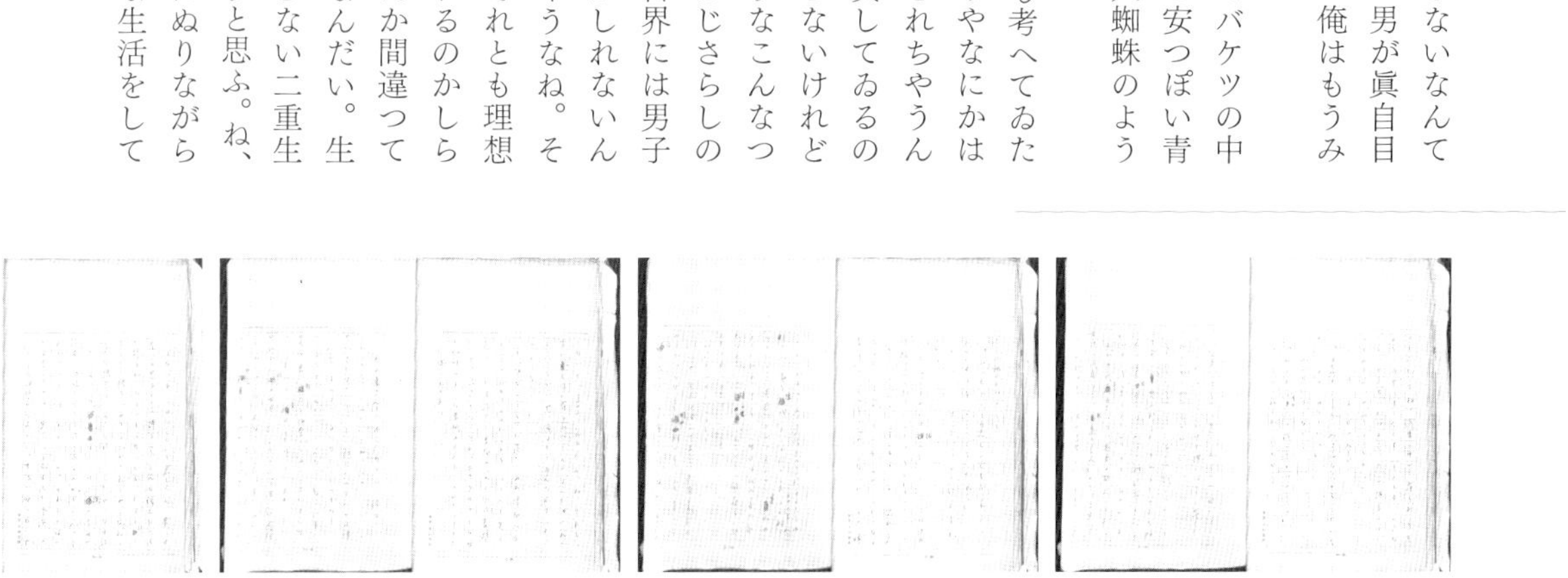

ゐる事は俺はどうしても出來そうもないよ。あの夏の世界を思ふぞんぶんはねまはる事を考へると画をかく事なんかよりどんなに愉快かもしれないぜ。ねえ俺はあのいぢけたひよわい虚飾の理想や美がしらしらしくのさばりかへつてゐる日本の画壇や文壇に何の期待も希望も持たないんだ。持ち度くても持てないんだ。ふん。先輩も糞もあつてたまるものかい。あんないんじゅんこそくな奴らは道で会ふたら馬糞をひらつて投げてやるのももつたいないくらひだ。あんなね、ちやんちやらおかしいあそびごとが、御だんな藝が藝術なら俺らのやつてゐるこの粗悪なパンの仕事の方がまだ藝術と自称しない丈けましだ。ミューズの神さまの御つかひだとさ、あきれ反つて御つりがくらあ。おとなしくきかされてゐる方がいい面の皮だ。」

「それは君のいふやうに今の日本の一部には田岸生劉だの氣《キ》乱《ムラ》増《ゾウ》罰《バチ》だの川中政一だの無《ム》茶《チャ》虹《コウ》児《シ》面厚だのいふチヨ二才子や豆才子が身分不相應ののさばり方をしてゐるさ。この無茶虹児なと丶きたら形式も内容もからつぽの大風呂敷みたいな腹のないふわ〱先生だよ。けれどそんなのは太陽が出るまへの百鬼夜行みたいなもので問題じやないじやないか。新時代の若者が眼を上げてのそむところに彼らは彼らの自身の古巣にこそ〱にけこむときがくるのさ。」

「新時代の・・・ふう、何のために、話のためにやるのかね。人類のためとてもいふのかね。人類なんてものが一体どこにあるのかあれば目のまへに出して見てくれ。俺はあの古くさい絶対者神なんていふ概念で自分や他人の行動を律する不德をとつくの昔止めたやうに人類なんていふかびのはえた概念もとつくの昔捨て丶ゐる。現代は人類なんていふ漠然とした概念で事を行ふにはあまりに端的なすざまじい時代なんだ。赤裸々に存在するといへるのは自分丈けじやないか。」

「だからつまりこの自分のためさ。大きな自分の、ね。」

「・・・・ふん。・・この大きな自我なんてものも矢張りきみが哲学の本の何頁かでひらつてきたあいまいな概念でないかね。大きいも小さいもない生活はこのありのま丶の自分の自然的な本能的な生物的な存在から出発するんじやないか。このありのま丶の自分をどうしようかてえのが何よりの直接の問題だ。ねえあんたはうそなしにこの大きな自我とやら申し侍るものを可憐にも信仰してゐらつしやるのかね・・・・・・・」

そのとたん彼と私の眼はぶつかりじつといん気な眼付きでお互いの心の中を探り合ふのであつたが・・・・・・・

「ねえ東さん。君は、御立派な君はどうかしらないが俺は自分の藝術家、いや人間としての素質にも大した期待が持てないと思ふやうになつたんだ。どう見ても俺は自分を性慾の異常につよいといふより他平凡な人間にすぎないと思ふんだ。けれどもね。けれどもね。俺はそこらあたりのドえらい先生のやうに鉢の中の金魚のウンコみたいな御藝術をひりだしながらこれが世界的でございとか俺は天才だぞよく見て物を言へといふやうなあつかましい不正直な事のできる人間じやないんだ。だから俺はあんな事をのぞんでこのくさつたやうな生活をつづけてゐるより俺はさつさと止めて他のきのきいた事をやらうと思ふ。東洋のすみつこで貧弱な色の黄い人間が藝術なんかで何をもがいたつて駄目だよあんた。あの印刷所にゐた間やつてあの首をしめるやうな機械の音をきなから俺はしよつちうこのことをか

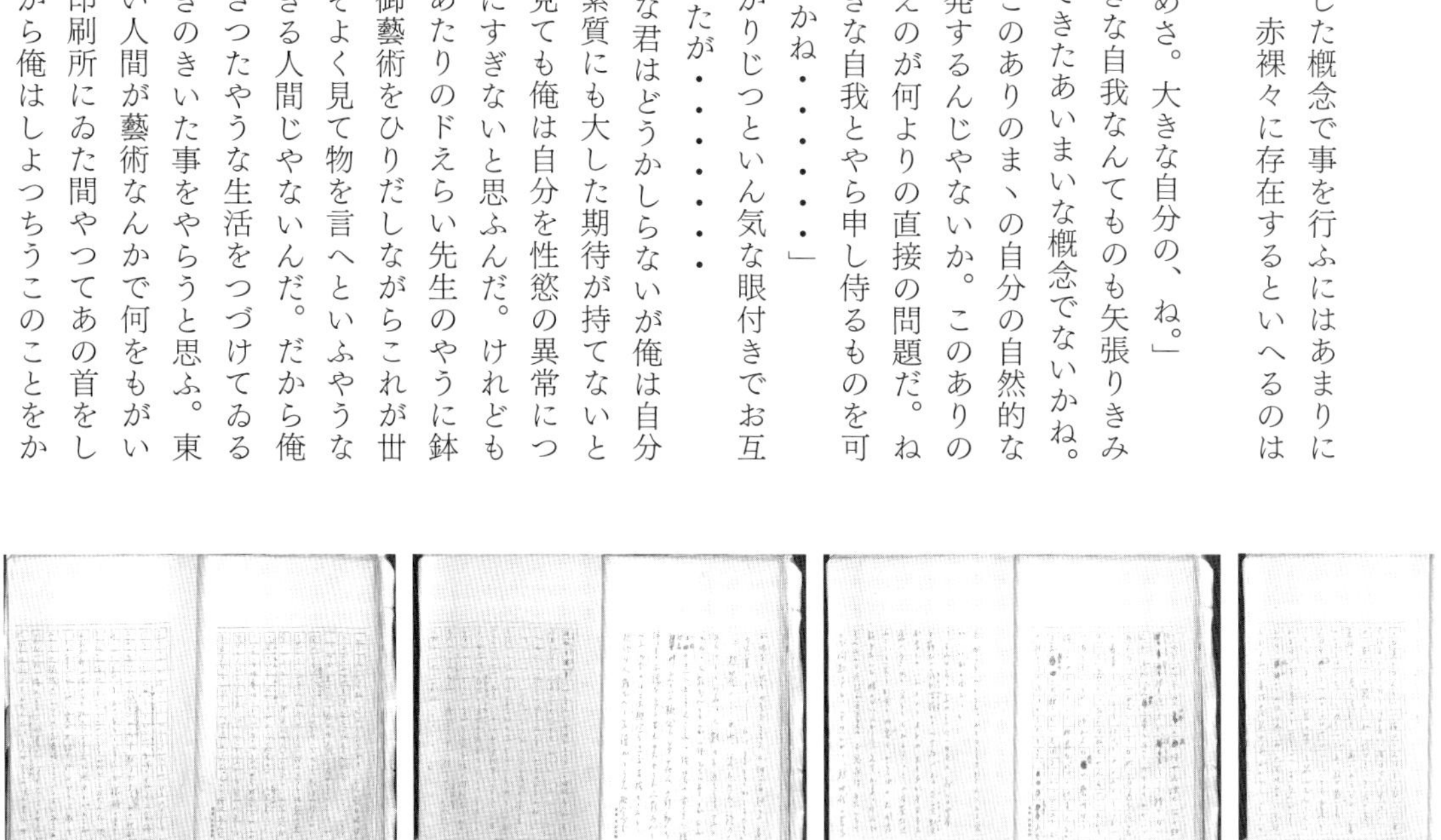

んがへてゐたんだ。頂度画工部の俺のゐた机の下のところに風通しがあるだらう。あそこから地下室の工場で汗みどろで働いてゐる人や機械のうごいてゐるのが青暗い空氣の中にみえるんだがね。俺はそれを眺めながらいつも人間の世界が情なくなつて泣いてゐたんだ。今考へるとバカ〳〵しいがね。そんなときはぼんやり御嬢さんのことを少年のやうな美しい心で憧憬してかんがへて慰めてゐた。けれどもいまはあの人も俺にはもう幻滅の人なんだ。ね、あれが葉山の娘だといふことを考へると俺はたまらないんだ。今に御らんなさい。光江さんも上のあの生意氣な彰子さんみたいになる事だらう。ふん。さつきね、俺があちらの高い足場の上で絵具だらけになつて働いてゐるとね。りうとした身なりをした葉山氏が下を通りか丶つて上と下で顔を見合しちやつたんだよ。俺はすぐ横をむいてしまつたけど屈恥で目がくらみさうだつた。大かた大切の娘に喫吻した不とどきな奴ここにゐるなとでも思つたことだらうさ。だがあんたはよくあんなことをへーへーと頭を下げて手傳つてゐるね。何だいあんたとこの幼稚な飾付けはみんな奴さんの指圖なんだらうね。笑はせやがる。」

こんな話の末に彼は私を引ぱつて一緒に公園の方へ裏門からぬけて出たのだが頂度御なかゞすいてゐたのでそこのある下等な西洋料理店へはいつて私はトンテキを三皿と粗悪なウイスキーをやつたがそれから公園で休んでゐると彼はまた御嬢さんの事をいひだした。

「ねえ東さん。俺は今夜あんたに會つたのであんたに何もかも打ちまけてたいんだが実をいふと俺は光江さんがどうしても忘れられないんでしよつちう光江さんを思ひつづけてゐるんです。・・・・・俺は異性の唇といふものを生れてはじめて接吻して見たがその感じはねまるでビロードにさはるやうだ、けれどビロードよりもつとすべすべした何といつたらいいかね、小ちやなあの可愛いい唇なんだよ。もう一度俺はあれを接吻してみたいんだ。ねえあんた、俺があれを接吻してゐる間あれはどんな顔をしたと思ふ。あれがね苦しさうにもがくのを俺はじつと抱きしめてあの小ちやなくちびるを残酷に長いこと吸ひつづけたんであれは到頭泣きだしたんだよ。ねえ東さん。俺はそれまでにあの人に至極プラトニツクな愛情をもつてゐるつもりでゐたんだが一度接吻をしていまのやうな結果になつた現在では只あのからだに対する満されん性慾計りがいらいらと残つてゐるばかりだ。俺はあの可愛いい唇をもう一度思ふぞんぶん接吻して噛んで見度いんだ。唇ばかりじやない。あの可愛い動物みたいなからだを俺は接吻して噛んでおもちやにして踏みにじつてりようじよくして見度いんだ!」

アルコールが多少作用して言はすのでもあらうがそれはかりではないやうに思はれるこうした言葉におどろき私は私の腕にだにみたいにしがみついてゐる彼の顔を公園の燈の光りにすかして見ながらその野性的な唇がはげしく御嬢さんのきれいな小ちやい唇を接吻する光景を想像して見た。

「そんな事をいふもんじやないよ。」

「いいえ俺は今晩あんたをつかまへてこんな話を」

「寒いから帰らう。とにかく手を御はなしよ。重いじやないか。」

「放さないよ。ふん、あんたはわなわなふるへてゐるのかい。ハハハ。ねえ東さん。あんたはは世界でも親切な人だ。あんたはきみはとにかくその頼むから俺にこんな話をうんとさせておく

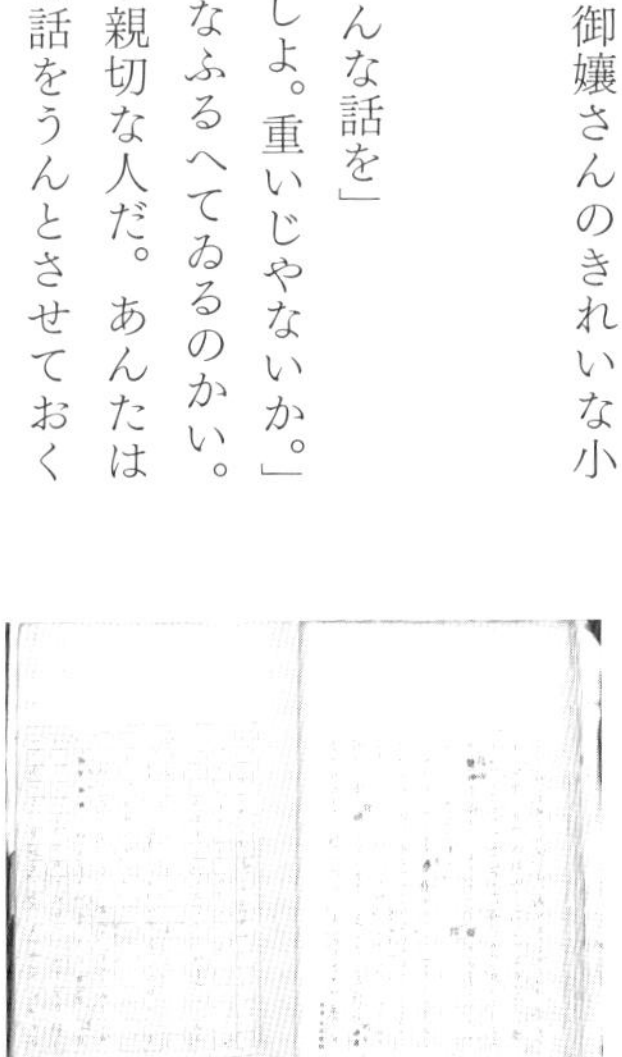

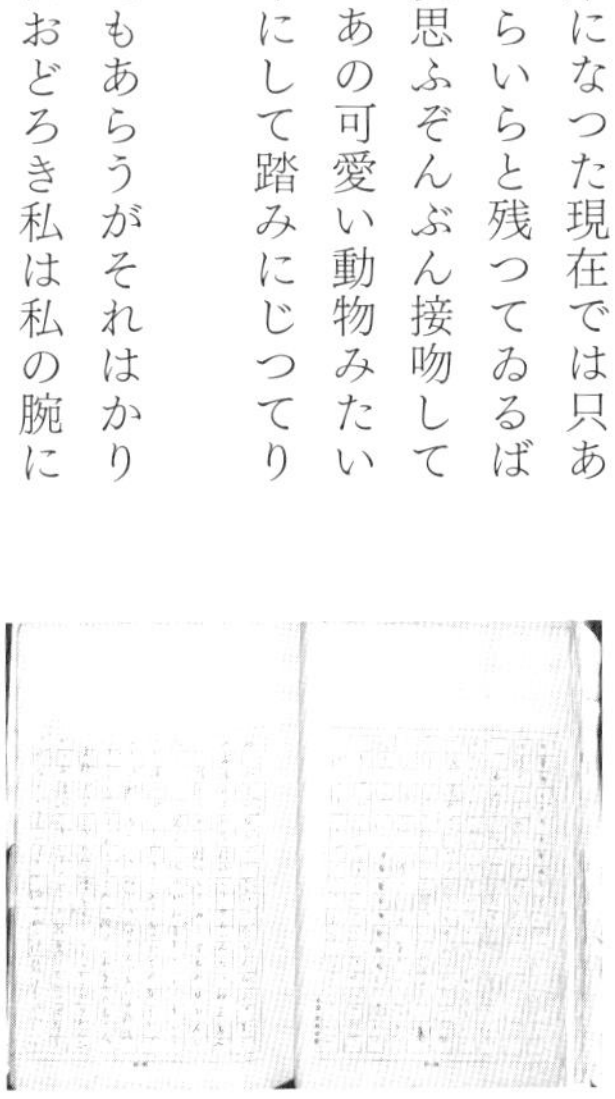

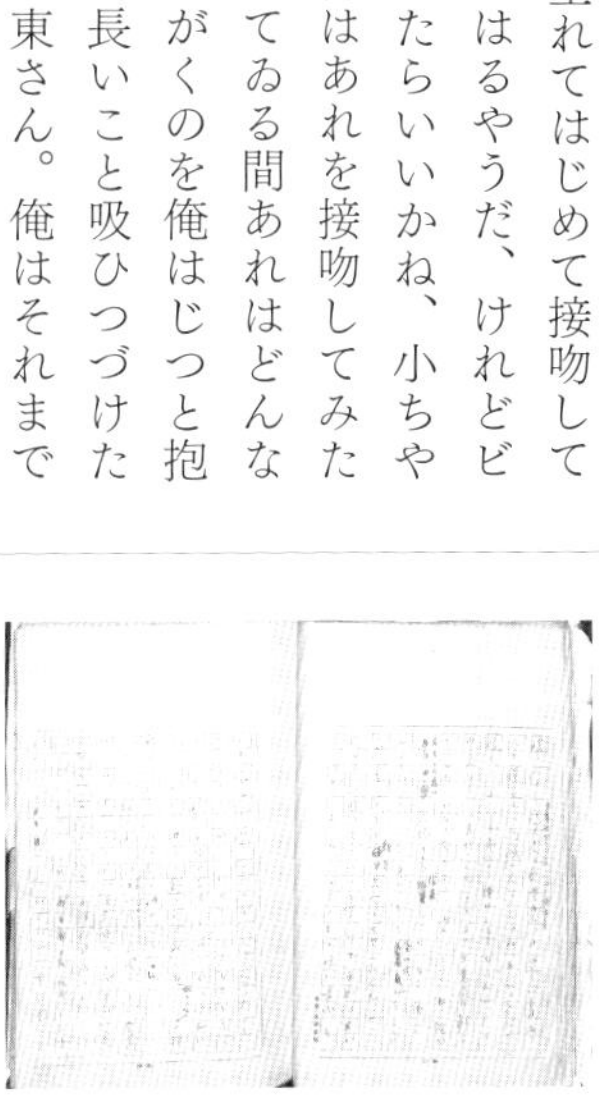

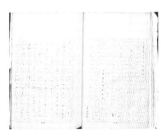

れよ。でなきゃ俺は今晩寝られないんだ。俺は此頃一週間ばかりの間毎晩ねられないんだ。」

「君が寝られないのは君の勝手だが変な話をきくとこちらが寝られないよ。」

「俺の話で君が寝られなかつたり不愉快になつたりすると思や俺は今夜ぐつすり寝られるんだから。ねえあんた、俺はさつきあんたに會つたとき俺は光江さんに対する性慾をあんたにみんな話して明日からはすつかり忘れて了ほう、思つたんだ。でなきや俺は色情狂になつて了ふんだから。ね。それにあんたは、きみは・・・」

一体私は彼と一緒に酒を飲んだ—といつてもやはり安つぽい飲み方だつたが—のはそれで二度目であつてはじめのときはそれは昨年の秋のことで他に彼の友人が居たのであるが其の男といふのは髪をおかつぱにしたへんな男でそのとき私をつかまへてルバシカの懐中から一枚の紙にかいた自作の詩を出してよんできかせたので覚えてゐるがそれは

赤い赤い秋がきた
赤い赤い秋がきた
女の子の腰巻きのやうに紅い秋がきた
・・・・・・・・

といふやうな詩なんで讀んでしまふと目をパチ〲

「童謡ですね。」

といふので

「さうですか。」

と私がこたへるとその男はどぎまぎしたものだ。それから一緒に街をブラ〲してゐるとやんちやんが義士焼をどうあつても断然買ふとがんばるのでそれを買ひ三人でたべながらやんちやんはこの男と次のやうな話をしてゐたのだつけが・・・・・

「たとへばきみが他人に何かやつてくれといはれたときに（下劣な比諭だが）尻をまくつて屁をひつてみせたとして見たまへ。そのとききみがだね、相手にむかつて『此の私の行為に対する不眞自目な嘲弄は御免をこうむる』などいつたとしたらそれはずいふん勝手じやないか。ところがそんな我儘がね、今の日本の藝術界や思想界に堂々と通用してるんだからね。只心ある人がそれをひ難《ヒナン》しないで見て見ぬふりをしてゐるのは（かげでは何といつても）ただそれを批評するにはこうしたびろうな比諭をもつてこねばならぬのでそれを心ある人はしたくないからだ。びろうな表現を適当に巧妙にしんらつに批評するにはやはり誰かのかいてゐたやうに、あなたの御表現は『はなびがおならのやうな音を立て丶上つた。』といふやうな類のものですねといつた風のびろうな比諭が必要なんだ。御上品な人はそれをやり度くない人だ。ところでついでにきくがどうだね。君のさつきの腰巻きの詩もこの類ではないかね。」

「おいおい。ばかにするな。少女の腰巻は至つて神聖なものであるですよ。」

「神聖なものなら魂を打ちこんで堂々と大びらに男らしく、讃美したまへ。そんなに君のように秋にかこつけていとはづかしげにチヨイと言ふて見たりするのはたんにわいせつでこつけいなだけだよ。（といふと彼は胸を張つて悲《カナ》しげな調子でうたひだしたのであつた）

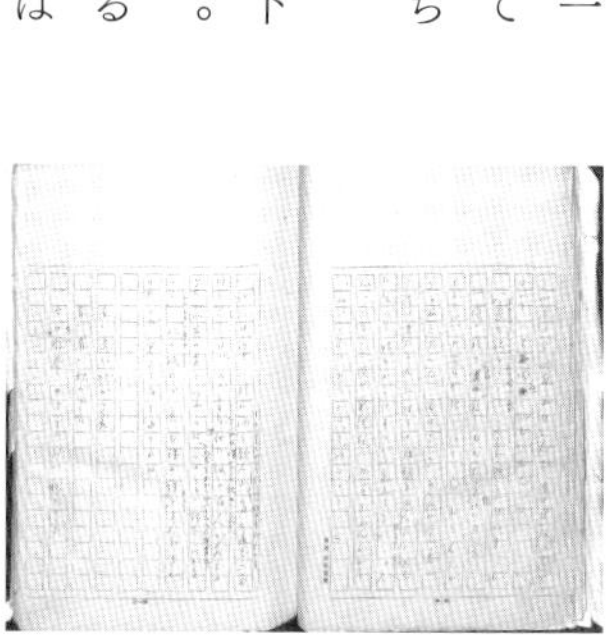
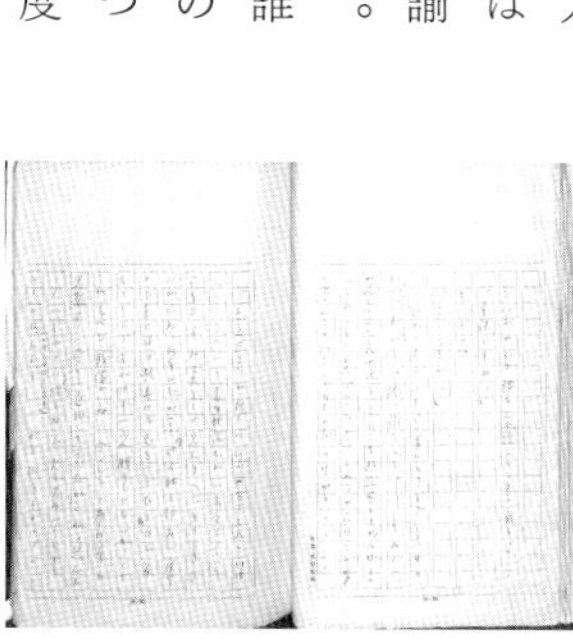
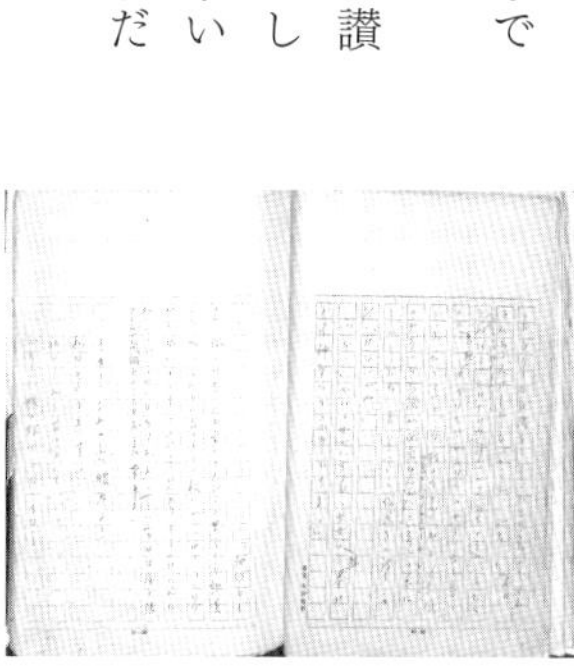

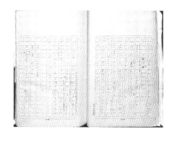

オ、オ！少女の赤い腰巻よ！
私はそれを愛す。
私はそれを首にまいて
かなしい秋の銀坐をあてもなく
さまよひあるひて見たいんだ

とでもいふ方がいいや。一体君はこつけいだよ。」

「どうもこれは恐入つた。どちらがこつけいだか。」

「君の方が大にこつけいだよ。君はね。君は頭に御かつぱがくつついてのやうに卵のカラがケツに・・・・」

こんな話をぼんやり聞きながら一緒に歩いてるとつぜん向ふの夜店でひとりしやべつてゐた一人の肥えた男がづか〳〵走つてきて私たちの前に止まるといきなりそのだんごのような頭をもずもずといかりでけいれんさせながら

「今、これをわしの顔に投げたのはきみたちかね。」

といひながら手に持つた義士焼の喰ひかけをつき出したので私は驚いたのである。

　あの御かつぱの男も我等の絵畫研究所をゴロ〳〵としてる所謂研究所ごろの一人なので、やんちゃんの話ではやつぱりあ、彼も失恋詩人なのださうであるがそれはそれとして、やんちやんから色情狂といふ言葉をきいたときにふとこの腰巻の詩を思出した私は彼の残忍にねぢれ上つた眉をみながら繰返して見た。

・・・・・・

私はそれを首にまいて
悲しい秋の銀坐をあてもなく
さまよひあるいて見度いんだ

嗚呼やんちゃんやんちゃん！氣の毒な人だ。きみは目的に向つて猪突猛進する勇気はあつても方法を知らない人だよきみは・・・・・・

「きみはほんとにあの人を忘れる事ができるかね。」

「出來るかもしれん。とにかく俺は忘れることを誓ふ。俺はあの人のからだや脚が俺の頭の中をしよつちうごきまはつてゐるのがたまらないんだ。君はあの御嬢さんのはだかを見た事がないだらう。それはね・・・」

　こうして彼は又もやはじめたので私はため息をつきながら星のきら〳〵か、やいてゐる空を見上げながら、だん〳〵情慾にこうふんしてゆくこの男のからだを持て余してゐた。

　其後彼はまた職を失つて葉山の画工部の内藤さんといふ人のところへやつて來たさうで一体彼を葉山印刷社へ世話したのは此の人なので同郷人の関係もあり只此の人の天理教信者としての御人のよさから主人の葉山氏には秘密で家の一間に置いてやり食事もまかなつてやつてゐたところ、話をきいた葉山の彰子さんがやんちゃんには表向き内藤さんの金といふことにして五十円なにがしの資本を出してやりそれで彼は浅草の夜店で剃刀だのはさみだのをうり其の上り高から小遣ひをさしひいた後を内藤氏に納めてゆく事になつたのだが何かの事から葉山の御嬢さんが金を出したといふことがうす〳〵わかつてから彼はその上り高を納めぬ様になつたので、仲に立つた内藤さんは困つてゐるのである。

　それを彼やんちゃんに言はすと俺にほれてゐるくせに生意気

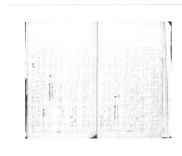

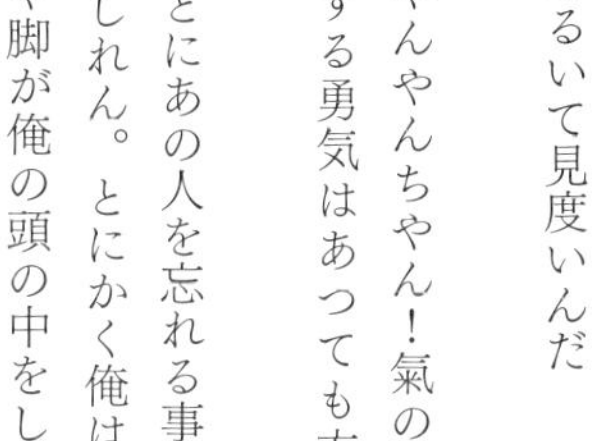

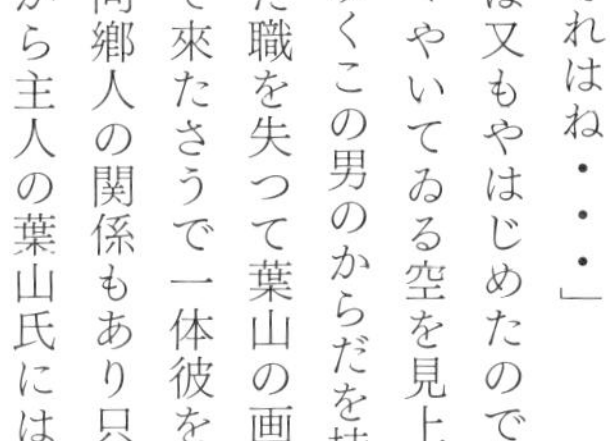

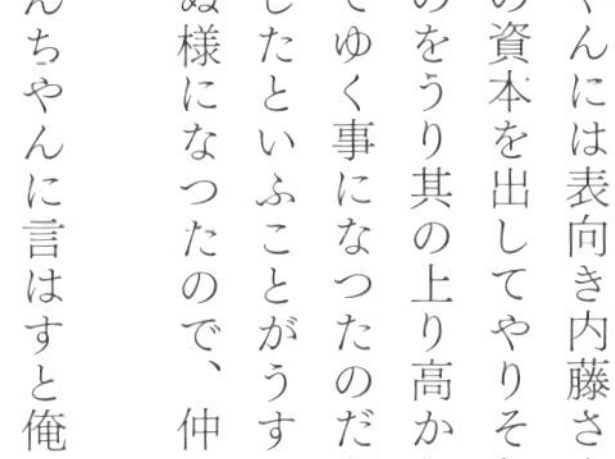

に妾《ワラハ》は金持の御令嬢でございますうといはんばかりの思はせぶりの対度をしやがるのがかねがね癪にさはつてゐたところ例のつげ口をした事のおこりはこちらが悪いとしても今になつてさしでがましくたのみもせぬのにいらぬ御せつかいだ。みせしめにもらつて置く事にした。ブルジョアの御嬢さんだから五十円くらひの金は何でもなからう。といふのださうで私はそれをききながら剃刀といふことから此のまへの晩の彼のある種の告白を思出して剃刀をうる夜店商人としてのやんちやんを想像してくすぐつたいかんじがした事だがあの生意氣な上の御嬢さんをひそかに恋してゐる内藤さんとしては仲にはいつた自分の懐から金を出して御嬢さんに返す事も心苦しくもあつたのであらう。

一体なにごとも因縁にしてしまふ内藤さんの話ではあの御嬢さんについても、元來葉山氏が一石版画工から現在の地位をこしらへるまでには元はといへは若い時代に養子先をふみたほす様なひどい事をしたからで其の因果で御らんなさい。彰子さんに養子を迎へても納らず彰子さんは現在のやうなあんなへんなヒステリカルな女になつてしまつてるんじやないか。まへからあーじやなかつたんですがね。何でも養子さんの話によると一緒に寝てゐてもその養子さんの足が彰子さんの足にさはると電氣仕掛けのやうにピンとハネかへしてしもう事だつたさうなが、さうして養子さんが彰子さんと先生をにくみなから手切金を持つて出て行くやうになつたのも因縁でさあね。また先生が下の坊ちやんをさしおいて営業上どんな利益があるにせよその養子をむかへる気になるとか或は自分がどんなに成功し度くとも養子先をふみたふす様な事をしてゐる以上うまくおさまるものじやありませんや、天理にもとりますからね。だから御らんなさい。可愛さうに彰子さんは忽ち下の坊ちやんのため犠牲になつてしまつたのじやありませんか。本當に、考へて見りや可愛相なものでさ。親の頼みとはいへすきでもない人をおしつけられてさ。それも彰子さんにはまゝ母である今のあの奥様のさしで口からもらふやうになつたのださうなが、子供が出來なかつたのも医者に言はすと彰子さんのラツパ管が通路の邪魔をしてゐるつて事だがそれといふのもやはりさうなる因縁なのでさ。ほんとに一生あれでは先生の持て余しですよ。・・・

それはさておき私も私の生活に追はれてゐてもや〳〵とした苦しい日日をすごしてゐたのでやんちやんのことなどは忘れてゐたところ三月末日曜日の朝私の下宿にやつてきた。めづらしくさつぱりしたきものをきて髪をちやんと刈つてゐたのでこいつめかしてるなと思ひながら胸がいきぐるしくねてゐた私はやがてのことにのこのこ起き出で丶晝食でもおごらうかと一緒に江戸川に沿ふて江戸川公園の方へ歩いて行つたが歩きながら彼は明日故郷へ帰るといひだした。

「ついては五円借してくれないか。その代りこれを置いて行くから。」

と歩きながら懐から布につつんだものをとりだした。

「この中に剃刀がね。六本はいつてゐるんだが、一本一円づつに賣つたらいいだらう。一本はあんたに上げる。」

といふので私は仕方なくうなづくと彼はよろこんでみちみち剃刀の徳を講釈してゐた。

あたりにはやうやく春が甦りつ丶あつた。

公園のベンチに腰をかけてゐるうちも嬉々として虚無に還りゆく此の可愛相な男は樹の新芽をむしりとつては川に投げたり

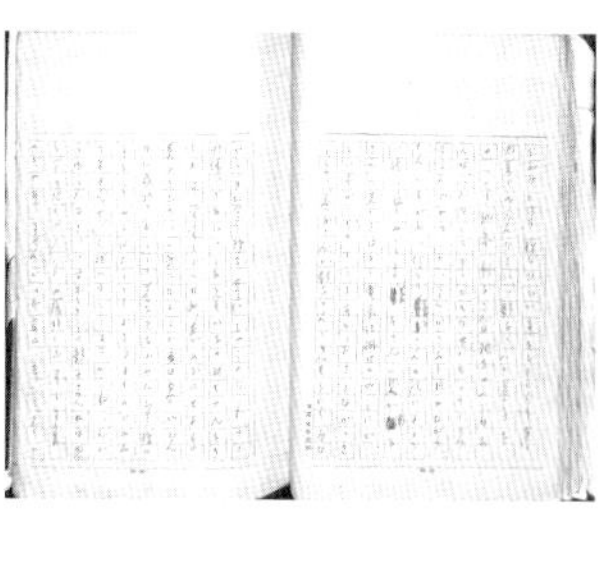

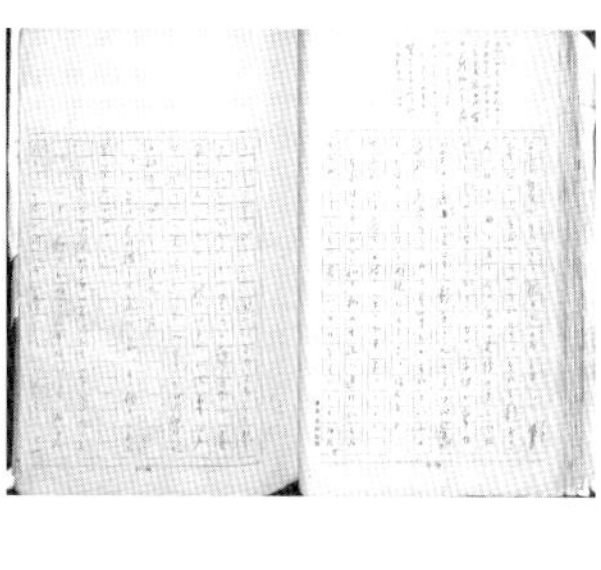

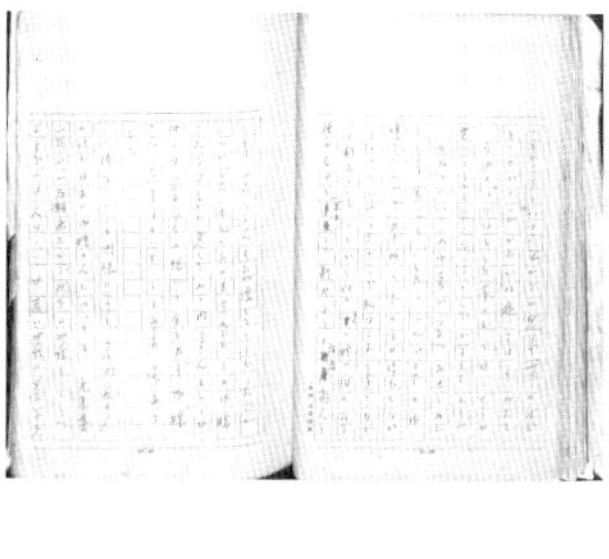

してはしやいでゐたようだが私は私でぼんやりと生活苦をおしつけながら子供らが舟をうかべてたはむれてゐるにごりにごつた川の水のキラキラとかゞやき流れゆくいづこのあたりかをまぶしくなかめ入つてゐた。

　後できくとやんちゃんは内藤さんにはだまつてどろんをきめたのださうだが商品の剃刀の残りは置いて行つたさうだ。

　で私にもこんなわけで手に入つたものなので早く仕末したかつたんで、あの厭世詩人がそれを自殺に使用しようがすまいがそれはこちの知つた事でないと思ふほかはない。けつきよく私は金をまだもらつてなかつたので現在の私には二日間の食費に相当する一円損をしたがそれはまあ彼への香奠だと思つてもいいし、やんちゃんから一本買つたと思つてもいいわけだが、ここに実はまだ四本残つてゐるので、どうです諸君。新時代の青年諸君よ。諸君のうち誰かほしい御方はございませんかね。ハハハ。ホホホ。

無題　晃

泡立てる初夏《ハツナツ》の酒を干しなんとわれはくちびるにそれをちかつけぬ

初夏のすがすがしい夜です・・・・・・・
私は今夜もまたあなたを思つてゐるのです。東京へ来てから二年間こうしてつねにあなたを思ひつゞけてゐる私はこの私自身を今ではわらひもしなければさげすみもしはしいないで・・・・・・・
あなたの顔、あなたのからだ、あなたの動作、あなたの性格、あなたの純潔、それらを何で私はわらひすてやうとし得たでせう。過去つたはかない路傍の人を思ふおろかさ、あるひは自分の感情の誇張、そのいづれのばかばかしさであるとしても私は私のかしこさよりばかばかしさの方がけつこうだ、私はいまはあなたを思ふより外はなんにもないのだから、私のこのおろかさは私のただ一つの甘美な快楽の盃なのだから。
初夏のうつくしい自然の中にあなたはいまのびのびと成人して目醒めゆく生を娯しんてゐる事でせう、私はあなたを見たいと思ひます。
けれども誰かゞ今夜あなたを愛してゐるやうな氣がする。あなたのやうに人は誰でもがそのまへにひけ目をかんじ誰でもが

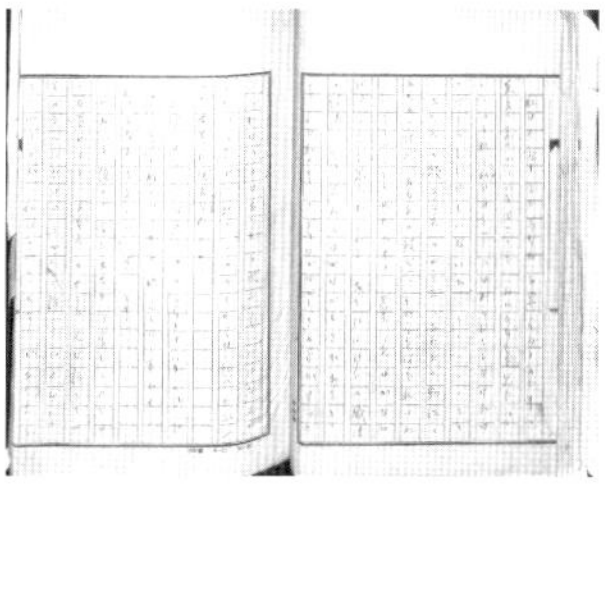

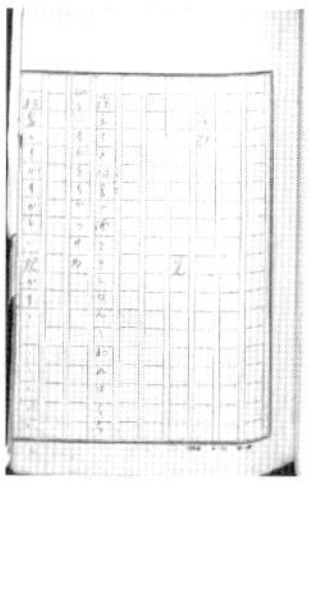

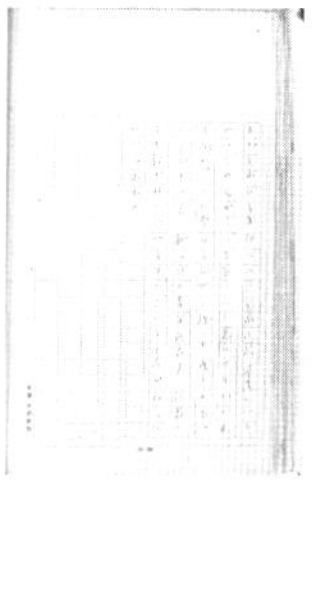

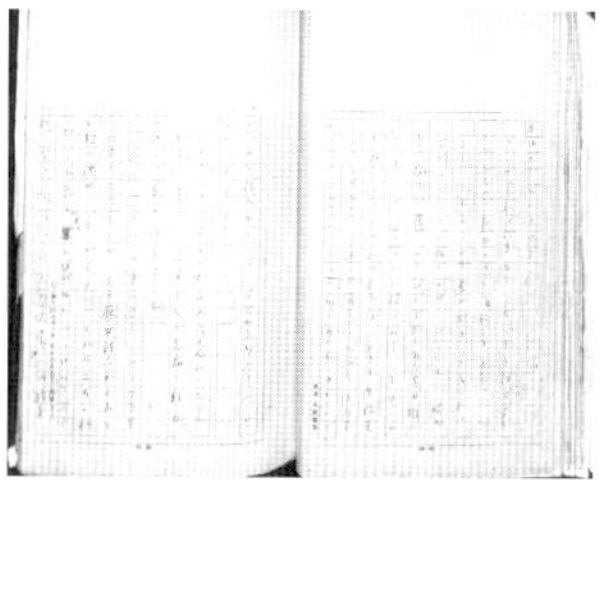

大切にしてくれるのだ。私はさうしてあなたがあなたを愛する人々の中に楽しく生活して居るのを考へるのはたまらない氣がする。私より外の人間があなたを愛しあなたがそれをよろこぶのを考へるのはたまらない氣がする。私は私一人であなたの足元にひざまづき私一人の力であなたに仕へ私一人をあなたに頼られ度いのだといふことを今更つぐ〳〵かんぜすにはゐられません。私のあなたに對する感情は愛といふ言葉では言ひ足りない氣がするのでまるで奴隷が主人に或は信徒が神に對するやうなものなのです。けれどもいま私はここにこうした感情を果して誇るべき感情であるかといふことを考へさされてゐます。もとより私はあなたを見たときに私自身をあなたより優越とかんずる事ができなかつたので私はただあなたに頭を下げるほかなかつたのたが苦しみもまたそこに生じてゐるのですから・・・・

　私はあなたの手をあんなに握る權利はなかつたんだ。あなたに話しかける權利もなかつたんだ。たとへ私がどんなに、あなたをなつかしくかんしたとしてもあんな不良少年のような方法であなたに・・・

　きみのよきわらひとゆがめる我がわらひをうつしながめん青き鏡に

　私は此の人をいま私のそばにかんじながら此の人のもつてゐる酸つぱいやうな情感をかんじながら此の人を胸の中にだきしめてちつ息させてしまひ度いやうな慾情をかんじながらあなたを思ふことによつてこの慾情を追ひのけながらこうして私のつかむべき運命の手をなほもはつきり探り求めようとしてゐるのです・・・・・・・・・・・・

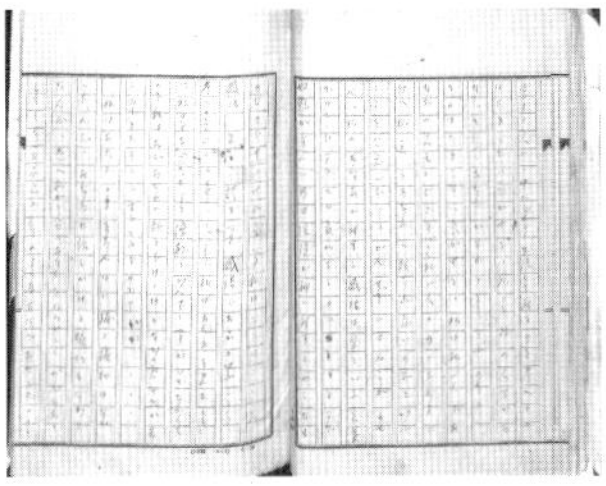

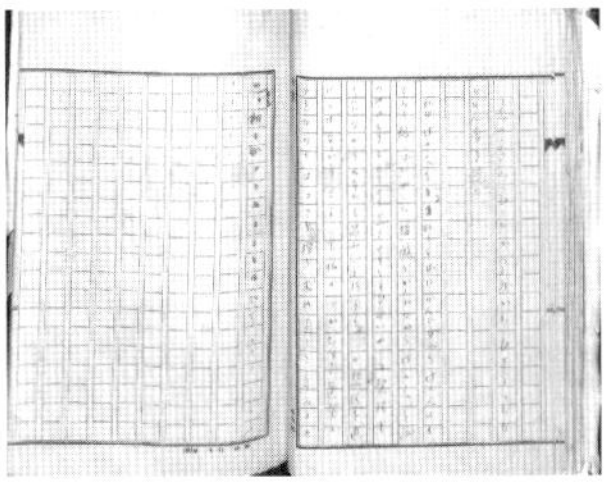

出帆前後

顔餘子

定期船が這入ると、町は一帯に活氣附く。

先づ才一に忙しく成るのは、入船屋と言ふ旅舘の番頭である。彼は、何時も紺セルの筒袖（是は謂はば彼の事務服の様なものである。）を纏ひ、頭を綺麗に別けて、客を物色する爲め、眞先きに濱へ出て行く。

彼の、青白くて、きめの細い皮膚は、一面に燐光の様な光澤を帯びて居た。

そして、素晴らしく高い、その鼻と、長い、弓なりの眉とは、彼の容貌を中卋紀の騎士を聠想せずには居られない程立派なものにした。

けれども、惜しい事には、彼の勤めている旅舘が、此の町の一流所では無かったので、當然二流以下で有った事に成る。

從って、其所へ宿を取る連中も、決して堂々たる風采の客許りでは無かったから、ややもすると、吹けば飛ぶ様な手合ひが、此の立派な騎士に、トランクや手提鞄を持たせて、意氣揚々と繰り込んで來る様な奇観を呈し勝ちであった。

次に忙しく成るのは埠頭場人足や、馬車曳き冬ならば橇引き。それから各運送会社の雇人大小幾多の商店の手代や小僧達も、無論眼が廻る程忙しく成る。埠頭場の空地は、鉛筆を耳に挾んだ人、手に傳票を持った人、喧しく空車を曳ぱり廻す人達の往來で一杯に成り、幾つも並んで居る大きな倉庫の扉は一ぱいに開かれる。

扨て、此の町の人達は、みんながみんな働き手である事に間違ひはないが、ほんの僅な例外として、どこの町でも一人や二人は、訖度見掛けるやくざな老人、即ち赤く爛れた眼に黒がらすの眼鏡を掛け、杖に縋り乍ら、朝から酒を喰ひ歩いて居る様な手合ひが、此の町にも居たことは事實だ。そして彼等の様な、格別定まった用事を持たない連中でも、矢張り、船が這入れば、濱に出て見る。また左様しなければ氣が収まらないのである。

其の他、通り掛りに一寸埠頭場へ出て見る者もある。用の合間や、思ひ掛けない暇の出來た人は、無論、それ等を利用して、一寸浜へ出て見る。

つまり、定期船なるものが、此の町の人々の間に、それ丈けの人氣を博して居たからで、其の理由と言ふのは他でもない。

彼等と内地を繋ぐものは、實に、彼等によつて「定期」と呼ばれて居る所の三隻の定期船で有つて、それ等は交替に、そして數日置きに、やつて來て、彼らの港の半浬沖に錨を投げる。但し、此の港が航路の終点では無かつたから、半日許りの碇泊の後、船は、また煙を吐いて北の方に去る。

そして、二三日立つと、又北の水平線に姿を現し、此度は一晝夜許り碇泊して行く。

此の定期船が、往路には、此の島の住民達のあらゆる消費物と、新しい客と、手紙とを積んで來て、復路には、此の島のあらゆる生産品と旅客と手紙とを乗せて行く。

つまり、此の町、否、此の島の日本人は只一人の例外もなく、何かにつけて此の汽船達の恩恵を被って居る譯で、仰山に言へ

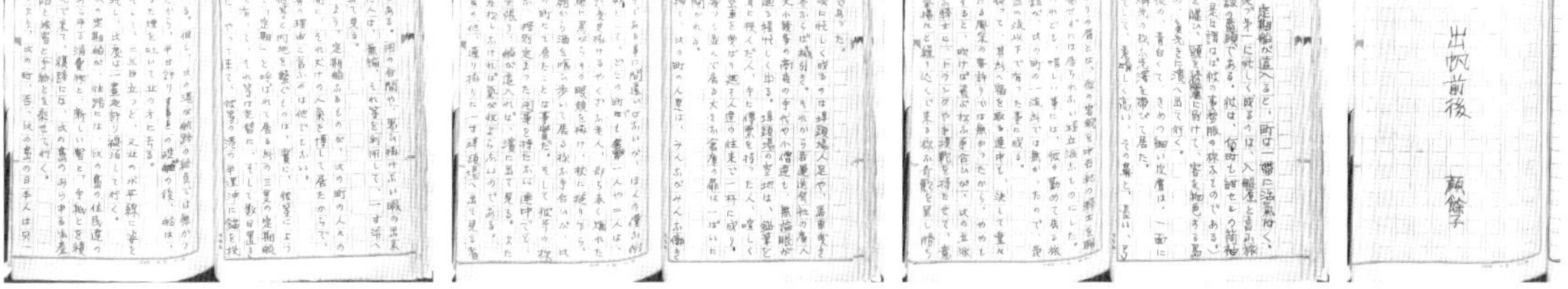

ば、彼等の生命は、實に三隻の定期船によつて保証されて居る譯なのである。

以上で、定期船が人氣を博する所以を盡したが、其れ等は表面的の事實で、もふ一つ肝腎なことが脱けて居る。と言ふのは、多くの人が、格別用もないのに埠頭場に來て船を眺める、本當の理由は、單に、それが内地から來たと言ふ事實からに過ぎない。彼等の内地に對する、やみ難い憧憬は、何よりも最近に、内地の風に觸れて來たものとして、こんなにまで、しげしげと、あの殺風景な黒塗の汽船を眺めさせるのである。

多くの人々に執って、それは三文の値打にも價しないで有らふ所の「内地」と言ふ語が、此の北方の新領土に於ては、驚く可き憧憬と甘悲しい追憶を罩めて日に何囘となく繰り返へして、使用された。宛も彼等は、普通、人が「恋人」とでも言ふ時の様な調子で内地と言ふ語を発音した。實際、彼等の、あらゆる夢が、詩が、そして思ひ出が、希望が歡楽が誇りが、凡て、一緒くたに成つて、彼等の「内地」に織り込まれて居るのだ。

埃に塗れて働いて居る彼等に執って「内地」は、眩惑的な美しさを持った、あらゆる思ひ出の場面で有つたと同時に、痛苦に滿ちた、現在の凡ての忍耐や犠牲が立派に酬ひられる華な凱旋門でも有つた。つまり彼等は、人生の中での、あらゆる華かさの方面を「内地」と言ふ玉手箱の中へ、確りと祕め込んで、日夜激しい期待に燃へ乍ら、働き続けて居るのである。或る者は、過去に於ける、いまはしい破綻を償はむ爲め、或る者は後半生を立派な台座の上に飾らむが爲め、また、或る者は子供達の爲めに――。

「定期」が這入って三時間も立つと、郵便脚夫が二三人、がまの様に腹をふくらませた鞄を甲斐々々しく背負つて、郵便局の坂を走り降る。　坂の下で別れ々々に成ると、彼等の一人々々は、幾通かの封書や、葉書や新聞の束を軒並みに、殆と一軒残らず投げ込んで行く。そして、それらの「内地」からの便りは、此の町の人々が働く上に、どれ丈け力強い慰めとなり、應援となるか判らない。萬一、不幸にして、郵便さんの訪問を受けない家があつたとしたら、其の家の人達は、早く共、此の次の定期が這入るまでは、厭でも内地からの郵便物を断念しなければならぬ。それも結氷季ででも有ったならば、それは十日後に成るか、二週間後に成るか、はつきりした豫測ハ許されないのである。だから、此の町の人が、定期を俟ち、郵便を待つ、楽しい氣持ちは、便利な土地に住む人々の窺ひ知ることの出來ないものがある。

扨て、随分前置が長くなった。と、言っても特に書かなければならぬ事件がある譯ではない。只我々は、ずい分、遍避の地方にも、人が棲んで居て、いろいろの生活の姿を轉開して居る事を、朧気乍ら、想像して貰へれば、それで本望なのである。

海と空も鉛色に重く曇つた九月の晝下りで三隻の定期の中の一つが内地の方へ向けて出帆する日であつた。二度目の艀が客を滿載して岸壁に縛られた儘眼に立たぬ靜けさで搖れて居た。岸壁には、見送りの人達が多勢立ち並んで居た。見送りの人達の中には、女も、ぼつぼつ混つては居たが、男も女も、なりふり構はずに働く風習の土地柄故、色彩は極めて乏しかつた。只二三人、馬鹿々々しく派出な装ひをした女が立ち混って居るのは、土地の田舎藝者で、其の毒々しい姿が、周圍と不釣合なことは、まるで麥畠の中へ、カアネエシヨンが咲き出した様な感

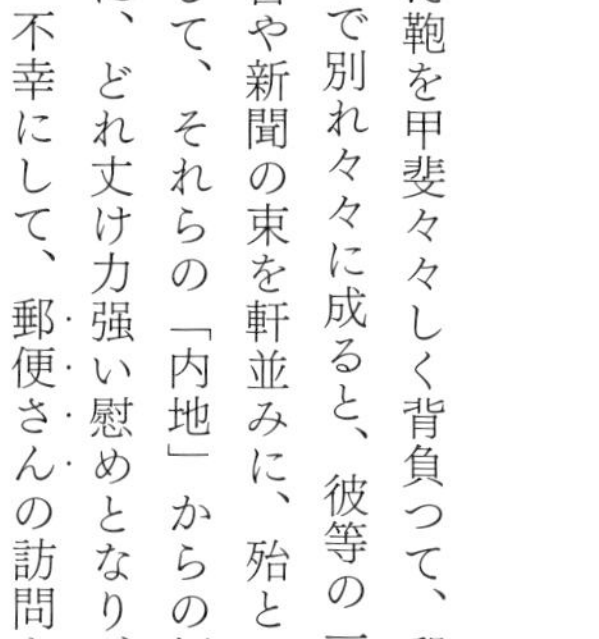
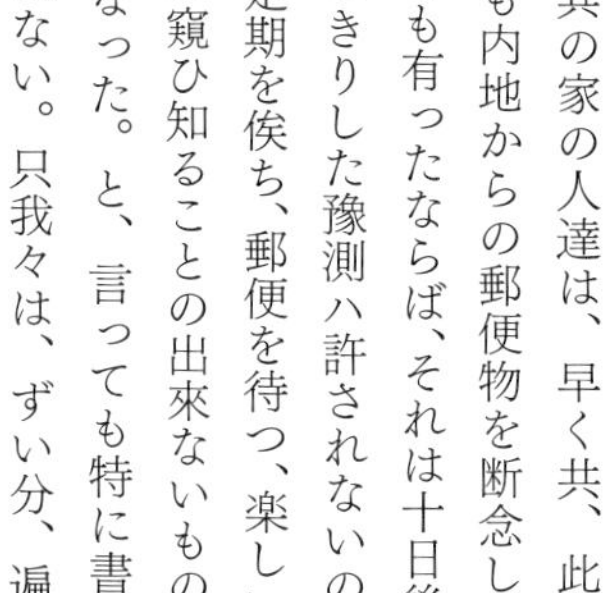
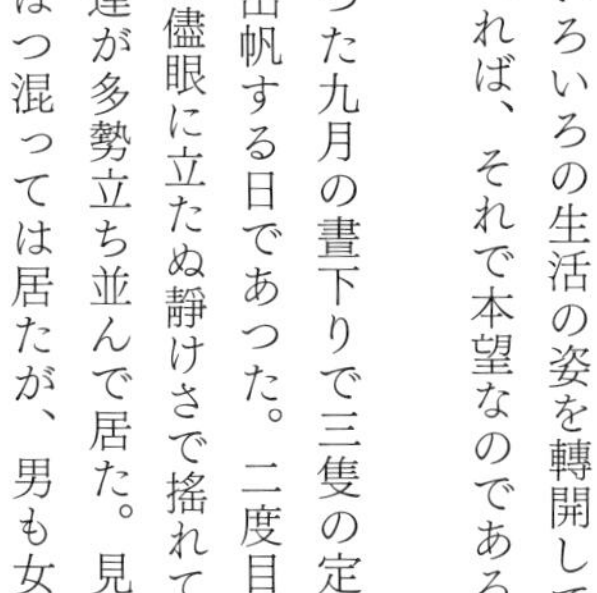
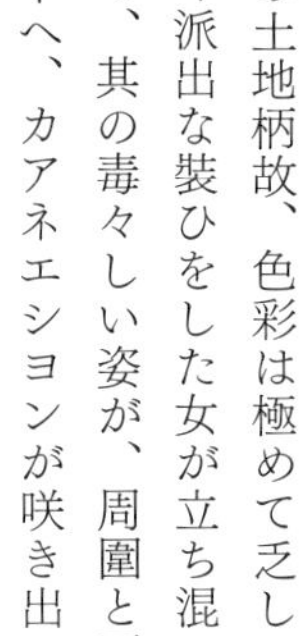

がある。

それから少し離れて、廣場には、此の町に、たった一つしかない尋常高等小學校の生徒が大勢並んで居た。彼等は、此度、他所へ轉任することに成った、次席の訓導を見送りに來て居るのである。

艀は、もふ出る許りであった。

乗客の内、舷に近い人々は、直ぐ舷側に腰を下したが、其の他の人々は、やむを得ず立って居た。そして洋傘の柄で、身体の安定を保ち乍ら、見送りの人々と別れの挨拶を交はして居るものもあった。トランクを持って居る人は、自分のトランクに腰を下した。何も腰掛けるものの無い女客は、仕方無く洋傘に掴り著く様な恰好をして、頼りな氣に艀の底にしやがんで居た。が、少し艀に慣れると、帯の間から煙管を取り出して、烟艸を喫ひ始めた。

あちらでも、こちらでも烟艸をふかして居た。煙管を使用する者は、艀の底へ雁首を叩き付けて、落ちた吹殻が、消へて仕舞はない内に次の一服を喫ひ付けた。

送る人も、送られる人も、それぞれ悲しみを感じて居たが、送る人に比べると、送られる人達の方が未だ浮き々々として居た。それは何故かと言ふと、緯度の高い此の島國では、もふ、そこはかとなく忍び寄って來る冬の氣配が、氣味悪く人々の胸に觸れ始めて居たからで、銘々の詳しい事情はとも角として、たとへ中には直ぐに帰って來る人も有るに違ひ無いとは言へ、送られる人の大部分は、とに角、内地の方へ向って出立するのである。例へ一冬でも、あの白い魔物の恣ふる跳凌と底知れぬ沈滞と寂寥とに虐げられねばならぬ此の島の生活から逃れ得るのである。

そして、それを想ふと、（譬へ無意識にせよ）見送りの人々は、軽い嫉妬と、満されぬ憧憬に打ち沈み、暗澹たる幾冬が、不可抗的な力を示し乍ら臥し重って居る未來を考へては、自分の肉体に課税されて居る、自然からの重荷を犇々と身に感じるのであった。

そして、自分達の身に引き替へて、今将に此の島を去って行かうとして居る人々の姿が、いかに明るく晴れ〳〵として居るかを思った。

然し、無論、事實はそんな簡單なものではないので、送られる人々の中にも幸運な人もあれば不幸な人もあった。或る人は、此の新領土に於て、自分の新生涯を築き上げ様とした最初の計畫が、すっかり破れて、今は敗軍の将と成って、おめおめと内地へ引き上げ様として居るのかも知れない。また或人は、すっかり自分の店が持ち切れなくなって、故郷の親戚へ金策に出掛ける所であるかも知れない。

恐らく、左様言ふ人も何人かあったに相違ない。併し、そふ言った幸、不幸を言ふならば送る人も、送られる人も別に変りはない。事に依ると送る人の中には、もっと酷い不幸に面して居る者も有るかも知れない。中には浮沓の枷や、金の鎖に身を縛られて、本意なくも、此の北方の雪の中に朽ち果てる決心をして仕舞ったものも無いとは言へない。

が併し、今はそんな幸、不幸の問題に関して管々しく述べて居る場合ではない。

只、いろいろの事情を別として、送る人は一般に送られる人を羨しく思って居たことを述べて置けばそれでよい。そして、彼等に執って冬の季節が、いかに重荷で有ったかを知って貫へれ

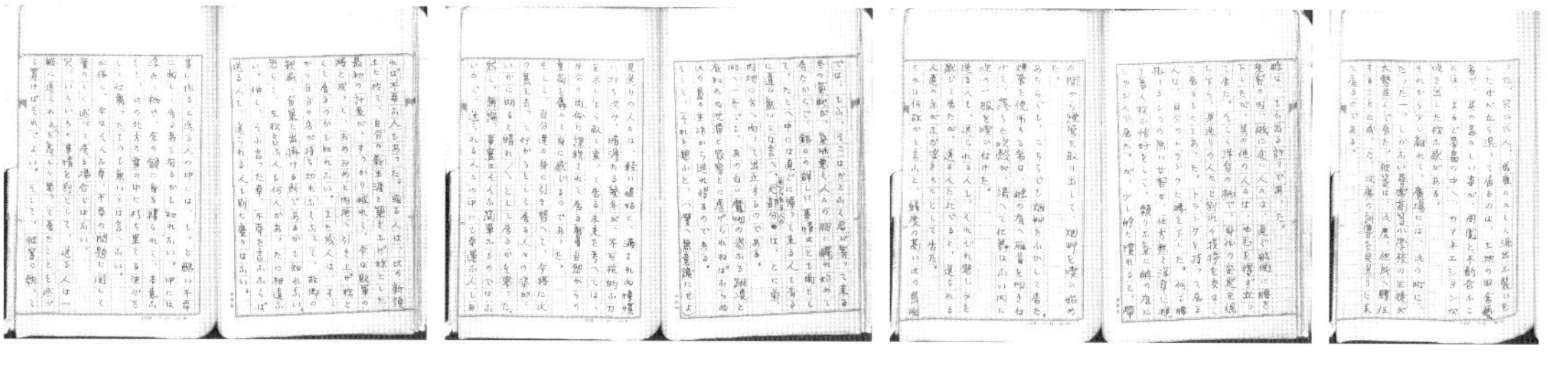

ば、尚更結構である。

しかし、また一面から考へると、一年の大半を氷と吹雪に閉じ込められて過さなければならない此の様な土地では、人々は冬と言ふものに慣れて仕舞って、次才に無神圣に成りはしないかと想像される。無論、其の想像は一面當って居る。併し、中年を過ぎて、此の新領土に渡って來た人々が澤山居ることを忘れてはならない。其の中でも殊に南方の暖い地方から來た人達は、何時まで圣っても冬に慣れはしない。そんなら北方に生れて北方に育った人々は冬に對して平氣で居られたかと言ふに決して左様ではない。

毎年々々、冬が近附いて來る毎に、恐怖と、厭悪と、重苦しい緊張とが、更に新しく彼等の心の上に覆ひ被さって來る。

そして、之等の重荷が、どんなに彼等を壓迫するかと言ふことは、また年毎に蘚る春の陽光が、彼等にとって、どんなに新鮮な希望で有り、且つ、いかに狂氣じみた歡㐂であるか、と、言ふ事と共に、是は一寸、南方の人々の想像を許さぬ所であるらしい。

此の町に一軒しかない古綿打直商の家内の、於さよは、汚れた前掛けを締めた儘で、四つに成る末娘の手を曳いて、見送人達の間に混って居た。

子供の折りに酷く病った上に並外れて近い眼を持った彼女は、先刻から欝掏し相に眼を、細くし乍ら、艀の中に居る自分の伜の姿を、見失ふまいと心掛けて居た。

彼女の息子は、艀の内部でも、岸壁寄りの方に立って居たから、二人の間の距離は、いくらも無かった譯であるが、それでも、眼の悪い於さよに執っては、尚、はつきりと彼の眼鼻立ちを見辨ける事がむづかしかった。

ともすれば、彼の著て居る紺飛白が、一面に茫と霞んで、白い点々丈けが、馬鹿々々しく浮き上って見へたりするのを、堪らなくもどかしく感じ乍ら、彼女は、其の、締りのない口を僅に開いた儘、じっと見守って居た。

何か知らん、澤山に、言ひ忘れた事がある様な、やるせ無い不満足を、どふすることも出來ず、持て餘した形であったが、息子の身に迫って居る不安な將來に對する、とりとめもない心配や、別れに臨んだ緊張や胸騒ぎが、それを征服して居たから、於さよの頭の中は反へって空虚に似た有様を呈して居た。

併し、どふかしたはづみに、「あ、左様だ。是も言って置かなければ。」と、思ふ様な事が遠くの方から、ふつと胸に帰って來ることも有ったが、多勢の人なかであると言ふ事實が「言って置かふとする意圖に抵抗した。

それに、運悪く、息子が滅多に自分の方を注意しなかった爲め、尚更、切掛けを失って、それらの細い注意は、再び於さよの心の隅へ仕舞ひ込まれた。「また、何時か手紙にでも書いてやらふ。」

於さよは、そう思ひ乍ら、黙って立ってゐた。

やがて、艀の人足達が、何事か聲高に罵り始めた。其の聲を聞くと、人々は、愈々艀が岸を離れる瞬間が迫った事を感じた。艀の中と、陸の上で、幾つもの別れの語が、改めて繰り返へされた。

そして艀人足は、遂に纜を解きに掛ったのであるが、其の時、追ひ縋る様に、駆け込んで來た二三人の乗客が有った。

その人達は、必要以上に周章てて居た爲め、其の狼敗した恰好や、がさつな動作は、別れを惜んで居た人々の、濡めやかな雰圍氣に、

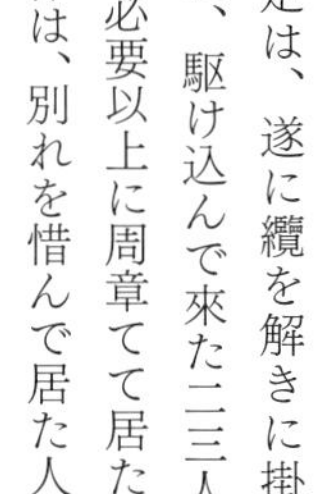

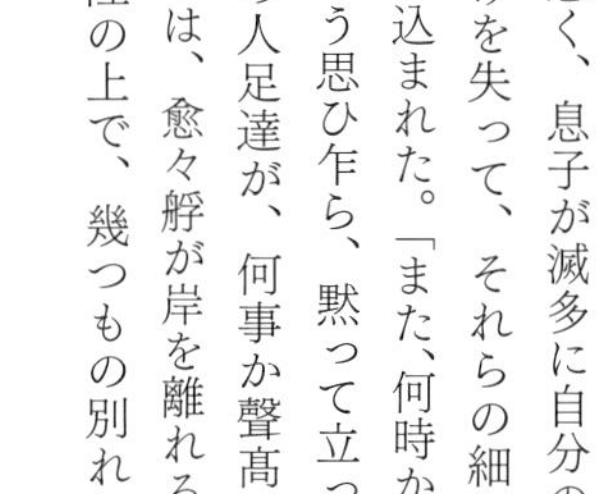

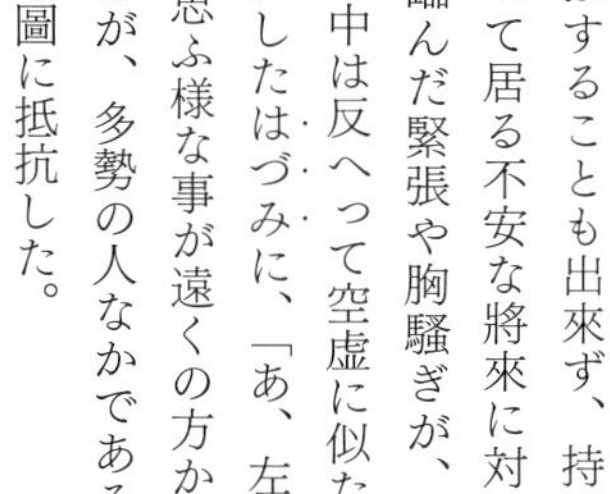

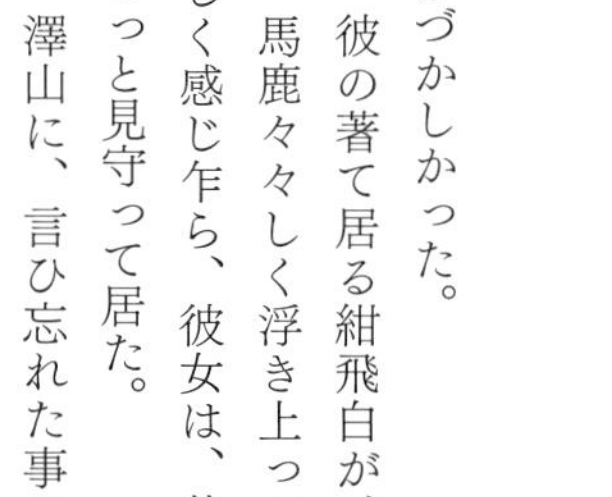

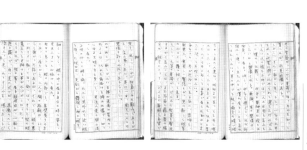

一瞬間異様な混乱を與へた。

すると、それと相前後して、五十近い、商人態の男が一人、帽子も被らずに驅けて來た。

そして於さよと二言、三言、語を交はしたと見る間も無く、岸壁の石段を降りて艀の舷に片足を掛けると、商人らしい機敏さで、於さよの息子の手に何か握らせて置いて、また石段を昇って來た。

於さよの息子には、それが誰で有るか、良く解らなかった。母親と誰か話して居るな、と思った次の瞬間「矢城さん。」と、耳元で呼バれた。

振り向く途端に、もふ何か握らされて居たので。「金。」と、直ぐ頭には來たが、餘りに要領よくやられて仕舞ったのと、それに——場合が場合でもあり——十分見知って居ない相手の顔でも有った爲め、呆氣に取られる暇は有ったが、滿足に礼を述べる丈けの機智を働せる餘裕が無かった。

彼は問ひ掛ける様な眼をして母親の方を見た。母親は「いいから、貰って御置き。」と、言ふ意味を、淋しい笑ひ顔に語らせ乍ら、しよぼしよぼした細い眼を彼に向けて居たが、その道具立ての冴へない顔が、曇り日の薄い光線の本に、変に平たく白けて見へた。

艀は、もふ動き出して居た。

彼は母親の笑ひ顔を見ると、つい釣り込まれて同し表情で答へ様とした。

しかし、直ぐ次の瞬間には、シヤボン玉の膜よりも薄かった母親の笑顔を透して、直ちに内側の悲しい感情をあけすけと見て仕舞った。

すると、半分浮み掛った笑ひが、自分の唇のあたりから、すうつと、薄荷の様に蒸發して仕舞ふのを覺へた。そして、艀が少し宛、岸を離れるに從って、大勢人の立って居る岸壁が、廻り燈朧の様に、ゆらゆらと後の方へ廻って行く様な氣がした。

ほんの僅な間を置いて、彼の視線が、再び母親の顔を促へた時は、もふ其の顔から笑ひも消へ去って、眼丈け、辛ふじて艀の方角を追っては居るものの、視線はしどろもどろに成って居た。此の途端に、彼は迂濶にも、今が今まで、忘れて仕舞って居た母親の眼の悪い事を思ひ出した。と、同時に、「母には、もふ自分の姿が見へて居ないのだ。」と言ふ氣附いた許りの事實が、焼判を當てる様に痛く、彼の心に應へた。

其の刹那、張り切って居た感情の線に何所か一寸したゆるみが出來たと思ふと、酸い様な悲しみの情が、豫期することの出來なかった激しさを以て、總身に滲み渡るのを感じた。

艀が防波堤の外側に出ると、底知れぬ波のうねりが、俟ち構へて居た様に、矢継早やに、押し掛けて來た。

薄暗い波の上では、夥しい鴎が、悲しげな叫び聲を立て乍ら、群り飛んで居た。

始めの内は低く見へて居た汽船の姿が、艀の進むに連れて高くなり、仕舞ひには誰も想像しなかった程高く成った。そして、全く艀が其の腹へ、くっついた時には、眞黒な汽船の圖体が、空の半分を占領して居た。

於さよは、仲々埠頭を去らうとしなかった。母親に手を曳かれた、四つになる子供は、もふ餘程疲れて居た。そして、心の中では、

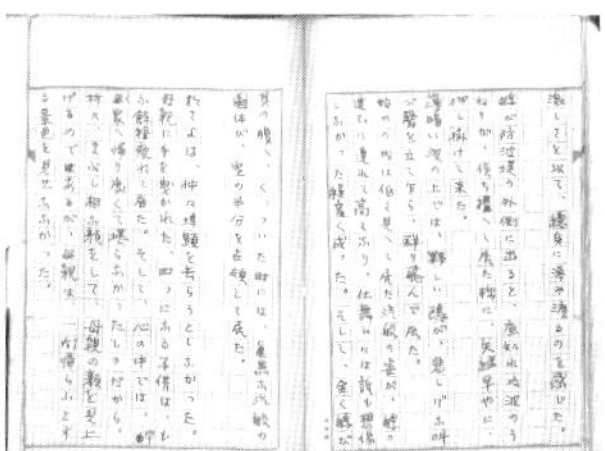
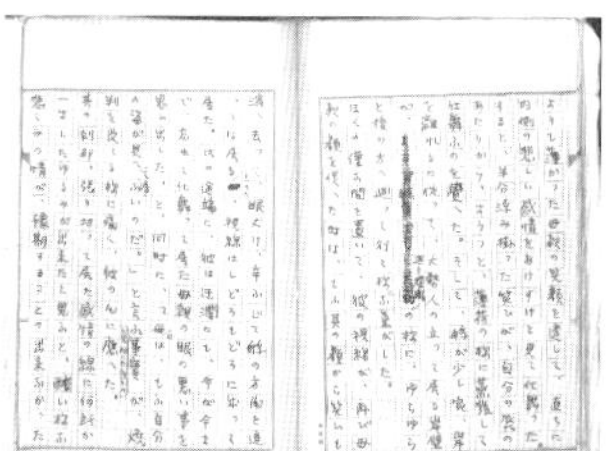
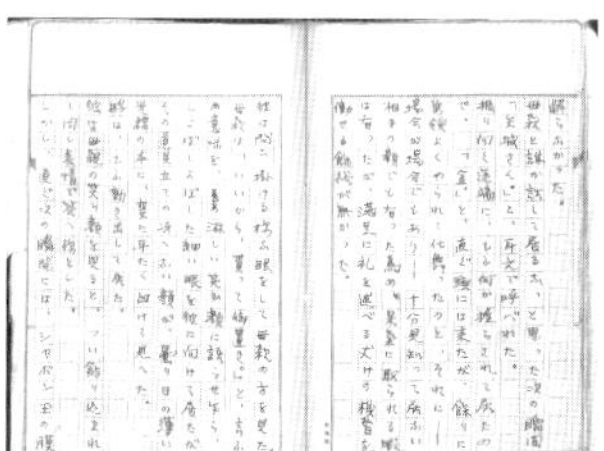
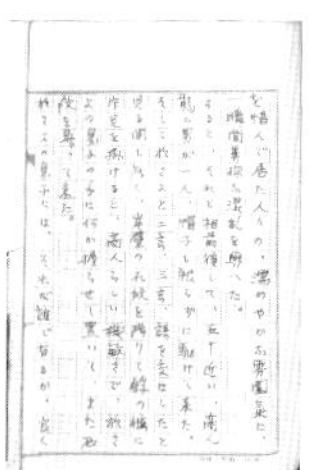

早く家へ帰り度くて堪らなかつたものだから、折々、まぶし相な顔をして、母親の顔を見上げるのであるが、母親は、一向帰らふとする景色を見せなかつた。

しかし、此の女の子は、幼い乍らも、今日は特別の場合であると言ふ事を承知して居たから、出來る丈け辛抱してやる心算で居た。

で、随分、不機嫌には成つて居たが、それでも、御仕舞まで、母親の風に倣つて、殊勝氣に沖合ひを眺めて居た。

於さよは、併し、自分の手に搥つて居る小さい者の存在を忘れ勝ちに成る程興奮して居た。彼女は、貧しい夫に連れ添つて、日夜あくせくと働き徹して居たから、ずいぶん現實の辛さも骨身に應へて居たが、そふした息苦しい境遇も、なほ空想的な彼女の性格の一面を亡して仕舞ふことは出來なかつた。

否、寧ろ、現實からの壓迫が増せば増す程、空想的方面も、それに比例して膨張したとも言へる位である。そして、此の事實は、また生活苦に對する安全辨としても、彼女に役立ち、同時に、その楽天的な半面を、死ぬるまで持ち應へるよすがとも成つた。で、左様した性格を持つた彼女に執つては、此の埠頭に於ける、親子の袂別は、實に、永々記念す可き劇的な場面に違ひなかつたのである。それ許りでなく、彼女は、其の驚く可き想像力から、今日こそ、彼等親子が、此の世界に於て、互いに姿を見失ふ最後の日であると、堅く信じて居た。(そして、後にそれは本當に成つて仕舞つたが。)また、とりとめもない彼女の空想に從ふと、息子の湘吉は、東京へ行て、何か素晴しい成功をする筈に成つて居た。そして、成功をした後の彼は、思ひ出深き今日の別れ(と、實際、そふした語で彼女は考へた)を、幾度となく考へ出しては、泣いて呉れる筈に成つて居た。また、自分で泣く許りではなく、人を摑へては、悲しみ深き今日の印象に就いて、語つて呉れる筈にも成つて居た。彼女は、そふした空想の產む夥しい場面を心に畫き乍ら、快い悲しみに浸つて居たが、「そうそう。」と、不圖思ひ出して咳いた。「さつき、あれに弇の旦那がせん別を下すつたが、あれは弇の旦那を知らない様子だつたから……。」

かふ思ふと、あとで御礼の手紙を出す様に言つてやらなければならないことに氣が附いた。そして忘れぬ内に、それを書き止めて置かなければならぬと思つたので、急に地面にしやがんで、退崩し切つて泣き出し相に成つて居た子供に背中を見せた。家の方へ近付くに從つて、夫の蹈むで居る、綿打ち機械の音が訖しく聞こへて來た。

湘吉は、甲板に出て見様と思ひ乍ら、淺敷の床の下に突込んで置いた下駄を、片方の足で探つて居た。

船室の中は、もふ、人いきれや、煙艸の烟や、いろいろの悪臭で、息苦しい位氤氳《むんく》して居た。無遠慮に評すれば、其の日の大慶丸(此の定期船の名前)の三等客は、貨物と同居して居た。と言ふのは、彼等の船室が必ずしも独立して居なかつた譯ではなく、實際彼等の船室の一層下に船倉は有つたのであるが、其所へ貨物を積み込む爲めには、甲板と、此の船室に在る、大きな蓋を取り除いて、起重機が、けたたましく鳴り始めると、甲板の空中に、大きな荷物が現れて、それが三等客の眼の前をぶらぶらし乍ら、その儘下の船倉へ吸ひ込まれて、どしんと落付くと言ふ寸法通りにやらねばならぬ。で、此の船室の中央の空地は事實に於て積荷の通路に成つて居る譯で、其の埃の酷い事と、臭氣

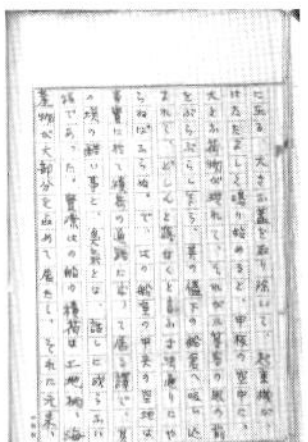

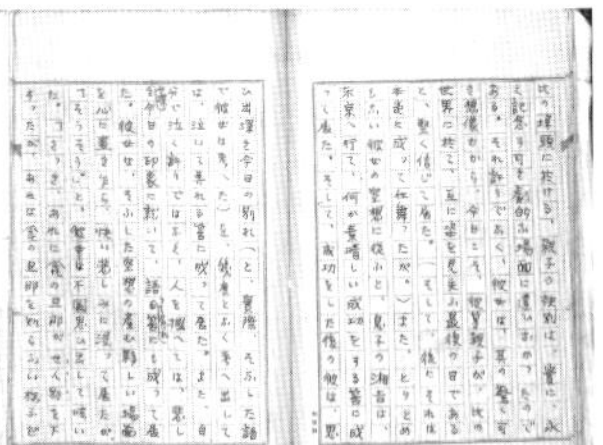
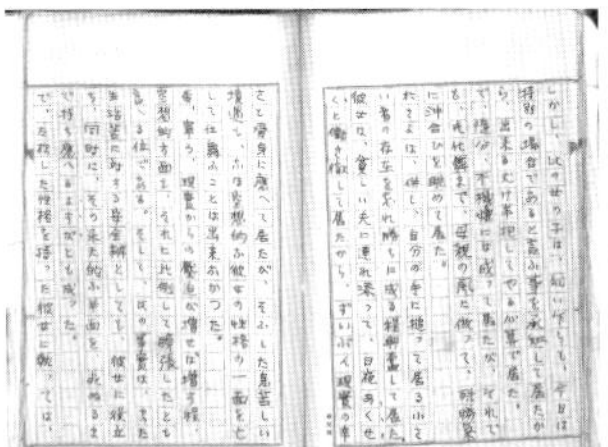

とは、話しに成らない程であった。實際此の船の積荷は土地柄、海産物が大部分を占めて居たし、それに元來、船室の中の臭ひと言ふものが、既に誰も知って居る通り、餘り愉快なものではない。船室本來の臭ひ丈けで、もふ澤山の所へ持って來て、昆布だの棒鱈だの、鰊粕だの、其他、カスぺだの鯣だのと言ふ乾臭の類が、それぞれ負けぬ氣に成って持ち前の臭ひを発散するのだから、たまつたものではない。

併し、それも、やがて起重機が鳴りを沈めて船が出る頃に成れバ、船倉に蓋をされて仕舞ふから、未だいくらかいい様なものであるが、ただ、時とすると、船室の中央の空地が、船倉へ積み切れなかった餘分の荷物によって占領される事もある。丁度運悪く、左様した日に乗り合はせた船客は、此の空地に於て演ぜられる筈に成って居るボーイ達の餘興を断念しなければならなかった。

しかし、本當に、それを残念がるのは、聴き手に廻される客の側よりも、寧ろ聴いて貰ひ度いボーイ達の方で有ったと言っても、決して間違っては居ない。

一体船のボーイと言ふものは、何故か不思議に浪花節を嗜む奴が多く、それも、大概申し合はせた様に、中山安兵衛生立と決って居るものだが、果して、此の大慶丸の中にも、中山安兵ヱ専問のボーイが一人居た。それから今一人のボーイは筑前琵琶をやったが、是はまた、赤桓源藏徳利の別れと言ふのを専攻して居たから、此の船の餘興は、宛も義士會の様な觀を呈した。

其他には、砥石に掛けた様なフィルムが二三本有ったが、是は、折角手数を掛けて映寫しても、砂利で眼を擦られる様な感銘しか受けなかった爲め、客の評判も餘り良くなかったしボーイ達も、功果のないものに手数を掛けるよりも、自分達の咽を聞いて貰った方が、遙に爽快で有ったから、滅多に映寫機を引ぱり出さふとはしなかった。そればかりでなく、此のフィルムは眼の衛生上面白くないと言ふ意見を、一度事務長が吐露してから後は、もふ全く映寫機に用事がなくなって仕舞った。

餘興とは言っても、其の内容は、以上の様な有様で、決して人々の期待を繋ぎ得る様な代物では無かったが、それでも、無聊に苦しんで居る時、思ひ掛けなく（實際乗客達は誰一人として餘興の事などを自分の旅程に加へては居なかったから）黄色い聲を張り上げて、退屈を紛らして呉れる道化者が現れるのを見ると、乗客達は一せいに喝采した。そして眞價以上に彼等の藝を賞讃するのが常であった。それは單に、ボーイ達に対する御杳辞の意味許りではなく、懐を傷めることなくして（もっとも中には、いくらかの御祝儀を出す特志家も居たが）案外小器用な語り口を聴き得た意外の儲けを、成る可く強く意識し度い打算的な動機からでもあった。が、それは兎も角として、ボーイ達の身に成れば、褒められる事は、譬へ御杳辞にも、悪い氣はしなかった。それに泡良くば、御祝儀のはした金にも有り付けると言ふのだから、どちらかと言へば、彼等は積荷の少い事を希望して居た。

所が積荷は何時果てる様子もなく、起重機は落雷の様な音を立て續けて居たから、此の分では餘興場も塞って仕舞ふに相違ないと見込んで、彼等は、常よりも不機嫌に成って居た。

しかし、此の様な喧騒や悪臭にも係らず、乗客の或る者は、その骨組のがっしりした熊の様な躯を、二段に成って居る堅い牀の上へ、恣に投げ出して、正体もなく鼾を立てて居た。また或

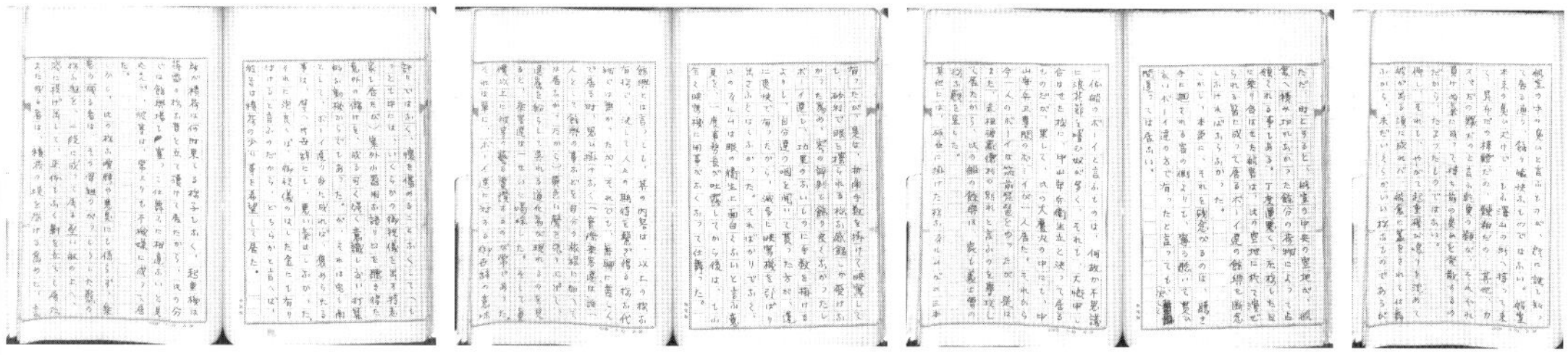

る者は、積荷の埃を除ける爲めに、言ひ譯けの様に張られた古いカンバスの影になって居る小暗い片隅で、壜詰の喇叭呑みをやって居た。

また、或る人達は、仲間内で車座に成って、湯呑み茶碗を盃代りに、やり取りし乍ら、蟹の罐詰を突衝き合って居た。

一見した所、前からの乗客も、新しく此の港から乗り込んだ人々も、全く同し様子で、殆と見辨けが付かなかった。と、言ふのは、新しい乘り合ひも、自分の座席が決るや否や、直ぐに周圍と同し様な事を始めたからで、例へば、行ける口を持った連中は、待ち兼ねた様に壜詰を持ち出したし、寝るものは、直ぐ横に成って眠て仕舞った。そして僅の間にもふ三日も以前から船に乘り續けて居たかの様に、此所の空氣に順染んで仕舞った許りでなく、退屈相な顔つきまでもが、前からの連中と同し様になって來た。

中には寝そべって、変な節をつけて講談本を読んで居る人も有ったが、暫くすると、のこのこと坐り直して、立て續けに不態《さま》な欠伸をしたかと思ふと、氣の抜けた様な表情で、そのやにのたまった眼を、ぼんやりと周圍に放つて居た。

學校の生徒達に送られて來た若い訓導の夫婦は、しきりに小さい子供達の世話を焼いて居た。此の訓導の一族の直ぐ隣に、古風な鳥打を被った湘吉が坐って居た。

煙艸の吹殻や、果物の皮や、菓子の包紙や、空壜などが一杯に散らかされ、所々汚い水に濡れてじめじめして居る通路や、ともすれば足を蹈み辷らし相な、急勾配の階段を圣て、まもなく、湘吉は、空氣の冷へ〳〵とした甲板に出た。

甲板には、餘り人影が無かった。

只、四五人連れの客が、一塊りに成って陸地の方を眺めて居た。

船の積荷は未だ續いて居た。

起重機は騒々しい音を立て乍ら、其の巨大な鉄挺を悠長に働かせて居た。

船の横腹には、貨物を山の様に積んだ艀が、何艘も〳〵吸ひ付いて波に搖られて居た。

陸地は、一眼に見渡された。

是と言ふ、光った山もない代りに、平野も全く無い。一体にならされた小高い丘峻が、何所までも〳〵續いて居た。樹木は、殆ど見へない。もっとも、今から二十年も以前は、此のあたりの丘峻も、欝蒼たる森林に覆はれて居たのであるが、此の土地の最初の移住者達が、殆ど無制限に樹木を切り出して仕舞った爲め、今では、見渡す限りの艸山と成って仕舞ったのである。

その草山の麓へ、將棋の駒を一列に並べた様に見へる、一里足らずの軒並みが此の港町の全景で、沖遠くから眺めると、只の一波で、すっかり淩って行かれ相に心細く見へる。

此の島の領土を覆ふて居る餘りに單調な色彩や、もどかしい位にまで、單純な丘峻の外廓線は、島影一つ見へない、とりとめもない海の形と助け合って、自然の姿を、いやが上にも單純化し、其の不可思議な寂寥や、涯しのない氣味悪さを露骨に示して居た。

そして、此の底知れぬ自然の中で、滑稽な程小さい姿を曝して居る町の全景を見ると、湘吉は、あんな小ぽけな吉界の中で、小ぽけなものを生活の対象とし、小ぽけなものに日夜拘泥はり乍ら暮して居た、今までの生活が、たまらなく馬鹿々々しいものに思へて來た。

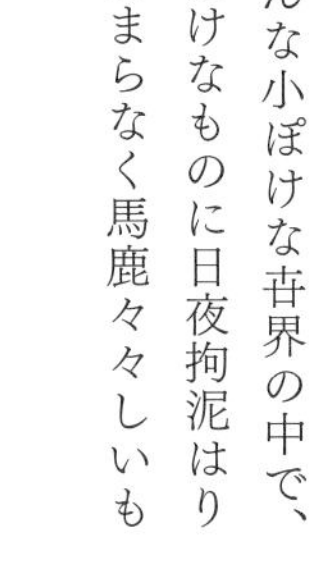
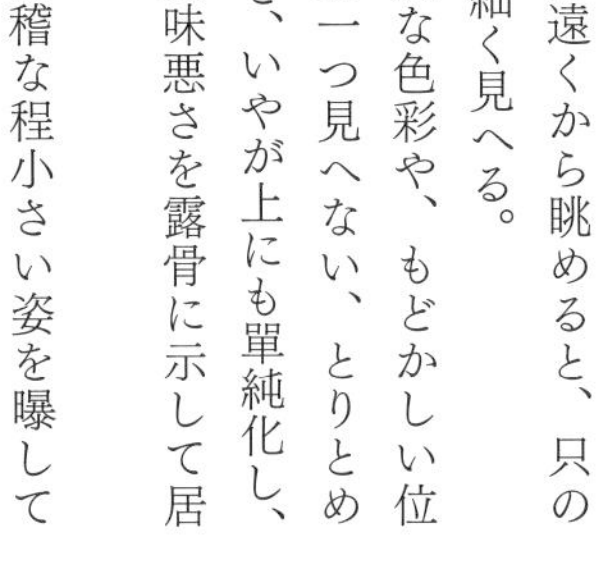
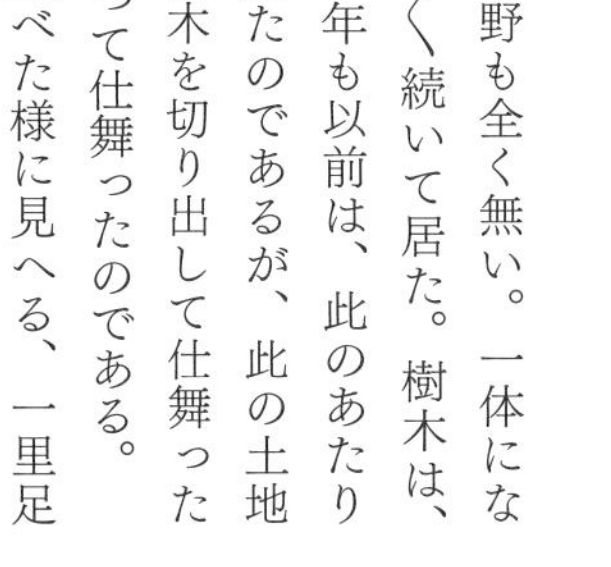
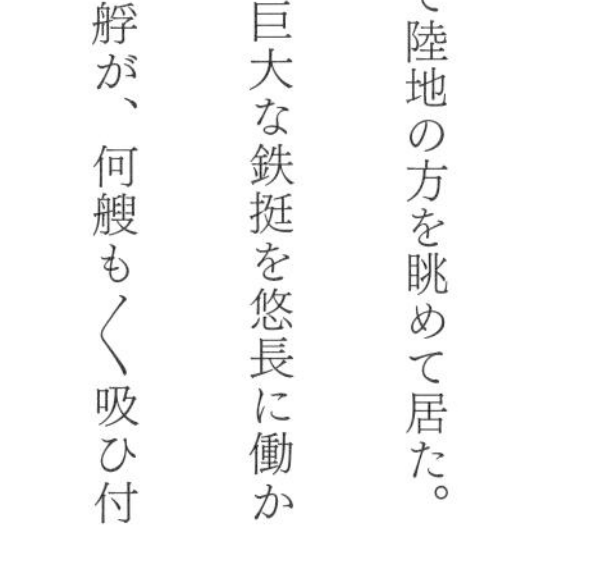

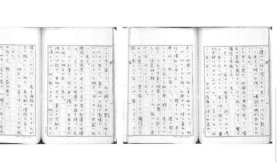

そふは思って見ても、現在、自分が親達に対する愛惜の念や、引き込まれる様な淋しさに壓倒されて居る事に氣が附くと、今の様な、超越的な氣分こそは、ほんの一時的の空しい現象に過ぎないので、人間はやはり何所へ行ても、つまりは小さい世界にもぐり込んで、小さいものを対象として生きて行く様に、小さく造られて居るものかも知れないと思ひ返へした。

彼は、そんな事を考へ乍ら、無意識に甲板の上を、ぶらついて居たが、例の四五人連れの乗客の近くへ來た時、不圖、其中の一人に見覺へがある様に思ったので、注意して見るとそれは、此の頃街の粗末な芝居小屋に掛って居た新派劇の中の一人であった。

其の男は少し出齒で、並より背が高く、金縁の眼鏡を掛けて居た。其他の数名は、無論、同し仲間で、次々と顔を眼で追って行くに従って、確に見覺へのある女形や座長格の男も混って居ることが發見せられた。

今から十日許り前には、湘吉は町の或る大きな商店で小僧として働いて居た。

そして、此の旅役者の一座が、晝間は俄音樂手に変じて、或ひは太鼓を叩き、或ひは喇叭を、或ひはクラリネットを吹いて、「煙も見へず雲も無く、風も起らず波立たず。・・・・・。」と、誰しも知って居る、あの古い軍歌を奏し乍ら、町觸れをして通るのを、彼は自分の奉公して居る店先きで眺めて居た。

そして、或る一日の如きは、大太鼓を叩く役目と、辻々で口上を述べる役目を受持って居る例の近眼鏡の男が、楽隊の行進中に、躓いて、不体裁な轉び方をした。

もとより、悪い事には、重い太鼓を、バンドで身体に結び付けて居たために、彼は容易に起き上ることが出來なかった許りでなく、其の腹の上の大きな太鼓は、彼の轉んだ姿を、二倍以上の滑稽なものにしたから、それは、三倍位に成って仕舞った。

丁度、其の時樂隊を見る爲めに店先きに出て居た女子供達は、是を眺めて、腹の皮を紙捻《かんよ》りにする程笑ったから、其の男は、氣の毒な位、顔を赭くして、やっと洋服の土を拂ひ乍ら、照れかくしに苦しい笑顔を見せたが、彼が笑ふと、日頃は務めて隠す様にして居る雄大な前齒が出て、奥の方に在る金の入齒が卑しく光った。やがて、樂隊は、再び隊伍を整へて、「・・・・・鏡の如き黄海は、曇り初めたり時の間に・・・・。」と、何事も無かった様に行進を續けて行たのであるが、此の出來事の總てを、湘吉は、店の前へ水を撒き乍ら見て居た。打水に濡れた地面には夕焼けの赤い色が映って居た。

後に店の方から芝居にやって呉れた時に、彼は、例の大太鼓の男が「華族の若様」に扮して、人間放れのした、一種異様な性格を演出して居るのを見て帰った。

併し、其の當時は、自分が此の町に別れて、船に乗り込む時が、こんなに近くへ迫って居やうなどとは夢にも考へて居なかった。だから、彼等の一座に対しても、只單に、是から後、此の町に於て、幾つとなく送迎しなければならない、旅役者の群の一つとして、さり氣ない一瞥を與へて居た許りである。

所が、今、かうして思ひ掛けなく、一つ船に乗り合はせて此の港を去る事になって見ると、今更らしく感慨めいたものに促はれて、運命と言ふ様な事を淋しく考へこんで居た。

起重機の騒しい音の合間々々に、折々彼等の話聲が聞へて來たが、其の聲は、傷々しい程嗄れた、響かぬ聲であった。

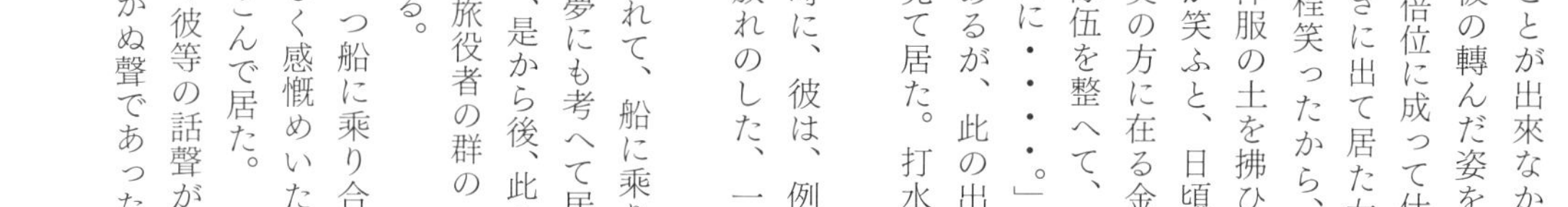

空氣の重く沈んだ店の上りはなに坐って、をさよは、打ち直しの仕上った綿を、新聞紙で包んでは細い縄で縛って居た。一日どんよりと曇って居た空の、どこやらから夕闇が迫って、未だ電氣の來ない店の中には物悲しい様な暗さが漂って居た。直ぐ側の土間に据へてある機械の上では、黙々として夫が働いて居た。

毎日聞き順れた機械の音が、疲れた様な拍子と、陰欝な響きを藏して何時までも、何時までも續いて居た。

末娘は、奥の間で一人遊んで居た。

十二になる上の娘は、母親の代りに台所で働いて居た。彼女は台所の土間に立って、ランプのホヤを磨いて居たが、折々後を向いて、盛に湯氣を擧げている飯のかかった鉄鍋に注意して居た。

「また飯が焦げる様だが、いいのか。」

突然、機械の音に混って父親のどなる聲が聞へて來たので、此の子は一瞬間びくっとしたが、直ぐ平氣な様子に戻って、格別返事も仕なかった。父親の聲も、それ切りで、後は、また退屈な機械の音が何時までも続いて居た。

電氣が、そつと氣兼ねする様に點った。

前垂にくっついた縄屑を氣にして、一つ一つ指でつまみ取り乍ら於さよは立ち上った。

そして機械の横に立って、夫を見上げ乍ら、「もふ明日になさらんか。」と言った。

彼は、機械を踏み乍ら、ちらと自分の家内の方へ一瞥を呉れた。眼性のよくない於さよの眼が、常よりも一層しよぼしよぼして居る様に彼には見へた。其の瞬間、老年と共に、乾し固まった彼の感情の何所かに、未だ本當に涸れ切らない、ぶよぶよした所が残って居るのを不圖意識した。すると何故だか腹立たしく成った。そして、もふおさよの方を見やふともしないで、其の儘、暫らく機械を踏み続けた。

父親は長飯だった。

それで、今日の晩飯も、子供らと、於さよが先きに濟んで仕舞った。

於さよは、自分達の茶碗丈け片附けて仕舞ふと「あなた、すまないけど、一人で食べて下さい。一寸、船を見て來ますから。」と言って、一人の子供を負ぶって、もふ一人の子供と一緒に出掛け様とした。

すると、表から出掛け様とする母親の様子を見て、上の子供が、「御母さん、浜へ出る心算？　船なら、後の山の方が、良く見へるよ。」と言ったので、彼女は、子供の意見に從って山に登る事に決めた。で、裏口から出て行った。

後に一人殘った彼女の夫は、長い飯を終へると暫らくがぶがぶ茶を呑んだり、楊子で、執念く歯を突衝いたり、大きな、おくびの聲を洩したりして居たが、やがて、其の儘其所へ横に成って新聞を讀みに掛ったのであるが、未だ、其の裏面をひっくりかへさない内に眠って仕舞った。

「おまへは、どうして今日兄さんの見送りに來なかったのだえ。」

母親は、ぜいぜい息を切らして山道を登り乍ら、自分の娘に訊いた。

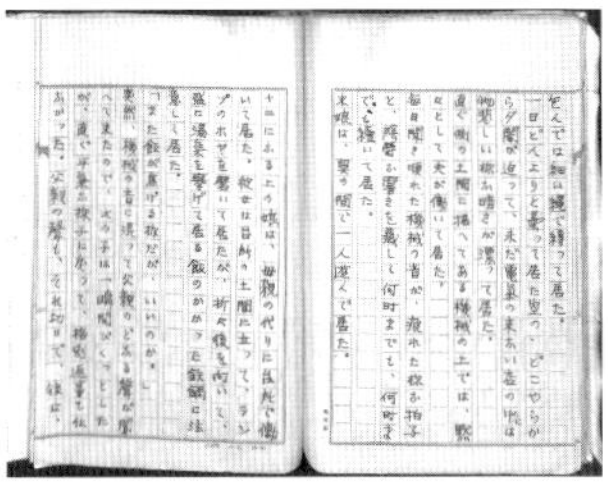
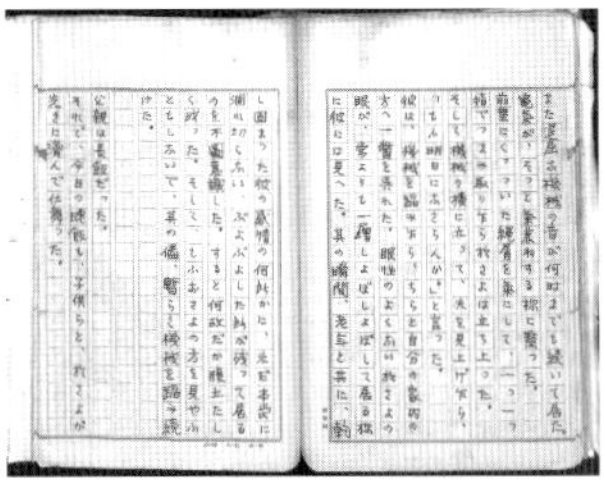
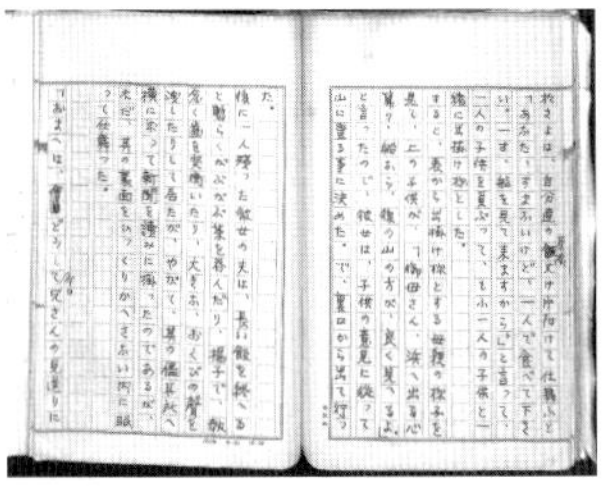

日は、もふ暮れて居たが、西の水平線の上に帯の様に一筋雲の切れた所があって、其所の水色の薄明りが、陸地を仄かに照して居た。

「だって、生徒はみんな縣先生の見送りをしないばならなかったんだもの。」

「それは解ってるけれど、自分の家の人が立つのだもの、先生に願って、おまへ丈け、よこして貰ふ様、頼んで見ればよかったものを。」

「だけど、私何だか。

もふ仕方がないよ。今、そんなことを言つたかて。ああ、綺麗だ。

まあ！　ほら、御母さん、よく見へるよう。船の灯が。」

「そうかへ。ああ、本當だ。」

「兄さんは、きっと今頃、甲板からこちらを見て居るだらふね。

何だい。此の蕗の葉っぱが邪魔をして仕様がない奴だ。」

「どふして、何時までも船が出ないんだらふ。

餘程積荷が有つたと見へる。」

「ほれ、見なさい。私の言つた通りだろ。

御母さんは、もふ船は居ない居ないと言ったじやないの。」

「それでも、こんなに出帆が遲くなる事は、今までに無かつた事だもの。」

「御母さんはあの船の灯が幾つあるか勘定が出來るかい。」

「そんなことは出來ないさ。ただごちやごちやと一所明るく見へる丈けだよ。」

彼等は、見晴らしのいい、丘崚の中腹に立ってこんな會話をやりとりして居た。母親の背中の子は、もふ、かすかな鼾を洩して居た。


沖から吹いて來る濕った風が、折々、其所ら一杯に茂って居る、丈の高い蕗や雑草をざわざわと搖がせた。

於さよは、瞬きもせずに沖の船の灯に見入つて居た。明日の朝は、もふ、此所に登つて見ても、あの廣い海面に、無数の漣の他、何物を發見する事も出來ないのだ。

かふ考へると、かふした儘で、何時出るか、はつきりと解らない其の船の動き出すのを、見届けたい氣がしてならなかった。

併し、背中に眠って居る子供が次才に堪へ難い壓迫を彼女の肉体に加へ始めた。

彼女は、もふしびれ相に成って居る腕に新しく力を罩めるために幾度も歯を喰ひしばった。

於さよ達が山から下りて、うたたねをして居る父親を搖り起して居る時、湘吉の乘った船は錨を巻いて居た。

夜陰に錨を巻く音は、暗い波の上を滑って、町の人々の耳に這入った。

於さよの家でも、子供が耳さとく、是を聴きつけた。

「御母さん。錨を巻いてるよ、船が、ほら。」

カラカラ、カラカラと言ふ冴えた音が、断続して、長い間聞へて居た。

湘吉は、船が動き出す時、もう一度甲板に出て見た。

暗い甲板の上には、矢張り、名殘りを惜んで居るらしい、黒い人影が、ぼつぼつ、陸地の側の欄干に倚つて居た。

銅羅を叩き乍ら一人の水夫が足早やに行き過ぎると、スクリユーに揉まれてざわざわと泡立つ潮の音が後尾の方から聞へて來た。

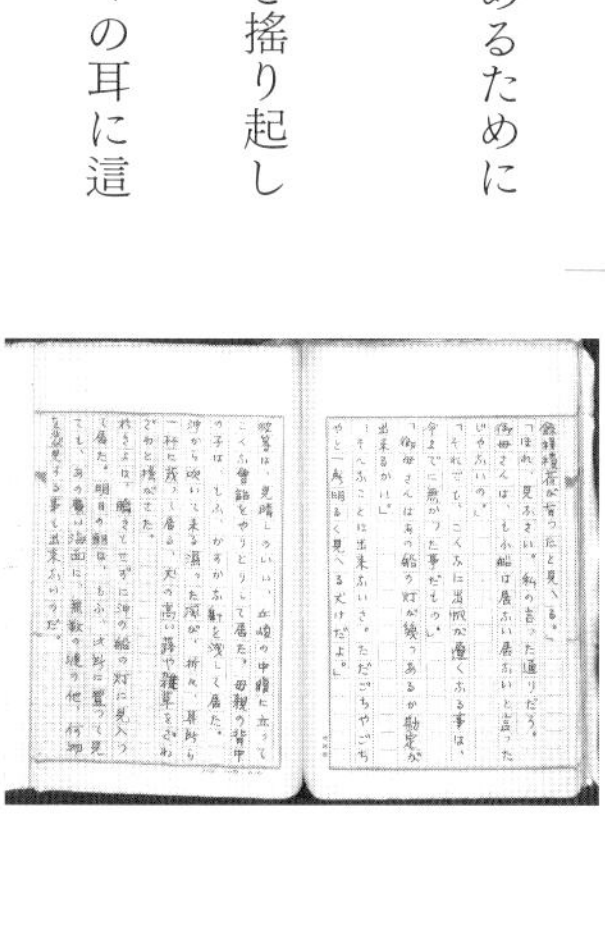

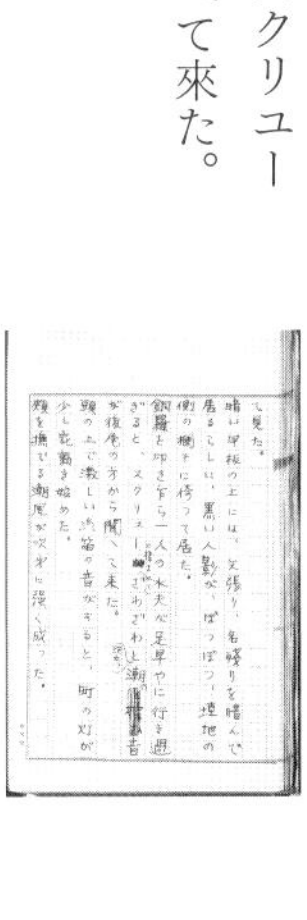

頭の上で激しい汽笛の音がすると、町の灯が少し宛動き始めた。頬を撫でる潮風が次才に強く成った。船は、底知れぬ闇の中へ、潮を蹴立て乍ら、ずんずん突き進んで行た。

湘吉が、自分の席に帰ると、船室では一寸した騒動が持ち上った。始め、何が原因かは解らないが、一人の船客がボーイを叱って居た。其の人はがっしりした大柄な体格を持った年寄りで、不敵な面魂をして居たが、二言　三言、何か言ってボーイの一人に當つて居たと思ふと、今まで瓢きんに客の間を飛び廻って居たボーイが、急に居直って、威勢のいい啖呵を切り始めた。大勢の乗客は此のボーイの激しい豹変に驚いた許りでなく、當の年寄りも暫らくは呆氣に執られた様子で有ったが、それ切り黙って仕舞った。

就中湘吉は非常に驚いたが、改めて、其のボーイの顔を見直すと、パラフィン紙の様な疳癖らしい皮膚をした男で、慓悍の氣が顔の表情に溢れて居た。

彼は、訛の有る江戸児で、何とか三界から、何とかの果てに掛けて、流れ歩いた身之上だとか、今でこそ船のボーイに成って、御客にペコペコと頭を下げて居るが、かふなる原は惨ざつぱら、人のやらねえ様な事もやって來た末だ。それで、つまり、御前達の様な田舎爺に頭ごなしにやつつけられて、文句もなしに小さく成って居る様な兄さんとは、憚り乍ら兄さんが違ふ。少しは相手を見て物を言ふがいいのである。氣を附けろ、間抜け奴。と言った様な意味で、盛に啖呵を切ったのはいいのであるが、客の中から心得顔のまあまあ連中が飛び出して、大いに苦勞を歪て來た様な聲でなだめ様としたし、他のボーイ達も泡を食って止めに掛った、是がいけなかった。

彼は自分の啖呵にのぼせて、以前よりも一層感激して居たから、止められると、茲に勇氣は愈々百倍して、到々何所に隠して居たか、短刀を抜いて仕舞つたのであるが、此の短刀は、確に本物で有ったから、芝居の銀紙の様に矢鱈に光りはしなかった代りに、淀んだ様な凄味が刃渡りに沿ふてかげらふて居た。

是を見ると湘吉は、愈々驚いて仕舞つた。思はず片唾を呑んだのであるが、それよりも一層彼を驚したものが他に有った。それは先刻からの例の年寄の態度で、彼は、つい先刻ぴたりと口をつぐむで以來、ボーイのあらゆる悪口雑言、罵りざんぼうにも不係、只の一言も受け答へをしなかった。そして、ゆつたりと構へたまま、平靜に坐り通して居たが、その表情の何所の隅をケン微鏡で仔細に檢べて見ても、ボーイの悪体から受ける影響を發見する事は出來なかったに相違ない。

そして、彼の此の尊敬す可き態度は、ボーイが短刀を抜いてからも些も変化しなかった。彼は殊によると短刀を見なかつたかも知れぬが、併し「おい、よせやい、馬鹿なことを。」「危い、危いじやないか。」「引っこめろ、そんなものを！　どふするんだ、危い。」此の様な人々の叫びを聞かぬ譯には行かなかった筈である。それでも彼は全然事件に關係の無い様な表情を持ち続けて居た。そして、其所に何等の不自然も、技巧も見へなかつた。だから、實際は、實に珍妙な光景であつた。もし此の事件の中途から此の船室の中へ這入つて來た人が有ったとしたならば、其の人は、相手も無く只一人短刀を振り舞して居る狂人の様な

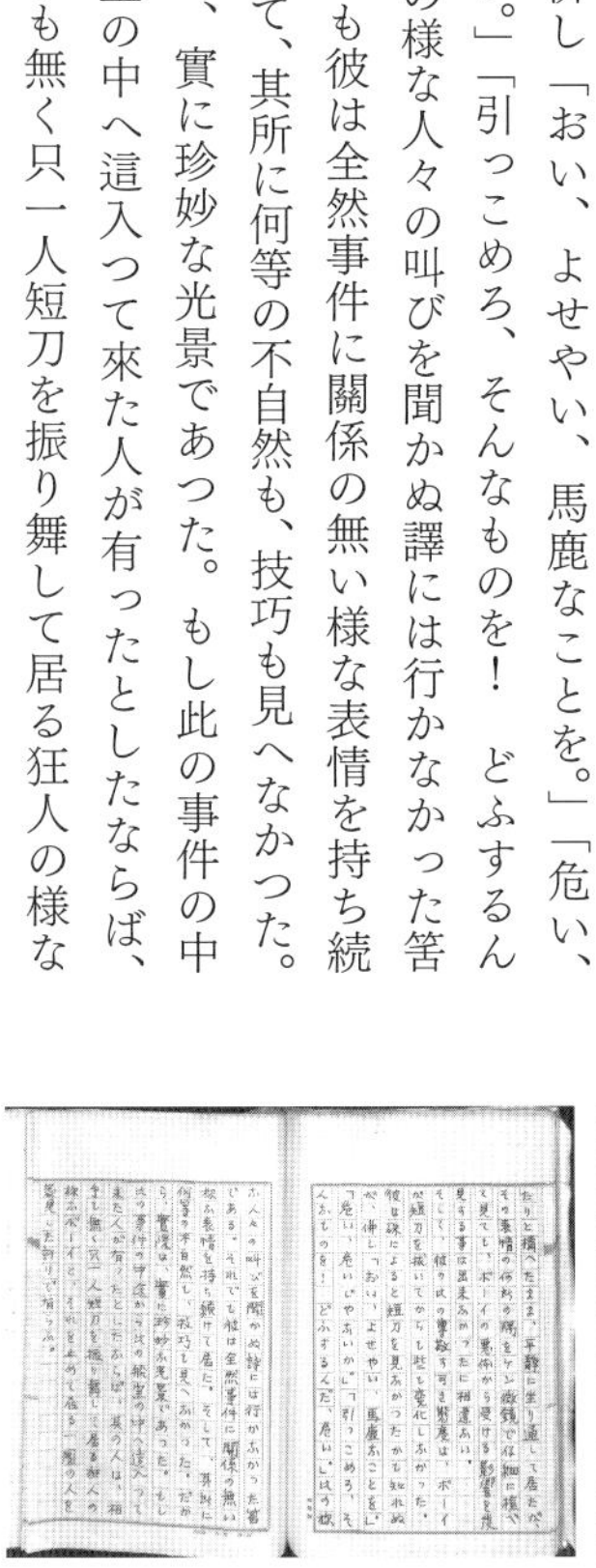
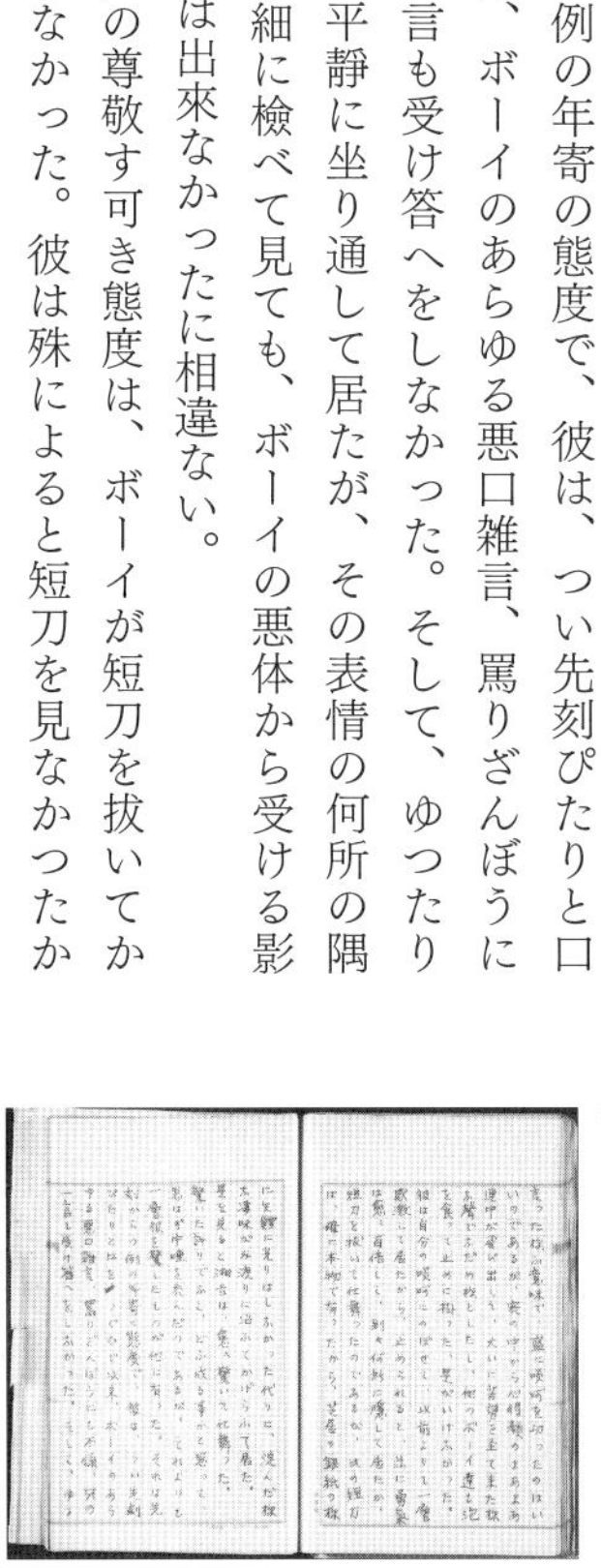
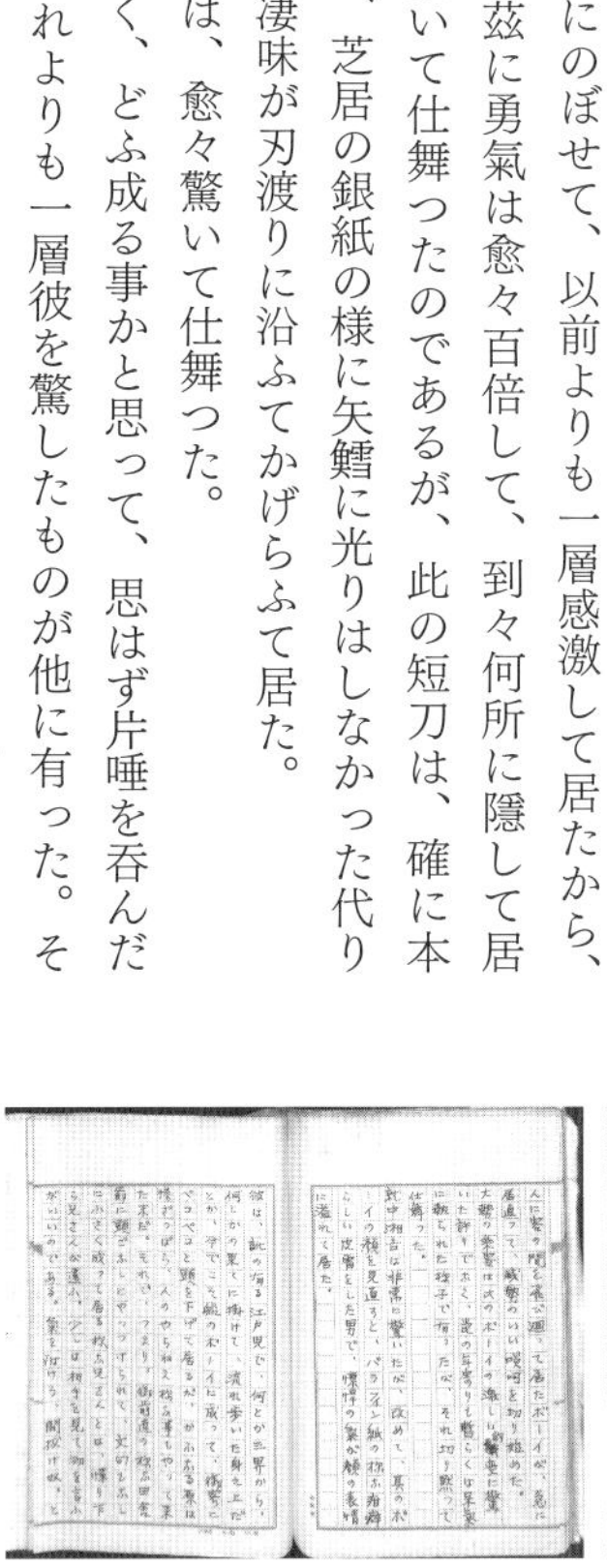
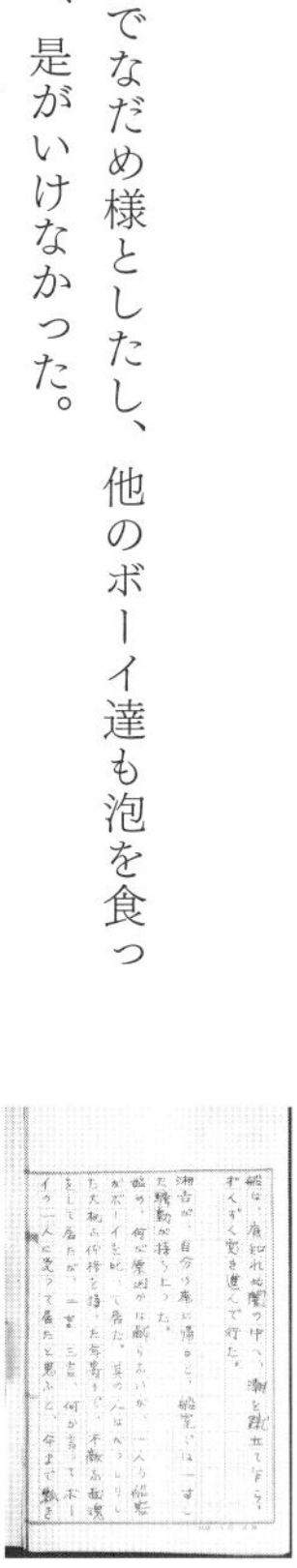

ボーイと、それを止めて居る一團の人を發見した許りで有らふ。

やがて、何時の間にか、此の騒ぎも沈まつた。

湘吉は、眠らふとして居た。

規則的なスクリユーの響きが、船体を、神圣質に小突き通して居た。

眼をつぶると、自分の乗っている船が、闇を貫いて、恐しい速力で、飛んで行く姿が見へた。折々、どさり、どさりと舷側に波浪のかぶる音が聞へる。

隣の教員の家族達は、もふ寝たのか、身動きとしなくなつて仕舞った。

湘吉はうとうとと、半睡半醒の状態を続けて居た。

不圖氣が付くと、誰か、向ふの淺敷で、追分をやつて居る。

どうも、見當が、先刻の年寄らしく思へる。

〽忍路　高島　及びも　無いが。

　　せめて歌棄　磯谷まで。

錆のある、いい聲であつた。節廻しも練れて居る。

聞き惚れて居る内また眠氣が誘つて來た。

歌に交って、時々どさりと波が押被せる。

〽帯も十勝で其の儘根室
　　落つる涙が幌泉。

乗客は、みんな聞き惚れて居る様子であった。湘吉の半分眠って居る頭へ、歌の聲と波の音が混って何時までも快く響いて來た。

追分よりも、未だ北の海の上であつた。

　　　大正十五年　五月廿八日。

批評欄

一番槍御免。

表紙何時もの氣合ひはこもつて居るが、少し手際は良くない。

あの紅の色も、しつくりと行かない。放膽に描き捨ててしかし、全体として何所かキユツと締めて居るのは流石である。

やんちやんと剃刀。

始めのネオしんらつ派の宣言は小生には何の事やら判らぬが、だんく＼本文を讀んで居る内、是は意外に面白いものだと思った。

今までの様に変に取り濟ました所や、妙に臭苦しい所が無くなって、おつとりと餘裕が出來、そしてずいぶんきめも細く、しっとりと艶も掛って居る。ただ時々作者の片意地な主観がちらと窺くが、是も別に大して苦には成らない。どこまでも冷静に眺めて居る。あの沈めた感情もよい。(「嗚呼やんちやんやんちやんやんちやん、気の毒なんだ、君は云々」と言ふあの数行は全体の効果から言っても、無い方がいいと思ふが奈如。)

ことに全体に流れて居る自然なユーモアを好む、もう一寸であくどく成る所をうまく蹈み止って居る。

一二ヶ所ひらつて等と言ふ語を見たが、あれは當然ひろってである可きだらふ。

短い割にやんちやんと言ふ人の面目も、その後につながって居

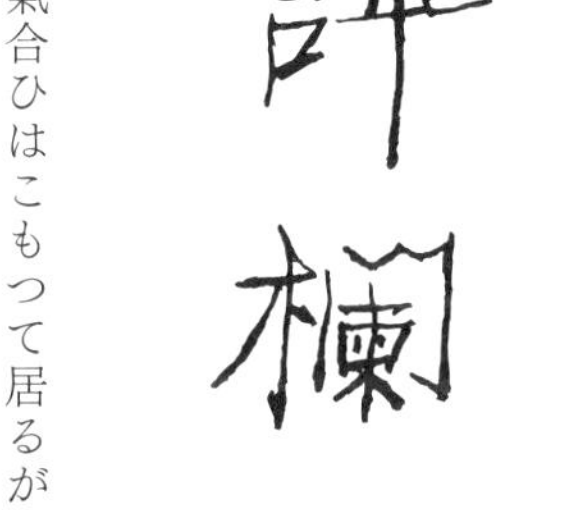
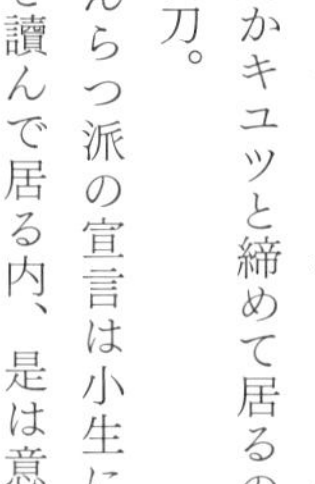
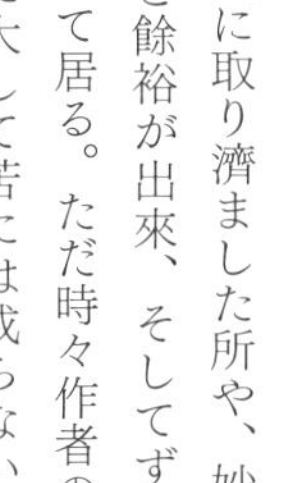
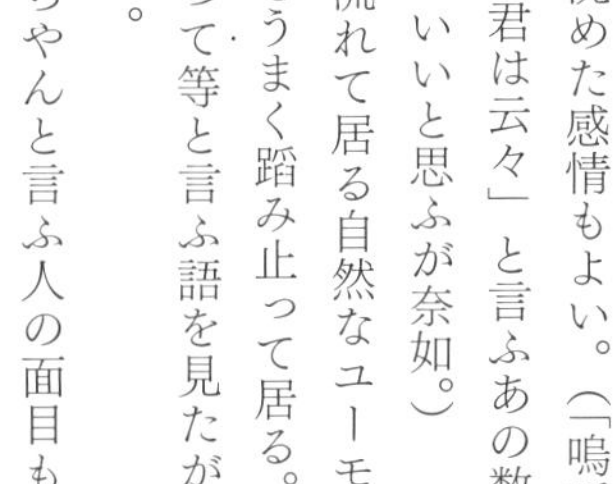

下段、「一番槍御免。」からはじまる批評は池内義豊筆。

る多くの人の生活の種々相も出て居るし、とに角中村君の中では近來の傑作である。御仕舞を輕いユーモアで流して仕舞った所も、あの変な笑ひ声を除けば、一種の味に成って居る。

無題の方は、中村君自身でも一寸恥し相にして居たが、是は多分つまらないものと言ってもよいのであらふ。

一言にして言へば君はあんな事を言ふ柄でないのである。どこまでも、いぶしを掛けて、沈めて、淡めて、銀の調子で行く可きである。君が恋愛告白小説なんぞと來た日には、御氣の毒で眼もあてられない感じがしますよ、全く。

そこで批評は此の通り、實に見上げた腕前であるが、小生の書いたものは、あんなに長いのに、何を書いたのやらさっぱり解らないので、少々閉口する。「いや、そうケンソンしたものでもないさ。」などと煽てて貰ひ爲めに、こんなにケンソンするのだらふ、と、實は見抜かれる事が甚だ恐しいが、其所まで見抜く腕前があったら、もう一つ、本當にケンソン仕って居ることを見抜いて貰ひ度い。とに角、此度のは、どうも途中で逃げ様〱として居るのが自分でも眼につく、道楽にも文字を弄ばうとする以上、もう少し考へ直す必要を認める。以上。


端折《ハシオ》つて、なるべく簡單に感想の要点を述べる。時間がないからである。御自分の借金の保証人としてハンコを捺せといつて三度目の襲撃をして來た人があるので、それを拒絶しにこちらから出かけて行くので明日の日曜がつぶれて了ふからである。

当然、主になつてやつて行かねばならぬ筈のあし、お昌さんが停滞しだしてから、二度目か三度目、しかも、こんなに相当の量と質とを備へて出來上つた本號であるから、もつと念をいれて読むべきであるけれどそれが出來ぬのは濟まぬことである。
〇やんちゃんと剃刀——「目的に向つて猪突猛進する勇気はあつても其方法を知らぬ人」「膂力だけはあるが何を何のために、積上げ、建設したらい、のかしらぬ人」—としてのやんちゃん、「世間普通の基督者となるには頭がよすぎる—けれど他を虐壓する力がない故に、自分自身を虐壓する様な、キリスト教的「良心」でひしがれてゐるおもわせぶりな人」—としての自殺した失恋詩人、
一方は、謂はゞ、四肢と腹だけの人間、一方は頭と眼だけの人間、—此二個の、現代の代表的典型人物即、新ドン・キホーテと新ハムレットとを捉へて來つて、これを、それ〴〵の失恋と云ふ事件の中に置いて、思ふ存分、其双方の欠点と—何よりも双方の不自由などぢこめられた宿命的関心—とを、描出してみせてくれた。一幅のカリカチユーア。
ネオしんらつ派の宣言—と云ふ初めの文を読んでから後、本文の裏に潜んだ作者の意味を探穿してみるとそう云ふことになるであらうと思ふ。こう思つてみると「自由なる精神におくる」—と冠附けしたところの作者の創作動機も又明になる。けれど、又それだけに、(不自由なる精神に教へやう)とするあせりと片意地とが、一方相当眼につく。現に、全体的にモデルとしたのでもあるまいが、失恋詩人が漏らす、一二の言葉や、やんちやんの「放屁」云々(作者にならつて括註をしておく下劣な比喩だが)についての言葉の裏等には、朱欒の連中の俤が、可成り

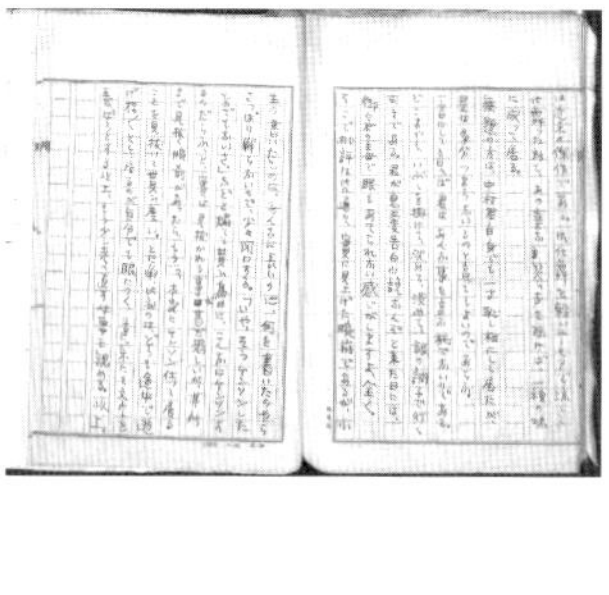
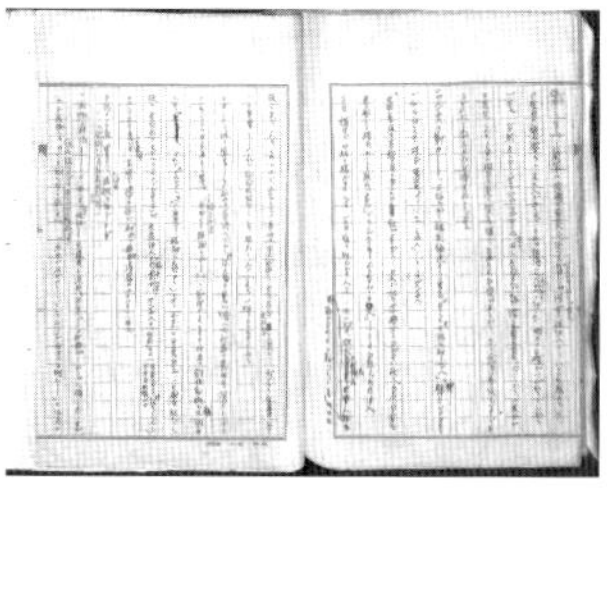
上段、「端折って、」から始まる批評は中村清一郎筆。

無遠慮にチラツカしてある。

手法上のこと全体としての出來ばえのこと等は、豊さんと大部分、感銘を同じうする。

○出帆前後――よい物になるべき條件―大道具、小道具、背景、としての材料が―ずいぶん揃つて居りながら不思議にも、現在纏めあげてあるだけの作品ではさうよい物になつて居らない。「途中で逃げやう〱としてゐるのが自分でも眼につく」と作者が漏らしてゐる様に、急いだのがわるかつたのであろう、(その原因は、あし等の原稿が、いつまでも出ないことにもあるのであらうと、濟まなく思ふ)、「もう少し考へ直す必要を認める」こともいるまいが、(もう一度書き直してみる必要はある)だらう。スッキリとしてなつかしみのある主題だと思ふからである。作者の「思ひ出」としてもよい作品にしておく必要があるであらう。

「彼のつとめて居る旅館が、此町の一流所ではなかつたので、當然二流以下で有つたことになる」

「其腹の上の大きな太鼓は、彼の轉んだ姿を二倍以上に滑稽なものにしたから、それは三倍位になつて仕舞つた」

等、急いだにしても、ずいぶん妙な行文がある。

「かう思ふと、あとで御禮の手紙を出す様に云つてやらなければならないことに氣がついた。そして忘れぬうちに、それを書きとめて置かなければならないと思つたので、急に地面にしやがんで、退屈し切つて泣き出しさうになつて居た子供に背中を見せた。家の方へ近づく…」

これは、それほど理解しぬくい個所ではないが、説明が足らないので、歸らう〱と、それまでせかして居た子供をほつておいて母親だけがスタ〱とあるき出したことが、おかしい様にとれるし、この句とう點のうちかたでは、母親が、急にしやがんだ様にもとれる。

「帳面へでも書くために母親がしやがんだのかな」と實は、最初思つたりした。

「…したのであるが」「…と思つたのであるが」と云ふ、明君の文章の中によく出てくる、決してい丶くせではない語法が、どうしたわけか、此文の中にも、ちよい〱見へる。

こんな部分的なことは、ほぢくつて居てもはてしがないからやめる。

説明としての説明が多すぎる。「內地」に就て、「船中の餘興」に就ての説明の過長さ等、全体の一貫した色彩を、かへつてそこねて居る位である。もう少し言葉でなくして、「樺太」なら「樺太」の「別離」なら「別離」の情調其物を力強く出してもらいたかつた。

「全体」の氣分を主にしたのか、「おさよ」の心理を主にしたのか「湘吉」の心理を主にしたのか、これでは解らない。だから「母親」としたり「おさよ」としたり、「息子」としたり「湘吉」としたりする、使ひわけに就ての作者の氣持もわからない。

息子は碇泊した沖の船に居る、母親は陸の家に居る、そのま丶長い時間が、経過して次才に出帆の夜となる――ずいぶん面白い氣分と場面だと思ふけれど、本文では沖と陸とは離れ離れになつてしまつて居る。

○無題――いつかの號の詩、「幻の足」等と同じ材料であらう。散文でも、あれと同じやうなしつとりとした味ひのものにして見せてくれることをいのる。

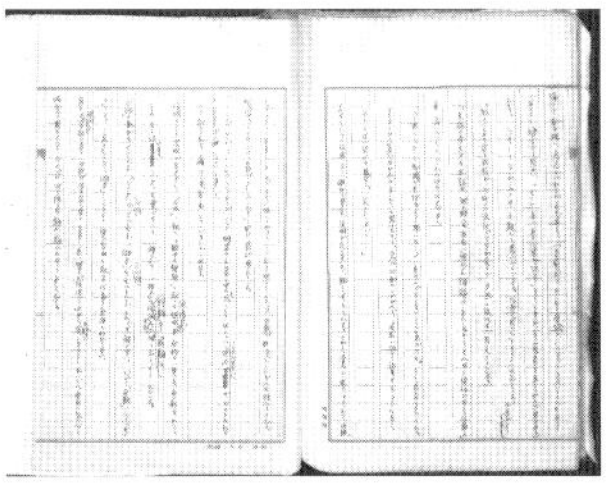

（十二時すぎて、睡くつてたまらないので、後半はずいぶん走りがきであることを、おことわりする）

中高井戸南九六ノ二〇号　中村清一郎

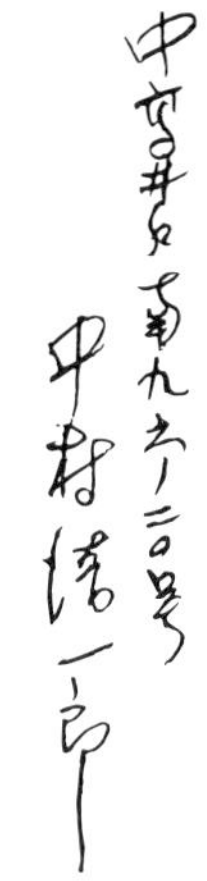

○小石川区第六天町十九常盤方　中村明

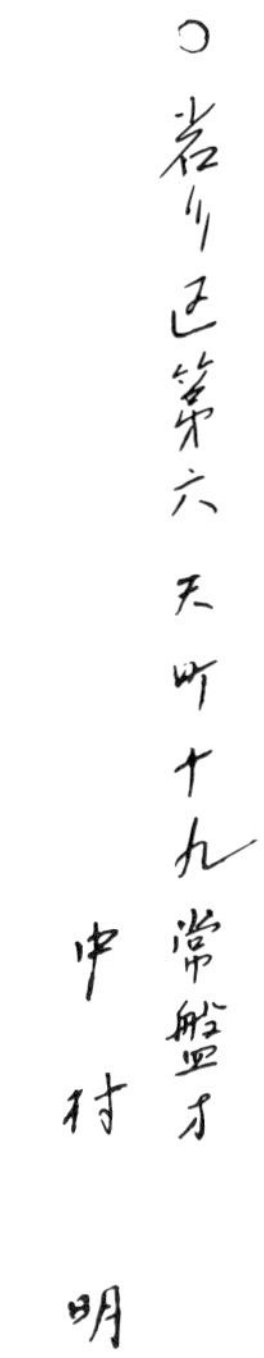

池内君の今月のものは銅のやうな苦味を含んだいい作だと思ひました。全体に溢れてゐる材料からくる実感と此人獨得のヒユモアは味ふてつきぬ雰囲気をかんじます。

缺点は文体があまり漢語まじりで堅くるしいし言ひまはしの不自然さなどもかんぜられはするがこの全体としてのニユアンスの出てゐる事は今までのものより格段の進境（手法の進境）と思ふ。

次に内容についていへば人物の個性は年寄りも楽隊屋も其他も大へんおもしろく出てゐると思ふ。就中年寄りはよく出てゐる。けれども私はそれに何等尊敬はかんじない。が兎に角出てゐることは出てゐる。

しかるにかんじんの湘吉丈けは外の人物に比してぼんやりしてゐるために作として穴が出來てゐる。つまり作の説明者が作の人物の中の湘吉に対して丈け説明をさけてゐるからだが小説としては湘吉の内面生活ことに家族に対する沈痛な気持ちと湘吉の気持ちとしてもを色濃くく出してほしいと思つた。

三人称を用ふ以上作者の気持ちをかいても湘吉の感じたやうにそれをかゝねば湘吉の氣持ちにはならない。

書かないことがけんそんではこまる。もし書かないでにけることがけんそんなら八束清さんらは世界でもこれけんそんの御方といふことになる。

自作自評

しかし自分の此度の「やんちやんと剃刀」といふ作は一言にして言へばはじめからおしまひまでよそ言で主人公は横ではじめからおしまひまで大きな不作法なあくびをしたりつらあてのせきばらひをしたり、一發まいらせたり、かと思ふとどこやらへせー出して散歩に行て居らなんだり、じーとさきもんてきて茶の間で茶を飲んだりぎりしよるのであるが此の作に表はれたやうな世界にえゝ気で安住してえゝものと讀んでもらつてはちとこまる事である。

鶴さんの表紙は例の通り描き方が小細工で締め方が小味でどんなに見ても「放膽に書き棄てた」様な気合ひはないと思ふ。こんなに片意地にこりかたまつた絵を放膽などいふ人は觀賞眼を全然信用し兼ねる。でなければ言葉の乱用である。

つるさんの安住境については我々もかなり鼻について居るも

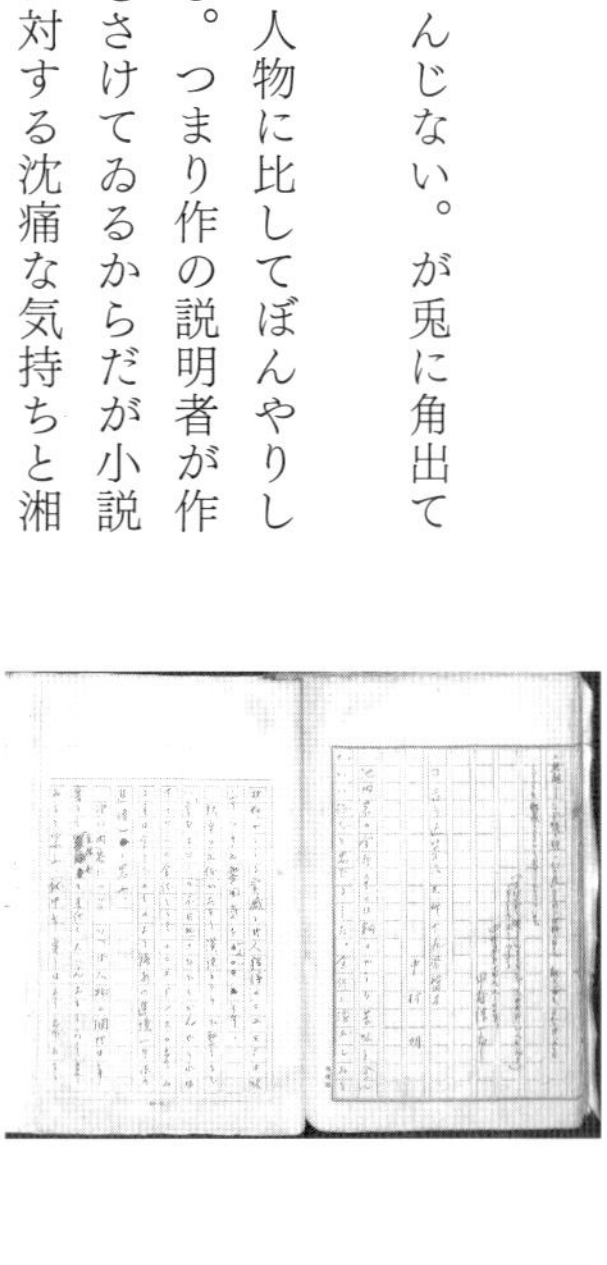

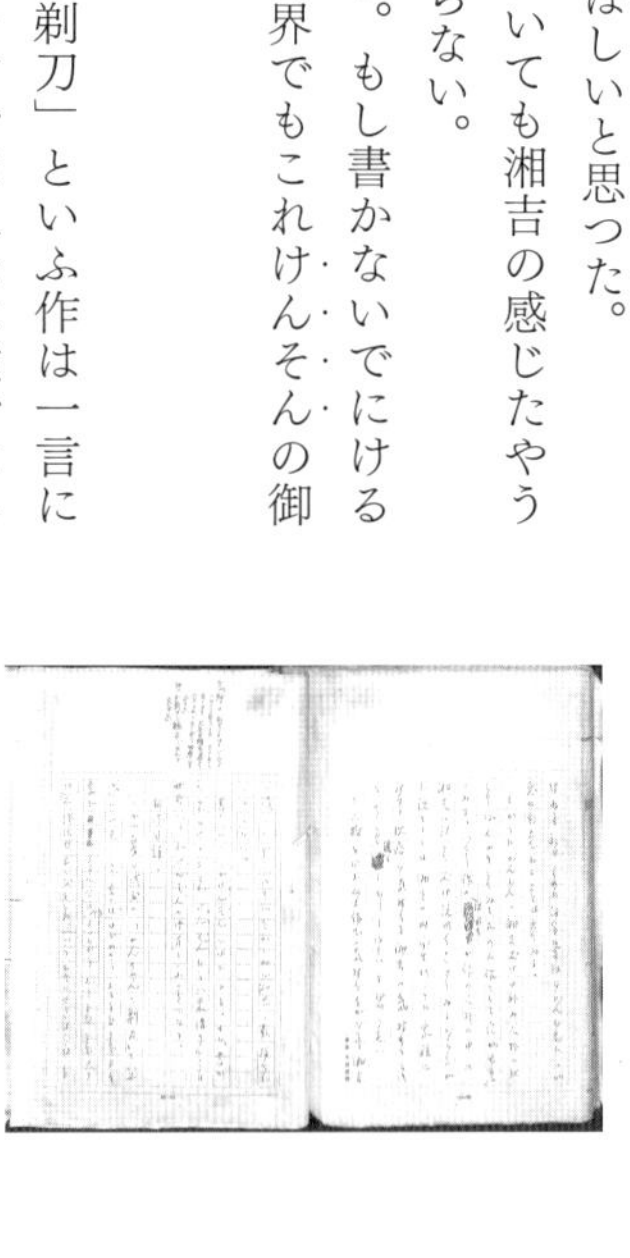

左記、□内の文は、原稿欄外の中村清一郎による書き込み。

人間「神さま、私はこれほどけんそんになつて居ります、へりくだつて居ります、天国の門を這入るにはこれで充分で御座いましやうか。」
神「お前ほど臆病であれば充分だ。」

のがある事でつるさんも「考え直す」必要があるであらう。

それから池内君丈けに一寸。私の「無題」といふ文は貴方の批評せられてゐる様につまらないものですがこれに恋愛告白小説などいふ肩がきをつけて氣の毒な思ひをして頂く事は過分すぎる事でまるで恋愛告白小説にあらずとかきそへて置かなかつた事を御わびせねばなりません。

ついでに申上げて置きますと此文を終りの方に入れてくれと申しましたのは原稿を出す人がないので池内君のものを後に入れますと自分のものが二つつづくのがいやだつたからで別に單に其時此文を出すのが恥かしかつて卑下したために言つたのでは御座いませんでした。

全体としてあの夜の編輯がどんなに眼も当てられぬミゼラブルな恥すべき感があつたかといふ事は私の忘れ得ぬところで貴方も御記憶の事でせうが（これ丈けかいても私の意味するものが御わかりにならねば貴方はいよ〳〵

です。）

大正拾五年五月廿日午後九時廿六分十一秒1/5編輯
編輯擔當者茱萸山房主人顔餘子
池野顎守通稱顎之長者
右立會人兼傍觀者兼助太刀兼後援者
兼押へ手兼助手安藝原乃那珂群
不許複製禁無断脚色興行並遺作展覧會

朱欒 ChELiN

出版にあたって

大正日本求道派の青年群 ―『楽天』『朱欒』の同志たち

芳賀　徹

洲之内徹氏は一九七八年（昭和53）の夏、『芸術新潮』連載の同時代画家回想のエッセイをまとめ、『気まぐれ美術館』と題して新潮社から出した。私はその本を刊行後間もなく買って、すぐに夢中になって読んだらしい。当時も今も、日本のいわゆる美術評論家という人たちは、幾人かを例外として、みな欧米の美学者や哲学者を引合いに出して、もったいぶって作家、作品とその思想を分析する。そのためかえって私たちを絵や彫刻のほんとうの魅力、私たちの人生にとって美術とは文学と同じほどに不可欠の糧《かて》なのだとの自覚から、遠ざけてしまうことが多かった。

ところが洲之内の本は違った。自分が直接に会って、見て、よく知った画家たちと彼らの作品を、自分自身の経験と回想を遠慮なく混じえて、実にいきいきと、などと言う以上になまなましく語ってゆく。語るうちにその画家の生涯と制作時の姿勢と息遣い、そして時代の明暗の相貌までが、文中によみがえり、私たちに迫ってくる。

私がこの本を買ったのは、私のメモによれば出版直後の一九七八年九月六日、東京杉並の松庵に俳誌『萬緑』の主宰中村草田男氏をはじめて訪ねた日の帰り道だった。当時、東大駒場の大学院比較文学比較文化研究室にイレーネ・イアロッチというイタリア人の女子留学生が来ていて、「修士論文に日本の近現代の俳句を取りあげ、とくに草田男を少し詳しく論じたい。だが彼の俳句にはどうしても情景を想像し得ないような作がいくつもある。たとえば句集の『来し方行方』にある「アルミの音《ね》五月《さつき》野《の》の雲二た重ね―これはいったいなにを言っているのでしょう、先生」と言ってきた。そう問われても、私にも皆目見当がつかない。想像を絶する。「それでは作者草田男先生を訪ねて直接に伺ってみよう。先生の三女中村弓子さんは駒場教養学科フランス科の僕の後輩でよく存じあげているから、お願いしてみよう」とイレーネに言い、その九月六日午後の松庵訪問となったのであった。

その日先生はよく写真にあるような姿で、とても御機嫌がよかった。応接間の椅子にくつろいで、イレーネや私の疑問にはつぎつぎに即答して下さった。「なに、『アルミの音』というのは戦中戦後流行のアルミニウム製の弁当箱のことですよ。初夏の野外の遠足で、草に坐って蓋をあけたりしたときの音のことですよ。空にはそのお弁当箱のおかず入れの小と御飯入れの大の二つのように雲が重なって浮いていたりしてね。久しぶりに楽しい解放のピクニックだったなあ」であっさり片づいてしまった。

テーブルには弓子さんが出してくれた紅茶と大きな洋菓子とがあって、それを頂きながら、話はたちまち私がそのころ論じていた岸田劉生の草土社時代の自画像や風景画と、それらの大正画壇に及ぼした影響のことに転じていった。草田男氏がちょうどその数日前に洲之内氏から贈られたという『気まぐれ美術館』をかたわらに置いていて、その巻頭の劉生の『野童女』（一九二二年）や重松鶴之助の『閑々亭肖像』（一九二六年）などの写真版を私たちに見せてくれながら、大正日本の同時代の青少年たちの思い出を語りはじめた。

大正期半ばの日本の芸術青年たちというのは、ほんとうに生《き》まじめで、求道者風の情熱にとらわれていて、みな懸命に背伸びしていた、というのである。その例としてこの日草田男氏が挙げていたのが、洲之内氏の本の「ある青春伝説」という一章に語られる洲之内氏と同郷の愛媛県立松山中学校の先輩たち、伊丹万作や重松鶴之助といった人たちのことだった。みな同じ中学校で草田男氏自身や映画監督伊藤大輔を中にはさんで一年上、一年下というような同窓生で、いっしょに手製の同人雑誌『楽天』や後には『朱欒《しゅらん》』を出すことになる同志同好の仲間たちである。

草田男氏が松山中学や同じく（旧制）松山高等学校の生徒として（旧制高校の生徒のことを当時はけっして「学生」とは呼ばなかった。どこの高校でも「生徒」だった）、神経衰弱になって何学年も休学したりしながらも、兄貴分、また弟分たちと毎日毎夕もっとも親密につきあった人たちだった。彼らのことをつぎつぎに思い出しながら語る草田男氏の口調は、洲之内氏に劣らずいかにもなつかし気に活気をおび、往年の情熱が再びよみがえったかのようだった。

重松鶴之助という「黒い炎」のような画家の名前を、私はこのときはじめて知った。また伊丹十三の父万作は『国士無双』や『赤西蠣太《かきた》』などの活動写真の名作の監督だったばかりでなく、若いころには東京で少年少女雑誌の挿絵画家としてかなり名を売っていたことも、草田男氏からはじめて聞いた。その上に伊丹万作は大正末ごろに東京から松山に一時帰省していて、油彩画もたくさん描いていた。そのなかには『祖母の像』と題する真横向きの老婆の肖像もあったと言って、草田男氏は洲之内氏の本のなかの白黒の写真版を見せてくれた。この絵はいまも映画俳優山本学さんの家にあるはずだとも語っていた。

なるほど、この『祖母の像』などは万作筆の少年少女雑誌の竹久夢二調の表紙絵や挿絵とはまるで違って、まさに岸田劉生風、そしてさかのぼってデューラー、レンブラント風の作品で、微光のなかに浮かぶ老嫗の内面世界の深沈の度をみごとにとらえた一作と思われた。――こうして、この日の午後の草田男先生の談話は、イタリア人留学生以上に私を感奮させ、大正日本の画文史に対する私の視野を一挙にひろげ、深めてくれた。夕刻帰宅すると私はさっそく洲之内氏の本を読み、同じ日に草田男先生から頂いて来たらしい先生の万年筆の自筆署名入りの『メルヘン集　風船の使者』（みすず書房、一九七七年）のなかの、まず「夜桜—池田の結婚」や「夕寒い煙突—文字に依るムンクの絵の模写」を読んで、心を奪われた。（この「文字に依るムンクの模写」という不思議な実験的名作は『朱欒』の第四号（一九二五年十二月）に掲載されたものだという）。これらの文章によると手書き回覧同人誌『朱欒』を作っていた大正十四年、十五年（一九二五・二六）の当時、正統派の洋画家への転向を志す伊丹万作（＝池田＝池内愚《ぐ》美《み》＝実名池内義豊）は二十五歳。草田男は二十四歳で松山高校から東京帝大文学部独逸文学科に入学したばかり。そして重松鶴之助は二十三歳で春陽会入選の新進気鋭の画家として売り出していたときだった。二十代半ばとなっても、この旧同人誌『楽天』の仲間たちは、いよいよ岸田劉生のデューラー風から「でろり」の頽廃趣味いたる画風を慕い、劉生を通じて雑誌『白樺』の武者小路実篤らの西欧的トルストイ的求道主義・理想主義を学び、東京や伊予松山の一隅でそれを実践しようとしていたのである。

彼らは仲間の家にいっしょに泊まりこんでは、誰か一人にドストエフスキーの『カラマーゾフの兄弟』を朗読させて半畳を入れながらも聴き入り、互いにその登場人物の名で呼びあって興じたりもしていた。

万作は中学同級で海軍兵学校に進学した秀才の妹に恋をしていて、彼女との結婚を考えながらその肖像を素描していたが（のちに妻となる池内君子）、草田男は万作の仕事部屋でこの素描を見つけてダンテの神曲中の恋人ベアトリーチェの名をこれに与え、この絵を所望してついに譲って貰ったという。万作は夜眠る間も弛《たる》むまいと、自室の天井に大きなミケランジェロ作ダヴィデ像の写真を貼っていたというし、草田男は中学の終わりころから繰返し読んでいたというニーチェの『ツァラトストラ』や『朱欒』の時代に熱中したというチェホフやヘルダーリンのことなどを、この兄弟結社《ブラザーフッド》（Brotherhood）の仲間相手にはやはりよく語ったのであったろう。

実は私は上記のようなことを、すでに草田男邸訪問の翌年「草土社の周辺―劉生から草田男へ」と題して一論にまとめ、『美術手帖』に寄稿した（一九七九年五月号）。その四年後には「ムンク、デューラーと草田男」という、草田男のデューラーの銅版画名作「騎士と死と悪魔」（一五一三年）による俳句連作十三句（一九四四年）を評釈したエッセイを、草田男氏死去直前の『萬緑』（一九八三年四月）に載せることもした（その後両論を併せて拙著『絵画の領分』（朝日新聞社、一九八四年）に収めた）。

このたびこれらの旧稿を三十数年ぶりに読み直して右に略記したのだが、手書き同人誌『朱欒』の翻刻というこの好機に際して、いま私の願うことが少なくとも二つある。

一つは前記旧論のどこかにもすでに触れたことだが、誰か文学史家か文化史家がこの旧制松山中学のような、戦前日本の県立中学校（あるいは県立高等女学校）の文化史、精神史というようなものを書いてはくれないか、ということである。県立中学校は当時、県庁所在地を中心として一県内の主要都市に計三、四校あるいは五、六校ぐらいしかなかった。そしてそれらは大抵が同市内および近郊の比較的上層階級に属する子弟が進学するところとなっていた。その生徒たちのなかにはさらに、県立松山中学の『楽天』『朱欒』の同人のような芸術志向の少年・青年たちがいて、試験成績優秀の秀才たちとはまた異なる大小のエリート・グループを作って濃厚な友情をはぐくみ、未来につながる文化活動を進めていたのである。松山中学でも『楽天』の前後に同種の同人誌が発行されていたそうではないか。そのころのその中学にはどんな校長や教頭がいて、どんな国語や英語のあるいは音楽や美術の先生がいて、この生意気な芸術志向のエリート生たちを励ましたり、もて余したり、いじめたりしていたのか。そのようなことを同時代日本の文化史・思想史、あるいは社会の世相や雰囲気とかかわらせながら語って欲しいのである。ただの教育史や教育制度史また年代順の同窓会史などほどつまらないものはない。教師側や生徒側の固有名詞もしっかりと挙げて、彼らの毎年の授業内容や作文や絵や音楽作品の中味にまで立ち入って、世代ごとの彼らの知性・感性の活動とその方向を探るのだ。草田男が後年の作句に――

夕桜城の石崖《いしがけ》裾濃《すそご》なる
夕桜あの家この家に琴鳴りて

町空のつばくらめのみ新しや
昔日《せきじつ》の春愁の場《には》木々伸びて
ふるさとの春暁にある厠《かわや》かな
玫瑰《はまなす》や今も沖には未来あり
（以上『長子』昭和十一年）

となつかしむような、徳川初期以来二百五十年余りの大名久松家支配十五万石の、古い、穏和な、明治御一新にさえ乗りそこなった旧城下町伊予松山に、あの高く美しい城山を朝な夕なに仰ぎ見ながら、「坂の上の雲」の後輩たちはどんな夢を抱き、どんな人生の「第一義」（劉生および『白樺』同人たちの愛用語）を語り合いつづけていたのか。

　しかも彼らはいつも東京を見つめつづけ、東京をとおして西洋の古典と近代に憧憬しつづけていた。その上にこのような感受性のエリートたちは当時の松山にいただけではなかった。『白樺』は全国に広がって熱心に読まれていたし、劉生の草土社には青森からも山形からも長野からも画家志望の有為の若者たちが慕い寄って、同時代ヨーロッパからの相つぐ新趣向の流入をむしろ超えてゆくことを学ぼうとしていたのである。

　そしてもう一つ、私がこの際『朱欒』翻刻の事業に際して専門の担当者たちにあわせて要望したいことがある。それは『楽天』『朱欒』の若い仲間たちの精神史を探ることよりは小さいが、しかし十分に手ごたえのある仕事ともなるはずだ。いまから三年ほど前、歌誌『玉ゆら』の主宰秋山佐和子さんが、『少女おもひで草――「少女号」の歌と物語』と題する本を編んで出版した（角川学芸出版、二〇一四年）。秋山さんがその名著『歌ひつくさばゆるされむかも――歌人三ヶ島葭子の生涯』（TBSブリタニカ、二〇〇二年）以来研究し書きつづけてきた明治大正の悲運の歌人三ヶ島葭子《よしこ》（一八八六 - 一九二七）は、与謝野晶子や平塚らいてうの指導あるいは感化のもとに、大正期を通じて実にたくさんの短歌を諸誌に発表しつづけた。その葭子が大正期後半（一九二〇年一月 - 一九二六年七月）、当時流行した少年少女雑誌の一つ『少女号』に、ときどき自分の病気のために休載したりしながらも、思春期の少女を主人公とした優しい短歌や歌物語を発表しつづけた。国内各地の図書館や文学館に散在するこの少女雑誌を足まめに探査して、毎号見開き二頁に挿絵入りで出た葭子の歌や文章をほとんどすべてそのまま復刻し、短い解題をつけたのが、秋山さんのこの美しい一冊である。

　私自身にとっても三ヶ島葭子は学生時代に島田謹二先生の一言で彼女の――

君を見ん明日の心に先だちぬ夕雲赤き夏のよろこび　（大正二年）
水色の雨の中にて火の燃ゆる夜明けの山に君を思へる　（大正三年）

というような初々しい恋の歌が大好きになって以来、忘れることのできない才媛の歌人であった。その古い御縁で私は秋山さんに頼まれてこの『少女おもひで草』に序を寄せた。そのとき『少女号』の葭子連載の最終回近くに「いけうちぐみ・ゑ」の入った「餅つく音」「はねつきて」の短歌二回分があることに気がついた。それが興味津々であることを秋山さんに伝えると、秋山さんはさっそく同じ雑誌に載った池内愚美（茱萸《ぐみ》）自作の少女物語に自筆の絵をそえた号のコピーを送って下さった。これがまた他の挿絵画家と違って、いかにも伊丹万作らしく都会派の才気煥発のコントであった。

たとえば一つには、お下げの髪にまつ毛の長いきもの姿の少女の絵で、彼女は雪の夜の「くりすます・こんさあと」でコーラスの第一列の「そぷらの」の列に加わって歌ったが、そのときいっしょに並んで歌ったお友達と私の胸は「たんぐすてんのやうにふるえ」ていたという。そしてこの夜の記念に私は彼女に二人の思いをひめた「りすとのはんがりやん・ふぁんたしい」の「れこうど」をお贈りする、という幼い同性愛的（S的）ニュアンスも含めた物語である。またもう一つは、あどけない洋服姿の女の子が母《かあ》さまに「フケイキ」というケーキを買って頂戴とねだって、母さまに笑われたという一篇。

ひらがな書きの外国語がすぐにはピンと来なかったが、やがて分かって、私は大いに愉快がった。だが、せっかくの東京でこんな軽薄なブルジョア少女相手のアルバイトをしていたのか、と先輩伊丹万作に会いに来て一喝を喰らわせたのが春陽会の新進重松鶴之助だった。劉生信奉の一派の絵描きたちはみなそうしていたといわれるように、額にしわをよせて芸術の「第一義」を説く後輩に、池内愚美《ぐみ》ははじめは鼻白み辟易しても、根はまじめな松山知識青年、結局は重松という「放火」男に説伏され「大義」の火をつけられて、大正十一年（一九二二）秋、重松と前後して「新規蒔直し」を求めて松山に帰郷した。その後、二人は再び上京し、帝大独文科学生の中村草田男も加わってあの手書き同人誌『朱欒』を始めたのである。

しかしいまこうして眺め直すと、伊丹万作の挿絵画家としての東京時代も興味深いではないか。そのころから身につけた彼のモダニズムは、彼の後年の監督作品『赤西蠣太』（一九三六）や稲垣浩のためのシナリオ作品『無法松の一生』などにまでいたる、豊かな人間味と知的風刺性の面白さにも流れこんでいったのではなかろうか。

それゆえに万作の少年少女映画のための挿絵画家時代の大小の作品もこの際重松流のひたすらまじめ主義からしばし離れて悉皆調査し蒐集して、『少女おもひで草』のように復刻してもらいたいのである。そしていつかは、『楽天』『朱欒』の青年松山グループを包囲していたニーチェ、トルストイ、ドストエフスキーらの日本語翻訳書から、ミケランジェロ、デューラー、レンブラントの複製作品、また岸田劉生の草土社一派の諸作品、『白樺』のいくつかの文章と挿画の拡大写真、それに万作、草田男、鶴之助、伊藤大輔らのわかる限りの全作品、そして子規、漱石、虚子から石田波郷にいたる詩文作品の豊かな伝統、県立松山中学、旧制松山高校の戦前からの遺品や写真、彼らの一族の写真や書簡等々までをびっしりと陳列して、松山と東京で大展覧会を催し、充実した図録・文集も編んでやろうではないか。――いまはまだ夢のような話だが。

（東京大学名誉教授）

重松の火

中村弓子

平成四年のある日、父の末弟の松夫叔父から電話があり、いま納屋の整理をしているのだが、独立するときに実家から持ち出したものに混じって、父の文章が載っている文集のようなものがあるので、受け取りに来てくれないか、ということだった。

それは大正十四年から翌年にかけての九冊の手作りの雑誌であった。題名は「朱欒《しゅらん》」とある。筆者の名を見ると、父の本名の中村清一郎の他に伊丹万作の当時のペン・ネームなどが並び、表紙絵や挿絵の作者は重松鶴之助などとあり、すべて、旧制松山中学の伝説的回覧雑誌「楽天」のメンバーである。私は呆然とした。

メンバー自身はもとより、松山の文化史研究家などが血眼《ちまなこ》で探しても、いまだに一冊も見つかっていない、あの幻の回覧雑誌「楽天」が、思いがけなくも、いま眼の前に姿を現したように感じたからである。

家に帰って調べてみると、父は「伊丹万作の思い出」のなかに、「在京のメンバーだけで、後継『楽天』のようなものを発行したことがあった」と書いている。叔父の家からクズ屋行きを危うく免れて七十年ぶりに発見されたのは、まさにこの後継「楽天」であった。あとに見るように、この後継誌には、形式も姿勢も「楽天」がそのまま引き継がれていた。

それでは、そもそも「楽天」とは、どのような雑誌であったか。同じ父の「伊丹万作の思い出」によって見てゆこう。

「松山中学校は、嘗ての漱石の『坊ちゃん』の学校であるが、その中学生の少数が、可成りの年数『楽天』という、今から思うと奇妙な名前の廻覧雑誌を作っていた。仮に前・中・後期と分けると、中期に伊藤大輔と、実名は池内義豊であるところの、後年の伊丹万作が属し、遅れて後期に私が這入った。」

伊藤も伊丹も共に、のちには映画監督になったが、この両人が黄金時代をつくりあげたので後に入った父は、以前の号を借り出しては耽読したという。伊藤は当時、田舎中学生の知識のレヴェルをぬいて、中央文壇の影響を受けたようなものを書き、伊丹のほうは、ほとんど毎月「映画の各場面を、小さい沢山の齣の画面に再創造」する、説明文いりの映画絵話《えばなし》を発表していた。「今からだと、伊丹と映画との宿縁という事になるが」と父は書いている。

父自身はといえば、漠然と文学と哲学の間のあたりの領域に惹かれていたらしいが、いまだ自分の道を模索している時にあり、しかも、親しかった級友のグループとの離反のために、幼い頃からの「生の不安」が嵩じて強度の神経衰弱に冒され、学業放棄の状態に陥ってしまった。

その時期の正月に、当時松山で新聞記者をしていた伊藤が、父を孤立無援の状態から救い出してやるからと称して、有無をいわさずに、ちょうど帰松していた伊丹の家へひっぱっていって、伊丹に引き合わせ、父はそれ以後ひたすら伊丹に兄事し続けることになったのだが、楽天グループの中心人物である万作の並ならぬ友情のありようこそは、「楽天」という回覧雑誌とそのグループのありようの、二つの本質的要素の一つを成していたのだ、と私は思う。

「ある折に伊丹が私にこういったことがある。『自分は数学のほうでいう性質の符号という付加物をとりのぞいてしまった後の絶対値というものを友人の上に信じる』と。伊丹は一度も友人を甘やかしはしなかった。しかし、いったん一生の同行者と決めた以上は一瞬時といえどもその者の存在を念頭から消してしまうことはなかった。」

友人の絶対値を信じるには、洞察力が愛情によって生かされていなければならない。

敷村寛治氏の名著『風の碑―白川晴一とその友人たち　重松鶴之助　伊丹万作　伊藤大輔　中村草田男』には、重松や白川が共産党員として官憲に追われていた時期、思想的立場は必ずしも同じくしていたわけではない「楽天」メンバーが、徹頭徹尾、彼らを守り支え、誰一人として彼らを売ろうとする者はいなかったことが記されている。このような奇跡が起こったのは、「楽天」の仲間であった友人たちがみな彼らの「絶対値」を信じていたからに他ならない。

そして、「楽天」グループの次の展開は、このグループのありようを成り立たせたもう一つの本質的要素を教えてくれる。

「更に翌年、『楽天』の後期メンバーの一人である重松鶴之助というのが不意に帰郷して来た。彼は元来絵画に興味を抱いていた男だったのだが、其二、三年の間にどういう異常な体験を経て更にどういう動機に遭遇した結果なのか、それは一切解らなかったが、新生というか更生というか、いつのまにか、絵画の権化のような、制作への要求に火と燃え上がるような存在になっていた。彼が在郷のメンバーを歴訪して、シュトルム・ウント・ドランクの種を蒔いて廻った。次々と有無をいわさず、すべての者の内面界へ放火して廻った。忽ちすべてのメンバーの様相が一変した。」

松山中学の回覧雑誌の卓越した活動の伝統は、同じ松山中学で数種の回覧雑誌を作り、様々なグループ活動をしたという子規にまで遡ることが出来るであろうし、更には、松山藩が江戸時代に文教興隆の基として創設した藩校・明教館の存在にまで遡るものと言えるだろう。

しかし同時に、そのような土地の伝統を真に活性化するためには、子規の存在がそうであったであろうように、絶対の高みへと向かうべく「放火」する人間が必要である。「楽天」という雑誌とそのグループのありようを成立させたもう一つの本質的要素は、「放火」した人間の存在である。

絵画の道を、伊丹と手を携えて進むつもりだった重松は、伊丹を東京に訪ねて、したたかに煽った。伊丹は結局、挿絵画家の仕事を郵便で果たしながら、本格的絵画修行をするため重松と共に帰松し、週一回、「楽天」のメンバーたちと、松山高校の宿直室での「面会日」に、「人生および芸術というような問題について飽くことなく語り続けたのである。」

大正十四年、父が大学へ入学すべく上京した頃には、重松も、郵送では挿絵の仕事を続けられなくなった伊丹も共に在京の人となり、そこで後継「楽天」の回覧雑誌「朱欒」が始まったわけである。

『楽天』は雑誌とはいってもガリ版にさえ整えたものではなくて、中版の羅洋紙に各自が雑文をしたためて、木炭紙やワットマン紙に描いたものを口絵にして添えた」と父は書いているが、「朱欒」も似たような体裁である。

父が「伊丹万作の思い出」で、樺太からの出発を描いた「独歩の作品を偲ばしめる全然抒情的なもの」と言っているのが「朱欒」第九号に収められている「出帆前後」であり、特異な父娘関係を描いて未完に終わった「ドストエフスキーを想像させるような暗鬱な心理的写実の作品」が、同・第五号と第六号に収められている小説「穴」であると思われる。

父の主な作品は、童話「夕寒い煙突」（第四号所収）と会話劇「菊ばたけ」（第三号所収）である。前者は、闇に沈む工場に独り取り残された少年の恐怖を描いたものであるが、七年後「ホトトギス」に、「文学によるムンクの絵の模写」の副題を添え、圧倒的恐怖に叫びを上げるクライマックスを加えて、「少年小説」と称することになったものである。

「菊ばたけ」の会話劇のテーマは輪廻の思想であるが、すでに父の愛読していたニーチェの「永劫回帰」の思想の影が差していることは否めないだろうと思う。全体の着想が一挙に訪れて、一気呵成に書き上げたものであろう、万作は批評欄で「兎に角此の号での掘り出し物らしい」と書いている。

この「朱欒」九冊については、久万美術館で既に二回の展覧会、「重松鶴之助　よもだの創造力」と「万作と草田男―『楽天』の絆」で展示して頂いた。「朱欒」の最終的な落ち着き場所としてこれ以上相応しい場所は無いと考え、この度、同美術館にこれを寄贈させて頂いた次第である。

この回覧雑誌を読む者は、それを通じて、「重松の火」を感じずには済まない。高木貞重館長が翻刻版を刊行するのと同時に「座《ざ》朱欒《しゅらん》」プロジェクトを通じてWEBサイト版・今様「朱欒」の活動を促しておられるのは、「朱欒」が単なる歴史的記録ではなく、今でも「重松の火」が放射されているのを感じていらっしゃるからに違いない。

願わくば松山の若い世代から「重松の火」を継ぐ人が出んことを！

（お茶の水女子大学名誉教授）

回覧雑誌『朱欒』の青春　—大正期の「坂の上の雲」

神内有理

回覧雑誌『朱欒』とは

回覧雑誌『朱欒』は、全9冊。1925（大正14）年10月頃から1926（大正15）年5月にかけて、ほぼ毎月1冊のペースで刊行された。二つ折りで綴じた原稿用紙を厚紙で包む形状で、原稿用紙には詩歌、小説、評論などが記された他、表紙や口絵には水彩画が描かれた。巻末には原稿用紙が綴じられ、各々が書き加える形の相互批評欄が設けられている。

同人は、伊丹万作、中村草田男、重松鶴之助、渡部昌、中村明、八東清らである。彼らの多くは旧制松山中学（現・松山東高等学校）時代に回覧雑誌『楽天』を発行した仲間で、卒業後、上京したメンバーで作ったのが『朱欒』である。

『朱欒』の前身ともいえる回覧雑誌『楽天』は、大正初年頃から松山中学の生徒たちの一部で、約10年に渡って刊行された。その中心となったのが伊藤大輔や万作らである。草田男によると、当時、少年誌上で投稿の雄として全国的に名を馳せた伊藤によって、『楽天』は中央文壇の影響を受けた高度な文芸雑誌の体裁を整えており、「伊藤、伊丹のコンビが、其雑誌の黄金時代をつくりあげていたので、其先輩の迹を偲ぶ気持で雑誌の以前の号を借り出してきては耽読した」（中村草田男「伊丹万作の思い出」[1]）という。

残念ながら『楽天』は一冊も現存が確認されていないため、『朱欒』は『楽天』の雰囲気を想像するための手掛かりであると同時に、当時の彼らの足跡を伝える貴重な資料といえる[2]。

回覧雑誌『朱欒』の特徴

『朱欒』に発表された詩や小説、絵画は約120点にのぼるが、それらからは同人たちの当時の価値観や悩み、状況などが読み取れる。発行時、彼らはそれぞれの道を模索していた。万作は25歳。挿絵画家としてデビューして7年が過ぎていたが、自己の芸術を求めるあまり仕事は激減し、悩みの中にあった。草田男は24歳。強度の神経衰弱に悩まされ、人より大幅に遅れる形で東京帝国大学文学部独文科へ入学した年にあたる。重松は23歳。発足したばかりの春陽会に水彩画が連続入選し、画家として旺盛な活動を始めた頃であった。

『朱欒』は、①雑誌『白樺』の影響が顕著な点、②後に映画監督や俳人として一家をなす彼らの表現活動の土台となった点、③子規を継ぐ愛媛の文化現象としての側面において重要な意義を持つ。

雑誌『白樺』の影響

1910（明治43）年に自然主義文学に対抗する文芸雑誌として武者小路実篤、志賀直哉らによって創刊された『白樺』が、大正時代の文学、芸術、思想において知的青年層に多大な影響を及ぼしたことは知られている[3]。その熱狂は愛媛の地にももたらされ、特に重松は松山中学時代、毎号『白樺』を仲間内で一番早く読んでは、「おい、劉生がこんなこと言うとるぞ」と議論していたという[4]。

『朱欒』に見られる白樺派の影響は、同人たちそれぞれが小説や詩歌、戯曲、随筆の中で思想的内面を表明し、自己の人間的成長を希求する点、また美術に対する認識の点で顕著である。

『白樺』の芸術観の特徴は、「自己を生かすこと」が芸術家にとって何より重要であり、自己の成長に繋がると考えた点にある。重松が「一生の仕事の果てに結局そうなるのならば致し方ないとしても、現在ただ今、お前はついに、ミケランゼロやレオナルドよりも以上のものになれないのだぞと予言されたとしたらオレは即刻自殺する」と断言し、仲間たちが「沈痛な表情でそれを肯定した」とのエピソード(5)は、制作と人生とを不可分なものとして捉える点で『白樺』の芸術観の影響が濃厚である。

岸田劉生への傾倒もまた顕著である。劉生が『白樺』に発表した多くの画論は、画学生たちに多大なる影響を与えた。重松や万作の表紙絵・挿絵には、東洋絵画に回帰した以降の劉生が手掛けた芝居絵からの直接的な影響が見られる。重松の手による第7号の表紙には、「このゑはいくぶん木村荘八さんのまねですね」との一文も記されており、フューザン会、草土社で劉生と行動をともにした木村荘八の模倣を自認している。このように、『白樺』がもたらした思想的、芸術的風潮からの影響が顕著な『朱欒』だが、一部にはそれにとどまらない点も見られ(6)、興味深い。

表現活動の土台として

挿絵の仕事を失ってまで画家となることを切望していた万作であったが、『朱欒』に発表したものの殆どが、小説や戯曲、詩などの文学表現であった点は奇妙に感じられる。自身もその矛盾に悩んでいたことが記されており(7)、この時期の万作が「生活と芸術」、「絵画と文学」に引き裂かれながらいかにもがき苦しんだかを物語る。しかし、のちに脚本家として映画界で活躍したことを考えれば、才能を磨く機会となっていたともいえる。また、矛盾に悩む人間の姿を、客観視しつつもユーモラスに表現するという方法は、万作の表現行為を貫くものとなったに違いない。

草田男は、『朱欒』に童話や俳句を掲載している。俳句は、中学時代より『ホトトギス』へ投句していたが、「今までつくってみたことは無いらしい」(『朱欒』第4号)と万作が記していることから、恐らく周囲に作句については話していなかったのだろう。童話「夕寒い煙突」(『朱欒』第4号)は、推敲を経て、のちに『ホトトギス』に発表されている(8)。長年患っている神経衰弱のため、生き方を激しく模索していた時期の草田男にとって、自己表現を育む場としての『朱欒』の存在は大きかったことだろう。

しかし、草田男にとって何より重要であったのは、『朱欒』の批評欄における万作からの励ましではなかっただろうか。「俳句」に対して「やったらものになるであらう」(同上)と、常に草田男を激励している。相互にかなり厳しく批評しあう同欄における万作からの評価は、草田男を勇気づけたに違いない。その意味で、『朱欒』は俳人・中村草田男誕生のきっかけを作ったといってもよいだろう(9)。

愛媛という土壌

旧制松山中学の仲間たちによる東京での芸術活動といって思い出されるのは、正岡子規ら「子規山脈」の存在である。彼らも子規というリーダーのもと、集団で切磋琢磨することによって、グループから多くの優れた俳人を輩出した。

子規らのグループと万作らのグループの直接的な接点は、草田男が昭和初期に「ホトトギス」同人となったことにあるが、そもそも俳句の道に進む上で、子規の影響は当然であろう。また、それ以前にも『朱欒』第4号には、同人らで「句会」を開催した様子が記され、その発端の一つに『子規全集』（1923年、アルス社）の存在があった(10)ことから、彼らが子規という存在を意識していたことが推察される(11)。

しかし、子規山脈との関連はそれだけではない。髙木貞重（町立久万美術館館長）は、『朱欒』メンバーを取り上げた「重松鶴之助―よもだの創造力」展（2003年）、「万作と草田男―楽天の絆」展（2008年）において、伊予の方言「よもだ」をキーワードに愛媛の文化的土壌をさぐる視点を提示した(12)。「よもだ」とは、草田男いわく「一応ものはわかっていて、見えているけれども、ヴァイタリティーがそれほどに伴ってなくて、しかし諦めずにいつまでも粘っておる、というような気質」(13)を指し、子規や虚子、そして自らをそれにあてはめる。髙木は、この「よもだ」を愛媛の文化的気質であり、自由で柔軟性をもった創作の源泉と意味づけ、系譜づけを行っている(14)。

病床においても亡くなるまで精力的に脚本や映画論を発表しつづけた万作、親族に言われた「腐ったような男」という罵倒を自らの号とした草田男。反骨と諧謔と粘り強さを創作のエネルギーとした点で、子規らと万作らはつながっているのである。

つまり、『朱欒』を生み出したグループは、集団性と「よもだ」という2つの共通点から、明治の子規山脈に続く、万作山脈の活動ともとらえることが出来るのではないだろうか。『朱欒』の青春物語を司馬遼太郎の小説になぞらえれば、それはまさに大正期の「坂の上の雲」と言えるであろう。

（広島県立美術館学芸員）

(1)『中村草田男全集』第11巻（みすず書房、1987年）（初出：『俳句研究』1950年10月）

(2)一般に、回覧雑誌は原稿が作者に返却されることが多いため、冊子の形状で残されている例は珍しい。（木俣知史「回覧雑誌『密室』の画文共鳴」『立命館言語文化研究』22-3、2011年1月）

(3)例えば、洋画家の黒田重太郎（京都）・佐伯祐三（大阪）、版画家の田中恭吉（和歌山）、彫刻家の橋本平八（三重）など、明治後期生まれの彼らは『白樺』の影響で芸術を志している。（山梨俊夫「『白樺』の熱と波」『白樺派の愛した美術』2009年、読売新聞大阪本社）

(4)神山敦朗「火の玉ボーイ重松鶴之助」（『生誕100年 重松鶴之助―よもだの創造力』町立久万美術館、2003年）

(5)註1に同じ

(6)万作は実篤を尊敬しながらも、表現と人格との関係に対する実篤の考えを批判している（『朱欒』第5号）。なお、『朱欒』では『白樺』や劉生のみにとどまらず、当時再評価の進んでいた南画やほぼ同年代の村山槐多や関根正二ら夭折の画家らに対する言及もある。

(7)『新装版伊丹万作全集Ⅱ』筑摩書房、1961年

(8)『ホトトギス』1932年10月に「夕寒い煙突―文字に依るムンクの絵の模写」のタイトルで発表。なお、『朱欒』に発表された草田男の作品については、中村弓子「父・草田男の出発」（『わが父 草田男』みすず書房、1996年）に詳しく論じられている。

(9)後年、草田男は、万作死去の際に万作の妻キミに送った手紙の中で、「さ、やかな俳句といふ仕事をして以來も、私さへ、正しく振りきつてやつて居さへすれば、豊さんが、それを、チヤンと間違ひなしに眺めてゐて呉る―この信念が不断の勵みのもとになつてゐたのです」（「池内君子宛 草田男書簡」『万作と草田男―「楽天」の絆』町立久万美術館、2008年）と語っており、生涯、万作への思いが草田男を支え続けたことが知られる。

(10)「初冬雑筆」（『朱欒』12月号）

(11)『子規歌集』、『仰臥漫録』など読みかえず。同病同郷相憐むゆえか、これらの書、病床に読めば趣きことに深く、たびたび涙す」（「日記風の病床雑記」『伊丹万作全集』Ⅱ、筑摩書房、1961年）

(12)「伊予の豪傑―吉田藏澤・三輪田米山」展（2006年）もその一環。

(13)「近代俳句のメッカ―松山」（『中村草田男全集』第15巻、みすず書房、1988年）

(14)髙木貞重「あとがき」（『万作と草田男―「楽天」の絆』町立久万美術館、2008年）

朱欒の青春　―中村清一郎から

小西昭夫

『中村草田男全集』には中村清一郎が「朱欒」に書いた文章は納められていない。が、別巻の解説の中で「朱欒」の創刊号から第九号までが、清一郎の一番下の弟の家の納屋からそろって出て来たことを中村弓子さんが紹介している。「朱欒」の前には「楽天」という回覧雑誌があるが、残念ながら一冊も現存していない。

大正十四年の春、清一郎が東大に入学して家族と共に上京したころ、伊丹万作（本名・池内義豊）、重松鶴之助、渡部昌、中村明その他のメンバーも上京し、在京のメンバーだけで、後継「楽天」誌のような「朱欒」を発行した。これは「楽天」を松山から東京へ移したようなもので、メンバーもみな松山出身者であった。つまり、「朱欒」は「楽天」の名残をとどめた貴重な雑誌なのである。

中村清一郎は俳人、中村草田男。「朱欒」の時代にはまだ草田男を名乗ってはいない。清一郎は第二号に「坂の下」、第三号に「菊ばたけ」、第四号に「夕寒い煙突」、第八号に「童謡と俳句」を書いているが、「坂の下」「菊ばたけ」は中村清一郎、「夕寒い煙突」は三蜻、「童謡と俳句」には清と署名しており、批評欄はすべて中村清一郎である。つまり、この時期はまだ俳人、中村草田男になる前なのである。

清一郎の創作が載っているのは第二号から第四号であるが、四号の「夕寒い煙突」は未完である。その号の相互批評の欄を「私は今度は編輯の日に未成稿を持参せねばならぬことになつたりして、最初から、不謹慎に陥つたことを、恥ぢて居りました。そして、どうかして、そのとりかへしに、初め八頁程かいておいた残りを、ひととほり読めるものに書きあげたいとは心がけたのですが、悪い健康状態もてつだつて、其後はどうしても文字が全然紙から浮いてしまい、ファンタツシイの糸が切れ、其結果、一字一字書くたびに自らの嘲魔に弄ばれながら、不整形な煉瓦をつなぎ合して積むやうな器械的な仕事を、つゞけて行くのが堪らなくなつてしまいました」と書き始めている。

また、第五号の「雑」にも「今月は原稿が出來ませんでした。決して、怠けたわけではありません―現在の種々のコンデイシヨンが思切つて悪いからです。原稿を書くのに苦痛だけより感じない程です。（中略）先月のあ、した後ですから、実にすまなく思ます。からだを早くよくして、張り切つた氣持になりたいとしんから思つて居ます」と書いていて、体の不調が持続していたことが分かる。

しかし、「朱欒」で清一郎の三つの創作を読むことができるのは大きな喜びである。はっきり「童話」と書かれた「夕寒い煙突」は後に完成形で「ホトトギス」に発表され、メルヘン集『風船の使者』に収録されるが、「坂の下」も「菊ばたけ」もメルヘンといっていいだろう。

山本健吉は、「彼の俳句においても、その童心の持続は驚異に値するのである。彼の俳句がある一定の技術の獲得による小成に甘んぜず、常にある可能性をはらんで若々しいのは、彼が根底においてメルヒェンの世界を内に蔵しているからである。」（『中村草田男句集』解説）と草田男の本質をメルヘンの世界に見た。

しかし、草田男の書いたメルヘンは日本のお伽噺のようなハッピーエンドでも教訓的なものでもない。後に書き直された「夕寒い煙突」には「文字に依るムンクの絵の模写」の副題が付いている。この副題と作品から多くの人が連想するのは、ムンクの「叫び」に違いない。その絵からは、世界への故知らぬ不安、存在そのものの怖れが感じられるが、「夕寒い煙突」もまたそれを主題としているのである。

この作品は「ホトトギス」の「山会」で発表されたものであり、高浜虚子は「私はもう少し叙述のあかるからんことを希望するものであるが、しかしこの作の価値は相当尊重するものである」と評している。虚子のいうように一般的に童話（メルヘン）から受ける印象とはかなり違って暗いのが特徴でもある。

山本健吉は「メルヒェンとは、鳥や獣をはじめ自然界のあらゆる物象が物を云う世界であって、大地につながる母胎なのだ。そこでは自然界は人間が無限の教訓を引き出す豊庫として存在し、あらゆるものに寓意を見る汎神論的世界観が支配している。」（同前）と考えているが、この時期の清一郎は自然界から不安や恐怖を感じ取ることが多かったのである。

やがて、清一郎はそれを克服し向日的な中村草田男を戦い取ってゆくのだが、「朱欒」にはそうなる前の清一郎がしっかりと書き留められている。それは、清一郎に限ったことではなく他のメンバーについても同様であろう。

それを可能にしたのが、相互批評であろう。その真摯で見識の高い批評精神に学ぶことは多い。時には暴走ではないかと思われるような批評が行われていて、ハラハラすることもあるが、その緊張感も各人の切磋琢磨の為には大切な要素だったと思われる。ひょっとしたら、「朱欒」の一番面白いところはこの相互批評なのかもしれない。その要因はいろいろ考えられるだろうが、絵や文学に対してそれぞれが真摯であったことはもちろんだが、メンバーが師や弟子といった上下関係の中ではなく、相手を尊重する仲間としての対等な関係であったことが大きいであろう。

もう一つ、「朱欒」は白樺派に共鳴する青年たちのグループであるが、それだけではなかった。中村明のことは今回初めて知ったのだが、彼は明らかにアンチ白樺派である。彼のような異分子を抱え込んでいることも含めた集団としての青春があり「朱欒の青春」があった。

（「子規新報」編集長・俳人）

ままならぬままにいきる　―伊丹万作にとっての絵画と文学

吉田　拓

映画監督・脚本家そして評論家として後世に名を残した伊丹万作（本名・池内義豊）は、才能豊かで多彩であった。しかし、万作の人生は映画界に飛び込む昭和2年秋頃まで行き先不明のまま悩みが尽きなかった。その苦悩の時期に制作された回覧雑誌『朱欒』（全9冊）には理想と現実を前にした万作の姿がみえてくる。

大正14年、万作は注文に応える挿絵画家と自らの欲求に応える画家としての狭間で悩んでいた。挿絵画家としては終わりを迎えようとしていた万作は、詩「自分が繪描きで無かったら。」（第4号）のなかで次のように語る。

自分は兎も角も、／人の爲めに働くで有らふ。／おう、自分は他人の喜ぶ顔が見たいのだ。／藝術の喜びを除いて、／此の卋の中に是以上の楽しみがあるか。

万作は、人の喜ぶ顔のみえる仕事をしたいと考えていた。しかし、それは「藝術の喜びを除いて」のことである。ここでいう芸術の喜びとは、自らの欲求にのみ応える画家として生きることであった。大正11年秋頃、メンバーのひとりである重松鶴之助が「第一義的な人物にならなければやまないぞ」との決意を持つ様に同メンバーたちの「内面へ放火して廻る」と、それを受けた万作は直ちに中村草田男にむけて「兎に角、今日以後、本格の絵画修行を、やる、やる、やる、やる」と手紙を書き送っている(1)。

それから約3年後の大正14年12月、万作は『朱欒』において画家として自己の表現要求に忠実になることの意味を再確認するのであった。「絵かきとしての自分を殺すか、人間の自分を殺すか、方法は二つしかなかつた」(2)と思い詰める万作だが、かといって編集者の意見に応える職業画家として読者に喜ばれることをよしとせず、自分の信じるままに挿絵を描いた。しかし、万作の画家としての意欲とは反比例するように加速度的に仕事は減っていったのであった。生活なくして真の画道の追求は成り立たない。困窮に直面した万作は、詩「自分が繪描きで無かったら。」から2ヶ月経った翌年（大正15年）2月、詩「生活。」（第6号）のなかで率直に語っている。

家賃が二つ三つたまった。／今のま、で行くと後一月ばかりで／自分は食へなくなるのだ。／食へなくなれば／死なければならない。

白樺派の影響により、万作は生活と芸術の一致を生き方として求める。しかし、死を実感して日々の生活費を稼ぐために必死になる万作自身と生活とは無関係に画家であろうとする自分の眼が、絵の具箱を前に揺れている。

繪の具箱には埃が積った。／おお／自分の眼よ！／そちらを見るんじゃない。／そちらを見るんじゃない。

埃をかぶった絵の具箱を前にして、万作が二度繰り返す「見るんじゃない」に画家になることの困難と現実の厳しさを自らに言い聞かせる惨めさが滲む。それでも、万作は文章で表現し続ける。文学もまた万作自身の中から除外することができなかったのであろう。『朱欒』は、画家としての決意を新たにするだけでなく、絵画と文学の狭間で悩む万作の姿であった。絵画では創作について多くを語らないが、文学に対しては饒舌である。万作の文学（特に小説・戯曲）に対する創作の方法は「生活を直ぐに出す事は餘り好まない」こと、「こしらへた話の中へ自分の生活や圣験をにじませて行くのが理想」であること、と述べている（第6号「批評欄」）。

たとえば、万作が人生初の戯曲[3]と紹介する「女の部屋」や「穴（前・後篇）」には互いの好意を確認していながらもどうしても結ばれない男女の話が描かれる。もちろん、舞台も設定もそれぞれ架空のものと思われるのだが、ここに万作の生活や経験がにじんでいると仮定して当時の万作の恋愛事情と合わせてみると興味深いことがわかる。草田男の記憶によれば「女の部屋」に登場する見合いさせられた女を彷彿とさせるように、のちの妻となるキミが身内に強要されて見合いさせられたことがあったという。また、「穴（後篇）」で描かれていた男女のように、万作が広島の野砲兵連隊に入営中、キミに新たな年長の男性が現れたこともあった。その時の万作は失望から自暴の生活に陥ったことさえあったらしい。

もちろん、モチーフが恋愛以外の作品もある。祖母の死を詠んだ詩「祖母よ、安らかに眠れ。」や友人重松鶴之助とその父が登場する「或る夢の記録」のように仲間をカリカチュアした文章もある。また、随筆「峯の松風」など、美学論を展開しながら理想と現実の間で生き方を悩む万作の心情が吐露された作品もある。

万作にとって、この『朱欒』への参加は、画家として生きようとした時期だった。同時に、文学への思いやみ難く、絵画と文学の間で悩み続けてもいた。『朱欒』が終了した後、万作は松山に戻りおでん屋「瓢太郎」をはじめるが、翌年（昭和2年）の夏にはその経営にも失敗して借金を負ってしまう。その後、仲間の伊藤大輔を頼って映画界（京都）へ飛び込むところから映画人・伊丹万作が始まるのである。

人生とはままならぬ。画家でもなく小説家でもない、映画監督になるとは万作自身も想像しなかっただろう。それでも、自らの力で画家であろうと努力し続けることができたのも、「いいもの、悪いものを見判ける眼力が實に冴へて居る」（第4号「批評欄」）と万作が激賞し尊敬する中村草田男や重松鶴之助をはじめとした松山中学の仲間たちがいたからだろう。そして、その交情機関であった回覧雑誌『朱欒』の時代は万作の46年という短い人生のなかでも最も幸運な瞬間であり大いなる青春の一頁であった。

（広島女学院大学　講師）

(1 中村草田男「伊丹万作の思い出」『中村草田男全集11』みすず書房、1987年
(2 伊丹万作「私の活動写真傍観記」『新装版 伊丹万作全集Ⅱ』筑摩書房、1961年
(3 大正13年1月に戯曲「悲しきワルツ」を『女学世界』に発表しており万作が勘違いしている可能性もある。

謝辞、協賛者・協力者一覧

謝辞

『朱欒』を多くの方に手に取ってもらい、著者たちの青春の足跡を広く伝えたい—。2015年冬、高木貞重町立久万美術館長の情熱に心を動かされ、翻刻出版を軸に若者に表現の場を提供する「座朱欒プロジェクト」の立ち上げを決意しました。同美術館へ『朱欒』を寄贈され、きっかけを作っていただいた中村弓子様、まだ出版ができるかどうかも分からなかった初期からご協力を快諾いただいた（株）門屋組様、大一ガス（株）様、大竹愼一様をはじめ、クラウドファンディングなどを通じて多くの方々から温かいご支援や励ましのメッセージをいただきました。

プロジェクト推進のための連携も広がりを見せました。発案者である町立久万美術館と、情報発信や出版作業の実務を担う愛媛新聞社、愛媛新聞サービスセンターとの連携から始まり、「文化の輪を広げ、文学の町・松山をより発展させること」（野志克仁松山市長）を期待した松山市、「久万美術館が長年取り組んできた研究調査の集大成」（河野忠康久万高原町長）と位置づけた久万高原町も加わり、現在もプロジェクトを進めています。

多くの方々のご協力を得て翻刻出版が実現しましたこと、重ねて心より御礼申し上げます。本当にありがとうございました。

2017年9月

座朱欒プロジェクト実行委員会　北山裕貴
（愛媛新聞社　経営企画部副部長）

【協賛者】※敬称略、順不同

株式会社門屋組
大一ガス株式会社
大竹愼一

【支援者】※敬称略、順不同

鐘ヶ江洋子、中村弓子、松岡紀雄、山﨑和枝、和田英路、角田宇衣子、武田穣、俳句結社「森の座」、俳句結社「森の座」代表・横澤放川、池田宏信、松岡光柄、小池ひろみ、筒井史剛、大早友章、山口裕之、仲田眞弓、北山陽子、黒河健、黒河加代子、林浩平、神野祐太、前田眞、中岡敬太、冨長泰行、玉井史香、堀田彩、片上雅仁、仙波亮一、玉置泰、汐入和美、武田泰和、大石茂雄、乗松毅、山田一人、和田千登世、和田愛子、和田陽子、小西昭夫、土居通秀、大野輝子、豊田長雄、吉田悦子、青木カズコ、黒河剛、越智彰彦、中村省三、鈴木公生、井谷正彦、中野博文、永見純太、中川佐和子、大野亮三、佐野朋子、亀井幹夫・舞、石田経治、北島大果、木村茜、小西弘子、小川雪魚、菅徹、中村弘、吉田遼、大屋千鶴子、篠沢唯、土居英雄、北村みほ香、山口晃二、高木のぞみ、山﨑ひかる・員世、坪谷弘子、梶川満智子、大原五月、日野智津子、松本茂、洲之内英興、小原福美、西平徳子、森永良子、筒井公平

【翻訳】※敬称略

山本仁志

あとがき

座朱欒プロジェクトは町立久万美術館から愛媛新聞社へ、さらに松山市へと話が進み、久万高原町を含めた4者で実行委員会を設置しました。伊丹万作や中村草田男らが大正期に作成した同人誌『朱欒』の翻刻出版を軸にして、現代の若者らが参加するWEB上での同人誌サイト運営などの事業を計画しています。コンセプトは「集団としての青春」と「松山の知的土壌のさらなる醸造」です。

1910年に創刊された雑誌『白樺』が、多くの若者たちに理想主義や文学、芸術の思想を伝えて、大きな影響を及ぼしたことは知られています。万作や草田男も『白樺』に傾倒しました。とりわけ、重松鶴之助は岸田劉生に心酔しています。『朱欒』仲間たちを「松山の白樺派青年たち」と呼ぶこともできるでしょう。全国各地で、多くの若者たちに与えた『白樺』の影響、その数少ない具体例が『朱欒』なのです。

座朱欒プロジェクトでは、大正期の文化財を歴史的な記録として残すだけではなく、それを素材にして、現代に結び付けることを主眼に置いています。

町立久万美術館恒例の企画展も、今年は「座朱欒プロジェクト」の一環と位置付けています。『朱欒』の現物9巻などと、愛媛出身、あるいは松山在住のアーティスト3人の作品を公開します。大正期の若者たちの想いが詰まった『朱欒』と、現代の若者たちの表現を対比させた試みです。

事業を立ち上げるに当たり、クラウトファンディングを利用して、詳しい情報を発信するとともに、ご協力をお願い致しましたところ、多くの方々からご支援を頂きました。このプロジェクトを新聞報道で知ったという、岡山の方から寄せられた応援コメントが印象的でした。

「山陽新聞の記事で知りました。伊丹万作、中村草田男　共にファンで、全集も持っています。松山は子規、虚子、碧梧桐、漱石等を中心としたグループが有名ですが、その後、こういう活動があったのは知りませんでした。ぜひ達成できるよう、祈っております」

小さな町の、小さな美術館の「地域文化の掘り起こし」が第一歩になって、松山市、愛媛新聞社が加わった座朱欒プロジェクト。WEB上のサイトで出来上がるであろう、現代の若者たちの同人誌が出版に結び付くなど、『朱欒』の翻刻出版が、新たな地平を切り開いていく礎となればと願っています。

ご協力、ご厚情を賜りました多くの方々に心より御礼を申し上げます。

2017年9月

座朱欒プロジェクト実行委員会

（松山市　久万高原町　町立久万美術館　愛媛新聞社）

朱欒

二〇一七年九月一一日　初版　第一刷発行

編　著　座朱欒プロジェクト実行委員会

発行者　土居英雄

発行所　愛媛新聞社

〒七九〇-八五一一

松山市大手町一丁目十二番地一

電話（出版）〇八九（九三五）二三四七

（販売）〇八九（九三五）二三四五

写真撮影　浅川公夫

書容設計　羽良多平吉@EDiX

印刷製本　岡田印刷株式会社

ISBN978-4-86087-133-8 C0091